中国传媒大学“211工程”建设项目

ZHONGGUOGUANGBODIANSHIWENYIDAXI

中国广播电视文艺大系

2001—2010

电视戏曲卷

杨燕◎主编

中国广播影视出版社

《中国广播电视文艺大系》

编　委　会

《电视戏曲卷》编委会

总　序

随着我国广播电视事业的不断发展，以电视剧、广播剧、电视综艺晚会、电视纪录片等为代表的广播电视文艺作品已经成为当今中国社会受众面最广的艺术形式，与此同时，广播电视文艺理论和作品批评也蔚为大观，广播电视艺术学，已经成为艺术门类中独立的二级学科。

为了改变长期以来“广播电视艺术学”学科发展和资料建设之间的不均衡现象，也为了收集和保存不断发展变化中的广播电视文艺作品和理论成果，给研究者们提供较为系统、翔实的资料，我们借“211 工程”学科建设之东风，组织相关学科的专家和学者，搜求爬梳，去芜存菁，在2008 年编订出版了多卷本《中国广播电视文艺大系（1977－2000）》，对20 世纪的广播电视文艺作品和理论研究做了系统的整理和总结。这套“大系”在出版发行后取得了良好的社会效益，2009 年10 月，入选由中宣部和新闻出版署共同组织评定的“庆祝新中国成立60 周年百种重点图书”。

2008 年，“中国广播电视文艺大系（2001－2010）”课题又入选中国传媒大学“211工程”第三期。进入21世纪后，信息与通讯技术以日新月异的发展速度改变着全球经济和大众的文化审美意识，广播、电视等传播媒介迎来了前所未有的发展机遇，广播电视文艺节目随时“刷新”节目形态和传播理念，以适应现代受众的审美需求。21世纪的广播电视文艺作品在数量上浩如烟海，形态上异彩纷呈，理论研究也呈现出百家争鸣。可以说，与上一期的“大系”工程相比，“中国广播电视文艺大系（2001－2010）”课题研究成果的编辑出版面临着更加复杂、更加艰巨的挑战。

十年磨一剑。我们终于将《中国广播电视文艺大系（2001－2010）》奉献于社会和同仁面前。朱熹有云：“所以继往圣，开来学，而大有功于斯世也。”我们不敢妄称继往开来以居功，若殚精竭虑的搜求整理能够为相关领域研究提供切实的帮助，能够为推动广播电视艺术学体系的完善贡献绵薄之力，则喜莫大焉。由于广播电视艺术具有载体特殊、节目形态时时求新求变等特点，更兼学海无涯，文本中力有未逮或偏颇缺漏之处，亦愿虚心求正于方家。

《中国广播电视文艺大系》编委会

2015年2月

目　录

戏曲大奖赛

戏曲动漫

戏曲电视剧

序 言

《中国广播电视文艺大系》是中国传媒大学“211 工程”学科建设项目的重要成果，《电视戏曲卷（2001—2010）》作为《中国广播电视文艺大系》书系之一，是专门搜辑研究中国电视文艺中最具民族文化特色、最为独特的电视戏曲节目的专门之作。同时也是2007 年出版的《中国广播电视文艺大系·电视戏曲卷（1977—2000）》一书的续编。两书接续，无缝连接，全面搜集整理了从 1977 年至 2010 年以来的电视戏曲作品，择优择要，编定此卷，为广播电视艺术学·电视戏曲研究史料建设奉献了系统的、准确的资料。

《电视戏曲卷（2001—2010）》几乎是以虔诚的的态度，力求科学、严谨地调查了2001—2010 年 10 年间中国电视戏曲节目全面的生产、制作情况。2001—2010 年 10 年间的电视戏曲与 1977—2000 年的 23 年间的状态相比，有非常大的变化！这十年，是电视文艺的爆炸式发展的阶段。电视戏曲相对迟缓，但也保持同步有了阶段式飞跃。2001年，电视戏曲不再与音乐分享同一频道，进入独享频道阶段，中央电视台 11 频道成为大家熟知的戏曲频道。以电视戏曲栏目为例，全国出现的第一个戏曲栏目是 1985 年中央电视台的《戏曲欣赏》。到 2000 年，电视戏曲栏目仍然以中央台为主力，地方省市台的加起来也仅只有数得过来的十几个。而到 2010 年中，据不完全统计，中央和各省市的电视戏曲栏目就已有 119 个。电视戏曲发展的动向当然还不仅体现在栏目数量的变化上，同时，电视戏曲传播的亮点由原来的戏曲 MV、戏歌、戏曲小品，转换为“春节戏曲晚会”和“大奖赛”；中央与地方互动、荧屏内外互动、电视与网络联动；戏曲电视剧优秀作品出现等，都是电视戏曲前行的标志。跟前一卷相比，这一卷的基础资料的筛选工作量显然加大了十几倍。

为了在有限的篇幅里科学、系统反映电视戏曲十年发展概貌，我们调整了入选作品的类型，取消了产量减少的“戏曲 MV”、“戏歌”、“戏曲综艺”，增加了新出现的“戏曲动漫”类作品的选录。鉴于春节戏曲晚会已经与春晚、歌舞晚会成为春节鼎足而三的常规晚会，节目质量得到了国家台全力以赴的保障，每年的春节戏曲晚会都是电视戏曲的精品，本卷就不拘一格，这十年的春节戏曲晚会全部收入，以突显春节戏曲晚会的分量和成绩。为了保证入选作品的质量，精心制定了入选作品的两条标准：首先，入选作品要获有电视文艺“星光奖”、电视戏曲专家奖“兰花奖”一等奖。其次是选取对电视戏曲发展有启迪、推进、突破作用的作品。比如，河南台的《梨园春》卡通形象颁奖晚会；豫剧 FLASH《新月下相会》；京剧音乐电视《哥哥你走西口》等。

我们在做广播电视文艺作品史料建设之时，一直有一个比较难做到的高标准，就是力图用文字尽量描绘戏曲综艺节目的新奇、巧思和赏心悦目的观赏效果。希望通过我们的提示，帮助读者展开想象的翅膀，还原部分观赏的惊喜。在损失了视听效果的文本阅读中相信仍然可以获得阅读的愉悦。还有一种努力，就是力图用文字记录电视技术手段。比如提示景别的运用、镜头的运用、灯光的运用等。为了表述的方便，甚至尝试用表格与文字结合。“戏曲动漫”类型作品就是一种戏曲艺术与电视技术深层结合的新类型，仅仅用文字根本无法描绘记录它的美妙。用文字记录是一种懒惰！所以我们知难而上，尝试了表格与文字结合的形式。可能仍然不理想，但诚意可鉴。

完成《中国广播电视文艺大系·电视戏曲卷（2001—2010）》的另一个重大意义还在于：通过项目的推进，培养了几届戏剧戏曲学的硕士研究生。以项目促研究生教学是在实践中逐渐摸索寻找到的一种人才培养模式。中国传媒大学戏剧戏曲学电视戏曲研究的研究生培养，始终在电视戏曲节目制作培训、电视戏曲研究项目的实践中推进。读书、研究和实践并重。我们在课堂上给同学讲电视戏曲的发展轨迹、现状概貌、理论思考；然后带学生对当时电视戏曲现状做跟进调研；接着带学生就一两个类型个案做深入解剖；最后放学生去拍摄创作，自己实践，检验课堂上得出的观点。《电视戏曲卷（2001—2010）》的进展是第二、三环节中重要的内容。电视戏曲研究方向的（包括戏剧戏曲学其他方向对电视戏曲关注的）研究生，前后共有六届18人参加了这一卷的工作，相信他们获得了实实在在的知识和能力。

希望《电视戏曲作品大系》一册在手，不但能够勾画出最近十年中国电视戏曲发展的整体态势、特点，还能科学地提示十年来电视戏曲节目的形式以及内容出现了哪些更新和演进？创作观念发生了哪些突变？为总结电视戏曲节目创作规律提供可靠的学术依据。

杨　燕

2013年10月

中国广播电视文艺大系

2001—2010

戏曲栏目

电视戏曲卷

名段欣赏
——春节特别节目“梅花谱”

【时　　长】 30 分钟
【制作单位】 中央电视台
【制作人员】 撰　稿：罗　松
导　演：赵震绯

【片　头】
【演播室】
白燕升： 您好，观众朋友。
【字　幕】主持人　白燕升
白燕升： 欢迎您收看我们的《名段欣赏》春节特别节目“梅花谱”。今天是正月初五，还是要给电视机前的您拜一个年，祝您新春快乐！朋友们，今天我们的现场依然请来了两位大家熟悉的艺术家，我分别介绍一下。中间这一位是第十四届中国戏剧梅花奖的得主曲剧演员许娣。
【字　幕】曲剧演员 许娣
白燕升： 许娣，过年好！
许　娣： 你也过年好。过年吉祥。观众朋友们过年吉祥。
白燕升： 再为大家介绍一下，这一位是第八届中国戏剧梅花奖得主。
【字　幕】京剧演员 杨乃彭
白燕升： 来自天津市京剧院的艺术家杨乃彭。杨老师，您好！
杨乃彭： 你好，过年好。过年好。祝大家鸡年大吉！
白燕升： 今天是正月初五，俗称叫“破五”。什么叫“破五”，也就是破除过年的一切禁忌，是这么一个日子。我们的《名段欣赏》春节特别节目，今天咱们也来破除一下禁忌，咱们来聊聊梅花奖的演员台前幕后的一些花絮好不好？
许　娣　杨乃彭： 好啊。
白燕升： 咱们先从杨老师聊起。许娣，你知道吧，杨老师不光杨派老生唱得好，他还有一个绝活，京韵大鼓。
许　娣： 杨老师的鼓唱得好到什么程度呢，说骆（玉笙）先生有一个鼓，做得非常的精致，（骆玉笙）对这个鼓特别的爱，别人根本就不能碰。就因为杨先生唱得好，骆先生主动跟杨先生说，乃彭啊，这鼓你用吧。
白燕升： 真的假的？

杨乃彭：有过这事。

白燕升：这跟唱杨派老生有关系么，有帮助么？

杨乃彭：应该说艺术都是相通的，还是很有帮助的，尤其是骆老师，她发声，声音非常好，用气非常好。

白燕升：既然说到杨老师喜欢并且那么钟爱京韵大鼓，今天在我们春节特别节目里，咱们是不是请杨老师给唱上两句。

杨乃彭：那我就唱两句，你们猜猜是什么段子。

杨乃彭：（唱）丑末寅初日转扶桑，我猛抬头，见天上星、星共斗、斗和辰，它是渺渺茫茫、恍恍忽忽、密密匝匝，直冲霄汉，减去了辉煌。

白燕升：真是不错，不错不错，请坐杨老师。我问您一句（朝向许娣），刚才杨乃彭先生唱的这一段你知道叫什么吗？

许　娣：《丑末寅初》呀，太棒了，杨先生这嗓子太棒了，这高低就不挡。用咱们行话说——怎么唱怎么有。

白燕升：没错没错，杨乃彭先生被誉为“高调门”的杨派老生。其实刚才我们是说了业余爱好，展现了一下。我觉得此时此刻电视机前的观众，可能更想在这个时候，听一下杨先生正宗的杨派老生的一段唱。我还想请杨老师，我替大伙点一出戏，《珠帘寨》的“三大贤”，您跟大伙说一说这段唱的特色。

杨乃彭：这段唱呢，这个人物性格非常豪放，虽然戴着白胡子看着挺苍老，但是由于他的性格，所以唱这三个“哗啦啦”的时候要有力度，要一个比一个有精神，才能反映他那种豪放的性格。

白燕升：说到这呢，我们就和许娣以及电视机前的您，一块儿来欣赏来自天津著名的杨派老生杨乃彭先生带给我们的《珠帘寨》“三大贤”。一块儿来欣赏。

【节　目】**《珠帘寨》　杨乃彭**

【字　幕】京剧　珠帘寨

天津京剧院

杨乃彭饰李克用

杨少彭饰程敬思

【片　花】

【演播室】

白燕升：朋友们，刚才我们欣赏的是来自天津的、著名的杨派老生杨乃彭先生，带给我们的《珠帘寨》“三大贤”这段脍炙人口的唱腔。两位老师，今天不光你们二位做客我们《名段欣赏》特别节目，还有两位梅花奖得主也送来了他们的礼物，就是画的画，咱们一块儿来看一下。你看这幅是第八届梅花奖的得主江苏省昆剧院的南昆名丑演员林继凡画的。大家看这一幅，这是梅花奖二度梅获得者来自石家庄评剧团的新派传人刘秀荣所画。

许　娣：刘秀荣老师的画神韵特别好。我听说刘秀荣老师刚开始学画的时候，有一段特别痛苦的过程。一开始她非常用功，一笔一画地模仿老师的画，但是画得总是不满意，在家里就特别着急，自己恨不得扇自己的脑袋。她丈夫就说了，不要急，你在舞台上怎么表演的，你就来怎么画这画。她从中得到了一种觉悟：对呀，我们老师，新凤霞老师跟她说过呀，一定要神似不要形似。画画和在舞台上表演应该是相同的。

白燕升：你还可以点两位老师的戏，咱们来欣赏一下。

许　娣：这样，我给大家推荐一个昆曲。

白燕升：林继凡老师的。

许　娣：对，林继凡老师的《醉皂》。

白燕升：《醉皂》，为什么呢？

许　娣：这个戏呀，昆曲大家都知道，它的词是非常文雅的，而且动作也非常的美，但是这个戏是表现一个喝醉了酒的衙门的一个小官吏，这就非常有意思了，请观众朋友们来欣赏欣赏昆曲这样雅的一个东西和这样一个小人物是怎么结合在一起的。

白燕升：我相信，许娣说到这儿，电视机前的您肯定也有所期待，下面我们就一块来欣赏昆曲名家林继凡带给我们的《醉皂》，还有评剧名家刘秀荣带给我们的《刘巧儿》的精彩片段。

【节　目】**《醉皂》林继凡**

【字　幕】昆曲 红梨记·醉皂

江苏省昆剧团

林继凡饰陆凤萱

【片　花】

【节　目】**《刘巧儿》刘秀荣**

【字　幕】评剧　刘巧儿

石家庄市评剧院青年评剧团

刘秀荣饰刘巧儿

【演播室】

白燕升：朋友们，刚才您欣赏的是昆曲名家林继凡带给我们的《醉皂》，还有评剧名家刘秀荣带给我们的《刘巧儿》的精彩片段。两位老师，其实说到我们的戏曲演员，涉足影视啊、话剧啊、小品的也比比皆是。其实我一直在想，英雄不问来路。再者说了，艺不压身，多涉及一些艺术门类没准对自己从事的专业也是有好处的。我最早知道许娣大姐，其实我根本不知道她是曲剧演员，我是看过她演的电视剧还有在舞台上演的一些小品，到后来跟她接触多了才知道，人家是北京曲剧团的一位梅花奖得主。

杨乃彭：许娣，我看了她很多很多节目，包括小品、电视剧、电影，很多我都看了，给我留下非常深刻的印象。我还知道许娣是一位曲剧演员，她师从曲剧表演艺术家魏喜奎老师，学得非常好，而且唱曲剧，我那次看她的曲剧表演，唱得非常好，人物掌握也非常好。

白燕升：我们请许娣来说一说，唱曲剧跟演影视跟演小品，它有些什么借鉴或者帮助吗？

许　娣：我觉得应该是有，艺术真是触类旁通。其实我觉得刚才你说的特别好，你比如说，我舞台上的这种实践作用到电视剧里面是有很大帮助的。像《爱在羊年》，就这个电视剧，我是在羊年拍的一个贺岁戏。当时他们要找一个能唱几种戏的戏迷，演一个老太太。她要唱评弹，要唱昆曲，要唱京剧，难度很大。如果没有舞台戏的这种磨砺，我觉得在演这个戏的时候我就完不成了。我就觉得它对于我的电视剧会有帮助。但是反过来，电视剧的这种细腻的表演对我舞台上的这种塑造人物也有很大的帮助。你看我演《龙须沟》的时候，它那种东西已经不是说一个形式了，不是一个亮相了，不是了，它已经深刻了，有眼泪了。

白燕升：我们还是请许娣不能光说，还要表演个节目。

许　娣：那好啊。

杨乃彭：给我们出个节目，出个节目。

许　娣：燕升，那我得考考你。

白燕升：你考我干嘛？

许　娣：今天是几号？

白燕升：今天是正月初五，是二月十三号。

许　娣：明天呢？

白燕升：明天是二月十四号。

许　娣：什么日子？

白燕升：西方的情人节啊。

许　娣：对呀。

白燕升：跟你出节目有什么关系？

许　娣：有关系，那么我下面送给大家的就是一段北京曲剧《啼笑因缘》里面的一段唱“四季相思”。

白燕升：歌颂爱情的。

许　娣：对，“四季相思”就是描写樊家树和沈凤喜的这样一个思念的爱情故事。

白燕升：你别说在这个时候唱还真合适。下面我们就一块儿来欣赏来自北京市曲剧团的著名演员许娣带给我们的《啼笑因缘》选段“四季相思”。

【节　目】**《啼笑因缘·四季相思》**

【字　幕】**曲剧　啼笑因缘**

北京市曲剧团

许娣饰沈凤喜

【演播室】

白燕升：朋友们，刚才我们一块儿欣赏了著名曲剧演员许娣带给我们的《啼笑因缘》选段“四季相思”。节目进行到这儿，我们这期的《名段欣赏》春节特别节目又要跟您说再见了。今天的节目我们请到的是京剧名家杨乃彭先生，曲剧名家许娣跟我们聊了聊梅花奖演员的多才多艺，确实给我们这个节日带来了浓浓的喜庆气氛，再次谢谢两位艺术家，谢谢！

杨乃彭：也谢谢你。

白燕升：好了朋友们，也感谢您收看这一期的《名段欣赏》春节特别节目，咱们明天再见。

【片　尾】

（编撰　迟刚）

名段欣赏
——“十一”特别节目“锦绣越剧 美丽百年”

【时　　长】 26分钟
【制作单位】 中央电视台
【制作人员】 策　划：阎德威
导　演：赵晓亮

【片　头】
【演播室】
白燕升： 亲爱的观众朋友，大家节日好。
董　艺： 大家节日好，欢迎收看《名段欣赏》。
【字　幕】主持人　白燕升
白燕升： 朋友们，今年是越剧诞生一百周年，为了纪念越剧的百年诞辰，我们的《名段欣赏》栏目组在“十一”期间，精心为大家准备了一档特别节目“锦绣越剧　美丽百年”，欢迎您在接下来的八天时间里，和我们一起走进繁花似锦的越剧世界，共同品味百年越剧的美丽和醇香。
【字　幕】主持人　董艺
董　艺： 提起越剧，很多人的脑海里都会自然而然地响起贾宝玉的那一句“天上掉下个林妹妹”。当年越剧《红楼梦》里的宝玉和黛玉初次相见时，心神交汇的那一段对唱，借助着电影的青鸟之力，传遍了大江南北。当《红楼梦》凝固成为戏曲电影史上一段永不褪色的经典时，“天上掉下个林妹妹”几乎成了很多人对越剧最直观的印象。
【节　目】
越剧电影《红楼梦》“天上掉下个林妹妹”一段
【字　幕】资料
【演播室】
白燕升： 朋友们，刚才我们欣赏的这段“天上掉下个林妹妹”几乎成了一个时期的流行歌曲。说到林妹妹的娇花照水、弱柳扶风，对于诞生江南水乡的越剧，仿佛也是再贴切不过的写照。但是也许很多人并不知道，越剧并非一开始就有这样林妹妹似的典雅婉约。一百年前，越剧的前身“落（lao，去声）地唱书”只是浙江嵊县的民间艺人们走乡串户的一种说唱。
董　艺： 当时还被称为“小歌班”的越剧，洋溢着乡间浓浓的泥土气息，直到今天，我们也依然可以从传统越剧剧目《九斤姑娘》当中，略微地感受到初生的越剧朴素无华。

【节 目】

越剧《九斤姑娘》周燕萍、项春芳

【字 幕】越剧《九斤姑娘》

温州市越剧团

周燕萍饰九斤

项春芳饰张箍桶

【演播室】

白燕升：朋友们，在20世纪的20年代初，在水乡田间游唱了十多年的越剧，带着对大都市的向往和好奇，怯生生地走进了五光十色的上海滩。面对十里洋场的满目繁华，年轻的越剧想要留住那些因一时新鲜走进剧场的上海观众，迫切地需要一些引人入胜的故事。由长篇弹词改编而来的宫闱喜剧《孟丽君》，自然成为了最为合适的剧目之一。

董 艺：才女孟丽君跌宕起伏的经历，不露痕迹地弥补了早期越剧在舞台上的拙朴和稚嫩。这个剧目被排成了一个二十八本的连台大戏，推出后场场爆满，直到演至十三本时因为剧院被炸才被迫停演。演出虽然暂停，但越剧却开始真正在上海打开了局面。时至今日，《孟丽君》仍然受到了越剧观众的钟爱。而这个戏的吸引力早已远远超越了曲折的情节本身。

【节 目】

越剧《孟丽君》王志萍、丁小蛙

【字 幕】**越剧《孟丽君》**

上海越剧院

王志萍饰孟丽君

丁小蛙饰皇帝

【片 花】

【演播室】

白燕升：朋友们，进入大上海的短短几年中，崭露头角的越剧很快就认识到，仅仅依靠《九斤姑娘》那样质朴的表演，或是《孟丽君》那样曲折的故事，很难长期征服上海观众的口味。所幸的是越剧不仅是拥有“九斤”的质朴，同样也具备了“九斤”的聪慧。它极其巧妙地从周围汲取了各种营养来不断的提高自己。

董 艺：这种学习很快就崭露成效，作为剧种立身之本的越剧音乐首先有了根本性的变化，一种新式的唱腔“四工调”开始越来越多的出现在越剧当中。“四工调”的明快活泼，清新优美为越剧舞台注入了新的活力。今天广为流传的很多名段都是典型的“四工调”唱腔，比如说《盘夫索夫》当中那段著名的“官人好比天上月”。

【节 目】

越剧《盘夫索夫》黄美菊、裘巧芳

【字 幕】**越剧《盘夫索夫》**

嵊州越剧团

黄美菊饰严兰贞

裘巧芳饰曾荣

【演播室】

白燕升：朋友们，刚才我们欣赏了一段“四工调”的唱腔。从“四工调”开始，“尺调”、“弦下调”等更多优美的新腔逐个出现在了越剧当中。随着越剧音乐的不断丰富，人们发现越剧渐渐褪去了曾经的泥土味，开始一点一点地拥有了与上海相得益彰的风味。一部又一部更为婉约典雅的作品开始出现。唯美诗意的风格也自觉不自觉的渗透进了越剧的很多剧目当中。你比如说大家熟悉的《西厢记》，越剧的二度创造，让《西厢记》这部戏曲文学史上的“花间美人”，以一种更为清丽柔婉的姿态，生动而丰满地立在了舞台上。

【节　目】

越剧《西厢记》钱惠丽、方亚芬、张咏梅

【字　幕】**越剧《西厢记》**

上海越剧院

钱惠丽饰张君瑞

方亚芬饰崔莺莺

张咏梅饰红娘

【演播室】

董　艺：观众朋友们，《名段欣赏》“十一”特别节目的第一期到这里就要结束了。

白燕升：在明天的同一时间，我们为大家安排的是越剧当中尹派与竺派的风采。欢迎您到时收看。好了朋友们，咱们下期再见。

董　艺：再见。

【片　尾】

（编撰　迟刚）

梨园春

——悉尼纪行：“梨园飞歌”

【时　　长】70分钟

【制作单位】河南电视台

【制作人员】总导演：蒋愈红

编　导：黄晓沛　王婷婷

撰　稿：倪宝铎　黄晓沛　王婷婷

【片　头】

【外景 悉尼内海湾】

倪宝铎：亲爱的观众朋友们，大家好！

庞晓戈：大家好，欢迎收看今天的《梨园春》。

【字　幕】倪宝铎　庞晓戈

倪宝铎：我们现在是在悉尼内海湾向大家问好。大家看到这里天蓝蓝、水蓝蓝，令人心旷神怡。《梨园飞歌》悉尼歌剧院演出的帷幕虽然说已经落下了，但是激动的心情依然久久不能平静。

庞晓戈：我们现在坐在悉尼的内海湾，听着阵阵的涛声、看着层层的浪花，我们的心情也像这蔚蓝的大海一样，那么辽阔又那么难以平静。回望着身后的悉尼歌剧院，我想9月17日对于我们的每一位演职人员来说，对于电视机前的观众朋友来说，都是一个令人激动和难忘的夜晚。此时此刻我们仿佛还能感觉到演出的盛况就在我们的眼前，经久不息的掌声还回荡在我们的耳边。那么今天就让我们用100分钟的时间来共同回顾一下《梨园春》此次赴澳之旅。

【外景 悉尼歌剧院】

【画外音】2006年9月17日，这个令全体演职人员和观众共同期待的日子终于到来了。直播的前一个小时，此时的悉尼夜色阑珊、华灯初上。悉尼歌剧院里《梨园飞歌》的最后一次连排已经结束，灯光、道具、服装、化妆的环节正在进行最后的准备。而此刻前来观看演出的观众，已经早早聚集在了悉尼歌剧院的候场大厅，等候进场。他们当中有不少澳洲本地观众，也有很多旅居澳洲的华人。

【现场采访】

观　众（英语讲话，汉语字幕）：我会从头看到尾，对中国文化非常感兴趣。我现在正在学中文。

观　众（旅居澳洲的河南人）：我们都是从郑州移民到澳大利亚的，我们是《梨园春》的追星族。我们家里装的有卫星天线，每周都要看《梨园春》。

观　众：我们是带学生来看的，学生他们很兴奋。就说要看看我们中国的戏剧表现是怎么样的。

观　众：你们的报纸没等出来的时候，我们家乡的人已经告诉我们了。说《梨园春》要到悉尼演出了，所以我们真的很高兴。

观　众：我昨天刚看见消息，今天来想买票，好像现在没有票了。

观　众：我特别希望就把这个介绍给澳洲的朋友，所以我就鼓励他们一起来，所以我自己首先要带头。

记　者：您今天带了多少朋友过来？

观　众：我带来的大概有·百多个人。

观　众：（英语讲话，翻译解释，中文字幕）她（身边的太太，日本人）本身一次没看过，他太太是日本人，他说跟日本的戏剧可能有一点点雷同。他很期待这一次的表演。

观　众：《梨园春》代表我们中国的戏剧进入悉尼歌剧院来表演，我觉得非常的骄傲，让外国人了解我们中国戏剧，《梨园飞歌》加油！

【外景 悉尼歌剧院候场大厅】

【画外音】内心的喜悦和激动，洋溢在每一个人的脸上。全场2000余名观众都在期待着演出的开幕。

【演出现场】（主持人：倪宝铎　庞晓戈　大山）

（掌声，镜头从观众移向舞台）

倪宝铎：女士们，先生们

庞晓戈：尊敬的各位来宾、各位朋友

大　山：电视机前的观众朋友们

合：晚上好！

（大山英语翻译以上开场词）

倪宝铎：我们现在是在美丽的澳大利亚悉尼歌剧院，通过“亚洲四号”卫星向您现场直播大型戏曲音乐会《梨园飞歌》。

（大山英语翻译）

庞晓戈：今晚，澳大利亚总理霍华德为我们《梨园飞歌》发来了贺词。霍华德总理的贺词是这样的：“我极为诚挚地为《梨园飞歌》提供这篇贺词，有中国河南艺术家们组织的《梨园飞歌》在悉尼歌剧院演出，充分展示了中国戏曲的艺术魅力，这是在澳洲举行的‘2006 感受中国’系列活动最为精彩的一页。我们将继续鼓励一系列的文化活动来增强中澳两国的了解和友谊。在这种精神的指导下，我衷心地祝愿与会观众和大洋彼岸的观众能够欣赏到一场精彩绝伦的演出。我很感谢河南电视台和澳华文联举办的这次精彩的演出。”同时中华人民共和国住澳大利亚大使傅莹女士也为我们发来了贺信。

（大山英语翻译）

庞晓戈：贺信是这样的：作为“中国文化澳洲行”活动的组成部分，《梨园飞歌》晚会将使澳大利亚观众有机会欣赏来自华夏文明发源地的戏曲艺术，回味浓浓的乡音，感受中华文化的博大精深。预祝演出取得圆满成功！

倪宝铎：让我们有请我国著名的指挥家彭家鹏先生。

【字　幕】：著名指挥家 彭家鹏/Famous Conductor Jiapeng Peng

庞晓戈：请欣赏序曲《梨园飞歌》，作曲周虹。

【字　幕】序曲《梨园飞歌》器乐合奏/Pear garden Sinfonia Orchestral Performance

【场外采访】（节目进行中，背景音乐是演出声音）

【字　幕】河南省歌舞剧院院长 周虹

周　虹：主要是激动、高兴，因为我们终于成功了。我回想起来，从策划到我们准备，到我们完成，将近两年的时间，非常不容易。

（切入演出现场）

彭家鹏：应该说今天乐队是超常发挥。

【字　幕】著名指挥家 彭家鹏

由于很多的原因，名额所限，所以只能来这么多人。在一个很小的、单管的这样一个乐队的情况下，能够有这样一个声音出来也是出乎我意料的，所以很多乐队人员都很兴奋。

（切入演出现场）

周　虹：要求我的队员，要严格地按照我们在家里排练的。

【字　幕】河南省歌舞剧院院长 周虹

把最佳的艺术水准拿出来，用最饱满的精神、用最完美的艺术来征服所有人。

彭家鹏：应该说今天还是非常完美的。

（插入现场演出）

【画外音】当序曲《梨园飞歌》的美妙旋律回荡在悉尼歌剧院的音乐大厅时，后台的每一位工作人员（切入后台工作人员场景）和演员的心情都异常的紧张（切回演出现场）。因为悉尼歌剧院这座世界顶级的音乐殿堂从未上演过戏曲节目，中国戏曲能否被外国观众所接受在大家心里都是一个未知数。（切入小香玉后台备场镜头）带着疑问和紧张的情绪（切到小香玉上台），由小香玉演唱的第一个节目登场了。所有后台的演职人员（后台工作人员场景）都为她捏了一把汗。（切到观众席鼓掌）

【舞台现场】

【字　幕】**豫剧《花木兰》选段**

Hua MuLan　A selection of Henan opera

表演　小香玉

Performed by Xiao Xiangyu

【唱　词】

刘大哥讲话理太偏/Come now brother youre off the mark，谁说女子享清闲/Who says woman enjoy idleness。男子打仗到边关/Whilst the men fight battles to the borders edge，女子纺织在家园/The women at home are working hard。白天去种地/Sowing seed by moring，夜晚来纺棉/and weaving by night，不分昼夜辛勤把活干/Working round the clock to get everything right，将士们才能有这吃和穿/Only then can solders have enough to eat and wear。您要不相信/If you don’ t believe then，就往这身上看/Look closely at me，咱们的鞋和袜/Our shoes and our socks 还有衣和衫/Our coats and our shirts，千针万线都是她们连啊/Head to toe everything was made by them。

【画外音】当小香玉铿锵有力的声音响起的时候，（切到观众鼓掌）现场的观众爆发出了雷鸣般的掌声。

【场外采访】

小香玉：全场所有的观众都鼓掌的时候，上台的时候热血沸腾！真正的心理感受，其实我应该再控制一点，后来我觉得我有几个声音就是因为心情激动都有点过了，有点冒了。但是还是控制不了自己，我真的是特别特别的感动！我们《梨园春》，我们豫剧终于到悉尼了。哎呀，我有点激动，但是千万不能煽情。

【片　花】【字　幕】梨园飞歌——中国·河南电视台《梨园春》悉尼演唱会

【排练现场】

【字　幕】2006年9月11日　河南省歌舞剧院排练厅

【画外音】为了保证演出的成功，在出发之前，局台领导亲自坐镇指挥，对每一个节目进行了细致的排练。即使这样，到了悉尼之后意外的情况也常常发生。

【字　幕】2006年9月15日　悉尼

【画外音】于是节目调整会议便会随时召开，以应付突发事件。（切入演员排练镜头）在直播的前一天由于现场条件的限制，原本设计的观众互动被临时取消，《抬花轿》这个节目就缺少了一个临时的轿夫。紧急情况下，《少林颂》的演唱者贾文龙就成了一个特殊的配戏演员。

贾文龙：因为导演一开始说两个外国人要互动，来到这以后感到互动影响汪荃珍老师的唱，最后还是要四个专业演员来抬。这个时候呢，因为提前没有准备，在家里（国内）没有准备，所以到这儿正好三缺一，就缺我这一个。哎，导演说就是我。

【舞台现场】

【字　幕】**豫剧《抬花轿》选段**

Carrying the Wedding Litter

表演 汪荃珍

Performed by Quanzhen Wang

【唱　词】

府门外三声炮花轿起动/The fireworks sounded three times and litter started off……

（切到观众席）

【后　台】

【画外音】虽然在台上镇定自若，节目一结束贾文龙就没那么悠闲了。他要在极短的时间里，为他的下一个节目抢换服装，时间对于他来说每一秒都格外重要。

记　者：你的妆赶得很紧是吧？

贾文龙：因为就几分钟时间，我赶妆。

工作人员：你的妆没卸干净。

贾文龙：我再洗一遍。

工作人员：洗面奶再擦一下。

贾文龙：好。

工作人员：先换衣服后化妆。

【画外音】在争分夺秒的抢妆之后，贾文龙终于带着他的《少林颂》上场了。

【舞台现场】

（镜头从观众起，切到舞台，切到外景少林寺）

【字　幕】**戏歌《少林颂》**

Ode to Shaolin

作词 王志敏

作曲 赵国安

表演 贾文龙

Lyrice Zhimin Wang

Composed by Guoan Zhao

Performed by Wenlong Jia

（切到舞台）

【唱　词】

我站在嵩岳山峰/I stand atop the peak of Mt Song

【画外音】（背景音是演出声音）这首由作曲家赵国安全新创作的作品，以其气势磅礴的编曲，配以贾文龙高亢嘹亮的嗓音，诠释了中国功夫的源远流长。在具体的舞台展现上，有把外国观众较为熟悉的少林寺和中国功夫，以大屏幕同步播放的形式融入其中，用形象的武术文化，带给观众以听觉和视觉的双重震撼。

（切到外景少林寺）

【唱　词】

大中原热血男儿/Chinese hot blooded patriots，波澜壮阔铸造人生/An awe – inspiring spectacle as they forge a new way of life。

（切回舞台）

【唱　词】

挺身站何惧风雨猛/Facing pelting rain and fierce winds without fear，创伟业、彪青史/Their great exploits recorded in history' s pages，千古丰功/Their achievements standing test of time。

（切到外景广场表演）

【唱　词】

我站在嵩岳山峰/I stand atop the peak of Mt Song，放眼望少林耸立天中/the towering ancient temple of Shaolin in my sight。

（切回舞台）

【唱　词】

壮豪情山摇地动/And at once I feel the need to do great things and the feeling excites me，展胸襟且看那当代英雄/At the sight of the temple I thought of the current day heroes。

（切到外景广场表演）

【唱　词】

少林风鼓正气/The Shaolin spirit implores honesty，少林魂塑忠诚/The soul of Shaolin calls for loyalty，看今朝热血男儿铸造人生/Look here today the flowers are beautiful，浩然正气贯长虹/This pillar of justice is truly magnificent。

（切回舞台，切到外景少林寺，切回舞台，切到观众）

【片　花】【字　幕】梨园飞歌——中国·河南电视台《梨园春》悉尼演唱会

【外景海滩】

倪宝铎：朋友们，《梨园飞歌》赴悉尼歌剧院的演出还有一个亮点，那就是我们的三位赴澳之星。当我们向观众介绍，还有来自中国的三位民间戏曲演唱者给大家做精彩的表演时，观众立刻报以热烈的掌声。（切到舞台三位出场）她们说，这一生做梦都没想到能够登上世界顶级的音乐殿堂——悉尼歌剧院，（切到悉尼歌剧院外景）今天她们的梦想实现了。其实在她们的幕后还有许多不为人知的故事，中国有句话叫好事多磨。

【叙述现场】

【画外音】刘永芝是三名赴澳之星中签证手续最先办好的一位，9 月 13 日当刘永芝即将飞往悉尼的时候，却在为戴阿强、王飘飘两个人的签证是否能够批下来而担心着。

刘永芝：事前她们已经跟我说了，你要在上飞机之前给我发个信息，真羡慕你啊。我们三个一起的就你先批下来了，我们俩没批下来。我就跟她讲，行，等到上飞机前给你发个信息，给戴阿强。

记　者：是吗，应该说你们三个结下了深厚的感情，你觉得她们没去对她们来讲是不是个遗憾？

刘永芝：遗憾！

【字　幕】《梨园春》导演 李媛媛

李媛媛：13号我们的第一批先遣部队来到澳大利亚的时候，她们两个人的签证还在上海贴签。我们的工作人员在上海整整待了两天，守在大使馆的门口，就是为了等她们签证的消息。非常可喜的是我们14号一大早就接到了她们的签证已经签发下来的喜讯，就立马买机票，让她们坐当天的飞机，从上海直飞悉尼。

【外　景】（到达悉尼三人拥抱的场景）

戴阿强：本身《梨园春》工作人员打来电话说我们签证办不下来，去不成悉尼了。我和飘飘准备收拾行李，然后准备回家。一会儿又打来电话说让我们到上海领我们的签证，当时我和飘飘就蹦起来了，非常高兴、非常激动。

刘永芝　戴阿强　王飘飘：悉尼歌剧院，我们来了！

【舞台现场】

【字　幕】**柳琴戏《走娘家》选段**

表演 刘永芝

【唱　词】

桂花我坐在驴身上/Guihua I sit upon the donkey' s back，上下来打量俺的少当家/（She is）Looking over her new son－in－law。我看他燕麦草帽头上戴/See his golden straw hat，金色丝带腰中扎/Clothes tied with silk ribbon at the waist。（切到观众掌声）

【采　访】

【字　幕】《梨园春》导演 李媛媛

李媛媛：刘永芝先唱完之后，王飘飘马上就要登场的时候，我就觉得心里边特别酸，我觉得这两个孩子来悉尼演出太不容易了。就在王飘飘唱《五世请缨》的时候，那个鼓咚咚咚的一敲，孩子那个表现那么激动人心，当时我就觉得她们那个精神头特别好，我就忍不住眼泪就往下流。（切到舞台、又切到后台观望舞台）我觉得她们两个来的太不容易了。（插入这三人的层层选拔的录像）因为我是看着她们从海选、彩排一直走向悉尼歌剧院的舞台。当时戴阿强还跟我说，她说姐姐你别哭，你哭我就想哭。可是我就忍不住，她们两个来这太难了。她代表的不是她们自己，是代表着亿万的观众。如果她们来不了的话，我们《梨园春》就没有办法向观众们交代这个事情。所以我们尽了最大的努力，让她们能够登上悉尼歌剧院的舞台。

【舞台现场】

【字　幕】**豫剧《五世请缨》选段**

Five Generations Volunteer for Armed Service

A Selection from The Henan Opera

表演 王飘飘

Performed by Piaopiao Wang

【唱　词】

一家人欢天喜地把我来请/The family invited me joyously。

【采　访】

（切到后台，切到采访对象）

李媛媛：王飘飘唱完之后呢，我就把戴阿强推上去了。等于说戴阿强也非常圆满地完成了自己的唱段，我听到台下那么热烈的掌声都是送给她们三个人的，我就觉得心里边特别高兴。我们付出再多的努力，终于有了回报，而且是非常好的回报，我们就知足了。

【舞台现场】

【字　幕】**豫剧《大祭桩》选段**

Dajizhuang A Selection of the Henan Opera

表演 戴阿强

Performed by A' Qiang Dai

【唱　词】

恼恨爹爹心不正/Angry at my father for his roguery，你伤天害理绝人情/For such ways against the will of heaven and inhumance。我若是不把这银两送/If I had not sent the silver，哪里会惹下这滔天大祸事一宗/I wouldn' t have been involved in these troubles。（掌声，切到观众席）（戴阿强下场走向后台）

【后　台】

刘永芝：激动不激动？

戴阿强：激动，唱完了浑身轻松。

刘永芝：高不高兴？幸不幸福？

（镜头切向戴阿强）

戴阿强：幸福，好像压力全都没了，唱完心里特舒服。

（镜头切向王飘飘）

王飘飘：非常害怕，因为没有经过这么大的场面。

（镜头切向刘永芝）

刘永芝：这次没紧张，因为在中午排练的时间我还有点紧张。但是这次正式开始了，我就一点都没紧张。感觉特别的舒服，越唱越想唱，就是太短了。

记　者：现在心里想想还激动不激动？

刘永芝：太激动了。

（插入她们三人选拔的录像）

【字　幕】她们只是普通的戏迷，怀揣梦想登上《梨园春》的舞台，带着对戏曲的一份执著，从万名参赛者中脱颖而出，（切到三人在悉尼聚首的场景）

【字　幕】抵达她们日思夜想的悉尼，（切到悉尼歌剧院舞台演出）

【字　幕】站在舞台上的那一刻，（切到观众爆发掌声）

【字　幕】当掌声长久不息的那一刻，（切回舞台）

【字　幕】我们看到了执著与坚持的美丽，梦有多远舞台就有多大。

【片　花】

【字　幕】梨园飞歌——中国·河南电视台《梨园春》悉尼演唱会

【外　景】

庞晓戈：澳大利亚是一个非常美丽的国度。一下飞机这里的朋友就向我们介绍说，在澳大利亚一年会有300多天都是阳光灿烂。如今的澳大利亚正是春回大地的好时候，在悉尼这里有灿烂的阳光、有蔚蓝的大海还有葱绿的绿地。但是在直播前的这几天，我们剧组的工作人员根本无暇欣赏这里的美景，更无暇去享受这里灿烂的阳光，因为大家都有一个共同的心愿，作为来自中原的文化使者要不辱使命。全体演职人员可以说抓紧直播前短短几天的时间，创造各种各样的条件，抓紧排练节目，加紧进行我们晚会的筹划。直到今天，当《梨园飞歌》在悉尼歌剧院成功地落下帷幕的时候，我们再来到悉尼美丽的玫瑰湾，吹着海风、沐浴着灿烂的阳光，看着白色的游艇点缀在蔚蓝的大海上，真是不禁要由衷的赞叹，哇！真是太美了。

【演出准备过程】

【画外音】《梨园飞歌》节目的直播的过程中，每一个节目的完整体现都凝聚着全体工作人员的心血。作为本期节目的执行导演，节目进行到一半的时候也由衷地发出了感慨。

【采　访】

【字　幕】《梨园春》导演 郭晓东

郭晓东：说实话，到直播之前我们心里还是紧着的，6点半我们开通联会的时候，那个时候就觉得方方面面好多事情，都有点手忙脚乱了。（切到开会现场）尽管我们在国内做了很多充分的准备，也有预案什么的，但是因为在这么样一个殿堂里头，开始做节目谁心里都没有底。（切回采访人物）结果等到开场铃打完以后，我们的片头一放，现场的观众掌声一起来，哎呀，我们就觉得那种兴奋劲，那种状态马上就出来了（切到观众席）。你当时就会觉得，那么长时间的付出，那一下子得到回报了。（观众的掌声）我相信演员肯定也是这种状态。我们的工作人员也是。你会为这个掌声会哭会笑，为了它死，你都会觉得特别值得，就是这种感觉。

【演出现场】

【画外音】《梨园飞歌》聚集了太多人的关注，凝结了太多人的心血。9月17日晚上当中国戏曲（切到河南电视台播控中心【字　幕】2006年9月17日 河南电视台播控中心）正回荡在悉尼歌剧院的时候，河南电视台播控中心的同事也是既紧张又兴奋地接收着卫星传回来的信号。

【字　幕】河南电视台文艺部主任 李暄

李　暄（电话）：整个《梨园飞歌》在大家共同的努力下转播非常成功，信号非常稳定非常清晰，让我们祝贺这个时刻，谢谢大家！

【采　访】

记　者：悉尼方面有很多的工作人员，你对他们怎么评价？

【字　幕】《梨园春》导演 郭晓东

郭晓东：哎呀，这一回真是他们帮了太大太大的忙了！因为和我们和澳大利亚当地的工作人员沟通，除了我们会的那么一点点完全用不上的英语以外，（切到工作人员工作室的镜头）最主要的就是靠他们来给我们穿针引线。他们来帮我们翻译，而且他们工作非常非常认真（切回采访人物），每一个人他把所需要承担的工作用笔记好，做好记号。

【字　幕】澳华文联工作人员

悉尼方面工作人员：当然是很激动啊，可以把中国的文化和戏曲都发扬光大，这是很光荣的。

【字　幕】澳华文联工作人员

悉尼方面工作人员：所以呢，我们在这边一定要努力配合，让《梨园春》这个晚会办得成功。

郭晓东：这次演出的成功，不仅仅是我们国内的工作人员付出的努力，说实话，真的有很多澳大利亚的我们这些华人华侨，我们共同努力的结果。

（切到工作场景）

【画外音】舞台后中澳双方的工作人员配合默契，舞台前来自中国的悉尼歌剧院首席男高音丁毅和来自澳大利亚的首席女高音特瑞萨共同演唱的《茶花女》也赢得了观众雷鸣般的掌声。

【舞台现场】

【字　幕】**歌剧《茶花女》**

La Dame aux Camelias

表演 丁毅、特瑞萨·拉·瑞卡

Performed by Yi Ding、Teresa · La · Rocca

【采　访】

丁　毅：今天是一个非常特殊的，非常具有历史意义的演出，以前我在这儿是作为一个歌剧演员代表澳大利亚国家歌剧院，那么今天呢，我是作为一个中国人推广自己的戏曲文化、推广豫剧艺术。所以我觉得是非常有意义，我觉得作为一个中国人我也觉得非常自豪。

特瑞萨：这是一场丰富多彩的音乐会，能看到这样的音乐会实在是太美妙了。

丁　毅：你觉得和以前的演唱会有什么不同？

特瑞萨：跟唱其他歌剧不一样，今天更愉快、更有趣，你们太棒了。

【片　花】【字　幕】梨园飞歌——中国·河南电视台《梨园春》悉尼演唱会

【舞台现场】

【唱　词】

秋香/Qiuxiang，要好好侍候了/Please offer a good service。

【画外音】（王希玲现场作画）由著名豫剧表演艺术家王希玲表演的《风流才子》，将书法、绘画和戏曲进行了完美的融合，这也是一代名家王希玲多年艺术表演和探索的经验。在演出中有外国小观众扮演的小秋香让所有的观众眼前一亮。甜美的微笑再加上与王希玲老师默契的配合，成为了节目中的又一个亮点。

【唱　词】

我画蓝江水悠悠/I paint blue rivers off into the distance。（现场书法）

【采　访】

王希玲：我今天站在悉尼歌剧院的舞台确实是非常紧张，因为这是站在我们艺术的最高殿堂了。另外，今天找了一个秋香，是个意大利的小姑娘，叫依依。那个小天使，长得非常漂亮。一开始的时候位置站错了，她站到画板这边（插入现场），所以我就扶着她站到那边，然后离我近了一点。今天我觉得写的时候特别紧张，老怕写错了，写不好。

记　者：有没有想到咱们中国的戏曲到这里还能受到那么多观众的欢迎？

王希玲：是啊，我觉得真是，我们的艺术确实是没有国界的。

依　依：（英语讲话，中文字幕）我很高兴我参加了《梨园飞歌》。

【舞台现场】

【字　幕】**京剧《贵妃醉酒》**

The Imperial Concubine is Drank with wine A selection from the Peking Opera

表演 周佑君（自拉自唱）

Performed by Youjun Zhou

【唱　词】

海岛冰轮初转腾/The moon rises from the island just now，见玉兔又早东升/The moon rises from east so early。

【采访】（背景音为演出声音）

周佑君：他们可能会觉得很奇怪，又能演奏乐器还能一边唱，他们可能会觉着挺新鲜。我希望能够能把我们中国最民族的音乐和国外的这些音乐能结合起来。

【演出现场】

庞晓戈：朋友们我想大家对莎翁的戏剧作品都不陌生，我们中国的观众同样热爱莎翁的作品并且把他的经典之作《罗密欧与朱丽叶》改编成了豫剧的版本，演唱者是青年豫剧表演艺术家张春玲。

【字　幕】**豫剧《罗密欧与朱丽叶》选段**

Romeo and Juliet A scene from the Henan Opera adaptation of the Shakespeare play

表演 张春玲

Performed by Chunling Zhang

【唱　词】

既然咱两家宿怨久/The length of the two families ancient grudge not with standing，就不该相逢把话说/Shouldn' t there be a meeting of minds to solve the problem。既然相逢说了话/Nou we meet and talk，你不该俊如美玉巧雕琢/Young prince charming as beautiful as jade。

【采　访】

张春玲：我最幸福了，我能站在这个世界著名的歌剧院演出，我真的很荣幸，很幸福。有多少演员都是非常愿意站到这里演出的，我的梦想实现了。

【片　花】【字　幕】梨园飞歌——中国·河南电视台《梨园春》悉尼演唱会

【外　景】

庞晓戈：这次我们《梨园春》赴澳大利亚悉尼演出，还特别带来了两位小演员，一位是刘道阳，另一位是小孔莹。这两位小擂主在咱们河南已经够火了，但是没有想到到澳大利亚就更火了。他们可以说是本场音乐会上最大的亮点，也是获得掌声和叫好声最多的两位小演员。不过你别看他们两个在舞台上活蹦乱跳、神采飞扬的，但是你一定想象不到，头一次离开父母的两位小朋友，这三四天在澳大利亚可以说是欢笑伴着泪水哦。

【排练现场】

【字　幕】2006年9月11日 河南省歌舞剧院排练厅

【画外音】别看两个小孩人小，可却志气大。他们在台下为节目所下的功夫也真不小，虽然排练了很久，可孔莹还是在排练中出了一点小问题。被妈妈批评了。（孔莹妈妈镜头）

【字　幕】孔莹的母亲

孔莹妈妈：你现在一点都不虚心，都不能说说你。让你练一会儿也不练，就是疯着跑。

孔　莹：（哭）我刚才练了。

孔莹妈妈：自己好好想想。

【画外音】在一旁的刘道阳看到孔莹独自在角落里哭泣，赶紧跑上去安慰她。两个好伙伴在悉尼的日子里你们要相亲相爱、互相照顾啊。

【字　幕】2006 年 9 月 13 日　新郑机场候机厅

活泼可爱的两个孩子给我们的行程增添了很多乐趣。他们俩在人群中跑来跑去，一会儿就成了人们注意的焦点。

孔　莹：我是河南电视台的小记者，现在要采访喽。小戈阿姨，你现在累不累啊？

庞晓戈：我不累啊，我很激动啊。马上要去悉尼演出啦。

孔　莹：蒋导阿姨，这些人都是你带过来的？

蒋愈红：这是河南电视台赴澳之行的团队，不是我带过来的。

孔　莹：你早上几点起的床啊？

蒋愈红：我今天啊，我五点多就起来啦。

孔　莹：哦，当个总导演可是真不简单哦。

【字　幕】2006 年 9 月 13 日 新郑机场候机厅

蒋愈红：哦，你更不简单哦。

【画外音】几多欢喜几多愁，在孔莹笑逐颜开的时候，刘道明却伤心起来，这两个孩子总是这样互相安慰。

孔　莹：刘道阳别哭了。

刘道阳妈妈：没事没事，你看孔莹多坚强对不对。

孔　莹：有什么好哭的呀，不就是离开父母嘛，过两天就回来了。

【画外音】别看孔莹这会儿像个小大人一样挺坚强，她可也有哭鼻子的时候。（切到悉尼）

【字　幕】2006 年 9 月 15 日 悉尼

【画外音】每天夜深人静，孔莹就会哭着想妈妈。

孔　莹：妈妈说来着，来这儿不是想妈妈的，来这儿是好好表演的。妈妈说表演好了，才是给妈妈最好的礼物。要是想妈妈了可以写日记或者画画，我已经给爸爸画好了一幅画。

记　者：画好了一幅画，在哪儿呢？让我看看。这上面就是你给妈妈画的画？这上面画的都是什么意思啊？不哭了。

孔　莹：这是树、花，这是爸爸，这是地，这是妈妈、爷爷、奶奶，这是我。

记　者：这上面写的字给叔叔念念。

孔　莹：妈妈，我爱你。宝贝送给妈妈的。

【画外音】在悉尼的日子里，虽然欢笑伴着泪水度过了四天的时间，可 9 月 17 日晚上却一点也不含糊。（切到悉尼歌剧院备场）

【字　幕】2006年9月17日，悉尼歌剧院一亮相就得了个满堂彩，

【舞台现场】

【字　幕】**豫剧《七品芝麻官》选段**

Small Officer　A selection from the Henan Opera

表演 刘道阳

Performed by Daoyang Liu

【唱　词】

有本县我一阵阵笑开怀/Running this little county I’m happy to my heart’s content，小窟窿我掏出来一个大螃蟹/From a little cave I pulled out a crad，衙皂们你们看看/You Yamen Runner－men look closely，这奇怪不奇怪/Isn’t it strange，你们谁见过/For now you fellows all can see，我这七品芝麻小官审太太/This small officer interrogating the grand lady，她那赤金元宝我不爱/I don’t like her money，等夫人死了给你买棺材/When she is dead I’ll buy madam a coffin and lime。

庞晓戈：谢谢道阳，现场观众热烈的掌声告诉我大家都非常喜爱我们这位小演员，对他的演唱也感到非常的惊奇。那么接下来我还有更惊奇的奉献给大家，因为接下来我要给大家介绍的这位小演员她的年龄更小，只有5岁。在我们河南，孔莹被誉为“河南的秀兰·邓波”。那么今晚孔莹小姑娘要为大家表演的是一位性格泼辣、敢找皇帝评理的贵夫人。

（大山英语翻译）

庞晓戈：掌声欢迎孔莹。

【字　幕】**豫剧《花打朝》选段**

HuaDachao　A selection from the Henan Opera

表演 孔莹

Performed by Ying Kong

【唱　词】

小郎门外连声请/Outside the chamber door there is commotion，后堂里来了我王氏诰命/The backyard comes me Wang。我的老爷名叫程咬金/My master’s name is Gold－bitting Cheng，外人送号叫个“程愣怔”/But others call him“Reckless Cheng”。想当年大反山东劫皇纲/He ever robbed the Emperor’s tribute team and rebelled，瓦岗寨上立过朝廷/Set up court at Wagang Fort。皇后娘娘我不想当/But I don’t want to be an empress，金交椅坐得我腰酸疼/The golden throne hurts my waist。绣花针太小我捏不住/The embroidery needle is too small for me to control，我好抡棒槌拉铁弓/I’d rather play with clubs and bows。进哪进唐营俺的功劳重/Upon entering the battle camp my merit weighs strongly，南杀北战立奇功/Killings in the south battles to the north establishing our virtue，老程前面打，七奶奶紧相行/Old Cheng fight onward and grandpa Cheng follows，马头并马头缰绳连缰绳/Horse head against horse head halter to halter，就像那弓不离箭来/Like a bow that won’t shoot arrows，箭也不离弓/Or arrows that won’t leave the bow，哪一仗离了我王月英/I Wang Yueying cannot miss any battle，杀敌寇就像那刀切葱/Killing the enemy like a knife slicing onions，五湖四海有威名/And be renowned throughout the land。

庞晓戈：道阳呢？有请我们的小道阳。

大　山：来，我们掌声欢迎。

庞晓戈：孔莹、道阳听到了吗？现场的朋友给你们多少的掌声啊，大家特别喜欢你们。这样我们也让孔莹和道阳刚刚学了一句英语，给大家问一声好，来。

刘道阳：Good evening.

孔　莹：I love you.

（大山英语翻译）

庞晓戈：我们这两位小朋友，在三岁的时候就登上了《梨园春》的舞台。是我们《梨园春》推出的最受观众喜爱的小童星啊。祝愿你们茁壮成长！

大　山：感谢你们的精彩表演。

【后　台】

刘道阳：嗨！

记　者：你唱得好不好？

刘道阳：可以吧。

记　者：可以是吧，你觉得呢？

孔　莹：听不出来。

记　者：你觉得大家给你的掌声好不好？

孔　莹：好。

刘道阳：好。我好热啊，叔叔。

记　者：你好热，为啥热呀？

刘道阳：因为这个（表演用的假肚子）。

记　者：还弄了一个假大肚子。

刘道阳：衬着好看。

记　者：你的头疼不疼？

孔　莹：疼。

记　者：为什么？

孔　莹：因为我扮演的这个七奶奶必须把这些凤冠都戴在头上。

记　者：是吧，勒头很疼。

刘道阳：因为我要戴这个，我很热，就像火烧着我肚皮一样。但是七品芝麻官必须得戴着，因为他吃的很胖，别看他官小，他好吃。而且他长得和我一样胖，所以他肚子也要大。要不人家看着，咦，这个七品芝麻官有点太假了。

【片　花】【字　幕】梨园飞歌——中国·河南电视台《梨园春》悉尼演唱会

【排练现场】

【画外音】在歌剧的舞台上表演中国的武戏，对于中国京剧院的演员孙亮来说也是一个不小的挑战。武戏《金钱豹》需要表演的舞台空间相对较大，因为这次后面是乐队坐席，前面的舞台空间变小，使得孙亮的高难度动作表演又增加了几分危险。在节目表演时，阵阵掌声的背后大家的心一直悬着，也为孙亮暗自加油。

【舞台现场】

【字　幕】**京剧《金钱豹》选段**

Golden Leopard　A selection from the Peking Opera
表演 孙亮
Performed by Liang Sun

【后　台】

孙　亮： 太紧张了！

记　者： 怎么样？现在怎么样？

孙　亮： 松弛了，终于结束了。

记　者： 你觉得你对你刚才的表演满意不满意？

孙　亮： 嗯，还可以。

记　者： 还可以是吧？

孙　亮： 对，因为刚一上去很紧张，因为台下的观众很多，刚才又没有试灯光，各方面，所以说一上去非常紧张。但是过了一会儿就会自己调整自己，气力气息呀，各方面。所以说后来就好多了。

记　者： 你觉得今天晚上的观众热情吗？

孙　亮： 今天晚上的观众非常非常热情。

【舞台现场】

【字　幕】**豫剧《泪洒相思地》选段**
Tearful Lovesick Place
表演 李金枝
Performed by Jinzhi Li

【唱　词】

当初他甜言蜜语将我骗/In the beginning his honeyed words cheated me......

（切到后台采访）

李金枝： 观众的掌声当然很热烈的，刚才你可能作为导演也作为观众可能也没有看到。我自己感觉还好。首先是自己上场之前心里也觉得很自信，所以就表现出来了。我觉得还好，是蛮受欢迎的，可能也有字幕，再加上咱们这样的装饰。作为外国人来讲他们看我们的民族服装应该讲很漂亮。

【外　景】

庞晓戈： 我们《梨园春》此次赴澳大利亚演出其实还肩负这一个重要的使命，那就是弘扬民族文化。我们希望通过《梨园飞歌》在悉尼的这次活动能够让更多的外国朋友看《梨园春》，欣赏中国戏曲，感受中国文化。

倪宝铎： 是啊，令我们感到欣慰的是我们预期的设想完全达到了。当悉尼歌剧院的大幕开启的时候，原本我们想的可能大部分都是华人观众。没有想到能够容纳2000多名观众的悉尼歌剧院竟然有一半以上是外国朋友。

庞晓戈： 我们的《梨园飞歌》在悉尼歌剧院的演出可以说是生动的诠释了那么一句话，就是“越是民族的就越是世界的”。我们演员精湛的表演深深地折服了在场的观众。

倪宝铎： 当晚会结束的时候，观众报以长时间热烈的掌声，不仅是我们的演员、艺术家、指挥家一次又一次的谢幕表示感谢。最后我们所有的外国朋友都竖起了大拇指，《梨园飞歌》very good!

【散 场】

记 者：你觉得今天的演出怎么样？

观众一：（英语讲话，中文翻译）我很喜欢，太神奇了。

记 者：这是你第一次看中国戏曲吗？

观众一：是的。

记 者：有机会你会去中国看戏曲吗？

观众一：是的，我喜欢去中国，中国戏曲是令人愉快的。

观众二：这是一场好看的演出，我的孩子都很喜欢。

观众三：我非常高兴能看到中国文化，很令人兴奋。

观众四：我对中国的演员很感兴趣，因为他们很特别。

观众五：这是一场完美的演出，特别是戏曲配上中国传统的器乐，非常有意思。

观众六：好极了，每个节目都很好看。特别是那两个孩子很引人注目。

【字 幕】新南威尔士州大法官 雷德·布朗

观众七：我喜欢《金钱豹》和《变脸》。我在四川成都也看过变脸，同时对各个唱腔我也很喜欢。

观众八：《梨园飞歌》好！（外国人用中文说）

【舞台现场】

【字 幕】**川剧《变脸》**

Sichuan Face Changing Opera

表演 彭登怀

Performed by the great master Denghuai Peng

大 山：彭老师请您留步，太精彩了！现在我们终于看到了彭老师的庐山真面目，在这儿我想给他出个难题，我们现在让他再变回去怎么样啊？大家说好不好？

（彭登怀走到观众席中，近距离的演示变脸艺术）

大 山：彭老师，我最后再提一个小小的要求，您再给我变一回好不好？我要看看是怎么变的。

（彭登怀上台重新演示）

【后 台】

彭登怀：非常成功。一般情况下，我变12次脸一般都是十五六次掌声，这次情况更特别。在国外表演我今天晚上的感觉最好，也变得非常顺利，一点都没有不理想的地方。

【外 景】

庞晓戈：我们《梨园春》此次赴澳演出，从它最初的策划到成形，到今天的圆满成功，这其中可以说饱含着省委、省政府和各级领导的关心和支持。

倪宝铎：省委书记徐光春亲笔为我们题写了贺词“交流合作”。省委常委、省委宣传部部长孔玉芳为我们《梨园春》栏目赴澳之行光临现场送行。在澳大利亚的演出结束之后，孔

玉芳部长立即发来了贺电，祝贺演出圆满成功。（切到贺信文字）

【画外音】河南电视台《梨园春》作为河南的文化名片，这次又远渡重洋，走出国门，在悉尼歌剧院成功演出，将厚重的中原文化以及中国戏曲艺术传播给世界人民，这是我省对外文化交流史上的一件大事，对于弘扬中原文化，宣传正在崛起的河南具有重要意义和深远影响。中共河南省委常委宣传部长孔玉芳。

（切回外景）

【画外音】《梨园飞歌》的每一步进程，都受到了中澳两国媒体的高度关注。（切到各种报纸图片）演出圆满结束后，《澳洲新快报》、《河南日报》、《东方今报》、《大河报》等多家媒体对当晚的演出盛况进行了大篇幅的报道。《澳洲新快报》评论："《梨园飞歌》犹如一座空中隧道连接起中国和澳洲，使中国地方戏剧成功走向海外。"

（切回外景）

庞晓戈：9月17日身处在《梨园飞歌》悉尼演唱会的现场，我们最深切的感触就是，这座辉煌的音乐殿堂里回荡着声声的乡音、激荡着浓浓的乡情。来自祖国的声音让这里的华人观众如痴如醉，来自故乡的情谊更是让他们倍感亲切。

【采　访】

【字　幕】中华人民共和国驻悉尼总领事馆总领事　邱绍芳

邱绍芳：我作为一个在这边中国驻悉尼的总领事馆的总领事，我能够看到我们家乡、我们国内这么高的艺术水平在这个悉尼的这个音乐殿堂、在悉尼最高的音乐殿堂的演出，还受到那么热情的欢迎、那么多观众的支持，我作为一个总领事非常高兴！我们希望像这样的艺术家、这样高水准的艺术水平更多的到这边来演出。

观　众：我感觉超棒，我觉得今天不仅我自己感到开心，因为是我们家乡的戏剧，并且最让我感到自豪的是，我们河南的豫剧，还有中国的戏曲！真的为你们骄傲自豪！

观　众：我就觉得你们的节目演得很成功，在悉尼我们很少看到这样的节目。

观　众：我们希望以后多有这种演出来悉尼，我们华人都能看到。

观　众：在离开祖国那么远的地方，听到你们唱这个（豫剧）非常感动。

观　众：特别我们华人，看了以后特别的振奋，因为这是世界的艺术殿堂啊。

观　众：当听到祖国的声音感觉特别的激动，尤其是当听到那首《我爱你中国》。

观　众：最后一首歌的时候就特别勾起那种思乡情结，当时就特别想哭。很想跟着你们一起坐飞机回国。

【舞台现场】

【字　幕】**歌曲《我爱你中国》**

Song I love you China

表演 丁毅、特瑞萨·拉·瑞卡

Performed by Yi Ding、Teresa. La. Rocca

【唱　词】

我爱你 中国/I love you china，我爱你春天蓬勃的秧苗/I love the flourishing rice seedling of your spring，（插入外景）我爱你秋日金黄的硕果/I love your autumn days with golden fruit。我爱你青松气质/I love your calm temperament，我爱你红梅品格/I love your morals and charisma，

我爱你家乡的甜蔗/I love the sweet sugar cane in your villages，好像乳汁滋润着我的心窝/I feel as it milk has moistened my heart。我爱你 中国/I love you china，我爱你 中国/I love you china，我要把美好的青春献给你/I want to dedicate the fine youth to you，我的母亲 我的祖国/My mother my motherland。啊 啊/Ah Ah，我要把美好的青春献给你/I want to dedicate the fine youth to you，我的母亲 我的祖国/My mother my motherland。

【谢幕现场】

【画外音】我爱你中国，是所有中华儿女的心声，也深深打动了每一位现场和电视机前的观众。《梨园飞歌》作为中国文化澳洲行的一个重要组成部分，带来的不仅是中原文化和中国戏曲的精彩，更带来了中华民族繁荣富强的讯息。当演出落下帷幕，当观众渐渐离去，当辉煌定格在心中，我们没有狂喜，却有一抹挥之不去的感慨。

【回顾准备历程】

【字　幕】2005 年 10 月，第一次实地考察悉尼歌剧院；和澳方达成演出协议，确定演出日期为 2006 年 9 月 17 日；在此之后，《梨园飞歌》相关工作逐步展开；2006 年 1 月赴澳手续陆续开始办理；2006 年 9 月 15 日《梨园飞歌》演职人员 102 人顺利抵达悉尼；2006 年 9 月 11 日交响乐队进入排练；2006 年 9 月 17 日《梨园飞歌》演出现场；2006 年 4 月澳星选拔赛正式启动；2006 年 9 月 17 日《梨园飞歌》演出现场；2006 年 6 月赴澳对联征集活动开始；2006 年 9 月 17 日河南电视台台长周绍成向中国驻悉尼总领事赠送对联；2006 年 9 月 11 日省歌舞剧院进行最后一次排练；2006 年 9 月 17 日《梨园飞歌》成功演出；2006 年 8 月中澳两方第一次测试卫星信号；2006 年 9 月 17 日《梨园飞歌》成功直播。

【演出准备场景】

【画外音】在这片土地上，我们曾挥洒汗水，我们曾流下泪水，我们曾付出全身心的努力，我们曾让那些美丽的瞬间定格在观众心中。

【采　访】【字　幕】凤凰卫视驻澳首席记者　杨海鹰

杨海鹰：首先我感觉这次合作真的挺棒的，我代表澳方我是导播。因为这里有六个西方人，他们是摄影师。这是蒋导演，我们第一次合作，而且真的是一气呵成，非常非常愉快，我也没想到效果会显得那么的好。

蒋愈红：（《梨园春》栏目制片人 蒋愈红）这个演出的成功可以说是凝聚了大家的共同努力，凝聚了各个环节的齐心携手。在此我们对澳方、对我们的凤凰卫视表示最诚挚的感谢。

（蒋愈红与杨海鹰握手，表示感谢）

【演出结束后演职人员庆祝】

【画外音】成功后的相拥是最幸福的时刻，一年多的辛苦便在这一笑一握中渐渐远去。而如今我们收拾行囊，要离开这片土地的时候，没有遗憾，因为我们收获了成功，收获了那么多观众的笑脸。别了，澳大利亚；别了，悉尼歌剧院，我们的离开只是暂时的。明天我们还会抖擞出发，将《梨园春》的名字播洒，让中国戏曲响彻世界的每一个角落。

【片　尾】

（编撰　迟 刚）

走进大戏台

【2004 年第 19 期（总第 172 期）】

【片　　长】 60 分钟

【制作单位】 山西电视台

【主创人员】 撰稿：赵尚文

电视导演：梁虎恩

执行导演：田永国

擂台赛导演：田桂兰　王石兰

【片　头】

（观众掌声）

（本期《走进大戏台》演播地点：杜儿坪矿）

【主持人：李健　白宏声】

李　健： 现场的观众朋友们，

白宏声： 电视机前的观众朋友们，

李　健： 杜儿坪矿的干部职工和家属朋友们，

白宏声　李　健： 大家好！

白宏声： 欢迎收看今天的《走进大戏台》。

李　健： 今天我们非常高兴地来到位于太原市郊著名的杜儿坪矿。这里山青水秀，鸟语花香。创绿色矿区，建幸福家园，已经成为矿区的文化理念。

白宏声： 杜儿坪矿是山西焦煤集团公司西山煤矿总公司的优秀企业，（开始插矿区工作区镜头、矿区文化长廊镜头以及获得的奖状镜头等）是全国优质动力煤基地之一，煤炭质量指标均达到国际标准。

李　健： 全区的各项经济指标在全省的同行业当中都是遥遥领先。

白宏声： 他们先后荣获国家部颁一级质量标准化矿井，特级标准化矿井，行业高产高效矿井，现代化矿井等称号。被评为现场管理最佳企业，国家文明煤矿，省市精神文明先进单位，山西省社会治安综合治理先进单位。（镜头回到现场观众）我们对他们所取得优异成绩表示衷心的祝贺。

李　健： 好，观众朋友，首先我们来认识一下来到现场的，各方阵队的朋友。坐在第一、第二、第三方阵的分别是一采区、二采区、三采区的职工代表们。

白宏声： 欢迎大家！好，第四方阵是运输区、通风区、安装区的职工代表。

李　健： 第五方阵是劳动保险办事处的代表。欢迎你们！

白宏声： 欢迎老年代表！第六方阵是供应科、医院、煤运公司、机关的职工代表。

李　健：第七方阵是多经公司（多种经营公司）的职工代表。欢迎你们！

白宏声：欢迎你们！第八方阵是后勤服务公司的职工代表。

李　健：第九方阵是机电科、机电检修公司的职工代表。欢迎你们！

白宏声：欢迎各方阵代表，同时我们也非常欢迎杜儿坪热情的戏迷朋友们。欢迎大家！

李　健：欢迎大家！

白宏声：好的，介绍了方阵之后，我们马上来选出今天的幸运观众。

李　健：有请山西焦煤集团公司党委书记、西山煤矿总公司总经理薛山抛彩球，有请！

白宏声：我们有六颗彩球，哪儿掌声最热烈，我们抛到哪儿。

（薛山总经理向现场观众抛彩球）

李　健：您再用点劲，后面的……

白宏声：非采区的朋友们，挥挥手。

李　健：好！谢谢，谢谢！

白宏声：谢谢！那现在拿到彩球的观众朋友，请撕下纸条看一下，其中上面写着三个字，“幸运奖”。谁捡到了，谁就是我们今天的幸运观众。（镜头切至拿着幸运彩球的观众）好，这位小伙子，恭喜你！

李　健：你将获得由金源酒业提供的精美照相机一台。恭喜！

白宏声：恭喜！

李　健：其他五位拿到我们彩球的朋友，同样有精美的礼品送给大家，同样恭喜五位！

白宏声：好的，观众朋友们，下面我们的好戏马上开场。让我们共同进入由老万炉业冠名的“群芳荟萃”。

（第一环节片花）

【第一环节：群芳荟萃】

白宏声：首先我们热烈欢迎四大梆子名家隆重登场！

李　健：有请——（本期邀请的四大梆子名家从观众中走向舞台）观众朋友，我们现在看到的是四大梆子名家身着彩妆，伴着悠扬的乐曲向我们走来。这真是美丽矿山放风采，

白宏声：四大梆子齐登台。

李　健：辉煌业绩赞不尽。

白宏声：梨园高歌唱未来！

李　健：观众朋友，我们这四位领衔主演呢，都是中国戏剧“梅花奖”获奖演员。

白宏声：这位是蒲剧名家王艺华，这位是晋剧名家胡嫦娥，这位是北路梆子名家杨仲义，这位是上党梆子名家张爱珍。

李　健：接下来请欣赏他们的精彩表演，有请！

【字　幕】**蒲剧《寇老西升堂》选段**

表演者　王艺华（运城市蒲剧团）

中国戏剧梅花奖获得者

演唱该剧“下金殿出午门春风满面”唱段。

【字　幕】**晋剧《算粮》选段**
表演者　胡嫦娥（太原市实验晋剧院）
中国戏剧梅花奖获得者
演唱该剧“金牌调、银牌宣”唱段。

【字　幕】**北路梆子《寇准背靴》选段**
表演者　杨仲义（忻州地区北路梆子剧团）
中国戏剧梅花奖获得者
演唱该剧“杨元帅遭屈死家国蒙难”唱段。

【字　幕】**上党梆子《佘赛花》选段**
表演者　张爱珍（晋城市上党梆子剧团）
中国戏剧梅花奖获得者
演唱该剧“站高坡，极目眺”唱段。

李　健：好，谢谢各位名家精彩的表演，谢谢！

白宏声：谢谢！杜儿坪煤矿以科技兴矿、多元发展、环境保护为战略思想。牢固树立集团一流、省内领先的战略目标。力争近两年内突破年产500万吨大关，跨入全国先进行列。

李　健：安全生产是煤炭行业的头等大事。一切为了安全，一切服从安全，一切服务安全，一切优先安全，一切保证安全，这是杜儿坪矿的安全理念。

白宏声：嗯，是的！

李　健：所以呢，他们保持了连续八年安全生产的纪录。

白宏声：真是非常的了不起！

李　健：是的！

白宏声：好的，朋友们，下面我们紧张激烈的擂台赛马上开始。

李　健：让我们共同进入由金源酒业冠名的——

白宏声　李　健：“戏迷擂台赛”。

（第二环节片花）

【第二环节：戏迷擂台】

李　健：首先，我们来介绍一下担任本场比赛的各位评委。这位是山西电视台电视剧制作中心戏曲部主任、《走进大戏台》栏目制片人周爱玲，您好！

白宏声：好，这位是著名晋剧表演艺术家王爱爱老师，您好！

李　健：这位是山西电视台《走进大戏台》栏目导演郭洪刚，您好！

白宏声：这位是山西电视台《走进大戏台》栏目主任温其丁，您好！

李　健：这位是山西焦煤集团西山煤矿总公司杜儿坪矿原党委书记王文杰，您好！

白宏声：这位是山西焦煤集团西山煤矿总公司杜儿坪矿原副矿长史忠旺，您好！

李　健：欢迎各位评委！

白宏声：好，欢迎各位。今天，担任现场伴奏的是《走进大戏台》晋剧乐队。这位是鼓师那山秀，您好。这位是琴师曹振旺，您好。好的，下面我们掌声有请业余选手上场！

白宏声　李　健：有请！

【字　幕】**晋剧《教子》选段**
表演者　武玉保（老生60岁）
山西焦煤集团杜儿坪矿退休职工
演唱该剧“尊三娘莫恼机房稳坐”唱段。

【字　幕】**晋剧《打金枝》选段**
表演者　张香兰（小旦37岁）
山西焦煤集团杜儿坪矿职工
演唱该剧“头戴上翡翠双凤齐”唱段。

【字　幕】**晋剧《三关点帅》选段**
表演者　杜芳香（须生40岁）
山西焦煤集团杜儿坪矿家属
演唱该剧“八千岁顿时肝火冒”唱段。

李　健：观众朋友们，我们三位业余组的选手都做了精彩的演唱，下面有请观众朋友为一号选手打分。

李　健　白宏声：请亮牌！

白宏声：90分，90分，80分，80分，90分，90分。好，我们一号选手的观众得分是520分。恭喜一号选手。下面请观众朋友为二号选手打分。90分，80分，90分，90分，90分，90分。谢谢。我们二号选手的观众得分是530分。好，恭喜二号选手。下面请观众朋友为三号选手打分。100分，100分，100分，100分，100分，100分。谢谢。我们三号选手的观众得分是满分600分。下面请评委为一号选手打分。80分，90分，80分，80分，80分，80分。谢谢。好的，我们一号选手的评委得分是490分。下面请评委为二号选手打分。90分，90分，90分，90分，90分，90分。谢谢。好的，我们二号选手的评委得分是540分。恭喜二号。下面请评委为三号选手打分，请亮牌。我们看一下，100分，100分，100分，100分，100分，100分。我们三号选手的评委得分同样是满分，600分。下面我们三位选手的最后成绩已经出来了。一号选手最后得分1010分。二号选手最后得分1070分。三号选手最后得分1200分。好，我们恭喜三号选手成为本场的擂主。恭喜三号选手！下面我们有请西山煤矿总公司党委常委工会主席刘志安，中共万柏林区区委常委、宣传部部长郝晓伟，原平平康磷化公司、平康复合肥销售状元、阳曲县农业生产资料公司经理王贤斌上台，为获得业余纪念奖的选手颁奖，有请！

李　健：他们将获得由山西电视台《走进大戏台》栏目提供的微波炉、电风扇。由晋城市金源酒业有限公司提供的绵山粮液。由山西暖神绒毛精品有限责任公司提供的暖神绒毛单人被。由汾阳市神泉酒厂提供的神泉古酒。

白宏声：下面我们有请山西焦煤集团公司副总经理、西山煤矿总公司常务副总经理杨茂林，山西煤矿安全监察局西山办事处主任贾施文上台为擂主披挂彩带，颁发证书，有请！

李　健：擂主将获得由山西《走进大戏台》栏目提供的电饭锅。由晋城市金源酒业有限公司提供的绵山粮液。由山西暖神绒毛精品有限责任公司提供的暖神绒毛单人被。由汾阳市神泉酒厂提供的神泉古酒。

白宏声：好，我们再次以热烈的掌声感谢三位业余选手精彩的演唱。谢谢你们，谢谢！好的，观众朋友们，紧张的擂台赛过后，我们来轻松一下，让我们共同进入由原平平康磷化冠名的“方阵擂台”！

（第三环节片花）

【第三环节：方阵擂台】

白宏声：好，我们掌声有请方阵代表上场。有请！好，和大家近距离接触。

方阵代表一：我叫谢晓萍，是杜儿坪矿机关工会的一名员工。

白宏声：好的，欢迎您！

方阵代表二：我叫张善玉，是一采区一名职工。

方阵代表三：我是杜儿坪矿多经公司的一名职工，我叫董素琴。

白宏声：欢迎三位。按照我们的竞赛规则，首先有请这——来选择您的题板。

方阵代表一：我选那个绵山粮液吧！

李　健：请问杜儿坪矿已经连续几年实现安全生产？（问题同时出字幕，此环节下同）请回答。

方阵代表一：连续八年。（答案同时出字幕，此环节下同）

李　健：她面带笑容地告诉大家连续八年，非常自信。杜儿坪矿很注重企业文化建设，在《企业文化手册》中制定的安全理念中，把安全提高到哪“三个最大”的高度？请回答。

方阵代表一：安全是最大的政治，安全是最大的效益，安全是最大的稳定。

李　健：非常正确！

白宏声：那戏曲中的“唱念做打”，那您今天要给大家表演什么？

方阵代表一：我呢，唱一段那个《十五贯》里的徐友兰，那个一段唱腔，唱两句吧。

白宏声：我们掌声鼓励一下。

李　健：好，有请！

方阵代表一：（唱晋剧《十五贯》徐友兰唱段）“家贫寒少衣食难养双亲，在商店当伙计苦度光阴。”嗯，好，谢谢！

白宏声：好的，我们这位方阵代表开了个好头。好，下面请您来选择题板。

方阵代表二：格王皮鞋。

白宏声：格王皮鞋。

李　健：请你指出晋剧乐队中哪些是武场乐器？

方阵代表二：武场乐器包括鼓、板，这个小锣、马锣，这个钹等乐器。

李　健：对，你说的这些打击乐全都是武场乐器。在这些弦乐中啊，领奏的乐器是哪一件？

方阵代表二：晋剧领奏的就是师傅拿的这个胡琴，咱们平常，民俗话叫做葫芦子。

李　健：非常正确！

白宏声：那您是唱啊，还是表演啊，还是……

方阵代表二：给大伙唱上两句吧。

白宏声：好，我们掌声鼓鼓劲儿！

李　健：有请！

方阵代表二：（唱京剧《铡美案》包拯唱段）“包龙图打坐在开封府，驸马不必巧言讲。现有凭据在公堂，人来看过了香莲状。”

白宏声：好的，谢谢您！（对方阵代表三）好，您的题板呢，只有1号题了。

李　健：没有选择了。原平磷化，也就是1号题。杜儿坪矿坚守的战略思想是哪三大战略？请回答。

方阵代表三：科技兴矿、多元发展、环境保护。

白宏声：完全正确！

李　健：杜儿坪矿的战略目标主要是指哪八个字？请回答！

方阵代表三：集团一流，省内领先。

李　健：回答正确。好，恭喜您！

白宏声：好，那您下面要表演什么？

方阵代表三：他们两位选择了唱段，那我就表演一段戏曲小旦的基本动作吧。

白宏声：一起来欣赏。

（方阵代表三进行小旦形体表演）

白宏声：这是小姐要出门了，拉开门栓……走出去……来到美丽的杜儿坪，东瞧瞧，西望望。

白宏声：哦，这是在喂小鸡呢。给小鸡泼洒食物。哎……

李　健：怎么了？小鸡丢了。呵呵。好，谢谢！

白宏声：好的，谢谢。下面有请评委点评。

王爱爱：刚才看了三位代表的表演啊，非常不错。也有唱的，也有表的。嗯……相当好，但是呢，我总是想让大家锦上添花，好上加好。所以说了，现在有这么多的戏迷，有对文艺这么爱好的，我非常高兴。我希望你们能再接再厉，希望我们下一届“大戏台”你们拿出好的成绩。我还得选一个，我就选那个唱京剧的吧。

李　健：唱京剧的……

王爱爱：唱京剧的。

李　健：那就是第二个方阵的代表。

白宏声：好，下面我们有请西山煤矿总公司杜儿坪矿党委书记裴天强、西山煤矿总公司杜儿坪矿矿长段润宇上台，为三位方阵代表赠送纪念品。有请——

李　健：第二号方阵呢，将获得由我们“大戏台”赠送的优胜奖杯一座。同时，三位方阵代表都将获得由浙江格王鞋业赠送的精美华伦鹅皮鞋。

白宏声：好，我们再次以热烈的掌声感谢三位方阵代表。好的，下面让我们共同进入由浙江格王鞋业冠名的——

白宏声　李　健："艺苑风采"。

（第四环节片花）

【第四环节：艺苑风采】

【字　幕】**京东大鼓《唱唱杜儿坪》**

表演者　李文刚（山西省通信公司文化中心）

伴　舞　榆次区艺术学校

李　健：让我们共同进入由金源酒业冠名的——

李　健　白宏声："梨园擂台赛"。

（第五环节片花）

【第五环节：梨园擂台】

【字　幕】**晋剧《芦花》**

表演者　武卫仙（女 须生 35 岁）

太原市实验晋剧院

演唱该剧"儿跪倒父施礼善人思忖"唱段。

【字　幕】**晋剧《金水桥》选段**

表演者　周文丽（女 青衣 17 岁）

山西省戏剧职业学院、和顺实习团

演唱该剧"骂一声秦英你太无礼"唱段。

【字　幕】**晋剧《嫁衣案》选段**

表演者　梁忠威（男 三花脸 29 岁）

太原市实验晋剧院

演唱该剧"花儿苦来天生就"唱段。

李　健：好，观众朋友，我们三位专业组的朋友都做了深情并茂的演唱。下面有请观众朋友为一号选手打分。

白宏声：90 分，90 分，80 分，80 分，90 分，90 分。好的，我们一号选手的观众得分是 520 分。恭喜一号选手。下面请观众朋友为二号选手打分。100 分，100 分，100 分，100 分，100 分，100 分。我们二号选手的观众得分是满分 600 分。下面请观众朋友为三号选手打分，请亮牌。90 分，90 分，90 分，90 分，90 分，90 分。好的，我们三号选手的观众得分是 540 分。好，下面请评委为一号选手打分，100 分，100 分，100 分，100 分，100 分，100 分。好的，谢谢。我们一号选手的评委得分是满分 600 分。恭喜一号！下面请评委为二号选手打分，90 分，90 分，80 分，80 分，80 分，80 分。好的，我们的二号选手的评委得分是 500

分。下面，我们请评委为三号选手打分，90分，90分，90分，90分，90分，90分。我们三号选手的评委得分是540分。现在，我们三位选手的最后成绩已经出来了。一号选手最后得分，1120分。二号选手最后得分，1100分。三号选手的最后得分，1080分。好的，我们恭喜一号选手，以1120分的成绩成为本场的擂主。恭喜一号选手！

李　健：恭喜！

白宏声：下面我们有请西山煤矿总公司副总经理张冷虎，西山煤矿总公司副总经理、安全监察局局长王玉宝上台，为获得专业纪念奖的选手颁奖。有请！

李　健：他们将获得由山西电视台《走进大戏台》栏目提供的空调扇、微波炉、护眼灯，由晋城市金源酒业有限公司提供的绵山粮液，由山西暖神绒毛精品有限责任公司提供的暖神绒毛单人被，由汾阳市神泉酒厂提供的神泉古酒。

白宏声：下面我们有请山西焦煤集团公司党委常务副书记、工会主席刘瑞林上台为擂主披挂彩带、颁发证书，有请！

李　健：擂主将获得由太原市鑫业兴摩托车贸易有限公司提供的曾获两次吉尼斯世界纪录的大江摩托车，和介休市金源酒业提供的绵山粮液，汾阳市神泉酒厂提供的神泉古酒。

李　健：观众朋友，我们今年"大戏台"年终专业总擂主将获得由金源酒业提供的豪华小轿车一辆，业余总擂主将获得由老万炉业提供的小轿车。

李　健：我们衷心地祝愿杜儿坪煤矿向着集团一流、省内领先，建设省内富裕、文明、优美小康矿区的奋斗目标而阔步前进！

白宏声：我们衷心地祝愿杜儿坪的明天更加美好！

李　健：观众朋友，我们的节目到这就结束了，非常感谢大家的收看。让我们喜看梨园春常在，

白宏声：生旦净丑显风采。

李　健：要想体会戏中乐，

白宏声：欢迎走进——

李　健　白宏声：大戏台！

白宏声：朋友们

李　健　白宏声：再见！

（编撰　崔磊）

相约花戏楼

【第250期】

【制作人员】总 导 演：叶　龙

导 演 组：贾谨美　李　季　胡明明　李　鹏　马　骏

艺术指导：曹建坤
撰　　稿：笑　眉
编　　辑：薛　峰
摄 像 组：马　骏　宋　杨　吴　震
效　　果：许绍珏
化　　妆：沈雅玲　张　春　李　朕
服　　装：何　云
发　　型：吴家慧
道　　具：胡洪源　叶军玲
技　　术：葛　晓　欧家宽　杨晓华　安泽华　张　莹　黄　嵩
键　　盘：陈　虹
灯光设计：陈建民
灯　　光：孙明光　藏永保　黄媛媛　李小龙
音　　频：王　照　谢文革
视　　频：黄　嵩　宋超英　谢　鹏
特　　技：王力平　鲍明圣　陈基羽
字　　幕：李　昕
技术监制：李伟中　蒋　蓓
制片主任：陈　夏
舞台监督：路大东　梅伟慈
剧　　务：谢丽雅　时　峰　崔　颖　王　辉
制 片 人：叶　龙　关文彬
监　　制：何玉水　汪亚琳　孙志远
总 监 制：陈　田
乐　　队：相约花戏楼乐队
乐队着装由香港远东国际服饰有限公司提供
《相约花戏楼》播出时间：
首播 卫视频道 每周五21：42
重播 文体频道 每周日16：07
公共频道 每周日23：35

【片　头】

【同期声】

生旦净末丑，相约花戏楼。最新一期的《相约花戏楼》特别制作了一期昆曲艺术中的经典《牡丹亭》专辑。青春版《牡丹亭》的主要演员和策划人将一一亮相做客花戏楼，欢迎你周五晚间21点42分准点收看最新一期的《相约花戏楼》。

风云又起，谁与争锋。《相约花戏楼》安徽广播电视报联合打造海南“椰岛杯”2004首届安徽中老年戏迷票友大赛开赛在即。中年老年同台竞技，剧种行当不限，详情请致电

0551－3414241，0551－2210888 转 618。海南椰岛杯 2004 首届安徽中老年戏迷票友大赛期待您的参与。本次大赛由海南椰岛·鹿龟酒独家赞助。

欢迎您收看《相约花戏楼》！

（舞台前燃放烟花，音乐声中主持人上）

李　育：生旦净末丑，

马　滢：相约花戏楼。

李　育：现场和电视机前的观众朋友们，

合　说：大家好！

李　育：牡丹亭上三生路，一往情深逾死生。

马　滢：幸有才人椽作笔，死生至爱遂鸳盟。

李　育：熟悉戏曲的朋友们都知道我们刚才说的是昆曲《牡丹亭》。

马　滢：没错。

李　育：昆曲是中国的“戏祖宗”，已经有五百多年的历史了，称为“人间雅乐”，而且是艺术门类当中的“阳春白雪”。

马　滢：哎，而这个汤显祖的《牡丹亭》啊，更是为历代的昆曲艺术家们推崇为经典中的经典。

李　育：在我们今天的《相约花戏楼》节目当中，将会给朋友们送上一出由两岸三地的艺术家共同打造的青春版《牡丹亭》。

马　滢：《游园惊梦》是《牡丹亭》中的一折，它说的是杜丽娘在丫鬟春香的陪伴下偷偷的到后花园去赏花，梦到了一位俊秀的书生请她题诗，二人情投意合，是为梦中情。而青春版的《牡丹亭》呢，将这一段赋予了青春的气息，且歌且舞，曼妙动人，美不胜收。好，我们在演出之前介绍一下这三位演员啊。沈丰英她是主攻正旦的，而沈国芳呢主攻六旦，而俞玖林呢主攻巾生的。他们三个人呢都曾经获得过中国首届昆剧艺术节的表演奖以及苏州专业团体中青年演员评比演出的金银奖，是江苏省苏州昆剧院小兰花团的专业演员。那么在青春版的《牡丹亭》当中三个人都有不俗的表现。

李　育：现在掌声有请他们上场。

马　滢：有请。

【字　幕】**昆剧《牡丹亭·游园惊梦》**

原著　汤显祖

剧本整理　白先勇　华玮　张淑香　辛意云

作曲　周友良

演唱　沈丰英　沈国芳　俞玖林

（沈丰英、沈国芳表演。沈丰英饰杜丽娘，沈国芳饰春香）

【舞　台】《相约花戏楼》节目演播现场舞台，灯光以蓝色调为主。

【唱　词】

杜丽娘（沈丰英饰）：（念白）不到园林，怎知春色如许？

原来姹紫嫣红开遍，似这般都付予断井颓垣。良辰美景奈何天，赏心乐事谁家院？朝飞暮卷，云霞翠轩，雨丝风片，烟波画船。锦屏人忒看的这韶光贱！遍青山啼红了杜鹃，那荼蘼外烟丝醉软，那牡丹虽好，他春归怎占得先？闲凝眄，声声燕语明如剪，听呖呖莺声溜得圆。

（俞玖林、沈丰英表演。俞玖林饰柳梦梅，沈丰英饰杜丽娘）

柳梦梅（俞玖林饰）：转过这芍药栏前，紧靠着湖山石边。和你把领扣松，衣带宽，袖梢儿揾着牙儿苫也，则待你忍耐温存一晌眠。是哪处曾相见，相看俨然，早难道这好处相逢无一言。

（掌声起）

李　育：好，谢谢三位精彩的表演，让我们看到了一个青春靓丽又充满时代感的新《游园惊梦》。

马　滢：对，江苏省苏州昆剧院呢，它的这个青春版的《牡丹亭》从创意到演出历时一年多的时间。在今年的四五月份，他们在苏州、台湾和香港巡演，当时轰动了两岸三地，反映热烈。那么接下来，他们还将在北京和上海演出，年底还将出访法国。

李　育：有关情况我们一起来看看下面的专题片。

【镜　头】沈丰英、俞玖林在周庄古戏台练戏的场景，之后切换至江苏省苏昆剧团外景及周庄外景。

【解说词】

昆剧又称昆曲，距今已有五百多年的历史了，是我国古老的戏曲剧种之一。早在元末明初之时，江苏昆山一带就有一种称为“昆山腔”的南方声腔流行，之后“昆山腔”逐渐发展成一种新的声腔时称“水磨腔”，被统称为“昆曲”。明中叶期间昆曲发展磅礴，产生大量创作和改编的作品，作品多取材于宋元南戏。其中《荆钗记》、《琵琶记》等南戏五大名著，至今仍然见于昆曲舞台。2001 年 11 月，有着四十多年历史的江苏省苏昆剧团正式扩大规模，并更名为江苏省苏州昆剧院，同年自愿跟江南水乡福镇周庄联姻，每天在周庄古戏台展演昆剧，让南来北往的游客一睹昆剧的风采。三年来周庄的古戏台天天上演传统昆剧，成为周庄旅游的一大景观。说起青春版的《牡丹亭》，则源起 2002 年的一次在香港举行的“白先勇说昆剧”的昆剧系列讲座活动。

【镜　头】采访白先勇画面

【同期声】（白先勇）两年前，香港政府“刊物署”请我到香港做了几场昆曲的讲座。我在想，很多是给学生听的，要引起学生的兴趣，我就一边示范演出一边演讲。那我想呢因为学生们是青年，我想请一些青年演员来示范（给学生），比较能吸引学生，所以我就通过朋友，朋友跟苏昆（苏州昆剧院）他们很熟悉，知道有一个小兰花班，大概二十出头这一群学员，我请他们到香港来做我的示范演出，那么就一边讲一边演，那时候开始认识他们的。

【镜　头】江苏省苏昆剧团戏曲宣传栏、报纸对青春版《牡丹亭》演出情况报道资料。

【解说词】

其后，白先勇多次到苏州实地考察昆曲发展状况，对年青一代昆曲演员的综合素质褒赏有佳，所以发动两岸三地的艺术家，包括著名的昆剧表演艺术家汪世瑜、张继青，制作青春版《牡丹亭》为昆剧的推广及弘扬做一次标志性的演出。以新一代昆剧艺人的青春活力、靓丽而规范的表演吸引年轻观众，使演员与观众后继有人，昆剧艺术能够薪火相传。

【镜　头】采访白先勇画面

【同期声】（白先勇）我想演一个就是青春版《牡丹亭》，就是启用年轻演员，吸引年轻观众。主要就是这两个目的吧。一个就是借这出戏，来训练一群年轻演员。我觉得好像昆曲再不快点传下去有断层的危机。那么第二呢观众也是有老化的趋向，需要怎么能吸引那些大学生和中学生。他们才是最重要的观众。

【镜　头】青春版《牡丹亭》排演照片和演出剧照

【解说词】

经过一年多的刻苦努力训练，青春版《牡丹亭》以其青春靓丽的形象和表演风格获得观众首肯，无论是在大陆还是在台湾、香港，都激起人们惊呼。昆剧这朵古老尊贵的艺术奇葩在21世纪的现代舞台上重放光芒、风采依然。

【镜　头】掌声起，画面转节目现场：主持人李育采访江苏省苏州昆剧院副院长尹建民

李　育：生旦净末丑，相约花戏楼。观众朋友我们今天的嘉宾是来自江苏省苏州昆剧院的副院长尹建民，你好，尹院长。

尹建民：你好，小李。

李　育：尹院长这次来到花戏楼，带来了这个新版的《牡丹亭》对吧。我们都知道汤显祖的《牡丹亭》呢，问世已经有四百多年了，这次咱们把这个戏祖宗做了一个青春版，能不能和我们讲讲这和以往的版本有什么不一样呢？

尹建民：好的，青春版《牡丹亭》从剧本的角度，是从汤显祖的五十五折原著当中精选了二十七折，主要是把杜丽娘和柳梦梅真挚的爱情从头到尾贯穿起来。那么我们这个剧本呢是台湾的主创人员改编整理的，以白先勇先生为首。他有一个宗旨要突出他们这个剧本当中的爱情主线，这是剧本角度。那么从表演要通过我们年轻靓丽的演员，把杜丽娘和柳梦梅的美好的典型的形象，呈现在我们的舞台上，以吸引我们真正的我们未来的年轻的昆曲观众。所以青春版就是突出“青春靓丽”这四个字。

李　育：我想，我们搞这样的一出戏，应该是心目当中早就有个目标观众。

尹建民：对。

李　育：咱们这出青春版的《牡丹亭》的目标观众是谁？

尹建民：青年观众。

李　育：青年观众

尹建民：对，通过我们今年四月份在台湾，五月份在香港，吸引了一大批的年轻观众。特别是在台湾有一万多个昆曲迷，其中三分之二是年轻的观众。

李　育：之前呢，我们已经欣赏到了这出戏的《游园惊梦》两个片段，那么接下来我想我们现场有很多的青年观众，包括电视机前相信正在收看我们节目的也会有很多的青年观众。但是我不知道他们有没有被吸引，接下来我们再送上一段，再来打动他们一下。我知道这出戏当中好像还有“幽媾”一折，接下来我们是不是欣赏其中的一段。

尹建民：可以。

李　育：我们请尹院长介绍一下。

尹建民：好的，我们这次青春版《牡丹亭》二十七折，一共分上本、中本、下本。上本呢是“梦中情”，杜丽娘在梦中向往到了自己梦中的意中人吧，就是柳梦梅，那么她呢达不到自己爱情的追求，幽怨而亡。这个病了以后就死了。那么中本呢就是“人鬼情”。“幽媾”呢，杜丽娘死了以后她的鬼魂去跟柳梦梅相会，用她自己的真情的表白，来吸引柳梦梅，达到她跟柳梦梅结合，爱情向往，惺惺相惜的这种景象。所以“幽媾”呢是人鬼情，一个是鬼一个是人。

李　育：那么接下来，我们就请两位演员为我们送上这一段精彩的表演。

【字　幕】**昆剧《牡丹亭·幽媾》**

原著　汤显祖

剧本整理　白先勇、华玮、张淑香、辛意云

作曲　周友良

演唱　沈丰英、俞玖林

【舞　台】《相约花戏楼》节目演播现场舞台，灯光以蓝色调为主。舞台一侧有一桌二椅道具

【唱　词】

杜丽娘（沈丰英饰）：奴家真个盼着你了（念白）。幽谷寒涯，你为俺催花连夜发。俺全然未嫁，你个中知察，拘惜的好人家。牡丹亭，娇恰恰；湖山畔，羞答答；读书窗，淅喇喇。良夜省陪茶，清风明月知无价。

柳梦梅（俞玖林饰）：俺惊魂化，睡醒时凉月些些。陡地荣华，敢则是梦中巫峡？亏煞你走花荫不害些儿怕，点苍苔不溜些儿滑，背萱亲不受些儿吓，认书生不着些儿差。你看斗儿斜，花儿亚，如此夜深花睡罢。笑咖咖，吟哈哈，风月无加。把他艳软香娇做意儿耍，下的亏他？便亏他则半霎。

【镜　头】画面转节目演播现场，李育采访尹建民

李　育：好，谢谢，谢谢我们两位演员刚才表演的这一段，非常好看、也非常精彩的人鬼情！啊，尹院长刚才你也说到这两位演员呢，也是我们院团很优秀的青年演员，同样也是主创人员千挑万选选出来的。可是我就想问一问怎么会选到他们的？

尹建民：他们在学校当中学了四年，1998 年进了团进了我们院以后，经过六年的舞台实践。但是他们从形象因为是青春靓丽，但是从表演的程式、表演的技巧方面包括对角色的体现，内心的体现方面、理解方面，还跟真正角色的要求距离很大。那白老师呢通过我们在香港的合作，他感觉到我们的青年演员，潜质很好，可以从一块很好的玉雕琢成才。所以通过我们两方面的努力，我们以情感人，我们的友谊交往看我们的青年演员很好，那么通过他邀请了我们汪世瑜老师、张继青老师到我们院里，经过一年的魔鬼式的训练，到现在为止，通过在舞台上的呈现达到了白先勇老师的要求，能够接好我们苏州昆剧的班，能够在舞台上更好的体现杜丽娘跟柳梦梅的青春靓丽的形象。所以这一段“如杭”，新婚人儿杜丽娘敬酒三

杯送柳梦梅上京赶考，前面有杜丽娘和柳梦梅有很多的舞蹈动作，这个动作呢，这场戏分量相同于前面的舞蹈动作。所以老师们考虑了再三以后，用两把扇子，一把是杜丽娘，一把是柳梦梅，通过两个人的扇舞，把两个人的心情充分的通过扇舞在舞台上体现出来。所以这一段的戏，包括唱、包括身段很优美。

李　育：好，接下来就让我们一起来欣赏《牡丹亭·如杭 》一折里一段精彩的片段。

【字　幕】**昆剧《牡丹亭·如杭》**

原著　汤显祖

剧本整理　白先勇　华玮　张淑香　辛意云

作曲　周友良

演唱　沈丰英　俞玖林

【舞　台】《相约花戏楼》节目演播现场舞台，灯光以蓝色调为主。舞台中间有一桌二椅道具

【唱　词】

杜丽娘（沈丰英饰）：偶和你后花园曾梦来，擎一朵柳丝儿要俺把诗篇赛。（念白）奴正题咏间，便和你牡丹亭上去了。

柳梦梅（俞玖林饰）：（念白）可好哩?

杜丽娘（沈丰英饰）：（念白）咳，正好中间，落花惊醒。此后神情不安，一病奄奄，这是聪明反被聪明怠。真诚不得真诚在，冤亲做下这冤亲债。一点色情难坏，再世为人，话作了两头分拍。

柳梦梅（俞玖林饰）：是话儿听得都呆答孩。则俺为情痴信及你人儿在。还则怕邪淫惹动阴曹怪，忌亡坟触犯阴阳戒。分书生领受阴人爱，勾的你色身无坏。出土成人，又看见这帝城风采。

（掌声起）

（安徽电视台台标）

（相约花戏楼“梨园新星榜”栏目标）

【栏目标配音】欢迎您收看《相约花戏楼》。“梨园新星榜”由北大富硒康，冠名播出，北大富硒康、健康父母的好伴侣。

【镜　头】转至节目现场

李　育：您现在正在收看的是安徽卫视戏曲综艺栏目《相约花戏楼》。

马　滢：接下来进入我们“北大富硒康·梨园新星榜”的时间。

李　育：有请新星上场。

马　滢：有请。

【字　幕】**梨园新星榜**

选手小档案

姓名　凌夏

剧种　黄梅戏
参赛曲目　《孟姜女》选段
选送单位　安徽省黄梅戏剧院

【舞　台】节目现场选手凌夏表演　蓝色灯光

【唱　词】范郎范郎你听妻讲，我送寒衣来到你身旁，北风怒吼寒气降，不知你手脚凉不凉。人间你受尽了孤单苦，决不让你九泉下还受凄凉。我的范郎啊，哀鸿遍野世道乱，我死我活实难防，死也要和你死一起。把这玉坠放中央，丝带把我们牢牢系，孟姜女死也要伴随范杞梁。丝带把我们牢牢系，孟姜女死也要伴随范杞梁。

(掌声起)

李　育：学一招，

马　滢：手、眼、身、法。

李　育：练一回，

马　滢：唱、念、做、打。

李　育：有请我们的师傅，

马　滢：路大东老师。

李　育：有请，路老师好。

(路大东上场)

马　滢：路老师今天呢是带着我们的服装上来的。

李　育：那么这一定是水袖对不对？

路大东：对对对。

马　滢：赶紧给大家说一下。

李　育：路老师今天会教我们什么？

路大东：教京剧舞台上最简单的水袖。

马　滢：最简单的水袖，其实我说，我们老师说简单啊，但是学生徒弟是不是简单就不知道了。

李　育：但是我相信今天呢这个学习一定是特别有吸引力。

马　滢：应当是非常的漂亮吧。

李　育：你看我们还没有吆喝呢，这个徒弟们都已经把衣服都穿上了。

马　滢：跃跃欲试了，好，我们有请徒弟们上场。

李　育：有请。

(掌声)

马　滢：看看怎么样。

李　育：好，四位朋友我们先来看看路老师的表演好不好？让老师做一下示范，我们先来退后一步。

马　滢：大家来看路老师的表演，最简单的水袖啊。

李　育：老师示范一下。

(音乐起，路老师进行水袖表演，四位参与者进行模仿表演)

李　育：好，谢谢。

马　滢：谢谢。

李　育：好了，我们徒弟也很辛苦，接下来给我们四位徒弟颁个奖怎么样？

马　滢：好，我们呢所有徒弟都可以获得由合肥市五星驾驶员培训中心提供的奖品。恭喜，恭喜你们。好，也再次谢谢路老师，谢谢。

李　育：好，谢谢。

（安徽电视台台标、《相约花戏楼》节目标）

（转节目现场，“戏迷擂台赛”开始，主持人、参与选手在锣鼓、音乐声中上）

李　育：戏迷齐相会，

马　滢：今天来打擂。

李　育：打擂争高下，

马　滢：本领不靠吹。

李　育：戏迷擂台赛马上开打。

马　滢：首先我们来介绍一下今天的评委老师。

李　育：安徽省职业艺术学院高级讲师徐代泉，安徽省文体院一级演员张惠芝，安徽省京剧团一级演员董成，安徽省文体院一级演员胡玉洁，安徽省文体院二级演员周珊（做以上介绍时，同时出字幕和被介绍者现场个人画面）。好，欢迎我们五位评委的光临。

马　滢：欢迎。

李　育：接下来介绍一下今天的四位参赛选手，几位都是大家的老朋友，第一位有请。

马　滢：来自我介绍一下。

选手1：我名字叫徐贤秀，我是安徽合肥的。

李　育：今天带来了什么？

选手1：今天唱《到底人间欢乐多》。

李　育：希望今天演唱成功，鼓励一下。

马　滢：第二位这位应该要熟悉一点，不久前刚当上擂主的，还是自我介绍一下。

选手2：我叫徐桂华，来自合肥市安庆路街道艺术团。

李　育：今天演唱的是？

选手2：《哭城》——《孟姜女哭长城》。

李　育：这是您拿手的一段，以前也曾经凭借这一段唱获得擂主的对不对？

选手2：对。

李　育：好，也希望你再接再厉好不好？

选手2：好。

马　滢：第三位，介绍一下。

选手3：我姓张叫张水香，我（来自）南连徐镇马营街道。

李　育：今天演唱的是？

选手3：我今天演唱的是《女驸马》里面的“民女名叫冯翠珍”。

李　育：给你加油。

马　滢：好。

李　育：最后一位。

马　滢：这位先生做一下自我介绍吧。

选手4：好，我叫丁江涛，我是无为县百盛镇人。嗯，这一次又来到“花戏楼”，我很高兴。为大家带来的段子就是《女驸马》选段“臣闻书生李兆庭”。

李　育：也祝你成功。

马　滢：好。接下来呢我们的打擂就正式开始了，那么首先请我们的第一位选手做准备，有请。

李　育：有请。

【字　幕】**黄梅戏《牛郎织女》选段“到底人间欢乐多”**

演唱　徐贤秀（213期）擂主

职业　美容师

【舞　台】正面是擂旗　舞台一侧是伴奏乐队

【唱　词】架上累累悬瓜果，风吹稻海荡金波。夜静犹闻人笑语，到底人间欢乐多。我问天上弯弯月，谁能好过我牛郎哥？我问篱边老枫树，几曾见似我娇儿花两朵？再问欢唱清溪水，谁能和我赛喜歌？

（掌声起）

马　滢：好，那谢谢我们第一位打擂选手的精彩演唱。

李　育：好，接下来请评委亮分。

马　滢：来看一下。（转画面：评委头像和分数）97.9、98.3、98.4、98.2、98.2，去掉一个最高分，去掉一个最低分，第一位演唱者的最后得分是98.23分。

（掌声起）

李　育：接下来掌声有请第二位参赛选手上场。

马　滢：有请。

【字　幕】**黄梅戏《孟姜女·哭城》选段**

演唱　徐桂华（215期擂主）

职业　退休工人

【舞　台】正面是擂旗 舞台一侧是伴奏乐队

【唱　词】范郎啊，范郎啊。鸟雀惊飞雪纷纷，苍天垂泪放悲声。长城寻君君不见，你半为风雨半为尘。一点孤魂在何处，我万里奔波为何人？实指望鸳鸯交颈同生死，实指望莲开并蒂结同心。花烛未成抓你走，天涯海角两离分。实指望到了长城见到你呀，谁知你珠沉玉碎成孤魂。

（掌声起）

马　滢：好，感谢这位女士给我们带来的《哭城》。

李　育：我们接下来请评委亮分。

马　滢：来看一下98.6、98.2、97.8、98.4、98.3去掉一个最高分，去掉一个最低分，今天第二位打擂选手最后得分是98.30分。

李　育：下面有请第三位选手上场。

马　滢：有请。

【字　幕】**黄梅戏《女驸马》选段**

演唱　张水香（233期擂主）

职业　农民

【舞　台】同上

【唱　词】民女名叫冯素珍，自幼许配李兆庭。爹娘嫌贫爱富贵，诬陷李郎入了监中。民女只为救夫命，万里奔波到京城。实指望取得功名夫有救，谁知被招入深宫。公主生长在深宫，怎知民间女子痛苦情？王三姐守寒窑一十八载，刘翠屏苦度了一十六春，还有前朝英台女，生生死死爱梁生，这都是父母嫌贫爱富贵，女儿不忘恩爱情。我虽比不得前朝贤良女，救夫我不顾死生。公主也是闺中女，难道你不念素珍救夫一片心？

马　滢：好，谢谢张女士的演唱。

李　育：我们来看看评委的打分情况。

马　滢：98.3、98.4、98.5、98.3，去掉一个最高分，去掉一个最低分，今天张女士的最后得分是98.40分。

（掌声起）

李　育：好接下来第四位我们的丁先生上场。

马　滢：请。

【字　幕】**黄梅戏《女驸马》选段**

演唱　丁江涛（207期擂主）

职业　农民

【舞　台】同上

【唱　词】万岁，臣闻书生李兆庭，才貌胜过冯素珍。老臣去到襄阳府，将他悄悄带进宫。让他乌纱头上戴，让他红袍穿上身，插上宫花系玉带，岂不是堂堂一个状元公。皇家招他为驸马吹吹打打，吹吹打打送至在洞房中，公主终身配佳偶，万岁又得栋梁臣。哈哈哈……

马　滢：好，谢谢我们丁先生的演唱，那我们一起来看看评委老师给你打多少分好不好？

李　育：好，请评委亮分。

马　滢：98.5、98.6、98.3、98.2、98.1，去掉一个最高分，去掉一个最低分，今天丁先生的最后得分是98.33分。

李　育：好，现在有请黄新德老师给我们的选手做点评。

马　滢：有请我们其他的几位选手上场。

（掌声起）

黄新德：第一位她的声音甜美，控制很好，气息通畅，步履轻盈，整体和谐，较好的掌握人物的情感，体现了一位仙女感受人间的那种愉悦和欢乐，给人以听觉和视觉的审美享受。我提点不足就是换气的痕迹可以加以减弱，太明显了。第二位选手唱的是《哭城》，这段难度很大，选手实力雄厚，唱来轻松自如，音色清脆明亮，舞台经验熟练老到，感情充沛。如果说有不足的话，如果增加一些胸腔和鼻腔的共鸣，我相信，她的黄梅戏的韵味展现的会更加充分。第三位演唱的叫《民女名叫冯素珍》，看来选手没有多少舞台经验，但是她的音色中透着淳朴无华，如同一块未加雕琢的美玉，听起来别有一番泥土风味。我相信并期待着，这位选手继续保持着这份难得的质朴，在增加技巧训练之后，会散发出耀眼的光芒。尤其在黄梅戏多多少少有歌化趋势的时候，这位选手难得的坚守更给人们留下了无限的相思。第四位嗓音浑厚，台风端庄，颇有男子气息，更具有王少舫先生的风韵。如果他在演唱中再加一些俏皮和弹性的话，我相信他会唱得更加完美。提点不足，注意音别包了字，另外有一个地方“纱帽头上戴”别唱成了“乌纱头上戴”。好，谢谢大家。

（掌声起）

马　滢：谢谢，谢谢黄老师。

李　育：好，我们今天的擂主呢已经产生了。

马　滢：就是我们的第三位打擂选手张水香，擂旗伺候。

李　育：恭喜你，张水香。那张水香呢同时也获得了参加我们总擂主决赛的资格。

马　滢：在这里我要给我们今天的打擂选手颁奖，那么我们的张水香小姐呢，可以获得由南京贝斯特厨卫电器有限公司提供的德国贝斯特太阳能热水器，由安徽省蓝神珠宝有限责任公司提供的蓝神牌儿珠宝首饰，由黄山区新民茶场提供的猴坑牌太平猴魁。那么如果我们的张小姐在我们的五期之后再次来到我们的现场做总擂台比赛的话，如果要是夺冠的话可以获得由广东江门气派摩托车有限公司提供的豪华气派摩托车一辆，希望你能把它开回去。

李　育：我们的这一轮的总决赛呢还有两期，张小姐是第三位诞生的参赛选手，再出现两位参赛选手之后，我们的总擂赛就会开始了。希望我们已经选上的和没有选上的朋友呢多多加油。接下来给大家说一下是选手奖，由安徽金口酒业公司提供的金坛子酒，由安徽马鞍山采石矶酿酒有限公司提供的嘉宾采石矶酒，由普田电器安徽分公司提供的普田精美灶具，由安徽省多利太阳能有限责任公司提供的阳利多太阳能热水器，由广东中山常青燃气具有限公司提供的创尔特豪华灶具。

马　滢：恭喜，那么今天我们现场来了这么多戏迷朋友，我们也有一份奖要送给大家。

李　育：这个现场观众奖是由浙江美多电器有限公司安徽分公司独家提供的豪华美多派浴霸一台。

马　滢：看是哪一位幸运观众抽取了这份“浴霸”呢？那我们请张小姐给我们诞生这位幸运的观众。

李　育：来，有请擂主抽取一位，我们现场的朋友可以把票根拿出来看一下，这位获奖的朋友是……

马　滢：号码是№0000174，恭喜。

李　育：恭喜你，一台“浴霸”送给你。

马　滢：这位朋友恭喜你。好了，同时也感谢我们现场这么多朋友收看这一期《相约花戏楼》。

李　育：生旦净末丑，

马　滢：相约花戏楼。

李　育：朋友们，

合　说：再见！

【片　尾】

（编撰　白晓清）

秦之声——天下名丑长安乐

陕西电视台2003年中秋晚会

【时　　长】60分钟

【制作单位】陕西电视台

【制作人员】总策划：王渭林

策　划：林　焰　葛　玮

导　演：何红星　张建平

【片　头】

【演播室】

【字　幕】**秦歌《长安乐》**

演唱　李海浪　李　娟等

作词　魏子晨

作曲　王　潡

编舞　燕小军

舞蹈　西安邮政艺术团

【主持人　刘 波　白燕升　徐 杰　鞠 萍】

刘　波：陕西的父老乡亲们，

白燕升：亲爱的全国的戏迷朋友们，

主持人集体：中秋好！

鞠　萍：在世界八大奇迹中，要寻找第八个奇迹，请问，要到哪里去？

主持人集体：到西安！

刘　波：看秦始皇兵马俑啊！

白燕升：没错！

徐　杰：那么，还有一个，在中国七大古都中啊，要寻找古城墙遗址保存得最完整、最壮观的，请问，应该到哪去？

主持人集体：毫不犹豫，到西安！

徐　杰：没错，明朝的古城墙。

白燕升：哎，我说各位，今天是八月十五中秋节，天下名丑大聚会，他们说了："我们这一行要寻根。"我请问三位，寻根又应该到哪儿啊？

主持人集体：还是到西安！

徐　杰：唐明皇，天下第一丑的蓬莱宫，梨园遗址。

刘　波：对，朋友们，陕西电视台 2003 年大型中秋晚会"天下名丑长安乐"。

主持人集体：现在开始！

【主持人鞠萍带上一个小朋友】

鞠　萍：观众朋友们，我给大家介绍一个小朋友，他的名字叫程思源。今年几岁啦？

程思源：5 岁。

鞠　萍：5 岁啦，给我们演一个什么呀？

程思源：穷乐观。

鞠　萍：穷乐观？咦，整个一个小乐天派。哎，是不是得准备一下呀！

【字　幕】**秦腔《穷乐观》**

表演　程思源

【字　幕】**《看女》**

表演　王辅生（80 岁）等

编舞　杜　鹃

作曲　姜云芳

配器　杨秉礼

【主持人 徐 杰　鞠 萍】

徐　杰：鞠姐啊，您这是第几次到我们西安来了？

鞠　萍：哎呀，来过许多次，有点数不清了。

徐　杰：那么，您到哪儿去转转过吗？

鞠　萍：兵马俑啊！

徐　杰：兵马俑？法门寺去过吗？

鞠　萍：哟，还真没去过法门寺。

徐　杰：咳，法门寺没去那等于没来我们西安。

鞠　萍：真的？

徐　杰：当然。举个例子，这个贾桂算名人吧，大明正德年间，他跟太后老佛爷、跟九千岁刘瑾专门到法门寺去上过香。

鞠　萍：哦？那……怎么样呢？

徐　杰：现在啊，这贾桂是越混越好了。站呢，他要站在当间儿，而且呢，还给他专门配了三把扇子。哎，那个牛啊。瞧，陕西这个地方特神，说谁谁到！贾桂来了，正从法门寺里走出来呢。

鞠　萍：哎，等等等等，我怎么看着像朱世慧啊？

徐　杰：贾桂。

鞠　萍：不对，越看越像朱世慧。

徐　杰：贾桂。

鞠　萍：咳，这朱世慧不就是个活贾桂吗？

徐　杰：咳！

【字　幕】**《法门众生相》**

演唱　朱世慧

【主持人 鞠　萍】

鞠　萍：话说唐僧天竺国取经返回长安城，国家批专款为他修建了大雁塔，为的是藏经讲学、弘扬佛法。唐僧与长安有缘啊。今儿个，是天下名丑长安大会，理当是请花果山的猴哥前来助兴，不过，路上也没准会碰上八戒先生。中秋节啦，他怎么也得给猴哥送块月饼啊。好啦，朋友们，跟我一起拜访花果山去吧。

【字　幕】**《快乐花果山》**

导演　孙桂元

演员　六小龄童　马德华　小猴

演出　省杂技团、京剧团

【主持人 白燕升】

白燕升：亲爱的朋友们，豫剧有一句名言，相信您非常熟悉了，就是“当官不与民做主，不如回家卖红薯”。这是《七品芝麻官》金不换的喻世明言、警世通言、醒世恒言，也是您一日三餐都离不了的大粒咸盐。那么为了审理严嵩之妹——一品诰命夫人的人命案，这金不换呢去保定府调研了。可是今儿个呢一听说这长安城是天下名丑大聚会，他打来了电话说，你们不邀请我我也要来，暂缓去保定府绕道直奔长安城。虽说工作忙，但是也算是在百忙之中略表了一块红薯之心，不为别的，就为“长安乐”！

【字　幕】**《七品芝麻官》**

表演　金不换

【主持人 徐 杰　刘 波】

刘　波： 朋友们，每逢佳节倍思亲。八月中秋，我们特别思念海峡那面的台湾同胞。

徐　杰： 没错。今天呢，台湾同胞著名的京剧名旦魏海敏也来到了我们西安，来到我们的中秋晚会现场！

刘　波： 哎，徐杰，不好意思，我还有一个问题要问你。咱们这次的天下名丑长安大会为什么一个旦角也来参加呢？

徐　杰： 这问题问得好。我也考虑了很长时间。我觉得呢，这魏海敏是来我们西安寻根来了。

刘　波： 寻根？

徐　杰： 对，想一想。

刘　波： 这京剧寻根能寻到咱们秦腔，哦，我知道了。咱们秦腔的老祖宗他姓魏叫魏长生。

徐　杰： 没错，这一笔写不出两个魏字，五百年前是一家。

【字　幕】**戏歌《梦北京》**

演唱　魏海敏

编舞　樊　军

伴舞　西安邮政艺术团

【嘉宾主持人 朱世慧】

朱世慧： 那么下一个节目呢，由中央电视台《大风车》主持人鞠萍，为您客串一个京剧《苏三起解》。那么邀请我呀，演这个崇公道。我是非常高兴啊，我在后台一瞧啊，不行了。怎么着？又多出俩崇公道来，合着仨崇公道。有一位呢，是陕西电视台导演，还有一位呢，是外国人，您说这个外国人，怎么……

【两个“崇公道”上台】

两崇公道： 哎，你说谁呢？

朱世慧： 这就来了这就。我说二位，你们演这崇公道，你们把这崇公道的词儿念我听听。

“外国”崇公道（伊哈波　罗马尼亚）：你说你公道，我说我公道，公道不公道，只有天知道。

朱世慧： 嗯，是啊，只有天知道。导演，您把这崇公道的词儿念我听听。

“导演”崇公道（葛玮　新闻综合频道副总监）：好嘞。你说你公道，我说我公道，公道不公道，只有天知道。

朱世慧： 您这问题不大了。您请过来。（对“外国”崇公道）哎，您是哪儿人呢？

“外国”崇公道： 我是罗马尼亚人。

朱世慧： 罗马尼亚的。我说您这词啊念的不对啊，我跟您说一下，你这么念：你说你公道，我说我公道，公道不公道，只有天知道。得这么念。我说二位，往下演吧。

“导演”崇公道： 好嘞，走嘞。我说咱俩赶快叫苏三上来吧，我说苏三哪，走动啦！

【鞠萍上台】

鞠　萍：哎，我这不是走动着嘛。

“导演”崇公道：哎，好好好，快来快来。

鞠　萍：我说乐队呢？

“导演”崇公道：哟……乐队，哟……乐队。不在。不过这样吧，我来给你打点，你看怎么样？

鞠　萍：哦，也行，凑合吧。

“导演”崇公道：凑合吧，好嘞，你听着啊。扛且来台扛且来台抗……

鞠　萍（唱）：苏三离了洪洞县……

【朱世慧 金不换 上场】

朱世慧：这个，金不换，来来来，过来过来，这事儿只有找你了。我呀遇到一个很棘手的案子。

金不换：什么案子呀？

朱世慧：你先别问什么案子啊，反正特难断。怎么断它都不合适，所以我想请你呀，来帮忙断一下。

金不换：哎，不不不，有徐九经老前辈在，我哪敢断案啊。

朱世慧：你别这样奉承我，徐九经老前辈，我这老前辈离休了我。这事儿还是你来断吧，这案子只有你断。

金不换：哎，好啊。按你的吩咐，现在是啥情况啊？

朱世慧：啥情况啊。咱请看下一出吧：《打砂锅》。

【字　幕】**秦腔《打砂锅》**

表演　乔慷慨　杨东记

【主持人 白燕升】

白燕升：好，亲爱的朋友们，刚才您欣赏的是秦腔《打砂锅》。我相信看了以后呢，不少的朋友都会说，这整个一个糊涂官制造了一场糊涂案。但是人家县官也有苦恼啊，刚刚还在后台跟我说，他也非常的烦恼，说这儿就没有一个明白人，非常感慨。说还是人家朱世慧唱的对，什么呢？当官难。所以他说，就冲这也得走。您要问了，他去哪儿啊？当然是福建啦。你看看人家高甲戏，就那么一个不学无术的假举人，那个水平都连升三级，所以他说还是高甲戏好啊。好了朋友们，您看这说曹操曹操到，这高甲戏《骑驴到西安》来了！

【字　幕】**福建高甲戏《骑驴到西安》**

表演　卢文雄　庄伟国　曾文杰

【主持人 徐　杰】

徐　杰：在抗日战争的时候啊，四川有一个小商贩叫凌汤圆，几经周折呢，他终于圆了自己的梦，成了一个百万富翁。可是，没过几天，一夜之间，又倾家荡产了。这一荣一枯呢，川剧《凌汤圆》啊，是唱尽了人生百态，给喜剧世界增添了一份新的“麻辣烫”。

【字　幕】**川剧《凌汤圆》**

表演　刘德一

【主持人 刘　波】

刘　波：朋友们，我们这次的天下名丑长安大会啊，中央电视台著名节目主持人白燕升呢，也按捺不住自己激动的心情，要为大家献上一段梅派名剧《霸王别姬》，掌声有请！

【字　幕】**京剧《霸王别姬》**

表演　白燕升

【字　幕】**歌曲《乡音已改》**

演唱　马　兰

【主持人 鞠　萍】

鞠　萍：这次来西安参加《天下名丑长安乐》最大的收获是，知道了这相声起源于唐朝的参军戏，相声界的老祖宗啊，原来是大唐开元年间玩参军戏最火的李仙鹤。不过，对这位李仙鹤一无所知，最起码得知道他是哪儿的人啊?！不过，一问北京来的相声名家王谦祥、李增瑞，他们都说是——汾河湾。

【字　幕】**相声《汾河湾》**

表演　王谦祥　李增瑞

鞠　萍：天上九头鸟，地上湖北佬，就是朱世慧那样。智商厉害，看楚剧，我包您开怀大笑，智商提高。怎么提高啊，多长出一个大脑。不信哪，不出演播室，您准变成十头鸟，让朱世慧没法。

【字　幕】**楚剧《讨学钱》**

表演　胡道发　张一平

【主持人 刘　波】

刘　波：朋友们，上海滑稽戏善于模仿各色人等，五行八作、三教九流，像《三毛学生意》、《阿Q正传》、《七十二家房客》、《苏州二公差》等等。另外呢，上海滑稽戏也擅于运用各种地方方言，像上海话、宁波话、苏州话、绍兴话、广东话、广东上海话……总之，是听不懂的啦。不过呢，别担心，我们这次的天下名丑长安大会给大家请到了上海人民滑稽剧团的两位先生：一位呢，叫王汝刚，另外一位呢，叫林锡彪，他们二位呢，用滑稽戏为我们大家表演《爱心》，用的是上海普通话。

【字　幕】**上海滑稽戏《爱心》**
表演　王汝刚　林锡彪

【主持人 白燕升】

白燕升：朋友们，提到二人转我们说有很多的俗语，比如说，“宁舍一顿饭，不舍二人转。”为什么这么说呢，因为二人转确实能给紧紧张张的生活带来一种实实在在的笑。那么这几年我们说东北的二人转就更火了，于是也就诞生了许多新的俗语，比如说，“宁舍一栋楼，也看《单出头》”、“不买桑塔纳，也要看翟波耍手帕”……翟波？您可能要问这翟波是谁啊？你看，他来了。

【字　幕】**《赞西安》**
表演　翟　波

【主持人 刘　波 白燕升】

刘　波：白燕升，你这次来我们西安吃喝玩乐我全包了。

白燕升：真的？那刘波我得谢谢你啊，你说，我吃什么？

刘　波：长安八景宴。

白燕升：喝？

刘　波：西凤酒。

白燕升：玩？

刘　波：古玩。

白燕升：乐呢？

刘　波：康乐宫啊。

白燕升：吃喝玩乐倒是都有了，我问你你不觉得俗吗？咱来点雅的好不好？琴棋书画怎么样？

刘　波：没问题。

白燕升：琴？

刘　波：我带你到蓝田蔡文姬那儿借焦尾琴。

白燕升：哦，棋？

刘　波：上华山下棋亭。

白燕升：书？

刘　波：西安碑林，天下第一啊。

白燕升：咱最后再说说这个画。

刘　波：哎，章怀太子墓、永泰公主墓好多啊，里面的壁画绝了，《狩猎出行图》、《宫廷仕女图》、《驯豹图》……

白燕升：得了得了，太多了，我知道你是有备而来，吃喝玩乐，琴棋书画。那这样，我想去这样一个地方，就是集吃喝玩乐琴棋书画于一体的雅俗共赏的地方。你能带我去吗？

刘　波：哎，白燕升，你这会儿可问着了。

白燕升：什么地方？

刘　波：知道吗？今天我们陕西电视台“戏迷茶园”开张了！怎么样，带你去看看？

白燕升：咱们一块儿去看看？

刘　波 白燕升：走！

【字　幕】**小品《戏迷茶园》**

编导　赵得智

表演　石国庆　魏青艳　史小亮　张继蝶　王西玲　韩建英　孙存蝶

【主持人 刘 波　白燕升　鞠 萍　徐 杰】

刘　波：小康的日子火腾腾，

白燕升：红了丰收年，红了宝莲灯，

鞠　萍：红了兵马俑，红了秦之声，

徐　杰：中秋的月亮也变红。

【字　幕】**秦歌《中秋月变红》**

作词　魏子晨

作曲　王激

表演　李东桥　侯红琴

编舞　樊军

伴舞　西安邮政艺术团

【主持人 刘 波　白燕升　鞠 萍　徐 杰】

刘　波：满堂歌舞庆盛世，

徐　杰：中秋的月亮也变红，

白燕升：天下名丑长安乐，

鞠　萍：来年再会长安城！

白燕升：好了，亲爱的陕西的父老乡亲们，

鞠　萍：全国的戏迷朋友们，

刘　波：陕西电视台2003年大型中秋晚会《天下名丑长安乐》到此结束！

徐　杰：朋友们，感谢您的光临，我们明年同一时间，再见！

白燕升：再见，朋友们！

【片　尾】

（编撰　占弦）

绝版赏析
——梨园往事之后三鼎甲

【时　　长】26 分钟

【制作单位】东方卫视

【制作人员】撰　　稿：张伟品

导　　演：柴俊为

艺术顾问：王元化　刘曾复　吴小如　梅葆玖　李蔷华

【片　头】

【外　景】

【字　幕】清末 北京

【画外音】

中国的戏曲艺术在经历了宋、元、明以及清前叶的发展之后，从清代中叶开始 ，一个新型的样式开始逐步形成并很快成熟起来，逐渐成为了戏曲艺术的主流，这就是后来的京剧。京剧形成于清道光年间，在众多行当门类当中老生一行最早发育，成为具有领军意义的代表性行当。而老生行当的代表人物也就是成了整个京剧剧种的代表人物。第一代京剧演员中最富盛名的是程长庚（程长庚画像，【字幕】程长庚)、张二奎（张二奎故居照片，【字幕】张二奎故居）和余三胜（余三胜泥像，【字幕】余三胜)。有好事者依照当时对科举考试前三名的称呼把他们称为京剧“三鼎甲”。京剧在咸丰（咸丰皇帝像，【字幕】咸丰皇帝）以后开始步入成熟，这时京剧的领军行当仍是老生。而这一阶段京剧的代表人物是第二代京剧演员中的孙菊仙、谭鑫培和汪桂芬。(从右至左依次出现孙菊仙、谭鑫培、汪桂芬照片，【字幕】孙菊仙、谭鑫培、汪桂芬)(【字幕】梨园往事 后三鼎甲 汪桂芬 谭鑫培 孙菊仙)（孙菊仙剧照，【字幕】现存孙菊仙唯一剧照）延续对程长庚等人的称呼，人们也把孙、谭、汪称为“三鼎甲”。(谭鑫培剧照，【字幕】谭鑫培《定军山》剧照）（汪桂芬便装照，【字幕】汪桂芬）为了区别起见，一般把程长庚（程长庚鲁肃画像，【字幕】程长庚《群英会》画像）等人称为“前三鼎甲”，而把孙、谭、汪称为“后三鼎甲”，（【字幕】余三胜《黄鹤楼》塑像）也叫“老三鼎甲” 和 “新三鼎甲”。

【采　访】

【字　幕】首都医科大学教授 京剧名宿 刘曾复 93 岁

【同期声】（刘曾复）程长庚、余三胜、张二奎，要看他们的戏，得我祖父一辈看过，我父亲都没赶上。后边我父亲就赶上了，汪桂芬、谭鑫培、孙菊仙，我父亲那辈那都赶上了。我 3 岁的时候，谭鑫培故去了，那时候我虽然看过他的《天雷报》，没有印象，在怀仁堂看的，没有印象。孙菊仙后来也不唱了，有时候开会，他出来的时候说说话，唱一下，我就没赶上。但是他后来，我很大了，他才故去。所以真正说是见面，可以说基本没见过。但是知道的事情都是听学生，还有他的学生、他的朋友，说得比较真实。

【字　幕】北京大学教授 京剧名宿 吴小如 85 岁

【同期声】（吴小如）现在我看好多人还谈程长庚之类的，我们一点发言权都没有，因为就是听说也都是间接又间接听说的。但是到了汪桂芬、孙菊仙、谭鑫培这一代，拿我这个年龄来说，也是没有资格谈，可是多少要比老三鼎甲知道得还稍微多一点。

【片　花】

【采　访】

【字　幕】原中国戏曲学院副院长 贯大元之子 贯涌

【同期声】（贯涌）好像大家总是说汪、谭、孙，汪、谭、孙，似乎已经形成了一种习惯的称谓，但实质上来说应该是孙、谭、汪。因为这是以出道的早晚来看，也是孙在前，谭居中，而后边是汪。

【字　幕】机械工程师 业余曲家 朱复

【同期声】（朱复）孙菊仙出生的年代在三人里最早，去世得也最晚。谭鑫培居中。汪桂芬是生得最晚，这三人里死得最早。

【字　幕】影视剧资料

【画外音】

“后三鼎甲”的全盛时代在清末同治、光绪年间，三人中年龄最长又最为长寿的是孙菊仙（孙菊仙照片，【字幕】孙菊仙），去世的时候是 1931 年，距今也已近八十年。三人中汪桂芬（汪桂芬照片，【字幕】汪桂芬）于 1909 年最先去世，距今更是已近百年。亲眼见过“后三鼎甲”（谭鑫培照片，【字幕】谭鑫培）舞台风采的人在当前已寥若晨星，更多的只能从浩瀚的文献中，探究他们的如烟往事了。而对于当时的京剧演员来说，最直接的文献资料就是唱片。（【字幕】蜡筒唱机）西方发明的声音记录媒介——唱片，在清末已经传入我国，（照片，【字幕】外国唱片公司在中国录音）并很快就开始记录当时的京剧演唱。那么这时正活跃于舞台的“后三鼎甲”的声音有没有被唱片记录下来呢？

【采　访】

【字　幕】北京大学教授 京剧名宿 吴小如 85 岁

【同期声】（吴小如）现在我们保留下来的谭鑫培的音响资料主要是百代（公司）那七张半钻针唱片，应该说完全是真正谭鑫培自己唱的。其他的公司有一些唱片也冒谭鑫培的名，实际上那不可靠。

【播放老唱片】

谭鑫培《卖马》头段（唱片照片）

【画外音】（与唱段同步开始）

在“后三鼎甲”当中，谭鑫培于 1907 年和 1912 年两次在百代公司灌制了十五面唱片，这就是后世尊为圭臬的“谭氏七张半”唱片。

【字　幕】秦琼卖马　根据谭鑫培唱片配像

1907 年百代唱片

谭鑫培饰秦琼

李玉声 配像

梅雨田 操琴

李奎林 司鼓

（唱词）店主东带过了黄骠马，不由得秦叔宝两泪如麻。提起了此马来头大，兵部堂黄大人相赠与咱。

【采　访】

【字　幕】北京大学教授 京剧名宿 吴小如 85 岁

【同期声】（吴小如）就拿这七张半唱片来说，我个人有这么一个感受，确实是属于经典之作。为什么这样说呢，这七张半唱片呢，它除了反西皮和四平调没有录成唱段以外，差不多的板式都在这七张半里。

【播放老唱片】

谭鑫培《卖马》二段

【字　幕】秦琼卖马　根据谭鑫培唱片配像

1908 年百代唱片

谭鑫培饰秦琼

李玉声 配像

梅雨田 操琴

李奎林 司鼓

（唱词）遭不幸困至在天堂下，还你的店饭钱，无奈何只得来卖它。摆一摆手儿你就牵去了罢，但不知此马落在谁家？

【片　花】

【字　幕】梨园往事 后三鼎甲 汪桂芬 谭鑫培 孙菊仙

【演播室】

【字　幕】方菲

方　菲（主持人）：与谭鑫培相反，一般认为汪桂芬没有留下唱片。然而许多专家和唱片收藏者一直没有放弃对汪桂芬原声音像资料的搜寻。

【采　访】

【字　幕】机械工程师 业余曲家 朱复

【同期声】（朱复）署名是汪桂芬的老唱片我见过三种，（唱片照片）一个《捉放》、一个《骂曹》、一个《目连救母》。一个是哥伦比亚的，一个是德商（Gramphone），《目连救母》是物克多的。听《捉放》和《骂曹》，一听就跟假孙片（孙菊仙唱片）似的，一听就是不够档次的人唱的，乱七八糟，根本汪味儿没有。可是一听《目连救母》，确实让人也震惊，唱得是非常好。

【播放老唱片】

“汪桂芬”《目连救母》

【画外音】

与“后三鼎甲”中的其他两人不同，汪桂芬除了唱老生还兼唱老旦。那么他虽然没有留下老生唱腔的唱片，但有没有可能留下老旦的唱腔录音呢？

【字　幕】目连救母　根据清末胜利唱片配像

清末胜利唱片
“汪桂芬”饰刘青提
范永亮 配像

（唱词）道是我娇儿寻找严亲，刘青提原本是老身名姓，我的儿傅罗卜不叫连僧，望城官你与我细心盘问，到来生变犬马难报洪恩。

【演播室】

【字　幕】方菲

方　菲：汪桂芬老旦唱片的发现，一下子填补了京剧早期研究资料中的一个空白。那么这一发现是否真能给这一时期的文献研究增加一份巨大的惊喜呢？

【片　花】

【采　访】

【字　幕】机械工程师 业余曲家 朱复

【同期声】（朱复）但是后来上海戏曲研究家陆萼庭先生在（上个世纪）80年代送给我一批物克多的片子。单面的、双面的、十二吋的、十吋的都有。里边有一张十二吋单面的物克多唱片，写的什么呢，写的是内城府客串《目连救母》，编号是9220。我这么一听，前边四分之三就是那张，就是那个署名汪桂芬的《目连救母》。就是那张，他除了这几句散的以后，导板、回龙还接两句三眼。物克多公司再版的时候有十二吋片改成十吋小片，把后头两句三眼删了。删了以后，内城府客串，内城府客串就是住在内城府的一个业余爱好者“客串”，又不愿意露名姓。内城府客串，这么一个业余爱好者唱的，把这五个字取消了，印上汪桂芬《目连救母》。你要不知道，手里没有内城府客串《目连救母》这张十二吋片，你就很可能相信汪桂芬《目连救母》，这十吋片，物克多的那个好像是真的。

【字　幕】目连救母　根据清末胜利唱片配像
清末胜利唱片
内城府 客串刘青提
范永亮 配像

【播放老唱片】

内城府《目连救母》

（唱词）刘青提站城楼浑身气紧，叫声那罗卜儿好不伤情。

【演播室】

方　菲：虽然没有找到汪桂芬留下的唱片，然而汪桂芬并非没有录制过任何音响资料。

【采访画外音】（《京剧谈往录三编》书影、罗亮生照片，【字幕】谭派名票 罗亮生）

【采　访】

【字　幕】《京剧大戏考》主编 柴俊为

【同期声】（柴俊为）据谭派名票罗亮生先生介绍，他曾经由言菊朋介绍，到同仁堂乐家听过两个汪桂芬的蜡筒，一段是汪桂芬唱的《朱砂痣》，一段是他唱的《捉放曹》。罗亮生先生认为，他听着这两个蜡筒，真是汪桂芬本人唱的。非常精彩，可惜的是这两个蜡筒唱片，在新中国成立前就已经不知所踪了。

【演播室】

【字　幕】方菲

方　菲：由于汪桂芬没有留下唱片资料，我们现在只能从他的传人的演唱中领略汪派的风采了。

【字　幕】朱砂痣　根据王凤卿唱片配像
1929 年蓓开唱片
王凤卿饰韩廷凤
范永亮 配像
王少卿 操琴
乔玉泉 司鼓

【老唱片播放】

王凤卿《朱砂痣》

（唱词）叹光阴去不归无限烦闷，只觉得人已老两鬓如银。

【采　访】

【字　幕】北京大学教授 京剧名宿 吴小如 85 岁

【同期声】（吴小如）汪桂芬也好，孙菊仙也好，（他们的唱腔）到现在为止应该说全都失传了。汪桂芬最有名的弟子就是王凤卿，而我对王凤卿是很钦佩的。在我小时候，一直到 1941 年，王凤卿告别舞台为止，我还看过他，应该说看过他相当一部分的戏。汪桂芬的弟子当然王凤卿可以说是得真传得的最多的。

【字　幕】朱砂痣　根据王凤卿唱片配像
1929 年蓓开唱片
王凤卿饰韩廷凤
范永亮 配像
王少卿 操琴
乔玉泉 司鼓

【老唱片播放】

王凤卿《朱砂痣》

（唱词）吴大哥真真是言而有信，你与我谋后代不惜辛勤。拜谢你这好意情深义尽，退一日必当另有条陈。

【片　花】

【字　幕】梨园往事 后三鼎甲 汪桂芬 谭鑫培 孙菊仙

【演播室】

【字幕】方菲

方　菲：后三鼎甲当中，孙菊仙年龄最长、也最长寿。他生于 1841 年，卒于 1931 年，去世的时候已经是九十高龄。在他生前，有多批署名孙菊仙的唱片发行，然而这些唱片均被孙菊仙本人宣布为赝品，从而留下了京剧早期研究文献中一段久悬不决的公案。

【采访画外音】

（《中国京剧史》书影，【字幕】孙菊仙平生不灌任何唱片，因此孙菊仙没有任何音像资料流传下来。)

北京和上海联合编纂的《中国京剧史》,《中国京剧史》里头《孙菊仙传》有这么两句,孙菊仙平生不灌任何唱片,因此孙菊仙没有任何音像资料流传下来。

【采　访】

【字　幕】机械工程师 业余曲家 朱复

【同期声】(朱复)像孙菊仙唱《奇冤报(乌盆记)》,你说这不是谭派《乌盆记》,孙菊仙也是代表作,《奇冤报》也是孙菊仙的代表作,而且这个唱片有好几种。《乌盆记》里头"反调"第三四两句,谭派"家住在南阳城管以外,离城十里太平街",到孙菊仙是"家住在苏州城阊门以外,八宝乡村内有太平街",这是孙的特点。

【字　幕】乌盆记　根据 Victor 唱片配像

清末胜利唱片

孙菊仙饰刘世昌

姜培培 配像

【播放老唱片】

孙菊仙《乌盆记》

【演播室】

【字　幕】方菲

方　菲: 那么孙菊仙的演唱到底是怎样的风貌呢?关于他的唱片真伪背后到底隐藏着哪些不为人知的故事呢?请您继续关注我们节目的下一集。

【片　尾】

(编撰　迟刚)

中国广播电视文艺

2001—2016

戏曲专题片

电视戏曲卷

昆曲六百年

【时　　长】40分钟/集，共8集

【制作单位】中央电视台
中共苏州市委宣传部
昆山市人民政府
江苏省广播电视总台

【制作人员】总顾问：王　荣　阎　立
总监制：徐国强　周向群
总统筹：朱永新　张国华　管爱国
总策划：肖　泉　缪学为
出品人：周　莉
戏曲艺术总顾问：廖　奔　刘厚生
戏曲艺术顾问：王　芳　林为林　蔡正仁　刘宇宸
柯　军　倪传钺　梅葆玖　袁雪芬
文学顾问：朱栋霖　周　秦
电视艺术顾问：陈　辉
电视艺术总监：周　兵
策　划：顾　翔　蒋文博
统　筹：邱惠霞　王　茜　倪　彦
监　制：曹　勇　蒋文博
片头题字：欧阳中石
制片人：周　兵
总制片人：蒋文博
总撰稿：戴　波
撰　稿：罗拉拉　万　娟　高　巍　朱　亚　詹　妮
总编导：陈　丽　万　娟
编　导：万　娟　高　巍　朱兰亭　杨笑梅　刘　华
陈　怡　王伟达　张越佳
摄　影：王富俊　杨明阳　朱兴辉
再现导演：金明哲
再现摄影：李建明
再现演员：王　芳　赵文林　翁育贤　朱缨媛　高雪生
陈雪刚　陈　滨　王如单　朱惠英　张建伟　夏小宁

动画导演：刘　华
动画制作：南京奇奕科技有限公司
片头制作：张　涛　池　建　刘　鼎
摇臂摄影：孙宇澄
解　说：杨大林
作　曲：马洪波
录　音：陈少白
音　效：耿　量
制　作：彭丽颖　于　谦　王洪运　苏一峰　田　旭
助理编导：陈　怡　孙　璨　孙　杨　许　悦
摄影助理：万　嵘　王富清　郑　鑫　苗　壮
韩兆景　王　毅
灯　光：韩健全　金　辉　张健勇
服　装：王海璐　向　剑
道　具：方文碧　徐　聪　张友富
化　妆：王海宇　贺如云　郭　佳
资　料：赵宇箫　刘　盼　章　骏
制　片：孙　杨　张唯年　马　凯
剧　务：王帮银　谢远旗　黄玉冰
场　记：栾　飞　许文艳　戴莉莉
外　联：程原津
执行制片人：万　娟
制片主任：濮　洁　许小平
技术总监：肖　亮　顾建国

【字　幕】历史像一堆灰烬
但灰烬深处很可能还有余温
我们的任务不是翻扒已经冷静的灰烬
而是把我们的手伸进灰烬
去触摸那个余温……

第一集　前世今生

【同期声】（昆曲《牡丹亭·游园》）不到园林，怎知春色如许！

【解说词】

世界上很多伟大的民族都有一种高雅精致的表演艺术，深刻地表现出那个民族的精神与心声。希腊人有悲剧，意大利人有歌剧，俄国人有芭蕾，英国人有莎士比亚戏剧。这些雅乐往往是他们民族的骄傲与自信的源泉。我们中国人的雅乐又是什么呢？借助镜头，我们可以记录下正在发生的事情。但我们能否知道，在数百年以前，我们的祖先曾经看到过什么，听到过什么？我们能否走进他们的精神世界。

【字　幕】2006.2　中国国家博物馆非物质文化遗产展

中国国家博物馆正在举行一场特殊的展览，这次展览的主角并不是参与展出的两千多件珍贵文物。它们看不见、摸不着，但它们曾经是我们祖先生活的一部分，并经历时间和社会转折的洗礼，保存了下来。联合国教科文组织把它命名为“人类口头和非物质文化遗产”。就在六年以前，联合国教科文组织，在全世界范围遴选第一批人类口头和非物质文化遗产代表作，来自中国的一种传统戏曲——昆曲，出人意料地全票当选。

从2001年开始，沉寂已久的昆曲慢慢进入了大众的视野。2004年冬天，新版全本《长生殿》进京公演，由江苏省苏州昆剧院排演的这部《长生殿》，总投资将近800万元，同时请来了获得过奥斯卡奖的叶锦添担任美术设计。台湾儒商陈启德的巨额投资，以及昆曲界以外的顶尖艺术家的加盟，这一切，在2001年以前是不可想象的。江苏省昆剧院排演的新版《桃花扇》，创作阵容同样十分强大，由中国话剧界新锐女导演田沁鑫执导，同时吸引了中日韩三方众多的艺术界顶尖级人物。《1699·桃花扇》，这样一种命名方式，显示出演创人员重新回到历史现场的企图；而对于普通观众来说，突然在他们眼前亮相的昆曲，也仿佛来自一个古老的梦境。2006年，白先勇带着他的青春版《牡丹亭》在美国西海岸连演12场，场场爆满。美国观众惊叹于昆曲不可思议的优雅和美丽。戏剧评论家，甚至把这次巡演和1930年梅兰芳轰动美国东西两岸的巡演相提并论。人们忍不住惊叹，又解不开心中的谜团，为什么在21世纪的今天，古老的昆曲依然能有这么大的魅力？

【同期声】（戏剧理论家、文化学者 余秋雨）（昆曲）它是一种美丽的辉煌，它是一种让人怀念的过去，怀念它的时候让我们感到一种充实和骄傲。

【解说词】

昆曲究竟是什么？六百年的昆曲史又经历了怎样的百转千回？是什么赋予它穿越时间的力量？昆曲又沉淀着我们怎样的民族审美文化？

这是一个有着两千五百年历史的古城——苏州，六百多年前，昆曲就诞生在苏州的昆山地区，并因此而得名。苏州的七里山塘街，是唐代著名诗人白居易在做苏州刺史时主持修建的，千百年来一直是姑苏繁华的缩影。“上有天堂，下有苏杭。”这句话褒扬的，显然不只是苏州的美丽景色。古往今来，苏州人的生活，似乎已经超出了普通中国人的想象。如果非要找一个地方来比拟的话，那么只有天堂了。明朝中后期，苏州是中国东南首屈一指的大都会。这里交通发达，商旅往来频繁，其繁华程度超过了当时的两个都城北京和南京。这里的地价是全国最高的。这里向中央政府交纳的粮食和税银，居然占到了全国的十分之一。不仅如此，皇帝的吃、穿、用，几乎都由这里提供。苏州，给出了当年中国人生活的最高标准。

【同期声】（香港城市大学教授、昆曲研究学者 郑培凯）明朝中叶之后，沿着中国的长江中下游跟大运河这么一个十字架钩，还有中国东南沿海，经济发展得很快。那么经济发展得很快呢，社会也发生了变化，所以商品经济的蓬勃使得商人阶层，换句话就是说跟商业有关的一般人，不再只是士大夫阶层，整个非常的蓬勃起来，这个造就了许多民间的艺术跟上层的精英的艺术，跟文化有一个交流，上下的交流。这个交流的最有趣的场域就是戏曲。

【解说词】

那时，听昆曲、唱昆曲是中国人最时尚、最风靡的生活方式。每到中秋，当一年一度的虎丘山曲会举行的时候，整个苏州城都会陷入狂欢的海洋。

【同期声】（戏剧理论家、文化学者 余秋雨）当年在虎丘山上曲会，万人空巷地去看昆曲。我说只有古希腊的大圆剧场的悲剧演出，才曾经出现过这种景象，否则我很难比较哪个民族的戏剧演出，曾经出现过如此如火如荼的狂热场面。

【解说词】

虎丘山曲会，不过是明清两百多年间昆曲流行的一个缩影。这迤俪悠扬的曲声从江南发端，传遍了中国的大江南北，从威严高耸的紫禁城，到云南、广西的边陲小镇。

欧洲传教士利玛窦，在明朝万历年间到达中国。利玛窦身后是正在崛起的欧洲大陆，不过，中国才是当时世界上最富有的国家。在利玛窦眼中，凡是人们为了维持生存和幸福所需要的东西，无论是衣食用品还是奇巧物与奢侈品，这个王国的境内都有丰富的出产。比财富更令利玛窦惊奇的，是中国人对于财富的态度。财富似乎没有给中国人带来扩张和征服的野心。他们彬彬有礼，富于文化修养，懂得享受生活，并把生活的每个细节都提升到艺术的高度。《利玛窦中国札记》一书中有着这样的记载："我相信，这个民族是太爱好戏曲表演了。这个国家有很多年轻人从事这种活动。戏班的旅程遍布全国各地，他们忙于公众或私家的演出。凡盛大宴会都要雇佣这些戏班。客人们一边吃喝一边看戏，十分惬意，以至宴会有时要长达十个小时，戏也一出接一出演下去，直到宴会结束。"利玛窦看到的正是昆曲，他强烈感受到了中国人对这种舞台艺术的热爱。利玛窦来自歌剧的故乡意大利，巧合的是，此时歌剧也正在意大利兴起。不过和昆曲相比，它的黄金时代要滞后差不多两百年。

那是一段遥远而辉煌的历史，也是一段几乎被人遗忘的历史。和昆曲一起被遗忘的，是一种曾经属于中国人的生活方式，一种精神世界的满足与安宁。时间进入 21 世纪，古老的戏曲文化是否已经丧失了生命力？作为一种传统文化，昆曲还能否融入现代人的生活？

【同期声】（文化学者、画家 陈丹青）我在伦敦的郊外挺远的一个地方，是一个老的贵族的庄园，我亲眼看到戏剧学院的学生，在排练莎士比亚（戏剧），就穿牛仔裤平常的衣服，在一个湖边在排练，一句一句在对台词。所以我发现 他们的传统戏剧它可能地盘缩小了，但是它绝对在，还有活力。一代一代年轻人还在演还在看，这是欧洲的情况。中国是这样子，中国一路唐宋元明清下来，文脉没有断。但是到了 19 世纪中，中国经历一个文化的断层，这个断层到了 20 世纪就完全裂开了。中国开始了一个非常急骤的、西化的、现代化的一个过程。

【解说词】

陈丹青，画家，1980 年陈丹青便以油画《西藏组画》蜚声海内外，他长期身处西方当代艺术中心纽约，并于 2000 年回国定居。近年来，陈丹青发表了大量关于中西文化环境比较的文章和言论。

【同期声】（文化学者、画家 陈丹青）我是一个上海的孩子，上海是一个被殖民了上百年的一个城市，有很多租界。所以我小时候的一个景观，我一睁开眼睛开始有记忆的时候，这个景观其实就是一个西化的景观，西式的弄堂、西式的洋房这些。小孩子第一印象非常重要。到了真的西方以后，第一我就失落了，我就发现我们中国那点西化是非常表层的、非常有限的，所以你在失落当中你立刻会寻找自己，无论是自尊还是自卑，你会寻找自己。

（北京大学哲学系教授、昆曲研究学者 楼宇烈）在过去所谓落后的东方世界的民族，在政治上面获得了独立以后，在经济上面得到了发展以后，都开始有一个文化上面的自觉。所以从 80 年代开始，中国其实也出现了一种文化的自觉。就是我们的文化是不是一无是处，在世界的这样的一个文化的大家庭里边，是不是它只能被淘汰，还是它也是这个大家庭里面一个灿烂的成果。

【同期声】（楼宇烈，北京大学哲学系教授）与昆曲结缘已经半个世纪。1961 年刚刚大学毕业的楼宇烈就加入了北京昆曲研习社。20 世纪八九十年代长期担任研习社的负责人。2003 年楼宇烈发起成立了北京大学京昆古琴研究所。

就在一百年前，当昆曲最为衰弱的时候，正是蔡元培、吴梅这样的大教育家和国学大师，把戏曲教育引入北京大学，在大学讲堂里唱起了昆曲，维系着昆曲的一线生机。昆曲似乎总是受到文化人的偏爱，他们敏锐地关注着昆曲的兴衰，并以自己的身体力行守护着这支文化血脉。

【同期声】（周秦，苏州大学教授）自幼学习昆曲，20 世纪六七十年代下乡插队期间，仍然是曲不离口、笛不离手。每年秋天，周秦为本科四年级的学生开设昆曲艺术选修课，一大批昆曲爱好者慕名而来。

【同期声】（苏州大学中文系教授、昆曲研究学者 周秦）就像苏州园林里的池塘那样，看起来是一潭死水，但是里面鱼能活，荷花能长出来。为什么呢，这里面有一个结构，这个结构是在水池的下面有很深的井，这个井一直通着地下水。我们从这个原则上来说这个池塘的水通着太湖，通着长江和大海，昆曲还靠着自己的文化的因素支撑着，还绵绵若存。

【解说词】

今天的苏州，是一座散发着时代气息的现代都市，它是中国经济社会快速发展的一个缩影。但同时，苏州仍然完好地保存着几百年以前的古朴风貌。城内是不许造六层以上建筑的，城中最高的还是始建于三国时期的北寺塔。传统与现代，和谐共存于这座千年的古城。

2002 年，苏州著名的古典园林网师园附近，多出了一个叫“南石皮记”的私家园林。南石皮记的主人是苏州国画院高级画师叶放。叶放的童年是在外曾祖父家的毕园里度过的。在那里，他有了对昆曲的最初记忆。现在，叶放时常会邀请三五好友在南石皮记小聚，今天的客人是苏州大学的周秦老师和苏州昆剧院的毛伟志。

【同期声】（画家 叶放）我们现在让文化回归到我们生活中来，跟着我们的生活走，这是一个多么好的想法。

（苏州昆剧院 毛伟志）只能在高墙封闭的园林里这样做。

（画家 叶放）我们这个音乐是可以大家分享的，飘过墙的。虽然说没有张生来翻墙，但是音乐是可以翻墙的。

【解说词】

一处精致的园林，二五个知己，几杯清茶，从容而悠闲。悠扬的笛声穿越了百年的时光，早已远去的岁月又近在眼前，触手可及。明清两朝，中国先后出了 204 个状元，其中有 34 个是苏州人。无论是苏州园林，还是诞生在园林之中的昆曲，都被深深地刻上了文人的烙印。当年，园林的主人很会享受生活。他们从官场上退下来，在最好的地方买一块地，砌一道高墙，把尘世隔开，在里面经营自己的园林。

【同期声】（苏州大学中文系教授、昆曲研究学者 朱栋霖）从明朝开始，由于江南文化的崛起，由于苏州、杭州地位的攀升，江南文化领导中国文化潮流。无论在书法方面、在绘画方面、在文学方面、戏曲方面，就是明清两代，苏州和苏州周围的文人的文化和审美趣味成为领导中国文化的潮流。

（中国戏曲学院前院长、戏曲专家 周育德）昆山腔后来它能发展成昆曲，它那种优雅的品格和它的原生地的这种文化氛围有关系。

（中国文联书记处书记、戏曲专家 廖奔）要有文化品位，它就像当时的文人去琢磨、去经营一座苏州园林、经营一个庭院那样子，它需要一种锦心绣口的东西。比如说，他经营一个庭院他会去琢磨，这个地方我是不是挂一幅字比较好，这个地方放一块奇石比较好，这个地方放一个盆景比较好，他要不断地琢磨。对于昆曲，他也是这么琢磨的。

【解说词】

昆山腔形成后不久，一些民间的音乐家就应邀来到园林的主人家，担当曲师。他们陪同主人和他的宾客，在园林中吟诗、作画、度曲。昆山腔的音乐主要以宋词的音乐为基础，同时融合了江南的民歌小调。昆曲运用的曲牌达到两千多种，十分丰富，富于变化。唱词则主要来自当时文人的创作。同样也沿袭了唐诗宋词的创作传统，用诗一样的语言去抒发情感。文人们生活的园林，自然也就成为众多昆曲作品的故事场景。

这是昆曲的代表作《牡丹亭》中的一折“游园”。《牡丹亭》讲述的不朽爱情故事正是从女主人公杜丽娘春日游园开始的。“不到园林，怎知春色如许”，“良辰美景奈何天，赏心乐事谁家院。”剧作家们用饱含深情的笔触写下了这些将园林景致与人物情感融为一体的诗句。几百年来，不知多少人为此神伤，为此落泪。在昆曲《长生殿》中，最能体现唐明皇和杨贵妃恩爱的一场戏也发生在皇家园林。

【同期声】（上海昆剧团团长、昆剧表演艺术家 蔡正仁）《惊变》它前半段是描写唐明皇跟杨贵妃在御花园当中两个人游览：咱们来一边喝酒、一边就欣赏这个御花园的风景。然后皇帝今天他有个意思就是，我今天要把杨贵妃灌醉，我要看看她的醉态是什么样的。那么皇帝就发现杨贵妃喝着喝着有点醉态了，越看越觉得，越是醉越是美、越漂亮。

（江苏省苏州昆剧院副院长、昆曲表演艺术家 王芳）在这个故事中间唐明皇跟杨贵妃的爱情是纯真的。杨贵妃天生的一种散发出来的靓丽的美丽的东西在所爱的人的身边，她想把自己最美的东西展现出来。

（上海昆剧团团长、昆剧表演艺术家 蔡正仁）唐明皇唱了一个【石榴花】这个曲牌，（唱）不劳你玉纤纤，高捧礼仪烦。你想这个曲子多美啊。

（北京大学哲学系教授、昆曲研究者 楼宇烈）（昆曲）它已经把以前我们文化发展、文学发展中的积淀起来的，诗、词里面的精华它都吸收了进去。它的曲谱那是反复地磨炼的，它的音乐性也可以用一个最优美吧。

【解说词】

园林中的春夏秋冬、风花雪月，一一化入曲中，由此导演出许多悲欢离合的人生故事。难怪苏州人常说，园林是可以看的昆曲，昆曲是可以听的园林。园林和昆曲，一起构成了中国人几百年来共同拥有的一处精神家园。

【同期声】（北京对外经贸大学西方音乐史教授 刘欢）我们现在接触的面比较窄的原因，实在是因为整体的社会节奏与它脱节得太厉害了。首先一点，我们现在要听一首流行歌三分钟到五分钟解决问题，我怎么会还想着有时间坐下来三个小时去看一个东西？现在的人没有这样的时间。

（中国国家话剧院导演、昆曲《桃花扇》导演 田沁鑫）我们这次提倡一种生活方式叫使生活节奏慢下来。是不是我们文明程度高了以后，比如说我们欣赏昆曲，比如说我们欣赏到了一种活着的博物馆艺术，我们欣赏到了我们向往着的、属于我们汉民族身上本来应该有的这样一种从容，应该有的这样一种滋味。就比较从容、比较优雅，谈个情说个爱什么的，很人性化。如果说这个国家整体的文明程度高，实际上是这个国家的人脸上的精神气质。

（北京对外经贸大学西方音乐史教授 刘欢）只能是现在把这个东西摆在这里，让还欣赏这部分的人或者说可以领略这部分魅力的这些人去欣赏它。

（文化学者、画家 陈丹青）我有兴趣了解今天的年轻人，他在恋爱中、他的青春期，他在看《桃花扇》、他在看《西厢记》的时候，他在内容上有没有可以分享的东西。关于这个话题不要完全停留在一个这是传统，这是经典，这是文化，我觉得这还不够，我觉得要真的跟今天对话。

【解说词】

2006年4月，昆曲青春版《牡丹亭》在北京大学的百年讲堂，上演了三天九个小时的全本大戏。青年学子趋之若鹜。白先勇，著名华裔作家。2002年起，他作为青春版《牡丹亭》的制作人，竭力在全国各地高校推广昆曲，被人们称作昆曲义工。今天，白先勇讲座的主题是“古典美学与现代意识”。

【同期声】（北京大学学生）感觉舞台的设计，我看到舞台的设计给我的感觉就是一种现代艺术作品，我觉得在简洁方面和古典融合了，但是不是精神内核还是不一样呢？

（著名华裔作家、昆剧青春版《牡丹亭》制作人 白先勇）所以说，我们尊重古典但不因循古典；我们利用现代但决不滥用现代。这是我们的一个大原则。

【解说词】

白先勇定义的青春版《牡丹亭》，是一场文化行动。它重新培养起了一批热爱昆曲的年轻演员和年轻观众。四百多年前的故事正在今天的舞台上来演，对今天的观众来说，这样的演出也许是双重意义的。一场是柳梦梅和杜丽娘感人至深的爱情故事，而另一场，则是一个民族对于美的忠诚守护。

2004年秋天，苏州的南石皮记曾经云集过全球30多个国家美术馆的馆长。他们刚刚参加完第5届上海双年展，希望实地感受一下中国传统文人的生活，主办方就选择了南石皮记，并在这里上演了《牡丹亭》里的“惊梦”。

【同期声】（文化学者、画家 陈丹青）就是梦游的感觉，因为文化需要亲历。所谓亲历就是你必须在那个情境当中，你必须在庭园里、在湖边、在楼榭回廊当中走。你会有想象力，一个回顾性的想象力。

（中国文联书记处书记、戏曲专家 廖奔）我走到那个小小庭院的亭子上，边上的曲巷栏杆啊，小桥流水啊，各种盆景点缀着，那浮想联翩。确实我会想到这里会不会有几个文人在这里一边品茶一边拍曲，昆曲的声腔就会响起来。在那个氛围里面它这种曲调就恰是当时可以感觉到的一种天籁。

（北京大学哲学系教授、昆曲研究者 楼宇烈）因为我们有这样一种生活的样式，这种生活的情趣，生活的追求、理念，所以才形成我们这样一些文化。那么反过来，这样一些文化又会影响我们生活的情趣、生活的样式、我们的价值观念。

（戏剧理论家、文化学者 余秋雨）我们在看这种中国文化史的每一段分史的时候，看着、看着，最后要解的谜是：我是谁？我们是谁？我们这个群体是谁？我们为什么爱这个东西爱了那么久？爱它实际上也是自我实现。为什么是自我实现？这个原因就是昆曲一定有我们是谁的秘密所在。

【解说词】

几百年的时光，就这样凝固在园林的一砖一瓦上；几百年的时光，就这样流动在昆曲的一唱一和中。历史，就是过去和未来无穷尽的对话。让我们一起去追溯昆曲六百年的发展历程，去追溯那些日渐遥远的人和事，去追溯一个民族对美的梦想和追求。

第二集 迤逦之声起江南

【解说词】

这里是位于苏州市东南部的昆山。距今大约六百年前，一门新的艺术从这里兴起。在这门艺术逐步发展兴盛的过程中，它继承了中国唐宋时期的音乐元素和歌唱风貌。这门艺术就是昆曲。

【同期声】（香港城市大学教授、昆曲研究学者 郑培凯）因为我们知道中国整个诗词的发展唐宋最辉煌，可是我们往往忘掉有一点，就是唐朝这个诗跟词经常也是谱了曲的，也是变成他们的流行歌曲唱的。

【解说词】

中国唐宋时期流行歌曲的演唱方法流传下来了吗？今天的中国人还能不能复原千年以前祖先的音乐？

这是历史学家发现的给唐宋诗词谱曲的曲稿。虽然音乐家和历史学家们一直都没有放弃对它的解读，但遗憾的是，一直到今天，依然无法直接用这些曲稿去复原唐宋古乐。这又是为什么呢？

画面右侧这位傅雪漪老人是目前中国极少数研究古曲谱的专家之一，近几年在几乎双目失明的情况下仍坚持让学生笔录他记忆中的每一段古乐。

【同期声】（中国艺术研究院戏曲研究员、昆曲研究学者 傅雪漪）从唐宋以来的这些个曲谱的记述，它都是记述主干音，中间夹花的一些小的它都不记。有的甚至就像宋代姜夔姜白石这些东西连节拍都没有，就那么记下来，所以后人是怎么唱都可以。

【解说词】

难道后人就再也没有办法找到唐宋诗词的曲调了吗？我们从哪里才能找回祖先的音乐元素呢？让我们再来看看这份曲稿，这些眼熟的《步步娇》、《醉扶归》不正是我们所熟悉的唐宋词牌吗？但在这份记录中却详尽得多。它就是流行于明代的昆曲的曲谱。左边的大字记录词，右边的小字记录的就是这个词的发音，而小字右上角的圈或者点，则记录这个音的音长和节奏。因为小字里常用“工、尺”这两个字来记音，所以又称之为工尺谱。正是因为昆曲对唐宋诗词曲调的引用，才使这些祖先的音乐元素得以保存。而对于工尺谱我们能够方便的解读吗？

【同期声】（中国昆曲研究会会长、戏剧艺术家 丛兆桓）工尺实际上“上尺工凡六五乙”就是“ 1234567”。

（中国戏曲学院教授 沈世华）我们小时候学的是工尺谱，后来简谱，所以我们一般自己也能把工尺谱翻成简谱。

（作曲家 马洪波）在音阶中 d 大调中的“1”就是上，音阶里的“ 2”就是尺。

【解说词】

2006 年 11 月，本片的作曲马洪波正在尝试一段主题的创作，而他所依据的音乐元素就直接来自于一段几百年前的工尺谱。

【同期声】（北京大学哲学系教授、昆曲研究学者 楼宇烈）所以昆曲的可贵就可贵在它这六百年来尽管这里面不断地有变化，它传下来了。所以实际上唱昆曲就等于让我们了解了中国古代的歌曲是怎样唱的。

【解说词】

正是从昆曲开始，中国历史才拥有了完整的音乐记录。而有着如此重要地位的昆曲，最初又是怎么形成的呢？

昆山市千灯镇，是江苏省历史文化名镇，距今已有两千五百多年的历史。这里曾经走出过两位姓顾的名人，一位是明末清初的大思想家顾炎武，另一位则是昆曲鼻祖顾坚。顾坚生活在元末明初，相传是昆山腔的创始人。

那个时候，南戏在今天的华东、华南一带广为流行。每到一个地方，都被用当地的方言来演唱，也就出现了不同的唱腔。当时具有代表性的声腔有四种，分别是余姚腔、海盐腔、弋阳腔、昆山腔。昆山腔就是昆曲的前身。

几十年后，一次重大的改革彻底改变了这一地方声腔的命运。发起这场改革的人，被后人尊称为“曲圣”。在中国古代，只有最杰出的人物才被称为圣人。那么，这个被称为“曲圣”的人又是谁呢？他又为昆曲的发展，作出过什么样的贡献？

明代的太仓南码头是当时全国最为繁忙的内陆码头之一。一个叫魏良辅的戏曲音乐家经常在南码头一带搜集来自天南地北的曲调。一个叫张野塘的河北士兵，因为擅长演唱当时最为流行的北曲，而且弹得一手好三弦，与魏良辅成了莫逆之交，魏良辅后来还把女儿许配给他。

太仓魏良辅的宅子里除了张野塘之外，每天都有很多音乐名家出入，比如苏州的洞箫名家张梅谷、著名笛师谢林泉和太仓当地的名曲家过云适。他们在原来昆山腔的基础上，汇集南北曲的优点，还增加了筝、阮，以及提琴等新乐器。传说魏良辅和朋友们用了整整十年的时间，最终研磨出一种与众不同的新腔，时称水磨调。

【同期声】（中国昆曲研究会会长、戏剧艺术家 丛兆桓）他这个素材来源非常广，从古代的祭祀乐，宫廷的音乐，宗教、佛教、道教的法曲这些音乐，各个少数民族因为经过金朝元朝这些，很多少数民族的，女真族的、蒙古族的、鲜卑族的，还有新疆的维族的这些音乐都搜集进来，包括民间的一些小调民歌，劳动号子、水乡的船歌都包括进来，所以等于说魏良辅他是把当时他那个时代全国最好的音乐都搜集到一起，创造了一种新腔：水磨调。

（中国戏曲学院教授、戏曲专家 钮镖）这个水磨调怎么来的呢？就是过去做这个硬木的家具，它用锉槽加了水，磨得非常细。用现在的说法就是用水砂纸打出来的。那个木材它用水（打磨得）非常细，非常细腻。

（苏州大学中文系教授、昆曲研究学者 周秦）我觉得最好的形容的一个话，是在沈宠绥的《度曲须知》中间他教别人怎么唱曲，他讲了四句话，叫做“功深镕琢，气无烟火”。

（中国戏曲学院前院长、戏曲专家 周育德）那种烟火气都给你打磨光了，叫什么来着？本来是那个烟熏火燎的那个味儿，现在都能（把）污染的空气净化了，唱腔也给弄得气无烟火了，很纯很纯的了，给提炼的。

（苏州大学中文系教授、昆曲研究学者 周秦）使得每一个字都非常的妥帖，每一个音都是在那个缠绵的悠远的意境里面。

（中国戏曲学院前院长、戏曲专家 周育德）启口轻圆，一张口就是又轻又圆；收音纯细，收音的时候又纯又细。还形容说这个一字之长，延至数息，就是一个字能唱多长呢，要好几口气，延至数息就是好几口气能唱完一个字。

【解说词】

张继青，著名昆曲艺术家，在业内她的声音被很多人视为昆曲唱腔的典范。

昆山腔最初的样式都是以吴方言来演唱。不过见多识广的魏良辅知道，尽管吴语有着很多的发音优点，但如果坚持用吴语来演唱，势必会影响昆山腔在全国的流行。怎么办呢？魏良辅大胆放弃了仅仅依赖吴语演唱昆山腔的传统，而是采用更为广泛的中州韵来演唱。中州韵以北方语音为基础，当时的北曲采用的就是中州韵。

【同期声】（中国戏曲学院教授、戏曲专家 钮镖）昆曲也是这样，它用中州韵。这个东西中州韵应该说呀在当时来说它是属于官话系统，属于国语。也就是按今天说它是接近普通话的。

（上海昆剧团团长、昆剧表演艺术家 蔡正仁）比如讲“我们”，在我们昆曲里面，韵白这个“我”，不能叫“我们”，不能，“我们”那就是“我”，它是当时的中州韵，是以这个为基础的，跟京剧念韵白是差不多，这个就是它是全国性剧种的一个非常重要的特色。

【解说词】

新的昆山腔很快就得到了上流社会的认可。这些临水的花厅、水阁，就是文人雅士们四百多年前度曲的地方。昆曲水磨调已是当时最流行的歌曲。那些早已逝去的唐宋风情，那种久违的“对酒当歌、人生几何”的感悟，终于被明代的士大夫在这一唱三叹的水磨调之中重新找到。一时间魏良辅和他的弟子们大受追捧。人们尊称这些民间音乐家、演唱家们为曲师。而魏良辅作为“曲圣”的地位也逐渐为世人所公认，正如当时的文学巨匠钱谦益所说：“时称昆山腔者，皆祖魏良辅。”昆山腔逐渐成为上流社会的“南曲正音”。

【同期声】（中国昆曲博物馆 解说员）演员就是面对面这样坐着，你伴奏的时候就由我来演唱。

【解说词】

这个用紫檀木和黄杨木镂雕而成，配以玻璃莲花彩灯的小屋子叫作堂名担，是苏州昆曲博物馆的镇馆之宝。旧时苏州大户人家若有婚庆做寿等喜事，时常请堂名班子到家里来唱堂会，班主便将堂名唱台拆卸后用箱子挑到主人家，再将它安装在客厅里，称为堂名担。昆山腔改良之后，当时很多民间唱曲班就是以这种方式在表演。魏良辅改革昆山腔，使新昆山腔以流丽悠远、典雅脱俗的艺术风貌，在南方诸腔并起的激烈竞争中脱颖而出。然而这并没有立刻改变昆山腔"止行于吴中"的局面。这是因为魏良辅只擅长清唱，对于戏场、编剧所知有限。宋元时期流传下来的传统剧目，除了昆山腔之外，其他声腔都能改调演唱。要使昆山腔的艺术风格得到淋漓尽致的体现，急需一份"量身定做"的文学家底。另一方面，当时整个中国的戏曲舞台，在经过了一百多年前元杂剧的空前繁荣后，已经陷入低谷。无论是对于正在崛起的昆曲水磨调，还是对于整个中国戏曲而言，都在盼望着文学创作的介入。

【同期声】（戏剧理论家、文化学者 余秋雨）所以我们要感谢一个非常重要的人，就是梁辰鱼。梁辰鱼也叫梁伯龙，他就写了《浣纱记》，就写了西施和范蠡的故事。这个呢，他对昆腔的改革非常熟悉，他就用昆腔平常唱清曲这样的音乐格局，用这样的句式写了一个完整的剧本。

（中国戏曲学院教授、戏曲专家 钮镖）由这个清曲变成了剧曲，它就演戏了，有人物，有故事，而且加上了锣鼓。

（香港中华文化促进中心研究员、昆曲研究学者 古兆申）昆曲已经不再是一个清唱的声腔了，它已经搬到舞台上了。

（中国戏曲学院教授、戏曲专家 钮镖）它要演人物了，你演范蠡你演西施，你演伯嚭你演文仲，当然你就得装扮上，就得像这个人，这样才开始有装扮。

（中国昆曲研究会顾问、戏曲专家 刘厚生）任何舞台戏剧我认为都是由一个优秀的剧本做一个基础，才能够在这个基础之上建立建设出一个舞台演出的一个大厦。

【解说词】

当时的文人徐又陵曾在他的《蜗亭杂记》里详细描述过《浣纱记》问世后的情景：这真是些热闹非凡的时日。昆山梁辰鱼家里，四方奇杰之彦云集，丝竹管弦之声不绝。梁辰鱼朝西而坐，教人度曲。新鲜的昆腔，随着《浣纱记》的句词唱段，传遍四方。再远的歌儿歌女，都要赶来见一见他。一时苏州戏曲音乐界的著名人士要是没有见过梁辰鱼，自己也觉得不像话。

【同期声】（昆曲研究学者 吴必中）那么他写的剧本非常好，所以有一句话叫做"争唱梁郎雪艳词"，有这个说法，大家都争着唱他写的词。

（北京昆曲研习社曲家 朱复）那么到了1549年，在杭州都唱这个《浣纱记》，不但说是戏班或者行院里唱，这个业余爱好者、等待发榜的这个学子们都要来唱一唱。

（中国昆曲研究会会长、戏剧艺术家 丛兆桓）很快这个作品就传唱，先在江苏江南一带大家都来，各个不管唱什么的都来学这个戏，然后就过了江，到了扬州到了北京。

【解说词】

有史料记载，《浣纱记》进入北京后，不仅流行于官宦之家，甚至曾在紫禁城内的玉熙宫上演过。但仅仅 部戏的成功，肯定还不足以直接成就昆曲日后的地位。一门艺术的兴起，需要始创者，更需要集体创作的浓郁氛围。而当时的社会氛围，恰恰使得昆曲剧本的集体创作成为可能。每一个时代都有属于自己的时尚，公元16世纪中叶，大明王朝的时尚正是昆曲。

【同期声】（北京大学哲学系教授、昆曲研究学者 楼宇烈）为什么唐诗就是唐代诗歌最盛行，到了宋代就是词最盛行了，好的诗作有没有啊？有啊，但是跟唐代要比那比不过啊，没法比，没法相比。到了明清的诗更不能跟唐代相比。所以代代有它的自己的文化的高峰。所以我就有的时候很难说出一定的原因来。这个时尚，追逐时尚，慢慢这个时尚成为一个普及性的东西了。

【解说词】

在当时，文人不会唱昆曲几乎等同于生在唐代而不会写诗一样。而昆曲的每一次变化都会引发跟随的文化潮流，《浣纱记》的出现也是一样，当更多的文人愿意把原本用于书画、参禅、下棋的时间都用来写传奇剧本时，昆曲成了在文人怀抱里弹唱的宠儿。

【同期声】（香港城市大学教授、昆曲研究学者 郑培凯）16 世纪 17 世纪这段时间文人雅士跟各种对艺术有兴趣的人投入昆曲，就像今天大家投入电影跟电视一样。

（北京昆曲研习社曲家 朱复）据说统计了一下，状元及第的作者就有二十多位。

（苏州大学中文系教授、昆曲研究学者 朱栋霖）他们终于找到了自己才华的一个喷泻的地方，那就是它那里面有美好动听的音乐，可是又有曲折传奇的故事，符合了文人浪漫的幻想。同时一部戏有几十折，要有上百支曲子，那这个曲子都是诗词啊。他的才华可以得到一个施展的地方。

【解说词】

对于这一大批昆曲传奇剧本所造成的社会影响，我们可以凭借当时出版界的规模探知一二。明朝中年，全国的印书坊大都集中在北京、南京、杭州等几个大的城市。但进入万历以后，就连福建的建阳这样偏僻的地方都建有书坊五六十家。徽州巨商吴冕开设的书坊“师古斋”拥有书版七十万块。单是一次发给刻书工的工资就达十万两之多，而且这些民间书坊印卖的大多为闲书杂书等娱乐性畅销书。我们虽然不清楚那些昆曲剧本在其中的比例，但即使只有一成也是一个难以想象的庞大数字。不仅新剧本层出不穷，甚至众多宋元时期的经典剧本也在这样的社会热潮下，通过用昆曲水磨调重新谱曲的办法，得以重登舞台、流传后世。

【同期声】（影视剧演员、昆曲曲家 蔡安安）比如说元代的剧本现在能在舞台上还在看得到的，就是元曲的比如说像《单刀会》、《窦娥冤》，这是关汉卿先生写的剧本。那么在昆曲舞台上还看得到。

【解说词】

这就是我们在 21 世纪的舞台上看到的《窦娥冤》，元代的剧本，明代的音乐，现代的舞台，既是一部不朽的作品，也是一部生动的中国戏曲史。而完成这一香火延续的关键环节，就是昆曲。

这是明代剧本《玉环记》中的一张插图，凝固了历史上的一次堂会。画中的人物加起来也不过十余人，根据他们所处的位置和神态，我们大致可以找到他们在历史中的身份：主人、教习以及演员。他们构成了昆曲史上特定的演艺集团——家班。所谓家班就是家里养的戏班。而家班的演出就在这大大小小的园林之内。主人永远是家班的核心，既是一家之长也是一班之主。商人家里是绝少有家班的，因为光是有钱、有园子在当时也办不得家班，家班只属于士大夫阶层。

【同期声】（苏州大学中文系教授、昆曲研究学者 朱栋霖）《红楼梦》的第十八回里面就写大观园造好之后，就让贾蔷到苏州采买了十二个女子，并且聘请了一个教习。它是反映了这个就是说家乐家班它的体制就是十二个人，而且都是小姑娘，女演员十几岁的。

【解说词】

蓄养家班在明代嘉靖年间初露端倪。到了万历年间，随着昆曲影响力的不断攀升，很多离开政坛而退居乡里的士大夫们，开始把昆曲视为人生最大的消遣，甚至到了无一日不观剧的程度。为此，建家班养女乐蔚然成风，而这也正是明代戏曲史的一大与众不同之处。

【同期声】（苏州大学中文系教授、昆曲研究学者 朱栋霖）在明清两代，在苏州、杭州、南京、扬州以至到京城里面这些达官贵人文人雅士，都以我的家班的规模、我的家班的演出水平来互相竞争。

（戏剧理论家、文化学者 余秋雨）当时有钱不算厉害，厉害的是家里有戏班，这个比有多少良田、有多高的官职，一比，这个更重要。

（北京昆曲研习社曲家 朱复）不光是参与表演、参与创作、参与乐器的伴奏，自己有的甚至于粉墨登场，自己要练一练要演一演。

（戏剧理论家、文化学者 余秋雨）还不断地要有酒会，请各种人来品评，这多大工程，几乎是除了昆曲没法过别的日子了。

【解说词】

明朝万历初年，苏州七里山塘的河道里，漂泊着一个刚搭建不久的草台戏班。戏班里有个刚入行的小姑娘，十一二岁，姓沈。五十年后，这位沈姑娘被一个退隐的官员钱岱记载到自己的日记《笔梦叙》里。这份记载让我们得以从当时一个伶人的角度去感受家班。万历二十年，江南早春惬意的清晨，苏州西黄鹂坊桥的申宅里传出一连串悠扬的笛声，曾经的首辅大臣申时行退居苏州老家后，就住在这里。当年蜷缩在河道船板上的沈姑娘也已长大成人，就在这一年进了申府。当时苏州城里流行起一句话，叫“范祝发，申鲛绡”，说的是城里最有名的两出戏，也是最有名的两个家班。一个是范仲淹的子孙范常白家的《祝发记》，另一个就是这西黄鹂坊桥的申宅里上演的《鲛绡记》。直到申相国离世，沈娘娘都没有离开过申府。接替申相国的第二位主人，就是把她写进《笔梦叙》的钱岱。也许，在这两位主人的眼里，不仅是沈娘娘，甚至连沈娘娘饰演的那个角色，都是自己的家庭成员。在主人们的庇护下，沈娘娘可以去做一辈子的戏中人。

【同期声】（苏州昆曲传习所所长、昆曲研究学者 顾笃璜）他那个家班我觉得最主要的一个作用是，它是一个实验剧团，很多著名剧本的首演就是在家班演的，它起着这么一个大作用。

（中国文联书记处书记、戏曲专家 廖奔）文人养了家班，有些文人把家里的财产全部拿来投入，后来把财产全部耗掉了，乐此不疲，而且倾家荡产也不后悔。那么当然他们也有票戏的成分、有玩的成分在里面。但是在这个过程里面，文人就把他们的智慧，把他们对于昆曲的这种比较高层次的理解，注入到昆曲的肌体里面去了。

【解说词】

昆曲就这样完全融入了中国文人的家庭生活，融入了他们的精神世界。生活中没有了昆曲，就像没有琴棋书画一样，要乏味许多、单调许多。这为昆曲后来的全面流行、并最终达到国剧地位奠定了十分牢固的基础。

【同期声】（苏州大学中文系教授、昆曲研究学者 朱栋霖）我们现在知道，四川、云南、湖南、山西各地、安徽都有昆曲。就是那些苏州人到那里做官了，就把自己的家班带过去了，然后就在那里宣传开了。

（中国戏曲学院前院长、戏曲专家 周育德）左手一指太行山，右手一指是吕梁，在这么一个地方，梆子的天下，是梆子戏的天下，山西。可是在这个梆子的天下里头昆曲还占一角。

（中国文联书记处书记、戏曲专家 廖奔）那个时候好像成为高人一格的一个东西。在万历后期，被称之为“官腔”，官就是当官的官，我想当时它那个位置就类似于后来的京剧，成为多种地方戏的首领。

（中国戏曲学院前院长、戏曲专家 周育德）昆剧大概占了有戏曲市场的两到三成，占有百分之二十到三十的份额，很了不起的。现在任何一个艺术品种在文化市场都占不到二三成的份额的。

【解说词】

这是昆曲成为“官腔”的几十年后一出剧本里的插图，与此前的家班演出图相比，这种演出已经有了脸谱的痕迹。脸谱，是中国戏曲特有的标志之一，每一张脸谱背后，是无数张戏曲艺人的面孔。他们中间的绝大多数人，没有留下一张画像，甚至连名字也没有。但他们塑造的角色，却连同一张张生动的脸谱，跨越了几个世纪，留存至今。今天，昆曲艺术学校的孩子们入行，几乎就是对昆曲早期发展历程的小小再现，从清唱开始，学曲谱，背剧本，练身段，一步都不能少，直至找到最适合自己的那张脸谱。而再过几十年，他们的面孔也会像前辈们一样，最终要退隐到那一张张脸谱之后，再由他们的学生来接续。也许这就是文化的积淀和传承。或许有一天，那些人、那些事会被淡忘，但文化的精髓却永久地保存下来，成为一代代中国人的精神财富。

第三集 不朽传奇（上）

【解说词】

位于纽约的林肯艺术中心，在全球表演艺术界有着非同寻常的地位。不少人甚至认为，一个表演艺术家如果在林肯中心得不到称赞的话，就算不上完全的成功。1998 年，是世界戏剧经典《牡丹亭》诞生的四百周年。林肯艺术中心准备在这一年的艺术节隆重推出全本《牡丹亭》。全本《牡丹亭》的上演，是当年林肯中心艺术节的重头戏，也是西方世界的一个特别期望。为了这次演出，上海昆剧院筹备了一年多，但最终却未能成行。他们的理由是导演陈士争用现代戏剧手段改造的《牡丹亭》失去了历史原貌，那样到世界舞台上演无法展现中国文化遗产的历史原貌。

费了九牛二虎之力，陈士争导演的全本《牡丹亭》还是搬上了 1999 年的林肯艺术节舞台，上演的公告很谨慎，没有特意强调那是东方传统戏剧，也没有说那是《牡丹亭》的原本。

【同期声】（美国昆曲艺术研习社、昆曲曲家 张惠新）《牡丹亭》在林肯中心的首演，我去看了，反映很热烈，因为从来没看过昆曲，大部分的观众都从来没看过昆曲。

（美国海外昆曲社、昆曲曲家 陈安娜）它加了很多其他形式，比如评弹哪，木偶戏啊。

对于外国观众来说，实际上是让他看到各种不同的艺术。

（美国昆曲艺术研习社、昆曲曲家 张惠新）它的舞台结构也不同，四周围有水，水里面有鸭子，有时候正在悲伤和快乐或者是很罗曼蒂克的时候，鸭子突然呱呱开始叫起来了。

【解说词】

就在这场演出中，陈士争在舞台上设置水塘，放入一群鸭子来代替鸳鸯。演员唱叹之余，鸭子在一旁聒噪，在现场看演出的旅美华裔作家白先勇后来开玩笑说："当时我真有股冲动，想把那些鸭子烤掉。"也许正在那一刻，白先勇萌发了要制作另一部《牡丹亭》的冲动。

2002 年，白先勇来到了昆曲的发源地苏州。此时，他的身份除了人们熟知的国民党将领白崇禧的儿子、知名的华裔作家，还是新青春版《牡丹亭》的策划人和制作人。

【同期声】（青春版《牡丹亭》制作人 白先勇）搬到现代舞台上面去而又不受损，哎呦，这个事就是大学问。

【解说词】

这将是一场跨越四百年的古人和今人的对话。

【同期声】（香港城市大学教授、昆曲研究学者 郑培凯）我们看《牡丹亭》，就比较容易进入这个《牡丹亭》的情境。它对于人生真理的追求，对于爱情的追求，对于真情的追求，这个跟我们没有隔阂。《牡丹亭》到 21 世纪，还能够吸引大家，觉得得到最强烈的共鸣，其实也是这一点。

【解说词】

在昆曲艺术到达鼎盛之时产生的《牡丹亭》，已经成为中国文学和戏剧的不朽之作。作者汤显祖和英国的大文豪莎士比亚一样，都被公认为世界上最伟大的戏剧家之一。在东西方这两个戏剧家身上有着太多的巧合，莎士比亚的《罗密欧与朱丽叶》和汤显祖的《牡丹亭》都是列入世界文学宝库的瑰宝，两人同属一个时代，更巧合的是莎士比亚和汤显祖都是 1616 年逝世。相距遥远的东西方为什么同时诞生了这两位戏剧家，一切都是偶然吗？

（苏州大学中文系教授、昆曲研究学者 周秦）在他写《罗密欧与朱丽叶》的时候，这儿出现了一个《牡丹亭》，都是写爱情的故事，都是写爱情的价值超过生命，为了情可以抛弃生命，这个是中西文化共同的地方。

（中国戏曲学院前院长、戏曲专家 周育德）明代晚期，在中国的文化界、思想界出现了很多和传统不一样的新风气，和宋元以来的理学的传统有矛盾的，不受传统束缚的，要求自由解放的那么一种思潮，它就开始兴起。

（苏州大学中文系教授、昆曲研究学者 周秦）在那个情况下出现了汤显祖这样的一个人。

【解说词】

1550 年，汤显祖出生时，明朝已经走过了 182 年的漫长历程，开始由兴盛转向没落；然而在文学和艺术上却产生了世俗精神的繁荣，昆曲的兴盛几乎达到顶峰。汤显祖出生于江西临川，也就是今江西抚州市。祖上几代文运兴盛，是颇负盛名的书香世家。汤显祖 5 岁就能作对子，21 岁到南昌参加江西秋试，以第八名中举。世人无不对他寄予厚望。1577 年，已经颇有些名气的举人汤显祖，前往京城参加京都会试。

【同期声】（苏州大学中文系教授、昆曲研究学者 朱栋霖）他二十多岁就去考试，才华出众。结果到了京城里面宰相是张居正，张居正很专横，就托人带信叫汤显祖和他的儿子交往。

（香港城市大学教授、昆曲研究学者 郑培凯）张居正想把他收纳作自己的门下，希望这么聪明的人你们都来跟着我，那么我自己的儿子将来也要进入官场，你们变成一帮。他拒绝了。

（苏州大学中文系教授、昆曲研究学者 朱栋霖）他对张居正的专权有看法，他不愿意跟宰相的儿子交往。宰相张居正的儿子后来就高高地中了，汤显祖就落第了，考了几次都考不中。

【解说词】

科举考试对人生的贻误，汤显祖终生不忘，读书读到没有了一点生趣、意趣，这实在是人性的扭曲、异化。他在《牡丹亭》中让老儒生陈最良展示这种可悲的命运。

（《牡丹亭·折寇》）（判官）何方人氏，你做何生理？讲！（陈最良）听禀，生员陈最良……

【解说词】

就这样，十三年寒窗，四度落第，直到张居正病死被弹劾，汤显祖才考中进士，这年他已经34岁。

【同期声】（苏州大学中文系教授、昆曲研究学者 朱栋霖）汤显祖处于两种思想，社会文化思想的一个激烈交锋之中，到了明朝中叶，程朱理学已经成了一种社会的统治思想。

（香港城市大学教授、昆曲研究学者 郑培凯）程朱学派，二程跟朱熹的这个学派的影响已经好像把什么都限制死了。那么这个对于个人追求性灵跟个人追求真理有障碍。

（苏州大学中文系教授、昆曲研究学者 朱栋霖）然后在这个时候呢，明朝中叶就产生了挑战的反叛的思想，尤其是到了明朝中叶后期万历年间产生了心学左派，汤显祖就是心学左派的一个思想家。用今天的话来说，汤显祖他们所追求推崇的思想就是个性主义的、尊重人性发展的一种思想，是一种叛逆的思想。在当初，用今天的话来讲就是先锋派思想。而汤显祖呼应这种思想，他提出了一个主张是什么呢？就是情，这个情在《牡丹亭》中就具体的体现为杜丽娘，就是情的化身。

【解说词】

此时，《牡丹亭》已经成为汤显祖心中的一个梦。

对于白先勇来说，昆曲同样也是他心中一个不愿醒来的梦。

【同期声】（苏州大学中文系教授 昆曲研究学者 周秦）白先生对于《牡丹亭》，对丁昆曲的感受是很特别的。因为他十岁的时候，在上海，就是当时抗战胜利了，在上海看过昆曲。到南京跟着他的父亲白崇禧进过美龄宫，在那儿看过昆曲。他就这印象而已。到改革开放，1979年的时候，离开他上一次看昆曲已经四十年了。他回到大陆看到什么都是变化了。但是偶尔在上海又看到了昆曲。这对他的心灵的轰击是很大的。

【解说词】

1987年，白先勇重游南京，看到了另一场精彩的昆曲演出。台上张继青扮演的杜丽娘正唱着【皂罗袍】“原来姹紫嫣红开遍，似这般都付予断井颓垣，良辰美景奈何天，便赏心乐事谁家院。”在台下，白先勇早已听得魂飞天外，不知道想到哪里去了。

明朝万历十四年至十七年，江南水旱相继，瘟疫流行。此时，汤显祖在南京担任无关紧要的闲职。他目击民间惨状，于万历十九年上《论辅臣科臣疏》，揭露赈灾官员的贪贿之行，并进而抨击当朝宰辅，把万历朝的统治总结为前十年坏于张居正，后十年坏于申时行，辞意严峻，震动朝野。

（苏州大学中文系教授、昆曲研究学者 朱栋霖）结果呢宰相就把他免职了，让他到海南岛的一个县里边去做一个小官；然后再发配到浙江遂昌一个县里边去做一个小官；然后汤显祖看破官场了，他就打了一个报告不做了，没有等到批准就走了，就回家了。

（中国昆曲研究会顾问、戏曲专家 刘厚生）四十几岁就不做官了，回老家就写剧本去了。他的很好的才华就用到这上面了。

【解说词】

1598 年春天，49 岁的汤显祖回到老家临川。在经历了 16 年官场沉浮之后，汤显祖终于成为自由作家。辞官的当年，汤显祖用了三四个月的时间，将脑海中的那个挥之不散的梦，写就为不朽传奇《牡丹亭》。

【同期声】（中国文联书记处书记、戏曲专家 廖奔）明清传奇是和《诗经》、《楚辞》、汉赋、汉魏六朝乐府民歌、唐诗、宋词所并列的，明清传奇指的就是包括昆曲在内的这些文人所创作的戏剧作品、剧本。当然，当昆曲鼎盛之后大量的文人都是在为昆曲创作作品。

（中国昆曲研究会顾问、戏曲专家 刘厚生）就是专门为昆剧，用昆剧的许多流行的曲牌来写昆剧的剧本，这种形式历史上就叫它传奇，不叫昆曲剧本，就是叫传奇，所以基本就是一回事。

（中国戏曲学院前院长、戏曲专家 周育德）一个传奇杰作的出现和当时的文化生态、社会环境它都分不开。《牡丹亭》所以能够写作出来不是说一个作家他有了文学修养，他懂音乐他就能做出好剧本，不是的。汤显祖不仅仅是一个文学家，还是个剧作家，他还是思想家。他思想里头有很新很新的东西。

（香港城市大学教授、昆曲研究学者 郑培凯）他不止是单纯的追寻，我们狭义的艺术，而是他从追寻艺术领域当中也希望得到一个思想的解放。他追寻理想，什么是理想？什么是爱情？什么是美满？什么是幸福？我不能够在现实世界成就，我在我的理想世界成就。杜丽娘就是他塑造的一个对于真实的追求。

【解说词】

《牡丹亭》最初名为《还魂记》。这个故事的原型是宋代话本《杜丽娘慕色还魂》。但这个相对单薄的故事在汤显祖的手中作了化腐朽为神奇的大改动：江西南安太守杜宝之女杜丽娘，在春天的感召下，与婢女春香往后花园游玩。逛累了回房小睡，梦到书生柳梦梅出现，和她在牡丹亭梅花树下幽会。丽娘在梦中和想象中的情人尽情欢会。此后，丽娘因相思抑郁而死。三年后，柳梦梅游学偶宿园中，拾得一画，连连呼叫，画中女子现身，和书生柳梦梅结为人鬼夫妻，终于成就一段生可以死，死可以生的感人姻缘。

（苏州大学中文系教授、昆曲研究学者 周秦）生者可以死，死者可以生，死了还可以活过来，那个情如果到了一个最高的境界的话，它可以打动所有的人，可以感动天地。所以这个剧本很特别，就像白先勇先生理解的那样，是一种人情的美、精神的美、文学的美。

（中国昆剧研究会会长、戏剧艺术家 丛兆桓）《牡丹亭》写出来以后，有好多曲家批评汤显祖：虽然文字写得很棒，很漂亮，但是不合曲律。这样的词如果要唱的话，就会拗折天下人的嗓子。就给他改，改了以后他非常生气。他说，我这个不是这样的，戏就是要把人物的思想感情表达出来，至于合律不合律，我宁可拗折天下人的嗓子，就是天下人的嗓子都折了，我也不能改。

【解说词】

在众多的反对者中，态度最坚决的当属苏州曲家沈璟。沈璟是吴江派作家的领军人物，他推崇传奇创作要严守曲律。不过，他并没有掩饰自己对于《牡丹亭》的喜爱，而且直接动手修改了剧本，使它更符合曲律，便于舞台演出。追求文学美和音乐美的统一，成为这个阶段传奇创作的主旋律。虽然当时有纷争，却为后世的传奇创作指明了方向。

《牡丹亭》的出现，在当时的戏剧文化界引起了不小的震动。当时的文人学士们几乎人手一册，早晚诵读，被称为天下第一本好戏。有一个退休的大学士王锡爵得到《牡丹亭》的稿本后，命令家中的昆剧班急习之，迫不及待地看完演出后，他颇为伤感地说："吾老年人，近颇为此曲惆怅。"

【同期声】（苏州大学中文系教授、昆曲研究学者 周秦）在以农为本的这样一个社会环境中间，我们很难培养出真正的浪漫气质来。所以这样的人就像我们整个民族河流中的几颗闪亮的星星一样，特别值得注意！很少，汤显祖是一个。

【解说词】

《牡丹亭》无疑可以列入中国戏剧文化史上以最苛严的标准选定的几部第一流的佳作之内。

（《牡丹亭·幽媾》）（杜丽娘）幽谷寒涯，你为俺催花连夜发……

【解说词】

江苏省苏州昆剧院，位于苏州五亩园，这里传承着原生地的昆曲。2002年，这里悄然进行一次大胆的尝试。剧院请来了有着"巾生魁首"、"旦角祭酒"之称的汪世瑜和张继青担任艺术指导，而杜丽娘和柳梦梅的扮演者都是剧院的小字辈，年轻的演员被挑选出来在剧中挑大梁。这部由年轻人挑大梁的戏，被称为青春版《牡丹亭》。

【同期声】（江苏省苏州昆剧院、青春版《牡丹亭》主演 俞玖林）昆曲演员都是好像在台上比较老，我说的不是贬义啊。这么年纪大还是演十六岁二十岁那样的人好像不太像，他肯定就不喜欢。那我们青春版《牡丹亭》，我觉得可能就是要用年轻的演员来演年轻的人，用最好的艺术家来教导我们年轻人。

（苏州大学中文系教授、昆曲研究学者 周秦）他的动机很明确，用青春的演员，相对年轻的演员来演一个青春的故事，吸引青春的观众。

（江苏省苏州昆剧院、青春版《牡丹亭》主演 沈丰英）每个人对《牡丹亭》原著的理解都是不一样的，但是他们需要找到一个答案，那就是我们在这个舞台上的表演，我们希望我们可以成为观众心目中的真正的杜丽娘和柳梦梅，我们也会朝这个方向去努力。

【解说词】

据说汤显祖在写作《牡丹亭》的时候，总是独自把自己关在书房里，为杜丽娘拈毫苦吟。他对丽娘的钟爱，已经到了白日消磨肠断句的程度。清朝文人焦循在《剧说》中记载了这样一件事：一天，家里人怎么都找不着汤显祖，后来发现，他正卧在院子里的柴堆上痛哭流涕，他说：填词填到“赏春香还是旧罗裙”，一时感动，忍不住落泪。

《牡丹亭》寄托了汤显祖的全部理想，而杜丽娘这一形象更是汤显祖的自喻：这个慕色怀春的痴情少女，表达了汤显祖追求自由理想的心声。“但是相思莫相负，牡丹亭上三生路。”在全本戏中，这两句曲文反复咏叹，柳梦梅与杜丽娘的爱情面对礼教的压迫，经历了人性的苏醒、窒息、湮灭，而到重生。

（苏州大学中文系教授、昆曲研究学者 朱栋霖）《牡丹亭》一产生，曾经有人提出来过《牡丹亭》是诲淫诲盗的，是不能演的。但是后来连批评它的人自己也觉得这个戏很好，因为它确实文采斐然，确实是情节吸引人，确实是这个杜丽娘的形象很感人。所以它是用艺术的魅力传达了深刻的思想，获得了广大的观众。

【解说词】

当职业昆剧班在市井里演出《牡丹亭》后，剧中以情抗理的主旨，在那个时代引起非同寻常的反响。一个叫冯小青的扬州女子，年纪轻轻嫁到杭州给人做小妾，她受尽折磨，只能与杜丽娘对话。一天，她写下诗篇：“冷雨幽窗不可听，挑灯闲看牡丹亭。人间亦有痴于我，岂独伤心是小青。”小青18岁夭亡。不久剧作家吴炳以此为题材，写了一部《疗妒羹》。和《牡丹亭》一起流传至今。

【同期声】（香港城市大学教授、昆曲研究学者 郑培凯）在当时对于一个女人来讲，最重要的是对于自己一生的婚姻、爱情、美满的家庭，美满的人生的追求。我能够怎么样才可以追寻到这个生生死死，我连死都不怕，我来追求我的理想。所以汤显祖他的整个这个构筑实在是很耐人寻味，实在是很了不起。汤显祖的《牡丹亭》开发了后来曹雪芹的《红楼梦》。汤显祖的整个的思想的脉络，甚至他对人生意义的探索，在曹雪芹的写作过程中，他跟脂砚斋，我们不知道脂砚斋到底是谁啊，跟脂砚斋的交流是讨论过的。所以他这个思想，汤显祖、曹雪芹这两个大的文学家对于怎么追求自己个人的自由，心灵的自由都有所探索。所以这就造成这些作品是这么重要。

【解说词】

从1598年始，上承西厢，下启红楼的《牡丹亭》，以其典雅唯美的演绎手法，冲破藩篱的自由思想，四百多年来不绝于舞台。剧中的至情至爱，超越了不同文化背景、不同年龄、不同时代的差异，感染了无数人。

【同期声】（上海交通大学教授、昆曲研究学者 谢柏梁）《牡丹亭》的演出几乎在世界各大艺术节上都有所展示。我有一个加拿大朋友，十五年以来毫不间断地研究《牡丹亭》，写了一本厚厚的关于《牡丹亭》的演出史，既有中国的演出史，也有在海外的演出史，包括改编成歌剧版的演出史，这个我非常敬佩。

（青春版《牡丹亭》制作人 白先勇）在这个舞台上，21世纪的舞台上，重新唤回它的青春，重新发扬它的生命力出来，推到世界上去，到美国到欧洲到日本，席卷全球。

【解说词】

2006年，已经在国内和港台地区大获成功的青春版《牡丹亭》来到美国，跨出了海外巡演的第一步。这个四百年前的东方梦境又一次感动了大洋彼岸的西方观众。

【同期声】（美国马里兰州艺术委员会官员 劳瑞唐纳）我并不会说中文，但是我依然被这种语言的美所打动！在马里兰州，我们（美国）很珍视这种艺术形式，我肯定在中国它也很受重视，因为它具有一种独特的精致、敏感性。

【解说词】

2000年，联合国教科文组织把汤显祖列为世界百位历史文化名人之一，和同时期的英国文豪莎士比亚、西班牙文豪塞万提斯并列。

《牡丹亭》已经诞生了四百多年。一代又一代中国人，在感时伤春时，仍然喜欢轻叹一声："如花美眷，似水流年。"说的是戏中词，道的是人间情。

【同期声】（苏州大学中文系教授、昆曲研究学者 周秦）"则为你如花美眷，似水流年。"小时候跟着父亲学这个的时候，我不知道它是昆曲，长大了我懂了。越优美的东西越留不住，我们喜欢花，喜欢青春，但是喜欢的是真实的东西，而不是假花和冒充的青春。这些东西我们希望它永远是这样的美好，但是它必须跟着它生命的过程慢慢的结束。昆曲，我想也是这个样子的，我们留不住它，是吧？似水流年，像水这样的过去。我唱昆曲唱得很投入的时候，父亲感慨地对我说："你们是如花美眷，我呢，只剩下似水流年了。"我对我的学生说你们好好地学昆曲，等他们唱得很好的时候，我也会很感慨地说、油然地说："你们是如花美眷，多美啊。我呢，只剩下似水流年了。"但是我不悲哀，水会这样地流过去，艺术会传下去，昆曲会永远地美好下去。

【字　幕】梅兰芳，昆曲《游园惊梦》饰演杜丽娘，二十世纪三十年代
张继青，昆曲《牡丹亭》饰演杜丽娘，二十世纪八十年代
王芳，《牡丹亭》饰演杜丽娘，二十世纪九十年代
钱熠，实验版《牡丹亭》饰演杜丽娘，二十世纪九十年代
沈丰英，青春版《牡丹亭》饰演杜丽娘，二零零二年
翁育贤，纪录片《昆曲六百年》饰演杜丽娘，二零零六年

第四集　不朽传奇（下）

【解说词】

苏州大学的校园粉墙黛瓦。每年春天，三年级的学生可以在风景如画的教室里选修昆曲艺术课程。老师们多数是在自己求学的年代迷恋上水磨昆腔的。如今，他们希望昆曲仍然能够唤起一部分青年学子的热情。

【同期声】（苏州大学中文系教授、昆曲研究学者 周秦）现在他们不够谦虚，他们是以高高在上的精神来俯视文化的。这儿昆曲，这儿京剧，这儿流行的东西，他们在比较，用同样的眼光来审视它们，来批评它们。其实我想就昆曲来说，他们还没有资格来批评，但他们也同样地批评着。但是我们先要让他们进来，让他们觉得这个是好东西，江南必须有它的一些特质性的文化，代表我们中华民族最高文化成就很文化精神的一些东西。如果苏州也没有昆曲了，那么全中国都没有昆曲了。所以我们苏州人把这个事业看得很高尚。

【解说词】

苏州——六百年前，正是这片温婉的水土孕育了昆曲。随后，通过遍布全国的江南文人和商人，昆曲也随着大运河漂入了中国的各个角落。根据清代康熙年间的记载，山西、贵

州、银川等交通闭塞的地区，都出现了昆班艺人的踪迹。曾经昆曲是属于全体中国人的戏剧。

【同期声】（戏剧理论家、文化学者 余秋雨）确实只有昆曲在中国的历史上掀动了民族集体审美的一个波澜，掀动得比什么艺术都大。我讲过当时可以跟昆曲比的只有另外两个，一个唐诗、一个书法。在艺术领域里面，跟唐诗和书法（一样），至少都要识文断字的人才能够欣赏，昆曲也是。

【解说词】

从明代万历到清代乾隆的两百多年，是昆曲发展的鼎盛时期。明代传奇的创作高潮，催生了汤显祖和沈璟两位比肩的戏剧大师。二人一个重视文词，一个严守曲律，因而有了中国戏曲史上著名的“汤沈之争”。同时期的许多曲家和作者都参与到这场争论中。昆曲，也随之翻开了新的一页。

当我们回首昆曲的这段往事，注意到那时的文人墨客曾经传颂过这样一场婚礼：公元1620年，女诗人商景兰嫁给了晚明三大才子之一、也是昆曲史上一位重要的戏曲理论家——祁彪佳。这对才子佳人，都是昆曲的忠实爱好者。我们从祁彪佳生前的日记中看到，他们在七年的时间里，观赏、品评过的昆曲作品多达86种。祁彪佳和商景兰琴瑟和谐的感情生活，为无数文人羡慕不已。那时的昆曲舞台，搬演最多的也是才子佳人的爱情故事。人生如戏，戏如人生。

1645年，清军攻进杭州城。此时，祁彪佳正在杭州做官。润六月初四，他收到了满清政府的聘书。两天后，祁彪佳为了保有自己对大明王朝的忠贞，选择了投湖自尽。这对才子佳人25年的美满姻缘，遭遇了家国之难，转眼已是人鬼殊途。在朝代更替的动荡中，很多人遭遇了和祁彪佳相似的命运。今天，我们在《明史》的列传中，可以看到长长的殉国官员名录，记录在册的，数以百千记。他们有的是战死，有的是不屈被杀，有的则和祁彪佳一样，自杀殉国。每个人的命运都因为这场历史变故发生了改变。

祁彪佳殉国后不久，一位逃难的孕妇兵荒马乱中生下了一个男婴。他就是我国清代著名的戏剧大师——洪昇。洪昇与稍晚诞生在山东曲阜的孔尚任，被世人并称为“南洪北孔”。这两位作家一南一北，相隔十年，创作了两部震动剧坛的作品——《长生殿》与《桃花扇》。这两部作品，既是昆曲舞台上的霸主，也成为我国文学宝库中的明珠。

洪昇的家族在钱塘属于旺族，他自幼接受正统的儒家教育，15岁就创作了很多诗词歌曲，在当时小有名气。然而洪昇在仕途上，一直不顺利。43岁完成《长生殿》时，他已经在国子监做了二十年的太学生，始终没有得到一官半职。历时十年的《长生殿》终于完稿，对洪昇来说，多少是个安慰，他迫不及待地呼朋唤友，在寓所内召集伶人演出。当时，佟皇后刚刚病逝，正处于禁止一切娱乐活动的“国殇”期间。洪昇遭到举报，被抓进了刑部大牢，一起观剧的50多人全部受到株连。当时，有人做诗感叹：“可怜一出《长生殿》，断送功名到白头。”

洪昇的不幸，没有使他的作品泯灭。五十出的《长生殿》把唐明皇和杨贵妃的爱情故事融入到安史之乱的历史环境中，将爱情与政治紧密地纠结在一起，又暗含着痛失江山的民族情绪。这与清朝初年人们追忆故国的心情十分契合，引起了强烈的社会共鸣。传奇也随着《长生殿》，登上了抒写时代兴亡的高度。

2004年，由苏州昆剧院排演的《长生殿》来到北京。当时总导演顾笃璜强调说，他要排一版原汁原味的《长生殿》，洪昇的剧本，他只改动了一个字。

【同期声】（昆曲《长生殿》制作人 陈启德）传统的精华能够把它表现出来，这是最重要的，所以我们有这出《长生殿》的制作，也就是希望在保持原汁原味的这一原则之下，加入最好的服装、最好的舞美，但是所有的文武场以及所有的表演都还是我们最传统的昆剧的演出。

（昆剧《长生殿》导演 顾笃璜）因为这个《长生殿》不管从文学上，从戏剧性上，从音乐上，从舞台美术上，从排场上，历来就是一个昆曲班子里最有号召力的剧目。这个剧团能演《长生殿》，意味着它有实力。

【解说词】

与汤显祖创作《牡丹亭》时不同，洪昇生活的时代，涌现了大量的曲谱，职业昆班也兴盛起来。唱词、曲律和舞台表演的相互融合，使传奇的创作更加成熟。

【同期声】（苏州大学中文系教授、昆曲研究学者 周秦）有一次在台湾开会的时候，曾永义先生说，无与伦比的《长生殿》，是最好的，反映国家大事，它有阳刚之美，整个的本子中间无瑕可击，结构音律都非常好，它是最好的。白先勇先生也在，他就提出疑义来了，他说，我觉得《牡丹亭》更好，因为它更动人。我说就它的文学意象，就它的感人程度和思想深度来说，那《牡丹亭》是最好的，而就戏论戏，就结构论戏，就戏的本质特征、格律原则来说，《长生殿》是最好的。

（中国戏曲学院前院长、戏曲专家 周育德）《长生殿》，你喜欢文辞的人，你看到文辞写得也挺文雅的。你喜欢唱曲的人，它的曲子也很好。当时的一些曲师，打出很多谱子很好听。

（昆曲表演艺术家　张毓文）天淡云闲，列长空数行新雁。说的多好听啊，说得多美啊，就把秋天的景色一下就摆在你面前，你闭上眼睛一听，演员在舞台上演，高高的天空，有几朵白云在那里好像在睡觉，就一下把皇宫的景象、后花园的景象全描写出来了。

【解说词】

洪昇生于南曲繁盛的杭州，又在北京生活了很多年，他对中原的“雅音”和南国方言都很熟悉。有史料记载，洪昇曾经与人讨论填词之法，他的追求是，填词时要使用本色的语言。尽管后来传奇的创作整体走向了华丽辞藻和堆砌典故的道路，但是，包括洪昇在内的一批传奇作家，很早就明确地指出，大雅的意境是可以用通俗的词汇表达出来的。

【同期声】（苏州大学中文系教授、昆曲研究学者 朱栋霖）洪昇是个大文豪，因为《长生殿》这个戏最早源于白居易的《长恨歌》，那么《长恨歌》写唐明皇想念杨贵妃用一句话，一个意象就是“夜雨闻铃肠断声”。但到了洪昇那儿呢，写了一出戏，这出戏中他怎么写“夜雨闻铃肠断声”呢？他说，淅淅零零，一片凄凉心暗惊。遥听隔山隔树……

【解说词】

《长生殿》曲词的典雅清丽，是后来的一般剧目远远无法比较的。今天，即使不了解昆曲的人，翻看《长生殿》的剧本，也会被其中的绮丽和哀婉所倾倒。令人难以想象的是，如此雅致的唱词竟然在那个时代达到家喻户晓的地步。

【同期声】（文化学者、画家 陈丹青）要论张力，感动人震撼人，那这是西方艺术厉害；

要论精致，要论颓废，然后要论雅，我所知道的世界上的艺术都比不过中国。

【解说词】

位于南京的云锦织造厂，是江宁织造府的原址。康熙四十三年，曹雪芹的祖父曹寅在这里搬演了全本的《长生殿》。当时，洪昇已经获得康熙皇帝的赦免返回家乡，曹寅邀请他独居上座观看《长生殿》。这出戏连演了三天三夜，盛况空前。演出结束后，洪昇陶醉在自己的大作中，由于醉酒，不小心落水身亡。

《长生殿》问世的年代，距离祁彪佳殉国，已经过去了将近50年。祁彪佳在世时，总结过这样的戏剧理论："传奇取人笑易，取人哭难。"

2006年，在北京的保利剧院，一部名为《1699·桃花扇》的昆曲作品正式公演。登台的演员，平均年龄只有18岁，他们是江苏省昆剧院20年来招收的唯一一批演员。舞台上年轻的面孔，也吸引了一些年轻的观众。

【同期声】（文化学者、画家 陈丹青）我很想知道，比方今天的初中生高中生，他们看昆曲是什么感受，他们可能有点像在看外国戏一样，他们可能非常好奇。这里头的这种辛酸，这种诙谐，这种巧妙，我不知道他们能不能心领神会。大学生惊讶的可能是它的美，它的雅。问题是今天的年轻人他在恋爱中、他在青春期在看《桃花扇》、在看《西厢记》的时候，在内容上他有没有可以分享的东西。

【解说词】

让我们记住传奇创作历史上最后的一页辉煌——1699，这是《桃花扇》问世的年代。《桃花扇》讲述了一个复社文人和一个秦淮歌伎的爱情故事。在这份爱情背后的，却是一个王朝三百年的基业毁于何人、败于何事、消于何年、止于何地。1699年的一天，康熙皇帝命人连夜将一本刚刚问世的传奇稿本索要进宫。第二年，这部传奇的作者，就因为疑案被革去了官职。他，就是孔尚任——那位与《长生殿》的作者洪昇一起，被世人并称为"南洪北孔"的剧作家。

孔尚任，并没有像洪昇一样，在仕途上不得志。他是孔子的第六十四代后人。康熙二十四年，皇帝南巡路过山东时，他曾经奉命在御前讲读《论语》，受到康熙皇帝的赏识，被破格提拔为国子监博士，开始了仕宦生活。然而，仅仅过了一年，孔尚任就在疏浚黄河海口时接触到了一批拒绝与清朝合作的明代旧臣。他与这些人广泛结交，掌握了大量南明王朝的史实。扬州城中，秦淮河畔，金陵故都，到处都留下了他的足迹。而这里，正是《桃花扇》中主人公生活过的地方。回到京城后，孔尚任用了二十年的时间完成了《桃花扇》的创作。将自己在秦淮河畔了解到的史实整理加工，以严谨的态度，为后人描绘出一幅南明王朝的"众生相"。

江苏省昆剧院的这次演出将《桃花扇》的原本删节成三个小时的内容，运用现代的舞台技术对古老的昆曲进行了"空间改造"。担任总导演的是中国国家话剧院的田沁鑫。

【同期声】（中国国家话剧院导演、昆曲《1699·桃花扇》导演 田沁鑫）导演在这，起码要给我看到表情，起码要演给我看，给我演，给我说，来，就是明朝末年南京近事。这个《桃花扇》什么意思呢，哎呀，我告诉你啊，把那个"就是"两个字说出来啊。

【同期声】（《桃花扇》演员老赞礼）就是明末年南京近事，借离合之情写兴亡之感。

（中国昆曲研究会顾问、戏曲专家 刘厚生）《桃花扇》演侯方域与李香君的事，是一生一旦为主，但是不是才子佳人谈恋爱那种戏。

（中国文联书记处书记、戏曲专家 廖奔）你处处是在看侯方域和李香君的故事，是他们两个的情感纠葛，可是你随时感觉到是南明历史在发展，是南明历史为什么朝这个方向发展，南明为什么走向了灭亡。

【解说词】

《桃花扇》是明清传奇中一部非常独特的作品，它的结构复杂，人物众多，情节设计环环相扣，与之前的传奇截然不同。通过侯方域与李香君一对青年男女的悲欢离合，串演出整个南明王朝从建立到衰亡的全过程。很难想象，这样一部作品，问世时，竟然不是以文章发表，而是在昆曲的舞台上表演出来的。

由于历史和政治的诸多原因，《桃花扇》并没有完整的演出纪录。曲谱，也只留下了“访翠”、“寄扇”和“题画”三折。20 世纪 90 年代初，江苏省昆剧院的“女小生”石小梅和她的先生一起整理过《桃花扇》的曲谱，才使侯方域和李香君登上了现代的昆曲舞台，也才会有今天的这部《1699・桃花扇》。

田沁鑫希望 3 个小时的演出能够汇聚出两个三百年：一个是明代三百年的基业，另一个是 1699 年到今天，昆曲兴衰的三百年。

【同期声】（中国国家话剧院导演、昆曲《1699・桃花扇》导演 田沁鑫）我自己排练的时候我很向往。我看到了六百年前属于中国人的一种生活方式。他（侯方域）很喜欢李香君，他就在秦淮河上两个人就船头碰船头，两个人就见面了。见面以后这个男人还一览无余地看这个女孩，看的时候还很春情荡漾，直接张嘴就说，我叫侯方域，（笑）直接说了：

（《桃花扇》侯方域）小生侯方域，书剑飘零，归家无日。虽是客况不堪，却也春情难按。小生带有扇儿一柄，赠与香君永为定铭之物。

（中国国家话剧院导演、昆曲《1699・桃花扇》导演 田沁鑫）然后人家那个女孩人家不太好意思，但是看着扇子，人家也就伸手接了。我就是接了，我就代表对你还是有好感。所以我每次看到这儿，我就非常感动。我觉得我这次到南京这个地方排戏，为什么说曹雪芹写了金陵十二钗，说金陵之地就是金粉未消亡之地，闻得六朝香。这个地方就是这么一个谈情说爱的地方。而这个旧都是一个大娱乐城，等于吃喝玩乐都在旧都，这个妓院并不是以性交易作为交易的，而是沙龙，文化沙龙，等于所有达官显贵才子佳人都可以到这儿来谈天说地。

【解说词】

为了让这些年轻的演员在现代舞台上展现昆曲的古典魅力，田沁鑫请来江苏省昆剧院的几位退休演员做艺术指导。尽管如此，把这样一部浩大的剧目凝练在 3 个小时里，仍然非常难。

【同期声】（南京大学文学院院长、戏曲研究学者 董健）上次导演田沁鑫一来，我们喝茶就谈。她就征求我的意见，她说董老师我要突出什么东西。我说首先要忠于原著，要把原著搬上舞台。原著很长，要演两三天，你一晚上演完，必然要进行压缩，那么意思你要抓住一个核心思想。她说什么“借离合之情，写兴亡之叹”。叹什么？

【同期声】（《牡丹亭・弹词》李龟年）诌一套哀江南，放悲声唱到老。

【同期声】（南京大学文学院院长、戏曲研究学者 董健）明朝走完了，完了之后，这个南明小朝廷的一批人，这些文人，皇帝、妓女都在南京，在这个国家灭亡的时候来一番表演，各种人有各种人的表演。

【同期声】(《桃花扇》老赞礼)实人实事，有凭有据。惹得俺是哭一回，笑一回。怒一回，骂一回。满座宾客，怎晓得老夫也是戏中之人。道犹未了，公子们早已登场。列为请看，请看。

(《桃花扇》)阮大铖：淮阳已失，速速调取靖南伯黄得功，前来护驾，好保你我性命。

侯方域：京师难保，岂不完了大明一座江山?

福　王：寡人弘光皇帝在此，大胆逆臣，你敢作乱不成?

李香君：钗钏衣裙，原放不到我香君眼里，

史可法：上阵不利，

众将士：上阵不利，守城；

史可法：守城不利，

众将士：守城不利，巷战；

史可法：巷战不利，

众将士：巷战不利，短接；

史可法：短接不利，

众将士：短接不利，自尽!

【解说词】

孔尚任的后半生清苦散淡，他为后人留下的是南明的一段历史和反思。

【同期声】(南京大学文学院院长、戏曲研究学者 董健)原作孔尚任这一点兴亡之叹就是两条，一条眼看它起高楼，眼看它宴宾客，眼看它楼倒了、垮了，为什么垮的，你去想去吧，就是明朝晚期的腐败，南明王朝上台的荒唐，你去想去吧，这是第一条感叹；第二条感叹，这么龌龊的地方，这么肮脏的泥土里，也有美丽的花，就是李香君为代表的出污泥而不染，还不是说李香君长的很漂亮，很有感情、很懂得爱，这也对的，懂得爱，然后她有气节。你看，她要结婚没有钱，阮大铖送的不要，然后找她去给他们伴唱、给他们新政权去唱歌，不去。

【解说词】

《桃花扇》中有很多都是赫赫有名的大人物，这些人在世时左右着国家的命运，离世后又被载入史册。而孔尚任用尽全力讴歌的，是一位在秦淮河畔吟唱昆曲的歌伎。在国家危难的时刻，她所表现出来的坚定和忠贞，令很多“大人物”黯然失色。李香君已经成为我国各种文艺作品里最值得钦佩的女性形象之一。

【同期声】(电影《桃花扇》片段 李香君)恳求你老人家，拜上那阮大胡子，就说侯公子不受他的贿赂，李香君不领他的情。

事实上，明代末年，苏州就已经出现了一群关注现实题材的剧作家。后人将他们称为苏州派，他们创作出了《一捧雪》、《占花魁》、《十五贯》等一批现实题材的佳作。当代戏曲学者普遍认为，正是苏州派的积极创作，促成了昆曲在清代初期又一次崛起，也直接启发了孔尚任对《桃花扇》的创作。

明清传奇，秉承了唐诗宋词的语言，创造性地吸收了元杂剧的人物和情节特点，又融入

了强烈的时代精神。它们为昆曲的舞台演出，奠定了坚实的剧本基础。

【同期声】（戏剧理论家、文化学者 余秋雨）《桃花扇》里边的这种沧桑感，历史的沧桑感和生命的灭寂感，这都不是一般老百姓有的了，你看到的就是最高层的精神团队进入了昆曲。昆曲再加上当时的《红楼梦》组合在一起是当时中国的最高思维。

【解说词】

乾隆时期，朝廷出面组织传奇作者集体创作，作品大部分是为了歌功颂德，很少被搬上舞台。传奇不断涌现的年代过去了，昆曲，失去了剧本的支撑，会如何迎接下一个三百年呢？

第五集　璀璨折子戏

【解说词】

始建于明朝正德年间的苏州拙政园几百年间换过无数个主人。清朝康熙年间这座院子的真正的主人不是别人，正是当朝的康熙皇帝。公元 1684 年康熙二十三年，康熙南巡至苏州，行宫就设在拙政园。据清朝文人姚廷遴的笔记《历年录》记载，这一年的农历十二月二十六日下午，康熙皇帝刚到苏州在园子里小坐了一会儿就急忙要到苏州织造祁国臣的家里去。进了祁家，刚一坐下康熙就问祁国臣：这里有唱戏的吗？工部曰：有。这里的工部指的就是祁国臣。就苏州织造祁国臣而言，伺候皇帝看戏是他分内的工作。当天晚上，康熙皇帝留在祁家用膳，一口气看了二十出昆曲戏。所有戏目都要由康熙本人来点，可见他对昆曲的熟悉和喜爱。

现在的苏州市第十中学是清代的苏州织造府遗址，也就是祁国臣当年办公的地方。苏州织造署的主要职能之一就是替皇帝遴选昆曲演员然后送到北京的南府。南府是当时朝廷专门负责戏曲演出的机构。据史料记载，康熙年间南府里的苏州昆曲艺人有数百人之多。他们集中居住的地方后来被称为苏州巷。

1684 年的这次南巡是康熙皇帝第一次南巡。此时的苏州经过清初几十年的恢复生产已经成为南方主要的经济和文化中心。对于自幼饱受中国传统熏陶的康熙皇帝而言，苏州无疑有着特殊的吸引力。第二天上午，本打算去苏州近郊游玩的康熙皇帝却临时改了主意又看了一上午的戏，用了午膳才动身。江南的无限美景似乎还不及昆曲舞台上的一方春色令康熙心醉神迷。

【同期声】（苏州大学中文系教授、昆曲研究学者 周泰）皇帝还带头地提倡它，说这个是一个最雅的文化。

（北京昆曲研习社曲家 朱复）而且宫廷的南府和升平署的档案里头多次，那是成百上千条圣旨指导这个昆曲怎么弄。某某扮相应该改成什么，这都有细致入微的最高统治者都下一道旨。

（中国昆剧研究会会长、戏剧艺术家 丛兆桓）知识分子、做官的人、有文化的人非常喜欢它。老百姓也喜欢它。

【解说词】

康熙皇帝是个标准的昆曲戏迷。整个大清像康熙这样的戏迷又何止千万。不要说朝廷里的达官贵人，就是地主乡绅甚至于平民百姓对于昆曲都非常的喜爱和痴迷。

【同期声】（中国戏曲学院 前院长、戏曲专家 周育德）一个是敬神，一个是宴客，宴会，都少不了要唱昆曲的。在庙台上那是大庭广众，成千上万的人在看戏台上看戏。你说这还不是大众吗？

【解说词】

有趣的是无论是贵为“九五之尊”的康熙皇帝，还是苏州城里的这些平民百姓，看的昆曲都是折子戏。

【同期声】（昆曲《牡丹亭》）：良辰美景奈何天，赏心乐事谁家院……

（中国戏曲学院教授、戏曲专家 钮镖）戏曲有一个特点，有些观众他对故事都很熟了。他不是在看从头到尾怎么发展，故事怎么曲折，不是这样。他看表演，听他的唱，看他的表演。但是在这一折戏里头表演确实充分地有发挥，就是有他那个艺术魅力。年代久远了以后就有一些折子戏就成为昆曲的主要演出剧目了。

【解说词】

从全本剧到折子戏的演出，昆曲究竟经历了怎样的变化，在昆曲发展到巅峰时期出现的折子戏究竟有着怎样独特的魅力能够赢得社会大众的普遍青睐？在今天的苏州昆曲博物馆，我们找到了清初戏曲家李渔留下的很多传世的传奇作品，《意中缘》、《风筝误》、《比目鱼》等。后人将它们统称为“笠翁十种曲”。不过和一般传奇作者不同，李渔还有另外一个特殊的身份，那就是他还经营着一个职业化的昆曲家班。

【同期声】（苏州大学中文系教授、昆曲研究学者 朱栋霖）一个偶然的机会，他认识了两个漂亮的女子，一个姓王，一个姓乔，他呢就把她们成为自己的小老婆。而这两个人特漂亮，特会演戏。他就借这个机会组织了一个戏班，再搭一些其他的女子。他就让这个戏班排了自己的戏，也排别人的戏。

【解说词】

李渔不仅会写诗文写剧本还会教歌舞。他带领着以自己姬妾为骨干的家庭戏班到处演出。慢慢地李渔的家班就逐渐地转变为职业戏班。

【同期声】（苏州大学中文系教授、昆曲研究学者 朱栋霖）那么，他演出的时候，他就要非常讲究了。怎么样把戏演的紧凑，怎么样既有悲剧又有喜剧，既有冷唱又有热唱，有文戏还有武打，怎么样化妆，那他都很有讲究。他留下了一部理论著作，就是《闲情偶寄》。

【解说词】

李渔在书中写道：“场上之态，不得勉强。虽有勉强，却类乎自然。此演习之功之不可少也。”就是说昆曲的表演既要遵从程式规范，又要类乎自然；既要高于生活又要合乎情理，从而达到真和美的高度统一。

【同期声】（中国戏曲学院教授、戏曲专家 钮镖）实际上是表演为中心，你都要体现在表演当中，都由演员把它体现出来。

【解说词】

李渔的昆班是有文字记载的最早的职业昆班之一。职业昆班在清朝康熙、雍正年间开始纷纷涌现。与康熙相比，雍正是一位皇权集中的帝王。在他即位后的第一个月就降旨禁外官蓄养优伶。一时间各位官员家里豢养的戏子迫于生计，都纷纷加入到民间职业昆班之中。民间学戏的人也越来越多。

【同期声】（苏州大学中文系教授、昆曲研究学者 朱栋霖）那时候呢，苏州城里的从事这个行业的有几千人，都去从事这个行业。因为穷人家的孩子无以为生，就把他送去学戏了，学戏可以唱。那时候唱戏很可以过好日子。

【解说词】

而此时，在北京、南京、苏州等一些城市里开始出现戏园和戏馆。据当时的苏州文人顾公燮等人《消夏闲记》记载，雍正年间，苏州郭园始开戏馆。到乾隆年间发展到戏馆数十处，每日演戏，养活小民不下数万人。

这是一幅刻于乾隆年间的苏州桃花坞木板年画《庆春图》。说的是苏州一个叫“庆春楼”的酒楼戏馆，馆子里的人正在喝酒看戏。馆子内外的墙壁上都贴有戏单。这幅画真实地为我们描绘出当时戏馆看戏的场景。

昆曲的演出对象和演出场所都发生着巨大的变化。而与此同时，传奇创作的高潮正在逐渐消退。昆班想演新剧也苦于没有好剧本。

和家班时期相比，站在戏曲舞台上的昆曲艺人们渐渐有了生存的压力。但同时也有着更大发挥和创作的空间。折子戏的出现就是昆曲艺人根据市场需求，对传奇脚本做出的最大胆的改变。

在中国国家图书馆，我们找到了记录下昆曲艺人几百前年的探索和尝试的古老典籍。这是清道光十四年刊印的一本昆曲选本《审音鉴古录》。此书原版可能出自于乾隆年间。这本书详细记录了当时六十六出折子戏的演出脚本。每一出戏不仅有非常详细的服装穿扮，在每段曲文宾白旁边，还注有提示性的身段和表情。《审音鉴古录》收录的是梨园行世代相传的昆曲脚本。里面记载着艺人们在排练和或演出的间歇随手记录下的一点一滴的心得。昆曲发展到折子戏阶段，中国传统戏曲的表演技巧达到了前所未有的高度，昆曲艺人功不可没。

自从昆曲搬上舞台后，就在创作和演出中确立了基本的角色行当体系。到折子戏时期，昆曲行当上有了更加严格细致的区分。艺人们可以更恰如其分地贴近剧中人物的性格。这一时期，昆曲在生、旦、净、末、丑五个总家门下一共细分出了二十路细家门。

【同期声】（昆剧表演艺术家 汪世瑜）那么你这些戏里面必定要有什么，必定要有它的一种可看的内容，必定要有可看的一种表演技能。必定要有可以听的一个演唱的大段的唱段。那么这个呢，折子戏的形成也必定造成了我们的生、旦、净、末、丑的各个戏的它的一个代表戏。

【解说词】

所谓家门就是针对演员所扮演角色的性别、年龄、身份、性格等进行的类型划分。家门的细分给昆曲的艺人表演带来了更大的提升空间。

【同期声】（昆剧表演艺术家 汪世瑜）他掌握了这些表演技能，那么势必他就掌握了怎么来塑造人物，塑造这一类人物的技能。所以作为一个折子戏，它既是培养演员的也是考验演员的。

【解说词】

生、旦、净、末、丑各个家门的角色都有着自己独特的服装、化妆，有一些还有自己的脸谱。用我们今天的话来说，这个角色好人还是坏人，是写在脸上的。家门的细分也可以看作角色的脸谱化。对演员来说更能贴近剧中人物，对于观众来讲则容易理解剧中人物的表演。就折子戏的演出而言，现在观众最注重的已不是故事情节，而是演员的唱功和身段。

角色行当不仅和舞台上的人物类型密切结合，而且与昆曲的表演程式紧紧地联系在一起。程式是昆曲表演的主要术语。在昆曲舞台上，一歌一舞，皆有规矩，一翻一扑，不离程式。

【同期声】（北京对外经贸大学西方音乐史教授 刘欢）程式化的东西，它一定有它的道理的。就像我们看京剧，看昆曲。它摆一个台，后面放一张桌子，摆一张椅子。那好了，你就认为这是一个房子了。它所有的表演在这个区域里边。然后敲门的时候就对着空气敲两下。

【解说词】

更为有趣的是昆曲把开门关门，上马下马这样的日常生活化动作都提炼成程式动作。即使是那些情感情绪很难表达的东西，昆曲都会有一套相对应的程式表演。

【同期声】（苏州大学中文系教授、昆曲研究学者 周泰）表演的体系，表演的程式：唱念做表。舞台那个结构的体系，一桌二椅。穿的衣服的体系，穿什么衣服。唱念更不用说了。那些东西它成了整个中国戏曲的一笔财富和一种规范。

【解说词】

水袖是最能体现昆曲写意色彩的动作。它虚拟化的表演手法和程式化的动作，也是中国戏曲的一个标志性的表演动作。这些水袖技巧大多数源自昆曲艺人在折子戏时期的创造。异彩纷呈的水袖表演，每个细微的动作都有着自己的独到内涵，巧妙地诠释了剧中人物的内心世界和心理活动。使用水袖的技巧日后也成为戏曲演员们的基本功之一。

昆曲的表演形态和它的表演场景也休戚相关。从现在散落在全国城乡的形状各异的古典戏台可以看出，无论有怎样不同的外观，结构都大致相同。舞台呈方形，可以三面看演出。古戏台赋予了艺人发挥表演天才的广阔空间，却也抑制了布景艺术的发展。艺人们只能把精力集中在服装、化妆和表演的创作上来。

这是张继青表演《牡丹亭》里的一出经典折子戏《游园》。杜丽娘身段表演十分复杂，但就是这层次分明的身段表演，既抒发了杜丽娘的感情，又描绘了周围的景色。和她的唱腔念白一起，把一个深居闺阁的千金小姐思春怨春的内心世界刻画地淋漓尽致。

【同期声】（昆曲表演艺术家 张继青）像我们就是自己在演这种戏的时候，自己是完全沉浸在里面的，完全是投入到里面去的。当然你讲因为你是演员，你自己也清楚的，你现在是在演戏。但是你要有这个本能意识，把观众抓到你这个戏里面来，就是很清楚地在表现，就是把这个美的东西传给观众。观众通过你的肢体，他吸收到你在表演这个昆曲里的那个东西：人物、那个美的东西。

【解说词】

在另一出经典折子戏《夜奔》中，只有林冲一个人在空荡荡的舞台上惶惶奔走。黑夜中的遥山近水、偏野荒村都由人物在表演里带出，真可谓情景交融、余味绵长。

昆曲演员通过运用唱念做打等一系列规范化手段既刻画了人物交代了情节，同时又传达情感，渲染了氛围。戏曲界有句话叫“男怕夜奔”，形象地说出了这出戏对演员唱念做打功夫有着极高的要求。

【同期声】（中国文联书记处书记、戏曲专家 廖奔）这个对象非常耐琢磨，就像我们拿着一个瓷器，它很素，你打眼一看，它没什么特殊的东西。但是你如果静下心来，慢慢地品味、咀嚼，来探求来感受它中间的蕴含的时候，你就会越悟越多。昆曲就是这么一种东西。

【解说词】

经过折子戏的磨炼与锤打，使昆曲逐渐成为一门歌舞合一、唱做并重的表演艺术。上世纪初，戏剧理论家齐如山最早用八个字概括出了中国戏曲的特点，那就是“无声不歌，无动不舞”。而在歌和舞的结合上，昆曲无疑是最佳的典范。

【同期声】（中国昆剧研究会会长、戏剧艺术家 丛兆桓）它的表演体系就是载歌载舞，虚实结合，形神兼备。

（苏州大学中文系教授、昆曲研究学者 周秦）就跟园林一样，很精致。特别地注重细节，在小的方面抠得很深。一个情节、一个动作、一个唱腔甚至一个咬字，它都非常非常的精致。这两个放在一起就达到了一种自然和谐、天人合一这样的一个状态。我想这是艺术的最高境界。从这个方面来说它也是最有遗产价值的一种艺术文化。

【解说词】

歌舞的结合也是中国戏曲区别于世界其他主要戏剧流派的最大特点。

【同期声】（中国昆剧研究会会长、戏剧艺术家 丛兆桓）咱们东方的民族跟西方民族有很大的不同。西方（戏剧）是先综合。比如说希腊悲剧里头有歌队也有舞蹈，最后就都分分分，分成了话剧就只用说话；歌剧就只站在那儿唱；舞蹈舞剧（例如）芭蕾就是没有声音。

【解说词】

脱胎于中国传统文化的昆曲和中国的传统绘画一样，有着浓重的写意色彩。昆曲表演的原理与中国画的画理在本质上是相同的，都是以形写神，重在传神。两者所追求的形似就是写意的形似。

【同期声】（中国昆剧研究会会长、戏剧艺术家 丛兆桓）中国（的艺术）呢是由各个单项逐渐综合，最后成为戏曲的时候就是唱念做舞什么都有。

（中国文联书记处书记、戏曲专家 廖奔）这些艺术因素发展到明清时期都已经非常成熟了。而它们都被昆曲吸收到自己的肌体里，把它们综合起来表现在舞台上，展示在舞台上。

（南京大学文学院院长、戏曲研究学者 董键）后来好多地方戏，包括川剧、其他地方戏，稍微晚于京剧的这些戏，尽管是在昆曲衰微了它们起来了，但是它们从昆剧里面学了好多宝贝来。像京剧从昆曲里面学的东西最多，特别是表演。

【解说词】昆曲无疑是我们的祖先留给我们的一笔精神财富，同时又因为它鲜明的民族和文化特色成为世界文化宝库中的一颗明珠，成为全人类所共有的一份文化遗产。

从康熙皇帝开始，清朝接连几个皇帝都是标准的昆曲迷。公元1757年，乾隆二十二年，乾隆皇帝第二次南巡来到苏州。乾隆和他的祖父康熙皇帝一样，最关心的也是唱大戏。这次接驾唱大戏的是来自扬州的太平班。这场大戏由十八出折子戏组成，参加演出的人达到八十人之多。，其中光是演员就有五十二人，分十一个家门，乐师也有二十一人之多。这几乎相当于今天一个昆剧团的规模。不过这要和乾隆皇帝的御用戏班比起来，太平班的规模简直就不值一提。到了乾隆时期，宫里的伶人已经扩大到了一千四百人的规模。当时的南府大概也是世界历史上规模最为庞大的皇家剧团了。

清代作家吴太初所写的《宸垣识略》里有着这样一段描写：景山内垣西北隅有连房百余间，为苏州梨园供奉所居，俗称苏州巷。昆曲因此也赢得了无可匹敌的国剧地位。

紫禁城里到处都建有戏台。宁寿宫、重华宫、寿安宫都有戏台。在重华宫的漱芳斋里，是紫禁城内第二大戏台——漱芳斋戏台。室内还有一个小戏台——风雅存，乾隆皇帝就曾经在这里演过戏。承德避暑山庄、颐和园、圆明园等众多的皇家园林里同样都建有规模大大小小的各色戏台。在这些戏台中，仅三层的大型戏台就有六座以上。这样的大戏台可以同时容纳上千名演员，见过的人都叹为观止。

1793 年，英国使臣马葛尔尼来华觐见乾隆皇帝，就曾在承德避暑山庄观看了一场清宫大戏的演出。马葛尔尼的《乾隆英使觐见记》里有着这样一段记载：今日晨间，余如言与随从各员入宫，至八时许戏曲开场，演至正午而止。戏场中所演各戏时时而变，有喜剧有悲剧，却无一例外的都是昆曲折子戏。

乾隆年间，昆曲折子戏日趋成熟和完善。而此时，乾隆皇帝正在策划一个更大规模的词曲汇编工作。公元 1779 年，乾隆四十四年，一批精通词曲的文人聚集到了扬州，领头的是制曲名家黄文旸和李经。从各地搜集来的词曲也源源不断从苏州织造府运到设立在扬州的词曲局，等待修改。而在五年前，苏州人钱德苍就花了前后十二年时间编选出一部《缀白裘》。《缀白裘》收录了当时流行的折子戏总计四百四十六出。今天我们能在舞台上看到的昆曲大都被收录其中。

【同期声】（北方昆曲剧院院长 刘宇宸）京剧的题材大部分是来自于昆曲的剧目。甚至有些剧目是原封不动的就是昆曲。比如说像《挑滑车》，京剧《挑滑车》实际上就是昆曲《挑滑车》，原封不动地演出。

（中国文联书记处书记、戏曲专家 廖奔）舞蹈表演方面，它确实注入了很多的它的独特的东西，丰富了戏曲的舞库，然后传给京剧，传给其他地方戏。所以众多的地方戏包括京剧都从昆曲汲取了大量的营养，非常丰富的营养。

【解说词】

历时四年，公元 1782 年，古今词曲修改工作大功告成。在编撰完成的词曲总集《曲海》中搜集的明清两朝的杂剧、传奇作品达到 1113 种。很多昆曲折子戏最终得以保存下来。通过昆曲折子戏保留下的一大批经典曲目，后来成为京剧等后起剧种的艺术宝库。以昆曲折子戏为开端，中国戏曲将迎来一个百花齐放的全面繁盛时期。

第六集　百戏之母

【解说词】

这里是江苏省昆山市的千灯镇。六百多年前，昆曲的前身昆山腔就是从千灯镇发源。2001 年，昆曲被评为全球首批人类口头和非物质文化遗产代表作。从那以后很多人会专门赶到镇子上来，在这里寻找昆曲最初的印迹。事实上这里也是中国戏曲最主要的发源地之一。昆曲之所以能在三百多种中国戏曲中脱颖而出，代表中国戏曲参加联合国教科文组织的人类口头与非物质文化遗产评选，很大程度上是因为昆曲在中国戏曲史上的特殊地位。人们把昆曲尊称为“百戏之祖”。

【同期声】（京剧表演艺术家 李蔷华）因为它（昆曲）最古老，它的剧本的文学性非常高，它的演唱是载歌载舞。

（中国昆剧研究会会长、戏剧艺术家 丛兆桓）所以它（昆曲）成为母剧或者叫祖剧。很多剧种都从昆曲这儿汲取营养。

（苏州大学中文系教授、昆曲研究学者 朱栋霖）全国的剧种都在向着表演，就是舞台表演形式，都在向它靠拢。

（中国戏曲学院教授、戏曲专家 钮镖）可以说昆曲的乳汁哺育了众多的（地方）戏曲。

【解说词】

越剧是最为人们熟知的地方戏曲之一。它的发展就曾经得到了昆曲的滋养。浙江嵊县是越剧的诞生地。早期的越剧就是嵊县人吟唱的乡间小调。1906 年，两个说书人在东王村的演出形成了越剧最初的表演形态。

【同期声】（苏州大学中文系教授、昆曲研究学者 朱栋霖）（越剧）早期就是坐唱，坐着唱，然后两个人站着唱。然后它进入上海之后呢，它要改变。改变它得动脑筋。越剧的改革经过了很多人，其中袁雪芬就参与了这个改革。

【解说词】

1944 年，22 岁的袁雪芬已经被誉为"越剧新后"。然而她清楚地知道越剧进入大上海要走的路还很长。

【同期声】（袁雪芬）所以大家都要改革，不改革它（越剧）站不住脚了。

【解说词】

上个世纪 40 年代的上海娱乐界进入了电影、话剧等新兴艺术门类的黄金时期。以袁雪芬为代表的越剧艺人借鉴话剧、电影的表演方法排练出了新越剧。然而观众并不接受。陷入困境的袁雪芬想到了昆曲。

【同期声】（袁雪芬）我去看昆曲，我觉得昆曲有东西可学。它的舞蹈身段还是很优美的。所以我们请昆曲（演员）郑传鉴做我们技导，来帮助我们。

【解说词】

郑传鉴，昆曲传字辈艺人，十一岁考入苏州昆剧传习所，专工老生。今天，越剧改革已走过半个多世纪。郑传鉴于 1996 年离世，袁雪芬也伴随着越剧进入了耄耋之年。当年的传字辈艺人只剩下了倪传钺。传习所的旧址也不再有笛声悠扬，曾经与郑传鉴是莫逆之交的倪传钺还能回忆起当年越剧改革的情形。

【同期声】（昆曲表演艺术家、传字辈艺人 倪传钺）（郑传鉴）教他们怎么表演，教他们身段怎么做，（给郑传鉴）起了个名字——技术导演。

【解说词】

1944 年，袁雪芬的雪声越剧团成立。她正式聘请了郑传鉴到剧团担任技术导演，负责指导演员的舞蹈身段。他参与了不少新戏的舞蹈和身段设计，让越剧演员的表演逐步走向典雅和规范。

【同期声】（袁雪芬）整个的，整个的舞台面貌完全变样了。

（苏州大学中文系教授、昆曲研究学者 朱栋霖）使得越剧既是有优雅的唱腔，但是又有昆曲那样的优美的舞蹈。

【解说词】

今天我们已经很难将越剧吸收昆曲表演技巧的每个细节一一展现。在袁雪芬主演的越剧电影《梁山伯与祝英台》中，这段舞蹈就借鉴了昆曲表演的身段。这就是袁雪芬自己把它学过来，这不是越剧（本来）里面有的，这是完全是昆曲指导，他们就这样做的。后来，袁雪芬也把昆曲比喻成越剧改革中的“奶娘”。

【同期声】（袁雪芬）孩子不会忘记奶娘的。因为没有这个奶娘，你好多东西你不能，无根之木的啊，要有根的。这根在哪里呢，根在（昆曲）这里。

（倪传钺）越剧也是靠昆曲给所扶起来的。

【解说词】

昆曲这个无私的奶娘，不仅仅滋养了越剧一个孩子。郑传鉴本人后来也被很多剧团请过去做“技导”。不仅仅是越剧团，当时上海的沪剧、苏剧等各种剧团都出现过传字辈艺人的身影。

【同期声】（倪传钺）好几个人，方传芸……越剧一个（郑传鉴）不够了，大家一下子都干起来，就出了名了。

【解说词】

20 世纪三四十年代，正是传字辈艺人表演生涯的黄金年龄。那么这样一批杰出的昆曲艺人为什么会靠着给其他剧团做技术指导谋生呢?

【同期声】（北京大学哲学系教授、昆曲研究学者 楼宇烈）从抗战以后到解放前，这个几年中间，昆曲演员也是很悲惨的。很多人是到越剧团去教越剧了，有的人去教大家舞蹈、身段。甚至于更惨的呢，就是摆小摊卖点儿纸烟。

【解说词】

从苏州虎丘山曲会的辉煌到解放前的黯淡，昆曲的发展究竟遇到了什么样的难题。为什么京剧逐渐取代昆曲，成为了中国戏曲舞台上的主角。让我们回到昆曲辉煌岁月的末期去寻找答案。

大清王朝的第四个皇帝乾隆酷爱昆曲，即位之初就开始在紫禁城里修建戏台。在当时专门管理戏曲演出的机构南府里养着一千多号人为皇上唱戏。外出巡幸时，各地的官员们同样在皇帝的看戏问题上大做文章。我们在国家图书馆找到对乾隆皇帝出巡有详细记载的《南巡盛典》。

公元 1780 年，乾隆第五次来到江南。烟花三月的扬州春意盎然。船行至镇江，龙舟离岸还有十里，管事太监进舱禀报，说看见岸上有个巨大无比的桃子。乾隆命令加速靠岸，将近码头时，几百枚焰火忽然从桃子周围直窜云霄。顷刻间桃子从中间裂开，露出一个舞台，几百人在上面歌舞欢腾。原来这是为迎接圣驾，地方上特意新排的大戏《寿山福海》。这是富甲天下的扬州盐商为了讨好乾隆皇帝而精心设计的。

【同期声】（中国戏曲学院前院长、戏曲专家 周育德）乾隆也是六次下江南。他一路上经过的地方都有文化招待，就是演戏。

（文史研究学者 丁汝芹）而这个皇帝看戏呢实际上就刺激了当地的戏曲发展。

【解说词】

各地的戏班纷纷向扬州聚集，一时间扬州的舞台异常活跃，盛况空前。那么扬州盐商组织的戏班准备的是什么戏呢？当时文人撰写的《扬州画舫录》中有这样一段记载：两淮盐务例蓄花雅两部，以备大戏。雅部即昆山腔，花部为京腔、秦腔、弋阳腔、梆子腔、罗罗腔、二簧调统谓之“乱”。

我们不难看出，当时的戏曲舞台上已经有众多声腔和昆曲共同迎接圣驾了。那么花雅二部当初又是如何划分的呢？

【同期声】（中国戏曲学院前院长、戏曲专家 周育德）扬州有个最大的盐商叫江鹤亭，他就把他家的戏班分成两部分。一部分呢就是雅部就是昆曲，昆曲以外的都叫花部，是这么样的。江鹤亭把这些戏曲给分了类了。

【解说词】

在众多花部声腔里有一支特别引人注意，那就是用徽调演唱的徽戏。徽戏就是京剧的前身。扬州的盐商们大多来自安徽，他们从家乡带来戏班，用雄厚的财力支持徽班的演出。徽班吸收各地花部声腔之所长，而且以扬州为根据地，沿运河上下流动演出。在当时已经显现出和昆曲一争高下的态势。我们在《扬州画舫录》里也能看到众多声腔四方而来的记载。从此众多的地方花部声腔开始撼动昆曲的地位。许多戏曲著作的记载中将这段历史称为“花雅之争”。

【同期声】（中国戏曲学院前院长、戏曲专家 周育德）你怎么解释这个词，争不是艺人打架，它就是在文化市场上的竞赛。

（中国昆剧研究会会长、戏剧艺术家 丛兆桓）花部和雅部争夺观众，在这个时候昆曲—雅部节节败退。

（上海戏剧学院教授 叶长海）三十年河东三十年河西啊，什么事情一成不变的常常不是这样的。

（戏剧理论家 蒋锡武）从整个戏曲的发展过程来看的话，它是你方唱罢我登场。

（北京大学哲学系教授、昆曲研究学者 楼宇烈）所以有个新东西出来，大家都会去捧这个新东西。

（文化学者、戏剧理论家 余秋雨）这是个自然规律，人们能够对一个剧种热爱几百年已经了不得了。厌倦是自然的，所以这个时候慢慢的有一种叫乱弹，花部（兴盛）开始。

【解说词】

乾隆后期，中国戏曲史上迎来了一个百花齐放的时期。以徽班为代表的戏曲团体用花部乱弹这样新颖的唱腔和精彩的表演给剧坛带来了一股清新的空气。此时的昆曲演出开始受到冷落，渐渐失去了往日的光芒。文人赋予剧本的精致高雅曾经为昆曲创造了辉煌，在这时却成为局限。当时的文人作品里对戏曲舞台就有这样的描述，说观众厌听吴骚，闻歌昆曲而哄然散去。

【同期声】（中国昆剧研究会会长、戏剧艺术家 丛兆桓）戏是演给有文化的人和没文化的人都要看的。所以呢剧本要通俗，不要太雅。

（中国戏曲学院前院长、戏曲专家 周育德）昆曲剧本里头，很多唱词用了不少典故，连那个念白、人物对话，里头也包含了那么多的古典，那么一般人听不懂啊。

（首都师范大学副教授、昆曲曲家 欧阳启名）为什么京剧能够取代昆曲，我们从这方面来看，京剧的题材通俗了，唱词直白一些，让人不是特别难理解的。

【解说词】

更重要的较量将在京城的舞台上进行。公元1790年，当朝的乾隆皇帝八十岁了。各地照例要组织戏班，进京贺寿。一个叫高朗亭的人带领自己的戏班三庆班从扬州出发，沿大运河进京。高朗亭是扬州赫赫有名的艺人。乾隆几次南巡，高朗亭都曾参与接驾，很受乾隆喜爱。大运河的终点是北京海子，这里是京城戏园的繁盛地。戏班在这里走红的话，就会身价倍增，名播全国。高朗亭心中对此一定充满了渴望。三庆班的演出，昆乱杂奏，很快压倒了京城其他戏班。紧接着，四喜、和春、春台等徽班相继进京，史称："四大徽班进京"。在当时的《新增都门纪略》一书当中对此也有详细的记载，这也是京剧形成的标志。此后几十年间，京剧迅速赢得了上至皇家，下到民间的追捧。戏曲舞台上掀起了一阵徽班热，这无疑加速了昆曲的衰落。

【同期声】（中国戏曲学院前院长、戏曲专家 周育德）（昆曲）盛况不再啊。高潮过去了，高峰期过去了，就开始往低谷里走了。

（北京昆曲研习社曲家 朱复）这和慈禧提倡皮黄，把昆腔本子都改成皮黄唱，把"昭代萧朝"改成"杨家将"，改成皮黄来唱，这个提倡也有关系。

【解说词】

这个曾经统治了大清帝国半个多世纪的女人也以自己的喜好影响着戏曲舞台。紫禁城里最大的戏台畅音阁现在上演的最多的是新兴的京剧。而当年乾隆皇帝修建畅音阁却是为了听昆曲。

这是我们在中国艺术研究院找到的咸丰年间升平署为皇家准备的昆曲戏谱。许多年以后皇宫里已不再演出这些折子戏。昆曲正如戏词中所写的"时运衰倒"了。更大的打击接踵而来。20世纪初，清朝的统治走到了末期。连年的战事不仅给这个王朝带来沉重的打击，也使得昆曲渐渐远离了人们的视线。

【同期声】（戏剧理论家 文化学者 余秋雨）鸦片战争之后，昆曲已经有点奄奄一息了。当时也是兵荒马乱，人们也听不了那种在他们看起来是一种过于平静过于高雅的声音。

（上海昆剧团团长、昆剧表演艺术家 蔡正仁）到处打仗，到处逃难，哪还能唱什么昆曲。

【解说词】

京城的昆弋班日渐衰落，生存更加困难，已经不能独立成班。昆曲艺人于是转入各种戏班，和众多声腔同台演出。中国戏曲史由此进入了昆曲与花部相互交流的阶段。在这个过程中，昆曲以自己空前的艺术成就影响着以京剧为代表的各类声腔。

【同期声】（中国戏曲学院前院长、戏曲专家 周育德）昆曲在它的历史上，积累了很丰厚的财富，变成了很重要的文化遗产，非物质遗产。它要转移了，实现它得转移。转移到哪儿，转移到京剧里头去了。

（京剧表演艺术家、梅兰芳之子 梅葆玖）从谭鑫培、从梅巧玲，再往上，从宫里的，它是有昆曲的。它（京剧）已经把昆曲的元素输入到你身体的血液。等于你身体里的血液有这种基因了。

【解说词】

道光年间，正值京剧发展的鼎盛时期。当时的画家沈蓉圃绘制了这幅同光十三绝。他挑选了清同治、光绪年间京剧舞台上享有盛名的十三位演员。其中朱莲芬、杨鸣玉、徐小香、还有梅巧玲、时小福就是昆班出身。他们都是京剧界“昆乱不挡”的优秀艺人。

【同期声】（上海昆剧团团长、昆剧表演艺术家 蔡正仁）京、昆我都能唱，挡不住我，叫昆乱不挡。

（中国昆剧研究会会长、戏剧艺术家 丛兆桓）当时那些演员，我又会唱昆曲又会唱皮黄又会唱梆子，都能来的。

（北京昆曲研习社曲家 朱复）你得昆乱不挡，你才能让人佩服。

【解说词】

直到今天，京剧界依然以这个准则作为衡量一个京剧演员艺术成就的标准之一。学习昆曲也是京剧演员的必修课。京剧大师梅兰芳的儿子梅葆玖先生给我们演示了一段京剧表演中常运用的昆曲身段。

【同期声】（京剧表演艺术家、梅兰芳之子 梅葆玖）这就是云帚吧。这出来以后，比方说你学昆曲的时候，你学《思凡》的时候，云帚一出来，很多身段（做舞蹈姿势）。你看这块儿，（换舞蹈姿势）然后，这样一看（做眼神的动作）甩也好，是一个两个三个，（做几次手舞蹈的动作）再一看，这么也好，这些东西都是昆曲里的必修课。这些东西你要不学的话，等到你排到京剧《太真外传》、《洛神》，用的时候，实际上这些都是它身段的元素。

【解说词】

众所周知，梅兰芳是京剧大师。可是却很少有人清楚梅兰芳的演艺生涯和昆曲有着千丝万缕的联系。北京的广和剧场是梅兰芳第一次登台亮相的地方。1940 年，十岁的梅兰芳在这里演出的剧目就是昆曲《长生殿》。不过在成名以前，梅兰芳却没有系统学过昆曲。1914 年，处于艺术生涯上升阶段的梅兰芳专心学习了三十多出昆曲，之后就开始陆续登台演出昆曲。梅兰芳这段时期演出的昆曲剧目有《断桥》、《思凡》、《琴挑》、《闹学》等等，很多都成了他日后的代表作品。不仅如此，他还将昆曲的表演元素带入了他对京剧的创新中。对于昆曲的长处，梅兰芳有着深刻的认识。

【同期声】（中国梅兰芳文化艺术研究会副会长 吴迎）梅大师生前说的，学了昆曲以后，咱们再演京剧就得心应手了。

（京剧表演艺术家、梅兰芳之子 梅葆玖）你要再排什么《洛神》了，排什么《太真外传》了，那你太阔了。你这个身段怎么用，只要你合适，你怎么用都是好看的。

【解说词】

梅兰芳的一生都和昆曲有着难解的情缘。1945 年，还是昆曲宣布了这位梅伶王的复出。

【同期声】（京剧表演艺术家 王琴生）就在上海演昆曲，跟俞振飞两人演昆曲。

（京剧表演艺术家、梅兰芳之子 梅葆玖）在美琪大戏院，头一场上午，我还看了。

（中国梅兰芳文化艺术研究会副会长 吴迎）太美了。

（京剧表演艺术家、俞振飞之妻 李蔷华）售票处的门窗都被挤破了。就是这么演了十三场。

【解说词】

梅兰芳和俞振飞同为跨越昆曲与京剧的艺术大师。他们的这次合作也传为佳话。其实京剧演员对昆曲表演技巧的吸收仅仅是昆曲影响京剧的一个侧面。今天我们所看到的京剧剧目中，很多都脱胎于昆曲剧目。

【同期声】（中国戏曲学院教授、戏曲专家 钮镖）京戏的演出当中，你看到、你听到一些曲牌都是昆曲来的。尤其京剧还有一些武戏，像那个《挑滑车》，多熟的戏，里头唱的是昆曲。

（北京昆曲研习社曲家朱复）一边唱一边打，唱的就是打的内容，打的就是唱的那个词儿。只有用昆牌子唱，它才能够打和唱结合起来，能达到和谐了。

【解说词】

中国戏曲的神奇因子就这样通过一代代艺人的口口相传，跨越不同的时代，不同的剧种，顽强地流传下来。

【同期声】（余秋雨）花部非常兴盛的时候，人们心中的祖师爷还是昆曲，不管是京剧，地方戏曲。比如马兰从事的（黄梅戏），地方戏曲他们往往一些重要的人物，比如严凤英这样的，她一定要到昆曲的老师傅那儿，再学两手。

【解说词】这是1961年上映的由严凤英主演的电影《牛郎织女》。影片中有一段织女手持古典圆扇子的舞蹈。曾经在电视剧《严凤英》中担任女主角的黄梅戏表演艺术家马兰给我们讲述了这段舞蹈的来历。

【同期声】（黄梅戏表演艺术家 马兰）《牛郎织女》的时候，就有传字辈的方传芸老先生来辅导她，有一些戏曲身段的训练。

【解说词】

方传芸1923年入昆剧传习所，主攻武旦，是经常给各剧团指导身段的传字辈艺人之一。

（马兰）一个有系统的、专业的戏曲身段，加上一个性格的刻画，所以她显得格外吸引人。

【解说词】

从安徽农村走出来的严凤英是黄梅戏这个年轻剧种的领军人物。回溯她的成长经历也一样离不开昆曲的滋养。

这里是位于南京的甘家大院，也是国内最大的平民住宅。新中国成立前，这里的主人是昆曲名家、“江南笛王”甘贡三。当年，甘家时常会有昆曲同期，也就是昆曲清唱活动。上个世纪40年代，严凤英流落到南京，结识甘家老四甘律之。甘律之将严凤英引荐给了父亲。

【同期声】（严凤英丈夫 戏曲导演 王冠亚）甘老（说）有这么好的演员，我怎么不相信，就把她（严凤英）找去看看。

（甘贡三外孙女 汪小丹）她嗓子很好，唱了一出以后，学了两句，唱了一出，觉得嗓子挺好。我外公就发现她了。

（王冠亚）就让他儿子甘律之还有女儿跟她说昆曲。她（严凤英）受昆曲的影响，一直不断的到华东汇演。

【解说词】

1954年秋天，在上海举行的“华东五省一市戏曲观摩演出大会”上，《天仙配》一炮走红。严凤英也因为唱腔身段俱佳而获得了演员一等奖。在这次汇演后的座谈会上，戏剧家田汉对她提出了更高的要求。

【同期声】（王冠亚）田汉就讲，你再上一层楼。就给她介绍，我给你介绍一个好师傅，哪一个呢，就是白云生了。

【解说词】

白云生是北方昆曲名家，曾经指出过严凤英表演中身段的不足。不久，严凤英就正式拜白云生为师，接受规范的昆曲身段训练。

昆曲对地方戏曲的影响不仅仅体现在曲目和表演的借鉴上，有的地方戏曲还和昆曲结合起来，在地方剧种中形成了独立的昆曲流派。这里是长江流域的四川段。船工号子在这里回荡了许多年。然而就在这方孕育了粗犷和苍凉的水土中，也不难寻找昆曲的踪影。

2006 年秋天，四川省川剧院正在为参加艺术节加紧排练。在排练现场，我们又听到了熟悉的昆曲唱腔。川剧的唱腔由昆、高、胡、弹、灯五个部分组成，所占分量最重的就是昆曲。这是川剧《易胆大》里的一段昆曲唱段。在今天的川剧演出中，已经很普遍了。然而早在康熙年间，昆曲刚传到四川时影响并不大。同治年间，一个叫吴棠的人被派到四川做总督才改变了昆曲在四川的命运。

【同期声】（四川省川剧理论研究会理事 戴德源）他（吴棠）就非常喜欢昆曲，当时从江苏买来了八个擅唱昆曲者。

（四川省川剧艺术研究院院长 杜建华）这个班社来了以后就给他买了上百亩的地，就是可以养活这个班社。

（四川省川剧理论研究会理事 戴德源）他又把这个成都江南会馆也就是江浙一带的会馆，江南会馆划拨给这个昆曲班。

（四川省川剧艺术研究院院长 杜建华）这些会馆里边都是他们的演出场所。

（四川省川剧理论研究会理事 戴德源）所以那个时候，基本上昆曲就在四川扎了根。

【解说词】

昆曲开始在当地的许多戏园子里上演。这是我们在四川省川剧艺术研究院看到的当年昆曲在成都演出的戏单。悦来茶园是成都最大的川剧班社三庆会的演出场所。清朝末年，昆曲在全国范围内开始衰落，同样也影响到了四川，昆班改搭三庆会。就是在这个舞台上，昆曲艺人经常与川剧艺人同台演出。就这样昆曲的众多元素被川剧逐渐吸收。

【同期声】（四川省川剧理论研究会理事戴德源）川剧吸收昆曲，它实际上在运用上有多种形式。一是整折戏，整个戏都唱昆曲。

（四川省川剧院院长 陈智林）就像《游湖》里面有几句就是昆曲唱腔，它基本上是原调的。（唱）梅开孤屿……

（四川省川剧理论研究会理事 戴德源）还有一种叫“昆头子”。

（四川省川剧艺术研究院院长 杜建华）就是昆腔来起调，然后转唱高腔。

（四川省川剧院院长 陈智林）所以从川剧跟昆曲之间实际上是渊源非常深厚的。

【解说词】

这是 1979 年出版的《川剧昆曲汇编》。主持这次编纂的就是眼前这位已经 92 高龄的刘泉老人。该书共搜集整理了在成都地区演出过的昆曲剧目达二百多出。传统的川剧演出每天都在上演，经常能吸引很多观众。在中国，像这样的地方戏曲有三百多种。但是无论如何演变、发展，相互之间都有几分相似。

中国戏曲就在这样的相互影响、相互学习、相互促进中一步步达到了它发展的顶峰。它们就像同一个山脉的不同山峰，同一条河流的不同支流，血脉相连，生生不息。

【同期声】（余秋雨）昆曲是一所永恒的学校。你知道吗，他还在起着教育人的作用。教育其他戏曲的作用。

（四川省川剧院院长 陈智林）也就是说，如果川剧里面对于昆曲的演唱不懂的话，实际上本来就给自己设置了很多发展的障碍。

（黄梅戏表演艺术家 马兰）昆曲的那种内敛的美，那种古典东方的雅致，这是黄梅戏需要吸收的。

（越剧表演艺术家 袁雪芬）所以说任何情况下面，总结我们越剧的成长过程，忘记不了昆曲。

（梅葆玖）实际上它是给京剧输送了多少营养，它的基本（体系），通过课程里的这种营养题材来丰富你京剧的表演。

第七集　一脉相承

【解说词】

1921 年秋的一天，苏州城的大街小巷张贴了很多用红纸写成的招生告示。不过这个招生的地方不叫学校，而叫昆剧传习所。由于这个叫传习所的地方不仅不收学费，还供应饭食，四十多个贫家子弟应招入所习艺。若干年以后人们把他们称为昆曲传字辈人。

这位老人叫做倪传钺，他是当年应招进入所的少年之一。如今倪传钺已是 99 岁高龄，传字辈的同门师兄弟大都已去世。多年前的往事哀婉深沉。

梅兰芳回忆当年北京的梨园子弟学戏，在同光年间尚是昆乱并学。到光绪庚子之后，则专学皮黄了。20 世纪开始的年代中国正处于一种前所未有的激荡和不安之中。这时，轻歌曼舞的昆曲不再是戏曲舞台上的主角。北京城里早已没有了纯粹的职业昆班。京城已成为京剧的天下。

我们在苏州昆曲博物馆寻找 20 世纪初南方昆曲遗留下来的痕迹。那时候，在昆曲发祥地苏州曾经看戏通国若狂的盛景也早已不再。整个苏州仅有全福班、大章班、大雅班、鸿福班四大坐城班勉强维持。沈月泉是当时全福班的台柱，为了营生，他和同门只能跑起了江湖，流转于江浙一带的小镇。1923 年，苏州最后一个坐城班全福班在苏州告散。那些曾跟随全福班走东闯西的戏箱也被遗弃在角落里，积满灰尘。近代昆班的历史就此结束。

【同期声】（戏剧理论家、文化学者 余秋雨）鸦片战争之后昆曲已经有点奄奄一息了。当时也是兵荒马乱，人们也听不了那种在他们看起来是过于平静过于高雅的声音。

（苏州大学中文系教授、昆曲研究学者 周泰）是啊，那徽班、秦腔、后来的京剧，它舞台上更好看了，更能吸引文化层次很低的当时的一般观众。全是打的，翻跟斗的，甚至是男女调情的那种戏。昆曲很少这种东西啊。这样的话那个戏更好看，昆曲班子就没有饭吃了。

（中国戏曲学院前院长、戏曲专家 周育德）人有生老病死，艺术也是这样的。它有发生、发展、兴旺、高峰、衰落、灭亡，它都有这个过程。

【解说词】

那么当昆曲已不再适应一个时代，是一些什么人，他们遭遇了怎样的经历，又是如何把昆曲留存下来的呢？

2006 年，作家白先勇带着昆剧青春版《牡丹亭》来到北京大学。传统戏曲在高校上演，引发了学生们的好奇。他们奔走相告，蜂拥而至。眼前的景象让人想起了多年前的一段往事：1917 年，很多新面孔来到北京大学任教。这其中有很多后来大名鼎鼎的人物。比如文科学长陈独秀，经济学教授兼图书馆主任李大钊，文科教授胡适，图书馆编纂员周作人。但是有一个人的到来却掀起了轩然大波，这个人就是来自苏州的戏曲教授吴梅。和吴梅同一年进入北大的周作人回忆说，第一任的戏曲教授是吴梅。当时上海大报上还大惊小怪地以为大学里居然讲起戏曲来，是破天荒的大奇事。吴梅上课的方式很特别。他拿着一支笛子走进了中国最高学府的讲堂，还在课堂上唱曲。他唱的曲子和北京城里的戏馆里最时兴的皮黄戏很有些不同。吴梅告诉学生们他唱的是昆曲。

【同期声】（余秋雨）在五四以后，有一些有远见的文化人，比如像蔡元培先生、吴梅先生，吴梅本身是曲学家了。这些人就是花了很大的力气要保持住这种文化遗产。所以就努力地帮助、呼吁建立一种传习班，或者建立各种各样的研究方式。有一点做到了就是昆曲是一代一代传下来了。这真是感谢他们的远见卓识。还有非常好玩的一点呢就是它在传下来的过程当中，还是一直保持着受到高层文化人的支持，一直保持着。

【解说词】

世界著名的建筑师贝聿铭是苏州人。2006 年 10 月，他重返归乡，参加由他本人设计的苏州博物馆新馆的落成典礼。苏州博物馆新馆紧邻国家重点文物保护单位忠王府和世界文化遗产拙政园，与贝家祠堂所在地狮子林也离得不远。

上个世纪初，狮子林还是贝家的产业。狮子林里的贝家大小都能度曲。贝聿铭的叔父贝晋眉先生是苏州昆曲曲家中的全才。1921 年初，贝晋眉与苏州道和曲社的张紫东、徐镜清等昆曲曲家集资千元，创办了昆剧传习所。这看似偶然的行为，延续了昆曲的香火。

这里现今叫做桃花坞大街，位于苏州城西北部。八十多年前，这里是一个私家花园，叫做五亩园，现在已经很少有人知晓了。然而在昆曲界，五亩园却是鼎鼎有名。五亩园就是昆剧传习所的校址，它是贝晋眉先生的家产。

这是传字辈艺人倪传钺画的五亩园图。

【同期声】（昆曲表演艺术家、传字辈艺人 倪传钺）那个时候我虚年 14 岁，我的父亲死了，家境困难。那么这个传习所呢，招生就是供应全宿。吃饭住宿不收钱，学费不收。我到传习所就是这么一个情况去的。1921 年已经开学了，我是迟半届进去的。那个时候他们的招生呢，陆续陆续到 1922 年差不多有四十多个人。

【解说词】

1921 年，五亩园门口挂起了传习所的牌子。很多少年来面试，主考官正是全福班的老艺人沈月泉。最后有四十多个孩子通过考试，进入了传习所。当然这些孩子这时还无法知道他们将会在继承全福班老艺人精湛技艺的同时，也延续他们悲惨的命运。由于资金出现问题，传习所刚刚开办不久就支撑不下去了。

【解说词】

穆藕初，年轻时代曾在美国芝加哥、威斯康辛、伊利诺伊几所大学留学，后回国致力实业，是当时沪上有名的棉纱大王。1920年，穆藕初曾出资由北大校长蔡元培选送五名学生出国留学。作为最早一批受到西方教育的知识人，穆藕初已经意识到应该吸收新文化挽救中国。但在同时，穆藕初也保留着对传统艺术的热忱。他时常从上海到苏州，跟当时的昆曲曲圣俞粟庐学习昆曲。1921年，当得知苏州昆剧传习所的情况后，穆藕初便把传习所接办下来。穆藕初的鼎力相助挽救了已经夭折的昆剧传习所。

【同期声】（香港中华文化促进中心研究员、昆曲研究学者 古兆申）所以就是说传字辈老师的培养，其实主导性还是文人。就是说从清唱系统的这一批曲家来推出。所以就是说，当昆剧很没落的时候，因为有文人出来，还是坚持去保护它。文人懂得它的文化上的意义。那么，所以我们就培养了一代的传字辈老师。那么这个是很重要，否则的话，要不我们今天就起码舞台上的昆曲就看不到了。

【解说词】

然而在当时，关于这些孩子未来的出路无论是贝晋眉还是穆藕初都还没有仔细考虑过，或许根本也无力解决。可无论怎样，昆曲要演下去，昆剧传习所度过一劫还是办了起来。

（昆曲表演艺术家、传字辈艺人 倪传钺）进去之后，就是说，请老师。那么沈月泉呢就是大先生。他岁数最大，我们叫他大先生。他教小生，分行的，但是旦角的戏他也教。我是唱老生的，我的老师叫吴义生。他教了老生以后还要教老旦，老旦戏也要教。老师很辛苦的。

【解说词】

除了在桌边拍曲学唱外，这些学戏的孩子每天上午还要练功学拳并学习文化。倪传钺清晰地记得国文教师傅子恒选《幼学琼林》、《古文观止》以及一些曲文当作教材。

【同期声】（倪传钺）他还教我们写字。我们课本都要自己写，要自己写的。发了一本下来以后，自己抄。所以我喜欢写，练字。到了现在我还喜欢这个东西。

【解说词】

近百年前，苏州五亩园内，几位先生带着一群孩子练功拍曲，写字背词。高高的院墙阻隔了尘世，学艺的孩子们无法看到外面的世界正发生着翻天覆地的变化。

五四前后，各种新文化几乎在同一时间被中国人感知了。电影、留声机、唱片成为了城市里新的宠儿。1921年前后，上海的百代唱片公司进入了全盛时代。戏曲舞台也追赶着那个时代，为这场新文化运动推波助澜。伶界大王梅兰芳排演了新编时装剧和古装新戏。曲家俞振飞也被程砚秋看重，在上海登台了。据说在那时现实的诱惑太大了。梅兰芳到上海演出一个月，至少有两万块钱的收入。而当时一个高级白领的月工资不过一百块钱。

而在距离大都会上海不远的苏州城，园林里延续着几百年不变的口传心授，坚守着那种远离尘嚣、秘而不宣的传统。终于三年之后传习所的孩子们学艺小有成就。他们每个人都学会了一百多出折子戏，可以登台了。1925年为了对外演出，穆藕初为孩子们取了艺名，一律以传字排行，意思是昆曲将由这一辈人流传下去。传字下面的一个字照不同的行当用玉、草、金、水四个字旁提名。唱生行的是斜玉旁，取玉树临风之意。唱旦行的用草字头，取美人香草之意。净行用金字旁，意在黄钟大吕，得音响之正，铁板铜琶，得声情之激越。其余丑副行当用水旁，以示口若悬河之意。近代昆曲史上最重要的一辈人就此登上了历史舞台。

【同期声】（香港城市大学教授、昆曲研究学者 郑培凯）传字辈最重要的意义不在于他们那个时代，他们的演出。传字辈最重要的意义是在于他们的身上传递下来了口传心授的这个传承。换句话说，我们讲的非物质文化传承，或者是非实物，没有一个东西在那里，这个传承必须是口传心授的。而在那个时代并没有拍电影，也没有录像，那你说怎么传下来。那么我觉得传字辈在整个人类历史上，在中国文化跟舞台艺术历史上最重要的就是这五六十个小孩，他就把这个东西传承下来，带在他们身上。

【解说词】

当初，穆藕初曾打算把传习所的孩子们都留在他的企业里，毕业后半工半艺，这样把昆曲养起来。如此理想化的念头在 1927 年破灭了。时局动荡加上金融危机，穆藕初经营的纱厂相继倒闭，他再没有了经济能力供养传习所。昆剧传习所再次陷入窘境。这张照片摄于 1928 年，当时失去了经济来源的这群少年，只能凭着自己的冲劲儿去自谋生路了。这群小伙子年轻力壮，行当齐全，在当时所有人都把振兴昆曲的希望寄托在他们身上。

一场披荆斩棘、开疆破土开始了。出科以后的传字辈们辗转在上海的笑舞台、新世界、大世界连日献演。他们以新乐府的名号出现在人们热切的眼光中。新乐府的出现在当时的上海是一件引人注目的新闻。揭幕演出当天，徐志摩、陆小曼、周信芳、盖叫天等一连串的文化名流京剧红角们纷纷出席观看。

【同期声】（倪传钺）第一次（到）上海，当时很多都是海上有名的名流都来看的，袁寒云，袁世凯的儿子，袁二爷袁寒云也来看戏，那是很威风的。

【解说词】

新乐府传字辈刚刚闯出一些名头，上海局势恶化。新乐府经营不善，演出日趋清淡，戏班内部也出现了分歧，人心涣散。

1931 年，传字辈返回江苏，让昆曲重回舞台中央的梦就这样虎头蛇尾的破灭了。

【同期声】（昆曲老生演员表演《千忠戮·惨睹》）“收拾起大地山河，一担装，四大皆空相。”

1931 年 6 月，新乐府于苏州解散。部分传字辈艺人自谋生路，仅剩二十多人在倪传钺、郑传鉴和顾传澜的主持下，在苏州地区坚持演出。

不到半年，这群传字辈希望重燃，再次组班成立仙霓社，重返上海。但是传字辈们的希望再次破灭了。这一次仙霓社组团，初期虽然还有一些对昆曲不离不弃的知识分子捧场，场面还说得过去，但那仍不过是昙花一现，很快红火的局面就消失了。

1937 年，淞沪战事爆发，日军轰炸上海，仙霓社的服装道具全部被炸毁。仙霓社彻底陷入了绝境，生活窘迫，流离失所。传字辈艺人们只得自谋生路，有的参加了别的戏班，有的改行。擅长小生的赵传珺在一个下雪的夜晚冻死街头，施传镇在抗战期间死于伤寒，年纪最小的陈传荑下落不明。

【同期声】（倪传钺）后来，我就找到穆藕初，我就逃难了。

【解说词】

就这样，仙霓社散了，师兄弟们各奔东西。传字辈曾雄心勃勃，但那只是对个人命运的一种幻想。知识分子奔走呼号，但也无力回天，没有人能够逆转昆曲在那个时代的颓势。从此昆剧在舞台上绝迹了将近十年。

旅居美国的张充和出身名门，曾祖张树声是晚清高官，父亲张吉友是民国时期著名教育家。当年张家共有四位小姐，在文化界她们的知名度甚至超过了父亲。张家四位小姐琴棋书画样样精通，还分别嫁给了当时的社会名流：传字辈艺人顾传玠、语言学家周有光以及文学家沈从文。老四张充和则嫁给了当年在清华任教的德裔美籍汉学家傅汉思。当年张充和的父亲张吉友与极力推广昆曲的蔡元培、吴梅等人交往甚密。受父亲的影响，张家四位小姐都狂热喜爱昆曲。张充和本人在苏州曾师从传字辈艺人沈传芷学习昆曲。

【同期声】（昆曲曲家 张充和）当时到美国来，有时候就是一个人在演。当时没有人吹笛子，那我自己吹。吹到录音卡拉 OK，是这样子的，只有一个笛子。我到美国来，我带我自己的戏装，因为我们有成套成套戏装、戏箱子。我姐姐她们说，你要带走多少都行。我说我带不了，我自己很多好东西都带不了，就带了随身几件。

【解说词】

张充和 1948 年旅居美国，多年来她和丈夫先后在美国、加拿大、法国和港台等地的 23 所大学以及各种学术场合讲授示范昆曲。如今张充和已经 94 岁，虽然大半生在美国度过，但张充和一生痴缠昆曲，终身不渝。

1948 年，当张充和还生活在中国时，曾在重庆和传字辈艺人同台演出过。后来昆曲的传人们散落四方。2002 年，张充和曾回过一次国，见到了旧时老友倪传钺。

【同期声】（倪传钺）我跟张充和在 2002 年的（合影）。张充和 93 岁了。

【解说词】

这是 2000 年，倪传钺向台湾京剧演员李保春传授昆曲折子戏《阴骂曹》的录像。此时的倪传钺已是 92 岁高龄，但他仍然坚持着昆曲几百年来口传心授的传承方式。多年前的苏州五亩园内，倪传钺的师傅早已将这种传统印刻在了他的身上。1957 年以后，倪传钺曾在上海戏曲学校和江苏省苏昆剧团附设的学馆任教多年，弟子无数。传字辈没有将昆曲光大，他们也曾尝试抗争命运，而终于惨败。但他们艰难地完成了历史使命，昆曲因为有了他们而得以留存下来。

现如今，各大专业昆剧团里的演员们，都是传字辈的学生，或是他们传人的传人，这也就保留了那份东山再起的希望。

【同期声】（周育德）我有本书，我不是最近出那本书《昆曲和明清社会》嘛。我最后做完了以后，书做完了，我又加上了一段，我加上了荷花之梦。怎么说起呢，我说你去过白洋淀吗？白洋淀原来是荷花很多很多的，水很大，里头有芦苇有荷花。可是后来不行了，到了 20 世纪五、六十年代，白洋淀里的水源断了。水没有了当然就没有荷花了。不仅不能走船啊，农民赶着马车就在白洋淀上走，都变成平地了，哪有荷花。谁知道 1987 年还是 1988 年，突然发了洪水，下了暴雨，这一淹不要紧，水来了。一二十年没有见过的荷花，它怎么又冒出来了。又是满淀的荷花呀。接天莲叶无穷碧，映日荷花别样红。又出现这么美妙的景象了。昆曲也是这样，只要这个种子不绝，还是一个种子。

当然昆曲你想叫它成了什么文化市场的霸主，那也是不可能的。那个时代已经过去了。因为戏曲作为一统天下的，时代已经过去了，不是那个时代了。但是它可以占据那一角儿，把那一角儿搞得辉煌绚丽。好听好看，成为很美的那一角儿。我想这是可以做到的。

第八集　昆曲归来

【同期声】（戏剧理论家、文化学者　余秋雨）我不是非常赞成叫昆曲归来，它也没有离开过。它其实也一直在，只是有的时候比较热闹一点，有的时候比较安静一点。

【解说词】

1956 年新中国已经走过七年的光辉历程，举国上下都沉浸在社会主义建设的热潮之中。在国家“百花齐放”的文化方针指引下，沉寂已久的昆曲也得到了一次发展的良机。而这还要从一年前开始说起。

1955 年，戏剧家袁牧之和作家丁玲在杭州疗养，偶然发现了一个叫国风苏昆剧团的昆剧班还在表演传统的昆曲。惊喜之余，他们也了解到，这个昆剧班已经是全国仅存的一家专业昆剧表演团体，生存困难，生活惨淡，即将面临解散。国风昆剧团的顶梁柱正是周传瑛、王传淞等一代传字辈艺人。袁牧之、丁玲马上把这个情况汇报给了北京有关领导。国风昆剧团这才有了创编新剧目、赴京演出的机会。

【同期声】（中国戏曲学院前院长、戏曲专家 周育德）1956 年，浙江的一些同志做了件非常好的事情。就是把《十五贯》这一个昆曲剧本加工整理改造。改编成功以后的《十五贯》在内容上在艺术上都是很不错的。

【解说词】

这是 1956 年拍摄的昆剧电影《十五贯》。

【同期声】（周育德）内容很积极，里头写的三个官僚对待这一桩冤案的不同态度。剧本也压缩了，一个晚会就可以演完的。

【解说词】

在电影拍摄之前，1956 年 4 月 10 日新编昆剧《十五贯》，在北京广和剧场上演。

【同期声】（影片《十五贯》主演 李倩影）演得非常非常好，全上台上去了。上台上去就说祝贺吧，我们特别高兴。

（昆剧表演艺术家王传淞之子 王世瑶）这个梅先生、欧阳予倩、田汉老都来看了。看了都感觉到这是一个好戏。

（李倩影）毛主席看了，看过后站起来鼓掌说是好戏好戏。

（周育德）可以提倡调查研究，反对官僚主义，这多么好啊。

（李倩影）总理说好戏好戏，你们还要演，还要演。这一说，配合政治，报纸上一说，买不上票，（笑）买不上票了。

【解说词】

从浙江到北京，从广和剧场到中南海，那一年昆剧《十五贯》受到了广大观众的热烈欢迎，更受到了党和国家领导人的关注。1956 年 5 月 18 日，《人民日报》发表了社论《从一出戏救活一个剧种谈起》。这篇社论的发表正式宣告昆曲的发展已经进入了一个新的历史时期。1956 年是昆曲发展史上浓墨重彩的一年。《十五贯》进京演出之后，北京、江苏、湖南、上海的昆曲演出团体也纷纷成立。北京和上海建立了民间曲友组织的曲社。保定和天津还成立了培养年轻昆曲演员的学校。这些当时演出的照片和票房上座的统计，让我们看到了当时昆曲舞台上欣欣向荣的景象。

1981 年 11 月，古城苏州迎来了一批归乡的游子。昆剧传习所成立六十周年纪念大会在这里举行。到会的十六位传字辈艺人都已是古稀之年。十年“文革”几乎将昆曲这枝兰花连根拔起，但它挣扎着顽强地活了下来。

【同期声】（中国昆剧研究会顾问、戏曲专家 刘厚生）粉碎“四人帮”之后，很快地，像拿上海来说，基本都是在 80 年代初昆剧团都恢复了。把许多已经改行了的那许多演员又召回来。

【解说词】

在新的时期，古老的昆曲艺术该何去何从？1982 年在苏州举行的“江苏、浙江、上海两省一市昆剧会演”上，国家文化部提出了昆曲工作的八字方针——保护、继承、创新、发展。在这次会演上江苏省昆剧院和上海昆剧团参演的大戏都是昆曲经典《牡丹亭》。不过两个剧团的演绎却是大相径庭，唱了一出不折不扣的对台戏。

【同期声】（昆曲表演艺术家 张继青）良辰美景奈何天，赏心乐事谁家院……

【解说词】

江苏省昆剧院采用的是最传统的演出方式。张继青的表演质朴无华，深受与会专家学者的好评。上海昆剧团的舞台上则充满大胆的想象和创意。随着故事情节的发展，华文漪饰演的杜丽娘身后的布景也在不断变化。书房、闺阁、花园、道观一一出现。伴随着布景的变化，灯光也在不断变化。更让观众意想不到的是上海昆剧团还对剧中一部分比较难懂的唱词和一些曲调进行了删改和调整。这样的改革使上昆版的《牡丹亭》引发了专家的争论。关于如何保护昆曲的讨论也由此展开。

汇演结束后，江苏省昆剧院得到了“继承奖”，上海昆剧团得到了“革新奖”。但昆曲界关于昆曲保护的两种立场却一直持续到现在。各家昆曲剧团做着各种努力，想让观众重新走进剧场。但是昆曲已经太长时间没有出现在观众的视线里，人们还能回忆起那些尘封多年的故事和生疏已久的唱腔吗？

20 世纪 80 年代，是中国经济飞速发展的时代，也是一个流行文化日新月异的时代，流行音乐开始在艺术舞台上出现。西方文化通过书籍、电影、音乐等不同的载体蜂拥而至。人人都在追赶这个潮流，中国传统戏曲普遍受到冷遇。

【同期声】（北京大学哲学系教授、昆曲研究学者 楼宇烈）大量地吸收了西方的文化以后，而且对于西方文化的吸收，把它看作是一种时代的差距。那么于是感觉到要赶上西方，我们就要抛弃我们原来的传统文化，完全向西方学习。

（北京对外经贸大学西方音乐史教授 刘欢）因为对我们中国人来说，那（西方文化）是有跳跃感的。可是对我们中国人自己的艺术感来说没有（跳跃感）。昆曲几百年了，京剧现在是，今年讲徽班进京是二百多年，它是一脉相承这样走过来的。这样对于我们看起来（东西方文化）冲撞很大。那个时候无论是已经成名成家的昆曲大师还是刚刚入行的学员，都必须面对一个残酷的现实，那就是昆曲的舞台下面观众越来越少。

【解说词】

苏州昆剧院副院长王芳至今仍清晰地记得当年演出的冷清场景。那些日子，王芳每年只有一些小剧场的演出。很多演员都离开了昆曲舞台，王芳甚至找不到小生来和她搭戏。

【同期声】（苏州昆剧院副院 长昆曲表演艺术家 王芳）80 年代中后期到 90 年代的中期那一阶段，戏曲特别不景气，那这一辈的人走了很多，就都专业改行了，戏曲没人看嘛。

（浙江昆剧团团长、昆曲表演艺术家 林为林）我们同学六十个，六十个学员都改行了，留下的大概只有十几个。有出国的，有女孩子嫁到国外去的，有下海经商的，还有更多的拍影视的，像六小龄童、邢岷山、何晴都是我们同班同学。

【解说词】

1986 年，浙江昆剧团青年武生林为林摘得中国戏曲的最高荣誉梅花奖，但他同样无法摆脱无戏可演的窘境。

【同期声】（林为林）我最大的发泄就是练功。拿来靠，到练功房里去练功。有时候比如耍大枪花，有时候真的想要它干吗呢，把大枪花狠狠地摔下去，然后回过头来又把它拣起来，又来耍大枪。就这么过日子。

（王芳）演到后来就是观众就没有台上的演员多。那我们有很多时候就觉得自己就不知道我为什么，我该干什么，我能干什么。就不知道这个现状我如何去面对，我能否改变它。

【解说词】

昆曲面临的困境同样也让老一辈昆曲艺术家心急如焚。1984 年，全国七大昆曲演出团体之一温州永嘉昆剧团宣布解散。就在这一年，一封关系昆曲未来命运的信从上海寄往了北京中南海，寄信人是昆曲艺术大师俞振飞。

【同期声】（中国昆剧研究会顾问、戏曲专家 刘厚生）俞老是政协委员，又是昆剧界的最有代表性的人物了。我说请他给中央写信，中央会重视的。

【解说词】

在信中，俞振飞表达了对昆曲所面临的危机和困境的担忧，并恳请中央重点保护昆曲。俞振飞的这封信道出了整个昆曲界的心声。那就是不能任由昆曲在时代发展的大潮中自生自灭。昆曲遇到的困难只是暂时的，总有一天整个社会会重新认识到昆曲的价值和意义。

【同期声】（京剧表演艺术家、俞振飞之妻 李蔷华）（中央）22 号接到的信，24 号就回信了。成立的文化部昆曲指导委员会在那个情况之下才决定了全国六个昆曲剧院团属于国家支持的。

【解说词】

俞振飞的信寄到中央之后不久，一系列保护昆曲的文件和措施陆续出台，文化部还组织了大量的昆曲汇演以求抢救一批濒临灭绝的剧目。各地昆曲剧团也不断进行新的尝试，力求让观众重新走进剧场。多方的共同努力能改变昆曲和昆曲人未来的命运吗？

20 世纪八九十年代，作为中国传统文化的代表，各地昆曲剧团获得了很多海外演出的机会。欧洲、北美以及香港和台湾地区都留下了中国昆曲的身影。美轮美奂的昆曲往往让观众耳目一新，赞叹不已。尤其是在台湾地区，昆曲受到的欢迎完全超出了人们的想象。著名昆曲表演艺术家张继青现在还清晰地记得自己在台湾演出时受到的礼遇和引发的轰动。

【同期声】（昆曲表演艺术家 张继青）观众对你非常的痴迷。很多年轻的、年纪大的票友，也有大学生，各个大学的大学生。所以在台湾演戏，自己心里真是很开心，觉得这才是演员。

（中国文联书记处、戏曲专家 廖奔）台湾一些教授他们很得意，他们告诉我说最好的昆曲演出在大陆，最好的昆曲观众在台湾。

（青春版《牡丹亭》制作人 樊曼侬）所以我们有一批最好的观众，因为都是中学的老师跟大学的老师在旁边教导这些我们的后起之秀，培养这些年轻的观众认识中国最美最好最灿烂的一种表演文化。

【解说词】

演出的热闹场景和在祖国大陆演出时的冷清形成了鲜明的反差，为什么受西方文化影响更深的台湾观众会表现出对昆曲这样一种中国传统高雅艺术的热爱呢。

【同期声】（台湾中央大学教授、昆曲研究学者 洪惟助）在台湾大概70年代开始，大家会觉醒，慢慢地来，觉得自己文化的可贵，自己的文化必须要学习，必须要保留。

（樊曼侬）就在1992年，你也知道，突然西方世界的表演活动，就像刘德华这些演唱会通通已经进入大陆的表演市场的时候，我们的昆曲表演渐渐看起来是萎缩起来了。他们（昆曲演员）来了台湾，到了学校的大礼堂看到学生万人鼓掌，站起来鼓掌，他们突然觉得他们自己是真正的一个明星。

【解说词】

大陆昆曲剧团在台湾地区受到的礼遇在香港、澳门等地同样多次出现。对所有中国人而言，昆曲是中华文明的根和血脉。它清晰地传递着我们民族的艺术精神和审美情趣。而昆曲也因为它鲜明的文化特色和高超的艺术成就征服了大量西方观众。

【同期声】（美国昆曲艺术研习社艺术总监 张惠新）外国人对昆曲真的是，他非常能够欣赏。根据我的经验，我们有对完全是外国人的观众或者一半是外国人的观众演出、演讲，他们都很能够感受到这种美。

【解说词】

昆曲早已跟随海外华人的足迹在异国他乡生根发芽。美国和日本等地都有昆曲曲友自发成立的曲社。张惠新所在的昆曲艺术研习社就是最有影响的海外曲社之一。曲社于1995年在美国马里兰州成立，已经拥有了一批相对固定的观众群。曲社的每一次公开演出都会有大批观众赶来捧场。对当地人而言，昆曲是他们了解中国、了解中国历史和文化的一个窗口。真正的艺术总是能跨越语言和艺术的障碍，赢得认可和热爱。昆曲的魅力其实也就是中国历史和文化的魅力，它向全世界展示了一个民族对于美的品味和追求。

【同期声】

记　者：您听说过昆曲吗？

路人甲：没听说过。

路人乙：昆曲不就是地方戏吗？

记　者：您是哪儿听说昆曲的？

路人丙：电视上吧，但是，我也不是很了解。

记　者：喜欢吗？

路人丙：哦，一般，没有太多的感觉。

路人丁：就是，老年人比较喜欢吧，或者是四五十岁那样的。

路人戊：因为我们现在追求的不是这个，都是流行歌曲。

众　人：昆明的昆。

记　者：对。

众　人：江苏的是吧？

众　人：不知道。

众　人：我觉得是江苏的。

众　人：不是很清楚……

记　者：你知道吗？

受访者：我们都不太清楚，对戏曲这块没研究。

记　者：好，谢谢谢谢。

众　人：没事。

【解说词】

在新世纪开始的时候，六百年的昆曲又将迎接它的下一个百年。但在街头匆匆走过的人群中，又有多少人能知道昆曲呢？它是过于古老吗？还是过于高雅了？无论如何昆曲已经在大众的视野之外沉默了太久。

【同期声】（北京大学哲学系教授、昆曲研究学者 楼宇烈）现代人呢（认为）艺术就是要迎合大众口味。所以只要迎合大众口味我什么样都可以做。其实忘掉了艺术最根本的责任就是去不断地提升人们的欣赏水平和欣赏的趣味。

（北京对外经贸大学西方音乐史教授 刘欢）那为什么现在是这样一个状态呢。我觉得是不是说政府重视不够，是总体我们的文化水平没有达到那个程度。你的文化水平达到了那个程度，自然你就要重视到这个问题了。

【解说词】

从传统中走出来的中国人如何在传统和现代中取舍，在今天这个瞬息万变、价值多元化的时代我们又该怎样守护先人给我们留下的这一份瑰丽的遗产呢？这是关系到我们每个人的时代命题。

【同期声】（苏州大学中文系教授、昆曲研究学者 周秦）苏州一直没有放弃对传统文化的抢救，因为它是昆曲的故乡。2000 年，我们办了第一届的中国昆曲艺术节。我们在想着怎么申报遗产，因为园林申报以后，马上就热了。但是还没有做成的时候有了非物质遗产这一说。结果就在国家申报的很多项目中间我们的昆曲被选上了。

（中国艺术研究院院长 王文章）在 2001 年 5 月 18 日，就是在巴黎的联合国教科文组织总部，它由联合国教科文组织的总干事长叫松浦晃一郎，由他来正式宣布入选第一批代表作名单的十九个项目，其中有中国的昆曲。而且中国的昆曲艺术在十九个项目里面是评委全票通过的。

【解说词】

新的世纪开始的时候，人们意外地发现那个古老而高雅的昆曲又充满了活力。

【同期声】（周秦）这是我们中华民族的骄傲。这一支强心针的力量一下子就使得我们的昆曲受到了政府的重视，受到了国际的关注。

【解说词】

这是一份荣誉，但同时也是一份沉甸甸的责任。2003 年春天，政协第十届全国委员会第一次会议在北京召开。关于保护和弘扬昆曲艺术的提案就有三份，这引起了全国政协的高度重视。全国政协提出了《关于加快昆曲抢救和保护力度的建议》上报中央。2004年3月，胡锦涛、温家宝、李长春、陈至立等中央领导同志先后就昆曲的抢救、保护和扶持作出重要批示。中央决定从2005年至2009年，国家财政每年投入一千万元作为抢救、保护和扶持昆曲的专项资金。在政府、民间、专业团体几股力量的联合推动下，昆曲的演出市场也出现了多年未见的繁荣景象。2004年秋天，江苏省苏州昆剧院新排全本《长生殿》进行公演。那个二十年前曾经无戏可演的王芳饰演了一号女主角杨贵妃。

【同期声】（江苏省苏州昆剧院副院长、昆曲表演艺术家 王芳）（2004年）去北京演出，北京的观众真的不得了。票全部卖完，而且，等退票。那你这个感觉肯定不一样了。是吧，就觉得自己很有价值感，很有成就感，下面那么多人。

【解说词】

这一年的苏州昆剧院，还有另一个重头戏，那就是由作家白先勇策划的青春版《牡丹亭》。全本《长生殿》和青春版《牡丹亭》的上演，都成为轰动一时的文化事件。昆曲这门古老的艺术带着几许神秘又一次出现在大众的视野里。它高贵典雅、精致美丽，一时间昆曲成了社会关注的焦点，成为时尚的话题。

【同期声】（周泰）首先使他们（观众）进来，使他们觉得这是好东西。使他们能够部分地贴近我们的传统文化。然后再使他们从这个中间认识自我。

（廖奔）如果时尚也能够把人们兴趣、注意力引到我们的传统的艺术里边去，那何乐而不为呢。

（上海昆剧团团长、昆剧表演艺术家 蔡正仁）年轻人喜欢看，我认为这是个很重要的标志。如果说现代的年轻人不要看昆曲了，昆曲很快就要亡的。

【解说词】

昆曲培养年轻观众，大学校园是最重要的阵地。昆曲进校园也是文化部关于昆曲艺术抢救、保护实施方案的一部分。根据这个方案，全国七家昆剧院团每团每年必须到大学校园进行不少于20场的公益演出。青春版的《牡丹亭》和全本《长生殿》的上演，让昆曲在大学里掀起了一股热潮。

【同期声】（北京大学艺术学院院长、全国政协京剧室副主任 叶朗）我还没看到过像这么热闹的场面。我觉得我们现在的大学生跟我们传统的文化、传统艺术的经典还是血脉相通的。传统的艺术、古典的艺术、高雅的艺术是不是像过去所说的现在完全接受不了，因为节奏太慢。是不是也反过来呢，现在在这种节奏那么快的社会里，有时候需要一些节奏慢的艺术。

【解说词】

当整个中国迈入一个崛起的世纪，昆曲又一次出现在舞台的中央，盛世元音再次唱响。六百年的昆曲焕发了新的青春，回到了千千万万中国人的生活之中。

2006年7月，三年一届的中国昆曲艺术节如期在苏州举行。这是国家昆曲艺术抢救、保护和扶持昆曲艺术实施方案实施后举行的第一届昆曲节。全国七家昆剧院团都带来了自己新排的大戏。与以往两届昆曲节不同的是，来自香港和台湾的昆曲社团也第一次在昆曲展演艺术节上亮相。

在过去几年中，苏州这个昆曲的发源地也发生了许多变化。如今苏州已经拥有了苏州昆剧院、苏州昆剧传习所、昆曲遗产保护研究中心、中国昆曲博物馆、昆曲演出场所、苏州昆曲学校等一批昆曲的演出、教育、传承、研究和保护机构。2006年，苏州市还出台了国内第一个保护昆曲的地方性法规《苏州市昆曲保护条例》。

旖旎之声，在21世纪的今天又一次在古老的苏州响起。虎丘的千人石上再次聚满了昆曲迷。悠扬的笛声穿过花窗，翻过粉墙，在苏州的大街小巷中回荡。在城市的喧闹中，人们听到了一片宁静。

【同期声】（香港城市大学教授、昆曲研究学者 郑培凯）因为昆曲的生命跟中国文化的生命一样，不是只属于我们这一代，它是世世代代的。我们要有这种宏观的这种视野，世界性的宏观的文化视野，我们的中国文化才有发展。

（余秋雨）我非常希望中国有更多的文化人能够尽早地来做这样的事情。就是在自己，在做过很多奋斗的过程当中来寻找这个民族，在存在过程当中的和你个人有联系的那种亮点。找到这个亮点如果有黯淡的可能的话，我们有没有可能用我们的体温去守护它。

【解说词】

昆曲如同一场永不谢幕的长剧，一次次的场景变幻，一年年的人物更迭，转眼就是六百年。六百年前，昆山人顾坚改进和完善了南曲声腔，绘就昆曲传奇的最初一笔。四百年前，汤显祖完成不朽的传奇《牡丹亭》，昆曲由此进入鼎盛时期。三百年前，两部传奇剧作《长生殿》和《桃花扇》先后唱响了大江南北。昆曲在“康乾盛世”奠定了无可动摇的国剧地位。二百年前，在一代代昆曲艺人的努力下，昆曲折子戏已日臻完善，为刚刚萌芽的各地方剧种提供了最宝贵的经验和借鉴。近代中国戏曲蓬勃发展的大幕就此缓缓拉开。八十多年前，四十多个少年走进苏州昆剧传习所的大门。在昆曲最为衰落的时候，他们用尽毕生的心力守护住昆曲的一脉香火。五十年前，周传瑛等传字辈艺人演出新编《十五贯》，造就了新中国文艺史上“一出戏救活一个剧种”的佳话。今天古老的昆曲焕发了青春，迎接着下一个百年。在这方狭小而又广阔的舞台上，六百年的昆曲演绎着属于全人类的永恒经典，台下是一个民族的长河。

（编撰　张懿媛　杨建珍）

百年越剧

【时　　长】 29分钟/集，共10集

【制作时间】 2006年10月

【获奖情况】 第20届星光奖

【制作单位】 浙江卫视　嵊州市人民政府联合摄制
浙江广播电视集团出品

【制作人员】 出品人：王同元

总策划：钟桂松　高克明　周羽强
总导演：钟冶平
编　导：葛临镫　邱　珏　王　欣　杨园媛
撰　稿：夏雨清　葛临镫　王　欣　邱　珏　庄临强　李友平
摄　像：李虎国　张洪山　孔万杭　史鲁杭　张克鑫　金韬晖
摄像助理：赵魏星　姚士杰
录　音：李海洪　谢　颖
解　说：高　山
化　妆：王玲英　周　岳
技术支持：陈　宪　吕小田　潘永盈
片头制作：丁晓嵘　彭　勃
非　编：左言彬　严　冰
制　作：潘晓红　张立庆　应采君　吴莲香
制　片：林克华　刘士彦　陈明水　戴亚伟
剧　务：赵军文　李坚强　徐　勤　郭俊杰
制片人：夏燕平　许继锋　何国英
片名题写：沈　鹏
监　制：高克明　陈立波　屠荣根　魏　伟
总监制：程蔚东　施泉明　郭　敏

【片　花】百年越剧

【解说词】这是一个百年庆典。1906 年，越剧诞生在浙江嵊州的村落田间。回眸百年，越剧从乡下人的田间说唱，发展成为剧团数百、风行江南，影响仅次于京剧的地方剧种。让我们透过历史的镜像寻找属于越剧的曾经。在那些朗朗上口，好听好唱的旋律中回望一个世纪的越剧，一个越剧的世纪……

【黑　场】

第一集　1906 年越剧诞生

【解说词】公元 1906 年，大清光绪三十二年。三月初三清明节，宫里的戏已经连演了好几天，慈禧太后痴迷二黄，每年的这一天都要去听戏。徽班进京已经百余年了，从一个乡村草台班子，到大清朝的皇家戏班，徽班达到了辉煌的顶点。只是这一天，谁也不知道慈禧太后会点哪儿出戏。这一天的浙江嵊州东王村，清明时节雨纷纷。在说书艺人李世泉家隔壁的香火堂前，村人用四只稻桶和两副门板搭起了一个简易的戏台，也就是俗语说的“草台”。

【照　片】《同光十三绝》［清］沈蓉圃绘

【字　幕】嵊州东王村香火堂

【解说词】在那个雨意的春天，东王村要演戏文的消息被传得沸沸扬扬，在此之前，李世泉和他的搭档们，不过都是些落地唱书的艺人，不知道如何走台步、放身段，甚至连一件甩一甩水袖的戏服也没有。在宫中听戏的慈禧太后已风烛飘摇。这个统治中国四十年的女人72岁了。六年前，八国联军攻入了京城，一屁股坐到了乾清宫的宝座上，大清国的皇太后和皇帝陛下，只好仓皇西逃。六年之后，慈禧太后依然是紫禁城的主人，戏又要开演了。只是屈辱的战争赔款高达十几万两白银，国库早已空空如也。雨一直在下，嵊州东王村香火堂前的戏文从下午演到了晚上。先是两出招揽观众的戏，《十件头》和《倪凤扇茶》，而后是正本戏《双金花》。戏演完夜已深了，乡人们还久久不愿散去，他们向演员提议，明天再演两场。多年以后，越剧在追溯自己的历史时，把光绪三十二年三月初三（1906年3月27日）东王村几个说书人的这次粉墨登场，作为它的第一次正式亮相。

【黑　场】

【片　花】

【字　幕】第一集 1906年越剧诞生

【黑　场】

【解说词】我们对百年越剧的追溯，是从2001年开始的。

【字　幕】丁一　越剧史研究者

【同期声】这就是1906年越剧诞生地东王村香火堂。这里是香火堂的旧址，当年的演出正是三月初三清明节，舞台用稻桶门板搭在这个门口，观众就在这个空场地上看戏。当年演员有六七个人，其中有一个是东王村的李世泉，这就是李世泉的厨房。

【解说词】2006年，东王村香火堂已经“修旧如旧”。而100年前的越剧又是一番怎样的面目呢？

【字　幕】李世泉（生卒年月不详）嵊州东王村人　嵊州马塘村

【同期声】当年演戏文的李世泉是个四乡有名的落地唱书传人。而落地唱书，被称为越剧的前身。据说是由嵊州马塘村农民金其炳在咸丰元年（1851年）一手创立的。在嵊县志的记述中，一百多年前的马塘村，是嵊县西部有名的“粮仓”，不过村里的地都掌握在外村地主手里。本村的村民大多是无地的佃户。19世纪中叶已是大清帝国的晚期，从鸦片战争开始，中国就再也没有平静过。即使僻处浙江山区的嵊县也没能成为世外桃源。晚清时，盗贼蜂起，苛捐杂税五花八门，又连续碰上百年一遇的自然灾害，弄得民不聊生。依县志的说法，同治三年（1864年）至六年（1867年）豪雨成灾。同治八年（1869年）四月，洪水横流，坏田地无数。光绪十五年（1889年）七月，曾留下过李白等几百位唐朝诗人身影的剡溪，暴涨二十余尺，田地尽淹水中。庄稼颗粒无收，嵊人只好出门去吃“百家饭”，也就是沿门乞讨。乞讨的人太多，单纯的伸手要饭没有技术含量，混个温饱都难。自小便喜欢唱山歌的嵊人，无奈之下信口唱起了自编的顺口溜。

【字　幕】《早期沿门唱曲调》张荣标 越剧男班最后一位艺人

【同期声】八字墙门朝南开，元宝滚圆滚进来，田地买一千，良田十八亩，家里屋里红妆媳妇讨几位，都是讨讨好的，哪里有这种事情的。

【解说词】这种即兴的演唱通俗易懂、生动风趣，主家一时高兴，往往会给一块年糕，几只粽子的恩赐。这些沿门唱歌乞讨的嵊人，就被称为“讨饭佬唱年糕”。

【字　幕】周大风 音乐家

【同期声】农民一边种田，春节以后就跑到外面去（沿门唱书），夏天的时候也跑出去赚钞票，就是“农忙三季不如外面一季”。

【解说词】当年这些“讨饭佬”唱得最多的，旋律最优美的，就是马塘村农民金其炳所创的“四工合调”。嵊县甘霖镇马塘村，清咸丰年间，金其炳只是村中一个再普通不过的农民，但他颇有些艺术天赋，会唱民间小调，在乡人中有点儿名气。

【字　幕】《四工合调·蚕姑娘》

【同期声】金姑娘来银姑娘，姐妹双双同商量。要到灵隐天竺去烧香，姐点蜡烛妹点香。点起蜡烛闹洋洋，点起香来是喷喷香。四合合尺工上尺格工六尺工上四嘀格合。

【解说词】这就是金其炳所创的“四工合调”，越剧的基本旋律，他只是把跟随自己学唱的徒弟们编排成了一个有领唱、有帮腔的“合唱团”，取《萧经》中的“四工上合尺”五个字，作为尾声衬字来帮腔，从而成就了越剧音乐的“长江源头”，而金其炳本人也被尊为越剧的祖师爷。

【字　幕】丁一　越剧史研究者

【同期声】1957 年的时候，嵊县召开了一个老艺人座谈会，座谈会上大家讲到了落地唱书的起源。落地唱书的起源，必定要讲到祖师爷金其炳。

【画像】金其炳（生卒年月不详）嵊州马塘村

【同期声】金其炳的徒孙金文潮就说：“落地唱书是我们的师公化出来的。”我们理解这个“化出来”就是“创造出来”。

【字　幕】2001 年·马塘村金氏后人家中

【解说词】在嵊州马塘村，金氏一族的后人金老虎家中还保存着《金氏宗谱》，或许在其中可以找到有关于金其炳这个越剧祖师爷的蛛丝马迹。

【同期声】这是我们金家最早的一个太公。

【解说词】在《金氏宗谱》中有明文规定：“无故做戏，酒筵用唱妇者，罚银一两。”但让我们感到非常意外的是，族谱里找不到金其炳一丝一缕的痕迹。他好像只是生活在人们的想象中，生活在越剧的空气里。对于这件事情一般的解释是，旧时在嵊县的坊间有“三子”之说：戏子、婊子和当兵吃粮的“粮子”。这三种人都是“下三滥”的货色，是万万不能写入族谱，请进祠堂的。另外还有一种戏剧化的说法，说金其炳祖上不过是金姓一位大户人家的外姓用人，因与主妇日久生情，生下了他们这一支血脉。尽管后来也改姓金，但终究不能名正言顺。这样的故事正好适合民间演义。有关金其炳的身世，是不是唱书人张口就来的传奇，现在已经无从判断。金其炳开创了“四工合调”，并根据流传在嵊地的民间故事和传说改编了一批情节简单的小戏唱段。最初是沿门卖唱乞讨，后来也会被请到屋内的堂前唱上几段。不过，竞争也随之而来。有时在同一个村庄，同时出现好几副唱书班子。唱的人多，听的人少，也赚不到钱了，嵊人纷纷改行。眼看着越剧还没诞生就要夭折在摇篮中。此时，一个挑着补鞋担子的年轻人却把这副唱书的担子挑了起来。

【字　幕】嵊州马塘村·金和林老屋

【解说词】他叫金和林，嵊州马塘村人，是金其炳的关门弟子。金和林那副大名鼎鼎的鞋匠担子，早些年马塘村健在的老人大多见过。补鞋生意清淡时，金和林偶尔也去茶馆听听唱书，结交了不少唱书艺人。他渐渐发现补一个月的鞋，还不如唱一场书钱来的多。因此，师从金其炳，下海唱书，并改名金芝堂。据说，他能“三个月不唱回头书”。

【字　幕】马塘村村民

【同期声】我们听老人说的，灿佬的爷爷就是金芝堂，被称为“无书不晓”。

【字　幕】金芝堂后人

【同期声】

“这就是金芝堂的老屋。这就是我太太公的老屋。”（金芝堂后人）

“那你的爷爷是谁？”（马塘村村民）

“我的爷爷就是金灿佬”。（金芝堂后人）

【解说词】一时间“唱书”的范围从农村逐渐扩展到了城镇。金芝堂和他的伙伴主要在余杭、临安一带唱书，还颇受欢迎。后来就有了精明的茶馆店老板，摆了一桌实惠的酒水，说服金芝堂等人留下来。1889 年的一天，金芝堂在茶馆里听了一段“湖州三跳”。

【字　幕】《湖州三跳》

【同期声】一位姑娘轿里待，两人抬轿齐动身。三塔寺里还香愿。

【解说词】就是这样的一段“湖州三跳”，让金芝堂突然间悟出了唱书新腔“吟嗄调”。从那里金芝堂编出了《双珠凤》、《珍珠塔》、《玉连环》等一些中长篇书目。开始使用一桌两椅和一些小型道具，并增加了表演性的动作，越剧开始从“沿门唱书”，发展到了“走台书”。

【字　幕】余乐 越剧史研究者

【同期声】湖州三跳在湖州那一带流行。一首曲艺音调，普遍的说唱音乐特点它是讲的，就像说话一样。我们这个四工合调，这个音调像木鼓风（机）那样，音区偏高，唱长本书目有很多的困难。怎么办呢？正好湖调的这个曲调，音区比较低，适合于长本书目的表演。所以（吟嗄调）吸收了这个特点。

【解说词】“吟嗄调”的出现，使金芝堂成为了越剧史上又一位祖师爷式的人物。正是他和金其炳这两代人的继承和开拓，使越剧的出现成为一种可能。

【片　花】

【字　幕】百年越剧

【黑　场】

【解说词】今天我们把越剧的诞生定格在公元 1906 年农历三月初三东王村的那一次演出。其实在这之前，越剧还有过两次试演。一次在於潜，一次在余杭。这两个浙江境内的富庶之地，一直是嵊县落地唱书艺人云集的地方。光绪三十二年（1906）二月，东王村的李世泉正好到於潜唱书谋生。就在外伍村河边的一家小客栈里，他和高炳火等嵊县南派艺人不期而遇。一天的唱书结束后，有村民提议让他们像戏班子一样演出戏文看看。面对乡亲们的盛情，艺人们无法推辞，只好硬着头皮答应了下来。

【同期声】正门朝那边的，这个房子的墙还没有拆掉。

【解说词】这就是当年於潜乐平武状元程家的老屋旧址。

【字　幕】程家后人

【同期声】当时就是四只稻桶，门板搁在上面，就做戏了，这个就是叫做“程家厅”。当时村里这个厅最大。随便什么做喜事，跳龙灯都要先到这里来的。

【解说词】一百年前，越剧在外伍村有了第一次试演。当时的艺人们演出了《十件头》等小戏，和《赖婚记》中的一段。

【字　幕】陈明水 越剧演员　陈国良 作曲家

【同期声】“当时的《十件头》是这么唱的。就请他们俩唱给大家听一听。”“我们今天两个人唱一当初很原始的越剧。那个时候也没有乐队，也没有锣鼓，就是清唱的。用自己的唱用嘴巴伴奏的。那么我们两个就把当初怎么唱的，唱给大家听听，可能不太好听啊。但是是这么唱的。”

“哎呀情哥哥，你我情意是长久，愿郎勤劳人忠厚，劝哥不贪非礼财，莫做贼人当小偷。”

“情妹妹，我家穷人穷志不穷。绝不做无耻三只手。不义之财我不求，请妹放心别担忧。”

【解说词】在当年的李世泉、高炳火等南派艺人看来，那样的一次演出像是一出闹剧，加上清明将致，艺人们都惦记着回家撒谷子插秧了。所以没等到天亮，他们就悄悄的离开了这个小村庄。但这次演出的消息很快就传到了北派艺人的耳朵里。同样是嵊县的说书艺人，怎么还有南北之分呢？这其实是由光绪十年的一起案件引发的。

【字　幕】余杭方井街

【同期声】当时在余杭县方井街的岳阳楼茶馆，嵊帮艺人和杭帮艺人为了争夺演出场地，发生了争执，引发集体斗殴。当时嵊帮艺人的领袖金芝堂被关进了大牢，官司一直打到杭州府衙门。在这次事件中，剡溪南边的艺人却一直袖手旁观，嵊县说书艺人由此分裂。在以后很长的一段时间里，以剡溪为界南北两派“井水不犯河水”，暗中却互相较劲。

【字　幕】余乐 越剧史研究者

【同期声】(两派）一个南一个北。南派艺人多在昌化那一带（唱书谋生)，北派艺人在杭嘉湖平原比较多。由于两派地域不同，居住地点不同，演出场所不同，长期接触的观众对象不同，他们的剧目也就分裂了。所谓“南记北图”逐步产生了声腔上的不同。

【字　幕】北派代表剧目　南派的原始唱本

【解说词】嵊县南派艺人完成了越剧的第一次试演。北派艺人自然也不甘示弱。一百多里外的余杭县陈家园，北派艺人早就跃跃欲试，也要演一出戏文。

【字　幕】余杭陈家园

【解说词】当年，相来炳、马潮水等北派艺人就住在当地财主陈锡龙的家里。

【同期声】(越剧史研究者　丁一)“这是当年（陈锡龙家）的老台门。还有这么点东西遗留下来。”

(余乐)“这个老房子里面有五间吧？”

(当地村民)“五间，五间四厢。这个四厢有人家的六厢那么大，有几间蛮大的。”

“当时我们嵊县来的（唱书人）是在你们家歇脚的。一宿两餐，是你爷爷（陈锡龙）提供的。那次就听到外地好演戏了。於潜乐平外伍村将唱书搬上台了，当时（北派艺人）中有个马潮水，就认为人家可以演，我们也可以演。马潮水的师父就打了他一个巴掌。说：‘你小孩子懂什么？唱书是唱书，演戏是演戏，演不来的。’这时候你爷爷（陈锡龙）就说：‘你打他巴掌干什么，演演看又怎么样？演得不好就不好，演得好就好呀。’演的什么戏呢？

演的《珍珠塔》。"

（当地村民唱）"珍珠房屋无福住，母亲与我两个人……"

【解说词】此时的艺人们并不懂得唱书与演戏的差别。仅从"方卿别母"到"九松亭赠塔"，就演出四个半小时。村民们看得心烦意乱。纷纷回家吃晚饭了。无奈之中，北派艺人只得草草收场，结束了越剧正式诞生前的第二次试演。光绪三十二年（1906 年）三月初三，东王村香火堂前，越剧的第一次正式亮相让乡亲们兴奋不已。第二天，演出场地移到了村口的大樟树下。

【字 幕】丁一 越剧研究者

【同期声】当时舞台就搭在那个地方。这个时候的观众来自四邻八村，相当多，演出反应也是相当好。第二天就在这里演出。这次演出以后越剧的第一副小歌班就正式成立了。越剧也就此诞生了。

【解说词】戏服是从庙里菩萨身上借来的。鹅蛋粉当水粉，红纸蘸水代替胭脂。开场的锣鼓就要响了。这时候却起了一点风波。镇里负责治安的团练，以朝廷禁演"鹦歌淫戏"为名，派团丁来抓戏子。这时候，是一个叫李海法的乡坤出手挽救了越剧，使东王村的戏文得以继续演出。据说他是个革命党人。光绪三十二年（1906 年），嵊县所在的绍兴府，活跃着革命党人神秘的身影。两年前成立了光复会，会长就是绍兴府的翰林进士蔡元培。鲁迅也是其中一员。

【照 片】蔡元培 鲁迅 秋瑾 章太炎

【解说词】依然是光绪三十二年（1906 年），光复会会员秋瑾回到了绍兴，在明道女学代了几天体育课。一生三入牢狱的国学大师章太炎也在这一年出狱，他去了日本，主编同盟会会刊《民报》，在《民报》上发表了同盟会会员朱执信翻译的《共产党宣言》中文节译本。而戊戌政变中逃脱的康有为游历西方归来，写就《法兰西游记》开始倡导革新。光绪三十二年（1906 年），浙江嵊县的一个小山村里几个说书艺人的粉墨登场意外的结出了一枚鲜艳的果实。而李世泉和他的伙伴们只知道，无论是唱书还是演戏，都仅仅是为了养家糊口。他们也想不到，当他们放下锄头高歌的那一刻，竟会开创一种百年传承的戏曲。

第二集 1917 三闯上海滩

【片 头】百年越剧

【黑 场】

【解说词】在中国戏曲中京剧男角当家。以梅兰芳为首的四大名旦闻名遐迩，越剧却没有一个后世流芳的男艺人。20 世纪 80 年代，越剧小生赵志刚惊艳登场，引起越剧迷一片掌声的同时，也引起越剧迷的疑问：越剧还有男人演的吗？其实百年越剧史，最初的二十年，是男人的天下。当年还叫小歌班，正是他们三闯上海滩，打下了越剧的江山。

【黑 场】

【字 幕】第二集 1917 三闯上海滩

【解说词】1917 年也就是民国六年，五月的天气已经有点炎热了。上海十六铺码头新化园茶馆，正在上演《申报》广告上称的"绍兴改良戏"。这一天是 1917 年 5 月 13 日，一个在越剧史上烙下深深印痕的日子。小歌班首次在上海滩登台亮相。走出嵊县的小歌班，在一路换船、坐海轮从宁波抵达灯红酒绿的十里洋场前，早已红遍了浙江大地。

【字　幕】嵊州·剡溪

【解说词】光绪三十二年（1906年）清明节，越剧在东王村初试啼声，生动的剧情、风趣的语言和乡土化的表演，为那些半路出家的说书艺人迎来了阵阵喝彩。越剧的出世太匆忙了，匆忙得连名字来不及取。当第一个越剧戏班“钱景松李世泉戏班”在周边乡村演出时，只得借用名声在外的绍兴大班，称自己为“小歌班”。即使在今天的嵊州乡下，一些老人还是习惯地称越剧为“小歌班”。

【字　幕】丁一 越剧研究者

【同期声】小歌班1906年诞生以后，遭到地方反动的保安团的压迫。要抓要捕要禁止，却受到群众的热烈欢迎。群众欢迎的话呢，你这个官府来抓，群众会保护。你这边抓他到那边演，那边抓到这边演。

最初，小歌班作为“鹦歌淫戏”被官府禁过。有些胆小怕事的艺人，就“改邪归正，浪子回头”回家种田了。然而，在家农忙三季，不如外出一季。嵊人很快发现小歌班有钱赚，就纷纷仿效。不到两年时间，剡溪两岸竟冒出两百多家小歌班。

【字　幕】丁一 越剧研究者

【同期声】当时嵊县落地唱书艺人很多。李世泉、钱景松、高炳火他们这个戏班开始演戏了以后，感觉都比自己唱书来得好。其他人纷纷仿效高炳火、钱景松、李世泉他们，七八个人组织一个戏班演戏。

【解说词】1907年，有一家小歌班被人买下，在嵊县药王庙开戏馆，天天演出。这家戏班里有钱景松和高炳火两个越剧创始人，他们都是东王村演出的主角。

【画　像】高炳火（1879－1956）嵊县甘霖塘下村人

【解说词】小歌班自此有了后台老板，即戏班领班。演员向后台老板领取包银，戏班为他演戏。后台老板通过戏班赚钱，这个影响越剧以后几十年发展的“后台老板制”把越剧带向了商业化，也带来了最初的辉煌。此后，小歌班越走越远，从嵊县到绍兴，再到浙江各州府。最后在1917年开始闯荡上海滩。

1840年的鸦片战争，使一向以天朝大国自居的清朝一蹶不振。在那次战争中，清朝失去了香港，也被迫开放了包括上海在内的五个通商口岸，即所谓的“五口通商”。

【字　幕】电影《林则徐》资料

【解说词】古老神秘的中国吸引着各国的淘金者和冒险家蜂拥而来，而海运的发达，让上海成为外商进入中国的码头。在当时乡下人的眼里，上海滩的十里洋场充满着神秘和诱惑。这里仿佛有遍地黄金，一夜暴富的故事，在浙江的乡间流传。对小歌班来说，当年绍兴府最流行的戏曲绍兴大班在上海滩的成功，更是令他们眼红。

【字　幕】张荣标（94岁）　越剧男班最后一位艺人

【同期声】（张荣标哼唱）小歌班上八府演到下三府，人人爱看人人留。三起三落闯上海，打开的局面沿街头。逐渐局面来打开，绍兴文戏彩名留。

【解说词】1917年4月，田里的秧苗刚刚返青，嵊县新市乡，上碧溪村的袁生木家里，聚着一批小歌班的艺人，他们刚刚抹干腿上的泥水，便做起了去上海闯天下的美梦。他们认定，只有去这样的大码头，才能打响小歌班的旗号，赚回白花花的银两。

【片　花】第二集 1917 三闯上海滩

【解说词】嵊州人闯荡十里洋场，在 20 世纪 20 年代不在少数。这可能和他们勇敢剽悍的性格有关。翻开清末“光复会”的花名册，就能知道其中的端倪。在这份花名册中，有名可查的嵊县硬汉就有一百多条。追随“辛亥革命”的斗士更是数以万计。

【字　幕】秋瑾 徐锡麟

【解说词】辛亥革命以后，嵊县的各路好汉涌入了上海滩。光复会会员俞纪春，是嵊县中南乡苍岩人，曾与秋瑾、王金发一起闹革命。辛亥革命后，在上海滩十六铺码头，开设镜花园戏馆，演出绍兴大班。

【字　幕】周大风 音乐家

【同期声】当时有个人叫俞纪春是个老板。俞纪春也是个嵊县人，新昌人，组织了一个戏班子。当时出了几个名演员：王永春、支维永、张云标这批人。

【字　幕】越剧早期男班艺人录音《相骂本》　张瑞丰 张雪芳演唱

【同期声】

【解说词】从清同治元年（1862 年）十六铺码头开设以来，这里一直是上海繁华梦开始的地方。走下轮船的小歌班艺人，挑着几口简单而又粗劣的行头箱和装有唐明皇画像的豆腐皮担子，踏上了熙熙攘攘的上海滩。俞纪春接待了这帮为淘金而来的嵊县老乡，把他们推荐到十六铺码头的新化园茶馆演出。

【同期声】（越剧早期男班艺人张瑞丰、张雪芳演唱《相骂本》录音）

单春猫、勿是单春猫，双春猫、勿是双春猫，哪里会变金丝猫啊，一点勿错金丝猫。

【解说词】几乎和小歌班同时，后来的文学大师周作人也离开了绍兴。

【照　片】周作人　鲁迅　陈独秀　蔡元培

【解说词】他手执蔡元培的一纸请帖，去北京大学教书了。在那一年，鲁迅也受蔡元培之邀，做了北大的兼职教授。在周作人之前，陈独秀也从上海去了北京，被刚刚上任的北大校长蔡元培礼聘为文科学长。陈独秀把他主编的《新青年》杂志也搬到了北京。纸醉金迷的上海滩也许不适合一本有思想的杂志，却是戏曲的乐土。过去的戏班有一句话叫：“北京成名，上海赚钱。”京剧的四大名旦都是从上海滩开始发迹的。

【照　片】1913 年 · 梅兰芳在上海；王凤卿 梅兰芳剧照；尚小云

【解说词】1913 年，京剧名旦梅兰芳作为二牌青衣，随汪派传人王凤卿第一次南下上海。在丹桂舞台作了第一台演出，每月包银为 1800 元。

1915 年，刚刚在北京《国华报》举办的菊选中以 18 万多票荣膺“童伶博士”的京剧名旦尚小云，也应天蟾舞台之约只身闯进上海。

与京剧名伶的载誉而归不同，第一次闯荡上海滩的小歌班，遭遇了最差的结局，卷起铺盖回家。

1917 年 5 月 13 日，袁生木的小歌班在新化园茶馆上演“绍兴改良戏”。据当日的《申报》广告可知，这一天演出的有反映农民生活的小戏《拣茶叶》和全本《蛟龙扇》。为了刊登这条广告，茶馆老板杨培钦还是花了些银子的。新化园茶馆位于南市十六铺码头九亩地的新舞台原址，当时只是一个草棚，有 200 多个座位，离茶馆不远处就是著名的宁绍码头，是浙江宁波、绍兴两地人聚居的地方。这是小歌班艺人进入上海后的第一个演出场地。

【字　幕】周大凤 音乐家

【同期声】上海他们吃瘪了。上海是人文荟萃的地方。各种地方戏集中在上海。

【字　幕】张荣标（94 岁）越剧男班最后一位艺人

【同期声】男班那时候丝弦家什是没有的，全是清唱的。清唱一唱起来么，呤嗄调一起来嘛，上海人走掉了。这种是什么戏？我们没有听过，听不懂。就走掉了。

【同期声】（周大凤）草棚舞台嵊县人看，稍微有点点生意。

【解说词】从乡村起家的小歌班，这一次面对的是见过大世面的上海观众。尽管演得非常卖力，但观众的哄笑声也不绝于耳。挑剔的上海观众，根本不买这些乡巴佬的账。尽管不断变换剧目，又有不少嵊县老乡捧场，但场面依然惨淡，迎接他们的不是鲜花、掌声和白花花的银子，而是杨老板那张拉长了的脸。

【字　幕】越剧早期男班艺人录音《双珠凤·送花楼会》支维永演唱

【同期声】“霍兴送花上楼门，他是一个有功人。待我唤叫小秋华，要下楼去炊香茗。”

【解说词】在观众长达 27 天的嘘声中，一些艺人用变卖行李换来的几个铜板，买了回老家的船票。

【字　幕】张荣标（94 岁）越剧男班最后一位艺人

【同期声】我师傅说起来连铺盖也卖掉，做盘缠回来的。那我师公相来炳说，回来是为了有口气重来。男班一定在上海打出一个局面来。乡下人是有个老规矩：我哪怕铜钿东西全部卖光，要去打出来。那么师公有这个决心。赵三凡、卫梅朵、刘天荣这班人说，师傅有这样的决心，我们东西卖光也要去。

【解说词】消息传回了嵊县，倔强的乡人死活咽不下这口气。一个名叫“梅朵阿顺”的小歌班站了出来。他们要赶在“袁班”惨淡收场之前，为嵊县人挽回面子。

【照　片】卫梅朵（1890 - 1931）嵊县崇仁绕溪村人

【解说词】这个由卫梅朵、马阿顺率领的戏班，终于赶在“袁班”退出前赶到了上海，并在“袁班”停演的当天，在河南路观音阁码头的镜花园戏馆登台亮相了。“梅朵阿顺”班租用了绍班的全新行头，还邀请绍兴名角同台献艺。他们使尽了十八般武艺，吸引了众多“宁绍帮”的观众，生意日渐红火了起来。戏班也由此一分为二，在镜花园戏馆和新化园茶馆两地演出。

【字　幕】张荣标（94 岁）越剧男班最后一位艺人

【同期声】卫梅朵的性格，人是很慈善的。但是不服气的时候，一条命拼起来也要来的。就是这样的人。

【字　幕】丁一　越剧史研究者

【同期声】卫梅朵，他不仅能演正旦，演闺门旦，他也能演小家碧玉。（丁一）

身段也漂亮，唱腔也好。（张荣标）

梅朵阿顺他们这副戏班出去演出，观众晓得他们要来演出么，大家都要赶去看戏。大家去看戏么，就是这个戏馆挤得满满的啦。那时候落雪天，大雪的冰冷天，挤得满满的，观众不觉得冷，反倒会出汗。（丁一）

【解说词】卫梅朵锐意革新，聘请文人编写新戏，创演连台大戏。可不管戏怎么红火，钱都被后台老板赚去了。卫梅朵不甘受气，与艺人们一商量以后，要废除后台老板，成立自己当家作主的“兄弟班”，结果和戏院老板发生冲突。卫梅朵不得不离开上海滩，许多艺人与卫梅朵情同手足，也随之而去了。在登陆上海八个月之后“梅朵阿顺”班人去戏散，越剧第二次闯荡上海滩无疾而终。

【片　花】第二集 1917 三闯上海滩

【解说词】1918 年的春节刚过，不甘受挫的卫梅朵再度萌发了去上海的念头。有了前两次的前车之鉴，这一回剡溪南北两派艺人捐弃前嫌，坐在了一起。卫梅朵望着南北两派四十多位名伶，济济一堂，一口喝下了满满一碗绍兴老酒。1918 年 4 月 12 日，农历三月初三，小歌班卷土重来。以卫梅朵、马潮水为首的艺人们正式演出于华兴戏园，挂牌为“浙绍著名客串班”。

【照　片】卫梅朵戏装照；越剧早期男班艺人合影

【解说词】这一天，也是越剧诞生 12 周年，演出了全本《双金花》。一部南派艺人在於潜试演时演过的戏，作为生日的纪念。此时演员的表演技巧日趋成熟，剧目又符合观众的胃口，尤其是突破了嵊县方言不易被上海观众听懂的语言障碍，票房收入一直居高不下。16 年后，高亭唱片公司为越剧男班艺人楼天红和小月红，录制了《双金花》中“大堂认妻”一场戏。我们现在听到的正是这张越剧灌录的第一张唱片的录音。

【字　幕】越剧第一张唱片《双金花·大堂认妻》录音 越剧早期男班艺人楼天红、小月红演唱

【同期声】“为何告到武昌声城，王爷听我从头诉，为之狗官不清正。”

【解说词】还是在 1918 年，越剧创始人之一的马潮水，做了一件对于越剧影响深厚的事。这个影响，这个影响一直延续到 1954 年。

【照　片】马潮水（1885－1974）嵊县马仁村人

【字　幕】越剧电影《碧玉簪》资料（1962 年摄制）

【解说词】一出由金采凤主演的传统戏《碧玉簪》大获成功。这出戏正是在当年马潮水等人改编的《碧玉簪》的老本子上经过加工而成的。马潮水他们改编的惊人之笔，是把故事的悲惨结局，改成老百姓喜欢的“善恶终有报”的中国式的大团圆结局。让新科状元王玉林跪倒在发妻李秀英的面前，低头赔罪认错，这让那些海派的新女性们笑逐颜开了。男人在女人面前下跪认错，这是过去戏文里从来没有见过的。这种《新青年》杂志，极力鼓吹的新思想，意想不到的却在新文人们还不屑一顾的越剧身上得到完美体现。而由北大教授们发起的“五四”新文化运动，还要一年以后，才会在北京引爆。1918 年 7 月 20 日，这是越剧史值得书写的日子。那些崇尚海派文化、眺望西方世界，口味十分挑剔的上海小姐和夫人们，聚集在位于闸北新疆路北公益里东首那座嵊县乡下人演戏的华兴戏园里。她们从开始时的漫不经心，中途时的哭哭啼啼到最后哭着、喊着，将戒指、耳坠抛上舞台，抛给了这帮她们原本瞧不起的乡下艺人。就在这个瞬间，小歌班的艺人心花怒放了。他们终于在十里洋场站住了脚跟。

【字　幕】丁一 越剧史研究者

【同期声】没有剧本怎么办呢，就自己创。马潮水经常夜里戏演下来，第二天他就跑书

摊了。跑各个书店，书店里去找适合演戏的传书宝卷。

【字　幕】张荣标（94 岁）越剧男班最后一位艺人

【同期声】男班在上海演出《碧玉簪》的时候，演的好几场戏，像《碧玉簪·送凤冠》这段戏，下面奖赏抛上去，银洋钱也抛上去，手链条也抛上去。

【字　幕】裘云飞（92 岁）浙江越剧团原舞美师

【同期声】男的演这个《碧玉簪》啊，在家乡也是很有名的。所以这个戏到现在为止，还是传统剧目。

【解说词】《碧玉簪》的成功，使艺人们第一次分到了沉甸甸的红包。他们悟出了这个赚钱的道理，为此特地花了些银两，郑重其事地聘请了越剧史上的第一个编剧，他的名字叫俞龙孙。

【照　片】俞龙孙（1895－1991）嵊县城关镇人；杨小楼；尚小云；荀慧生

【解说词】1919 年 9 月上海天蟾舞台请京剧名伶杨小楼组班南下，老生谭小培，青衣尚小云，刀马花旦是唱梆子的白牡丹荀慧生，时称“三小一白下江南”。“三小一白”9 月 9 日在天蟾登台，演出极为轰动。其他剧院纷纷动足脑筋争取观众。

【照　片】越剧男班名生 王永春剧照

【解说词】在上海站稳了脚跟的小歌班，在民兴茶园和第一戏院两处演出。小歌班定位准确，剧目精彩，尽管包银和京剧名伶不能相提并论，却也是一样的热闹。

【照　片】越剧早期男班艺人录音《孟丽君·游上林苑》王永春演唱

【解说词】得了实惠，赚了名声的华兴戏园老板周鳞趾，亲自游说当地的富商，将戏院翻盖成三层楼，正式命名为“升平歌舞台”，这家戏院成为第一个专供越剧演出的戏院。

【照　片】施银花（1910－1984）嵊州施家岙村人；赵瑞花（1912－1982）嵊州孔村人；屠杏花（1913－1989）嵊州江东村人

【解说词】1924 年 1 月，嵊县的第一副女子戏班进沪，著名越剧表演艺术家施银花、赵瑞花、屠杏花也是在这里，首次与上海观众见面的。

【字　幕】裘云飞（92 岁）浙江越剧团原舞美师

【同期声】他们自己没有家底的。绍兴大班都有一套程式的，京剧我们国家的国粹，它都有一套表演程式的动作。越剧白手起家，什么基础都没有的。他们要到上海立足立下来。就要不断去吸收，向绍剧学习，向上海京剧学习，向什么剧种都去学习，所以它能够成长起来。在上海能够立脚立下来。

【解说词】此时的艺人们感到“小歌班”这个名字，实在太小太土了，因为他们已经可以进入了中国最大的游乐场，上海的大世界里演出了。为了这个名称，艺人和戏迷颇费了一番脑筋。最后由大世界老板黄楚九拍板，选用了马潮水提议的“绍兴文戏”这个称呼。此后一直沿用了十几年。史称“绍兴文戏”时期。至此，越剧男班艺人们前仆后继，三闯上海滩，终于使越剧的旗帜飘扬在了十里洋场。这是一个彪炳史册的时刻。就在小歌班行情不断看涨，包银直线上升时，有一个人却显得忧心忡忡。他就是那位说戏师傅金荣水。

【照　片】金荣水（1879－1957）嵊州马塘村人

【解说词】不久后的一个黄昏，他和在上海“升平歌舞台”当前台老板的嵊县人王金水匆匆登上了去宁波的客轮，悄悄的离开了上海滩。他们为什么要放弃这灯红酒绿的荣耀？他们在想些什么？在当时，成为了一个谜。

【黑　场】

【片　尾】

第三集　1923 女子科班

【片　头】百年越剧

【黑　场】

【解说词】曾经为了偷艺花四五天的包银去买梅兰芳一张戏票的小歌班，在窜红上海滩之后，却很快就销声匿迹了。一夜成名，对嵊县乡下的男艺人们来说，可能是致命的。他们沉溺在上海滩灯红酒绿的生活中，沉醉在手戴 10 个金戒指的荣耀中，再也无心唱戏。没几年过去，各个戏院纷纷摘下小歌班的招牌，越剧刚刚在小海滩闯出一点薄名，又一次面临夭折。

【黑　场】

【字　幕】第三集　1923 女子科班

【解说词】1923 年春天，国共两党在苏联特使牵线下，第一次携手合作，在上海开始了“国民革命”。上海滩歌舞升平，而两个小歌班的元老，说戏师傅金荣水和“升平歌舞台”前台老板王金水，却匆匆离开上海滩回到嵊县。正是这一次，不为小歌班艺人理解的出走，在百年越剧史上写下了最精彩的一笔。他们创办了第一副越剧女子科班。科班里那些不经世事的小女孩在几年之后，男班艺人风云流散之时，树起了越剧的大旗，并一举改变越剧低下的地位，使它成为仅次于国剧京剧的地方戏曲。

【字　幕】嵊州·施家岙村

【黑　场】

【解说词】1923 年 7 月 9 日，农历五月二十六，龙虎日，大吉。在施家岙村陈明桂的老屋里，第一副越剧女子科班正式开班了。50 多个学员里，年纪最大的十三岁，最小的才九岁。

【字　幕】丁一　越剧史研究者　2001 年拍摄

【同期声】对的（就是这里）。1951 年、1956 年的时候，这里的金荣水师父，（就是）教戏师父给我说，他说二楼是她们（学员）睡觉的地方，铺地铺的。金荣水他有张木板床搭着睡的。这里学戏，堂前的竹凳太高，小姑娘够不着，所以用门板搭起来一个长长的小椅子，小姑娘就着小椅子学戏。

【解说词】办越剧女子科班的想法来自京剧。当时在南方，有京剧的“髦儿班”。

【字　幕】沈祖安 戏剧评论家

【同期声】京剧的髦儿戏是京剧到了南方以后，弄批小女孩子，嗓子好听。要吸引南方那些不熟悉京戏的人，好看。“髦儿”是满洲话，童花头，就是（泛指）不成年的女子，16 岁以下。

【解说词】王金水看到了京剧髦儿班的商机，随即和老乡金荣水一拍即合。一个想发财，一个对骄奢的男班艺人日渐失望，想借女班另辟蹊径。于是，两人回到了老家嵊县施家岙，开始招收第一副越剧女子科班。

【字　幕】第一副越剧女子科班招生告示

【解说词】王金水的招生告示早早地贴了出去，没想到却在施家岙，里里外外招来了一片骂声。尽管1919年的“五四”运动，在上海这样的城市已深入人心，僻处浙东的嵊县，也有波及，但女子学戏依然为族规所不容。

【照　片】王金水（1879－1944）嵊州施家岙村人

【解说词】王金水只好使出生意人的绝招，首先将自己的女儿桂芬送进科班，又苦口婆心说服内侄女施银花入科。

【字　幕】嵊州施家岙村·施银花老屋

【解说词】最后拍着胸脯告示父老乡亲们，学员的衣食住行全部由他负责。满师以后每人发一只金戒指，一件旗袍，一双皮鞋，并且还发给薪俸一百块大洋。

【字　幕】施家岙村村民

【同期声】当时出去干活儿，一个人才只有两角多钱。那如果这三年学戏，他们说能发给你洋钿，一只金戒指，一件旗袍，一双皮鞋。这一下听了，那好啊。当时我们村里一个是施银花，还有一个是王香芝。王香芝就是那个阿二伯伯的女儿。还有一个王桂芬就是王金水的女儿。当时告示一贴出去，女儿家学戏，人家要说闲话。有人就跟（王金水）说，你肯不肯让自己的女儿来学？那王金水结果就让自己的女儿王桂芬也入科了。别人一看他自己的女儿也在学了，其他就都来报了。

【解说词】族规早忘了，顾虑也抛到了脑后，嵊县各地领着女儿来报名的人，挤满了施家岙。

【照　片】金荣水（1879－1957）嵊州马塘村人

【解说词】教戏师傅金荣水挑选了50多名学员。这批女孩子是民国嵊县农村第一代不裹脚的女子，大字不识一个，从中却出了女子越剧第一批名伶：“三花一娟”中的两朵花：施银花和赵瑞花。

【字　幕】丁一　越剧史研究者

【同期声】金荣水师父，就把戏文抄成一片一片的，他叫单片。这样一片一片抄起来，交给每个小姑娘一个角色。然后他就口把口地教（内容）。教会了以后，再口把口地教唱。先要会读，要会背，然后再教唱，唱教好了以后，才能到门口的稻田里去串戏。然后还到金鸡山去请了一个行头师傅来，会做行头的。这个人请来了做帽做戏服，（科班）就是这样操办起来的。

【解说词】在成立了三个月之后，施家岙女子科班迎来了第一次“串红台”，也就是“彩排”。她们演的是折子戏《双珠凤》。登台的是施银花、屠杏花、马秋霞和俞菊英。这一次彩排就是女子越剧的开端。施家岙村陈明桂的老屋，由此成为女子越剧的诞生地。

【黑　场】

【字　幕】第三集　1923女子科班

【解说词】施家岙女子科班“串红台”的成功，使得王金水喜上眉梢，他急着要捞回投资。1923年年底，就带着这些学艺才几个月的黄毛丫头，水陆并进，闯荡上海滩了。

【字　幕】《方玉娘祭塔》唱段 施银花演唱（三十年代录音）

【同期声】“上宝塔里第一层，开了一扇窗来一扇门。”

【解说词】就在王金水曾经当过前台老板的“升平歌舞台”大门口，高悬起了“髦儿小歌班”的招牌。演员名字前面全部冠以“赛”字，用金荣水的话说，“我们就是来和男班比赛的。”

【字　幕】张荣标（94岁）越剧男班最后一位艺人

【同期声】金荣水师父原来（在男班）是唱大面（武生）的，他不是唱小生、唱小旦的。他有些动作蛮粗糙的，但是哭调教得很好。那女班（到上海）上台后，上海观众吃了一惊，女人会演绍兴文戏？有这样的事情？大家都去看看。

【解说词】和男班艺人初闯上海滩一样，施家岙的“髦儿小歌班”也遭遇了滑铁卢。前两天观众好奇，还有一些人头。可几天下来，稚嫩的演技，粗糙的行头，使得票房急剧滑坡，“升平歌舞台”摘牌了。王金水只得率领戏班转到小茶楼里演出。辗转演出了几个月，但终是无力回天。

【字　幕】嵊州施家岙村·绳武堂

【解说词】女班悄然回到嵊县，但没有想到，在施家岙，她们却仿佛是衣锦还乡的英雄。老族长破例为女班开放了“绳武堂”，让她们在祠堂的万年台上杀鸡祭台，为村民们免费演戏。演出的那天，全村男女老少倾家出动，其情景与沪、杭遭遇的冷落，竟然是两般天地。后来号称“花衫鼻祖”的施银花，唱着唱着就泣不成声了。

【黑　场】

【解说词】在军阀混战的20世纪20年代，女班在乡间的演出，常常被政府军警以“淫戏”为由，不是禁，就是抓。一次在嵊县乡村的演出，警察突然出现，指名道姓要抓施银花和屠杏花。她们在金荣水掩护下，藏在戏箱中才逃过一劫。而正是在这样东躲西藏的乡村演出中，施银花开创了女子越剧的新唱法。

【照　片】施银花（1910－1984）嵊州施家岙村人；屠杏花（1913－1989）嵊州江东村人

【字　幕】王春荣（1892－1955）嵊州施家岙村人

【解说词】1925年，在杭嘉湖一带演出时，施银花与琴师王春荣合作，创造了质朴明快、抒情活泼的“四工调”。

【字　幕】《盘夫》唱段 施银花、屠杏花演唱（三十年代录音）

【同期声】“（施）为妻也有古人在，可晓得朱买臣五十当富贵。”

“（屠）你可知，周瑜七岁兵书看？九岁年间破江南？一十三岁封都督，为丈夫应当把书读。”

【字　幕】余乐 越剧史研究者

【同期声】因为戏曲音乐，从来没有“天上掉下个林妹妹”，它的发展是有规律的。从男班的四弦正调腔发展到四工腔，它的节奏比较完整了。从两句体向四句体发展了、丰富了，这是一点。还有就是它有叠板、重板，它还有转句，它这四个乐句不但有起，还有承转合，它这个四句体就出来了。

【解说词】女子科班找到了自己的音乐，开始超越男班，走向成熟。1928年，施银花一出师就嫁人了。此后，施家岙的女班艺人，也一个个成了家，人越来越少，只好散伙。这是

1929年的事。作为第一副女子科班，王金水创立的施家岙女班，看起来是惨淡经营，最后流于破产。但一些有生意头脑的嵊县人，发现除去所有的开支外，王金水还是赚了一票的。于是，第二代女子科班，又开始在嵊县兴起。

【片　花】百年越剧

【黑　场】

【解说词】1930年，一个叫竺均堂的生意人，纠集了一些志同道合者，合资入股，共筹得千元大洋，自己持股三成，在嵊县后山村白佛堂创办了“群英舞台”。

【字　幕】嵊州后山村白佛堂旧址

【同期声】这就是（白佛堂）的大殿，（当时的学员）有姚水娟、竺素娥、（还有）陈彩娟。以后就是魏梅照、筱少卿，都是在这里学的。这就是（群英舞台）的老地方。

【解说词】1930年的岁末，“群英舞台”入科不到一年的艺徒们就来到京杭大运河的终点：杭州拱宸桥登台演出了。在离桥不离的荣华茶园里，这个女子戏班所谓的实习演出，居然获得了成功，几天下来，收入很不错，班主竺均堂非常得意，他觉得这条赚钱的新路子算是找对了。竺均堂这一票赚钱的买卖，促成了越剧女子科班的真正繁荣。在“群英舞台”之后，女子科班如雨后春笋般冒出。据1934年的一项调查，仅嵊县一地越剧的从业人员就达两万人之多，年轻女子大量习戏，以致当地的青年娶妻都成了问题。在一代越剧大师范瑞娟的老家黄泽镇，一下子就办了13副女子科班。

【字　幕】嵊州黄泽镇“群英舞台”旧址；杭州富阳新登·徐玉兰老屋

【解说词】即使远离黄嵊县的杭州府新登县，也办起了“东安舞台”，越剧大师徐玉兰，就是在那个时候入科学艺的。

【字　幕】徐玉兰 越剧表演艺术家

【同期声】我是杭州富春江新登人，我怎么会学戏呢？因为我当年也是个小戏迷。

【字　幕】范瑞娟 越剧表演艺术家；嵊州黄泽镇·范瑞娟老屋

【同期声】我对越剧也不是那么爱，在家乡里的时候，家里实在苦啊。那么正巧这个时候办一个龙凤舞台，我就去报名了。

【字　幕】李艳芳 早期越剧女子演员

【同期声】本来我们也没有这样子的念头学戏，但因为施银花、屠杏花一帮老姐姐，到我们家乡来演戏，那我们去看了，看了以后，自己有几句能哼了。

【解说词】作为第一副越剧女子科班，施家岙女班出过不少名角，于是就有班主邀请这些知名度较高的艺人作台柱，和艺徒同台演出，一来吸引观众，增加票房收入；二来也作为“客师”为艺徒传艺。当时，名角赵瑞花一个月的包银，就从过去的30个银元猛增到近百元。1935年屠杏花在“四季春”科班当“客师”时，月银已升到120块银元，相当于当年一个大学副教授的工资了。而赵瑞花更是在1932年和魏素云自办了“瑞云舞台”。

【照　片】赵瑞花（1912－1982）嵊州孔村人；魏素云

【解说词】这是越剧史上第一个没有老板，真正意义上的“姐妹班”。

【字　幕】嵊州孔村·赵瑞花老屋；赵瑞花家人

【同期声】“那个时候在这里，做戏也做过的。”（赵瑞花家人）

“这就是赵瑞花老师的家了。”（丁一）

“那个时候有几个学徒，一个桂娥，一个晓芳，都是扮起来的，有一个男的是打鼓板的。”（赵瑞花家人）

“那个时候她是自己办剧团的，叫瑞云剧团”（丁一）

“她们学戏也就是在这个屋里的，那个叫桂娥的，是当时（赵瑞花）最喜欢的学生。”（赵瑞花家人）

【解说词】看到昔日的姐妹们在舞台上风生水起，当时已经嫁人的女子科班第一位名角施银花不由得心动了。1932 年的秋天，在裘光贤的盛邀之下，重出江湖，担任“高升舞台”客师。这时的她已经怀孕了。施银花的夫家，是绍兴的大户人家，无法这容忍媳妇再去做一个戏子。这场婚姻的纠纷，闹到了浙江高等法院，最终离婚了事。施银花为越剧离婚，在当年是一桩佳话。而她在 1935 年聘用了著名琴师邢雪琴，修正“四工调”，终于使女子越剧唱腔渐趋完美。

【字　幕】施银花戏服

【解说词】而施银花也成为了一代越剧泰斗，并灌录了唱片。

【字　幕】《方玉娘娘祭塔》唱段 施银花演唱，邢雪琴帮唱（三十年代录音）

【同期声】“有朝一日功圆满，扳起弓来两头空……”

【字　幕】余乐 越剧史研究者

【同期声】施银花她灌录第一张唱片，是 1936 年秋，是正好在绍兴，模范千秋剧场演戏结束之后，那个绍兴汇昌钟表商店的老板，他因为同丽歌唱片公司有联系，过去旧社会是这个样子的，开钟表店的，往往他也卖唱片、留声机。这样子交道打得很热，他说（施银花）你们没有灌过唱片，他带她到上海，去灌了（施银花）的第一张唱片。

【字　幕】施银花在丽歌唱片公司灌录的唱片

【解说词】一大批女子科班的出现，使越剧朝着女性化的方向快速发展着，女班艺人们也开始背井离乡，闯荡周边的乡村和城市。杭州是嵊县乡村戏班进入都市登台亮相的第一个大码头。早在 1923 年，施家岙女班就曾来杭州演出过。那时杭州的观众对越剧实在太陌生了。“的笃的笃”的锣鼓声在自古歌舞兴盛的西湖水面上，甚至没有激起一点浪花。八年后，风水轮回，施银花、赵瑞花、王杏花、姚水娟、筱丹桂，越剧著名的“五大名旦”都先后在杭州的舞台上登台亮相，受到杭州观众热情追捧。在杭州演出时间最长、知名度最高的要算“越新舞台”的姚水娟了。

【照　片】姚水娟（1916－1976）嵊州后山村人

【解说词】姚水娟，1930 年进入后山村白佛堂的“群英舞台”学艺。两个月就在《梅龙镇》中崭露头角。之后，姚水娟加盟“越新舞台”任头肩花旦。她的唱腔韵味浓厚，表演细腻传神。

【字　幕】《碧玉簪》唱段 姚水娟演唱（四十年代录音）

【解说词】杭州大世界的经理，新昌人张载阳，看过姚水娟的表演后，不禁拍手大叫“三花不如一娟”。经过媒介宣传，姚水娟一时名震杭城。姚水娟盛名卓著时，正在杭州羊坝头国货商场小剧院演出的竺素娥，也不甘示弱。竺素娥也出身“群英舞台”，和姚水娟是师姐妹。她的拿手好戏是《武松与潘金莲》。这期间在杭州的戏园子里，京剧南派武生盖叫天，以饰演武松而声名鹊起，而竺素娥这个来自嵊县乡下的女孩，也在舞台上把武二郎的正直、仗义表现得淋漓尽致。这在不擅长武戏的女子越剧中，是极少见到的。

【字　幕】竺素娥（1916－1989）嵊州后山村人

【字　幕】王文娟越剧表演艺术家 竺素娥表妹

【同期声】我老师竺素娥，人家都称她是“越剧盖叫天”。因为她是文武双全，（当时）还专门为她出了一张小报，那是越剧第一张小报，叫专刊。

【解说词】那是越剧女子科班的第一个黄金期，只要是名角，都有着一群固定的戏迷，诱人的收入。

【照　片】赵瑞花与李艳芳；姚水娟和李艳芳

【字　幕】李艳芳（艺名 时髦牌）早期越剧女子演员

【同期声】在绍兴杭州一带，那个时候“时髦牌”的香烟挺通行的，那么就叫我“时髦牌”，就出名了。

【照　片】商芳臣、姚水娟、李艳芳、袁金仙合照

【解说词】当第一代女子越剧演员大红大紫的时候，嵊县甘霖镇柳岸村的兴福庵里，新生一代的越剧女艺人正在悄悄地成长。

【字　幕】嵊州甘霖镇柳岸村兴福庵旧址

【同期声】（丁一）袁雪芬、傅全香，还有钱妙花，这几个有名的演员，都是在这里（四季春科班）学的。当时她们非常艰苦的。睡觉都睡在厢房楼上，这地方蛮湿的。是泥塘路，会生烂疮的。天气下雨怎么办呢？就在大殿里去学戏。

【字　幕】傅全香 越剧表演艺术家 四季春科班学员

【同期声】练功，我们都是在沙滩上，沙滩上拿大顶，找棵大树，好多小女孩噼哩噼啦，都在那儿拿大顶。

【字　幕】袁雪芬 越剧表演艺术家 四季春科班学员

【同期声】那时候（学戏）全是口传心记，你在背，你背错“啪”打在脖子上。还有家法打手心的。（惩罚的方法）有几种，可是阿肖师父（鲍金龙）还有呢，他拿着什么刀枪靶子抽出来就打，他是那样的。我们的科班姐妹被他打得在地上爬。（袁雪芬）

“我手上不知道多少教棒吃下去，其实我挺会背的，一看到教棒，全忘了。”（傅全香）

【解说词】“吃得苦中苦，方为人上人。”这一句民谚就是当年越剧女子科班的真实写照。随着女子越剧的不断壮大，女班开始陆续进入上海，这个剧种云集、你方唱罢我登场的花花世界。首次进入上海的女班，是姚水娟任头肩花旦的“越新舞台”。到1938年8月，在上海的女班已达12副；到1941年，增加到36副。几乎女子越剧的所有著名演员，都云集上海，从此告别了流动演出的历史。越剧便成为了人们记忆里的女子戏。

【片　花】

【黑　场】第三集　1923 女子科班

【解说词】在20世纪30年代的上海滩，越剧女子科班的著名演员们，没有一个不以金荣水为师的。当徒弟们出山之后，每月的包银成千上万，造屋买田。金荣水却十分淡薄，每月就拿教戏的10元薪水，只相当于当时一个小学教员的工资。1947年夏天，当老人再次从上海回到马塘村后，就再也没有离开。

【字　幕】嵊州马塘村·金荣水老屋

【字　幕】丁一　越剧史研究者

【同期声】50 年代初，马塘村周边村的农村剧团，来请（金荣水）去教戏，他都是很乐意去教的。1957 年，我去看金荣水，是最后一次。因为他已经生病了。平时看见他这个人是非常之和善的，就是一个很勤劳朴实的老农民。

【解说词】金荣水当年的爱徒，一代名伶施银花，后来和第二任丈夫王金宝去了台湾。

【照　片】晚年的施银花

【字　幕】施银花之墓

【解说词】据说晚年的施银花吃斋念佛，乡人们来家时，偶尔也会唱上一段，她一定怀念那青春的岁月，怀念杭州羊坝头的舞台，给予她的掌声和荣耀。或者，她也想念家人，想念她的启蒙老师："矮尼姑"金荣水。1957 年，金荣水以 79 岁的高龄去世，现在的墓地，是 1988 年由他的弟子屠杏花、王杏花、孙妙凤、商芳臣、魏素云和嵊县越剧团共同出资重新修建的。如果要写上一行墓志铭，也许可以这样写："他开创了女子越剧。"

第四集　1942 新越剧运动

【片　头】百年越剧

【解说词】1937 年开始的八年抗日战争，对中国来说，是一场大劫难。单单人口就少了 5000 万，消耗了至少 5600 亿美元的资源，被掠夺金银财宝和稀世文物不计其数，经济几乎崩溃。

国难当头，时局动荡，刚刚萌芽的越剧种子，没有因为战争的爆发而停止发育，反而在上海租界中迅速发展。1939 年 9 月，成为一座"孤岛"的上海，已有二十几副越剧班子占据了十几个剧场。1941 年，京剧四大名旦之首的梅兰芳，蓄须明志，息影舞台。京剧在上海滩的影响日渐减弱，昆曲濒于消亡。话剧界、电影界的众多精英，撤退去了陪都重庆。越剧经过几次革新，逐渐成为沪上最有影响力的地方戏。京剧评论家梅花馆主 1942 年 6 月 10 日，在《申报》著文称：女子越剧"在各种地方杂剧中，居然有独着先鞭之势"。

【黑　场】

【字　幕】第四集　1942 新越剧运动

【解说词】1942 年 10 月 28 日，对百年越剧史来说，是个值得铭记的日子。这一天的上海大来剧场挂出了"新越剧"的招牌。

【照　片】袁雪芬

【解说词】当天的戏，是袁雪芬主演的《古庙冤魂》。在袁雪芬演过的几百本戏中，这本戏不算经典。但它却掀开了"新越剧运动"的帷幕。

【字　幕】周大风 音乐家

【同期声】当时袁雪芬致力于改革这点蛮好的。她把导演请来，刚刚"孤岛"快到了，"孤岛"时期快到了。1943 年日本租界一批文艺工作者、话剧团都到内地去了，到延安去了，还留了一批人。这批人请他来当导演，编剧是他们，导演也是他们，所以艺术提高了。

【解说词】从 1906 年在嵊县乡下问世，到在上海滩出人头地，越剧已过去了三十多年。名有了，钱也赚了，可越剧还只是一种下里巴人喜欢的地方小戏。即使是在最时髦的上海，也是上不得台面的乡下把戏，当年的“越剧皇后”姚水娟也感到了。

【字　幕】姚水娟（1916－1976）嵊州后山村人

【解说词】1937年，“八一三”事变爆发，上海成为一座“孤岛”。江浙人士大量涌入租界，躲避战乱。姚水娟所在的“越升舞台”是第一个来到“孤岛”的越剧戏班。姚水娟很红，在当年，一提起她的名字，上海滩无人不晓。而在杭州更有“三花不如一娟”的说法。

【照　片】姚水娟戏装照

【解说词】可姚水娟很迷茫。她感到老是演一些老戏，路头戏，总有演塌台的那一天。尤其现在国难当头，如何唤起民众的觉醒，也是一个中国人起码的良心。1938年的5月，美国《生活》杂志发表了一辑来自中国的照片。

【照　片】卡帕 匈牙利摄影家

【解说词】那是一个匈牙利摄影家卡帕拍摄的台儿庄保卫战。这个使日本损失一万精兵的中国村庄，被卡帕描述为日军的滑铁卢。这一年的抗战十分惨烈。

【字　幕】台儿庄战役

【解说词】听闻报道的姚水娟有些激动，她找来了杭州老乡，当过《大公报》记者樊篱，为她编写新剧。

【字　幕】樊篱（1894－1984）杭州人 越剧编剧

【解说词】樊离刚从日军日夜轰炸的武汉来到上海。他失业了，是来上海“讨碗饭吃”的。樊离对戏曲是个门外汉，但他为姚水娟写的《巾帼英雄花木兰》却一炮走红。

【字　幕】越剧《西施浣纱》（40年代录音）姚水娟演唱

【解说词】1938年9月，上海天香大戏院，女子越剧改良的帷幕徐徐揭开。当姚水娟扮演的英武飒爽、器宇轩昂的花木兰一亮相，立刻博得了满堂喝彩。

【照　片】姚水娟《花木兰》戏装照

【解说词】评论界称之为是“振聋发聩，使人猛省的时代好戏”。当时上海英文版刊物《大陆报》盛赞姚水娟饰演的花木兰，犹如法国的女英豪圣女贞德。这是外文报刊，第一次赞美越剧艺术。

【字　幕】丁一 越剧史研究者

【同期声】那时候日伪统治时期，上海是敌占区，日本佬占领的。占领的时候社会比较混乱。某一天呢，姚水娟同那个编剧叫樊篱的见上了面。

【字　幕】姚月红 越剧演员 姚水娟弟子

【同期声】她和樊篱大家讲起来是蛮投机的，他说你还是要用布景，用布景。这个时候，他说你演《花木兰》肯定好。（姚月红）

“每个人都有一个爱国心，是不是，日本佬来侵略我们，我们要反抗。”（丁一）

“那么她做《花木兰》。《花木兰》演起来，人家观众很喜欢看的。”（姚月红）

“这些反动派在报纸上登出来，天香大戏院有一颗定时炸弹。”（丁一）

【解说词】《巾帼英雄花木兰》连演27场，将近一个月。不仅为越剧老观众们津津乐道，还吸引了京剧、电影界的人前来观摩，使越剧一夜之间拓宽了观众的层面。

【照　片】越剧《蒋老五殉情记》剧照

【解说词】编剧樊篱此后一发不可收，陆续写了《蒋老五殉情记》、《孔雀东南飞》等十一部大戏，其中时装戏占了一半，突破了女子越剧只演古装戏的局限。当时的上海在淞沪会战后，正处于日军占领之下。观众既夸赞姚水娟的技艺，更敬佩她的爱国热情与胆识。不久，在媒体举办的观众投票中，姚水娟被推选为“越剧皇后”。

【字　幕】姚月红 越剧演员 姚水娟弟子

【同期声】这时候是叫越剧皇后。这时候我总记得有一天，我们学生懂也不懂的。有一天人真的很多，这时候还是在天香大戏院，人真的很多。姚水娟，恭喜你恭喜你。

【字　幕】丁一 越剧史研究者

【同期声】因为姚水娟她是文武全才。同时她那个唱腔，那时候是一个代表人物。（丁一）

特刊也是这个时候天香大戏院出的。特刊里面我也看见的江笑笑题的“NO.1”。还有梅兰芳给她的题词。（姚月红）

为什么她这个皇后与众不同呢？是群众选出来的。（丁一）

【解说词】上世纪50年代，樊篱跟随宁波越剧二团，去了千里之外的新疆。在新疆生产建设兵团所属的越剧团担任编剧。退休以后回到杭州养老。

【照　片】樊篱；老年时期的姚水娟

【解说词】有一天老人突发奇想，去看望了处境非常困难的姚水娟。两位老人相对无语。此时的姚水娟已身患绝症，来日无多了。

【字　幕】越剧《盘夫》（1954年录音）姚水娟演唱

【解说词】1942年的秋天，姚水娟还如日中天，依然是上海滩的越剧皇后。不过，一场比她的“越剧改良”更激进的“新越剧”运动，在大来剧场悄然拉开架势。一个叫袁雪芬的艺人，要继续革新越剧。这场后来奠定了越剧地位的“新越剧”运动，却是在面对残酷现实中的无奈中开始的。它的起因甚至有些悲壮。

【黑　场】

【片　花】第四集　1942 新越剧运动

【解说词】1942年农历的正月初五，一个被人们称为“闪电小生”的越剧名星马樟花，在人们新年祝福声和鞭炮声中，走完了她21岁的生命旅程，满怀悲愤地离开了人间。马樟花是嵊县马家村人，10岁学艺，是越剧界第一个到广播电台唱越剧的演员，也是最有名的女小生。

【照　片】马樟花（1921－1942）嵊县马家村人；周璇

【解说词】她还和电影明星周璇在电台合唱过一首叫《还是团圆好》的歌曲。

【字　幕】傅全香 越剧表演艺术家

【同期声】因为马樟花当时在上海，确实红了半边天。她的演出卖座啊，当时真不可想象，在剧场的排队可以排到门口。因为当时的时候，商店有喇叭的，都是每天听到马樟花的声音。

【字　幕】丁一 越剧史研究者

【同期声】所以她这个红啊，红起来是闪电一样快。

【解说声】剧场老板陆根棣对马樟花垂涎三尺，在马樟花和一个大学生自主恋爱结婚，离开大来剧场自立门户后，陆根棣叫了一些黄色小报记者，炮制文章，对她进行人身诽谤。

一向傲气的马樟花，因此悲愤成疾，一病不起。

【字　幕】袁雪芬 越剧表演艺术家

【同期声】她怎么死的，我心里太清楚了。这人好强，很聪明，这个人也是改革的。

【字　幕】傅全香 越剧表演艺术家

【同期声】樟花姐呢是压力比较大，就是社会这些流氓啊，报纸上骂她啊。

【同期声】这人呢被人家骂死的。非常傲气的那样一个人，到哪里去申冤呢？所以她死了以后，我好像非常郁闷的，以后就吐血了。（袁雪芬）

【字　幕】越剧《梁祝哀史·哭灵》（40 年代录音）袁雪芬演唱

【解说词】马樟花与袁雪芬要好，做搭档三年，台上珠联璧合，台下情同姐妹。当袁雪芬听到马樟花去世的消息后，久久说不出一句话，一口鲜血喷涌出来。她愤然离开了上海，回到了家乡嵊县杜山村。当年施银花这些越剧第一代女演员大红大紫的时候，在离袁雪芬家三里路的柳岸村兴福庵，有个“四季春戏班”，常常是天还没有亮，后来成为一代越剧大师的袁雪芬和傅全香她们几个，就在师父鲍金龙的严厉教导下，练着基本功。一个上午练下来，有时连一口水也喝不上。

【照　片】袁雪芬 13 岁；袁雪芬父亲 袁茂松

【解说词】和同代人不一样，袁雪芬走上越剧之路，完全是爱好，她是自己迷上了舞台。那水袖挥舞，唱词袅袅的越剧，深深地吸引着她。袁雪芬的父亲是当地的小学教员，颇有些清高，坚决反对女儿学戏。甚至以断绝父女关系为要挟。但是袁雪芬主意已定，离家时仅仅拿了一把扇子，就去学戏了。

【字　幕】袁雪芬 越剧表演艺术家

【同期声】那样呢，我父亲气死了，一个月不来看我。所以在那个很潮湿的泥土庵里，我穿的衣服，都是这些姐妹们借给我穿的。到那里我也不晓得天高地厚。第一天晚上跟谁拼铺？就跟傅全香。

【字　幕】傅全香 越剧表演艺术家

【同期声】因为这时候我跟袁雪芬拼铺的啊，她么拿把桃花扇搧搧。我们师傅一看我们两个人呢，就说袁雪芬唱青衣，这时候又不懂，啥青衣，我唱花旦。花旦也不懂的，就是所有一揽子的丫头全是我演的，一揽子的小姐全是袁雪芬演的。

【解说词】袁雪芬随戏班闯荡上海滩，还只有 15 岁。

【字　幕】电影《舞台姐妹》资料

【解说词】1936 年 9 月，袁雪芬随班在上海泥城桥通商旅社小剧场演出，她白天都不敢一个人上街，而正是这样一个胆小的小姑娘一到了舞台，就刹那换了一个人似的。演谁像谁，仿佛人世的繁华都已一一经历。

【照　片】袁雪芬 20 岁

【解说词】仅仅五年之后，刚满 20 岁的袁雪芬就成了越剧的一面旗帜。由她率先倡导并身体力行的“新越剧”异军突起。这是反对她演戏的父亲袁茂松万万没有想到的。为搭档马樟花之死，袁雪芬一怒之下回老家养病了。可老家也非世外桃源。地主、恶霸、汉奸，隔三差五要请袁雪芬去唱堂会。她均以奉行“素食”为借口，一律拒绝，闭门不出。几个月后，袁雪芬回到了上海，此时太平洋战争已经爆发，到处弥漫着亡国的空气。

【字　幕】袁雪芬 越剧表演艺术家

【同期声】日本鬼子的铁蹄踏遍了大半个中国了。连著名演员都在跳草裙舞。京剧舞台上如此，可是我们看了话剧呢，我完全感觉到一种新的东西。我先看了一个《党人魂》，就讲秋瑾。人家革命的，社会革命；然后呢再看《文天祥》，到文天祥就义的时候，“人生自古谁无死，留取丹心照汗青”，观众是鼓掌啊！这个鼓掌我深深感受到，日本鬼子已经进入租界了，在日本鬼子眼皮下面，演像《文天祥》那样的戏，这种鼓掌声和观众的共鸣，我从来没有感受到的。所以看了这个戏后啊，对我是个很大的转折。我觉得做人要像文天祥，有气节的，演戏也要唱《正气歌》。

【解说词】当年上海滩的剧场完全商业化运作，老板掌握着剧团的经营大权，演员是自由职业者，与剧场只是合约关系。一个酷热的下午，袁雪芬快步走进了剧场，剧场老板陆根棣望着突然回来的袁雪芬，装出一副喜出望外的样子。袁雪芬没有客套，她单刀直入，提出要革除剧场的陈规旧习，建立编导制，上演新戏。陆老板的脸色渐渐阴沉了下来。

【字　幕】袁雪芬 越剧表演艺术家

【同期声】我跟老板讲好，我们约法三章，我演什么不演什么，这个一定要我做主的。我的工资可以少些嘛，所以我只拿四千块一个月。我给舅舅一千块，因此我的舅舅呢，对我大为不满。你赚四万块钱，演老戏用不着你动脑筋的，我可以拿一万块，你拿三万块；你现在拿四千块，我拿一千块，你只有三千块，干嘛呢？所以叫我娘一定要阻止我越剧改革。我觉得真是要改。我除了“四工调”、“清板”、“十字句”这些我留下来，其他我统统不要。我统统用话剧的。没有编剧要有编剧，没有导演要有导演。

【解说词】1942 年 10 月 28 日，袁雪芬“新越剧”运动的第一部作品《古庙冤魂》在大来剧场公演，座无虚席。

【字　幕】越剧《古庙冤魂》唱片

【照　片】袁雪芬《断肠人》剧照；袁雪芬《雨夜惊梦》剧照；袁雪芬《凄凉辽宫月》剧照

【解说词】袁雪芬的三万多元包银，终于没有白花。其后，新编越剧《断肠人》、《雨夜惊梦》、《边城儿女》也相继亮相。在以后一年多的时间里，袁雪芬所在的四季春戏班共演出了 30 多个新剧目。月月有新戏，戏戏有创新，令上海的越剧界为之一振。

【字　幕】韩义 越剧第一代专职舞美设计师

【同期声】我后来去了以后，就看到她在化妆。她的化妆是水粉化妆。我自己是搞化妆的。这个水粉化妆好像跟这个舞台布景配合不舒服。是不是可以搞油彩化妆？老袁她是很赞成这一个。

【字　幕】袁雪芬 越剧表演艺术家

【同期声】所以这些自己有种感受的东西，点点滴滴，要有本子，要有导演，要有舞台设计，我们的服装也要跟京戏不一样。

【字　幕】周大风 音乐家

【同期声】因为它有了新文艺工作者，音乐、美术、戏剧、舞蹈都有了，再加上昆曲师傅，好了。

【解说词】袁雪芬的“新越剧”，不仅剧目新，形式新、组合新，在唱腔上也有创新。

越剧从最早落地唱书传承的“四工合调”，到1925年施银花与琴师王春荣合作创造质朴明快、抒情活泼的“四工调”，为女子越剧找到了自己的音乐。

【照　片】袁雪芬《香妃》剧照；周宝财（1912－2002）浙江宁波人

【解说词】在排演由南薇编导的新戏《香妃》时，袁雪芬为了表现香妃不忘国破家亡的内心世界，与拉京胡出身的琴师周宝财合作，首创了合适于表现人物悲愤沉郁的音乐曲调——“尺调”。

【字　幕】袁雪芬指导学生方亚芬排练《香妃·哭头》(80年代录像资料)

【照　片】范瑞娟

【解说词】无独有偶，后来也在大来剧场的范瑞娟在演出《山伯临终》时，也和琴师周宝财合作，把整台戏的G调即兴地唱高了一个调。同时，吸收了京剧中反二黄的旋律。

【字　幕】范瑞娟《梁祝哀史·山伯临终》(80年代录像资料)

【解说词】对越剧“四工调”中的“落字调”进行了丰富和衍变，创造了抒情性极强的“弦下调”。“尺调”和“弦下调”是越剧音乐在“新越剧”运动中一次里程碑式的突破。这两种曲调与施银花创造的“四工调”，至今仍是越剧的基本曲调。袁雪芬的“新越剧”运动，很快就被上海的越剧戏班所传承。

【照　片】竺水招　尹桂芳

【解说词】在上海“演红了半边天”的尹桂芳和竺水招，也举起了“新越剧”的旗帜。越剧的春天仿佛就要到来了。

【黑　场】

【片　花】第四集　1942 新越剧运动

【解说词】1939年，腊月十九，上海十六铺码头，从宁波来的客轮靠岸了。在熙来攘往的旅客中，一个中年人领着一个不起眼的黄毛丫头，从三等舱里走了出来。他们匆匆的雇了两辆黄包车，向老闸桥旁的永乐茶园驶去。

【照　片】尹桂芳（1919－2000）新昌县小龙潭村人；尹桂芳剧照

【解说词】这个黄毛丫头正是后来名满天下的尹桂芳。今天在越剧界著名的“尹派”，便是由尹桂芳创立的。在舞台上，她多扮演风流潇洒、文雅温柔的书生。

【字　幕】越剧《盘妻索妻·洞房》(40年代录音) 尹桂芳演唱

【解说词】1939年寒风中的尹桂芳，还只是又一个来上海滩讨生活的“戏子”。尹桂芳的老家和越剧发源地嵊县毗邻，在新昌县坎下村的小龙潭。当我们拍这个片子时，尹家原有的那几间老屋已荡然无存。数年前在修建高速公路时，尹家老屋被埋在了高速公路的路基之下。

【字　幕】尹桂芳老家原址 新昌县坎下村小龙潭

【解说词】这是时代的变迁，它几乎默默的见证了生活的改变。尹桂芳原名尹喜花，小时候曾经缠过小脚。在她九岁那年，父亲得了重病又无钱求医，直到父亲被放进棺材的那一刻，她才意识到永远失去了父亲。1929年4月，尹桂芳投靠了嵊县上东乡下任村的一个小歌班，她想学好了戏，她就能有一个饭碗了。但她第一次学戏的梦竟如此短暂。因为经营不善，她到小歌班仅仅只有七天时间，小歌班就关了门。她又一次被生活拒绝了。可是，尹桂芳毫不气馁，她知道对于她来说，只有学戏这条路了。在科班里，她学的是花旦。

【字　幕】尹桂芳花旦造型照，尹桂芳小生剧照；竺水招（1921－1968）嵊县灵娥村人；竺水招（1921－1968）尹桂芳（1919－2000）合照

【解说词】在她17岁那年，一个偶然的机会，应一家戏班之邀，尹桂芳去了舟山的沈家门，并在那时改演小生。就在沈家门，尹桂芳结识了竺水招。竺水招是嵊县人，比尹桂芳小两岁，工花旦。在共同经历了一次意外的牢狱之灾后，两人义结金兰。

【字　幕】竺小招 越剧表演艺术家 竺水招之女

【同期声】她们两个人共患难以后，所以结拜姐妹的。我第一次看到尹阿姨的时候，我妈妈就说这个要叫大阿姨，其他阿姨我都叫阿姨嘛，都是阿姨比较可以，她要叫大阿姨，就是特别亲。我们讲起来就是真正的自己姨娘，就是这个意思。记得小时候，我特别喜欢到尹阿姨家里去玩。到她家她都会知道我喜欢吃米老鼠糖。每次都给我一把米老鼠糖。

【解说词】在竺小招的记忆中，或许早已没有母亲竺水招与大阿姨尹桂芳的昔日风光，而人称“舞台情侣”的尹桂芳与竺水招，当年正是上海越剧的一块金字招牌。和袁雪芬一样，尹桂芳对越剧的现状，有着清醒的认识。她和竺水招合计了一下，不顾老板的反对，一起亮出了“新越剧”的旗帜。请来一个叫于吟的文化人做编导。编排了根据张恨水小说改编的时装戏《夜深沉》。《夜深沉》一鸣惊人，龙门大剧院外人如潮涌，客满牌日夜高悬。此后，她们又推出了拿手的“王牌戏”《何文秀》。逐渐形成了以女小生为主的越剧新的表演风格。尹桂芳由此赢得“比美男子还美的美男子”之美誉。

【照　片】尹桂芳《何文秀》剧照

【字　幕】尹桂芳《何文秀·桑园访妻》（80年代录像资料）

【解说词】由袁雪芬率先倡导，尹桂芳和竺水招积极参与的“新越剧”运动，很快风靡了上海舞台。越剧名伶范瑞娟、傅全香、徐玉兰、筱丹桂等纷纷响应。使越剧在大上海风行一时。越剧名伶也像电影明星一样，成为大众偶像。

【字　幕】电影《红楼梦》（1944年摄制）

【同期声】（电影《红楼梦》里的一段对白）“我如果是有心欺负你的话，明儿让我掉在河里变个大王八。”（贾宝玉）

【解说词】1944年，电影《红楼梦》上映，周璇红极一时。

【同期声】（电影《红楼梦》里的一段对白）“呸，你原来是一个银样蜡枪头！”（林黛玉）“好了，快把这个花去埋了吧。”（贾宝玉）

【照　片】周璇；马樟花（1921－1942）；姚水娟（1916－1976）；袁雪芬（1922年至今）

【解说词】国难时期，周璇一直奉行一菜一汤的节约标准。在闲暇时间，她常去观看“新越剧”。据说她对越剧的兴趣来自马樟花，那个几年前和她一起在电台唱过歌的越剧名伶。

【片　尾】

第五集　1947越剧十姐妹

【片　头】百年越剧

【照　片】1947年·“越剧十姐妹”合影

【解说词】越剧十姐妹，这当然是一个艺术的排列，但不完全是。如果以艺术表演来论，应该还有早期的施银花、赵瑞花、屠杏花、王杏花、马樟花、竺素娥、李艳芳，以及后来的戚雅仙、毕春芳、陆锦花、王文娟等。越剧十姐妹其实产生于越剧艺术的觉醒，或者说是越剧人的觉醒。

【黑　场】

【字　幕】第五集　1947 越剧十姐妹

【解说词】1946 年 10 月 19 日，鲁迅逝世十周年，上海各界人士纷纷用各种方式纪念这面民族的旗帜。有一天，编剧南薇把鲁迅的小说《祝福》带给袁雪芬看。

【照　片】南薇 编剧导演

【字　幕】袁雪芬 越剧表演艺术家

【同期声】那天我在明星大戏院演出。白天下来以后，改妆啦，晚上还要演出。他说袁小姐，我读篇小说给你听听。那我一面在改妆，他一面读小说。他说这小说不长，只有几千字的。那么他读给我听，听下来以后，他说你看怎么样？能不能改戏啊？我那个时候还不晓得鲁迅的伟大，我说这个故事我非常熟悉。我从我母亲、老一辈身上可以找到祥林嫂的影子。我说我有把握，你放心好了，你写出来我一定演。

【字　幕】《祥林嫂》版画 作者 赵延年

【解说词】上演《祝福》正是越剧对绍兴老乡鲁迅逝世 10 周年最好的纪念。为了演好祥林嫂，这个全新的角色，袁雪芬专门去书店买来《鲁迅全集》，还和南薇专程去拜访了鲁迅的夫人许广平。

【照　片】许广平

【同期声】（袁雪芬）许广平一愣，她说在那个延安有个“鲁艺”。延安“鲁艺”研究那个鲁迅的作品，演鲁迅的作品倒是完全说得通的。她说在上海你们演出（鲁迅的作品），你不怕当局不同意吗？我说这有什么啊，演《祥林嫂》为什么不同意啊？我说，我们在敌伪时期演出骂汉奸的戏，他们要审查了，让他们审查一个本子，我们演出又是另外的本子了。我说没关系的。我们越剧改革，什么题材都要演的。

【解说词】这是 1946 年的春天，抗日战争结束已近一年，曾经一致抗日的国共两党，关系微妙，内战一触即发。此时上演在国民政府看来有政治倾向的鲁迅的作品，无疑需要胆量。

【照　片】雪声剧团演员合影

【解说词】在征得许广平同意后，雪声剧团开始排演《祥林嫂》。

【字　幕】袁雪芬；范瑞娟；张桂凤

【解说词】袁雪芬自己扮演祥林嫂，范瑞娟扮演贺老六，张桂凤扮演卫癞子。这个演员阵容可谓豪华。几位主角都是一时之选，难分轩轾。

【黑　场】

【解说词】上海青岛路和黄河路的交叉口，当年上演《祥林嫂》的明星大戏院，六十年后，早已换了上海银行的招牌。

【字　幕】上海明星大戏院旧址；1978 年《祥林嫂》舞台剧

【解说词】这是 1978 年上海越剧院重新排演的越剧《祥林嫂》。那年袁雪芬 57 岁。而 1946 年 5 月 6 日的晚上，明星大戏院首次上演《祥林嫂》，依然是今天袁雪芬记忆中最为深刻的一幕。

【同期声】（袁雪芬）那天我们从来没有过的，因为我们请许广平先生，请她来看。结果她请来的都是新文艺界的名人。我们那个编导南薇啊，他脸涨得血红地跑进来，他说不得了，不得了。

【照　片】袁雪芬与郭沫若、许广平、洪深、田汉等人的合影

【同期声】他说今天田汉也来的，洪深也来了，张骏祥来了，费穆来了，胡风也来了。我也不晓得我们这个作品怎么样，凭我朴素的感觉，凭我所熟悉的、我从那个地方出来的人的生活习惯，很朴素的演出。上去呢，嗓子越唱越好。那是演戏啊，我真的“呼”的撞过去，把桌子板凳全部撞倒。整个桌面归桌面，桌脚归桌脚，下面还要演戏的呀。后来那个监场的没有办法，只好把桌面搁在坏掉的桌脚上面，很狼狈。

【解说词】鲁迅的小说第一次搬上戏曲舞台，并在国统区的上海演出，立即引起了各界关注。上海的报纸都报道，《祥林嫂》的演出盛况，说这是“新越剧的里程碑”。

【字　幕】1948 年电影《祥林嫂》宣传广告

【解说词】1948 年由雪声剧团原班人马，演出的《祥林嫂》，被启明公司搬上银幕。

【照　片】1948 年电影《祥林嫂》剧照

【解说词】这是鲁迅作品第一次拍成电影，它开创了后来流行一时的越剧电影模式。可惜的是，经过那个动荡战乱的年代，1948 年拍摄的《祥林嫂》电影拷贝早已下落不明。现在我们能看到的是上海电影制片厂和香港凤凰影业公司在 1978 年重新拍摄的。袁雪芬扮演的是老年祥林嫂。

【字　幕】1978 年电影《祥林嫂》

【同期声】（1978 年电影《祥林嫂》中唱词）“谁知道伤寒夺去老六的命呀，阿毛又遭饿狼衔……说道，天大的罪孽都可赎啦。”

【解说词】六十年后的今天，袁雪芬在回忆这段往事时说，《祥林嫂》把越剧引上了革命文艺的道路，也成了自己政治上的转折点。中共上海地下党注意到了这些越剧名伶的政治倾向，开始接近她们。一个月后，参加国共和谈的中共代表团团长周恩来到了上海，他冒着风险赶到明星戏院，坐在观众席中观看雪声剧团演出的《凄凉辽宫月》，为那位曾扮演祥林嫂的嵊县姑娘鼓掌叫好。

【照　片】周恩来

【字　幕】上海明星大戏院旧址

【照　片】袁雪芬《凄凉辽宫月》剧照

【黑　场】

【片　花】第五集　1947 越剧十姐妹

【解说词】1946 年 6 月 26 日，内战爆发。7 月中旬，当时在昆明的中国民主同盟的两位中央委员李公朴教授和闻一多教授四天之内先后被国民党特务暗杀，国统区内一片白色恐怖。追求进步的越剧艺人们，也不能逃脱国民党特务的监视。有关《祥林嫂》和袁雪芬的个人材料密报到了上海社会局。1946 年 8 月 27 日上午，袁雪芬身穿白旗袍，坐黄包车去苏联电台录音。

【照　片】李公朴；闻一多；李公朴、闻一多追悼大会

【字　幕】袁雪芬 越剧表演艺术家

【字　幕】袁雪芬当时穿的旗袍

【照　片】田汉 剧作家 诗人 中国现代戏剧奠基人；洪深 剧作家 导演 电影戏剧理论家

【同期声】刚刚我弄堂口出来，等红绿灯的地方，抛来个粪包，把我抛了一身。它是很近的，因为我们在等红绿灯嘛，很近的，就是倒了我头上、一身嘛。警察就在旁边，根本不管。这个粪包哪里来的？我们都很清楚。肯定来自反动派。

【解说词】此后，袁雪芬又收到了一封带有子弹头的恐吓信。

【同期声】这封信我收到了以后呢，南薇去交给了田汉。田汉先生说，这个社会没有生命保障。他正好在开记者招待会，他在记者招待会上大声疾呼，呼吁社会给我支援。许广平、洪深都发言的。洪深先生他就讲，让一个善良的人活下去吧。第二天报纸啊，像《文汇报》这个（标题）非常醒目《袁雪芬你挺起胸来》。(袁雪芬)

【照　片】徐玉兰剧照；尹桂芳剧照；尹桂芳、竺水招剧照；袁雪芬剧照；尹桂芳

【解说词】袁雪芬真的挺起了胸膛。她在思考，徐玉兰累得在台上吐血，尹桂芳嗓子沙哑了也不能休息，如此卖命的演出，为什么还要看不劳而获的老板眼色？为什么要我们越剧演员和妓女一起去进行从业登记？袁雪芬明白，要争取越剧姐妹们的合法地位与权益，就必须摆脱老板的控制，要有属于自己的剧场。必须办一所专门的越剧学馆，培养接班人。袁雪芬想到了敢作敢当的大姐尹桂芳。两人深谈了一次，一拍即合，决定联合沪上越剧名角义演。筹资盖一座越剧艺人自己的剧场。尹桂芳为此放弃了电影《王孙公子》的拍摄。

【黑　场】

【字　幕】上海“大西洋”西菜社旧址；丁一 越剧史研究者

【同期声】这里是上海的福州路，过去呢是有名的一条马路，那么这个地方呢，就是过去有个“大西洋”西菜社。那个著名的“越剧十姐妹”她们在进行义演以前，就在这个西菜社里签订合约，并请那个平衡律师作证。

【照　片】筱丹桂（1920－1947）；1947 年·芳华剧团演员合影；丹桂剧团演员合影；傅全香与范瑞娟（合影）；张桂凤；袁雪芬

【解说词】1947 年 7 月 29 日，大西洋西菜社越剧名伶云集，就连平时很少外出交际的筱丹桂也来了。西菜社的老板也是一个越剧迷，他点了点，共来了十位名角。芳华剧团的尹桂芳、竺水招、吴小楼；丹桂剧团的筱丹桂、徐玉兰、徐天红；东山越艺社的范瑞娟、傅全香、张桂凤，还有一个是刚刚离开雪声剧团的袁雪芬。她们要联合义演一部大戏《山河恋》。艺人们为着共同的理想，在合约上签下了自己的名字。不知是谁的提议，越剧十姐妹还拍了一张合影，留下了那个永远定格的时空。

【字　幕】袁雪芬 越剧表演艺术家

【同期声】十个人都要在一个本子里面，让观众都要看到，演什么戏成了难题。演什么啊？所以把（法国作家大仲马的小说）《三剑客》来改编的。那我们编导也是动了脑筋的。把它中国化。

【字　幕】傅全香 越剧表演艺术家

【同期声】我呢演个宫女叫戴嬴，那这个叫大宫女。那么袁雪芬嘛，演个小宫女，是我管的。

【照　片】袁雪芬、徐玉兰（合影）；竺水招《山河恋》剧照；尹桂芳

【字　幕】范瑞娟 越剧表演艺术家

【同期声】竺水招她是很漂亮的。雍容华贵，我们十姐妹中间她最漂亮，那么大家就说你做皇后。那么尹桂芳大姐讲了，她说这个戏嘛，主角总不会那么多。我呢，只要跑跑龙套，这个时候还不叫跑龙套，叫“做灶间”，“灶头”的“灶”了。“做灶间”也可以了。那时候还不叫尹大姐，叫桂芳哦。哎，桂芳说得对，一个本子没有那么多头肩啊，没许多主角啊。她“做灶间”，我也“做灶间”，我们只要两边站站好了。

【解说词】结果尹桂芳和范瑞娟演了两个大龙套武将军。

【字　幕】《山河恋·送信》40年代袁雪芬、尹桂芳录音；上海黄金大戏院旧址

【同期声】（《山河恋·送信》40年代袁雪芬、尹桂芳录音）

“故而你，有话只管对我讲，我何尝与你缠勿清。”

“这样说来，我是错怪了你。”

“这样说来我是唐突了你。”

【解说词】1946年8月19日下午，《山河恋》正式对外公演。当时卖的座位票分为三个档次：10万、5万和3万国币。

【字　幕】袁雪芬 越剧表演艺术家

【同期声】卖票呀，我们预售票呀，我们要演出，什么时候演出？一天（电台）的播音把半个月的票子全部卖光呀。

【字　幕】傅全香 越剧表演艺术家

【同期声】那么我们十个人呢，天气么蛮热的是吧？（但是）都在排戏，大家劲头蛮足的。

（袁雪芬）我们电台播音啊，我们的观众把电台那个梁都踩坏了。

【解说词】此时国民党在内战战场上，连遭败绩，唯恐后院起火。看到《山河恋》演出如此轰动，怀疑共产党在暗中操纵演出。

【同期声】（傅全香）后来说来封门了，不给我们演出了。

（袁雪芬）我们演下来的钱不能动，只好冻结。

【解说词】上海市警察局嵩山分局将一份“非法公演　勒令停演”的公文，送到了黄金大戏院的后台。

【黑　场】

【解说词】第二天一早，袁雪芬、尹桂芳、吴小楼和律师平衡赶到上海社会局交涉，到下午1点，终于等来了局长吴开先。

【同期声】（袁雪芬）吴开先讲，袁雪芬啊，告你的人啊，有这么一叠啊。我把你抓起来，马上可以抓起来。我说好呀，我犯什么法了？你来抓呀，我说。我犯什么法呢？我那个时候胆子也很大，我什么都不怕了，告诉你听。

【字　幕】丁一 越剧史研究者

【同期声】那么那个尹桂芳呢当时年轻、气盛啊。她说，她从吴开先这里走出来，她当时就说，我当时没有手枪，如果有手枪，我一枪就毙了他，就这样的意思。大家都气死了。

【解说词】这是一场艰难的交涉，最后社会局局长吴开先勉强同意，让她们先演再补办

手续。9月12日《山河恋》义演在几经波折中，提前一周落幕了。此时已近子夜时分。天下起了丝丝小雨，人们感到了秋天的凉意。

【片　花】第五集　1947 越剧十姐妹

【解说词】正好一个月，1947年10月13日，正是菊黄蟹肥之时。傍晚，徐玉兰刚刚演完日场，正和剧团的姐妹们围坐吃着大闸蟹，一个票贩子跑来，带来一个惊人的消息。

【照　片】徐玉兰

【字　幕】徐玉兰 越剧表演艺术家

【同期声】有个人来报了，他说那个不得了了，不得了了，那个春风（筱丹桂小名）自杀了。他对我讲，我说你不要搞，搞什么都不知道。是真的，是真的，他说已经到仁济医院去了。那个时候还在仁济医院。然后马上一只电话打去，好了已经（没救了）。那么那天晚上刚刚演《香笺泪》一个苦戏。那么大家，本身戏也要哭的，那么再加筱丹桂自杀了么，大家都有感情，那么台上的人，差不多不哭的也哭了。观众看了奇怪，今天为什么演员都在哭啊。

【照　片】筱丹桂

【解说词】第二天早晨，人们翻开当天报纸，白纸黑字赫然报道了一代名伶筱丹桂自杀身亡的消息。徐玉兰从报上看到了那一纸遗言："做人难，难做人，死了。"

【字　幕】袁雪芬 越剧表演艺术家

【同期声】是魏兰芳来告诉我听的么，她自杀了以后，魏兰芳说，哎雪芬姐，快点，你想想办法。春风姐被张春帆逼死了。

【字　幕】张茵 越剧表演艺术家

【同期声】殡仪馆我去过的，我妈妈也去的。因为筱丹桂她没有爸爸，没有妈妈，早就过世了。实际上虽然筱丹桂是越剧红伶，她棺材里面的遗体就是（一般）衣服穿穿在那里，没有（别的）东西的。我亲眼看到没有（值钱的东西）。只有这个鞋子前面有两颗珍珠。

【字　幕】傅全香 越剧表演艺术家

【同期声】我们一定要把筱丹桂名誉给恢复过来！

【黑　场】

【照　片】筱丹桂（1920－1947）

【解说词】筱丹桂原名钱春韵，又名钱春凤，浙江嵊县长乐镇人。四岁丧父，八岁做了童养媳，十岁入"高升舞台"学戏。拜俞传海为师。筱丹桂自幼吃过童养媳的苦，进入科班学艺后，虽然辛苦，有时还要遭师父毒打，但她总觉得戏班犹如天堂。筱丹桂学艺刻苦，未出师门即已担任头肩花旦。以后相继走红于宁波、杭州和上海。

1938年5月，混迹越剧界的张春帆看中筱丹桂的演技，到宁波"请"她和师姊妹数人，赴沪演出。带班师傅竭力劝阻，但筱丹桂对张春帆的话深信不疑，就跟着他来到了上海，进了他的戏院，成为丹桂剧团的台柱。

【字　幕】丁一 越剧史研究者

【同期声】她是1930年学戏的，在宁波呢，就已经称为"越剧皇后"。在越剧史上第一个称"越剧皇后"的就是筱丹桂。

【字　幕】张茵 越剧表演艺术家

【同期声】她是我的师姐，当时的情况她是很红的。她的戏来讲的话，是文武双全。她文戏武戏都来的。

【字　幕】徐玉兰 越剧表演艺术家

【同期声】我们经常在说么，“三花不及一娟”，“一娟”么姚水娟大姐，是吧？又说“一娟不及一丹”是吧，那个时候筱丹桂是挺红的了。

【字　幕】浙江嵊州·越剧博物馆

【同期声】（丁一）这只呢，是筱丹桂的包头箱，这只包头箱是1931年，筱丹桂还没有出科，要出去演出了，是她妈妈特地请那个木匠师傅做出来的，是比较考究的。这个呢，是筱丹桂梳妆、化妆用的蓬头。假发用的蓬头。这里呢，是眉笔。这些眉笔啦都比较考究的，当时用的都是进口的眉笔。这个是眉粉，用的是眉粉都是进口的货，比较高级的。这个呢，是胭脂瓶，红水、胭脂瓶，这个是抹脸的油膏，都是进口的东西。这个是她原来老式的，垫在底下的，原来的一张纸，你看：上海英租界新闸路卡德路口，老振昌染厂。这个就是她原来一张纸，垫在这个底下的。

【解说词】来到上海的这几年，在袁雪芬倡导的“新越剧”影响下，筱丹桂也力图改弦易辙。1943年与徐玉兰合作，演出不少新戏。

【照　片】筱丹桂、徐玉兰剧照；筱丹桂；筱丹桂《山河恋》剧照

【解说词】《山河恋》义演时，筱丹桂正当红，她演宓姬一角，戏份较多。

【字　幕】袁雪芬 越剧表演艺术家

【同期声】那个时候张春帆拼命要争取我，到他那儿去演出，他才答应筱丹桂来参演《山河恋》的。但是筱丹桂她来了以后，总是感到不是像我们嘻嘻哈哈，她很少有笑脸的。我们要去问她，她也内向，不肯多讲的那样的事情。后来她终于感触到我们比较自由，她是不自由的。

【字　幕】傅全香 越剧表演艺术家

【同期声】因为我们那个时候吃饭，都在后台的演出当中。一看么好了，她（吃）的菜啊，全是那种黄豆芽啊什么。那么我一看，我说，啊，春凤姐，你吃这种菜啊？我拿起她的饭盒子摔掉了。那么这桩事情也弄得蛮大的，就好像张春帆，好像我们义演，这些姐妹在一起，要把筱丹桂教坏了，意思当中。

【照　片】张春帆

【解说词】张春帆是浙江嵊县崇仁镇人，早先到上海打工，后混迹于十里洋场，从一个马仔，逐渐成为戏霸式的剧场老板。筱丹桂到沪不久，即被张春帆占有。

【字　幕】徐玉兰 越剧表演艺术家

【同期声】我看到她哭呢，我觉得她的处境很难的。所以我蛮同情她的。

【字　幕】李艳芳 越剧表演艺术家

【同期声】筱丹桂是最最老实没有了，最最老实没有了。一点都没有反抗。她就是演戏、化妆（话很少）。可能也和她被控制有关系，不敢说。自己也觉得难为情，意思也有的。没这样的勇气啦，因为她不接近了嘛，干娘和姐妹都不接近了嘛，连同事都不接近了嘛，时间到了，有车子在等了，回去了。

【解说词】就这样，张春帆和筱丹桂，明是叔侄女，实是小妾，生活了好多年。随着筱丹桂的走红，张春帆把她作为摇钱树，但凡剧院营业不佳，就改演筱丹桂挂牌主演的《马寡

妇开店》，筱丹桂一身薄纱上场，身材隐隐约约，唱的又是寡妇思春的词，每场爆满。

【字　幕】《马寡妇开店》1939 年录音 筱丹桂饰李如花

【同期声】（《马寡妇开店》中唱段）“相公不要假藏斯文，真鲁男子天下少，你才即来我美貌，正好和鸣鸾凤交。”

【解说词】在参加《山河恋》义演后，筱丹桂也在酝酿着丹桂剧团的一些改革。1947 年 10 月 5 日下午，她与一个叫冷山的电影导演，到龙门戏院观摩徐玉兰演戏，在回来的路上，两人边散步边谈了一些越剧革新的事情，这本是平常的交往……

【同期声】（袁雪芬）张春帆下面的爪牙，对筱丹桂的一举一动，有人盯梢、跟踪啊。

（丁一）那么张春帆一定要讲她同冷山有不正当的关系，张春帆凶得很，把冷山叫来，叫来就是跪在筱丹桂的面前，打他的巴掌。张春帆当着筱丹桂面打巴掌，侮辱的意思，一定要他交代有什么不轨之处，就是这样。那么这个时候筱丹桂呢，精神上就有点刺激太大了。

【解说词】筱丹桂百口难辩，看到姐妹家中窗台上有一瓶消毒用的“来苏尔”药水，便悄悄的藏在了手提包里。在张春帆又一次恶毒的辱骂之后，筱丹桂喝下了那瓶药水。咽气之前，筱丹桂咬破手指，用鲜血在被单上写下了：“做人难，难做人，死了”八个字。1947 年 10 月 13 日下午 6 时 15 分，筱丹桂离开了她心爱的越剧，时年 27 岁。出殡那天，三百多位越剧演员和难以计数的观众自发地为筱丹桂送葬，通往大西路、乐园殡仪馆的马路两边，拥满了五万多名吊唁者。

【字　幕】傅全香 越剧表演艺术家

【同期声】那么当时上海就罢演了，不但是我们（越剧戏班），有好多其他剧种，也出现有这样（罢演）的情况。

【字　幕】张茵 越剧表演艺术家

【同期声】张春帆呢，我们越剧界好多人对他不满，不满的话，要跟他打官司。

【字　幕】袁雪芬　越剧表演艺术家

【同期声】他果然也被抓起来了，可是没多少时间，就放出来了，没有办法说。因为这个社会是是非颠倒的社会。

【解说词】人们希望将张春帆绳之以法，还社会一个公道的呼声，被挡在了法院冰冷的大铁门外。直到 1951 年 7 月 28 日，戏霸张春帆终被新政府绳之以法。1947 年诞生的“越剧十姐妹”除了筱丹桂过早离世以外，九位艺术家在此后的几十年中，成为越剧艺术发展的九面旗帜。

【字　幕】越剧十姐妹

【照　片】徐天红；傅全香；袁雪芬；竺水招（1921－1968）；范瑞娟；吴小楼（1926－1998）；张桂凤；筱丹桂（1920－1947）；徐玉兰；尹桂芳（1919－2000）

【片　尾】

第六集　1950 飞舞的蝴蝶

【片　头】百年越剧

【黑　场】

【解说词】时局动荡起来，内战的混乱，使上海到处弥漫着彷徨恐慌的气氛。谁也不知道将来会发生什么。世道又一次乱了，戏究竟还得唱下去。越剧红伶柔弱的肩头开始担当起“道义”两个字。她们在乱世中细细体味人心向背，带着对和平生活的朴素向往，冒着风险演出针砭时势的戏码。1949 年上海解放，她们期待许久的翻天覆地的新生活终于来临，新中国她们的命运和越剧的命运又将开始崭新的轨迹。

【字　幕】第六集　1950 飞舞的蝴蝶

【黑　场】

【解说词】1949 年辽沈、淮海、平津三大战役，让内战局势成为定局。当年的天下和人心都已非国民党政权所有。这一年的暮春，人民解放军势如破竹的杀过长江，而下一个目标则是上海。1949 年 5 月 25 日，上海八仙桥建成电台，来了一群漂亮的上海小姐，知情人定睛一看，才知道今天来的全是平时千金难请的越剧名角。为了配合解放形势，越剧界成立了五个宣传队，以剧团为单位进行播唱，迎接上海解放。这一天建成电台的直播室里，真切地响起了袁雪芬、尹桂芳、竺水招、范瑞娟、傅全香、徐玉兰和王文娟等名噪一时的越剧红伶韵味醇厚的声音。而在此刻，人民解放军正迈着整齐的步伐入城。在夹道欢迎的喧天锣鼓声中，他们中有很多人隐约听到了被欢呼声掩盖了的电台广播。那些缠绵悱恻的吴侬软语在耳边飘过。久经沙场的血性男儿才意识到：“真的在上海了！”

【照　片】刘厚生；袁雪芬

【解说词】不久有人发现雪声剧团那个文质彬彬的剧务部主任刘厚生，居然穿上了神气的解放军军装，原来他的身分果真如同人们一开始猜测的那样，“是个地下党”。越剧姐妹终于长吁了一口气，感到尘埃终于落定。此时，在她们的心头油然升起万丈豪情，她们向往已久的黄金岁月真的要来了。1949 年 9 月，在上海开往北平的列车上，袁雪芬怀着忐忑不安同时又激动不已的心情放眼窗外那一片新生的风景。几天后，她走进了第一届中国人民政治协商会的会场。

【字　幕】袁雪芬 越剧表演艺术家

【同期声】那个时候有梅兰芳、周信芳、程砚秋，加上我这个小鬼。一共四个人，我当时不肯去，当时通知我叫我去开会，我说我有何德何能啊，是吧？梅兰芳、周信芳、程砚秋都是我的前辈，我是晚生。他们艺术上都有贡献，我是何许人也，我只有二十几岁嘛，对不对？我不适合，你们另外找个人吧。那后来地下党的于伶先生讲，怎么可以另外找人，你是中央决定的。

【字　幕】开国大典

【解说词】10 月 1 日下午 3 时，袁雪芬作为全国所有地方剧种的唯一代表，登上了天安门城楼。在距离开国元勋二十米远的观礼台上，性格刚强的袁雪芬流下了激动的泪水。这或许是越剧在新中国的大舞台上展露的第一个表情。1950 年夏的某一个黄昏，蝉噪声响彻上海小弄堂，酷热的暑期照例是剧团的“歇夏”时间。有人和范瑞娟提议趁着空闲，不如组织“东山越艺社”进京演出，让首都人民也看看越剧。范瑞娟认同了这个主意。

【照　片】范瑞娟

【字　幕】范瑞娟 越剧表演艺术家

【同期声】衣服呢，我们是这样，我们要穿得像解放军那样，藏青的列宁装、八角帽，大家背只背包，穿布鞋，穿跑鞋，这样去，大家作为是上海人，不是做上海小姐去的，大家蛮好。要去的人，看门的人也去，烧饭的人也去。

【字　幕】傅全香 越剧表演艺术家

【同期声】大家高兴死了，因为当时我们越剧从浙江，从老家到杭州已经很大很大了。杭州到上海也是很大很大了，但是，还没有上北方。就是我们越剧连长江都没有过。那么，一定要去。

【照　片】东山越艺社在北京合影；田汉

【解说词】在北京的演出经由老熟人田汉的精心安排，十分顺利。当时的田汉已经是中央文化部艺术局局长，他在解放前与上海越剧界有过不浅的交情，仰仗他的帮衬，“东山越艺社”在北京的演出十分顺利，几乎场场爆满。这次进京的剧目是经过精心准备的。“东山越艺社”搬出了看家好戏《祥林嫂》和《梁山伯与祝英台》。

【照　片】范瑞娟 傅全香《梁祝哀史》剧照

【字　幕】范瑞娟 越剧表演艺术家

【同期声】到了北京啊，田汉先生，文艺界领导都来接我们了。没想到对我们是那么尊重，那么给我们剧场也准备好了。

【字　幕】傅全香 越剧表演艺术家

【同期声】就演出了《梁山伯与祝英台》，那当然好评了。就是，特别嘛，这故事家喻户晓，就是我们舞台呢，也有点变化，台上搭台的，那是非常新颖的，那观众就是对我们越剧非常好评的。

【解说词】早在越剧前身“落地唱书”时期，艺人们就根据流传在嵊县的民间传说编成了《十八相送》、《楼台会》等小曲。后来，小歌班的小戏《十八相送》和《楼台会》，在浙江城乡上演了十几年，被当时在上海的男班名小生，王永春和名旦白玉梅加工成了上、中、下三本的连台本戏《梁山伯与祝英台》。

【字　幕】王永春；白玉梅；姚水娟；袁雪芬 范瑞娟《梁祝哀史》剧照；周恩来；东山越艺社在周总理家做客

【解说词】对于一个骨子老戏，声名鹊起的名角们，都有一种跃跃欲试的热情。李艳芳的《山伯回书》，马樟花的《梁祝痛史》，越剧皇后姚水娟的《梁祝》以及袁雪芬与范瑞娟的《梁祝哀史》等等。塑造梁祝形象的成功与否，似乎成了证明一个越剧演员演技优劣的评定标准。行家里手各领风骚的戏才是真正难唱的。看来50年代夏季的那几场《梁祝》是范瑞娟和傅全香使出了浑身解数来演的。北京的观众第一次身临其境的看到这个柔美缠绵的南方戏时，似乎忘却了西皮二黄给他们带来的长期的熏陶，而把心情软款地融入了一个关于爱情的悲剧故事里，拭出几滴伤心泪来。令范瑞娟和傅全香没有想的是周总理也悄悄的看了《梁祝》。他后来邀请瑞范娟、傅全香、南薇和陈鹏到家中做客，那个午宴，是总理为“东山越艺社”结束进京演出返回上海特设的饯行宴。虽然有田汉和鲁迅夫人许广平等人坐陪，范瑞娟还是紧张得有些语无伦次了。

【字　幕】范瑞娟 越剧表演艺术家

【同期声】那么这个时候总理就唱了，“看山王他不良，强抢民女罪难当。”大家高兴地笑了。周总理还记得两句台词，两句唱给我们听了。那么我们的紧张气氛就消了。

（傅全香）在吃饭的时候呢，周总理进去接了个电话，出来啊，他说，“恭喜你们!”

（范瑞娟）“今天晚上毛主席在怀仁堂要看你们《梁祝哀史》!”啊?! 我们又紧张又高兴。

（傅全香）我问（许广平）大姐，“这是真的吧?”当时我是非常天真的。大姐说：“哎呀当然是真的了!”

【解说词】已经在前门火车站装车的服装、道具箱子又重新被卸了下来，准备打道回府的“东山越艺社”大部队听到这个消息后人心大振，立刻整顿队伍直奔中南海。

【照　片】中南海

【字　幕】傅全香 越剧表演艺术家

【同期声】就是我们越剧第一次上北京，第一次进了中南海，当时演出呢，的确就是毛主席、周总理，还有就是刘少奇，还有朱总司令……反正就是我叫得出的名字，就是全部来看了。

【字　幕】范瑞娟 越剧表演艺术家

【同期声】我演出《梁祝》的“思祝”一场，毛主席在第五排，那我现在讲了，这本来呢，我那个时候不知道。他说：“看你傻乎乎的，等你把日子算出来啊，祝英台早已嫁出去了。”那么周围的干部都笑了。

【字　幕】傅全香 越剧表演艺术家

【同期声】在谢幕的时候，看到是谁，可怜啊，我一个也没有看到，我只有看到毛主席和周总理，我就是掉眼泪。

【字　幕】范瑞娟 越剧表演艺术家

【同期声】演好了以后，毛主席叫谁呢，叫钟灵。钟灵同志他说毛主席今天晚上还有事情，他代表毛主席接待我们，到瀛台去吃夜餐。

【解说词】在“东山越艺社”进京演出前一个月，朝鲜战争爆发。毛主席在这个关口连夜开紧急会议，多半是朝鲜战争局势吃紧了。一年之后，1951 年的 10 月 7 日，还是在中南海的怀仁堂里，毛主席第二次观看越剧《梁山伯与祝英台》，而那时的抗美援朝战局，已经上升到持久战状态了。伟人眉宇间隐约留存的丧子之痛的痕迹还没有完全消除。

【黑　场】

【片　花】第六集 1950 飞舞的蝴蝶”

【解说词】抗美援朝对新中国来说，是一场生死攸关的战争。年轻的志愿军渡过鸭绿江，牵动着举国上下几万万同胞的心，虽然红色中国的人民饱受着多重的压力，但振兴家园的如火如荼的热情随处可见。在当时，购买一架战斗机大约需要人民币 15 万元左右。范瑞娟提出捐献战斗机的想法，很快得到上海越剧界 30 多个剧团和 3000 多名员工的响应。

【字　幕】范瑞娟 越剧表演艺术家

【同期声】总工会和文艺工会，是我们直接领导。我跟秘书一起去商量，他们说，你这个想法很好。这个想法呢，我们现在就可以实行。那么我说我想问几个问题，我说顾虑是有顾虑的，我们捐飞机。不过人多力量大了，开大会开下来，他们大家都很高兴，向志愿军学习，我们以演出筹钱好了。

【照　片】越剧十姐妹；筱丹桂；范瑞娟 傅全香剧照；《梁山伯与祝英台》剧照；《宝莲

灯》剧照

【解说词】越剧界又一次声势浩大的义演开始了。这使人想起了四年前的那个夏日，那个让越剧姐妹记得一辈子的义演《山河恋》的日子。而她们身边，再也没有筱丹桂袅娜的身影了。

不久以后，一架“越剧号——鲁迅”战斗机在新中国的土地上腾空而起，向着朝鲜三千里江山直飞而去。转眼又是一个国庆。以范瑞娟和傅全香为首的“东山越艺社”的大部分成员，这时都已加入华东戏曲研究院越剧实验剧团。这一次是她们进京为国庆两周年献礼演出。她们带去了《梁祝》、《宝莲灯》和《父子争先》三个剧目，招待全国各地来京的各地观礼代表和部分外宾。在京期间范瑞娟还当选为全国青联委员，同时又是全国政协的特邀代表。

【字　幕】范瑞娟 越剧表演艺术家

【同期声】一边呢是开会听报告，毛主席的报告，一边呢我们还要演出《劈山救母》。这个时候，那天在休息的时候，毛主席过来了，我很紧张，说毛主席过来了，让我赶快走开。小白玉霜把我一把拉住，说毛主席过来，你干嘛那么紧张？我说，我不好意思。不要见，不要见。她说毛主席来了，叫声毛主席就可以了嘛，干嘛走掉？不要走掉。她把我拉住。毛主席的眼睛是很敏锐的：“你就是演《梁山伯与祝英台》的梁山伯吧？”我低着头说：“是啊，是啊。”那么我说：“毛主席，您看了《梁祝》第二次哦，也看了《劈山救母》，给我们提提意见啊，指教指教我们。”那毛主席就给我讲哦，《梁祝》呢，你们这个比1950年的时候改得好。

【解说词】范瑞娟知道主席说的正是他先后看了两次的《梁山伯与祝英台》。在这次改编中，编剧徐进等人，既保持了原剧本优美朴素的特色，又突出了它的反封建主义和积极浪漫主义精神。在50年代，在人们涉及有关爱情的表达时，通常是内敛和羞涩的。这样的情感，拿越剧的曲调缠绵地唱来，竟然在温婉刻骨的柔软中折射出一种如钻石般坚硬的光芒。那种忠贞、顽强和执著的力量含蓄地符合红色中国的人民对待爱情以及对待命运的态度。台下观众以如雷般的掌声，表达了他们对这个戏的热爱。从这个时候开始，在远离越剧的北方土地上，已经有一些喜欢接受新鲜事物的时髦青年开始随口哼起这个南方小调。1952年的冬天，在周总理的关怀下，毛主席在越剧《梁山伯与祝英台》拍摄电影的请示中亲自作了批示，范瑞娟和袁雪芬被主席和总理亲自点名为《梁祝》的主演。

【照　片】徐进

【黑　场】

【片　花】第六集　1950 飞舞的蝴蝶

【字　幕】胡蝶；夏衍；于伶；桑弧 越剧电影《梁祝》导演；黄沙 越剧电影《梁祝》导演

【解说词】上海的浮华盛景一直少不了电影的点缀。1926年电影皇后胡蝶主演的《梁祝痛史》被搬上银幕，这是梁祝故事的第一次“触电”。这时，后来被很多观众视为梁祝化身的范瑞娟、袁雪芬和傅全香，都只是牙牙学语的乡间小童。随后的1935年，天一公司复拍了梁祝故事，受到东南亚观众的追捧。1953年春节刚过，主要负责越剧电影《梁山伯与祝英台》拍摄任务的夏衍和于伶便召集了电影导演桑弧和黄沙、主演范瑞娟和袁雪芬等人一起审看刚刚拍摄的《梁祝》，“十八相送”一折的彩色实验片。虽然在此之前大家在关于把电影《梁祝》拍成黑白还是彩色的问题上，争论不休，但还是决定拿《十八相送》这个《梁祝》中最经典的折子戏，做一次尝试。

【字　幕】袁雪芬 越剧表演艺术家

【同期声】那个时候我们不具备这个条件。那时候电影厂都有苏联专家的。他不许我们拍彩色，一定要拍黑白。可是电影厂的工作人员呢，要拍彩色片，因为是毛主席批的把《梁山伯与祝英台》拍成彩色片。

【字　幕】范瑞娟 越剧表演艺术家

【同期声】（范瑞娟）大家反而激起我们自己试试看。

（袁雪芬）所有电影厂的工作人员在那里研究，那个药方完全自己土办法上马的。

（范瑞娟）有一次试试很好，青山绿水，颜色很鲜艳，大家很高兴。过了一个晚上啊，变成火烧色，咖啡色了，大家怎么办呢？

（袁雪芬）因为这样拍不出就要变黑白片了，你晓得吗？

【照　片】夏衍

【解说词】夏衍心有不甘，连夜向当时的上海市长陈毅做了汇报。

【字　幕】范瑞娟 越剧表演艺术家

【同期声】（范瑞娟）他说我们这个片子啊，过了一夜研究下来，光线不足，彩色电影光线要很强。那么陈毅市长说，你们光线不足，那不要紧，我们部队里面啊，把探照灯借给你们。

（袁雪芬）那时候没这个条件，硬是创造条件，拍得非常辛苦。

（范瑞娟）陈毅市长他也讲了，夏衍部长也讲了，他说苏联专家要我们两个五年计划，我们三个多月拍成了。所以我们要自力更生啊。

【字　幕】越剧电影《梁山伯与祝英台》1953 年拍摄

【解说词】当我们回过头，再来细细观赏这部新中国自己拍摄的第一部彩色影片时，我们会发现那些被纪录在影像上的清晰身影，依然鲜亮的如同就在昨日一般。穿越了半个多世纪的时光，一切在 1953 年的胶片中重现。这里面有美妙的声音，清晰的画面，还有新中国电影最初的那一抹色彩。

【解说词】1954 年春天，第八届国际电影节在捷克斯洛伐克的卡洛维发利举行，在当时，遥远东方的红色中国，对于全世界来说是个神秘的国度。彩色戏曲电影《梁山伯与祝英台》在电影节的放映，很快吸引了各国电影精英的关注。

【字　幕】范瑞娟 越剧表演艺术家

【同期声】那么我呢，第一次穿花旗袍，第一次穿高跟皮鞋，第一次烫头发，第一次喝牛奶。去了以后呢，看好多是他们外国电影，都是外国的现代的，那么放我们的《梁山伯与祝英台》电影呢，大家都是很新奇、很喜欢，因为从来没有见过中国的片子，古代的布景服装，他们也是第一次。看了以后呢，他们感觉到，为什么《梁山伯与祝英台》那个主演主角怎么没有看到啊，其实我每天和他们在一起，我穿的衣服啊什么的都不一样。那有一次呢，一个翻译不知道怎么看出来，这人好像是演梁山伯的吧？那么我说是的。那么好大家哄起来了，笔记本很多，叫我签名。

【照　片】范瑞娟在卡洛维发利电影节上；日内瓦会议

【解说词】1954 年 4 月 26 日，在第八届卡洛维发利国际电影节举行的同时，举世瞩目的日内瓦会议，也在日内瓦国联大厦开幕。这是新中国成立以来，第一次以大国身份参加的重要国际性会议，周恩来总理兼外长亲自率代表团前往参加。不久，一封急电发到了卡洛维发利。

【字　幕】范瑞娟 越剧表演艺术家；范瑞娟与卓别林在日内瓦

【同期声】叫我们到日内瓦去，即日就去。总理他讲，世界艺术大使电影大师卓别林，他看了《梁山伯与祝英台》以后呢，他很感动，他要拜会我，其实他要见见我。卓别林他真是个滑稽演员。他一看见我，“啊”了一声，退了两步，叉着腰，上面下面打量着我，他说，不像，不像，一点不像。

【解说词】这是美丽的东方爱情故事，和电影大师的一次奇妙相遇。随后就匆匆赶回卡洛维发利代表电影《梁祝》领取音乐片奖的范瑞娟不知道，这一次在日内外的奇遇，正是新中国和平外交的精彩一笔。在此之前，普遍的国际舆论对新中国抱有敌意，但那一次，当时主要的国际舆论转了风头。谁说共产党不要文化？新中国成立不久，就拍出了这样美丽的爱情彩色片。周恩来的脸上洋溢着胜利的微笑，他幽默地说他手里有两件秘密武器，一件是中国的美酒茅台，而另一件就是电影《梁山伯与祝英台》。从卡洛维发利和日内瓦大获全胜归来的越剧电影《梁祝》也很快在国内掀起热潮。上海市于 1954 年 8 月 25 日起在大光明、大上海等 22 家电影院首轮公映《梁山伯与祝英台》1000 余场，观众近 155 万人次。该片还发行到加拿大、香港等 14 个国家和地区，仅在香港一地共放映 187 天，观众达 65 万人次以上，打破了有史以来香港影片放映的最高纪录。越剧《梁祝》自此举世闻名。

【字　幕】范瑞娟 袁雪芬版《梁祝》；范瑞娟 傅全香版《梁祝》。

【字　幕】袁雪芬 越剧表演艺术家

【同期声】特别轰动，引起国际上反响非常强烈。

【字　幕】傅全香 越剧表演艺术家

【同期声】柏林演出。当时演出呢，这个戏演下来以后，我们就是谢幕 28 次。

【字　幕】范瑞娟 越剧表演艺术家

【同期声】化蝴蝶了，观众就是不走，啊呀，不走我们只好谢。一次一次谢，谢到后来重复，重复谢，不知道谢了多少次。

【照　片】张恨水；老年时期的张恨水；50 年代上海音乐学院学生在上课

【字　幕】2006 年 10 月 · 杭州剧院

【解说词】1954 年，当年写《金粉世家》和《啼笑因缘》的张恨水老了，为了一家三口的柴米油盐，张恨水只得把当下时兴的传统戏曲《梁祝》改编成小说出版。1959 年，小提琴开始用悠扬抒情的曲调，讲述凄美动人的东方爱情故事。全世界被这个优美的旋律所打动。它的作者何占豪和陈钢当时是上海音乐学院管弦乐系的学生。而在此之前，何占豪是浙江越剧团的一名乐队演奏员，他的灵感正是源自越剧《梁祝》那美妙的旋律。2006 年 10 月，许多当年看过电影《梁祝》的老戏迷们走进了杭州剧院的大门，当晚他们看到的是浙江小百花越剧团的著名小生茅威涛领衔主演的新版《梁祝》。对于一个素以改革创新闻名海内外的剧团来说，选择这样一个传统题材，进行重新演绎，让很多人大为不解。

【字　幕】茅威涛 越剧表演艺术家

【同期声】《梁祝》对于越剧来说是一笔巨大的财富。《梁祝》凝聚了中国民间的巨大的想象力，是一种奇特的思维。一种我们中国人特有的浪漫情怀。实际上我们今天拿这个传统，拿这个历史重新再来诠释的时候，我想我们或多或少站在百年的这样一个时间上，我们让这个传说，让这个美丽的传说，让越剧的这笔财富能够更大的扩张，能够具有更大的影响力。

【解说词】恰如当年《梁祝》破茧成蝶的见证者周恩来说的那样："《梁山伯与祝英台》之所以成为最受欢迎的中国古典戏曲受到全世界人民的喜欢，是因为它不仅写了悲剧，而且写了理想。"也许正是这个原因，让《梁祝》故事久演不衰，几乎伴随了越剧历史整整一百年的光阴流转。

【字　幕】越剧电影《梁山伯与祝英台》1953 年拍摄

【解说词】而对于 50 年代的人们来说，《梁祝》似乎成了当时每个人心中一个最美好、最浪漫的理想。就像包裹在坚硬外壳中的坚果果仁一样，只有在敲碎它的外壳之后，我们才能闻到它包藏在里面的积蓄已久的芬芳。

【同期声】（越剧电影《梁山伯与祝英台》1953 年拍摄中唱词）"千年万代不分开，梁山伯与祝英台。"

【黑　场】

【片　尾】

第七集　1958－1978 红楼一梦

【片　头】百年越剧

【解说词】1953 年，越剧舞台上那一对飞舞着的彩蝶，幻化成了感人至深的银幕形象。新中国第一部国产彩色艺术片《梁山伯与祝英台》问世。1956 年，浙江昆苏剧团的《十五贯》在北京演出后，也引起轰动。在"百花齐放，百家争鸣"的历史时期，越剧的又一出经典剧目《红楼梦》横空出世。诗情画意的江南戏文，与旷古奇绝的古典小说之说，就这样结下了不解之缘。而之后的岁月里，成功与辉煌，艰难与困境，越剧也都在默默地经历……

【黑　场】

【字　幕】第七集　1958－1978 红楼一梦

【黑　场】

【解说词】1959 年，秋天的北京城。正值新中国成立十周年大庆，上海越剧院二团排演的《红楼梦》作为献礼剧目登上了首都的舞台。老戏新编，这出由徐进编剧，徐玉兰、王文娟主演的《红楼梦》与 1958 年 2 月在上海首演时，就曾连演 54 场，场场爆满。国庆十周年的晋京演出，《红楼梦》再次引起轰动。周恩来总理也来到剧场看戏，并接见了编剧及主要演员。《红楼梦》在北京演出期间，中宣部副部长周扬宴请文艺界人士。饰演贾宝玉的徐玉兰也在其中。这一天的宴会上，时任文化部副部长的夏衍迟到了。

【照　片】越剧《红楼梦》（1958 年剧照）；夏衍

【字　幕】徐玉兰 越剧表演艺术家

【同期声】夏公怎么还不来？结果我们一直没（开席），一直等，等夏公来。大家说夏公您来迟了，罚酒三杯。那么夏公就说，我今天不是迟到，我是躲起来。他说没办法，人家都要问我拿票。要拿（什么票）？这次来演出，两越（粤）最红。一个是红线女的广东粤剧，一个是上海越剧《红楼梦》。

【解说词】《红楼梦》在京城一票难求。京剧大师梅兰芳也对来自南方的越剧产生了深厚的兴趣。1959 年，梅兰芳为国庆十周年，排演了《穆桂英挂帅》，这是他一生中最后一出新戏。

【照　片】京剧《穆桂英挂帅》

【解说词】而同样作为献礼剧目，《红楼梦》的精彩，也让梅兰芳眼前一亮。

【字　幕】徐玉兰 越剧表演艺术家

【同期声】梅先生讲了，他说你们越剧都是女孩儿，从农村出来，很朴素，很朴实。所以你们演戏演得很认真，他说你们《红楼梦》确实不错。那么孙维世也插话了。她说，是啊，我是做导演的，我看谁的戏不掉眼泪的，今天怎么看《红楼梦》会掉眼泪的。

【解说词】1959 年的中国戏曲舞台正是“百花齐放，百家争鸣”的时节。三年前，昆曲《十五贯》演出大获成功。“一出戏救活了一个剧种”，也成就了一座旧戏新编的里程碑。而对于越剧来说，一批经过整理改编的优秀传统剧目，如《梁山伯与祝英台》、《白蛇传》、《西厢记》，早已经在全国各地流行开来。

【照　片】越剧《白蛇传》；越剧《西厢记》

【解说词】自 1956 年底到 1958 年春，作为越剧创作的大本营，上海的越剧舞台更是好戏迭出。

【照　片】《追鱼》（1956 年）；《北地王》（1956 年）；《情探》（1956 年）；《彩楼记》（1956 年）

【解说词】1958 年的春节，热闹的上海。就在大世界隔壁的共舞台，几乎天天都能听见掌声、喝彩声。一出戏从 2 月 18 日，一直演到了 3 月 31 日，连演 54 场，观众达 86343 人次。这出戏就是由徐进编剧，徐玉兰、王文娟主演的《红楼梦》。

【片　花】

【字　幕】第七集　1958－1978 红楼一梦

【黑　场】

【解说词】自 17 世纪 50 年代，曹雪芹的《红楼梦》问世以来，两百年间，有关《红楼梦》的改编本不计其数。现在所知道的，最早被搬上戏曲舞台的“红楼”戏，应该是昆曲《葬花》，作于嘉庆元年（1706 年）。而 1916 年初，在北京吉祥园则上演了梅兰芳的第一出“红楼”戏——《黛玉葬花》。这也是京剧与《红楼梦》的第一次相遇。

【照　片】梅兰芳·《黛玉葬花》

【解说词】对于京剧来说，红楼戏旦角多，戏班的各行当难支配，演起戏来容易场子冷清。所以京剧界的老一辈，从来没人正式演过红楼戏。而年轻的越剧则有着自身的优势。20 世纪的三四十年代，女子越剧已经深入人心。演绎大观园里的宝玉、黛玉自然是得心应手。我们今天还可以听到早期录制的唱片中，那几段朗朗上口的旋律，都来自越剧的红楼戏。

【字　幕】《贾宝玉哭灵》唱段 尹桂芳演唱（四十年代录音）

【同期声】《贾宝玉哭灵》唱段 尹桂芳演唱（四十年代录音）中唱词“风雨潇潇欲断魂，花落枝枯都飘零。”

【解说词】40 年代的上海，袁雪芬也演出林黛玉。傅全香和范瑞娟的东山越艺社还演出过《宝玉与晴雯》。只不过那个年代的“红楼”戏，初登舞台，还不成熟。但即便如此，忠实的越剧观众，还是可以通过几出戏文去认识曹雪芹笔下的那些艺术形象。

【字　幕】王文娟 越剧表演艺术家

【同期声】《红楼梦》的戏我是看了不少的。那个时候在通商戏院。通商戏院就是在泥城桥那里。我老师（竺素娥）也是演过《红楼梦》的，跟支兰芳。

【照　片】王文娟 竺素娥合影

【字　幕】《黛玉葬花》唱段 支兰芳演唱（三十年代录音）

【同期声】（《黛玉葬花》唱段 支兰芳演唱（三十年代录音）中唱词）“奴家林黛玉，素爱花木，今见园花狼藉，任人践踏，好不可怜人也……”

（王文娟）听我妈妈一直讲，一个人一直生病，爱哭什么的，都是觉得你这个小孩怎么像林黛玉一样。

【解说词】那时的王文娟，只是一个刚离开家乡，来到上海跟随表姐学艺的嵊县女孩儿。在学了两年小生之后，改习花旦。她一定没有想到，十年之后，她饰演的林黛玉成为了戏曲舞台上的精典。而年长一些的徐玉兰，在 1947 年底已经成立了自己的剧团——“玉兰剧团”。

【字　幕】嵊州坑边村·王文娟老家

【字　幕】徐玉兰 越剧表演艺术家

【同期声】1948 年的下半年，我们（玉兰剧团）就到明星戏院（演出）。明星戏院（演出）的时候，我们就要培养一个青衣花旦，那么我们去把王文娟请了过来，到我们剧团。所以王文娟是 1948 年的下半年和我合作到现在。

【解说词】从此这一对舞台姐妹合作演出了许多经典剧目。1952 年，还一同前往朝鲜战场，慰问演出。她们是越剧时空里“十八相送”的梁山伯与祝英台，情投意合的张生与莺莺，彼此爱慕的书生和鲤鱼精。直到 1958 年，她们又成为永恒的贾宝玉和林黛玉。

【照　片】俞平伯；《宝玉与黛玉》剧照尹桂芳饰贾宝玉；冯允庄（笔名 苏青）；张爱玲

【解说词】1953 年《红楼梦研究》一书出版。作者俞平伯就这样“误入红尘”。原本停留在学术层面上的论战，变成了全国大批判。《红楼梦》成为热点，越剧舞台上的红楼戏多了起来。芳华越剧团的《宝玉与黛玉》，也曾轰动一时。编剧是冯允庄，1955 年因为受“胡风案”牵连，剧目也受到影响。尹桂芳主演的《宝玉与黛玉》就此湮没。而就在同一年，冯允庄的好友张爱玲，带着最心爱的《红楼梦》，离开香港，去往美国。谁又能说尽《红楼梦》的真谛呢？上海越剧院年轻的编剧 35 岁的徐进并没有这样的野心。他只是想写一出好戏，一出能够打动人的戏。也许最适合越剧表现的，就是宝玉和黛玉的爱情。围绕着宝玉、黛玉的爱情戏，徐进从原著的400 多人中，选出了 17 个剧中人，说白充分运用原著文字，唱词创作更是才思飞扬。再加上“葬花”、“焚稿”、“哭灵”等情节的设置，造就了一代经典剧目，越剧《红楼梦》。徐玉兰、王文娟等一批演员，就这样邂逅了她们艺术生命中最光彩夺目的角色。

【字　幕】徐玉兰 越剧表演艺术家

【同期声】当时我们徐平羽局长他说，要演《红楼梦》中的贾宝玉和林黛玉，原著看十遍，十遍。当时十遍怎么看啊？我1955年刚好有个机会，一团刚刚要到苏联、到德国（访问演出）。我是二团的，借过去演《西厢记》。那么当时我们北京出发到莫斯科，9天9夜，到德国（一共是）半个月，在火车上，那么给我一个机会，我（《红楼梦》）三本原著带去，通读了三遍。

【照　片】周恩来观看出访剧目《西厢记》（1955年）；《西厢记》在民主德国演出（1955年）

【字　幕】王文娟 越剧表演艺术家

【同期声】我演林黛玉的时候是立下军令状的，当时我们领导伊兵同志，他和徐进问我，王文娟，你演林黛玉演得好吗？我说演不好砍我的头。

【照　片】伊兵

【字　幕】孟莉英《红楼梦》中饰紫鹃 著名越剧演员

【同期声】因为我在这出戏里是比较主要的配角，这个时候年纪还轻，22岁，1957年的时候。和两个老师搭档，心要跳，人要发抖的，到底是紧张啊。这个时候王文娟老师有一句话，对我启发相当大。她说这样子看起来我们台底下就要培养姐妹感情了。

【解说词】1958年亮相的越剧《红楼梦》，首度将整个红楼梦的故事，完整的呈现于戏剧舞台。既忠实于原著，又发挥了戏曲的优势，成为那一时期越剧革新的标志。上海、北京、全国各地，甚至是越南、朝鲜的观众，看过越剧《红楼梦》的人，都被舞台上的万种风情所深深打动，也为宝黛的爱情悲剧唏嘘不已。而演员们也在数百场的演出中，不断打磨着自己的角色。

【字　幕】徐玉兰 越剧表演艺术家

【同期声】林黛玉只有13岁，贾宝玉只有14岁。大不大，小不小这样一个小孩儿。但那个时代的人我又没有看见过。我就看我小时候大地主家里的孩子，父母带他祭祖也好，拜佛也好，他戴了小地主帽子，穿了长衫马褂，出来也是彬彬有礼的。

【同期声】（孟莉英）以前一拿到剧本，总归是（先看）我有多少唱词。唱句多不多，首先从这方面考虑。或者我怎么样，这个服装要弄得漂亮一点。那么（是从）当初排《红楼梦》演紫娟才开始，（我在想）我怎么使我这个“绿叶”演好。非但要好，我这个“绿叶”还要演得过硬。

【字　幕】王文娟 越剧表演艺术家

【同期声】

（王文娟）我们每次演出都讲评的。演下来以后都集中到台上，今天是哪一点不好，节奏哪一点松，都要检查的。

（徐玉兰）我们带了《红楼梦》到南京、武汉、广州、长沙这一带去演出。当时是“大跃进”，一面炼钢铁，一面演出。

【解说词】伴随着《红楼梦》的成功，和越剧影响力的逐步扩大，越剧团在全国范围内的布局调整工作也在紧锣密鼓的进行着。

【照　片】竺水招；尹桂芳

【解说词】竺水招的云华越剧团早在1954年就落户南京。而1959年的1月，尹桂芳也带着芳华越剧团的同志们踏上列车向福建而去。

【片　花】

【照　片】梅兰芳·《黛玉葬花》(1959年)

【解说词】

上个世纪的50年代末60年代初，戏曲电影的创作，走向了鼎盛时期。1962年，上海海燕电影制片厂把电影《红楼梦》搬上了银幕。最早将《红楼梦》故事拍摄成电影的是1924年的民新影片公司。他们将梅兰芳的“黛玉葬花”等五出京剧片断搬上了银幕。当时，那一段“黛玉葬花”还选择了外景拍摄。梅兰芳选中了朋友冯幼伟家的花园。那里原来是一处清朝贵族的府第。而到了1942年，上海中华联合影片公司拍摄了故事片《红楼梦》，演员都是那个时期红得发紫的影坛大明星。

【字　幕】电影《红楼梦》(1944年)

【解说词】

周璇演林黛玉，袁美云反串贾宝玉。当时，还只有十五六岁的王文娟，也是周璇的影迷。

【同期声】(王文娟）一到星期天，早晨总是看电影，下午、晚上还是照常演出。我看了周璇的《红楼梦》，她的声音好像还有点记得。她的化妆好像有点记得。她的人是蛮矮小的。

【解说词】

1957年，电影中那个灵巧的黛玉不在了。“金嗓子”周璇在上海病故，年仅37岁。上个世纪50年代末60年代初，已经有不少越剧精品剧目被拍摄成电影。《红楼梦》登上大银幕，要从1960年的那次赴港演出说起。

【照　片】《西厢记》(1958年）张茵 金宝花主演

【字　幕】《情探》(1958年）傅全香 陆锦花主演；《追鱼》(1959年）徐玉兰 王文娟主演

【字　幕】徐玉兰 越剧表演艺术家

【同期声】那个时候嗓子多好啊，三十几岁是最棒的时候。《红楼梦》一演，十八场。

【照　片】上海越剧院赴港演出（1961年）

【解说词】

当时，香港的电影人也领略到了《红楼梦》的魅力。

【照　片】上海越剧院演员与香港演艺界朋友合影

【同期声】(徐玉兰）那么演出以后，香港有个凤凰（影业）公司，要叫我们留下来拍电影。那个时候老导演是朱石麟。

【字　幕】岑范 越剧电影《红楼梦》导演

【同期声】那时我的老师朱石麟，他是香港凤凰影业公司艺委会的。可能他看中了这个戏，留在香港那么长的时间来拍这么一部戏有许多具体困难。后来怎么想，就决定由上海和香港合拍。

【同期声】（徐玉兰）财力物力人力都是我们的，让（香港方面）拿什么？就是拿胶片。彩色的，就是德国的“伊斯曼”胶卷。所以《红楼梦》的色彩特别好，就是这个胶卷，他们从香港带来的。

【解说词】戏曲电影是中国独有的电影品种，而越剧电影也创造了中国电影百年史上的好几个“第一”。1962年，为了拍摄《红楼梦》，上海海燕电影制片厂耗资100万元。而在当时，一个普通工人的月工资大概是30元。

【同期声】

（徐玉兰）当时海燕厂最大的摄影棚，他们没拍过，新的，就给我们拍《红楼梦》。

（岑范）没有在外边（取外景），什么苏州啊，杭州啊没去拍过。都是搭的（景）。就是三夹板加木条子搭的。那（池）水也是，摄影棚里挖一个坑，上面围起来，放自来水，再搁点儿颜料，变成绿的。

（王文娟）怡红院的橱里放的这种古董，都是国库里借出来的，不是假的。

【字　幕】电影《红楼梦》分镜头剧本

【解说词】如此巨大的投入，压力是可想而知的。戏曲舞台上的《红楼梦》能否再次成为银幕上的经典呢？

【照　片】岑范 导演

【同期声】我没有拿它当戏曲片拍，我是故事片加唱。

（王文娟）岑范导演也是确实费了很大很大的精力，我是戏曲演员在舞台上做动作做惯了，你不动嘛，观众看不出你什么来。那个镜头一上来，一面走，走得太多了，再来；一面就是退的太多也要再来。水袖你挥挥，挥到外面去了也要再来，重来蛮多的。

（徐玉兰）（电影）要拍一年。因为拍电影难度很高的。我们都是（戏曲演员）。我同王文娟还刚刚拍过一个《追鱼》。题材不一样，它还是程式化的东西比较多。但是（电影）《红楼梦》既要保留舞台上的精华，又要电影化。

【解说词】在拍摄《红楼梦》时，徐玉兰已经40岁了。但她还是成功的塑造了贾宝玉热情、率直的封建逆子形象。

【同期声】（岑范）徐玉兰大姐她完全靠表演，她有激情。

（徐玉兰）拍电影对我们的表演更提高了一步。因为它内涵的东西更要你表达出来。

（王文娟）一个脸要放大多少倍呢？是不是？特写下来讲是不得了的。拍林黛玉（我）好像比较胖了一点。那我很早的时候，吃饭的时候，就吃一个饼，蛮长时间的，一下子（体重）减不下来的呀，是吧。

（岑范）拍这个“黛玉焚稿”，最后这个（黛玉）死去的时候，（原来）她那衣服里边还有衬衣。因为衬衣一衬呢，这个身体就大了。把（衬衣）取消以后，那样的话，那骨架全出来了，更像一个病态的林黛玉。

【解说词】那一年，王文娟细腻的刻画了影片中孤高傲世、多愁善感的林黛玉。但在现实生活中，她也已经34岁了。正在和著名的电影演员孙道临谈恋爱。

【照　片】王文娟和孙道临

【同期声】（王文娟）（我）在拍《红楼梦》的时候，正准备结婚。

（岑范）她说，她想请假。我说什么事？她说跟孙道临要结婚蜜月旅行。

（王文娟）那个导演岑范，他说："哎，你们不准结婚。要等'焚稿'拍好以后，你们再结婚。"

（岑范）我总考虑，你要是先去度蜜月，挺高兴的回来，一下你要翻回来，再投入这个林黛玉这样一个精神世界，或者这样一个状态呀，有困难。她也很好，同意。

（王文娟）等戏全部拍好，我们才结婚。结婚以后有的再来补镜头。他们都要来讨糖吃。那个时候糖比较难买呀，好的糖。我买那种纸头包的硬糖。他们说，哎哟，这个摄影师讲，林黛玉发的糖那么蹩脚。

【解说词】在原来的舞台剧本基础上，电影《红楼梦》做了一些修改。增加了几场戏，二十出头的曹银娣刚从戏校毕业，幸运地得到了一个角色。她扮演的琪官虽然只有五句唱词。但俊美的扮相却让人们记住了她。

【字　幕】曹银娣《红楼梦》中饰琪官 著名越剧演员

【同期声】那时戏虽然很少，但是好像大家印象还是蛮深的。本来这个角色，他准备真的骑马的，那个跟贾宝玉离开以后，就骑上马，就一路风尘的去了。后来马没借到，自己步行走了。那时候我对影视真的没什么知识。但是我也不紧张。

【字　幕】电影《舞台姐妹》

【解说词】拍完《红楼梦》，曹银娣又出演了谢晋导演的《舞台姐妹》饰演女主角邢月红。据说这个人物的原型，就是当年的越剧十姐妹之一被戏霸逼死的筱丹桂。1962 年《红楼梦》正式封镜。但当时的政治环境，已经不允许这样的"靡靡之音"出现在电影院里了。谁也没有想到，红楼一梦，竟然就是那么长的一段时间。

【黑　场】

【片　花】

【黑　场】《红楼梦》的拷贝，正静静地躺在不知名的角落。等待着总要来的春天。红楼一梦，醒来已是 1976 年的 10 月。1978 年《红楼梦》重新开始了在国内的放映。据统计，它在中国内地的观众人数就达 12 亿人次。仅浙江省的不完全统计，自 1978 年至 1988 年底，近 11 年的时间里，《红楼梦》共上映 18 万多场，观众达 1.6 亿人次。

【字　幕】徐玉兰 越剧表演艺术家

【同期声】"文革"以后放这个（《红楼梦》），上海 36 家电影院齐放的。这个马路上和年三十的夜里一样，没人的（都去看电影了）。

【照　片】岑范 越剧电影《红楼梦》导演

【同期声】1983 年我到香港去参加香港国际电影节，我是带着《阿 Q 正传》去的，我一下飞机，他们那里的记者一见到我，马上就谈到《红楼梦》。他们知道岑范就是《红楼梦》的导演。

【字　幕】王文娟 越剧表演艺术家

【同期声】在东吴戏院（看《红楼梦》）女儿也一起去看的。（周围的观众）都发出"啧啧"的声音。这样的声音蛮多的。我一面在回忆，一面在欣赏，一面在看。

【解说词】堪称经典的越剧《红楼梦》，并没有为岁月的烟尘所掩盖。在十数年的等待之后，重新焕发出亮丽的光彩。电影在全国范围内的放映，使得徐玉兰、王文娟在千百万观众心目中，俨然就是贾宝玉、林黛玉的化身。而那些饱含深情的唱段，马上就传遍了大街小巷。越剧在新时期，再度迈开了走向全国的步伐。80年代以来，跨入越剧艺术殿堂的青年越剧演员，几乎都看过《红楼梦》。

【字　幕】赵志刚 著名越剧演员

【同期声】那个时候我已经是上海越剧院学馆的一名学员了。《红楼梦》看得我们很多同学都哭了。因为，这是我们第一次接触到越剧的传统戏曲、传统作品。

【字　幕】李敏 著名越剧演员

【同期声】越剧原来那么美，那么好听。我小时候就是看电影《红楼梦》以后我爱上越剧的，也爱上了这个林黛玉。看了七八遍还不止，等于说我们那个时候那个广播喇叭里，是整天整天在放的。我能把它全本的就是所有的角色、人物全都背下来。

【字　幕】茅威涛 著名越剧演员

【同期声】当时第一个看的就是《红楼梦》，就是比方说贾宝玉啊，特别是《红楼梦》里那个琪官，就是那个戏子，就是特别吸引我。我就觉得，哎呀，一个女孩子，怎么可以，怎么可以这么漂亮？

【解说词】在今天的越剧舞台上，《红楼梦》依然是一出久演不衰的经典剧目。而一代又一代的越剧演员，也在演绎着他们心目中的宝玉、黛玉，如同大观园里繁花似锦。越剧，在红楼一梦后，迎来的是更为美好的日子……

【黑　场】

【片　尾】

第八集　1952 男女合演

【解说词】1923年，当男艺人把一群“髦儿”女子带上越剧的舞台，这些曾经“的笃”敲响越剧初声的男人，没有想到他们的谢幕竟会是这样的匆忙。短短的十几年，一群曼妙女子辗转城乡，轻歌婉转，唱出了越剧的满园春色，唱尽了越剧的豆蔻年华。清一色的女扮男装，成为当时200多个戏种中的花枝独俏。在青春逼人、登堂入室的喜悦里，男班艺人的隐退没有引起一丝波澜。

【照　片】男班艺人合影（1919年）

【黑　场】

【照　片】新中国第一代越剧男演员合影

【解说词】男人们再次正式重登越剧舞台，已经是1952年。那一年的5月17日，第一个“男女合演”的专业剧团在浙江成立。从此“男女合演”跨越了半个多世纪，起起落落而又连绵不绝。有人称其为越剧的“旁门异数”。有人把它看作是女子越剧的“并蒂雄花”。总是有人相信，温婉抒情之外，百年越剧的未来，仍然需要广阔的天地和一份难得的阳刚。

【黑　场】

【字　幕】第八集　1952 男女合演

【字　幕】现代越剧《红色浪漫》

【解说词】2006年7月1日，浙江越剧团在杭州剧院推出了他们的最新大戏《红色浪漫》。戏中讲述的是发生在重庆渣滓洞集中营，一对革命恋人凄美而浪漫的情爱传奇。这是一出男女合演的现代戏，依然是越剧的“儿女情长”，却不见了才子佳人的水袖长袍；依然是越剧的“婉媚抒情”，唱腔中却糅进了刚柔并济的男儿之气。“看了你们的戏，我真想倒回去几十年，重新来演男女合演。”著名越剧表演艺术家傅全香对《红色浪漫》作出了这样的评价。越剧舞台上的“男女合演”，是指剧中的男女角色由男女演员分别扮演。它的出现要比越剧的起源晚了许多。

【字　幕】女子越剧诞生地·施家岙

【解说词】越剧的初创时代属于那些大胆而又头脑灵活的男班艺人，百年源头的舞台上，并没有一个粉黛女子。

【字　幕】施家岙村民（唱段）

【照　片】屠杏花 著名越剧女小生；谭启龙

【解说词】直到1931年，第一副女班头牌屠杏花，应邀顶替因吃鸦片而潦倒的男班小生，越剧才有了第一次男女同台。在这个被称为“男女混演”的短暂时期，男可以演女，女可以演男，演出形态并不纯粹。此后，越剧舞台女班盛行，到20世纪40年代，一群来自浙江乡村的乖巧女子，终于在上海的孤岛中把越剧出落成一副艳惊四方的才女模样。正当越剧诸姐妹在上海的孤岛中出淤泥而不染、风华正茂的时候，“男女合演”在越剧的故乡却有了一次开创性的邂逅。与越剧的起源一样，这样的开创依然发生在乡村。1942年，浙东四明山区军歌嘹亮。7月的一天，新四军浙东抗日游击纵队在根据地召开纪念抗战六周年群众大会。政治委员谭启龙面对数千军民慷慨陈辞。不料一场大雨袭来，大会被迫中断。等到雨过天晴、群众聚集，汇集目标却不是大会的会场。而是一个“的笃”作响的“草台班”。

【字　幕】纪念大会遗址；新四军老战士

【同期声】（新四军老战士）就这个位置，这个位置，不会错的。

【字　幕】黄源（1906－2003）原浙江省文联主席 时任浙东行署文教处处长

【同期声】当时在一个小村庄里边，有一个剧团演越剧。它这个锣当当当一敲，群众都聚起来了。我在小楼里边都看得很清楚。就是我们区党委的书记，号召力还没有越剧团那么大，印象很深。

【解说词】四明山毗邻嵊州，是越剧的流行区域。在浙东游击区“的笃戏”民间艺人有3万多人。正是看准了民众的习惯和热情，浙东行署决定，吸收民间戏班，结合新老艺人和青年学生组建“的笃班”社教工作队。用喜闻乐见的戏曲形式发动群众，宣传抗日。于是，越剧的“男女合演”，有了从内容到形式的第一次预演。

【照　片】社教工作队演员合影；

【字　幕】钱水红 原社教工作队队员 2001年拍摄

【同期声】“天气暖，百花香，清早起来来插秧……”下面唱不下去了，这段戏很长的。

【字　幕】黄源（1906－2003）原浙江省文联主席 时任浙东行署文教处处长

【同期声】我们这个剧团呢，最大的一个特点是演抗日的戏，自编自演，剧团是男女合演的。

【字　幕】钱水红 原社教工作队队员

【同期声】编戏的时候是国民党，（演）八十八团国民党，进来抢掠这种戏。还有《桥头烽火》，还有是《风波亭》。

【字　幕】黄源（1906－2003）原浙江省文联主席 时任浙东行署文教处处长

【同期声】我们的战士和群众对浙东的越剧是非常之熟悉的。年三十晚上去演戏的时候，部队里的士兵都跑到那边来看，很熟悉的。

【照　片】社教工作队干部和演员合影

【字　幕】戏曲电影《祥林嫂》片断　1977 年摄制

【解说词】出现在四明山区的这次越剧革新，只持续了短短的三年。越剧的研究者给予这段没有任何剧本和旋律留存的历史以高度的评价。这不仅是因为它开创了“男女合演”的先河。还因为它扎根群众、贴近现实，说工农故事，唱抗日英雄，给一派才子佳人妩媚轻柔的舞台，带来了一阵朗朗新风。由于大军北上山东，它最后留给越剧的是一出《北撤余音》的小戏。而这一时期的上海越剧舞台上，也是一片新风浩荡。“新越剧”跳出了“私定终生后花园，落难公子中状元”的窠臼。越剧《祥林嫂》的横空出世在越剧的发展史上竖起了一座里程碑。

【同期声】（戏曲电影《祥林嫂》片断唱段）“我只有抬头问苍天，抬头问苍天。”

【解说词】发生在城乡两地的这两场变革，毫无关联却又气韵相通。有意思的是，黄源、伊兵这些四明山“男女合演”的领导者，新中国成立初也来到上海，与袁雪芬和她的姐妹们一起，共同创造和见证着新中国百年越剧的黄金时代。

【黑　场】

【片　花】第八集　1952 男女合演

【黑　场】

【字　幕】戏曲电影《梁祝》片断　1953 年摄制

【解说词】《梁山伯与祝英台》一个遥远年代的爱情传说，把女子越剧的柔美抒情演绎得出神入化。在新中国阳光灿烂的日子里，年轻的越剧艺术在“十八相送”的旋律中，迅速蝶化成中国第二大地方剧种。那是一个激情燃烧的岁月，一切都在开天辟地的豪迈中万象更新。就是在这样的年代，越剧的“男女合演”破土而出。1952 年，周恩来这位越剧艺术的强力推动者，在全国第一届戏曲观摩演出大会上，接见了袁雪芬、范瑞娟和傅全香。他说，越剧也要表现新生活。女扮男装在艺术上有难度和局限。女子越剧和“男女合演”的越剧需要共同前进。

【字　幕】谈声贤 作曲家

【同期声】进入女子越剧最鼎盛的时候，进入尺调时期的时候，它整个的曲调我觉得比较柔美。它因为都是女子来演男的。如果反映传统戏呢，我觉得大家都对它没有什么异议，一旦反映现实生活当中的一些题材的戏，观众就觉得好像女的演男的，现代的人物，就好像觉得在心理上、在美学上觉得有差距。跟他的追求，跟他的想法、生活有点差距。

【解说词】越剧“男女合演”的突破，依然从浙江开始。开国大典不久浙江省文工团，就演出了“合演”小戏《王秀鸾》。

【字　幕】现代戏《王秀鸾》；现代戏《罗汉钱》

【解说词】1952 年，浙江从各地文工团选拔了一批风华正茂的男演员，正式组合“男女合演”的越剧队。1953 年 2 月，第一部“男女合演”的现代戏《罗汉钱》在杭州公演。

【字　幕】周大风 音乐家

【同期声】正式男女合演是1952年，第一部戏叫《罗汉钱》。1952年的年底，1953年的年初，在胜利剧院连演41场，“男女合演”群众是欢迎的。

【解说词】《罗汉钱》公演一年之后，浙江各地出现了13个“男女合演”的专业剧团。上海越剧院也从浙江嵊州招收了40名男学员，从此加入了“男女合演”的世纪实践。为了这一新生事物，浙江省政府甚至还给“男女合演”的嘉兴剧团特批了84个“全民”指标。

【字　幕】方海如 新中国第一代越剧男演员

【同期声】这批人组织起来以后，正式和这些老艺人一起演出。第一个戏是《罗汉钱》，第二个戏是《小女婿》。当时就有十个男演员。那么这些老艺人也很支持，像姚水娟、吴剑芳，这些老艺人都参加一起活动的，把我们这些男演员称为“男宝贝”的。

【解说词】开始的岁月是艰难的，在以古装戏、爱情戏，女子唱腔营造的越剧殿堂中，男人的再次登台一开始只是龙套角色，开口一唱，常会引来哄笑和嘘声。上海的“越迷”们称此为“开汽水瓶子”。现代戏和“男女合演”要想别开生面，男女唱腔的创造和改进，成了首当其冲的难题。

【字　幕】罗志摩 舞台美术师

【同期声】“男女合演”是好的，主要是唱腔问题，黄梅戏和沪剧，他们都是男女合演的，但他们的唱腔比较好，没有什么男声和女声，是同一个调里面进行的。而我们越剧男调和女调差别太大，女声唱和男声唱接不上去。

【字　幕】周大风 音乐家

【同期声】你要发展，一定要移步换形，走一步路，形状要改变的，否则是不行的。所以当时我当艺术室主任，我和他们讲，要变、要变、要变！我是搞改革的人，结果改出来还是好的。

【解说词】以周大风为首的越剧音乐工作者，在继承越剧音乐传统的基础上，借鉴其他剧种男女分宫的经验，对越剧的男女唱腔进行了开拓性的研究和实践。创建男调，改进女调，不仅初步解决了男女合演中的唱腔问题，还为表现现代生活和重大历史题材做好了音乐资料上的准备。从《五姑娘》到《两兄弟》，男腔男调从简单生硬，变得和谐动听，“男女合演”开始频频亮相越剧舞台。

【字　幕】梁永璋 著名越剧演员

【同期声】他就是在音乐上下大力气来改革，怎么样把男腔搞得让观众喜欢、接受。所以（浙江越剧）二团当时基本上是观众认可的。看二团的戏，观众也分类，老太太少，因为老太太要看《碧玉簪》啊，要看什么东西。但我们的观众是大学教授、大学学生、工人、农民特别多。

【字　幕】《采茶舞曲》片段

【解说词】1958年带着《风雪摆渡》等“男女合演”的五大剧目，浙江越剧二团远赴北京，开始了为期三个月的汇报演出。这首脍炙人口的《采茶舞曲》，就是出自其中的一出小戏《雨前曲》。9月11日的晚上，北京长安剧场的观众席上，悄悄地出现了两个“越剧迷”。周总理和邓大姐买票看戏，至今仍是百年越剧史上的一段佳话。看完戏，总理说，家乡的剧团来了，我要来看看。男女合演的新越剧，不要怕粗糙，可以逐步提高，要继续搞下去。带着总理的鼓励，1959年，浙江越剧二团又赶排了一出向国庆十周年献礼的“男女合演”剧

《斗诗亭》，出人意料的是这出大戏一经推出，竟然会是一唱难收，不仅成就了当时越剧界的一场空前盛况，还被拍成电影，成了“男女合演”戏曲电影的首创。

【字　幕】胡小孩 剧作家

【同期声】《斗诗亭》演出以后，一下子红了。那时张荣桦是演那个小姑娘的，叫小六斤。张荣桦（红）到什么程度，她出去人家不叫她名字了，小六斤来了这样子。

【字　幕】张荣桦 著名越剧演员

【同期声】当时演出确实是盛况空前的。因为当时有一大批戏迷，对我们浙江越剧二团的“男女合演”有一大批的观众。当时演出的时候，我上午六点多起来，七点化妆，八点半就要一场戏；那么吃了中饭又是下午一场；再晚上又是一场。每天三场，而且是整个月的。

【字　幕】梁永璋 著名越剧演员

【同期声】演到什么程度？一直演到40多场，将近50场的时候，两轮演员都倒下了。

【字　幕】胡小孩 剧作家

【同期声】那时候老百姓看现代戏的兴趣比看古装戏还要大。

【字　幕】越剧《半篮花生》；越剧《十一郎》；越剧《江姐》；张国华 著名越剧演员；刘觉 著名越剧演员；史济华 著名越剧演员

【解说词】从《山花烂漫》到《半篮花生》，“男女合演”的热潮不仅发生在浙江，上海的“男女合演”同样风起云涌。《十一郎》、《江姐》、《技术员来了》、《平凡的岗位》，一出出连台好戏，在张国华、刘觉、方国泰、史济华等男演员的演绎下毕露风华。“男女合演”也不仅发生在城市舞台，浙江越剧二团坚持送戏下乡，在海岛、农村汲取创作营养，被誉为当时全国戏曲团体的八面红旗之一。现代戏“男女合演”构成了五六十年代越剧的独特景观。文戏、武戏、历史剧、现代戏，题材纷呈、新作叠出，虽然带有时代的烙印，但阳刚气下，越剧的时空天宇，已经变得更加宽阔。

【字　幕】戏曲电影《祥林嫂》　1977年摄制

【解说词】在经历了十年动乱的衰败和迷乱之后，与国运的复苏和振兴一样，越剧的舞台再一次变得姹紫嫣红。20世纪70年代末，上海越剧院复排推出了保留大剧《祥林嫂》，还是袁雪芬的领衔主演，不同的是贺老六已经不再是女扮男装。

【戏曲电影《祥林嫂》同期声】

祥林嫂：强盗，让我回去。

贺老六：唉，真是天晓得啦。（唱）我老六今年活了三十多，这种事情从未碰到过，我虽是生长山野一粗汉，强凶霸道我不会做。

【字　幕】越剧《三月春潮》；越剧《鲁迅在广州》；越剧《第十二夜》；越剧《王子复仇记》；越剧《赵氏孤儿》；越剧《小刀会》；越剧《强者之歌》；越剧《胭脂》；越剧《十一郎》

【解说词】上世纪七八十年代，是越剧“男女合演”一路欢歌、全面创新的年代。在上海《三月春潮》、《鲁迅在广州》，把领袖和名人搬上了戏曲舞台。莎翁名著《第十二夜》、《王子复仇记》也被“洋为中用”。“越剧王子”赵志刚就是从那时崭露头角的。而在浙江，《小刀会》在长三角地区连演100余场。《强者之歌》、《胭脂》、《十一郎》广受观众喜爱，从题材到唱腔，从舞美到伴奏，越剧舞台上新剧叠出，大气蓬勃，展现出一派“中兴”

气象。

【字　幕】越剧《巧凤》1992 年浙江越剧团演出

【越剧《巧凤》1992 年浙江越剧团演出同期声】一件花布新衣裳，两瓶凤凰珍珠霜，这一件袖珍电子计算机，批改作业派用场。

【字　幕】杭州黄龙湖

【解说词】然而就像任何事物的演进，都要经历一个螺旋式盘升，20 世纪 90 年代以后，越剧也经历了“小百花”的潮起潮落和“男女合演”的进退沉浮。社会变迁、观众口味变化、市场竞争、新媒体的繁荣，戏曲、越剧都面临时代的挑战。曾经强手如云的“男女合演”剧团，仍在坚守的只有两家：上海越剧一团和浙江越剧团。

【字　幕】赵志刚 著名越剧演员

【同期声】我们希望寻找一条和女子越剧错位发展的道路，这实际上主要是指题材。近几年，我们团创作了近十台戏，我参与的戏有 6 台。这 6 台中有 4 台是现代戏。现代戏恰恰是女子越剧最不擅长的。历史剧是女子越剧擅长的。

【字　幕】方海如 新中国第一代越剧男演员

【同期声】只有“男女合演”以后，越剧不仅可以由女子演出，而且还有“男女合演”演出。可以偏重于女子谈情的戏，也可以偏重于激昂的，像《金沙江畔》这种戏。这个对一个剧种的完善，是一种丰富。两条腿走路，是这个剧种更成熟的标志。

【字　幕】越剧《巧凤》；越剧《金凤和银燕》

【解说词】在上海，赵志刚用《赵氏孤儿》、《第一次亲密接触》乾纲独领。在浙江，既靠《巧凤》、《金凤和银燕》的感天动地，也有借“视”兴“剧”，剑走偏锋的别样生机。

【字　幕】第一部电视艺术戏曲片《桃子风波》　浙江电视台 1979 年摄制

【第一部电视艺术戏曲片《桃子风波》同期声】你不想没有桃树哪来的果，没有老年人哪来桃花香里树满坡。

【字　幕】马樟花；越剧《桃子风波》剧照

【解说词】1979 年，浙江电视台将一出讲述敬重老人的越剧小戏，拍成电视剧搬上荧屏。越剧与电视的这次首创，让人想起上个世纪，靠电台唱红老上海的马樟花和上映数十万场观众过 10 亿的越剧电影《红楼梦》。

【字　幕】梁永璋 著名越剧演员

【同期声】这个戏拍了以后，给了我们（浙江越剧）二团的人一个很重要的启示，“男女合演”不仅在舞台上，还可以通过它来扩大自己的观众面，来吸引更多的观众。这是第一个戏曲电视，我们浙江台，包括林（辰夫）台长功不可没。

【字　幕】越剧《九斤姑娘》；越剧《汉武之恋》；越剧《巧凤》；越剧《一鸟九命》；越剧《大义夫人》；越剧《天之娇女》

【解说词】在越剧舞台面临挑战的时候，越剧电视剧的出现，为“男女合演”找到了大展身手的天地。1991 年，浙江越剧团专门成立了影视部，与浙江电视台紧密合作，上演了一出借“视”兴“剧”的连台好戏。从《九斤姑娘》到《汉武之恋》，从《巧凤》、《一鸟九命》到《大义夫人》、《天之娇女》。十几年间，浙江的越剧电视剧，8 部荣获“飞天奖”，9 部荣获戏曲电视剧大奖。

【字　幕】戏曲电视剧《秋瑾》

【解说词】1996 年越剧电视剧《秋瑾》一举夺得中宣部“五个一工程”奖。在这一奖项中，为我国戏曲电视剧实现了零的突破。专家评论说，《秋瑾》刚柔并济、优美豪迈，将男女演员的优势发挥得酣畅淋漓，可以看作越剧“男女合演”的里程碑。

【戏曲电视剧《秋瑾》同期声】渡海欲结真同志，知音还是故乡人，同仇敌忾风云会，笑谈一语诺死生。

【字　幕】魏峨 剧作家

【同期声】我觉得“男女合演”的好处是避免了很多矫揉造作的东西，很真实。男的演男的，女的演女的。对反映生活真实性是有好处的，特别是演现代戏，你没有“男女合演”，光是女子怎么演。

【字　幕】胡小孩 剧作家

【同期声】我觉得这是一个里程碑，一直发展到今天，越剧也演现代戏了，跟时代更加合拍了。

【字　幕】魏峨 剧作家

【同期声】所以我觉得越剧真正的出路还是要“男女合演”坚持到底，走出一条路来。

【解说词】越剧还很年轻，在中国渊远流长的戏曲大家庭中，她还只是一个晚辈。越剧是生动的，她来自民间；越剧是时尚的，她敏锐而包容。百年越剧是一段不断开拓演进的历史，早已是根深叶茂、温婉动人，却仍在兼收并蓄、舒展筋骨。今日的娇美已经历历在目，未来的万千风采，人们还只能静静地期盼和猜测。

【字　幕】2006 年 9 月 28 日越剧《红色浪漫》又一次演出

【片　尾】

第九集　舞台中坚

【片　花】百年越剧

【黑　场】

【解说词】1949 年至 1965 年，一个激情燃烧的时代，这也是文化艺术一段“百花齐放”的岁月。在越剧的舞台上，一批年轻的名字开始被观众熟悉。年轻的越剧人，年轻的新中国，正在同时准备迎接成长的磨砺与挑战。国运沧桑，人生起落，几十年的光阴后，他们留下了一个个意味深长的背影，一句句值得咀嚼的唱词。

【黑　场】

【字　幕】第九集　舞台中坚

【字　幕】上海

【照　片】“1954 年华东戏曲观摩演出大会会标”；“1954 年华东戏曲观摩演出大会获奖演员合影”；“范瑞娟”；“吕瑞英”；“傅全香”；“徐玉兰”；“王文娟”；“张桂凤”；“尹桂芳”；“戚雅仙”；“姚水娟”。

【解　说】1954 年秋天，第一届华东戏曲观摩演出大会在上海举行。35 个剧种，150 多个剧目参加了演出。范瑞娟、傅全香、徐玉兰、王文娟、张桂凤、尹桂芳、戚雅仙、姚水娟等，获得表演一等奖。

【照　片】“金采风”；“吕瑞英”；《盘夫索夫》金采风饰严兰贞；《打金枝》吕瑞英饰公主

【解说词】而跟这些红透上海滩的名角，同获一等奖的，还有两个越剧界的小字辈：24岁的金采风和21岁的吕瑞英。在后来的日子里，她们为越剧的振兴与发展起到了承上启下的作用。

【黑　场】

【解说词】金采风从小就是个越剧迷。1947年，正在念初中的她，考取了袁雪芬创办的雪声越剧团训练班。

【字　幕】金采风 越剧表演艺术家

【同期声】那个时候，我们学生哪里有剧本啊？就是在台角看戏。看戏以后呢，把她们的唱词记在脑子里，唱腔记在脑子里，那么回家以后呢，一句一句把它抄下来，学她们的调门，学她们的嗓音怎么运腔，就是这样学的。

【解说词】20世纪三四十年代，上海流行越剧演员到电台演唱为剧团做宣传。名演员没时间唱，便常常由金采风这样的学员去替班。

【字　幕】金采风 越剧表演艺术家

【同期声】有的时候我一个人唱两个角色。比如像《楼台会》，我既唱祝英台又唱梁山伯。那么以假乱真，是吧。那么那个时候呢，观众那个时候兴这个点唱的。比方打个电话来，我要金采风唱那个什么，那么我就唱。那么我在电台里面呢，久而久之人家就记住了，来看戏了，来找了，哪一个是金采风啊。那么一找找出来，我在跑龙套，做那个兵啊，太监啊，书童啊。

【解说词】旧社会学艺十分艰苦。幸运的是，在花样的年华，金采风这个酷爱越剧的中学生，迎来了一个艺术的新时代。

【字　幕】1949年·开国大典

【毛泽东主席同期声】“中央人民政府成立了……”

【解说词】1950年4月，新中国第一个国营越剧团——华东越剧实验剧团在上海诞生。它就是后来的上海越剧院。

【照　片】徐玉兰 张桂凤 王文娟 吕瑞英 袁雪芬 金采风合影

【解说词】1951年建军节那天，金采风和自己的老师辈——上海的许多越剧名伶们一起全身心的加入到这个进步、开明的新集体中。不久新成立的越剧实验剧团进京演出。金采风也遇到了她戏剧人生中一个重要的契机。

【字　幕】金采风 越剧表演艺术家

【同期声】要招待那个周总理，领导说青年演员都上去，给总理看看。好，给我一个任务，叫我演《盘夫索夫》。那个时候我哭啊，我哭死了。我不是科班，戏也不知道。一个礼拜叫我怎么排出来？我不要排，我那个时候很幼稚的。

【解说词】一个星期要排练出《盘夫索夫》，这对于半路出家的金采风来说，是有点犯难的。为了剧团有一个新的气象，领导最后还是下了死命令，这戏是非演不可的。

【同期声】那个时候怎么样呢？就是，唱词呢，金艳芳老师口述，我就记下来。这头也没有包过，这大头，袁（雪芬）老师跟傅（全香）老师她们几个人给我包头。扎得紧是紧得来，眼睛血血红啦。痛是痛得来不得了。我到台上要上去的时候啦，我不肯出去啦，吓死了。袁（雪芬）老师把我推出去的。“砰”一下推出去。我没有办法，推出去，我只好演了。

【照　片】50 年代《盘夫索夫》剧照；金采风饰严兰贞；陆锦花饰曾荣

【解说词】袁雪芬的这一推，推出了一个越剧舞台上的精典形象，严兰贞。《盘夫索夫》后来成为金派艺术的奠基之作。

【同期声】（《盘夫索夫》的唱句）“官人你好比天上月，我为妻可比月边星。”

【黑　场】

【字　幕】“《碧玉簪》根据上海越剧院演出本改编”

【解说词】1962 年金采风主演的《碧玉簪》被搬上银幕，大获成功。李秀英一角，也达到了金采风表演生涯的顶峰。

【同期声】《碧玉簪》还蛮滑稽的，刚排练起来的时候呢，把“送凤冠”改掉，李秀英吐血死掉。就是说明这个封建社会呢，是把那个李秀英吃掉的。谁知道那个观众不散，舞台监督，他去讲了，他说为什么要这样改呢？叫他说去。观众代表出来讲了，这个不合情理，我们观众看了心里闷死。一定要送凤冠，这样送凤冠嘛，就是心里开心啊。

【字　幕】《送凤冠》

【同期声】（电影《碧玉簪》中唱句）“你不要多言多语多相劝，害得我么多思多想多心酸，怪爹娘错选错许错配人，配了你这个负情负义负心汉。”

【解说词】就是在 1953 年，金采风被推上舞台的那一天，周恩来总理还看到了另一个令他印象深刻的名字——吕瑞英。当时吕瑞英扮演的是九斤姑娘。许多人并不知道，眼前这个机智泼辣的九斤姑娘的扮演者是个孤儿，8 岁入科班学戏，刚刚 20 岁却已经有了 12 年的戏龄。

【照　片】13 岁的吕瑞英；20 岁的吕瑞英

【解说词】从一个颠沛流离的科班小艺人，成为一名新中国的文艺工作者，吕瑞英开始了她理想中的新生活。1953 年，吕瑞英参加了越剧电影《梁山伯与祝英台》的拍摄，扮演丫鬟银心。随着电影在国内外频频亮相，全国观众也开始认识吕瑞英。

【照　片】范瑞娟，吕瑞英 50 年代《打金枝》剧照

【解说词】真正使吕瑞英声名鹊起的，是 1954 年她扮演《打金枝》中的君蕊公主。范瑞娟甘当绿叶，为年轻的吕瑞英配戏，演驸马郭瑗。

【字　幕】吕瑞英 越剧表演艺术家

【同期声】李惠康是艺术研究所的所长，他喜欢越剧还是看了我的《打金枝》。有一次就是招待尼泊尔首相，就是总理陪了尼泊尔首相到上海来。我们到锦江小礼堂去演出《打金枝》。他呢（李惠康）作为学生代表，来陪客人的嘛。看了戏以后，他说他从来没有接触过越剧，中国有这么美丽的古典剧种啊！他认为戏的意义也好，化妆、服装我们这些又好，表演又好。本来他是学理科的嘛，后来他说，我要去学文科了，就去戏曲学院。

【解说词】在当年的那次华东戏曲观摩演出大会中，吕瑞英果然不负众望，拿下大奖。《打金枝》也从此开创吕派艺术的诗化风格。

【字　幕】吕瑞英 越剧表演艺术家

【同期声】那个时候伊兵，伊秘书长，他说你说这块金牌有多重？我说我不知道。他说这块东西可以压死一个人啊！他就告诉我，要继续努力，做事业的接班人。

【解说词】作为新中国越剧事业的接班人，吕瑞英在风华年代，留下了近 40 个难忘的舞台形象。特别是《西厢记》中，那个为人津津乐道的“活红娘”。

【照　片】1960 年《西厢记》红娘剧照

【字　幕】《西厢记·拷红》吕瑞英饰红娘 张桂凤饰崔夫人；1987 年·越剧电视艺术片《西厢记》资料

【解说词】读懂王实甫《西厢记》的人，总会发出这样的感慨：没有红娘戏，西厢无从记。而越剧《西厢记》似乎也是如此。

【同期声】（1987 年越剧电视艺术片《西厢记》资料 中唱句）“其间何必苦追究，夫人啊，你得放手时且放手，得罢休时且罢休。”

【解说词】在越剧发展的黄金时期，人们对一个好演员，一出好戏的关注程度，是今天所难以理解的。哪怕演的只是一个配角。

【字　幕】孟莉英饰紫鹃；1962 年·电影《红楼梦》资料

【解说词】孟莉英在《红楼梦》中扮演紫鹃，因为经常饰演著名旦角王文娟的贴身丫鬟，人称“丫头王”。

【同期声】（1962 年·电影红楼梦》资料中唱句）“与姑娘，情如手足长厮守……”

【同期声】我也是个票友，爱好越剧才走进这个门的。

【字　幕】孟莉英 著名越剧演员

【同期声】有时候要正确估计自己，我既然不能做头号、头路戏，我就做二路戏。我怎么把二路戏演好，二路戏演活。我被观众所认可的，都是二路戏啊。比方讲《西园记》里，也是演个丫头香珺。《孟丽君》里面（荣兰丫头）我多数都是这一类角色。所有戏曲，我最最喜欢越剧，我忠于越剧。

【字　幕】曹银娣 饰琪官

【同期声】（1962 年·电影《红楼梦》资料中唱句）“此去避居东郊地……”

【解说词】电影《红楼梦》中，还有一个戏份不多却叫人印象深刻的角色——伶人琪官。扮演者是 23 岁的曹银娣。此时，她刚从上海戏曲学校越剧班毕业。《红楼梦》之后，很快曹银娣参加了故事片《舞台姐妹》的拍摄，扮演主要角色邢月红。

【字　幕】曹银娣饰邢月红；1964 年电影《舞台姐妹》资料

【同期声】（1964 年电影《舞台姐妹》表演片段）“你喝酒了？”

【同期声】拍《舞台姐妹》我是一辈子忘不了的。在拍那场我的重点戏的时候，姐妹分手的时候，她三次回头，（导演）他就在地上画了三个圈圈，你第一次回头应该是在哪个圈圈上。

【字　幕】曹银娣 著名越剧演员

【同期声】第二次回头应该是在哪个圈圈上，这对我来说是难度很高的。但是呢，也没感到很紧张，因为我这人在舞台上就比较放松，从小就比较放松的。不知道紧张的。

【字　幕】1964 年电影《舞台姐妹》资料

【解说词】1964 年《舞台姐妹》上映，不少人误以为曹银娣是电影演员。只有喜爱她的越剧观众们知道，那举手投足间，曹银娣依然是舞台上那个风流俊雅的越剧女小生。

【照　片】《红楼梦》饰贾宝玉　《孟丽君》饰皇甫少华

【字　幕】史济华 著名越剧演员

【解说词】史济华是1954年上海越剧院招收的第一批男女合演的学员之一。

【字　幕】史济华 著名越剧演员

【同期声】过去我们的老师，京剧老师跟我讲，练“瞎子功”。怎么叫练“瞎子功”呢?半夜里头人家睡觉，我练功。我就是这样子。我不是怕人家看见，我晚上睡不着，我就练功了。我学过京剧、昆曲，也学过川剧、汉剧，河南梆子，我全部学过。

【解说词】20世纪50年代，正是女子越剧如火如荼的时候，观众看到一个男小生上台时，顿时嘘声一片。1959年，19岁的史济华，主演徐玉兰的代表剧目《十一郎》。

【照　片】《十一郎》剧照

【解说词】终于第一次赢得上海观众真诚热烈的掌声。《十一郎》的演出，为越剧男女合演在上海立足、发展奠定了基础。史济华也成为越剧界屈指可数，文武兼备的男小生。得到了舞台上“千面人”的美誉。这个时期，浙江越剧界也涌现出一大批出色的演员，我们依然能够从这部1958年拍摄的越剧电影《西厢记》中一睹其中几位的风采。

【字　幕】高佩饰红娘 张茵饰崔莺莺；1958年越剧电影《西厢记》资料

【同期声】(1958年，越剧电影《西厢记》中唱词)“小姐约我今晚到花园相会……”

【字　幕】屠笑飞饰崔夫人

【同期声】(1958年，越剧电影《西厢记》中唱词)“什么我倒有三个不是?你与我讲。”

【照　片】高爱娟 陈书君 江涛的照片

【解说词】此外，还有高爱娟、陈书君、江涛等都是当时越剧界的佼佼者。百花齐放，百家争鸣的文艺春天，遇到了寒流。1964年，美轮美奂的越剧电影《红楼梦》被禁止放映，认为是靡靡之音。故事片《舞台姐妹》也遭到电影界的公开批判。文化大革命当中，女子越剧被称为是“60年代的怪现象”。越剧演员或下乡劳动，或当上了工人。吕瑞英远赴广东，在一个小县城，当起了派出所所长。

【照　片】吕瑞英

【字　幕】1971年任广东省遂溪县公安局机场派出所副所长

【字　幕】吕瑞英 越剧表演艺术家

【同期声】比如说有抢劫啊，有偷盗啊，所以这些都要管。小到公社里面种子被盗啊，这是不是破坏生产啊，还是小偷小摸啊?还有，人家少了一只鸡，他也要来报，我有一只鸡没有了。那么也要帮他去走一下吧，去看看吧?我倒感觉到这个都是真的事，舞台上都是假的，舞台上拿的刀也是假的，枪也是假的，这个是真的。

【照　片】60年代“活红娘”；1971年任派出所副所长

【片　花】第九集　舞台中坚

【解说词】十年后——1976年，上海越剧院恢复拍摄《祥林嫂》。

【字　幕】袁雪芬饰祥林嫂；1976年《祥林嫂》舞台资料；史济华饰贺老六

【解说词】36岁的史济华顶替范瑞娟扮演贺老六。两年后，在戏曲电影《祥林嫂》中，史济华再次出演贺老六。

【字　幕】史济华饰贺老六 金采风饰祥林嫂；1978 年电影《祥林嫂》资料

【同期声】（1978 年电影《祥林嫂》中唱词）“我老六今年活了三十多，这种事情从未碰到过。”

【字　幕】金采风饰祥林嫂；1978 年电影《祥林嫂》资料

【解说词】与他演对手戏的，是 48 岁的金采风。

【同期声】（1978 年电影《祥林嫂》中唱词）“听他一番辛酸话，倒叫我有口也难开。”

【照　片】《西厢记》刘觉饰张生；《三月春潮》刘觉饰周恩来；《鲁迅在广州》刘觉饰鲁迅。

【解说词】这一年，和史济华一同出道的男小生刘觉，成功塑造了现代戏《三月春潮》中的周恩来、《鲁迅在广州》中的鲁迅等一系列艺术形象。

【照　片】吕瑞英；《桃李梅》剧照；《花中君子》剧照；《碧玉簪》剧照

【解说词】这一年，吕瑞英回到上海越剧院，主演《桃李梅》、《花中君子》。金采风一曲《三盖衣》，还是缠绵婉转。

【照　片】曹银娣 著名越剧演员

【解说词】曹银娣主演《珍珠塔》依然拥趸无数。当台下的观众，在为这些越剧名伶重回舞台欢呼喝彩的同时，也发现十年岁月带给她们的无限遗憾。

【字　幕】吕瑞英 越剧表演艺术家

【同期声】那个时候人也长胖了嘛，一回来我就 136 斤了。第一个戏排《傲蕾·一兰》的时候，我一下子一个戏排下来我就轻了 20 斤。不减不行啊！

【照　片】《傲蕾·一兰》剧照

【同期声】在那边我都根本没有想过。后来不是“文革”后，《红楼梦》一出来，（广东遂溪）县革命委员会里边，有人去看电影嘛……

【字　幕】1962 年电影《红楼梦》资料 吕瑞英饰薛宝钗

【同期声】放电影看了以后，里面有个吕瑞英，跟我们这里的老吕（是一个人吗？）他们来问我了，我说不是，你看像吗？有点的哦，他讲。办公室的人说有点像的。我说不是。只有我们一个办公室主任是知道我的。我就和他讲，你不要讲。

【解说词】这些视表演为生命的越剧人，似乎隐隐感到某种使命。他们把目光投向了另一个舞台：传承越剧流派，寻找更为年轻的继承者。在越剧演员青黄不接的 70 年代末 80 年代初，吕瑞英提携了一大批中青年演员。

【字　幕】吕派传人吴素英饰窦娥　吕派传人陈辉玲饰穆桂英

【解说词】如今，吕派的名作，在新一代青年演员的表演中，渐渐派生出新的枝叶。

【字　幕】上海越剧院排练厅

【解说词】2006 年 10 月的一天，金采风像往常一样，把《碧玉簪》的一招一式，传授给她年纪最小的学生，这里是金采风从 21 岁起就每天练功的地方，现在她已经 76 岁了。

【字　幕】樊婷婷 金采风学生 上海越剧院演员

【同期声】我记得那个时候，第一次上台嘛，就正好碰到一次上海越剧新秀评比。我们院的那些，因为服装，适合我那个戏的服装都比较陈旧了嘛。那么老师就特意为了我去拉赞助，完了以后，就送我一副头面，一件帔，一件新衣服，使我在台上演出的时候，更加自信，更加有信心。

【解说词】今天，金采风最大的心愿，就是自己教授的学生，有一天超越自己。

【照 片】金派传人 谢群英；金派传人 黄美菊

【解说词】她的弟子，谢群英、黄美菊，已经走出了第一步，先后获得中国戏剧最高奖——梅花奖。

【字 幕】金采风 越剧表演艺术家

【同期声】我很为她们高兴，但是不能停留在这个基础上，应该更上一层楼。我希望她们能够树立她们的品牌，我觉得应该是将来有她们的流派，而不是永远是我金派，我希望她成为谢派、黄派。

【字 幕】曹银娣饰皇甫少华 90 年代戏曲电视剧《孟丽君》资料

【解说词】1993 年，曹银娣在舞台上还是风流俊雅。为了越剧事业发展的需要，她毅然离开了她心爱的舞台，选择了去上海戏曲学校当老师。

【字 幕】曹银娣 著名越剧演员；张宇峰 曹银娣学生 上海越剧院演员

【同期声】这个辛苦啊，真是没人知道的。那时候我有一个病，我是脑供血不足。经常容易发晕，就是突然眼前发黑了就没知觉了。这样呢，我就每天带着一些止疼片，带着一些防止头晕的药，就去上课。但是也有一个好处，为什么呢？我本来的性格，性子比较急的，从小性格比较急的。但是教了学生以后呢，不能急了，你教学生不能急的，只能慢慢地磨。

【排练同期声】“重重恨，就是在恨里面，敲在恨上。”

【解说词】2003 年，张宇峰荣获小蝶杯上海越剧新秀奖榜首。

【字 幕】张宇峰 曹银娣学生 上海越剧院演员

【解说词】坐在观众中的曹银娣流下了眼泪，她仿佛看到了自己青春的身影又一次站到了舞台上。

【照 片】尹桂芳 越剧表演艺术家；尹小芳 尹桂芳 ；《张羽煮海》尹小芳饰张羽；《何文秀》尹小芳饰何文秀；《沙漠王子》尹小芳饰罗兰王子

【解说词】十年动乱中，尹桂芳先生被迫害致残，半身瘫痪。“文革”后她的嫡传弟子尹小芳，整理演出了多部上个世纪 50 年代，风靡上海的尹派名剧，成为当时青年演员竞相模仿的尹派范本。

【同期声】（80 年代《沙漠王子》中的唱句）“伊丽公文也闻名，都说你嫉恶怜贫有才能。”

【解说词】在今天的越剧舞台上，许多师承尹桂芳的年轻演员，都受到过尹小芳的悉心指点。

【照 片】茅威涛 尹小芳 赵志刚 尹桂芳合影

【字 幕】尹小芳 著名越剧演员

【同期声】那么赵志刚跟我讲，尹小芳老师，我看你的《沙漠王子》不知道几十遍了。他跟我讲，我最痴迷的就是尹小芳老师。这也难怪。因为他们跑出来，尹老师已经风瘫了。所以他（赵志刚）的《汉文皇后》就是我为他设计，我为他授教，尹老师讲一定要教会他。不论唱，不论做，不论演。那么他也争气，一炮就打响了。茅威涛，是宋普南本来在浙江艺术学校培训班的学生，宋普南就把她带到我身边来。像《西厢记》这样子，我要把每一句唱，录在录音带里以后，再叫茅威涛好好去学。

【字　幕】尹桂芳塑像

【解说词】尹桂芳先生，在送给尹小芳的自传扉页上，写下了八个字："小芳爱徒，承上启下"。

【字　幕】"越女争锋"大赛现场

【同期声】越剧名家史济华

【解说词】史济华2000年退休后，在香港定居。这次是来做越剧大赛的评委的。

【同期声】（史济华）要继承下去，要后继有人，主要是人。你说对不对？我感觉到现在你的唱，做，表演，整个份儿，有点尹（桂芳）老师的神韵啦。我昨天看了以后，我真的很激动啊，我血压都高了。

【字　幕】越剧大赛选手史济华 著名越剧演员

【同期声】（史济华）一个演员，如果自己能够上台，基本上不大喜欢教学生的。但是，这就是自己的责任，应该把自己学到的东西，老师教的，也是社会给我的，我现在反馈给社会，反馈给学生。我在香港呢，也在教广东粤剧的学生。我为了支持年轻人搞戏曲，所以我呢，对年轻的演员，基本上不收钱。

【解说词】这一百年的舞台上，芳华流转，往来频繁。他们留在聚光灯下的时间并不长。

【同期声】（吕瑞英唱）"辕门外三声炮响如雷震"；（金采风唱词）"那月若亮来我星也明"；（曹银娣唱词）"你真把我捉弄得好苦也"。

【字　幕】尹小芳

【同期声】"黄浦江边长声叹，叹不完罪罪恶恶把旧事提"；

【字　幕】屠笑飞

【同期声】"贤德媳妇我的肉，心肝肉来宝贝肉"；

【字　幕】孟莉英

【同期声】"姑娘啊，想你眼中能有多少泪呀"；

【字　幕】史济华

【同期声】"党的光辉照我心啊"。

【解说词】台上台下，演员观众，他们用更多的时间，来体会戏剧人生。在这出一百年的连续剧中，几度夕阳红，青山依旧在。

第十集　引来百花开

【解说词】1976年以后，尘封已久的中国文艺领域开始复苏，一批优秀的戏曲电影被解禁，重新赢得观众的掌声。越剧电影《红楼梦》风靡全国，大街小巷人人都会唱一句"天上掉下个林妹妹"。

【同期声】（《红楼梦》中唱词）"天上掉下个林妹妹，似一朵轻云刚出岫。"

【解说词】被禁锢了十年之后，许多人对艺术生活的渴求在越剧吴侬软语中得到了释放和慰藉。到1981年，全国恢复和重建的越剧团总数一下子达到了119个。然而，在这个风光的数字背后，越剧表演人才的青黄不接则更加显现。

【黑　场】

【字　幕】第十集　引来百花开

【字　幕】香港

【解说词】1981 年秋天，香港甬港联谊会向家乡发出邀请，希望浙江省派一个越剧团到香港演出，没想到这给当时的浙江省文化局出了一个大难题。

【字　幕】张西华 时任浙江省文化局副局长

【同期声】到香港去他还是要条件的：一个呢，要你们的年轻的演员，因为啥呢，上海（越剧院）已经到香港去过了，他去的都是老的，他没有新的年轻的演员。你再去老的呀，人家也就（不喜欢）。你们也比不过上海，你能超过那范瑞娟、傅全香，王文娟，你能超过她们吗？所以得去年轻的。还有一个不要男女合演，要女子越剧，那我们拿不出来啊。

【解说词】曾经有人这样形容当时浙江女子越剧的状态："四个花旦两百岁，三个老生两颗牙"。

【字　幕】铁瑛 时任中共浙江省委书记

【同期声】那时候就感觉到我们浙江的越剧团啊，就是老的、年纪大的多啊，演员啊。我就找史行谈这个事。

【字　幕】铁瑛 时任中共浙江省委书记

【同期声】说我们这个越剧团啊，浙江是一个越剧之乡啊，这需要加强。

【字　幕】史行 时任浙江省文化局党组书记 代局长

【同期声】当时我们省委有一个非常重要的决策。就是说农村能够选演员。当时国家规定，这个演员只能在城市招，所以我们省委是英明的。因为全省选的话，我们的这个人才来源就丰富了。

【解说词】香港的演出邀请，像是催场的锣鼓点，使浙江省培养越剧接班人的计划，刻不容缓。浙江省文化局很快做出了一个决策，立即组织专家，深入全省各地市县越剧团挑选人才。1982 年 9 月 2 日，一场被称为"小百花"的浙江省戏曲大会演，在杭州热火朝天地举行。

【同期声】（1982 年汇演资料）"在党的十二大召开的喜庆日子里，我省举行了戏曲'小百花'会演，参加这次会演的戏曲小学员，选自全省十个地市，他们中艺龄最短的，只有几个月，年龄最小的还只有 11 岁。"

【解说词】会演整整进行了 22 天，对当时全省戏曲界的新生力量，做了一次全面盘点。许多日后在浙江戏曲，特别是越剧舞台上独领风骚的人物，就是在那时进入人们的视线的。

【字　幕】茅威涛，何英，方雪雯，陈辉玲，何赛飞

【解说词】虽然她们的初次亮相，还显得那样的青涩和稚嫩，但已经足以使浙江戏曲界精神为之一振。1982 年 10 月，从全省 60 多个越剧团，3000 多名演员、学员中精挑细选出来 40 名优秀"小百花"，成立赴港演出集训班，在浙江省艺术学校开始接受为期一年的强化训练。

【字　幕】金宝花 著名越剧演员

【同期声】那时候组建工作，是蛮吃力的。因为这一些人，演么有点会演的，唱么有两句会唱的，但真的是白纸一张啊，都要教的。

【字　幕】史行 时任浙江省文化局党组书记 代局长

【同期声】像范瑞娟、袁雪芬、傅全香、徐玉兰、王文娟，都到了杭州啊。那个时候专家来了，我们总也想安排宾馆住下。不住，就在那个排练厅啊，那个傅全香用那个屏风啊，围一围，围一个角，搭一个铺，就在那儿睡觉。

【字　幕】傅全香 越剧表演艺术家

【同期声】（史行）饭么就我们食堂里头送过去吃。哎呀，真感动人啊！

【解说词】除了越剧的名家，京剧、昆剧、婺剧、话剧界的名师，也被请到了集训班。浙江昆剧团的著名表演艺术家汪世瑜，更是停止演出一年，被专门派来担任形体老师。

【字　幕】汪世瑜 昆剧表演艺术家

【同期声】我当时的训练呢，他们说像魔鬼一样，为什么呢？夏天训练，你们说出汗，这个人家想象得到，但是你在冬天的训练，你要出了汗……当时没有像今天这样子都是有空调的，没有的。每天可以说，都是要练到什么呢？

【字　幕】何英、夏赛丽

【同期声】（汪世瑜）练到混身上下都是湿透。夏赛丽当时练《断桥》是很苦的。她一件白的汗衫练到最后变成黑的了。（练）这个跪步，这个膝盖啊，这个所有的裤子就全部破掉。像膝盖里面都已经是结了疤了。一段时间她根本不好穿裙子，穿了裙子很难看。但是这个《断桥》后来一演出，就鼓掌 24 次，一个小戏，鼓掌 24 次。

【黑　场】

【字　幕】香港

【同期声】（1983 年赴香港演出资料《五女拜寿》中唱词）“有请各位小姐赴宴。”

【解说词】1983 年 11 月 16 日，浙江越剧小百花赴港演出团，首场演出新编越剧《五女拜寿》。香港新光戏院，满台新人，姹紫嫣红。

【字　幕】金宝花 著名越剧演员

【同期声】哎呀，真是轰动得不得了。谢幕谢了七次，后来要加场。

【字　幕】於爱如 时任浙江省艺术学校校长

【同期声】第一场演出以后，很多记者都跑到后面来，拍照啊，那简直是……香港的记者来，一拥就是二十几个单位。香港人看惯了流派唱腔的祖师爷来唱的那些越剧，来看我们现在青年越剧演员来唱的越剧，给他们承认了。感觉到好像某一方面比看老一辈的人还要过瘾，就是年轻漂亮。一个一个出来，都是水灵灵的。就感到我们都看花眼了。

【字　幕】《汉宫怨》1983 年赴港演出资料；《双玉蝉》1983 年赴港演出资料；折子戏《送花楼会》1983 年赴港演出资料

【解说词】浙江小百花演出团，14 天连演 15 场。这是越剧之乡第一次向世人展示青春越剧的青春魅力。

【同期声】（1983 年赴港演出资料）“这珠凤你是从哪里来的？是问心庵拾来的。”

【解说词】越剧发源于浙江，发祥在上海，以至于很多人误以为越剧是上海戏。浙江小百花，这群“无名小卒”的一鸣惊人，让人们重新认知了越剧的浙江制造。1984 年 9 月，越剧《五女拜寿》被长春电影制片厂搬上银幕，并获得了当年的中国电影“金鸡奖”最佳戏曲片奖。有人说《五女拜寿》的问世，是浙江小百花完成了“越剧十姐妹”的艺术接力。这其中的五位主要演员，被人们誉为浙江小百花越剧团的“五朵金花”。

【照　片】何赛飞、何英、茅威涛、方雪雯、董柯娣合影

【字　幕】北京

【解说词】1984 年的 9 月下旬，浙江小百花越剧团应文化部邀请，到北京参加庆祝中华人民共和国成立三十五周年献礼演出。

【字　幕】张西华 时任浙江省文化局副局长

【同期声】我们在火车上就接到北京电话，你们一下车就到中南海西花厅，邓颖超同志要接见。

【字　幕】中南海·西花厅

【解说词】在三十五年前，周总理和老一辈越剧艺术家们合过影的海棠树下，邓颖超和“小百花”的演职人员们合影留念。

【字　幕】沈祖安 戏剧评论家

【同期声】邓颖超对她们说的，你们这些女孩子都很漂亮，很好，唱也唱得好，个个都可爱。我给你们打不了分。将来要成为一个艺术上可敬的团体的话，那就看你们的了。

【字　幕】《白蛇传·西湖山水还依旧》何英饰白素贞 孙莉饰小青；《双玉蝉·菱花镜》颜佳饰曹芳儿；《屈原·天问》董柯娣饰屈原；《穆桂英挂帅》陈辉玲饰穆桂英

【解说词】正如邓颖超所希望的，此后的浙江小百花，努力地在让人们敬佩的道路上，一路攀登。

【同期声】（《白蛇传·西湖山水还依旧》中唱词）“西湖山水还依旧”；（《双玉蝉·菱花镜》中唱词）“面对菱花猛一惊”；（《屈原·天问》中唱词）“恶风肆虐 玉碎花残。”

【字　幕】杨小青 国家一级导演；《孔雀东南飞》

【同期声】它的综合性很讲究，然后丝丝入扣，其实它的青春美也好，艺术美也好，它有整体美。因为在演出的时候，我们都是，跟舞台监督都是在边上，要督阵的么，要在那边督牢。我那种感觉就是一种很自豪的感觉。为什么呢？这个灯光啪一亮，这个音乐一响，（布）景、服装、演员浑然一体。那种美感出现的时候，我这个时候就是说一个空间里面这些演员，她们好像有法术一样，就会把全场镇住。我就有这种感觉。我觉得这个时候“小百花”就是一个人。

【黑　场】

【同期声】（《陆游与唐婉》中唱词）“无意苦争春……”

【解说词】1989 年 11 月，《陆游与唐婉》开诗化越剧之先河。第一次脱离了传统越剧舞台呈现，变得轻灵、简洁而又高远。

【字　幕】1998 年《陆游与唐婉》荣获文化部第三届文华新剧目奖

【同期声】（《陆游与唐婉》中唱词）“只有香如故……”

【字　幕】茅威涛接受香港记者采访

【同期声】越剧它有它自己的年轻的不成熟的一面，同时这个年轻和不成熟正是它的优

点，它可以在发展当中，吸收各种艺术的好的涵养来丰富自己。

【同期声】（《西厢记》中唱词）“有美人兮，见之不忘。”

【字　幕】1994年《西厢记》荣获文化部第四届文华奖大奖；荣获文化编剧、导演、作曲、舞美设计及表演各项单项奖；荣获“中国戏曲学会奖”（金盾奖）

【解说词】1991年“小百花”又以革新思维，把古典名著《西厢记》又一次改编后搬上了舞台。它把一种和江南气质融为一体的浪漫写意的情感，推到了极致，成为“小百花”艺术风格成熟的经典范本。

【同期声】（《西厢记》中唱词）“无奈佳人兮，不在东墙，张弦代语兮。”

【字　幕】《寒情》

【解说词】1997年取材于“荆柯刺秦王”的历史越剧《寒情》上演，完全不同于传统越剧的叙述方式，别具一格的舞台景观，让《寒情》在当时掀起了一股热潮。

【字　幕】茅威涛 浙江小百花越剧团团长 著名越剧演员

【同期声】我有一个阶段就是，我很想做到，就是说，做到矫枉过正，做到就是让人们觉得你有点出格了，你有点超常规了。我愿意这样去做，这样做我知道这是我的一种，我对艺术的一种认识，或者是我个性的一个体现。或者再说得功利一点，我很想通过我的那种很惊世骇俗的那种行为，我向世人宣布，你可以来看看越剧，越剧其实挺好看的。

【解说词】于是又有了《孔乙己》。在《孔乙己》中，茅威涛惊世骇俗的剃了个光头。

【同期声】（《孔乙己》）“孔先生，现钱还是记账？不是现钱也不用记账，你还要付我一些铜板”；“尔小生，欠知理。”

【解说词】当茅威涛收起那一身风流倜傥的身段，演绎一个久远年代的落魄书生时，我们不禁想起了半个多世纪前，被袁雪芬搬上舞台的《祥林嫂》。正是“创新”二字连接起了两代越剧人共同的艺术理想。那就是让越剧走得更远。

【照　片】袁雪芬《祥林嫂》剧照

【字　幕】《藏书之家》

【解说词】1993年9月17日的《人民日报》就以“浙江小百花十年飘香”为题，盛赞浙江“小百花”越剧团，并配以评论员文章：愿更多“小百花”芬芳吐艳。

【片　花】第十集　引来百花开

【解说词】一花独放红一点，百花盛开春满园。经过老一辈越剧表演艺术家的身体力行，中年一代的承上启下，年青一代的勤勉聪慧，越剧园地百花盛开，青春美丽。

【字　幕】范瑞娟 越剧表演艺术家；金采风 越剧表演艺术家

【字　幕】嵊州市越剧艺术学校；《镜像红楼》

【解说词】百年，听起来很久远了，而对于一个剧种，它还很年轻。年轻的越剧不断地在扮靓自己的颜面，丰富自己的表现。“越剧王子”赵志刚，把一出实验越剧《镜像红楼》搬上了舞台。95分钟，始终只有赵志刚一个人表演，背景处三块大屏幕不断的闪现《红楼梦》的演出画面，越志刚从小学戏的场景，现实生活的情景。就是这样新鲜的越剧，大部分人，特别是一些老戏迷，都对赵志刚的表演叫好。

【同期声】（观众）我建议，既然要改革，大踏步地向前走，多一点自信，不要犹豫。

【字　幕】赵志刚 著名越剧演员

【同期声】越剧演员没有很多的框框。我们后辈学生没有很多的压力。我认为对目前来说，我们越剧的创作和繁荣是特别有好处的。所以你看短短的一百年，越剧非常年轻的这么一个剧种，在一百年中，几代艺术家就让它成为了仅次于京剧的全国第二大剧种。我认为这个跟越剧它本身具有的那种生命力是分不开的。也就是越剧艺术家们，几代艺术家们求新、求变，创新精神。所以我认为，我们这一代的演员，应该说可以是更开拓的一代。

【解说词】浙江小百花越剧团的《春琴传》由日本小说改编而来。演员身着和服木屐。日本音乐元素，与越剧曲调相结合的唱腔，让人耳目一新。这一些大部分在20世纪80年代出生的青年演员，以她们另类的演出，开始受到新一代越剧迷的追捧。

【同期声】（戏迷1）我觉得它很美，无论是唱腔，还是它的意境、舞美方面。特别是小百花的戏，“小百花”向来都是那种大写意的舞美啊，各方面我都是很欣赏、很欣赏的。

（戏迷2）只要是“浙百”的戏，在浙江省内附近的哦，杭州附近的，什么长兴、萧山，肯定都赶过去看的。她们演几场我就看几场，她们演几场，我们就看几场。

（戏迷3）我是特意从嘉善赶过来的。（她特地赶过来的）好辛苦啊，赶得好累（她饭也没有吃）。

（戏迷4）我们从美国纽约，一直追追追追。我们是老尹派迷。我们十几岁就看尹（桂芳）老师，看到现在。所以尹派的我们都很崇拜。

【字　幕】浙江越剧团《红色浪漫》排练现场

【解说词】真正意义上的越剧男女合演，我们难得一见了。但是有这么一群可敬的人，他们甘于寂寞，他们又不甘寂寞，在越剧男女合演这一领域里不断探索。在戏曲电视剧上，获得了不断的收获后，2006年7月，他们又登上舞台，演出了《红色浪漫》。

【字　幕】《红色浪漫》

【黑　场】

【解说词】百年越剧，在媒体资讯发达的当下，在娱乐和休闲方式丰富多彩的今天，依然有它广大的观众。越剧在她辉煌的60年代，除西藏、广东、广西等少数省、自治区外，北京、天津、甘肃、陕西、吉林、四川、重庆、贵州、河南、青海、新疆等地都建有一个或数个越剧团。

【字　幕】2006年10月 福建芳华越剧团建团60周年团庆 尹桂芳塑像

【同期声】（福建芳华越剧团建团60周年团庆）在一个甲子以前，我们的芳华越剧团诞生了。风风雨雨走过了六十年。现在上台的这些老寿星，都是1959年随尹桂芳先生一同入闽的老前辈。正是这些老前辈，和尹桂芳先生一道，几十年来艰苦奋斗，无私奉献，才奠定了我们“芳华”的今天。

【解说词】目前依然有专业越剧团的地方，除浙江、上海、江苏、福建以外，还有安徽、湖北、江西、宁夏、湖南等地。香港特别行政区，台湾省也有职业的越剧团体。越剧是名副其实的全国性大剧种。

【字　幕】香港特别行政区；周弥弥，台湾越剧演员；台湾浙江同乡会中秋聚会

【同期声】描龙绣凤称能手。

【解说词】80年代中期后，剧团开始削减，但越剧的观众基础仍然强大。尤其可喜的是，年轻的越剧观众在不断的增长。以越剧发源地浙江的剧团数量来印证这个事实，浙江目

前的专业剧团仍然有50个，他们的足迹遍布全国，甚至踏出国门。还有一个惊喜的数字。除了这近五十个的专业团体，活跃在浙江广大农村的还有四百多个民间越剧团。

【字　幕】杭州黄龙越剧团

【解说词】杭州黄龙越剧团以一个风景点为舞台，将演戏和游览统一，一年演出一千多场，累计观众800万人次，长年累月，风雨无阻。越剧在黄龙洞风景区成了一块金字招牌。用一个剧团激活一个景区，这不能不说是一个创举。有近万名喜爱越剧的杭州市民，购买了景点的全年月票。光是这一笔收入就相当可观。

【同期声】（戏迷1）从小就喜欢，因为家里父母啊，他们都比较喜欢听戏。

（戏迷2）我喜欢，但是我不会唱。

（戏迷3）我喜欢，唱我也会。我从黄山到这儿来的，年年来听这个戏。

（戏迷4）“但只见一座桑园多茂盛，眼看人家十数户，那一边竹篱茅舍围得深，莫非就是杨家门。”

【黑　场】

【字　幕】浙江黄岩·新前镇 陈欣 温岭市越剧二团团长

【同期声】我们大部分都是在乡下（演出），这些地方是很偏僻的。像我们现在刚刚过来的这个点，在温州地区，在山里山弯进去的。他们来接车，我们自己找不到。多演出么就多收入嘛。主要演员平均工资总有六千到七千（月收入）。假如说休息，放假了，那就不拿工资了，是这样子的。那么我们也尽量争取不休息，大家出来也都想赚钱。是这样想，所以我们尽量就是不休息，都接着演。

【字　幕】陈欣 温岭市越剧二团团长

【解说词】以10万元流动资金起家的温岭市越剧二团，是浙江四百多个民营剧团中的代表。在浙江，土生土长，由农民组成的越剧表演团体，长年在山区、海岛、乡村演出。每个剧团的演出场次，一年少则100场，多则600场，如果以每年1000名观众，每个团每年演出350场计算，浙江民营剧团的观众，每年有1．6亿之多。这个数字还没有将那些季节性的剧团包括在内。

百年越剧，她还是一个逗号，她还在形成、可塑、吸收之中。她青春，所以她美丽。

【字　幕】浙江杭州·中国越剧诞辰100周年纪念大会；习近平 时任中共浙江省委书记；胡小孩 剧作家

【同期声】（习近平）越剧这一朵文化奇葩，在人民大众中灿烂开放。越剧艺术，是中华文化的重要组成部分，更是浙江人民一笔宝贵的文化财富。

（胡小孩）诗曰：“剡溪村女最多情，低唱俚歌入大城。台上风流谁堪比？百年越剧正青春！”

【解说词】袁雪芬大姐说得好，越剧，它不是大富大贵的牡丹花，也不是孤芳自赏的空谷幽兰，它是山村野地里满山遍野生长的杜鹃花，现在正是满山遍的杜鹃花盛开的时候。

【黑　场】

【片　尾】

（编撰 王 燕）

梅 兰 芳

【时　　长】29分50秒/集，共10集

【制作人员】总 顾 问：任彦申

总 监 制：王国生　孙志军

顾　　问：姚晓东　杨承志　朱龙生　毛伟明

总 策 划：高　峰　时　间

总 统 筹：肖　泉　万门祖

策　　划：周　琪　陈　辉　张　兵

监　　制：朱邦治　陈　社　于国建

京剧艺术总顾问：梅葆玖

京剧艺术顾问：吴　迎　杜近芳　王琴生　梁　冰

历史顾问：梅绍武　屠　珍　马少波

总 编 导：周　兵　蒋文博

总 撰 稿：郭长虹

编　　导：崔　真　陈美丽　金　哲　李　果
　　　　　张越佳　蓝　兰　王　昉　刘　贤

责任编辑：葛文军　陈　辉

编　　辑：万　娟　张强生　王海龙　李晓龙
　　　　　侯新天（日本）平　杰（美国）
　　　　　荣　伟（美国）

摄　　影：杨　阳　李　鉴　王富俊　梁翅柏（美国）

摄影助理：包文峰　路建中　徐敬民

撰　　稿：崔栋梁　于闽梅　陈学晶　杨　瑾　夏　衍

作　　曲：张广天　刘俊浩

解　　说　高　峰

制　　作：杨　玲　马　宇　单兰芳
　　　　　米月耿　于　骞　赵　宇

制　　片：周　华　李来学　周泓伯
　　　　　岳　霖　永原诚（日本）

制片主任：王平四　崔　真魏　原

制　　片：蒋文博　陈　炜

总制片人：陈　辉　朱邦治

统　　筹：徐东海　孟腹警　周宜一

王　俊　孟国平
技术监制：肖　亮　顾建国　鲍思明
出品人：周　莉

第一集　出道

【片头字幕】梅兰芳

【解说词】

这张照片向我们展示了京剧最华丽的一面，京剧舞蹈是上个世纪初创造的，他改变了当时中国人只听戏不看戏的习惯，这种舞蹈也改变了外国人对中国人的认识，这种纯粹的中国之美和上个世纪初中国连年不断的战争、灾难一样，让世人动容。它形成了一种流派、一种审美，流传到了今天，甚至成了国宝。现在，我们透过这富丽堂皇之美，能看到中国人千年不变的对美的追求，也能依稀看到在近百年以前它所产生的号召力，迄今无人能超越。创造这种神话的人就是梅兰芳。

【同期声】梅兰芳是个奇人，很难遇到的，

【同期声】再漂亮的女人站到他旁边以后，都不觉得漂亮。

【同期声】后来就懂了，这就叫魅力。

【资　料】【同期声】这是梅兰芳60岁左右时演出的胶片。

【同期声】（京剧表演艺术家 王琴生）人年纪大了，他就有回忆感跟怀旧感，经常回忆的什么呢？回忆跟他同台演出这个艺术没有了，那么好的东西没有了。

【同期声】（著名鼓师 赓金群）发音、吐字，我得佩服，佩服极了。

【解说词】

为什么一个男人到了60岁，还能出神入化地演绎一个女人？为什么梅派京剧过了半个多世纪还能让人津津乐道？梅兰芳在那个时代究竟创造了什么？那个时代又用什么造就了梅兰芳？北京前门附近的广和剧场，最早的时候被称作“查家茶楼”。那时的梨园弟子，以在这里登台演戏为荣。1904年的七夕节，10岁的梅兰芳第一次在这里登上舞台。他扮演的是昆曲《长生殿·密誓》中的织女，他的第一次亮相并没引起观众的注意。但梅兰芳一生都记得这个时刻，因为两年前，他被人断定是不能演戏的。这两年的时间，一个不能演戏的孩子经历了一些什么事情，最终站在舞台上了呢？

紫禁城一百多年以前，当时掌握中国朝政的慈禧太后和往常一样在宫里听戏。这时候，戏中扮演萧太后的演员吸引了慈禧。他的演技让慈禧赞不绝口，这个演员叫作梅巧玲。因为体态偏胖，后来被慈禧戏称为了“胖巧玲”，他就是梅兰芳的祖父。梨园里面都叫他“活萧太后”，后来成为著名的四大徽班之一的四喜班班主。老佛爷夸奖的人在老百姓眼中自然也是不一般。皇宫里喜欢看戏，在民间也会成为一种时尚。京剧就在大清国国运不济的时候好戏连台、粉墨登场。同治、光绪年间，有位画家把自己喜欢的13个京剧演员画在一起，流传于后世。这些画像上的人被称为“同光十三绝”。梅巧玲就是其中之一，所以梅兰芳的父亲梅竹芬，在梅巧玲的光环下自然而然地也唱起了戏，被称为再生的梅巧玲。梅家两代人都是冠绝一时的应工花旦。爷爷留下的只有梨园行里乐善好施的好名声和并不殷实的家底。梅兰芳出生的时候，爷爷已经去世。父亲梅竹芬为了家庭生计，疲于奔命地赶场演出，但是家道还是逐渐中落。

1894 年 10 月 22 日，梅兰芳就出生在这道门里。（特写大门）他出生这年，大清国和日本的军舰，在黄海上遭遇了。就在他出生的当天，李鸿章被摘掉了顶戴花翎，甲午海战炮声过后，北京城的街市太平依旧，大栅栏附近的戏院，仍旧火爆异常，天桥上到处都是游玩的人。

对于梅家而言，这一年一个男婴的到来，给他们带来了欢乐和希望，因为这是梅家梅雨田和梅竹芬兄弟唯一的男孩。有了这个男婴，意味着这个梨园世家的手艺可以传承下去了，然而这种喜悦没有维持多久，在梅兰芳四岁的时候，他的父亲梅竹芬，因为劳累过度去世了。养活一家老小的担子都落在伯父梅雨田身上。特别是在梅兰芳的父亲去世以后，这种传承的意味更为重要，梅兰芳成了振兴梅家唯一的希望。

【同期声】（戏剧评论家 蒋锡武）你像我们这个戏剧行里头，它有很重要的一个现象，整个的梨园行是一个大的家族，所以梨园行有时候说外行，外行就是不是戏班里头人就统称为外行。所以梨园行的子弟，传承父辈的这样一个事业，是一个很普遍的一种现象。

【解说词】

那个时候的梨园行，形成了一个独特的群落。大家相互之间或多或少都有那么一点关系，要么师徒关系，要么亲戚关系。所以伯父梅雨田，给他找一个老师并不难。梅兰芳的第一个老师就是朱小霞，梅巧玲的弟子。从那以后，梅兰芳开始了学戏生涯，那一年，他 8 岁。

【同期声】（姚玉芙之子 姚保瑄）梅先生在这一个阶段里边，他老人不了门。也就是说，老解决不了，（指耳朵）这儿啊，进不去。学戏挺难的，挺麻烦的。那都是师父在这坐着，手里拿着一个叫戒方，这拍着腿板，打着锣鼓。你站在那，看着我嘴，怎么样。梅先生当时好像学点戏挺难的。不是那么容易，挺困难的。所以说这个老师教了一段就不教了，说是你们另请高明吧。他祖师爷没赏饭，这是我们行内话了。我们行内有个祖师爷，大伙也都知道是唐明皇。

【解说词】（情景再现）

当时这个老师的话，让梅家上上下下大失所望。难道这个孩子真不是唱戏的料。梅巧玲真是后继无人了？一家老小的生计更成问题了。

【解说词】

1950 年的一天，56 岁的梅兰芳来到北京，就住在这家饭店里。（特写远东饭店）当晚，他和秘书许姬传说：巧得很，我就出生在这条街上，远东饭店距离李铁拐斜街，梅兰芳的出生地，仅有 30 米的距离。第二天，梅兰芳拜访了自己 70 多岁的姑姑。（特写：秦家姑母照片）他们当时的对话被许姬传写进了《舞台生活四十年》里。他姑姑这样说起幼年梅兰芳，就说他幼年的相貌也很平常，因为眼皮老是下垂，眼神当然不能外漏，见了人又不会说话。我很率直地下他八字评语：言不出众，貌不惊人。他姑母这句今天看来很不吉利的话，也许就注定了年幼的梅兰芳学戏生涯必定是一条坎坷之路。这个没天分的孩子让梅家忧心忡忡。他的伯父梅雨田著名的琴师，曾经给谭鑫培操琴。他对待梅兰芳就像自己亲生儿子一样，他必须把梅家唯一的男孩儿培养成人，让他继承梅家的事业。对于梨园出身的孩子来说，除此之外，很少有别的选择。

【同期声】（姚玉芙之子 姚保瑄）也得唱戏呀，不唱戏吃什么呀？在那个社会，唱戏的子女只能唱戏，这点大概您还不太相信。那不许你干别的，你想念书，那是不可能的，学堂里根本不要你，学堂里不收的。所以说那只好还得学戏。不学戏没的吃，没有行当，没有工作干，你将来长大了没有饭吃。

【解说词】

后来梅雨田终于找到可以托付梅兰芳的人，他就是吴菱仙。从那以后，梅兰芳又开始了自己的学戏生涯。今天看来吴菱仙把一些京剧、昆曲里最基础性的东西教给他。和上个老师唯一不同的是吴菱仙很有耐心，一遍教不会教两遍、三遍，直到教会为止。我们不知道吴菱仙对少年梅兰芳的评价，不知道他是否认为梅兰芳是一个唱戏的好材料。我们知道的是，他对梅兰芳的格外照顾和偏爱，却使得一些人看来，这个资质平庸的少年比别人更早地获得了登台的机会。

【解说词】

为什么吴菱仙这么尽心尽力教这个被人认为没天分的孩子呢？我们看梅兰芳的《舞台生活四十年》里有这样一个小故事：有一次，吴菱仙家里出了意外，让梅巧玲知道了，梅巧玲远远地扔过来一个小纸团，说给你个槟榔吃，打开一看，原来是张银票。有这样尽心尽力的老师，原来得益于祖父的人品。从老师的叙述中，教育梅兰芳如何做人的同时，我们不难看出，8 岁的梅兰芳为什么会敏感于老师的教学态度。可见第一老师朱小霞对他的评价在梅兰芳幼小的心灵中打击有多大！

【同期声】（中国梅兰芳文化艺术研究会副会长 吴迎）红了以后，1920 年左右吧，在后台碰到那个姓朱的那个师傅，那个姓朱的那个师傅就很难为情，很不好意思。他说我这是有眼不识泰山。哎呀，梅先生他讲，哎呀，您千万不能这么说。

【同期声】（梅葆玖）您这几句话给我，管了我的事了。您要不说这几句话，我还没有意识到我的这个问题。所以他说翻过头来，我还得谢谢您。拿现在话说就是你刺激了我，你给我动力了，所以我今天我能够有这个成绩，这也是他的心里话。他当时要不受到那个刺激，觉得我也就这样了，也就可以了。他说我就要争取最好。

【解说词】

这些都是后话了。长大成角儿的梅兰芳，已经清楚这位老师的话，在当年自己幼小的心灵中，起了鞭策作用。但在当时，祖父乐善好施的故事，成为幼年梅兰芳永远神往的话题。从此，梅兰芳就以祖父的艺德和人品为楷模，最终成为梨园界德艺双馨的大师。

梅兰芳后来回忆说，在广和楼的第一次演出中，由于个子小，他是被师父吴菱仙抱着登上了舞台上的鹊桥，这双最初扶掖了他的手，一生都留在了他的记忆中。我们猜想，一个被人看作没有天分的孩子学了两年戏，就到了可以登台演出的份上了吗？吴菱仙只是给他打了个基础，为什么让一个没学成的孩子，就这么轻易上台演出了呢？一个原因，先上台去锻炼，另一个原因，生计所迫。广和楼的演出是临时和客串性质的。三年后，14 岁的梅兰芳正式搭班喜连成，才真正开始了他的艺术生涯。当梅兰芳正式登上舞台以后，梅家的景况开始好转起来。

那时，没有人会想到这个孩子今后和中国京剧密不可分地联系在了一起，直到他生命的最后一刻。

【解说词】

现在居住在上海的毕谷云，是梅兰芳的关门弟子，他给我们展示了梅兰芳幼年学戏时练的一种功夫——跷功。

【同期声】（毕谷云）小孩儿练功，就怕小孩儿淘气，这样站在凳子上他就不能动了，这样站了一个小时。

【解说词】

因为那时的女性，都是畸形的小脚，练这种功夫是为了让演旦角的男演员，能在舞台模仿旧社会女性的三寸金莲。

【同期声】（毕谷云）像梅老师说的冬天练的时候，比这个条件还要厉害。他在外面洋灰地上泼上水，泼上水、冻上冰，多滑呀，就让你在这上跑，跑圆场。那是多深厚的功啊，所以他到老了以后，走什么高难度的动作，还都是运用自如。

【解说词】

（演员表演）这两位演员表演的是京剧中的小五套，是当时学京戏的基本功，现在学这些套路的演员已经很少了。当年，茹莱卿首先教他的就是小五套。梅兰芳后来又学了快枪和对枪。这些功夫在他后来演的《穆柯寨》中都用上了，并轰动了上海。他又向路三宝学习刀马旦的诸多演技，路三宝教他的《贵妃醉酒》，后来经他修改创新成为梅派最重要的剧目之一。他经常观摩梨园之王谭鑫培、梨园汤武王瑶卿以及杨小楼等名角的演出。后来梅兰芳回忆说，每天总是不等开锣我就到，一直看到戏散才离开。中间除了我自己上台表演外，其他时间，我一直看别人在台上的戏，就这样，看的久了，在演技上，不知不觉间有了提高。于是，自己在台上的一招一式，一哭一笑，也便可以逐渐地信手拈来。这时，梅兰芳进入了自己人生一个重要的时期，融会百家。

梅雨田作为一个琴师，给很多人操琴，他找很多人来教梅兰芳并不难。但是，在当时，徒从多师是不是一个忌讳，或者梅雨田本身就具有一种创新精神，他有意识的让梅兰芳学习京剧各种行当。或者那个时候没有这么多的念头，只是一股脑儿地逮什么教什么，想看看梅兰芳究竟在哪个行当里能有所发展，这些我们都无从知晓了。

【同期声】（戏剧评论家 蒋锡武）一个是生计所迫，要吃饭，你不吃饭，你不演戏，吃什么？哪来的包银呐？是不是？那么你要吃饭的话，还得吃得不错，要吃得质量还可以，那你就得让观众喜欢你这东西呀！当然他必须要琢磨这个艺术，要提高这个艺术。

【解说词】

不管哪种原因，这样的学习，给他带来一种创新机会，并且这种创新等于在梅兰芳后来的艺术里种下了一个根，这也注定他以后走的就是一条创新的路子。后来，他把青衣、花旦、刀马旦几个行当用自己的领悟融为一体，并且不断研磨，终于创造出真正意义上的花衫行当。在那样的时代里，梅兰芳的种种机缘和他的创新之路，最终使他走向京剧的最前端。但是仅仅靠这些就能造就一个世界级的大师吗？我们看这张梅兰芳早年的剧照，当时他还像姑母所说的那样，眼皮有点下垂，眼睛无神。再看这张梅兰芳后来在《贵妃醉酒》里的照片，却光彩照人，眼神和前一张比起来，简直判若两人，究竟什么事发生在他身上，使他发生这么大的变化呢？我们在他的传记里找到答案。他 17 岁的时候养了几对鸽子，起初是为了好玩儿，后来迷恋，到后来发现自己经常看天空中的鸽子，竟然把眼皮下垂的毛病治好了。发现了这一好处，梅兰芳就坚持不懈地训练鸽子，直到晚年。指挥鸽子挥动很粗的竹竿，逐渐地锻炼他的臂力。后来梅兰芳 60 多岁了，还能登台演出，这跟他常年锻炼有很大的关系，所以，勤奋也是梅兰芳走向成功的一大原因。

【同期声】（戏剧评论家 蒋锡武）梅先生他这样一种资质，就蕴含着他以后的发展过程当中，他形成一个非常重要的或者非常要紧的这么一个素质，绝对是非常老老实实地在那学戏的，绝对没有投机取巧的。正因为这种思想，这样一种意识，他个人这种辛勤，也保证他在艺术的学习发展当中，是一种健康的道路，没走歪路。

【解说词】

这种勤奋的学习态度，让刚出道的梅兰芳在众多的京剧演员中脱颖而出。他在 17 岁的时候，在《玉堂春》的演出中，使他积蓄了多年的旦角功力，来了一个爆炸性的淋漓展示，这是一场轰动北京的演出，它标志着跨入名角的梅兰芳已正式发光亮相。

【同期声】（姚玉芙之子 姚保瑄）唱这个《玉堂春》，谁给拉呢，梅雨田，梅大爷给拉的。大爷给拉，他给拉呢，就知道他怎么唱了。

【同期声】（中国梅兰芳文化艺术研究会副会长 吴迎）当时他 1916 年的时候，排出这个《玉堂春》的时候，人家无法想象，这个腔怎么那么好，怎么会那么好听，那是梅雨田他的伯父教给他的。

【同期声】（姚玉芙之子 姚保瑄）梅雨田先生给哪儿拉过的？给我舅舅（王瑶卿）拉的那个意思，就给梅先生说了。按照他的那个意思，自己的体会又给改了改，所以又成了一个独特的梅派那出戏了。

【同期声】（中国梅兰芳文化艺术研究会副会长 吴迎）这戏唱出来以后人家感觉到怎么那么好听，可是再仔细听听又好像是旧的，又好像是新的，分不出来，这个妙是妙在这儿。

【解说词】

这一天，梅兰芳将老腔老调的《玉堂春》，改变成了委婉动听新颖的唱法，台下观众的耳朵为之一震，他们听出了新鲜的意思。于是，将掌声和叫好声毫无吝啬地给了梅兰芳。梅兰芳的一生也许真的与世事有着某种神秘的契合。他出生的时候甲午战争的硝烟刚刚散去。他学戏的那年，庚子的八国联军进了北京城。而他演唱《玉堂春》成功的这一年，湖北武汉的街上汇聚了好多拿着枪杆子的年轻人。他们剪掉了自己的辫子，也推翻了清王朝的统治。他们共同见证了一个时代的巨变，也就是在这一年 12 月 29 日，一个叫孙文的人，当选中华民国临时大总统。一个新的时代到来了，一代京剧大师也在这个时候应运亮相。

第二集　走红

【字　幕】北京

【解说词】

喜爱中国京剧的人，大多数都知道四大名旦，他们是梅兰芳、程砚秋、尚小云、荀慧生。1930 年 8 月，当时的《戏剧月刊》举行了一次活动，名为现代四大名旦之比较。此活动历时数月，结果梅兰芳以总分 1230 分位居第一。生活在 20 世纪二三十年代的北京人，赶上了京剧发展的黄金时期，他们拥有各路名角以及大大小小数不清的戏园子。

【同期声】（京剧表演艺术家 王琴生）北京前门外面，广德楼、广和楼、三庆园、庆乐园、中和园、华乐园。

【同期声】（著名琴师 姜凤山）就大栅栏那一块，八个剧场。

【同期声】（梅兰芳弟子 毕谷云）逢年过节和平时，去看戏是最好的享受了，家里有客人都去看戏。

【解说词】

北京的这些戏园子，不只是数量众多，而且场场爆满。那时候看戏讲究看角儿，不同的角儿票价悬殊很大。好在北京城的戏园子也是有各种档次，不管是达官显贵还是三轮车夫都能各得所需。

【同期声】（赓金群）那会我还小孩儿呢，不让进去，爬，爬，爬那个铁栅栏也得往进钻，就喜欢看。

【同期声】（江苏省京剧团首任团长 梁冰）可见迷恋到什么程度，还没到剧场门口，只要听到打闹台，明明知道是闹台不是正式演出，这是前边造气氛的，就像给抽了一鞭一样，飞奔进场。

【解说词】

位于四大名旦之首的梅兰芳，成为继谭鑫培之后新一届伶界大王，得到戏迷的狂热追捧，可梅兰芳的走红并不是一帆风顺的。

【同期声】（姚保瑄）在旧社会这些个艺人，都得经过观众的检验，观众说他好，他就好。

【解说词】

曼舞筵前君王笑赏，这戏园子里的君王是谁呢？当然是观众。只有您的活儿，让观众欣赏了，认可了，才会给您拍巴掌叫好。在梅兰芳开始学戏的时候，正是老生、武生行当的天下。当时京城的民谣说，国自兴亡谁管得，满城争说“叫天儿”。这叫天儿就是谭鑫培。他在梨园称霸几十年，是戏迷心中不可动摇的霸主。

【同期声】（姚保瑄）马少波不是说嘛，京剧的形成是打谭鑫培、王瑶卿开始。也就是说京剧真正形成了戏，形成了表演，是打那儿开始，打他老二位那儿开始的。

【同期声】（戏剧评论家 蒋锡武）无腔不学谭，从时间段来说，是清末民初以谭鑫培为代表的。他既是京剧史上第二个重要人物，又是京剧史上第一个高峰的代表性人物。

【解说词】

虽然梅兰芳在宣统末年已跨入名角的行列，但要跨越谭鑫培这座山，奔向大红大紫，谈何容易。的确，那是一个谭鑫培、杨小楼代表着中国京剧的年代。他们真是太辉煌了，不知谭鑫培在唱“我面前缺少个知音的人”的时候，会不会顿生一种寂寞感呢？

【解说词】

谭鑫培不可能意识到他的知音里头有个梅兰芳，他未来的对手也必将是梅兰芳。他也绝不会想到在他有生之年，竟会有一个孙子辈的旦角取代了他梨园之王的尊位。这个时期梅兰芳除了认认真真演好每场戏外，从不懈怠操练基本功，总是找机会看谭鑫培、杨小楼以及其他名角儿的戏，或干脆直接拜在大师门下学艺。

在清代，人们将演戏的场所称为茶园，以后才改为戏园。早期的戏园以卖茶点为主，演戏为辅。准确的说那里是喝茶的场所，并非看戏的场所。即使有些戏迷前来也并不刻意观看演员的表演，而专注于演员的唱。所以，那时候叫听戏，不是看戏，即使是谭鑫培的戏也不例外。

【同期声】（刘曾复）楼上后边也可以听，楼上还有一个道观，这叫大墙。有些个老头愿意坐这个墙这儿，闭着眼在那听戏，那是真听戏去了。

【同期声】（姜凤山）那会听戏就听唱，没有做派，就没有什么表演。也没有什么身段，就捂着一水袖，这就唱了。（唱）就这样，没有表演，他增加的表演。

【解说词】

在梅兰芳拜投的老师里面，特别值得一提的是人称梨园汤武的王瑶卿。王瑶卿创造性地将青衣、花旦、刀马旦融为一体，初创花衫行当。梅兰芳得了王瑶卿所传的精髓，后来将青衣唱腔革新出新的板式，将花旦的身段创编出新颖的花样，又将刀马旦的武打设计出很有新意的套路，这样便真正创立了梅派花衫行当。

【同期声】（戏剧评论家 蒋锡武）实际上花衫行当的完成，是到梅兰芳完成的。花衫行，就是把花旦的、刀马旦的、青衣的几个因素融合在一起，形成一个新的行当。行当是这个京剧当中一个非常重要的因素，形成新的行当，就意味着带来一批剧目，带来一批它的表演。

【解说词】

梅兰芳以自己不同于前辈的舞台表演，逐渐吸引着那些听戏的茶客们的眼睛。而此时，社会的巨大变革，使原来的观众群也有了极大的变化。辛亥革命，皇帝退位，民国的建立使女性获得了解放。人们仿佛是一夜间在戏园子里看到了女性的身影。但是，因为她们是京戏的新看客，自然比较外行，专拣漂亮的看，所以旦角就成了她们爱看的对象。观众群的变化，欣赏标准的变化，正是给旦角的崛起酝酿着机会。

梅兰芳 17 岁时，在北京各界评选的菊榜中，还只是名列探花。但才过了一两年，梅兰芳便已声名鹊起，相当叫座了，似乎有盖过谭鑫培、杨小楼的趋势。随着梅兰芳的演艺越来越精，女戏迷、包括男戏迷对他也是越发地追捧起来。1913 年 7 月的一天，戏馆已安排好谭鑫培、杨小楼、梅兰芳三人同台献艺，可是梅兰芳当天有三处堂会要演，很可能来不了了。

【同期声】（梅兰芳之子 梅绍武）这个舞台上就打了一个牌子，说今儿抱歉，说梅兰芳今天不能演出。这个底下群众不答应，就要退票。

【同期声】（京剧表演艺术家 王琴生）假如梅兰芳不到，观众就不答应，要看梅兰芳。

【解说词】

面对观众的吵闹，不知当时谭鑫培、杨小楼当时是怎么演下去的？这在北京的戏园还是头一回。幸好梅兰芳赶来了，台下观众才安静了下来。

老谭百思不得其解，他决定看看这个 19 岁的年轻人，有什么绝活？不知道是妒忌还是真的疑惑不理解，看了一会儿对身边的人说，没什么呀。可没过多久又在背地里夸梅兰芳，的确是一块好材料。

【同期声】（戏剧评论家 蒋锡武）那也是老生行的顶尖人物，那他没办法，梅兰芳比他厉害呀！是不是？

【解说词】

这件事的发生，看似偶然实非偶然，它在梨园之王谭鑫培和武生大师杨小楼的心头给了重重一击。他们明白无误地感到了旦角行当的严重挑战，甚至还感觉到舞台中心要转移了。如果按照戏界前辈给好演员所列的六条标准，嗓音好、会唱、身材好、身段好、面貌好、会表情来看，梅兰芳已基本占全了，所以他才会在众多旦角中脱颖而出。

【同期声】（姜凤仙）我第一次看梅先生的戏，就是《霸王别姬》，跟杨小楼。哎呦，那好得不得了，扮相那个漂亮。

【同期声】（戏剧评论家 刘曾复）那嗓子太好了，那真是太好了，我跟你说。

【同期声】（姜凤仙）梅先生唱得他怎么好听呢，他这嗓子是往前。

【同期声】（梅兰芳弟子 李玉芙）梅先生的声音你听，特水灵。我说水灵，是他特别能研究。你听他那个水音那个味儿，特别甜，那种水音。

【同期声】姜凤仙（唱）【同期声】（赓金群）（唱）这一弯儿。

【同期声】（姜凤仙）哗，就是一大好。他要一转身一瞧那辫子，又是一个好。

【同期声】（赓金群）好家伙。

【同期声】（京剧表演艺术家 王琴生）所以观众看他的戏，绝对看进去有一个艺术享受，非常舒服。

【同期声】（姚保瑄）有好多观众都是冲着梅兰芳去的，那个时候就红了。

【同期声】（王琴生）一天比一天红。

【同期声】（姜凤仙）我不爱旦角，我爱花脸。我后来怎么爱上了旦角呢？我就看梅兰芳的戏，我爱上旦角了。

【同期声】（戏剧评论家 蒋锡武）这个时候老生行当就逐渐退下来了，就以旦行为主了，但是这个旦行首先是梅兰芳。

【字　幕】上海

【解说词】

由于梅兰芳在北京红了起来，1913 年 10 月，南方京剧中心上海，邀请他赴沪演出。当时的艺人们跑码头，如果在十里洋场的上海滩也能唱红，才算是真正站稳了脚跟。这次赴沪是梅兰芳第一次出远门，然而在北京卖座率最高的旦角新秀，首次在上海演出时，挂的却是二牌。

【同期声】（京剧表演艺术家 王琴生）王凤卿是老生，那是头牌。二牌就约的梅兰芳，旦角。

【同期声】（梅葆玖）一上台就把观众给抓住了，一听他道白，一听他交代，一听他唱，一看他表演，观众马上就鸦雀无声了。

【同期声】（中国梅兰芳文化艺术研究会副会长 吴迎）上海没有听见那么好的角。

【同期声】（姜凤仙）那么唱啊，唱来唱去，王凤卿一看，等王凤卿再唱的时候，有抽签的。就人家走了，不听了，听完梅兰芳了，就不听王凤卿的。那王二爷后来就说，今后你的大轴，我给你挎刀。

【解说词】

本来梅兰芳是作为绿叶来陪衬王凤卿这朵红花的，但是正像梅兰芳期望的那样，在一片喝彩声中，在上海丹桂戏院头三天的打炮戏，《彩楼配》、《玉堂春》、《武家坡》大获成功，征服了观众也征服了王凤卿。他主动让贤把唱大轴的机会，让给了梅兰芳。唱大轴将带来极大的荣耀，同时也给了梅兰芳成败在此一举的重压，正在他处在选不出大轴戏的困苦时刻，朋友冯耿光、李世戡从北京赶来。

【同期声】（中国梅兰芳文化艺术研究会副会长 吴迎）他跟他一起来的人，就感觉到上海，如果他的扮相，他的嗓子如果能够有一点有舞蹈的或者刀马旦的戏的话，他一定会，一定会非常红。因为上海人他喜欢新鲜的。

【解说词】

梅兰芳的朋友都建议他选刀马旦的戏唱大轴，这样可以让梅兰芳的长处充分展示，又可一改专重唱功的老戏压台的传统。梅兰芳接受了智囊团的意见，立刻学习刀马旦的戏《穆柯寨》。好在梅兰芳幼年学戏时就师从茹莱卿练过武功，现在茹莱卿是他的琴师，根本不用另找师父，很快就把活儿搞出来了。七天后，上海的观众像以前一样进了戏院，他们以为今晚看到的还是那个青衣花旦。

【同期声】（中国梅兰芳文化艺术研究会副会长 吴迎）哦，那个就炸了，那个剧场炸了。

【同期声】（梅兰芳之子 梅绍武）这上海观众也很奇怪，他唱抱肚子，唱正宫青衣戏的人，也能演刀马旦戏，佩服不得了，使他一下子在上海红起来了。

【解说词】

这一年，梅兰芳 19 岁，上海人由此认识了梅兰芳，倾倒于他的扮相、嗓音和他的唱念做打。梅兰芳的走红固然有旦行日渐兴盛的原因，但更重要的是他那种与众不同的气度无人可比。上海滩不仅让梅兰芳迅速走红，这个城市的时尚、新潮、进步也给了他许多启示。

【解说词】

回到阔别近两个月的家，梅兰芳的祖母和妻子明显能看到他脸上的喜悦。梅兰芳的成功让全家人由衷地高兴。它还意味着今后生活的保障，因为梅兰芳的伯父梅雨田去世后，经济的担子全落在梅兰芳的身上，现在一切有了全新的开始。受到上海新舞台的启发，梅兰芳编排了一些时装新戏。这期间，他爱上了绘画，他感觉到绘画和戏曲艺术有着息息相通的关系。因为中国戏剧的服装、道具、化妆、表演综合起来就是一幅活动的彩墨画。

【同期声】（梅葆玖）他有这种真的爱好，而且他画出来又是那么漂亮，到舞台的服装的图案，梅花也好，这凤也好，都是他自己画出来的。

【同期声】（刘曾复）所以化妆一切的整个的这个内容，甚至于表演的这个风度，全有新的，跟过去完全不一样了。

【同期声】（梅葆玖）就跟时代的这种脉搏结合了。观众谁不希望美，谁不希望看更漂亮、更新鲜的东西。

【解说词】

1915 年至 1916 年间，梅兰芳在事业上可谓硕果累累，物质生活也大有改善。他用两千多两银子，在芦草园买了一所房子。在那间大书房里，梅兰芳每天吊嗓、读书、画画，和朋友们切磋排戏。而此时不幸的是梅兰芳的两个儿女先后夭折。为了不让自己更多地沉浸于悲痛之中，梅兰芳更加迷上了绘画，更加投入于新剧的排演。当今天我们这些后人谈论起这位艺术大师的时候，总会说到梅兰芳的一生是不断改革创新的一生，是不断学习、不断地去适应观众需求的一生，同时是一个懂得打破传统又继承传统的艺术家。和梅兰芳同时期的艺人何止千百，为什么独有梅兰芳脱颖而出呢？也许这正是他的高明之处。

【同期声】（中国梅兰芳文化艺术研究会副会长 吴迎）变的东西，十个人里边我看有九个是变坏了。变了以后，没成功，没成功，得不到承认。很不容易的。

【同期声】（戏剧评论家 王安葵）就是说你对一个剧目和你的表演，什么是好的，什么是不好的，什么是美的，什么是丑的，你自己要有一个很强的识别能力。

【同期声】（戏剧评论家 蒋锡武）就是他有一种创新的意识，这种创新在里头有可能有失败的东西，不能说每一个创新他都成功。但是如果没有创新这样一种基本，这样一种意识的话，永远他也成不了后来的梅兰芳。

【解说词】

这时的梅兰芳已经被公论推为最优秀的旦角演员。正因为如此，有着商业头脑的各大戏班都瞄上了梅兰芳，开始了一场争夺战。最后，北京双庆班的俞振庭争取到了梅兰芳，这颗旦角明星会给他带来巨大的财富。

【同期声】（姚保瑄）他是唱，有嗓子；念，有嗓子；做，有戏；打，也可以打。尤其是梅先生最要紧的一点，是他唱什么他入戏。他扮上这个戏，扮上去上了场，就不再是梅兰芳了，就是剧中人了。

【同期声】（梁冰）而且怎么也找不出他是个男演员，就是有意识地找也找不出来，非常的美，非常的柔。

【同期声】（刘曾复）听梅兰芳的这个呢！往往一般当然也有这个属于慕名慕色而去的，但主要还是听他的戏。

【解说词】

梅兰芳的路越走越顺，场场都是叫好声，戏迷们从梅兰芳的舞台表演中得到了享受，在享受中如痴如醉。

【同期声】（梅葆玖）用心来演，用他真诚的心，跟他的感情，跟他的爱来表演。观众被他折服了，那他自然就形成他的表演风格了。表演风格人家自然就承认梅派艺术，这梅派艺术是从观众叫出来的。

【同期声】（戏剧评论家 蒋锡武）梅先生的艺术特点是什么，这个问题大家都讨论过。梅先生肯定他有他的特点，没特点怎么成梅派了呢？事实上在我看来梅先生没有特点。

【同期声】（梅葆玖）他的艺术很难抓到，真的。他都是圆的，他看哪儿都是非常漂亮，但是你抓哪儿他都抓不到，他就给你很平直，很顺很美，但是你又抓不到他某一个特点。

【同期声】（戏剧评论家 蒋锡武）所以他恰恰是强调我就是不要突出某一个方面。那当然没特点了，但事实上他这种艺术就跟中国一直到现在，或者从中国古典性的到现在，这么一种根本思想是相关联的，就是“中和”思想。

【解说词】

当时间推移到1916年，久不登台的梨园之王谭鑫培突然宣布要在丹桂戏园演出。而酷爱竞争的双庆班的俞振庭老板听说后精心安排梅兰芳重演新戏。由于观众对新戏感到新鲜，又是漂亮的旦角，演出时梅兰芳所在的吉祥戏院观众如潮，而不远处谭鑫培演出的戏院门外就显得冷落了许多。这对于谭鑫培无疑又是一次心头重创，但他并没有责怪梅兰芳。他早已经明白，现在已是梅兰芳的时代。

【同期声】（戏剧评论家 蒋锡武）梅兰芳崛起的那个时期，而且，形成他的一个非常辉煌的时候，正好又是京剧的第二个高峰的时期，那么这就是20世纪20年代到30年代。

【同期声】（戏剧评论家 王安葵）像这种大师应该说是一个时代的产物，这个时代造就了他。

【同期声】（戏剧评论家 蒋锡武）它总是有个历史机遇，提供了这么一种土壤，或是叫这么一种精神的气候，它才可能使得这些艺人们，他们的这种潜在的一种艺术素质，把它充分调动起来了，把它发挥起来了，把它发掘出来了。

【解说词】

1917年4月，70岁高龄的谭鑫培，带病为当时的大总统黎元洪演出《洪洋洞》，这成了他最后的绝唱。梨园之王谭鑫培走了，同时带走了那个老生、武生辉煌的时代，新的伶界大王登基，他就是四大名旦之首的梅兰芳。观众在他如曼舞般精致表演的引领下，改变了以往闭着眼睛听戏的习惯，精彩纷呈的看戏时代开始了。

第三集 改良

【解说词】

那曾是一个风起云涌的年代。20世纪初，在新文化运动的推动下，梨园行里也萌动着改良的新鲜气息。1912年3月11日，经临时大总统孙中山批准，上海伶界联合会成立，以“改良戏曲，使萎靡之社会日就进化……”为宗旨，上海无疑成了这次戏曲改良运动中最重要的城市。

【同期声】（梅葆玖）他1913年就到上海来演出。他一看上海时装戏，上海的话剧，上海的歌曲这些，当时比北京，北京就是皇家的老传统。一到上海都是开放的，他就觉得舞台艺术，这些东西真是非常漂亮，那我们的京剧也应该除了我们本身的东西，应该有这种新的东西表现，他的脑子里已经有一种，我们要去摸索探视的这个，他就开始就往外辐射了。

【解说词】

1913年和1914年，梅兰芳曾两度到上海演出，受到了空前的欢迎，但是上海京剧改良的热潮，也给了他巨大的冲击。上海的新舞台，尤其给梅兰芳留下了深刻的印象，所以梅兰芳的戏曲改良，最早就是从借鉴新舞台开始的。新的舞台就应该有新的戏，于是梅兰芳回到北京后便开始排演新戏，也就是从那个时候起便开始了他持续一生的京剧改良。

在1914年的北京，戏迷们看到了一些奇怪的新戏，演员们穿着时装，操着奇怪的腔调，故事也都在讲述现实发生的事情，那便是梅兰芳主演的时装新戏。1915年，梅兰芳主演的时装新戏《一缕麻》上演，故事讲述的是一个青年女子，由于被父母指腹为婚，嫁给一个官宦人家的傻子，结果双双身亡。这部戏剧情感人至深，首演便获得巨大成功。同年，一部完全由梅兰芳自编自演的时装新戏《邓霞姑》又出现在人们面前。这些时装新戏多半是抨击封建婚姻制度和破除封建迷信的故事。梅兰芳在演出中台词都加入了许多白话的新名词，并且结合剧情和时代特点，常有新的创造。这些戏的演出在当时获得了强烈的剧场效果和社会反响。每当梅兰芳念大段的台词时，观众总是报以热烈的掌声，观众们在看完梅兰芳自编自演的《邓霞姑》后，一定要等司仪出来说谢谢才肯退场。就像他们也见证和促进了婚姻自由一样，时装新戏轰动一时。

【同期声】（戏剧评论家 王安葵）他在1914年到1918年先后演了五部时装戏。这些戏尽管后来都没有保留下来，但是他在中国京剧，现代戏的演出中间可以说做了最早的尝试。

【解说词】

梅兰芳创编的那些时装新戏，现在早已失传。我们只能凭借当年一些支离的回忆和猜测再现了《邓霞姑》的一个片段，也算是对那段激情年代的纪念吧。

【情景再现】

婚姻大事关系男女双方终身幸福，必须征求本人的同意。岂能够嫌贫爱富，竟拿金钱为目的，强迫作主。现在世界文明，凡事都讲究公理，像这样阴谋害人，破坏人家婚姻，不但为法律所不许，而且为公道所不容。

【解说词】

时装新戏到今天没有得以流传，也许说明那只是梅兰芳为京剧改良而作的尝试。但正是这种尝试，使梅兰芳对传统京剧从形式到内容的改良、创新又多了一份自信和激情。1915年中秋节，在与好友齐如山等人的相聚后，梅兰芳的这份自信和激情终于释放了出来。

【同期声】（梅兰芳之子 梅绍武）有一个第一舞台，演员阵容很强大，而且还有机关布景。演八月节的戏，后来我父亲说我也得演一出。后来齐先生说你要演，你不能跟第一舞台的阵容相比。你的剧团里的阵容不如人家，而且你在这个吉祥戏院演出，也没有当时第一大舞台剧场那么大。所以你要编就编一个，靠你单人的，跟节日有关系的。他想了一下，演个《嫦娥奔月》吧。

【解说词】

1915年10月31日，古装新戏《嫦娥奔月》在北京吉祥戏院上演。在这部戏中，梅兰芳打破了以往旦角的界限，剧中的嫦娥载歌载舞美丽传神，观众们激动不已。

【同期声】（刘曾复）从他的扮相、剧本，那都是跟从前不一样，甚至于他的化妆跟从前都（不一样）。从前梳大头，梳古装的头，古装的头最初他家里自个儿给梳，梳完之后，在后台给叠上。他原来那个爱人，王女士给他做。所以化妆，一切的整个的内容甚至于表演的风度，全有新的，跟过去完全不一样了。

【同期声】（梅兰芳之子 梅绍武）另外，过去中国的舞台上，灯光很简单，没有什么探灯，光柱什么的，他也吸收过来。舞台上全黑了，他用一个大的灯光，灯柱照的，增加戏剧气氛。

【解说词】

那一天，观众的目光如同舞台上的那束追光，牢牢地盯在了梅兰芳的身上。据资料记载，那年的中秋节，古装新戏《嫦娥奔月》轰动京城。而拥有杨小楼等名角的另一戏场则门庭冷落。在《嫦娥奔月》里，观众对嫦娥载歌载舞的认可与喜爱，使梅兰芳对舞蹈这一表演元素，越发地重视起来。在随后推出的另一出新戏《天女散花》中，梅兰芳则更加大胆地在表演中加入了绸舞，使其成为经典。

【同期声】（姜凤仙）盖五爷（盖叫天）这人，他原来对梅兰芳有看法。他不服，什么戏使他服了呢？《天女散花》。为什么排这出戏，因为那时候有刀的、有枪的、有锏的、鞭的，有各种的武打什么的，没有绸子舞。梅兰芳创造一个绸子舞，而这绸子舞没有棍，这绸子就别在身上，就凭他这个胳膊肘，练这个舞蹈怎么美，怎么来佛像。唱完戏了，盖五爷上了台了，就说了句，我服了你了！起这儿，盖五爷服梅兰芳。

【解说词】

《天女散花》中的绸舞，可以说是为京剧旦角的发展，开创了一个新的天地。到今天，演员所使用的绸子，已比当年长了很多，也许是因为后人沿袭了梅兰芳创新的秉性吧。在《天女散花》的绸舞之后，梅兰芳在他后来的许多剧目中都加入了舞蹈性段落。一些看似普通的身段，通过梅兰芳的吸收、创造，幻化出了无比的光彩。梅兰芳是京剧改良的实践者，同时也是受益者，因为在《天女散花》中的出色表演，他得到了梨园行真正的认可，梅兰芳的名气也越来越大，他创新思路的一再成功，似乎也预示着一部经典的诞生。

【解说词】

《霸王别姬》1922 年 2 月 15 日，梅兰芳与杨小楼在北京第一舞台出演。

【同期声】（姜凤仙）我第一次看梅先生戏就是《霸王别姬》，跟杨小楼。哎哟，那好得不得了，扮相那个漂亮，一上来就是满堂彩。

【解说词】

这是一出新戏，因为这出《霸王别姬》与早先杨小楼、尚小云曾合演的那一出，有着极大的不同。此前的《霸王别姬》是以杨小楼的霸王为主，而这次则是以梅兰芳的虞姬为主。这是一个以生角为主到以旦角为主的重大革新。在这出戏上演之初，每当有着全新扮相的虞姬出场一亮相，台下便满堂喝彩。

【同期声】（梅兰芳之子 梅绍武）你看一些老的旦角的化妆都是很简单，头发上面都是平的，这个嘴唇上抹一点儿红，都很单调的。他在化妆上有很多改进，他嘴唇上也抹了口红的，眉毛也吊起来，头发要留几个弯，头发上。旦角更美了。

【解说词】

老式的化妆方式在一定程度上阻碍了旦角这一行当，向更高的层面发展。梅兰芳开始了对旦角化妆的一些革新尝试。他通过观摩，借鉴并结合古典文学，古代仕女图的一些女性造型特点，摒弃了以前一点红的嘴唇形象，改成为涂抹口红，使塑造的女性更加丰润自然。

【同期声】（中国梅兰芳文化艺术研究会副会长 吴迎）他把他整个化妆的脸本来贴片子成那个角形的，他就改成了圆的。眼睛化妆的时候，眼睛也没那么，眼黑都没有了。他这个眉毛，眼睛吸收了那种上海的演员的化妆的那个方法，这个方法他改进了以后，一直演，一直到现在。

【解说词】

唯美的扮相造型，顺应了当时观众的审美要求。演员也因此可以更加从容地塑造人物。这一点，在梅兰芳扮演的虞姬身上，得到了淋漓尽致地展现。而有着国画功底，且一向在服装方面甚是讲究的梅兰芳，在虞姬的服装设计上更是下足了工夫。

【同期声】（梅葆玖）所以他的服装，他不是说今天我到行头局子去做一套，他完全自己设计的。古装的凤，古装的虞姬的那个如意冠，那都是他自己通过构思创造出来的。如果他要不死的话，指不定现在又排出多少个戏呢，根据现在的舞台观念，他指不定又弄出多少漂亮的东西来呢，真是这样。

【解说词】

在华美的外形上凸显悲凉的心境，唱腔的设计起着至关重要的作用。为此，梅兰芳运用了他在《嫦娥奔月》中，自己编创的新腔南梆子，声调哀婉、悲凉，并在节奏上加以变化，渲染了古战场的清冷夜景。

【同期声】（戏曲音乐理论家 汪人立）自从我随大王，东征西战，这是一上来他唱，原来这段他是唱慢板，西皮慢板。当然西皮慢板很有分量，很舒展，表现虞姬人物似乎已是很准确。但是后来通过舞台艺术实践，梅先生就感觉什么呢？不行，用慢板不合适，因为军情紧急，唱慢板太拖沓。后来他就改成什么呢？节奏比较舒缓的摇板。

【解说词】

垓下之战，汉兵逼近，十面埋伏，四面楚歌，她已感到霸王大势已去，却为不负江东父老而奋力一击的死志。她深爱霸王，她深谙此情，她只能强颜欢笑，她曼歌剑舞，以此诀别。为了恰当处理虞姬当时的复杂情绪，梅兰芳精心编排了剑舞，而他对京剧中舞蹈创编的欲望也得到了充分地发泄。

【资　料】《霸王别姬》

【同期声】

这是1956年，由北京电影制片厂拍摄的戏曲电影《霸王别姬》中的剑舞，在这套剑舞中，梅兰芳吸取京剧《鸿门宴》、《群英会》中的剑舞，《卖马》中的锏舞以及武术中的太极拳和太极剑的精髓，将它们统统糅合在一起。而为虞姬剑舞伴奏的《夜深沉》曲牌，也是梅兰芳反复推敲创作出来的。最终为了给剑舞等新编段落腾出篇幅，以加强对虞姬的塑造，梅兰芳更是煞费苦心。

【同期声】（梅兰芳之子 梅绍武）我父亲就在旁边听，他们就在争论，然后我父亲一般就是在默默地听，然后好的意见他就吸收了，最后由他来定夺。

【解说词】

原来的《霸王别姬》共有二十多场，需两天才能演完。梅兰芳和齐如山、吴震修等好友一起对戏中，不必要的武打和过场戏，进行了大胆的调整和删节，缩减到只有十四五场，一天便可演完。然而经过多次的再修改，最终由于根据观众看戏的现场反应，连本来生角的重头戏最后一场，霸王自刎于乌江的戏也删去了。

【同期声】（姜凤仙）梅兰芳一自刎就起堂了，听完梅兰芳，这出戏就算完了，后来乌江自刎就不带了。

起堂了，人都走了，观众都走了，你杨小楼再好，就看你头里。杨小楼霸王那是绝了，那是真绝了，看完你头里这些表演了，后来你乌江你都自刎了，这不戏就完了吗？后来梅兰芳自刎完了，这乌江就没了。

【解说词】

有人描述，每当虞姬自刎时，一面掩面而泣，一面向后轻仰，唱完最后一个字，霸王揽住虞姬的腰，这时在场观众热泪盈眶。面对梅兰芳的表演和观众的反应，杨小楼曾这样说过，这哪里是“霸王别姬”，倒有点儿像是姬别霸王了。梅兰芳通过改良创新，使这出《霸王别姬》，成了中国京剧最具代表性的经典作品。

【解说词】

这是一个充满巨大创造力的时代，以梅兰芳为代表的一代天才戏剧演员，在新的挑战和机遇面前，没有在旧的程式中抱残守缺，而是一起开创了最生机勃勃的时期。正当戏曲舞台异彩纷呈的时候，一个强大的对手出现在人们眼前，这便是电影。现在，戏剧界的许多同仁，都对电视毫不留情地冲击舞台艺术深有体会。可想而知，那时的电影对舞台艺术的冲击也是令人震惊的。可是那时的梅兰芳似乎还没有意识到这位对手的强大，并且还喜欢上了这种艺术形式，他成了电影院的常客。

【同期声】（梅兰芳之子 梅绍武）他一共看了七次也不是八次，有一次就带我们去，跟我的老兄看《大独裁者》。回来以后，因为那时候我才念初三，有很多细节就是看着好玩，我父亲就给解释，我父亲说卓别林先生这个就是，他有意义，你想玩弄这个世界，最后就是破灭，就是想征服世界，破灭。

【解说词】

梅兰芳曾说过，电影好像一面特殊的镜子，能够照出自己活动的全貌，终于，他对电影的好奇变成了把自己作品拍成电影的愿望。从 1920 年起，梅兰芳将多部自己的剧目，搬上了电影屏幕。这些电影有许多由于年代久远，我们已经看不到了，但是可以想象，当时的梅兰芳在面对这个新的表演艺术时的兴奋。

【同期声】（梅兰芳之子 梅绍武）那么他到美国去以后，他去好莱坞去看那些美国的电影的发展。当时的美国的电影界，很多演员都去看他的戏，后来有的西方评论家认为后来这个西方很多歌舞戏，有很多人学习了京剧，有时候说话，说着说着话，哦，就唱起来了，他说这个过去在西方没有，这恐怕是从京剧里面学的。

【解说词】

1930 年之后，中国电影由默片进入有声时代，自然它对舞台艺术显示出更大的冲击力。但在当时这强大的冲击力并没影响到梅兰芳的演艺生活，他不断地汲取、创新，不断拿出新鲜的好玩意儿，不断给观众以新的惊喜。这使梅兰芳保持着稳定的观众群，凡是有他的演出，票房一直看好。

【同期声】（梅葆玖）谁不希望看更漂亮更新鲜的东西，但是京剧的魂它没变，你该唱还唱，该表演还是表演。但是利用现在的手段，把它烘托起来，就是移步不换形。我移了步了，但是我的形不换，我的形就是京剧的魂不变。但是我的这些手段，万物为我所用，我都可以用。用完以后可以让它装饰得更美，烘托得更好，那何尝不可呢？他是这种想法，所以他的艺术能发展，能够立足于不败之地，这是根本。

【解说词】

梅兰芳对京剧的改良至今仍给我们以启示，当面对新的文化冲击的时候，我们如何坚守自身的传统，许多人给出了不同的答案，有激烈的革命者，也有保守的坚持者，而梅兰芳是积极而从容的。或许，当我们面对新的文化挑战，再次回视自己的传统的时候，梅兰芳和梅派艺术的意义，已经超出了戏剧的本身。

第四集　探梅

【解说词】

2004 年 5 月，北京长安大戏院，大型京剧交响诗剧——《梅兰芳》的演出即将开始。所有的演员和工作人员都在这登台前的最后一刻，紧张的忙碌着。他们深知这次演出意义之重大，同时也感受到了观众与媒体的关注所带来的压力。因为这是他们第一次把一代宗师梅兰芳的形象搬上戏剧舞台；因为这是他们将以全新的方式再现梅兰芳充满传奇的戏剧人生。

当梅兰芳的现实生活形象和京剧艺术造型同时出现在舞台上的时候，观众理解了创作者的意图，同时又不免发出这样的感叹：梅兰芳，一面是生活中俊朗儒雅的美男子，一面又是舞台上塑造着一个个仪态万方比女人还女人的艺术形象，这其中的神奇，时至今日，仍旧是一个谜，在人们的心中挥之不去。

如果我们把以各种艺术形式再现梅兰芳，看作是对他的一种探寻和致敬的话，那么与他生活在同一时代的人，则要比我们幸运得多。因为他们能看到一个真切的梅兰芳，能和戏里戏外的梅兰芳进行最直接的交往，能够感受到那个时代对梅兰芳格外的青睐。时间追溯到20 世纪20 年代。那时，梅兰芳的京剧艺术已风靡全国，上至达官巨贾、名媛高士，下至布衣百姓、城市平民，无不以听其剧，睹其容为幸福。梅兰芳演出每到一处，都会引起巨大的轰动。

【同期声】（梁冰）他每到一个码头先贴出三天的打炮戏。所谓贴出什么呢？贴那个海报，剧院门口贴三张大海报。今天 14 号吧，2004 年 2 月 14 日，今天是什么，比方梅兰芳，今天《贵妃醉酒》打炮戏，代表作了。第二天的炮戏，第二炮，2 月 15 日打炮戏《凤还巢》，了不起了。第三场，第三天打炮戏，《霸王别姬》，不要说演了，我说出来你觉得都是震动人心的。

【解说词】

那个时候，梅兰芳的表演，已不单单让在戏园里看戏的中国人如醉如痴，他美轮美奂的艺术以及与人交往中表现出来的深厚修养，也吸引了国外的艺术家。他们通过梅兰芳，通过京剧感悟着中国文化。

【同期声】（梅葆玖）到北京来的这些艺术家，都是看长城、看故宫，还一定要看梅兰芳的表演，这是规定的，这是国粹嘛。你到中国来不看梅兰芳的表演，等于我们到俄罗斯不看芭蕾舞，到德国不听贝多芬，到英国你不去看看莎士比亚的剧，那真是遗憾了。所以说这个他很早很早就跟世界各国的名艺术家，都接轨了。

【解说词】

1924 年 5 月，一位尊贵的客人来到了北京，他就是印度著名学者、诗人、作家泰戈尔。5 月 8 日，恰逢泰戈尔 63 岁生日，人们以一种特别的方式，庆祝他在北京度过的这个生日。以徐志摩为首的新月社成员，在北京协和小剧场演出了泰戈尔的话剧《齐德拉》。这次演出汇集了北京众多文化名人前来观看。到场的人们发现，中国京剧的代表人物梅兰芳也坐在了他们身边。泰戈尔在对梅兰芳的到来表现感谢的同时，也表达了自己的心愿：在中国能看到自己的戏很高兴，可我希望在离开北京前能看到你的戏。为此，8 月 15 日，梅兰芳为泰戈尔演出了自己新编的京剧《洛神》。大型神话京剧《洛神》是根据三国时代著名诗人曹植的名著《洛神赋》改编而成的。曹植与泰戈尔，中国与印度这两位大诗人通过梅兰芳的戏，越千年而神遇，尽管相隔重重的文化和语言的纱幕，但美的感受是一致的。看完戏后，泰戈尔感慨非常，欣然命笔，用孟加拉语给梅兰芳的团扇上题了一首诗：

【字 幕】

亲爱的
你用我不懂的语言面纱
遮盖你的容颜
正像那遥望如同一脉
飘渺的云霞
被水雾笼罩着的山峰

《洛神》的上演，代表着梅兰芳的京剧改良走上了一个新的领域，京剧进一步由俗变雅。其台词多用《洛神赋》中的词句，其舞蹈、造型、音乐都极其讲究。梅兰芳扮演的洛神，娇媚、冷艳，若有情、若无情达到了欲笑还颦、最断人肠的境界。然而，泰戈尔极为欣赏的《洛神》，在当时的中国却并没有得到一致的认同。

梅兰芳走红的时候，正处于中国社会发生激烈变革的时代，1919 年 5 月，巴黎和会中国外交的完全失败，导致五四运动全面爆发。伴随着激荡的形势和不断涌入的思潮，文化斗士们纷纷吹响了新文化的号角。旧有的文化和传统被批驳到了极至，而京剧也在其中。这一切批判自然有它的历史原因，或许也是那段历史时期，所必须的呐喊。然而，激荡过后，一些人又开始了沉静的反思和审视。反思过后，他们从古典戏剧的魅力中，感觉到曾经被他们急于摒弃的传统文化样式，并不像他们所说的那样一无是处，在这种理念之下，他们逐渐改变了观念和态度。

【同期声】（戏剧评论家 蒋锡武）他们也是个很复杂的这样一种情况，就是从整个要对封建的这种文化进行批判这个大的潮流裹挟之下，他可能是扫荡一切。但是当他们冷静下来的时候，他可能还回顾一下，反省一下，哪些东西是我们应该保留下来的，他也有这么一个反思的过程。

【解说词】

这些曾经把京剧视为洪水猛兽，要将它彻底扫荡的文化斗士，开始积极寻求改良京剧的突破口，寻找发展中国传统戏剧的机会。

【同期声】（戏剧评论家 蒋锡武）像周作人，他在 20 年代的时候，1924 年、1925 年还是 1926 年，写过一篇文章。他谈到中国戏曲发展的三条路，他就一反他那个时候，五四反对，极为反对，要按钱玄同的话，全数关闭那些戏馆。他提出来要保留，三条路，有三种路向，有创新的，有保留的，还有其他什么东西。他转变了，观念转变了，所以说，他们也在反省，也在反思。

【解说词】

尽管有那些极端的批评，梅兰芳对京剧的改良，仍然获得巨大成功和认可，改良创编的新戏《天女散花》、《麻姑献寿》、《嫦娥奔月》等作品备受观众欢迎，梅兰芳也因此红极一时。

那时，新兴的照相馆里，大多会摆放上梅兰芳的剧照、生活照，这些照片是当时炙手可热的商品。戏迷们一场又一场地追随着他，其狂热程度丝毫不亚于当代追星族对天王巨星们的追逐。在梅兰芳走红的那个时代，在中国几乎每一座重要城市，都留下了他的足迹。在这些城市中，江南小城南通却是很特别的一个。从 1919 年到 1922 年，长江岸边的南通码头，就曾三次迎来梅兰芳和他的剧团。说起梅兰芳与南通的这段渊源，不得不提及中国近代史上另一位赫赫有名的人物，是他促成了梅兰芳的这三次南通之行。这个人就是民国时期著名实业家、教育家张謇。清末状元张謇在民国初期提出了实业救国的口号，积极发展中国民族工业和教育事业，曾一度被人谓之办厂迷、办学迷。他认为戏剧能够启发民智，弥补教育的不足。于是他在南通创办了中国第一所新式戏剧学校伶工学社，并邀请著名戏剧理论家、表演艺术家欧阳予倩负责管理这所学校。

【同期声】（欧阳予倩之子 欧阳山尊）我父亲那个时候管伶工学校，那是个新式伶工学校。那个学校收的一些学生，不打不骂而且要学新的知识，学五线谱。

【解说词】

1919 年冬季，梅兰芳结束了在汉口的演出，应张謇之约来到南通，被安排在张謇兴建的新式剧场的更俗剧院演出。这对于当时的南通人民来说简直就是一个盛大的节日。

【同期声】（梁冰）更俗剧场门口车子都停满了，在那干什么？买不到票没法进场去看戏，门口有一个有线喇叭，上千辆车子，在更俗剧场门口，听他的唱。叫千车争听，争着听。还有一句，万巷洞空。他出来的时候，一万条巷子都空了，人都挤到大街上来了，挤到他要经过的大街上等着看他。还有一句更感人了，掷果盈车。就是他坐的车子，经过车道从他住的地方到更俗剧场去上妆演戏，以及演完戏后，从更俗剧场回到他住的地方，沿街两道挤满了群众。干什么？看他过，把各种水果往他的车上扔，把他车子都装满了。

【解说词】

尽管梅兰芳在南通更俗剧场的演出盛况空前，但这并不是张謇邀请梅兰芳的唯一目的。更为重要的是安排梅兰芳与欧阳予倩会面，共商中国戏剧改革的大计。

【同期声】（梅兰芳之子 梅绍武）所以老先生在他办的这个更俗剧场楼上有一个房间，他给取了个名字，叫“梅欧阁”。因为那时候在戏剧界里头就是有一个传说，就是“南欧北梅”。南方就是欧阳予倩先生，北方就是我父亲。老先生亲自写的匾，里面收藏了很多戏剧资料。

【解说词】

于是两位大师和张謇在“梅欧阁”里，进行了一次在当时的戏剧界颇具反响的会面。

【同期声】（梅兰芳之子 梅绍武）老先生的意思就是：因为他主张戏剧界要团结一致，不要分派别，这样团结一致来光大祖国优秀的民族艺术——京剧，他高瞻远瞩，很有意义。

【解说词】

新派戏剧的领军人物欧阳予倩，和古典戏剧的伶界大王梅兰芳的会面，对于蓬勃开展的戏剧改革，起着催生助长的积极作用。在中国戏剧改革的历史上，也应是浓墨重彩的一笔，而两位戏剧大师也从此建立了几十年的深厚友谊。

【解说词】

在梅兰芳如日中天的时代，追逐他的群落不仅分布在民间，那些居住在皇城大内、与世隔绝的满清皇族，也对他的表演情有独钟。清朝皇室历来都有喜爱京剧的传统，这一传统也带到了末代皇帝溥仪的身上。早就听说过梅兰芳盛名的溥仪，也想一睹这位名角的风采。

1923 年 10 月 2 日，端康太妃操办 50 岁整寿，京剧演出自然是必不可少的庆祝活动。升平署总管拿着几十出戏的戏单，呈请太妃亲点。但因没有找到梅兰芳的名字，致使太妃勃然大怒。久仰梅兰芳大名的溥仪，马上派升平署教习钱金福赶到梅家请来了梅兰芳。梅兰芳为溥仪和端康太妃，演出了《霸王别姬》。据当时各报报道，身着灰色长袍戴大黑墨镜的溥仪，初观梅兰芳演剧，叹为名下无虚，大加赞赏。而端康太妃尤为赞赏舞剑一场，她感慨万千地说，随先太后看戏数十年，从未见此好戏，以前都算是白看了。梅兰芳事先就声明不领戏价，却得到清宫最高的赏赐。

此事却引起了王公大臣的忧虑，他们认为，太妃过生日的时候，演《霸王别姬》不吉利。皇帝更不该降低身份亲自接见优伶。而他们所谓的这不祥之兆，在一年后还真的应验了。

【字　幕】1924 年冯玉祥发动“北京政变”，将溥仪逐出紫禁城

【解说词】无论是程长庚、谭鑫培，还是梅兰芳的爷爷梅巧玲，无论他们有多大的名声，过着多么富足的生活，无论他们急公好义或有多高的品德，在社会一般人的眼里，他们仍然是下九流的戏子，没有什么社会地位。而到了梅兰芳，情况发生了变化。

【同期声】（中国梅兰芳文化艺术研究会副会长 吴迎）因为以前外国人是不看京剧的。他认为到京剧场子里面，茶馆里面看戏，很失身份。那些人甩毛巾，嚷嚷，叫卖，那些看戏的人低头拍板，什么样的人都有，跟国外的大歌剧院完全是两码事。他就想要改变这种情况。他在他自己家里面，搭了一个小台，请领事馆、大使馆的夫人、公使、大使来玩，即兴地请他们看看。他的表演就在这个院子里面搭了一个小台。大家一看那么漂亮，一个男人怎么那么漂亮的舞蹈，传出去了，就是从这时候开始，外国人进戏园子看戏了。

【解说词】

到底是古典戏剧的魅力，还是梅兰芳个人的魅力，在吸引着他们，这个已经不重要了。急速变化的中国，渴望着世界的关注，而梅兰芳就在这个时候，走入了世界的视野。无量大人胡同的梅宅，成为北平城里的艺术沙龙。自从梅兰芳开始在这里搭设小舞台，为来华的外国公使演出欢迎剧目以来，梅兰芳成了国民政府不花钱的义务外交官。有人统计，梅兰芳在自家举办的招待会，有 80 多次，招待外国客人 6000 多人。

【同期声】（梅兰芳之子 梅绍武）我们家里当时有一个老佣人，一个女佣人，看梅先生每个礼拜都要招待好几次，招待得花很多钱，都要布置啊，再买茶点啊，女仆人说，我看早晚梅大爷就让这些外国人给吃穷了。

【照　片】梅兰芳与瑞典王储夫妇

【解说词】

瑞典国王古斯塔夫就是无量大人胡同招待过的 6000 个外国人中的一个。1926 年 10 月 27 日晚，无量大人胡同 5 号灯火通明。熟悉的邻居都知道，挂满了灯笼的梅宅，肯定是来了什么重要的人物。这一次来梅家的就是当时还是瑞典王储的古斯塔夫。当晚，梅兰芳、姜妙香演出《琴挑》和《霸王别姬》，演毕卸装，宾主一起用冷餐，台上仍旧有场面演员在演奏《柳摇金》、《雁落梅花》等乐曲。而此时的古斯塔夫却对梅宅内的一样东西发生了兴趣。

【同期声】（梅兰芳之子 梅绍武）这位王储看到一个田黄的一个图章，一块石头搁在手里就是不放。田黄石头一块，刻图章的，我父亲正好扮好戏了，出来一看，王储拿到手里不放下来。后来知道他大概喜欢，我父亲就说，就送给您吧。王储非常高兴，带回去了。后

来，其实这块田黄图章是我父亲借来的，是从冯耿光先生家里借来的。冯先生说你怎么这么大方，我这个是好几两金子买来的这块图章，你居然就这样送他了。他说这个王储拿到手里，不肯放了。我一看他喜欢中国的古董，我说将来再有这样的一块，买一块还给你。

【解说词】

古斯塔夫由于先见了梅兰芳的缘故，失去了与满清废帝溥仪会晤的机会。梅兰芳送给古斯塔夫的那方田黄玉印章，至今仍珍藏在瑞典皇家博物馆内。

【照　片】（左）齐白石（右）梅兰芳

【解说词】

在一个个探梅的人物中，大画家齐白石算是最有趣的一个。画家齐白石感受到时代对梅兰芳格外的青睐，他也想一睹梅的风采。经过齐如山的介绍，他与梅兰芳结识了。那时的齐白石名气还不太大，而他又喜爱出没于各种社交场合，由此便引出了他与梅兰芳一段妙趣横生的故事。

【同期声】（梅兰芳之子 梅绍武）有一次，在堂会里演出堂会戏，齐白石先生也去看戏。因为一般人不大认识他，举办堂会的主人也不认识他，所以齐白石先生进去，就坐在后排旮旯里面。我父亲那天演戏，有堂会去了，一看齐先生怎么坐在后面了，就马上过去搀齐先生，您到前面坐。当时的这些达官贵人都很奇怪，梅先生怎么搀着一个糟老头子，这是谁啊？结果我父亲就听见闲言闲语，就说这是我的老师齐白石老先生。介绍给大家。大画家。请齐先生坐在前排。后来齐白石先生也很感动，也写一首诗，他说："曾见先朝享太平，布衣蔬食动功卿，而今沦落长安市，幸有梅郎识姓名。"

【解说词】

梅兰芳向齐白石等书画界的挚友们学习书画，同时又将中国书画的精髓融入自己的艺术当中，使梅派艺术日臻完美。其实，在梅兰芳身边还存在着一个更为广泛的群体，他们或是饱读诗书的传统文人，或是学贯中西的进步学者，或是社会上各行业的业界精英，他们是梅兰芳的追随者，他们更是京剧改良的倡导者和参与者，从某种意义上讲，他们成就了梅兰芳，他们成就了一个京剧的巅峰。

第五集　梅缘

【字　幕】北京红星胡同

【解说词】

这是北京的红星胡同，解放前它叫无量大人胡同，在上世纪二三十年代，梅兰芳曾在这里居住过。有人说那时候的梅宅，是北京城里和故宫长城一样著名的地方。据不完全统计，仅仅在那段时期，梅兰芳就在这里招待过一万多位中外友人，许多外国人将拜访梅兰芳当成到北京必不可少的日程，而梅宅中与他几乎朝夕相处的智囊团，则和他一起构成了当时北京一道独特的人文景观。

【同期声】（梅兰芳之子 梅绍武）他自己因为很贫苦出身，在勤学苦练，在知识方面也不是那么渊博。有了这些朋友在一起交谈，提高他的认识，提高他的知识水平，提高他的修养，都起很大作用。

【解说词】

一座金字塔不是一块石头突兀间横空出世就高耸在那里的。梅兰芳出道，继而走红，直到达到艺术的巅峰，那是有无数双手把他托起来的。特别是那些由文人、知识分子组成的智囊团对梅派艺术的形成及发展，起到了至关重要的作用。

【同期声】（戏剧评论家 蒋锡武）这个文化圈的形成，对梅兰芳后来的这个，最后形成的梅兰芳，也起了非常重要的作用。没有这个文化圈梅兰芳就是一个艺人。

【同期声】（梅兰芳之子 梅绍武）你要不然就是作为一般的艺人，就很容易流俗了，不往上抬高，接触一帮这些高级知识分子，在各个方面都有好处。他帮你编曲，批评你、鼓励你，这样走向正确道路，很有好处的。

【字　幕】北京无量大人胡同梅宅

【解说词】

“缀玉轩”是梅兰芳北京无量大人胡同住宅中书房的名字，也是梅兰芳和他的智囊团活动的场所。在30年代时，人们曾给这个智囊团起了一个很特别的名字，叫做梅党。这似乎更能说明这些人对京剧锐意革新的共同意志和信念。

【同期声】（中国梅兰芳文化艺术研究会副会长 吴迎）这个党没有一个章程，也没有规则的，就是那些好朋友。

【同期声】（戏剧评论家 蒋锡武）梅党就是他的朋友，他的同好，给他很多支持，做了很多出访的准备工作。

【同期声】（梅兰芳之子 梅绍武）梅党就很像西方里面的一个沙龙。里面的所有的这些作家、戏剧家、评论家聚会在一起，探讨一些文学艺术的这么一个小团体。

【解说词】

值得一提的是梅兰芳从青年时代起，就有一批梅迷进入了他的生活，如冯耿光、吴震修、李世戡、黄秋岳等。这些人与梅兰芳的关系是非常奇特的。他们在社会上都有一定的地位和经济实力，只是出于友谊才来帮助梅兰芳的。他们是京剧艺术的狂热爱好者，对京剧有着很深的研究。他们以梅兰芳为核心，自发地形成了一个京剧改革创新集团。梅派的许多名剧都是在他们的具体策划、编排、建议下创作出来的，他们已和梅兰芳、梅派艺术融为了一体。

【同期声】（中国梅兰芳文化艺术研究会副会长 吴迎）以前在北京的时候，梅兰芳先生排戏，他的操作的程序，他是由他的智囊团，那些知识分子给他选题材，选好题材去问梅先生，你看这个题材好不好？然后又由他们分工，齐如山、李八爷（李世戡），他们分工写提纲，再由文人写本子。

【同期声】（戏剧评论家 蒋锡武）他们有时候也是搞集体创作的。在一块儿，你说这个戏怎么弄，你说那个场子怎么处理，这个唱腔设计什么东西，最后拍板的是梅兰芳。这也说明他有这样艺术的这样一种能力，艺术这种魄力。否则，他没这种能力，这些都是好角，都是方方面面的代表人物，他也不能制驭他们。

【同期声】（毕谷云）包括做件服装都是一样，做服装，梅先生那不书上都写了嘛，他就站在八仙桌上，四个八仙桌拼起来，他上面穿着服装，大伙看，挑毛病。

【同期声】（梅兰芳之子 梅绍武）他拿着个别针，这个地方应该再改一改，该别上一针，好像一个裁缝试量衣服一样。

【同期声】（毕谷云）这颜色不对，这个式样不对，这个怎么，千锤百炼，看完了，挑刺儿挑完了才搁到舞台上去。

【照　片】（左）齐如山　（中）梅兰芳　（右）姚玉芙

【解说词】

一个艺术大师的成长，是所有这些因缘际会的结果。梅兰芳早已超出了一般戏剧演员的视野，站在了前所未有的高度。梅兰芳是那个时代的传奇，也是戏剧史上空前绝后的传奇。即使是与他最重要的朋友齐如山的交往，也有一段让后人津津乐道的传奇故事。

齐如山长梅兰芳十九岁，是梅兰芳智囊团中的首脑。他是梅兰芳的专职编剧、演出策划者、宣传组织者，也是社会交游的介绍者，几次出国演出的主要发起者。齐如山出生在戏曲之乡河北高阳，童年时他就较早地接受了民族戏剧的熏陶。17 岁入清廷总理各国事务衙门所属的同文书馆，学习六年，掌握了德、英、法等外语。1900 年离开同文书馆，两次出国游历欧美，广泛地接触了外国戏剧。民族戏剧的熏陶，欧美戏剧的体验，使齐如山在面对京剧时，不仅能够从传统戏剧的视角，还能够从外国戏剧的视角，来审视中国传统京剧的状态。伶界大王谭鑫培曾听过齐如山一场演讲，演讲完毕后，谭鑫培曾认真地说，听您这些话，我们都应该愧死。让人没有想到的是，就是这样一位戏剧大师居然和梅兰芳成了忘年之交。

【同期声】（梅兰芳之子 梅绍武）没有我父亲也没有齐如山，没有齐如山也没有我父亲，可以这么说。

【照　片】（左）梅兰芳　（右）齐如山

【解说词】

梅兰芳和齐如山的交往始于 1912 年的北京。那一年辛亥革命刚刚爆发，唯新的思想开始深入人心，人们对于新思想、新知识有着一种非常渴望的心态。对于在封建社会产生的京剧，那些知识分子和文人自然抱着一种批驳的态度，齐如山也不例外。

【同期声】（戏剧评论家 蒋锡武）整个社会转型，在这种情况下出现的，那么当然这种封建社会产生的戏曲，在他们看来也是一种封建的，该扫除、该缔除的这样一种，不能说是淤泥浊水，也是说封建的东西，应该是批判的。基本上他们是持这样一种态度，这样一种倾向。

【同期声】（梅兰芳之子 梅绍武）当时京剧也可能是舞台上很乱了，舞台上又有饮场，唱着唱着又有跟包上来，拿个茶壶喝水。甚至台上有很多站着的观众，亲朋好友站在台上，是很乱。台底下嗑瓜子、扔手巾板儿，乱七八糟的，吵吵嚷嚷的。所以那时一般很多知识分子都反对旧剧。

【同期声】（中国梅兰芳文化艺术研究会副会长 吴迎）因为齐如山从外国留学回来，对唱京剧的绝对是瞧不起的。所以他们要介绍来认识梅兰芳，他还没有那个兴趣。

【解说词】

一次偶然的机会，齐如山被朋友硬拽到了戏院，当时正在上演的是梅兰芳的《汾河湾》。第一次看梅兰芳的演出，给齐如山留下不错的印象。

【同期声】（中国梅兰芳文化艺术研究会副会长 吴迎）齐如山头一次的印象，那是非常重要的。所以齐如山他感觉到好像那么一个有名的男旦，怎么会像一个读书人家的孩子。在以往，在北京，完全是两码事，他们认为那种人应该是很靓的那种男子，油头粉面的，应该是这种人。所以他感觉到梅兰芳完全不是那样的人。

【解说词】

虽然梅兰芳给齐如山留下了不错的印象，但齐如山觉得和梅兰芳这样的旦角演员谋面，还是有所不便。于是他给梅兰芳写了一封3000多字的长信。就梅兰芳的演出，详细地给予了点评，这就算是他对梅兰芳的器重吧。之后齐如山就把这件事给忘掉了。十几天以后，梅兰芳再次上演《汾河湾》，轰动全北京城。齐如山听到这个消息后，觉得很好奇，就又一次来到了戏院。

当时梅兰芳的名声已越来越大，在这天的演出中伶界大王谭鑫培点名要梅兰芳演柳迎春，谭鑫培自己演薛仁贵。基本剧情是薛仁贵回到阔别18年的家里，因为床边的一双男鞋对妻子柳迎春产生了怀疑。后来怀疑消除，不过柳迎春要薛仁贵诉说自己的经历，证明自己是她的丈夫。当薛仁贵在窑外唱“家住绛州县龙门”这一大段唱腔时，台下观众忽然大声叫起好来。

【同期声】（*梅兰芳之子 梅绍武*）那时候谭先生也很奇怪。最初表演的时候，说我唱得一般，台底下为什么鼓掌啊？怎么回事？今天我唱得并不是得彩的段落，他回头一看，哦，原来梅兰芳在做表情呢。

【解说词】

其实，梅兰芳一直都是按传统的技法去表演的，这次的改变是接受了齐如山的建议。齐如山以他欣赏外国戏剧的经验，对传统的表演提出了尖锐的批评。他在信中写到，假使有一个人说他是自己分别18年的丈夫回来了，岂能对方在滔滔不绝地诉说着，自己却漠不关心呢？更何况这一段是全剧的关键，妻子听了丈夫叙述旧情，绝不会无动于衷的。针对柳迎春听薛仁贵唱段时应有的心理反应，齐如山还为梅兰芳设计了一套动作，这不是对梅兰芳的批评与建议，而是对传统欣赏习惯的挑战。他在信的最后直截了当地写道：如果要想成为一个大演员，非有改革之心不可。在那天的演出中，梅兰芳完全接受了他的意见，自然得到了观众的叫好声。就是这封信开启了他们长达几十年的交往。

【同期声】（*梅兰芳之子 梅绍武*）后来我父亲收了好几十封信，后来就是希望跟齐先生见见面。当时一般的这些知识分子，那时候思想上一般不愿意跟演员称为戏子的来往，所以齐先生也没有直接跟我父亲认识。后来经过朋友介绍才结识，后来我父亲跟齐先生就一直成为好友。齐先生后来帮我父亲写了很多戏，编了很多戏。

【解说词】

齐先生之所以写信而不是当面告诉梅兰芳，有两个顾虑，首先，当时的社会风气认为跟演员来往是有失身份的事情。其次，一般的京剧名角都有脾气随着能耐长的毛病，很难听别人的意见，万一意见不被采纳也是件尴尬的事情。

可是让齐如山没有想到的是梅兰芳居然能从善如流，按照信中的意见改动了演出，齐如山也因此受到鼓舞。于是每看完一次戏，就写一封信，提出自己的意见。在两年多的时间里，他先后写了百余封信。这些信后来由梅兰芳装裱成一册，封面有罗瘿公先生题签，文书堆案正如山。可惜后来因战乱而遗失了。

正是梅兰芳谦逊的品格，打消了齐如山的顾虑，从此，齐如山成了缀玉轩里的常客。

【资　料】《霸王别姬》

【解说词】

这是梅兰芳演出《霸王别姬》中的精彩片段，这出戏拍摄于1956年。最初这出戏是由齐如山编剧，经过了吴震修改编。后来在演出中梅兰芳又根据具体情况不断增删，最终成为京剧中的经典剧目。

相关人士转述梅兰芳练剑经历，是这样说的：梅兰芳学无常师，当年在上海时，梅兰芳的一个朋友请来了一位北方的姓米的武师。这位武师精通十八般武艺，梅兰芳获知后便赶去拜见，并央求米武师教他舞剑。米慨然应允，将剑术悉心传授。梅兰芳在《霸王别姬》中的虞姬舞剑出神入化，正是米武师指点和梅兰芳本人不断琢磨的结晶。当时国术馆馆长张之江看到梅兰芳的剑术表演十分欣赏。赞道，我武威扬，连京戏舞台上也有传人了。正是梅兰芳的温厚儒雅，谦虚好学，所以他结交了难以胜数的朋友，从而使自己的艺术有了很大的提高。

【同期声】（京剧表演艺术家 王琴生）这个人非常的和蔼谦虚，你要跟他见着一面，给你永远的印象，深刻。你不感觉到他是有虚假的，还跟你握手，跟你谈话，请坐。他让你感觉他这人很诚恳。

【同期声】（王蕴明）不管是哪个行业、哪个行当的什么人，对他提意见，对他做什么，只要他认为对的，他都虚心接受，而且主动地征求意见。所以他的艺术能够一直不断地发展。

【解说词】

给梅兰芳经济方面最大帮助的是冯耿光。冯耿光，字幼伟，广东中山县人，民国后出任中国银行总裁，后任新华银行董事长。冯耿光与梅家的关系很密切，与梅兰芳的伯父梅雨田来往很多，因此，梅兰芳14岁时就结识了他。从那时起，冯耿光就成为了梅兰芳的幕后老师。在梅兰芳赴美演出因为经费问题险些搁浅的情况下，就是这位冯先生想办法募集了15万元，促成了中外文化交流史上璀璨的一页。

【同期声】（梅兰芳之子 梅绍武）他对我父亲的一个笑话就是，他觉得我父亲这个人比较傻，从14岁就认识了。他从我父亲14岁，他大概大14岁，他们认识时就管我父亲叫傻大爷。傻大爷，就那么一个绰号，一直到晚年，我父亲都五六十岁了，他们在交谈的时候，有时候冯先生他管我父亲叫傻大、傻大。我都不知道，后来我问我母亲，冯先生冯六爷管我父亲叫什么，我母亲告诉，他们小时候认识的时候，冯先生就给你爸爸取了一个绰号，叫傻大爷，后来把这个“爷”字取消了，现在就叫傻大、傻大。

【解说词】

梅兰芳在舞台上很精明，可是在台下，他对经营理财却是一窍不通。他为人忠厚谦逊，冯耿光称他傻大，在很多人看来倒也合适。梅兰芳和冯耿光就像兄弟，基本上每天下班后都要聚会，聚会的地点大多在冯耿光家。

【同期声】（梅兰芳之子 梅绍武）他们一块经常每天下午，不断的研究戏剧艺术，怎么样安排新的剧目，都是在冯耿光先生家里举办的，好像一个小的沙龙似的。

【解说词】

在这日复一日的切磋琢磨中，梅派的风韵逐渐显露成形。李世戡、黄秋岳曾经在梅派剧目的编剧方面做过很多工作。在唱腔设计上梅兰芳得益于梨园汤武王瑶卿甚多，茹莱卿则是音乐伴奏设计的主要参与者。而梅兰芳多方面的艺术修养也曾得益于当时的许多文化界人士，如教授他学绘画的齐白石、陈半丁、王梦白，与他一起探讨昆曲的陈德霖，在音韵学方面给予他很多帮助的樊增祥等。这个只念过几天私塾的戏曲演员，逐渐具备了一个艺术大师所应有的全面艺术文化修养。

当30年代梅兰芳到美国演出的时候，另一位重要人物适时地出现在他的身边。南开大学教授张彭春是梅剧团走向海外的最重要的策划者之一。在赴美和赴苏的演出中，张彭春被聘请为梅剧团的总顾问。在他的建议和工作下，梅兰芳在海外获得了很大的成功。就是这样一群人和梅兰芳一起直接创造了京剧艺术的辉煌时代。

我们今天已经很难理解这个群体了。他们当中有金融家、有实业家、有学者，他们都有正式职业和社会身份，但都无偿地帮助了一位京剧演员。其中像齐如山、许姬传等甚至将这种帮助变成了自己的职业。是什么动力使得他们甘愿如此付出？除了可以通过梅兰芳的名声维持自己的社会影响外，他们确实也帮助梅兰芳完成了一项项的艺术创造。他们不但替梅兰芳编写剧目、讨论演出、策划戏码，甚至还要规划他的生活。这种精致而富有创造性的艺术化生活状态，依赖于当时特有的文化环境。随着新时代的到来，它注定要在时代的大变局里逐渐消亡。

【电视画面】书籍　梅兰芳著：《舞台生活四十年》

【解说词】

这是梅兰芳50年代初，应上海《文汇报》之约编著的自传《舞台生活四十年》。这是中国历史上第一部演员自传体著作。在这本传记中，梅兰芳用充满情感的语调描述这些师友对他在艺术道路上的帮助。不管怎么说，被梅兰芳怀念的这些人是幸运的，他们见证了一个世界级艺术大师的历程。他们参与了这个历程，他们因此进入了历史。

第六集　出国

【字　幕】北京

【解说词】

2004年的北京，在翻译家高莽的家中，他向我们展示了一幅由自己创作的五米长的国画。在画中，我们看到了20世纪30年代，西方的许多著名人物，其中有当时的美国影坛三杰，卓别林、范彭克、玛丽彼克馥，有前苏联戏剧大师斯坦尼斯拉夫斯基，梅耶荷德和电影大师爱森斯坦。他们注视的目光都集中在一个东方人的身上，他就是梅兰芳。一个人的光芒可以在瞬间达到极致，梅兰芳在西方的光芒迸发于1930年。

“受五万万人民欢迎的演员梅兰芳来到美国”，这是1930年2月3日梅兰芳到达美国纽约时，当地一家报纸的题目。这时的梅兰芳36岁，去过两次日本，是中国最有名的旦角。几天前，他刚在船上度过中国人传统的春节，几天后，他即将登上百老汇的舞台。但是在这些旅途中拍下的照片中，我们看不出他有什么欢喜的神色。对于这次冒着破产的危险，向朋友大量举债才得以成行的商业演出，历史学家唐德刚这样说，这一次是梅兰芳有生以来第一次没有把握的演出，他自己当然是如履薄冰。

【同期声】（美国哥伦比亚大学教授 一九四九年在美国发表《梅兰芳传稿》　唐德刚）

对梅兰芳来说，是有很多微词的。梅兰芳那一套怎么能够到纽约来了？梅兰芳还穿一个跷，小脚啊，这个在美国人看来，不可想象的。

【同期声】（冯光宇）在唐人街，少数的中国人所给予美国人的印象，他们吃的就是所谓的杂碎，要不然的话就是鸦片以及赌，所以对中国人的印象就很不好。

【解说词】

公演前，梅兰芳在华盛顿举行了一场招待演出，演出的剧目是在中国准备好的红楼戏《晴雯撕扇》。

【同期声】（美国哥伦比亚大学教授 一九四九年在美国发表《梅兰芳传稿》 唐德刚）第一场就有好多人退场，看了一半就走了。

【解说词】

演出结束后，有一个人匆匆来到后台，正在卸装的梅兰芳问他，今日的戏，美国人看得懂吗？这人说，绝对不能，因为美国人根本不知道《红楼梦》。这个人的出现对梅兰芳在美国的成功，起到了关键的作用，他就是张彭春。当时，百老汇从未听说过梅兰芳，梅兰芳也毫不了解百老汇。而被美国人称为皮西张的张彭春，对二者都能如数家珍。于是，梅兰芳诚恳地邀请他帮助挑选剧目，他不无担心地说，如果我失败了，整个中国文艺界也没有光彩。

【字　幕】梅兰芳在百老汇演出的剧院

【解说词】

2 月 17 日，梅兰芳的首次公演在纽约 49 街戏院开锣了。首演剧目《汾河湾》，张彭春将其改名为《一只鞋的故事》。一位叫杨秀的女士，出场用英语介绍完剧情之后，忐忑不安的梅兰芳，在西方的第一次亮相开始了。

在灯光下飘飘走动的他，在台口来一个亮相。他是东方的贵族，腰身的美丽，手指的细柔动人，都是博物馆内很少见的雕刻。台下观众紧张得忘了拍手。他们似乎每人都随着马可·波罗到了北京，神魂无主，又似乎做起了《仲夏夜之梦》。一位学者在追忆这一夜时，写下了这样的文字：这一夜，梅兰芳终于可以松一口气了；这一夜，梅兰芳真正地走进了美国。

今天，百老汇 49 街大剧院已改作他用，时代广场上买票的长龙依旧。人们是否已经忘了，74 年前，一位中国演员在这里留下的声音。

【同期声】（纽约中国戏剧工作坊艺术总监 冯光宇）那次在自然历史博物馆做演讲的时候，我非常高兴，有两个观众特别来跟我谈这件事情。有个观众告诉我说，她当时是亲眼看到梅兰芳的演出的。那是一位女士，她年纪也很大了，可是我可以看得出来，她本身一定是一个艺术家。因为从她的穿着，从她的谈吐。然后果然她告诉我，她是一个舞者。她告诉我她当时多么兴奋地去看他。那另外还有一个观众，看到我的时候，给我看一个册子。他说这个是他的一个朋友，美国朋友在去世之前，送给他的一样纪念品。这纪念品是他的朋友，这美国朋友去看梅兰芳节目时候的一个手册，是在中国印出来的。

【同期声】（华美协进社教授 汪班）有一个叫斯达克·杨的，这位先生他当时是一个很有名的一个戏曲评论家。他就把梅先生的艺术跟文艺复兴，欧洲的伟大的绘画家、美术家戴赛德里奥和杜契奥，跟他们那些不朽的作品，他比较。他觉得梅先生在台上，每一个动作都像那些文艺复兴时期的西方古画里的那个作品，所表达的那些美感。

【同期声】（美国知名学者 英文版《京剧和梅兰芳》作者 杨福森）在他以前，美国人根本不懂什么叫京剧。

【同期声】（美国哥伦比亚大学教授 一九四九年在美国发表《梅兰芳传稿》唐德刚）越唱越有名。

【同期声】（美国知名学者 英文版《京剧和梅兰芳》作者 杨福森）因为他是从北京来的，他们就是、噢，京剧，他们就给起个名字叫北京京剧。

【解说词】

4 月 17 日，梅兰芳离开纽约。当他经过落基山时，天气已经暖和了，而一个月前，梅兰芳刚踏上美国土地时，看到这里还是皑皑白雪。这时，梅兰芳开始在西雅图、芝加哥、洛杉矶、旧金山、圣地亚哥和檀香山继续他的演出。大萧条时期的美国，梅兰芳热成为一个独特的现象。报纸上这样说，在美国，每年都会有一个夺锦标者，今年一定是梅兰芳无疑。

【字　幕】在美国演出《汾河湾》剧照

【解说词】

《汾河湾》和《刺虎》是在美国演出时最受欢迎的剧目。《刺虎》是在张彭春极力要求下才临时添加的。这段只有短短的一分多钟的影像，是梅兰芳的第一部有声电影，留下这段珍贵画面的就是好莱坞著名的派拉蒙公司。当时好莱坞的偶像，不是蜘蛛侠、不是梦露，而是影坛三杰，卓别林和范彭克夫妇。在好莱坞，梅兰芳对同样是贫苦出身的卓别林最为欣赏。而这张少见的泳装照，拍摄于美国著名的飞来福别墅，别墅的主人就是这位玛丽彼克馥女士。她与丈夫范彭克是当时美国最当红的默片电影明星。梅兰芳一行被邀请到他们夫妇的家中小住。一年之后，范彭克随一摄制组来北京拍摄，又见到了梅兰芳，梅兰芳则用刚刚学会的英语，向他表示问候。

梅兰芳美国之行的高潮，是洛杉矶波摩拿学院和南加州大学分别授予他名誉博士学位。对于这个意外，他没有丝毫的心理准备。在典礼上，梅兰芳这样说，兰芳不过是微末的个人，所表演的中国古典戏剧还很不完备，幸蒙赞许，不胜惭愧。但兰芳知道，此荣誉不是专门奖励个人的艺术，而是对中国文化的赞助，对中国民族的友谊。

【同期声】（美国知名学者 英文版《京剧和梅兰芳》作者 杨福森）他们从来没有看见过这么一个人，这么能够介绍京剧。中国的艺术给美国人，而且美国人真能欣赏它。

【字　幕】南加利福尼亚学院

【同期声】（中国梅兰芳文化艺术研究会副会长 吴迎）你说文学博士跟戏子，好像是无法调和，没办法调和，就发生在一个人的身上。

【同期声】（美国知名学者 英文版《京剧和梅兰芳》作者 杨福森）所以从此以后，等到回去，大家都开玩笑，不管他叫梅先生，管他叫梅博士。

【解说词】

7 月份，梅兰芳从檀香山启程回国，从船上的这些照片中，可以看出他瘦了许多。一位评论家说梅兰芳习惯于每周只演三场戏，在这里却不得不演八场，还要出席无止境的应酬活动。回国之前，他疲劳的脸色苍白，但我仅有一次听到他暗示说累了。梅兰芳的美国巡演，途经 7 座城市，演出近百场，于寒冬开始，在盛夏结束。

【字　幕】1930 年 8 月，上海

【解说词】

8 月，梅兰芳回到上海。在各界人士欢迎他访美归来的合影照片中，我们看到一个人，他就是大名鼎鼎，人称胡博士的胡适先生。几天后他在日记中这样写道，一个新从哈佛回来的朋友对我说，美国只知道中国有三个人，蒋介石、宋子文、胡适之。我笑着说，还有一个，就是梅兰芳。

【字　幕】北京 梅兰芳故居

【解说词】

1995 年，一群俄罗斯话剧演员来到北京的梅兰芳纪念馆。因为高莽的这幅画，梅兰芳成了他们最熟悉的中国演员。这幅画有俄罗斯话剧和电影界大师的画，在当地媒体报道后，引起了不小的反响。梅兰芳与这些大师的相遇，发生在 1935 年，经过了五年前美国巡演的成功，梅兰芳的俄罗斯之行自信了许多。

1935 年 3 月，在一辆由海参崴开往莫斯科的软卧车厢里，传出一阵阵的京剧的唱腔。教戏的是梅兰芳，学戏的是电影红星胡蝶。由于此行是受苏联政府的邀请，行程由苏联方面全部安排，没有经济压力的梅兰芳轻松而愉快。

【字　幕】莫斯科

【照　片】梅兰芳在莫斯科火车站

【解说词】

3 月 12 日 梅兰芳一行抵达莫斯科。早在到达前，这里已经开始对梅兰芳进行大规模的宣传介绍。他被当地的报纸称为我们的客人，伟大的中国艺术的伟大代表。有意思的是，在梅兰芳一行到达莫斯科时，由于报纸上登的都是剧照，莫斯科市民都以为他是个女性。所以，当胡蝶走上街头时，许多人都指着她大喊，梅兰芳来了，使胡蝶非常尴尬。

【同期声】（俄罗斯艺术历史研究院院长 科拉维娜）现在可能一天有十几个，从国外来的团体在演出，谁也不知道在哪里。那时候从国外来巡演的演员很少，30 年代社会比较封闭，因此我认为这是一个很大的事件。

【解说词】

3 月 23 日，柴可夫斯基音乐厅，梅兰芳首次公演在这里举行，在当时拍摄的新闻影片中，我们可以看到当时热闹的场面。今天的柴可夫斯基音乐厅，依然是莫斯科最热闹的剧院，几乎每天这里都有各种剧目上演。69 年前，在这里看演出的观众中，有一位电影导演。看完演出后，他说，京剧表演的神奇出乎想象之外。他就是醉心于东方艺术的爱森斯坦。

【字　幕】莫斯科电影制片场

【解说词】

这是建于 1927 年的莫斯科电影厂主楼。据说在这个摄影棚里，爱森斯坦为梅兰芳拍摄了《虹霓关》的对枪片断。这个电影后来被称为“伟大的爱森斯坦拍摄伟大的梅兰芳”。几分钟的镜头，认真的爱森斯坦竟拍了五个多小时。事后，爱森斯坦说，在这短短一天的合作中，我已感到您是一位谦虚的演员。您如投身电影界，也必定是一位出色的电影演员。

【同期声】（莫斯科电影博物馆馆长 克列伊曼）在首次拍摄后的第二天，爱森斯坦被禁止再拍，因为没有上级的指示。而我们那时候，如果没有允许，就不能拍摄。当时部长知道爱森斯坦，没有得到许可，晚上拍一个中国人。那时部长还不知道梅兰芳的名字，因此他下令禁拍。

【解说词】

政治是当时的主旋律。这是莫斯科国家大剧院，坐落在克里姆林宫旁。梅兰芳在莫斯科的最后一场就在这里演出。这一天晚上，剧院内外多了许多负责保卫的警察，据说有一位大人物要来看戏。

【同期声】（梅兰芳之子 梅绍武）美国的《先驱论坛报》记者，当时在苏联莫斯科报道我父亲访苏的情况。有一段消息说，有一次梅兰芳演出的时候，剧场有一个大包厢，中间的包厢，灯光很暗，看不出是谁在看戏。据这个记者推测来看，可能就是斯大林。

【解说词】

4 月 2 号，梅兰芳前往列宁格勒。列宁格勒是梅兰芳当时在苏联演出最多的地方，如今这里已改回它最早的名字——圣彼得堡。

【解说词】

维保区文化宫剧场并不在圣彼得堡的中心区域，而是坐落在工业区里。这就是剧场在 20 世纪 30 年代时的样子。在剧院经理的介绍下，我们看到了当年的舞台原貌。

【同期声】（剧院经理）实际上这个大厅，和以前一模一样。就是梅兰芳到这边来的时候，这个大厅看起来一模一样。唯一的差别是七八十年代，在这边进行了一个大修。

【解说词】

除了 70 年代，中国芭蕾舞剧团到这里演出外，这位剧院经理再没有关于中国演出的印象。她说，剧院有一位 80 多岁的退休员工看过梅兰芳当年的演出。遗憾的是，由于健康原因，我们没有采访到这位老人。

今天，这里即将上演的话剧来自于莫斯科的斯坦尼斯拉夫斯基剧院。剧院创始人斯坦尼斯拉夫斯基是当时苏联戏剧界的权威。当年在看了梅兰芳的表演后，这位忠于传统的戏剧大师，称赞梅兰芳是动作节奏匀称，姿态精雕细琢的东方大师。并总结中国京剧是有规则的自由运动。

但是最欣赏梅兰芳的是另一位戏剧家梅耶荷德。1937 年，梅兰芳离开苏联两年之后，莫斯科上演了梅耶荷德的一出戏剧，他在海报上这样写道，“此剧献给梅兰芳”。

【同期声】（翻译家 高莽）对梅兰芳的手，这是很有名的一句话，我不知道别人跟你们谈过没有？他说看完梅兰芳表演之后，我们这些演员的手都可以剁掉。

【解说词】

与梅耶荷德相比，另一位更富有革命性的年轻人，在看了最受欢迎的剧目《打渔杀家》之后，眼前一亮。他在给朋友的信中说，我看到了中国演员梅兰芳，他扮演少女，真是棒极了！他就是德国人布莱希特。

1935 年，年轻的布莱希特流亡到苏联，默默无闻。梅兰芳没有与他合影，甚至根本不知道有这个人。然而，梅兰芳给布莱希特的影响是巨大的。看过梅兰芳的演出，他说自己多年来朦胧追求而未达到的，在梅兰芳却已发展到极高的境界。后来，布莱希特吸收东方艺术所创造的戏剧流派，成为斯坦尼斯拉夫斯基之后最重要的西方戏剧流派之一。

【同期声】（俄罗斯科学院东方研究所汉学家 谢罗娃）梅兰芳访问苏联不仅是莫斯科，也是苏联一个重要的文化事件。这对世界戏剧界也有重大的意义。由于他的到来，布莱希特、哥尔德姆克莱克、皮丝卡朵也来了。他们都是非常杰出的欧洲戏剧大师，因此他的到来不仅仅是莫斯科的、苏联的，而且是世界戏剧界的一件大事。

【解说词】

4月12日，梅兰芳送梅剧团其他成员，登上回国的轮船，开始了长达3个月的欧洲之旅。在当时西方的文化中心欧洲演出，一直是梅兰芳的愿望，遗憾的是这愿望一直都没有实现。另一个遗憾源于齐如山的希望，访美之后他写了一本书，在书中他甚至详细记录了梅兰芳美国行程的花费。他说，这样以后的京剧剧团出国演出就会有一个参考。但是，梅兰芳之后的很多年里，这样规模的演出再也没有出现。梅兰芳在30年代西方造成的轰动，至今无人超越。

【同期声】（美国知名学者 英文版《京剧和梅兰芳》作者 杨福森）我认为他是前无古人，后无来者。

【同期声】（美国华美协进社教授 汪班）可以说是空前，到目前为止，我可以说也是绝后了。

【同期声】（戏剧评论家 蒋锡武）使得国外不管是友人们也好，是国外一般性的观众也好，认识到了中国有一个京剧，中国有一个戏曲，是代表中国的文化的。代表中华民族的这么一种传承下来的东西的是梅兰芳。

【解说词】

70多年后的今天，我们寻访20世纪30年代，梅兰芳在美国、在前苏联留下的痕迹已经非常困难。在那里他的身影似乎渐行渐远，甚至已经有些模糊。然而，在夏威夷，在他美国之行的最后一站，梅兰芳的影响又清晰了起来。在这里，我们遇到了担任夏威夷大学戏剧系主任的魏莉莎。20世纪80年代，她曾在南京师从梅兰芳的弟子沈小梅学习梅派京剧，是当年第一个扮演杨贵妃的外国人。

【同期声】（夏威夷大学戏剧学系主任 魏莉莎）我第一次看他的电影，是1980年在南京大学。那个时候文化大革命，为了保护很多东西，它们是被放在塑料袋里埋在地里的，那个时候是刚挖出来的。而因为我学过这个《贵妃醉酒》，他们也请我去看，在南京大学的大礼堂放这个电影，所以我去看。

那个时候我拿了一个本子，拿了一个笔，我是很好的研究生，我自己也学过这个戏，我的目的是把它的技术记下来，都要记下来。我看的全部他那个《贵妃醉酒》，我一个字也没有写，因为我实在看不出来那个技术。梅先生，甚至那个时候他已经年纪大了，但是甚至那个时候，你看他的演出，你看是他的人物和他的思想感情，没有办法注意到他的技术。因为技术变成他表演的语言，真的感动人。

【同期声】（夏威夷中学教师 范思玫）在我最早了解京剧，第一次听到京剧的演唱的时候，觉得它使人昏昏欲睡。但是经过一段时间的学习，我终于意识到了京剧演唱的美妙。经过多年的学习之后，我就愈加喜欢京胡的声音，这是一个非常动听的声音。

【解说词】

如今，京剧已经成为夏威夷大学戏剧系的常设学科。魏莉莎告诉我们，她计划要在后年排演京剧的《杨门女将》，那时她打算邀请她的老师沈小梅来这里讲课。其实，沈小梅早在1989年8月，就曾受邀来到这里。那时，她第一次在西方的学府向西方学生传授京剧。

【资　料】《玉堂春》

【解说词】

这是一个学期以后的1990年2月9日，夏威夷大学的学生第一次演出梅派京剧《玉堂春》时拍摄的片段。演出后，按当地的风俗，观众把花绳献给了指导老师沈小梅。这时距离沈小梅的老师——梅兰芳，第一次把京剧带到西方正好是60年的轮回。

第七集　罢演

【解说词】

上海，这个中国最著名的港口城市，百余年来几乎从未间断过它迎来送往的繁华。或许正因为上海人见过太多的大世面，如今，这座城市里已经很少有人记得74年前的那个八月，外滩的码头上曾经有过怎样一番热闹场面。那一天，自费访美演出长达半年的梅兰芳回来了，国内的戏迷和同行，已经六个月没有见到他。那天江边的码头上……

【字　幕】外滩码头1930年8月

【解说词】

人们看到了久别重逢的喜悦，看到了梅先生载誉而归的振奋和鼓舞。在这段当天留下的影像里，一切似乎都预示着梅兰芳的艺术道路将会更加平坦顺畅。然而仅仅一年后，一场灾祸的降临改变了包括梅兰芳在内的所有人的命运，而这在当时，还只是一个开始。这是位于北京南城鲜鱼口胡同的中和戏院，在30年代的北平，这里是有名的戏园子，各路名角，都曾在这里登台献艺。1931年9月18日这天晚上，这里坐满了慕名而来的戏迷，因为今晚唱大轴的是大名鼎鼎的梅博士，演出的剧目是《宇宙锋》。当晚，梅兰芳像往常一样，全身心投入地演饰着赵艳蓉的悲喜，二楼包厢一位客人戏没看完就突然匆匆离去的事，并没有引起他太大的注意。当时的梅兰芳怎么也想不到就在这天晚上，爆发了震惊全国的“九一八”事变，而那位中途离场的客人正是张学良。随着时局动荡，梅兰芳身边出现了两种声音：一方面，他的好友、当时的新华银行行长冯耿光，主张梅兰芳迁居南方以避免被战火波及；另一边，梅兰芳的创作伙伴齐如山则认为，他应该留在京剧艺术的中心——北平。梅兰芳犹豫再三，最终在1932年春天，结束了为淞沪抗战受伤将士筹集药款的义演后举家迁居上海。

【同期声】（中国梅兰芳文化艺术研究会副会长 吴迎）搬到上海来以后，“一·二八”已经发生了，要排，他就排出《抗金兵》。

【同期声】（梁冰）《抗金兵》是历史故事，梁红玉擂鼓战金兵。

【同期声】（梅兰芳之子 梅绍武）这含义就是当时大家全国都抗战，配合这个，就是编一出鼓励激励人民抗敌救国的戏。

【同期声】（戏剧评论家 刘曾复）那时候这是一个社会的思潮，因为他唱《抗金兵》的那个时候，杨小楼也唱爱国戏，程砚秋更要唱，像周信芳、高庆奎都要唱爱国的戏，那是一个社会的影响，影响到艺术界。

【同期声】（中国梅兰芳文化艺术研究会副会长 吴迎）这个人他不会讲很多道理，可是他要演出戏《抗金兵》来，那个戏要演成什么样的一种气势来，他心里边很清楚。

编排《抗金兵》的时候，由于之前在南下问题上的分歧，齐如山此时已离开梅兰芳的创作班子。就是从这部戏开始，梅兰芳真正介入到新剧目的编创工作中。

【同期声】（中国梅兰芳文化艺术研究会副会长 吴迎）以前在北京的时候，梅兰芳先生排戏他并不参与这种前期的工作，他不参与的。可是到了上海以后，已经组成了一个以梅先生自己挂帅的创作班子，所有的唱腔的设计，所有的白口，所有的场子全部他来定。

【解说词】

1933 年，《抗金兵》成功上演之后，1936 年 2 月，梅兰芳编演的另一部反战剧目《生死恨》在上海天蟾舞台首演，引起强烈反响。

【同期声】（中国梅兰芳文化艺术研究会副会长 吴迎）他这出戏的演出起到的效果绝对是激发了民心，大家起来抗日那种民心，那个是很强烈的，老百姓很强烈的。《生死恨》到了南京演，南京那时候是首都，《生死恨》演了以后，不得了了，连大华电影院那个门，玻璃门都挤破了。

【解说词】

《生死恨》票房的火爆，从侧面反映了当时人民反侵略情绪的高涨。然而，现实中局势的发展，却与人们的愿望相悖。1937 年夏天，七七事变爆发，北京沦陷。继而上海爆发“八一三”战役，经过三个月的顽强抵抗，上海最终沦陷。梅兰芳所在的租界成为孤岛。梅兰芳已经不是第一次经历战乱。当初，军阀混战的年代就已经让他明白，自己稍有不慎就会被别有用心之人利用。租界并不能成为自己回避日本人的安全岛。

【同期声】（梅葆玖）因为他的名头在外边了，普通老百姓他不会找你麻烦的。这梅兰芳你谁不知道？尤其日本人，他日本老百姓也知道，他日本军国主义他也知道，是不是？这个他来找你，你就不好办。

【同期声】（吴吟秋 曾受到梅兰芳指导 京剧表演艺术家）那日本叫帝国主义，它的铁蹄能够从它东瀛三岛跑到你中国，那么大一个国土，它蹂躏了你八年；作为一个梅兰芳，是在我们戏剧界叫泰斗的大师，作为一个国家之间，那捏他不跟捏蚂蚁似的？他承受多大压力。

【解说词】

离开沦陷区成为当时梅兰芳最迫切的愿望。很快，通过冯耿光的联络，1938 年，梅兰芳与姚玉芙带领承华社应邀赴香港演出。

【同期声】（中国梅兰芳文化艺术研究会副会长 吴迎）那次演出不得了，那次演出四十几天，几乎没有一天戏是相同的，那演完以后，积累了一些资金。

【同期声】（姚保瑄）演出完了我父亲就带着团里的人就回北京了。人家都是北京人，给人送到家。咱们约人去演戏，把人送回来，人到家。这里面时局很乱，谁都愿意到家去，跟家人在一起。我父亲带着全团的人，就都回到北京了。梅先生一家子就留在香港。

【解说词】

当年梅兰芳与随后赶来团聚的家人在香港干德道八号租了一套公寓安身。这里就是当年公寓所在的位置。那时周围的邻居大多不知道，大名鼎鼎的梅兰芳跟自己住在同一所公寓，也没有人再听到过关于梅兰芳演出的消息。

【同期声】（梅葆玖）当时我父亲他就没有打算再唱了。当时他的心情就是日本人你这么样毁中国人，半壁江山都没了，我还唱什么戏。如果你要是把全中国都给什么了，那我干脆我没什么意思了。确实当时是内心很压抑。

【解说词】

对于当时的梅兰芳来说，或许绘画是他谢绝舞台之后继续追寻艺术之美的另一条途径。然而这种与书画为伴的平静生活不久之后也被打破了。1941 年 12 月 8 日，日本突袭珍珠港的同时，香港也陷入日军炮火的包围。梅兰芳清楚的意识到日本人早晚会找上自己，他必须采取一些措施来表明自己的态度。

【同期声】（姚保瑄）后来就说干脆我就留胡子吧。

【同期声】（吴吟秋）留胡子干什么，我不能唱，不能化妆了。那胡子一刮就能刮掉的，他那也是种做戏呀，他就为了婉拒日本人。

【同期声】（梁冰）表示我胡子都留下了，我不唱戏了。不是不给你们唱，我这个人不唱了，我不唱戏了。

【解说词】

就在梅兰芳刚刚蓄起淡淡唇须的时候，香港沦陷了。

【同期声】（姚保瑄）占领香港之后就找梅兰芳，就把梅兰芳给找着了，就说把梅兰芳叫到军部。

【同期声】（梅兰芳之子 梅绍武）那个司令部在九龙，还要过海，现在香港九龙半岛饭店里面。早上十点多钟派人来接我父亲。我父亲戴上帽子就去了，穿着大衣去了。我们家人都很担心，是不是日本人会拘留他。

【字　幕】九龙半岛饭店

【解说词】

这里就是日军司令部曾经驻扎过的九龙半岛饭店。当年，梅兰芳被带到这里后的遭遇出乎人们的意料。

【同期声】（姚保瑄）也没说什么，也不讲什么，就在那儿坐了一天，晚上又给他送回来了，这就是一天。

【解说词】

那天深夜离开半岛饭店时，梅兰芳知道这次只是个开始，香港已不是久留之地。之前他的夫人已经携女儿及幼子先返回了上海，最后他又托朋友将两个儿子带出沦陷区，送往大后方接受教育。最后，自己也以治病为由返回上海与家人共患难。

【同期声】（姚保瑄）当时上海、北京那都是沦陷区了，都沦陷为日本人当政了。然后回来了，回来了也就出了娄子了，事就多了。

【同期声】（梅葆玖）多次让我父亲到电台上去讲话，那时候叫什么大东亚共荣圈，中日亲善，也叫中日友好，就是当时日本军国主义提出来的一些这个什么的，我父亲都给谢绝了。

【解说词】

梅兰芳一次又一次地婉拒，让日本侵略者十分头疼。但日本人和汉奸并不会就此罢手，很快他们又想出了个更阴险的计谋。

【同期声】（梅兰芳之子 梅绍武）当时有一个画刊叫《三六九》，一个社长，这个人他出谋划策：梅先生你不是不愿意演戏吗，你出来讲几句话好了。你胡子不剃，你作为团长你到日本，到东京，到东三省，你讲几句话好了。这你不能拒绝，你不能说因为你年老留胡子了，不能演戏了。这计谋很阴毒的。后来我父亲的一个表兄弟，叫秦叔忍听说这事，就想办法告诉我父亲说你打几针防疫针。因为我父亲一打预防针就发烧，说你打这个伤寒防疫针吧。

【同期声】（梅葆玖）打了伤寒防疫针，你就可以发烧发到39度、40度，甚至于半昏迷。他来看你，你肯定真的病了，他也说不出什么。结果我父亲还真打了。

【同期声】（梅兰芳之子 梅绍武）后来秦叔忍先生，是我表叔了，他告诉我们，你父亲当时打针还怕过不了关，他旁边那个茶几柜上还有几瓶安眠药，他如果实在过不了关，日本人非要请他去，他就吃安眠药。

【同期声】（梅葆玖）其实日本人也很明白，他跟他的翻译官说，梅兰芳是中国人的这个（竖起大拇指）。他明白，他比谁糊涂？对不对？但是他不能够真正把梅兰芳圈起来，给梅兰芳毙了。

【同期声】（京剧表演艺术家 王琴生）那么日本人也晓得梅兰芳没有政治背景，他就是中国的一个名演员，梅兰芳也到过日本两次。

【同期声】（梅葆玖）1919年、1924年两次去日本，在关东大地震的时候。1924年大地震的时候，我父亲还给他们唱义务戏，给他们募捐，救济赈灾。所以应该说在日本人民心目中，梅兰芳那是很美好的形象。等你一打，日本你把梅兰芳给圈起来了，给困住了，他也没办法交代。但是你也不能排除他不会跟你撕破脸，完全有这种可能。所以暗中，我父亲他也做这种打算，万一给我带走怎么怎么样，但是这我们都不知道。这我母亲都知道，就是老两口最好最坏也都有打算。当然打定主意我就是不唱戏了，这点，他打定主意了。

【解说词】

对于一个戏曲演员来说，不唱戏就意味着没有收入，而梅兰芳的承华社在抗战期间却没有解雇过一个人。在没有收入的状况下，养活一家老小和一个剧团，梅兰芳承受的经济压力可想而知。为了缓解经济上的压力，梅兰芳不得不卖掉了北京无量大人胡同的房子，“缀玉轩”从此成为历史名词。但即便是在这种状况下，他也没有中断过对梨园界同行的资助。

【同期声】（姜凤山）梨园界谁也忘不了，这八年抗战的时期，他一天戏不唱，到每年，他往梨园工会寄笔钱。因为那会儿唱戏都苦啊，日本时期那时候苦。他寄笔钱，梨园工会通知，那时候叫贫苦同业，到了年下领钱、领面。梅大爷寄来的。

【同期声】（中国梅兰芳文化艺术研究会副会长 吴迎）这个事他托萧长华，萧老，萧老操办这件事。他人在上海，你说他还得做这种事。

【同期声】（姜凤山）梅先生也没钱。那时候，汽车也没有了，在上海就是（人力）洋车了，有时候也就不出门了。

【同期声】（中国梅兰芳文化艺术研究会副会长 吴迎）到实在是很紧张的时候，就是开画展，卖画。

【同期声】（梅葆玖）很多朋友帮着他开画展。开画展，就他那画在画展室，很多朋友就来买他的画。当然买他的画也知道要帮助他生活，也就出了高价来买他的画。

【同期声】（姜凤山）卖字画，卖他得来的这杯那杯的。这奖杯卖了，卖这笔钱寄到北京梨园工会。梨园工会发给大家，五块的，两块的，半袋面。

【同期声】（赓金群 与梅兰芳多次合作演出 著名鼓师）我还拿过钱呐，你别瞧我这岁数不大，我也领过钱。

【同期声】（梅葆玖）不是说我今天不唱戏，你们死活我管不着了，不是这种想法。（我父亲）始终都在念着大家，只要我还有点办法，希望咱们大家都能够有点办法，是这种想法。所以大家对我父亲一直念念不忘也就在这。

【字　幕】1945 年 8 月 15 日 日本宣布无条件投降

【同期声】1945 年历史上最可怕的战争正式完全结束。

【同期声】（王熙春 梅兰芳弟子）那时候开心啊，大伙都开心，日本人投降了！忽然间听说日本投降了。

【同期声】（周治津）欢欣鼓舞，都开心呀，中国又恢复回来了，多开心。

【同期声】（梅兰芳之子 梅绍武）很多老朋友都来到马斯南路的家里客厅里来庆祝。等了半天，我父亲从楼上下来了，到客厅，拿一把扇子，很多朋友一见，你拿把扇子老挡着你的嘴，什么意思？我给你们变个戏法吧，他就把扇子一拿下来，一看，胡子已经剃掉了。

【同期声】（梅葆玖）他也不是说大说大笑，他就是悄悄把胡子剃了，拿扇子一挡，一瞧，胡子没了，光嘴巴了。这种心情，就是从举家老小这种内心不言而喻了，就是抗战胜利了，我们又什么了，我们一切又可以恢复了。

【解说词】

一切又可以恢复，梅兰芳的愿望，正反映出抗战胜利之初，所有中国人内心的期待。然而常年战争遗留下来的创伤，却没有那么容易恢复。

【同期声】（吴吟秋）八年了，一年 365 天，乘上个 8，多少天他不能很正规（地练习）。所以说梅先生在抗战八年以后，刚恢复的时候，那嗓子是相当困难的，我在场。

【同期声】（中国梅兰芳文化艺术研究会副会长 吴迎）那么俞振飞就建议他说，京剧不行的话，明后天我带个笛子，带个笛子，给你来唱唱昆曲。

【同期声】（梅葆玖）昆曲它着重于表演，用嗓子会小，不是太高的，都是比较平和的。

【同期声】（中国梅兰芳文化艺术研究会副会长 吴迎）到 10 月份要演，到美琪大戏院要演一场。

【同期声】（梅葆玖）头几场都是在美琪大戏院演的昆曲。

【解说词】

1945 年 10 月 10 日这天，经过近两个月的谈判，国共双方终于在重庆签订了《国共和谈纪要》，久经战乱的中国因此露出了一丝和平的曙光。也就是在这一天，远在上海的美琪大戏院，阔别舞台长达八年的梅兰芳正式复出。

【同期声】（中国梅兰芳文化艺术研究会副会长 吴迎）梅兰芳八年以后再出来。

【同期声】（梅葆玖）当时我就记得在美琪大戏院头一出场，那个鼓掌我还有印象，长时间的鼓掌。就是多少年没见到他在舞台上的形象，这种热情那是发自于内心的。

【解说词】事实上，没有人会介意梅兰芳的嗓音不如从前嘹亮，他这八年来的所作所为，早已把他个人的艺术生命与国家的命运连结在了一起。当盼望已久的胜利终于到来的时候，重新看到梅兰芳就是当时人们最大的愿望。

第八集　访日

【解说词】

1956 年仲夏的一天，62 岁的梅兰芳收拾行囊，准备外出。这是一次让人忐忑不安的旅行，不想去又不能不去。他不知道在未来的几天里会出现什么事情，但是他还是把自己精心准备的翡翠袖扣，仔细地包好装进箱子里。这是梅兰芳为一位特别的友人准备的礼物，这个小小的袖扣牵着30多年前的一段往事。

对此，梅兰芳率领中国京剧代表团要去的地方是日本。此时，抗日战争结束才十年的时间。从战争里走过来的人们，还无法忘记战争带给他们的伤害，梅兰芳也是如此。当年，梅兰芳宁可打伤寒针自残也不给日本侵略者演出，然而在他31岁的时候，一次急性肠胃炎差点夺走了他的生命，却是一个日本人救了他。梅兰芳能忘记自己蓄须明志的那段日子吗，他也不会忘记在日本，他有6000万的戏迷，为他的表演如醉如痴，他和日本究竟有着什么样的故事呢。

【字　幕】1919年　1924年　1956年 梅兰芳先后三次到日本演出

【解说词】半个世纪过去了，今天，我们追随梅兰芳当年在日本的足迹，寻访一些见证人，让他们告诉我们梅兰芳在日本的故事吧。

【字　幕】资料

【资料同期声】1956年，梅兰芳和欧阳予倩共同率领中国京剧代表团访问日本，日本各界代表在机场大厅举行了隆重的欢迎会。

【解说词】

当日，梅兰芳一行住入了东京帝都饭店。第二天，梅兰芳会见了龙居松之助，日本文学家龙居濑三的儿子。梅兰芳拿出30多年前龙居濑三写给他的信，让龙居松之助很感动。他说："您真是珍重友谊，30多年当中经过许多变乱，还保存的如此完好。"梅兰芳37年前，第一次来到日本演出，正是受了龙居濑三的邀请。1919年年初，龙居濑三在日本的报纸上写道，梅兰芳的艺术高妙不必谈，就他那面貌之美，倘若到日本来演出一次，则日本的美人都成灰土了。他的这番话，立即遭到日本其他报纸的反驳，但是梅兰芳也因此引起日本人的好奇心。

【同期声】（日本东京大学教授、戏剧评论家 靳飞）最初开始，是听说有一个传说就是认为梅兰芳是多么多么漂亮，大伙要到北京去看梅兰芳。这个大家到了北京看到梅兰芳以后，感觉哎呀，真是漂亮。然后立刻在报纸上写文章说在北京出现了这么一个漂亮的男旦。那么国内呢，不服，说能有多漂亮呀，我们倒要看看怎么样。最后一来二去，促成1919年梅兰芳访日。梅兰芳先生1919年访日的时候，当时的这个日本报纸上，广告打出来的字号就叫做"亚洲第一美男子"。

【解说词】

靳飞，戏剧评论家，日本东京大学教授，在他的指引下，我们来到日本国会图书馆，寻找1919年日本报纸对梅兰芳的报道。这篇报道这样说道，"1919年4月26日被梁启超称为'如果是女人将是东洋第一美女'的梅兰芳到达东京。他年纪还很轻，穿着时髦的新西装，头发是很整齐的中分，脸型比照片上的略小。被誉为'一笑千古春'的眼睛更是价值千金。"从这篇文章上我们知道，日本记者第一次见到梅兰芳就对他有着很好的印象。那一年，梅兰芳25岁。5月1日梅兰芳正式在日本帝国剧场演出，这是他第一次站在外国的舞台上演出中国京剧，也是中国京剧演员第一次出国演出。关于演出，《朝日新闻》是这样描述的，"梅兰芳正是我们所听到的那样，是一个真正的美男子。他在一曲独特的中国乐曲声中缓慢登场，他的天女的造型栩栩如生，完全可以看作一个十八九岁的姑娘，极富立体感的脸庞以及婀娜的身段，不言而喻的是他的特征。”另外，很多人听说梅兰芳事实上不是女性，曾经非常失望。秋水为神，玉为骨，移过来形容他不为过。这之前帝国剧院经理大仓喜八郎在北京第一次看《天女散花》，还以为梅兰芳真的是个女演员，就深深地被他吸引了，马上和龙居濑三向梅兰芳发出正式邀请，之后就有了梅兰芳首次的日本之行。

【同期声】（靳飞）日本人慢慢地进了他的戏了，特别是在演那个《御碑亭》的时候，他就发现台下很多日本女人哭了。他发现她们看懂这个戏了。因此梅兰芳先生每次来日本都要演这出《御碑亭》。这成为他来日本的一个保留剧目。除了《天女散花》日本人对有着曲折剧情的《御碑亭》感觉更强烈。梅兰芳塑造的女性悲惨的命运似乎在日本妇女之间引起强烈的共鸣。

【字 幕】早稻田演剧博物馆

【解说词】

我们在这里发现了一些珍贵的京剧素描，这张素描画的就是梅兰芳的《御碑亭》。戏剧评论家福地信世，从1917年在北京开始做戏剧素描，画了几百幅画。这些画真实地记录了上个世纪初中国京剧舞台的面貌。看着这些生动的舞台形象，其中以梅兰芳的剧装像最为出色。福地信世在梅兰芳来日本之前就已经开始关注中国这项古老的舞台艺术，正悄悄发生的变化。1919年4月福地信世在报纸上就写了这样的话，“梅兰芳发明了他个人独有的新艺术风格，他把唱词设计成清新悦耳的腔调，又把舞蹈身段加了点西洋舞姿，服装是按照当时古老的服饰样式设计的。他的表情不是以往旧的京剧那样常见的呆板，而是从内心自然显示出来的富有深情的表演，这就是梅兰芳独有的东西。”

日本的戏剧评论家开始意识到，他们所看到的梅兰芳的京剧已经是一种耳目一新的戏剧了。1919年5月26日，梅兰芳就是在这里（神户港）乘轮船回国，成功的完成他第一次出国演出。这次日本之行对梅兰芳来说提高了在国外的知名度，对日本来说意义深远。在此之后，日本出现了大批跟梅兰芳有关的小说、评论。日本歌舞伎演员曾模仿梅兰芳上演过日文版的《天女散花》、《思凡》等等。到今天我们在日本还发现了关于梅兰芳的漫画。

伊藤绰彦是退休教师，喜欢研究京剧，在他家里我们看到一些很早的关于评论京剧的日文书籍。

【同期声】（伊藤绰彦）像这本《中国京剧通说》、《中国戏剧简介》都是有参考价值的。

【同期声】（靳飞）日本人已经在像关心唐诗宋词元曲一样开始关心京剧了，当时出来一批很有名的京剧研究家，像石挺花、波多野乾一、福地信世、青木正儿这些人。他们写了很多研究京剧的专著。有点年纪的人都知道中国京剧最早的一本京剧史是日本人波多野乾一写的。

【解说词】波多野是京剧迷，早年居住在北京，是当年梅兰芳为数不多的日本朋友之一。在东京，我们见到波多野乾一的儿子，他还记得当年他们一家住在北京的日子。

【同期声】（波多野龙 波多野乾一之子）我只听说爸爸只要去北京，肯定会去看梅兰芳的演出。爸爸只要去看京戏就会提到梅兰芳。爸爸每次喝醉酒回来时总是唱一些很奇怪的唱腔，因为这些调子不具有日本风格，所以不喝醉酒是唱不出来的。

【解说词】

在波多野家里，老人和女儿一起展示了波多野乾一的收藏，据说这些收藏有近一百年的历史了。

【同期声】（靳飞）所以刘曾复刘老怀疑呀，当时可能是梅先生请人特制的。

【同期声】（波多野乾一孙女）这些我听说是梅兰芳先生送给我爷爷的。然后我父亲小的时候，一直没有看过。可能是他们的意思就是不让小孩看，不让小孩摸，要不然就都坏了。所以我父亲从小就没有看过这个东西。这些跟现在的东西一比较吧，脸谱的画法都不一样，这些都是以前的很老的东西。

【解说词】

这些脸谱都是清末的工艺品，在国内已经很少见了。1956 年，梅兰芳第三次来到日本，又见到老朋友波多野乾一。梅兰芳在《东游记》里这样描述这次会面，“波多野乾一是老北京，说得一口流利的北京话。我第一次、第二次到日本，他都出力帮忙。我带了一本粘贴着前两次东游的图片、文件的资料，请他们指出还有哪些人存在。波多野先生一个个地解释给我听，所存的却已经寥若晨星了。”的确，时隔 30 年，这 30 年中日两国的变故太多了，像他们这样因为京剧相识、相知，又能再度重逢的老友，还能有几个呢。

这张照片是梅兰芳 1924 年 10 月第二次来日本时和波多野乾一等人的合影。梅兰芳第二次来日本的起因，是 1923 年日本发生关东大地震，这场地震造成了东京、横滨等城市发生大火、海啸和余震，令 20 万人丧生。世界各国开始对日本进行援助。梅兰芳听说日本各大剧场全部被毁之后，马上在北京发起了义演。

【同期声】（靳飞）他发起义演，他自己登台，然后当时给日本捐了一万大洋。那时候的一万大洋，在当时的概念里，那了不得啊！那时是一笔巨款。

【解说词】为感谢梅兰芳的义举，修复后的日本帝国剧场再次邀请梅兰芳访日演出。梅兰芳这次来日本，就是由波多野从北京陪同前来的。同第一次来日本演出一样，梅兰芳几乎是在一片盛誉中完成了在东京、大阪和京都的演出，然而就在这时，意外发生了。

这是 1924 年日本报纸上的一条消息：京剧名旦梅兰芳 13 日 5 时起，在冈崎公会堂进行了演出，演出后在中国料理店用餐的时候，可能因为连日旅途的劳累引起了胃痉挛，马上由今井泰藏博士进行诊断，返回酒店静养，谢绝一切会见。我们发现在梅兰芳的《东游记》里记载的和上面的报道不大一致。梅兰芳是在小阪电影制片厂拍摄了《廉锦枫》和《虹霓关》两部无声黑白片之后生病的。梅兰芳回忆说，拍完之后就请我吃鸡素烧。因为饿过了头，不免多吃了些牛肉。回到旅馆，喝了几杯浓茶就倒在枕头上睡着了。睡到半夜里，从睡梦中觉得胃里胀闷，满腹疼痛，好像刀绞一般，一刻都忍受不住，同时感觉到还发着高烧。后来由京都名医，今井泰藏先生诊断是急性肠胃炎。病人已经处于昏迷状态，来势不轻。昏迷中的梅兰芳，在今井泰藏昼夜不离的照顾下，过了一个月的时间才渐渐复原。梅兰芳后来回忆说，那次的病情非常险恶，如果没有今井先生悉心诊治，后果是不堪设想的。因此我们的交情与一般的病人和医生的关系就大为不同了。所以梅兰芳称今井是自己的救命恩人。当时今井医生不但盛情邀请梅兰芳到家中做客，还坚决拒绝接收医疗费用。

【同期声】（梅第三次访日亲历者　梅兰芳之子梅葆玖）后来，他就问这老大夫你想要点中国什么东西。老大夫说我什么也不要，我就要你给我带一个景泰蓝的袖扣，衬衫上的袖扣，我最喜欢景泰蓝的。我父亲就记住了，当然后来八年抗战，你跟日本人打仗，什么也说不上。等到1956年又去日本的时候，我父亲马上就想起来了，当年给我看病的这个老大夫叫什么名字，他要一副景泰蓝的袖扣，马上到市场给他买副最好的。

【解说词】

梅兰芳不会想到自己当时的这个承诺，一直要到30多年以后才能够实现。这期间中日之间发生的变动实在是太多太多了。1956年，当他第三次来到日本时，一到东京就托日本朋友打听今井医生的下落。日本朋友的调查结果是在东京医药界没有这个人，只有到京都、大阪去找找线索。

韩庆愈，1956年梅兰芳在日本演出时，华侨总会派他做梅兰芳的舞台翻译。他带领我们来到梅兰芳当时演出的剧场。

【同期声】（梅第三次访日亲历者 日中科技交流协会会长 韩庆愈）这就是有名的歌舞伎座，梅先生演出的时候就是在这个歌舞伎座的舞台上。

【解说词】

62岁的梅兰芳就是在这里登上了舞台，时隔32年，日本观众再次看到梅兰芳精湛的表演。这是1956年梅兰芳在东京歌舞伎座演出《贵妃醉酒》的实况录像。演出之前，梅兰芳多少有些顾虑，日本人还能接受自己的表演吗？但是观众强烈的反应让梅兰芳想起有一位英国导演曾经说的话，“很羡慕东方舞台上的演员，和台下的观众打成一片，这种共鸣非常可贵。”

【同期声】（姜凤山）叫梅先生醉酒，在日本红得是不得了。日本有懂中国话的，有不懂的中国话的，一瞧就知道，梅先生喝酒了，醉了，又醉一点。

【同期声】（靳飞）有一位老人他跟我说，我只喜欢梅兰芳。他在家里还听梅兰芳，梅先生的录音带。实际上他也不会讲汉语，他也没有到过中国，您说这是什么情况呢。

【同期声】（姜凤山）到第二出戏演完了，得休息了，休息完了，再上大轴戏，该梅先生上了。在休息期间，是女的，全上卫生间，洗脸、抹口红、擦粉、描眉、梳头，干净利落坐那儿，这是对梅兰芳的尊重，规规矩矩地看。

【同期声】（欧阳山尊）有一些看过京戏的，就是京戏迷，场场都看。我们在东京他看，我们在大阪他赶去看了。

【解说词】1956年6月14日，梅兰芳一行来到大阪。6月19日，日本朋友告诉梅兰芳，京都方面的消息，已经找到了今井医生，明天游览京都天龙寺的时候，可以见到面。梅兰芳听了非常兴奋。然而，等候在天龙寺的不是今井先生，只是今井的女儿。今井的女儿说道：“我父亲已经在十三年前亡故了。”十三年前，1943年，正是梅兰芳不堪日伪逼迫打伤寒预防针自残的时候。如今，物是人非，今井的女儿含着眼泪又说道：“自从您走后，我的父亲常常想念您。报纸上如果登载有您的消息，他必定仔细阅读，还讲给我们听，他希望您再到日本来能够见面。”然而，那么令人尊敬的老朋友，今井先生的面是再也见不到了。这就是梅兰芳后来拜访今井家的报道，标题是“梅兰芳履行诺言，在灵前献翡翠扣，三十三年后再访今井家”。

【同期声】（梅葆玖）这位老大夫已经去世多年了，然后跟这老伴一说，说当年要一副袖扣，我父亲很难过。在大厅里，看见他的，就是老大夫的相片，他就说，您当年要的这个袖扣，我当时虽然没有，但是我还给您照您的样子，给您带来了，得，我给您搁在这儿，然后三鞠躬。这就说明我父亲这个做人，你托我的事，我绝不忘。所以他家的人都哭了，这么多年了，又经过中日的这个……，但你还没忘记这个袖扣这事。

【解说词】

我们根据报纸上的地点，找到今井家住的地方。但是现在没有人知道今井的后代住在哪里。后来，我们在《朝日新闻》上，刊登了寻找今井家后人的消息，但是也没有结果。

这张照片是梅兰芳和韩庆愈的合影。那个时候，梅兰芳已经圆满地结束在日本的访问，准备回国。

【同期声】（梅第三次访日亲历者 日中科技交流协会会长 韩庆愈）日本的挺有影响力的一个人吧，送他一瓶叫琼尼沃克，那个黑牌的威士忌。咱们中国人可能对它不太什么，日本人来说当时是最高档的洋酒，英国酒。他临走的时候说，我们不喝，你小韩把它带走吧，就这样。那个时候一比较，我们的工资也就一万多日元，它这一瓶酒就值七千多，你想想。那时候生活也不太充裕，我就和我夫人说，咱们还是卖了，补贴我们的生活费，改善生活。但是又想起来这事，梅先生送的东西不能够随便地就把它给卖掉了，我就一直保存着，前年，梅葆玖到这儿来，演出的时候就想起来了，我说完璧归赵。

【同期声】（梅葆玖）通过跟他们到日本去，也是学习到不少东西。真正的一个大人物，他很理智，所以一个人的心灵净化是很重要的。怎么说呢，就是你真喜欢一个，你一生的事业，你真喜欢这个事业，那你就应该在这个事业上，你越走得坚决，你的这个怎么说呢，你的这个广阔天地，你的这个美景就越大。

【同期声】（靳飞）他的这次访问的影响延续到今天我们还可以看得到。后来梅家的第二代，葆玖、葆玥先生都分别多次来日本演出。到今天，在日本的京剧观众已经超过一万人了。

【解说词】

真正的艺术不但能带给人精致的艺术享受，更能造就卓越的胸怀。只有真正能够感受美的心灵，才能体会那种大心胸中所怀有的大慈悲，这种慈悲超越了一切战争杀伐、人间恩怨，超越了个体生命的长度，它的力量温柔而强大。

第九集　解放

【解说词】

1949 年 5 月 27 日上海解放，这天清晨梅兰芳早早地就上街了，隐隐的还有枪声。

【字　幕】上海

【解说词】

走到建国东路，看到有不少解放军睡在马路边。

【字　幕】上海梅兰芳故居

【解说词】

他高兴地告诉家人，共产党的军队确实已经解放了上海，纪律好极了。

【字　幕】资料

【解说词】

跟许多从来没有接触过共产党的上海人一样，梅兰芳是通过这些解放军战士留下初次印象的。这个印象将他一年前的犹豫完全打消了。

【同期声】（梅兰芳之子 梅绍武）因为周总理，在上海周公馆，就在我们家附近，马斯南路口上。

【同期声】（中国梅兰芳文化艺术研究会服会长 吴迎）他曾经跟周总理去见过一次面，外面人很少知道。

【同期声】（梅兰芳之子 梅葆玖）考虑到我父亲就是两条路，一条是跟着共产党上北京，一个是跟着国民党上台湾。

【同期声】（中国梅兰芳文化艺术研究会服会长 吴迎）周总理跟他讲，我们需要你，你不要离开家，不要离开大陆。

【解说词】

一年前梅兰芳的好友齐如山曾劝梅兰芳对自己的去留仔细思考。但他经过再三思虑决定留下，况且梅剧团的同行还需要他的照顾。

【同期声】（梅葆玖）其实我父亲早有打算，你上台湾算怎么回事？国家大局已定，肯定是中国共产党战胜了。

【解说词】

梅兰芳毫不犹豫地选择留在中国大陆，和全国人民一起迎来了五星红旗升起的时刻。上海解放第三天，梅兰芳参加了欢迎解放军的慰问演出，1949 年 6 月，梅兰芳接到邀请赴京参加全国第一届文代会。这是一次充满感慨的旅程。自从 1932 年离开北平，到现在已经 18 个年头。18 年中，一代武生杨小楼仙逝了，无量大人胡同的家，也在抗战期间为贴补家用而卖掉，人们还记得当年红遍京城的梅郎吗？

【同期声】（中国梅兰芳文化艺术研究会服会长 吴迎）那个火车上，旁边有两面国旗，中间有个梅兰芳的《天女散花》。所以这个沿途到一个地方，地方的老百姓都知道梅兰芳的火车经过，因为人家都要看一看，梅兰芳好多年都没见过了嘛。

【同期声】（前中国戏曲研究院副院长 曾与梅兰芳共事十余年 马少波）他们那个车呀，经过济南，我们正从济南上车，所以我们等于同车到的北京。我记得到北京那一天是 1949 年的 6 月 23 号。

【字　幕】北京前门火车站旧址

【解说词】

当火车到达北京的时候，尚小云、荀慧生、姜妙香、袁世海等许多京剧名角在前门火车站迎候，梅兰芳的儿子梅绍武当时就在现场。

【同期声】（梅兰芳之子 梅绍武）后来北京外面的市民就发现，怎么今天的这个候车室里面全是京剧的演员呢？全到了，所有的大演员都来了，是什么原因呢？后来有人想出来了，大概是梅大王回来了，梅兰芳回来了。这一传十，十传百，不得了了，结果整个前门，群众全来了。

【同期声】（前梅剧团副团长 姚玉芙之子 姚保瑄）哎呀，火车一到站，鼓掌呀，敲锣打鼓呀。

【解说词】

处于兴奋之中的梅兰芳大概不会想到，在1949年之后的许多年里，他将又一次焕发艺术的青春。艺术家梅兰芳从此在一个崭新的环境中，开始了不同以往的经历。共产党确实在等待着梅兰芳。在80年代，一个老战士曾经回忆起进北平城前毛泽东的一次动员：同志们，我们就要进北平城了，到时候我们就可以听到梅兰芳的京剧了。文代会上，毛泽东听说梅兰芳返京的盛况，对梅说，你的名气比我大哟。

【同期声】（资料）我们的伟大领袖毛主席出席了大会，梅兰芳也在大会上发了言。

【同期声】（前中国戏曲研究院副院长 曾与梅兰芳共事十余年 马少波）中央对一些高级知识分子很重视，特别对梅兰芳给予极高的尊重。

【解说词】

在全国戏曲工作会议上，周总理同每一位代表握手，还向京剧艺人尚和玉、川剧艺人张德成、梆子艺人刘喜奎敬酒，三个人落下了热泪！大家郑重宣告从此废除旧艺人的称谓。在此后，梅兰芳当选为全国人大代表、全国政协常委，并出任中国戏曲研究院、中国戏曲学院和中国京剧院院长。

【同期声】（江苏省京剧团首任团长 梁冰）这种荣耀在过去想都不可能想。那么内心感受到的不仅仅一个梅兰芳，而是千百个上万个梅兰芳，感到我们站起来了，我们这么受到重视，是不是。

【同期声】（豫剧表演艺术家 梅兰芳弟子 马金凤）唱戏在旧社会里，是最底层，下九流，最没有地位的。

【同期声】（姚保瑄）在那个社会，唱戏的子女只能唱戏，这点大概您还不太相信。不许你干别的，你想念书那是不可能的，那根本学堂里不要你，学堂里不收的。

【解说词】

从清朝末期的伶工梅郎到民国的艺人梅博士，甚至到风格大师，无论他怎样在舞台上歌哭笑骂，牵动万众喜怒，梅兰芳和其他艺人们也都只是一个被观瞻的对象，他们还是时时感受到一种异样的歧视。姚保瑄老人告诉我们这样一个故事，他的父亲姚玉芙是和梅兰芳从小学戏的伙伴，一生的挚友。两人因为戏子的身份没有进过学堂念书，为了了却这个遗憾，辛亥革命以后两人相约上了学堂，可还是遭到了同学们的强烈反对，两人无奈被迫退学。解放后，姚玉芙曾对儿子说过这样一段话，“我呀，经过了清朝、满清，经过了民国，经过了抗日，经过了国民党光复回来一直到现在，我就觉着一档子事，共产党好。只有共产党好，共产党拿咱们当人。”

【同期声】（梅兰芳弟子 毕谷云）解放以后的地位，整个就彻底变化了。

【同期声】（前中国戏曲研究院副院长 曾与梅兰芳共事十余年 马少波）那个时候一个唱戏的， 个演员，他哪有机会、哪有那个权利参加全国的政治协商会议，和党和国家的领导人，一起来共商国是？没有过，自古以来没有过，在梅兰芳心里面是非常大的震撼。

【解说词】

1949年10月1日，梅兰芳站在了天安门城楼上见证了中华人民共和国成立的伟大时刻。

【同期声】（梁冰）毛泽东同志在天安门上讲，从此中国人民站起来了！这句很有名的这句话一讲，下面那是，哎呀，那种激动啊，只有他们对这句话体会才更深。

【同期声】（中国梅兰芳文化艺术研究会副会长 吴迎）解放以后，他确实是感觉到翻身了。他那个翻身是从精神上翻身，这个很难理解，一般人很难理解。

【字 幕】资料

【同期声】梅兰芳全家搬回北京，开始了新的生活。他的老朋友徐兰沅、王少卿、萧长华、姜妙香、俞振飞、刘连荣、姚玉芙。

【解说词】

梅兰芳终于等到了他理想中的新中国，一个进步、开明、充满阳光朝气的社会。其实早在四年前梅兰芳就对这个新中国的图景展开了想象。梅兰芳在回忆录中这样写道，我想象在未来的新中国，无论新旧戏剧都将是文化艺术的一环，社会教育的一个有力部门，而不只是单纯的娱乐。从事戏剧的工作者，都成为服役于民众的艺术家、建设新中国的战士。国家保障他们的生活，社会尊重他们的地位。而他们本身，也不只是供闲人消遣的工具。而这一切今天都实现了。解放后，梅兰芳在艺术界一直处于荣誉的中心，但这种荣誉和解放前相比已经发生了质的变化。梅兰芳从内心深处是欢呼这种变化的，应该说他更喜欢艺术工作者这样的称谓。

【同期声】（与梅兰芳合作演出十二年京剧表演艺术家 王琴生）1951 年冬天，当时是周总理对梅先生有一个任务，交给他一个任务，就是东北、西北、西南，你过去没有去过的地方，你都去转转，跟观众见见面。

【同期声】（著名琴师 与梅兰芳合作演出二十年 姜凤山）把你的老伙伴老搭档全请回来，组织一个梅兰芳剧团到各地演出去。

【同期声】（中国梅兰芳文化艺术研究会副会长 吴迎）他确实是感觉到他要让尽量多的人来，尽量没有去过的地方多去，来了解自己。

【资料】他常常深入工厂、农村和部队演出，受到工农兵群众的热烈欢迎。他特别高兴的是解放后几年的观众，比解放前几十年的观众还多。

【同期声】（前中国戏曲研究院副院长 曾与梅兰芳共事十余年 马少波）他能够到那个门头沟煤矿下井三百多米去清唱。他就问我，他说马院长，你看我像不像，像不像。我说像，像极了，我说很像个矿工，不像梅兰芳了。

【解说词】

在新中国明媚的春光里，梅兰芳率领梅剧团全国各地巡回演出。梅兰芳自己作过比较，解放前他只到过几个大城市演出，解放后他到过的城市达 17 个省，从城镇到乡村，从部队到前线，这期间，还有为中央领导演出、庆典演出、赈灾义演等等。

【资料】在他舞台生活五十周年的时候，中华人民共和国文化部、中国文学艺术界联合会、中国戏剧家协会，联合为他举行了盛大的纪念会。

【同期声】（资料）（梅兰芳）在旧社会，我辛辛苦苦地演了几十年的戏，虽然在艺术上有了一些成就，但服务的对象究竟是什么呢？我是模糊的。解放以后，我学习了毛主席的《在延安文艺座谈会上的讲话》，才懂得了文艺应该首先为工农兵服务的道理，明确了这个方向，我觉得自己的艺术生命才找到了真正的归宿。

【解说词】

1953 年，抗美援朝战争终于停战，党中央决定利用这段休整期，组织一次大规模的赴朝慰问活动。贺龙元帅担任慰问团总团长，和梅兰芳同去挑大梁的演员还有周信芳、马连良、程砚秋，被称为“天下第一团”。在前线，梅兰芳被志愿军们感动了，当他看见战士们冻得红彤彤的脸庞时，当他听到罗盛教从冰窟中救出朝鲜少年而牺牲的故事时，梅兰芳不由自主的流下了眼泪。他说他的所见所闻，无法用文字来表达，只有将全部的感动融入到表演中。

【同期声】（姜凤山）梅先生想得特别周到，伤病员不能起床，怎么办？咱上医院慰问，上那儿清唱，我带了把胡琴，上那儿清唱去了。

【同期声】（梁冰）我们在旁边都流泪，重伤员头上绑着绷带，胸口绑着绷带，有的眼睛也失明了，但是都是很激动，都很激动，能说话都讲“祖国人民万岁”。

【解说词】

这时候我们看到的是一个不再属于自己，而属于全社会，真心真意为工农兵服务的梅兰芳。回想梅兰芳走过的道路，今天能这样充满激情地融入社会生活，不能不令人感慨。

1956 年，在梅兰芳的生活里，发生了一件不同寻常的事。这年的初春，梅兰芳意外的接到了来自江苏泰州的一封信。在这个署名梅秀东兄长的来信中，殷切地希望他回家认亲。泰州，既熟悉又陌生的名字，他想起了爷爷，清代著名旦角梅巧玲。梅兰芳没有见过爷爷，只是听祖母说，自己的祖籍是江苏泰州。从祖父少年时期，因为贫困被卖进戏班，梅家已经将近一个世纪没有与故乡发生联系了。这封信唤醒了他埋藏多年的故乡梦，因为他从未亲近过它，已经步入老年的梅兰芳想回家看看了。当我们今天来到泰州的时候，依然感受到这座江南小城的雅致，感受到生活在这里的人们独有的悠闲，当年给梅兰芳写信的梅秀东的后人依然健在。

【同期声】（梅顺林 梅兰芳堂兄之子）这幅作品是很珍贵的，我父亲从北京把它带来的。

【解说词】

这是梅兰芳珍藏多年的祖父梅巧玲的照片，送给了梅秀东作为纪念。在今天这些后人们看来，梅兰芳 1956 年的那次回乡认祖，是一生中最值得回忆的往事。

因为泰州是梅兰芳的故乡，所以在这里，你随处可以见到梅兰芳的影响，随处可以听到京剧的唱段。他们用这些事实告诉你，是泰州出了个梅兰芳。这个小城对京剧的热爱，就是从 1956 年的春天开始的。

黄玉在那一年只有二十出头，作为文化馆的一个小干事，他用全城唯一的一部老式海鸥相机，全程记录了梅兰芳回乡的经过。当时随梅兰芳一起回乡的有梅剧团的全班人马，以及夫人福芝芳，儿子梅葆玖。

【同期声】（梅葆玖）当日到泰州万人空巷，一到泰州，两边老乡都站满了。欢迎梅兰芳，欢迎梅兰芳，还有很多老人都还在。

【同期声】（周志陶 泰州京剧戏迷）看梅兰芳那时候，比看什么大人物都难，看梅兰芳好像是上了天。这种心情，看那种心情，看梅兰芳好像是一生幸福。

泰州人对梅兰芳的热情，无法用语言表达。在梅兰芳一行人到达的那个中午，泰州城万人空巷，全部拥到大街上迎候。由于人多，汽车无法正常行驶。梅兰芳走下车来，和家乡人握手问候，他知道家乡人是多么渴望看到他的真实面容。

【同期声】（黄玉 泰州文化馆前副馆长）这两张照片就是反映梅兰芳院长返乡访问演出时的海报。一上墙以后，就引起了全城广大人民群众的注意，拥了很多人来看这个海报。

【同期声】（泰州公安局前副局长 阎必发）买票这个票呀紧张得不得了，这个场子只能坐一千一百人，就是买票买不到。有的排队排了三天三夜，就搭了个棚子，弄个帐子，扎在那，睡在那里，睡在那里排队买票。结果买到一张票，高兴得不得了。人民电影院，这是当年泰州仅有的一个剧场，是梅兰芳演出的地方，让家乡人陶醉的地方。一位大师级的艺术家，一位身居要职的政府官员，在一个简陋的小剧场为百姓们演出，这是泰州人不敢奢望的。但梅兰芳真的站在了这个小小的舞台上。身为泰州人民的儿子，在这里梅兰芳仿佛变得年轻了，演出时，一丝不苟地完成每一个高难动作。

【字　幕】情景再现

【同期声】（梁冰）化妆的时候他连插一朵花，《贵妃醉酒》杨贵妃的花，他反复地选择，戴上别人看，你看这朵行吗？您看这朵行吗？我说还那朵好，比这朵行。这样子，大演员了。

【解说词】

他优美华贵的唱腔，响遍剧场内外，回荡在泰州小城的夜空。

【同期声】（梅葆玖）谢幕一次两次还不走，怎么办，说一定要看梅先生便装谢幕。我父亲赶紧洗完脸，梳梳头，便装上台再跟大家说几句话，聊聊家常。这是老乡，看见了，本来面目是这样，这老乡才肯散去，就说明老乡的心情，体现了一个情字吧就是，这个情不是私人的情，就是这种老乡亲的这种情。

【解说词】

梅兰芳从没有觉得时间过得如此之快，八天的时间眨眼就过去了。梅兰芳认亲、演出、参观，既忙又累，但心情无比舒畅。故乡在梅兰芳的眼前越来越远，但他把故乡的一切，深深地印在了心底。当解放后，梅兰芳从上海返回北京，他找到了新的人生目标。当他回到故乡祭祖，梅兰芳找到了自己的生命之根。后来，梅兰芳发现他应该还有一个归宿——就是入党。梅兰芳递交了入党申请。当时的党总支书记马少波说，从梅兰芳写的自传性质的入党申请中，可以看到他在思想觉悟上已经脱胎换骨。

【同期声】（前中国戏曲研究院副院长 曾与梅兰芳共事十余年 马少波）有一段话，就可以看出他从一个爱国者，提高到一个共产主义战士的思想境界。

【解说词】

1959 年 7 月 1 日，梅兰芳正式成为中共党员，这一年梅兰芳 65 岁。梅兰芳回到北京整十年了，一直马不停蹄的奔忙着。他的身份让他无法停歇下来，安心地从事艺术创作。但在这一年，梅兰芳腾出了整块的时间，排演了一出新剧，为新中国国庆十周年献礼，这便是梅兰芳经典的人生绝唱《穆桂英挂帅》。

第十集　绝唱

【解说词】

阜外医院，北京著名的心血管专科医院。1961 年的 7 月底，京剧大师梅兰芳因为严重的心脏病住到了这里。8 月 8 日凌晨，陪伴梅兰芳多日的儿子梅葆玖，突然被一阵响动惊醒。他看到医务人员正在父亲的病房里进行抢救。1961 年 8 月 8 日 4 时 25 分，梅兰芳去世。

【字　幕】1961 年 8 月 11 日 北京首都剧场大厅 梅兰芳追悼会 国务院副总理陈毅主持 外国驻华使节

【同期声】（与梅兰芳合作演出十二年京剧表演艺术家 王琴生）那人不得了，马路上那个人看到出殡的棺罩，哎呀，大棺罩，马路上人排满了，不但排满了，马路上有很多人哭哇。

【同期声】（著名琴师 与梅兰芳合作演出十二年 姜凤山）哎呦，没有了！他死了以后我不拉了，我想起来我就掉眼泪，没有这么好的演员。

【同期声】（梅兰芳之子 梅葆玖）作为后辈，我觉得他这一生没有虚度。他这一生给人留下了永远不可磨灭的一个美的印象。

【解说词】

一位艺术大师离去了，而时代前进的车轮却不会停止。在梅兰芳故去的岁月里，中国所经历的时代变化，比任何戏剧情节都要复杂而曲折。在更加多元的时代里，人们的观念和审美情趣在不断变化。京剧这样的古典艺术，已经很少能够进入人们的中心视野。尽管如此，梅兰芳这个名字，却如同一个无法撼动的符号，依旧在人们心中幻化着无比的光彩。

2004 年 5 月，一场纪念梅兰芳诞辰 110 周年的京剧演出，在他的故乡江苏泰州举行。人们用一场梅派经典艺术的演出，来表达他们对梅兰芳的致敬和对那个时代的缅怀。演出压轴的节目是由梅兰芳的儿子梅葆玖和豫剧名家马金凤共同表演的《穆桂英挂帅》。这是梅兰芳最后的一部作品，也是他晚年的最后一部代表作。听着京剧、豫剧两位大师的演唱，不由得让人回想起了 45 年前，回想起了梅兰芳最后的辉煌。

梅兰芳在晚年达到了他一生声望的顶峰，在他去世后甚至获得了“一代完人”这样的评价。今天看来这不仅是特殊的时代对于这位人民艺术家的特殊尊崇，也是一种自豪感。直到今天我们仍旧为曾经拥有这样一位伟大的艺术家而自豪。

【同期声】（戏剧评论家 蒋锡武）那么第三个高峰就是新中国成立以后了，50 年代到 60 年代初，这么一个高峰时期，那么顶尖人物实际上就是梅兰芳从二三十年代延续到了 50 年代到 60 年代初。

【解说词】新中国第一个五年计划的顺利完成，使全国上下涌动着前所未有的建设激情。梅兰芳也在这激情的感染和激励下，自觉地投入到了新社会的建设之中。他在晚上拥有了一生中最多的观众，他拥有了以往从未想到过的荣誉，他成为了备受尊重的人民艺术家。梅兰芳也用他的行动实现着完全彻底地为广大人民群众服务的信条。

【同期声】（资料）（梅兰芳 1954 年梅兰芳在第一届人民代表大会上发言）当我想到新中国各方面的建设和发展的时候，我是无限的愉快。这几年来，我觉得我越来越年轻了。

【同期声】（梅兰芳之子 梅绍武）社会工作是繁忙的，一般人不可想象，晚上他还要去演戏。当时新影厂正在拍他的舞台艺术，晚上还要去新影厂拍电影艺术，《舞台艺术》。那几个月的生活，简直是，我看着是，实在是一般常人简直是坚持不住，但是我父亲还是坚持下来了。

【字　幕】1954 年电影《梅兰芳的舞台艺术》试拍现场

【解说词】为了保留梅兰芳的艺术精华，国家拨专款，用拍摄电影的方式加以记录。而这也遂了解放后梅兰芳的一个重要心愿，那就是将他半个多世纪的艺术积累加以总结并传播开来。所以对于拍摄工作，梅兰芳是全力以赴，一丝不苟。并在拍摄过程中对原有剧目的细节处理，进行了更加合理的调整和创新。

【同期声】（姜凤山）55 年，拍舞台生活，后来我提了，我一想拍舞台生活，将来就是样板了。这是千年大计，百年大计，我说梅先生，我说咱们这个《霸王别姬》添个马僮行不行？当时还有人反对，人家告诉说梅先生唱了一辈子《霸王别姬》，添什么马童？梅先生告诉说你让他说完了。我说他也戴富贵盔，霸王盔，他这地位，霸王应该有个马童伺候。进士管内宫的事，你让人家打仗去带着一进士，我说这不合适。我说我的感觉，我说您看怎么样？梅兰芳说，对，我要添个马童。

【字　幕】资料 增加马童后的《霸王别姬》

【解说词】我们现在能够看到的梅兰芳的经典剧目大多都是来自这次拍摄。梅兰芳一生拍过很多电影，有些已经看不到了，尤其是在他艺术巅峰时期的一些作品，这为我们留下了些许遗憾。晚年的这次拍摄，不仅使我们能够保留他晚年艺术表演的神采，所有剧目的选择，也表达了他对京剧艺术最后的理解和阐释。这时梅兰芳表演所体现的醇熟厚重，以及梅派艺术的博大精深，不由得让人为之折服，这些影片也成为了永久的经典。

【解说词】1959 年，新中国进入了第十个辉煌的年头，举国上下都沉浸在为国庆十周年献礼的热潮之中，那是一个振奋人心的年代，梅兰芳也自是豪情满怀。经过慎重选择，梅兰芳决定移植豫剧《穆桂英挂帅》这出戏，作为国庆十周年的献礼剧目，而这一决定源于几年前他与豫剧演员马金凤的相识。

【同期声】（豫剧表演艺术家 梅兰芳弟子 马金凤）就是咱解放以后 53 年梅先生看我演出的时候，咱才叫《穆桂英挂帅》。梅先生上舞台来跟大家见面，一一握手。梅先生非常热情，也非常高兴，他的形象一直活跃在我这脑子里边。他第一次看我戏，到后台去看我，他老人家高兴得那简直跟得了啥宝贝。他说我是演一辈子小穆桂英，还不知道你们这豫剧有这么个宝贝，还有个老穆桂英。

【解说词】为了使这出戏从结构到细节的处理更加合理紧凑，梅兰芳首次起用了专职导演进行排演。在身段和唱腔的设计上，他将青衣和刀马旦这两个一静一动的行当巧妙地融为一体，将这一角色应有的果敢和豪迈表现得淋漓尽致。

【同期声】（姜妙香）就我们最后排这个《穆桂英挂帅》那是真下工夫。

【同期声】（马少波）到排出来不到 20 天。

【解说词】

《穆桂英挂帅》从筹划到搬上舞台，只用了不到两个月的时间。1959 年 5 月 25 日，《穆桂英挂帅》在北京吉祥剧场首演，满城争看“穆桂英”成了当年演出盛况的写照。每当他把那黄布包着的印盒高高举起的时候，台下早已是掌声如雷了。

【同期声】（梅兰芳之子 梅葆玖）在大会堂，那台多大呀，跑圆场，就跟广场一样那个场，累坏了，我父亲。你想那么大台，他一人唱，挂满台。

【同期声】（前中国戏曲研究院副院长 曾与梅兰芳共事十余年 马少波）毛主席，他就在台下，站起来鼓掌。当时他鼓掌的神情，鼓掌的手势，看的出，他是非常喜欢的。

【解说词】这是梅兰芳又一部厚积薄发的作品，也是他晚年杰出的代表作。正如当年评论文章所言，梅兰芳通过这本新戏也确如穆桂英的青春再现。他重新打开了多年来蕴藏的宝库，放射出璀璨的艺术光辉。

这张照片就是梅兰芳在中国科学院礼堂演出《穆桂英挂帅》之后，与中科院院长郭沫若的合影。身着戏装的梅兰芳笑容满面，看不出丝毫的疲惫。这一年梅兰芳 67 岁，在当时，谁也没想到这场演出，竟成了他艺术生涯的最后绝唱。

1961 年的夏天，北京闷热的天气似乎因为多下了几场雨而有了一些凉爽。因为心绞痛住进阜外医院的梅兰芳，还在惦记着住院前那些还未做好的工作安排，惦记着自己的新戏，惦记着去新疆的演出。他的思绪或许又被这仲夏夜的清风牵引到了窗外。他或许又看到了自己和奋战了几十年的伙伴们；为《穆桂英挂帅》又创作了几个新腔；他仿佛又看到了上海马斯南路梅华书屋墙壁上满满当当挂着的自己的画；他或许看到了日本歌舞伎演员充满东方神韵的演出；他或许又看到美国东海岸边众多充满好奇和渴望的目光；他或许又听到了自己亮相时北京戏园子里回荡着的沁人心魄的喝彩；他或许又看到了启蒙老师吴菱仙抱他上鹊桥的那双手。

梅兰芳离去了，但精美的梅派艺术时至今日，仍然散发着无比的魅力。这源于梅兰芳在经典剧目中留下的一腔一调、一招一式，来源于他对自己近半个世纪以来，京剧艺术改良创新的总结，更来自于梅派弟子桃李天下的繁荣。

【同期声】（*江苏省京剧团首任团长 曾随梅兰芳赴南海前线慰问演出 梁冰*）正因为这样，田汉先生为他感动。田汉先生也写过两句诗，写过一首诗，其中两句是“桃李芳菲满天下”。那梅门弟子当然满天下了，海外的，欧美的，港台的，港澳台的都有他的弟子。梅派的弟子，桃李，桃李满门，桃李芳菲满天下，学他什么呢，学他的唱，学他的表演，学他的为人。

【解说词】

梅兰芳在世时的弟子就达 110 多名，从后来自创一派的程砚秋，张君秋开始，童芷苓、杨荣环、李世芳、言慧珠、杜近芳这一个个响亮的名字，一直以来都在中国京剧发展的舞台上闪耀着熠熠的光彩。

【同期声】（*梅兰芳之子 梅葆玖*）我印象最深就是他教徒弟也好，是带这个小学生也好，他从来不说马马虎虎我给你说一遍，好坏就是你了。他不是那样，一遍不行，咱们再来一遍。

【解说词】

杜近芳是梅兰芳十分偏爱的一位弟子，也是他花费心血较多的一个弟子。在梅兰芳的悉心指导下，杜近芳的舞台生涯也揭开了新的一幕。

【同期声】（*梅兰芳弟子 杜近芳*）就是《白蛇传》再度加工，我们那个练功地，就是一个室内，只有一个炉子，根本起不了作用，腊月天。那天正好是个礼拜天，梅先生上院里开会了，开会然后就看我那老师给我加工呢。一看就说停下来，停下来，不对，就跟那许秘书，许姬传秘书说，你跟马院长给我请假去，她这武打不行。梅先生就脱了皮大衣了，就穿了一棉袄。脱了衣服，待会儿您冻着，您说我动，我动您说。然后他说不行，他就说这个小快枪打法，就说是最后一个亮相一定要用背枪，不能用拎枪。然后就跟我那老师说这样这样，那样那样。棉袄脱了，哎呀，我紧张死了，就穿一棉背心，一开司米毛衣。哎呀，我就拿着棉背心，我说先生您快穿上，先生您快穿上，然后，我说先生穿上棉袄，梅先生穿上棉袄，就这样。

【解说词】

带着先生的教诲，杜近芳1960年第一次在国外演出《白蛇传》获得空前成功。不仅连演数天场场爆满，外国观众甚至给予她“东方皇后”的美誉。

【同期声】（梅兰芳之子 梅葆玖）50年代那个时候咱们全国的不单京剧，地方戏曲，全国多少个剧种，那时候真是，50年代以前欣欣向荣。全国有300多个剧种，都在救活，都在搞活。老艺人都要培训，都要什么，一派欣欣向荣。所以我父亲每年都在搞艺术讲习班、艺术学员班，各地方戏曲的演员都来学戏。

【解说词】

戏曲舞台的繁荣给梅兰芳多年艺术积累的传承提供了更多的机会。他的身影出现在了各个戏曲讲习班上，许多演员通过他的口传心授得到了更高的艺术启迪。梅兰芳的人品、艺品也在这一过程中得到了更为广泛的传播。

【同期声】（与梅兰芳合作演出十二年 京剧表演艺术家 王琴生）对地方剧，各剧种他都看，吸收，都看。各剧种、各演员、各行当他全在那儿看。

【同期声】（梅兰芳之子 梅葆玖）实际上已经超出了京剧这个范畴，各地方剧种也在学京剧。但是我父亲也通过这个讲京剧、学京剧，也汲取了很多地方戏曲的营养，互相、相互的关系。

【解说词】

梅兰芳三个字，既具体又抽象，他不仅仅代表着京剧艺术上的辉煌，同时，他的艺术魅力和改革创新精神融会于京剧和中国近百个地方曲种之间，对中国戏曲的整体发展也产生了极为深远的影响。他的名字成了艺术巅峰的象征。在梅兰芳的子女中，只有女儿梅葆玥和儿子梅葆玖从事了京剧表演艺术。女儿葆玥学习老生行当，成为一代京剧名家。而梅兰芳最小的儿子梅葆玖虽然没有按戏剧界的常规对父亲梅兰芳行拜师礼，但由于他继承梅派艺术的先天条件无人能及，所以被广泛认为梅派最佳的继承者。梅葆玖嗓音甜美圆润，唱念字正味浓，表演端庄大方，扮相酷似先父，成为当今梅派艺术的杰出代表。

在几代弟子的共同努力之下，如今李胜素、董圆圆、张晶等众多新一辈梅派传人，通过各自的艺术实践又赋予了梅派艺术鲜活的时代气息。梅兰芳金奖大赛的设立，更使梅派艺术在时代气息的呼应下，绽放出了新的光彩。2000年大型京剧《中国贵妃》在上海国际艺术节的开幕式上隆重上演，这部由梅葆玖领衔梅派几代传人共同精心打造的京剧，让观众再次领略了梅派艺术的博大精深和华美雍容，同时也让人们看到了梅派艺术生生不息的传承与发扬。

一代京剧大师梅兰芳走完了他辉煌的一生，他把精美的梅派艺术留在了人间，他的人品、艺品，他改良创新的精神，也在这精美艺术的流传中闪耀着永久的光华。

【同期声】（江苏省京剧团首任团长 曾随梅兰芳赴南海前线慰问演出 梁冰）对工作的一丝不苟，对艺术的精益求精，对人的谦虚谨慎，虚怀若谷。

【同期声】（美国夏威夷大学戏剧系主任 梅兰芳弟子沈小梅的学生 魏莉莎）真的感动人，梅先生的梅派是全世界的一个非常宝贵的艺术。

【同期声】（美国知名学者 英文版《京剧和梅兰芳》作者 杨福森）我认为他是前无古

人，后无来者。

【同期声】（美国华美协进社教授 汪班）可以说是空前，到目前为止我可以说也是绝后了。

【同期声】（东方研究所学者 俄罗斯科学院 谢罗娃）梅兰芳访问前苏联，不仅仅是莫斯科的也是世界戏剧界的一个大事件。

【同期声】（日本日中友好协会会长 村岗久平）我想他不仅在政治上、文化上以及在两国的友好层面上作出了巨大的贡献。

【同期声】（梅兰芳之子 梅葆玖）但是人民是真不忘他，真不忘他，永远会怀念着，就是这艺术已经把人的心都抓住了。

【同期声】（戏剧评论家 蒋锡武）所以梅兰芳不只是梅兰芳个人的梅兰芳，也不是中国京剧的梅兰芳，而是中国戏曲表演的梅兰芳，是整个中国戏剧表演体系的梅兰芳。

【解说词】

梅兰芳走了，他走完了自己的自然生命，也完美地走完了自己的艺术生命。完美得就像一次盛大演出的谢幕。他曾经是一位歌者，一位舞者，一位爱国者，一位人类共同情感的讲述者。尽管他从来没有越出过舞台半步，但他的歌喉颠倒过万千众生，他的曼妙的水袖划过东西半球。他那双可以说话的手，平等而谦逊地握过那个时代众多的伟人、文学家、诗人、戏剧家、舞蹈家，当然还有成千上万的普通劳动者。他儒雅而平静的微笑永远地定格为一个巨大的文化偶像，他用毕生的努力成为了一个真正的演员。

（编撰　李洪梅）

纪念程砚秋先生诞辰一百周年

【时　　长】 60分钟

【制作人员】 监　　制：冯　远　吴　江　张华山

顾　　问：李世济　程永源　程永江

策　　划：王志军　尹晓东

编　　导：亚　丁　继　平

撰　　稿：颜全毅

摄　　像：赵　洋

解　　说：李立宏

（播放程砚秋录音演唱录音）

【解说词】

这是京剧大师程砚秋先生的一段演唱录音，在20世纪前半叶，这个声音，曾打动过无数中国人的心，为之陶醉，为之痴迷。程砚秋，一个出身穷苦，却创造了无限文化财富的艺术家，作为京剧表演大师，他与梅兰芳等一同被并称为“四大名旦”，他创造的程派艺术，清新隽永，决不媚俗，直到今天，依然魅力四射，历久而弥新。和他在舞台上塑造的善良、正直而勇于抗争的女性形象一样，性情耿介。善于思考的程砚秋，一生充满了抗争色彩。尽管在他远大的艺术理想在短暂的生命中，没能得到完全的实现，然而他已经创造的成就和出色的人格魅力，已经足够使后人敬仰他为一代艺术大师。

【字　幕】一九一四年一月一日

【解说词】

1904 年 1 月 1 日，程砚秋诞生在北京后海南岸的小翔凤胡同的旗人容寿家，他是父亲的第四子，取名承麟。

【同期声】（程砚秋次子，程永源 76 岁）我父亲是满族人，正黄旗，原来也是清末的贵族，但是后来没落了。在他三岁的时候，我祖父就死了。所以家里很穷。父亲哥四个，他是最小的。家里很穷怎么办呢，也没钱念书。六岁时候实在没办法，干脆学戏吧。那会儿学戏人家是看不起的，穷的没落了才去学戏。后来就典给人家了，等于写了个卖身契。跟一个荣蝶仙先生学戏，一直在那里学八年。当然了，学戏也很苦，也不认字，开始前三年一般都是打杂，弄不好还挨打。他的腿里打的都淤血，盘不上腿，后来年纪大了才把病治好。

【解说词】

满清社会的最后几年，列强的侵略，政府腐朽，争斗、贫困、抗争、苦难，整个国家民族挤到了一艘眼看随时沉没的破船上。六岁时，程砚秋给京剧演员荣蝶仙当了手把徒弟。师父为人脾气暴躁，对徒弟练功极为严厉。程砚秋在这里饱尝学戏的艰难，挨打受责是家常便饭。这是个苦难的童年。泪水和苦痛伴随着少年程砚秋的成长，然而被定下唱旦角的程砚秋，在苦难中却形成了坚韧的个性。

【同期声】（程砚秋次子，程永源 76 岁）当时有一个很有名的大文豪，叫罗瘿公。他很喜欢戏，也很有学问。原来我父亲跟着班唱，他觉得孩子嗓音很亮，有前途，扮相也好。他看中了以后跟人家借了钱，当时文人也没多少钱，借了钱以后把我父亲赎出来了。赎出来以后让他养嗓子，另外还给他请老师，让他学武功，这个教戏，就这么培养他。所以我父亲的文化都是这时候学的。

【解说词】

罗瘿公的出现彻底改变了程砚秋一生的命运。罗瘿公，广东顺德人，是大思想家康有为的学生，具有深厚的国学功底，又有开明维新的思想。袁世凯复辟帝制，使他对政治心灰意懒，从此流连文坛和梨园。罗瘿公将程砚秋当作义子，请来有通天教主之称的旦角大师王瑶卿以及其他京剧名家来教戏。罗瘿公亲自教授砚秋文化，而其平时来往的鸿儒硕士对少年砚秋起着潜移默化的教导作用。于是，程砚秋在一个完全不同于梨园的气氛中成长起来。正是因为这种环境的熏陶，使程砚秋具有了善于思考的秉性。

【同期声】（程砚秋三子，程永江 71 岁）他的传统戏唱得烂熟了，几十出传统戏唱得烂熟了，是把学基本功学文化课和演戏的实践结合在一起。

【同期声】（老邻居，郝寿臣的侄子）您看这所房就是当年程砚秋程先生的老宅子，起家的时候就在这里，排《红拂传》他的拿手好戏也是在这儿。后头是他的总台罗瘿公罗先生，和他一起合作，大致就是这么一种情况吧。

【同期声】（老邻居，罗瘿公的侄子）经常来往，比方都在一块谈论诗歌、字画的事，还有程砚秋也在这儿，那时候过去非常热闹。

【解说词】

20世纪二三十年代的中国，政局混乱，社会动荡，而各种新思想新文化也传播进来。激荡人们的心，使中国进入混乱与激情交织，腐朽与新生共奏的局面中。京剧在经历一百多年的稳定发展后，因为各种新思想的影响，正走向革新与发展之路。而多年来，京剧由生行挑大梁的惯例因为王瑶卿与梅兰芳的出现而改变。两位改革家的成果让整个梨园为之耳目全新，而这两位都是程砚秋正式拜过师的。程砚秋在内心感受的梨园界的风起云涌，而他不懈的努力，将使他在梅兰芳之后再掀梨园巨澜。在18岁那年的生日仪式上，罗瘿公邀请了梁启超等一大批名人来见证程砚秋的成人。罗瘿公在给程砚秋的题词上写下了“永不退转”四个字作为程砚秋的座右铭。二十多年后，在40岁的生日上，程砚秋写到：他欣慰的是没有辜负恩师这个教诲。

【同期声】（程永江）1922年在北京、接着在上海一炮打红，人家都知道有程砚秋了。接着到1923年，罗瘿公先生不断地写新剧本。

【解说词】

18岁是程砚秋成名的一年。那几年，罗瘿公不断编演新剧目，请王瑶卿帮助编腔导演。从1922的《戎马姻缘》开始到1924年，罗瘿公的最后一部戏《青霜剑》为止，数年间几乎每两个月一本新戏。程砚秋自组的班社——和声社，演出了《梨花记》、《红佛传》等十多出新戏。这时的程砚秋充满激情去获取成名，虽然有些新戏，还充满着一些陈旧的意识，在浮华的新意中也有迎合的意味，但是正是这些耳目一新的戏，为程砚秋独特艺术风格的形成，打下基础。在北京、上海，程砚秋的名气如同骄阳初升喷薄而出，尤其是程砚秋结合自身嗓音条件独创的唱法一时风靡，被誉为心声，引起了诸多观众极大的兴趣。

【同期声】（宋之琥，上海老观众）他的唱腔，唱的抑扬顿挫，似断似续，如泣如诉。那阵我们在北京叫它游丝腔，那个好看啊我说不出来，我就是觉得好看的不得了。

【同期声】（朱全，上海老观众80岁）河北梆子的调、河南梆子的调和一部分秦腔的调，戏剧方面还有南方的像越剧的调，他把这几种调都调和在一起，他不俗气。

【同期声】（刘曾复，老北京观众）他不俗气，他好像文化高似的，很雅致，很精细，不是粗犷的。另外比较清冷一点不是那么浮华。

【同期声】（朱全）多，他的戏票卖一块二毛钱（大洋），那个时候一块二毛钱不得了啊。梅兰芳在大舞台也是一块二毛（大洋），他们都是同样的。像尚小云才一块钱，高庆奎他们都八毛。荀慧生要八毛钱。新艳秋也唱程派，在北平哈尔飞在西单那儿，现在没有了，她都卖六毛钱。

【同期声】（宋之琥）要去买票排队呀，就是临要开场了，那门口还站着许多人在那儿等着。

【同期声】（夏邦琪，上海老观众）开口没两句，底下鸦鹊无声一直到结束，这个魅力不是可以言语可以形容。

【同期声】（刘曾复）比如他这个身段，人家老说他腿弯着，我说他不是这个问题，他是能把腰松下来，这是旦角的基本功。旦角的基本功就是松腰，松腰锤骨，这样的话就像一个男人唱旦角你要不松腰锤骨，都像老爷们似的那不行。他松腰锤骨才像女子的身体，他这个功夫是很纯的，尤其站着走路，坐着，他掌握这个原则掌握的太好了。

【字 幕】程砚秋先生录音（29年）

【解说词】

在唱新戏的同时，程砚秋也整理演出了众多传统戏。像《玉堂春》、《贺后骂殿》这样的老戏，经他新腔一唱立即流行。

【滚动字幕】程砚秋先生早期演唱剧目

传统类：霓虹关
穆柯寨
战蒲关
打渔杀家

新编类：红拂传
鸳鸯冢
青霜剑
赚文娟
玉镜台
……

【同期声】（程永源）他是在19岁结婚的。当时我姥爷，也是演戏的，叫果湘林。我母亲是他的二女儿，叫果素英。后来经过人家介绍，梅先生在中间也帮过这个忙。我母亲这人是我父亲很好的一个助手，也是贤内助。

【解说词】

也是18岁那年，经过梅兰芳妻子王明华做媒，程砚秋与果素英喜结良缘。果家是个梨园世家，美满的姻缘给了程砚秋快乐的心境。而洁身自好的他终其一生也没有出现过第二个女性。

【同期声】（济南张金樑 原中华戏校学生 88岁）程先生他一尘不染。旧社会就是艺人有点名了，女同志生活上找个资本家，男同志就是吃喝嫖赌吧，程先生没这个。要钱吧，名角头牌，哪个有钱的小姐不愿意嫁一个程砚秋？程先生没这个，生活作风一尘不染。这个不简单啊，一般演员成了名了，就多搞几个，现在叫做二奶啊，程先生没这个。程先生这一辈子就是一个程夫人，果素英先生。

【同期声】（程永源）我父亲很讲义气。

【同期声】（程永江）我父亲对电影特别喜爱。

【同期声】（程砚秋的干女儿 李世济 70岁）他特别有性格，我觉得民族气节很强，不像一般的很会敷衍人啊，他不是，他是很刚直的这么一个人，生活很简朴，从来不追求这些崇尚洋的，就是朴朴实实的一个人，非常受人尊敬的，品格非常清高的老艺人。

【同期声】（戏剧评论家 刘厚生 83岁）他主动跑到张君秋家里去，张君秋不在家，告诉张君秋的母亲，请你告诉（张）君秋，我有几个新戏的本子，我现在不演了，我愿意交给张君秋，让他能够演出。

【同期声】（济南张金樑 原中华戏校学生 88岁）他对于同仁，他的班底这些人，克己从人。你比如说程剧团秋声社这些演员，到年底过年了大家生活有的富裕，有的不富裕，每人，困难户吧，每户一人一袋面、一套棉衣。因为这个班底他一个月挣得钱就不多，拉家带口的，他需要这袋面也需要这套棉衣，这一点看着微薄吧，说明程先生的思想他克己从人，程先生他非常简朴。

【同期声】（程永源）我父亲我接触他，他非常温文尔雅，而且轻易不表态，就是四个字“刚正不阿”。

【解说词】

作为一个女人，程夫人为丈夫自豪，为自己庆幸。1959 年，在程砚秋去世一周年的时候，周恩来夫妇邀请她到中南海家中吃螃蟹，邓颖超由衷地对她说：“我们俩都很幸运。”

【同期声】（程永江）1924 年罗瘿公先生积劳成疾，9 月一病不起。我父亲说，“程有今日，罗居首功。”罗瘿公不是简单的编剧家，他是一代义士。罗瘿公先生故去以后，当时连王瑶卿先生都有点冷淡了，罗先生（应为金仲荪）写的《碧玉簪》写了一半没写完，这个本子给王瑶卿，王瑶卿说这个本子拿到天桥去演，所以《碧玉簪》是我父亲开始成熟的第一部戏，从唱腔到编导都是我父亲一人干起来的。从 1924 年到 1937 年，这 13 年当中不断排新戏。这时候我父亲的编剧就是金仲荪，首先就编《文姬归汉》、《梅妃》、《荒山泪》、《春闺梦》，作为程派成熟的代表剧目，都是在这个时期产生和首演的。

【解说词】

1924 年，罗瘿公去世，对于刚满 20 岁的程砚秋来说，这是一个巨大的打击。有人说罗瘿公死了，程砚秋也完了。这时的程砚秋走上了寻找艺术个性和伶人真谛的苦涩之路。罗瘿公去世，程砚秋从成名时的喜悦沉入到了冷静的反思，思考演戏的意义。那以后他只演出那些富有社会责任感的剧目。从 1924 年后，程砚秋真正走向了艺术上的成熟和思想上的独立。在与第二个编剧金仲荪的合作下，他编排了《碧玉簪》、《荒山泪》、《文姬归汉》、《春闺梦》等一出出后来成为程派代表作的经典剧目。这些戏以悲剧为主，关注着社会和百姓的苦难，谴责暴政与战争，在深沉隽永的咏叹中给人无限思考。

（程砚秋《锁麟囊·春秋亭》的唱段）

《春闺梦》、《文姬归汉》这些在内容与形式上达到高度统一的新戏，代表着程派艺术的正式形成。很多人心甘情愿地追随程派，为之痴迷狂醉。1927 年，程砚秋还和梅兰芳、尚小云、荀慧生一起被观众评为“四大名旦”。

【滚动字幕】程砚秋先生中期演出剧目

碧玉簪

聂隐娘

沈云英

梅妃

文姬归汉

斟情记

玉堂春

……

【同期声】（李世济）那就是会让人醉倒的，就像你喝了一杯浓茶、一杯好酒一样。

【同期声】（程砚秋徒弟李丹林）那精神身段细腻那不用说了，不是一般人所学到的。

【同期声】（程砚秋同代演员新艳秋 96 岁）所以程先生的美其实跟别人都不一样。像他出场，人家都是捂着肚子就这么出来，他不是，他出来总有点斜着，斜一点出来，这就很美的。我就学这个就学了不少日子，我怎么就做不好呢，他怎么动都是好看。

【同期声】（程永江）他很喜欢练拳，好些名师他都去拜访。水袖他临场一抖，实际这是一个圈，在拳术里呢，肘绕一个圈是划。练武术的话拿肘，别拿腕子，拿腕子人家打你，一拿肘你就跑不了了，人家一拿我肘一划，他把这一划用在水袖里边了。

【同期声】（程派传人 上海李蔷华 75 岁）他怎么练圆场的呢，程先生圆场台上身上纹丝不动。他做动作是另外一回事，他跑圆场就跟飘似的。他怎么学的呢，小时候练了功不说，他到四川演出，他看到四川抬轿子的，抬轿子不兴晃悠晃悠的。他这个走路把脚步压得好极了，程先生就跟着看，就去采访他们了，就去请教他们了。他说你们脚底下怎么练的这么好，他说我们都是手上拿着碗，里面搁着水，碗里的水不能让它飘出来。

【同期声】（李世济）坐的位子就像你这样把你的凳子抽掉了，我也不行，就怎么坐着，底下是空的，就为练腿。

【解说词】

就在程砚秋的事业达到了高峰，经济收入和社会地位都稳定上升的时候，他自己却做出了令梨园界惊讶的事，停止演出，告别亲人，孤身自费到欧洲留学，考察西方国家的戏剧音乐样式。1932 年 1 月梅兰芳等北京各界人士 300 多人举行了隆重的欢送仪式。此前，梅兰芳曾赴美国、日本演出，成为第一个把京剧推向国外的演员。出国学习，为改造京剧，程砚秋是第一个出国留学的京剧演员。程砚秋考察西方戏剧的心情是迫切的，如果说他早年投身梨园是为了改变家庭的穷困，而此时的他并不在意钱财地位，他思考演戏究竟是为了什么，程砚秋对学生们说演戏不只是为了吃饭、穿衣，更要负起社会的责任。演任何剧都要有提高人类生活目标的意义，在很多人把演戏当作取乐的玩意儿时，程砚秋已把合理改造中国戏曲作为目标。

在游学之前，程砚秋把自己原来名字中艳丽的“艳”改为笔墨纸砚的“砚”字。号玉霜，宝玉的“玉”改为抵御的“御”，以铭心志。程砚秋在苏联、法国、德国、瑞士等国的考察，先后参观了多个剧院、大学，观摩了戏剧、电影、音乐。这段时间他像个好学的小学生兴奋地汲取着营养。他思考着京剧艺术独特的个性与需要改进的地方，写就了多篇极具开拓性的理论文章和改革方案。他还苦练外语，向外国学生传授中国的太极拳，介绍京剧。

回国后，程砚秋继续支持中华戏校的兴师办学，在艺术上到达了顶峰。1940 年由翁偶虹编剧，集程砚秋艺术大成的名剧《锁麟囊》，在上海一经公演就惊动四方，盛演而不衰。

【字 幕】程砚秋先生的录音（46 年）《锁麟囊》是程砚秋一生最得意的杰作，也是观众最喜欢的程派剧目之一。处在在创作黄金期的程砚秋，在作品里一方面是纯粹的京剧审美，另一方面却融进了大量京剧之外的东西，西方的歌剧唱法、话剧表演方式、地方戏的手段等等化为一体而圆熟新颖。

【同期声】（程永江）一般说程砚秋唱悲剧，按古典的规定就是美好的事物毁灭。

【同期声】军阀混战时期，他编《春闺梦》、《荒山泪》。

【同期声】愿将军罢内战及早收兵，二黄快三眼的末一句，就是他是反对内战的。

【同期声】（李世济）他是表达妇女在那时候的社会里反抗的声音。

【解说词】

程砚秋的新戏更以打动人心的现实意义而形成强烈的风格特色。程砚秋说我的戏都是和现实有关的。而在戏曲中，程砚秋似乎更愿意以悲剧的样式来激发观众的某种力量。

【同期声】（朱全）谁看程砚秋最多呢，就是大学生、教授、教员。

【同期声】（宋之珑）在30年代他编《亡蜀鉴》。

【同期声】（夏邦琪）台底下的观众的心情跟他是一样，每人都结合时事。

【同期声】（李世济）他有个最终的东西很正气，表达了我们民族气概。

【解说词】

20世纪三四十年代的程派艺术已是家喻户晓，风靡中国的各个角落。

【滚动字幕】程砚秋先生成熟期演出剧目

荒山泪

春闺梦

柳迎春

亡蜀鉴

费宫人

锁麟囊

马昭仪

……

【解说】

七七事变后，日本军人的铁蹄踢开了中国的大门，粉碎了程砚秋改造中国戏曲的梦想。他以义演表示抗日，排演了抗战戏《亡蜀鉴》。

【同期声】（程永江）七七事变以后，北京成了沦陷区了，开始我父亲是不想唱戏了。

【同期声】（程永源）日本人让他唱献飞机的义务戏，我父亲断然拒绝，从此得罪了日本当局，所以迫害接踵而来。

【同期声】（程永江）北京东车站现在改成商场了，东车站到老车站。

【同期声】（程永源）你程砚秋尽唱那么多义务戏，怎么能不给我日本人唱献机戏，要给你点颜色看看。

【同期声】（程永江）那时候有日本发的国民身份证，出站要检查一看，哦，你就是程砚秋啊，当时穿着黑衣服的铁路警察，日本人拿着枪站在站台上，过来就往里拖他，怕在外边站台打，老百姓看到影响不好，这一揪动手了，最后我父亲把8个人都打了，上面喊好鼓掌。大家出气了，受欺负太厉害了。

【同期声】（程永源）但他自己耳朵也重重挨了一拳，聋了好长一段时间。

【同期声】（程永江）跟他们打完架以后，完了就不演了。

【解说词】北京西山青龙桥一带的农民，那些日子惊喜的发现，新搬来的邻居是大名鼎鼎的程砚秋。他带着子女们开荒种地，每天吃窝头咸菜。他发现青龙桥一带农民子弟上学不便，主动出资办起了义务学校，让孩子们在国难时期不至于失学。如今程砚秋住过的农舍被当地农民称为程家花园。

【字　幕】程家花园现在已成军营。

【同期声】（程永江）后来在黑山扈那儿买了60亩地，原来法国教堂买了一个葡萄园，在那里开始正式种地。

【同期声】（程永源）在这个过程中我去上坟，到坟上去，真想痛痛快快的哭，但哭不出来，这种压抑。

【解说词】然而在平静的青龙桥，程砚秋的内心为国家和民族的屈辱深感压抑愤懑。作为一个励志改革中国戏曲的艺术家，他所付出的辛苦努力似乎已经没有任何意义了，他的远大理想被彻底打断了。而作为一个老百姓，他为失去了和平的国家而悲愤。在以前，他曾把《荒山泪》这出戏起名为《祈祷和平》，然而和平终究没有来。

【同期声】（张金樑）北平中华高等戏曲职业专科学校，简称中华戏校。

【同期声】（程永源）我父亲跟金仲荪先生商量，说我们不必屈服日本人，干脆停办算了，要不然就得学习日文，又得向日本人鞠躬，一大堆侮辱我们民族的事情。

【同期声】（程永江）日本投降了，我要出来演戏了，这以后地里的事情就不怎么管了，进城了。有些老朋友都回来了，国民党里也有他一些老朋友。出来演了一年，回来又不演了，跑青龙桥去了。怎么又不演了，腐败，太腐败了。

【解说词】解放了，程砚秋为此兴奋，他成为第一届全国政协会议的特约代表。

【同期声】（程永江）解放以后，进城以后，周总理第一个来看他。我们都不在，我师哥在，王吟秋。总理一个看这个穿灰布衣服的，三个人，哎呀，说要看程先生，我师兄讲真对不起，我师父去洗澡了。周总理说没关系，就写了一条，来访未遇真遗憾，签名周恩来。我父亲回来一看，他就深受感动，旧社会谁也看不起唱戏的，周总理一进城就来看我。

【同期声】（程砚秋的同事 马少波）周总理啊，很推崇他，很关心他。总理说啊那你申请入党很好，如果党支部通过，我愿意做你的入党介绍人。旁边还有贺龙同志，他说也算我一个。所以程砚秋入党是两个介绍人，周恩来同志和贺龙同志。

【解说词】周恩来一生只介绍过两个人入党，一个是贺龙，一个就是程砚秋。

【字　幕】程砚秋先生的录音（54年），梅花奖演员李佩红扮演

【解说词】程砚秋一生创作演出的最后一个戏《英台抗婚》，是他积极借鉴地方戏的成果。这个“抗”字似乎暗合了程砚秋一生的性格性情。一个与穷困、与沉浮、与残暴抗争的艺术家，他所能做到的就是用戏剧去呼唤人的人格尊严与抗争意识，他做到了。

【同期声】（戏剧评论家 刘厚生 83岁）他在表演艺术上，可以说把京剧旦角艺术有了全新的创作。他是一个伟大的演员，一个重要的戏曲教育家，是一个爱国主义者，是一个世界先进文化的追求者，是一个对中国地方戏，整个戏曲高度的尊重的爱护者。

【解说词】程砚秋是个伟岸的男子，一生在舞台上扮演着纯洁善良的女性形象。在他心目中，女性是白璧无瑕的，因此他坚决不收女弟子为徒。

【字　幕】李世济 程砚秋义女 最大愿望成为程砚秋弟子

【同期声】（李世济）干女儿这三个字我自己都觉得很亲近了。因为有老一辈的一些不同看法，又有一些其他的因素，所以程先生以前就跟我讲过，他知道我对他非常尊敬的。他住在国际饭店十四层楼，我看见他来了，很高兴去看他这样。他就跟我讲了由于什么样的原因，我就跟你家里就不怎么来往了以后。我说那我呢，你说得这些事我都不知道，是不是我

也得这样对待，他说是的，否则这些事情永远也搅不清楚，他说是的。我听着轰的一下，我对程先生的感情胜于我的父母，因为我越来越爱艺术越来越爱艺术，我就对老师的感情超过父母，他也知道，他对我的感情远远超过他的女儿。我真是接受不了这样事情，我就很难过地回家了。当时在十四层楼看下去，人就那么一点，我连活的念头都没有了。不过我也是很倔强的人，像我的老师，我的老师非常倔强。我就从南京路一直走到我家里，我家里很远，在恒山路。我就想不通。我也说不出是酸甜苦辣，等我一到家，一推门，我老师坐在屋里了，当时他的脸色也很难看，看到我回来了，他长长地喘了一口气，哎，你可回来了。

【字　幕】新艳秋 程砚秋同代演员 以模仿程砚秋成名 最大愿望得到程砚秋认同

【同期声】（新艳秋）可不是在那看着，还抿嘴笑呢，与吴富琴两人一边说一边笑。他（李丹林）说对了，这就是承认你了，他笑了嘛。他要不看就走了，他看完一出戏才走的。后来吓的我的汗呢，心都提溜着。他笑了，他说好、好、好，我挺高兴的，旁人的戏不如咱们的戏好，这就承认我是他学生了，我们这样才说的话，以前没说过话。

【同期声】（李世济）因为总理要他收徒弟嘛，总理说你去，去莫斯科跟你老师一起去，回来我周某人给你请客拜师。夏衍同志经常给我打电话，或者通知我，叫我去，问我的情况。最后告诉我还有一礼拜，总理也回来了，你的老师也回来了，你也可以回来了，那么就在这个时间（拜师）。那真是天大的喜事，用今天的话讲真是太吉利的日子了。没想到，真没想到，我从呼和浩特回来，就在当天晚上通知我，你赶紧到德国医院实际上就是现在的协和吧？北京医院吧？反正车子开到那儿我就糊涂了，他们齐聚到了，说老师已经故去了，这个打击不是完全是为了拜师呀！当然作为拜师来说，千盼万盼盼了多少年，那么一个很美好的希望就破灭掉了。毕竟我跟他师生关系那么多年，虽然我们过往不多。但是我想一个人不在乎你天天见面，但是一个思想上面的尊重和交往，这是没有办法可以用言语来形容的。

【字　幕】一九五八年三月九日 程砚秋因病去世 享年五十四岁

【解说词】两位女性，留下终生遗憾。她们对戏曲，对艺术家的情缘，令人感慨。有感旧中国的陋习，程砚秋规定自己不收女弟子，怕她们受到伤害。而半个世纪后的今天，程派艺术蔚为发展，而支撑这一现象的正是众多成果突出的女性。用程砚秋自己的诗“淡极方知艳”，似乎可以概括出他一生的艺术与人格的轮廓。程砚秋，中国文化长廊中一个永恒的名字。

【片　尾】

（编撰　黄艳）

中国广播电视文艺大系

2001—2010

戏曲晚会

电视戏曲卷

2001年中央电视台春节戏曲晚会

开场（掌声起）

【字　幕】序曲《世纪第一春》

作　词：魏子晨

作　曲：朱维英

编　舞：吴影文

观众参与单位：顺义区文化馆　中央民族大学

全国戏迷代表　宣武第二职业学校

伴　舞：吉林市歌舞团　桦甸市歌舞团　河北省京剧院

【唱词字幕】

李东桥、李　梅：八百里秦川一声吼，春风随我信天游，桃花汛冲出昆仑口，新世纪的春天开了头。

田　敏、冷明宇：一个“二八板”重返朝阳沟，黄河在娘的心上流，人欢马叫请缨酒，新世纪的春天开了头。

吴亚玲、余　顺：黄梅引，黄梅诱，黄梅仙子爱徽州，黄梅花开黄山顶，新世纪的春天开了头。

孙　静、肖　雅：天上掉下个林妹妹，吴山越水拥红楼，群芳喜拜千秋寿，新世纪的春天开了头。

阎学晶、董宝贵：东北地方戏，一看手，二看扭，三看长白走风流，人参姑娘闯世界，新世纪的春天开了头。

李　欣、李胜素：新世纪的春天开了头，新世纪的春天开了头，有什么飞天新构想，有什么如梦新追求。新构想，新追求，妙笔生花金不换，共绘我锦绣江山美神州，共绘我锦绣江山美神州。

（掌声起，主持人上）

刘　璐：方视玉龙欢歌罢，

王铁成：又见金蛇狂舞来，

朱　军：鲲鹏展翅八万里，

孙晓梅：雄鹰飞跃两千年，

白燕升：祖国江山添锦绣，

鞠　萍：中华儿女更多娇，

李　扬：九州同唱改革曲，

周　涛：蛇年共颂新篇章，

朱世慧：万众喜迎新世纪，

小香玉：全民欢度第一春。

刘　璐：各位领导，各位来宾，电视机前的观众朋友们，

王铁成：全国各地的戏曲爱好者和海内外的戏迷朋友们，

众　人：春节好！

卡尔罗：哎，各位，各位！我说你们来这么多人，来这里干什么呀？

众　人：我们主持春节戏曲晚会呀！

卡尔罗：你们都主持春节戏曲晚会不觉得多了点吗？

刘　璐：这我跟你说，你就不知道了，我们都是历届春节戏曲晚会的主持人，为了搞好21世纪第一个春节戏曲晚会，我们特意来凑个热闹！

众　人：对！我们就是来凑个热闹！

卡尔罗：哦，今年的晚会好像一个回顾展似的。

朱　军：哎，这回你说对了！我们中央电视台春节戏曲晚会到今年已经搞了八年了，我们也该回顾一把了！

卡尔罗：不过你们这些主持人，都是熟人熟脸，年年出镜啊。今年是否得考虑换新的面孔啊？

众　人：是啊！哪儿有啊？

卡尔罗：有啊！远瞧——

众　人：没有！

卡尔罗：近看！

众　人：你啊！

刘　璐：哎，你行吗？

卡尔罗：我呀，先做一下自我介绍。我叫卡尔罗，来自南斯拉夫。你们想一想啊，一个外国人，不远万里来到中国，特地跟你们一块儿来参加这次的春节戏曲晚会，您说这叫什么精神？

朱世慧：哎，这词我怎么听着耳熟？

刘　璐：大伙儿说说，他行吗？

众　人：对啊，你行吗？

卡尔罗：不就是戏曲晚会吗！生旦净末丑，神仙老虎狗，唱念做打翻，单刀看手，双刀看肘，要不我给你们翻一个怎么样啊？

众　人：不用了！

朱　军：哎，卡尔罗，你主持节目，那我们干什么去啊？

众　人：是啊！

卡尔罗：今儿大年三十，要是你们也客串一把，来个八仙过海，各显其能，给观众朋友们表演精彩节目。

众　人：我们没准备。

卡尔罗：没准备没关系，你们进去准备，正好给我一个主持的机会呀！咱们来个大反串，行吗？

刘　璐：你可别较真，我想我们是没问题！

众　人：对！没问题！

卡尔罗：那我就报幕了！

众　人：好，我们走！

【字　幕】　**一　闹春宵**

（主持人上）

卡尔罗（搂着白燕升）：燕升，帮我主持节目啊！

白燕升：我帮你主持？可以，我可以帮你主持一段！

卡尔罗：下一个节目是什么呢？

白燕升：对春联！

卡尔罗：观众朋友们，接下来的节目是《对春联》。哎，《对春联》是一出什么戏啊？

白燕升：我跟你说，卡尔罗，对春联不是一出戏，这是我们中国人的民风民俗，是老传统了。就是我说一个上联，你来对一个下联，五个字对五个字的，七个字对七个字的，要对得工整，对得巧，对得妙，这里头学问可大了。

卡尔罗：这也难不住我啊！不就对对子嘛！

白燕升：没错啊！

卡尔罗：我太清楚了！跟你来一个绝对，听着：妈妈骑马，马慢妈妈骂马。你对呀！没词了吧？

白燕升：卡尔罗，妞妞牵牛，牛拧妞妞扭牛！

卡尔罗：你也会啊？

白燕升：我跟你说卡尔罗，听过相声的这都会，这是现成的对子。这个不行，我给你说对春联必须是现场对，得对新的。我给你这么说卡尔罗，我给你出几副上联，如果你现场对得上来，那就说明你会对春联！

卡尔罗：现对也行，没问题！

白燕升：没问题？好，请我们的礼仪小姐上场！卡尔罗你看好了啊！我们的三位礼仪小姐上场了，我们请第一位小姐把字幅打开，来看一下！卡尔罗你看：练不完四功五法。

卡尔罗：我给你对：吃不够八菜一汤！

白燕升：吃上啦？这对得上吗？

卡尔罗：对得上啊！

白燕升：怎么对得上？这四功五法你八菜一汤？

卡尔罗：这不有两个数字吗？四功五法，我这也有两个数字，八菜一汤，没错我对上了。对不对？朋友们！

白燕升：我跟你说卡尔罗，现场的观众还给他鼓掌呢！我跟你说，我这个四功五法这是跟戏曲有关，那你的下联也必须得跟戏曲有关！

卡尔罗：戏曲有关？

白燕升：不行了吧！你先待一会儿，我问问现场的观众，现场的各位，我们的上联是“练不完四功五法”，现场的哪位朋友能对得上下联？踊跃一点，我们有奖品送上！这位老大姐，那您对一下！

观　众：我没有准备。

观　众：我来对！练不完四功五法，唱不够西皮二黄。

白燕升：唱不够西皮二黄，可以吗？咱们看看，还有没有更好的？哪位朋友！哦，那位年轻的小伙子！

观　众：我对“唱不尽百汉千唐”。

白燕升：“百汉千唐”，怎么讲？

观　众：因为咱们中国历史悠久，戏曲文化的品种特别多，在汉代和唐代得到了空前的发展，所以我对“唱不尽百汉千唐”。

白燕升：朋友们怎么样？好！更妙！好，谢谢！卡尔罗，看到了吧？这才叫对春联呢！

卡尔罗：这个不算。还有两位小姐么，再给我机会嘛！

白燕升：不是还有两位小姐，是还有两副春联呢！好！那第二位小姐咱们把上联给他看一下。卡尔罗你看，这是“新春新岁新世纪”，你对呀！

卡尔罗：我对，我对，对不了！我看那位小姐的。

白燕升：你还想看下一副？好！朋友们我们看，“蛇年春到看苍龙入海”。

卡尔罗：这什么呀？这整个儿一群动物啊！又是蛇又是龙的。

白燕升：什么不明白，我问你这明年什么年？

卡尔罗：蛇年。

白燕升：对啊，蛇年到了，龙年走了，所以我们说“蛇年春到看苍龙入海”。

卡尔罗：哦，这个我也对不住。我请求暂停，休息一下，我先下去。拜拜了！

白燕升：鞋底儿抹油，他溜了！朋友们，那这样啊，我把这个机会再次让给现场的各位，大家看一看这两副，确实有点难了。“新春新岁新世纪”，“蛇年春到看苍龙入海”，哪位朋友？这位小伙子最先举起了手！好，你讲！

观　众：我对“好山好水好心情”。

白燕升：新春新岁新世纪，好山好水好心情。怎么样？

众　人：好！

白燕升：好，谢谢你，不错！那这副长对，“蛇年春到看苍龙入海”，哪位朋友来对一下呢？来，这位朋友！穿得非常的喜庆。您说！

观　众：鸡鸣晨起听打虎上山。

白燕升：怎么样，朋友们？好！虽然大家给他掌声，那么至于他对得怎么样，其实我也不好评判。可能在有些专家看来，对得好像还是有那么一些遗憾，但不管怎么说，现场能够对答上来那已经非常不容易了。我们再次感谢这几位朋友，谢谢！好，我们也请这四位朋友上来，我们有一份小小的纪念品送上。好，有请！也请我们的礼仪小姐把奖品拿出来，一份小小的礼品。那你们几位是不是也给大家露两手，表演一个节目啊？老大姐您别这样，没关系，我们给你们请来了一位演员，让他来教你们。好！下面我们就用掌声请出当红的著名裘派花脸演员孟广禄上场，有请！

白燕升：你好，广禄！这样，因为今天是新春佳节，咱们不妨高兴一回，您教他们什么呢，就花脸的基本功——三笑，笑，高兴啊！你看怎么样？

孟广禄：好的。

白燕升：几位可要听好了，你们可要学啊。好！

孟广禄：哈哈！哈哈！啊哈哈哈哈哈哈！

白燕升：老大姐可能后悔了，早知道这样就不上来了！我就从老大姐开始。不行也得行，掌声鼓励吧！

（轮流四人学笑）

白燕升：那这样，几位，你们上来给大家带来了欢声笑语，我也给你们一个绝好的机会，你们想不想听——

观　众：想听孟老师唱一段。

白燕升：想听孟广禄唱一段，怎么样，朋友们？

众　人：好！

孟广禄：谢谢大家！我为大家演唱一段《赵氏孤儿》。

白燕升：《赵氏孤儿》，掌声欢迎！

【字　幕】**京剧《赵氏孤儿》选段**

司　鼓：耿连军

操　琴：艾　兵

演　唱：孟广禄

伴　奏：中国戏曲学院乐队

【唱词字幕】我魏绛闻此言如梦方醒，却原来这内中还有隐情。公孙兄为救孤丧了性命，老程婴为救孤你舍了亲生！似这样大义人理当尊敬，反落得晋国上下留骂名。到如今我却用皮鞭拷打，实实的老迈昏庸我不知真情。唉！先生，适才不知真情，多有得罪，多有得罪了！望先生休怪我一时懵懂。你好比苍松翠柏万古长青！

（主持人上）

白燕升：好，谢谢！这段二黄汉调唱得是荡气回肠，声如洪钟！再次感谢孟广禄。谢谢！

卡尔罗：太好了！

白燕升：太好了吧？

卡尔罗：京剧真是人人都喜欢啊！不但中国人喜欢，外国人也欣赏。

白燕升：那你也喜欢？

卡尔罗：对啊！

白燕升：那咱们请卡尔罗给大家唱两句！

卡尔罗：不，不行！我不会唱！我跟你说，这京剧讲究“千斤话白四两唱”，

白燕升：嗬！还什么都懂！

卡尔罗：我虽然不会唱啊，我会念。

白燕升：你念？朋友们，咱欢迎吧！那你念什么呢？

卡尔罗：我给你念一段京剧数板。

白燕升：数板？

卡尔罗：嗯，且听了！

白燕升：他来了。

【字 幕】**京剧数板**

表 演：卡尔罗

【唱词字幕】啊哈！昨晚，昨晚三更我得了一个梦，梦见了，寿星老儿骑着苍蝇，左手揪着苍蝇翅，右手揪着苍蝇鬃。嗡嗡，飞到了半悬空，抬头看，满天的星；地下看，燕刨的坑；坑里头看，冻着冰；冰上看，长着松；松上看，落着鹰；屋里头看，点着灯；灯旁看，有个僧；僧旁看，有本经；墙上看，钉着钉；钉上看，挂着弓。说了一声不好了，东南西北起大风，刮下了满天的星，刮平了燕刨的坑，刮化了坑里的冰，刮倒了冰上的松，刮飞了松上的鹰，刮灭了屋里的灯，刮走了灯旁的僧，刮撕了僧旁的经，刮掉了墙上的钉，刮崩了钉上的弓，这才是，星散、坑平、冰化、松倒、鹰飞、灯灭、僧走、经撕、钉掉、弓崩，一场空，一场空！

（掌声起，主持人上）

白燕升：啊呀，卡尔罗，向你表示致敬！真是不简单，一个外国人！哎呀！

卡尔罗：没什么，“张飞吃豆芽——小菜一碟”。

白燕升：他还吹上了！我跟你说卡尔罗，你刚才念的算是京白，我们京剧的念白有很多种啊！比如说还有一种是上韵的，叫韵白，你会念吗？

卡尔罗：韵白是什么？

白燕升：不会了吧？我今天给你请来了一位专家，她就是著名的张派青衣王蓉蓉！有请！蓉蓉，你看今天是否就当场收卡尔罗为徒弟，给他念念咱们传统戏当中的韵白，让他听听，接着也让他学学。

王蓉蓉：好啊！

卡尔罗：我们试一试吧！

王蓉蓉：那我就念一句啊，《玉堂春》：督天大人容禀——

白燕升：蓉蓉你看到了吗？你在念白的时候，卡尔罗都傻了。

王蓉蓉：是吗？

卡尔罗：学不会！

白燕升：来吧！卡尔罗，传统戏《玉堂春》，苏三的一句韵白：“督天大人容禀”！学吧，掌声鼓励一下！（掌声）

卡尔罗：督天大人——是这样吗？

白燕升：是！

卡尔罗：督天大人容禀——

白燕升：你们还鼓掌呢？这是苏三吗？非得把督天大人王金龙给吓死！朋友们，这确实有点难为卡尔罗了，不过一个外国人，在我们中国生活了十几年，对我们中国的文化这么地热爱，这么地研究，我们应该再次感谢我们的朋友卡尔罗！

卡尔罗：谢谢。

白燕升：卡尔罗，今天我也给你一个权利，也请你点播一个节目啊！

卡尔罗：太好了！不用点，我们不是有王老师在场吗？我们请她给我们演唱一段，怎么样啊？

白燕升：请王蓉蓉演唱？

卡尔罗：对呀！

白燕升：大家欢迎！谢谢卡尔罗。

王蓉蓉：我唱一段《武家坡》吧。

白燕升：好啊，咱们欢迎吧！

王蓉蓉：不过，那你今天就来唱薛平贵吧？是不是，咱们请他唱薛平贵！

白燕升：我跟你说蓉蓉，今天从一开始到现在，我说了半天了，嗓子真的是顶不住。我一个人真的不行。这样，我又给您请来了两位，这两位是大伙儿都熟悉的，号称“京城名票”，有请李扬、罗京，有请！朋友们，大家看，我们现场的乐队呢，是来自中国戏曲学院的朋友们，我们也欢迎他们！那我们的琴师是谁呢？大家也非常熟悉，我国著名的电影表演艺术家王铁成先生！有请！

【字　幕】**京剧《武家坡》选段**

司　鼓：耿连军

操　琴：王铁成

演　唱：王蓉蓉　罗　京　白燕升　李　扬

伴　奏：中国戏曲学院乐队

【唱词字幕】

罗　京：苏龙魏虎为媒证，王丞相是我的主婚人哪。

王蓉蓉：提起了别人奴不晓，那苏龙魏虎是内亲，你我同把相府进，三人对面一同说分明。

李　扬：他三人与我有仇恨，咬定牙关他就不认承。

王蓉蓉：我父在朝为官宦，府下金银堆如山。本利算来有多少，命人送到那西凉川。

白燕升：西凉川四十单八站，为军的要人我就不要钱。

王蓉蓉：我进相府对父言，命几个家人把你拴，将你送到官衙内，打板子，上夹棍，丢南牢，坐监禁，管叫你思前容易你就退后难。

罗　京：大嫂不必巧言辩，为军哪怕到官前。衙里衙外我打点，管叫大嫂断与咱。

王蓉蓉：军爷休要发狂言，欺奴犹如欺了天。西凉鞑子造了反，妻儿老小与奴一般。

李　扬：好一个贞节王宝钏，百般调戏也枉然。腰中取出银一锭，将银放在地平川。这锭银子三两三，送与大嫂作养奁。买绫罗，做衣衫，打首饰，置钗环，我与你少年的夫妻就过几年哪。

王蓉蓉：这锭银子奴不要，与你娘做一个安家的钱。买白布，做白衫，买纸钱，挂白幡，做一个孝子的名儿在那天下传。

白燕升：是烈女不该出绣房，因何来在大道旁，为军起下不良意，来来来，上马，一马双跨到西凉。

（掌声起，主持人上）

白燕升：你怎么又上来了？

卡尔罗：我还没主持完呢！咱们是小猫吃鱼——有头有尾。

白燕升：哈哈，他的俏皮话还不少。

卡尔罗：好，接下来的节目是——哎，刚才那几位女主持人怎么不见啦？

白燕升：你忘啦？节目开始前你不是说她们都要反串，她们去准备节目去啦！哎，你看，卡尔罗，她们来了！

卡尔罗：哦，她们来了！

小香玉：老姐妹们！咱们给大家拜年啦！

【字　幕】**豫剧表演唱《百岁拜年》**

作　词：张永和

编　配：朱维英

演　员：小香玉　刘　璐　周　涛　鞠　萍　孙晓梅

【唱词字幕】观众们欢天喜地，喜地呀，把春节来庆。观众们欢天喜地呀，把春节来庆。佘太君我穿山越水来到演播厅，面对着父老乡亲俺的心情激动，给各位拜早年先鞠个躬。过除夕看晚会会有多高兴，俺姐妹可也得要表表心情，喜逢那新世纪第一春来送，百岁人祝祖国昌盛，再祝您心想事就成，三祝您人人都是长寿星。

【字　幕】　**二　赏华章**

（主持人上）

周　涛：两百多年来，京剧舞台如不尽长江，前潮后浪，产生了一批又一批优秀的艺术家。新中国成立以后，京剧更是如雨后春笋，蓬勃发展，人才辈出，星光灿烂。

李　扬：今晚我们请来几位艺术流派的传人，他们是：于魁智、杨赤、邓沐玮、赵秀君、赵葆秀和叶复润，这几位艺术家分别为大家表演《将相和》、《大保国》、《四郎探母》的精彩片段。请欣赏！

【字　幕】**京剧《将相和》选段**

司　　鼓：李金平

操　　琴：赵建华

演　　员：于魁智饰蔺相如

杨赤饰廉颇

演出单位：中国京剧院　大连京剧团

【唱词字幕】

廉　颇：在金殿蔺相如他封为首相，只气得老廉颇怒满胸膛。非是俺无有那容人量，怎比某驰骋疆场杀敌立功，某的美名震四方。此番领兵把路挡，要与那蔺相如他分个弱强。人来与爷忙把街头上，又听百姓闹嚷嚷。勒马停蹄把路挡，等他到来羞辱一场。

蔺相如：百姓们同将酒献上，这样的相待我荣耀非常。忙催车辆赵府而往，老将军挡道所为哪桩？且吩咐车夫们转入小巷……

廉　颇：退避不前他为哪桩？莫非相如无胆量，莫不是内中有隐藏。赶到小巷再把路来挡，定要与他分弱强。

蔺相如：听说小巷又被挡，分明廉颇要逞强。我这里向前把理来讲，得罪老将理不当。我二人争强把理讲，又恐那廉颇闹荒唐。非是相如无胆量，我为国是保家邦。转怒为笑将他让，两次三番为哪桩。倚仗年迈功劳广，这样的欺人理不当。罢罢罢怒气忍心上，怕的是手足相残于国有伤。

【字　幕】**京剧《大保国》选段**

演　唱：邓沐玮　赵秀君

【唱词字幕】

徐延昭：功劳簿无有国太令尊，

李艳妃：江山本是老王挣，何必徐杨来操心。

徐延昭：江山本是先王挣，也有我徐杨八九分。

李艳妃：莫不是老王爷封你的官职大，不把我女王放在心。

徐延昭：官大官小是老臣的功劳挣，并非是龙国太你恩赐予老臣。

李艳妃：地欺天来草不发，

徐延昭：天欺地来苗不生。

李艳妃：臣欺君来就该斩，

徐延昭：君欺臣来不太平！

李艳妃：子欺父来雷击顶，

徐延昭：父欺子来逃出门。

李艳妃：我坐江山由着我，

徐延昭：半由天子半由臣。

李艳妃：要让要让偏要让！

徐延昭：不能不能万不能！

李艳妃：金镶玉玺朝下打，

徐延昭：铜锤打你个碎纷纷。

(掌声起，主持人上)

白燕升：好！我们感谢邓沐玮和赵秀君的精彩演唱。朋友们，下面呢，我再为您请出两位演员，一位是来自北京的著名老旦演员赵葆秀，一位是来自台湾的著名老生演员叶复润，欢迎他们！你好，赵老师！你好，叶先生！赵老师，我知道您第一次去台湾就是和叶先生合作，是这样么？

赵葆秀：对！我第一次去台湾呢就和叶先生一起演的是交响音乐的演唱会，那么给我至今留下深刻印象的就是台湾观众特别特别的热情！那么从此以后就一发不可收拾，连着七次被邀请到台北演出。

白燕升：先后去了七次？这可见台湾同胞对我们的传统艺术是多么的喜爱。

赵葆秀：是这样的。那么真是有缘千里来相会，在21世纪的第一个春天我和叶先生又同台演出，真是意义不一般了！

白燕升：是这样的。我知道叶先生是第三次来参加我们的春节戏曲晚会吧？

叶复润：是的，我是第三次到中央台来参加春节特别节目，在新世纪第一春，2001年，恭祝各位观众心想事成，万事如意，大吉大利！

白燕升：谢谢叶先生的祝愿！好，今天二位也有非常好的合作，为大家带来的是大家非常熟悉的《四郎探母》里的一个片段《见娘》，欢迎他们！

【字　幕】**京剧《四郎探母·见娘》**

演　唱：赵葆秀　叶复润

【唱词字幕】

佘太君：四郎！

杨延辉：母亲！

佘太君：延辉！

杨延辉：老娘！

佘太君：儿啊！

杨延辉：娘啊！

佘太君：一见娇儿泪满腮，点点珠泪洒下来。沙滩会，一场败，只杀得杨家好不悲哀。儿大哥长枪来刺坏；你二哥短剑下他命赴阴台；儿三哥马踏如泥块；我的儿你失落番邦，一十五载未曾回来；唯有儿五弟把性情改，削发为僧出家在五台；儿六弟镇守三关为元帅；最可叹你七弟他被潘洪就绑在芭蕉树上，乱箭穿身无有葬埋。娘只说我的儿今不在？延辉，我的儿啊！哪阵风把儿你吹回来？

杨延辉：老娘亲请上受儿拜！千拜万拜也是折不过儿的罪来。孩儿被擒在番邦外，隐姓埋名躲祸灾。多蒙太后的恩似海，铁镜公主配和谐。儿在番邦一十五载，常把我的老娘挂在儿的心怀。胡地衣冠懒穿戴，每年间花开儿的心不开。闻听得老娘到北塞，乔装改扮过营来。见母一面愁眉解，我愿老娘福寿康宁永和谐无灾。

（掌声起，主持人上）

白燕升：好，亲爱的朋友们，下面一个节目可以说是专门为本届春节戏曲晚会新创的一个节目，而且还制作了光盘，非常的精彩！

小香玉：哎呀白燕升你别报了，别报了，急死我了！

白燕升：你干吗那么着急啊？

小香玉：咱们把做好的那个光盘你给放哪儿了？我怎么找也找不着啊。

白燕升：什么？放哪儿了？

小香玉：你找找，你好好找找，是不是没带来？

白燕升：哎，我不是给你了吗？

小香玉： 谁说的？我可没见，你别冤枉我，你赶快找一下！
白燕升： 哎哟！
小香玉： 哎对了，白燕升你刚才不是在观众席坐过吗？问问他们！
白燕升： 哎哟，那就麻烦各位，大家看看座位底下有没有一张光盘？
小香玉： 谢谢大家！救场如救火，看一看。
白燕升： 谢谢各位！有吗？
小香玉： 仔细找找。
白燕升： 哎呀！没有。
小香玉： 啊呀，白燕升，你捅下大娄子了！
白燕升： 不是，我怎么一点影儿都想不起来呢？急死我了。
朱世慧： 告诉你二位，别着急，千万别着急！这个车到山前必有路，没有过不去的火焰山。
二　人： 那你有办法？
朱世慧： 当然有办法了。我给你们请了几位前朝的侦察英雄，破案专家，只要他们一到，光盘立马找到。
白燕升： 行吗？
二　人： 他们都是谁呀？
朱世慧： 一看就面熟啊！等着啊！有请几位前朝的侦察英雄！
（邱小乙从观众席中翻跟头下来到台上）
白燕升： 邱小乙啊！
（时迁从观众席中翻跟头下来到台上）
白燕升、小香玉： 这个熟，时迁！
（杨香武从观众席中腾起飞下来）（特技）
白燕升： 这是？
朱世慧： 杨香武！
（蒋平从观众席中飞下来）（特技）
朱世慧： 蒋平！
白燕升、小香玉： 哦，蒋平！

【字　幕】**电视小戏《巧献艺》**
编　　剧：杨晓雄
导　　演：赵德芝
演出单位：河北省京剧院　北京京剧院
表　　演：吴爱民　魏建平　孙　鹏　张　斌　王雪桦

【念白字幕】
时　迁：当年城头抱小鸡，
邱小乙：盗来银壶笑天低，
蒋　平：溺水寒潭金印取，

杨香武：九龙杯上美名题。

蒋　干：哎，等会儿我，等会儿我，盗书且使借刀计，

杨香武：哪壶不开你把哪壶提！

蒋　平：蒋平！

邱小乙：邱小乙！

时　迁：时迁！

杨香武：杨香武！

蒋　干：蒋干。

朱世慧：我说我说，我请的都是几位前朝的侦察英雄，您算哪棵葱啊，怎么也混进这阵营里来了？

蒋　平：我们可不带你玩儿啊！

众　人：就是！

蒋　干：兴你们哥儿几个露脸，还不许我现眼吗？再者说，咱们可都是唱丑的啊！

白燕升：哎哟，我说朱老师啊，我以为你给我们请的最起码是福尔摩斯，最不济的也得是007，您看看这么几位老古董，行吗？

小香玉：就是。我还说了，你要是成龙啊，李连杰啊，夸夸硬功夫，这个我怎么不透眼睛，我看不透啊！

白燕升：是啊！

蒋　平：想我蒋平，当年在包大人的衙前是四品的带刀护卫，在那溺水寒潭中我捞过大人的金印。

时　迁：想我时迁，也侦破过大名府的军事秘密，还把恶霸祝朝奉，我把他的鸡给吃了。

邱小乙：邱小乙为救少女，我还盗过银壶呢！

杨香武：杨香武曾在皇宫大内找到过九龙御杯。

朱世慧：杨香武三盗九龙杯啊！

蒋　干：是啊，是啊！蒋干不才，当年在曹营之中……

杨香武：得得得，你那想当年的事儿啊，就打住吧！

白燕升：哎哟，这么说来咱们是有眼不识金镶玉了！

小香玉：太对不住大家了！那你们赶快就大显身手吧！

朱世慧：哥儿几个，露两手，让他们开开眼！

蒋　平：尔等闪过一旁。

朱世慧：你们闪开！

白燕升：有请吧！

蒋　平：我说老哥儿几个？

众　人：蒋四爷！

蒋　平：你我各自施展本领，找回光盘，也好让他们见识见识。

蒋　干：说的是啊，别说你蒋四爷，那就是我蒋干嘛！

蒋　平：你呀找个没苍蝇的地儿，待着去吧！

蒋　干：又拿老眼光看人！

蒋　平：我说老哥儿几个，咱可没工夫跟他磨牙，依我看来，这光盘就在此地，待我先寻找一番。

众　人：瞧您的！

蒋　平：（献艺）怎么没有啊？这倒难啦！

时　迁：哎蒋平，不必着急，您瞧我时迁的。

蒋　平：瞧你的……

时　迁：（献艺）哎哟，怎么没有啊，这这这这！

邱小乙：哎列位别急，看我邱小乙的！（献艺）还是没有哇！

杨香武：我说老哥儿几个啊！你们在这儿等着我呢！

蒋　干：我看哪，这个功劳啊就让给我蒋干吧！

蒋　平：啊呸！我啐你一脸的SOD蜜！窜房越顶的事儿你能行吗？

蒋　干：有道是士别三日当刮目相看。诸位老哥儿几个，请上眼了！哎呀呀，这光盘吗，在那儿呢！（献艺）

众　人：别丢人现眼喽！

蒋　干：我惭愧哦！

蒋　平：哎，我说哥儿几个，这光盘怎么也找不着，看来咱们今儿真要丢人现眼了！

其他二人：可不是么！

杨香武：光盘找到了！（特技）

小香玉、白燕升：还真找着了？是这个！就是这张！

白燕升：谢谢各位，我可以冒昧地问一句，这是在哪儿找到的吗？

杨香武：是在一个人家里头找着的。

众　人：在谁家里？

杨香武：他今儿可没在家。

小香玉：哎哟，这大过年的他不在家他在哪儿啊？

杨香武：听说他参加中央电视台的春节戏曲晚会了！

白燕升：他到底叫什么名字？

杨香武：他叫白燕升。

白燕升：哟！我还是落家里了！

（四位武丑拱手作别）

三位主持人：多谢多谢！

（作播放光盘摁开关状。三人同看大屏幕，显出“白蛇情”字样。

朱世慧：哎！多漂亮！我说怎么演来演去老是你们白家的？

小香玉：就是，都是姓白的。

（回头继续看大屏幕）

小香玉：哎朱大哥你看，这许仙多面熟！怎么那么像白燕升啊？

朱世慧：老白家的事变成老许家的事了！

白燕升：两位转不过弯儿来了吧，下面该我和周涛、鞠萍表演节目了！我们还要一把红伞过三潭去！

朱世慧：那我也逛逛去！

小香玉：哎哟，太棒了。

白燕升：走啊！跟我一块儿走吧！

【字　幕】**京剧乐舞《白蛇情》**

作　曲：吴　华

指　挥：刘凤德

京　胡：艾　兵　王彩云

演　奏：空政歌舞团乐队　北京京剧院乐队

【字　幕】**《峨嵋的祝福》**

作　词：魏子晨

作　曲：吴　华

演　唱：陈俊华

编　舞：王振新　何少伟

表　演：吉林市歌舞团　桦甸市歌舞团

【唱词字幕】白姐姐，去人间，峨眉金顶也黯然，遥望西湖谁不恋，一把红伞过三潭。多情仙子坠情海，激活钱塘起春澜。今朝仙界不平静，深深祝福寄江南。鸳鸯被，碧玉簪；麒麟锁，紫金冠，鲜花撒下八百万，愿姐姐，良宵里，讨回青春三千年。

【字　幕】**《婚庆》**

导　　演：李浩天

编　　舞：吴影文　冷明宇

演　　员：周涛饰白素贞　鞠萍饰小青　白燕升饰许仙

魔术表演：房印庭

伴　　舞：北京京剧院　河北省京剧院　吉林市歌舞团

桦甸市歌舞团　河北省艺术学校

【字　幕】**《宝和堂》**

演　员：张火丁饰白素贞　宋小川饰许仙

司　鼓：李金平

京　胡：赵　宇

二　胡：沈鸿喜

月　琴：黄　珂

【唱词字幕】

白素贞：许郎夫他待我百般恩爱，喜相亲病相扶寂寞相陪。才知道人世间有这般滋味，也不枉到江南走这一回。

许仙：贤妻待我恩情似海，我与你到房中把绣被安排。

【字　幕】**《惊变》**

指　　挥：刘凤德

京胡演奏：艾　兵　王彩云

演　　奏：空政歌舞团乐队

【字　幕】**《水漫金山》**

导　演：张四全　张少华

编　舞：冷明宇

演出单位：北京京剧院　河北省京剧院　吉林市歌舞团

桦甸市歌舞团　河北省艺术学校

演　员：王怡饰白素贞　张淑景饰小青

包飞饰许仙　景宝琪饰法海

【字　幕】　**三　满庭芳**

（主持人上）

孙晓梅：电视机前的观众朋友们，大家好！现在我是在浙江绍兴一个新搭成的水乡舞台的前面。大家看到了台上现在正在演戏，台下观众正在看戏，唯一不同的是，有很多观众和我一样是坐在船上看戏。我们大家都知道，绍兴是鲁迅先生的故乡，多少年前鲁迅先生曾经在他的名篇《社戏》当中描写过水乡演戏的情景，不过和今天比起来真的有天壤之别。我们看到了今天这个舞台真的是飞檐斗拱，灯光灿烂，丝弦悠扬，恍如仙境。那么在台上一会儿就要进行的是绍兴小百花越剧团为大家表演的名剧《五女拜寿》。台上拜寿，台下过年，可以说是双喜临门，大吉大利！今天我来这里也不能白来，一会儿我也要加入其中，去扮演一个角色，我究竟扮演一个什么样的角色呢，您猜猜看！

【字　幕】**越剧《五女拜寿》**

演　员：孙晓梅饰五女婿　张霞君饰杨继康　蒋畅饰杨夫人

浙江绍兴市小百花越剧团演出

浙江电视台、绍兴有线电视台协助拍摄

【唱词字幕】

杨继康：一生谨慎立朝堂，

杨夫人：大荣妻贵寿而康。

杨继康：疏远严嵩思告老，

杨夫人：还乡安度好时光。

家　丁：有请各位小姐、姑爷。

杨继康：众位贤婿女儿，路上辛苦了。

大姑爷：岳父岳母啊！白玉如意献岳丈，如意吉祥祝寿长。接手谕，知有告老还乡意，愿奉养，如同孝敬亲爹娘。常言道，长婿当作半子靠，我夫妻，拜迎二老到维扬。

杨夫人：大姑爷不愧是尚书公子，孝心可嘉。

二女儿：爹爹母亲啊！赤金寿星笑口开，寿比南山金银辉。你女婿件件都听我，爹娘啊，养老要到我家来。

二姑爷：贤妻说，报答双亲恩和爱，为养老，瘦西湖边造楼台。

杨夫人：二姑爷是扬州首富，你看，这金寿星多像你啊。

四、五姑爷：岳父岳母啊，

四姑爷：献上这，玲珑珊瑚福临门，

五姑爷：呈上了，翡翠宝瓶万寿春，

四姑爷：爹爹说，亲家本是同窗友，湖山有幸迎知音。

五姑爷：母亲说，天下风光西湖好，颐养天年可长生。

四、五女儿：爹爹、母亲！爹娘呀，公婆临别细叮咛，还请二老到杭城，姐妹晨昏共侍奉，百依百顺孝双亲。

（掌声起，主持人上）

朱　军：哎晓梅啊，我说你真够能耐的。刚才那五个女婿里，我看出来了，有你一个。

孙晓梅：是啊！

朱　军：真没想到连越剧你都会唱。

孙晓梅：对啊，其实说得谦虚点呢，我就是会的玩意儿多点！

朱　军：听出来了，是够谦虚的你！

朱　军：哎，要说你刚才呢还在绍兴，这会儿又来到了演播室，你真神了！

孙晓梅：可不是吗？这叫神速！其实有句话说得非常好，叫一日千里嘛！我看你还是快报节目吧！

朱　军：哦！报节目！好，亲爱的观众朋友们，接下来请欣赏各地方戏曲的名家名段，那可真叫精品荟萃，风云际会，徐策跑城，憨哥巧妹，盘问妻子，索要妻子，哎，这可是我的拿手好戏啊！

孙晓梅：知道。

朱　军：不过背着媳妇实在有点太累！

【字　幕】**秦腔《背媳妇》**

编　　剧：傅祖浩　张武宏

导　　演：崔宝善　王志胜

音乐设计：张志浩

演　　员：张武宏饰安锁　刘西玲饰红梅

演出单位：西安市五一剧团

【唱词字幕】

安锁：辛勤打柴把钱赚，找上个好媳妇我心才安。

红梅：相亲未成回家转，河水猛涨把路拦。

安锁：见一民妇人，站在河岸边。大概是想过河，进退为了难。我想行个善，面生怎交言？我有心把她问，咱自己也太随便。哎！只要我走得正行得端，佛正不怕香炉偏。只要我没坏心眼，她哪怕给我头上拍一砖，那就是她给我吐一脸，我全当洗脸刷门面。我脸顶平，心放坦，她想咋，我不管。这一妇人别为难，想过河我背你到河那边。

红梅：你这个人哪！你这个人呀淡不淡，我过河与你有何相干？

安锁：我生来心好爱行善，你有难我咋能袖手旁观！

红梅：滚滚滚，你快滚远！跟你说话我没时间！

安锁：你叫我快滚远，我偏要滚到你跟前！我把你拦到这里不上算，我还要背你到呀河那边。

红梅：你这个人呀太无趣了，还是把你背人的劲儿省下。

安锁：躁咧。误会咧，我是在那儿打柴，见你过不去河，我是诚心诚意想做个好事情，把你从这儿背过去，再没有别的意思。

红梅：那你背得动我吗？

安锁：哎呀，哎呀，闹了半天，你才是看不起我？你不要看我人瘦个子不高，咱可是秦琼的马有肉膘。别说背个你咧，我就是背它三百斤重的大肥猪，一口气跑十里路……

红梅：哎，你咋骂我呢？

安锁：我怎能骂你呢？（突然惊觉刚才说错话）我是……我是想给你打个比方，让你放心大胆地叫我从这儿把你背过去。

红梅：那咱就过河？

安锁：过河！

红梅：走呀，过河呀！

安锁：过河，过河！

红梅：看看看，我说背不动背不动，那你可说是能背动，看你把我撂下来了么！

安锁：呀，哪是我背不动你，那我是……爷呀！我的爷呀！咱这个人咋这没出息的，平时背上两捆柴都罢了，今儿个背了个女人咋心跳腿软的？

红梅：哎，我看算咧，还是我自己过吧！

安锁：哎不行不行，今儿个说啥我要从这把你背过去，不然的话我咋能算是个男子汉呢？

红梅：这回你可要背好！

安锁：没问题！

红梅：千万再不敢撂下来！

安锁：来！咱二人呀！

红梅：要过河呀，

安锁：我背你呀，

红梅：你背我呀，

安锁：要过河呀，

红梅：要过河呀，

安锁：你搂紧呀，

红梅：你别说呀，

安锁：咱配合好呀！

红梅：你啰唆呀，

安锁：要过河呀！

红梅：小心把我掉下来了！

安锁：来！不相信我还把你背不过去咧。

红梅：哎，小心点儿！

安锁：过来咧！

红梅：你这么好心把我背过河来，这叫我可咋谢你呀？

安锁：乡里乡亲的帮个忙，没有啥！

红梅：那我……

安锁：你咋？

红梅：就回呀。

安锁：咱两个都待了半天了，你这再一走，我还不知道你叫个啥名字么。

红梅：我叫个红梅。

安锁：我叫个安锁。

红梅：安锁！

安锁：红梅！哎呀你看这巧不巧，人家说是给我说了个媳妇，是个寡妇，叫个……那这两年你一个人咋过活呢？

红梅：我……

安锁：看，这是我前两天卖柴挣了些钱，也不多，给你拿着。哎呀你怎么这么客气！给，拿着！

红梅：咱俩一不沾亲二不带故，我咋能要你的钱呢？

安锁：我把你从河那边能背到河这边来，咱亲的还不跟个兄妹家一样？没事，拿上。

红梅：你把钱都给我了，你咋过呢？

安锁：我一个光棍汉，一个人吃饱，全家不饿，没事！

红梅：你也是一个人？

安锁：唉！

红梅：你要是不嫌弃，那咱俩就过到一块儿吧？

安锁：你刚说了个啥？

红梅：咱俩过到一块儿。

安锁：咋的个话？

红梅：你要是觉得委屈，全当我没说。

安锁：咱俩过到一块儿！咱俩过到一块儿！我安锁有媳妇了！

红梅：安锁，快起来！那咱就回家吧？

安锁：红梅，

红梅：安锁。

【字　幕】**黄梅戏《巧妹与憨哥·叙梦》**

作　　词：俞付金

作　　曲：方绍墀

配　　器：徐志远

编　　舞：冷明宇

演　　员：吴亚玲饰二妹　余顺饰四哥

伴　　舞：吉林市歌舞团　吉林桦甸市歌舞团

演出单位：安徽省黄梅戏剧团

【唱词字幕】

二妹：那一夜梦得美，梦呀梦得美，四哥伴着蝶双飞，蝶双飞。双双撞着蜘蛛网，蜘蛛网，临死还要在一堆儿，在一堆儿。

四哥：那一夜梦得真，梦呀梦得真，我和二妹去看灯，去看灯。偷偷躲在无人处，无人处，手拉手叙寒温，叙寒温。

二妹：那一夜梦得怪，梦呀梦得怪，我与四哥把堂拜，把堂拜。刚刚喝过交杯酒，交杯酒，王家老六闯进来，闯进来。

四哥：那一夜梦得惨，梦呀梦得惨，族长拉我去见官，去见官。上堂就打四十板，四十板，割了心肺又挖肝，又挖肝。

二妹：那一夜梦得丑，梦呀梦得丑，我与四哥头对头，头对头。忘情将哥咬一口，咬一口，差点咬掉了我的舌头，我的舌头啊！

【字　幕】**蒲剧《徐策跑城》选段**

导　　演：张庆奎

演　　员：郭泽民饰徐策

演出单位：山西临汾蒲剧院

【唱词字幕】只觉得身轻步健快如风，此番上殿我胆气正，看一看昏君他怎样行？我捋须抖衣，我把城来进。回想当年事一宗，薛刚贪杯太任性，打死那张泰之子祸事生。我不忍绝了忠良后，求夫人舍子断门庭，到如今整整十三载，为报仇除奸坐卧不安宁。幸喜今日搬得大兵到，我笑在眉头我喜在心中。薛刚夫妻把兵领，还有一将叫张龙。薛蛟薛葵虽然他年纪幼，一杆枪一对锤一见人骇心。兵强马壮士气盛，此番定能大功成。张泰老贼！看尔再霸道，看尔再横行。尔好比狼入穴虎囚笼，罪恶累累难逃生。此番上殿我拿本动，一本一本上龙廷。他若准了我的本，唐室江山得安宁，他若不准我的本，午门外，紫禁城，九龙殿，乾清宫，定要杀……杀他一个乱哄哄。往日走，走不动，今日行走快如风。一为报国除奸佞，二为忠良把冤鸣，举步撩衣上龙廷。老了老了，老不中用了，绊得我头昏眼花腰根疼。我擦擦汗，捶捶胸，抖一抖精神击金钟。

【字　幕】**越剧《盘妻索妻·洞房》**

演　员：肖　雅饰梁玉书　　刘　伟饰谢云霞

【唱词字幕】洞房悄悄静幽幽，花烛高烧暖心头，喜气阵阵我难抑制，这姻缘百折千磨方成就。三月来屡托刘兄把亲求，每遭坚拒愿难酬。从此我四书五经无心看，三餐茶饭懒下喉。日卧书斋愁脉脉，夜对冷月恨悠悠。万种幽情无处诉，一病相思命几休。好容易，盼得菩提杨枝水，洒作了人间鸳鸯俦。今日洞房成夫妻，花朝月夕永不愁。娘子，娘子啊……我与你一别三月似三秋，我魂牵梦绕苦思求，感谢娘子恩情重，今日里花烛台前重聚首。娘子啊，从今后天长地久成夫妻，让玉书先敬上一杯合欢酒。

（掌声起，主持人上）

白燕升：朋友们，粤剧是广东最具代表性的一个剧种。那么在澳门和香港地区也非常的有影响，也有一大批的粤剧迷。那么，在新世纪的第一个新春佳节到来之际呢，我们特意从广州、香港、澳门请来了三位粤剧演员和票友，首先欢迎他们上场！好！三位好，欢迎三位！三位是不是先作一个自我介绍？

李燕明：我是来自澳门的李燕明。在这儿祝大家万事如意，身体健康！

白燕升：好，谢谢，谢谢。您呢？

邓有银：我是来自香港的邓有银，我祝各位朋友新年快乐，家庭幸福！

白燕升：好，谢谢！

梁淑清：我是来自广州粤剧二团的梁淑清，我很高兴能在中央电视台的戏曲晚会上演出。虽然龙年过去了，我还是要祝愿大家龙马精神，龙腾虎跃。

白燕升：谢谢三位的美好祝愿。朋友们，她们三位呢是来自广州、香港、澳门，其实她们也是第一次合作，第一次见面。今天她们三位为大家带来的是粤剧《宝莲灯》当中的一个片段《观灯》，我们欢迎她们！

【字　幕】粤剧《宝莲灯·观灯》

作　　词：蔡衍芬
作　　曲：卜灿荣
编　　导：邓美霞
演　　员：梁淑清饰华山圣母
　　　　　李燕明（澳门）饰刘彦昌
　　　　　邓有银（香港）饰灵芝
演出单位：广州市粤剧二团

【唱词字幕】

华山圣母：宝莲灯万丈光凛，
刘彦昌：照见邪恶全驱黑暗，
灵芝：至爱鸳鸯团圆合卺，不再禁于仙界，
合：携手下凡尘，赏春宵美景喜不禁。
灵芝：相公，圣母，你们看！花街满花灯。
刘彦昌：人间春来瑞气升腾，
华山圣母：灯影里迷人风韵。
灵芝：过西街，风灯连成阵，

刘彦昌：过南市，长串是龙灯。
华山圣母：走马灯呀，玉轮光转，
灵芝：皎洁盈盈，还有白莲灯。
刘彦昌：与晴空星月衬，丹青媲美羡煞人。
华山圣母：丹青知谁画，
刘彦昌：人于画里行。
灵芝：丹青舒笑脸，若有浓情沁，
华山圣母：人道宝莲灵，怎如这花灯。
刘彦昌：愿于灯市上，结新庐，永相亲，
灵芝：仙境何寥落，
华山圣母：甘做世上人。
刘彦昌：爱此华美灯，
合：暖意热腾腾。爱此华美灯，暖意热腾腾。

【字　幕】**河北梆子《大登殿》选段**
编　配：朱维英
编　舞：冷明宇
演　唱：彭蕙蘅　彭艳琴　刘志欣
伴　舞：吉林市歌舞团　桦甸市歌舞团
演出单位：北京河北梆子剧团　河北省梆子剧院　天津市梆子剧院

【唱词字幕】金牌调来银牌宣哪，王相府宣来我王氏宝钏，九龙口，用目看，天爷爷，原来是平郎丈夫头戴王帽、身穿蟒袍、腰系玉带、足蹬朝靴，端端正正、正正端端驾坐在金銮。这才是苍天爷睁开龙眼，再不到武家坡去把那菜来剜。大摇大摆哎上金殿，参王的驾来问王安。在金殿叩罢头我转身就走，不由我王宝钏喜笑在心头。猛想起二月二日龙抬头，我梳洗打扮上彩楼，公子王侯楼下走，彩球单打平贵头，彩球单打薛平贵，薛家辈辈是王侯。二月二来龙抬头，梳洗打扮上彩楼，公子王侯楼下走，彩球单打平贵头，彩球单打薛平贵，薛家辈辈是王侯。寒窑里受罪十八秋，平郎登基我做了皇后。

【字　幕】　**四　重回眸**
（主持人上）
鞠　萍：各位朋友，各位观众，电视机前的观众朋友们，哎，我的搭档小白呢？白燕升！小白！
白燕升：哎，鞠萍姐姐，来了！
鞠　萍：你去哪儿了？
白燕升：我跟你说，碰到了一个熟人！
鞠　萍：碰到了熟人啊！
白燕升：其实你也认识。
鞠　萍：我也认识？在哪儿啊？

白燕升：您看，在那边！

（趁鞠萍转过头去，悄悄地戴上一个脸谱面具）

鞠　萍：没有啊！哎！哟！吓死我了！这是什么呀？

白燕升：脸谱面具！

鞠　萍：这要是晚上还真把我给吓坏了！

白燕升：这你可说对了。脸谱面具最初啊就是打仗吓唬敌人的。

鞠　萍：真有这说法？

白燕升：是啊，传说古代有个大将叫兰陵王，武艺高强，所向无敌，但是他一上阵呢，人家敌人都不怕他。

鞠　萍：为什么呀？

白燕升：因为他长得像个美丽的姑娘。于是他就生气了，就把这个面具戴在脸上，这一戴不要紧，敌人是胆战心惊，从此以后就留下了《兰陵王破阵乐》，也留下了这个面具。不过是用在戏曲舞台上的。

鞠　萍：那这《兰陵王破阵乐》是什么样儿？

白燕升：这个古代歌舞早就失传了！不过这一届的春节戏曲晚会我们又把它给解密了，好，请看金戈铁马的《兰陵王》！

【字　幕】**京剧歌舞《兰陵王》**

作　词：杨晓雄

作　曲：孟庆华

编　舞：何少伟　王振新

领　舞：邓　敏

演　唱：李　欣

伴　舞：吉林市歌舞团　桦甸市歌舞团

【唱词字幕】大漠无垠驰铁马，有如冰河一夜发，云遮明月光半洒，雪拥雄关涧断崖。云遮明月光半洒，雪拥雄关涧断崖。猛士身披黄金甲，脸上七色飞彩霞，细柳演兵任叱咤，大风起兮卷飞沙。虎帐谈兵孙子法，不灭敌寇不返家。虎帐谈兵孙子法，不灭敌寇不返家。得胜令中一笑罢，谁识虎将似娇娃。

（中央电视台演播室外）

朱　军：来了，来了！哎晓梅呢？晓梅！晓梅！

孙晓梅：哎，来了！

朱　军：我说晓梅，你哪儿弄这一身老古董衣服？赶紧脱了！该咱们俩上场了！

孙晓梅：不好看吗？

朱　军：好看不好看，这不要误场！

孙晓梅：要看戏去！

朱　军：你看什么戏呀？

孙晓梅：到恭王府看戏呀。

朱　军：这？哎哟晓梅，你没睡醒吧，上恭王府看戏去？
孙晓梅：你才没睡醒呢！看戏的事还有你的份呢！
朱　军：我？
孙晓梅：嗨，合着这导演派的活你全给丢脑后头了？
朱　军：哎哟，我还真是给忘了！哎，赶紧走，赶紧走！
孙晓梅：这还差不多！我说来呀！
朱　军：哎，奴才在！
孙晓梅：快随哀家我，看戏去！
朱　军：别拽了！快！

【字　幕】**电视小戏《慈禧看戏》**
编　　剧：张永和
导　　演：杨晓雄
摄　　像：魏秀志　李德志
演　　员：孙晓梅饰慈禧　朱军饰李莲英　杨少春饰孙悟空
演出单位：北京京剧院
（恭王府内。慈禧一行穿廊过屋，来到戏台下就座）
【念白字幕】
孙晓梅：我说小李子啊！小李子啊！（冲着朱军直跺脚）
朱　军：晓梅啊，你有毛病啊！
孙晓梅：你才有毛病呢！
朱　军：你没毛病你冲我你（模仿她刚才跺脚状）……
孙晓梅：我叫你，你怎么不搭碴儿？
朱　军：不！你叫的是小李子，我演的李莲英哪！
孙晓梅：李莲英就是小李子，小李子就是李莲英。
朱　军：那您早说清楚不就完了吗，Sorry，Sorry！咱们重来好吗？
孙晓梅：好！英文都上来了！我说小李子啊！
朱　军：嘿，奴婢在！
孙晓梅：今儿个咱们玩儿什么呀？
朱　军：奴婢已然让内务的官们传戏了！
孙晓梅：那给哀家准备的是什么戏码呀？
朱　军：尊太后，您细听，一呀《一匹布》，二呀《二进宫》，三呀《三家店》，四呀《泗州城》，五呀《五人义》，六呀六——？
孙晓梅：猴崽子，你还不赶快往下六！你再不六，我吃你大嘴巴子！
朱　军：启禀太后老佛爷，小的我呀实在是想不起来，请老佛爷您给提个醒！
孙晓梅：我说你这个猴崽子，你可真是聪明一世糊涂一时，这么着吧，我来告诉你！
朱　军：老佛爷您告诉我？
孙晓梅：六号门。

朱　军：啊？那会儿它有《六号门》吗？

孙晓梅：有啊，老《六号门》哪！

朱　军：没听说过。不过啊，您这么一气我，我还真想起来了！

孙晓梅：说。

朱　军：也是我急中生智脑瓜灵，《六国封相》您听不听？

孙晓梅：不听。下边还有没有别的？

朱　军：这《六国封相》《七星庙》，《八仙过海》显其能，《九华中原》《拾玉镯》，这您听不听？

孙晓梅：不听。往下说。

朱　军：嗻！这后边的好戏可真不少，可惜我两眼发黑血压高，台词全忘我报不了了，求求晓梅把我饶，您把我饶。

孙晓梅：可是我爱听的戏你还没说呢！

朱　军：那您趁我还清楚赶紧说！

孙晓梅：我要听杨小楼的《安天会》。

朱　军：哎哟，您倒是早说呀，这早备好了。小的我啊这就传啊！传旨！传外学杨小楼《安天会》伺候！

（《安天会》演出）

孙晓梅：好！好！（站起来兴奋地鼓掌）好！

朱　军：哎，别！别！我说晓梅啊，他有这个老佛爷有这么鼓掌的吗？有老佛爷这么叫好的吗？你整的不是这里的事儿啊。

孙晓梅：那人家戏真好，你叫我怎么办？

朱　军：哎呀，您是老佛爷，赏啊，赏银子！

孙晓梅：嗻！得，我成李莲英了！小李子，银子大大地赏！

朱　军：这又变日本人了！啊！赏银子！

（分发糖果做的银子）

朱　军：哎，晓梅啊！你看刚才那个小戏说的就是京剧在形成和发展过程中的一幕。

孙晓梅：是啊，从四大徽班进京，京剧在它的发展过程当中，一边呢，是由于民间的喜爱，另一边是由于宫廷的需求，所以当时得到了清朝宫廷的提倡和支持。这在京剧的发展史上起到了积极作用的。所以在当时京剧可以说是一种影响力最大的艺术形式了！

朱　军：你说的一点儿都不错！就连咱们中国的第一部无声电影拍的都是京剧。

孙晓梅：哎，这事儿我以前也听说过，不过我不是非常清楚，今天是不是借这个机会跟我们大伙儿来说一说？

朱　军：哎呀，用得着我说吗？下边儿咱们将要看的这个小戏，说的就是这事儿！

【字　幕】**电视小戏《义拍定军山》**

编　　剧：杨晓雄　张永和

导　　演：赵德芝

演　　员：李玉声饰谭鑫培　赵保乐饰任经理

李胜源饰摄影师　谭元寿、谭孝增、谭正岩饰黄忠

司　　鼓：金惠武

操　　琴：王鹤文

演出单位：北京京剧院

【念白字幕】

任经理：来了！哦哟，您好！

谭鑫培：您好您好！任经理！您把我风是风火是火的叫到这儿来，有什么指教吗？

任经理：请谭老板来啊，就是想请您在这儿唱一出您最拿手的《定军山》。

谭鑫培：要谭某在什么地方唱这出《定军山》哪？

任经理：就在这儿！

谭鑫培：啊？就在这儿土地祠里？

任经理：对。

谭鑫培：您睡醒了吗？

任经理：不瞒您说呀谭老板，为了这事我是一宿都没睡着。

摄影师：是啊，我们任经理的觉本来就少。

谭鑫培：谭某这出《定军山》在宫里唱过，在王公大臣的府里也唱过，至于在各大戏馆子我也数不清唱了多少回了！可在土地庙里我还没唱过。

任经理：是，是。

谭鑫培：任经理，咱们也算是老朋友了！您这不是拿我开玩笑吧？

任经理：哟，谭老板，给我个胆子，我都不敢哪！谭老板啊，是这么回事！几年前呢，人家西方各国和东洋日本就有了电影了，可是咱们大清尚无啊！我愤然去东瀛学习摄影，学成回国用重金买了这架摄影机，第一部电影就想拍您的《定军山》。

谭鑫培：任经理，这个，我还有件事要请教你！

任经理：您说！

谭鑫培：为什么第一部电影要拍我谭鑫培呢？

任经理：哎哟，这还用问吗？您的玩意儿好啊，您的艺术可以说是名扬四海呀！可是真正能到戏馆里头听戏的人能有多少啊？如果要是把它拍成电影，反复地放映，那么看您《定军山》的人那就海了去了！而且可以永传后世，长存天地呀！

摄影师：是啊，谭老板，好多人用重金让我去拍他，我都不睬他啦！

任经理：是是。

谭鑫培：任经理，谭某既被二位厚爱，我就不敢不允了！

任经理：太好了，太好了！哎哟，谭老板果然是义薄云天哪！谭老板，咱就定好了，明儿，头晌我就在这儿恭候您，您带着行头过来！

谭鑫培：我还不知道我那打鼓的、拉胡的他们还在不在呢？

摄影师：嗨，谭老板，不用了不用了！我们拍的是无声电影啦！

谭鑫培：哎呀，可是没有锣鼓，我总觉着别扭！这样行不行，我嘴里念着锣鼓经，代替锣鼓？

任经理：行！行啊！

摄影师：谭老板，什么叫锣鼓经啊？你念两句我听听吧？

谭鑫培：您听？好！吧—嗒—仓，哒—嗒—仓，仓—才—才—才—仓！

任经理：好！太好了！

摄影师：谭老板，哒—嗒—仓，您的锣鼓经啊可是太有韵味啦！我一定拜您为师，向您学锣鼓经。

任经理：好了好了，你先把舌头捋直了再说吧！谭老板，那我就恭候您了！

谭鑫培：好！任经理你放心吧，明儿个头晌我一准带着伙计来扮戏，误不了您的事儿。

任经理：谢谢您了！

谭鑫培：明天见！

任经理：谢谢！

谭鑫培：明儿头晌见！

任经理：谢谢！

（穿上戏装的谭鑫培正在拍电影）

谭鑫培：（唱）适才大战在山坡，一来一往动干戈，魏营打罢得胜鼓，我营为何不鸣锣？

（谭元寿、谭孝增、谭正岩饰黄忠上）

三　人：（唱）这一封书信来得巧，天助黄忠成功劳。站立在营门传令号，大小儿郎听根苗：头通鼓，战饭造；二通鼓，紧战袍；三通鼓，刀出鞘；四通鼓，把兵交。向前个个俱有赏，退后难免吃一刀。三军与爷归营号，到明天午时三刻成功劳。

【字　幕】**京剧歌舞《百年菊圃》**

作　词：张永和

作　曲：陆松龄

编　配：赵石军

编　舞：吴影文

伴　舞：吉林市歌舞团　桦甸市歌舞团

【唱词字幕】

杜镇杰：百年菊圃放眼量，

朱强：姚黄魏紫吐芬芳，

李佩红：文人珠玉女儿唱，

董圆圆：唱遍东西南北腔。

杜镇杰：霸主擎鞭入戏场，

朱强：工农跃起谱宫商，

董圆圆：歌台舞榭传绝响，

李佩红：旧调新曲共辉煌。

合：才人代出逐前浪，薪火相传更昂扬。

杜镇杰：看今朝，多娇江山花尽放，

合：逢盛世，向未来，回眸话旧道沧桑。

【字　幕】　**五　谱新篇**

（主持人上）

鞠　萍：近年来的戏曲舞台上真是好戏连台、新戏叠出、创作繁荣、好看好听。

白燕升：是啊，这古老的戏曲艺术之所以到现在仍然保持着它旺盛的生命力，就在于它从内容到形式上都在不断地发展变化，不断地推出一批优秀的现代戏、新编的历史剧，还有整理改编的传统戏，这戏曲艺术才得以生生不息、代代相传。

鞠　萍：这百说不如一见，接下来还有什么好戏呀？

白燕升：您别着急，马上就到！

【字　幕】**赣剧《还魂后记》选段**

编　　剧：黄文锡

导　　演：刘安琪

唱腔设计：陈烈清

编　　舞：吴影文

演　　员：陈俐饰杜丽娘　沈怀林饰柳梦梅

伴　　舞：吉林市歌舞团　桦甸市歌舞团

演出单位：江西省赣剧院

【唱词字幕】

柳梦梅：丽娘，

杜丽娘：柳郎，

合：慢掖轻扶低声唤，步出泉台，光艳未减，喜月落重生灯再红，舞翩跹，恰似双飞燕。

杜丽娘、柳梦梅：依然是南安太守故园，依然是牡丹亭旧景斑斑。

杜丽娘：斑斑旧景犹在眼，

柳梦梅：情怀判若三年前。

杜丽娘：往日间姹紫嫣红开遍，

柳梦梅：都付予断井颓垣。

杜丽娘：今日啊，花木含情笑容粲，

柳梦梅：此身恰在天上人间。

杜丽娘：往日里梦里幽欢同去远，

柳梦梅：寻梦无边，你伤心自怜。

杜丽娘：今日啊，活生生真切切与郎比肩，又何须为索梦情还去眠。

柳梦梅：昨日，今天，

杜丽娘：眼下，心前，

柳梦梅：花花草草由人恋，

杜丽娘：生生死死随人愿，

柳梦梅：便酸酸楚楚无人怨，

杜丽娘：都应了咱今日月圆人圆。

【字　幕】**川剧《文成公主》选段**

编　　剧：谭　愫

导　　演：刘　芸

唱腔设计：蒋丽芳

配　　器：李　斌

演　　员：刘萍饰文成公主　孙谱协饰松赞干布

演出单位：成都川剧院　成都音乐舞剧院

【唱词字幕】

松赞干布：看箭！小姐伤着哪里没有？

文成公主：适才若非将军搭救，险些被猛虎所伤，深谢了！

松赞干布：看你们打扮莫非是大唐的贵客么？

侍女：她是我们文成公主……的侍女。

松赞干布：侍女？哈哈哈哈！久闻公主精通文史，才华盖世，可惜呀！

文成公主：可惜什么？

松赞干布：可惜至今未能见着公主，不能当面向她表达敬意啊！

文成公主：将军，听说赞普带兵西部平叛，要一年半载才能回来呀！

松赞干布：谁说的？

文成公主：支塞乳恭顿大人。

松赞干布：哦。赞普亲迎公主已到怒江北岸，从无此事！

文成公主：还有赞普给李王爷的亲笔信札。

松赞干布：那信札有假！

文成公主：他是松赞干布！

松赞干布：她是文成公主！

伴唱：心照不宣装糊涂，

文成公主：他年轻英俊，雄姿英发，善解人意，生龙活虎，

松赞干布：她貌若天仙，雍容大雅，通情达理，虚怀若谷。

合：恨小人挑拨离间，偷梁换柱，

文成公主：怪自己偏听偏信，误入歧途，

松赞干布：幸亏今日遇猛虎，

文成公主：初识庐山真面目，此时心儿咚咚像擂鼓，羞答答，喜滋滋，甜蜜蜜，热乎乎，多少话儿想倾诉，为何一时难说出？

伴唱：虽有疙瘩仍未解，

合：求同存异，高瞻远瞩。

（小香玉、朱世慧身穿警服口喊“一二一”同上）

朱世慧：各位首长，

小香玉：各位代表！

朱世慧：我代表全国公安干警，

小香玉：我代表全国的公安战士，

朱世慧：向首长和同志们汇报！

小香玉：给全国人民拜年！

朱世慧：哎，小香玉是你啊！

小香玉：朱世慧，哎！

朱世慧：你怎么穿上这一身了？

小香玉：你怎么也这身打扮？

朱世慧：我呀，调到公安局了！

小香玉：我呀，调到派出所了！

朱世慧：是吗？那你到北京干吗来了？

小香玉：你不知道啊？我们所里出大事啦！

朱世慧：大事儿啊？

小香玉：啊！所长被人抢走啦！

朱世慧：所长被人抢走了，我听着新鲜！

小香玉：真的被人抢走了！

朱世慧：哎，谁这么大胆子？我跟你去，把你们所长抢回来！

小香玉：咳，你弄错了，抢人的人可不是坏人，他们都是好人。

朱世慧：那我跟你说，好人一沾这“抢”字，性质就变了！

小香玉：哎，这可不一样啊！我们那个所长啊他升官调走了，老百姓一听，不乐意他走，所以才把他抢走了！

朱世慧：噢！你这么一说，我明白了，这么说你们的警官呀好人一个！

小香玉：嗯，你说对了！

朱世慧：他要调走，群众不愿意，对不对？

小香玉：对！太对了！

朱世慧：我想起来了，这事啊湖南也有！

小香玉：哎，我怎么听着不太对啊！你原来不是在湖北吗？你什么时候又跑湖南啦？

朱世慧：你看，两湖是一家么！我们湖南有个乡里头，有这么一位年轻的警察，哎哟这好事情干得太多了！先进事迹上了报纸电视。你们所长虽然好啊，可我觉得要比我们那个年轻的警察啊要差点！

小香玉：我听你说了半天哪，我觉得我们所长还是比你那儿的警察好！

朱世慧：那咱就比一比？

小香玉：比一比嘛！

朱世慧：好！先看看我们乡里的年轻警察！

小香玉：再看看我们抢来的警官！

【字　幕】**湖南花鼓戏《乡里警察》选段**

编　　剧：冯　之

导　　演：吴继成

音乐设计：欧阳觉文
司　　鼓：任果明
主　　弦：陈　耀
编　　舞：吴殿成
演出单位：湖南省花鼓戏剧院
演　　员：宋谷饰谭德来　田既安饰刘公安　李小嘉饰南瓜嫂
叶俊武饰老五　凌国康饰老村长

【唱词字幕】

合：上山坡，打哦嗬，打得猪草一箩箩。一箩箩，尽是歌，唱得蚂蚁子树上梭，梭梭梭，梭梭梭，蚂蚁子上树找老婆。

女：哎，婆娘们，你们看！那个谭德来又来了！那捡猪的事啊告不告诉他？

合：哎呀呀！捡猪的事讲不得，讲了出来会惹祸！

谭德来：查猪不出出差错，一朵愁云罩心窝。

女：谭德来，你呀只跟花妹谈，你也跟我们大伙谈谈看哪！

合：标致后生你莫躲，愁眉苦脸做什么，拿起你的照相机，和我们每人照一个！照一个！

谭德来：相机卖给二蛮子，凑钱赔猪才算个男子汉。

合：好小伙！

谭德来：哎，大婶！我正有事要找你们！

南瓜嫂：谭警察，有什么事？

老五：谭警察，我屋里的猪搞清楚了吗？

谭德来：我今天是特地来赔礼道歉的！

南瓜嫂：什么，什么？赔礼道歉？

谭德来：大婶，我们当警察的办错了案子，要我们赔礼道歉，这是你们的合法权益。

南瓜嫂：谭警察，莫赔，莫赔，那我们担当不起。又不要搞什么决议！

谭德来：大婶，你就让我赔个礼！（敬礼）

南瓜嫂：哎！莫敬礼！莫敬礼！我又不是那国旗！

谭德来：那你呀就是国旗！

南瓜嫂：谭警察呀，你真的要赔我的猪？

谭德来：真的要赔猪！

南瓜嫂：老五，这个警察是真的还是假的？

老　五：当然是真的。

南瓜嫂：在那儿数票子，那是个好伢子！哎呀，小谭警察同志，（唱）你们警察也辛苦，抓匪抓盗抓嫖赌，晚上没睡过安稳觉，实在是百姓的好公仆。

谭德来：大婶，这五百块钱请你收下。

南瓜嫂：不，我不要这钱！

谭德来：老五叔，那你就收下！

老　五：不！我不要，我不收！

谭德来：我是真心真意来道歉的，我看你们就是不相信我！钱呀，放在这里。呵呵，你们不要也得要！

南瓜嫂、老五：小谭！小谭！回来！

老　五：走了！我来看看！

南瓜嫂：这是警察的钱！你敢收？

老　五：那字据上写得清清楚楚，为啥不敢收呢？

南瓜嫂：你不怕他拿了你去综合治理！

老　五：那你说怎么办？

南瓜嫂：要是有这五百块钱，我们屋里又能买进两头猪仔，那我们就有四头猪仔，干脆，拿一头猪出来交给派出所！

老　五：碰到鬼了！凭什么要交派出所？

南瓜嫂：蠢家伙，小谭是刚刚毕业的学生，最爱面子了，我们拿一头猪出来，交给派出所，说是捡的，说明小谭没搞错。

老　五：哦，你是讲他给我们钱，我们得给他面子。

南瓜嫂：是呀。船也过得，舵也过得，以后他就不会给我们小鞋子穿了！

老　五：这主意好！

（这时老村长、刘公安过来）

老　五：刘公安，我交猪！

刘公安：什么猪？

老　五：我有头猪是捡的。

老村长：你昨天也不讲？

刘公安：昨天不讲？

老　五：昨天是昨天，今天是今天喽！

南瓜嫂：刘公安哎，小谭同志没搞错，你到了派出所，莫批评他了。

刘公安：噢。来了？赔了礼？赔了多少钱啊？

南瓜嫂：五百块！

老村长：既然没搞错，五百块钱不能收他的。字据上写得清清楚楚，栏里两头猪都要交出来。

老　五：哎呀！坏了！坏了！就是你这个蠢婆娘！出这个馊主意！老村长，我求求你！

老村长：喊人来拖猪。

老　五：拖不得。老村长！

（谭德来进来）

谭德来：老村长，何事？

老村长：小谭，昨天的猪没搞错，老五承认是捡的。

老　五：不是的，不是捡的。

老村长：刚才承认的，又变什么卦了你！

谭德来：老五叔，你不要急，慢慢讲嘛！

老　五：我？南瓜……

谭德来：大婶，到底是怎么一回事么？

南瓜嫂：我，我是为了你！才把自家的猪讲成是捡的。

谭德来：咳，大婶，你又何苦这样做！

南瓜嫂：我，我怕你以后报复！

谭德来：大婶一句话，刺进我心坎儿里，大婶一行泪，好似我亲娘在哭泣。赔礼道歉是诚意，千万不要再猜疑。我当警察为百姓，怎么能反把百姓欺？大婶一语千斤重，促我改掉坏习气。戴正大盖帽，莫要枉穿这身衣。我把这警号抄给你，倘若今后报复你，你就拿它告上级。

南瓜嫂：小谭，我相信你！

众：我们都相信你！

【字　幕】**豫剧《抢来的警官》选段**

编　　剧：张　芳　周明理

导　　演：张　平　王小更

音乐设计：赵国安　尚忠诚

板　　胡：尚忠诚

演　　员：李树建饰李文岭　周春饰葛片长　张金洲饰曹大成

演出单位：河南省豫剧院三团　驻马店市豫剧团

【唱词字幕】

秘　书：开会喽！曹大叔！

曹大成：嗯！我问你，这是第几次第几次集资了？那前年和去年的集资款都干啥用啦？

群　众：对啊！干啥用啦？

群众甲：集了两年资建学校，连个檩条都没见！

曹大成：不把这两年的集资款给大家说说清楚，我们就是不交！

群　众：对！

葛片长：曹大成，你这是扰乱会场！

曹大成：你这是无理摊派！

葛片长：（打手机）派出所吗？我找李所长！杨店有人要闹事，赶快来！

曹大成：葛片长，你别说你给派出所打电话，你就是给县公安局打电话，我也不怕！

群众甲：对！有理走遍天下。

群　众：对！有理走遍天下！

工作人员：哎呀，老曹，你别装愣头青中不中？

曹大成：这不叫愣头青，这叫讲道理！

葛片长：好，讲道理咱到乡政府，县政府里说去！走！

（拉起曹大成就走，群众纷纷来拉回）

李文岭：住手！

葛片长：李所长，你都看到了！还不把他们给抓起来！

李文岭：慢！葛片长，这到底是咋回事啊？

葛片长：曹大成带头不缴集资款，还打乡干部了，这种人非治治他不中！

李文岭：曹大叔，你这么大年纪，应该带头执行上级的规定，你咋能这样呢曹大叔！

曹大成：李所长，为了集资建校，我们交了两次，可是都被他们糟蹋完了。

李文岭：葛片长，这刚才曹大叔说的是不是实情？

葛片长：前年和去年是交过了，可是，那上面来人招待不招待？招商引资跑项目花钱不花钱？

李文岭：葛片长。

葛片长：李文岭，这事你也管？

李文岭：葛片长，你看这不是你让我们来的吗？

葛片长：我叫你对打人凶手、带头闹事的，严厉惩处！

曹大成：李所长，他是片长，我们老百姓连说理的地方都没有。

群　众：咱上县里说理去！走！

李文岭：站住，你们站住！乡亲们，咱冷静一下好不好？（唱）叫大叔你消消气怒火熄，有意见要找片长好好地谈。遇事动不动就越乡上县，怎知道领导也有领导的难！葛片长你读过诗书篇篇，资历深、水平高可不一般；曹大叔可称得英雄好汉，少年时他曾就推车支前。为什么集资建校翻了脸？细琢磨究竟船在哪里翻？党还是当年的共产党，天还是当年这块天。为什么支前的模范满腹怨？有一个信号藏在里边。得民心者得天下，水能载舟也能翻舟。这集资款都是百姓辛勤流汗，分分厘厘包含着乡亲们的辛酸。全村人辛辛苦苦把钱攒，岂能够请客送礼浪费完？乡亲们似黄牛埋头苦干，咱怎能再往他们身上加鞭？

（掌声起，主持人上）

朱世慧：哎呀，小香玉，看来啊，不看不知道。

小香玉：就是，一看全一样。

朱世慧：哎，你们的所长啊，该抢！

小香玉：你们的警官啊真棒！

朱世慧：彼此！

小香玉：一样的！

朱世慧：误会！

小香玉：别再多说了！我还有事呢！我先走了啊！

朱世慧：今儿年三十了，你还有什么事啊？

小香玉：哎哟，你不知道，北京啊有一个胡同，有一个居民想盖一个小房子，结果给邻居拍一板砖，我呀，得去调解调解！就这么着！

朱世慧：那我得打听打听！这挨一板砖的是——他叫什么呀？

小香玉：他叫贫嘴张大民。

朱世慧：哦！

【字　幕】**评剧《贫嘴张大民的幸福生活》选段**

编　　剧：刘　恒　王新纪

导　　演：李六乙
唱腔设计：刘文田
配　　器：李梓厚
主　　弦：张士元
主　　鼓：张剑冰
演出单位：中国评剧院
演　　员：于文华饰云芳　韩建光饰张大民

【唱词字幕】

张大民：云芳，这不是挺高兴的事嘛，你这是干什么呀？

云　芳：（唱）你呆透了，傻透了，你能不够。想起了你顾前不顾后，我就两腿发软心直抽。

张大民：（唱）大血口子翻白肉哇，大夫见了直犯愁。十八针哪，十八针缝得他手直抖，疼得我呀忍不住直吸溜。

云　芳：（唱）古三他若是再狠狠手，只怕阎王要把你留，咱儿子的名字还没起就——

张大民：（唱）你说得我呀！心里头一阵儿阴风嗖。

云　芳：哎，你要干什么？

张大民：（唱）解开绷带你瞅一瞅！

云　芳：不行！

张大民：（唱）瞅瞅这十八针是个啥劲头？

云　芳：不行！

张大民：没事！

云　芳：不行！

张大民：没事！

云　芳：要是感染了怎么办呢？

张大民：其实是这一针没缝，（唱）就一个小口！

云　芳：（唱）你这张贫嘴可真会诌。

张大民：我这人血管丰富，所以这血流着仗义，不信你拆开看看！（唱）他想拿创可贴把我打发走，是我死乞白赖使劲求。那大夫嘴里头唠唠叨叨，唠唠叨叨眉直皱，一口气把我的脑袋上上下下、前前后后、左左右右裹呀裹呀裹呀裹成个大白球！我要是坐那儿再不走哇，他非把我的屁股也裹在里头！就古三他还想跟我斗？

云　芳：（唱）你这人真是不害羞！

张大民：（唱）为了自己的新房！云芳，我发觉这人要学坏，可太容易了！（唱）你怎么也学着莎莎乱哎哟！

云　芳：去你的！

张大民：（唱）哎哟！

云　芳：大民！大民！我看看！

张大民：（唱）哎，云芳，我知道咱儿子该叫什么了？

云　芳：叫什么？

张大民：小树！

云　芳：小树？哎，这名儿好！

张大民：那是！小树，张小树！嘿，儿子，爸叫你哪！爸跟你说话呢！（唱）小树喂，你快点儿长！长大搬进新楼房，房间宽敞又豁亮，这一人能住十平方，十平方。

云　芳：（唱）小树你快点儿长，抽条，展叶，向太阳，向太阳！长得聪明又漂亮，考上大学把博士当，博士当。小树，你快点儿长，

张大民：快点儿长，

云　芳：长大比你爸比你妈强，

合：（唱）对对！比你爸你妈强！

张大民：（唱）为你受累没商量，

云　芳：（唱）为你吃苦赛蜜糖，

合：小树，小树，快点儿长，长成大树做栋梁！希望寄托在你身上，幸福的生活在前方。

【字　幕】　六　会群英

（主持人上）

李　扬：两百年京剧，群英荟萃，名剧名家，层出不穷，青春常在，流派纷呈，多少代的观众以能看名家、听名段为最大的享受。

周　涛：是的，那下面我们就请大家一饱眼福，二饱耳福，静静地听几段大家最喜爱的名家演唱的名段。

【字　幕】**京剧歌舞《太真赏月》**

演　　唱：李胜素饰杨贵妃
音乐编配：张炎培　杨乃林
京　　胡：杨乃林
二　　胡：张炎培
编　　舞：吴影文
伴　　舞：吉林市歌舞团　桦甸市歌舞团

【唱词字幕】海岛冰轮初转腾，见玉兔，玉兔又早东升。那冰轮离海岛，乾坤分外明。皓月当空，恰便似嫦娥离月宫，奴似嫦娥离月宫。

【字　幕】**京剧《范进中举》选段**

演　　唱：张建国饰范进
司　　鼓：李中华
操　　琴：刘铁山
演出单位：中国京剧院

【唱词字幕】耳边厢又听得唤阿牛，小河流水清悠悠。鱼儿摆尾在水面走，香饵空垂不上钩。蝴蝶双双分前后，阴风绕过树梢头。黄莺儿枝头来求友，天宽地阔任自由。我心中只

把圣贤怨，平白无故造谣言。他说了短短一句话，叫我长长作一篇。呕断了心肝无半点，不如投笔学逃禅。

【字　幕】**京剧《谢瑶环》选段**

演　　唱：李维康

作　　词：吴　江

唱腔设计：张炎培

【唱词字幕】岸柳摇曳心欲碎，夕照满湖泪眼迷。为官一点爱民意，百姓报你三春晖。太湖又添新邻里，不着紫袍穿布衣。渔樵冷暖亲体味，皓月下同观看斗转星移。质本洁来还洁去，皓月清风送我归。

（掌声起，主持人上）

李　扬：哎，周涛，有一出戏呢，只是开场戏，被当时还只是娃娃的两位小演员给唱红了，你知道是哪出戏吗？

周　涛：你说的是不是由李万春和蓝月春合演的《两将军》？

李　扬：正是。那么两将军是谁？

周　涛：考我呢？我知道，是三国里的两位将军，张飞和马超。一位由武净扮演，一位由武生扮演，对吗？

李　扬：周涛的京剧知识还挺渊博的。

周　涛：哎哟，您夸我了！

李　扬：据我所知道，很多名家，像高盛麟、李万春这样的大角儿，都勾脸儿演过张飞。

周　涛：那今天咱们这出《两将军》能不能也来个大反串儿？

李　扬：你说对了！今天的《两将军》我们请来的都是大牌的武生，不止是一个两个。哎你瞧，他们来了！

【字　幕】**京剧《两将军》**

演　　唱：王立军　李师友饰马超

　　　　　奚中路　张幼麟饰张飞

司　　鼓：王　威

演出单位：上海京剧院　天津京剧院　北京京剧院

李　扬：你方唱罢我登场，

周　涛：看完武戏看文戏，

李　扬：怎么着还有戏啊？

周　涛：当然了！多着呢！要不然怎么说京剧是咱们国家的国粹呢！观众朋友，您就等着踏踏实实地过把戏瘾吧！

【字　幕】**京剧《春闺梦》选段**

演　　唱：李世济饰张氏

张威饰王恢

操　　琴：唐在炘

司　　鼓：孙艳军

二　　胡：熊承旭

演出单位：中国京剧院

【唱词字幕】被纠缠陡想起婚时情景，算当初曾经得几晌温存。我不免去安排罗衾绣枕，莫负他好春宵一刻千金。原来是不耐烦已经睡困，待我来搀扶你重订鸳盟。

【字　幕】**京剧《贞观盛事》选段**

演　　唱：尚长荣饰魏征

司　　鼓：焦宝宏

操　　琴：尤继舜

演出单位：上海京剧院

【唱词字幕】这奏本是魏征一百三十谏，荐贤才放宫女荷任如山。奏本未必遭祸患，旧帝新皇不一般。玄武门，他赦我留我不计旧怨。在乾清宫，他尊我任我吐真言。他言道，天下万机一人断，虽甚忧劳至善难。为君者节欲尊贤莫轻慢，为臣者坦言争谏才能社稷安。到如今天下升平颂歌听惯，又谁将盛世隐患呈奏君前。眼见得官场流弊乱法典，我怎能木然缄口作壁观。更何况新皇盛誉少检点，我怕只怕奢靡之风酿祸端。劝皇家率先作典范，居安思危，戒奢以俭，陶冶世风警百官。

（主持人上）

朱　军：长江后浪推前浪，

孙晓梅：江山代有才人出。

白燕升：像门前新竹节节儿高，像遍地花蕾含苞待放。

鞠　萍：像薪火相传生生不息，看戏曲舞台更有来者。

朱　军：这就是我们的舞台，这就是我们的戏曲，

孙晓梅：火红的舞台展现火红的未来，

白燕升：将军令吹响了，得胜令唱起来了！

鞠　萍：未来在召唤，奔向新时代！

【字　幕】　**七　传薪火**

【字　幕】**戏曲舞蹈《向未来》**

编　舞：潘玉兰　刘宏林　武立新

表　演：山西小香玉希望艺术学校

【字　幕】**青年京剧联唱**

导　　演：孙振才　张少华

司　　鼓：王　威

操　　琴：王少军

演出单位：北京京剧院

【唱词字幕】

康　静、翟　墨：龙车凤辇进皇城。

张建峰、韩胜存、杨少彭：杨延昭下位去迎接娘来。

常秋月、李海青、吴　燕、张立媛：猛听得旌鼓响画角声震，唤起我破天门壮志凌云。想当年桃花马上威风凛凛，敌血飞溅石榴裙。有生之日责当尽，寸土怎能够属于他人。番王小丑何足论，我一剑能挡百万的兵！

常春生、翟宪忠：嫂娘亲她把那真心话讲，肺腑言感天地荡气回肠。明是非主正义贤良高尚，劝包拯爱黎民永作忠良。深施礼谢嫂娘恩高义广，小弟我放粮回我孝敬嫂娘。

【字　幕】**少儿豫剧《抬花轿》**

编　　导：修正宇

配器指挥：张庭萱

演出单位：河南省南街村希望戏曲学校

演　　唱：赵　爽　于坤龙　贾龙龙　王利强　张广许

【唱词字幕】女：（唱）花轿起三声炮惊天动地。

【字　幕】**少儿秦腔《顶灯》**

编　　导：盛　凯

演出单位：陕西省艺术学校

演　　出：安　妥　王　肖　李　刚

【字　幕】**少儿秦腔《挂画》**

编　　导：杨　娥　李雪兰

演出单位：陕西省艺术学校

演　　出：梁少琴　刘　倩

【字　幕】**少儿京剧联唱**

导　　演：孙振才　张少华

司　　鼓：王　威

操　　琴：王少军

演出单位：北京京剧院　中国戏曲学院附中　北京市戏曲学校

演　　唱：王文端　裘　识　赵　佳　宋诗娴　王梦婷

郑　菲　陈　晨　陆地圆　穆　宇

【唱词字幕】

杨延辉：我和你好夫妻恩德不浅，贤公主又何必礼义太谦，杨延辉有一日愁眉得展，誓不忘贤公主恩重如山。

公　主：讲什么夫妻情恩德不浅，咱与你隔南北千里姻缘。因何故终日里愁眉不展，有什么心腹事你只管明言。

杨延辉：非是我这几日愁眉难展，有一桩心腹事不敢明言。萧天佐摆天门两国交战，我的娘领人马来到北番。我有心回营去见母一面，怎奈我身在番难以过关。

公　主：你那里休得要巧言改辩，你要拜高堂母咱不阻拦。

杨延辉：公主虽然不阻拦，无有令箭怎过关？

公　主：有心赠你金铍箭，怕你一去就不回还。

杨延辉：公主赐我的金铍箭，见母一面即刻还。

公　主：宋营离此路途远，一夜之间你怎能够还？

杨延辉：宋营虽然路途远，快马加鞭一夜还。

公　主：适才叫咱盟誓愿，你也对天就表一番。

杨延昭：昨日里斩八将头挂营外，老娘怎不将慈悲为怀。今日里斩宗保娘把儿怪，哭啼啼坐宝帐所为何来？叫焦赞将宝剑悬挂帐外！

【字　幕】**少儿武戏表演**

演出单位：中国戏曲学院附中　北京市戏曲学校

演　　员：乔羽　谭笑　郝莹　蔡锦超

【字　幕】**尾声：《世纪将军令》**

作　　词：魏子晨

作　　曲：孟庆华

演　　唱：关　怀　刘桂娟

编　　舞：冷明宇

演出单位：上海京剧院　　天津京剧院

吉林市歌舞团　桦甸市歌舞团

【唱词字幕】（全体观众起立齐唱）

合：新世纪发下将军令，新世纪发下将军令，中华儿女再出征。新世纪发下将军令，中华儿女再出征。

关　怀：盛唐史诗不尽兴，

刘桂娟：金山战鼓未了情。

关　怀：南窗才圆百年梦，

刘桂娟：丝路又开万里程。

合：南窗才圆百年梦，丝路又开万里程。

关　怀：八方团聚槐树下，

刘桂娟：千帆竞渡大江东。

关　怀：腾起金凤朝泰顶，压倒鲲鹏下九重。

刘桂娟：腾起金凤朝泰顶，

合：压倒鲲鹏下九重。
关　怀：槐树下，
刘桂娟：大江东，
关　怀：百年梦，
刘桂娟：万里程，
关　怀：朝泰顶，
刘桂娟：下九重，
关　怀：惊世界，
刘桂娟：更恢宏。
众：新世纪发下将军令，青山绿水也奔腾，山呼海啸惊世界，且看未来更恢宏。

（掌声起，主持人上）
李　扬：一夜连双岁，五更分两年，
周　涛：好戏连台时，举步入蛇年。
朱　军：昨夜好戏尤绕梁，睁眼已是又一春。
孙晓梅：龙年听罢得胜令，又敲新春急急风。
白燕升：除夕的祝愿正在变成今天的现实，
鞠　萍：祝大家阖家欢乐，新春快乐！
众主持人：天天快乐！年年快乐！健康幸福！圆圆满满！

【滚屏字幕】
总 策 划：高建民　苏　峰
策　　划：杨晓雄　张永和　魏子晨　李浩天
　　　　　王志军　谢桂昌　李纯博
总 导 演：谢桂昌　李纯博
撰　　稿：杨晓雄
艺术指导：张永和　魏子晨
导　　演：李浩天　赵德芝
副 导 演：陈荣霞　赵永红　叶剑新
节目协调：段大雄
摄　　像：屈　扬　魏秀志　刘　艺　于嘉琪　谭　军　王　炼
　　　　　陈　磊　任　波　张　威　刘洪波　温宏年
导演助理：李德志　辛　红
音乐监制：李秀增
音乐录音：王　恒　郝　刚
舞美设计：吕金明　吴德会
灯光总设计：袁　骏
灯光设计：徐　波　侯如喜　李小兵

制　　片：田广和　陈兰吉　孙志林　魏道胜
制片主任：郝宝智
制 片 人：尹希元
监　　制：胡　恩　李晓明
总 监 制：赵化勇

（编撰　章新强）

2002年中央电视台春节戏曲晚会

开场（掌声起）
【字　幕】**京韵大歌舞《喜洋洋》**
　　作　词：魏子晨
　　作　曲：姚　明
　　导　演：孙桂元
　　编　舞：吴影文　王鹏远　冷明宇　谷雪莹　曲子千
　　伴　舞：吉林市歌舞团　桦甸市歌舞厅
　　演　唱：李海燕　于　兰　杜镇杰　朱　强
　　　　　　魏积军　安　平　翟　墨　郭跃进
【唱词字幕】
女　声：满天喜字吉星亮。
合　唱：满天喜字吉星亮，十万雪山换唐装，一脚踏进大世界，铿锵腾起更辉煌。
（插入各行各业在2001年取得的成就画面）
（插入梅葆玖、李世济、尚长荣、李慧芳致春节祝福辞）
朱　强：卧龙借东风，
李海燕：贵妃舞霓裳。
安　平：铁面开封府，
郭跃进：好人武大郎。
李海燕：五千年神韵入国粹，
郭跃进：留下了赏心乐事牡丹王。
李海燕：你也喜洋洋，
安　平：我也喜洋洋，
朱　强：大家喜洋洋，
合　唱：喜洋洋！
（插入袁雪芬、谷文月、茅威涛祝福辞）
杜镇杰：东方夫子调，

魏积军：西部大秦腔。

于 兰：江南唱梁祝，

翟 墨：塞北说潘杨。

于 兰：五十六个民族齐欢唱。

魏积军：孔雀开屏玉生香。

于 兰：你也喜洋洋，

魏积军：我也喜洋洋，

杜镇杰：大家喜洋洋，

合 唱：喜洋洋！

（插入旅法华侨、新加坡戏迷、澳大利亚戏迷致祝福辞）

杜镇杰：风云看世界，

魏积军：日月照东方。

于 兰：气如泰山稳，

翟 墨：情比黄河长。

于 兰：天涯海角小圆场，

魏积军：京胡一把系炎黄。

于 兰：你也喜洋洋，

魏积军：我也喜洋洋，

杜镇杰：大家喜洋洋，

合 唱：喜洋洋！

合 唱：辞旧不忘香雪海，开拓迎新桃花江。新世纪江花红似火，火中飞出金凤凰。你也喜洋洋，我也喜洋洋，父老乡亲喜洋洋，中华民族喜洋洋，喜洋洋，喜洋洋。

（掌声起，主持人上）

白燕升：中国为世界奏响了玫瑰铿锵，

鞠 萍：人民为中国打下了千古辉煌。

朱 军：改革为人民送来了春光荡漾，

孙晓梅：戏曲为改革唱火了龙凤翱翔。

李 咏：祝愿所有的朋友们都能将好运进行到底，地里为你们钻出个珍珠塔，天上为你们掉下来锁麟囊！

白燕升：好！亲爱的观众朋友们，除夕之夜合家团聚喜洋洋！

鞠 萍：除夕之夜全体健康喜洋洋，

朱 军：除夕之夜万事如意喜洋洋，

孙晓梅：除夕之夜安乐吉祥喜洋洋，

李 咏：祝所有的朋友马年出门喜洋洋！

白燕升：亲爱的观众朋友们，2002 年中央电视台春节戏曲晚会已经奏响了——

众 人：辉煌的乐章！

【字　幕】**京剧《双投唐》选段**

琴　　师：燕守平

鼓　　师：冯洪启

演　　员：邓沐玮饰李密　关栋天饰王伯党

演出单位：天津京剧院　上海京剧院

【唱词字幕】

李　密：这时候孤才把这宽心放，王贤弟你因何脸带惆怅?

王伯党：你杀那公主为了何故，忘恩负义所为哪桩?

李　密：昨夜晚在宫中饮琼浆，夫妻们对坐叙叙家常。孤把那好话对她讲，谁知贱人发癫狂。大丈夫岂容妇人犟，因此拔剑斩河阳!

王伯党：闻言怒发三千丈，太阳头上冒火光。可叹三十六员将，东逃西奔各一方。单单剩下王伯党，大胆保你来降唐。忠义二字你不讲，看起来你是个无义王。

李　密：贤弟把话错来讲，细听孤王说比方。昔日里韩信谋家邦，

王伯党：未央宫中一命亡。

李　密：毒死了平帝是王莽，

王伯党：千刀万剐无下场。

李　密：李渊也是那臣谋主，

王伯党：他本是真龙下天堂。

李　密：讲什么真龙下天堂，孤王看来也平常，此番借来兵和将，带领人马反大唐。唐室的江山归孤掌，封你一字并肩王。

王伯党：说什么一字并肩王，羞得王勇脸无光。人心不足蛇吞象，好似黄雀斗螳螂。任你点动千员将，雪霜焉能见太阳!

李　密：错赖孤王性鲁莽，君臣一路好商量，李密打马朝前闯，

王伯党：王伯党错保这无义的王。

【字　幕】**京剧《四郎探母》选段**

琴　　师：张素英

鼓　　师：李朝阳

演　　员：李维康饰铁镜公主　耿其昌饰杨延辉

演出单位：中国京剧院

【唱词字幕】

铁镜公主：呀!听他言吓得我浑身是汗，十五载到今日才吐真言。原来是杨家将把名姓改换，他思家乡想骨肉不得团圆。我这里走向前再把礼见，驸马!尊一声驸马爷细听咱言，早晚间休怪我言语怠慢，不知者不怪罪，你的海量放宽。

杨延辉：公主呵!我和你好夫妻恩爱不浅，贤公主又何必礼仪太谦。杨延辉有一日愁眉得展，誓不忘贤公主恩重如山。

铁镜公主：讲什么夫妻情恩德不浅，咱与你隔南北千里姻缘。因何故终日里愁眉不展，有什么心腹事你只管明言!

杨延辉：非是我这几日愁眉不展，有一桩心腹事不敢明言。萧天佐摆天门两国交战，老娘亲押粮草来到北番。我有心回宋营见母一面，怎奈我身在番远隔天边。

铁镜公主：你那里休得要巧言改辩，你要拜高堂母我不阻拦。

杨延辉：公主虽然不阻拦，无有令箭怎过关？

铁镜公主：有心赠你金钑箭，怕你一去就不回还！

杨延辉：公主赐我的金钑箭，见母一面即刻还！

铁镜公主：宋营离此路途远，一夜之间你怎能够还？

杨延辉：宋营虽然路途远，快马加鞭一夜还。

铁镜公主：适才叫咱盟誓愿，你对苍天与我表一番！

杨延辉：公主教我盟誓愿，双膝跪在地平川，我若探母不回转，

铁镜公主：怎么样啊？

杨延辉：黄沙盖脸尸不全。

铁镜公主：言重了！一见驸马盟誓愿，咱家才把心放宽。你到后宫巧改扮，盗来令箭也好出关！

杨延辉：一见公主盗令箭，不由本宫喜心间，站立宫门叫小番——备爷的千里战扣连环，爷好过关！

（主持人上）

鞠　萍：马年到了，人欢马叫，大人迎接新挑战，娃娃唱起《马儿谣》。

【字　幕】**少儿京歌《马儿谣》**

作　词：魏子晨

作　曲：许　多

配　器：孟庆华

导　演：于春仪

表　演：北京蓝天幼儿艺术团　北京市东城区少年宫

【唱词字幕】马年到，到马年，马年的日子好撒欢。好撒欢呀好撒欢，拿什么贺岁把礼献，咱为马年做马鞍。对！咱为马年做马鞍，再送一条小马鞭。红鬃马，万花山，木兰从军去边关。珊瑚打个马鞍好，橄榄枝配上红杜鹃，红杜鹃。白龙马，玉门关，唐僧取经上西天。绸缎扎个马鞍好，观音柳配上白牡丹。黄骠马，好汉鞍，乌骓烈马霸王鞭。哎，我的竹马怎么办啊？好办，摘一个月亮弯弯座，捋一串，一串北斗七星鞭。马年到，到马年，马年的日子好撒欢。好撒欢呀好撒欢，拿什么贺岁把礼献，咱为马年做马鞍，咱为马年做马鞍。对！再送一条小马鞭。马年到，到马年，马年的日子好撒欢。爷爷奶奶叔叔阿姨快上马，坐稳了马鞍扬起了鞭。跨上咱的小竹马，万马奔腾跑向前，万马奔腾跑向前，跑向前！

（掌声起，主持人上）

朱　军：2001年的5月18号联合国教科文组织首次宣布了世界文化遗产及人类口头和非物质遗产代表作的名单。哎，晓梅，你知道我们的什么剧种荣登榜首了呢？

孙晓梅：我知道，是昆曲。昆曲就是起源于我国江苏昆山一带的昆山腔，所谓“南昆北弋东柳西梆”的“南昆”是也！

朱　军：说的太对了！真正的阳春白雪，应该说，没有足够的文化底蕴还真难领略它其中的妙处！

孙晓梅：是啊！在现代化的社会环境下，就让我们一起像《牡丹亭》当中的杜丽娘一样，去感受一下古典的春韵吧！

【字　幕】**昆曲《牡丹亭》选段**

编　　舞：吴影文

演　　员：沈轶丽饰杜丽娘　倪泓饰春香

伴　　舞：吉林市歌舞团

演出单位：上海昆剧院

【唱词字幕】原来姹紫嫣红开遍，似这般都付予断井颓垣。良辰美景奈何天，便赏心乐事谁家院！朝飞暮卷，云霞翠轩，雨丝风片，烟波画船，锦屏人忒看的这韶光贱！遍青山啼红了杜鹃，荼蘼外烟丝醉软。那牡丹虽好，他春归怎占的先！闲凝眄，生生燕语明如翦，听呖呖莺声溜的圆。

【字　幕】**越剧《早春二月》选段**

作　　词：薛允璜

作　　曲：梁国祥

编　　舞：何少伟

演　　员：萧雅饰萧涧秋

伴　　舞：孙晓娟　汪子涵

演出单位：中国歌剧舞剧院

【唱词字幕】文嫂啊！莫让悲哀堆成愁，莫叫绝望缠心头，且化解千痛万苦，来日方长可筹谋，儿子没了女儿在，母女相依可分忧。天下路全靠自己走，命运握在自己手。织布浆洗可养家，采桑养蚕能糊口。熬过寒冬春已到，苦尽甘来自古有。说到底，总该好好活下去。无路走，还可改嫁觅佳偶，如今不信终生守，找一个可靠男人，相知相爱到白头。

（插入张学津、叶少兰、李维康、欧阳中石、何祚庥、杨澜、李长春、钟瑞、宋世雄祝福辞）

【字　幕】**戏歌·服饰·特技组合**

《梨园奇葩》

作　　词：阎　肃

作　　曲：姚　明

导　　演：孙桂元　管德旺　祝慧洳

演　　唱：陈真治　杭天琪　巩汉林

演出单位：中国京剧院　北京京剧院　山西晋剧院
成都市川剧院　吉林市歌舞团　中国广播艺术团
陕西省戏曲研究院　新丝路模特经纪有限公司

【唱词字幕】

合　唱：外国人把那京戏，叫做 Beijing Opera。没见过那五色的油彩，愣往脸上画啊。“四击头”一亮相，美极啦，妙极啦，简直 OK 顶呱呱！

杭天琪：蓝脸的窦尔墩盗御马，红脸的关公战长沙，黄脸的典韦，白脸的曹操，黑脸的张飞叫喳喳！

合　唱：外国人把那京戏，叫做 Beijing Opera。没见过那五色的油彩，愣往脸上画。“四击头”一亮相，美极啦，妙极啦，简直 OK 顶呱呱！

巩汉林：紫色的天王托宝塔，

陈真治：绿色的魔鬼斗夜叉，

巩汉林：金色的猴王，

陈真治：银色的妖怪，

合　唱：灰色的精灵笑哈哈……

合　唱：外国人把那京戏，叫做 Beijing Opera。没见过那五色的油彩，愣往脸上画。“四击头”一亮相，美极啦，妙极啦，简直 OK 顶呱呱！一对对鲜明的鸳鸯瓦，一群群生动的活菩萨，一笔笔勾描，一点点夸大，一张张脸谱美佳佳。

（戏曲时装表演）

变　脸　赵建荣

变胡子　陈而刚

变服装　张文明

水　袖　冯艳丽　李君梅等

吐　火　任晓蕾　谭天杏　段桂珍等

翎　子　李红梅

翅　子　武凌云

（掌声起，主持人上）

白燕升：朋友们，欣赏完了热烈火爆的梨园奇葩，接下来我们再进入一个清新儒雅的境界。我要为大家请出的是，京剧奚派名票、我国著名的书法家欧阳中石先生，为您带来一段与马有关的名剧——《秦琼卖马》的精彩片段。

【字　幕】**京剧《秦琼卖马》选段**

琴　　师：燕守平
鼓　　师：冯洪启
演　　唱：欧阳中石
演出单位：首都师范大学

【唱词字幕】站立店中用目洒，不由得叔宝怒气发。明明认得他是响马，江湖路上我也曾会过他。骂一声贼子真胆大，杀人放火海走天涯。今日里相逢在潞州天堂下，无有批票怎敢拿？眼前若在历城县，定要将他锁拿到公衙。板子打，夹棍夹，看他犯法不犯法。减头去尾耍一耍，倒叫二公取笑咱。

（掌声起，主持人上）

李　咏：各位马年吉祥，过年好！大伙儿这是戏曲晚会，正听着看着在兴头儿上，我这么出来是不是突然了点啊？打扰不打扰你们啊，啊？

众　人：好！

李　咏：好，既然大伙儿这么一说，我心里就踏实多了。我得先问问，我是谁？

众　人：李咏！

李　咏：回答错误！外行了不是！我呀，姓李这没错，原名，俩字！盛咏！这个事我还从来没有告诉过别人，李盛咏。我是富连成坐科啊，喜连富盛世元韵，我排盛字辈，而且还是大盛字辈呢！裘盛戎先生大家都知道吧，知道吗？

众　人：知道！

李　咏：盛戎那是我师哥！哎，大伙儿别笑！你们还真别不信！这个，说老实话我以前还真学过戏，一开始我是学唱花脸，（大伙起哄）听我说完！花脸不要勾脸吗，一勾上，师父说不行！我说为什么不行呢？师父说你脸儿太瘦，而且皮儿又太厚，改旦角。行，唱旦角！唱旦角也得扮上啊！一扮上，师父说还是不行，我说为什么不行呢？没法贴片子啊！怎么就不能贴片子啊？脸太长！（观众大笑）改老生，师父说，老生啊得要亮亮嗓子！你先给我亮亮嗓子！我说得！亮亮嗓子！一唱，荒腔走板不着调。师父特着急，差点儿去撞墙。后来师父把我打入武戏，我仅仅用了三年，俩脚就没离开过地面。说句老实话，我是真学了，可惜呢我没那天份。但是有一样事我特别聪明，不用学，天生就会！估计有个别朋友已经猜出来了！哎！做好人好事，我给大伙儿送东西！难得大过节这么多观众，我今天还真备了点东西，现在送，成不成？

众　人：成！

李　咏：注意哈，我现在就说游戏规则。待一会儿，先是急急风，然后演员四击头一亮相之后，各位就可以介入游戏。什么游戏呢？挑错儿，不难啊。这错儿呢就出在演员身上，有大有小，从头到脚。但是我得事先说明，这个错儿跟演员脸上长没长疙瘩、长不长包，脚穿多大码的鞋子，两只眼睛离得是远是近，是大是小，没什么关系。全是戏曲元素，关键是谁挑到什么错误，指出来，我立刻从演员身上下家伙，东西我当场送给你们，成不成？

众　人：成！

李　咏：好！全看你们平时的经验，和今天的眼力劲儿，准备好了吗？

众　人：好！

李　咏：好！第一出，仔细瞧啊，全看你们的眼力劲儿，《战马超》！

【字　幕】**开心锁**

【字　幕】**猜猜看——《战马超》**

表　　演：李师友饰马超　翟岗饰张飞

演出单位：北京京剧院

李　咏：这出戏演完了，现在他们两个人身上其实都有错，究竟是错在哪儿？各位，准备啊，踊跃举手来猜啊！开始挑！踊跃举手！

观　众：张飞的盔应在这边！

李　咏：张飞的盔出问题了？您看得不对！继续！这位先生！

观　众：马超的全部是白靠，白头盔！

李　咏：正确！这位先生挑的是对的。马超的靠绸啊应该是白色的，没错儿，因为马超是为父守孝。在戏中这个靠绸或者是白的，或者是黑的，马超是个大孝子。来，解下来！来，送给你！

观　众：谢谢！谢谢大家！

李　咏：怎么称呼您？

观　众：侯同志！

李　咏：祝侯同志马年愉快！继续挑！

观　众：张飞的胡子应该是露嘴的。我不知道怎么称呼啊，他这没有露嘴。

李　咏：对对！张飞应该是戴扎而不是满。你过来！这个满你戴上，现场我们看看！好！谢谢！这个大家伙儿可能从来没有见过张飞年轻时候的模样吧？为什么给张飞戴满呢？是故意的，桃园三结义之后呢，就数张飞事儿多，活也干了，功也立了，就爱唠叨，爱发牢骚，所以专门给他戴满，给他嘴堵住。好，现在呢，刚才马超的靠肩已经有观众猜出来了，张飞的满也猜出来了，大家伙儿再继续观察一下。来，急急风！（场上演出）好！现在继续挑！

观　众：张飞的裤子是黑的！

李　咏：正确！等着啊！张飞把腿伸出来！这位朋友猜对了，张飞应该穿的是黑绸裤，但是现场当这么多观众的面，虽然是指什么送什么，咱们总要给张将军一点面子好不好？这位观众朋友，待会儿晚会结束以后，您到后台找我，我去帮你找张飞，找张飞要这条裤子！你爱穿哪儿就穿哪儿！行不行？

观　众：（举手示意）

李　咏：好！谢谢！还有两处错误，继续！

观　众：张飞的盔头不对！应该是黑绒球的。

李　咏：也回答不够准确，继续！马超不应该戴扎巾，应该是马超盔。过来！把这扎巾给卸了，如果不是票友的话，看着马超戴着扎巾，好像还挺顺眼。您这么看，怎么看怎么像店小二啊？谢谢！好！还有一处最明显的错误！你说张飞这丈八蛇矛的缨子应该是黑缨子，而不应该是红缨子。过来！你说这张飞，我刘备刘大哥老早就说过，他大意，他大意，三国的时候我年纪小，我不知道大意是什么结果，今天我可知道大意的结果，来的时候就叫你扎黑缨子，为什么扎成红缨子，啊？好，仗还没打呢，先把矛给下了啊！张飞的丈八蛇矛应该是黑缨子，而不应该是红缨子，这个丈八蛇矛。怎么称呼？

观　众：高翔云。

李　咏：高女士！送给您！好！这个游戏估计过去从来在春节戏曲联欢晚会当中呢，没有玩儿过，好玩儿吗？

众　人：好玩儿！

李　咏：还想继续吗？

众　人：想。

李　咏：有很多的好演员都在后台吊嗓子，待会儿要准备上台。我怕再耽误时间他们吊着吊着把嗓子给吊哑了。我刚好呢，给我点时间，我去准备一下，各位，待会儿见！谢谢二位！

【字　幕】《洋腔京韵》

编　　剧：丁广泉　赵德芝

导　　演：孙桂元　赵德芝

演　　员：李霁霞（法国）　恩卡迪（摩洛哥）

阿努拉（斯里兰卡）　伊丽莎白（俄罗斯）

演出单位：中国京剧院

【字　幕】

丁广泉：民族文化传四海，

孙晓梅：皮黄唱得门户开，

鞠　萍：锣鼓引来洋票友，

丁广泉：角多戏少怎安排？

丁广泉：我说鞠萍、晓梅，咱们可惹了大娄子了！

两　人：怎么了？

丁广泉：就我那帮洋徒弟，个个都是洋戏迷啊。他们都争着要来参加中央电视台的春节戏曲晚会，叫谁去，不叫谁去啊。

鞠　萍：哎，丁老师，捡好的去呗！

孙晓梅：是啊！

丁广泉：荒腔走板不搭调，他哪有好的啊！

鞠　萍：那倒也是，这徒弟啊随师父的。

丁广泉：这叫怎么说话呢？再怎么着，我也比他们强啊！

恩卡迪：打住！

李霁霞：得！

恩卡迪：别拿萝卜不当鲜货！

李霁霞：别拿豆包不当干粮！

阿努拉：别拿土地爷不当神仙！

伊丽莎白：别拿土鳖不当药材！

丁广泉：听见了吗，这都叫什么词。

恩卡迪：京剧是瑰宝，它不仅属于中华民族，

李霁霞：对，更属于全世界！全人类！

阿努拉：我们学京剧，

伊丽莎白：热爱京剧。

丁广泉：得了得了，看出来了没有，他们可要造反啊！

孙晓梅：我呀，看出来了，这洋腕儿发起角儿脾气，更不好对付！

丁广泉：谁说不是呢！

鞠　萍：好了好了，这样丁老师！

丁广泉：怎么呢？

鞠　萍：干脆就让他们都去吧！还有——晓梅啊，我们俩也跟着凑凑热闹！

孙晓梅：是啊！

丁广泉：行行行，好吧！

孙晓梅：那谁先来啊？

丁广泉：咱们这么着吧，咱们先看一段洋李铁梅和洋李玉和怎么样？

二　人：好！

孙晓梅：在哪儿呀？

丁广泉：别着急，我叫去！哎！我说丫头，丫头，快出来吧！看见了没有？这唱得那可好听着呢！

【字　幕】**京剧《红灯记》选段**

表　演：董沫寒（爱尔兰）

【唱词字幕】好闺女！提篮小卖拾煤渣，担水劈柴也靠她。里里外外一把手，穷人的孩子早当家。栽什么树苗结什么果，撒什么种子开什么花！

【字　幕】**京剧《红灯记》选段**

表　演：刘加达（意大利）

【唱词字幕】奶奶，您听我说！我家的表叔数不清，没有大事不登门。虽说是，虽说是亲眷又不相认，可他比亲眷还要亲。爹爹和奶奶，齐声唤亲人，这里的奥妙我也能猜出几分。他们和爹爹都一样，都有一颗红亮的心！

【字　幕】

丁广泉：怎么样，有味儿吗？

鞠　萍、孙晓梅：太棒了！

鞠　萍：我说丁老师，您这洋学生唱得这么好啊，我呀给他们来段包饺子！

丁广泉：包饺子？

鞠　萍：对呀，过年了呀！我抻抻我的嗓子，抖了抖了我的膀子，你们听着！

丁广泉：来着！

【字　幕】**京剧《白毛女》选段**

演　唱：鞠　萍

【唱词字幕】爹爹东奔又西颠，卖豆腐赚了几文钱。集上称来了二斤面，包饺子过个年，欢欢喜喜过个年啊！

丁广泉：太有意思了！我说鞠萍，过年了，又包饺子，又看电视，那可是咱老百姓的一件美事啊！

鞠　萍：那接下去呢？

孙晓梅：该谁了？

丁广泉：咱们这么着吧！咱们听一段洋苏三，怎么样？

众　人：好！

丁广泉：我说苏三哪，咱们起动啊！

【字　幕】**京剧《女起解》选段**

表　演：玛丽娜（亚美尼亚）

【唱词字幕】苏三离了洪洞县，将身来在大街前。未曾开言我心好惨，过往的君子听我言。哪一位去往南京转，与我那三郎把信传，就说苏三把命断，来生变犬马我就当报还！

丁广泉：好好好！我说怎么样这个？哎哎哎，我说苏三，起来吧，起来吧，别老跪着了啊！

孙晓梅：丁老师，您听我用英文给您来一遍？

丁广泉：你英文唱来演一遍？哎哟，那可太好了！

【字　幕】**京剧《女起解》选段**

演　唱：孙晓梅

（用英语演唱）

丁广泉：唱的是真不错，不过你这嘀里咕噜嘀里咕噜我是一句没听懂。我说几位，我看咱们今儿个就到这儿吧！你看看，现在中央电视台戏曲晚会马上就要开始了，咱们得赶紧赶过去！

孙晓梅：那怎么去啊？

丁广泉：没关系！咱们京剧就是夸张写意，以鞭代马，以桨代船，四个龙套就是千军万马，台上转一圈，那就是千八百里。明年又是马年，我看哪，咱们大家伙儿都骑马去！

众　人：好！

丁广泉：众将官！

众　人：有！

丁广泉：与我——

众　人：连营分队，前纛高张朱雀旗，弓刀簇拥列戎衣，万骑城南战胜归，试看三吴豪杰有谁？

（掌声起，主持人上）

李　咏：听到这个熟悉的声音，大伙儿是不是觉得特亲切？然后再看到大方的李盛咏，是不是有种见到亲人一般的感觉？好！电视机前的各位观众，你们正在收看的是中央电视台2002年的马年春节戏曲晚会，热烈欢迎你们的收看和看望。为什么这么说呢？因为梨园里有一句俗话叫“宁穿破，不穿错”，刚才我们现场做了个游戏，由观众来挑错，错儿都出在演员身上，挑到什么错，东西呢，我当场送出，而且绝不食言。那现在大伙儿再张扬一下自己的眼力，激荡一下自己的脑力，凭借自己平时的经验，来看看第二出，来！《扈家庄》！

【字　幕】**开心锁**

【字　幕】**猜猜看——《扈家庄》**

表　　演：主沉浮饰扈三娘　景宝琪饰李逵

演出单位：北京京剧院

李　咏：好！这是扈家庄庄主的三闺女扈三娘，这是李逵，现在他俩身上都有错，错在哪儿？开始挑！我拣个近点的朋友，这位朋友！

观　众：李逵应该拿斧子吧！

李　咏：您跟我来！既然让现场的观众发现了，那这双刀咱就得送给人家，现场就下刀啊！来，这位观众，这两刀我就给您了！两刀够不够？不行的话我叫后面孩子再送您两刀！够了啊！一会儿改开刀了！谢谢！恭喜你！（转向李逵）李逵这架还没打呢，手里的家伙给下了，咱不能双手空着，怪难受的？你先帮我拿一下话筒，我给您寻俩痒痒挠，老头乐，（从身后拿出俩家伙）您先凑合着使，好吗？

观　众：这怎么使啊？

李　咏：您爱怎么使怎么使了，谁让您给拿错了！还有没有错？那位！

观　众：女的那枪！

李　咏：扈三娘的家伙儿错了，对吗？

观　众：画戟。

李　咏：哎，过来！扈三娘这个角色在很多场合有使过刀，有使过枪，也使过戟，但绝对没有使过棍，三娘，不好意思啊，这棍我就得送给这位观众了！（向猜对的观众）来，当着您的面给您，这在棍法上叫做明棍！背过身去！这在棍法上叫闷棍！谢谢！好，扈三娘这棍下了之后手里得有家伙啊！（从台上捡起一铲子）一炒菜的铲子。这扈三娘也是女同志啊！过春节，放假，在家里可以练练手艺，伺候伺候老公。现在不都说吗，要想拿住老公的心，先得拴住老公的胃。来，急急风，继续！

（两位演员继续表演）

李　咏：这个很不好意思，二位啊！那没办法，你们上台来就把家伙给拿错了，咱观众朋友们眼尖给挑出来，就得送给人家！还有错，继续挑！来，这位朋友！

观　众：扈三娘不应该戴这穗的，应该戴翎子。

李　咏：不，您再仔细看看，扈三娘现在戴的是七星额子。

观　众：不对！

李　咏：对！扈三娘应该戴蝴蝶盔，戴翎子。（给观众戴七星额子）得，您怎么称呼？

观　众：我姓范，叫范淑云。

李　咏：范大姐，您今年多大年纪了？

观　众：五十三。

李　咏：您让大伙儿看看，多像一新娘子啊！恭喜您，范大姐。继续，还有一处错误！

观　众：（指李逵）他这个，应该穿靴子吧？

李　咏：李逵应该穿厚底的皂靴，李逵这一辈子都没穿过这薄底儿的鞋子。不过这位大姐，咱们商量商量行吗？您说这大过节的，现场把鞋子给下了送给您，咱们不兴这个。待会儿也是，您到后台，我给您备了一双新的，好吗，您看？好，谢谢！李逵，差一点啊！刚才送出去不少东西，大家伙儿参与性很强，很踊跃，这点我很高兴。不过纵然刚才的东西不错，你们绝想不到，我还有更好、看家的是什么？来！上大靠！

（扎大靠的演员上台）

李　咏：看看多漂亮的一副大靠啊，待会儿谁的眼睛雪亮，谁的经验丰富，这副大靠，当然我只说大靠，不包括人哦，这副大靠我当场就送给他！现在大伙儿没一人正眼瞧我，全看这大靠呢哈。（向演员）谢谢，要不，您先歇会儿行吗，谢谢！我早知道，我穿着大靠上来了！还有一出，这出戏是《盗库银》，各位要仔细地瞧，看一看究竟错在哪儿？如果你们指出的错误是正确的话，如果你们的回答是正确的话，这副大靠我当场送给你！来！第三出，《盗库银》！

【字　幕】**开心锁**

【字　幕】**猜猜看——《盗库银》**

表　　演：张淑景饰青蛇

演出单位：北京京剧院

伴　　奏：北京京剧院乐队

李　咏：这出《盗库银》，究竟错儿在哪儿，大伙仔细想。

观　众：她穿的是男靠，不是女靠。

李　咏：回答错误！继续！

观　众：青蛇使的应该是双剑！

李　咏：谢谢，回答错误！继续！有吗？

观　众：应该是两个旗，不是四个旗！

李　咏：回答错误。

观　众：她穿的道袍是尼姑式的。

李　咏：回答错误！继续！

观　众：（比画帖子）

李　咏：回答错误！继续！这位老爷子！

观　众：她不应该使双枪。

李　咏：对不起，回答错误，继续！这位，这位，我刚才看他，举半天手又放下，放下又举起来，举起来又放下，我还就逮着您了，来！请问您怎么称呼？

观　众：马。

李　咏：马先生，您看这出《盗库银》哪儿有错误？

观　众：我刚才仔细看了半天哪，没错！

李　咏：待会儿大伙儿做个证啊！马先生说没错！马先生如果您回答错误的话，您可记好了，您可得给我一大靠！如果您回答正确了，这大靠我就给您！这个局咱们就设下了，大伙儿帮帮他的忙，这出《盗库银》究竟有错没错？

观　众：没错！

李　咏：大声说，有错没错？

观　众：没错！

李　咏：有错没错？

众　人：没错！

李　咏：这都是您带的人马！这出戏您看过没？

观　众：看过。

李　咏：咳，正确答案——没错！来，这副红色的大靠，马先生，送给您！得，这大靠算是发出去了，我的心里也就踏实了。我再次提醒啊，刚才猜中靴子的这位女士，还有裤子的那位男同志，别忘了晚会结束以后到后台来找我，我去给你们要！再次感谢各位的光临和收看，祝大家马年吉祥，继续收看2002年马年春节戏曲晚会，再见！

（主持人上）

白燕升：票房的多少是衡量京剧兴衰的一个标志，

鞠　萍：票友的冷热是京剧起伏的一个象征。

白燕升：近年来，票友活动是越办越火，

鞠　萍：票友的戏是越唱越红，

白燕升：是啊，从外交官到铁道系统职工，从卫生界、金融界到高校大学生，从八十岁的老者到幼儿园的儿童，

鞠　萍：都钟情国粹，投身于它的振兴。

白燕升：我们透过这火红的表象可以看到它深厚的文化背景，

鞠　萍：中国人正以博大精深的民族精神塑造自己的精灵。

【字　幕】**京剧《沙家浜》选段**

表　　演：刘小源饰刁德一

马凯饰胡传魁

刘山丽饰阿庆嫂

演出单位：北京京剧院　中国京剧院　北京市东城区少年宫

【唱词字幕】

胡传魁：你问的是她？（唱）想当初老子的队伍才开张，拢共才有十几个人七八条枪。遇皇军追得我晕头转向，多亏了阿庆嫂，她叫我水缸里面把身藏。她那里提壶续水，面不改色，无事一样，哄走了东洋兵，我才躲过了大难一场。似这样救命之恩终生不忘，俺胡某讲义气终当报偿。

阿庆嫂：胡司令，这么点小事儿，您别净挂在嘴边上。那我也是急中生智，事过之后，您猜怎么着？我呀，还真有点后怕呀！

阿庆嫂：参谋长，烟不好，请抽一支啊！胡司令，抽一支！

胡传魁：来一支。

刁德一：（唱）这个女人不寻常！

阿庆嫂：（唱）刁德一有什么鬼心肠？

胡传魁：（唱）这小刁一点面子也不讲！

阿庆嫂：（唱）这草包倒是一堵挡风的墙。

刁德一：抽烟！

胡传魁：人家不会，你干什么！

刁德一：（唱）她态度不卑又不亢。

阿庆嫂：（唱）他神情不阴又不阳。

胡传魁：（唱）刁德一搞的什么鬼花样？

阿庆嫂：（唱）他们到底是姓蒋还是姓汪？

刁德一：（唱）我待要旁敲侧击将她访。

阿庆嫂：（唱）我必须察言观色把他防。

刁德一：阿庆嫂！（唱）适才听得司令讲，阿庆嫂真是不寻常。我佩服你沉着机灵有胆量，竟敢在鬼子面前耍花腔。若无有抗日救国的好思想，焉能够舍己救人不慌张！

阿庆嫂：（唱）参谋长休要谬夸奖，舍己救人不敢当。开茶馆，盼兴旺，江湖义气第一桩。司令常来又常往，我有心背靠大树好乘凉。也是司令洪福广，方能遇难又呈祥。

刁德一：（唱）新四军久在沙家浜，这棵大树有阴凉，你与他们常来往，想必是安排照应更周详！

阿庆嫂：（唱）垒起七星灶，铜壶煮三江。摆开八仙桌，招待十六方。来的都是客，全凭嘴一张。相逢开口笑，过后不思量。人一走，茶就凉，有什么周详不周详！

（主持人上）

白燕升：亲爱的观众朋友们，欣赏完了青、少、幼组合的专业演员与戏迷票友联袂演唱的《智斗》呢，接下来我们现场的各位要活动活动了！首先我还是要介绍一下今天光临我们2002年春节戏曲晚会现场的各位朋友，这边是来自首都高校京剧协会的朋友们，欢迎大家！这边是来自外交部京剧学会的朋友们，欢迎你们！这边是卫生界京剧戏迷代表队的朋友们，欢迎大家！大家看，这边是来自北京铁路局职工京剧团的朋友们，欢迎你们！这边是来自金融界京剧戏迷俱乐部的朋友们，欢迎大家！好，亲爱的朋友们，另外我还要特别介绍一下今天光临我们现场的还有来自全国21个省市戏迷票友的代表，一并欢迎各位的光临！欢迎大家！好，亲爱的朋友们，这马年到了，马年到了我们会想起许许多多吉祥祝福的词语，比如说一马当先、龙马精神、马到成功、马年腾飞，等等，等等。今天呢在座的各位戏迷票友都是戏迷，我们要展示一下京剧戏迷票友的风采，我们要干什么呢，我们就唱马！怎么个唱马呢？京剧戏词儿里凡是带“马”的都可以唱。这样！现场来了这么多的戏迷票友，咱们分成四个方队吧！两边各是一个方队，中间坐的各位朋友，以中间为界，再分成两个方队，咱们分成四个队，来比试一下，怎么样？

【字　幕】**马年唱马**

演出单位：外交部京剧学会　首都高校京剧协会
卫生界京剧戏迷代表队　金融界京剧戏迷俱乐部
北京铁路局职工京剧团

众　人：好！

白燕升：那这样！咱们就按照顺序，先从一号方队开始，好不好？一号方队！

观众一：店主东带过了黄骠马。

观众二：一马离了西凉界。

观众三：秋胡打马奔家乡，行人路上马蹄忙。

观众四：扫平那威虎山，我一马当先！

观众一：宋营虽然路途远，快马加鞭一夜还。

观众二：白马坡前诛文丑，在古城曾斩过老蔡阳的头。

观众三：马杜岑奉王命把草桥来镇。

观众四：想当年桃花马上威风凛凛，敌血飞溅石榴裙。

观众一：西城的街道打扫净，预备着司马好屯兵。

白燕升：唱的什么呀这是？就是啊，也没有马啊？哪有马啊？什么呀？

观　众：有！司马！

白燕升：司马呀，司马是复姓呢！有马就算哪！

观众二：只要黄忠一骑马，匹马单刀取定军。

观众三：尊一声驸马爷细听咱言。

观众四：一不是响马并贼寇，二不是歹人把城偷。

郝爱民：哎，马年吉祥，张口闭口全有这马！

白燕升：这是我们的要求！

郝爱民：那当然能做到！张口就来！

白燕升：那您试试！

郝爱民：大伙儿听这个："马儿哎，你慢些走哎慢些走哎！"

白燕升：郝老师，您也慢些走，不用我说，现场观众的眼睛是雪亮的！耳朵也都非常的清楚！

郝爱民：他嫌这马走得慢，咱换个快马！

白燕升：您这是歌，不对！

郝爱民：我骑着马儿过草原，清清的河水蓝蓝的天。

白燕升：郝老师，这也不对！换马也不对！这也是歌！

郝爱民：有，下边儿就是，来了，这是引子，下面正活就到了！小鸽子，真美丽，红嘴巴，白肚皮，飞到东来飞到西，快快飞到树林里。

白燕升：郝老师，我跟您说，您这段您就更离谱了！连马都没有啊！

郝爱民：朋友们，我模仿的是哪个派呀？

众　人：马连良，马派。

郝爱民：马派啊！有马啦！

白燕升：他在这儿等着我呢！这样吧，唱到现在我是看出来了，我们各位都是有备而来，刚才唱了几轮了？我问最后一个问题，你们说这四个代表队哪个可以得优胜？

（观众争先恐后举手）

白燕升：我算看出来了，现场差不多有400人左右，那下面我建议大家，咱们全场团结协作，高歌一曲，共同祝愿我们的戏曲艺术繁花似锦，怎么样？

【字　幕】**京剧《沙家浜》选段**

演出单位：外交部京剧学会　金融界京剧戏迷俱乐部

卫生界京剧戏迷代表队　首都高校京剧协会

北京铁路局职工京剧团

伴　　奏：中国京剧院乐队

【唱词字幕】关栋天、赵玉彬及全体票友：要学那泰山顶上一青松，挺然屹立傲苍穹，八千里风暴吹不倒，九千个雷霆也难轰。烈日喷炎晒不死，严寒冰雪郁郁葱葱。那青松逢灾受难，经磨历劫，伤痕累累，瘢迹重重，更显得枝如铁，干如铜，蓬勃旺盛，倔强峥嵘。崇高品德人称颂，俺十八个伤病员，要成为十八棵青松！

（主持人上）

鞠　萍：哪吒哪吒，朵朵莲花；天真烂漫，白璧无瑕。一个心眼，不浑不杂；练好本领，报效中华。

【字　幕】**扬剧小歌舞《莲花童子》**

作　　词：火　焰　范广和

作　　曲：吴小平

编　　舞：范广和　桂旭媛

演出单位：南京空军小百灵幼儿艺术团

【唱词字幕】自幼在莲花中长大，天生一个聪明的娃。金圈银枪拿在手，风火轮儿踩脚下，金圈银枪拿在手，风火轮儿踩脚下，踩呀踩脚下。舞枪弄圈非戏耍，只缘妖孽妄称霸，莲花童子雄心大，除暴安良志可佳，志可佳。苦修炼春冬秋夏，驱妖雾玉宇澄清，玉宇澄清乐万家，乐呀乐万家。

（主持人上）

朱　军：一方水土养一方人，一方水土造就了一种地方戏曲。

孙晓梅：是啊，地方戏就是一种本土文化，它已然化作了当地人们的一种生命元素。

朱　军：的确是这样的，生我的故乡，那里的草啊都可以做饼，应该说地方戏就是一方的黄金饼，那儿的人们一天都离不开它！

孙晓梅：是啊，这么说吧，有了草根，才能托起绿色世界的风风火火；有了地方戏，才能捧起百花园的蓬蓬勃勃。

【字　幕】地方戏曲联唱《菊苑缤纷》

导　演：孙桂元

编　舞：冷明宇　谷雪莹　吴影文　宋　楠

伴　舞：吉林市歌舞团

【字　幕】碗碗腔《杨贵妃》选段

编　　剧：朱　学

音乐整理：薛天信

配　　器：刘克忠

表　　演：李梅饰杨贵妃

演出单位：陕西省戏曲研究院

【唱词字幕】椒房贵妃，椒房贵妃，朝暮伴君侧。梨园丝竹日日醉，蓬莱奇花海南荔，也信皇恩载天地，怎奈何旧情如丝牵胸臆，相忆情难极。

【字　幕】评剧《茶瓶计》选段

表　　演：曾昭娟饰春红

演出单位：天津评剧院

【唱词字幕】今天府门外悬灯结彩，锣鼓喧天吹打起来。我们老爷他迎出了府门外，把这位贵公子让到书斋。去花园我给小姐把花采，在前厅遇见了马金才，他言说花厅摆酒把姑老爷款待，因此上我给小姐报喜来。

【字　幕】川剧《秋江》选段

表　　演：刘萍饰陈妙常

演出单位：成都市川剧院

【唱词字幕】你看那鸳鸯鸟儿成双成对，好一似和美的夫妻，白日里并翅而飞，到晚来交颈而眠。奴与潘郎虽则是相亲相爱，怎比得那鸳鸯鸟儿一对对，双双飞入到波浪里永不离分。

【字　幕】晋剧《珍珠塔》选段

编　　剧：文　井

音乐设计：李静波

表　　演：宋转转饰彩萍

演出单位：山西省晋剧院

【唱词字幕】三年前老爷插寿花，千里迢迢来了他。谁知太太羞辱他，冷言冷语赶走他。小姐你在花园会见他，把那珍珠宝塔赠给他。老爷骑马追赶他，把你的终身许配他。王本天涯寻访他，老夫人在庵堂等待他。小姐哭塔为了他，终日闺中思念他。说起他，话起他，谁知今日就来了他。老爷命你把楼下，速去前厅相见他。看看他，望望他，说说他来劝劝他。免得太太得罪他，我的小姐呀，再赶走他，横也他来竖也他，是他是他就是他。

【字　幕】**越剧《梁山伯与祝英台》选段**

表　　演：谢群英饰祝英台

陈雪萍饰梁山伯

徐铭饰梁山伯

周妤俊饰祝英台

演出单位：杭州越剧院

【唱词字幕】

祝英台：书房门前一枝梅，树上鸟儿对打对。喜鹊满树喳喳叫，向你梁兄报喜来！

梁山伯：弟兄二人出门来，门前喜鹊成双对。从来喜鹊报喜讯，恭喜贤弟一路平安把家归！

祝英台：出了城，过了关，但只见，山上樵夫把柴担。

梁山伯：起早落夜多辛苦，打柴度日也艰难。

祝英台：他为何人把柴担？你为哪个送下山？

梁山伯：他为妻子把柴担，我为你贤弟送下山。

（插入邓宛霞、刘秀荣、孙毓敏、王梦云、赵景勃、吴江、黎中城、王玉珍、蔡正仁、宋长荣、刘长瑜致祝福辞）

（掌声起，主持人上）

白燕升：朋友们，我们常说啊，"千斤话白四两唱"。话说起来虽然有点夸张，但却强调了念白在京剧里的地位。《法门寺》里的贾桂念状是考验小花脸念白基本功的一个名段，往常这活儿都让贾桂一个人给独揽了，今天呢，咱们宽松一下，既请来了京剧界的名丑，又邀来了地方上的大腕，当然还有相声界的名角儿加盟，咱们来他个起哄架秧子——《群丑念状》。

【字　幕】**《群丑念状》**

编　　导：赵德芝

演　　员：朱世慧　朱　军　金不换　郑　岩　李伯祥　刘俊杰

演出单位：中国京剧院　湖北京剧院　天津曲艺团

北方曲艺学校　河南鹤壁金不换豫剧团

【念白字幕】

朱　军：二八的俏佳人，

朱世慧：刘派！

朱　军：懒梳妆！

朱世慧：哟，俏佳人?！老爷子啊，咱们这号人唱这个不合适吧！

朱　军：你说什么？

朱世慧：不，不！我们这号人唱这个正合适！

朱　军：那是！哼哼总比瞎琢磨强啊！

朱世慧：那是，不怕贼偷，就不怕贼惦记嘛！

朱　军：说得对。哎，今年都准备什么了？

朱世慧：照方，念大状子。

朱　军：别老念那大状子，咱也得包装包装啊！

朱世慧：哟，您说的太对了！如今网上连那个说相声的他都灌舞了，您说我们这念大状的，掺点花活儿也不算为过呀！

朱　军：说的是，可怎么个唱法呀？

朱世慧：那您就等着瞧好吧！嗨，我说，都上来上来，看看哪！（全不换等众上）给老爷子磕头！

众　人：过年好！

朱　军：得，我说桂儿啊，

朱世慧：怎么着？

朱　军：这都哪儿拾掇来的？都这模样啊？

朱世慧：哎哟，您别瞧着这模样不俊，大小都是个腕儿啊！

朱　军：嘿！我说这小子是干什么的？

刘俊杰：俺是白天开饭馆，晚上说相声。

朱　军：嘿，这活儿好，有吃有喝，有玩有乐啊！

朱世慧：杵头也不少啊？

刘俊杰：别提了！现在穷的就剩下钱了！

朱　军：口气可够大的！问问他，纳税吗？

朱世慧：老爷子，你放心，这儿正查着呢！

朱　军：这小子听着有点怯口啊？

朱世慧：老爷子，人家这行这叫倒口，有年春节晚会，有个段子叫《找毛病》，就是他使的！

朱　军：有点能耐。

朱世慧：一肚子杂碎。

刘俊杰：不是，俺是荤的素的都有，吃什么，你就说。

朱　军：得，这老佛爷可不要荤的。

朱世慧：不能出大格啊！

朱　军：念念大状子，唱点小玩意儿，荤的素的一块儿使，老佛爷一打盹啊，它也就算过去啦！现在兴这个嘛！不过话也说回来啊，这念状子得京腔京韵，小唐嗓高调门小葱拌豆腐一清二白，你可别葡萄拌豆腐——一嘟噜一串。

朱世慧：嘿，太对了！

朱　军：桂啊！你先给他们念念！

朱世慧：我先来了啊！（念）具上告状女宋巧姣求雪夫含冤哪！——

朱　军：听到了吧，就这调门。给我念！

刘俊杰：就这个，瞧好了吧！千岁爷，我请您吃——（念）蒸羊羔，蒸熊掌，蒸鹿尾儿，烧花鸭，烧雏鸡儿，烧子鹅，卤煮咸鸭，酱鸡，腊肉，松花，小肚儿，晾肉，香肠，什锦苏盘，熏鸡，白肚儿，清蒸八宝猪，江米酿鸭子，罐儿野鸡，罐儿鹌鹑，卤什锦，卤子鹅，山鸡，兔脯，菜蟒，银鱼，清蒸哈什蚂；还有红丸子，白丸子，南街丸子，四喜丸子，鲜虾丸子，鱼腹丸子，饹炸丸子，豆腐丸子。

朱世慧：你这是大状子吗你？

刘俊杰：老爷子，您听听这段怎么样啊？

朱　军：算块果，留下吧！

朱世慧：下一个！

郑　岩：给大老爷叩头了！

朱　军：准备什么活儿了？

郑　岩：（用苏州话念）

朱　军：好，这活儿好！

朱世慧：怎么好呢？

朱　军：古人一办差的！

朱世慧：老爷子听出来了！

朱　军：那是！这活儿有年头没听见了！

朱世慧：这是叶盛章先生的好戏！

朱　军：念的还是苏白！

朱世慧：哟！您还懂苏白呢！

朱　军：这话说的！你让他再念念！

郑　岩：（用苏白再念一遍）

朱　军：小的们启禀大的们，只因大咱们二咱们到此公干，那毛的们没预备旅馆，有而西大酷米西米西死拉死啦八格亚鲁萨哟那拉！（朱军开始乱语）

朱世慧：您这是苏州话吗？

朱　军：我这是日本话！

朱世慧：我说不对味！来来来，又该谁了！

李伯祥：该我了！我给您千岁爷磕头了。

朱　军：我看呀，这也是开饭馆的吧？

李伯祥：千岁爷，我可不是个开饭馆的，白天我说相声，到了晚上我就上那个小戏园子里头沏个茶倒个水送个手巾板，我顺便呢，还给别人搞一搞按摩呢！

朱　军：嗨，困了不是。昨晚上我这腿刚好落枕。

李伯祥：腿疼啊！

朱　军：过来，给我来来！

刘俊杰：揉大腿啊，

朱　军：对啊。

刘俊杰：那可不行，我这个人儿从来不搞这个异性的按摩！

朱　军：这话可够损的啊！别说那么多了，你真要听过那么多，念两出出来我听听。

李伯祥：让我报几出戏名啊！那中，我可得说北京话。有一年我二大爷过生日就是一出戏名，叫《生辰纲》，来了很多人给我大爷拜寿，来了《五人义》、《八义图》几位把兄弟，还有《三进士》、《四进士》几位生员，给我大爷拜寿的，还有《大蟒山》、《二龙山》、《花果山》、《牛头山》、《丁甲山》、《四盘山》、《两狼山》、《少华山》、《青石山》、《翠屏山》、

《云梦山》、《银空山》十几位山大王给我大爷拜寿，另外还有《陈塘关》、《草桥关》、《瓦口关》、《雁门关》、《汜水关》、《南阳关》、《樊江关》、《临潼关》、《牧虎关》、《天水关》、《界牌关》、《查头关》这十几位的守使，拜寿的还有查头关税务局的局长，白帝城特别市的市长，水淹七军的总司令，三岔口的保长，紫霞宫的总管，洪门寺的喇嘛，法门寺的和尚，斗牛宫的老道，桃花庵的姑子，衣冠道的野禅师。

众　人：嘿！

朱　军：下一个！

金不换：来啦！来啦！给千岁爷叩头啦！

朱　军：嘿，这个有样！

朱世慧：七品芝麻官！

朱　军：您怎么也来了？

朱世慧：老爷子，他是八小时之外叼点野食。

朱　军：够忙乎的啊！这两年没少进吧？

朱世慧：不！老爷子，您冤枉人家了！他，好官！好官啊！

朱　军：看出来了！这小花脸像个小花脸。

朱世慧：念，念！你把纱帽先摘下来。

金不换：啊呀，这一辈子审案都是坐着念，这还跪着念，这是。

朱世慧：你哪儿那么些零碎儿你！你往下念！

金不换：好！（念白）

朱世慧：你瞧这个小辫！

朱　军：花钱不多，这是个玩意儿！

朱世慧：老爷子，您看我们这么念大状，太后老佛爷能蒙过去吗？

朱　军：有点挂羊头卖狗肉的意思。

朱世慧：如今儿狗肉比羊肉贵！

朱　军：得！你们这活儿使完了？

众　人：嗯。

朱世慧：节目到此结束。

朱　军：想得便宜！

朱世慧：怎么了？

朱　军：明儿个法门寺念状的，你们几个都给我听好咯！可都得掺和着点，让老佛爷哭不得笑不得，咱这活儿就算是使活了！

朱世慧：高！实在是高！要不您当九千岁呢！

朱　军：你哪儿那么多废话呢！过来，都给我念！

众　人：（各自念自己的绕口令，后统一）马年吉祥，马年吉祥，马年吉祥啊！

（掌声起，主持人上）

白燕升：继承是京剧发展的一大主题，

鞠　萍：没有继承，发展也就无从谈起。

白燕升：是啊，京剧在它的历史发展上留下了一笔丰厚的文化遗产，优秀的传统戏很多很多。

鞠　萍：接下来就请大家欣赏优秀传统戏《定军山》、《二进宫》。

【字　幕】**京剧《定军山》选段**
琴　　师：艾　兵
鼓　　师：金惠武
表　　演：谭孝曾饰黄忠
演出单位：北京京剧院

【唱词字幕】背地里堪笑诸葛亮，他道老夫少刚强，虽然年迈精神爽，杀人犹如宰鸡羊，催马来在阵头上，那旁来了送死的郎！宝刀一举红光放，无知匹夫丧疆场，眼前若有诸葛亮，管叫他含羞带愧脸无光。

【字　幕】**京剧《二进宫》选段**
音乐设计：张延培
鼓　　师：苏广忠
琴　　师：赵建华
编　　排：宋　锋
表　　演：于魁智饰杨波　孟广禄饰徐延昭　李胜素饰李艳妃
演出单位：中国京剧院　天津市青年京剧团

【唱词字幕】
徐延昭：怀抱着幼主爷把国执掌。
杨　波：为什么恨天怨地，颊带惆怅所为哪桩？
李艳妃：并非是哀家颊带惆怅，都只为我朝中不得安康。
杨　波：我朝中有什么祸从天降？
徐延昭：你就该请太师父女们商量。
李艳妃：太师爷心肠如同王莽，他要夺我皇儿锦绣家邦。
徐延昭：太师爷娘娘的父，他本是皇亲国丈。
杨　波：未必他一旦无情，起下了篡位心肠，太师爷忠良！
李艳妃：你道他无有篡位的心肠，为什么断了水火、封锁昭阳为的是哪桩？
杨　波：臣七月十三也曾把三本奏上，国太偏偏要让。
徐延昭：你言道大明朝有事无事不用徐杨二奸党，赶下朝廊龙国太自立为王。
李艳妃：开言来叫一声定国将，哀家言来细听端详，你保太子登龙位，封你一字并肩王。
徐延昭：老臣年迈难把国掌，要保国还有兵部侍郎。

李艳妃：徐皇兄年纪迈难把国掌，转面来叫一声兵部侍郎。你保太子登龙位上，你的名儿万古扬。

杨　波：吓得臣低头不敢望，战战兢兢启奏皇娘，臣昨晚修下辞王本，今日里进宫来辞别皇娘，望国太开恩将臣放，放臣还乡落得个安康。

李艳妃：他二人把话一样讲，倒叫哀家无有主张，无奈何，抱皇儿跪至在昭阳。
徐延昭：吓坏了定国王，
杨　波：兵部侍郎！
徐延昭：自从盘古立帝邦，
杨　波：君跪臣来臣怎敢当。
李艳妃：非是哀家来跪你，跪的是我皇儿锦绣家邦。
徐延昭：锦家邦来锦家邦，
杨　波：臣有一本启奏皇娘，
徐延昭：昔日里有一个李文李广，
杨　波：弟兄双双保定朝纲，
徐延昭：李文北门带箭丧，
杨　波：伴驾山前又收李刚，
徐延昭：收了一将损伤一将，
杨　波：一将倒比一将强。
徐延昭：到头来保太子登龙位上，
杨　波：反把那亚父李广斩首在法场！
徐延昭：这都是前朝的忠臣良将，
杨　波：哪个忠良又有下场？
李艳妃：有下场来无下场，且听哀家说个比方，昔日里有一个潘老丞相，李氏夫人替了皇娘，紫竹林内生太子，他的名儿万古扬。
徐延昭：困龙思想长江浪，
杨　波：虎落平阳想奔山岗。
徐延昭：事到头来想一想，
杨　波：谁是忠良哪个是奸党？
李艳妃：二卿不把国来掌，哀家跪死在昭阳！

（掌声起，主持人上）
白燕升：创新是京剧发展的又一大主题，
鞠　萍：没有创新，没有与时俱进，就出不了谭派，更出不了梅派。
白燕升：是啊！我们不能忘记在中国共产党的领导下京剧改革所取得的巨大成绩，比如说延安时期的好作品，比如说新中国成立以后形成的张君秋张派艺术等。
鞠　萍：好！接下来就请欣赏张派名剧《望江亭》和延安时期的京剧代表作《三打祝家庄》。

【字　幕】**京剧《望江亭》选段**
琴　　师：赵　旭
鼓　　师：杨广桐
表　　演：赵秀君、王蓉蓉饰谭记儿
演出单位：北京京剧院　天津市青年京剧团

【唱词字幕】只说是杨衙内又来搅乱，却原来竟是这翩翩的少年。观此人容貌像似曾相见，好一似我儿夫死后生还。到此时不由我心绪撩乱，羞得我低下头手弄罗衫。见此情不由我心中思念，这君子可算得才貌双全。三年来我不曾动过此念，却为何今日里意惹情牵。奴本当允婚事穿红举案，羞答答我怎好当面交谈。今日里若将这红绳剪断，岂不是错过了美满的良缘？我何不用诗词表白心愿，且看他可领会这诗内的隐言。

【字　幕】**京剧《三打祝家庄》片断**

鼓　　师：李朝阳

表　　演：赵永伟饰石秀　司驿饰祝小三

演出单位：中国京剧院

【唱词字幕】杨林哥性情高傲，良言相劝不听分毫，倘若被人识破，难免入笼牢。我急忙探问虚实，回营把令交。

（主持人上）

朱　军：哎，晓梅，有一段新编黄梅戏《风尘女画家》你看过吗？

孙晓梅：我看过。

朱　军：那当中有一段男女主人公依依惜别的二人对唱“海滩别”，

孙晓梅：我也听过。非常的好听！

朱　军：那太好了，今天我们就有请吴琼和白燕升为大家演唱。

【字　幕】**黄梅戏《风尘女画家》选段**

作　　词：林　青

作　　曲：精　耕

演　　唱：白燕升　吴　琼

演出单位：中国广播艺术团

【唱词字幕】

张玉良：本愿与你常相守，同偕到老忘忧愁，孤独的滋味早尝够，萍踪浪迹几度秋，怎舍两分手啊，叫你为我两鬓添霜又白头。

潘赞化：你我久别方聚首，怎教离愁别恨，方下眉尖，又上心头！可知道，那海水因何红似胭脂酒？

张玉良：那是你，点点血泪和着海水日夜流。

潘赞化：可知道，那海涛因何似泣如诉？

张玉良：那是你，轻轻呼唤伴着海风声悠悠。

潘赞化：失去你，我好像风筝断线随风走。

张玉良：失去你，我好像离巢孤雁落荒丘。

潘赞化：没有你，谁来与我共欢乐？

合　唱：没有你，谁来和我分忧愁？莫叫相思寄红豆，形影相随情更稠。

（主持人上）

鞠　萍：除夕之夜请朋友和雪妞一起共同走进一个童话大世界，除夕之夜请朋友和花童一起共同创造一个星光里的花巢，共同创造一个冬天里的春天！

【字　幕】**关东秧歌剧《雪妞与花童》**

作　词：魏子晨

作　曲：李敏杰

编　舞：林　阳

表　演：吉林省歌舞团舞蹈学校

【唱词字幕】黑河马咴儿咴儿地叫，拉下来长白山的大雪橇。漫天的雪妞齐呀齐飞到，放花喽！小花童守岁不睡觉，炮开了蹶子，炮开蹶子闹今宵。银树挂，挂了不是么？玉冰雕，雕了不是么？红纽扣拽着那红火苗啊！白雪美，美了不是么？天鹅俏，俏了不是么？红冰鞋划出来红线条。今年感觉特别好，今年心气儿特别高，入世的中国阳关道，出线的呀好日子啊，出线的好日子水蜜桃。耍手绢，耍出了太阳岛。扭秧歌，扭秧歌扭细了兴安岭的腰。小花童，放花炮，雪妞仰起后脑勺，高高夜空一声爆，哗啦啦百花女神聚云霄。紫丁香，红芍药，玫瑰梦来蝴蝶桥，君子兰正气堂堂大瀑布啊，流下来欢乐幸福长寿顺利，珍呀珍珠潮。不到尽兴不拉倒，有了好兆亮绝招，今晚放够了烟花炮，明早咱闯荡天下，乐呀乐陶陶！

【字　幕】**黄梅戏《西施浣纱》选段**

作　　词：刘云程

作　　曲：陈儒天

编　　舞：谷雪莹

演　　唱：韩再芬

伴　　舞：吉林市歌舞团

演出单位：安庆黄梅戏剧院二团

【唱词字幕】浣纱哟！姐妹们浣纱到溪南，山峦柳含翠，黄鹂鸣枝头，溪水碧如蓝，纱绢白如雪。浣纱哟，浣得溪水畅欢笑，浣纱哟，浣得彩云上笑脸，溪头浣纱女，村旁笑语喧，笑语喧哪。浣纱！浣纱！浣纱哟！

【字　幕】**河北梆子戏歌《钟馗嫁妹》**

作　　词：阎　肃

作　　曲：杜　滨

编　　舞：冷明宇　王鹏远

演　　唱：彭蕙蘅

伴　　舞：吉林市歌舞团

演出单位：河北省河北梆子剧院

【唱词字幕】风清月朗照小妹，今夜里做新娘。兄送妹嫁远方，驱五鬼招嫁妆。喜看那个风儿担儿，瓶儿罐儿一路欢舞，一路欢舞喜洋洋。都说他威凛凛刚猛豪放，却不知是那样侠骨柔肠，除邪恶伏群魔正气浩荡。爱亲友敬父老赤子情长，秉公心仗利剑无欲无畏，大丈夫顶天立地热血满腔。我有这样的好兄长，钟馗大名震四方。又是爱慕又敬仰，中华自古多忠良，到处都有钟馗在，钟馗在，魑魅魍魉无路藏，无路藏。天上皎皎明月朗，地下姣姣新嫁娘，一路欢歌心花放，看前方，冉冉升起红霞万朵捧朝阳，捧朝阳。

（掌声起，主持人上）

白燕升：京剧以宏伟的气度融化了交响乐的营养，

鞠　萍：交响乐以浓烈的色彩装点了京剧的盛装，

白燕升：中西文化，一个激情遭遇，

鞠　萍：撞出来京剧交响乐，中华民族戏曲文化的新篇章！

【字　幕】**京剧交响乐《杨门女将》选段**

编　　剧：范钧宏　吕瑞明

作　　曲：杜鸣心

琴　　师：张顺祥

鼓　　师：李金平

指　　挥：石叔诚

表　　演：袁慧琴饰佘太君

演出单位：中国京剧院　中国爱乐乐团（中国广播交响乐团）

【唱词字幕】一句话恼得我火燃双鬓，王大人且慎言，莫乱猜我忠良之心。自杨家统兵马身膺重任，为社稷称得起忠烈一门。恨辽邦打战表兴兵犯境，杨家将请长缨慷慨出征。众儿郎齐奋勇冲锋陷阵，老令公提金刀勇冠三军。父子们忠心赤胆为国效命，金沙滩拼死战鬼泣神惊。众儿郎壮志未酬疆场饮恨，洒碧血染黄沙浩气长存。两狼山被辽兵层层围困，李陵碑碰死了我的夫君。哪一阵不伤我杨家将，哪一阵不死我父子兵。可叹我三代男儿伤亡尽，单留宗保一条根。到如今宗保三关又丧命，才落得，老老少少，冷冷清清，孤寡一门，历尽沧桑我也未曾灰心。杨家报仇我报不尽，大人！哪一阵不为江山，不为黎民！

【字　幕】**京剧现代戏交响乐组曲**

鼓　师：张顺祥　李金平

指　挥：石叔诚

伴　奏：中国爱乐乐团（中国广播交响乐团）

【字　幕】**《杜鹃山》选段**

演　　唱：于　兰

演出单位：北京军区战友京剧团

【唱词字幕】杜鹃山山深林密，回旋有余地，辗转游击方能胜强敌。你快去井冈山请求指示，刻不容缓，十万火急。还须找雷队长仔细商议，操胜券全凭着志坚心齐。

【字　幕】《红灯记》选段

演　　唱：耿巧云

演出单位：中国京剧院

【唱词字幕】我家的表叔数不清，没有大事不登门。虽说是，虽说是亲眷又不相认，可他比亲眷还要亲。爹爹和奶奶，齐声唤亲人，这里的奥妙我也能猜出几分，他们和爹爹都一样，都有一颗红亮的心！

【字　幕】《奇袭白虎团》选段

演　　唱：宋昌林

演出单位：山东省京剧院

【唱词字幕】趁夜晚出奇兵突破防线，猛穿插巧迂回分割围歼。入敌后把它的逃路截断，定叫它首尾难顾无法增援。痛歼敌人在今晚，决不让美李匪帮一人逃窜！

【字　幕】《红色娘子军》选段

演　　唱：陈淑芳

演出单位：中国京剧院

【唱词字幕】接过红旗肩上抗，接过先烈手中枪。踏着英雄足迹走，革命到底永不下战场。放眼看天下，风雷震八方。燎原烈火旺，工农齐武装。誓把那南霸天、北霸天，一切反动派统统埋葬。照耀着我们的是永远不落的红太阳。

【字　幕】《骆驼祥子》选段

演　　唱：陈霖苍

演出单位：江苏省京剧院

【唱词字幕】穿过了大街和小巷，拉起新车喜洋洋。从今后你就是我生死搭档，你是我活命钱粮，衣食父母，无话的哑巴新娘。伴我东西南北咱们去闯荡。

【字　幕】《党的女儿》选段

演　　唱：史　敏

演出单位：上海京剧院

【唱词字幕】你曾经勤执教播扬真理，你曾经为师表奋勉朝夕。党旗下，党旗下你领我庄严宣誓。万不料红旗未落你先丧气，苍山未倒你软成泥。昔日的主张全抛弃，面对屠刀把头低。翻手云覆手雨你全无信义，恨恨恨，恨不得剖腹挖心看仔细，解开此谜。

【字　幕】《智取威虎山》选段

演　　唱：李　军

演出单位：上海京剧院

【唱词字幕】共产党员时刻听从党召唤，专拣重担挑在肩。一心要砸碎千年铁锁链，为人民开出那万代幸福泉。明知征途有艰险，越是艰险越向前。任凭风云多变幻，革命的智慧能胜天。立下愚公移山志，能破万重困难关。一颗红心似火焰，化作利剑斩凶顽！

（插入齐秦、刘晓庆、王思懿、张国立、毛阿敏致祝福辞）

（掌声起，主持人上）
白燕升： 海峡两岸都唱皮黄调，
鞠　萍： 海峡两岸都爱包拯包大人。
白燕升： 海峡两岸都流传歌仔戏，
鞠　萍： 海峡两岸都喜欢白鹭女神。
白燕升： 海峡两岸同一座庙，
鞠　萍： 海峡两岸同一条根！

【字　幕】**京剧《赤桑镇》选段**
琴　　师：王福隆
鼓　　师：金惠武
表　　演：丁扬士（台湾）饰包拯　赵葆秀饰吴妙贞
演出单位：北京京剧院　台湾戏曲专科学校

【唱词字幕】

吴妙贞：见包拯怒火满胸膛，骂声忘恩负义郎。我命包勉长亭往，与你饯行表衷肠。谁知道你把那良心丧，害死我儿在异乡。有何脸面你活在世上，快与我儿把命偿。

包　拯：嫂娘年迈如霜降，远路奔波到赤桑。包勉他初任萧山县，贪赃枉法似虎狼。小弟居官法执掌，岂能做事负君王？叔侄之情何曾忘，怎奈这王法条条……

吴妙贞：你昧了天良！国法今在你手掌，从轻发落又何妨？

包　拯：弟也曾前思后又想，徇私舞弊犯王章。

吴妙贞：手摸胸膛想一想，我是包勉他的娘。

包　拯：还望嫂娘多体谅，按律严惩，法治伸张。

吴妙贞：表一表愚嫂我这一片心肠！此一番到陈州，去把粮放，休把我吴妙贞挂在心旁。饮罢了杯中酒起身前往，为百姓公废私理所应当。

包　拯：嫂娘亲她把那真情话讲，肺腑言感天地荡气回肠。明是非主正义贤良高尚，劝包拯爱黎民永做忠良。深施礼谢嫂娘恩高义广，小弟我放粮回，再孝敬嫂娘。

【字　幕】**歌仔戏《白鹭女神》选段**
编　　剧：余振杰
作　　曲：谢崇山
导　　演：黄天福　陈　燕
表　　演：黄娟娟饰白鹭
演出单位：厦门歌仔戏剧团

【唱词字幕】飞金梭，走银线，渔家姑娘好缠绵。织进春风一缕缕，织进柔情一片片。

一缕缕，一片片，心随亲人出海，千丝万缕长相牵。飞金梭，走银线，织网姑娘歌儿甜。唱得日出日又落，唱得月缺月又圆。日又落，月又圆，唱得鱼虾网中跳，唱得亲人早回还！鱼虾跳，亲人还！

（掌声起，主持人上）

朱　军：伯乐相马，

孙晓梅：因材选拔。

朱　军：快乐高甲，

孙晓梅：妙笔生花。

朱　军：请欣赏高甲戏《伯乐相马》。

【字　幕】**微型高甲戏《伯乐相马》**

编　　剧：诸葛辂

作　　曲：朱伟捷

导　　演：吕忠文　王琼芬

表　　演：石福林　杨振川等

演出单位：福建安溪高甲戏剧团

【唱词字幕】

众：相马大夫到！

甲：诸位大人，你们来看！挺胸啊，收腹啊！脚长腿壮蹄似砖，任跑脚不会酸，任跑都不会酸。

众马：都不会酸，任跑都不会酸。

乙：诸位大人，你们再看！嘴圆啊，耳尖啊，浑身油润好体态，人人真喜爱，人人都喜爱。

众马：都喜爱，人人都喜爱。

丙：这才是真正的千里马！

合：但愿人间多伯乐，慧眼识出千里马。

（主持人上）

白燕升：香港回归，一国两制，

鞠　萍：那里生活安定，人民依然钟情国粹。

白燕升：是啊！名家名票大合作，历来是京剧的传统。

鞠　萍：接下来请欣赏京剧名家马长礼、香港名票李尤婉云合作的《武家坡》。

【字　幕】**京剧《武家坡》选段**

琴　师：李和声

鼓　师：孙连生

表　演：马长礼（香港）饰薛平贵

李尤婉云（香港）饰王宝钏

【唱词字幕】

薛平贵：苏龙魏虎为媒证，王丞相是我的主婚人哪。

王宝钏：提起了别人我不信，苏龙魏虎是内亲，你我同把相府进，三人对面就说分明。

薛平贵：他三人与我有仇恨，咬定牙关他是不认承。

王宝钏：我的父在朝为官宦，府内金银堆如山。本利算来有多少，命人送到那西凉川。

薛平贵：西凉川四十单八站，为军的要人我是不要钱。

王宝钏：我进相府对父言，家奴小厮有万千，将你送到官衙内，打板子，上夹棍，管叫你思前容易就退后难。

薛平贵：大嫂不必巧言辩，为军哪怕到官前。衙里衙外我打点，管保大嫂断与咱。

王宝钏：军爷说话理不端，欺奴犹如欺了天。武家坡前问一问，贞节烈女我王宝钏。

薛平贵：好一个贞节王宝钏，百般调戏也枉然。腰间取出银一锭，将银放在了地平川。这锭银子三两三，送与大嫂作养奁，买绫罗做衣衫，打首饰与簪环，我与你少年的夫妻过几年哪。

王宝钏：这锭银子我不要，与你娘做一个安家的钱。买白纸糊白幡，买白布做衣衫，落一个孝子的名儿在那天下传。

薛平贵：是烈女就该在闺房，因何来在大道旁。为军起下不良意，来来来，上马，一马双跨奔西凉。

【字　幕】**粤曲《欢乐年华》**

编　配：陈　伟

编　舞：吴影文　王鹏远

演　唱：李池湘　梁华济（香港）

伴　舞：吉林市歌舞团

演出单位：广东省粤剧院

【唱词字幕】

男：你听锣鼓响声一片，声声送旧年，

女：你看大众多欢畅，个个乐绵绵。

男：欢呼声，歌乐声，响彻神州大地，

女：齐声恭祝你，有个欢乐年！

男：歌歌舞舞共欢庆，

女：杯杯要胜共欢宴，

合：年年欢乐，欢乐年年！欢乐年年！欢乐年年！

男：我向大家恭祝一句，恭喜发大财！

女：我要为你恭祝一句，事业永向前！

男：花开千万朵，生意长兴旺，

女：财运亨通福星照，处处揾大钱。

男：声声要醉共欢庆，

女：杯杯要胜共欢宴，

合：年年欢乐，欢乐年年！欢乐年年！欢乐年年！

男：我向大家恭祝一句，福星永伴随！
女：我要为你恭祝一句，岁岁乐绵绵！
男：恭祝身体健康，喜见南山寿，
女：年年岁岁青春驻，永远福寿全。
男：歌歌舞舞共欢庆，
女：千载百世共欢宴，
合：年年欢乐，欢乐年年！欢乐年年！欢乐年年！

（主持人上）
朱　军：火海刀山，气节犹在，
孙晓梅：花香鸟语，理想长存，
朱　军：《红梅赞》唱不尽共产党人的永恒信仰，
孙晓梅：《绣红旗》绣不完中华儿女的赤子之心。

【字　幕】**京剧《江姐》选段**
编　　剧：阎　肃
作　　曲：万瑞兴
配　　器：朱世杰
编　　舞：谷雪莹
琴　　师：赵　宇
鼓　　师：李金平
表　　演：张火丁饰江姐
演出单位：中国京剧院
伴　　舞：吉林市歌舞团

【唱词字幕】线儿长长针儿密，含着眼泪绣红旗，绣呀绣红旗。热泪随着针线走，绣出一片春消息。平日刀丛不眨眼，今日心跳分外急。多少鲜血染红你，捧在手中献晨曦。千分情思万分爱，化作金星绣红旗。

（主持人上）
白燕升：艺术昌盛看百花齐放，
鞠　萍：京剧发展看流派纷呈。
白燕升：流派贵在流，因为流才能称派。
鞠　萍：流派贵在变，因为变才会有新的流派创造出来！

【字　幕】**京剧流派联唱《国粹流金》**
导　　演：孙桂元　宋　锋
琴　　师：燕守平
鼓　　师：冯洪启

协助演出：中国京剧院

【字　幕】《四郎探母》选段
演　　唱：王佩瑜
演出单位：上海京剧院

【唱词字幕】弟兄们分别十五春，我和你沙滩会两离分。闻听得老娘驾到北郡，因此上巧改扮，黑夜里探望娘亲呀！

【字　幕】《穆桂英挂帅》选段
演　　唱：李　洁
演出单位：江苏省京剧院

【唱词字幕】猛听得金鼓响画角声震，唤起我破天门壮志凌云。想当年桃花马上威风凛凛，敌血飞溅石榴裙。有生之日责当尽，寸土怎能属于他人！番王小丑何足论，我一剑能挡百万的兵。

【字　幕】《文昭关》选段
演　　唱：张　克
演出单位：天津市青年京剧团

【唱词字幕】伍员在头上换儒巾，乔装改扮往东行。临潼会，曾举鼎，在万马营中显奇能。时来双挂明辅印，运去时衰在荒村。提起来叫人恨不恨，莫非是五行八个字，我的命生成。回头我对东皋公论，你是我子胥救命恩人。但愿过得昭关境，一重恩当报你的九重恩。

【字　幕】《春草闯堂》选段
演　　唱：管　波
演出单位：中国京剧院

【唱词字幕】薛公子他本是相府东床，与小姐定姻缘未拜花堂。老相爷千挑万选才选上，早晚必中状元郎。今日里公子把华山上，路见不平把人伤。我小姐闻报心难放，小春草奉命闯公堂。公子仗义应嘉奖，吴独做恶死也应当。慢说你敢施刑杖，只要你动一动伤一伤，恼了老丞相，管叫你摘掉乌纱，脱去红袍，交出金印，罢职丢官无下场！话已说完不多讲，任凭尊便你要细思量！

【字　幕】《珠帘寨》选段
演　　唱：张建国
演出单位：中国京剧院

【唱词字幕】贤弟抬头来观瞧，队队旌旗空中飘。大太保亚赛个温侯貌，二太保生来有略韬，三太保上山擒虎豹，四太保下海能斩蛟，五太保力用开山斧，六太保手持青龙偃月刀，七太保花枪真奥妙，八太保手持丈八矛，九太保他霹雳双锏耍得好，亚赛个秦叔宝，十太保双手能打火龙标，十一太保虽然他年纪小，一个倒比一个高，哪怕那黄巢兵来到，孤与他枪对枪来刀对刀。

【字　幕】《让徐州》选段

演　　唱：任德川

演出单位：青岛京剧院

【唱词字幕】传留了四百年锦绣家邦，到如今气运衰四放扰攘。恨曹操专国政君弱臣强，外有那黄巾的兵马在各处闯荡，众诸侯分疆土他们各霸一方。怎奈我徐州城兵微地广，怕的是那曹操他嫉恨前仇，兴人马，那时节民受灾殃！

【字　幕】《锁麟囊》选段

演　　唱：李海燕　李佩红

演出单位：中国京剧院　天津市青年京剧团

【唱词字幕】耳听得悲声惨心中如捣，同遇人为什么这样号啕？莫不是夫郎丑难谐女貌？莫不是强婚配鸦占鸾巢？叫梅香你把那好言相告，问那厢因何故痛哭无聊。梅香说话好颠倒，蠢才只会乱解嘲。怜贫济困是人道，哪有个袖手旁观在壁上瞧！蠢材问话太潦草，难免怀疑在心梢。想必是人前逞骄傲，不该词费又滔滔。休要噪，且站了，薛良与我去问一遭。听薛良一语来相告，满腹骄矜顿雪消。人情冷暖凭天造，谁能移动他半分毫。我正不足她正少，她为饥寒我为娇。分我一只珊瑚宝，安她半世凤凰巢。忙把梅香我低声叫，莫把姓名你信口晓。这都是神话凭空造，自把珠玉夸富豪。麟儿哪有神送到，积德才生玉树苗。小小囊儿何足道，救她饥渴胜琼瑶。

【字　幕】《鸿门宴》选段

演　　唱：陈少云

演出单位：上海京剧院

【唱词字幕】请主公但把宽心放，细听为臣说端详。强弱不敌暂避让，褒中奇险可兴邦。养得兵强马又壮，复夺三秦定家邦。前辈的越王勾践有志量，要学他卧薪尝胆，在逆境之中图霸强。张良此番故乡往，三件大事在心旁。使项羽迁都彭城把咸阳让，留与主公建都立业称帝王。顺说那诸侯叛楚归汉心所向，纷纷来投保汉王。此一番我把那兴汉灭楚元帅访，臣以角书荐贤良。若有人呈角书，即刻拜他为大将，定能够率领三军保主东归，力破强敌楚霸王。今日里拜别主公他乡往，待来日接驾在咸阳。

【字　幕】《打严嵩》选段

演　　唱：冯志孝

演出单位：中国京剧院

【唱词字幕】忽听得万岁传圣命，在朝房来了保国的臣。站立在金阶用目睁，金殿上坐的是两班臣。上面坐的严嵩贼，他本是我国谋朝篡位臣。有人提起严嵩贼的名和姓，那孩童闻听都要胆怕惊。问顽童因何哭，他言说奸贼害死他家一满门。我劝顽童免悲声，邹老爷是尔的报仇人。将身我且把金殿进，品级台下臣见君。

【字　幕】《大登殿》选段

演　　唱：李红梅　姜亦珊　王　艳

演出单位：中国京剧院　天津京剧院

【唱词字幕】学一对凤凰女伴君前。

（掌声起，主持人上）

朱　军：地方戏剧种丰富多彩，

孙晓梅：地方戏音乐百花盛开。

朱　军：比较古老的像山东的柳子，陕西的秦腔，它们的曲牌都在两百种以上。

孙晓梅：就连比较年轻的黄梅戏，它的曲调也已近百。

朱　军：如果把全国地方戏的剧种按360种算的话，那你算算看，它们的曲牌和曲调总共有多少种呢？

孙晓梅：那只能说是择山取海了！

朱　军：对！下面就请大家和我们一起欣赏地方戏器乐联奏《飞花流韵》。

【字　幕】**地方戏曲器乐联奏《飞花流韵》**

编　　配：杨乃林

指　　挥：王甫建

伴　　奏：中央音乐学院青年民族乐团

协助演出：重庆市川剧院　山西省戏曲学校　广东汕头戏曲学校

秦腔《麻鞋底儿》

板胡主奏：姜克美等

河北梆子《花梆子》

编曲：阎绍一

板胡主奏：姜克美等

豫剧《朝阳沟》选段

呐子演奏：单文通　Elyn　Maclnnls

唢呐演奏：单威伟

板胡演奏：贾建国

吕剧《靠山调》

改编：栾胜利

坠胡主奏：马常委

越剧《红楼梦》选段

笛子演奏：叶飞声　金　锴

沪剧《绣荷包》
改编：顾冠仁
二胡演奏：闵惠芬
琵琶演奏：吴玉霞

黄梅戏《打猪草》选段
改编：钱　苑
二胡演奏：闵惠芬　曹德维
扬琴演奏：熊俊杰

（插入闵惠芬、赵文瑄、柯受良、胡松华、彭丽媛、吴雁泽、才旦卓玛、邓玉华、谢铁骊、马玉涛、秦怡致祝福辞）

（掌声起，主持人上）
朱　军： 三国时代，江山如画，美不胜收。
孙晓梅： 三国时代，英雄辈出，千古风流。
朱　军： 鲁莽张飞都创造出敬贤的佳话，
孙晓梅： 一代名家尚长荣以他那火热的激情把个可爱的三将军唱得是情切切，
合： 意悠悠！

【字　幕】京剧《张飞敬贤》选段
作　　词：张　旭　史美强
琴　　师：尤继舜
鼓　　师：焦宝宏
唱腔设计：王君笙
表　　演：尚长荣饰张飞
演出单位：上海京剧院　中国京剧院
【唱词字幕】
张飞：（唱）弟兄起义扶炎汉，南征北战费周旋。大哥执掌荆州地，张飞做了文职官。三军的！
军士：有！
张飞：此番老张受命巡唤使，巡查耒阳县一带整治。尔等可知这巡唤使有多大的前程？
军士：我等不知！
张飞：是几品的官儿？
军士：我等不晓！
张飞：哎，我量你们也不晓哦！
军士：三将军可知？

张飞：这巡唤使嘛……哎，反正是官儿不小哦！

军士：三将军请讲！

张飞：尔等听者！（唱）咱老张驰疆场冲锋对垒，怎知晓文职官有多大权威？刘表无谋基业废，官吏贪赃乱胡为。某大哥匡汉室以民为贵，因此上命张飞去各地巡视整章规。临行时语重心长来教诲，叮咛咱切勿鲁莽莫贪杯。这生杀大权交咱手内，诛赃官铲赃吏、伸张正义济困扶危明是非。军士们与爷你就急忙把马备！

张飞：唉！快快与咱张三爷备马！

军士：三将军，您如今是文职官员，只能坐轿，不能骑马！

张飞：这是哪个王八日的讲的？

军士：乃刘皇叔所讲！

张飞：怎么，是咱大哥所讲？

军士：刘皇叔所讲。

张飞：哎呀喳，哎呀喳，喳……张飞呀张飞，你张口骂人，闭口骂人，骂来骂去，竟骂到咱大哥的头上来了。咱老张错骂了大哥，是该当何罪？

军士：有道是不知者不怪罪！

张飞：怎么，不知者不怪罪？

军士：不怪罪！

张飞：哎呀，大哥呀大哥，你就宽恕小弟这不知者不怪罪吧！三军的！

军士：有！

张飞：与咱老张备轿来！

军士：啊！

张飞：（唱）张飞我坐轿还是头一回！

（主持人上）

白燕升：文姬归汉，又是欢喜，又是悲哀。

鞠　萍：艰苦玉成，才写下名篇《胡笳十八拍》。

白燕升：新程派焕发大时代的光彩，

鞠　萍：追求那最高意境，唱出灿烂的文化情怀！

白燕升：好！亲爱的朋友们，今天呢著名的程派表演艺术家李世济也来到了我们晚会的现场，下面我们欢迎她为我们带来《文姬归汉》的片段，有请！

【字　幕】**京剧《文姬归汉》选段**

琴　　师：胡启明

鼓　　师：孙砚军

表　　演：李世济饰蔡文姬

演出单位：中国京剧院

【唱词字幕】送儿女，足陷风尘身披霜，摧妾心，伤今痛昔好凄惶。深悔恨，误把恩爱当恶辱，难宽留，错认壮志为骄狂。我与你，十载异梦同帏帐，王爷啊，今日里惜别方知君情长，君情长。深深拜！深深拜！深深拜！此恩此情没齿难忘，愿王爷福寿绵长，明年相逢在汉疆。

（掌声起，主持人上）
白燕升：巍峨英雄塔，
鞠　萍：灿烂七彩霞。
朱　军：风前金唢呐，
孙晓梅：月下铜琵琶。
李　咏：不披麒麟甲，不带粉妆匣，
白燕升：调动千军万马，
鞠　萍：闯荡海角天涯。
朱　军：以新世纪的名义重回首，
孙晓梅：让全民族的精神再升华，
李　咏：马年到了，唱起来吧！
众人合：《龙马之歌》！

【字　幕】**京韵大歌舞《龙马之歌》**
作　　词：魏子晨
作　　曲：孟庆华
编　　舞：冷明宇　谷雪莹　王鹏远　吴影文　曲子千
演　　唱：刘桂娟　孟广禄　杨　赤　邓沐玮　陈俊杰
演出单位：北京京剧院　天津京剧院　大连京剧团
吉林省吉剧团　天津市青年京剧团
河北省艺校保定分校
伴　　舞：吉林市歌舞团　桦甸市歌舞团
【唱词字幕】
孟广禄：金马鞍，轩辕驾，
杨　赤：龙马冲出昆仑峡，
陈俊杰：带来一片红火把，
邓沐玮：兵马俑也卷起五色沙。
男　合：马背上，马背上宏图甲天下，一鞭子甩出未来的花。
刘桂娟：马踏飞燕，飞燕一刹那，马跳花溪飘轻纱，勒马勒红西山叶，催马催绿南海茶。
男　合：最爱风云多叱咤，
刘桂娟：不是凯旋不还家！
男　合：长江饮马留佳话，
刘桂娟：系马桩前再开拔。
众人合：马背上，马背上沧桑闯天下，一鞭子甩出未来的花。
孟广禄：东风骤起春雷炸，
杨　赤：十万龙马奔天涯。

陈俊杰：腾云的龙，追日的马，
邓沐玮：五千年凝聚大迸发！
孟广禄：巍峨英雄塔，
刘桂娟：灿烂七彩霞，
男　合：重写新神话，国运再升华！

【滚屏字幕】
总 策 划：高建民
策　　划：孟　欣　王志军
总 导 演：李纯博　陈荣霞
导　　演：孙桂元　管德旺　赵德芝　邓美霞
撰　　稿：魏子晨
摄　　像：屈　扬　刘　艺　于嘉琪　王　炼　安　伟
　　　　　宋云哲　于　飞　任　波　刘洪波　杨光宇
音乐编辑：李秀增
舞美设计：张冬彧
灯光设计：齐亚洲　龚　宁
制　　片：田广和　乔　治　孙志林
制片主任：郝宝智
制 片 人：孟　欣　王志军
总制片人：高建民　唐世鼎
监　　制：胡　恩　张华山
总 监 制：赵化勇

（编撰　章新强）

2003年中央电视台春节戏曲晚会
——春满神州

开场（掌声起）
【字　幕】**京剧歌舞《天上人间贺新春》**
演唱：王　艳　姜亦珊　吕　洋　陈俊杰　韩巨明等
作词、作曲、配器：姚　明
编舞：姜　洋　冷明宇
伴舞：吉林市歌舞团　桦甸市歌舞团

【唱词字幕】

合　唱：长天飘过朵朵祥云，众神仙下凡来走出天门。我们给天宫发了一个短信，邀请了四面八方各路神仙们，神州大地，聚仙会神，给一个天上人间恭贺新春。我们给天宫发了一个短信，邀请了四面八方各路神仙们，神州大地，聚仙会神，来一个天上人间恭贺新春。

王　艳：贺新春，月里嫦娥捧出了，桂花酒醇；

姜亦珊：贺新春，散花天女挥长绸，五彩缤纷；

吕　洋：贺新春，织女在银河翻卷起，春潮滚滚；

陈俊杰、韩巨明等：贺新春，天宫财神送来了财宝金银。

合　唱：删除了昨天穷苦和贫困，选择了今日菜单甜蜜更温馨，美好理想，早已储存，设置出小康之路前程似锦。删除了昨天穷苦和贫困，选择了今日菜单甜蜜更温馨，美好理想，早已储存，设置出小康之路前程似锦。

吕　洋：看不够，都市风光，好一派春色喜人。

王　艳：望不断，乡村美景，荡春风大野芬芳。

姜亦珊：听不尽，如鼓的春雷，战歌响号角声紧。

陈俊杰、韩巨明等：这才是，浩浩中华春来早，万象更新。

合　唱：神州大地，聚仙会神，好一个天上人间贺新春。

（掌声起，主持人上）

鞠　萍：燕舞莺歌春来早，

朱　军：欢声笑语庆良宵。

董　艺：三阳开泰吉星照，

白燕升：春满神州尽舜尧。

鞠　萍：现场和电视机前的观众朋友、戏迷朋友们，

众　人：过年好！

朱　军：中央电视台2003年戏曲春节晚会——“春满神州”——

众　人：现在开始！

鞠　萍：我们首先给大家拜年！

白燕升：在这里我们要祝全国的戏迷朋友，家家欢乐，

董　艺：笑口常开！

朱　军：事业有成，

众　人：幸福安康！

朱　军：亲爱的观众朋友们，再过几个小时，我们即将进入中国农历的羊年了！羊年在我国古代预示着吉祥，政通人和，国泰民安。

白燕升：三阳开泰，大吉大利！我们说2003年的春节戏曲晚会必将是一台吉祥、喜庆、红火、热闹的大戏！

董　艺：没错！好角儿、好戏，群星荟萃，我们将和您共同度过喜庆的除夕之夜！

白燕升：好了，朋友们！首先请大家欣赏的是一组中青年演员为您奉献的名剧、名段，请欣赏！

【字　幕】**京剧《上天台》选段**

演唱：于魁智

【唱词字幕】王离了龙书案，好言奉敬，为王的传口诏细听分明，今早朝郭娘娘启奏一本，要寡人把姚刚问罪典刑。孤登基也曾把免死牌赠，姚不反汉汉不斩姚，在凌烟阁标名。想孤王走南阳东逃西奔，老皇兄接驾在白水西村，孤念你老伯母悬梁自尽，孤念你孝三年改三月、孝三月改三日、孝三日改三时、孝三时改三刻、孝三刻改三分，三年三月三日三时三刻三分永不戴孝保定了乾坤。孤念你草桥关亲临大阵，孤念你是一个开国老臣。适才间卿递本降旨已准，寡人戒酒不听谗言，岂斩你开国老臣，孤是有道的明君。姚皇兄，姚子匡，伴驾王，孤的爱卿，你那里休流泪免悲声，放大了胆，一步一步随定寡人。

【字　幕】**京剧《连环套·坐寨》**

演唱：孟广禄

【唱词字幕】将酒宴摆至在聚义厅上，我与同众贤弟叙一叙衷肠。窦尔墩在绿林谁不尊仰，河间府为寨主除暴安良。黄三太老匹夫自夸自量，指金镖借银两压豪强。因此上我两家比武较量，不胜某护手钩暗把人伤。他那里用甩头打某的左膀，也是某心大意未曾提防。大丈夫仇不报枉在世上，岂不被天下人耻笑一场。饮罢了杯中酒换衣前往，闯龙潭入虎穴，我去走一场。

【字　幕】**京剧《嫦娥奔月》**

演唱：张火丁

【唱词字幕】秋风起落叶飘秋月挂天上，剪不断缕缕忧思绕愁肠。不料想一池静水生波浪，我夫君射死九日，惹恼了他们的父王。一粒丹丸从天降，罚我夫广寒带罪受凄凉。好家乡少不了神羿护卫，嫦娥女又怎能割舍夫郎。左思右想心迷惘，只见他强装笑脸怕我悲伤。午夜里时间紧迫需决断，需决断。吃灵药赴月宫不再彷徨。

【字　幕】**京剧《杨门女将》**

演唱：袁慧琴

【唱词字幕】乘月光瞭敌营山高势险，百岁人哪顾得征鞍万里。冷夜西风白发凝霜，杨家将誓保三关。贼王文凭天险坚守不战，妄想我粮草断进退两难。这一旁，飞龙山，山高万丈千里远。倘若是有栈道闯谷口，奇兵暗下飞龙山，它后营失守全军乱，我里外夹攻岂不是一举全歼。

【字　幕】**黄梅戏《天女散花》**

演唱：韩再芬

编舞：谷雪莹

伴舞：吉林市歌舞团　桦甸市歌舞团

【唱词字幕】鲜花开放满天庭，满天庭，万紫千红，万紫千红别有春。采得仙花下人世，好分春色到凡尘。国色天香世无伦，百媚千娇画不成。天上仙花谁来护，不如来撒给有情人，不如来撒给有情人。

（掌声起，主持人上）

白燕升：朋友们，花木兰的故事家喻户晓。花木兰替父从军，杀敌立功，是一位名扬中外的巾帼英雄。

鞠　萍：是的，她可是我们中华女性的骄傲。

白燕升：是啊，在戏剧的舞台上，其实有很多的剧种都演绎过花木兰，今天咱们来个集中展示怎么样？

鞠　萍：集中展示?！在戏曲界啊，就有几个不同的剧种合演一出戏的传统，行话叫“两下锅”，或者是“三下锅”。

白燕升：说得太对了！今天我们来个，严格地说应该是“四下锅”！你看，有京剧、豫剧、龙江剧，还有河北梆子，四个剧种演绎一个人物。

鞠　萍：好，接下来请戏迷朋友们欣赏不同剧种组合而成的巾帼风采《花木兰》！

【字　幕】**巾帼风采《花木兰》**

编排：叶金援　茹绍瑞

伴舞：北京京剧院　保定市戏曲学校　黑龙江省龙江剧院

【字　幕】**京剧《从军》**

演唱：邓　敏

【唱词字幕】俺生小哪识甲胄，装束居然锦带吴钩，窄蛮靴欲蹴天跷，征程未久早来到了黑水前头。这一搭霜林红透，那半壁胡骑啾啾。俺双亲常挂心忧，听不见呼女音柔。俺此去乎，正所谓冲锋报国，不承望挂印封侯。

【字　幕】**豫剧《路遇》**

演唱：王红丽

【唱词字幕】刘大哥讲话理太偏，谁说女子享清闲。男子打仗到边关，女子纺织在家园。白天去种地，夜晚来纺棉，不分昼夜辛勤把活干，将士们才能有这吃和穿。您要不相信呐，请往那身上看，咱们的鞋和袜，还有衣和衫，千针万线可都是她们连哪。有许多女英雄，也把功劳建，为国杀敌代代出英贤。这女子们哪一点不如儿男。

【字　幕】**龙江剧《操练》**

演唱：白淑贤

【唱词字幕】

合唱：霞光照，星儿稀，演兵场上杀声起。马步儿郎振士气，将军演兵克顽敌。

演兵场刀光剑影惊天动地，将士们同仇敌忾汗透征衣。金盔铁甲裹玉体，足蹬虎靴跨征骑。十二载战火硝烟生死洗礼，豆蔻女变将军执印掌旗。国破家安在，有国才有家，今日大决战，奋力把敌杀。待等那得胜凯旋日，三军将士洗征尘，催战马风风光光转回家，敬父母孝爹妈，寸草春晖难报答。

合唱：挥令旗，齐奋起，擂战鼓，杀声急。

【字　幕】**河北梆子《奇袭》**

演唱：彭蕙蘅

【唱词字幕】大雪纷飞刀光闪，长风一路越群山。抄小路，过天险，旌旗壮，紧加鞭，兵贵神速似飞箭，杀敌豪情冲云天，偷袭敌营惊敌胆，势将敌寇一举全歼。

【字　幕】**京剧《歼敌》**

表演：邓　敏

（主持人上）

朱　军：雅韵人间满，仙歌云外清。京剧艺术万紫千红，流派纷呈，同一出戏不同的流派就能演唱出不同的风韵，不同的特色，给观众以多姿多彩的艺术享受。接下来大家将要欣赏到马、谭、奚、杨四大须生的传人为大家演唱的《妙曲行云——甘露寺》。

【字　幕】**京剧《妙曲行云甘露寺》**

演员：朱　强（马派）　张建国（奚派）

张　克（杨派）　谭孝曾（谭派）

编排：张关正

伴舞：北京京剧院

【唱词字幕】劝千岁杀字休出口，老臣启主说从头。刘备本是靖王的后，汉帝玄孙一脉流。他有个二弟汉寿亭侯，青龙偃月神鬼皆愁；白马坡前斩颜良延津诛文丑，在古城曾斩过老蔡阳的头。他三弟翼德性情有，丈八蛇矛贯取咽喉，曾破黄巾兵百万，虎牢关前三战过吕温侯；当阳桥前一声吼，喝断了桥梁水倒流。他四弟子龙常山将，盖世英雄冠九州；长坂坡救阿斗，杀得曹兵个个愁。这一班武将哪国有，还有诸葛用计谋。你杀刘备不要紧，他弟兄闻知是怎肯罢休。倘若兴兵来争斗，曹操坐把渔利来收。我扭转回身奏太后，将计就计结鸾俦。

（掌声起，主持人上）

鞠　萍：观众朋友们，戏迷朋友们，您现在看到的是中央电视台2003年春节戏曲晚会——《春满神州》的演播现场。

白燕升：哎！鞠萍，你知道今天现场的观众为什么这么热情吗？

鞠　萍：你说为什么这么热情呢？

白燕升：今天现场，据我了解，除了一些京剧迷外，还有很多地方戏的戏迷。

鞠　萍：对了！我来给大家介绍一下！这边是从河南远道来的豫剧迷！欢迎你们！接下来介绍的是从陕西来的秦腔迷！

白燕升：欢迎你们！

鞠　萍：坐在这儿的这些阿姨大姐，她们呀是越剧迷！不过她们都来自北京！欢迎你们！

白燕升：朋友们要问了，怎么现场单单介绍这三方的戏迷？有的唱腔是粗犷豪放，有的是委婉缠绵，他们都是有备而来，既然来了，那就来一次竞技，来一次大比拼，咱们现场唱上一段，怎么样？

众　人：好！

【字　幕】**三方戏迷打擂**

秦腔　陕西西安欧亚学院

【唱词字幕】呼喊一声绑帐外，不由得豪杰笑开怀。某单人独骑把唐营踩，只杀得儿郎苦悲哀，小唐儿被某把胆吓坏。

越剧　北京越剧艺术研究会

【唱词字幕】天上掉下个林妹妹，似一朵轻云刚出岫。只道他腹内草莽人轻浮，却原来骨骼清奇非俗流。贤静犹如花照水，行动好比风拂柳。眉梢眼角藏秀气，声音笑貌露温柔。眼前分明外来客，心底却似旧时友。

豫剧　河南平顶山煤业集团文体部

【唱词字幕】一家人欢天喜地把我来请，佘太君我穿宅越院来到了前厅。今日是老身我的寿诞庆，一个个膝下承欢满面春风。年轻人盼的是立功边境，年老人我喜的是一门忠贞。老身我今年活了一百单七岁，眼不花，我这耳不聋，腰不酸，我那腿不疼，先王爷封我是个长寿星，先王爷封我是个长寿星。

（主持人上）

鞠　萍：无丑不成戏，戏曲的丑行风趣幽默，深受戏迷朋友的喜爱。如果在一个节目当中，几个剧种的丑角聚在一起，一定很热闹。接下来的节目戏曲小品《丑相亲》，我们就请来了豫剧、京剧、秦腔、昆曲的几位名丑，三个是姑爷的候选人，其中一位还来自遥远的日本，不过他们其中哪一位能够博得丈母娘的欢心呢？

【字　幕】**戏曲小品《丑相亲》**

表演：刘异龙　金不换　徐孟轲　孙存蝶　刘红雁　石山雄太

编导：赵德芝

【唱词字幕】

刘异龙：羊年好吉祥，羊羊羊，祥祥祥，羊祥祥羊，祥羊羊祥，羊年真吉祥，自古羊祥都一样，羊年正好配鸾凰，配鸾凰。

金不换、徐孟轲、孙存蝶：喜洋洋，羊年良辰把亲相，羊肠小道会新娘。到了，岳母大人开门来！

刘异龙：叫啥叫啥？对头，一定是相亲的来了！我说大丫头，相亲的来了！快点出来看一下子！

刘红雁：来了！（唱）梆响扬腔我把年拜，祝各位羊年发大财。马尾甩岁扬风采，金羊喜迎春色来。

三　人：哦哟，我的妈呀！

刘红雁：这是怎么了？

三　人：用陕西话说，没了治了。酷了毙了！

刘红雁：你们俩是干什么的？

三　人：我们是相亲的啊！

刘红雁：（指矮子）哟，你也算一个？你们等着啊！妈呀！

刘异龙：啥子？

刘红雁：外面真来相亲的了。

刘异龙：快把他们请进来！

刘红雁：哎！我妈叫你们牵进来！

三　人：我们又不是羊，怎么说是牵的呢？岳母大人在上，小婿大礼参拜。

刘异龙：莫客气，起来起来起来！哎哟，（指矮子）还有你啊，我说你们都是来相亲的？

三　人：哎！

刘异龙：那你们别着急，一个完了，一个再来，好不好？

金不换：我先来！我先来！

刘异龙：你先来？噢，请问你贵姓？

金不换：啊呀，免贵姓羊。

刘异龙：姓羊？跟我们是五百年前是一家。

金不换：一家人一家人。

刘异龙：你啥子属相？

金不换：今年是俺的本命年哪！

刘异龙：你也属羊的？（拍拍金不换肚子）哎哟，你这个河南羊好肥哟！

金不换：河南的小肥羊啊！

刘异龙：我跟你说，你跟我的女儿都是属羊的。

金不换：要不怎么叫门当户对呢！

刘异龙：瞎说！你比我女儿还大两轮！

金不换：两轮不算大啊！

刘异龙：比我二女儿要大三轮。

金不换：老大少妻多时髦啊！

刘异龙：瞎说，像你这头老羊，还要找另外一头老羊来伺候你。

金不换：乖乖，你这块羊肉我怕炖不烂哪！

刘异龙：你放心，俺会妥善地安排地。讲了半天，不晓得你有啥子特长哟！

金不换：啥特长？俺会学豫剧皇后马金凤啊！

刘异龙：啥子？你会学马金凤？

金不换：对，马金凤。

刘异龙：她的《穆桂英挂帅》唱得好啊，你唱一段，大家欢迎，欢迎！

金不换：献丑了献丑了！（唱）辕门外三声炮如同雷震，天波府里走出来我保国臣，头戴金冠压双鬓，当年的铁甲我又披上了身，帅字旗——

刘异龙：啊呀，唱得好，唱得好啊。

金不换：岳母大人，咋样啊，唱的不错吧？

刘红雁：他跟我们河北梆子可是两类的！

金不换：啊呀，我的娘子啊，咱们成婚以后，你唱河北梆子，我唱河南梆子，咱们两口子走穴，那收入可不会少啊。

刘红雁：您先歇会儿吧，老大爷！

金不换：我怎么成了大爷了我！

刘异龙：第二个！

孙存蝶：参见岳母大人！

刘异龙：哎哟，是你哦。把履历表报一遍！

孙存蝶：我姓杨，也属羊，比这位大爷小两羊。

刘异龙：你比这位大爷少两轮！

孙存蝶：对的。

刘红雁：妈，他跟我一边儿大！

刘异龙：我晓得！我说你一个小伙儿，怎么那么瘦啊！

孙存蝶：最近减肥了。

刘异龙：减肥啊？娃娃，万万不敢减肥，你看，你再减肥，（拍其后背）变成羊排骨了！

刘红雁：妈呀，这瘦的总比那肥的顺眼吧！

刘异龙：咿——你这丫头，真是不开眼！一个西安羊她就能给帮，他要是一头西藏的藏羚羊，妈我早就被你扫地出门了。

刘红雁：妈呀，他可有特异功能。

孙存蝶：对呀。

刘异龙：他有啥子特异功能？

刘红雁：跪下，我给你点灯去！

孙存蝶：老岳母，你瞧着！（唱）叫我跪，我就跪，马年跪完把羊年跪，只要叫我成婚配，跪到猴年也不累，跪到猴年我也不累。（耍"头顶灯"技艺）

金不换：我说老岳母啊，不是还有一个二丫头吗？

刘异龙：哎哟，他还真是好记性哦。

金不换：咋着也给我对付一个啊，哪怕是处理品呢，我说。

刘异龙：瞎说，我们家没有处理品，只有积压产品。

石山雄太：拜见岳母！

刘异龙：我说二丫头，新郎官等着做戏，快出来哟！

徐孟轲：来了——（唱）羊年大吉，人财两旺，扬手儿与亲友道吉祥，洋洋得意用目瞭望，——哟，妈呀，刘异龙：啥子嘛？

徐孟轲：你哪儿寻摸这么一位呀？

刘异龙：你们是天生的一对哟！

石山雄太：娘子！

徐孟轲：哎！（唱）比过武艺再论鸳鸯。

刘异龙：接家伙！

金不换：露两手！

（两人耍枪对打）

刘异龙：你看，好事年年有，没得今年多。

金不换：老岳母，我还闲着呢！

刘异龙：你不要叫，不要叫，我的鸡皮疙瘩都被你叫出来了。

刘红雁：妈，我看这位老大爷挺不错的，你老二位也成一对，那不就喜上加喜了吗？

刘异龙：哎哟，我好难为情喏！

金不换：啊哟乖乖，一会儿我成了老丈人了。

刘异龙：你看，大家闹了半天，我的女婿叫啥子名字，我还不晓得。

金不换：我说，我叫羊进，

孙存蝶：我叫羊小，

石山雄太：我叫羊康，

刘异龙：进、小、康！

刘红雁：这回咱们可要全面进小康了！妈呀，你说两句吉祥话，就算典礼了！

刘异龙：对头，对头！我祝先生们女士们——祝大家羊年吉祥，三羊开泰，我们大家一块儿进小康。

众　人：才好才好方才好，走上了康庄道，日子过起来，致富节节高，我和你做夫妻甜甜到老。

（掌声起，主持人上）

朱　军：我们都知道京剧梅、尚、程、荀四大名旦各有代表剧目，同时形成了鲜明的艺术风格，更加可喜的是他们的传人继承发展，在新编剧目上进行大胆地创新。接下来将要欣赏到的，就是四大名旦的传人为大家演唱的传统和新编剧的选段，这真可以说是绚丽多姿，姹紫嫣红。

【字　幕】**京剧《姹紫嫣红》**

编舞：吴　烨　宋　楠

伴舞：吉林市歌舞团　桦甸市歌舞团

【字　幕】**《洛神赋》**

演唱：董圆圆

【唱词字幕】初登临铜雀台风光无限，抬眼望彩云辉邺郡漳水泛清澜，顿觉得心胸开朗地阔天宽。循朱栏踏玉阶迂回婉转，入厅堂见父相大礼参拜。

【字　幕】《昆仑剑侠传》

演唱：孙明珠

【唱词字幕】看月暗星又稀良宵已短，一滴滴一点点玉漏声残。莫非他辜负我深情款款，那时节回到了离恨之天。

【字　幕】《梅妃》

演唱：李海燕

【唱词字幕】下亭来只觉得清香阵阵，整衣袂我这厢按节徐行。初则似戏秋千花间弄影，继则似捉迷藏月下寻情，耳听得激繁雷鼓声渐起。

【字　幕】《春草闯堂》

演唱：耿巧云

【唱词字幕】好话说了千千万，难敌一部女儿篇。尊小姐休埋怨，乘势收兵也不难。既道春草太大胆，由我春草去周旋。待春草到堂前，搬倒葫芦摔倒坛。薛公子李小姐，若论瓜葛无半点，都是我小春草，疯疯癫癫、疯疯癫癫、癫癫疯疯、胡言乱语、谎话连篇。杨夫人要你惩凶犯，与我李府不相干。任你杀来任你打，打得他皮开肉绽、骨断筋残，看是谁人说可怜，看是谁人说可怜。

（主持人上）

董　艺：须眉、巾帼，儿女英雄，都是戏曲舞台上光彩四射的主人公。戏曲的唱念做打，武戏是重要的一个方面军，历来深受观众朋友们的喜爱。今天我们的晚会现场就请来了五位著名的京剧武生，披挂上阵，一显身手，展示戏曲艺术的阳刚之美——《须眉雄风》。

【字　幕】《须眉雄风》

【字　幕】《锤震金蝉子》

表演：常　东

【字　幕】《挑滑车》

表演：叶金援

【唱词字幕】只见那番营蝼蚁似海潮，观不尽山头共荒郊。又只见将士纷纷也那乱绕，队伍中马嘶兵喧闹吵。只听得战鼓咚咚，只听得鼓咚咚，兵多将士枪刀绕，高高下下飞腾也那声噪。望一派旌旗翻招，望一派旌旗翻招，风尘也那号炮啸，俺只得威风抖擞灭尔曹。

【字　幕】《金钱豹》

表演：秦占宝

【字　幕】《长坂坡》
　　表演：赵永伟

【唱词字幕】黑夜之间破曹阵，主公不见已天明。知恩报德本当应，上天入地去找寻。催马向北去探问，只见简雍倒埃尘。烦劳报予主公信，舍死忘生找夫人。

【字　幕】《收大鹏》
　　表演：黄齐峰

（主持人上）

白燕升：古典名剧《西厢记》自问世以来不知吸引了多少梨园弟子传唱，也不知倾倒了多少痴情的戏迷观众。上个世纪50年代由张君秋、叶盛兰、杜近芳等艺术家合作演出的《西厢记》珠联璧合，相映生辉，给观众留下了深刻的印象。这出戏也成了张派代表性的剧目，接下来我们要请出张派的三位优秀传人合作演出《西厢记》经典唱段，我们不妨就叫它《情系西厢》。

【字　幕】《情系西厢》
　　演唱：王蓉蓉　张　萍　赵秀君

【唱词字幕】

王蓉蓉：先只说迎张郎娘把诺言来践，又谁知兄妹二字断送了良缘。空对着月儿圆清光一片，好叫人闲愁万种，离恨千端。抬泪眼仰天看月阑，天上人间总一般。那嫦娥孤单寂寞谁怜念，罗幕重重围住了广寒。

张　萍：莫不是步摇动钗头凤凰，莫不是裙拖得环佩玎珰。这声音似在东墙来自西厢，分明是动人一曲凤求凰。这萧寺何时来巨匠，把一腔哀怨入宫商。

赵秀君：哪里是莺莺肯说谎，怨只怨我那少诚无信的白发娘，将我锁在红楼上，外隔着高高的白粉墙。张生哪，即便是十二巫峰高万丈，也有个云雨梦高堂。

（主持人上）

鞠　萍：谁说戏曲是夕阳艺术，谁说戏曲是中老年朋友的专利，我们绚丽多姿的戏曲艺术在广大青少年和娃娃当中有许多的爱好者，有许多爱学爱唱的知音。现在我们就请出两位娃娃给大家唱两段。首先登台的是只有3岁的刘道阳小朋友！

【字　幕】豫剧《朝阳沟》
　　演唱：刘道阳

【唱词字幕】咱两个在学校整整三年，相处之中无话不谈。我难忘你叫我看董存瑞，你记得我叫你看刘胡兰。董存瑞为人民粉身碎骨，刘胡兰为祖国把热血流干。咱看了一遍又一遍，你蓝笔点来我红笔圈。我也曾感动得流过眼泪，你也曾写誓词贴在床边。咱俩个抱定了共同志愿，要决心做一个有志青年。你说过党叫干啥就干啥，绝不能挑肥拣瘦讲价钱。说的话讲的话，一字一句全说完，想想烈士比比咱，有什么苦来怕什么难。你要愿走你就走，我坚决在农村，干它一百年！

（主持人上）

鞠 萍：好，也不知谁给他排的动作，左边一下，右边一下。好，下面是来自湖北荆州的李佩青，给大家唱段《红娘》。

【字 幕】**京剧《红娘》**

演唱：李佩青

【唱词字幕】叫张生隐藏在棋盘之下，我步步行来你步步爬。放大胆忍气吞声休害怕，跟随着小红娘你就能见着她。可算得是一段风流佳话，听号令且莫要惊动了她。

（主持人上）

董 艺：下面为您安排的是一组地方戏集锦，将有六个剧种的名家先后登场，演唱她们的代表剧目，真可谓是争芳斗艳，美不胜收！

【字 幕】**评剧《刘巧儿》**

演唱：罗会琴

【唱词字幕】巧儿我自幼儿许配赵家，我和柱儿不认识，我怎能嫁他。我爹爹在区上已经把亲退，这一回我可要自己找婆家。上一次劳模会上我爱上人一个，他的名字叫赵振华，都选他做模范人人都把他夸。自那天看见他我心里就放不下，因此上我偷偷地就爱上他。但愿这个年轻的人他也把我爱，过了门，他劳动，我生产，又织布，纺棉花，我们学文化，他帮助我，我帮助他，争一对模范夫妻立业成家。来在那桥下边我用目光观看，河边的绿草配着大红花，河里的青蛙它呱呱呱地叫，树上的鸟儿它叽叽喳喳。我挎着小筐儿忙把桥上，合作社交线再领棉花。

【字 幕】**川剧《凤仪亭》**

演唱：沈铁梅

【唱词字幕】频频思来暗暗想，暗暗想，未知何日解愁肠。近来吕布无影响，内外隔绝我着忙。莫非他惧怕老贼把妻让，甘愿把我貂蝉改称娘？他平日朝秦暮楚好犯上，曾杀过他的义父丁建阳。老贼对他这般样，他岂肯轻轻善罢场。想是他当面不敢相抵抗，暗暗一定有主张。今天老贼把朝上，他定要寻奴貂蝉论短长。我已经早安排来早提防，好打扮来巧梳妆，待他来时把气撞，要使这丞相府中摆战场。叫丫头带路把楼上，去至楼台巧梳妆。

【字 幕】**粤剧《梦游牡丹亭》**

演唱：丁 凡

编舞：吴 烨

伴舞：吉林市歌舞团 桦甸市歌舞团

【唱词字幕】不知谁家美庭园，翩翩似仙。香经曲水远，雅阁华轩翠波绕，莲动漂画船。

已绿透阡阡柳，那秋千一架自空悬，夹道芳草软。听鸟声婉转，杜鹃红遍。双飞玉燕，行行近花亭，红醉与香暖。此身如在彩云端，暗香悠悠风拂面，忽见佳人倦困花下眠。斜插凤钗鬟云卷，湘裙微露小金莲。半喜还惊心忖忖，今生何幸竟私刘阮遇婵娟，如有前缘如进桃源遇仙春。私有千丝把两情牵，折柳一枝盼如心愿。待求诗句以阁一面，又恐佳人道我存妄念。双飞蝶多情，绕亭前惹人意乱。春三月休教年光去，乐融融像花间柳下情蝶两痴缠。

【字　幕】**评剧《花为媒》**

演唱：高　闯

【唱词字幕】张五可用目瞅，从上下仔细打量这位闺阁女流。只见她头发怎么那么黑，梳妆怎么那么秀，两鬓蓬松光溜溜，何用桂花油。高挽凤纂不前又不后，有个名儿叫仙人髻。银丝线穿珠凤在鬓边戴，明晃晃走起路来颤悠悠，颤颤悠悠真亚似金鸡乱点头。芙蓉面眉如远山秀，杏核眼莹心儿透。她的鼻梁骨儿高，相衬着樱桃小口，牙似玉唇如珠，不薄又不厚。耳戴着八宝点翠叫的什么赤金钩。上身穿的本是红绣衫，搊金边又把云子扣，周围是万字不到头。还有个狮子解带滚绣球，内套着小衬衫，袖口有点瘦。她整了一整妆，抬了一抬手，稍微一用劲抖了一抖袖，露出来十指间如笋，她的腕似白莲藕。人家生就一双灵巧的手，巧娘生下的这位俏丫头。下身穿八幅裙叠百褶是云霞绉，俱都是锦绣罗缎绸。裙下边又把红鞋儿露，满帮是花，金丝线锁口，五色的丝绒线儿又把底儿收。巧手难描，画也画不就，生来的俏，行动风流，行风流，动风流，行动怎么那么风流。猜不透这位好姑娘是几世修，美天仙还要比她丑，嫦娥见她也害羞。年轻的人爱不够，就是你七十七、八十八、九十九，年迈老者见了她，眉开色悦赞成也得点头。世界上这样的女子真是少有，这才是窈窕淑女，君子好逑。

【字　幕】**歌仔戏《邵江海》**

演唱：郑惠兵　苏燕蓉

【唱词字幕】

众：正月算来元宵景，演戏喽！东家约咱们去赏灯。长的是鳝鱼灯，短的是涨鳅灯，缩头夹尾是乌龟灯，七脚八手是毛蟹灯。一盏老虎灯，大嘴开得凶猛猛，差些惊倒教书先生。

男：东家赏灯越高兴，可是我就越伤心，

众：伤心什么？

男：讲到你的菜汤我就鼻头酸，咸菜也是汤，芥菜也是汤，苦瓜汤，芹菜汤，米粥做汤，洗锅水汤，无汤将粥掺盐也做汤，

众：汤搅粥，粥搅汤，饮汤来配粥，吃粥再配汤。东家娘是会打算倒水嫌太远，

男：将我先生的肚子做潲缸，

众：做潲缸。

男：讲到鸡蛋泡黑糖，气得脸发黄。开学那一天，客人学生来来往往挤满学堂，东家大叫两三声，

女：来喔，宴请先生最要紧喔！黑糖泡鸡蛋！

众：黑糖泡鸡蛋！

男：一捧到我面前，
众：混沌初开，一碗汤拨开天地无元黄。
女：鸡蛋黄被谁拿去藏起来了。
男：肯定有人拿去灌风肠入肚肠。
女：你专门讲吃也不感到害羞，羞羞羞！
男：我有胡须，你有没有胡须？
众：见笑，见笑，羞羞羞！东家吝啬真小气，先生无奈吹胡须。

【字　幕】**越剧《何文秀》**
　　演唱：萧　雅
【唱词字幕】走啊！（唱）路遇大姐得音讯，九里桑园访兰英。行过三里桃花渡，走过六里杏花村，七宝凉亭来穿过，九里桑园面前存。但见那边围竹篱，中间一对木头门，待我上前把门推，为什么青天白日门关紧？听得那边无声响，不见娘子枉费心。屋旁还有纸窗在，我隔窗向内看分明。啊呀！窗口高来看不见，噢，有了！垫块石头就看得清！文秀举目向内望，只见一间小草房，小小香台朝上摆，破木交椅分两旁，三支清香炉中插，荤素菜肴桌上放。第一碗，白鲞红炖天堂肉，第二碗，油煎鱼儿扑鼻香，第三碗，香菂蘑菇炖豆腐，第四碗，白菜香干炒千张，第五碗，酱烧胡桃浓又浓，第六碗，酱油花椒醉花生。白饭一碗酒一杯，桌上筷子有一双。啊呀！看起来，果然为我做三周年，感谢娘子情义长！

【字　幕】**昆曲《单刀会》**
　　演唱：侯少奎
　　编舞：冷明宇　王鹏远
　　伴舞：吉林市歌舞团　桦甸市歌舞团
【唱词字幕】大江东去浪千叠，趁西风驾着这小舟一叶，才离了九重龙凤阙，早来探千丈虎狼穴，大丈夫心烈，觑着那单刀会赛村社，这是那二十年流不尽的英雄血。

（掌声起，主持人上）
白燕升：一曲《梁祝》留下了人间的千古绝唱，
鞠　萍：一诺千金谱写了爱情的华彩乐章。
白燕升：早在20世纪中叶，越剧《梁祝》就倾倒了欧洲。
鞠　萍：后来同名的小提琴协奏曲又享誉世界乐坛。
白燕升：情侣化彩蝶齐飞，歌舞令艺坛生辉。
鞠　萍：今天我们给大家献上的是一台创新的《梁祝》，小提琴的旋律如歌如吟，
白燕升：芭蕾的身影如梦如幻，
鞠　萍：越剧的演唱如诗如画。

【字　幕】**小提琴、芭蕾舞、越剧《梁祝》**
　　表演：金艺花　李　飞　姚海婧　吴凤花　陈　沂

编舞：孟广成

【唱词字幕】

祝英台：书房门前一枝梅，树上鸟儿对打对。喜鹊满树喳喳叫，向你梁兄报喜来。

梁山伯：弟兄二人出门来，门前喜鹊成双对。从来喜鹊报喜讯，恭喜贤弟一路平安把家归！

（主持人上）

董　艺：有人说，华夏儿女无论走到天涯海角，只要听到京胡响就会想到故土，想到亲人。的确，京剧艺术就像一条纽带，紧紧地连接着你我的心。今天香港名票和来自海外的京剧演员也带来了他们的拿手好戏，为晚会助兴，下面就让我们用掌声来欢迎他们！

【字　幕】**京剧《横槊赋诗》**

演唱：殷秋瑞

【唱词字幕】自起义兵把贼来扫，与国家除残暴不辞辛劳。破黄巾诛董卓把吕布来扫，美髯公斩颜良显示他的青龙刀，灭袁术除袁绍又平刘表。只杀得桃园弟兄败当阳，奔夏口十万百姓哭号啕。荆襄九郡多粮草，水旱三军战法高。统领着八十三万人马江东到，何惧那周郎孺子小尔曹。铜雀台已造好，缺少大乔和二乔，连锁战船俱备好，手指着周郎尔往哪里逃！

【字　幕】**京剧《西施》**

演唱：李尤婉云

【唱词字幕】提起了吴宫心惆怅，犹如一梦熟黄粱，朝朝暮暮在姑苏台上。馆娃宫西畔又建响蹀廊，三千粉黛人人怅惘，一身宠爱迷惑吴王。佯欢假媚多勉强，柔肠百转度流光。功成喜见贤君相，这才是天从人愿，配才郎。

【字　幕】**京剧《洗浮山》**

表演：刘子蔚

【字　幕】**京剧《武则天》**

演唱：吴汝俊　李崇善

编舞：冷明宇

伴舞：吉林市歌舞团　桦甸市歌舞团

【唱词字幕】

男：大唐朝民安乐山美水美，

女：产麟儿封昭仪心遂意遂。

男：迎媚娘了宿愿美满如醉，

女：赏春花评秋菊满目朝晖。

男：白日里论辞赋津津有味，

女：华灯上纬帐中情郎画眉。

男：小皇子弥月期喜而不寐，
女：看一眼麒麟儿乐在心扉。

【字　幕】**抢接下句**
　　表演：刘全刚　李嘉存
【唱词字幕】
刘全刚：观众朋友们大家春节好！
李嘉存：我们给大家拜年啦！
刘全刚：哎你看，嘉存，今年这个戏曲晚会好不好？
李嘉存：好！
刘全刚：这个节目——
李嘉存：精彩！
刘全刚：演员——
李嘉存：个个是角儿！
刘全刚：观众——
李嘉存：每位是腕儿！
刘全刚：这——
李嘉存：啊！
刘全刚：这话可有点不对。
李嘉存：怎么了？
刘全刚：怎么观众每位是腕儿呢？
李嘉存：您看过前年那个全国票友大赛吗？
刘全刚：看见过，也是这个剧组，也是这个导演，那搞得好，影响大，节目非常精彩。
李嘉存：培养了一批的票友。
刘全刚：是吗？
李嘉存：您知道江汁吗？
刘全刚：姜汁我不知道，我知道蒜末。姜汁怎么回事？
李嘉存：江汁是位大学生，就上次大赛脱颖而出，被江苏省京剧院录取啦！
刘全刚：下海了？
李嘉存：哎，所以我说观众朋友每位是腕儿，有错吗？
刘全刚：那你也有点儿夸张。
李嘉存：一点儿都不夸张。
刘全刚：他们才会几出戏啊？
李嘉存：才几出戏？我还告诉您，今天来的观众朋友，不管是哪个剧种，哪个名段，只要您唱出上句，人家就能接上下句！
刘全刚：噢，我要唱上句，他就能接上下句？要接不上来怎么办？
李嘉存：接不上来？接不上来今儿我请客！
刘全刚：吃烤鸭。

李嘉存：吃盒饭！

刘全刚：去！吃盒饭外面有的是！像话吗？

李嘉存：保证能接到！

刘全刚：保证能接出来？哎，嘉存，咱哥俩商量商量，咱们俩合伙，难为难为这些大腕怎么样？

李嘉存：咱们俩合伙，那不一对棒槌吗？

刘全刚：咱们也算名票啊！

李嘉存：咱们不算名票。

刘全刚：那算什么呀？

李嘉存：咱算粮票！作废了！

刘全刚：像话吗？只要咱们精诚合作，拧成一股绳，我就不信难不倒他们！

李嘉存：咱们可真不成！

刘全刚：现在就开始了！我说观众朋友们——现在马上就要称量称量你们啦！

李嘉存：称量称量？

刘全刚：不是那个我就教教你们啦！

李嘉存：啊，您教人家？

刘全刚：我们交流交流！

李嘉存：哦，交流交流！

刘全刚：我们出上句，你们接下句，要是接不下来，你们可就算栽了！

李嘉存：栽了？

刘全刚：现在开始！来吧！（唱）一马离了——

观　众：（唱）西凉界！

刘全刚：来来来，你来！

李嘉存：（唱）马杜岑奉王命——

观　众：（唱）把草桥来镇！

刘全刚：（唱）我家的表叔数不清，

观　众：（唱）没有大事不登门。

李嘉存：（唱）树上的鸟儿成双对，

观　众：（唱）绿水青山带笑颜。

刘全刚：（唱）此时间不可闹笑话，

观　众：（唱）胡言乱语怎瞒咱？

李嘉存：听我这个！（唱）与驸马打坐——

观　众：（唱）开封堂上。

刘全刚：（唱）刘大哥讲话理太偏，

观　众：（唱）谁说女子不如男！

李嘉存：（唱）龙车凤辇——

观　众：（唱）进皇城！

刘全刚：（唱）苏三离了洪洞县，

观　众：（唱）将身来在大街前。
李嘉存：（唱）将状纸压至在某的大堂上，
观　众：（唱）咬定了牙关你为哪桩？
刘全刚：（唱）大吊车真厉害，成吨的钢铁——
观　众：（唱）它轻轻地一抓就起来！
刘全刚：天王盖地虎，
观　众：宝塔镇河妖，
李嘉存：牙好胃口就好！
观　众：吃嘛嘛香！
李嘉存：那是戏词吗？我说有没有高难的没有？高音儿的。
刘全刚：（唱）听着！一见公主盗令箭，不由本宫心喜欢，站立宫门——
观　众：（唱）叫小番！
李嘉存：全接上来了！
刘全刚：（唱）我说嘉存哪，怎么办哪？
李嘉存：我给大伙儿装盒饭去得了，
刘全刚：（唱）咳！谢谢！

（掌声起，主持人上）

白燕升：朋友们，说到戏曲艺术啊确实有着广泛的、深厚的群众基础，上到九十九、下到刚会走，都有戏迷。我们说戏迷里面确实是藏龙卧虎，从历史的发展看呢，这其中还不乏大家。相信戏迷们都还记得，2001 年中央电视台还主办了全国首届京剧戏迷票友电视大赛，涌现出了许多高水平的戏迷，那么这个大赛也在海内外产生了不小的反响，至今仍被人津津乐道。今天我们就为大家请来了几位获得金奖的选手，他们再一次来到他们熟悉的中央电视台的演播大厅，和大家一起过年。下面他们将和专业演员合作，我们用热情的掌声请出他们！有请！

【字　幕】**京剧《武家坡》**
　　演唱：杨书材　江　汁
【唱词字幕】
薛平贵：那苏龙魏虎为媒证，王丞相是我的主婚人。
王宝钏：提起了旁人我不晓，苏龙魏虎是内亲。你我同把相府进，三人对面就说分明。
薛平贵：他三人与我有仇恨，咬定牙关他就不认承。
王宝钏：我父在朝为官宦，府内金银堆如山，本利算来该多少，命人送到那西凉川。
薛平贵：西凉国四十单八站，为军我要人我是不要钱。
王宝钏：我进相府对父言，家人小厮有万千，将你带到官衙内，打板子，上夹棍，丢南牢，坐监禁，管教你思前容易退后难。
薛平贵：大嫂不必巧言辩，为军哪怕到官前，衙里衙外我打点，管叫大嫂断与咱。
王宝钏：军爷说话理不端，欺人犹如欺了天，西凉鞑子把你斩，妻儿老小与奴一般。

薛平贵：好一个贞节王宝钏，百般调戏也枉然。腰中取出了银一锭，将银放在地平川。这锭银子三两三，送与大嫂做养奁。买绫罗，做衣衫，打首饰，置簪环，我与你少年的夫妻就过几年。

王宝钏：这锭银子我不要，与你娘做一个安家钱。买绫罗，做衣衫，买白纸，糊白幡，打首饰，做装殓，落得个孝子的名儿在那天下传。

薛平贵：是烈女不该出绣房，为何来到大路旁？为军起下不良意，来、来、来，上马，一马双跨到西凉！

【字　幕】**京剧《四郎探母·坐宫》**

演唱：李　军　赵　群　崔　英　阮宝利

操琴：杨振浩

【唱词字幕】

铁镜公主：听他言吓得我浑身是汗，十五载到今日才吐真言，原来是杨家将把名姓改换，他思家乡想骨肉不得团圆。我这里走向前再把礼见！尊一声驸马爷细听咱言，早晚间休怪我言语怠慢，不知者不怪罪，你的海量放宽。

杨延辉：我和你好夫妻恩德不浅，贤公主又何必礼仪太谦。杨延辉有一日愁眉得展，忘不了贤公主恩重如山。

铁镜公主：讲什么夫妻情恩德不浅，咱与你隔南北千里姻缘。因何故终日里愁眉不展，有什么心腹事你只管明言！

杨延辉：非是我这几日愁眉不展，有一桩心腹事不敢明言。萧天佐摆天门两国交战，老娘亲押粮草来到北番。我有心回宋营见母一面，怎奈我身在番不能过关。

铁镜公主：你那里休得要巧言舌辩，你要见高堂母我不阻拦。

杨延辉：公主虽然不阻拦，无有令箭怎过关。

铁镜公主：有心赠你金铫箭，怕你一去就不回还！

杨延辉：公主赐我金铫箭，见母一面即刻还！

铁镜公主：宋营离此路途远，一夜之间你怎能够还？

杨延辉：宋营离此路途远，快马加鞭一夜还。

铁镜公主：适才叫咱盟誓愿，你也对天就表一番！

杨延辉：公主叫我盟誓愿，双膝跪在地平川，我若探母不回转，

铁镜公主：怎么样啊？

杨延辉：罢！黄沙盖脸尸骨不全。

铁镜公主：言重了！一见驸马盟誓愿，咱家才把心放宽，你到后宫把衣换，盗来令箭你好出关哪！

杨延辉：公主去盗金铫箭，本宫才把心放宽，扭转头来叫小番——备爷的战马扣连环，爷好过关！

（主持人上）

朱军：多年来京剧艺术在党的“三并举”方针的指引下，涌现了许多的新编的历史戏和

现代戏，为剧种的发展创新做出了有益的探索。那么在今天的晚会上，我们将献给大家一组新戏集锦，它们当中有的刚刚排练出来，还没有和观众见过面，有的已经拍成了电影，不久就和大家在银幕上见面，今天我们可以说是先睹为快！

【字　幕】**评剧《胡风汉月》**

演唱：刘秀荣

【唱词字幕】敕勒川阴山下草肥水美，牧歌起落鸟飞回。辽原绿野啼声脆，阵阵春风扑面吹，再不觉塞上风卷腥膻味。天蓝蓝，草青青，寸寸泥土透芳菲。十二年时光似流水，汉家女实实在在地成了胡王妃。生一双小儿女天真俊美，与王爷恩和爱琴奏笳随。大漠深情浓似酒令我心儿醉，身随风儿舞，意逐彩云飞。

【字　幕】**京剧《桃花扇》**

演唱：杨春霞

【唱词字幕】才如奔马笔如花，人自潇洒气自华。梦中侍心中侣飞来眼下，若痴若醉女儿家。

【字　幕】**京剧《廉吏于成龙》**

演唱：尚长荣

【唱词字幕】于成龙才疏学浅生性愚钝，却有幸登仕途报效朝廷。既为官清廉勤政是根本，为社稷为百姓敢不竭力尽心！若贪图一己私利以身试法悖人性，哪怕是家财万贯、封妻荫子、富贵享尽，终落个万人唾骂千古恶名。常言说无病休嫌瘦，奉公莫怨贫，知足无烦恼，布衣乐终身。非吾之有莫伸手，非分之财莫进门。每行一事当自问，不负朝廷、不亏黎民，对得起天地良心。

【字　幕】**京剧《金田风雷》**

表演：叶少兰

【唱词字幕】你妻儿口声声要穿绸缎，打点起行囊包裹神色不安。你鼓惑朱锡锟同把国叛，黑夜里到他营窃窃商谈。似这样蛛丝马迹都是破绽，分明你图谋不轨快吐实言。言来语去露破绽，错认姑表袒庇奸顽。他虚情假意做嘴脸，激我同上逆水船。罢罢罢，且将这怒火敛，叫他把叛迹一语说穿。

【字　幕】**京剧《草原母亲》**

演唱：于　兰

编舞：谷雪莹

伴舞：吉林市歌舞团　桦甸市歌舞团

【唱词字幕】春风吹百花艳芳草碧连天，三千孤儿草原把家安。达力玛领养汉家一儿和一女，真如亲骨肉，责任在双肩。白日里用鲜奶把他哺育，月光下摇篮歌为他催眠。让他们像骏马驰骋草原，让他们像雄鹰振翅蓝天。

【字　幕】**京剧《蝶恋花》**

演唱：刁　丽

【唱词字幕】莫道大火难再起，有石在火种绵绵无绝期。请看这叶绿枝荣柑橘树，再看那清澈碧透小河溪。柑橘树生南国迎霜抗雪，硕果繁叠不凋谢。小溪水，穿山越，千徊百转东流如海不停息。人间事物常此理，坚定信心不怀疑。先生二字我不敢当，读书识字愿帮忙，彼此多讲贴心话，遇事大家勤商量。今朝相逢实难忘，来日情谊更深长。

（主持人上）

朱　军：除夕之夜，神州大地春潮涌，火树银花不夜天。戏歌《吉祥满人间》为我们描绘的是大江南北的时代画卷，唱出了青年戏曲人对中华盛世的赞美之情和由衷的祝愿。

【字　幕】**戏歌《吉祥满人间》**

演唱：李佩红

作词：刘连群

作曲：王大元

配器：朱维英

编舞：谷雪莹　宋　楠

伴舞：吉林市歌舞团　桦甸市歌舞团

【唱词字幕】火树银花不夜天，吉祥满人间满人间。江南美，江南美，岂只见小桥流水，更有那广厦摩天广厦摩天。百业腾飞惊世界，迎来五洲四海船。百业腾飞惊世界，迎来五洲四海船。遥望大江分两岸，塞北似江南。角声喧，角声喧犹记那大漠孤烟，且看这长河梦圆长河梦圆，春风已度玉门关。西部父老尽开颜，春风已度玉门关，西部父老尽开颜。火树银花不夜天，吉祥满人间满人间。

（主持人上）

鞠　萍：欢欢喜喜看大戏，乐乐呵呵过大年，这是我国民间多少年来的传统习俗了。在今天这个节日的夜晚，更是应该让观众朋友、戏迷朋友过足戏瘾，接下来我们就请出中青年的京剧名家为大家演唱优秀剧目的精彩片段，请各位欣赏。

【字　幕】**京剧《九江口》**

演唱：杨　赤　李宏图

【唱词字幕】

杨　赤：闻言怒火高万丈，云龙小儿听端详。胡兰亲笔写罪状，还敢在此逞刚强！

李宏图：住口！胡兰招供要虚谎，杀人灭口事昭彰。你今无端来诬枉，分明是暗箭把人伤。

杨　赤：说什么暗箭把人伤，自己做事自思量。你是金陵贼敌将，还敢诈行进鄱阳。

李宏图：三番两次来鲁莽，步步逼人太猖狂。声声道俺是敌将，合兵之事怎商量？

杨　赤：玉山合兵是虚谎，休得巧言莫雌黄。
李宏图：岳父中秋发兵将，
杨　赤：除非日出在西方！
李宏图：难道尔敢把命抗？
杨　赤：提兵调将某做主张。
李宏图：岳父发兵你阻挡，难道你私通朱元璋？
杨　赤：血口喷人胡乱讲，我抓你审问到公堂。
李宏图：老儿休得不自量！
杨　赤：快快实招免祸殃！
李宏图：你今要俺供罪状，除非胡兰再还阳！

【字　幕】**京剧《碧玉簪》**
演唱：刘桂娟

【唱词字幕】夜深沉秋风起遍身寒冷，可怜他独自个睡梦昏沉。他虽是待奴家十分薄幸，总算我张玉贞名义夫君，况且是老夫人一心爱疼，怎能够听凭他冒冻伤身。我不免取衣衫与他盖定，女儿家这举动怎不羞人。

【字　幕】**京剧《八珍汤》**
演唱：赵葆秀

【唱词字幕】是梦是醒难辨认，孙淑琳霎时间成了个贵夫人。孔凤缨性孝顺官必清正，贤媳妇你是为娘的大恩人。手拉春兰泪双并，千金难酬你的恩。一事相求望应允，从今后做母女你可应承？

【字　幕】**京剧《打龙袍》**
演唱：邓沐玮

【唱词字幕】叩罢头来谢罢恩，龙国太待我好恩情。宫中赐我金珰翅，又赐尚方剑一根。三宫六院我管定，压定了满朝文武大小官员，哪一个不遵我仗剑施行！

【字　幕】**京剧《贵妃醉酒》**
演唱：李维康
编舞：宋　楠
伴舞：吉林市歌舞团　桦甸市歌舞团

【唱词字幕】海岛冰轮初转腾，见玉兔，玉兔又早东升，那冰轮离海岛，乾坤分外明，皓月当空，恰便似嫦娥离月宫，奴似嫦娥离月宫。

【字　幕】**京剧《姚期》**
演唱：李长春

【唱词字幕】皇恩浩调老臣龙廷独往，龙恩重愧无报心意彷徨。转过了万花亭太和殿上，换戎装卸甲胄来见君王。老臣我年迈如霜降，娘娘待老臣恩如山。

（主持人上）

朱　军：戏坛老将舒长袖，

鞠　萍：梨园新秀传妙音。

朱　军：我们今天的晚会真可以说是名家云集，好戏连台，而且是几代同堂，这可真是菊坛的大团圆，大聚会！

鞠　萍：更值得我们高兴的是，新秀精神抖擞，老将宝刀不老，老当益壮！

朱　军：对！几位年逾古稀的老艺术家不仅来到了我们的现场，而且还主动请缨，要为大家献上他们的拿手好戏！

鞠　萍：名家真版，炉火纯青。让我们以热烈的掌声感谢老一辈艺术家对广大戏迷朋友的一片深情，为春节戏曲晚会增色生辉！

【字　幕】**京剧《宇宙锋》**

演唱：李慧芳（79 岁）

【唱词字幕】老爹爹发恩德将本修上，明早朝上金殿面奏吾皇。倘若是有道君皇恩浩荡，观此本免了儿一门祸殃。

【字　幕】**京剧《三家店》**

演唱：马长礼（74 岁）

【唱词字幕】将身儿来在大街口，尊一声过往的宾朋听从头。一非是响马并贼寇，二非是歹人把城偷。杨林与我结仇寇，因此上发配到登州。舍不得太爷的恩情有，舍不得衙役们众班头，实难舍街坊四邻的好朋友，难舍老娘白了头。儿想娘亲难叩首，娘想儿来泪双流。眼见得红日坠落在西山后，叫一声贵差把店投！

【字　幕】**京剧《太真外传》**

演唱：梅葆玖（69 岁）　卢　燕（75 岁、美籍华人）

【唱词字幕】

卢　燕：（吟）在天愿作比翼鸟，
梅葆玖：（吟）在地愿为连理枝。
梅葆玖：杨玉环长生殿今宵盟定，
卢　燕：与妃子结夫妻世世生生。
梅葆玖：臣妾妃私黄鸠鹊桥聘定，
卢　燕：贤妃子何止是天上星辰。
梅葆玖：天虽长地虽久有时而定，
卢　燕：好一世结下了恩爱千春。
梅葆玖：锡金钗与玉盒此生守订，
卢　燕：天上星地下影照我长生。

【字　幕】**京剧《连环套·拜山》**
演唱：谭元寿（75 岁）　景荣庆（78 岁）

【字　幕】**戏歌《今夜让我们祝福》**
演唱：李胜素　戴玉强
作词：刘连群
作曲：温中甲　王大元
配器：温中甲
编舞：吴　烨　王鹏远　谷雪莹　冷明宇
伴舞：吉林市歌舞团　桦甸市歌舞团　保定市戏曲学校

【唱词字幕】
男：红梅在枝头绽放，烟花映红了夜空。今夜让我们祝福，祝福家家欢乐，国瑞年丰。
女：红梅在枝头绽放，烟花映红了夜空。今夜让我们祝福，祝福家家欢乐，国瑞年丰。
合：大江东去春潮涌，盛世佳节四海腾。今夜让我们祝福，祝福祖国昌盛，欣欣向荣。
男：马跃金光道，
女：羊唤玉乾坤。
男：国泰民心顺，佳年百业兴，
女：国泰民心顺，佳年百业兴。
合：全面建小康，九州荡春风。
男：今夜让我们祝福，祖国昌盛，欣欣向荣，
女：今夜让我们祝福，古老中华，虎跃龙腾，
合：今夜让我们祝福，让我祝福祖国昌盛，欣欣向荣，古老中华，虎跃龙腾。

（主持人上）
鞠　萍：今夜让我们祝福，
朱　军：祝福祖国遍地春光。
董　艺：祝福国家百业兴旺，
白燕升：祝福人民岁岁吉祥。
众　人：祝福中华更加辉煌！
鞠　萍：中央电视台 2003 年春节戏曲晚会到这里就全部结束了，
白燕升：现场以及电视机前的朋友们，再见！
众　人：再见！

【滚屏字幕】
总 策 划：高建民
策　　划：王志军　许玉琢　王　晔
总 导 演：许玉琢　王　晔

撰　　稿：刘连群
艺术指导：周仲春
执行导演：孙桂元　张关正
导 演 组：赵德芝　何永泉　段大雄
舞美设计：吕大庆
灯光设计：张永福
服装设计：孙　冰
制片主任：曹　毅
制 片 人：孟　欣　王志军
监　　制：胡　恩　张华山
总 监 制：赵化勇

（编撰　章新强）

2004年中央电视台春节戏曲晚会
——梨园盛世

开场（掌声起）
【字　幕】《大拜年》
作词：魏子晨
作曲：孟庆华
演唱：邓沐玮　朱　强　李　洁　于　兰
编舞：林　阳
伴舞：吉林省歌舞剧院歌舞团　中国京剧院　包头市艺术学校
【唱词字幕】
合　唱：礼花绽放千千万，仙子贺岁祝人间，欢呼声声连成了片，全世界华人大拜年。
朱　强：我创业在地球村的北半边，总挂念我的故乡金沙滩。
于　兰：我创业在地球村的东半边，也挂念我的故乡长白山。
邓沐玮：我拼搏在地球村的西半边，常遥望我的故乡蝴蝶泉。
李　洁：我拼搏在地球村的南半边，也遥望我的故乡铜锣湾。
邓沐玮：你拜年，
于　兰：我拜年，
朱　强：都给咱祖国人民——
朱、于：拜个年！
邓沐玮：拜个年！

朱　强：祝愿您一路开拓，两岸情缘，
于　兰：三阳开泰，四季平安，
邓沐玮：五谷丰登，六六扬帆，
李　洁：七星高照，八方发展，
合　唱：九九归一大团圆。

（掌声起，主持人上）

白燕升：亲爱的全国的观众朋友、戏迷朋友们，海内外的华人华侨同胞们，

白燕升、施　翌：春节好！

白燕升：玉羊祥和辞旧岁，金猴欢跃贺新春。在这里，我们给伟大的祖国拜年了，祝您小康巨变，喜报频传！

周　涛：在这里我们给全世界的中华儿女拜年了，祝大家大吉大利，平平安安！

鞠　萍：我们给海峡两岸的同胞们拜年了，祝安居乐业，早日团圆！

姜　昆：我们给各兄弟民族拜年了，祝阖家欢乐，百凤朝阳！

孙晓梅：我们给戏曲界的艺术家们拜年了，祝春秋鼎盛，龙凤呈祥！

施　翌：我们给全国的戏迷朋友们拜年了，祝粉墨情缘，山高水长！

白燕升：亲爱的观众朋友们，2004 年中央电视台春节戏曲晚会梨园盛世——

众　人：现在开始！

【字　幕】**金猴闹春**

导演：孙桂元　赵德芝　蒋兴国
作曲、配器：朱维英
演员：六小龄童、董文华、李阳鸣饰猴王
马德华饰猪八戒
李嘉存饰猪八戒媳妇
演出：中国京剧院　天津艺术学校　河北艺校保定分校
北京少林武校　河北吴桥宁津杂技团
吉林省歌舞剧院歌舞团

【背景音乐】电视连续剧《西游记》续集主题歌

【字　幕】光阴荏苒飞似箭，十二生肖又到咱，齐天大圣把春闹，率领那子孙先拜年！

（主持人上）

白燕升：朋友们，中国京剧是人类文化的瑰宝，中国京剧是中华民族的骄傲，在这有着浓郁民族特色的除夕之夜，我们说品味国粹是最好的年夜饭了。好了，下面就让我们一块儿来品一品这余音甜甜、程派绵绵、裘味浓浓、梅香圆圆！

【字　幕】**京剧《麻姑献寿》**

作曲：张延培

配器：徐 滔
演员：李胜素饰麻姑
编舞：谷雪莹
伴舞：吉林市歌舞团 吉林艺术学院附中 桦甸市歌舞团

【唱词字幕】瑶池领了圣母训，回身取过酒一樽，进前忙把仙姑敬，金壶玉液仔细斟。饮一杯来增福命，饮一杯来延寿龄。愿祝仙师万年庆，愿祝仙子寿比那南极天星。霎时琼浆都倾尽，愿年年如此日不老长生。

【字 幕】京剧《赤桑镇》
演员：孟广禄饰包拯 袁慧琴饰吴妙贞

【唱词字幕】

包 拯：嫂娘！

吴妙贞：好奴才！（唱）见包拯怒火满胸膛，骂声忘恩负义郎。我命包勉长亭往，与你饯行表衷肠。谁知道你把那良心丧，害死我儿在异乡。有何脸面你活在世上，快与我儿把命偿！

包 拯：（唱）自幼儿蒙嫂娘训教抚养，金石言永不忘铭记心房。前辈的忠良臣人人敬仰，哪有个徇私情卖法贪赃。到如今我坐开封国法执掌，杀赃官除恶霸申雪冤枉，未正人先正己人己一样，责己宽责人严怎算得国家栋梁。小包勉犯王法岂能轻放，弟若徇私，上欺君、下压民、败坏纪纲，我难对嫂娘。

吴妙贞：（唱）听那包拯一席话暗自思想，他忠心秉正公而忘私方算得盖世的忠良。恨我儿他不该贪赃罔上，按律条斩包勉理所应当，怎奈我失却了终身靠养！罢！倒不如我碰死在赤桑！

包 拯：（唱）劝嫂娘休流泪你免悲伤，养老送终弟承当，百年之后弟就是带孝的儿郎！

【字 幕】京剧《锁麟囊》
演员：迟小秋饰薛湘灵

【唱词字幕】春秋亭外风雨暴，何处悲声破寂寥。隔帘只见一花轿，想必是新婚渡鹊桥。吉日良辰当欢笑，为什么鲛珠化泪抛。此时却又明白了，世上何尝尽富豪，也有饥寒悲怀抱，也有失意痛苦号啕。轿内的人儿弹别调，必有隐情在心潮。

【字 幕】京剧《兵圣孙武》
作词：徐 英
作曲：张延培
配器：朱世杰
演员：于魁智饰孙武

【唱词字幕】斑斓竹简，刀笔草书，字字箴言，望高山流水，知音何处。碧溪幽涧，默默流泪，放眼人寰，平庸四处，暗自伤心痛万千！恨难遣，叹空怀壮志，无力回天！功德飘渺如烟，把毕生我那智慧付兵书。忆昔日伐楚，尸横遍地。满目焦土，百姓可怜，由此深思，恍然大悟，不战屈人非等闲。避干戈，保无辜免祸，天下开颜！

（掌声起，主持人上）

周　涛：甲申年的春风吹绿了祖国大地，甲申年的春风吹响了梨园管弦。看不够中华大地物华天宝，听不够地方戏曲百花争艳。今晚就让我们一同去感受太子湖的野趣，黄梅戏的采莲，巴蜀的浪漫，吴越的缠绵，以及晋剧的杏花飘香，昆曲的空谷幽兰，秦腔的古朴健美，豫剧的痛快舒坦。

【字　幕】**黄梅戏《采莲》**

作词：魏子晨

作曲：陈儒天

配器：董润淮

演唱：韩再芬

编舞：林　阳

伴舞：吉林省歌舞剧院歌舞团

【唱词字幕】木兰舟，七尺八，挤小了荷塘挤高了花。亭亭玉立花仙子，引出来一个黄梅儿女黄山丫。不用桨，双手划，轻轻地搅，柔柔地掐，红肚兜包不住一枝花。采下了莲子把对把，身价寄在百姓家。污泥不染甲天下，一缕清香到天涯。清清的水，红红的花，叼着云彩的小黑鸭。突然间，飘来一阵江南雨，把荷叶当作伞儿拿，十里荷塘少一朵，只听沙沙沙。东山月，西山霞，朦胧中一对儿一对儿的并蒂花，满载而归跳出画。呀，丢了香罗帕，帕儿就在荷叶上搭。罢罢罢，不找啦，余香留给未来的他，余香留给未来的他。

【字　幕】**越剧《盘妻》**

演员：肖雅饰梁玉书　吴海丽饰谢云霞

【唱词字幕】

梁玉书：请娘子听了！自古来一丝为定拜天地，相亲相爱成夫妻。女若未婚从父母，出嫁之后依夫婿。夫妻祸福应相共，生生死死在一起。我夫有事来你妻扶持，你妻有事来我夫担起。如今是你所亲者唯玉书，玉书爱者就是你。你有事不肯对我讲，再与谁人共商议？

谢云霞：急切陈词有情理，竟将云霞作知己。寒雁难得三春暖，不由我铁石心肠转犹豫。

梁玉书：娘子呀，来来来，与你谈谈心，解解闷，欢欢喜喜度佳节。

谢云霞：提起中秋我刺心肺，我悲愤难忍恨又起。他只知中秋夫妻要团圆，怎知晓，去年中秋你父害死我爹爹。我越思越想心似裂，赏什么圆月过什么节！

梁玉书：世上哪有你这种女子呀……她一会儿气，一会儿恼，不近人情世上少。从今后，你过你的独木桥，我走我的阳关道。不可啊，夫妻理应同甘苦，愿化曦阳把冰雪消。

【字　幕】**川剧《白蛇传》**

作曲：兰　天

演员：刘萍饰白蛇　孙勇波饰许仙

【唱词字幕】

合唱：两眼如闪电，暖流入心间，情感为何物，催人意绵绵，催人意绵绵。

许仙：峨眉探访未谋面，相见更觉不平凡，风姿绰约好气派，落落大方结善缘。

白蛇：危难之中见真情，雪里送炭人心暖，朗朗仙风人称美，品貌端庄好儿男。

许仙：一曲洞箫述心愿，涓涓细流滴石穿，知音难觅觅知音，知己知彼心相连。

白蛇：一阵乐声一阵暖，一阵惊羞一股甜，箫声悠悠情不断，爱是美酒醉人眼。

合唱：为什么心儿咚咚脸儿烧？阵阵暖流透心间，欲问，欲答，欲语，欲言，奈何，奈何？

白蛇：心儿急，步儿慢，万缕情思一线牵。

【字　幕】**晋剧《打金枝》**

演员：崔建华饰升平公主

伴舞：中国京剧院

【唱词字幕】头戴上翡翠双凤齐，身穿上绫罗锦绣衣。我公爹今日里寿诞期，众哥嫂拜寿都去齐。一个个成双又配对，单留下驸马独自己，我父王本是当今皇帝，我乃是金枝玉叶驸马妻。本想过府拜寿去，君拜臣来使不得。宫门上红灯高高挂起，等驸马回宫来安排宴席。

【字　幕】**昆曲《钗钏记》**

演员：史红梅饰芸香　雷玲饰史碧桃

编舞：林　阳

伴舞：吉林省歌舞剧院歌舞团

【唱词字幕】

芸香：碧天霞落长空云敛，一片冰轮舒展，兰桥亭畔。乘槎已约同欢，只见银涵华屋，凉透香肌。路湿栏杆浅，夜深苔径滑，步轻款，月到天心分外圆。

【字　幕】**秦腔《郑瑛娇》**

演员：齐爱云饰郑瑛娇

编舞：林　阳

伴舞：吉林省歌舞剧院歌舞团

【唱词字幕】

披嫁衣，描红妆，心花怒放，做新娘羞煞我女中豪强。拜花堂，结并蒂，梦中曾想。看今宵，好梦成真入洞房。单等那，河清海晏渔樵唱，我两个，人成对影成双，双双对对，对对双双，饱览我神州大地美风光。

合唱：日月潭，西子湖，轻舟荡漾，武夷山，阿里山，鸟语花香。

【字　幕】**豫剧《穆桂英挂帅》**

演员：马金凤饰穆桂英

小穆桂英　马金凤艺术学校演员
伴舞：保定戏曲学校

【唱词字幕】辕门外三声炮如同雷震，天波府里走出来我保国臣。头戴金冠压双鬓，当年的铁甲我又披上身，帅字旗飘入云，斗大的穆字震乾坤，上写着浑呀浑天侯穆氏桂英，谁料想我五十三岁又管三军。万岁爷在校场把我儿问，小奴才他瞒哄不住，表他的祖根。他言讲住在河东有家门，杨令公是他先人，他本身宗保的儿子杨延景的孙，曾祖母佘老太君，穆桂英我本是他的母亲。我的儿他表家乡泪珠滚，在校场喜坏了那些忠良臣。宋王听此言欢喜不尽，他知道俺杨门辈辈是忠臣。刀劈王伦他也不管，又把那招讨帅印赐予俺杨门。文广儿欢天喜地把府进，我一见帅印气在了心。我本想进京辞帅印，小女儿搬来了老太君。老太君为国把忠尽，她命我挂帅平反臣。一不为官，二不为宦，为的是大宋江山和黎民。此一番到在两军阵，我不杀安王贼，我永不回家门！（白）出征！

（主持人上）

孙晓梅：练功场上跌打滚爬闪转翻腾，憧憬着靠旗飞舞，暗合着战鼓咚咚。魂牵梦绕，心想事成，沧海横流方显出民族本色，舞台火炽更见那巾帼英雄。

【字　幕】**戏舞《巾帼英姿》**
编导：赵德芝　孙桂元
编舞：王家朋
演出：张春红　孙明珠　李静文　苗　杰　黄　桦　潘月娇
伴舞：中国京剧院　沈阳京剧院　中国戏曲学院
河北艺校保定分校　山西省晋剧院

【唱词字幕】非是俺出战迎锋那得尽扫，挽绣甲跨马提刀，女天魔下九霄，只看俺这威风抖擞战这遭。

（主持人上）

施　翌：京剧艺术博大精深，京剧艺术流派缤纷。谭派的古朴之气，余派的清俊之神，马派的潇洒之态，奚派的洞箫之音，荀派的美媚之色，张派的华彩之吟，就让我们共同感受那国粹的魅力，从这里触摸民族的灵魂吧！

【字　幕】**京剧《西厢记》**
演员：赵秀君饰崔莺莺
编舞：林　阳
伴舞：吉林省歌舞剧院歌舞团

【唱词字幕】休看他筵前笑呵呵，他珠泪行行肚里搁。不是他一封书信把贼破，我一家性命怎得活。倒赔妆奁你也曾说过，他不想姻缘想什么。当时仰望如饥渴，今日把同心结儿狠狠地割。而今烦恼犹自可，这酒后相思可奈何。若不是母亲旁边坐，我待把知心话儿对他说。兄妹虚名误了我，月底西厢变南柯。

【字　幕】**京剧《卖水》**

演员：耿巧云、管波饰梅英

编舞：林　阳

伴舞：吉林省歌舞剧院歌舞团

【唱词字幕】十一腊月没有花儿采，唯有这松柏实可摘。陈杏元和番边关外，雪里冻出腊梅花儿开。清早起来什么镜子照，梳一个油头什么花儿香？脸上擦的是什么花儿粉？口点的胭脂是什么花儿红？清早起来菱花镜子照，梳一个油头桂花儿香，脸上擦的桃花儿粉，口点的胭脂杏花儿红。什么花儿姐？什么花儿郎？什么花儿的帐子什么花儿的床？什么花儿的枕头床上放？什么花儿的褥子铺满床？红花儿姐，绿花儿郎，干枝梅的帐子象牙花儿的床，鸳鸯花儿的枕头床上放，木樨花儿的褥子铺满床。

【字　幕】**《流派纷呈》**

编排：宋　锋

伴舞：中国京剧院

【字　幕】**《珠帘寨》**

演员：张建国、王佩瑜饰李克用

【唱词字幕】

昔日有个三大贤，刘关张结义在桃园。弟兄们徐州曾失散，古城相逢又团圆。关二爷马上呼三弟，张翼德在城楼怒发冲冠。耳边厢又听人呐喊，老蔡阳的人马来到了古城边，城楼上助你三通鼓，十面旌旗壮壮威严。哗啦啦打罢了头通鼓，关二爷提刀跨雕鞍；哗啦啦打罢了二通鼓，人有精神马又欢；哗啦啦打罢了三通鼓，蔡阳的人头落在马前。一来是老儿命该丧，二来弟兄得团圆。贤弟休回长安转，就在这沙陀过几年，落得个清闲。

贤弟抬头来观瞧，队队旌旗空中飘。大太保亚赛过温侯貌，二太保生来有略韬，三太保上山擒虎豹，四太保下海能斩蛟，五太保力用开山斧，六太保手持青龙偃月刀，七太保花枪真奥妙，八太保手持丈八矛，九太保他霹雳双锏耍得好，亚赛过秦叔宝，十太保双手能打火龙镖，十一太保虽然他年纪小，一个倒比一个高，哪怕黄巢兵来到，孤与他枪对枪来刀对刀。

【字　幕】**《淮河营》**

演员：马长礼、杜镇杰饰蒯彻

【唱词字幕】

淮南王他把令传下，分作三班去见他。此时间不可闹笑话，胡言乱语怎瞒咱！在长安是你夸大话，为什么事到如今耍奸滑？左手拉住了李左车，右手再把栾布拉，三人同把那鬼门关上爬，生死二字且由他。

辞别千岁长安转，得意洋洋笑连天。看半副銮驾排列站，这一场荣耀非等闲。死里逃生我好险，似这样虎口拔牙的事，哪一个大胆的敢向前。摇摇摆摆我出前殿，似这样忠良臣名不虚传。

【字　幕】《定军山》

演员：谭元寿、谭孝曾、谭正岩饰黄忠

【唱词字幕】夏侯渊武艺果然好，可算得中原一英豪。将身且把宝帐到，营外为何闹吵吵？这一封书信来得巧，天助黄忠成功劳。站立在营门传令号，大小儿郎听根苗：头通鼓，战饭造；二通鼓，紧战袍；三通鼓，刀出鞘；四通鼓，把兵交。向前个个俱有赏，退后难免吃一刀。三军与爷归营号，到明天午时三刻要成功劳。

（主持人上）

白燕升：朋友们，大家都知道京剧艺术起于民间，它因为大众的参与而格外的红火，也因为国际的声誉而广泛流传，比如说票房林立就是一个标志。这几年票房活动是越办越红火，你看参与的人群，像种地的，教书的，专业的，业余的，国内的，国外的，参与的人是越来越多。尤其到了逢年过节，那就更热闹了！好了朋友们，下面请跟我到一个票房去玩一玩，看一看！

【字　幕】戏曲小品《以戏会友》

导演：赵德芝

表演：周　涛　孙晓梅　鞠　萍　白燕升　施　翌
　　　姜　昆　杨春霞　程联群　王　艳　裘　芸
　　　林　琳　包　飞　姜亦珊　李佩青　周星灿
　　　阿祖（尼日利亚）　阿丹（尼日利亚）

伴奏：中国戏曲学院乐队

白燕升：（欢迎演员上台）过年好！你好你好！王艳你好！鞠萍你好！啊呀晓梅你好！杨春霞老师你好！欢迎外国朋友！欢迎欢迎！施翌，施翌！晓梅，鞠萍，过来过来！今天啊，是春节戏曲晚会，咱们就来个以戏会友怎么样？

孙晓梅、鞠萍、施翌：好啊！

白燕升：以戏会友自然得唱戏了，但我有个要求，每个人的唱词里都得有个“春”字，怎么样？

三　人：春？

孙晓梅：还可以，难度不是太大！有没有奖励啊？

白燕升：当然有奖励了！发奖人姜昆老师，您看，那儿有香包！

（姜昆和周涛拿着香包齐上）

周　涛：怎么样？够多吧！

白燕升：得的越多，越证明来年有福气！

众　人：对！

姜　昆：要是唱不出“春”字呢？

白燕升：姜昆老师就是老到，问到点上了！假如说他唱不出“春”来，咱得让这个人破费一下，台上的人台下的人，今天吃饭他全包了，怎么样？

众　人：好！

白燕升：各位请想一想啊，看看哪一句带“春”字！各位，你说第一个叫谁唱啊？

观　众：白燕升！

白燕升：我把自己给搁进去了，那好！唱“春”字，《春秋亭》我还不唱了，（唱）迎来春色……有没有“春”？

姜　昆（送香包上）：你给我们大家将带来的是双喜临门，好不好？

白燕升：谢谢！谢谢姜老师的祝福。那好，下面该我说了算了！

包　飞：我来我来，我先来行吗？

白燕升：这儿有位自告奋勇的，来自内蒙古的小生包飞！

包　飞：（自我介绍和祝贺新年，用蒙语）

白燕升：我说各位，你们听懂了吗？

观　众：没有！

白燕升：没听懂鼓什么掌啊！包飞，来，翻译一下！

包　飞：我说的就是“大家好，我叫包飞，祝大家新年愉快！”（唱）远山叠翠如含笑，春水绿波映小桥。

白燕升：有春没有啊？

观　众：有！

姜　昆：我给你找了个跟你衣服一模一样颜色的，希望锦上添花，别是画蛇添足啊！

包　飞：谢谢！

白燕升：我看上面两位朋友都唱了，咱台下戏迷朋友的热情很高。那这样！咱们台下的朋友是不是也唱一句带“春”的，好不好？

观　众：好！（唱）我虽然读书在东洋，沙家浜毕竟是故乡，这春来茶馆我毫无印象，也不曾见过这位老板娘。

白燕升：好！《沙家浜》，春来茶馆。姜昆老师，问题出现了，人家这么多都唱出“春”来了，

姜　昆：这么多，可别把我（的香包）全弄走了！这么着吧，弄点先分着！（向观众扔香包下去）

白燕升：周涛，周涛！呵呵，刚才周涛还舍不得，这会儿该不多了。那好，下面该谁呢？

施　翌：我，我！

白燕升：哦，施翌，来！

施　翌：（唱）芍药开，牡丹放，花红一片。艳阳天，春光好，百鸟声喧。

白燕升：啊呀真是不错，《四郎探母》坐宫，铁镜公主的第一句唱，里面有没有“春”哪？

姜　昆：有！（给施翌送一个香包）

施　翌：不行！两个！

白燕升：为什么呀？

施　翌：杨春霞老师教我的，“春”字有没有？

白燕升：这个也算一个啊？

施　翌：那当然了！

姜　昆：那再给拿一个。来来来，多好的颜色，粉配黄，当新娘！

白燕升：我们请出张派青衣姜亦珊，还有我们的金奖票友李佩青给大家演唱！

李佩青：（唱）正月里无有花儿采，唯有这迎春花儿开，

姜亦珊：（唱）人面不知何处去，桃花依旧笑春风。

白燕升：好！谢谢两位，谢谢。你说这出戏《卖水》太熟悉了，怎么原来我就没发现里面有这么多“春”哪！她唱了两个，她唱了一个。

姜　昆：“春”字多，咱们准备的香包就多，尤其有姜亦珊，一笔难写两个“姜”字。你来仨（给李佩青），你来五个（给姜亦珊）。

孙晓梅：哎！我们桌该来一个节目了吧！

白燕升：哎，我知道，王艳、程联群。我看看，（看那边）这个桌上还没有人来唱，我看，周涛！有请三位！

王艳、程联群、周涛：（唱）风雨送春归，飞雪迎春到，已是悬崖百丈冰，犹有花枝俏，犹有花枝俏。俏也不争春，只把春来报。

白燕升：一个春，两个春，别唱了！

姜　昆：不能再往下去了，送你一个，这个我留下了。（溜下）

白燕升：（推程联群一把）跟姜昆老师要去，赶紧赶紧啊！

程联群等：（向姜昆）您不能贪污。

周　涛：拿来吧你！

姜　昆：大家同意吗？

众　人：同意！

姜　昆：那多来几个，来！

白燕升：刚才孙晓梅是你发起的，说你们桌唱。我看一下你们桌，就剩你了！好，有请孙晓梅！

孙晓梅：（唱）玉堂春好比花中蕊——

阿　祖（尼日利亚）：（生硬的中文）把你王孙公子比作何来？

白燕升、孙晓梅：哈哈，非洲小生！

白燕升：晓梅唱的有没有“春”？

众　人：有春，有春！

白燕升：但是虽然有春，我怎么听着怎么那么像程派呀？

孙晓梅：嗓音条件所致。

白燕升：好，谢谢！朋友们，我们下面再请更专业一些的。我为大家请出的是裘盛戎先生的女儿裘芸为大家演唱，有请！

裘　芸：（唱）你听着！霹雳一声春雷响，平原上谁不晓工农的儿子赵勇刚。战斗的足迹踏遍了太行山上，抗日的声威震撼着铁路两旁。你找他苍茫大地无踪影，他打你神兵天降难提防。鱼在水，鸟在林，自由来往，哪里有人民，哪里就有赵勇刚！

白燕升：《平原作战》，霹雳一声春雷响，有没有“春”字？

众　人：有“春”！

白燕升：（看见姜昆拿着一大串香包想给裘芸）哎哟，你怎么拿这么多？

姜　昆：把我们大家的心意都拿给赵勇刚的母亲，赵妈妈！

白燕升：我看咱们中国朋友唱得差不多了，两位外国朋友，来吧！咱们欢迎两位外国朋友！来，是唱一段什么呢？

阿　祖（尼日利亚）：京剧博大精深，太不好学了。

白燕升：（模仿）京剧博大精深，太不好学了。

阿　丹（尼日利亚）：我们只会龙套上下手，狮子老虎狗。

白燕升：喔，我们只会龙套上下手，狮子老虎狗。还挺专业呢！鼓励一下！我们问问两位，这么专业的行话，是跟谁学的？

两　人：姜昆老师。

白燕升：跟姜昆老师就学成这样了啊，姜老师，你们师徒仨人来了，怎么也得给我们弄几句带“春”的，大家说是不是啊？

众　人：对！

姜　昆：咱们一起来好不好？开始来！

姜　昆：天子从来重老臣，

阿　祖：为子孝亲臣奉君，

白燕升：《龙凤呈祥》！

姜　昆：皇土永固民安乐，

阿祖、阿丹：long long live a king!

白燕升：各位，有多少听懂了告诉我，哎，听懂了吗？

众　人：没有！

白燕升：姜老师您给翻译一下！

姜　昆：但愿我主万万春！

白燕升：好！按照规矩，一个春字一个礼物！

姜　昆：不行不行！我说的是什么呀？我说的是万万春！万万是多少？

观　众：一亿！

白燕升：啊呀，姜昆老师见了自己的学生，结果自己把自己带沟里去了，那礼物你给吧，找姜昆老师要去！

鞠　萍：哎，留点啊！感情儿这么说也行啊？

白燕升：那外国朋友他们行，那就行吧！

鞠　萍：那我也来一段，行不行啊？

白燕升：你今天不唱了，来说？

鞠　萍：对了！

白燕升：可以啊！

鞠　萍：啊哈！青春整二八，生长在贫家，

白燕升：一个春！

鞠　萍：入窗春寂静，空负貌如花。

白燕升：两个春，行了行了，来！得两个！

鞠　萍：不行。听着！奴家——

白燕升：金玉奴啊！

鞠　萍：错了！陶三春！我还有，听着！大哥李春发，大嫂王春娥。

白燕升：得了得了！这哪行啊，这是戏吗？

鞠　萍：大姐春草，二姐春景，三姐迎春，四姐探春。

白燕升：这哪跟哪儿啊！姜昆老师，咱把这些都给她吧，都给她吧！

姜　昆：收着，收着！

鞠　萍：谢谢了！给大家逗个乐的！

姜　昆：送你满园春色！

白燕升：谢谢鞠萍！好，亲爱的朋友们，刚才说了半天了，接下来我们还是要听唱！我们请出的是大家非常熟悉和喜爱的京剧名家杨春霞老师为大家演唱《杜鹃山》怎么样？

杨春霞：林琳来了，也一起唱吧？

白燕升：好！金奖票友林琳一起唱！

杨春霞、林琳：（唱）家住安源萍水头，三代挖煤做马牛。汗水流尽难糊口，地狱里度岁月，不识冬夏与春秋。闹罢工，我父兄怒斥工头，英勇搏斗。壮志未酬遭枪杀，血溅荒丘。贼矿主心比炭黑又下毒手，一把火烧死了我亲娘弟妹，一家数口尸骨难收。秋收暴动风雷骤，明灯照亮，明灯照亮我心头。才懂得翻身必须枪在手，参军入党，要为那天下的穷人争自由。工友和农友，一条革命路上走，不灭豺狼誓不休，不灭豺狼誓不休！

白燕升：《杜鹃山》，我光顾听了我没数，大伙儿告诉我们，里面到底有几个春？两个春？

姜　昆：杨老师，愿你硕果累累！（向林琳）祝你，青出于蓝而胜于蓝！

白燕升：好，谢谢两位！亲爱的朋友们，在今天这个以戏会友的最后啊，我要为大家隆重请出一位小朋友，远道从湖南湘潭来的周星灿！来！

周星灿：祝爷爷奶奶叔叔阿姨春节愉快，劳苦功高！（唱）今日痛饮庆功酒，壮志未酬誓不休，来日方长显身手，甘洒热血写春秋！

鞠　萍：近年来戏迷特火，其中戏娃特多，可以叫做中国戏娃现象。我们从这里高兴地看到民族戏曲后继有人。过年了，戏娃们向全国的爷爷奶奶叔叔阿姨献上一支拜年的年歌。

【字　幕】《年歌》

作词：魏子晨

作曲、配器：朱维英

编舞：范广和　殷慧明　桂旭媛　莫燕峰

表演：包头市艺术学校　南空小百灵少儿艺术团

吉林省歌舞剧院歌舞团

【唱词字幕】百花鲜，过新年，欢欢喜喜大团圆。过新年，百花鲜，红火焰，新衣衫，欢欢喜喜过新年。百花鲜，过新年，红火焰，新衣衫，楠楠给外公把年拜。一挂风筝给楠楠，美猴王画在风筝上，今年我也飞上天。美猴王画在风筝上，今年我也飞上天。过新年，百花鲜，红火焰，新衣衫，我给大家把年拜，恭贺新禧过新年。我给大家把年拜，恭贺新禧过新年。百花鲜，过新年，红火焰，新衣衫，甜甜给妈妈把年拜。一个花篮送甜甜，山村去看小伙伴，我唱一首《南泥湾》。山村去看小伙伴，我唱一首《南泥湾》。百花鲜，过新年，红火焰，新衣衫，欢欢喜喜过新年。过新年，百花鲜，红火焰，新衣衫，我给大家把年拜，恭贺新禧过新年。我给大家把年拜，恭贺新禧过新年。

（主持人上）

白燕升：继承传统与时俱进，新编好戏不断诞生。培育民族精神，贴近人民大众，让我们的民族戏曲走向更大的繁荣！

【字　幕】**京剧《杜十娘》**

演员：张慧芳饰杜十娘　靳学斌饰李甲

【唱词字幕】

杜十娘：霎时间忽觉得心潮激荡，平生里乍见这真诚的目光。

李　甲：霎时间只觉得情涌热浪，乍见这似皎月晶莹目光。

杜十娘：目光中饱含着柔情爱意，像暖风吹拂着月夜荷塘。十娘我今日里喜从天降，千百度寻来了如意情郎。但愿得与公子相依相傍，

李　甲：但愿得与十娘相依相傍，

杜十娘：做一个常人妻，

李　甲：做一对好夫妻，

两　人：共度时光。

【字　幕】**京剧《宰相刘罗锅》**

作曲：朱绍玉

表演：陈少云饰刘墉　董圆圆饰霞儿格格

表演：北京京剧院

【唱词字幕】

刘墉：大红的灯笼是高高挂，

格格：大红的喜字映窗前，

刘墉：花烛得放遂心愿，

格格：金榜题名才尽欢。

刘墉：手谈那一日未曾细看，今日里柳如眉，桃如腮，羞含杏眼更显得万种娇妍。小姐你你好比瑶池天仙女，我的其貌不扬有碍观瞻。

格格：刘郎莫要自埋怨，人海之中有几个美貌的潘安，相识儿日看顺了眼，男儿汉无丑相乃是常言。

刘墉：难得小姐一番劝，刘墉才把心放宽，小姐呀，

格格：咳，都什么时候啦，还小姐小姐的？

刘墉：哦，夫人！哈哈哈哈！

【字　幕】**京剧《蔡文姬》**

演员：王蓉蓉饰蔡文姬

编舞：林　阳

伴舞：吉林省歌舞剧院歌舞团

【唱词字幕】敕勒川，阴山下，草肥水美。牧歌嘞起落鸟飞回，辽原绿野蹄声脆。阵阵春风扑面吹，十二年时光似流水，汉家女成了胡王妃。生一双小儿女天真俊美，与王爷情相投意相印，互敬互爱，夫唱妇随唯有那一缕相思埋腹内。最难忘洛阳城牡丹故园梅，暮鼓风念汉月两情醉，恰好似饮不干的酒一杯。昨夜里新谱胡笳曲，吹来愿逐彩云归。

【字　幕】**京剧《图兰朵公主》**

作曲：朱绍玉

演员：邓敏饰图兰朵　黄炳强饰卡拉夫

【唱词字幕】

图兰朵：刀剑与它血缘近，它与刀剑不同心。刀剑杀人成癖性，它除不平五谷生。征服天下富百姓，战火一燃它养精神。

卡拉夫：刀剑与它血缘近，都是火熔铁铸身。造福天下自伤损，铁犁行处五谷生。

图兰朵：孪生姐妹明又亮，喜怒哀乐七色光。双双嵌入小画框，天地万物尽收藏。对对姊妹不一样，善良成对恶成双。

卡拉夫：孪生姊妹心灵窗，七情放出七色光。悲痛时双溪苦水流，人无双眸暗夜长。

图兰朵：朝阳灿烂霞光放，号召人去蹈火赴汤。落魄失意它医心创，穷达富贫它俱帮忙。弱者靠它胆气壮，不幸时有它能挺起胸膛，夜梦彩凤把山歌唱，晨引彷徨向曙光。

卡拉夫：人人盼来人人想，美好的憧憬引人发狂。有它时热血奔涌滚又烫，无有它魂灵无有家乡。它催着有志人奋发向上，它就是图兰朵骄傲的凤凰。

【字　幕】**河北梆子《洪湖赤卫队》**

作曲、配器：朱维英

编舞：吴文烨

演员：彭蕙蘅、刘志欣、刘凤香饰韩英

伴舞：吉林市歌舞团　吉林艺术学院附中　桦甸市歌舞团

【唱词字幕】望长空，啊，望长空，寒星稀，云遮月朗。秋风紧，芦花飞，怒涛翻扬，对月光，对月光，站窗前，心情激荡。洪湖啊我的家乡，洪湖啊我的亲娘，自幼儿生长在洪湖岸上，喝的是洪湖水，吃的是岸边粮。风浪中加入了共产党，战火里锻炼得意志如钢。看见了洪湖水，韩英我浑身是力量；听见了洪湖浪，韩英我斗志更坚强。狂风吹不灭燎原烈火，屠刀斩不断滚滚的长江。一颗红心向着党，头断血流不投降，不投降。

【字　幕】**京剧《江姐》**

作曲：万瑞兴

演员：张火丁饰江姐

编舞：林　阳
伴舞：吉林省歌舞剧院歌舞团

【唱词字幕】红岩上，红梅开，千里冰霜脚下踩。三九严寒何所惧，一片丹心向阳开，向阳开。红梅花儿开，朵朵放光彩。昂首怒放花万朵，香飘云天外。唤醒百花齐开放，高歌欢庆新春来。新春来。

【字　幕】**京剧《智取威虎山》**
演员：李军饰杨子荣
编舞：王韵涵
伴舞：吉林市歌舞团　吉林艺术学院附中　桦甸市歌舞团

【唱词字幕】穿林海，跨雪原，气冲霄汉。党给我智慧给我胆，千难万险只等闲，为剿匪先把土匪扮，似尖刀插进威虎山。誓把座山雕，埋葬在山涧。壮志撼山岳，雄心震深渊。待等到与战友会师百鸡宴，捣匪巢定叫它地覆天翻。

施　翌：姜昆大哥啊，你看现如今人们的日子是越过越红火，人的心气儿也越来越高，年味是越来越浓，就连庙会也是越赶越热闹了！

姜　昆：对，咱们得赶紧去看看庙会，咱们看一看这个高甲戏，还有二人台，他们的丑婆怎么过年的！再看看咱们山东柳子小姐怎么就看上了小生鞠萍，然后再看一看我们的西北农民老包怎么顶撞了皇姑孙晓梅，再来看一看我们的剪花天使樊晓梅怎么剪出了群猴贺春！

施　翌：太好了！让我们一块儿去——

两　人：逛庙会！

【字　幕】**戏曲组合《逛庙会》**
演出：朱世慧　郑　岩　金不换　张寄蝶　孙晓梅
　　　鞠　萍　白燕升　施翌等

【字　幕】**二人台《小拜年》**
演员：武利平饰二大娘
编舞：吴文烨
伴舞：吉林市歌舞团　吉林艺术学院附中　桦甸市歌舞团

【唱词字幕】正月里来好春光，二大娘来把庙会逛。东边走，西边逛，地方小吃喷喷香，香死二大娘。冰糖葫芦串串香，想吃又怕高血糖。锣鼓喧天震天响，红黑生旦对台唱。这台正唱《闹天宫》，那台又唱《美猴王》。灵猴带来好运气，今年更比去年强。后生买的大电脑，闺女挑的新衣裳，娃娃搂的大飞船，老汉嚼的口香糖。赶潮流，买时尚，男女老少喜洋洋。

朱世慧、郑　岩：羊去猴来又一年，羊年好，猴年欢，羊猴交接吉祥年。太平盛世逛庙会，吃喝穿戴样样全。山里红，我怕酸，糖葫芦，把牙粘。买点儿高级的化妆品，脸上的褶子腻不严。买块花布当模特，咱俩的岁数一百二十三。我一辈子最爱听个戏，今天就有好戏看，鞠萍主演柳子戏，晓梅主演明公案，您往这儿瞧！过来一台福建安溪的高甲戏，这福建的特产啊，那是真新鲜啊！

张秋凤：我来也！

【字　幕】**高甲戏《媒婆弄》**

词曲整理：朱伟捷

导演：王琼芬

演员：福建省安溪县高甲戏剧团张秋凤、易彩珠

【唱词字幕】婆啊我，婆啊我做人真伶俐，天生一对好嘴舌。东家娶媳妇，西家嫁女儿，凭我来做媒，喜结连理枝。成双成对笑眯眯，啊笑，啊笑，啊笑眯眯。老大姐，咱走吧！说走就走，走啦！

郑　岩、朱世慧：这台戏可真好看，跟咱一样都是彩旦。您往这儿看，剪花天使樊晓梅，名扬四海她不虚传。（剪纸艺术：樊晓梅）剪个鸳鸯能戏水，剪个喜鹊能上天，这民间的艺人了不起，连外国人他都看直了眼。

【字　幕】**豫剧《金不换》**

【唱词字幕】看猴年庙会真叫棒，太平年五谷丰登好吉祥。有儿女我禁不住心暗想，庙会上我碰一个孩儿他娘。

【字　幕】**山东柳子戏《玩会跳船》**

演员：陈媛饰白月娟

【唱词字幕】人如玉，令人美，心至诚，金难换。倾情何妨不识面，牡丹待放初绽露，荔枝新摘别样甜，此曲再向知音弹。

（武大郎、主持人上）

武大郎：我是生来矮，矮人，矮脚矮手的矮布裙，有人骂我是三寸丁，真正气人，气死人！

白燕升：这不是武大郎么？你好你好！我问问你啊！你这不卖烧饼跑到这儿来干什么来了？

武大郎：卖画！

白燕升：卖画？那是谁的画？

武大郎：我自己的！

白燕升：你自己的？你还会画画？

武大郎：会啊！

白燕升：会画什么？

武大郎：不是跟你吹牛！你让我画什么，我就给你画什么。

白燕升：吹上了！我让你画什么呢？画这个怎么样？

武大郎：梅花！好！走！
白燕升：走！

朱世慧：后边是什么，我告诉你们，山西梆子《明公断》，有请孙晓梅！

【字　幕】**晋剧《明公断》**
演员：范云海饰包公
【唱词字幕】
孙晓梅：我告诉你啊，我有权有势，我就是要招陈世美当驸马！瞅你那黑样！
包　公：她笑包拯生得丑，又笑文正生得黑，莫笑包拯生得丑，我的脸黑心可不黑。说臣黑，黑得媚，臣亚赛三国的猛张飞。说臣黑，黑得贵，臣亚赛唐朝的黑敬德。皇姑不在深宫内，你来到开封府为了谁？
孙晓梅：就你这小官你还管我啊？我告诉你，国太是我妈，你看我怎么整治你！
包　公：莫说搬来龙国太，宋王爷到此也难容宽。
孙晓梅：你，你气死我了！

郑　岩、朱世慧：来咯！东北拉场戏咯！

【字　幕】**拉场戏《双回门》**
编舞：吴文烨
表演：李凯迪、宋伟涛等
【唱词字幕】
正月也是里儿呀，正月里初三四儿啊。村办企业放年假，咱们两个去串门儿呀。转回身来打开大衣柜儿呀，穿上了哇雪貂皮呀，戴上钻石大戒指儿呀，新型手机挎在身儿，人参蛤蟆油一样一斤儿呀，看一看我爹我妈你的那个老丈人呀。

二人往外走哇，钻进汽车门呀儿，小汽车一溜烟儿，眨眼就出了村儿。小洋楼盖得可是真带劲儿呀，柏油路哇没有冰茬子儿。地里冬忙的是拖拉机呀，塑料大棚满山根儿呀，绿色产品是真出奇儿呀，咱农民依靠它捧上了聚宝盆儿呀。

汽车跑得快呀，来到了丈人门儿呀。七大姑八大姨，迎上了一大群儿呀。冲着那小汽车，一个劲儿直拱嘴儿呀。你们俩个人儿呀，真精神儿呀，一点不像农村人儿。企业家新名词儿呀，再也不当那土包子儿呀，都是党的好政策呀，把咱带进致富的门儿呀。

吃罢团圆饭哪，太阳偏了西儿呀，小两口收拾收拾要回家门儿呀。丈母娘我留哇留也留不住哇，我们回去要开会儿，研究招商新课题儿呀。买电脑聘能人儿呀，要把外商引进村儿呀，等明年放长假我们两个再回门儿呀。

众　人：猴年吉祥啊！

（掌声起，主持人上）
孙晓梅：守岁、过年，浓浓的亲情跨过了巍巍的高山，浓浓的乡恋超越了浅浅的海湾。

听一段广东粤剧、广东汉剧，海外侨胞仿佛又回到了广东故里；听一曲歌仔戏，台湾同胞仿佛又回到了祖籍闽南；唱着越剧父女的亲情美，演着评剧姑嫂的日子甜；听一曲龙江剧，黑土地的怀抱火辣辣的暖，还有那巴山的仙女也情恋人间。

【字　幕】**龙江剧《荒唐宝玉》**

演员：白淑贤饰贾宝玉

【唱词字幕】众才女吟诗作画不相让，美文美句映红妆。宝玉不才飞思绪，辗转徘徊索枯肠。远山云出岫，田园好风光。心羡云中燕，爱恋百花香。真想那泼墨成佳句，心随黛玉游山水把月赏，甜甜蜜蜜百年长。想到此，诗成行，一咏一叹翰墨香。（双笔书法）山庄杏帘招客饮，菱行鹅水燕子梁。稻花飘香春韭绿，盛世何须耕织忙。

【字　幕】**广东汉剧《柳如是》**

演员：李仙花饰柳如是

编舞：林　阳

伴舞：吉林省歌舞剧院歌舞团

【唱词字幕】前呼后拥出兰房，绛云楼终落成无限风光，尚书府添新景谁不羡仰。堂前柳沐春色浩然气象，呼风唤雨上尊下从，尚书夫人非比寻常，为夫君立朝堂居安思危，我还须勤调停巧作主张。但愿得了却人生美梦想，人上人的滋味待我细细品尝。

【字　幕】**歌仔戏《厦门新娘》**

作词：黄天福

作曲：江松明

导演：吕忠文　黄天福

演出：厦门市歌仔戏剧团

表演：黄　舒、曾振东、杨雅燕、庄必芳等

【唱词字幕】喜结良缘喽！海上花园良辰美景，芙蓉并蒂琴瑟和鸣，厦门新娘美丽温柔，海峡两岸新人喜结亲。新娘梳头髻啊，新娘跨火熏钱财年年春。喜宴酒菜有土笋冻，葡萄美酒真正红，海参鱼翅海蛎煎，郎情妹意不变迁。炒面线，红对虾，厦门台北结亲家。新郎来了！台北新郎意绵绵，厦门新娘舞翩翩。海峡两岸飞彩虹，鹭岛织女配牛郎。好啊！莺燕齐飞如蜜甜，祝愿猴年生孩儿，海峡两岸本是同宗，幸福美满到百年！

【字　幕】**广东粤剧《范蠡访西施》**

演员：丁凡饰范蠡

【唱词字幕】江山万里惊色变，国难忧煎，愁怀离乱，吴关路远，回首凄然。报国愧我未能挥利剑，乞谋帏薄亦堪怜。仰花天，勤访艳，多情燕，扰人前，呢喃似向人指点，苎罗访艳可回天。

【字　幕】**越剧《九斤姑娘》**

演员：周奇饰九斤　陈明水饰张箍桶

【唱词字幕】

张箍桶：阿囡！

九　斤：忽听得阿爹连声叫，里面走出我九斤佬，清早起来忙匆过，还有小鸡未喂饱。阿爹。侬生意好勿好？

张箍桶：石二东家叫我箍十只桶。

九　斤：十只桶！格侬报来！

张箍桶：好，阿囡，侬听咚！他说道天亮要箍天亮桶，

九　斤：就是那清早起来的洗面桶。

张箍桶：还有那晏昼要箍午时桶，

九　斤：就是阿爹老饭桶。

张箍桶：还有日落西山黄昏桶，

九　斤：长工短工都要用，田畈回来洗脚桶。

张箍桶：还有那半夜三更要紧桶，

九　斤：阿囡房里也有咚，

张箍桶：马桶。

九　斤：一眼勿错是马桶。

张箍桶：石二他要箍有盖无底桶，要箍有底无盖桶，

九　斤：有盖无底是锅盖，有底无盖是豆腐桶。

张箍桶：要箍无底无盖桶，

九　斤：无底无盖是蒸桶。

张箍桶：还有恩恩爱爱夫妻桶，问侬阿囡懂勿懂？

九　斤：夫妻桶，总成对，就是早间挑水桶。

张箍桶：第九只桶名真难懂，名堂叫外国金丝桶，一道城墙勿通风，无底无盖两头空，城里屋宇齐又整，家家户户开窗孔，千军万马扎满城，一个皇帝坐当中，三街六市多拥挤，十字街头闹哄哄。

九　斤：第九只桶名也勿难，名堂就叫养蜂桶，千军万马是蜂群，一只蜂王坐当中，蜂巢密密像窗孔，一日到夜闹哄哄。

张箍桶：还有一只奇怪桶，一根横档在当中，一根尾巴通天宫，上头一记松，下头扑隆通，拎拎起来满腾腾，问侬阿囡叫啥个桶？

九　斤：这样的东西天天见，名堂就叫吊水桶。

张箍桶：阿囡真聪明，阿爹去哉！

【字　幕】**京剧《杨排风》**

表演：黄雨晴

【字　幕】**川剧《别洞观景》**

演员：沈铁梅饰白鳝仙子

配器：王晓刚

【唱词字幕】同哥哥青海庄上修道久，修身养性度春秋，久有心往人间走一走，奈何哥哥强阻留。且喜他今日去拜东皇寿，趁此机会往外游。但则见，白鹤在林中走，野花遍平畴，蝴蝶儿穿花柳，鸳鸯觅河洲。见那些红男绿女手牵手，手牵手儿在郊外闲游。尘世间处处都把人引诱，更比仙府胜一筹。从今后再不想在蟠桃会上走，再不想玉液琼浆润咽喉。神仙的苦闷实难受，白鳝再不把道修。

【字　幕】**评剧《喜迎春》**

作词：魏子晨

作曲：刘文天

配器：黄　平

演员：谷文月饰妈妈　曾昭娟饰儿媳　刘慧欣饰女儿

编舞：林　阳

伴舞：吉林省歌舞剧院歌舞团

【唱词字幕】

合唱：鹅毛雪，漫天飘，遍地烟花七彩桥，空竹抖浓了年夜味儿，吉祥万里歌如潮。

儿媳：剪喜字，露露巧，多少喜鹊落梅梢。

女儿：贴春联，福到了，五福捧寿献喜桃。

妈妈：满堂红，乐陶陶，一家人围坐把饺子包，只惦记儿子远在边关哨，不知道他们怎么守岁度良宵。

儿媳：妈！说儿子，儿子就到，儿子从电视上走来了，问妈一声身体好，谢小姑一年尽孝不辞劳。

女儿：嫂子想你睡不好觉，半夜起床嚼辣椒，今天早晨吓一跳，我的嫂子水蜜桃，瘦成绿豆苗。

儿媳：小姑的婚期就要到，陪送嫁妆咱伺候着。张五可的妆台我来找，杜十娘的箱子你去捞，谢瑶环的玉簪、马皇后的袄，还有那张羽煮海的小银勺。

妈妈：饺子宴，已摆好，叫你哥喝杯老窖挡寒潮。

女儿：人家也在吃水饺，全班人比在家里都兴致高。

儿媳：吃完饺子去放哨，保一个妈妈吉祥，祖国安宁，老百姓的日子芝麻开花节节高。

女儿：瞧瞧瞧，全班战士给妈拜年喽！

妈妈：谢谢喽！谢谢喽！家里头一切都挺好，我秧歌扭到青龙桥，我秧歌扭到青龙桥。

合唱：钟在响，雪在飘，新年伴着雪花到，把喜神接上小康道，迎来了春天凤还巢。

（穿插老艺术家向全国人民拜年镜头）

袁雪芬：亲爱的观众朋友们你们好！我今天很高兴在上海黄浦江边又逢到春节，我向广大观众拜一个年！

田桂兰：祝你们猴年吉祥，身体健康，万事如意！

王爱爱：我祝你们全家团圆，和和乐乐！

王文娟：越活越年轻，越活越欢快，越活越如意，越活越健康！

牛桂英：我给大家拜个年，祝大家今后工作蒸蒸日上，万事如意！
徐玉兰：祝你们身体健康，越来越高兴，越活越年轻！

（掌声起，主持人上）
周　涛：京剧是国粹，京剧在民间，有多少传统值得我们借鉴，在这守岁的夜晚，让我们把那一去不复返的故事拿出来重新赏玩。

【字　幕】**京剧《痴梦》**
演员：王桂荣饰崔氏
【唱词字幕】飞来福从天降，将信将疑，好官人念娇妻未忘旧情。红霞帔，裹玉体，洋洋得意；彩凤冠，映粉面，胜似王妃。香车宝马载不尽柔情蜜意，今日里喜荣归，夫唱妇随。见买臣，荒唐事，休再提起。好夫妻叙旧情，重入罗帏。

【字　幕】**京剧《野猪林》**
演员：杨赤饰鲁智深
【唱词字幕】
（白）好酒啊！（唱）懒听暮鼓晨钟响，偏入青灯黄卷堂。
（唱）当年关西把人伤，五台山上改僧装，只为贪杯把祸闯，师傅荐某到此方。老方丈对某来言讲，他言说紧提防这菜园里面有强梁，好汉英雄他们谁敢来较量，每日里看守菜园闷坏胸膛。

【字　幕】**京剧《赤壁之战·壮别》**
演员：李宏图饰周瑜
伴舞：北京京剧院
【唱词字幕】大江东去浪滔滔，描不尽英雄怀抱。浩然正气冲霄汉，惊醒了星斗闪闪寒。骇浪奔涛增婉转，风叱云咤也缠绵。老将军珍重此身经百战，珍重了东风初送第一船。大江待君添炽炭，赤壁待君染醉颜。松柏劲骨当岁寒，你谈笑而去谈笑还。

【字　幕】**京剧《武家坡》**
演员：李海燕饰王宝钏　张克饰薛平贵
【唱词字幕】
薛平贵：那苏龙魏虎为媒证，王丞相是我的主婚的人哪。
王宝钏：提起了旁人我不晓，苏龙魏虎是内亲，你我同把相府进，三人对面说分明。
薛平贵：他三人与我有仇恨，咬定牙关他就不认承。
王宝钏：我父在朝为官宦，府中金银堆如山，本利算来该多少，命人送到西凉川。
薛平贵：西凉国四十单八站，为军的要人我是不要钱。
王宝钏：我进相府对父言，衙役小厮有万千，将你带到官衙内，打板子，上夹棍，去南牢，坐监禁，管教你向前容易退后难。

薛平贵：大嫂休要巧言辩，为军哪怕到官前，衙里衙外我打点，管保大嫂断与咱。

王宝钏：军爷休要发狂言，欺人犹如欺了天，西凉鞑子把你斩，妻儿老小奴一般。

薛平贵：好一个贞节王宝钏，百般调戏也枉然。腰中取出了银一锭，将银放在地平川。这锭银子三两三，送与大嫂作养年。买绫罗，做衣衫，打首饰，置簪环，我与你少年的夫妻过几年。

王宝钏：这锭银子奴不要，与你娘做一个安家的钱。买绫罗，做衣衫，买白纸，糊白幡，打首饰，置妆奁，落得个孝子的名儿在那天下传。

薛平贵：是烈女不该出绣房，为何来在大路旁？为军起下不良意，一马双跨到西凉。

王宝钏：一见军爷变了脸，吓得宝钏心胆寒，低下头来心暗转，急忙回到那寒窑前。

（主持人上）

施　翌：昆曲曾创造过“满城争说《十五贯》”的轰动，昆曲又得到了“人类口头和非物质文化遗产代表作”的殊荣，把“听昆曲、游园林、喝黄酒”三者并列，外国朋友都认为这是最典型的“中国旅行”。

【字　幕】**昆曲《华容道》**

演员：侯少奎饰关羽

演出：北方昆曲剧院

【唱词字幕】一自在河东发驾，习成文武做英豪，饱看着春秋一部，斩黄巾把张宝诛枭，过五关斩将行千里，匹马单刀，俺也曾斩张良，生擒张角，斩颜良，千古名标。

（主持人上）

白燕升：朋友们，此曲只应天上有，好戏不厌百回听！下面我要为大家请出的是大家非常熟悉的京剧名家李维康、耿其昌为您献上传统骨子老戏《四郎探母·坐宫》的快板对唱。

【字　幕】**京剧《四郎探母·坐宫》**

演员：李维康饰铁镜公主　耿其昌饰杨延辉

【唱词字幕】

铁镜公主：呀！听他言吓得我浑身是汗，十五载到今日才吐真言，原来是杨家将把名姓改换，他思家乡想骨肉不得团圆，我这里走向前再把礼见。驸马！尊一声驸马爷细听咱言，早晚间休怪我言语怠慢，不知者不怪罪你的海量放宽。

杨延辉：公主呵！我和你好夫妻恩德不浅，贤公主又何必礼仪太谦。杨延辉有一日愁眉得展，誓不忘贤公主恩重如山。

铁镜公主：讲什么夫妻情恩德不浅，咱与你隔南北千里姻缘。因何故终日里愁眉不展，有什么心腹事你只管明言！

杨延辉：非是我这几日愁眉不展，有一桩心腹事不敢明言。萧天佐摆天门两国交战，老娘亲押粮草来到北番。我有心回宋营见母一面，怎奈我身在番远隔天边。

铁镜公主：你那里休得要巧言来辩，你要拜高堂母我不阻拦。

杨延辉：公主虽然不阻拦，无有令箭怎过关。

铁镜公主：有心赠你金钑箭，怕你一去就不回还。

杨延辉：公主赐我金钑箭，见母一面即刻还。

铁镜公主：宋营离此路途远，一夜之间你怎能够还。

杨延辉：宋营虽然路途远，快马加鞭一夜还。

铁镜公主：适才叫咱盟誓愿，你对苍天与我表一番。

杨延辉：公主教我盟誓愿，屈膝跪在地平川，我若探母不回转，

铁镜公主：怎么样啊？

杨延辉：罢！黄沙盖脸魂不还。

铁镜公主：言重了！一见驸马盟誓愿，咱家才把心放宽，你到后宫乔改扮，盗来令箭你好出关哪！

杨延辉：一见公主盗令箭，不由本宫喜心间，站立宫门叫小番——备爷的千里战，扣连环，爷好过关！

（掌声起，主持人上）

白燕升：九曲黄河流淌着中华民族的热血，

鞠　萍：万里长江激荡着中华民族的脊梁，

白燕升：江河汇聚，融成了浩瀚的曲海，

鞠　萍：祝戏魂与山川永在，与日月同光！

【字　幕】**尾声《戏魂》**

作词：魏子晨

作曲、配器：孟庆华

演唱：尚长荣　关栋天　刘桂娟　李佩红

长袖舞：王晓燕

编舞：冷明宇　谷雪莹

伴舞：吉林市歌舞团　吉林艺术学院附中　桦甸市歌舞团

中国京剧院　河北省艺校保定分校

【唱词字幕】

尚长荣：黄河奔腾从天降，十万飞龙不勒缰。浪花冲碎泰山月，五千年的气韵满胸膛。

刘桂娟：融合那丝路飞花雨，阅尽那长城历沧桑。唱不尽，文姬归汉十八拍，红袖飘飘舞盛唐。

尚长荣：奇女有虎胆，铮臣也柔肠，

刘桂娟：补天天灿烂，追日日辉煌，

合　唱：精卫鸟声声回荡太平洋。

关栋天：长江奔腾从天降，十万金凤迎朝阳。小舟破浪单刀会，五千年的光彩化春光。

李佩红：融合那峨眉浪漫，带走那神女芬芳。太白倜傥，赤壁铿锵，

关栋天：麒麟骨，蝴蝶裳，

李佩红：临川梦，兰花乡，

合　唱：黄鹤楼仰天长啸备琼浆。

合　唱：江河不息东流去，汇成那梨园盛世，气度泱泱。导板唱响了全世界，再现我中华戏魂，民族脊梁，东方精神大弘扬。

（掌声起，主持人上）

白燕升：今夜难忘群星灿烂，

周　涛：明天托起新的太阳，

鞠　萍：让我们深情地祝愿全国的观众朋友们，猴年欢快！

姜　昆：猴年精彩！

孙晓梅：猴年吉祥！

施　翌：猴年康泰！

白燕升：亲爱的观众朋友们，让我们和我们的祖国一起走向

合：更灿烂的未来！

【滚动字幕】

总 策 划：朱　彤　郎　昆

策　　划：尹希元　孙爱青　薛继平

总 导 演：张巧英

艺术指导：许玉琢　周仲春

执行导演：孙桂元　赵德芝

撰　　稿：魏子晨　薛继平　孙爱青

导　　演：祁　兵　王　硕　贾红霞

助理编导：王凌寒　王台强　王　晶

音乐编辑：李秀增

舞蹈统筹：周国瑞　兰景龙　林　阳

视频技术：史伯云　钟　全　杨建国　郁　建
　　　　　孟　涛　李雪峰　郭一凡　张忠晏

音频负责：李　枫　关朝洋

音频技术：张劲辉　田会昌

摄　　像：于嘉琪　安　伟　宋云哲　温洪年　刘洪波　张　威
　　　　　王　伟　陈　磊　赵　磊　杨光宇　张　旭　孙宝玉

升降臂技术：刘　武

舞台监督：黄景顺

制片主任：郝宝智

制 片 人：唐世鼎　王志军

技术总监：何宗就　丁文华

监　　制：胡　恩　张华山
总 监 制：赵化勇

（编撰　章新强）

2005年中央电视台春节戏曲晚会
——金鸡颂春

开场（掌声起）
【字　幕】**挂红灯**
【字　幕】**内蒙二人台《挂红灯》**
编　　配：朱维英
编　　舞：谷雪莹　王鹏远
伴　　舞：吉林市歌舞团　桦甸市歌舞团
演　　员：彭关心　张玉兰　武利平等
演出单位：内蒙二人台艺术团

【唱词字幕】正月里来是新年，红火火的灯笼挂在门前。风刮灯笼吐噜噜噜转，我给我的戏迷朋友拜上个大年。曾巴咿巴咿巴曾巴咿巴曾，红花咿花咿花咿花红，红花咿花咿花咿花红，绿格茵茵。皇天后土，福佑我们中国人。过了这猴年是鸡年，百丈的高台锣鼓连天，青衣那个花脸咿呀呀呀呀喊，唱的是那个龙凤呈祥，欢乐的中国年。曾巴咿巴咿巴曾巴咿巴曾，红花花咿花咿花红，曾巴咿巴咿巴曾巴咿巴曾，绿格茵茵。金鸡那个报晓贺新年，斗大的那个福字贴满人间，黄河那个春潮哗啦啦啦啦卷，流过了那万壑千山，咱的好庄田。曾巴咿巴咿巴曾巴咿巴曾，红花咿花咿花红咿花红，曾巴咿巴咿巴曾巴咿巴曾，绿格茵茵，皇天后土，福佑我们中国人。

（掌声起，主持人上）

武利平（扮媒婆阮妈妈）：谢谢！哎呀！小伙子们快走啊！哎，这不是鞠萍吗？

鞠　萍：这不是阮妈妈吗？

武利平：是啊，内蒙古的阮妈！

鞠　萍：哎哟！您这急急忙忙地干什么去呀？

武利平：哎呀，你可是不知道哇！我告诉你啊，我把俩姑娘许给了一个小伙子！这马上俩媳妇儿就要一块儿入洞房。您说，我这惹了多大的祸呀！这要晚去了，这还不得打起来！我可咋整啊，快走吧！

鞠　萍：哎！别急别急！哎，阮妈妈，回来回来！这今儿什么日子啊？

武利平：今儿个，大年三十啊！

鞠　萍：对呀！你这也不拜个年！我跟你说，我们可都准备好了！

武利平：谁呀？

鞠　萍（回头）：准备好了？

赵保乐、董　艺（出来）：准备好了！

朱世慧、管　彤（出来）：我们也准备好了！

武利平：啊呀呀，这么多的人哪！小伙子们，那咱们大家一起给全国的观众朋友们拜个年吧！

众主持人：给大家拜年了！

鞠　萍：金鸡报晓霞满天，

武利平：春回大地百鸟喧。

管　彤：山清水绿东风暖，

朱世慧：日新月异万众欢！

赵保乐：龙腾虎跃宏图展，

董　艺：神州遍地唱新篇！

鞠　萍：祝大家鸡年——

众主持人：财源滚滚，福寿双全！

武利平：哎哟，行了行了，看，吉祥话也说了，这年也拜了，我们得赶紧走了，要不呀，这俩媳妇儿要打起来了。快走吧。

鞠　萍：阮妈妈，我们一块儿去。

【字　幕】**评剧《花为媒》**

伴舞：吉林市歌舞团　桦甸市歌舞团

演唱：于文华　王冠丽

【唱词字幕】

于文华：（白）好一个俊俏的女子啊！（唱）张五可用目瞅，从上下仔细打量这位闺阁女流，只见她头发怎么那么黑，梳妆怎么那么秀，两鬓蓬松光溜溜，何用桂花油。高挽凤纂髻不前又不后，有个名儿叫仙人鬏。银丝线穿珠凤在鬓边戴，明晃晃走起路来颤悠悠，颤颤悠悠真呀似，金鸡叫的什么乱点头。芙蓉面，眉如远山秀，杏核眼灵性儿透。她的鼻梁骨儿高，相称着樱桃小口，牙似玉，唇如朱，它不薄又不厚。耳戴着八宝点翠叫的什么赤金钩。上身穿的本是红绣衫，摺金边又把云字扣，周围是万字不到头。还有个狮子解带滚绣球。内套着小衬衫，袖口有点瘦。她整了一整妆，抬了一抬手，稍微一用劲，透了一透袖，露出来十指尖如笋，她的腕似白莲藕。人家生就一双灵巧的手，巧娘生下的这位俏丫头。下身穿八幅裙捏百褶是云霞皱，俱都是锦绣罗缎绸。裙下边又把红鞋儿露，满帮是花，金丝线锁口，五色的丝绒绳又把底儿收。巧手难描，画又画不就，生来的俏，行动风流，行风流，动风流，行动怎么那么风流。猜不透这位好姑娘是几世修，美天仙还要比她丑，嫦娥见她也害羞。年轻的人爱不够，就是你七十七、八十八、九十九，年迈老者见了她，眉开色悦赞成点头。头世今生这个样的女子真是少有，这才是窈窕淑女，君子好逑。

王冠丽：李月娥遮衫袖用目打量，打量她多才多貌貌似天仙，仙女下凡，凡间少有。这位五姑娘，姑娘俊俏就数她为首。首一次见了面我从心眼儿里爱的慌，慌慌张张、张张慌慌、满面怒气、气势汹汹她把洞房闯。闯得人，人心乱、乱一团、团团转转团团，我们团团乱转，闹得我是差一点就没有主张。张五可，她虽然有那三媒六证，怎知我抢了先、先来到、到得早、早不如巧、巧不如恰，恰恰当当我们拜了花堂。堂堂的张家小姐走在后，后追上月娥女红妆，庄庄重重行了大礼送入洞房，饮了合欢酒，见过喜神娘，端端正正、大大方方，与俊卿并肩同坐红罗帐。我们是成对又成双，双双对对、对对双双，不慌又不忙，我做了新娘。

（掌声起，主持人上）

管　彤：哟！这是谁呀？

朱世慧：瞧不出来吧？我是《锁麟囊》里的丫头梅香啊。

管　彤：好一个梅香姑娘啊，梅香姑娘！

朱世慧：哎！

管　彤：今儿个这是怎么了？刚才阮妈就提着这么俩红灯笼，您这意思是——外甥打灯笼——照舅（旧）？

朱世慧：怎么说话您这是？许人家娶媳妇，还不许我们家聘闺女啊！哪家办喜事都得张灯结彩挂红灯笼不是！

管　彤：我听出来了，看来您家今天也是又过年又办喜事，对不对？

朱世慧：对了，图个红火图个热闹嘛！

管　彤：红红火火好啊！

朱世慧：就是！

管　彤：不过我可得提醒您，梅香姑娘，可千万别像阮妈他们家似的……

朱世慧：怎么着？

管　彤：一弄弄出两个新娘子！

朱世慧：才两个？我跟您说吧，我们家比他们家还要热闹呢！

管　彤：不会吧？难道你们家能聘出几个薛湘灵来？

朱世慧：我先不告诉您，待会儿您就瞧好了。我呀，挂灯笼去了啊！我走了，我走了！

管　彤：等等！我跟您一块儿挂去！

朱世慧：那好，劳驾您嘞，走吧！走吧走吧，快走快走。

【字　幕】**京剧《锁麟囊》**

演出单位：北京京剧院　上海京剧院　天津京剧院
　　　　　天津青年京剧团　沈阳京剧院　江苏省京剧院
伴　　舞：吉林市歌舞团　桦甸市歌舞团
演　　唱：迟小秋　刘桂娟　郭　伟
　　　　　江　汁　赵　欢　吕　洋

【唱词字幕】春秋亭外风雨暴，何处悲声破寂寥。隔帘只见一花轿，想必是新婚渡鹊桥。吉日良辰当欢笑，为什么鲛珠化泪抛？此时却又明白了，世上何尝尽富豪。也有饥寒悲怀抱，也有失意哭号啕。轿内的人儿弹别调，必有隐情在心潮。

耳听得悲声惨心中如捣，同遇人为什么这样号啕？莫不是夫郎丑难谐女貌？莫不是强婚配鸦占鸾巢？叫梅香你把那好言相告，问那厢因何故痛哭无聊。梅香说话好颠倒，蠢才只会乱解嘲。怜贫济困是人道，哪有那袖手旁观在壁上瞧！蠢材问话太潦草，难免怀疑在心梢。你不该人前逞骄傲，不该词费又滔滔。休要噪，且站了，薛良与我去问一遭。听薛良一言来相告，满腹骄矜顿雪消。人情冷暖非天造，何不移动它半分毫。我正不足她正少，她为饥寒我为娇。分我一只珊瑚宝，安她半世凤凰巢。忙把梅香我低声叫，莫把姓名你信口晓。这都是神话凭空造，自把珠玉夸富豪。麟儿哪有神送到，积德才生玉树苗。小小囊儿何足道，救她饥渴胜琼瑶。这才是人生难预料，不想团圆在今朝，回首繁华如梦渺，残生一线付惊涛，柳暗花明休啼笑，善果心花可自豪，种富得富如此报，愧我当初赠木桃。

（主持人上）

朱世慧：好好好！

武利平：朱世慧你行啊！我们娶俩媳妇，您呀，聘了六个薛湘灵！

朱世慧：过年嘛，热闹不热闹？

武利平：热闹！

朱世慧：热闹就行啊！

武利平：热闹是热闹，可看了半天这全都是文的啊！

朱世慧：你想看武的？

武利平：那是。

朱世慧：着什么急呀？心急吃不了热豆腐！好菜得一道一道地上。

武利平：听那意思，您是想给我们露两手？

朱世慧：Yes sir！

武利平：来两下文的，武的？

朱世慧：Yes sir！

武利平：哟呵，那行啊！大家想不想瞧朱老师给我们露两手？

朱世慧：有道是老来不提筋骨之能，英雄出于少年。又道是好汉不提当年勇，一浪更比一浪高。现如今小么大的英雄好汉俱都是高来高去，武艺绝伦，十八般兵器是件件精通。老汉我今天就藏拙了，还要请这些男女小么大的英雄好汉给各位露上三合两趟，露点子绝活，不知您是可也不可呢？

武利平：行了行了，什么呀？整个一天桥卖大力丸的！

朱世慧：这朱光祖啊！

武利平：我问你那些小么大的英雄好汉他们都在哪里呀？

朱世慧：您往后边瞧吧！

武利平：呀，这么多哪！你们都是谁呀？

崔欣欣：我是北京京剧院的崔欣欣。

阎虹羽：我是天津京剧院的阎虹羽。

孙　亮：我是中国京剧院的孙亮。

徐孟轲：我是上海京剧院的徐孟轲。

潘月娇：我是中国京剧院的潘月娇。

张　强：我是陕西省京剧院的张强。

众　人：我们给各位老师前辈的老艺术家们拜年了！祝你们宝刀不老，青春永在，多福多寿，幸福美满！

朱世慧：哎我说，光说不练是嘴把式，别瞧你们小嘴说的那么甜，你们给大家带来什么呢？

众　人：我们给大家来一个《争奇斗艳》大拜年。

【字　幕】**武戏《争奇斗艳》**

编　　排：张四全

演出单位：中国京剧院　北京京剧院　上海京剧院

天津京剧院　陕西省京剧院

演　　出：阎虹羽　崔欣欣　张　强　潘月娇　徐孟轲等

朱世慧：启禀娘娘，不知您梳妆可曾完毕？文武百官都等着给皇上和您拜年呢！不知是否可以起驾呢？

武利平：哎哟是啊，启禀娘娘，可别让皇上等急了！

殷秀梅：别着急呀，我还没向大家拜年呢！

朱世慧：对对对，那咱们就起驾吧！

武利平：起驾！

殷秀梅：高、裴二力士！

二　人：在！

殷秀梅：摆驾！

二　人：摆驾啊！

【字 幕】**京剧《贵妃醉酒》**

编配：张延培　杨乃林

配演：北京京剧院

【唱词字幕】殷秀梅：海岛冰轮初转腾，见玉兔，玉兔又早东升。那冰轮离海岛，乾坤分外明，皓月当空，恰便似嫦娥离月宫，奴似嫦娥离月宫。

朱世慧：我说裴公公，

武利平：哎高公公！

朱世慧：你说百姓最关心的最红火的那个事情是什么事情啊？

武利平：哎哟过年呗！吃饺子、挂红灯、放爆竹，红红火火、热热闹闹过年呗！

朱世慧：还有呢？

武利平：还有那就是娶媳妇了呗！谁不盼着娶媳妇儿，连小孩都惦着娶媳妇儿！

朱世慧：真的？

武利平：不就有那么句歌谣吗？

朱世慧：什么歌谣啊？

武利平：叫“小小子儿，坐门墩儿，哭哭啼啼要媳妇儿。”

朱世慧：不过裴公公，这事对咱俩来说不过是老和尚看嫁妆，这辈子怕是不成喽！

武利平：咳！你甭哪壶不开提哪壶呀！

朱世慧：哎，不过我跟你说个事儿啊，有个小伙子，闯到丈母娘家里去了，提前三年把媳妇儿给娶到手了，你说这能耐大不大？

武利平：真的？

朱世慧：啊！

武利平：哎哟！听着都让人眼馋哪！

朱世慧：不仅这个事让你眼馋，他娶的那个媳妇更让你眼馋！

武利平：是啊，他媳妇儿在哪儿呢？

朱世慧：你瞧那不是吗？

【字　幕】**京剧《双喜临门》**

编剧：张永和

导演：贯振山　王莉春

表演：鞠　萍　孙晓梅　毕福剑　石晓亮

【唱词字幕】

孙晓梅：催什么催？讨厌！丫鬟，我们往哪里去呀？

鞠　萍：哎呀小姐，您就别烦了，我带您逛商场去！

孙晓梅：商场有什么好逛的，不去！

鞠　萍：哎呀小姐，那西洋进贡的SOD蜜抹在脸上又香又白，可好了！

孙晓梅：胡说！你看我这身儿打扮，哪儿有什么SOD蜜呀！

鞠　萍：您哪，是老SOD蜜呀。

孙晓梅：还是不去！

鞠　萍：唉呀，小姐，那咱们上花园去吧！

孙晓梅：巴掌大的地方，不去不去还是不去！

鞠　萍：哎呀小姐，我给您约了人了！

孙晓梅：谁呀？

鞠　萍：就是那受了窝囊气的姑爷呀。

孙晓梅：鞠萍，你好大的胆子！

鞠　萍：哎哟小姐，本来嘛都说好的亲事了，姑爷大老远的也来投亲了，可是老夫人她又变卦了，非说要弄个一官半职的。

孙晓梅：我的那个妈呀，她就是官迷心窍。

鞠　萍：而且老夫人还说了，说非得等到饭店打一折的时候才能办事儿。

孙晓梅：她这就是做大衣柜不安拉手，

鞠　萍：怎么讲呢？

孙晓梅：抠门呗！

鞠　萍：您那么跟她一番斥，老夫人还僵了，规定你们三年不准见面。哼，我呀，还就好打这个抱不平！哟，姑爷来了！

石晓亮：（唱）前来投亲被搁浅，骂一声老泰水缺德冒烟。

鞠　萍：咳，你们倒是说话呀！

石晓亮（孙晓梅）：这位小姐（公子）她（他）是谁呀？

鞠　萍：哟，刚才还在外面对词呢，怎么这会儿都装不认识了？

石晓亮：不是嫌你在这儿碍事吗！

孙晓梅：我们哪就是想把你轰一边儿去。

鞠　萍：嗬！你们以为我愿意在这儿当电灯泡啊？许你们不仁，可不许我不义。我觉得呀，你们俩呀干脆到姑娘的绣楼上聊去，那儿安全哪！

孙晓梅：那你呢？

鞠　萍：我？我在楼下给你们放风啊！看着老夫人！

石晓亮：啊，鞠萍姐，你就是红娘再世呀！呵哇呵哇呵哇哇哇哇！

鞠　萍：哎哟，这是什么鸟叫啊！

孙晓梅：鞠萍，想不到你还有这两把刷子呀，将来咱们再录像的时候，我这儿可是奖金红包，大大地给呀！

鞠　萍：行了！那咱们就走吧！

石晓亮：前面带路。

鞠　萍：（唱）西边走来东边走，东边走完再西行。这什么词儿，谁编的？是干这个的吗？哟，绣楼到了！

石晓亮：妹妹，咱们俩楼上 Happy 去！

孙晓梅：你怎么都说出来了呀！

孙晓梅：哎，我说鞠萍啊，这个望风的事儿就交给你总代理了！

鞠　萍：小姐，您就放心地去吧！这个呀，我经常经常的啦！

石晓亮：小姐请！（作关门状）

毕福剑：啊哈！女大不服老娘管，婚事我给她拖三年。

鞠　萍：老夫人！

毕福剑：啊，是我啊！

鞠　萍：老夫人来了！

石晓亮：哎呀，这便如何是好？

毕福剑：你喊什么你！你们家小姐在吗？

鞠　萍：小姐？没小姐！

石晓亮：待我越窗逃走吧！

鞠　萍：有耗子！

毕福剑：啊，有耗子？我没听说我闺女还有养宠物这个习惯。我上去看看去！

鞠　萍：您不能上去！

孙晓梅（见石晓亮欲找窗）：啊呀呀，这可使不得呀！

石晓亮：怎么啦？

孙晓梅：当初盖这楼的时候，没安窗户。

石晓亮：那我再下去！

鞠　萍：哎哟喂，老夫人，老夫人！哎哟！

（石晓亮忙躲进箱内，孙晓梅忙把箱盖盖上。）

孙晓梅：妈呀，您怎么来了？

毕福剑：闺女啊，你在楼上捣鼓什么呢？你等一会儿，你怎么还大喘气呢？

孙晓梅：妈呀，我还要问您呢，您这是到这儿来？

毕福剑：我到这儿来啊是这样的，我给你解释一下啊！明儿个大年初一，你到你大姨夫家去送俩钱，你大姨夫好坏他也是个门插关（官）不是？

孙晓梅：又是送礼啊，不去！

毕福剑：不去？你说什么，你不去，这叫人情份往，礼尚往来，你敢不去？

孙晓梅：不去不去就是不去！

毕福剑：你真不去？你妈我求你了！

孙晓梅：妈，不行，我得在这儿守着这箱子。

鞠　萍：对！小姐得看着这箱子！

毕福剑：你怎么老插话呢？你现在不是主持人，你丫鬟，你话密。我说你呀，这跟箱子什么关系呢？

孙晓梅：这箱子里有宝贝呀！

毕福剑：有什么宝贝？

孙晓梅：有珠宝钻翠，文玩字画。

毕福剑：这有什么了不起的！这你妈我有的是。

孙晓梅：还有这个鸡年的金砖呢！够时尚的吧！

毕福剑：我就问你，你哪儿弄那么多钱呢？

孙晓梅：妈呀您忘了，去年的时候我帮这个希尔顿房地产公司介绍了几单生意，卖了好几套的 Town House 连排别墅，这个中介费呢是大大的了！

毕福剑：无论什么东西放你妈这儿你就放心好了。那叫做 No Problem，你妈也会英文。我就跟你说，你别贫嘴，你去不去吧？你当真不去？你果然不去？

孙晓梅：不去！

毕福剑：我也没什么办法，我揍你我！

鞠　萍：老夫人，要不小姐，你就跟着老夫人去一趟，我替你看着这箱子。

毕福剑：这是剧务干的活儿，你别插嘴！要不然是这个主意！你们俩一块儿去！听我的，一块儿去一块儿去！气死我老太太了！

孙晓梅：哎呀妈呀，我们去还不行吗？

毕福剑：小样，我还治不了你了我！姑娘大了不由娘，我跟她说呀，孩子，你等姑爷成了功名之后呢咱再成婚不行啊？孩子不听，这不，就非要今年要办婚事。好，你办吧，你出门瞅瞅去，各大宾馆我跟你说它都爆棚。你再看各大婚庆公司业务都满满的，你还办，你办个六啊你！咱这家族啊，不同别人家，咱得检点不是！你呀没结婚之前，三年之内不要见面，三年之后咱再成婚这不来得及吗！这正是：说破天了娘为大，婚事还得依着咱。啊呀，我有点内急。

石晓亮：啊呀我的妈呀，差点没把我给憋死！你说我们这个丈母娘，死活不让我们结婚，这不把我给急死吗？（唱）老岳母她她她真不是个东西。

毕福剑；呀嗬！他怎么戳我的腮帮子？呀嗬！（唱）一见狂徒肺气炸！

石晓亮：住了！别嚎了！

毕福剑：大胆贼子，擅入绣楼，该当何罪？

石晓亮：谁是大胆贼子？谁是大胆贼子？我不是你姑爷吗？

毕福剑：你以为我不认识你怎么着？我说姑爷啊，不提前订好了合同了吗？是口头合同，不到万不得已你不要过来，你怎么今儿过来了，哎呀呀，气死老太太我了哇！

石晓亮：哎呀，老岳母老岳母，千万不要生气，都是小婿我一人的不是，这么着吧，我给您老练两下子，让您消消气儿，您看怎么样？

毕福剑：就你一个文啊墨啊，能练点什么呀？你练我看看！

石晓亮：您不信是吗？

毕福剑：不信。

石晓亮：我给您练两下子，您先等着，我运运气儿。

毕福剑：我说你怎么了？

石晓亮：我不瞒您老说，我打到了中央电视台，那鞠萍姐姐可饿了我一天了。

毕福剑：要不然这样，你要饿的话，你找我们的制片部门看看那儿有没有盒饭，你垫补垫补。

石晓亮：盒饭也凑合了。

毕福剑：哎，慢着，我怎么琢磨着那姑爷是不是叫那丫鬟给藏在那箱子里的？就我们家那闺女啊，从小她就矫情，今儿个我藏起来，我抓她个现行，我看她还有什么话可说！

孙晓梅：（唱）急急行来快快走，

毕福剑：老太太手脚还挺利索！（藏进箱内）

孙晓梅：（唱）快快走来急急行。我这两句呀编的也不怎么的。

鞠　萍：哎呀快走吧！

孙晓梅：妈！

鞠　萍：老夫人！

孙晓梅：妈！

鞠　萍：哎，没人呀，快打开箱子吧！

孙晓梅：待会儿！我妈呀，是个老狐狸，可狡猾了，这样吧，你不如到楼下去望望风，如果有什么情况，你就喊卖木梳的来了！这样呢，我就醒攥儿了！

鞠　萍：卖木梳的来了？好！

孙晓梅：待会儿！你把刚才咱们买的巧克力，还有比萨饼给我拿来！我说晓亮啊，你等急了吧，都饿坏了吧？今天我们尝几块洋点心解解饿，这个是我们刚才在东四买的比萨饼，来，你尝尝。都怪我那个妈，她就是个老封建，老古董，老不往人心眼儿里去的老老太太。

非说找不着地儿办喜事，我都跟她说了，这旅游结婚不也挺好的吗？可她就是不答应。其实我觉得只要有你陪着我，比什么都强。哎，我说趁早啊，咱俩趁我妈不注意，私奔了算了！来，再吃块点心！妈呀！妈呀！哎哟妈呀，怎么是你呀？

毕福剑：哎哟，你想噎死我呀你！

孙晓梅：哎呀鞠萍，卖木梳的来了！

毕福剑：你这不孝的丫头哇，（唱）你花言巧语将娘骂，还要私奔抛下妈，我手持家法——我家法哪儿去了？将你打！

鞠　萍：住手！（唱）鞠萍我依法律把雌威大发。

毕福剑：我说你想造反呐你！

鞠　萍：老夫人，你有两行大罪！

毕福剑：我管我们自己家的闺女，我犯了哪条罪了？

鞠　萍：这第一条，你实施家庭暴力，侵犯人权。

毕福剑：我是她妈！

鞠　萍：你是她姥姥也不行！这第二条，你破坏婚姻法，妄图以暴力阻碍合法婚姻，我要把你带到法院去打官司。

毕福剑：去法院，好啊！法院是哪儿？是不是跟派出所差不多？我说鞠萍啊，你给我出个主意，怎么能化解目前这个危机？

孙晓梅：鞠萍啊，快给我妈划个道儿啊！

鞠　萍：划个道儿？嗯，那依我嘛，

毕福剑：怎么着？

鞠　萍：今儿个是除夕之夜，咱们干脆就借中央电视台戏曲联欢晚会这块宝地儿把他们俩的亲事就给办了，老太太您呢，又聘闺女又过年，你觉得怎么样啊？

毕福剑：我觉得，急不如快，你抓紧时间吧！要不然观众都跑了！

鞠　萍：呵呵呵，好！动乐搀新人！一拜天地，二拜高堂，夫妻对拜，送入洞房。

（主持人上）

管　彤：观众朋友，您看这两位的扮相就知道她们要唱哪出戏了！没错，那就是豫剧《花木兰》。但是您知道这两位扮演花木兰的演员她们是谁吗？现在我们请她们做一下自我介绍！

常如玉：我是常香玉的小女儿常如玉。

王　惠：我是常老师的学生王惠。

二　人：俺俩给全国人民拜年了！

管　彤：谢谢，也给你们拜年！我们知道常香玉老师是深受大家敬爱的德艺双馨的老艺术家，不过据我了解，你作为常老师的女儿，好像此前对豫剧并不是特别感兴趣，后来还是在妈妈的影响下才开始逐渐地爱上了豫剧的，对吗？

常如玉：是的，我觉得报答妈妈最好的方法就是努力地把常派艺术传承下去。

管　彤：相信通过你们的努力，一定会让常派艺术发扬光大的。

常如玉：是的。今天我们给大家带来了《花木兰》里的《思家》一段，请大家欣赏。

管　彤：好，掌声欢迎！

【字　幕】**豫剧《花木兰》**

演出单位：河南省豫剧院

编　　舞：李冬玉　宋　楠

伴　　舞：吉林市歌舞团　桦甸市歌舞团

演　　唱：常如玉　王　惠

【唱词字幕】用巧计哄元帅他出帐去了，羞得俺花木兰脸上发烧。我这低下头，仔细看哪，我自己好笑，我是个女孩家怎把亲招。真木棣假木棣，我自己知晓哇。在军营十二载我未露分毫，贺元帅准我探亲哪恩德广啊，花木兰就要快马我转还乡啊。举家人听说心花放，不知道该怎样欢乐，可该怎样忙。爹爹迎儿在那村头上，弟弟为我宰猪羊，姐姐想必还是当年样，她拉住木兰哪，问短长。爹问问女，女问问娘啊，举家人欢欢乐乐回草堂啊。开我的东阁门哪，坐我的西阁床啊。脱我战时袍，着我的旧时裳。当窗理云鬓，对镜贴花黄，勤纺勤织我孝敬二爹娘，花将军又变成了花家的女郎啊。

王志萍：哎，黄慧，刚才许多演员都向电视观众拜了年，接下来该轮到咱们向电视观众拜年了！

黄　慧：好啊！

王志萍：祝全国的电视观众在新的一年里生机勃勃，

黄　慧：身体健康，鸡年吉祥！

王志萍：那咱们赶紧表演一段吧！

黄　慧：好啊！

管　彤：等等，等等，两位！

王志萍：怎么啦？

管　彤：怎么回事？我这还没上场给你们报幕呢！你们就先上来了！

王志萍：这不急着给电视观众拜年嘛。

黄　慧：就是啊！

管　彤：嘿！没看出来两位还是急性子呢！你们的心情我非常理解，那我看今天你们两个人这装束想必要给大家带来一段越剧的经典名剧，对不对？

黄　慧：对，你说的一点儿都不错，我们这次特意为这个晚会准备了一段新编的越剧《梁祝》，

王志萍：奉献给大家。

管　彤：好，我们掌声欢迎！

【字　幕】**越剧《梁祝》**

演出单位：上海越剧院

编　　舞：吴政烨

伴　　舞：吉林市歌舞团　桦甸市歌舞团

演　　唱：王志萍　黄　慧

【唱词字幕】

黄　慧：久别重逢祝英台，我犹如和煦的春风迎面来。今日里还了久久相思债，可是你呀笑容伴着愁云，叫我呀实在难猜。

王志萍：你千里迢迢来会英台，我心里又是欢喜又是悲哀。别后的日子我泪水流成河，因为我呀已被许配马家，这婚事已定难改。

黄　慧：英台你呀已被另婚配，我就像掉进了无边汪洋大海。可恨那马家夺走了我的爱，叫我呀难舍爱的眷恋，山伯永恋祝英台。

王志萍：同窗共读整三载，你和我促膝并肩两情深似海。你我在人间不能成婚配，身化彩蝶花丛翩翩双飞，天长地久不分开。你我在人间不能成婚配，身化彩蝶花丛翩翩双飞，天长地久不分开。

（掌声起，主持人上）

鞠　萍：几位艺术家都坐在这里了，他们可是我们京剧梅、尚、程、荀四大流派的继承人，欢迎他们的到来。我代表全国的戏迷观众给你们拜年了！有请梅先生说几句！

梅葆玖：我在这儿首先向咱们全国的观众朋友们拜个年，祝咱们祖国的戏曲艺术永远繁荣昌盛，越唱越红火！

鞠　萍：好！有请李老师！

李世济：我也给大家拜个早年，祝愿大家身体健康，万事如意！祝愿我们京剧人才辈出！

鞠　萍：好，谢谢。有请刘老师！

刘长瑜：借这个机会我也向全国的电视观众朋友们拜个年，祝大家身体健康，家庭幸福，万事如意！同时我也祝愿我们的戏曲艺术特别是京剧艺术百花齐放！

鞠　萍：有请孙老师！

孙明珠：我向全国的观众朋友们拜一个早年，祝大家万事如意，合家欢乐！也祝我们国家的京剧事业和戏曲事业兴旺发达！

鞠　萍：梅先生，我听说，在当年梅、尚、程、荀四大名旦曾经合作演出过一出戏，仅仅是每人唱上一句西皮慢板，就把这四大流派的特点给体现出来了，那是出什么戏呀？

梅葆玖：《四五花洞》，我父亲，尚先生，程先生，荀先生，他们在 1932 年长城公司就灌了一张唱片，一人一句，一直流传到今天。

鞠　萍：可以说是我们梨园的一段佳话。那今天是除夕之夜，新春佳节，能不能有请四位再合作一次，为我们再续一段梨园佳话呢？

梅葆玖：好，我们四人再唱一遍。

鞠　萍：好，大家掌声欢迎！

【字　幕】**京剧《四五花洞》**

琴　　师：燕守平

演出单位：中国京剧院　北京京剧院　陕西省京剧院

演　　唱：梅葆玖　李世济　刘长瑜　孙明珠

【唱词字幕】

梅葆玖：不由得潘金莲怒恼眉梢，

孙明珠：自幼儿配武大他的身形矮小，

刘长瑜：年荒旱夫妻们受尽煎熬，

李世济：因此上阳谷县把兄弟来找。

【字　幕】**阖家欢**

赵保乐：亲爱的朋友们，过年好！

董　艺：过年好！

赵保乐：我们代表戏曲频道给各位观众朋友们拜年啦！

董　艺：给大家拜年！

（伴　唱：辞旧迎新春回转，恭贺新禧拜个年，啊，拜个年！）

【字　幕】**《点播时间》**

作词：张永和

编腔：李文才

朱世慧：戏迷朋友们，戏曲频道给我们拜年了，咱们是不是也表示一下？

武利平：我得问问咱们戏迷朋友们，过去的一年咱们戏曲频道办得怎么样啊？

众　人：好！

董　艺：哎，朋友们，今天不能光说好，也得给我们戏曲频道提点意见啊！

赵保乐：对！

朱世慧：那谁先说呢？

董　艺：大家伙说行不行啊？

赵保乐：不仅要说，我认为戏迷朋友唱得都非常精彩，最好是唱着给我们提意见！

董　艺：这么踊跃？谁先来啊？

余文鑫：我先唱！

董　艺：那行，您先来！

朱世慧：好，乐队师傅们伴奏起来！

余文鑫（兰州戏迷）：（唱）《空中剧院》栏目好，名家荟萃领风骚，强强联合风华茂，想把谁瞧就把谁瞧！

朱世慧：空中剧院看大戏，好！

张恩茹：哎，下面我给大家说几句怎么样？

朱世慧：您来呀，好！

张恩茹（天津戏迷）：（唱）梨园擂台赛场摆，全国戏迷打擂台，山南海北来参赛，擂主们斩关夺寨抱金牌！

朱世慧：好！《梨园擂台》打擂台，火！

顾丽娜：还是听我的吧！

朱世慧：好！

顾丽娜（邯郸戏迷）：（唱）《过把瘾》，重在参与，人人夸，数年来走遍全国戏迷之家，学一招来试一把，台上下齐互动，人人笑哈哈！

朱世慧：《过把瘾》讲互动，高！

张桂森（唐山戏迷）：我来两句！（唱）《九州大戏台》，节目多而全，精心安排有新篇，想看哪版看哪版，各剧种，新老戏，赏心悦目看不完。

朱世慧：《九州大戏台》，全！

赵保乐：往常都是专家点评我们的票友和戏迷，今天我提个建议。

董　艺：什么建议？

赵保乐：让朱世慧老师点评一下我们的戏曲频道，一定得说出个高低上下。

董　艺：大家伙说好不好？

众　人：好！

武利平：哎，我说这个分可不好评，每个栏目都办得各有特色，谁有多大的本事敢揭这个榜！

朱世慧：哎不不不！冲你这么一说啊，你这个榜我还就得揭了！

武利平：哟，赶上较真的。还得揭了！那您说！

朱世慧：我说啊，各栏目办得好听又好看，票友们唱得字正腔又圆。

武利平：这就叫不分高下，各有千秋。

赵保乐：说了半天，这二位是谁也不得罪，刚才咱们的戏迷票友唱得那么好，咱们得奖励奖励呀！

朱世慧：行啊，奖吧！

董　艺：那怎么个奖励法啊？

赵保乐：那我问问你，戏迷和票友最大的愿望是什么？

朱世慧、董　艺：听好戏啊！

武利平：对不对啊？

众　人：对！

朱世慧：想听好戏呀？

赵保乐、董　艺：是啊！

朱世慧：你们听我道来！申岁已过，酉年来到，金鸡报晓，春回大地。中央电视台春节戏曲晚会盛情邀请各剧种戏曲艺术家，菊坛新秀，老中青少，杰出演员，还有影视明星，菊坛名票，高朋盛友，云集一堂，是共襄盛会。此刻来到现场京剧界的有梅、尚、程、荀四大名旦的传人：梅葆玖、李世济、刘长瑜、孙明珠，他们四位引吭共唱《四五花洞》。享誉海内外的尚门哲嗣尚长荣，言门有后言兴朋，小生魁首叶少兰，青衣之冠李维康，鹤发童颜九十高龄的宋宝罗，历届优秀青年京剧演员研究生班的佼佼者们，无不纷纷前来助兴。再有，便是豫剧、评剧、川剧、越剧、秦腔、黄梅戏和老树新枝苏州昆剧等等剧种的领军人物，齐来献艺。演艺界明星大腕的濮存昕、殷秀梅、于文华等也赶来或唱，或舞，或做，或演，他们各献绝技，今天到场的戏迷朋友，对来到现场的艺术家、名演员，甭管他是男的女的，老的少的，说的唱的，舞的打的，只要您看准了，您就可以点人点戏，我们诚信当前，说一不二，如此奖励，不知当否？敬请名家大腕、戏迷朋友、男女嘉宾、老少爷们多多批评指导，批评指导哇！

武利平：整一个《法门寺》读大状子啊！

赵保乐：不不不！你理解错了，我认为是把《点播时间》搬到我们今天的现场了，大家千万千万别错过这个机会啊！今天到场的这么多唱得好的朋友，您喜欢听什么戏，您就开点！

董　艺：对！哎，那哪位朋友先点啊？

余文鑫：我先点。

董　艺：好！您先唱的，您也先点。

余文鑫：我想点尚长荣、言兴朋两位老师演的《曹操与杨修》，可以吗？

赵保乐：请大家欣赏由言兴朋和尚长荣共同为大家演唱的《曹操与杨修》。

【字　幕】**京剧《曹操与杨修》**

演出单位：上海京剧院

【唱词字幕】

言兴朋：（白）你问的是那曹操曹孟德么？（唱）曹孟德他也曾东征西讨，得荆襄灭刘表意气自豪，赤壁兵败如山倒，十万战船被火烧，残兵败将逃至在那华容道，幸遇着关云长，他本是老曹当年的旧知交。悲悲切切苦哀告，才保下他命一条，他若想力挽狂澜于既倒，求贤纳士谋略高。

尚长荣：慨当以慷，忧思难忘，何以解忧，唯有杜康。慨当以慷，忧思难忘，何以解忧，唯有杜康。

董　艺：刚才我们欣赏了尚长荣先生和言兴朋先生的为我们带来的《曹操与杨修》，接下来看哪位朋友来点戏？

赵保乐：哪位点？刚才这位票友唱得不错，您要点哪出？

张恩茹：我要点一段萧雅同志唱的越剧《红楼梦》的唱段。我们大家表示感谢！

朱世慧：太好了！

赵保乐：想欣赏越剧？

董　艺：萧雅就在我们这儿就座呢！来，有请萧雅！

萧　雅：给大家拜个年，祝大家新年快乐，身体健康，心想事成！我给大家献上一段越剧《红楼梦》当中的“金玉良缘”！

【字　幕】**越剧《红楼梦》**

【唱词字幕】林妹妹，妹妹啊。我合不拢笑口将喜讯接，数遍了指头把佳期待。总算是东园桃树西园柳，今日移向一处栽。我此生得娶林妹妹，心如灯花并蕊开。往日病愁一笔勾，今后乐事无限美。从今后与你春日早起摘花戴，寒夜挑灯把谜猜。添香并立观书画，步月随影踏苍苔。从此后俏语娇音满室闻，似刀断水分不开。这真是银河虽阔总有渡，牛郎织女七夕会。

赵保乐：董艺啊，刚才在《点播时间》当中，大家点的戏曲名家好像都来自上海。

董　艺：哟，还真是凑巧了！不过，刚才朱世慧老师说了这么大一段贯口，到现在还有好几出戏咱没听着啊！

赵保乐：别着急，接下来就为大家安排两段地方戏，一段是广东粤剧《楚河汉界》，

董　艺：一段是秦腔《火焰驹》中“表花”一折。

【字　幕】**粤剧《楚河汉界》**

演出单位：广州红豆粤剧团

【唱词字幕】

欧凯明：喜似雄鹰双翅展，喜似长空舞彩练，无比兴奋，战地见妻芙蓉面。

梁淑清：金杯银盏滴滴浓艳，步轻奉酒夫婿前，

欧凯明：酒香衬丽人，明月照百花鲜，心中有豪气冲霄，猛喝不厌。

梁淑清：忙为我夫酒再添，倚夫怀里腰肢软，缠绵万遍，

欧凯明：仿佛新婚之夜丽景眼前现。

梁淑清：新婚之夜，

欧凯明：人家洞房房中缱绻，我洞房抱妻到海边，一样的满天繁星闪，一样的当空月儿圆，我抱新娘狂舞高歌，

梁淑清：舞得白浪翻腾，

欧凯明：唱得黄河飞溅，

梁淑清：追逐滩前，相拥林下，

欧凯明：闹得山欢水笑，

合：地转天旋。

梁淑清：感君恩情重，颂夫勇无前，不须等遥远，定把宏业建。

欧凯明：平地惊雷炸，蛟龙跃深渊，浑身涌血热，崩云震山川。

梁淑清：今宵忘情乐，欢快悠悠然，

欧凯明：美酒同畅饮，何忧醉万年，

合：醉万年。

【字　幕】**秦腔《火焰驹·表花》**

演出单位：西安市五一剧团

【唱词字幕】

齐爱云：清风徐来增凉爽，为遣情思赏秋霜，花园里边眼界广，胜似那整日守闺房。

张雅琴：满园花儿齐开放，绿树荫浓细草长，你看那红似胭脂白如雪霜，

齐爱云：相辉映。

张雅琴：处处争艳簇簇堆锦，

齐爱云：暗生香。

张雅琴：这一旁碧玉生寒仙人掌，

齐爱云：那一旁娇容带醉秋海棠，

张雅琴：木槿花儿并蒂放，

齐爱云：白兰花一朵一朵开得赛琳琅。

张雅琴：这丛花儿无俗状，

齐爱云：它可与雪中寒梅雨后晚菊比容光。

张雅琴：依我看姑娘比它还俊样，芙蓉出水胜淡装。

（掌声起，主持人上）

鞠　萍：刚才我们一起欣赏了珠江三角洲和大西北的两个剧种的精彩唱段，

管　彤：下面再请您欣赏来自大西南的蒋淑梅表演的川剧《凤冠梦》，和来自天津的张克表演的京剧《沙桥饯别》选段。

【字　幕】**川剧《凤冠梦》**

演出单位：四川绵阳艺术剧院

【唱词字幕】

蒋淑梅：多少年魂绕梦牵，朝想凤冠头上戴，暮望霞帔身上穿。想呀想，盼呀盼，朝朝暮暮眼望穿。朝朝想，暮暮盼，朝朝暮暮暮暮朝朝，眼望穿，望穿。谁知今日天开眼，凤冠霞帔到面前。从今后夫荣妻显贵，祖先也要把光沾。从今后夫君驷马长街走，我也要乘坐大轿，闪悠闪悠闪闪浪荡悠悠，逛长安。从今后门庭改换，华屋铺毡，呼奴使婢，不愁那吃和穿。拉着老爷这根线，又何愁远亲近邻，布衣不能换袍衫，纵然是鸡和犬，拔宅飞升也要尽成仙，尽成仙。

【字　幕】**京剧《沙桥饯别》**

演出单位：天津青年京剧团

配　　演：北京京剧院

【唱词字幕】

张克：提龙笔写牒文大唐国号，孤御弟唐三藏替孤代劳，各国内众蛮王休要阻道，到西天取了经即便还朝。孤赐你锦袈裟霞光万道，孤赐你紫金钵禅杖一条，孤赐你藏经箱僧衣僧帽，孤赐你四童儿鞍前马后，涉水登山好把箱挑，内侍臣与孤王将宝抬到，金銮殿王与你改换法袍。

（掌声起，主持人上）

赵保乐：叶少兰老师您好！

叶少兰：您好！

赵保乐：我代表全国的电视观众和所有戏迷票友朋友们，给您拜年了！

叶少兰：谢谢，也给各位朋友拜年！也给您拜年！

赵保乐：叶老师，刚才舞台上唱了一段京剧，唱了一段川剧，有好多朋友说京剧和川剧有很深的渊源，听说您也喜欢川剧？

叶少兰：对！我非常喜欢川剧。

赵保乐：听说您父亲有一出戏，就是根据川剧改编的？

叶少兰：对。1952年，解放初期，中国京剧院一团，我的父亲叶盛兰先生和杜近芳先生共同排演的一个剧目叫《柳荫记》，这出戏就是移植川剧的很优秀的一个传统剧目。

赵保乐：那么今天是新春佳节，大家也非常喜欢《柳荫记》这出戏，给大家唱一段？

叶少兰：好，我就唱“相送”一场的一段唱腔，请川剧院的陈院长，也是著名的川剧小生艺术家和我一起来唱。

赵保乐：太好了！

【字　幕】**京剧《柳荫记》**

演出单位：北京战友京剧团　四川省川剧院

【唱词字幕】

叶少兰：想当初我把书馆来上，绿柳红杏好风光，邂逅相逢叙乡党，犹如手足共爹娘。伯父严命难违抗，贤弟接信归心忙，但愿今朝把路上，一路平安转回乡。

陈志林：哎呀呀，祝贤弟！你好负义，你好薄情，只顾马家连礼聘，全不管弟兄结拜情，一要怨爹妈心太狠，二要怨月老做事不公平，三要怨祝贤弟言而无信，一身二许为何因，同林鸟竟遭弓弹损，比目鱼却被猛浪分，提将起口把心问，不由人珠泪淋淋。

（主持人上）

鞠　萍：哎，这不是大连京剧团的团长杨赤吗？过年好！

杨　赤：你好！过年好！

鞠　萍：杨赤老师可是袁派顶呱呱的架子花，今儿晚上给我们来段最过瘾的。

杨　赤：行！我为大家唱一段《野猪林》怎么样？

鞠　萍：怎么样？

众　人：好！

【字　幕】**京剧《野猪林》**

【唱词字幕】

杨赤：嘿，闷煞人也！懒听暮鼓晨钟响，偏入青灯黄卷堂。

鞠　萍：接着唱啊！

杨　赤：完事了！

鞠　萍：啊？这就完事了？整个儿一歇工戏，不给真活儿。观众朋友们你们说这行吗？

众　人：不行！

鞠　萍：不行！得再来一个！

杨　赤：我告诉你，你别着急。刚才那两段是饶的，后面还有绝的呢！

鞠　萍：还有绝的呢？我跟您说，今儿是大年除夕，您可不能在今儿晚上糊弄。

杨　赤：您放心，我给您来一段反串《二进宫》的李艳妃怎么样？

鞠　萍：大嗓改小嗓？那我们可洗耳恭听了！

杨　赤：别着急，我请海燕、子如跟我一块儿我们一起反串《二进宫》。
鞠　萍：哟，怎么个演法呀？
杨　赤：海燕的杨波，子如的徐延昭。怎么样？行不行啊？
二　人：这有什么不行？过年嘛，玩呗！
鞠　萍：好！
郑子如：大人请！
李海燕：千岁请！
鞠　萍：哎，你们三位啊，台上请！

【字　幕】**京剧《二进宫》**
演出单位：中国京剧院　大连京剧院
【唱词字幕】
杨　赤：他二人把话一样讲，倒叫哀家无有主张，无奈何怀抱太儿跪至在昭阳。
郑子如：吓坏了定国王，
李海燕：兵部侍郎，
郑子如：自从盘古立帝邦，
李海燕：君跪臣来臣怎敢当？
杨　赤：非是哀家来跪你，跪的是我皇儿锦绣家邦。
郑子如：锦家邦来锦家邦，
李海燕：臣有一本启奏皇娘，
郑子如：昔日里有一个李文李广，
李海燕：弟兄双双扶保朝纲。
郑子如：李文北门带箭丧，
李海燕：伴驾山前又收李刚，
郑子如：收了一将损伤一将，
李海燕：一将倒比一将强。
郑子如：到后来保太子登龙位上，
李海燕：反把李广斩首法场，
郑子如：这都是前朝的忠臣良将，
李海燕：哪个忠良又有下场？
杨　赤：有下场来无下场，且听哀家说个比方：昔日里有一个潘老丞相，李氏夫人替了皇娘，紫竹林内生太子，他的名儿万古扬。
郑子如：困龙思想长江浪，
李海燕：虎落平阳想奔山岗，
郑子如：事到头来想一想，
李海燕：谁是忠良哪个是奸党？
杨　赤：忠良本是徐杨将，奸臣本是我父李良，二卿不把国来掌，哀家跪死在昭阳。
（主持人上）

朱世慧： 哎武利平！
武利平： 哎！你的节目我看了不少。
武利平： 不敢当。
朱世慧： 你比较善于演那种慈眉善目的老太太，演得好！
武利平： 不敢当！
朱世慧： 慈祥！
武利平： 谢谢！
朱世慧： 可爱！
武利平： 谢谢！
朱世慧： 我想你今儿反串一把吧！
武利平： 反串什么？
朱世慧： 你演一个那个恶婆婆，厉害的，恶的！
武利平： 哪出戏的恶婆婆？
朱世慧：《孔雀东南飞》里边的那个恶婆婆！
武利平： 哎哟，大过年的演什么恶婆婆！
朱世慧： 来一个吧！
武利平： 咱还演这《孔雀东南飞》，咱不演那折，咱们演这折。
朱世慧： 哪折？
武利平： 那就是焦仲卿、刘兰芝他们小两口结婚那段，您看怎么样？
朱世慧： 这倒好！今儿娶媳妇娶一块去了！
武利平： 过年嘛，挑喜兴的。大家说对不对啊？
众　人： 对！
朱世慧： 好，行！那我们就来看这出《孔雀东南飞》。

【字　幕】**黄梅戏《孔雀东南飞》**
演出单位：安庆黄梅戏团
编　　舞：宋　楠　李冬玉
伴　　舞：吉林市歌舞团　桦甸市歌舞团

【唱词字幕】

董家林：西北向东南，有女貌恬恬，西北向东南，有女意绵绵，今日有佳期，春光也烂漫。

赵媛媛：冥冥天地间，红绳早已拴，举目来观看，蹁跹一少年，今日为君嫁，百鸟也欢喧。红盖头遮不住望夫婿的眼，红绣鞋怎怕把那些泥土沾。我真想依在他怀抱里，化作一堆花瓣，送出缕缕香，芬芳在君前，就让我踩着他的脚步儿走，

董家林：就让我随着她的心意儿旋，

赵媛媛：就让我逐着他的气味儿行，

董家林：就让我伴着她的身影儿转。

赵媛媛：我呀我轿子里面坐得闷，

董家林：我呀我马背上面颠得烦，

赵媛媛：闷哪！

董家林：烦哪！

赵媛媛：闷哪！

董家林：烦哪！

合　唱：何不就田垄上走，手把手儿牵！

伴　唱：来来来！找到了喂，找到了喂！

赵媛媛：仲卿啊，这满眼的春光早熟透，你看那草绿花红风儿柔。

董家林：春光熟，风儿柔，怎比你我面对面来手拉手！

赵媛媛：面对面，手拉手，让我这深情的双眸把你看从头！

伴　唱：这高矮呀，这胖瘦，这投足，这举手，一静一动，一惊一喜，一言一笑，一嗔一羞，

赵媛媛：正是我心中想来，意里求。

伴　唱：找到了喂！

（掌声起，主持人上）

武利平：世慧呀，这出娶媳妇的《孔雀东南飞》，您瞧着怎么样啊？

朱世慧：好，太好了！这我们家乡戏，能不好吗？好，真好！

武利平：嗨嗨！别胡乱认乡亲了！

朱世慧：怎么了？

武利平：你老家哪儿的，你武汉的啊！这观众朋友们都知道，大家说是不是啊？

观　众：是。

朱世慧：我告诉你，你不知道吧！我祖籍是安徽。

武利平：祖籍？

朱世慧：对了！我跟你说，下面这段戏，说的还跟我们家乡有关，哎说的还是我们老朱家的事。

武利平：哪出啊？

朱世慧：朱元璋知道吗？

武利平：知道。

朱世慧：大名鼎鼎啊，他媳妇马大脚知道吗？

武利平：知道。

朱世慧：这说的就是我的祖祖爷爷和祖祖奶奶的故事，不想瞅瞅？

武利平：哎哟，今儿您可巧了，赶上您老祖来演了？

朱世慧：对了！

武利平：那好啊，那咱们大家就欢迎，朱世慧的祖奶奶的祖奶奶的祖祖奶奶，

朱世慧：您够费劲的！

武利平：给咱们登台表演怎么样？

朱世慧：好！

【字　幕】**评剧《凤阳情》**

演出单位：天津评剧院

伴舞：吉林市歌舞团　桦甸市歌舞团

【唱词字幕】

曾昭娟：转眼间十八个春夏秋冬，嫩芽呀已长到叶绿花红，篱笆高挡不住芳草天性，山野里来了我无拘无束、高高兴兴、想哭咧嘴、想笑出声，一双大脚、俩小酒窝、又会洗菜、又会烙饼，民家的女儿马秀英。自幼儿我的亲父母抗元遭劫难，郭子兴收养我就留在了红巾军营。我义父率将士冲锋陷阵，后营内做帮手，我可是勤快能干又聪明。义父他做元帅军务繁重，他顾不上我这些天心事重重，春风里百草长花相依偎，莲蓬下水鸟儿低头和鸣。前两年十五六的我呀，还懵懵懂懂，可如今这十七八的女儿呀，有些事儿不想也不行呀！去年做的胸衣呀，今年又窄，

伴　唱：窄了窄了怎么那么窄呀。

曾昭娟：男兵们直愣愣的眼神叫我脸红啊，

伴　唱：红啊红啊怎么能不红。

曾昭娟：看人家娶媳妇那个花轿颤颤，新娘子挪挪步我的心也跳咚咚啊。

伴　唱：扑腾扑腾扑腾腾跳个不停。

曾昭娟：有军师刘伯温热心一片，要为我选夫婿好事说成。和那人初见面在这小溪边约定，小溪水呀哗啦啦地响，就好像现在我的心情！

伴　唱：他谁呀？

曾昭娟：他呀他本是义父帐前一员将领，

伴　唱：哦，他是哪儿的人哪？

曾昭娟：他和我是同乡，凤阳方圆几十里都知他的名儿啊！

（主持人上）

赵保乐：李维康老师您好！

李维康：你好！保乐！给您拜年，新年好！

赵保乐：新年好！听说李老师最近调到中国戏曲学院担任教授了，去培养新一代的京剧工作者了？

李维康：对，在四十多年前吧，我也是这个学校毕业的，今天我又回到了母校，为了培养京剧的接班人，我想我应该尽我的微薄之力。

赵保乐：谢谢李老师！今天不光您来了，还带了几位学生一起来的？

李维康：对，我和大家一起为观众朋友演唱《大登殿》。

赵保乐：好，掌声有请！

【字　幕】**京剧《大登殿》**

演出单位：中国戏曲学院

演　　唱：李维康　张　云　张笠媛　王　璐　周　婧

【唱词字幕】讲什么节孝两双全，女儿言来听根源：大姐许配苏元帅，二姐许配魏左参。唯有女儿我的命运苦，彩球单打平贵男。先前道他是个花郎汉，到如今端端正正，正正端端，驾坐在金銮。来来来，随女儿上金殿，不斩我父还要封官。

【字　幕】**绽新蕾**

（主持人上）

鞠　萍：观众朋友，看看这一桌坐的可都是年轻人，看他们这坐相，腰板挺着，胸脯努着，太阳穴鼓着，跟您说，不是唱武生的，就是唱老生的。

严　阵：鞠萍姐姐，你这头一猜，

鞠　萍：怎么样呢？

严　阵：猜错了！

鞠　萍：怎么就猜错了呢？

严　阵：我们三个人既唱武生又唱老生，这叫两门抱。

鞠　萍：两头堵，你当我不知道啊！我来介绍一下，这位是严阵，工言派老生。这位田磊，酷爱李少春李派艺术，在第四届京剧节上凭着一出武戏《赚历城》拿了个金奖。这位可能大家还不认识，是中国戏曲学院刚刚留校任教的青年老生贾劲松。欢迎他们三位给我们大家来几段，好不好？

众　人：好！

【字　幕】**京剧《大登殿》**

演出单位：福建省京剧团

配　　演：北京京剧院

【唱词字幕】

田　磊：龙凤阁内把衣换，薛平贵也有这一天，马达江海把旨传，传与天下朝奉长安。孤王迈步上金殿，宣召苏龙来把驾参。

【字　幕】**京剧《上天台》**

演出单位：江苏省京剧院　中国戏曲学院

配　　演：北京京剧院

【唱词字幕】

严　阵：金钟响御香引，王登龙廷，寡人喜的是五谷丰登，文凭着邓先生阴阳有准，武全仗姚皇兄保定乾坤，内侍臣摆御驾九龙口进，耳听得后宫院大放悲声。

贾劲松：王离了龙书案好言奉进，为王的传口诏细听分明。今早朝郭娘娘启奏一本，叫寡人把姚刚问罪典刑。孤登基也曾把那免死牌赠，姚不反汉，汉不斩姚，在凌烟阁标明。想孤王走南阳东逃西奔，老皇兄接驾在白水西村。孤念你老伯母悬梁自尽，孤念你孝三年改三月，孝三月改三日，孝三日改三时，孝三时改三刻，孝三刻改三分，三年，三月，三日，三时，三刻，三分，永不戴孝保定乾坤。孤念你草桥关亲临大阵，孤念你是一个开国老臣。适才间卿的本降旨已准，寡人戒酒不听谗言，岂斩你开国老臣，孤是有道的明君。姚皇兄，姚子匡，伴驾王，孤的爱卿，你那里休流泪，免悲声，放大了胆，一步一步随定了寡人。

（掌声起，主持人上）

朱世慧：鞠萍啊，看完刚才这段戏，我有一感想，还是得年轻人，你看他们嗓子冲，气儿足，看着看着我觉得我都年轻了！

鞠　萍：是吗？

朱世慧：我明白一道理啊。

鞠　萍：明白什么了呢？

朱世慧：看看你啊，老是这么驻颜有术，总也老不了，你年轻有方啊你！

鞠　萍：朱老师，什么方啊？

朱世慧：我们中国有这么一句俗话，叫“近朱者赤，近墨者黑”。你成天和孩子们打交道，那么近孩子者孩子呗！

鞠　萍：咳！您哪，别醉雷公了——胡劈！我呀，接下来给您介绍两位青春靓丽的，那才叫打眼呢！

朱世慧：在哪儿呢？你指我瞧瞧！

鞠　萍：您顺着我的手儿往上看！

【字　幕】**昆曲《牡丹亭》**

演出单位：苏州昆剧院

【唱词字幕】

俞玖林：则为你如花美眷，似水流年是答儿闲寻遍，在幽闺自怜。姐姐和你那答儿讲话去！

沈丰英：哪里去？

俞玖林：喏！转过这芍药栏前，紧靠着湖山石边，和你把领扣松，衣带宽，袖梢儿揾着牙儿苫也。则待你忍耐温存一晌眠，

合：是哪处曾相见，相看俨然，早难道好处相逢无一言？

（主持人上）

管　彤：武老师，您看咱们周围这一大群年轻人啊，他们个个堪称俊男靓女，对不对？

武利平：哎呀，这些位可不得了啊！这是我们的艺苑新葩，菊坛新秀，杏林新枝。

管　彤：得得得，您就别用那么多形容词了，您干脆逐个地给大家介绍介绍怎么样？

武利平：那没问题啊！他们是来自北京的翟墨、刘铮、黄桦、李丹、冯蕴，来自上海的安平、金喜全、赵群，还有来自天津的姜亦珊、黄齐峰，这几位可都是些获奖的大户，每个人身上都背着好几块奖牌。

管　彤：而且我还听说，他们差不多都是京剧研究生班的研究生呢。

武利平：可不是吗，咱俩别说了，咱们还是欢迎这些新秀为咱们表演他们的拿手好戏，好不好？

众　人：好！

【字　幕】**京剧《岳母刺字》**

演出单位：北京戏曲艺术职业学院

演　　唱：康静　翟墨

【唱词字幕】叫鹏举站草堂听娘言讲，好男儿理应当天下名扬。想为娘二十载教儿成长，唯望你怀大志扶保家邦。怕的是我的儿难坚志向，因此上刺字永记在心旁。叫媳妇取笔砚，儿宽衣跪在堂上。含悲忍泪狠心肠，一笔一画刺背上，刺在儿背娘心伤。我的儿忍痛无话讲，点点血墨染衣裳。刺罢了四字我心神恍，"精忠报国"语重心长。

【字　幕】**京剧《诗文会》**

演出单位：上海京剧院　天津京剧院　北京戏曲艺术职业学院

演　　唱：赵群　刘铮　姜亦珊

【唱词字幕】喜盈盈进画堂，亲任主考选才郎。欲前又踟躇，踟躇复彷徨。大事难托恐虚妄，兄长他纨绔忒荒唐。纵有双亲在，婚事也须自主张。观诗心窃慕，无端动柔肠。愿今日得遇知己画眉郎，锦心绣腹，怀壮志，性温良，吟妙句，成佳章。凭我这一点，胜过那隔墙频奏凤求凰，啊！凤求凰！

【字　幕】**京剧《飞虎山》**

演出单位：上海京剧院

【唱词字幕】

安　平：娃娃说话忒莽撞，你不该把孤的家虎伤，猛虎本是孤王养，打死了家虎要尔抵偿！

金喜全：住口！虎命羊命俱一样，分什么懦弱论的什么刚强。你的家虎食咱羊，豪杰打死又何妨？打死了你虎赔你的虎，要你赔羊也应当！

安　平：娃娃休要泪悲伤，人死岂能再还阳，孤有太保十二个，个个在朝伴孤王，收你螟蛉若甘愿，封你太保十三郎。

金喜全：早有此心来投唐，无人引我见君王，多蒙千岁恩德广，躬身施礼拜父王。

安　平：改名换姓李存孝，从今不离孤身旁，

金喜全：多谢父王改名姓，存孝二字永不忘，

安　平：打虎的勇猛比骁将，可识韬略兵法章？

金喜全：自幼儿玩耍在飞虎岗，偶遇仙长传刀枪，十八般武艺件件广，文韬武略腹内藏。

安　平：昔日文王访姜尚，渭水河畔得栋梁，今日里孤登飞虎岗，李淳风、袁天罡、鬼谷子、王禅，孤亚赛那周文王。

（主持人上）

鞠　萍：哎，这不是王艳吗？

王　艳：是啊，鞠萍姐姐好！

鞠　萍：你好，扮成这样我差点没认出来！这是哪出戏呀？

王　艳：今天为大家表演的是我们天津京剧院今年新排演的《妈祖》中的一个选段。

鞠　萍：哦，《妈祖》！我知道！在第四届京剧节上获得优秀剧目奖，你个人还得了个表演的优秀奖。

王　艳：是的。

鞠　萍：好，观众朋友们，今天王艳就为我们演唱这出新戏，京剧《妈祖》的选段。掌声欢迎！

【字　幕】**京剧《妈祖》**

演出单位：天津京剧院

编　　舞：谷雪莹

伴　　舞：吉林市歌舞团

【唱词字幕】

伴唱：妈祖花儿迎风开放，妈祖花儿迎风开放，年年迎春晖，岁岁飘异香，香气袭人荡渔港，港里村走出个，亭亭玉立、质朴淳厚的林默娘。

王艳：湄洲山水天堂景象，物华锦绣养育我林默娘，老双亲爱抚体贴勤教养，众乡亲关爱备至情谊绵长，随爹爹博览群书胸襟旷，延名师学医道四乡求教纳良方。掘清泉酿济药去病除恙，但愿得莺歌燕舞呈瑞祥。

【字　幕】**金鸡鸣**

（主持人上）

管　彤：观众朋友，现在我们来认识一位鹤发童颜、非常慈祥的老人家，您看，请，老先生！老先生您好，请问您高寿了？

宋宝罗：我今年 90 岁。

管　彤：90 岁了，一点都不像，那在这里呢给您拜年！祝您健康长寿！

宋宝罗：给大家拜年！

管　彤：我们请老先生作一下自我介绍。

宋宝罗：我叫宋宝罗，是京剧演员，五十年前在北京京剧一团演出，以后我到杭州落户，在浙江京剧团当演员。

管　彤：我知道宋老先生上个世纪 50 年代的时候，一直活跃在首都的舞台上，是非常著名的一位高派老生。那今天我们大家在一块儿过春节，您给我们准备了什么节目啊？

宋宝罗：因为 2005 年是鸡年，我今天准备唱一段关于鸡的唱段，顺便画一张鸡。主要还是给大家拜年吧！

管　彤：大家听见了吗？老爷子不光能唱，还会画呢！好，我们现在掌声欢迎宋老先生为我们表演！

【字　幕】**《画鸡唱鸡》**

作词：张永和

【唱词字幕】

宋宝罗：朝阳东升金鸡叫，彩霞满天七色光，春回大地更万象，日照神州齐颂扬。百花争艳齐怒放，千山竞翠尽辉煌，看鸡年昂扬奋进多兴旺，祝祖国繁荣昌盛，家家户户喜洋洋。

管　彤：观众朋友，现在宋老先生的作品已经完成了，我们就把这幅画展示给大家看！请您仔细欣赏！

鞠　萍：瞧！刚才这位老爷子银髯飘摆，鹤发童颜，真是万里挑一。老英雄演完了，接下来我给大家介绍一群少年好汉小岳云，银锤摆动，翩翩起舞，也会让您看个够！瞧，他们来了！

【字　幕】**舞蹈《春蕾勃发》**

作　　词：范广和　火　焰

作　　曲：卢小杰

编　　舞：范广和　桂旭媛　朱　斌

演出单位：南京空军小百灵艺术团

【唱词字幕】小小少年，人小志坚，闻鸡起舞练银锤。自幼立志学父辈，指待成年赴边陲。星月里，练武艺不觉苦累，小一辈，满怀豪情热血飞。树雄心，定叫那入侵敌人马前跪，跨战马，舞银锤，英勇少年显神威。

（主持人上）

鞠　萍：电视机前的观众朋友们，在我们今天戏曲晚会的现场，我们还请来了一位著名的演员，他在戏剧界和影视界大名鼎鼎，他还是一位爱心人士，他是许多社会公益活动的志愿者，他就是濮存昕，欢迎您！

濮存昕：大家好！

鞠　萍：如果我没有记错的话，濮老师是第一次参加我们的戏曲晚会？

濮存昕：对，第一次！

鞠　萍：那今天您准备给我们唱段什么呢？

濮存昕：我不会唱，唱戏咱真是外行，但是年轻的时候练功的时候练了点剑，来段长穗剑，给大家助助兴！

鞠　萍：好不好？

众　人：好！

鞠　萍：有请！

【字　幕】**剑舞《闻鸡起舞》**

编舞：屠世远

伴舞：空政歌舞团

表演：濮存昕

（掌声起，主持人上）

鞠　萍：谢谢濮存昕先生的精彩表演！

管　彤：谢谢！

鞠　萍：刚才我们一起欣赏了《闻鸡起舞》，表现的是昂扬奋进、枕戈待旦的尚武精神。

管　彤：接下来要为观众朋友献上一出我们精心创作的小武戏《金鸡颂春》，歌颂春天的到来。

【字　幕】《金鸡颂春》

编　　剧：张永和

导　　演：张四全

演出单位：中国京剧院　北京京剧院

天津京剧院　中国戏曲学院

表　　演：黄齐峰　李丹　黄桦　冯蕴等

【唱词字幕】

孙悟空：盘丝洞内蜘蛛精，阻我师徒西天行，金猴奋起千钧棒，扫除妖魔环宇澄。众神将！

众　人：有！

孙悟空：盘丝洞降妖去者！

孙悟空：金鸡大仙，快来救我！

金鸡大仙：冬去春来万象新，山河初绿耀眼明，金鸡一唱天破晓，彩霞斑斓旭日升。

合　人：金鸡一唱天破晓，彩霞斑斓旭日升。

【字　幕】《春来了》

作　　词：周保平

作　　曲：孟庆华

演出单位：江苏省京剧院 李　洁

编　　舞：冷明宇　吴政烨

伴　　舞：吉林市歌舞团　桦甸市歌舞团

【唱词字幕】

伴唱：九州一夜东风吹，晓来登高百鸟飞。云中响环佩，阿姊你是谁。美丽的春姑娘，道一声久违。

李洁：霎时间，十里花阵云蒸霞蔚，咿呀呀，长空一对南雁北归，叮咚咚，五岳琴鸣高山流水，噗噜噜，百河千江升起帆桅。

伴唱：一夜东风吹，风儿将人催。

李洁：忙煞了雪原，忙煞了林海，忙把绿装披。

伴唱：一夜东风吹，风儿惹人醉。

李洁：醉倒了城镇，醉倒了山乡，醉红了报春的梅。

伴唱：长笛向天吹，闻鸡舞一回，太阳鸟向着太阳、向着未来飞。长笛向天吹，闻鸡舞一回，太阳鸟向着太阳、向着未来飞。

（掌声起，主持人上）

赵保乐：亲爱的观众朋友们，春节戏曲晚会就要结束了，祝愿朋友们在新的一年里——

赵保乐、董　艺：平安、舒心！

武利平、朱世慧：幸福顺心、吉祥开心！

鞠　萍、管　彤：祝您抓住财运，多献爱心！

【滚屏字幕】

策　　划：谢桂昌　张永和　李浩天　周保平　李文才　和宝堂

总 导 演：谢桂昌

撰　　稿：张永和

导 演 组：陈树英　王　敏　赵永红　李　燕

音乐监制：李秀曾

摄像指导：屈　扬

摄　　像：宋云哲　王　伟　任　波　张　威　张　旭　靳　凯

舞美总监：陈晓秋　周双喜

舞美设计：吕大庆

灯光设计：董　楠

制 片 人：魏道胜　王晓明　陈兰吉　黎　源

制片主任：曹　毅

总制片人：王　进　王志军　李守进

总制片人：朱　彤　唐世鼎

监　　制：胡　恩　张华山

总 监 制：赵化勇

（编撰　章新强）

2006年中央电视台春节戏曲晚会
——合家欢

开场（掌声起）

【字　幕】**序曲《鼓舞中国》**

创意：滕海涛

作词：何颖哲

作曲：孟庆华
导演：孙桂元
编舞：王鹏远　李冬玉
伴舞：吉林市歌舞团　桦甸市歌舞团
演员：史依弘　邓沐玮　杨　赤　杜镇杰　倪茂才
灰姑娘打击乐组

【唱词字幕】

合　唱：神州鼓，声声震，翘首相望，漫天雪，飞来报，今春早还乡。

史依弘：游子迎春归，赤子和春唱，唱一曲，万家灯火，火树银花，花样人家，家和人兴旺，人和万年长，万年长。

合　唱：今宵鼓最响，

史依弘：响鼓声声震，

合　唱：举世望东方。

杨　赤：神州鼓，日升月落，敲打出万年激荡，

邓沐玮：神州鼓，风吹雨打，锻造出世上铮骨炎黄。

倪茂才：只见得，左昆仑，右太行，擎天臂膀，

杜镇杰：只见得，踏黄河，跨长江，指点汪洋。

史依弘：亿万万人心动，

杨　赤、邓沐玮：汇一声鼓响，

史依弘：一声声鼓响，

倪茂才、杜镇杰：一次次昂扬。

杨　赤：奥运鼓响，八方点将，

倪茂才：神州鼓响，笑傲穹苍，

杜镇杰：今宵鼓响，合家欢畅，

邓沐玮：明朝鼓响，日出东方。

合　唱：明朝鼓响，日出东方。春来早，天正好，赤子情长，游子还乡，千家万户，万户千家，合力一方，鼓舞朝阳。

（掌声起，主持人上）

白燕升：神州鼓响欢声唱，

鞠　萍：新春华年乐满堂，

韦翔东：盛世梨园喜相聚，

董　艺：合家欢庆韵悠长。

白燕升：好！亲爱的全国的戏迷朋友们，

鞠　萍：台湾香港澳门的同胞们，

韦翔东：海内外侨胞们，

董　艺：外国朋友们，

白燕升：祝大家除夕快乐！

众　人：新春吉祥！

白燕升：好！亲爱的观众朋友们，一年一度的春节戏曲晚会又如约和您见面了，此刻我们将和全国的戏迷朋友共度这美好的除夕之夜。

鞠　萍：对于电视机前的戏迷们来说，这除夕夜的戏曲大餐，可以说是整整等上了一年。

韦翔东：愿我们这台晚会让您在除夕之夜过足戏瘾，痛快，欢畅！

董　艺：如果此时此刻您不能够回到家里去过年的话，也希望您看到我们的晚会，能给您带来回家的温暖。

白燕升：好，亲爱的观众朋友们，京韵流芳，名家名段，

众　人：好戏上场！

【字　幕】**京剧《珠帘寨》**

演　　员：于魁智饰李克用

演出单位：中国京剧院

【唱词字幕】昔日有个三大贤，刘关张结义在桃园，弟兄们徐州曾失散，古城相逢又团圆。关二爷马上呼三弟，张翼德在城楼怒发冲冠，耳边厢又听人呐喊，老蔡阳的人马来到了古城边，城楼上助你三通鼓，十面旌旗壮壮威严。哗啦啦打罢了头通鼓，关二爷提刀跨雕鞍；哗啦啦打罢了二通鼓，人又精神马又欢；哗啦啦打罢了三通鼓，蔡阳的人头落在马前。一来是老儿命该丧，二来弟兄得团圆，贤弟休回长安转，就在这沙陀过几年，落得个清闲！

【字　幕】**京剧《西施》**

演　　员：李胜素饰西施

演出单位：中国京剧院

【唱词字幕】提起了吴宫心惆怅，犹如一梦熟黄粱。朝朝暮暮在姑苏台上，馆娃宫西畔又建响廪廊。三千粉黛人人怅惘，一身宠爱迷惑吴王。佯欢假媚多勉强，柔肠百转度流光。功成喜见贤君相，这才是天从人愿配才郎。

【字　幕】**京剧《赤桑镇》**

演　　员：袁慧琴饰吴妙贞　孟广禄饰包拯

演出单位：中国京剧院　天津青年京剧团

【唱词字幕】

包　拯：嫂娘！

吴妙贞：小奴才！（唱）见包拯怒火满胸膛，骂声忘恩负义郎。我命包勉长亭往，与你饯行表衷肠，谁知道你把那良心丧，害死我儿在异乡，有何脸面你活在世上，快与我儿把命偿！

包　拯：嫂娘！（唱）自幼儿蒙嫂娘训教抚养，金石言永不忘铭记心房。前辈的忠良臣人人敬仰，哪有个徇私情卖法贪赃。到如今我坐开封国法执掌，杀赃官除恶霸申雪冤枉。为正人先正己人己一样，责己宽责人严怎算得国家栋梁。小包勉犯王法岂能轻放，弟若徇私，上欺君，下压民，败坏纪纲，我难对嫂娘！

吴妙贞：（唱）听包拯一席话暗自思想，他忠心秉正公而忘私，方算得盖世的忠良。恨我儿他不该贪赃罔上，按律条铡包勉理所应当，怎奈我失却了终身靠养。罢，倒不如我碰死在赤桑。

（掌声起，主持人上）

白燕升：亲爱的观众朋友们，您现在看到的是2006年春节戏曲晚会的现场，您在观赏晚会的过程当中，请把您喜欢的节目和演员用发送手机短信的方式告诉我们，移动、联通、小灵通的用户请发送节目和演员的名称到9999666，或者是拨打我们的热线电话，热线电话号码呢，在屏幕的下方，您将有机会获得晚会光盘或者是新春红包等礼物，我们热切地盼着您的参与！接下来呢，我要为大家——

范　军、尹相杰：（插进来，不停地）观众朋友们，大家新年好！在这儿给您拜年了！哎呀！戏曲晚会简直太热闹了！祝大家一帆风顺，双喜临门！大家聚在一起特别的热闹，来参加咱这活动我心里太高兴！……

白燕升：停！干吗呢？你俩干吗呢？

范　军：给大家拜年呢！

白燕升：拜年呢？大家都认识他们吧？

观　众：认识！

范　军、尹相杰：谢谢！

白燕升：唱歌的尹相杰，说相声的范军！走错了吧？

范　军、尹相杰：没有，就这儿。

白燕升：这是什么地方？

范　军、尹相杰：这是我们春节戏曲晚会呀！

白燕升：对呀！你俩来干吗呢？

范　军：白老师，是这么回事！据消息灵通人士透露，2006年最红火的行业就是唱戏，

尹相杰：没错！

范　军：所以我们俩改行学戏了！

白燕升：他俩改行唱戏了！各位，我一问便知。二位，在哪个学校学戏呀？

范　军：我们在那个——咱们那学校叫什么名儿来着？

尹相杰：怎么了，师兄？怎么连咱们学校都忘了？咱们学校它不就是那个——

白燕升：叫什么？

范　军：瞧你那记性！

白燕升：各位，他们蒙事吧！连学校都不知道就改行！

范　军：白老师，我们那个是新学校，我们那校长学校那名还没挂上呢！

白燕升：还有校长？

范　军：那当然了！咱校长呢？找找校长！问问叫什么名儿。白老师，我跟师弟先下去。

白燕升：我巴不得让他们赶紧走呢！各位，他们下去了我还是主持我的节目！那么接下来我要为大家介绍的是来自福建的一个高甲歌舞，名字叫《花婆闹春》。

【字　幕】**高甲歌舞《花婆闹春》**

策　　划：曾文杰

编　　剧：伍经纬

导　　演：吕忠文　陈凌香

主　　演：赖宗卯

演出单位：福建晋江高甲戏剧团

【唱词字幕】

合唱：春风吹来春意闹，龙腾狮跃乐春宵，大家恭喜新年好，大家恭喜新年好！

送花喽！好花很香啊！闹春喽！

合唱：花香惹人醉，惹人醉，骑驴闹春添彩气。花开花好月长圆，月啊月长圆，日子过的甘又甜，甘又甜。

（主持人上）

白燕升：自古以来，丑行就和幽默艺术有着不解之缘，尤其是大家喜爱的相声艺术，因为有许多的相声名家就说了——

刘　宸、徐孟轲：（跑步进来）一一，一二一

白燕升：这是哪一出啊？

刘　宸、徐孟轲：一二三四！向右转！有请李校长！

李伯祥：来了！大家好！现在我代表我的全家老少向大家表示拜年！祝大家工作顺利，身体健康，新春愉快，合家幸福，并祝你们在新的一年当中多涨工资，一步到位！

白燕升：都是吉祥话！您说了半天的吉祥话，您作为相声名家，来到春节戏曲晚会的现场，咱是来——

李伯祥：您打算要我说相声？

白燕升：对啊！

李伯祥：我年纪稍微大了，对不起，有些段子我说不动了。可是我老不在台上说呢，大家又想我呀，老李，李伯祥怎么总不说相声，老不在舞台上了？可能是跟着神六上太空去了。我最近开了个学校，

白燕升：相声学校？

李伯祥：不不！戏曲学校！

白燕升：戏曲学校？这都是您的学生？

李伯祥：我好几个学生呢！那几个一时给弄丢了！

白燕升：还不止这俩？

李伯祥：（朝刘宸他们）找你们师兄去！齐步走，一二一二！

白燕升：李老师李老师，您介绍了半天，我还是疑惑，您到底办这个戏曲学校是个什么样的学校？

李伯祥：我这个学校完全是，拿戏名垒造起来的一个学校。大门叫《南天门》，门上有《巧连环》《连环计》，门钹一对，您一进我这个学院的院子里头，光那个教学楼就有十

多间。

白燕升：十多间？

李伯祥：对！

白燕升：说来听听！

李伯祥：《鸳鸯楼》《艳阳楼》《贾家楼》《赵家楼》《白门楼》《黄鹤楼》《雅观楼》《翠芳楼》《望儿楼》《百凉楼》《富春楼》《冲霄楼》《浔阳楼》《狮子楼》《藏珍楼》，最高的那座叫《宋江坐楼》。

白燕升：都是楼。

李伯祥：怎么样？

白燕升：好。

李伯祥：我这里边还有一个大花园，你可以看看，花园门上有一块匾，写着《御果园》，两旁有一副对联，

白燕升：上联是——

李伯祥：家无别韵，西皮二黄，原板三眼四平调，

白燕升：太好了！戏迷都知道，这是咱京剧的板式。这下联配——

李伯祥：庭有余音，长锤纽丝，阴锣夺头急急风。

白燕升：这都是咱戏曲的锣鼓点！横批是——

李伯祥：嗯哼大台！

白燕升：嗬！这就唱上了！真是不错，李老师！

李伯祥：我领你逛逛！这花园里头太漂亮了！有很多的花草！《盗灵芝》《戏牡丹》《芦花计》《二度梅》《红牡丹》《绿牡丹》《红菊花》《白菊花》《一枝兰》《一枝梅》《一枝桃》《新茶花》《采桑》《打樱桃》，气死《畅春园》，不让《红楼梦》的那个《大观园》。怎么样？

白燕升：好园子！好园子！

李伯祥：给我当学生吧！

白燕升：您到底办这个戏曲学校教他们什么呀？

李伯祥：教他们戏剧，培养他们当主持人！

白燕升：他们当什么？

李伯祥：戏曲主持人！

白燕升：他们当戏曲主持人了，那我去干嘛呀？

李伯祥：你干吗？你这样吧！你想当主持人吗？

白燕升：当然想了！

李伯祥：想当优秀的主持人吗？

白燕升：当然想了！

李伯祥：你想当主持人有办法，跟他们一样，到我的学校去，叫我一声老师，你马上就是主持人。

白燕升：李老师，我跟您说，我现在已经是主持人了。

李伯祥：怎么样？他叫我一声李老师，已经就是主持人了！

白燕升：这就叫拜你为师了？

李伯祥：你要是叫我八年，你可就了不得了。

白燕升：这样，我干脆把他哄下去。李老师，您既然当了我老师，下去，我请您吃饭！

李伯祥：来碗豆腐脑不行，你别糊弄我！

白燕升：那应该请什么呀？

李伯祥：你给我当徒弟，我是你师父，你得摆酒席。

白燕升：摆酒席？

李伯祥：左一桌，右一桌，三十来桌，我告诉你摆酒席你不知道，这个第一桌呀，

白燕升：第一桌我知道，什么红丸子、白丸子、溜丸子、炸丸子、南煎丸子、四喜丸子、鲜虾丸子、豆腐丸子、饹炸丸子、鱼腐丸子、氽丸子，李老师对不对？

李伯祥：我要的不是这菜！

白燕升：那您要的是什么菜？

李伯祥：我要的是戏名的菜。完全都是京剧。

白燕升：说来听听。

李伯祥：摆好了一桌子，头一道菜就是《刘全进瓜》，还有了，《佛手橘》《偷桃盗丹》《太公钓鱼》《乌有鱼》《李逵夺鱼》《时迁偷鸡》《铁公鸡》《霸王别姬》《送饽饽》《送合子》《黄一刀》，那儿买来的酱肉，《混元盒》《抱妆盒》《斩蔡阳》《斩窦娥》，最后你还得给我上一大碗——

白燕升：什么？

李伯祥：《审头刺汤》！

白燕升：够吓人的，哈哈！这汤可不敢喝。

李伯祥：那就换《羊肚汤》。

白燕升：《羊肚汤》，太便宜了。

李伯祥：《八珍汤》。

白燕升：不错，好汤！

李伯祥：怎么样？这些个菜好不好？

白燕升：当然好了！但是李老师您说的这些菜呀，只能饱饱耳福。接下来我们给大家安排了一桌菜，可以说是大饱眼福，东西南北中口味俱全，咱们一块儿瞧瞧怎么样？

李伯祥：什么戏都有，大伙欢迎！

白燕升：好！有请！

【字　幕】**地方风情小戏《风俗画卷》**

创意：罗怀臻

编导：卢　浩

【字　幕】**北京曲剧《喝面叶》选段**

编　　配：戴颐生

编　　舞：崔　迪

演　　员：卢霄文饰翠娥
演出单位：北京市曲剧团

【唱词字幕】

合唱：摘豆角，拨开了豆秧，露水的珠儿湿透了衣裳，豆角儿长得这么鲜又嫩，小蚂蚱扑啦啦飞出了豆秧。

翠娥：摘豆角，拨开了豆秧，露水的珠儿湿透了衣裳，豆角儿长得这么鲜又嫩，小蚂蚱扑啦啦飞出了豆秧。我在这边扑，它往那边藏，闹得翠娥我心发慌，左扑，右扑，追也追不上，又恐怕碰折了豆角，砸坏了秧。太阳高高热难搪，豆角儿摘了这么一满筐。手提竹篮儿，回家转，柳荫树下歇一歇凉。

【字　幕】**锡剧《双推磨》选段**

演　　员：汤达饰何宜度　董云华饰苏小娥
演出单位：江苏省锡剧院

【唱词字幕】

苏小娥：推呀拉呀转又转，磨儿转得圆又圆，一人推磨像牛车水，两人牵磨扯篷船。

何宜度：推呀拉呀转又转，磨儿转得圆又圆，上爿好像龙吞珠，下爿好像白浪卷。

苏小娥：推呀拉呀快又稳，磨儿转得像车轮，多谢你来帮助我，叔叔真是热心人。

何宜度：做点小事，还要谢我做啥！

苏小娥：应当要谢谢你呀！

何宜度：推呀拉呀快又稳，磨儿转得像车轮，手里越牵越有力，哪里来的浑身劲。

【字　幕】**五音戏《拐磨子》选段**

演　　员：吕凤琴饰李妻　孟凡今饰李茂
演出单位：山东淄博市五音戏剧院

【唱词字幕】

李茂：我这里拾起了晃杆晃哟，

李妻：拐磨子俺不怕手腕里酸哟，我说当家的！

李茂：咋的咳呀？

李妻：俺待说，

李茂：你说不咋！

李妻：你听见了么？

李茂：俺听见咧！

李妻：咱的豆腐甜又香呀，小娃娃吃了白又胖呀，老爷爷吃了能抡大锤呀，老奶奶吃了锄高粱。

李茂：老婆子哎！

李妻：咋的咳呀？

李茂：俺待说，

李妻：你说不咋！

李茂：你听见了么？
李妻：俺听见咧！
李茂：挣了钱我给你买个大花袄哇，再给你买上件狗皮坎肩啊，赶大集我给你买碗豆腐脑啊，下馆子来一盘炒三鲜呀。
李妻：我说当家的呀，
李茂：咋的咳呀？
李妻：俺待说，
李茂：你说不咋！
李妻：你听见了么？
李茂：俺听见咧！
李妻：拐磨子越干越有劲呀，
李茂：鸡叫一声就明了天哪，
合唱：鸡叫一声就明了天哪。

【字　幕】**粤剧《分飞燕》选段**
演　　员：李淑琴
演出单位：佛山市青年粤剧团
【唱词字幕】
分飞万里隔千山，离泪似珠强忍欲坠凝在眼，我欲诉别离情无限，匆匆怎诉情无限。又怕情心一朝淡，有浪爱海翻，空嗟往事成梦幻，只愿誓盟永存在脑间，音讯休疏懒。
只怨欢情何太暂，转眼分离缘有限，我不会负情，害你心灰冷。我送君忍泪难，唉呀，难难难，难舍分飞冷落怨恨有几翻，心声托负鸿与雁，嘱咐话儿莫厌烦，你莫教人为你怨孤单。

【字　幕】**花鼓戏《刘海砍樵》选段**
演　　员：李左饰刘海　叶红饰胡秀英
演出单位：湖南省花鼓戏剧院
【唱词字幕】
胡秀英：我这里将海哥好有一比呀，
刘　海：胡大姐，
胡秀英：哎，
刘　海：我的妻呀，
胡秀英：啊，
刘　海：你把我比作什么人喽？
胡秀英：我把你比牛郎不差毫分哪，
刘　海：那我就比不上喽呵，
胡秀英：你比他还要多喽呵！
刘　海：胡大姐你是我的妻喽呵，

胡秀英：刘海哥你是我的夫啊，
刘　海：胡大姐你随着我来走喽呵，
胡秀英：刘海哥你带路往前行喽呵，
刘　海：走喽呵，
胡秀英：行喽，
刘　海：走喽呵，
胡秀英：行喽，
合　唱：得儿来，得儿来。
刘　海：我这里将大姐，
胡秀英：哎，
刘　海：也有一比呀，
胡秀英：刘海哥，
刘　海：哎，
胡秀英：我的夫，
刘　海：啊，
胡秀英：你把我比作什么人喽呵？
刘　海：我把你比织女不差毫分哪，
胡秀英：那我就比不上喽呵，
刘　海：我看你硬俨像哒她喽呵！
胡秀英：刘海哥你是我的夫哇，
刘　海：胡大姐你是我的妻喽呵，
胡秀英：刘海哥你带路往前走喽呵，
刘　海：我的妻呀随着我来行喽呵，
胡秀英：走哇，
刘　海：行喽呵，
胡秀英：走哇，
刘　海：行喽呵，
合　唱：得儿来，得儿来。

【字　幕】**广西彩调《刘三姐》选段**
演　　员：王予嘉饰刘三姐
演出单位：广西彩调剧团

【唱词字幕】唱山歌，这边唱来那边和，山歌好比春江水，不怕滩险弯又多。唱山歌，这边唱来那边和，山歌好比春江水，不怕滩险弯又多。

（掌声起，主持人上）

白燕升：亲爱的朋友们！刚才我们一块儿欣赏了东西南北中的地方戏曲，那么接下来呢，我们要为大家——

李伯祥（带俩徒弟上台）：站好了站好了！

白燕升：李老师！

李伯祥：哎，燕升！

白燕升：你怎么又上来了？

李伯祥：你怎么又上来了？

白燕升：我主持人哪！

李伯祥：你会主持什么呢？你是我的学生，应当向老师学习，你看看我是怎么主持的。（回头向俩徒弟）找你师兄去！（转向白燕升）你呀，好好看着李老师是怎么主持的？

白燕升：李老师，您知道下面是什么节目吗？

李伯祥：我还用知道么，我是老师，教授，校长！我想主持什么就主持什么！你看看，我这仨徒弟都来了！

尹相杰：校长好！

白燕升：他也是你的徒弟？

李伯祥：各位看看，你瞧我这仨徒弟，一个一个长得多漂亮！告诉你燕升，我可不是说大话，你瞧瞧我这徒弟，都有脑袋。

白燕升：没脑袋的那是酒瓶子！

李伯祥：给他们练一手！

白燕升：他们会什么呀？

李伯祥：刀枪剑戟，斧钺钩叉，鞭锏锤爪，镗棍槊棒，连原子弹都能在手里玩两圈呢。慢点，大家鼓掌！好，小伙子，太棒了！你这给我按摩呢！

白燕升：你别说前面这两位真不错！你那是在那儿干嘛呢？（指尹相杰）

尹相杰：我这是，这比较实惠！

李伯祥：他是给我按摩的，我们不但能练，我们还能唱一段。

白燕升：还能唱？

李伯祥：各位，要说这唱啊。

刘　宸、徐孟轲：（京剧唱）啊——

李伯祥：别唱了，你们俩干嘛呢？

刘　宸、徐孟轲：唱戏呢！

李伯祥：各位，他这是唱戏吗？这过鸭子呢这个，他们唱得不好！

尹相杰：师父，您听我的！

李伯祥：听他的！

白燕升：再听听这个学生！

尹相杰：（怪唱）啊！

李伯祥：你要咬我是怎么着？

白燕升：李老师，这就是您的学生。

李伯祥：我们是戏曲学校的，我们是专业的，这么唱看不出本色来，来，徒弟们！扮上装，穿上衣服，戴上盔头，再给唱一个！大家欢迎不欢迎？

白燕升：各位各位！我看了一下表，还有两分钟后面的节目就该上场了。哪有时间呀！

李伯祥：我有半分钟就能给他化上妆。

白燕升：半分钟，这是您说的！

李伯祥：你听话，不听话了？你也听着，给我拿着扇子，我给他化上妆。各位，我给他穿的衣服完全都是戏名，徒弟，你头戴一顶叫《破毡笠》。

刘　宸：啊？破帽子？师父，大过年的破帽子。

李伯祥：包子有肉不在褶，别看帽子破，帽子上有三颗珠子值钱。

刘　宸：什么珠子？

李伯祥：一颗叫《庆顶珠》，一颗叫《海潮珠》，当中有一颗《串龙珠》。身穿着《斩黄袍》，上绣《游龙戏凤》的《龙凤配》，腰上系着一根《宫门带》，足蹬《借靴》，左手拿着《黑风帕》，右手扇着一把《三盗芭蕉扇》。

刘　宸：哎哟师父，我这什么模样？

李伯祥：漂亮吧？

刘　宸：不好看。换一个。

李伯祥：换一个你头戴着《钗钏记》，插着一翠花，耳戴《玉玲珑》的耳环，身穿《狄青借衣》，外套《嗑指换袄》，你左胳膊戴着《勘玉钏》，右胳膊戴着《拾玉镯》。

刘　宸：得！我是刘媒婆！

白燕升：李老师，李老师！

李伯祥：你不用拦我也唱不了了。

白燕升：几分钟了你看？

李伯祥：八分半了！

刘　宸、徐孟轲：师父，咱们先下面歇会儿去。

李伯祥：我们后边喝咖啡去了！

白燕升：他是该下去了。后面的演员——

刘　宸：白老师，您看！我师父忽悠我半天了，也没让我展示一下，

白燕升：没错，没错！

刘　宸：您给我出个主意好不好？

白燕升：你是想？

刘　宸：展示一下。

白燕升：展示一下？

刘　宸：对呀！您看我这个形象！

白燕升：你这个形象？哎，刘宸，看到你这个形象我想到了一路神仙。

刘　宸：神仙哪！

白燕升：接下来的节目叫《群仙夺魁》。你也扮演一个角色。我们让大家一块儿看看。

刘　宸：好！

【字　幕】**武戏集锦《群仙夺魁》**

创　　意：孙桂元

导　　演：孙桂元　张四全

演　　员：年金鹏　李阳鸣　黄齐峰　刘魁魁
詹　磊　王雪青　阎虹羽　秦占宝
吕　兴　徐　滢　刘　宸　黄　桦
演出单位：中国京剧院　北京京剧院　天津京剧院
中国戏曲学院　江西京剧团　青岛京剧团
伴　　奏：北京京剧院乐队

【唱词字幕】

托塔天王：送金鸡喜迎神犬，夺金牌，折丹桂，成为魁元。

哪吒：迎春到霞光灿烂，齐舞彩练，沽美酒天上人间。观大地瑞气冉冉，望天庭星辰聚欢，昨飞神五初探，今神六与我擦肩。激励俺折桂夺冠，闹寰宇共庆丰年！

猪八戒：猴哥，今年是狗年，（对啸天犬）兄弟，这块金牌应该归你！

众：对！应该归你！

尹相杰：观众朋友们，我算是看出来了，跟着我们李校长，我是永无出头之日，得，我还是自己想办法吧！

鞠　萍：哎，这不是尹相杰吗？

尹相杰：哎哟，姐！姐！

鞠　萍：哎！

白燕升：嘴甜！

尹相杰：我可想死你了！（作哭泣状）

鞠　萍：哟，谁欺负你了吧？

尹相杰：不是，我是激动的！能看见姐呀，我这几十年都不白活。

鞠　萍：真实在这孩子。

白燕升：听他怎么忽悠！

尹相杰：二姐！

鞠　萍：哟！怎么这么会儿就改二姐了呢？

尹相杰：我大哥这人你是不知道啊，他是唱念做打他都全了，我太佩服他了。

鞠　萍：那倒是真没错！

尹相杰：大哥！

白燕升：你干嘛？

尹相杰：我鞠萍姐，我是打小就爱上她主持的节目。

白燕升：你打小就爱看她的节目？

鞠　萍：哎呀呀，看我节目的孩子都这么大了！

白燕升：她有那么老吗？

尹相杰：大哥，它是这么回事！我是打小就爱看像我鞠萍姐姐这样的主持人主持的节目。

白燕升：接着忽悠！

尹相杰：姐呀，我真是后悔，我怎么一不留神我就长大了呢？为您，我也得越活越回去！

鞠　萍：我说杰子，别绕圈子，你不想唱歌了？

尹相杰：歌就不唱了，我们李校长说了，主持人这行最有出息，尤其是戏曲节目的主持人，但是有您二位这么著名的主持人在这儿，像我这样的这辈子也没有登台的机会了，我还是后悔，（哭）

鞠　萍：哎哟哟哟！别，别，你等会儿，燕升啊，你说这个好主持人，咱们什么时候都需要，要不咱们让他试试？

尹相杰：给我个机会！

白燕升：让他试试？

鞠　萍：试试！

白燕升：就他这样？

鞠　萍：对！试试！

白燕升：各位，行吗？

观　众：行！

白燕升：那这样！我出一道简单的小题目，考考他的戏曲基础知识，你听好了！去年大家都知道是中国电影诞生一百周年，我的问题是我国第一部影片是什么？主演是谁？

尹相杰：这个我知道。

白燕升：待会儿待会儿。从主演到现在他们是第几代了？每一代的代表人物都是谁？开始！

尹相杰：第一部电影名字叫做《定军山》，它是在1905年拍摄的。

白燕升：哟，还真没难倒他！

尹相杰：主演是由——

白燕升：干嘛呢？

尹相杰：我这，主演呢？他是在当时京剧有后三鼎甲之称的，京剧伶界大王之称的谭鑫培谭老先生。

白燕升：哟！

尹相杰：谢谢！他的后代传人到如今应该是——

白燕升：是第几代了？还有最后一个问题，第几代了？

鞠　萍：他的后代嘛，算上谭鑫培老先生的父辈，也是著名的京剧人，这么算起来呢，这个谭家到现在是第七代了。

尹相杰：对了嘛，我就是这个意思！

白燕升：您看看，相杰同志这么一忽悠，鞠萍姐姐就跟他站一边了。相杰同志听好了，还有，从谭鑫培到谭小培再到谭富英，再到谭元寿老先生，他们都为京剧事业做出了极大的贡献。我告诉你，今天晚上，谭元寿先生率领他的子孙谭孝曾、谭正岩也来到了晚会的现场，祖孙三代合作一段《空城计》。怎么样？

尹相杰：好！咱们一起来听听！

【字　幕】**京剧《空城计》选段**

演　　员：谭元寿　谭孝曾　谭正岩

琴　　师：艾　兵
鼓　　师：刘永瑞
演出单位：北京京剧院

【唱词字幕】
谭元寿：我本是卧龙岗散淡的人，
谭孝曾：凭阴阳如反掌保定乾坤，
谭正岩：先帝爷下南阳御驾三请，
谭元寿：算就了汉家的业鼎足三分，
谭孝曾：官封到武乡侯执掌帅印，
谭正岩：东西战南北剿博古通今，
谭元寿：周文王访姜尚周室大振，
谭孝曾：汉诸葛怎比得前辈的先生，
谭正岩：闲无事在敌楼我亮一亮琴音，
合　唱：我面前缺少个知音的人。

（掌声起，主持人上）
董　艺：喜看云间勇士夺魁，
韦翔东：八方祝愿殊途同归，
董　艺：国粹经典意境深邃，
韦翔东：《天女散花》万物生辉！

【字　幕】**京剧《天女散花》选段**
编　　导：孙桂元
演　　员：郑佳艳　丁晓君
鼓　　师：刘永瑞
琴　　师：裘　新
演出单位：浙江京剧团　战友京剧团

【唱词字幕】云外的须弥山色空四显，毕钵岩下觉岸无边，大鹏赴日把神翅展，迦陵仙鸟舞翩跹，八部天龙金光闪，又见那入海的蛟螭，在那浪中潜。阎浮提界苍茫现，青山一发普陀岩。

尹相杰：谢谢，谢谢，谢谢！哈哈哈，观众朋友们，怎么样？我这就算拿下了！我们李校长能说吧，他能说的不如像我这样会说的。闲话不跟您多说了，我开始正式主持节目了。哎呀，谢谢！我介绍一下自己啊，灯光，音响，乐队，one two three！
范　军：哎哟，我可把你找着了。哎哟，师弟！
尹相杰：这人谁呀？
范　军：你不认识我了？我是你师哥范军啊。
尹相杰：饭局？我饭局早安排满了。去跟我秘书说去！行行行！

范　军：我说你饿了是怎么着？

尹相杰：我主持节目呢。

范　军：人家戏曲晚会你能主持吗？

尹相杰：这话说得我可不爱听啊。真的。

范　军：你的意思跟我抬杠！

尹相杰：我不是跟你抬杠，我要唱歌，你能唱成戏吗？

范　军：我告诉你说，你能唱歌我就能给你唱成戏，你信吗？

尹相杰：这话说的太大了。

范　军：咱们现场比试比试，敢吗？行吗？观众朋友行吗？

尹相杰：听好了！

范　军：来吧！

尹相杰：花儿为什么这样红？为什么这样红？

范　军：接下来我用四川的川剧为大家演唱《花儿为什么这样红》，大家要不要得听啊？

观　众：要！

范　军：花儿呦，为啥子这样的红？它红的像燃烧的火焰，它象征着纯洁的友谊和爱情。

尹相杰：我给你来个压箱底儿的。我这十几年就指着这歌混呢。听好了，观众朋友们，给我在节奏上鼓鼓掌。天不下雨天不刮风天上有太阳，妹不开口妹不说话妹心怎么想，走了太阳来了月亮又是晚上，哥哥什么日子才能闯进你的梦乡？哟！

范　军：小妹妹我心有所想，嫁人就嫁哥哥你这样，每天晚上对着月亮，梦见哥哥在呀在身旁。那个前腿弓，那个后腿蹬，把脚步放稳劲儿使匀，劲儿使匀，劲儿使匀。

【字　幕】**戏曲什锦《大登殿》**

创　　意：张华山

编　　导：赵德芝

演　　员：王洪玲饰王宝钏　齐爱云饰代战公主
翟墨饰王夫人　李树建饰薛平贵
徐孟轲饰马达　刘宸饰江　海

演出单位：北京市河北梆子剧团　西安市五一剧团
北京戏曲艺术职业学院　河南省豫剧一团
中国京剧院　中国戏曲学院

助演单位：北京京剧院

【唱词字幕】

马　达：江爷！

江　海：怎么着，马爷？

马　达：瞧出来今儿这出《大登殿》与众不同了吧？

江　海：瞧出来了！万岁爷把西皮原板都给免了。

马　达：你说的那是京剧，咱们万岁爷唱的那是河南豫剧。

江　海：哎哟，我说，那今儿这差事可不好当。

马　达：你啊顺我杆儿爬吧！反正咱们丑行是见风使舵，看脸色行事。这么着，咱们先把王娘娘给请出来。

江　海：请出来，没错！长锤打上，西皮摇板，刀下留人。

马　达：先宰你！

江　海：宰我干嘛呀？

马　达：咱们娘娘今儿也不唱京剧了。

江　海：不唱京剧唱什么呀？

马　达：改唱河北梆子。

江　海：啊？梆子？这够热闹的啊！

马　达：过年嘛！您听人家梆子这段儿，那真是旱甜瓜。

江　海：旱甜瓜怎么讲？

马　达：俩味儿呀！

江　海：好。

马达、江海：万岁有旨，王宝钏王娘娘上殿哪！

王宝钏：接旨！金牌调来银牌宣，王相府宣来我王氏宝钏。九龙口，用目看，天爷爷，原来是平郎丈夫，头戴王帽，身穿蟒袍，腰系玉带，足蹬朝靴，端端正正，正正端端，驾坐在金銮。这才是苍天爷睁开龙眼，再不到武家坡去把那菜来剜。大摇大摆我上金殿，参王的驾来问王安。在金殿谢万岁恩深意厚，不由我王宝钏喜笑在心头，猛想起，二月二日龙抬头，梳洗打扮上彩楼，公子王孙楼下走，彩球单打平贵头，彩球打着薛平贵，薛家辈辈是王侯，寒窑里受罪十八秋，薛郎登基我做了皇后。

马　达：王娘娘，您哪先这儿歇会儿，一会儿吃饭请您哪！

江　海：马爷，您这儿来吧！今儿这儿还管饭哪！

马　达：那是啊！今儿大年三十儿，一家团聚，东家能不请客吗？

江　海：真格的，谁做东啊？

马　达：你怎么那么糊涂啊？咱们公主呗！头回见面，这可不能小气。

江　海：没错没错。请公主！小锣儿打上，西皮二六。

马　达：不对不对！

江　海：又怎么了？

马　达：咱们公主今儿高兴啊，她也不唱京剧了。

江　海：哦，改唱二人转了！

马　达：那倒不至于。她唱的是秦腔！

江　海：秦腔？没听说过。

马　达：你开眼吧！

马达、江海：万岁有旨，代战公主上殿哪！

代战公主：领旨！来在金殿用目看，他国我国不一般。他国穿的是绫罗缎，我国穿的是羊毛毡。他国是金砖碧瓦琉璃殿，我国是牛皮大帐紧相连。他国是文武肃立两旁站，我国是号角声声马声喧。大摇大摆上金殿，金殿上坐定一位美天仙。马达江海一声唤，她是何人对咱言。走上前去把礼见，问娘娘千岁你的驾可安？

马　达：我说江爷！

江　海：怎么着马爷？

马　达：瞧出来了吧！这二位多和气呀！

江　海：是啊，就是咱们万岁爷装傻！那么还没离婚哪。

马　达：他那儿也没登记呢！咳，你说这干什么！这是唐朝的事，快把老太太请出来，就等她吃年夜饭了！

江　海：没错，这顿饺子得吃。

马　达：外行！外行了不是！咱们公主请客，得吃出咱西凉塞外的风味来。那真是飞禽走兽，野兔子管够。架火烧烤，手抓羊肉。

江　海：你先打住吧！老太太这牙口儿她吃得了吗？

马　达：您哪儿知道啊，她吃不了可以打包啊！

江　海：打包？

马　达：再说了咱哥俩儿这牙口，它哪顿饭不见景德镇哪！

江　海：打住吧，老太太来了！

马　达：快接，快接去！

王夫人：来在午门下车辇，有劳三姐把娘搬。站立在金殿用目看，上面坐的是薛平男，想当年他本是花郎汉，到如今他时来运转，运转时来，一朝天子驾坐金銮，三女儿搀娘上金殿，参王驾来问王安。

薛平贵：哎呀母亲！我一见老母亲跪金殿，折儿的阳寿有几年啊，开言来叫了声代公主，王宝钏你把母亲往上搀，我这忙下殿，我只得撩袍端带端带撩袍，一步一足下金銮，我把母亲拜见。老母亲在上，儿拜见，我这孩儿有话你听心间，征西凉我去够那十八载，家撇下那宝钏妻可是娘照管。你这年年送米月供面，你差来丫鬟，送油盐，至如今孩儿我可登金殿，我把母亲你宣上金銮，抬头来观见了养老院，我的娘无福在里边。开金口我封你个养老院，这养老宫中你掌权，我赐你金打扇，银打扇，金瓜钺斧镫朝天。再赐你这金凤辇，银凤辇，十二个彩女当丫鬟。我赐你福如康宁一块匾，福如东海寿比南山，福如东海长流水，寿比南山不老仙。三六九王登殿。你这搬把椅儿坐殿前，王有了不是，兴娘的管，你和我的亲娘都一般，高叫声老母亲，你请下殿，朝事毕，代公主，王宝钏，咱三人养老宫中问母的安。高叫声老母亲，你请啊，请下金銮！

马　达：好！这真是古来狗年喜事多，

江　海：家家户户都祥和，

马　达：莫忘今宵大登殿，

江　海：京梆秦豫四下锅。

（掌声起，主持人上）

鞠　萍：燕升你看这《大登殿》，真可以说是什锦生花，精彩不断，

白燕升：没错。

鞠　萍：叫人看了还想看，听了还想听！我的意见，我也得再学两种戏。

白燕升：你还想再学几招？

鞠　萍：要有危机感呀！你看看，那范军、尹相杰，还有刘宸、孟轲，他们要跟咱们竞争上岗，这再不多学点，可怎么办呢？

白燕升：你这种精神确实值得我学习，不过咱晚会的节目，精彩的还在后边，你要慢慢学慢慢看。

鞠　萍：那倒是，好戏在后头嘛！今天真可以说是好戏连台，那亲爱的戏迷朋友们，如果你喜欢哪个节目，喜欢哪位演员，可以给我们发送手机短信。好，继续观赏我们的精彩节目！

【字　幕】**京剧、藏剧《文成公主》**

演　　员：邓敏饰文成公主

马翔飞饰唐太宗

班典旺久饰松赞干布

演出单位：中国京剧院　西藏藏剧团

【唱词字幕】

唐太宗：你若是父王的女儿不弹泪，

松赞干布：你看那雪山上铺满哈达迎王妃，

唐太宗：忆往昔戎马岁月热血还沸，

松赞干布：牛铃响喜讯传递，吐蕃的山山岭岭冰雪融化，大野春回！

唐太宗：青史中写上了千古第一女，

文成公主：千古第一女，

松赞干布：公主你在世世代代吐蕃人的心头树起一座丰碑，

文成公主：一座丰碑。

唐太宗：风雪难挫青锋锐，

文成公主：青锋淬火放奇辉，

松赞干布：绝顶风光无限美，

文成公主：脚下群山小，俯耳听惊雷。

唐太宗：绝顶风光无限美，

三　人：脚下群山小，俯耳听惊雷。

【字　幕】**京剧《二堂舍子》选段**

演　　员：张建国饰刘彦昌

演出单位：中国京剧院

【唱词字幕】昔日里有一个孤竹君，伯夷叔齐二位贤人，都只为孤竹君身染重病，传口诏命次子继位为君，那伯夷遵父命不肯担任，那叔齐分长幼也不能应承。弟让兄来兄不肯，兄推弟来两不能，这一个出午门无有踪影，那一个私逃出了后宰门，在首阳山前冻饿死，留得个美名万古存。为父我怎比得孤竹君，二娇儿也难比那二位贤人，慢说是打死了秦官保，就是那庶民子父不能担承。

【字　幕】**京剧《诗文会》选段**

琴　　师：赵　旭

鼓　　师：杨广问

演　　员：王蓉蓉饰车静芳

演出单位：北京京剧院

【唱词字幕】喜盈盈，进画堂，亲任主考选才郎，欲前又踟蹰，踟蹰复彷徨，大事难托恐虚妄，兄长他纨绔忒荒唐，纵有双亲在，婚事也须自主张。观诗心窃慕，无端动柔肠，愿今日得遇知己画眉郎，锦心绣腹怀壮志，性温良，吟妙句，成佳章，凭我这一点，胜过那隔墙频奏凤求凰，啊，凤求凰。

【字　幕】**京剧《白蛇传》选段**

琴　　师：赵　旭

鼓　　师：李金平

演　　员：张火丁饰白素贞

演出单位：中国京剧院

【唱词字幕】许郎夫，他待我百般恩爱，喜相庆病相扶寂寞相陪，才知道人世间有这般滋味，也不枉到江南走这一回。

【字　幕】**京剧《洛神赋》选段**

演员：叶少兰饰曹植　董圆圆饰甄氏

演出单位：战友京剧团　北京京剧院

【唱词字幕】

甄氏：白马饰金羁，连翩西北驰，

曹植：借问谁家子，幽并游侠儿，

甄氏：少小去乡邑，扬声沙漠陲，

曹植：控弦破左的，右发摧月支，仰手接飞猱，俯身散马蹄。

甄氏：捐躯赴国难，视死忽如归，

曹植：捐躯赴国难，

甄氏：视死忽如归，

合：忽如归。

（主持人上）

韦翔东：今晚您可以将您最喜爱的演员或者节目的名称发送手机短信给我们。

【字　幕】**豫剧《朝阳沟》选段**

演　　员：汪荃珍饰银环　贾文龙饰栓保

演出单位：河南豫剧三团

【唱词字幕】

栓保：走一道岭来翻一架山，山沟里空气好实在新鲜。

银环：一行行果树一道道堰，那个梯田层层把山腰缠。

栓保：劳动人民用双手把山河打扮，多少汗水浇在里边，浇在里边。

银环：清凌凌一股水春夏不断，往上看通到跌水岩，十里大渠流清泉。

栓保：旧社会咱山区十年九旱，吃水都比吃油难。

银环：牛满坡羊满山像彩色照片，小杏儿像蒜瓣把树枝压弯。

栓保：解放前寸寸土地主霸占，解放后党领导才有今天。

银环：那架山为什么削掉一样？

栓保：修水渠用石料叫它把家搬。

银环：在学校怎见这壮丽画面，朝阳沟好地方名不虚传。王银环也成了公社社员，在这里一辈子我也住不烦，我也住不烦！

【字　幕】**评剧《黛诺》选段**

演　　员：曾昭娟饰黛诺

演出单位：天津评剧院

【唱词字幕】人常说景颇山上云雾深，云雾深处有苦情，山中的苦竹有多少，我是那满腹的苦水竹一根。从小也没见过阿爹的长刀影啊，身旁只留下阿妈的破筒裙，文帅爷爷收养我，点点珠泪和血吞，勒丁哥哥常相伴，夜夜愁听长刀鸣，坡坡坎坎我留下了汗，风风雨雨我才长成人。勒乱送牛山官笑，他说我是孤儿任抢亲，爷爷空洒千滴泪，哥哥枉把怒火生，黛诺不是那路边的草，我怎么能够忍牛踏马踩受欺凌，吃人的孽锁我挣断，离乡背井，我来找亲人！带阳光的花儿颜色好，带红星的大军有好心，前年剿匪我带路，你们的恩情我记得深，身遭大难逢绝境，雾海茫茫想红星，红星照亮了我的眼，红星照亮了我的心，狂风要吹断高山草，我不找红星我又找何人？我的大军哪！

【字　幕】**京剧《杜鹃山》选段**

演　　员：于兰饰柯湘

演出单位：战友京剧团

【唱词字幕】杜鹃山，山深林密，回旋有余地，辗转游击，方能胜强敌。你快去井冈山，请求指示，你刻不容缓十万火急，还需找雷队长仔细商议，操胜券全凭着志坚心齐。

（掌声起，主持人上）

白燕升：谢谢，谢谢于兰的演唱！亲爱的朋友们，提到《沙家浜》里的那段三人联唱的《智斗》，我相信大家都非常熟悉了。我们也听过很多名家的组合和明星的组合，今天又是一对特别的组合。

鞠　萍：没错，首先有请他们上场！再来做介绍。

白燕升：有请，有请！来！

鞠　萍：欢迎！这位阿庆嫂来自亚美尼亚，她叫玛丽娜。

白燕升：没错，咱们来看看这个小刁德一，你叫什么名字？
王陶阳：我叫王陶阳。
白燕升：王陶阳。多大了？
王陶阳：我今年六岁。
白燕升：真的是不得了，待会儿大家听一听。
鞠　萍：好，司令，你呢？
赵超智：我五岁了。
鞠　萍：叫什么呀？
赵超智：我叫赵超智。
鞠　萍：哎呀，这岁数差不多，怎么长的就差别这么大呢？
白燕升：哈哈哈，您看这一胖一瘦这哪像唱戏的，整个儿一相声。好，大家欢迎！

【字　幕】**京剧《智斗》选段**
演员：玛丽娜（亚美尼亚）饰阿庆嫂
王陶阳（6岁）饰刁德一
赵超智（5岁）饰胡传魁

【唱词字幕】

刁德一：司令，这么熟悉，什么人呢？

胡传魁：你问的是她？（唱）想当初老子的队伍才开张，拢共才有十几个人，七八条枪，遇皇军追得我是晕头转向，多亏了阿庆嫂，她叫我水缸里面把身藏。她那里提壶续水，面不改色无事一样，骗走了东洋兵，我才躲过大难一场。似这样救命之恩终生不忘，俺胡某讲义气，终当报偿！

阿庆嫂：哟，胡司令，这么一点小事你就别老挂在嘴边上。其实当时我也是急中生智，事过之后你猜怎么着？

胡传魁：怎么着？

阿庆嫂：我还真有点后怕呢！

胡传魁：哈哈哈哈哈！

刁德一：这个女人哪，不寻常，

阿庆嫂：刁德一有什么鬼心肠？

胡传魁：这小刁一点面子也不讲！

阿庆嫂：这草包倒是一堵挡风的墙。

刁德一：抽烟？

胡传魁：人家不会，你干什么呀？

刁德一：她态度不卑又不亢，

阿庆嫂：他神情不阴又不阳，

胡传魁：刁德一搞的什么鬼花样？

阿庆嫂：他们到底是姓蒋还是姓汪？

刁德一：我待要旁敲侧击将她访，

阿庆嫂：我必须察言观色把他防。

刁德一：阿庆嫂！（唱）适才听得司令讲，阿庆嫂真是不寻常，我佩服你沉着机灵有胆量，竟敢在鬼子面前耍花枪，若无有抗日救国的好思想，焉能够舍己救人不慌张！

阿庆嫂：参谋长休要谬夸奖，舍己救人不敢当。开茶馆，盼兴旺，江湖义气第一桩。司令常来又常往，我有心背靠大树好乘凉，也是司令洪福广，方能遇难又呈祥。

刁德一：新四军久在沙家浜，这棵大树有阴凉，你与他们常来往，想必是安排照应更周详。

阿庆嫂：垒起七星灶，铜壶煮三江，摆开八仙桌招待十六方，来的都是客，全凭嘴一张，相逢开口笑，过后不思量，人一走，茶就凉，有什么周详不周详！

（掌声起，主持人上）

鞠　萍：翔东，你看啊，这孩子们的演唱可真可爱，这么小小年纪能把这戏唱得这么好。

韦翔东：其实啊，他姐姐唱得更好！

鞠　萍：他姐姐会唱什么呀？

韦翔东：她上来一唱你们就都知道了。

鞠　萍：赶快把他姐姐请上来呀！

韦翔东：可是她说了，如果掌声不热烈，她就不上来。

鞠　萍：那咱们来点热烈的掌声。

韦翔东：好，接下来为大家演出的是鞠萍姐姐！

鞠　萍：哎，怎么回事啊，翔东？你怎么给我来这手啊？我这一点思想准备也没有！

韦翔东：刚才导演跟我说了，您功底扎实，基础深厚，根本不需要准备。只是如果观众的掌声不热烈的话，您就不肯把压箱底的东西给拿出来。

鞠　萍：得了得了，你怎么也学会尹相杰那套忽悠我。我告诉你，今天可是好戏连台，再说了，这会儿我也不能唱啊，要唱我也得到后头找一搭档配合配合。

韦翔东：别别别，鞠萍姐姐！俗话说，早演完早轻松，前面这么多人了，您干嘛到后面找是不是啊？来来来，谁愿意给鞠萍姐姐搭档？来来，举个手！

阿　宝：这儿，这儿！

韦翔东：这不是阿宝吗？

阿　宝：我来了！

韦翔东：阿宝你好！来来，站中间，阿宝。

鞠　萍：阿宝上来干什么呀？

韦翔东：阿宝，告诉我们观众朋友，你都会唱些什么？

阿　宝：《五哥放羊》。

鞠　萍：好！哎，不过，没乐队我可不唱。

阿　宝：没乐队我也是不会轻易开口的。

韦翔东：别，你们俩可别拿糖，乐队我早就准备好了。我专门从山西省阳高县请来的二人台乐队给你们伴奏行不行？

阿　宝：哎哟，太好了！

【唱词字幕】

阿　宝：正月正，正月正，

鞠　萍：正月十五挂上红灯，

阿　宝：红灯挂在大门外，

鞠　萍：单等我的五哥他上工来。

合：单等你（我）的五哥上工来。

阿　宝：鞠萍姐姐，我有件事要跟你说。

鞠　萍：别，事儿咱下去说，这儿还有好戏呢。听完戏再说。

阿　宝：行行行！

【字　幕】**京剧联唱《行云流水》**

编　　导：孙桂元

琴　　师：艾　兵

鼓　　师：杨广同

演出单位：中国京剧院　北京京剧院　上海京剧院

天津京剧院　战友京剧重庆京剧团

助演单位：北京京剧院

【字　幕】**京剧《锁麟囊》选段**

演员：郭伟、吕洋饰薛湘灵

【唱词字幕】蠢才问话太潦草，难免怀疑在心梢，你不该人前逞骄傲，不该词费又滔滔。休要噪，且站了，薛良与我去问一遭。听薛良一语来相告，满腹骄矜顿雪消，人情冷暖凭空造，谁能移动他半分毫。我正不足她正少，她为饥寒我为娇，分我一枝珊瑚宝，安她半世凤凰巢，忙把梅香低声叫，莫把姓名信口晓。这都是神话凭空造，自把珠玉夸富豪，麟儿哪有神送到，积德才生玉树苗，小小囊儿何足道，救她饥渴胜琼瑶。

【字　幕】**京剧《穆桂英挂帅》选段**

演员：李国静饰穆桂英

【唱词字幕】猛听得金鼓响号角声震，唤起我破天门壮志凌云，想当年桃花马上威风凛凛，敌血飞溅石榴裙，有生之日责当尽，寸土怎能够属于他人，番王小丑何足论，我一剑能挡百万的兵。

【字　幕】**京剧《淮河营》选段**

演员：朱强饰蒯彻

【唱词字幕】此时间不可闹笑话，胡言乱语怎瞒咱，在长安是你夸大话，为什么事到如今耍奸滑。左手拉住了李左车，右手再把栾布拉，三人同把那鬼门关上踏，生死二字且由它。

【字　幕】京剧《状元媒》选段

演员：张立媛饰柴郡主

【唱词字幕】傅丁奎休要发癫狂，谎言欺君罪难当，叔王听儿把真情讲，在潼台儿是寡不敌众，险些一命亡，马失前蹄遭捆绑，打上车辇押往番邦，忽然救星从空降，就是这，就是这小将延昭杨六郎！赶车辇把贼挡，搭救女儿出祸殃，女儿才得身无恙，傅丁奎此时到疆场，你有功应加赏，怎能妄想招东床。叔王思来叔王想，天聪圣明做主张，还要细参详。

【字　幕】京剧《双阳公主》选段

演员：周利、刘山丽饰双阳公主

【唱词字幕】声萧萧惯长征千里战马，高耸耸峻山岭又无人家，顾不得那路崎岖忙催战马，行来在歧路口，路现双岔。

【字　幕】京剧《白蛇传》选段

演员：靳学斌饰许仙

【唱词字幕】先只想拜佛早回转，文殊院粉墙高似天，听鱼磬只把贤妻念，那几夜何曾得安眠。贤妻金山将我探，咫尺天涯见无缘，法海与你来交战，卑人心中似箭穿。小沙弥，行方便，他放我下山访婵娟，得与贤妻见一面，纵死黄泉我的心也甜。

【字　幕】京剧《红娘》选段

演员：常秋月、唐禾香饰红娘

【唱词字幕】叫张生隐藏在棋盘之下，我步步行来你步步爬，放大胆忍气吞声休害怕，跟随着小红娘就能见着她，可算得是一段风流佳话，听号令且莫要惊动了她。

【字　幕】京剧《秦香莲》选段

演员：陈俊杰饰包拯

【唱词字幕】包龙图打坐在开封府。驸马爷近前看端详，上写着秦香莲她三十二岁，她状告当朝驸马郎，欺君王瞒皇上，悔婚男儿招东床，杀妻灭子良心丧，逼死韩琪在庙堂，将状纸押至在某的大堂上，咬定了牙关你为哪桩？

（掌声起，主持人上）

韦翔东：家乡戏天南海北大联欢，

董　艺：大联欢家家和美唱团圆。

韦翔东：董艺，咱们中国是幅员辽阔，物产丰富，不同的地域，不同的风土人情，孕育出了风格多样的地方戏曲。

董　艺：是呀，家乡戏嘛，总要唱一唱家乡美。那么接下来咱们欣赏到的是这几个地方戏的唱段，可以说各有各的味，各有各的美！

【字　幕】歌仔戏《三家福》选段

演　　员：薛建成　黄　舒　陈亚琴等

演出单位：厦门市歌仔戏剧团

【唱词字幕】

男：哦，错了错了，我应该说，来啊，来吃猪蹄喽。

女：苏先生，正月初一给您拜年！

众女：给您拜年了！

男：同拜，同拜！

女：苏先生啊，恻隐之心人人有，哎呀，不敢讲，苏义先生更特殊，十二两银来赞助施洋嫂，正月初一吃番薯。

女二：你许愿土地公我有看见，我帮你翻好圣杯你不知道，番薯是我偷偷帮你挖，

众女：整只篮子给你填得满满。

女：苏先生你还以为是土地爷有灵性呢。

男：除夕夜我多艰苦啊。天黑地暗看无路，高高低低乱使摸。

众女：如是半路去遇到虎，定让老虎拖去吃。

男：风声呼呼响，我心里真是乱糟糟。为何任走走不到？慌乱之中跌进水沟。那边有一个黑影好似人，

众女：站在那儿还会动。

男：不是鬼便是人。我一生无做亏心事，鬼也不会捉弄我这个好心人。我大胆上前看动静，原来只是棵大树丛。

众女：先生吓得魂魄散，先生吓得冷汗探头淋。

女：连累了先生我不好意思。

众：乡里乡亲本是一家人，千金难买好邻居。从此三家像自己，欢欢喜喜过日子，相依相倚到百年。欢欢喜喜过日子，相依相倚到百年。

【字幕】黄梅戏《牛郎织女》选段

演　　员：吴亚玲饰织女

演出单位：安徽省黄梅戏剧院

【唱词字幕】架上累累悬瓜果，风吹稻海荡金波，夜静犹闻人笑语，到底人间欢乐多。我问天上弯弯月，谁能好过我牛郎哥；我问篱边老枫树，几曾见似我娇儿花两朵；再问清溪欢畅水，谁能和我赛喜歌。闻一闻瓜香心也醉，尝一尝新果甜透心窝，听一听乡邻们，问寒问暖知心语，看一看画中人影舞婆娑，何必愁眉长锁，莫把时光错过，到人间巧手同绣好山河。

【字　幕】晋剧《富贵图》选段

演　　员：崔建华饰尹翠莲　张智饰倪俊

演出单位：山西省晋剧院

【唱词字幕】

尹翠莲：仁兄！问仁兄家中妻可否真有，怪不得昨夜晚独守火炉。咱二人这姻缘不能成就，做一晚假夫妻招笑惹羞。望仁兄送小妹尼庵静修，伴青灯诵黄卷苦度春秋。终日里拜菩萨祷告祈求，求神灵保佑你壮志能酬，保佑你才华展功成名就，保佑你金榜上独占鳌头，保佑你位列朝廊衣锦绣，保佑你无灾无病无烦忧，保佑老母松年鹤寿，保佑贤妻偕老白头，保佑你荣华富贵样样有，保佑你再不用假拜花堂，整夜烤火，你不自由。

【字　幕】**琼剧《红叶题诗》选段**

演　　员：陈素珍饰姜玉蕊

演出单位：海口市琼剧团

【唱词字幕】遇文哥哥在寿堂，羞得奴家心里慌，文哥哥锦绣才华志昂扬，风流潇洒又端庄，且看他不畏权贵骂七王，忧国忧民可信仰，只可惜绿波红叶两茫茫，不知道拾诗人，又是人家好儿郎。

【字　幕】**川剧《中国公主杜兰朵》选段**

演　　员：刘萍饰杜兰朵

演出单位：刘萍川剧艺术团

【唱词字幕】老父王挥朱笔，朝令夕改。杜兰朵，下玉阶，踏高台，诉初衷，细分解，容凤儿从头道来。闭深宫不涉足男人世界，宫娥多太监少阴盛阳衰。厌须眉恨浊物俗不可耐，骄公主掸长袖傲然拂开。拒婚姻驱媒妁独身自爱，雪无情霜无欲冰凝胸怀。冷眼看登徒子渔猎粉黛，争驸马求乘龙挤满御街。设难题备屠刀我出于无奈，杀一人，儆百人，迎刃而解，引以为戒，谁敢再来。

（掌声起，主持人上）

白燕升：好，谢谢大家。哎，李老师啊，刚才您点的那一桌子菜我回去好好想了想，都是京剧，咱年夜饭是什么菜都得有啊。

李伯祥：我是个老戏迷，我会的戏多，听的戏也多。

白燕升：您这么说，我可要考考您了！

李伯祥：唐三千宋八百，唱不完的三列国，我老李我都知道。

白燕升：那这样李老师，我出一个谜语，您来猜猜这是什么剧种？

李伯祥：说句话叫我猜猜剧种，那不手到擒来吗？

白燕升：您听好了，谜面是三十日一聚。

李伯祥：三十日一聚会。这是一出戏？

白燕升：不是一出戏，是一个剧种。

李伯祥：哦，是一个剧种，就是京剧评剧的剧种。哎呀我动动脑子，一时糊涂。

白燕升：那就是猜不出来了吧？

李伯祥：猜不着了。我说一个比你那个简单。

白燕升：你要考我？

李伯祥：那当然了。

白燕升：请！

李伯祥：中国最高贵的剧种是什么？你猜猜这个！

白燕升：咱这剧种没有高低贵贱之分，这个谜面不成立。

李伯祥：就是戏谜嘛，灯谜嘛！猜一个剧种。猜不着了吧？

白燕升：不知道。什么？

李伯祥：越剧。

白燕升：越剧？越剧是最高贵的剧种？

李伯祥：顾名思义，各位观众，越剧越剧，就是说我们每一个月才能听一句。

白燕升：哈哈！李老师，那您这么说，我问问您，三十天的总称应该是什么？

李伯祥：一个月。

白燕升：一个月。刚才我说三十日一聚，应该是什么来着？

李伯祥：也是越剧（月聚）呀？

白燕升：对呀！好，李老师，说到这儿呢，我相信戏迷朋友们都知道，今年是越剧诞生一百周年了，我们说越剧从浙江的嵊州走出，走向了浙江，走向了上海，走向全国，走向世界，一百年可喜可贺。那好，接下来我们就一块儿来欣赏，流派纷呈的越剧联唱。

【字　幕】**越剧联唱《湖山情梦》**

创　　意：许继锋
编　　导：黄依群
编　　舞：宋　楠　李多玉
演出单位：上海越剧院　杭州越剧院　肖雅文化艺术有限公司
伴　　舞：吉林市歌舞团　桦甸市歌舞团

【字　幕】**越剧《盘妻索妻》选段**

演员：赵志刚饰梁玉书

【唱词字幕】洞房悄悄静幽幽，花烛高烧暖心头。喜气阵阵难抑制，这姻缘百折千磨方成就。三月来屡托刘兄把亲求，每遭坚拒愿难酬。从此我四书五经无心看，三餐茶饭懒下喉。日卧书斋愁脉脉，夜对冷月恨悠悠。万种幽情无处诉，一病相思命几休。好容易盼得菩提杨枝水，洒作了人间鸳鸯俦。今日洞房成夫妻，花朝月夕永不愁。

【字　幕】**越剧《春香传》选段**

演员：王志萍饰春香　郑国凤饰梦龙

【唱词字幕】

梦龙：你变那长安钟楼万寿钟，我变槌儿来打钟。

春香：打一更，当当叮！

梦龙：打二更，叮叮咚！

春香：人家只当是打更钟，

梦龙：谁知道，你我钟楼两相逢。
春香：自己打钟自己听，
梦龙：自己打钟自己懂。
春香：春香当当叮！
梦龙：梦龙叮叮咚！
合唱：是一口春香梦龙、梦龙春香，恩情钟！
梦龙：但愿百年如今宵！
春香：但愿百年人不老！
梦龙：我要把月亮捆绑在天空照，
春香：莫使明月下山腰！
合唱：从此后月不暗人不老，百年一日如今宵！

【字　幕】**越剧《何文秀》选段**
　　　演员：肖雅饰何文秀

【唱词字幕】文秀举目向内望，只见一间小草房。小小香台朝上摆，破木交椅分两旁。三支清香炉中插，荤素菜肴桌上放。第一碗白鲞红炖天堂肉，第二碗油煎鱼儿扑鼻香，第三碗香菌蘑菇炖豆腐，第四碗白菜香干炒千张，第五碗酱烧胡桃浓又浓，第六碗酱油花椒醉花生。白饭一碗酒一杯，桌上筷子有一双，啊呀，看起来，果然为我做三周年，感谢你娘子情义长。

【字　幕】**越剧《盘夫索夫》选段**
　　　演员：谢群英饰严兰贞

【唱词字幕】啊，官人啊！官人你好比天上月，为妻可比是月边星，那月若亮来星也明，月若暗来我星也昏。官人你若有千斤担，为妻分挑五百斤，问君你有何疑难的事啊，你快把真情说我听。

【字　幕】**越剧《梅龙镇》选段**
　　　演员：章瑞虹饰正德皇帝　华怡青饰皇太后

【唱词字幕】
太后：听说朱门又有后，母亲心中喜洋洋。急忙赶赴梅龙镇，亲手抱抱小儿郎。
正德：小儿郎，小儿郎，一见生人哭声长，若要抱他也容易，先去问过儿的娘。
太后：我是孩子亲祖母，抱抱孙儿又何妨。
正德：她是孩儿亲生母，孩儿怎能离开娘。
太后：你也知，儿子不能离开娘，你为何，抛下亲娘泪汪汪？
正德：只因你，京城难容儿的娘，我只好，赌气与她回家乡。
太后：事到如今你怎样想，难道要放弃大业度小康？
正德：大业又如何，小康又怎样？
太后：图大业带着孙儿回京都，恋小康便把后代托与娘。

正德：带走孩儿谁抚养？
太后：母亲亲自来承当。
正德：孩儿长大非容易，
太后：再用个一十六年又何妨。
正德：我要孩儿常欢乐，
太后：我要孙儿读书忙，
正德：我要孩儿有性情，
太后：我要孙儿识纲常，
正德：我要孩儿见识广，
太后：我要孙儿知兴亡，
正德：我要孩儿先做人，
太后：我要孙儿镇朝堂，
正德：要他知疾苦，
太后：要他驭万方，
正德：不失本真，
太后：须知兴亡，
正德：懂得善恶，
太后：识得忠良，
正德：人情，
太后：国邦，
正德：至爱，
太后：昌盛。图大业，
正德：恋小康，
太后：图大业，
正德：恋小康，
太后：大业小康怎相通？
正德：人团圆，万年长，万年长。

（掌声起，主持人上）

阿　宝：鞠萍姐姐。

鞠　萍：阿宝。哦，刚才忘了给大家介绍了，这位可能都认识吧！对了，阿宝，是我们《星光大道》去年的总冠军！刚才阿宝跟我说，追着我跟我说，说他看见李老师教那几个学生学主持挺有意思的，他也想试试，是这意思吧？

阿　宝：哎，对，就是。

鞠　萍：那我得问问大伙，你们觉得他行吗？（观众鼓掌）那这样吧阿宝，我给你出个题目，你得跟尹相杰，还有范军他们比试比试，行不行？

阿　宝：跟他们比？哎呀，没事，我愿意试一下。

鞠　萍：愿意试试是吧！我跟你说啊，这戏曲呢讲究唱念做打，咱们今天除夕夜把这打呢去掉，唱念做怎么样？

阿　宝：你把我最强项给去掉了，我就喜欢打。

鞠　萍：没问题。来来来，谁先来？

尹相杰：姐！您旁边休息会儿。阿宝，我给你唱上一个京剧的名段，我唱上句，你唱下句，你敢吗？

阿　宝：行。

尹相杰：好，你听好。妹妹你坐船头，

阿　宝：算了吧你。（推尹相杰下去）

范　军（上）：干什么呢？

尹相杰：师哥，对付阿宝太容易了，还是你来吧！

范　军：你就会耍贫嘴。我来就我来。你就是阿宝啊？

阿　宝：是我。

范　军：你好你好。听说你的嗓子高啊，不错。

阿　宝：看来你的肉挺多。

范　军：这怎么说话呢？我告诉你我嗓子也高。我要唱上句你能接下句吗？

阿　宝：没问题。

范　军：那咱们试试。

阿　宝：比试比试。

范　军：开始。穿林海跨雪原，气冲——接！

阿　宝：（低）霄汉。

范　军：接啊，高音呀！

阿　宝：霄汉！找不到调了。

范　军：翻八度高音。

阿　宝：（高）霄汉！

范　军：好好好，嗓子太好了。你这嗓子高得都到云彩眼儿里了。

阿　宝：一般一般，全国第三。

范　军：还挺会说话的。我太崇拜你了。

阿　宝：真的假的？

范　军：真的嘛！太崇拜你了！

阿　宝：那咱们就合作上一段。

范　军：咱俩合作一段啊？那演个什么呢？

阿　宝：我其他的不会唱，我就会唱我们那儿的二人台，二人台特别好听。

范　军：那二人台我可没唱过。

阿　宝：你看好多戏，《五哥放羊》《走西口》《挂红灯》都是二人台。

范　军：那这样吧，你唱着我给你掺和着。

阿　宝：今天是过年，咱们唱上一段二人台《拜大年》。

范　军：《拜大年》，太好了嘛！

阿　宝：拿上。

范　军： 还有道具呢！来，开始。走着。

【唱词字幕】

阿　宝：过罢那个大年头一天，

范　军：我和那连成哥哥去拜年。

阿　宝：一进门，把腰弯，

范　军：哥哥拜，妹妹挽，

合　唱：咱兄妹二人拜的一个什么年。

徐孟轲： 师兄，你怎么站他那边去了？你这么大块头儿怎么跟他一伙呢？

范　军： 人家实力派。

徐孟轲： 咱们挑战他的呀！

范　军： 不是。

刘　宸： 行了，什么都别说了。你赶紧下去吧！

范　军： 阿宝，有空到河南找我玩去啊。咱俩电话联系！

徐孟轲： 行了，别说了。别电话了，下去吧！阿宝瞧见没有，我一会儿怎么打，你就怎么来，啊！很简单！（耍一套后）您来吧！

阿　宝： 不行，绝对不行。（试试）

徐孟轲： 对，对！

刘　宸： 痒痒挠，你给我吧！师哥，你这个人太不厚道。

徐孟轲： 怎么了？

刘　宸： 你这个太难了！

徐孟轲： 不难啊，这很简单。

刘　宸： 这么着吧，唱、做都有了，我念一段让他学学怎么样？

徐孟轲： 成啊！

刘　宸： 说话很简单。

阿　宝： 朗诵我是最强项。

刘　宸： 跟我念一段啊。咱们给他来一段《蒋干盗书》。你学学这个。“荆襄降将蔡瑁、张允拜上都督：某等降曹，非图仕禄，迫于势耳。今已赚北军困于寨中，但得其便，即将曹贼首级献于麾下，早晚人到，便有关报，幸勿见疑，先此进覆。”来这个！

阿　宝： 你讲的是哪儿的话，我一句没听懂。

徐孟轲： 师弟你比我还坏。

刘　宸： 我怎么坏了，师哥？

徐孟轲： 这上韵的多难念哪。

刘　宸： 这还难念吗？

徐孟轲： 那当然了。这么着，你给他念一个京白的。

刘　宸： 京白？你说什么戏吧？

徐孟轲：《起解》崇公道。

刘　宸： 太简单了。

徐孟轲：那你让他试试。

刘　宸：好好。让着他，京白。

阿　宝：就是普通话吧？

刘　宸：京腔京韵。听听这个！你说你公道，

阿　宝：我说我公道，

刘　宸：不！是你说你公道，

阿　宝：我说我公道，

刘　宸：不是你说，是……我不给他说了。第二句啊，我说我公道，

阿　宝：你说你公道，

刘　宸：咳，满拧！这回是我说我公道，

阿　宝：你说你公道，

刘　宸：我说我公道，

阿　宝：我知道是你说你公道。

徐孟轲：得了师弟。

刘　宸：我不说了。

徐孟轲：下一句。

刘　宸：我不跟你较这个劲。公道不公道，

阿　宝：公道不公道，

徐孟轲：这句还成。

刘　宸：有点意思。下边，最后一句，只有天知道。

阿　宝：只有贴知道。

刘　宸：你其他都很好，就是贴，是天！

阿　宝：贴！

刘　宸：tian（天）！

阿　宝：tie（贴）！

刘　宸：天！

阿　宝：贴！

刘　宸：天！

阿　宝：贴！

刘　宸：贴！

徐孟轲：对了。

鞠　萍：还是我公道。你们俩下去。

徐孟轲、刘　宸：赶紧撤，赶紧撤！

鞠　萍：观众朋友你看看，阿宝也不容易，接下来这个节目叫《戏迷一家亲》。你也知道，你是《星光大道》的冠军，我们《梨园擂台》也有冠军，你给介绍一下这个节目好不好？

阿　宝：行，没问题。谢谢，谢谢，我是第一次做主持，就做到中央电视台了，其实我是中央电视台这普通话讲得最不标准的一位，不过今天的主角不是我，我是《星光大道》的

年度总冠军，今天晚上呢，我们来了三位冠军，他们是今年我们《梨园擂台》的三位冠军，他们是郭盛——看到吗？小伙子长得很帅，像我。第二位就是阮宝利，还有最后一位就是李福胜。他们是唱的不同的行当，但是今天晚上我让他们凑在一起比试比试，没有专家评判，比试的标准就是他们先起个头唱，然后你们跟着唱，看哪一组的声音响亮、洪亮，哪一组就是冠军。我们现在开始了，郭盛开始！

【唱词字幕】

郭　盛：好闺女！

观众一组：提篮小卖拾煤渣，担水劈柴也靠她，里里外外一把手，穷人的孩子早当家。栽什么树苗结什么果，撒什么种子开什么花。

阮宝利与观众二组：苏三离了洪洞县，将身来在大街前，未曾开言我心好惨，过往的君子听我言，哪一位去往南京转，与我那三郎把信传，就说苏三把命断，来生变犬马我当报还。

李福胜：今天晚上是辞旧迎新，大家劳苦功高！

观众三组：今日痛饮庆功酒，壮志未酬誓不休，来日方长显身手，甘洒热血写春秋！

阿　宝：哎呀，唱的可能都不赖，我给评价评价吧！第一组我是觉得好像人数少了点，有点单薄；第二组人虽然多一点，但是女同志比较多，有点娇嫩；最后一组好像虽然是人很多，但是高度不够。我想这个冠军你们看是谁的？

观　众：我们！

阿　宝：算了，别争了，还是给我吧！不是，我不是白拿这个冠军，咱们露点真本事，你看看我给你们唱一段，你们一唱一和，这个声音要冲破云霄，你们试试好吧？

观　众：好。

阿　宝：千家万户！

观　众：哎嘿哎嘿哟！

阿　宝：把门开，

观　众：哎嘿哎嘿哟！

阿　宝：快把咱亲人迎进来，

观　众：咿儿呀儿哎嘿哟喂！

阿　宝：冠军就是我的了！咋样？

观　众：好！

（掌声起，主持人上）

董　艺：朋友们，今天有很多的戏迷票友也来到了我们的晚会现场，那接下来呢，我们就有请梅葆玖老师的学生，她是来自香港的李尤婉云，为大家唱上一段，我们掌声欢迎。

【字　幕】**京剧《霸王别姬》选段**

演员：李尤婉云（香港）饰虞姬

伴奏：北京京剧院乐队

【唱词字幕】看大王，在帐中和衣睡稳，我这里，出帐外且散愁情。轻移步，走向前荒郊站定，猛抬头，见碧落月色清明。

（掌声起，主持人上）

韦翔东：听大戏，看大戏，动听悠扬，

董　艺：赏国粹，品国粹，国韵流觞，

韦翔东：董艺，咱们晚会进行到这块儿了，是不是也该上大轴了？

董　艺：对啊，你想啊，这么精心打造的一台年夜饭，一台年夜大餐，那我们到最后这个压轴的大戏呢，一定要让观众朋友们看着过瘾，听着痛快！

【字　幕】**京剧《红拂传》选段**

琴　　师：沈小圆

鼓　　师：杨登勋

演　　员：迟小秋饰红拂女

演出单位：北京京剧院

【唱词字幕】在筵前双手儿分开两剑，好一似双飞燕戏舞阶前。既不是化龙形空中百变，又不是白猿女道法相传，也不是留仙裙回风自转，也不是汉宫中人柳三眠。多感他张三兄恩深不浅，这一别再相逢不知何年！

【字　幕】**京剧《大登殿》选段**

演　　员：沈福存饰王宝钏

演出单位：重庆京剧团

【唱词字幕】讲什么节孝两双全，女儿我言来听根源，大姐许配苏元帅，二姐许配魏佐参，唯有女儿我的命运苦，彩球单打平贵男，先前道他是个花郎汉，到如今他端端正正、正正端端，驾坐在金銮。来来来，随女儿我上金殿，不斩我父还要封官。

【字　幕】**京剧《李清照》选段**

演　　员：李维康饰李清照　耿其昌饰赵明诚

演出单位：中国京剧院　中国戏曲学院

【唱词字幕】

赵明诚：夫人哪！一纸朝谕捧手上，往事萦怀旧恨长，茫茫宦海多风浪，怎能涉险入官场。

李清照：旧恨桩桩刻心上，君心我心共创伤。国事紧急朝命降，夫君理应赴建康。

赵明诚：怎能忘岳父蒙冤遭流放，怎能忘家父受屈一命亡？朝廷负我十余载，一道官书难补偿。

李清照：中州沦陷烟尘障，国恨更比家恨长，且将这数年积怨强抛下，与朝中血性男儿挽颓亡。

赵明诚：感夫人忧国伤时豪语壮，怎让你独守归来堂。

李清照：我本当与夫君结伴同往，怎奈是千百件金石器物、书函画卷、紧迫之间，怎能一起带去建康。

赵明诚：实难舍半世心血付流水，到如今朝命急行期紧，走也难，留也难，好叫我进退两难意彷徨。

李清照：夫君自把宽心放，我随后即刻整行装扬帆起航。

赵明诚：夫人与我分忧患，

李清照：同担祸福理应当，

赵明诚：待天晓迎风雪我把路上，

李清照：再相逢我与你紫金峰下，共诉情怀凭吊长江！

（掌声起，主持人上）

白燕升：亲爱的观众朋友们，名家名段精彩继续。现在我非常高兴地告诉大家，年过七十的老艺术家杜近芳老师今天也来到了我们戏曲晚会的现场，她将再一次献上她的拿手好戏《谢瑶环》，我们掌声欢迎她！

【字　幕】**京剧《谢瑶环》选段**

演　　员：杜近芳饰谢瑶环

琴　　师：李　门

鼓　　师：杨广同

演出单位：中国京剧院

【唱词字幕】谢瑶环深宫九年整，只道是青锁红墙葬此身，都只为太湖之事有争论，圣上命我到吴门。乔装男子访民隐，伍员庙内遇郎君，我敬你器宇轩昂貌英挺，敢为百姓打不平。适才间，云鬓绣袂穿芳径，细语缠绵被你闻，这也是姻缘前生定，袁郎啊，莫负今宵海山盟。

（掌声起，主持人上）

白燕升：亲爱的朋友们，很难想象，杜近芳老师已经是古稀高龄了，还能如此完美地呈现这段难度很大的唱腔，我们再次响起热情的掌声，谢谢杜近芳老师！谢谢，谢谢！

【字　幕】**京剧《曹操与杨修》选段**

演　　员：尚长荣饰曹操

演出单位：上海京剧院

【唱词字幕】慨当以慷，忧思难忘，何以解忧，唯有杜康。慨当以慷，忧思难忘，何以解忧，唯有杜康。何以解忧，唯有杜康。

（掌声起，主持人上）

白燕升：李老师，你怎么又上来了？

李伯祥：你看呢，今天晚上阿宝主持的也好，你主持的也好，我也高兴了，这样吧，你和阿宝也算我的徒弟吧。咱们都是一家人了，就不要再争了。

白燕升：哦，就都是您的徒弟？

李伯祥：你和阿宝主持的好，我还有几个徒弟，他们带的礼物好。

白燕升：他们带礼物来了？

李伯祥：学生们，都上来！你瞅瞅，礼物好。

白燕升：他们带的什么礼物啊？在哪儿呢？

李伯祥：带了一副最好的对联！

白燕升：好在哪儿呢？

李伯祥：这儿哪！

尹相杰：好就好在是这台晚会的名字，

白燕升：合家欢！还真不错，真不错！

李伯祥：你看好不好？

白燕升：真不错。合家欢，晚会主题。

李伯祥：它还是个谜语。

白燕升：谜语？打一个什么呢？

李伯祥：打一个文学史的名称。

白燕升：文学史？李老师这回我知道。

李伯祥：你知道？你知道我建议你也不要说。

白燕升：为什么呀？

李伯祥：你太累啦！

白燕升：那倒是。

李伯祥：咱们把这个机会给我们的观众留下来让他们猜一猜好不好？

白燕升：您这个主意太好了！

李伯祥：都好，但是有一样，我好像有一个徒弟怎么没来呢？

众　人：怎么少了一个？

范　军：师父师父，哎哟师父终于找到您了，师父好！

李伯祥：你怎么才来？怎么空着手来的呀？

范　军：我在后边置办咱们这新年礼物，我这礼物比你们都特殊。

白燕升：来来来，到中间来展示一下。什么礼物？

范　军：那你们听着！亲爱的观众朋友们，大家好。我是常香玉，新春佳节就要到来了，在此我向全国的电视观众朋友们拜年了，作为一个演员要认认真真演戏，老老实实做人，戏比天大，艺无止境啊！我衷心地祝愿全国的电视观众朋友们新年好！

白燕升：真是不错，真是不错！李老师，我觉得刚才的这一段肯定会勾起很多人对常大师的怀念，我还特别要告诉大家，范军作为一个相声演员，他还专门地拜了常大帅为帅，研究常派。

李伯祥：他不但是我徒弟，也是常派徒弟。

范　军：您再听着。我说亲爱的观众朋友们大家新年好啊！我就是电影《七品芝麻官》的扮演者，我叫牛得草啊！在此我衷心地祝愿父老乡亲们身体健康、万事如意、阖家欢乐，芝麻开花节节高，一年过得更比一年好。

白燕升：好，真是不错，不错！

范　军：我想给大家唱两句啊！今天的戏曲晚会我不唱两句哪会中啊?！我给大家唱两句现在最流行的人家刀郎唱的《2006 年的雪》您听过没有？都 2006 年了我能不唱吗？2006 年的一场雪，比以往时候来的更早一些。

白燕升：好好，真是不错！

范　军：我就会唱这一句。

白燕升：还有别的吗？

范　军：听着！亲爱的观众朋友们，在座的父老乡亲们，你们说说我是谁呀？

众　人：赵丽蓉老师！

范　军：我就是赵丽蓉。在这儿我非常感谢我们戏曲晚会的广大观众朋友们还没有忘了我们这些老演员，在这儿我给大家拜年了！衷心祝愿父老乡亲们新年愉快，合家欢乐！

白燕升：说的太好了，在这儿我们祝福所有的朋友们——

众　人：合家欢！

【字　幕】**尾声：《合家欢》**

作词：颜全毅

作曲：孟庆华

导演：孙桂元

编舞：冷明宇　宋　楠

演员：赵葆秀　李　军　刘桂娟　王　艳　姜亦珊

银河少儿合唱团　吉林市歌舞团

伴舞：桦甸市歌舞团　总参八一幼儿艺术团

【唱词字幕】

王　艳、姜亦珊：瑞雪纷飞春召唤，游子匆匆回家园，多少次天涯奔波，多少次梦绕魂牵，只为了这一天，团圆合家欢。

李　军：轻轻掸去一路尘土，淡淡几声嘘寒问暖，

刘桂娟：切切关怀和着春风，融融亲情洋溢在笑脸。

合　唱：紧紧依伴，不论是天长地久，深深眷恋，家是爱的港湾。

童声合唱：红彤彤的窗花多鲜艳，金灿灿的春联贴门前，热腾腾的饺子桌上端，喜洋洋团圆过大年哪！过大年，合家欢，小家大家都团圆，今年喜事一件件，明年更是说不完，大人小孩心里甜。

赵葆秀：人勤春来早，国泰人心安，家和春更美，吉祥庆华年。

王　艳：人勤春来早，

姜亦珊：国泰人心安，

李　军：家和春更美，

刘桂娟：吉祥庆华年。

赵葆秀：家和春更美，吉祥庆华年。

合　唱：火树银花不夜天，神州处处舞翩跹，春宵欢乐人美满，共举酒杯，团圆合家欢！

【滚屏字幕】
总 策 划：张华山　朱　彤
艺术指导：许玉琢
总体设计：罗怀臻
总 导 演：滕海涛
策　　划：颜全毅　何颖哲　孙桂元　何永泉
电视导演：许玉琢　李　谱
执行导演：孙桂元
撰　　稿：何颖哲　颜全毅
导　　演：赵德芝　张四全　何颖哲　卢　浩　黄依群
摄像指导：王小明　张海潮
摄　　像：宋云哲　王　伟　王少博　刘　申　蒋少谦　赵　琰
　　　　　刘　兵　孟　宇　赵　洋　赵　焱　张爱民
音乐统筹：李秀增
舞蹈总监：冷明宇
舞美总监：周双喜
舞美设计：吕金明
灯光设计：王月来
制　　片：国　浩　黄建华
制片主任：曹　毅
制 片 人：王　进　郎　昆　金　越　李守进　李纯博
总制片人：朱　彤　唐世鼎
监　　制：胡　恩　张华山
总 监 制：赵化勇

（编撰　章新强）

2007年中央电视台春节戏曲晚会
——千秋华宴

开场（掌声起）
【字　幕】**开场歌舞《千秋华宴》**
作词：廖　永
作曲：张顺翔

MIDI 制作：吴　乐

伴舞：北京歌舞剧院

【唱词字幕】

于魁智：礼花绽放满天瓣，梅花嬉雪闹梨园。锣鼓声声开场白，神州摆开千秋宴。

李胜素：心花不等春来晚，根植热土先争艳，千山万水围成圈，千年不散中华宴。

于魁智：万家灯火梦无眠，祥和抒发红对联。

李胜素：富庶日子熬成糖，剥开岁月满口甜。

于魁智：天涯海角情无间，印章篆刻红请柬。

李胜素：每逢佳节倍思亲，举杯遥对共祝愿。

李胜素：铺开大地赋诗篇，

于魁智：天南地北和谐卷。

李胜素：双手摊开中华门，

于魁智：国泰民安又一年。

合　唱：铺开大地赋诗篇，天南地北和谐卷。双手摊开中华门，国泰民安又一年。

【字　幕】**《千秋华宴》2007 年春节戏曲晚会**

（同期声：这里是《千秋华宴》2007 年春节戏曲晚会的现场，有请主持人董艺、鞠萍、毕福剑。）

（掌声起，主持人上）

董　艺：千门万户聚华宴。

毕福剑：岁岁今日闹梨园。

鞠　萍：百川瑞雪华灯上。

三人合：红红火火过大年。

毕福剑：好，现场和电视机前的观众朋友们，祝大家：

三人合：过年好！

董　艺：亲爱的观众朋友们，您现在看到的是 2007 年中央电视台春节戏曲晚会《千秋华宴》的现场。

鞠　萍：除夕是亿万华夏子孙千秋万代最期盼的团聚。

毕福剑：每到这个时候呢，我们到外边做工作的人都归心似箭，都想早点回家见见自己的父母，如果离得稍微近一点了，赶紧跑回家里去看看自己的孩子。在家里包点水饺，贴个对联，吃个团圆饭，放放鞭炮，逛逛戏园。

董　艺：哎，没错，在戏园里是三五人演绎千军万马。

鞠　萍：舞台上呢，梨园乾坤唱响上下千年。老毕，你懂戏吗？

毕福剑：我看戏呀，千言万语汇成一个字儿，

董　艺、鞠　萍：哪个字？

毕福剑：眼花缭乱，叹为观止。

董　艺、鞠　萍：这是一个字吗？

毕福剑：我就是表达一下我这心情。
董 艺：行啦，老毕，今天呀，就让你耳闻不如一见。
鞠 萍：新瓶装上老酒，演绎别样梨园。
毕福剑：好了，闲话少说。京剧、黄梅，
三人合：开宴！

（掌声起）
【字 幕】**京剧《九江口》选段**
演员：安平饰演张定边 李宏图饰演华云龙
【唱词字幕】
安 平：闻言怒火高万丈，云龙小儿听端详，胡兰亲自写罪状，还敢狡辩你逞刚强。
李宏图：胡兰说话有虚谎，杀人灭口事昭彰，你今无端来诬枉，分明暗箭把人伤。
安 平：说什么暗箭把人伤，自己做事你自思量，我双眼不花明亮亮，冰雪焉能见太阳。
李宏图：三番两次来容让，步步逼人太猖狂，声声道俺是敌将，合兵之事怎商量。
安 平：玉山合兵是虚谎，休得狡辩将我主诳。
李宏图：岳父中秋发兵将，
安 平：除非日出在西方。
李宏图：难道尔敢把命抗，
安 平：提兵调将某做主张。
李宏图：岳父发兵你阻挡，分明你私通朱元璋。
安 平：血口喷人胡乱讲，我抓你审问到公堂。
李宏图：老儿休得不自量，
安 平：快快实招免祸殃。

【字 幕】**黄梅戏《对花》**
演员：吴琼饰陶金花 张辉饰金小毛
【唱词字幕】
吴 琼：郎对花姐对花，一对对到田埂下。丢下一粒籽，
张 辉：发了一棵芽。
吴 琼：么杆子么叶，
张 辉：开的什么花？
吴 琼：结的什么籽？
张 辉：磨的什么粉？
吴 琼：做的什么粑？此花叫做，
合 唱：叫做什么花？
吴 琼：郎对花姐对花，一对对到田埂下。
张 辉：丢下一粒籽，

吴　琼：发了一棵芽。
张　辉：红杆子绿叶，
吴　琼：开的是白花。
张　辉：结的是黑子，
吴　琼：磨的是白粉，
张　辉：做的是黑粑，
吴　琼：此花叫做，
合　唱：叫做荞麦花。
吴　琼：八十岁的公公喜爱什么花？
张　辉：八十岁的公公喜爱万紫花。
吴　琼：八十岁的婆婆喜爱什么花？
张　辉：八十岁的婆婆喜爱纺棉花。
吴　琼：年轻的小伙子喜爱什么花？
张　辉：年轻的小伙子喜爱大红花。
吴　琼：十八岁的大姐喜爱什么花？
张　辉：十八岁的大姐爱穿一身花。
吴　琼：脸朝东是什么花？
张　辉：脸朝东是葵花。
吴　琼：头朝下是什么花？
张　辉：头朝下是茄子花。
吴　琼：节节高是什么花？
张　辉：节节高芝麻花。
吴　琼：一口钟是什么花？
张　辉：一口钟石榴花。
吴　琼：郎对花姐对花，不觉来到我的家。

（掌声起　画面转场外京剧表演艺术家拜年）

【字　幕】

京剧表演艺术家尚长荣：恭祝我们电视机前的戏迷朋友们，事业发达，合家欢乐，万事如意。

京剧表演艺术家王金璐：春节到了，祝福每一位观众同志们，春节愉快，吉祥如意！

京剧表演艺术家杜近芳：尊敬的观众们，梨园千古秀，江山万年春。祝福每一位观众春节愉快，吉祥如意！

（掌声起　画面转回晚会现场）

【字　幕】**京剧《状元媒》选段**

【唱词字幕】

董翠娜：自那日与六郎阵前相见，行不安坐不宁情态缠绵。

王蓉蓉：在澶台被贼擒性命好险，乱军中多亏他救我回还。

张　萍：这桩事闷得我柔肠百转，不知道他与我是否一般。

董翠娜：百姓们闺房乐如花美眷，帝王家深宫院似水流年。

王蓉蓉：幸喜得珍珠衫称心如愿，宋天子主婚姻此事成全。

张　萍：但愿得令公令婆别无异见；

董翠娜：但愿得杨六郎心如石坚；

张　萍：但愿得状元媒月老引线；

王蓉蓉：但愿得八主贤王从中周旋，早成美眷，扫狼烟，叫那胡儿不敢进犯，保叔王锦绣江山。

合　唱：愿天下有情人都成姻眷，愿邦家从此后国泰民安。

董　艺：谢谢，谢谢演员们精彩的表演。亲爱的观众朋友们，今天呀，我们春节戏曲晚会的现场呢，来了很多的老艺术家，在这里我们响起热烈的掌声欢迎他们的到来。同样，我们用热烈的掌声来欢迎著名京剧表演艺术家梅葆玖先生，代表艺术家向全国的观众朋友们拜年。

梅葆玖：全国的戏曲观众，您好，我是梅葆玖。今天非常高兴，参加咱们中央台的戏曲晚会，年年如此，所以我在这代表我们今天来的所有的老艺术家，各位戏曲界的尊敬的领导，给大家拜个年。祝大家身体健康，合家幸福团圆美满，三十晚上在家里吃饺子，看大戏，听大戏，每年如此，年年如此，直到永远。谢谢大家。

董　艺：好，谢谢，谢谢梅葆玖先生的祝福。在这里呀，我也要代表全国的观众朋友们，向梅葆玖先生以及所有的老艺术家们拜年，祝你们新年快乐，健康长寿！朋友们，还要告诉大家一个好消息，今天呀，部分的老艺术家，他们的传人呢，也来到了我们的晚会现场，将和当红的中青年艺术家、名家，同台给我们带来一组精彩的节目，我们掌声欢迎他们！

（掌声起）

【字　幕】**京剧《春闺梦》选段**

【唱词字幕】

李佩红：可怜负弩充前阵，历尽风霜万苦辛。饥寒饱暖无人问，独自眠餐独自行。可曾身体受伤损，是否烽烟屡受惊。细思往事心犹恨，生把鸳鸯两下分。终朝如醉还如病，苦依薰笼坐到明。去时陌上花似锦，今日楼头柳又青。可怜侬在深闺等，海棠开日我想到如今。

【字　幕】**京剧《红娘》选段**

【唱词字幕】

耿巧云：我小姐红晕上粉面，红娘心中这才了然，

唐禾香：只道她守礼无邪念，款款的深情流露在眉间，

耿巧云：脉脉含羞在一旁立站，

合　唱：这样的娇态我见犹怜，罢罢罢，哪顾得受牵连，我成全她们的好姻缘。

【字 幕】京剧《女起解》选段

【唱词字幕】

王 怡、宋怡萱：苏三离了洪洞县，将身来在大街前。未曾开言我心内惨，过往的君子听我言：哪一位去往南京转，与我那三郎把信传。言说苏三把命断，来生变犬马我当报还。

蔡英莲、王盼盼、储兰兰：低头离了洪洞县，将身来在大街前。未曾开言我心好惨，过往的君子听我言：哪一位去往南京转，与我那三郎把信传。言说苏三把命断，来生变犬马我当报还。

【字 幕】京剧《打龙袍》选段

【唱词字幕】

袁慧琴：一见皇儿跪埃尘，开言骂声无道的君。二十年前娘有孕，刘妃郭槐他起下狠毒心。金丝狸猫皮尾来剥定，他倒说为娘我产生妖精。老王爷一见怒气生，将为娘我推出了那午门以外问斩刑。多亏了满朝文武来保本，将为娘我打至在那寒宫冷院不能够去见君。一计不成二计生，约定了八月十五火焚冷宫廷。多亏了恩人来救命，将为娘我救至在那破瓦寒窑把身存。白日里讨饭苦之不尽，到夜晚我想娇儿想得为娘一阵一阵眼不明。多亏了陈州放粮小包拯，天齐庙内把冤伸。包拯他回朝奏一本，儿就该准备下那龙车凤辇一步一步迎接为娘进了皇城。不但不准忠良本，反把包拯你上绑绳。若不是老陈琳他记得准，险些儿你错斩了那架海津梁擎天柱一根。我越思越想心头恨，不由得哀家动无名。内侍看过紫禁棍，包卿，替哀家拷打无道君。

孟广禄：谢国太。叩罢头来谢罢恩。龙国太待我好恩情，公主赐我金锴翅，又赐尚方剑一根，三宫六院我管定，压定了那满朝文武臣大小官员，哪一个不遵，照剑施行。

【字 幕】京剧《空城计》

【唱词字幕】

张 克：我正在城楼观山景，耳听得城外乱纷纷。旌旗招展空翻影，却原来是司马发来的兵。我也曾差人去打听，打听得司马领兵往西行。一来是马谡无谋少才能，二来是将帅不和才失街亭。你连得三城多侥幸，贪而无厌又夺我的西城。诸葛在敌楼把驾等，等候了司马到此谈，谈谈心。西城的街道打扫净，预备着司马好屯兵。诸葛亮无有别的敬，早预备下羊羔美酒，犒赏你的三军。既到此就该把城进，为什么犹疑不定进退两难，为的是何情。左右琴童人两个，我是又无有埋伏又无有兵。你不要胡思乱想心不定，来来来，请上城来听我抚琴。

【字 幕】京剧《四郎探母》选段

抚琴：吴汝俊

【唱词字幕】

赵葆秀：一见娇儿泪满腮，点点珠泪洒下来。沙滩会，一场败，只杀得杨家好不悲哀。儿大哥长枪来刺坏；你二哥短剑下他命赴阴台；儿三哥马踏如泥块；我的儿你失落番邦，一十五载未曾回来；唯有儿五弟把性情改，削发为僧出家在五台；儿六弟镇守三关为元帅；最可叹你七弟他被潘洪就绑在芭蕉树上，乱箭穿身无有葬埋。娘只说，我的儿啊今不哇在。延辉我的儿啊，哪阵风把儿你吹回来。

张建国：千拜万拜折不过儿的罪来。失落番邦十五载，隐姓埋名躲祸灾。萧后待儿的恩似海，铁镜公主配和谐。虽然番邦多自在，常把儿的老娘挂在儿的心怀。胡地衣冠懒穿懒戴，每年间花开儿的心不开。闻听得老娘征北塞，乔装改扮过营来。见母一面愁颜解，愿老娘福寿康宁永和谐无灾。

【字　幕】**京剧《凤还巢》选段**

【唱词字幕】

董圆圆：母亲不可心太偏，女儿言来听根源。自古常言道得好，女儿清白最为先。人生不知顾脸面，活在世上也枉然。

史依弘：强盗兴兵来作乱，不过是为物与金钱。倘若财物遂了愿，也未必一定害人结仇冤。倘若女儿不遭难，爹娘回来得团圆。倘若是女儿遭了难，爹爹他定要问一番。

合　唱：如今称了儿心愿，落一个清白的身儿，我也含笑九泉。

【字　幕】**京歌《万众和谐篇》**

作词：任志萍

作词：张顺翔

演唱：管　波

【唱词字幕】水蓝蓝，花艳艳，满目祥瑞迎团圆。城乡同唱甜歌儿，万众共育和谐篇。春光春色满人间，庭院楼窗尽开颜，亲朋相敬友邻好，江山壮美乐陶然。水蓝蓝，花艳艳，满目祥瑞迎团圆。城乡同唱甜歌儿，万众共育和谐篇，和谐篇，和谐篇。

董　艺：亲爱的观众朋友们，您现在看到的是2007年中央电视台春节戏曲晚会《千秋华宴》的现场，朋友们正如刚才京歌当中唱到的那样，满目祥瑞迎团圆，万众共育和谐篇。我们的祖国正在飞速的发展着，在我们的戏曲舞台上，有很多优秀的现代题材的作品呈现了出来，他们不仅对现代的生活进行了一种描绘，同时也在抒发着一种美好的情怀，使我们的戏曲舞台也随之与时俱进。那在接下来的节目当中啊，我们不仅可以领略到来自天南地北的风韵，同时也能够听到时代更替的脉搏。我们一起来看大屏幕：

（插入李小锋个人形象短片）

【字　幕】花开瞬间绽放的是璀璨的深沉之美，《迟开的玫瑰》就是这样内敛而含蓄的故事，责任和奉献浸透在虚实相生的戏曲韵律中，构成了一部国家舞台艺术精品，眉户剧的旋律赋予了它无尽的诗意和浪漫。

（掌声起）

【字　幕】**眉户剧《迟开的玫瑰》选段**

作曲：王　激

编曲：陈 彦

配器：周福田

【唱词字幕】

李小锋：老父亲颐养天年含笑走，弟妹们乘风扬帆争上游，雪梅你含辛茹苦总摆渡，到如今众生普度你该无忧。要打开院门两扇把风透，要洞开心灵的窗口把光留，莫说是人生孤独愁长久，看今夜月光浮动风轻柔。

（插入贾文龙个人形象短片）

【字 幕】戏曲创造什么风貌才有生命力，豫剧村官李天成便是源于乡土却妙不可言的绝佳范例，一位农村干部的吃亏故事，在淳厚的人情味儿和脍炙人口的唱腔里变成艺术，涤荡在壮丽的中原大地。

（掌声起）

【字 幕】**豫剧《吃亏歌》**

作词：姚金成 张 芳 韩尔德 何中兴

作曲：赵国安

【唱词字幕】

贾文龙：当干部就应该能吃亏，能吃亏自然就少是非；当干部就应该肯吃亏，肯吃亏自然就有权威；当干部就应该常吃亏，常吃亏才可能有所作为；当干部就应该多吃亏，多吃亏才可能有人跟随。能吃亏，肯吃亏，不怕吃亏，工作才能往前推；常吃亏，多吃亏，一直吃亏，在人前你才好吐气扬眉；吃亏吃亏更吃亏，莫计较多少赚与赔，吃亏吃亏常吃亏，你永远不会把包袱背；吃亏吃亏你多吃亏，吃的吃的众心归，吃的你人格闪光辉。

（插入高闯个人形象短片）

【字 幕】任长霞，她对打击黑暗毫不留情，对保卫群众俯首甘为孺子牛，评剧《任长霞》让一位勇敢壮烈的好民警在舞台上重生。平凡的形象、冰雪的情操、朴实可信的公仆气质，在戏曲的张力中得以升华，正气磅礴。

（掌声起）

【字 幕】**评剧《任长霞》选段**

作词：张 芳 刘 侗

作曲：刘文田 戴锡英

【唱词字幕】

高闯：当警察我一刻不敢偷懒，当警察二十年清淡心甘，当警察我破的案子数千件，当警察我了解千家忧来万家难，当警察我尝尽人间万般苦，当警察又觉得，人间的万苦都是甜。恶人饮我正义剑，万般豪情润心田；受害之人一声笑，落进我心化甘泉。喜看天下警察苦，换来千家万户甜，我愿做风雨之中一把伞，替父老遮风挡雨保平安，替父老遮风挡雨保平安。

（插入冯刚毅个人短片）

【字 幕】《风雪夜归人》，一出讲述着恒久爱情和乱世无奈的艺术品，用清脆华美的广东粤剧徐徐道来，优雅达观地描摹着世间百态，而人生和艺术却在其间相得益彰。

（掌声起）

【字　幕】**广东粤剧《风雪夜归人》选段**

原著：吴祖光

改编：曾文柄

作曲：李时成

【唱词字幕】

冯刚毅：（唱）花园里，夜沉沉，一树海棠花落尽；风无情，雪有意，银装素裹护花魂；海棠花，伴我行，廿载旅途今走尽。（白）风啊，你刮的更猛吧，雪啊，你落的更大吧。（唱）欲换铺天白雪，洗刷人间灰尘，大地玉洁冰清，任我描花绣锦。

鞠　萍：刚才四出短短的现代戏却囊括了山陕中原华南华北的音韵和民风，我们伟大的祖国千差万别的地区风貌，带给我们的是百花争艳的舞台。大家熟悉的一首，耳熟能详的《茉莉花》一直荡漾在小桥流水的江南，而今天《好一朵茉莉花》将用西南的清澈与俏皮再次唱响。请各位欣赏由沈铁梅为我们演唱的川剧风格的《茉莉花》，有请。

【字　幕】**川歌《茉莉花》**

改词：隆学义

编曲：唐万福

【唱词字幕】

沈铁梅：好一朵茉莉花，茉莉花开，雪也白不过它，我有心采一朵戴，又怕旁人笑话。好一朵美丽的茉莉花，芬芳美丽满枝桠，又香又白人人夸，待来年花种播下，花开遍天涯，芳香千万家。好一朵茉莉花，待来年花种播下，花开遍天涯，芳香千万家，好一朵茉莉花。

（插入越剧老艺术家送祝福）

【字　幕】

越剧表演艺术家傅全香：2007 年我深深地向我们亲爱的观众拜个年，祝新年愉快！

越剧表演艺术家王文娟：又是一个春节了，我在镜头前面，向全国观众拜一个年，祝大家新年好，真是春到大地，喜在人间。

越剧表演艺术家徐玉兰：今天是大年三十夜，明天就是大年初一了，我在这里向全国的广大越剧爱好的观众们拜个年，在新的一年里，我祝大家身体健康，生活愉快！

越剧表演艺术家范瑞娟：日出东方红火火，满山树木满山果。歌唱山歌上山坡，这山唱过那山和。年年丰收年年喜，今年喜事格外多。

越剧表演艺术家袁雪芬：今天借中央戏曲频道，向全国人民拜个年，祝大家合家欢乐，新年如意！我希望于我们青年朋友们能够继承我们老一代的对事业的忠诚、对祖国的热爱、对人民的爱护，要创作好戏，为大家很好地服务。

董　艺：谢谢老艺术家们的叮嘱和嘱托，我们也坚信，越剧舞台一定会欣欣向荣，繁花似锦。亲爱的观众朋友们，和我们挥手而别的2006年，是越剧的百年华诞，那我们中央电视台《梨园擂台》栏目举行了“越女争锋”大赛，来自上海、江苏、浙江、福建的选手经过激烈的角逐之后啊，有十名越女金奖获得者脱颖而出，她们风华正茂。那今天将要看到的就是这次“越女争锋”在上海的颁奖晚会的精彩片段，我们有请新秀名家共同演绎《十八相送》。

(画面转到上海颁奖晚会的实况演出，掌声起)

【字　幕】陈翠红饰祝英台　黄慧饰梁山伯

【唱词字幕】

陈翠红：过了一山又一山，前面到了凤凰山。

黄　慧：凤凰山上百花开，缺少芍药共牡丹。

陈翠红：梁兄若是爱牡丹，与我一同把家还，我家有枝好牡丹，梁兄要摘也不难。

黄　慧：你家牡丹虽然好，可惜是，路远迢迢怎来攀？

毕福剑：《十八相送》，唱的真不错，大家，别我老说，你也说两句儿，大家说，唱的好不好啊？但是我就纳闷了，这越剧呀，我说话你下边别影响我好不好，哎，这先生，（向观众席的一位老者）你手里老拿着什么东西，鞠萍（坐在观众席中演员身旁）你还坐着？这是什么（演员手中的木头）？

老演员：木头。

鞠　萍：您起来，老先生。

毕福剑：你、你，演播室你拿木头进来干什么呀？

老演员：木头这是演戏用的。

鞠　萍：这是我们特别请来的陕西华阴的老伯伯们，他们都是在华山脚下种地的农民。

毕福剑：噢，噢，农民！这拿木头进来了。您要是瓦匠你拿砖头进来了，是吧。哦，您真是农民吗？

老演员：农民。

鞠　萍：在去年的九月份，我们戏曲频道啊，做了陕西戏曲的展播，播出之后啊，引起了强烈反响，这个题目叫“千年等一回”，你看就这些乐器，原始乐器，真是保留了上千年，所以透着他们这种粗犷豪迈气势的老腔，定会给我们带来一份惊喜，老毕没看过，大家更是没见过，

毕福剑：我知道了，是老腔，大家不知道是吧？陕北华山脚下有个老腔，我才知道，出处在这，列位赏眼呢！

鞠　萍：好，有请。

【字　幕】**陕西老腔《将令一声震山川》**

表演：陕西华阴老腔艺术团

【唱词字幕】将令一声震山川，人披衣甲马上鞍。大小儿郎齐呐喊，催动人马到阵前。

头戴束发冠，身穿五连环，胸前狮子扣，腰中跨龙泉。弯弓似月牙，狼牙囊中穿，催开青鬃马，豪杰敢当先。正是豪杰催马进，前哨军人报一声。

毕福剑：（向留在舞台上的主唱演员）就你们这个老腔，是在华山脚下演出受欢迎，还是来我们中央电视台演播室演出受欢迎？

主唱演员：还是来到中央演播室受欢迎。

毕福剑：你看，你看，到演播室受欢迎吧，你看，百分之九十九的人都没听懂。当然，你们一唱出来就给大家震了，眼前一亮，大家是欢迎，说我们还有这么一个表现曲种，厉害，厉害。你说大过年的，大年三十，你们就到这来过年，在家里过不了年，你不觉得孤单吗，在北京么？

主唱演员：不孤单，我们在一块儿吃饭，在一块儿吃饺子，很高兴。

毕福剑：哦，你们是革命生产两不误啊。这边是演出，这边照样团圆，借此机会不问问你们家人好？也问问其他人，农民朋友们好吗？冲这个镜头说。

主唱演员：我代表，陕西华阴市民间艺人，向全国人民问个好，祝大家新年快乐！

（插入各地电视台戏曲节目主持人拜年画面）

绍兴电视台《兰花艺苑》余程鹏：亲爱的观众朋友，大家好，我是绍兴电视台《兰花艺苑》栏目的主持人余程鹏，在新的一年里祝全国的观众朋友们无忧无虑，万事如意！

安徽电视台《相约花戏楼》马滢、李育：徽风徽韵迎春到，黄山黄梅闹新春。我们安徽卫视《相约花戏楼》栏目给全国的电视观众拜年了，祝大家合家欢乐，万事如意！祝你新年快乐，新年快乐。

山西卫视《走进大戏台》李健、赵强：天涯海角同欢聚，团团圆圆过大年。观众朋友们大家好，我是山西卫视《走进大戏台》的节目主持人李健，我是赵强，在这我们代表栏目组给全国的戏迷朋友们拜年了！

河北电视台《欢乐急急风》于辉：大家好，我是河北电视台节目主持人于辉，值此新春佳节之际，我谨代表河北电视台《欢乐急急风》栏目给大家拜年了。祝全国的观众朋友们家和人和万事和，福旺财旺运气旺！

陕西电视台《秦之声》吕越涛、刘波：天涯海角同欢聚，团团圆圆闹新春。大家好，我是陕西电视台的节目主持人刘波，大家好，我是陕西电视台的节目主持人吕越涛，那么在这里，我们代表陕西电视台《秦之声》栏目给大家拜年了！

浙江电视台《戏迷擂台》更生：亲爱的观众朋友们，大家新年好！我是浙江卫视《戏迷擂台》的节目主持人，我叫更生。春风送福，喜气临门，愿电视机前的观众朋友们合家欢乐，户户春风！

福建海峡电视台《梨园百花春》冯蕾：十亿神州春韵起，千秋华宴闹新春。大家好，我是福建海峡电视台《梨园百花春》栏目组的主持人冯蕾，在这里我代表我们栏目组的全体成员给大家拜年了！

河南电视台《梨园春》倪宝铎、庞晓戈：春风送福，喜气盈门，愿我们亲爱的观众朋友们，合家欢乐，户户春风！

上海电视台《戏剧大舞台》张民权：江山万里如画，神州四时皆春。我代表 SMG《戏剧大舞台》栏目向全国的观众朋友拜年了！

天津电视台《中华大戏院》管军：全国的戏迷朋友们，大家过年好！我是天津电视台《中华大戏院》栏目的节目主持人管军，希望您在新的一年里常看戏，看好戏，因为生活中不能没有戏。

天津电视台《鱼龙百戏》李佳：观众朋友，过年好！我是天津电视台《鱼龙百戏》栏目的主持人李佳，那么在这里呢，我衷心的祝福各位开心、顺心、舒心，心想事成；喜事、乐事、美事，万事如意！

【字　幕】**戏曲小品《群丑贺春》**

创意：赵晓东

导演：刘学忠

演员：年金鹏　徐孟轲　刘　宸　朱世慧

【唱词字幕】

年金鹏：兄弟，你倒是快着点呀。

徐孟珂：来了，

年金鹏：过新年，放鞭炮。

徐孟珂：噼里啪啦，好热闹。

合：啊，哈哈哈。

年金鹏：为看春节戏曲晚会，

徐孟珂：弟兄二人走一遭。

年金鹏：行了，

徐孟珂：吓我一跳。

年金鹏：我说兄弟，你这慢慢腾腾的，不是耽误咱们去看春节戏曲晚会嘛？

徐孟珂：你要是跟我一样蹲下来，走一圈你试试看，

年金鹏：行了，兄弟，你蹲下来，兄弟，你来瞧啊，前面就是长安街了，不远就是，

徐孟珂：中央电视台，

年金鹏：你我快马加鞭。

徐孟珂：哎，速度再快，也要小心摄像头，

年金鹏：你说什么？

徐孟珂：摄像头。

年金鹏：说普通话。

徐孟珂：摄像头。

年金鹏：走吧！

徐孟珂：走嘞。

（二人做赶路状）

刘　宸：追尾，追尾了，

年金鹏：我说兄弟，你瞧，这个人脑袋大，脖子粗。

徐孟珂：嗯，不是大款是伙夫，八成是一个碰瓷的，赶紧哥哥，走走走，

年金鹏：兄弟，兄弟，出了事了，不能走，

徐孟珂：嘿，

年金鹏：我跟他说去吧，你甭管他了，（走到刘面前）这位先生，我们送你回去吧，

刘　宸：送我回去，你知道我住在哪里，你就送我回去，

徐孟珂：你说说你们家到底是住哪儿？

刘　宸：我们家，家住山西陕西山陕西，离着陕西还有二百多里地，

徐孟珂：乖乖，跑这画地图来了，你们家门口有什么标志么？

年金鹏：对，有什么标记。

刘　宸：我们家的标志就是曲曲弯弯路，层层叠叠山。

年金鹏：不画地图，改说绕口令了，

刘　宸：唉，你别想跑，你们赶紧送我去看春节戏曲晚会，然后再赔我的马。

徐孟珂：啊，这位先生，要说你也是强行并道，这责任可是双方面的，再说了，我们的马也给你撞坏了。

刘　宸：你们那是什么马，我这匹马可是有品牌的。

徐孟珂、年金鹏：什么品牌？

刘　宸："别摸我"。

年金鹏：我们这马也有个牌。

刘　宸：什么牌？

年金鹏：四个圈的马。

徐孟珂：没错。

刘　宸：那是马掌。

年金鹏：嗨，什么马头马掌的，您要看晚会呐没问题。看完晚会还要赔你的马？

刘　宸：对。

年金鹏：你不是讹人吗？

刘　宸：谁讹人？

年金鹏：你讹人。找打吗？

刘　宸：哎哟呵，你敢打人你。

（三人做打斗状）

朱世慧：（大笑着上场）过新年，过新年，人欢笑，马路两旁真热闹，亲朋好友来聚会，火树银花竞妖娆。老朱我心情特别好，因为我要到春节戏曲晚会上瞧一瞧。要说戏，我最爱，我最好，天下的戏曲没有一出我不知道。您要不信我就把带"春"字的戏名给您报一报，《三打陶三春》，怎么样这里边有"春"字吧。

年金鹏、徐孟珂、刘宸：有！

朱世慧：有，还有呢。《棒打万年春》、《杨八姐游春》、《鼎盛春秋》、《春香闹学》、《春秋笔》、《春秋亭》、《春秋配》、《春闺梦》、《玉堂春》、《钟离春》、《柳迎春》、《战寿春》，这个春那个春，以上处处不离春。春夏秋冬春为首，一年四季在于春。春天好，春盎然，春吉祥，春温暖，这里给大伙拜个年，让我们，喜气洋洋、高高兴兴，高高兴兴、喜气洋洋，

共同来迎春，我们共同来迎春。说什么说呀啊，刚来我都看见了，听我劝你们一句，这人，心放宽一点，这个路它就宽了，现在不是提倡和谐么？

年金鹏、徐孟珂、刘宸：嗯，和谐和谐。

朱世慧：三位，你们的马摔坏了？

年金鹏、徐孟珂、刘宸：可不是。

朱世慧：坏了，不要紧的。看见没有，我这有车，我捎着你们走。

年金鹏、徐孟珂、刘宸：嘿。

朱世慧：我捎着你们走，怎么样？

年金鹏、徐孟珂、刘宸：好，那是相当的好啊。

朱世慧：那就上车吧。

年金鹏、徐孟珂、刘宸：上车。

朱世慧：戏曲晚会好戏多。

朱世慧：生旦净丑，是文武带打真不错，要看好戏快点走哇。

徐孟珂：你先把那戏名说一说。

朱世慧：要我说全我说不尽，我先说一个《红鬃烈马》新组合。

年金鹏、徐孟珂、刘宸：说。

朱世慧：听着。《武家坡》是京剧，迟小秋、杜镇杰他们二位来配合。

徐孟珂：这马派和程派，一定很不错，

朱世慧：河北梆子唱《算粮》，薛平贵是王英会和张四刚，

刘　宸：说了半天，唾沫飞了二斤半，怎么没有我们家的梆子腔？

朱世慧：你别慌，你别忙，晋剧《大登殿》，它马上就登场，演平贵的叫谢涛。

朱世慧：这老生。

朱世慧：这个老生她不寻常，她本是娇娇柔柔的女娇娘，河北梆子的王宝钏，王洪玲、许荷英她们二位来双唱，接下来是京剧的《大登殿》，两个女代战，两个王娘娘，晓庆、谷娜、王艳、秋月，两对配成双，配成双。正是，四个小丑肩并肩。

年金鹏、徐孟珂、刘宸：我们给大家贺新年。

朱世慧：《红鬃烈马》是好戏，

朱、年、徐、刘：马上开锣，仔细观。

（掌声起）

【字　幕】**京剧《武家坡》选段**

【唱词字幕】

杜镇杰：苏龙魏虎为媒证，王丞相是我的主婚人哪。

迟小秋：提起了旁人我不晓，苏龙魏虎是内亲，你我同把相府进，三人对面就说分明。

杜镇杰：他三人与我有仇恨，咬定牙关他就不认承。

迟小秋：我父在朝为官宦，府下金银堆如山，本利算来该多少，命人送到那西凉川。

杜镇杰：西凉川四十单八站，为军的要人我是不要钱。

迟小秋：我进相府对父言，家人小厮有万千。将你送到官衙内，打板子，上夹棍，丢南

牢，坐监禁，管叫你思前容易退后难。

杜镇杰：大嫂不必巧言辩，为军哪怕到官前？衙里衙外我打点，管保大嫂断与咱。

迟小秋：军爷说话理不端，欺奴犹如欺了天。西凉鞑子把你斩，妻儿老小与奴一般。

杜镇杰：好一个贞节王宝钏，百般调戏也枉然。腰中取出银一锭，将银放在了地平川。这锭银子三两三，送与大嫂做养奁，买绫罗做衣衫，打首饰制簪环，我与你少年的夫妻过几年。

迟小秋：这锭银子奴不要，与你娘做一个安家的钱，买绫罗做衣裳，买白纸糊白幡，打首饰做妆奁，落得个孝子的名儿，在那天下传。

杜镇杰：是烈女就该在闺房，因何来在大路旁。为军起下不良意，来来来，上马，一马双跨到西凉。

【字　幕】**河北梆子《算粮》选段**

【唱词字幕】

王英会：有为王扮作了小军模样，为三姐一马离了西凉。

张四刚：此一去到相府你莫乱讲，算粮事有为王一人承当，

王英会：十八载王未到王相府，王相府修盖得亚赛月宫，

张四刚：行至在寿堂前侧耳听，有魏虎和王允咒骂孤王，他言说平贵亡故去了，未料想寡人我又来算粮，

王英会：见岳母施一礼怒恼丞相，我这里站一旁志气昂昂。

【字　幕】**晋剧《大登殿》选段**

作词：赵爱斌

作曲：刘和仁

配器：刘和跃

【唱词字幕】

谢　涛：龙凤阁内把衣换，薛平贵也会有今天，统领朝班。龙行虎步登大殿，众卿拥我上金銮。当年充军西凉地，烈马骁骑勇当先。魏虎王允把粮断，害我飘零十八年。朝起望断南飞雁，暮时常念王宝钏。国有奸贼不安然，家遭贬抑难团圆。身在曹营心在汉，梦里打马回秦川。多亏代战相劝勉，今朝才得返长安。九龙庭，把旨宣，恩报恩来冤报冤。结发封在昭阳院，代战公主掌兵权。昭告天下休战乱，一旨宣得万民安。

（《群丑贺春》演员报幕）

朱世慧：万岁有旨，

众人合：王宝钏王娘娘上殿呐。

演　员：接旨。

【字　幕】**河北梆子《大登殿》选段**

【唱词字幕】

合　唱：金牌调来，银牌宣，王相府宣来我王氏宝钏。

王洪玲：九龙口，用目看，天爷爷，原来是平郎丈夫，头戴王帽，身穿蟒袍，

许荷英：腰系玉带，足蹬朝靴，端端正正，正正端端，驾坐在金銮。

王洪玲：这才是苍天爷睁开龙眼，再不到武家坡去把那菜来剜。

许荷英：大摇大摆我就上金殿，参王的驾来问王安。在金殿叩罢头，我抽身紧走，不由得背转身，喜笑在眉头。

王洪玲：猛想起二月二日龙抬头，梳洗打扮上彩楼。

许荷英：公子王孙我不打，彩球单打平贵头。

王洪玲：彩球打着薛平贵，薛家辈辈是王侯，

合　唱：寒窑里受罪十八秋，薛郎登基我做了皇后。

【字　幕】**京剧《大登殿》选段**

【唱词字幕】

谷　娜、隋晓英：讲什么节孝两双全，女儿言来听根源。来来来，随女儿上金殿，不斩我父还要封官。

（《群丑贺春》演员报幕：万岁有旨，代战公主上殿呐。）

王　艳、常秋月：来在他国用目看，他国我国不一般。他国穿的是绫罗缎，我国穿的是羊毛毡，大摇大摆上金殿。

（谷娜、隋晓英上）

四演员合唱：学一对，呼哪呼咳呼哪呼咳，凤凰女，咿呀呼哪咳，伴君前，哪呼咳，咿呀咿呀呼哪咿呀呼哪呼咳，呼哪呼咳呼哪呼咳，咿呀呼哪呼嘿咿呀哪呼嘿，呼哪嘿呼哪呼哪呼哪呼嘿。

（掌声起，主持人上）

董　艺：谢谢演员们精彩的表演。朋友们，一出大戏《红鬃烈马》，我们听到了京剧、晋剧、河北梆子，哎这一出戏的味道怎么这么多呀。

鞠　萍：的确是这样，我们泱泱中华呀，高山沃土，小桥流水，连方言、口音呢都是独具地域特色。如果说刚才的选段唱出中原大地的嘹亮，接下来的五个剧种全部来自南国。

董　艺：是的。这第一个我们要听到的是有“百戏之祖”之称的昆曲，将由青年艺术家魏春荣为您演绎琴韵箫声。

鞠　萍：著名的锡剧演员周东亮演出的《珍珠塔》是他的代表作，我相信那细腻的表演和韵味十足的江南曲调定会给我们带来美轮美奂的享受。

董　艺：著名广东汉剧演员李仙花，她把北方观众耳熟能详的咬字发音呢融入到了高胡相伴的广东音乐当中，如此这般的成就了广东汉剧，使南北观众可以在毫不陌生的情况下轻松地欣赏。

鞠　萍：还有《山河恋》，大家知道是早期越剧袁派与尹派结合的代表作，那么今天呐，袁派的花旦方亚芬和尹派小生萧雅的绝佳组合定会给我们带来同样的精彩。

董　艺：朋友们，就让我们在那醉人的旋律当中共同品味那份古朴、清丽的美吧。

【字　幕】**昆曲《游园惊梦》选段**

【唱词字幕】

魏春荣（饰杜丽娘）：原来姹紫嫣红开遍，似这般都赋予断井颓垣。良辰美景奈何天，便赏心乐事谁家院。朝飞暮卷，云霞翠轩；雨丝风片，烟波画船，锦屏人忒看的这韶光贱。遍青山啼红了杜鹃，那荼蘼外烟丝醉软。那牡丹虽好，他春归怎占的先，闲凝眄声声燕语明如剪，听呖呖莺声溜得圆。

【字　幕】**锡剧《珍珠塔》选段**

【唱词字幕】

周东亮：历经坎坷人生路，感慨万千难言表。穷也好来富也好，志气二字不可抛，穷不失志穷变富，富不癫狂再攀高。贵也好来贱也好，自尊自重不可少，贱不低下不为贱，贵不骄人人称道。亲也好来疏也好，善待他人最重要，锦上添花固然好，雪中送炭情更高，情更高。只要人间真情在，和和睦睦更美好。

【字　幕】**广东汉剧《王金爱》选段**

【唱词字幕】

李仙花：正在绣房深思想，忽听得堂上闹喊。将身来在大堂上，爹爹怒气坐一旁。奴本有心赠银两，反害相公坐监房。冤案何日能昭雪，爹爹跟前问端详。

【字　幕】**越剧《山河恋》选段**

【唱词字幕】

方亚芬：我道你是个君子人，这样的戏弄人家不该应。

萧　雅：我本是个大将军，岂可与你去送信。

方亚芬：既是将军你有身份，你缘何与我缠不清啊。

萧　雅：谁叫你我的说话你不听，吴寿已经得了病，神思恍惚口难言，病势要紧重十分，顾尔你有话只管对我讲，我何尝与你缠不清。

方亚芬：如此说来是我错怪了你。

萧　雅：小姐，问小姐到此有何干。

方亚芬：我特地前来送书信。

萧　雅：这封书信何人写。

方亚芬：那吴寿的妹妹名戴赢。

萧　雅：她不是被人虏去无踪影？

方亚芬：此事我已早知情，那黎瑟想把王后害，逼她口供她不肯，故所以暗中写好书一封，她要我送予吴寿辨详情。

萧　雅：你把书信交予我，我替你去读予那吴寿听，只是我也想托你带封信，不知小姐肯不肯。

方亚芬：你把书信交予我，我替你送予收信人。

萧　雅：我不是书信是口信。

方亚芬：口信说来呀我记在心。

萧　雅：这个口信你要当心，不可说予那旁人听，出我的口，入你的心，答应了去送要守信。

鞠　萍：京剧的旦角艺术在上个世纪创造了辉煌，也许在中国很多人对京剧不太了解，但是只要你跟他提起四大名旦，却都能说出梅、尚、程、荀。可以说四大名旦将京剧推向了高峰，而后来独树一帜的张派也同样受到大家的青睐。那么接下来我要请出的呢，是叶绍兰先生的学生宋小川，您就奇怪了，为什么说了半天京剧旦角却请出一位小生演员呢？那接下来呀，宋小川要为我们来模仿四大名旦的唱腔和张派的念白，学得怎么样，模仿得如何，我看完听完之后再说吧。掌声有请宋小川。

（掌声起）

【字　幕】**京剧《坐宫》**

【唱词字幕】

宋小川：（场外念白）丫鬟带路哇。（白）芍药开牡丹放，花红一片，艳阳天春光好，百鸟声喧。我本当与驸马同去游玩，怎奈他终日里愁锁眉间。（念白）驸马，咱家来了。

（掌声起，主持人上）

董　艺：哎呀，小川今天可真漂亮。

鞠　萍：刚才听你这么一唱，给我们现场带来欢声笑语，尤其你看梅先生乐的呀。

宋小川：谢谢。

鞠　萍：怎么样，董艺？模仿得……

董　艺：哎呀，太好了，梅、尚、程、荀、张，惟妙惟肖啊。

鞠　萍：知道为什么吗？小川经常和张火丁搭档演出，这可以说的是耳濡目染。

董　艺：没错。

宋小川：谢谢大家鼓励，我只是模仿，大家还是愿意听原汁原味的。

董　艺：哎，小川说的没错，今天呢，就让我们的观众朋友们大饱耳福。

鞠　萍：好，接下来登台那就是程派的优秀传人张火丁，自导自演的《梁祝》，掌声有请。

董　艺：有请。

（掌声起）

【字　幕】**京剧新版《梁祝》选段**

作词：钱世明

作曲：万瑞兴

【唱词字幕】

张火丁：步香闺仍现我女儿风仪，开奁镜整花钿又着罗衣。想当时在书院弦歌习礼，种兰因遇山伯暗感灵犀。别月余牵魂梦相思缠系，情切切梁郎纳雁定期。

（掌声起，主持人上）

毕福剑：半天没过来，大家是不是想我了，我打听了一个消息，这消息是什么消息呢，中国梨园有一个家族叫谭氏家族，家族里有七代传人，七代人都唱什么，唱一个艺术——京剧，今儿我把他第七代传人叫谭正岩，小伙帅，长得一米八六的个，他来了，让他不让我唱，让他唱吧，唱什么呢？唱现代京剧《沙家浜》，列位上眼哪！

【字　幕】**京剧《沙家浜》选段**

【唱词字幕】

谭正岩：朝霞映在阳澄湖上，芦花放稻谷香岸柳成行，全凭着劳动人民一双手，画出了锦绣江南鱼米乡。祖国的好山河寸土不让，岂容日寇逞凶狂。战斗负伤离战场，养伤来在沙家浜，半月来思念战友与首长，也不知转移在何方，军民们准备反扫荡，何日里奋臂挥刀斩豺狼，伤员们日夜盼望身健壮，为的是早早回前方。

（主持人上）

毕福剑：哎呀，唱的好不好？

观　众：好！

毕福剑：鄙人才疏学浅啊，对京剧不太了解，我刚才在下边看，呀！这小伙怎么那么像电影里的那个郭建光，旁边有人说，你怎么这个都不知道，这是谭元寿的孙子谭正岩哪。那个他爷爷我今天找了半天没找着，但是我到这儿我特别高兴，我看了这么多艺术家，戏曲艺术家都在这啊，梅老师为首的这么多艺术家都在这，高兴高兴啊。那个不耽误我们今天台下台上有这么多戏曲艺术家，我们在咱们电视台以外的艺术家给我们带来了过年的问候。请看大屏幕。

（插入戏曲表演艺术家拜年画面）

【字　幕】

评剧表演艺术家筱俊亭、小筱俊亭：除夕之夜给大家拜年了，祝您吉祥如意福临门，四季平安过旺年！

京剧表演艺术家李荣威：我祝愿戏迷朋友们，合家欢乐，事业蒸蒸日上，家庭幸福。

京剧表演艺术家叶少兰：我衷心的祝愿，电视机前的观众朋友们，新春快乐，身体健康，合家欢乐，万事吉祥！

河北梆子表演艺术家刘玉玲：我在这里祝全国的观众，新春快乐，合家幸福。希望大家喜欢京梆子，喜欢咱们中国梆子。

京剧表演艺术家李蔷华：在这除夕之夜，春节即将到来，我祝愿大家，祝愿全国的观众，合家欢乐，幸福美满，越过越好。

淮剧表演艺术家筱文艳：祝福每一位观众，春节愉快，吉祥如意。

淮剧表演艺术家马秀英：新春佳节我们欢聚一堂，祝大家事事如意，合家欢乐，身体健康。

沪剧表演艺术家邵滨孙：希望电视机面前的敬爱的观众同志们，家庭幸福愉快，和谐完美，身体健康，万事如意。

评剧表演艺术家谷文月：新春佳节，我们欢聚在一堂，愿我们电视机前的观众朋友们，年年如意，岁岁平安，温暖健康。

闽剧表演艺术家林瑛：过年了，我向大家拜年，祝每位观众新春愉快，吉祥如意。

高甲戏表演艺术家赖宗卯：新春佳节愿大家岁岁如意，年年平安，温暖健康。

台湾歌仔戏表演艺术家唐美云：恭喜恭喜。唐美云在台湾祝大家步步高升，富足安康，红红火火，美满兴旺。

豫剧表演艺术家杨华瑞：梨园千古秀，江山万年春，祝戏曲舞台精彩永恒，祝观众朋友们春节愉快，吉祥如意。

豫剧表演艺术家王善朴：除夕之夜，我给大家拜年了，祝大家吉祥和气福临门，四季平安过旺年。

豫剧表演艺术家高洁：在这新春佳节之际，我祝大家新年愉快，万事如意，合家欢乐。

豫剧表演艺术家马金凤：观众同志们好，我在这儿给大家拜年了，大家想看我的节目吗？没问题，豫剧宝宝小孔莹，她喜欢演我的戏，她唱一段《花打朝》，我希望大家能喜欢。

（掌声起）

【字　幕】**豫剧《花打朝》选段**

【唱词字幕】

孔　莹：小郎那个门外哟哟哟，那个连声请，后堂里来了我王氏诰命，后堂里来了我，阿噢，王氏诰命，那个咿呀嗨。我的老爷名叫那个程咬金，外人送号叫个程愣怔。想当年大反山东劫皇纲，瓦岗寨上立过朝廷。皇后娘娘我不想当，金交椅坐的我这腰酸疼；绣花针太小我捏不住，我好抡棒槌拉铁弓。进呀进唐营，俺的功劳重，南杀北战立奇功，老程前面打，七奶奶紧相行，马头并马头，缰绳连缰绳，就像那弓不离箭来，箭也不离弓，哪一阵离了我王月英，杀敌寇就像那刀切葱，五湖四海有威名，五湖四海有威名呀，那个咿呀嗨。

（主持人上）

董　艺：谢谢，谢谢小孔莹，大家说孔莹唱得好不好？

观　众：好。

董　艺：哎呀，孔莹真好，唱得好长得也这么乖巧，而且今天呢，我看见孔莹，我觉得作为我特别的亲切，因为我跟孔莹可是河南老乡，孔莹今年几岁了？告诉我们。

孔　莹：六岁了。

董　艺：哟，那你唱得这么好从几岁开始学戏的呀？

孔　莹：从三岁开始学戏的。

董　艺：三岁开始到现在三年，那你应该会不少剧目了吧，会几段了？

孔　莹：会几段吗？我数不清，我也没数过。

董　艺：噢，会了数不清的段了，那过年了，高兴吗？

孔　莹：高兴。

董　艺：那你给我们在座的还有电视剧前的叔叔、阿姨还有爷爷、奶奶们拜个年好不好？

孔　莹：好，孔莹祝全国的爷爷、奶奶、叔叔、阿姨、哥哥、姐姐、小朋友们新年快乐！祝你们身体健康，万事如意，合家欢乐，工作顺利。

董　艺：好，谢谢孔莹。

（主持人上）

毕福剑：我问你啊鞠萍，你说主持人，我唱戏，这用句行话来说，叫做什么？

鞠　萍：就是反串啊，就是干什么不吆喝什么。

毕福剑：你太聪明了，你连这个都知道啊，要不让我们欢迎鞠萍来一段反串好不好？

鞠　萍：噢，不了不了，今天我就不来了，我给大家介绍我的同事孙晓梅和青年歌手吕薇来段越剧《惜别离》。

毕福剑：这也叫反串，列位上眼哪！

（掌声起）

【字　幕】**越剧《孔雀东南飞》选段**

【唱词字幕】

吕　薇：惜别离，惜别离，无限情丝弦中寄，弦声淙淙似流水，怨郎此去无归期。

孙晓梅：惜别离，惜别离，无限情丝弦中寄，弦声刁刁似秋风，仲卿难舍我爱妻。

合　唱：惜别离，惜别离，无限情丝弦中寄，弦声切切似细语，新婚怎忍长别离，好夫妻，长相聚，一对孔雀永双栖。

（主持人上）

鞠　萍：怎么样，老毕这回超过你了吧。

毕福剑：唱的好啊，她们俩就朝这个方向努力，慢慢就会超过我的。

鞠　萍：咳，那这样我再给你说说自拉自唱。

毕福剑：自拉自唱，唱什么？唱京剧啊。

鞠　萍：哎，对啊。

毕福剑：那没有，我看过好多自拉自唱的，这些演员或者有些戏迷都自拉自唱，没什么新鲜呢。

鞠　萍：不新鲜是吧？好看看介绍吧，这段自拉自唱不同凡响。

（插入周佑君、傅希如介绍形象短片）

【字　幕】一位是潇洒自如的美丽琴师，一位是青春帅气的文武老生，来自中国京剧院的周佑君和来自上海京剧院的傅希如，他们将各持京胡一把自拉自唱，演绎那段脍炙人口的行云流水，风华绝代的联手将带给我们别样的梨园雅韵。

（掌声起）

【字　幕】**京剧《四郎探母·坐宫》选段**

伴奏：北京京剧院

【唱词字幕】

周佑君：听他言吓得我浑身是汗，十五载到今日才吐真言，原来是杨家将把名姓改换，他思家乡想骨肉不得团圆，我这里走上前再把礼见。尊一声驸马爷细听咱言，早晚间休怪我言语怠慢，无知者不怪罪你的海量放宽。

傅希如：公主啊，我和你好夫妻恩德不浅，贤公主又何必礼义太谦，杨延辉有一日愁眉得展，誓不忘贤公主恩重如山。

周佑君：讲什么夫妻情恩德不浅，咱与你隔南北千里姻缘，因何故终日愁眉不展，有什么心腹事你只管明言。

傅希如：非是我这几日里愁眉不展，有一桩心腹事不敢明言，萧天佐摆天门两国交战，儿的娘押粮草来到北番，我有心回宋营见母一面，怎奈我身在番不能过关。

周佑君：你那里休的耍巧言改辩，你要见高堂母我不阻拦。

傅希如：公主虽然不阻拦，无有令箭怎过关。

周佑君：有心赠你金钍箭，怕你一去就不回返。

傅希如：公主赐我的金钍箭，见母一面即刻还。

周佑君：宋营离此路途远，一夜之间你怎能够还。

傅希如：宋营虽然路途远，快马加鞭一夜还。

周佑君：适才叫咱盟誓愿，你对苍天就表一番。

傅希君：一见公主盗令箭，不由本宫喜心间，站立宫门叫小番——备爷的千里战马扣连环，爷好过关。

（主持人上）

毕福剑：唱得好不好啊？

观　众：好。

毕福剑：哎，我跟你说啊，这个是这样，他人呢，他要自己单会拽大弦，这是一门技术，如果专门会唱个老生，这是一门艺术。但是你唱着老生或者唱着花脸自己来伴奏那就难了，需要是两个思维同时进行运作，又要控制手，又要控制你的嘴，真是难度大，两根思维啊。我不行，我自拉自唱不行，我打小我爸就跟我说，我就是一根筋，没办法。我再给你介绍个朋友，介绍个朋友从哪，从新疆过来，维吾尔族的朋友，他的本事在哪呢，他自己可以给自己伴奏来唱京剧。他那也叫拉，就是拉的是手风琴，这位维族的朋友，他给大家来一段自己伴唱自己伴奏，演唱一曲现代京剧《红灯记》片段。图尔迪先生，列位上眼哪！

【字　幕】**京剧《红灯记》选段**

【唱词字幕】

图尔迪：临行喝妈一碗酒，浑身是胆雄赳赳。鸠山设宴和我交朋友，千杯万盏会应酬。时令不好风雪来得骤，妈要把冷暖时刻记心头。小铁梅出门卖货看气候，来往账目要记熟，困倦时留神门户防野狗，烦闷时等候喜鹊唱枝头，家中的事儿你奔走，要与奶奶分忧愁。

（掌声起，主持人上）

毕福剑：你就说我推荐的演员多厉害啊，你们俩还有什么新鲜的东西啊？

董　艺：哎，我问问你啊，《沙家浜》你看过吗？

毕福剑：《沙家浜》我怎么没看过？《沙家浜》我自己都会唱。

鞠　萍：会唱，是吧？

毕福剑：角色我都知道。

鞠　萍：我们这个版本，我跟你说啊，评书名家刘兰芳反串胡传魁。

董　艺：歌剧《白毛女》第三代扮演者李元华反串阿庆嫂。

鞠　萍：还有电视剧《三国演义》当中吕布的扮演者张光北反串刁德一。

毕福剑：京剧名将、京剧名家鞠萍扮演沙奶奶。

鞠　萍：哪儿跟哪儿啊，不是一出戏啊。

毕福剑：啊，这三个，这儿仨人要连起来唱《沙家浜》，能唱成什么味儿不知道啊，

董　艺：没看过吧。

毕福剑：你也没看过，我也没看过，谁都没看过，列位现在上眼哪！

【字　幕】**京剧《沙家浜·智斗》选段**

【唱词字幕】

张光北：司令，这么熟悉是什么人呢？

刘兰芳：你问的是她，想当初，老子的队伍才开张，拢共才有十几个人，七八条枪。遇皇军追得我晕头转向，多亏了阿庆嫂，她叫我水缸里面把身藏，她那里提壶续水，面不改色，无事一样，哄走了东洋军，我才躲过大难一场，似这样救命之恩终生不忘，俺胡某讲义气，终当报偿。

李元华：胡司令，这么点小事，您别净挂在嘴边上，那我也是急中生智呀，事过之后，您猜怎么着？

刘兰芳：怎么着？

李元华：我呀，还真有点后怕呀。

刘兰芳：哈哈哈哈哈。

李元华：参谋长，烟不好，抽一棵，胡司令抽一支。

刘兰芳：抽一支。

张光北：这个女人不寻常。

李元华；刁德一有什么鬼心肠。

刘兰芳：这小刁一点面子也不讲。

李元华：这草包倒是一堵挡风的墙。

张光北：阿庆嫂，抽烟。

刘兰芳：人家不会，你这是干什么吗？

张光北：她态度不卑又不亢。

李元华：他神情不阴又不阳。

刘兰芳：刁德一，搞的什么鬼花样。

李元华：他们到底姓蒋还是姓汪？

张光北：我待要，旁敲侧击将她访。

李元华：我必须，察言观色把他防。

张光北：阿庆嫂，（唱）适才听得司令讲，阿庆嫂真是不寻常，我佩服你沉着机灵有胆量，竟敢在鬼子面前耍花腔，若无有抗日救国的好思想，焉能够舍己救人不慌张。

李元华：参谋长休要谬夸奖，舍己救人不敢当，开茶馆，盼兴旺，江湖义气第一桩，司令常来又常往，我有心背靠大树好乘凉，也是司令的洪福广，方能遇难又呈祥。

张光北：新四军久在沙家浜，这棵大树有阴凉，你与他们常来往，想必是安排照应更周详。

李元华：垒起七星灶，铜壶煮三江，摆开八仙桌，招待十六方，来的都是客，全凭嘴一张，相逢开口笑，过后不思量，人一走，茶就凉，有什么周详不周详。

刘兰芳：哈哈哈哈哈。

张光北：我们三位在这里向全国的电视观众——

合：拜年了。

张光北：哎，刘老师您先别下去，刚才呀，您在台下跟我们说，您今天啊给观众朋友带来一件好礼物。

李元华：是啊，什么礼物啊？

刘兰芳：嗯，噢，《神话》，哎，这个神话可太了不得了，你先（边说边摘帽子递给张光北）拿着啊。你们往这边看，五彩祥云在这浩然长空中，一个个神话人物飘飘而至，走在前边的是三太子——头打日月双抓髻，前发齐眉，后发遮肩盖颈，荷叶骨，荷叶身，荷叶服，手拿乾坤圈，脚踏风火轮，大战西岐威风显，八臂哪吒美名传。

张光北、李元华：噢，哪吒。

李元华：第二个呢。

刘兰芳：哎，紧跟着是金翅大鹏，头戴蛾子盔，满脑的绒球突突乱颤，双插雉鸡翎，身穿火红缎色的五服短靠，外罩金丝软甲，手擎双头金枪，威风凛凛是杀气冲天。

刘兰芳：哎，还有呢，你看还有鲤鱼仙子，好美啊，这鲤鱼仙子是鲤鱼精变人形，好一个俊俏佳人百媚生，论身材不高不矮，不胖不瘦，比那女模特还酷毙还摩登。往脸上看，粉面桃腮，柳叶眉，杏核眼，琼鼻，贝齿，樱唇，要模样啊，比你们电视上漂亮的几个人什么孙俪还是章子怡、范冰冰要强上百成。你看五彩祥云照人间，飞天神话到眼前。

【字　幕】**京剧《神话》**

伴奏：北京京剧院

伴舞：北京歌剧舞剧院

演员：韩丽饰仙女　黄齐峰饰金翅大鹏

徐莹饰哪吒　阎虹羽饰龙女

董　艺：亲爱的观众朋友们，姹紫嫣红的春天正向我们走来。

毕福剑：哦，马上就要迎来新的美好的幸福的农历新年了。
鞠　萍：除夕团圆，宛如泱泱中华亘古的承诺。
董　艺：千秋万代，亿万华夏子孙济济一堂，喜上眉梢。
毕福剑：好啊，让我们说梨园花灯上，喧天弄鼓箫。
鞠　萍：风雨送春归，飞雪迎春到。
董　艺：千秋人间醉，华宴永昭昭。
毕福剑：天天来祝愿，梨园更妖娆。

（掌声起）
【字　幕】**尾声歌舞《咏梅》**
编曲：张顺翔
配器：黄松哲
【唱词字幕】
李维康：风雨送春归，飞雪迎春到。
尚长荣：已是悬崖百丈冰，犹有花枝俏。
李维康：犹有花枝俏。
李维康、尚长荣：风雨送春归，飞雪迎春到。
李维康：已是悬崖百丈冰。
尚长荣：犹有花枝俏。
李维康：犹有花枝俏。
尚长荣：俏也不争春。
李维康：只把春来报。
尚长荣：待到山花烂漫时，她在丛中笑。
李维康：她在丛中笑。
尚长荣：她在丛中笑。
李维康：她在丛中笑。俏也不争春，
尚长荣：只把春来报。
李维康：待到山花烂漫时，
尚长荣：她在丛中笑。
李维康：她在丛中笑。
尚长荣：她在丛中笑，俏也不争春。
李维康：只把春来报。
尚长荣：待到山花烂漫时，
李维康：她在丛中笑。
尚长荣：她在丛中笑。
李维康：她在丛中笑。
尚长荣：丛中笑。
（掌声起）

【滚动字幕】

总 策 划：张华山　朱　彤

总 导 演：白燕升

策　　划：《戏苑百家》栏目组

副总导演：范梅强

执行导演：刘学忠

总 撰 稿：李　晶

电视导演：杨瑞青　吴月佳　孙宇铭

现场导演：孙桂元　郭晓东

导 演 组：肖静波　刘　湉　王华凤　刘　涛

摄像指导：王小明　张海潮

摄　　像：张　威　杨光宇　张　旭　毛　明

　　　　　卢　山　张　征　郝　正

外拍摄像：赵　焱　赵　正

音乐统筹：张　征

舞蹈总监：申雪梅

舞美设计：张冬彧

舞美制作：李　斌

灯光设计：徐　波

片头创意：国　雯　江　涛

片头设计：林　伟

制片主任：曹　毅

制 片 人：王　进　郎　昆　齐宪役　李守进　李纯博

总制片人：朱　彤　唐世鼎

监　　制：胡　恩　张华山

总 监 制：赵化勇

（编撰　白晓清）

2008年中央电视台春节戏曲晚会
——盛世梨园春

开场（掌声起）

【字　幕】喜盈门

作词：刘连群

作曲：朱继英　沈鹏飞
演唱：陈俊杰　杜镇杰　王　艳　姜亦珊
编舞：冷明宇　郑　伟　王晓丽
伴舞：吉林市歌舞团　桦甸市歌舞团

【唱词字幕】

合　唱：爆竹声声，爆竹声声，瑞雪纷纷，大红的福字映夜空。九州欢庆，九州欢庆，喜盈门，喜盈门。

陈俊杰：喜盈门，喜盈盈。嫦娥一号探月宫，广袖一舒圆了千年梦，饮罢了吴刚桂花酒，江山春色添几重。

姜亦珊：喜盈门，喜盈盈。举国欢腾迎奥运，且看五洲翘首望北京，福娃喜送福满地，八方健儿展雄风。

杜镇杰：喜盈门，喜盈盈。旗帜高举方向明，十七大燃亮了指路的灯，又好又快求发展，和谐共建暖民心。

王　艳：喜盈门，喜盈盈。大红的福字映夜空，梅花万朵报新春，九州欢庆喜盈门。

陈俊杰、杜镇杰：喜盈门，喜盈盈。大红的福字映夜空，梅花万朵报新春，九州欢庆喜盈门，喜盈门。

合：喜盈门。

（掌声起，主持人上）

任鲁豫：喜盈门，

周　颖：喜盈盈。

赵宝乐：莺歌歌盛世。

董　艺：燕舞舞升平。

白燕升：九州花似锦。

鞠　萍：四海庆新春。

白燕升：尊敬的各位来宾，各位朋友，海内外的同胞们。

鞠　萍：在这喜辞旧岁，笑迎新春的除夕之夜。

赵宝乐：中央电视台2008年春节戏曲晚会的全体演职人员给您——

众　人：拜年了！

周　颖：祝您万事如意。

任鲁豫：祝您新春吉祥。

董　艺：祝您合家欢乐。

赵宝乐：祝您幸福安康。

白燕升：亲爱的朋友们，欢天喜地又一年。在过去的一年里，我国在社会主义经济建设和各项事业中，都取得了举世瞩目的成绩，可以说是喜讯连连，捷报频传。

鞠　萍：以人为本，构建社会主义和谐社会，深入民心，神州处处，其乐融融。

赵宝乐：欢歌遍华夏，梨园乐迎春。

董　艺：今天的戏曲晚会，会为您送上一份节日的问候和喜悦，同时也会给您带来一份浓浓的年味儿。

白燕升：亲爱的朋友们，盛世梨园春2008年中央电视台春节戏曲晚会现在就正式开锣，

合：唱起来。

（观众掌声，欢呼声）

白燕升：朋友们，2008年春节是平凡又不平凡，在我们即将迎来新春佳节之际，我国有部分地区遭遇了几十年未遇的大雪灾。

董　艺：是啊，尽管大雪给人民群众的生产生活带来了巨大的困难，但是中国人民在困难面前从来没有低过头。

白燕升：此时此刻，整个中国都在牵挂。从党和国家领导人到普通的老百姓，牵挂着成千上万个在寒风中的你，牵挂着成千上万个在路上的他。

董　艺：一方有难，八方支援。迎战暴风雪，一场前所未有的救灾抗灾行动于2008年春运齐头并发。

白燕升：冰雪无情人有情。我们坚信，在以胡锦涛为总书记的党中央的领导下，全国人民团结一心，一定能够取得抗灾救灾的最后胜利。

董　艺：为了表达对灾区人民的敬意，同时为了鼓舞我们的士气，我们特意安排了现代京剧《沙家浜》当中的唱段：《要学那泰山顶上一青松》。

【字　幕】**现代京剧《沙家浜》选段**

演　　员：倪茂才饰郭建光

演出单位：北京京剧院

【唱词字幕】

郭建光：（白）暴风雨来了。（唱）要学那泰山顶上一青松。

合　唱：要学那泰山顶上一青松，挺然屹立傲苍穹，八千里风暴吹不倒，九千个雷霆也难轰。烈日喷炎晒不死，严寒冰雪郁郁葱葱。那青松逢灾受难经磨历劫，伤痕累累瘢迹重重。更显得枝如铁干如铜，蓬勃旺盛倔强峥嵘，崇高品德人称颂，俺十八个伤病员，要成为十八棵青松。

（掌声起，主持人上）

鞠　萍：首先为大家献上的是由著名的京剧演员演唱的一组经典唱段，请欣赏。

【字　幕】**京剧《沙桥饯别》选段**

演员：耿其昌饰李世民

【唱词字幕】孤王在长亭把旨传，尊一声御弟三藏听根源，天朝无有真经卷，怎叫人悟道与参禅。你今替孤行方便，披星戴月去往西天。孤念你万里征途路遥远，孤念你千山万水跋涉艰难，孤念你黑夜里投宿在庵观寺院，孤念你夏日受暑冬日受寒。盼御弟此去能如愿，请到了真经即回还。那时节孤命众僧人齐把真经念，才知晓那西方的佛祖法力无边，御弟你才算是功行圆满，王封你一代国师万古流传。

【字　幕】**京剧《春闺梦》选段**

演员：迟小秋饰张氏

【唱词字幕】可怜负弩充前阵，历尽风霜万苦辛。饥寒饱暖无人问，独自眠餐独自行。可曾身体蒙伤损，是否烽烟屡受惊。细思往事心犹恨，生把鸳鸯两下分。终朝如醉还如病，苦倚熏笼坐到明。去时陌上花如锦，今日楼头柳又青。可怜侬在深闺等，海棠开日我想到如今。门环偶响疑投信，市语微哗虑变生。因何一去无音信，不管我家中肠断的人。毕竟男儿多薄幸，误人两字是功名。甜言蜜语真好听，谁知都是那假恩情。

【字　幕】**京剧《太真外传》选段**

演员：于　兰饰杨玉环

【唱词字幕】杨玉环在殿前深深拜定，秉虔诚一件件祝告双星。一愿那钗与盒情缘永定，二愿那仁德君福寿康宁，三愿那海宇清四方平靖，四愿那七巧缕乞天孙，在那支矶石上，今日里借与奴身。叩罢头将身起清光泻影，叫宫娥将金盆捧到亭心。

【字　幕】**京剧《壮别》选段**

演员：李宏图饰周　瑜

【唱词字幕】浩然正气冲霄汉，惊醒了星斗闪闪寒。骇浪奔涛增婉转，风叱云咤也缠绵。老将军珍重自身经百战，珍重了东风初送第一船。大江待君添炽炭，赤壁待君染醉颜。松柏劲骨当岁寒，你谈笑而去谈笑还。

（掌声起，主持人上）

赵宝乐：观众朋友们，我国的戏曲艺术哪，是一个大家庭，剧种众多，绚丽多姿。

鞠　萍：每逢除夕之夜的春节戏曲晚会，那都是戏曲大家庭相聚团圆的时刻。群芳争艳，相映成辉，带给您的是丰富多彩的艺术享受。

赵宝乐：接下来大家欣赏到的是一个组合节目《百花芬芳》。大家可以欣赏到黄梅戏、川剧、昆曲等不同的剧种。我们有请来自各地的艺术家们上场。

【字　幕】**黄梅戏《到底人间欢乐多》**

作词：洪　非　金　艺　完艺舟　岑　范

作曲：方绍墀

演唱：杨　俊

【唱词字幕】架上累累悬瓜果，风吹稻海荡金波。夜静犹闻人笑语，到底人间欢乐多。我问天上弯弯月，谁能好过我牛郎哥？我问篱边老枫树，几曾见似我娇儿花两朵？再问清溪欢唱水，谁能和我赛喜歌？闻一闻瓜香心也醉，尝一尝鲜果甜透心窝。听一听乡邻们嘘寒问暖知心语，看一看画中人影舞婆娑。休要愁眉长锁，莫把时光错过，到人间巧手同绣好山河。

【字　幕】**昆曲《牡丹亭·惊梦》选段**

演员：张军饰柳梦梅　沈昳丽饰杜丽娘

【唱　词】

张　军：转过这芍药栏前，紧靠着湖山石边，和你把领扣松衣带宽，袖梢儿揾着牙儿苫也。则待你忍耐温存一晌眠。

合　唱：是哪处曾相见？相看俨然，早难道好处相逢无一言。

【字　幕】**川剧《绣襦记》选段**

演员：沈铁梅饰李亚仙

【唱词字幕】红杏花送来满园香，孤独不觉换韶光。自从郑郎把京上，相思一日九回肠。怕郎君不会珍惜和调养，怕郎君儿女柔情两难忘。难得他浪子收心立志向，又怕他发奋忘食熬更守夜读文章。夫啊，夫啊！休把我薄命的人儿来牵挂，挥洒你生花笔驰骋文场。只要你魁天下名登金榜，李亚仙受折磨又待何妨。

（掌声起）

【字　幕】**粤剧《唐宫香梦证前盟》选段**

作曲：陈自强　陈锦荣

导演：丁　凡

编曲：卜灿荣　朱伟平

演员：丁凡饰李隆基　蒋文瑞饰杨玉环

【唱词字幕】

丁　凡：孤家爱妃子梦也痴，一颗爱心与天地永垂，两情若痴，海天高远万里迢迢，难隔孤心为卿醉。

蒋文瑞：妾身长念皇恩，刻骨身铭霓裳羽衣。君宠爱妃沉香亭畔，羞花闭月舞翻翠绣时，度着新曲别有番新意。

丁　凡：你翻翠袖翩翩羽衣，胜天仙女，百态千姿。

蒋文瑞：君赐赠翡翠明珠，堪一笑似水月虚。妾只有念念深深记，七夕与君俩无人夜半私语时。

丁　凡：（白）在天愿为比翼鸟，

蒋文瑞：痴心语，在地愿为连理枝。

丁　凡：朕与玉环在长生殿里，痴心语，为情痛誓词。

蒋文瑞：永记为比翼鸟相思连理枝。

丁　凡：梦也痴心情更痴，月殿再把旧盟叙。

蒋文瑞：纵是梦也堪追，这世间有一个痴心李隆基，只愿永留在梦里痴。

合　唱：千载相随在梦里痴。

（掌声起，主持人上）

白燕升：朋友们，说到京剧，我们说，一把京胡两句皮黄就能把黑头发黄皮肤的中国人联系到一起，这确实是京剧的魅力。特别是在海外的游子，每当听到京剧的旋律，总会想到家乡，想到祖国。

董　艺：是啊，京剧艺术已经成为割不断的民族文化血脉，它把祖国各地和海内外的中华儿女的心紧紧地连在了一起。

白燕升：是啊，有一首戏歌当中曾经这样深情地唱道："京剧情民族情，京剧情中华情。"

董　艺：接下来我们要欣赏到的，是旅居海外的艺术家，还有来自祖国香港的名票，或者是演奏或者是演唱，来各自抒发京剧情缘。

（掌声起）

【字　幕】**新编京剧《七夕情缘》选段**

演唱：吴汝俊（旅日）

编剧：张永和　吴汝俊

作曲：王大元　吴汝俊

配器：金　亮

【唱词字幕】山清水秀映村庄，一泓湖水照影双。鸡犬相闻炊烟数点袅袅孤直上，绿草茵茵牧童横笛村曲也悠扬。男耕女织相伴雄鸡唱，乡人邻里田头话麻桑。白浪滔滔鱼翻网，杨柳依依稻放香。一派和谐美景春风送爽，真个是人间无处不留芳。

【字　幕】**京剧《望江亭》选段**

演员：薛亚萍（旅美）饰谭记儿

【唱词字幕】只见他一封书信握手里，长吁短叹语声低。何人来把书信寄，害得儿夫犯焦急。莫不是平地风波起，隐情不敢实告妻。低下头，心生计，何必独自就暗猜疑。出二堂，深施礼，相公你为何不歇息，相公你为何不歇息。

【字　幕】**曲牌《夜深沉》**

月琴演奏：雷群安（中国香港）

编　　舞：冯　琦　费东岚

表　　演：费东岚　曲　楠

舞　　蹈：吉林市歌舞团　桦甸市歌舞团

【字　幕】**京剧《凤还巢》选段**

演员：李尤婉云（中国香港）饰程雪娥

【唱词字幕】她明知老爹爹为奴行聘，反将他亲生女嫁与穆门。想是我程雪娥生来薄命，因此上难得配如意郎君。

【字　幕】**京剧《螺蛳峪》片段**

演员：赵永伟（旅日）饰徐鸣皋

【唱词字幕】观只见巍巍山峦多险要，分不清路径与荒郊。眼望着残月中星光闪耀，分不清路径马嘶声嚎。只听得夜风飘飘，急切难觅进山道，冒进兵金军难逃，不由我心似火烧，设巧计微风抖擞灭尔曹。

（掌声起，主持人上）

任鲁豫：都说古来戏迷多，

周　颖：如今戏迷胜一筹。

任鲁豫：老太太招亲选女婿，

周　颖：不看学历、工资和房产。

任鲁豫：那看什么呀？

周　颖：绝活呀。

任鲁豫：看绝活？

周　颖：是啊，戏曲当中的高难动作，绝妙技巧。

任鲁豫：真有这事？

周　颖：当然了，有戏为证啊。

任鲁豫：那我现在练还来得及吗？

周　颖：你现在，我看恐怕是晚了，还是一起来看戏曲小品《三女招亲》。

任鲁豫：好，一起来欣赏。

【字　幕】《三女招亲》

编剧：赵德芝

导演：赵德芝

演员：金不换饰妈妈　谈元饰蒋平　熊剑饰卢芳

石新发饰徐庆　于帅饰韩彰　阿宝饰白玉堂

齐爱云饰大女　王洪玲饰二女　常秋月饰三女

【唱词字幕】

妈　妈：啊哈，别看，别看我奴家长的胖，模样俊俏不用化妆。模特大赛我得过大奖，穿衣打扮我真时尚。全国的选美我不能去，我家里还有仨姑娘，一般的光棍看不上，身上要有一技长，猪狗的属相不能嫁，单等鼠年入洞房，五鼠今天来相亲，天赐良缘准吉祥，准吉祥。

（参与招亲的“五鼠”上）

五　鼠：走哇。

妈　妈：来了。

蒋　平：哎，这装修的，还真有点年味儿。哇噻，太漂亮了。

大女儿：燕赵笙歌多高亢。

二女儿：百戏之源属秦腔。

三女儿：国粹瑰宝当京韵。

妈　妈：绝活招亲配鸾凰啊。

蒋　平：哎呦，妈呀，妈。
妈　妈：别来这一套，我是一堆一块，少套近乎。
蒋　平：老太太，老太太，这仨都是您生的？
妈　妈：嫌少啊？
蒋　平：哎呦，产量够高的。
蒋　平：哎呦，老太太您这计划生育可……
妈　妈：别弄这，我懂政策，一个是我亲生的，两个是我领养的。
蒋　平：计划生育慈善事业。
三女人：妈呀，他们都是干什么的？
妈　妈：来相亲来了。
二女儿：相哪个？
妈　妈：相你们姐妹仨呀。
三女儿：这算什么东西呀？
妈　妈：他们不是东西。
五　鼠：你才不是东西呢。
妈　妈：他们是五鼠。
三女儿：咳，敢情是一窝耗子呀。
妈　妈：哎呦，打住啊，别遭罪啦。鼠年吉祥，要叫玉鼠，老年人尊称灰八爷。
二女儿：什么七爷八爷的，
大女儿：也得有个商标字号哇。
妈　妈：有哇，三侠五义报报家门，这是大爷卢芳，绰号钻天鼠。
大女儿：钻天？嫦娥一号都探月了，他能钻到哪去？
蒋　平：话茬子够硬。
韩　彰：俺是二爷韩彰，绰号彻地鼠。
二女儿：彻地？
妈　妈：对。
二女儿：既能彻地，叫他去挖地铁吧。
妈　妈：他又不是盾构机呀，真是。
徐　庆：俺是三爷徐庆，绰号穿山鼠
蒋　平：我是四爷蒋平，绰号翻江鼠。
三女儿：敢情你是个玩水的？
蒋　平：没错。
三女儿：那甭说了，南方发大水是你小子闹的啦。
蒋　平：那可没有。
白玉堂：以前我是五哥放羊，现在我是五爷白玉堂。
妈　妈：哎呦，我说妮啊，还数这个长的漂亮啊，绰号锦毛鼠。
三女儿：小白脸没有好心眼，瞧他那瘦样。
妈　妈：缺钙。

大女儿：要是有个大耳朵鼠可就好了。

妈　妈：对呀，联合国还能申请保护濒危动物。

蒋　平：新闻有这条。

大女儿：鼠年大吉既然来了，这个亲那就要相。

妈　妈：没错儿。

大女儿：嫁鸡随鸡，

二女儿：嫁狗随狗，

三女儿：嫁个耗子也得走。

妈　妈：五比三，优胜劣汰，大丫头绝活展示看你的啦！

大女儿：献丑了！

矮　子：大姨，她怎么这味儿呀！

大女儿：（唱）猪年大业已成就，玉鼠更上一层楼。我替嫦娥舒广袖，红红火火照神州。

妈　妈：哎呦，太好了。我的妮呀，看你姐姐的绝活儿啦。

（蒋平持火把从后面上前，大女儿进行喷火表演。观众叫好）

大女儿：哎呦，（冲蒋平）你拿过来吧，别叫烧着你了，烧着你了，你就不是翻江鼠了。

三女儿：对了，那就该成烤白薯了。

大女儿：秦腔绝活，哪个敢上？

蒋　平：大哥上。

（卢方进行变脸表演）

大女儿：妈呀，我就要他了。

妈　妈：为啥呀？

大女儿：我俩都有绝活，自食其力生活不成问题。

妈　妈：哎呀那太好了。（拉过二女儿）二丫头看你的了，燕赵花腔女高音呐。

二女儿：献丑了！（唱）金猪辞岁万民顺，玉鼠闹春庆良辰。乾坤锦绣和谐韵，五谷丰登太平春。哪个敢比？

蒋　平：五弟上。

白玉堂：我来跟她对个二人台。（唱）正月里，正月正，正月十五挂上红灯，红灯挂在大门外，单等你五哥哥上工来，单等你五哥哥上工来。

妈　妈：哎呀，我说妮这个咋样？

二女儿：他的嗓音洪亮，我俩黄金搭档。他的收入一定不少。

妈　妈：哎呦，向钱看呐。我说三闺女，看你的啦。

三女儿：你们都听着，花旦身材苗条。

蒋　平：丑行生来矮小。

三女儿：传统跷功稀少。

蒋　平：矮子蹲功奇妙。

三女儿：莲步行走如飞。

蒋　平：你走多快，我也能跑。

三女儿：要想成亲你就来，

蒋　平：今天我就吃定你了。

三女儿：我说那小子，来呀。

蒋　平：走你的。

三女儿：（唱）国粹艺术百花放，民族瑰宝要弘扬。莲步摇曳多妖娆，

蒋　平：哎呀，好。哎呀，太好了（矮子表演矮子功）

三女儿：（接上唱）花旦不能离丑行。

妈　妈：哎呀，我的妮呀，你看这个咋样？

三女儿：我跟他合适。

妈　妈：哎哟，就是个头儿矮点呀。

三女儿：糊涂。我们俩往后过日子，精打细算，出门省钱。

妈　妈：上火车？

三女儿：半票。

妈　妈：自驾车？

三女儿：塞后备箱，省地儿。这怎么说吧，买块料子做衣服，我们俩套裁，我剩下那点儿碎头啊，就够他裁一身儿啦。

蒋　平：哎哟，妈呀，这准是您亲生的？

妈　妈：怎么？

蒋　平：嘴随您，损点儿。

妈　妈：哎呀，哎哟，我说你们俩位呀，别再忙活了，以后呀我再生两胎，咱们再成亲怎么样啊？

三女儿：那可不成，既然都来了，也得展示展示呀。

妈　妈：好，绝活展示了！

徐　庆：瞧我的，（剑出鞘、入鞘功表演）

（韩彰耍叉表演）

三女儿：五鼠一来，咱们家就能成个演出团啦。现在春节咱们上山下乡送戏上门，也好搞点慈善事业。

妈　妈：哎呀，那太好了。正是：十二生肖轮流转，

蒋　平：猪走鼠来又到咱。

其他男：玉鼠成亲告一段。

三女儿：妈呀，再排新戏等牛年。

众人合：对，等牛年！

（掌声起，主持人上）

鞠　萍：京剧艺术波澜壮阔，源远流长。在它发展的过程中，各个行当都涌现出不同风格、不同特点的艺术流派，争芳斗艳，异彩纷呈。

白燕升：没错儿。下面的流派芬芳是一组京剧老生行的流派连唱，其中呢，就包括了像马派、余派、杨派、麒派的名家名段。请欣赏。

【字　幕】**京剧《淮河营》选段**

演员：高彤饰蒯彻

【唱词字幕】此时间不可闹笑话，胡言乱语怎瞒咱，在长安是你夸大话，为什么事到如今耍奸猾。左手拉住了李左车，右手再把栾布拉，三人同把那鬼门关上爬，生死二字且由他。

【字　幕】**京剧《珠帘寨》选段**

演员：李军饰李克用

【唱词字幕】贤弟抬头来观瞧，队队旌旗空中飘。大太保亚似个温侯貌，二太保生来的韬略高，三太保上山擒虎豹，四太保亚似个浪里蛟，五太保力用开山斧，六太保上阵似白袍，七太保银枪真奥妙，八太保能使偃月刀，九太保双锏耍得好亚赛个秦叔宝，十太保双手能打火龙镖，十一太保虽然他年纪小，一个倒比一个高，哪怕那黄巢兵来到，孤与他枪对枪来刀对刀。

【字　幕】**京剧《四郎探母》选段**

演员：王佩瑜饰杨延辉

【唱词字幕】弟兄们分别十五春，我和你沙滩会两离分，闻听得老娘来到北郡，因此上乔改扮，黑夜里探望娘亲。

【字　幕】**京剧《萧何月下追韩信》选段**

演员：陈少云饰萧何

【唱词字幕】我主爷起义在芒砀，拔剑斩蛇天下扬。怀王也曾把旨降，两路分兵进咸阳。先进咸阳为皇上，后进咸阳扶保在朝纲。也是我主洪福广，一路上得遇陆贾郦生与张良，一路上秋毫无犯军威壮，我也曾约法定过三章，项羽不遵怀王约，反将我主贬汉王。今日里萧何荐良将，但愿得言听计从重整汉家帮，一同回故乡。撩袍端带我把金殿上，扬尘舞蹈见大王。

（掌声起，主持人上）

白燕升：谢谢各流派演员的精彩的演唱。听完了专业演员的演唱，我们再来说说戏迷票友，中央电视台从2001年到2007年先后举办了三届戏迷票友电视大赛，可以说在全国的戏迷票友当中引起了强烈的反响。

董　艺：是啊，第三届大赛戏曲频道和中国电视报还联合主办了“我爱京剧，我爱国粹”的有奖征文活动，各地的来稿十分的踊跃，最终我们评选出了十位优胜者。今天他们也来到了我们晚会现场。

白燕升：是呀，特别是在第三届全国京剧戏迷票友大赛中，年仅几岁和十几岁的幼儿、少儿朋友的表演，可以说成了本次大赛的一道独特的风景。

董　艺：那今天我们就有请优秀的杨派老生传人、著名京剧演员张克带着第三届全国京剧戏迷票友电视大赛当中两位获得金奖的小选手何思凝、陶阳共同为我们带来的《珠帘寨》选段。

【字　幕】**京剧《珠帘寨》选段**

琴师：姚　利

鼓师：金惠武

演员：张　克、何思凝、陶阳饰李可用

【唱词字幕】昔日有个三大贤，刘关张结义在桃园，弟兄们徐州曾失散，古城相逢又团圆。关二爷马上呼三弟，张翼德在城楼怒发冲冠，耳边厢又听人呐喊，老蔡阳的人马来到了古城边，城楼上助你三通鼓，十面旌旗壮壮威严。哗啦啦啦打罢了头通鼓，关二爷提刀跨雕鞍；哗啦啦啦打罢了二通鼓，人又精神马又欢；哗啦啦啦打罢了三通鼓，蔡阳的人头落在马前。一来是老儿命该丧，二来弟兄得团圆，贤弟休回长安转，就在这沙陀过几年，落得个清闲。

（掌声起，主持人和三位获奖的小选手上）

董　艺：亲爱的朋友们，给大家介绍三个小朋友，我们来看看认识吗？认识吧。没错，就在前不久刚刚结束的第三届全国京剧戏迷票友电视大赛当中啊，三位小选手呢，都获得了金奖啊，我们祝贺一下吧。

赵宝乐：掌声祝贺！这位呢是七岁的小朋友刘大庆，掌声欢迎他。

鞠　萍：这位，你自己说。

冯铭轩：大家好，我叫冯铭轩，我今年六岁了。

鞠　萍：好，来。

董　艺：小苏啊，咱们也来个自我介绍吧，大点儿声 。

苏帅文：大家好，我叫苏帅文，我今年四岁了。

董　艺：四岁的苏帅文，在大赛中他们三个成绩基本上都一样，都获得金奖。那今天呢，既然咱们过春节了，过节了应该热闹，咱们是不是让这三位孩子比试比试啊？

赵宝乐：对，这三位还有一个特点啊，这三位呢，是三花脸，不是，三个都是小花脸，不对，三个小朋友都是唱花脸行当的。

董　艺：这样就对了。哎，那谁先来啊？

赵宝乐：哎呀，（向刘大庆）你说呢？应该让着小朋友吧。

刘大庆：让苏帅文先来。

赵宝乐：你瞧。

董　艺：噢，点将了。小苏，紧张吗？让你先来。

苏帅文：不紧张。

董　艺：那你不紧张，你有底气吗？

苏帅文：有。

赵宝乐：来，朋友们，给他鼓励鼓励。那给大家唱什么？

董　艺：《赤桑镇》。

【字　幕】**京剧《赤桑镇》选段**

演唱：苏帅文

琴师：姚　利

鼓师：金惠武

【唱　词】嫂娘亲她把那真情话讲，肺腑言感天地荡气回肠，明是非主正义贤良高尚，劝包拯爱黎民永做忠良。深施礼谢嫂娘恩高义广，小弟我放粮回再孝敬嫂娘。

（掌声起，主持人上）

赵宝乐：太好了。

董　艺：朋友们，唱得好不好？看我们这头开的。

鞠　萍：好，该我们了。刚才我注意到啊，冯铭轩两手给弟弟鼓掌了，是啊，弟弟年龄小，对吧？但是我得鼓励你，首先咱这身行头，漂亮，帅呆了，酷毙了。啊，咱唱段什么呀？

冯铭轩：《铡美案》选段。

鞠　萍：好，一年级的小学生，拿出来，亮一亮。

【字　幕】**京剧《铡美案》选段**

演唱：冯铭轩

琴师：姚　利

鼓师：金惠武

【唱词字幕】包龙图打座在开封府，驸马爷近前看端详，上写着秦香莲三十二岁状告当朝驸马郎，欺君王，藐皇上，悔婚男儿招东床，杀妻灭子良心丧，逼死韩琪在庙堂，将状纸押至在爷的大堂上，咬定了牙关你为哪桩。

赵宝乐：冯铭轩唱得太好了。刘大庆，你今天给大家演唱什么唱段呢？

刘大庆：《奇袭白虎团》选段。

赵宝乐：王团长的唱段。好，掌声有请。

【字　幕】**京剧《奇袭白虎团》选段**

演唱：刘大庆

琴师：姚　利

鼓师：金惠武

【唱词字幕】趁夜晚出奇兵突破防线，猛穿插巧迂回分割围歼。入敌后把它的逃路截断，定叫它首尾难顾无法增援。痛歼敌人在今晚，决不让美李匪帮一人逃窜。

（掌声起，主持人上）

董　艺：这谁唱得好呢，观众朋友们评价一下吧。

赵宝乐：可以，哪位小朋友唱得最好啊？都好，难分伯仲。哎呀，看到他们的演唱，我们感觉到我们的戏曲事业后继有人，我建议用热烈的掌声再次送给这些小朋友。

鞠　萍：来孩子们，跟着我下去看戏吧。

董　艺：朋友们，《定军山》，这是大家非常熟悉的谭派的经典剧目了。谭门祖孙三代同唱一歌，这是深受观众朋友们欢迎和喜爱的晚会的保留节目。那今晚我们将有请谭门第七代传人、青年京剧演员电视大赛金奖的获得者谭正岩，他将带着第三界全国京剧戏迷票友电视大赛当中获得金奖的小选手张纪元，共同为我们送上《定军山》选段。朋友们，您猜猜张纪元这位小黄忠今年多大了？今年只有五岁，我们掌声有请。

【字　幕】**京剧《定军山》选段**

演员：谭正岩、张纪元饰黄忠

琴师：姚　利

鼓师：金惠武

【唱词字幕】

谭正岩：夏侯渊武艺果然好，

张纪元：可算得中原一英豪，

谭正岩：将身且把宝帐到，

合：营外因何闹吵吵？

谭正岩：这一封书信来的巧，天助黄忠成功劳，

张纪元：站立在营门三军叫，大小儿郎听根苗。

谭正岩：头通鼓，战饭造；二通鼓，紧战袍；

张纪元：三通鼓，刀出鞘；四通鼓，把兵交。

合：上前个个俱有赏，退后难免吃一刀，

谭正岩：三军与爷我，

合：归营号，到明天午时三刻要成功劳。

（掌声起，主持人上）

赵宝乐：亲爱的观众朋友们，我们的戏曲晚会真是名家荟萃，异彩纷呈，来自全国各地不同剧种的艺术家给大家带来了美不胜收的艺术享受。戏曲讲究生、旦、净、丑不同的行当，在前面的表演当中，生、旦、净都给大家表现了经典的唱段，那么接下来丑行要上场，给大家带来了什么呢？是翻个跟斗，还是演个小品呢？

【字　幕】**贯口**

表演：石晓亮　赵宝乐

【唱词字幕】

石晓亮：啊哈！

赵宝乐：说着说着就来了，你好，你好。石晓亮，丑行演员，您来？

石晓亮：我找你来了。

赵宝乐：找我？

石晓亮：我生你的气了。

赵宝乐：别，您为什么生气呀？

石晓亮：你安排的节目——生、旦、净，就是没有我们丑行的节目。

赵宝乐：你这不自己上来了吗？

石晓亮：啊，我问问你，我们京剧讲究的是唱、念、坐、打、舞，你知道不知道？

赵宝乐：知道。

石晓亮：京剧的丑行就是以念白为主，念白的分量是非常非常的重。咱们曲艺界有一种功夫叫贯口，就是唱字活。我们京剧的丑行，也要有贯口这门功夫。不管是多长多短的念白，都要把它念成是口齿清楚、嘴皮子利落、一气呵成、神完气足。

赵宝乐：哦，大家听明白了吧，石晓亮要给大家展示的是嘴皮子的功夫，朋友们鼓励鼓励吧。来，晓亮准备给大家念哪一段呢？

石晓亮：念一段《连环套》朱光祖的念白。

赵宝乐：好，有请。

石晓亮：哎呀，关爷，千万不可调动官兵，倘若调动官兵，一来打草惊蛇，二来那窦尔敦在此招聚多年，手下的余党甚众，适才听那人之言，连环套高万丈，周围数百余里，又有二十余座寨门，俱有喽兵把守，倘若那窦尔敦给你来个，战又不战、降又不降，一怒之下再把御马致死，这不是鸟枪换炮，是越玩儿得越壮了吗？

赵宝乐：好，真棒！真是字字珠玑呀，真是“大珠小珠落玉盘”之感，他刚才呢是念的一段武丑的念白，武丑呢又叫“开口跳”。我不知道，晓亮，文丑当中有哪些精彩的念白呀？

石晓亮：文丑念白更重要。

赵宝乐：是吗？

石晓亮：我念一段《打渔杀家》教师爷数兵器架子的念白。

赵宝乐：好，鼓励鼓励。

石晓亮：大十八般武艺，我练过刀枪棍杖戟槊叉环镗，鞭锏锤杵拐剑钩镰斧，带钩的、带尖的、带刺的、带刃的，你问的是哪一套？好了，这段怎么样？

赵宝乐：真不错。

石晓亮：我再念一段小十八样兵器。

赵宝乐：好。

石晓亮：小十八样兵器，我练过护手钩、双手带、拦马攫、匕首攫、线鞭、七节鞭、手撑子、二人夺、弩弓袖箭、无羽飞磺石、飞镖飞抓、甩头一子、红鞭套锁、黄鞭套锁、马前弩、马后弩、低头紧背花装弩。怎么样？

赵宝乐：真棒，不仅嘴上功夫棒，而且还有身上功夫。晓亮，我想问问你，好多朋友就会说了，要想学这身功夫，得从多大开始学起呢？

石晓亮：那么，得五六岁开始吧。

赵宝乐：你是五六岁开始就练这功夫了。常言说呢，三岁看小，五岁看老。要练就这么一身好功夫必须从小开始，从古至今无一例外。大宋朝文彦博，幼儿就有浮球之智，司马文公，有破瓮救人之谋，汉孔融，四岁让梨，懂得谦逊之礼；十三郎五岁朝天，唐刘晏七岁举翰林；汉黄香九岁温席奉亲，秦甘罗一十二岁身为宰相。吴周瑜一十三岁官拜水军都督，统带千军万马，执掌六郡八十一州之兵权，施苦肉，献连环，祭东风，借雕翎，火烧战船，使曹操望风鼠窜，险些命丧江南，虽有卧龙凤雏之相帮，那周瑜也算小孩子当中一魁首。这正是长江后浪推前浪，一代更比一代强；青出于蓝而胜于蓝，自古英雄出少年。

（观众叫好声、掌声）

（主持人上）

任鲁豫：一支笔写就了千古名著。

周　颖：一台戏倾倒了天下知音。

任鲁豫：上个世纪50年代，越剧成功改编演出了我国古典文学名著《红楼梦》，红遍了大江南北，拍成电影之后呢，更是风靡了海内外。

周　颖：是啊，多少年来不同剧种演绎的《红楼梦》久演不衰，深受广大观众的喜爱。今晚著名的越剧演员萧雅、王志萍和川剧演员刘平将为您带来《红楼梦》和《王熙凤》的精彩唱段。

【字　幕】**越剧《红楼梦·劝黛》选段**

演员：王志萍饰林黛玉

【唱词字幕】好紫鹃句句话儿含意长，她窥见我心事一桩桩。想黛玉寄人篱下少靠傍，还不知叶落归根在哪乡。老太太虽然怜惜我，总不是可恃宠撒娇像自己的娘。舅父母是宾客相待隔层肉，凤姐姐是里面尖来外面光。园中姐妹虽相好，总是那各母所生各心肠。知心人只有宝哥哥，从小就耳鬓厮摩成一双。几年来心贴心把日月过，情深似海难测量。因此我愿为春蚕自作茧，我为他日吐情丝夜织网。

【字　幕】**越剧《红楼梦·金玉良缘》选段**

作词：徐　进

作曲：连　波

演员：萧雅饰贾宝玉

编舞：冷明宇　费东岚

伴舞：吉林市歌舞团　桦甸市歌舞团

【唱词字幕】（白）林妹妹。妹妹啊，我合不拢笑口将喜讯接，数遍了指头把佳期待，总算是东园桃树西园柳，今日移向一处栽。我此生得娶林妹妹，心如灯花并蕊开。往日病愁一笔勾，今后乐事无限美。从今后与你春日早起摘花戴，寒夜挑灯把谜猜，添香并立观书画，步月随影踏苍苔。从今后俏语娇音满室闻，如刀断水分不开。这真是银河虽阔总有渡，牛郎织女七夕会。

【字　幕】**川剧《王熙凤》选段**

作　　曲：蓝　天

编　　剧：徐　棻

演出单位：四川刘萍川剧艺术团

演　　员：刘萍饰王熙凤　朱婷婷饰尤二姐

【唱词字幕】

刘萍：哎呀，贤妹妹呀，你又何得如此恭敬？听为姐沥胆倾心，我日夜盼望后代根，欲替二爷再婚娶，只恨尚无中意人。今得贤妹妹，不禁喜盈盈，特地亲自来拜见，不过是惺惺惜惺惺，果然妹妹好人品，果然妹妹性温存。难怪二爷他心爱，为姐一见么也心疼。望求妹妹启大驾，搬进府我们同欢同乐，同食同饮，同坐同行，一不分大小，二不论尊卑，晨昏去定省，早晚伺夫君，家务料理好，儿女抚成人，那时节祖母高兴，公婆欢欣，夫妻相敬，姐妹相亲，阖府喜庆，乐享天伦。

（主持人上）

董　艺：京剧的艺术流派是京剧艺术走向成熟的标志，是繁荣发展的丰碑。旦行流派的梅、尚、程、荀、张五大流派姹紫嫣红，美不胜收。今晚由新一代传人的精彩演唱，一定会让您在这一古老的风韵当中领略到青春的魅力，感受到勃勃生机。我们一起来欣赏春满梨园一组旦行流派的行云流水。

【字　幕】**京剧《双阳公主》选段**

演员：周利饰双阳公主

编舞：冷明宇　吕　嘉

伴舞：吉林市歌舞团　桦甸市歌舞团

【唱词字幕】声萧萧惯长征千里战马，高耸耸峻山岭又无人家。顾不得路崎岖忙催战马，行来在歧路口路现双岔。

【字　幕】**京剧《锁麟囊》选段**

演员：吕　洋饰薛湘灵

【唱词字幕】听薛郎一语来相告，满腹娇矜顿雪消。人情冷暖凭天造，谁能移动它半分毫。我正不足她正少，她为饥寒我为娇。分我一只珊瑚宝，安她半世凤凰巢。忙把梅香我低声叫，莫把姓名你信口晓。

【字　幕】**京剧《桃花村》选段**

演员：唐禾香饰春兰

【唱词字幕】非是我嘱咐叮咛把话讲，只怪你呆头呆脑慌慌张张。今夜晚非比那西厢待月，你谨提防莫轻狂。关系你患难鸳鸯永宿在池塘，已然错请生波浪，怎能够粗心大意再荒唐。鼓打二更准时往，桃花村口莫彷徨，不要高声也不要嚷。你必须眼观四路耳听八方，不但要仔细听，还要仔细想，是不是有人拍巴掌。响一声，你还一掌，响二声，你就凑近身旁，倘若是你响她也响，那就是来了我西厢带路的小红娘。你把我当作诸葛亮，听我的号令上战场。

【字　幕】**京剧《坐宫》选段**

演员：赵群饰铁镜公主

【唱词字幕】听他言吓得我浑身是汗，十五载到今日才吐真言。原来是杨家将把名姓改换，他思家乡想骨肉不得团圆，我这里走向前再把礼见。尊一声驸马爷细听咱言，早晚间休怪我言语怠慢，无知者不怪罪，你的海量放宽。

【字　幕】**京剧《穆桂英挂帅》选段**

演员：李国静饰穆桂英

【唱词字幕】猛听得金鼓响画角声震，唤起我破天门壮志凌云。想当年桃花马上威风凛凛，敌血飞溅石榴裙。有生之日责当尽，寸土怎能够属于他人。番王小丑何足论，我一剑能挡百万敌兵，抱帅印到校场指挥三军。

（掌声起，主持人上）

鞠　萍：戏曲界有句术语叫“两下锅”，意思两个剧种同演一台戏，真是既通俗又形象，那这其中的味道，你想两个味道融合在一起自然是不一样。我们献给大家的是现代戏《沙家浜·军民鱼水情》是京剧和花鼓戏的两下锅，这其中的味道啊你就慢慢地品一品吧。

【字　幕】**京剧、花鼓戏《沙家浜》选段**

演员：翟墨饰沙奶奶　李左饰郭建光

【唱词字幕】

（翟墨唱京剧，李左唱花鼓戏）

沙奶奶：同志们杀敌挂了花，沙家浜就是你们的家。乡亲们若有怠慢处，说出来我就去批评他。

郭建光：沙奶奶叫我们提意见？这提意见嘛，沙奶奶我给你提个意见呐。

沙奶奶：给我提意见？好哇，提吧。

郭建光：沙奶奶，您听着，那一天同志们把话拉，在一起议论你沙妈妈。

沙奶奶：都说什么来着？

郭建光：七嘴八舌不停口。

沙奶奶：意见还不少呢。

郭建光：一个个伸出拇指把你夸。

沙奶奶：我可没做什么事啊。

郭建光：你待同志亲如一家，精心调理真不差，缝补浆洗不停手，一日三餐有鱼虾。同志们说似这样长期来住下，只怕是：心也宽，体也胖，路也走不动，山也不能爬，怎能上战场把敌杀。

沙奶奶：呦，你瞧他说的。

郭建光：待等同志们伤痊愈，

沙奶奶：伤痊愈也不准离开我家，要你们一日三餐九碗饭，一觉睡到日西斜，直养得腰圆膀又大，一个个像座黑铁塔，到那时，身强力壮跨战马，

郭建光：驰骋江南把敌杀，消灭汉奸清匪霸，打得那日本强盗回老家，等到那云开日出，家家都把红旗挂，再来探望你这革命的老妈妈。

【字　幕】**京剧、花鼓戏《沙家浜》选段**

演员：谢晓君饰沙奶奶　谭孝曾饰郭建光

【唱词字幕】

（谢晓君唱花鼓戏，谭孝曾唱京剧）

沙奶奶：同志们杀敌挂了花，沙家浜就是你们的家。乡亲们若有怠慢处，说出来我就去批评他。

郭建光：沙奶奶我给你提个意见呐。

沙奶奶：给我提意见？好哇，提吧。

郭建光：沙奶奶，您听着，那一天同志们把话拉，在一起议论你沙妈妈，

沙奶奶：都说什么来着？

郭建光：七嘴八舌不停口。

沙奶奶：意见还不少啊，

郭建光：一个个伸出拇指把你夸。

沙奶奶：我可没做什么事啊。

郭建光：你待同志亲如一家，精心调理真不差，缝补浆洗不停手，一日三餐有鱼虾，同志们说似这样长期来住下，只怕是：心也宽，体也胖，路也走不动，山也不能爬，怎能上战场把敌杀。

沙奶奶：你瞧他说的。

郭建光：待等同志们伤痊愈，

沙奶奶：伤痊愈也不准离开我家，要你们一日三餐九碗饭，一觉睡到日西斜，直养得腰圆膀又大，一个个像座黑铁塔。到那时，身强力壮跨战马，

郭建光：驰骋江南把敌杀，消灭汉奸清匪霸，打得那日本强盗回老家，等到那云开日出，家家都把红旗挂，再来探望你这革命的老妈妈。

（掌声起，主持人上）

赵宝乐：鞠萍啊，今天呢，其实在座的各位朋友都是特别支持我们戏曲节目、支持我们戏曲事业的铁杆戏迷。

鞠　萍：是这样，你看，咱们的演播室从来没有坐过这么满，连过道里都是戏迷朋友。

赵宝乐：对，他们其实人人能唱，而且唱得非常好。

鞠　萍：那干脆咱们幕间休息来个现场的京剧名段儿大家唱，怎么样？

赵宝乐：朋友们说好吗？

鞠　萍：好不好？

观　众：好！

赵宝乐：你瞧这样唱得有个领头的，你就当个女队的队长。

鞠　萍：没问题，那男队是谁呀？

赵宝乐：我再给你请上一位，既是戏迷又是票友又是相声演员的男队队长。掌声有请刘洪沂。

刘洪沂：朋友们，大家好，新年好。

鞠　萍：刘队长好。

刘洪沂：您好。

赵宝乐：这样啊，从我这为界，这边归你（指刘洪沂）领队，这边归你（指鞠萍）领队。

鞠　萍：没问题。

赵宝乐：你俩打擂台，看看谁领的队伍唱得更精彩，怎么样？

刘洪沂：好，希望朋友们支持我，谢谢大家。

鞠　萍：我的队员在哪里？好。

赵宝乐：这样，从你开始。

刘洪沂：从我开始，那好，刚才那几个小朋友唱花脸唱得特别好，咱们就从花脸开始。

赵宝乐：好。

刘洪沂：好吧，那开始了，朋友们我唱上句，大家接下句。包龙图打坐

观　众：在开封府，怎么样？

鞠　萍：看我的，我家的表叔数不清，

观　众：没有大事不登门。

刘洪沂：一马离了

观　众：西凉界。好，谢谢，谢谢。

鞠　萍：好，听着啊，叫张生隐藏在棋盘之下，

观　众：我步步行来你步步爬。

刘洪沂：这小刁，一点面子

观　众：也不讲。

鞠　萍：这草包

观　众：倒是一堵挡风的墙。

刘洪沂：此时间不可闹笑话，

观　众：胡言乱语怎瞒咱。

鞠　萍：苏三离了洪洞县，

观　众：将身来在大街前。

赵宝乐：停，听我的。天王盖地虎，

观　众：宝塔镇河妖。

刘洪沂：脸红什么？

观　众：精神焕发。

鞠　萍：怎么又黄了？

观　众：防冷涂的蜡。

赵宝乐：感谢所有的戏迷朋友们，也祝愿电视机前所有支持戏曲的朋友们春节快乐！

刘洪沂：谢谢大家。

（掌声起，主持人上）

白燕升：谢谢台上台下所有的朋友带给我们精彩的演唱，其实说道戏，我们说它分文武，文戏莺歌燕舞，武戏虎跃龙腾。

董　艺：唱念坐打，文武并重，构成了古老的戏曲艺术的绚烂景观。

白燕升：是啊，说到武戏，很多的戏迷朋友呢都是从喜欢武戏入门逐渐喜欢上京剧艺术的，加上武戏没有语言障碍，所以很多的外国朋友喜欢戏也是从武戏入门的。

董　艺：是啊，这就是武戏的魅力，这就是武戏的精彩。接下来我们要看到的一组武戏集锦，相信一定会让您感受到新的兴奋新的激情。

【字　幕】**京剧《挑滑车》选段**

演员：黄齐峰饰高宠

伴奏：北京京剧院乐队

【字　幕】**京剧《八仙过海》选段**

演员：闫洪羽饰金鱼仙子

【字　幕】**京剧《四杰村》选段**

演员：詹磊饰余千

【字　幕】**京剧《艳阳楼》选段**

演员：王雪清饰高登

【字　幕】**京剧《虹桥赠珠》选段**

演员：张淑景饰凌波仙子

（掌声起，主持人上）

周　颖：南腔北调，东柳西梆，戏曲艺术是一个大家庭，更像是一座百花争艳的大花园。京剧和大江南北不同地域的剧种以各自的乡音乡风乡韵，散发着独特的芬芳。下面请欣赏由京剧、广东汉剧、评剧、河北梆子和晋剧的著名演员联袂为您送上的菊坛百花，请欣赏。

【字　幕】**京剧《锁麟囊》选段**

演员：刘桂娟饰薛湘灵

【唱词字幕】春秋亭外风雨暴，何处悲声破寂寥。隔帘只见一花轿，想必是新婚渡鹊桥。吉日良辰当欢笑，为什么鲛珠化泪抛。此时却又明白了，世上何尝尽富豪。也有饥寒悲怀抱，也有失意痛哭嚎啕。轿内的人儿弹别调，必有隐情在心潮。

【字　幕】**广东汉剧《白门柳》选段**

作词：张　维　徐　青

作曲：钟礼俊

演员：李仙花饰柳如是

【唱词字幕】晨曦透窗斜靠栏杆看风光，园中景非常风剪柳丝格外长。钱郎践承诺，八抬喜轿香，告别旧院苦，花烛独染洞房。再不用迎欢笑遭轻贱，再不用夜半垂泪暗神伤。还奴一个清白自主女人身，夫唱妇随安享天伦，胜似那神仙模样。多年来等的盼的就是这一天，柳如是洗尽风尘，跻身清流气吐眉扬。

【字　幕】**评剧《绣鞋记》选段**

演员：曾昭娟饰张春莲

【唱词字幕】来至在大堂我连连把头叩，青天的老大人听根由。单夹衣服整四件，俱是纱罗缎与绸。红缎子大夹袄，本是那个花儿网绣。周围俱用缎条勾，纽袢儿钉的本是葫芦蔓，有五个纽扣本是狮子滚绣球。洋绉的裙子捏百褶，绑身的小夹袄那是茧绸。还有纱罗小褂一件，有两串铜钱顺手放在里头。我的妹妹她把我的花鞋就在包袱里面放，我们句句实言我不敢胡诌。

【字　幕】**河北梆子《王宝钏》选段**

演员：许荷英饰王宝钏

【唱词字幕】金牌调来银牌宣，王相府来了我王氏宝钏。九龙口用目看，天爷爷原来是平郎丈夫，头戴王帽，身穿蟒袍，腰系玉带，足蹬朝靴，端端正正，正正端端，打坐在金銮。这才是苍天爷爷睁开龙眼，再不到武家坡前去把菜来剜。大摇大摆上金殿，参王的驾来问王的安。在金殿叩罢头我抽身就走，背转身不由人喜笑眉头。猛想起二月二呀龙抬头，梳洗打扮上彩楼，公子王孙我不打，彩球单打平贵头。寒窑里受罪十八秋，宝钏今日就做了皇后。

【字　幕】**晋剧《傅山进京》选段**

作词：郑怀兴

作曲：刘和仁　刘和跃

演员：谢涛饰傅山

【唱词字幕】手捧布鞋心头暖，故乡热土风俗淳。文房四宝快端上，临行作画慰乡亲。泼墨挥毫画头牛，牛比老汉要自由。拉犁翻地虽辛苦，背驮牧童田野游。画罢交与好邻里，见牛如见我老头。

（掌声起，主持人上）

任鲁豫：亲爱的观众朋友们，在中央电视台春节戏曲晚会的舞台上，戏曲名家争相登场，我们的戏迷票友啊，也不甘落后，要一展风采，共庆新春。接下来各位将会欣赏到的呢，是在第三届全国京剧戏迷票友电视大赛上获奖的三位选手，为各位带来的名剧选段，我们掌声欢迎。

【字　幕】**京剧《碧玉簪》选段**

演员：刘欣然饰张玉贞

琴师：姚　利

鼓师：金惠武

【唱词字幕】莫不是听谗言将人错怪，莫不是嫌貌丑有口难开，莫不是另藏娇无心纳采，倒叫我费心思难以详猜。

【字　幕】**京剧《断密涧》选段**

演员：周春选饰李密　孙羽津饰王伯党

琴师：姚　利

鼓师：金惠武

【唱词字幕】

周春选：这时候孤才把这宽心放，王贤弟你因何脸带惆怅？

孙羽津：你杀那公主因为何故，忘恩负义为哪桩？

周春选：昨夜晚在宫中饮琼浆，夫妻们对座叙叙家常。孤把那好话对她讲，谁知贱人发癫狂。大丈夫岂容她妇人讲，因此拔剑斩河阳。

孙羽津：闻言怒发三千丈，太阳头上冒火光。可叹三十六员将，东逃西奔各一方。单单剩下王伯党，一心保你来降唐。忠义二字你不讲，你是个人面兽心肠！

周春选：贤弟把话错来讲，细听孤王说比方：昔日里韩信谋家邦，

孙羽津：未央宫中一命亡。

周春选：毒死平帝是王莽，

孙羽津：千刀万剐无下场。

周春选：李渊也是那臣谋主，

孙羽津：他本是真龙下天堂。

周春选：讲什么真龙下天堂，依某看来也是平常。此番借来兵和将，带来人马反大唐。唐室的江山归孤掌，封你个一字并肩王！

孙羽津：讲什么一字并肩王，羞得王勇脸无光。人心不足蛇吞象，霜雪焉能见太阳。

周春选：错来孤王一人当，君臣一路好商量。李密打马朝前闯，

孙羽津：王伯党错保了无义王！

（掌声起，主持人上）

鞠　萍：亲爱的观众朋友们，在“百花齐放，推陈出新”方针的指引下，各地的戏曲院团在继承的基础上不断创新发展，结合时代的要求，创作出一批又一批的新剧目。这些剧目努力实现着思想性、艺术性和观赏性的高度统一，分别获得了“五个一工程奖”、“文华奖”、“国家舞台艺术精品工程奖”等重要奖项。接下来献给大家的是来自河南、福建、上海三个剧种的获奖剧目，您将领略到当代戏曲舞台新剧目的艺术风采。

【字 幕】**豫剧《铡刀下的红梅》选段**

演员：王红丽饰刘胡兰

【唱词字幕】这铜板虽薄重千斤，她贴着我的肌肤连着我的心。两年前，八月十五那个中秋夜，一轮明月挂柳林。支部召开党员会，巡逻放哨我执勤。换过岗我把会场进，老村长不让我进门。他说道这是党员会，你这儿童团长咋乱闯乱进，要没事去领着小孩们跳皮筋。我一听火冒三丈与他辩论，我说道儿童团也是干革命，干革命就是党的人，从怀中掏出铜板要交党费，嚷着闹着冲进门，老村长左拦右挡把我往外引，将铜板放回我的手心，他说道，年纪虽轻志不小，铜板虽薄重千斤。兰子啊，第一次党费你要保管好，大叔我做你的入党介绍人。从此后我把它擦得亮又亮，揣得紧又紧，亮又亮，紧又紧，天天贴在身，发誓愿要把它一起带进党的大门。我和它一起交给亲娘亲，交给伟大的母亲。

【字 幕】**歌仔戏《邵江海》选段**

编剧：曾学文

导演：韩剑英　皇天福

作曲：江松明　朱伟捷

演出：厦门市歌仔戏剧团

主演：郑惠兵　庄海荣　苏燕蓉

【唱词字幕】

庄海荣：一早就出门。

郑惠兵：一早就出门，艰苦。

庄海荣：天色渐渐亮。

郑惠兵：耕田人顾三餐，

庄海荣：受苦耕田人，走到田中央，为了顾三餐，不怕田水冷冰霜。

苏燕蓉：江海师来啦。

庄海荣：山顶竹树会开花，我们没歌来煞不能说话。

郑惠兵：我的衣服让你们揪破了。我妻叫我去摘菜瓜，不爱我演戏跑四界。

众　男：哪有师傅去摘菜瓜，

众　女：没用的男人听妻话。

众　男：三月犁田用力耕，苦中作乐要听你将琴拉，哎，将琴拉。

一　男：江海师，大家都想听你唱歌仔，不能再闷锣盖鼓了。

另一男：是啊，师傅。

郑惠兵：好，我唱，我唱。手牵小妹村头走，村头走，心中有话说妹听，说妹听。啊噢啊哎噢啊哎噢哎啊噢啊，哥上战场要敢拼，要敢拼。

场外男：小妹村头等哥赢，

众人合：等啊依都丢啊依都，等啊等，等哥赢。

【字 幕】**京剧《廉吏于成龙》选段**

演员：尚长荣饰于成龙

【唱词字幕】

（白）这泥土，可不是一般的泥土，虽说他兑不到半分银子，也换不来半件衣物，可它却我于老西儿，最宝贵的财富哇！它来自我为官十八年所到之处，取自百姓脚下，山村小路广原通途。这是广西罗城的山泥，饱含着土著同胞的心意；这是四川合州的黑土，寄寓着巴蜀父老的情愫；这是湖北黄州的红土，渗透着荆鄂赤子的热血；这是武昌江畔的流沙，记载着世代平民的甘苦。让这些滋养过我的泥土，永远伴随着我，为的是永远记住那里的山水，记住那里的百姓，记住那里的友情，记住那里的悲欢，心怀坦然地走完我人生之路哇。

（唱）人生路多坎坷祸福不定，有苦涩有酸楚也有欢欣。脚踏着厚实的泥土心平如镜，牵念着善良的赤子怀揣真情。深知那欲如水不遏则灭顶，贪如火不厉禁，势成燎原祸国殃民，终留恶名苦果必自吞。常言说，无病休嫌瘦，奉公莫怨贫，知足无烦恼，布衣乐终身。非吾之有莫伸手，非分之财不进门。这是我于成龙一生箴讯，不负朝廷不亏黎民，对得起天地良心。

（掌声起，主持人上）

白燕升：朋友们，过大年看大戏，这是我国历史悠久的一种民间习俗了，也是我们传统文化的一种延续。

董　艺：是啊，看大戏，有老戏，有新戏，离不开的是观众朋友们喜闻乐见的名家名段。

白燕升：没错，前辈大师们用心血汗水和才华铸就的经典之作，早已在亿万观众的心中扎下了根，百听不厌，久演不衰。

董　艺：是啊，因此，这也成为了我们春节戏曲晚会每年必备的压轴大戏。接下来，我们看到的是一组流派纷呈、名家荟萃的名家名段。

【字　幕】**京剧《文姬归汉》选段**

演员：李佩红饰蔡文姬

【唱词字幕】王爷呀，送儿女足陷风尘身披霜，催妾心伤今痛昔好凄惶。深悔恨误把恩爱当恶辱，难宽宥误认壮志为骄狂。我与你十载异梦同帷帐，王爷呀，今别离惜别方知君情长，君情长。深深拜，深深拜，深深拜，深深拜，此恩此情没齿难忘，愿王爷福寿绵长，明年相会在汉疆。

【字　幕】**京剧《西厢记》选段**

演员：张萍饰崔莺莺

【唱词字幕】听红娘一声请梦儿惊觉，恰才向碧窗下画了双蛾。你道我俊脸儿吹弹得破，知道他读书人福命如何。

【字　幕】**京剧《龙凤呈祥》选段**

演员：赵葆秀饰吴国太

【唱词字幕】堪叹光阴难回转，时光荏苒发斑斑。孙权他把九郡占，尚香孩儿配良缘。

将身儿且坐皇宫院，看是谁来问娘安。

【字　幕】**京剧《状元媒》选段**

演员：王蓉蓉饰柴郡主

【唱词字幕】天波府忠良将宫中久仰，闻是虚见是实名不虚扬。怪不得使花枪蛟龙一样，喜爱他重礼节并不轻狂。将门子无弱兵古语常讲，细看他一表人才相貌堂堂。我终身应托在他的身上，男和女怎交言令人彷徨。六将军你与我山下瞭望，珍珠衫赐将军好好收藏，到龙棚凭此物请功受赏。若要功成名就，你要去求那八主贤王。

【字　幕】**京剧《坐寨盗马》选段**

演员：孟广禄饰窦尔敦

【唱词字幕】将酒宴摆至在聚义厅上，我与同众贤弟叙一叙衷肠。窦尔敦在绿林谁不尊仰，河间府为寨主除暴安良。黄三太老匹夫自夸自量，执金镖借银两压豪强。因此上我两家比武较量，不胜某护手钩暗把人伤。他那里用甩头打某的左膀，也是某心大意就未曾提防。大丈夫仇不报枉在世上，岂不被天下人耻笑一场。饮罢了杯中酒换衣前往，这封书就是他要命阎王。众贤弟且免送在这山岗瞭望，闯龙潭入虎穴某去走一场。

【字　幕】**京剧《玉堂春后传》选段**

演员：毕谷云饰苏三

【唱词字幕】此一去必定能平步青云。(唱完后有一段步法表演)

【字　幕】**京剧《空城计》选段**

演员：张建国饰诸葛亮

【唱词字幕】我正在城楼观风景，耳听得城外乱纷纷。旌旗招展空翻影，却原来是司马发来的兵。我也曾差人去打听，打听得司马领兵就往西行。并非是马谡无谋少才能，皆因是将帅不和，才失守我的街亭。你夺我三城多侥幸，贪而无厌又夺我的西城。诸葛亮在敌楼把驾等，等候你到此谈呐谈谈心。城内并无有别的敬，早预备羊羔美酒犒赏你的三军。你到此就该把城进，为什么你犹豫不定进退两难，为的是何情？左右琴童人两个，我是又无有埋伏又无有兵。你不要胡思乱想心不定，你就来，来，来，请上城楼饮酒抚琴。

【字　幕】**京剧《大登殿》选段**

演员：李维康饰王宝钏

【唱词字幕】讲什么节孝两双全，女儿言来听根源：大姐许配苏元帅，二姐许配魏佐参。唯有女儿我的命运苦，彩球单打平贵男。先前道他是个花郎汉，到如今端端正正，正正端端驾坐在金銮。来来来，随女儿上金殿，不斩我父还要封官。

【字　幕】**梨园情**

作词：刘连群

作曲：张延培
演唱：袁慧琴　安　平
编舞：冷明宇　王鹏远　吕　嘉
伴舞：吉林市歌舞团　桦甸市歌舞团

【唱词字幕】
袁慧琴：繁管急弦高奏一曲［水龙吟］，
安　平：妙舞轻歌高唱几番［玉芙蓉］，
袁慧琴：火树银花除夕夜，梨园群芳献深情。
安　平：祝神州风调雨顺，愿家家乐享天伦。
袁慧琴：喜中华国运昌盛，
安　平：贺新春四海升平，
伴　唱：风调雨顺四海升平，国泰民安人寿年丰。
袁慧琴：从来盛世谱元音，
安　平：如今国兴戏也兴，
袁慧琴：古曲新翻［普天乐］，
安　平：［园林好］中［柳摇金］，
袁慧琴：梨园今宵献深情。
安　平：祝祖国岁岁吉祥，天地长春，
合　唱：祝祖国岁岁吉祥，天地长春。

（掌声起，主持人上）
白燕升：一夜春风花千树。
鞠　萍：万里笙歌福满门。
赵宝乐：梨园今宵献深情：
董　艺：愿神州岁岁吉祥，
任鲁豫：家家欢乐，
众　人：天地长春。
白燕升：亲爱的观众朋友们，《盛世梨园春》中央电视台2008年春节戏曲晚会到这里就圆满结束了。
鞠　萍：祝大家新春快乐。
众　人：万事如意！

【滚动字幕】
总 策 划：张华山
策　　划：许玉琢　孙桂元　鲍启祥　刘连群　何永泉
总 导 演：许玉琢
副总导演：鲍启祥
导　　播：许玉琢　鲍启祥

导　　演：祁　兵　杜　健
撰　　稿：刘连群　卢予明
舞蹈总监：冷明宇
摄像指导：张海潮
摄　　像：张　旭　卢　山　毛　明　王　璐　潘前军
现场导演：孙桂元
舞美设计：吕金明
灯光设计：王月来
服装设计：程　钧
制片主任：国　浩
制 片 人：郎　昆　齐宪役
总制片人：朱　彤　唐世鼎　王　进
监　　制：胡　恩　张华山
总 监 制：赵化勇

（编撰　白晓清）

2009年中央电视台春节戏曲晚会

开场（掌声起）
【字　幕】**京剧歌舞《欢欢喜喜过大年》**
作词：刘连群
作曲：沈鹏飞
表演：于魁智　李胜素　孟广禄
编舞：吴玟烨
伴舞：黑龙江省龙江剧院
黑龙江艺术职业学院白淑贤艺术基地
湖北省大冶市陈贵镇舞龙队

【唱词字幕】

于魁智：欢欢喜喜过大年，梨园开盛典，百戏竞婵娟。酣歌喜唱千家福，妙舞齐颂万民欢。

李胜素：万民欢，九州尽开颜，总把豪气添。百折不挠志难撼，亿万儿女肩并肩。

孟广禄：肩并着肩，中华喜事连，和谐谱新篇。北京奥运连四海，神七遨游彩云间。

合：梨园开盛典，和谐谱新篇。欢欢喜喜过大年，九州尽开颜。

（掌声起，主持人上）

白燕升：四海同乐聚宾朋，

董　艺：九州欢歌庆升平。

赵保乐：璀璨舞台道祥瑞，

周　颖：盛世梨园贺新春。

张泽群：除旧布新迎金牛，

管　彤：家家户户喜盈门。

白燕升：亲爱的全国的观众朋友、戏迷朋友们，

董　艺：台湾、香港、澳门同胞，海内外侨胞和外国朋友们，

白燕升：亲爱的朋友们，在这里我们要祝福大家除夕快乐，

众　人：新春吉祥！

赵保乐：朋友们，又是一个除夕的团圆之夜，一年一度的中央电视台春节戏曲晚会准时跟您见面了。

周　颖：此时此刻，您也许正和家人、朋友欢聚一堂，也许依旧奋战在工作的岗位上。

张泽群：今晚，我们要把我们新年的祝福和牛年的喜气送给您。

管　彤：对于广大戏曲爱好者来说，这台晚会真是群星荟萃、南腔北调，一定会让大家过足戏瘾。今晚，将是一个不眠之夜。

白燕升：说得太好了，亲爱的朋友们，您听，热闹的锣鼓——

众　人：敲响了！

（掌声）

【字　幕】**地方戏曲联唱《八方贺春》**

【字　幕】**北京曲剧《正红旗下》选段**

表　　演：李相尚等
演　　出：北京市曲剧团
作　　词：王新纪
作　　曲：代颐生
导　　演：顾　威
舞蹈编导：崔　迪

【唱词字幕】

男齐唱：过年喽！过了小年心急火燎，望眼欲穿把大年盼。备齐了年货请门神，写福字买来花炮，就等三十儿那一天。新衣裳新鞋多体面，春联贴在大门前。祭罢祖宗吃年饭，包饺子为的是招财进宝，万事如意，家家户户有福缘。

女齐唱：二十三糖瓜粘，二十四扫房子。二十五磨豆腐，二十六炖白肉。二十七宰公鸡，二十八把面发。二十九蒸馒头，三十晚上熬一宿，熬一宿。

（徐孟轲饰演儿子冲散热闹的人群，朱世慧饰演老太太上场）

儿　子：过年喽，过年喽！

老太太：宝贝、宝贝，别跑、别跑，人多你个儿小，跑丢了可不得了啊。

儿　子：嘿，我丢不了。

老太太：哎哟，真热闹、真热闹啊。五谷丰登和谐年，太平盛世好征兆。

儿　子：我说妈呀，我要吃那一大串的山里红。

老太太：不成。

儿　子：怎么不行？

老太太：那玩意儿酸，吃多了你个儿更小。

儿　子：那正好，我到小人国招驸马，出国旅游我甭办护照。

老太太：你呀，没人要。我跟你说啊，孩子，没事儿，咱娘儿俩啊看看那广告去，有那长个儿的药啊——

儿　子：怎么样？

老太太：咱买它一包。

儿　子：好！对对对！

老太太：你爹呢？

儿　子：哪去了？

老太太：这老头子，老头子！

（金不换饰演老头子上场）

老头子：哎！

老太太：这老头子。

老头子：真热闹，可是真热闹啊！花花世界随便瞧。大姑娘如花似玉面带笑，小媳妇穿上了大红袄。小情人眉来眼去打情骂俏，小伙子谈恋爱是接吻拥抱。真叫我人老心不老，再给俩眼也不够瞧哇！

老太太：这老头子！这么大岁数，还沾花惹草的。有这工夫，你啊，瞧瞧我怎么样啊？

老头子：你？

老太太：嗯。

老头子：不好！

老太太：怎么呢？

老头子：有鲜花谁看烂草，有大院谁住破庙，有人参谁吃萝卜，娶老婆谁不找小，老年朋友们哪，选伴你可一定选好啊，要是碰见这样的呀，哎呀，苦恼苦恼。

老太太：哎呀，这老头子，当着孩子你胡说八道。

老头子：这孩子的基因不可靠哇。哎呀，我跟你说，亲子鉴定准当是武大郎的下脚料。

儿　子：啊？

老太太：你这老帮子，你属于找抽型的。宝贝，给我上！

老头子：你干什么？你干什么？

儿　子：你招打吧。

老头子：哎呀，这孩子个头不高，蹦蹦跳跳敢打你爹，武艺不小。

老太太：我说孩子，我们娘儿三本不是一家人哪。

老头子、孩子：啊？

老太太：我是姓朱，你姓徐。

老头子：啊，不错。

老太太：你爹他姓金。

老头子：看看还是个戏迷。

儿　子：管不着了，唱戏的来了！

老太太：哟，来了。

老头子：黄梅戏《夫妻观灯》。哎呀，你看人家小两口，你看人家小媳妇。

老太太：你还小两口，你还小媳妇。宝贝，来，来！

儿　子：给我来一串，来一串，得嘞。

【字　幕】**黄梅戏《夫妻观灯》**

表演：何　云　周　珊

编舞：宋　巍

伴舞：黑龙江省龙江剧院

黑龙江艺术职业学院白淑贤艺术基地

【唱词字幕】

周珊：我家住在大桥头，起名叫做王小六。去年看灯我先走，今年看灯又是我带头。不觉来到自家门口，叫声老婆开门喽。

何云：正哪月十啊五，闹哇元宵呀呀子哟。火炮哇连天门哪前绕，喂却喂却依喂却，喂却冤哪家舍呀啃嘿，郎啊锣鼓儿闹嘈嘈哇。

何云：环环子扭，

周珊：开门喽，

何云：扭扭子环，

周珊：开门闩。

何云：用手开开门来看，只见当家的转回还哪。

【字　幕】**楚剧《站花墙》**

表　　演：李敏慧　王险峰

演出单位：武汉市楚剧院

【唱词字幕】

李敏慧：桃花红，菊花黄，

王险峰：茉莉花开白又香，月季花开十姊妹，山茶花开似朝阳。

李敏慧：百合花，玫瑰红，并蒂花开池塘中，芍药丁香君子兰。蝴蝶兰，映山红，还有那海棠迎秋风。

【字　幕】**秦腔《天下第一碗》**

表演：李　梅

编舞：宋　巍

作词：陈　彦
编曲：王　激　吴复兴　谭艺安
伴舞：黑龙江省龙江剧院

【唱词字幕】春风引来南国燕，（念）春风引来南国燕，满堂生辉宾客繁。（唱）都来吃咱的羊肉泡。（白）伙计们。（众伙计白）哎！（唱）招待要周全，（众伙计白）是！（唱）快发老碗，（众伙计白）对！（唱）馍要掰成碎蛋蛋，（众伙计唱）碎蛋蛋。（唱）越小煮出来味越鲜。干板口汤水围城，单走馍汤两不沾。（白）杂个项？（伙计白）还行！味道好极了。（唱）甜甜的妞壮壮的汉，吃罢了这碗你去游玩。浑身有劲腿不软，三天不用多加餐。看看西部的黄土塬，走走西部的山和川。（众伙计白）西部的汉子有赤诚的胆，西部的汉子有担山的肩。西部的性格火一样燃，（唱）火一样的性情，怎不端这容纳百川的天下第一碗。（众伙计白）天下第一碗。

（朱世慧饰老太太，全不换饰老头子，徐孟轲饰儿子上场）
老太太：天下第一碗。
儿　子：好好好！
老太太：黄梅戏好看哪。
儿　子：秦腔唱得妙。
老头子：八方贺春，南腔北调啊。
儿　子：你们瞧，那边还有好戏瞧呢，走着——
老太太：不成，不成。
儿　子：怎么了？
老太太：那边是一人一百，那得买票。
老头子：我说宝贝呀，算算咱得花多少？
儿　子：我想想……你一百，她一百，我——
老太太：你打五折。
老头子：你打半票。
儿　子：啊……那咱们正好二百五。
老太太：嘿嘿，这数正好啊。
老头子：还是你的智商高啊。咱仨不花钱，咱仨不买票，我报报戏名比他们都高哇。
儿　子：是吗？
老太太：老帮子，你都看过什么戏？卖两口。
老头子：你们听。
儿　子：听着，听着。
老头子：你说是（用河南方言报戏名），人家叫我老戏通啊！
儿　子：说的真热闹，这叫好戏绝技，那咱们还得看平调。
老太太：看平调。
儿　子：走着——

【字　幕】**平调《金牛报春》**

表　　演：薛巧萍
导　　演：宋养俭
编　　剧：袁哲飞
作　　曲：陈　涛
演出单位：浙江省宁海县平调剧团

【字　幕】**帽翅功　翎子功**

表 演 者：武凌云　王海民　李红梅
演出单位：太原市实验晋剧团
　　　　　山西戏剧艺术职业学院

老太太：好哇，好哇。又好看它是又好玩。
儿　子：是啊，是啊。
老太太：唱大戏，唱大戏，生旦净丑竞绝技。
老头子：对！
老太太：千斤话白四两唱，老太太我报个药名，卖卖嘴力。
老头子：老伴儿啊，你卖的什么药啊，给他们卖卖。
老太太：我给卖卖。我这药里有啊，天上飞的，地下跑的，水里游的，土里长的，九九八十一味。（报药名）

【字　幕】**二人台《挂红灯》**

表演：阿　宝　春　天
编舞：宋　巍
伴舞：黑龙江省龙江剧院
　　　黑龙江艺术职业学院白淑贤艺术基地

【唱词字幕】
阿宝：正月那个里来是新年，
春天：纸糊那个灯笼挂在门前。
阿宝：风吹那个灯笼呼噜呼噜噜噜噜转，
春天：我和我的三哥哥过上新年。
阿宝：曾巴一巴一巴曾巴一巴曾，红花一花一花红。
春天：红花一花一花红啊红啊红啊红啊，绿个茵茵。
齐唱：张生你哟是你是妹妹（哥哥）小情人。
阿宝：六月那里来热难当，
春天：二席的草帽遮阴凉。
阿宝：小妹妹编来哥戴上，
春天：问一声我的三哥凉不凉。

阿宝：曾巴一巴一巴曾巴一巴曾，红花一花一花红。
春天：红花一花一花红啊红啊红啊红啊，绿个茵茵。
齐唱：张生你哟是你是妹妹（哥哥）的小情人。
阿宝：十月那里来正是个冬，
春天：我和我的三哥哥结成婚。
阿宝：小妹妹爱上个三哥哥，
春天：心心相印乐无穷。
阿宝：曾巴一巴一巴曾巴一巴曾，咳红花一花一花红。
春天：红花一花一花红啊红啊红啊红啊，咳绿个茵茵。
齐唱：张生你哟是你是妹妹（哥哥）小情人么哎咳哟。

（掌声起，主持人上）

白燕升：谢谢演员的精彩表演。刚才的《八方贺春》可以说非常的喜庆和热闹。

董　艺：没错。老百姓过大年啊，总喜欢把喜气闹个够啊。

白燕升：说到今年戏曲晚会的主题呢，就是欢快、喜庆。那么，除了热闹、欢快的地方戏以外，自然也少不了京剧。

董　艺：哎，说到京剧呀，我马上就会想到在前不久结束的 CCTV 全国青年京剧演员电视大赛。在第六届大赛当中啊，可以说有一大批优秀的青年演员脱颖而出啊。

白燕升：是啊，年轻演员的成长呢，让我们看到京剧的无限的希望和生机。那么我们的春节戏曲晚会呢，自然也要给这些年轻的演员提供舞台，所以接下来的节目就叫《金榜题名》。

（掌声）

【字　幕】**青京赛获奖选手集锦《金榜题名》**

演出单位：国家京剧院　北京京剧院　中国戏曲学院
中国戏曲学院附属中学　上海京剧院
北京军区战友京剧团　天津京剧院
湖北省京剧院　云南省京剧院
司　　鼓：李中华
琴　　师：姚　利

【字　幕】**京剧《白蛇传》选段**

表演：张笠媛　朱　福
编舞：张　薇
伴舞：黑龙江省龙江剧院

【唱词字幕】

张笠媛：雨过天晴湖山如洗，清风习习透衫衣。
朱　福：真乃西湖比西子，淡妆浓抹总相宜。

张笠媛：问君子家在何方住？改日登门叩谢伊。

朱　福：寒家住在清波门外，钱塘祠畔小桥西。些小之事何足介意，怎敢劳玉趾访寒微。

张笠媛：这君子老成令人喜，有答无问把头低。青儿再去说仔细，请相公得暇到草祠。

【字　幕】**京剧《红娘》选段**

表演：张佳春　陈　静

编舞：张　薇

伴舞：黑龙江省龙江剧院

黑龙江艺术职业学院白淑贤艺术基地

【唱词字幕】叫张生隐藏在棋盘之下，我步步行来你步步爬。放大胆忍气吞声休害怕，跟随着小红娘就能见着她。可算得是一段风流佳话，听号令切莫要惊动了她。

【字　幕】**京剧《四郎探母》选段**

表演：傅希如　马　力

【唱词字幕】弟兄们分别十五春，我和你沙滩会两离分。闻听得老娘来到北郡，因此上巧改扮黑夜里探望娘亲。

【字　幕】**京剧《报灯名》**

表演：谈　元　刘　宸

【念白字幕】尊列位，在上听，细听我灯官报花灯。我报的是，一团和气灯，和合二圣灯。三阳开泰灯，四季平安灯。五子夺魁灯，六国封相灯。七子八婿灯，八仙过海灯。九子十成灯，十面埋伏灯。这些个灯，那些个灯，灯官我一时报不清。刚才听完白蛇传，红娘花旦跳棋盘。四郎延辉把母探，再看天女把花散，把花散。

【字　幕】**京剧《天女散花》选段**

表演：丁晓君　张馨月

编舞：张　薇

伴舞：黑龙江省龙江剧院

【唱词字幕】观世音满月面珠开妙像，有善才和龙女站立两厢。菩提树蘑卜花千枝掩映，白鹦鹉与仙鸟，在灵岩神巘上下飞翔。绿柳枝洒甘露三千界上，好似我散天花就纷落十方。满眼中清妙景灵光万丈，催祥云驾瑞彩速赴佛场。

【字　幕】**京剧《姚期》选段**

表演：王嘉庆　方　旭

【唱词字幕】马皇兄赐某的饯行酒，大家同饮太平瓯。长亭拜别某就拱拱手，回朝去参王在那五凤楼。

【字　幕】**京剧《杨门女将》选段**

表演：李　宏　郭瑶瑶

【唱词字幕】一句话恼得我，火燃双鬓。说什么无有良将选，说什么求帅难上难。还未出兵先丧胆，一叶障目不见泰山。只要朝中一声唤，这挂帅我佘太君一力承担。

（掌声起，主持人上）

赵保乐：周颖啊，你看通过这些优秀青年演员的继承和发展，京剧艺术永葆青春，魅力不减。

周　颖：是啊，京剧艺术已经传承了二百多年，京剧的历史实际上就是不断继承和发展的结果。咱们常说，京剧是徽汉合流的产物，现在，请保乐介绍一下这徽和汉指的是什么？

赵保乐：其实好多电视观众朋友都知道，徽和汉指的是徽剧和汉剧。京剧是在这两个剧种的基础上，发展起来的。接下来的这个节目，可以让大家欣赏到三个剧种不同的魅力。

周　颖：好。一起来欣赏徽剧、汉剧和京剧三下锅的《贵妃醉酒》。

赵保乐：哎，您看了这出“醉酒”呀，肯定如醉如痴啊。

【字　幕】**汉徽京《贵妃醉酒》**

表演：王紫黎　王丹红　李　洁

导演：李永志

作曲：朱维英

编舞：吴玟烨

伴舞：黑龙江省龙江剧院

【唱词字幕】

王紫黎：海岛冰轮初转腾，见玉兔哇又早东升。那冰轮离海岛，乾坤分外明，皓月当空。

王丹红：海岛冰轮初转腾，

伴　唱：恰似明镜照我身，

王丹红：莫不是见我到此相陪奉。喜滋滋露出花容，慢腾腾脚步懒行。

李　洁：海岛冰轮初转腾，见玉兔哇又早东升。那冰轮离海岛，乾坤分外明，皓月当空。恰便似嫦娥离月宫，奴似嫦娥离月宫。

（掌声）

【字　幕】**高甲戏《牛王迎亲》**

表演：福建省晋江市高甲戏团

导演：陈凌香

作词：伍经纬

作曲：王金山

【唱词字幕】

男声齐唱：子去丑来牛年到，牛王接福娶阿娇，娶阿娇，阿娇！

女声白：新娘到！

男女声齐唱：金牛焕彩星辰耀，鹊桥欢渡在今宵。山娇水媚月圆花好，人间天上乐满笙箫。

（掌声起，主持人上）

张泽群：逢盛世循声暗拍韵悠扬，

管　彤：细品味典雅之声也绕梁。

张泽群：这两句我们赞美的是有“百戏之祖”美称的昆曲。昆曲以它悠久的历史和优美的旋律，被评为了“世界非物质物化遗产”。

管　彤：要说起“世界非物质文化遗产”，我们中国的古琴，也被评为“世界非物质文化遗产”。

张泽群：接下来这个节目大音雅韵，就是要让这两种非物质文化遗产交相辉映。我们特别请来了昆曲表演艺术家蔡正仁、王芳还有古琴大师李祥霆联袂为您呈上《长生殿》。

管　彤：这可都是顶尖级的大师啊，他们珠联璧合的表演真是令我们期待。

张泽群：不仅表演令我们期待，这把古琴也是特别有来历。

管　彤：你是说这把古琴很古老吗?

张泽群：是的。它是非同一般的古老啊。它制作于唐代肃宗至德年间，它的年龄啊，应该说和这个《长生殿》的故事发生的年代非常接近。

管　彤：哎呀，那可真是唐朝古琴，唐朝戏，好不一般的大音雅韵啊。我们掌声有请。

（掌声）

【字　幕】**昆曲 大音雅韵《长生殿》选段**

表演：蔡正仁　王　芳

演奏：李祥霆（古琴）

【唱　词】

蔡正仁、王芳：携手向花间，暂把幽怀同散。凉生亭下，风荷映水翩翻。

王　芳：爱桐荫静悄，碧沉沉，

蔡正仁、王芳：并绕回廊看。恋香巢秋燕依人。

王　芳：（白）陛下，睡银塘鸳鸯蘸眼。

蔡正仁：（白）哈哈哈哈哈。

（插片头）

（掌声起，主持人上）

董　艺：亲爱的朋友们，在这样一个欢乐、喜庆的夜晚，我们现场来了很多的观众来捧场，可以说是嘉宾如云，高朋满座呀。我们是不是应该欢迎一下我们的观众朋友们参与到我们节目当中来。这样一来，更好的增加我们节日欢乐、喜庆的气氛。

白燕升：（在观众席中）说到即将到来的牛年，戏迷朋友都知道，戏曲剧目里呀，有很多带牛字的剧目。其实问题很简单，谁能够说出一个带牛字的剧目，小金牛我就送给你。哎，举手！还有吗？那个小伙子，手一直举着，那我过去真的有点困难，那你告诉我，大声一点。

观众一：《牛皋下书》。

白燕升：《牛皋下书》，有没有这出戏啊？

观　众：有！好，小金牛送上，来！好，还有没有，谁知道。哦，那位老先生，您说。

观众二：《火牛阵》。

白燕升：《卧牛阵》？《火牛阵》，有没有这出戏？

观　众：有！

白燕升：好！大伙是评判，小金牛。还有最后一次机会。那位老太太。什么？

观众三：《借牛》。

白燕升：汉剧《借牛》，有没有这出戏？

观　众：有！

白燕升：有，好的，最后送上小金牛。好，谢谢您，谢谢。同时呢，我们也借此机会，祝愿现场的戏迷朋友以及电视机前所有的戏迷朋友们新春快乐，万事顺意！给您拜年了。

（掌声）

【字　幕】**京剧名段联唱《余音绕梁》**

【字　幕】**京剧《虎乳飞仙传》**

表演：李国静　周　利

【唱词字幕】适才间山神爷把话言讲，命神虎用乳汁哺育儿郎。儿取名虎哺儿谢虎抚养，苦命儿将出生就离了亲娘。思娇儿不由我珠泪流淌，想娇儿心欲碎痛断肝肠。但愿得虎哺儿平安无恙，待来朝满斗焚香我感谢上苍。

【字　幕】**京剧《武家坡》选段**

表演：张建国　迟小秋

【唱词字幕】

张建国：苏龙魏虎为媒证，王丞相是我的主婚人哪。

迟小秋：提起了旁人奴不晓，苏龙魏虎是内亲。你我同把相府进，三人对面就说分明。

张建国：他三人与我有仇恨，咬紧牙关他就不认承。

迟小秋：我父在朝为官宦，府下金银堆如山。本利算来该多少，命人送到那西凉川。

张建国：西凉川四十又八站，为军的要人不要钱。

迟小秋：我进相府对父言，家内小厮有万千，将你带到官衙内，打板子，上夹棍，丢南牢，坐监禁，管叫你思前容易退后难。

张建国：大嫂说话言太偏，为军的哪怕到官前。衙里衙外我打点，管叫大嫂你就断与咱。

迟小秋：军爷说话理不端，欺奴犹如欺了天。西凉鞑子把你斩，妻儿老小如奴一般。

张建国：好一个贞节王宝钏，百般调戏也枉然。腰中取出银一锭，将银放在地平川。这锭银三两三，拿回去把家安。买绫罗，做衣衫，打首饰，置簪环，做一对风流的夫妻我们过几年哪。

迟小秋：这锭银子奴不要，与你娘做一个安家钱。买绫罗，做衣衫，买白纸，糊白幡，打首饰，置妆奁，落得个孝子的名儿在那天下传。

张建国：是烈女就该在家园，不该来在大道边。为军起下不良意，（白）来呀，（唱）一马双跨奔西凉川。（白）上马赶路。

【字　幕】**京剧《卖水》选段**

表演：吕慧敏　罗戎征　朱　虹　李艳艳

【唱词字幕】清早起来什么镜子照？梳一个油头什么花儿香？脸上擦的是什么花儿粉？口点的胭脂是什么花儿红？清早起来菱花镜子照，梳一个油头桂花香。脸上擦的是桃花粉，口点的胭脂是杏花红。什么花儿姐？什么花儿郎？什么花儿的帐子？什么花儿的床？什么花的枕头床上放？什么花儿的褥子铺满床？红花姐，绿花郎。干枝梅的帐子，象牙花的床。鸳鸯花的枕头床上放，木樨花的褥子铺满床。

【字　幕】**京剧《四郎探母·坐宫》选段**

表演：于魁智　李胜素

【唱词字幕】

于魁智：我和你好夫妻恩德不浅，贤公主又何必礼仪太谦。杨延辉有一日愁眉得展，忘不了贤公主恩重如山。

李胜素：讲什么夫妻情恩德不浅，咱与你隔南北千里姻缘。因何故终日里愁眉不展，有什么心腹事你只管明言。

于魁智：非是我这几日愁眉不展，有一桩心腹事不敢明言。萧天佐摆天门两国交战，老娘亲押粮草来到北番。贤公主若得我母子相见，到来生变犬马结草衔环。

李胜素：你那里休得要巧言来辩，你要拜高堂母咱不阻拦。

于魁智：公主虽然不阻拦，无有令箭怎能过关？

李胜素：有心赠你金钺箭，怕你一去就不回还。

于魁智：公主赐我的金钺箭，见母一面即刻还。

李胜素：宋营离此路途远，一夜之间你怎能够还？

于魁智：宋营间隔路途远，快马加鞭一夜还。

李胜素：适才叫咱盟誓愿，你也对天就表一番。

于魁智：公主叫我盟誓愿，屈膝跪在地平川。我若探母不回转，

李胜素：（白）怎么样啊？

于魁智：罢，黄沙盖脸尸骨不全。

李胜素：（白）言重了。（唱）一见驸马盟誓愿，咱家才把心放宽。你到后宫乔改扮，盗来令箭你好出关。

于魁智：公主去盗金钺箭，本宫才把心放宽。扭转头来叫小番，备爷的战马扣连环，爷

好过关。

【字　幕】向全国戏迷朋友拜年。

【字　幕】**陇剧《官鹅情歌》选段**

表演：雷通霞
编舞：宋　巍
伴舞：黑龙江省龙江剧院
黑龙江艺术职业学院白淑贤艺术基地

【唱词字幕】青稞美酒香又甜，羌族的男女情意绵。弹出了醉人的和弦，唱出了心中的情怀。倾诉着燃烧的爱恋，点燃了情人的火焰。谁是我心中的侣伴，送给他爱情的花环。

【字　幕】**沪剧《罗汉钱》选段**

作词：宗　华　文　牧　幸　之
作曲：董　源　刘如曾
表演：吉燕萍

【唱词字幕】燕燕也许太鲁莽，有话对侬婶婶讲。我来做个媒，包侬称心肠，人才相配门户相当。问婶婶呀我做媒人可像样？问婶婶呀我做媒人可稳当？燕燕侬是个小姑娘，侬做媒人勿像样。只要做的对，管啥像不像，我来试试也无妨。燕燕姑娘我就听侬讲一讲，我家艾艾许配哪家年轻郎。

【字　幕】**粤剧《万众欢腾兴国运》选段**

作词：罗家英
作曲：罗家英
表演：罗家英

【唱词字幕】万众欢腾兴国运，上古中，尧舜禹，史称盛世，灿耀古今。康雍乾，唐宗汉武，各领风骚，威名天下震。在今朝，共和国，功业盖世，举世同钦。显国威，申办零八年，北京奥运。众健儿，破纪录，争金夺银。上太空，登陆月球，为期甚近。葛洲坝，长江水利，造福苍生。青藏铁路，艰巨甚，高原雪岭可通行。长三角，经济稳，珠三角，齐飞腾。港澳回归，深欣幸，互相来往，自由行。

【字　幕】**川剧《白蛇下山》选段**

作词：欧阳建弟
作曲：蓝　天
表演：刘　萍
编舞：宋　巍
伴舞：黑龙江省龙江剧院
黑龙江艺术职业学院白淑贤艺术基地

【唱词字幕】

刘萍：喜今朝冲出牢笼，挣枷锁飞离九霄。

帮腔：喜滋滋乐陶陶。

刘萍：说什么天空多玄妙，说什么神仙任逍遥。寻桂枝不怕云天渺渺，觅真情何惧长路迢迢。

刘萍：（念）这人间美景真是如此多娇。

刘萍：万紫千红多美好，青山绿水涌春潮。人间的烟火风情貌，牵动情丝万千条，万千条。白季子甘苦尝尽知多少，

帮腔：奔向人间不动摇。

【字　幕】**黄梅戏《女驸马》选段**

表演：杨　俊

编舞：宋　巍

伴舞：黑龙江省龙江剧院

黑龙江艺术职业学院白淑贤艺术基地

【唱词字幕】为救李郎离家园，谁料皇榜中状元。中状元着红袍，帽插宫花好啊好新鲜。我也曾赴过琼林宴，我也曾打马御街前。人人夸我潘安貌，原来纱帽罩婵娟。我考状元不为把名显，我考状元不为做高官。为了多情的李公子，夫妻恩爱花好月儿圆。

（掌声起，主持人上）

张泽群：2009年正逢中华人民共和国60华诞。六十年来，和着新中国前进的脚步，在我们耳畔，也传唱着许多激动人心的旋律。

管　彤：而在京剧舞台上，那些或优美，或雄壮的红色京韵，依旧深深打动着我们。

张泽群：红色京韵脍炙人口。

管　彤：经典唱段慷慨激昂。

（掌声）

【字　幕】**革命题材剧目选段《红色京韵》**

【字　幕】**京剧《红色娘子军》选段**

表演：陈淑芳

演出：国家京剧院

伴舞：中国戏曲学院

【唱词字幕】

（白）开始操练！

（唱）接过红旗肩上扛，接过先烈手中枪。踏着英雄足迹走，革命到底永不下战场。放眼看天下，风雷震八方。燎原烈火旺，工农齐武装。誓把那南霸天北霸天，一切反动派统统埋葬。照耀着我们的是永远不落的红太阳。

【字　幕】**京剧《平原作战》选段**
表演：杨　赤
演出：大连京剧院
【唱词字幕】
（白）你听着！
（唱）霹雳一声风雷响，平原上谁不晓工农的儿子赵勇刚。战斗的足迹踏遍了太行山上，抗日的声威震撼着铁路两旁。你打他苍茫大地无踪影，他打你神兵天降难提防。鱼在水鸟在林自由来往，哪里有人民哪里就有赵勇刚。抗日洪流不可挡，抽刀岂能断长江。革命者不惜血洒平原上，要换取解放红旗遍城乡，视死如归豪气壮。

【字　幕】**京剧《杜鹃山》选段**
表演：史依弘
演出：上海京剧院
【唱词字幕】杜鹃山山深林密回旋有余地，辗转游击方能胜强敌。你快去井冈山请求指示，刻不容缓，十万火急。还须找雷队长仔细商议，操胜券全凭着志坚心齐。

【字　幕】**京剧《智取威虎山》选段**
表演：王　平
演出：天津京剧院
【唱词字幕】共产党员时刻听从党召唤，专拣重担挑在肩。一心要砸碎千年铁锁链，为人民开出那，万代幸福泉。明知征途有艰险，越是艰险越向前。任凭风云多变幻，革命的智慧能胜天。立下愚公移山志，能破万重困难关。一颗红心似火焰，化作利剑斩凶顽。

【字　幕】和谐社区联欢会
赵保乐：大家过年好！
雷恪生：给大家拜年，给大家拜年！
赵保乐：朋友们，给大家拜年了。
雷恪生：这不是一号楼小赵吗？
赵保乐：哟，这不是二号楼的雷老吗？
雷恪生：没错没错，你们楼里人都来了没有？
赵保乐：都来了。来，都出来。
雷恪生：我们楼里的人也都来了。来，来，来。

【字　幕】明星票友大联唱《欢聚一堂》
赵保乐：给大家问好。大家坐下坐下。
雷恪生：都坐下，坐下……
赵保乐：雷老，和谐社区春风暖，
雷恪生：鼠尾牛头吉祥年。

赵保乐：社区人人是票友。

雷恪生：你是一号楼的，我是二号楼的，咱俩楼比赛对着干。

赵保乐：要打擂呀。咱们的青年戏曲大赛刚结束。

雷恪生：咱们这儿折腾没完。

（小戏迷章子怡从人群中走出）

章子怡：张义。

雷恪生：我说这孩子叫谁呢？

赵保乐：来了，叫你呢。

雷恪生：我怎么叫张义呀我。

赵保乐：您瞧瞧，我跟您说啊——

雷恪生：你说。

赵保乐：救戏如救火，现在您就是张义。

章子怡：张义。

雷恪生，哎，来了来了。

章子怡：我那亲——

雷恪生：亲什么亲？

章子怡：亲儿啊。

【字　幕】**京剧《钓金龟》选段**

表演：章子怡

【唱词字幕】叫张义（雷恪生：哎）我的儿听娘教训，（雷恪生：好，您说，您说）待为娘对娇儿细说分明。（雷恪生：我这听着呢，听着呢）儿的父他遭不幸丧了性命，抛下了母子们怎度光阴。是为娘守贞节我不听他论，皆因是我的儿年小，娘在中年我怕的是，百年之后我身入九泉，难见儿那去世的先人。我的儿啊——

赵保乐：好！好！

雷恪生：你瞅瞅这大过年的，我招谁惹谁了我。

赵保乐：雷老，演得真好。这叫演龙像龙，演虎像虎。您演一个儿子演得还……

雷恪生：行了，行了，你别说别说了。这谁的孩子这是，领回去，领回去。现在该我们二号楼的了。

赵保乐：嗯。

雷恪生：二号楼，上！

苏帅文：小奴才！

赵保乐：等等，喊什么？

雷恪生：叫你呢，姚刚。

【字　幕】**京剧《姚期》选段**

表演：苏帅文

【唱词字幕】小奴才做事儿真胆大，压死了国丈你犯王法。（白）儿来看。为父我年迈苍苍发如银，姚刚我的儿呀。

赵保乐：哎呦，哎呦。这你们楼的吧？领回去，领回去。
雷恪生：怎么样？
赵保乐：哎呀，都不错。
雷恪生：是，是。
赵保乐：接下来——
雷恪生：看起来咱俩是平辈了。
赵保乐：平辈了。接下来该谁了？
雷恪生：我们楼的，我们楼的。
鞠　萍：怎么着？
赵保乐：鞠萍姐姐。
鞠　萍：哎。
赵保乐：请！
鞠　萍：还挺尊重我。
雷恪生：不是，不是——
赵保乐：咱们两个楼合起来唱一段怎么样？
雷恪生：可以，可以……
鞠　萍：行！
雷恪生：唱哪出？
鞠　萍：您说唱什么？
赵保乐：《白毛女》。
鞠　萍：哎呦，可算他还是我的爹。行，来来来。
赵保乐：我演杨白劳行吗？
鞠　萍：嘿。
雷恪生：长一辈了。
赵保乐：喜儿，你来看哪——

【字　幕】**京剧《白毛女》选段**
表演：赵保乐　鞠　萍
【唱词字幕】
赵保乐：连日甲东奔又西颠，卖豆腐赚下了几文钱。集上称来二斤面，带回家来我们过新年。
鞠　萍：爹爹东奔又西颠，卖豆腐赚来几文钱。集上称来了二斤面，吃饺子过个年，欢欢喜喜过个年哪。

赵保乐：咱们的越剧上！
雷恪生：走走走。

【字　幕】**越剧《红楼梦》选段**
　　　　　表演：孙晓梅　刘桂娟
【唱词字幕】
刘桂娟：天上掉下个林妹妹，似一朵轻云刚出岫。
孙晓梅：只道他腹内草莽人轻浮，恰原来骨骼清奇非俗流。
刘桂娟：娴静犹如花照水，行动好比风扶柳。
孙晓梅：眉梢眼角藏秀气，声音笑貌露温柔。
刘桂娟：眼前分明是外来客，心底却似旧时友。
孙晓梅：天上掉下个林妹妹，似一朵轻云刚出岫。
刘桂娟：只道他腹内草莽人轻浮，恰原来骨骼清奇非俗流。
孙晓梅：娴静犹如花照水，行动好比风扶柳。
刘桂娟：眉梢眼角藏秀气，声音笑貌露温柔。
孙晓梅：眼前分明是外来客，
合　唱：心底却似旧时友。

赵保乐：好！接下来该谁了？
雷恪生：来来来。
赵保乐：咱们一起来还不好？
雷恪生：别吵吵，别吵吵。老将出马一个顶俩，咱们唱一段《铡美案》。

【字　幕】**京剧《铡美案》选段**
　　　　　表演：雷恪生　杰　盖
【唱词字幕】（雷恪生唱西皮导板）包龙图打坐在开封府。
（杰盖上场）
杰　盖：让我说两句。
雷恪生：怎么，来外国人了？
杰　盖：北京奥运连四海，我有《居留证》。
雷恪生：《居留证》不行，你那模样不像。
赵保乐：没事儿，没事儿。现在是不像，您等会儿，他这样就像了。多像，这样。
雷恪生：天然本色。
赵保乐：您瞧瞧。
雷恪生：行了行了，下面这段就归你了。
赵保乐：外国友人，省得化妆了。
杰　盖：驸马。
雷恪生：这就来了，好，好。
【唱词字幕】
杰盖：驸马爷近前看端详。上写着秦香莲三十二岁，状告当朝驸马郎。欺君王瞒皇上，悔婚男儿招东床。杀妻灭子良心丧，逼死韩琪在庙堂。将状纸压至在爷的大堂上，（用英语唱）带上香莲就质对一遭。

赵保乐：还有外语啊。
雷恪生：好好，这 English 都唱上了。
赵保乐：真不错，真不错。
雷恪生：不错不错，这样啊。咱们两个楼合起来一块儿唱，好不好？
赵保乐：朋友们说还不好？
雷恪生：来来来！
赵保乐：哎呀，邻居个个水平高，新春佳节乐陶陶。
（全体演唱京剧《智取威虎山》“今日痛饮庆功酒”选段）
【唱词字幕】今日痛饮庆功酒，壮志未酬誓不休。来日方长显身手，甘洒热血写春秋。

（掌声）
【字　幕】祝全国戏曲工作者们，新春快乐、牛年大吉！

【字　幕】**京剧《三岔口》片段**
表演：中国残疾人艺术团
【情　景】饰演任堂惠和刘利华夫妇的演员为聋哑人，武场乐队为盲人。此片段最后任堂惠与刘利华夫妇的对白，由武场乐队人员配音，为了表现这种特殊且相互间默契的配合，导演采用了“画中画”的形式。
（掌声）

白燕升：谢谢了，谢谢，谢谢……亲爱的朋友们，这个节目让我们看了后非常的感动。来，这三位演员他们听不到，这四位伴奏的人员看不到。他们精彩的表演告诉我，他们不是不幸，只是不便。但是不便的他们却为我们创造了如此的精彩。我们谢谢他们。亲爱的朋友们，站在这个舞台上我真的非常激动，我无法和他们同时交流，接下来，我为大家请出手语老师李文倩老师上场，有请李老师——李老师，现场的观众也非常的激动，看了他们的表演，真的是非常的精彩。那我就替大伙儿问他们几个问题。这一段，他们配合了多长时间？
（李文倩与演员手语交流）
李文倩：这个节目在一起，创编这个节目可能是一个半月不到两个月。但是在一起磨合呢，可能每天都会，一年多了。
白燕升：中国残疾人艺术团的这七位朋友说的最多的话就是感谢，其实我们真的应该感谢他们，他们在用心灵感知着我们的京剧，感知着我们的戏曲。我可以这样说，京剧和戏曲因为他们而更加地美丽和动人。所以，亲爱的朋友们，最后，我们除了要用热情的掌声我们还要用我们的笑脸告诉他们，我们祝福他们，新春快乐，万事顺意！谢谢，谢谢你们，谢谢！

（掌声）
【字　幕】**少儿戏曲联唱**

编导：张雪珍　高　蕊　童志良
作词：王永庆
编曲：巫定定

（少儿歌舞表演）

【唱词字幕】戏里乾坤大，曲中日月长，锣鼓铿锵琴声扬。出将又入相。手眼身法步，招招不马虎。冬练三九夏三伏，处处见功夫。

【字　幕】京剧《汉津口》选段
表　　演：陶　阳
演出单位：中国人民大学附属小学

【唱词字幕】赤兔胭脂连声吼，青龙偃月神鬼愁。桃园弟兄义气有，扶保汉室美名留。人马扎在汉津口，要拿曹操项上头。

【字　幕】京剧《白水滩》选段
表　　演：杨博皓
演出单位：深圳宝安区教育局少儿京剧团
中国人民大学附属小学

（少儿歌舞表演）

【唱词字幕】摇桨走一圈，就见水和船。骑马推车加坐轿，全凭团团转。豪杰要趟马，大将走起霸。一套程式千变化，扮演你我他。

【字　幕】京剧《红灯记》选段
表　　演：骆晓晴等
演出单位：深圳宝安区西乡流塘小学
中国人民大学附属小学

【唱词字幕】（白）奶奶，你听我说。（唱）我家的表叔数不清，没有大事不登门。虽说是，虽说是亲眷又不相认，可他比亲眷还要亲。爹爹和奶奶齐声唤亲人，这里的奥妙我也能猜出几分。他们和爹爹都一样，都有一颗红亮的心。

（少儿歌舞表演）

【唱词字幕】大师梅兰芳，世界有名望。继往开来德艺馨，艺传万年长。华夏五千年，文化多辉煌。炎黄子孙天下走，京剧要弘扬。炎黄子孙天下走，京剧要弘扬。

（掌声）

【字　幕】新时期剧目《好戏连台》

【字　幕】京剧《孙安动本》选段
表演：倪茂才

【唱词字幕】未曾开言我的热泪滚，谢万岁容臣再奏一本示天恩。自古前朝多鉴证，明君驾前多有诤臣。虽然是看似盛世太平景，我怎忘民间还有，还有那灾难，还有那疾苦情。因此上冒犯臣君奏三本，怕权奸蒙君王结党营私，欺上瞒下残害黎民。有道是良药苦口利于病，忠言逆耳利于行。水可载舟亦覆舟，民重君轻。民重君轻我记在心，孙安动本不惜命。为黎民，为百姓，为的是大明江山万年春。

【字　幕】**豫剧《常香玉》选段**

表　　演：王　惠

演出单位：中国人民大学附属小学

编　　剧：韩　枫　杨　林（执笔）　李利宏

导　　演：李利宏

作　　曲：张北方　张　森

【唱词字幕】就为这童言无知几句话，命里头种下了唱戏的根芽。为了她忍辱含羞都不怕，为了她背井离乡走天涯。为了她祖宗祖籍都舍下，为了她没了姓名没了家。只留下四功五法唱做念打；只留下，只留下生旦净丑苦乐年华；只留下小小戏台把梦装下，只留下舞台是我心灵的家；只留下四个字在心中融化——戏比天大。戏比天大。

【字　幕】**京剧《下鲁城》选段**

表演：王蓉蓉　杜镇杰

编剧：蔡赴朝

作曲：朱绍玉

【唱词字幕】

王蓉蓉：群雄逐鹿纷纷乱，齐王豪侠楚王悍。汉家卒能得天下，窃问大王何以然？

杜镇杰：赤帝龙种授于天，生死百战备艰难。刀山火海取江山，威加海内理当然。

王蓉蓉：嬴秦失德二世斩，项王恃暴楚歌寒。得人心者得天下，黩武岂能定江山。大王兴兵举义旗，拯救苍生解倒悬。约法三章行仁政，父老额手万民欢。降兵降将善体恤，兵不血刃下雄关。箪食壶浆迎王师，天下英雄尽归汉。得道多助失道寡，楚亡汉兴岂偶然。

【字　幕】**京剧《郑和下西洋》选段**

表演：孟广禄

编剧：戴英禄　黎中城　梁　波

作曲：刘廷禹　尹晓东

【唱词字幕】妈祖啊，妈祖啊，你是那慈航普度的圣母，你是那平安远航的依靠。巨浪在你凝眸中平息，大海在你趾股间退潮。大海啊，大海啊，太阳在你怀中升起，月亮在你怀中停靠。生命在你怀中孕育，人类在你身边长高，在你身边长高。

（插播片头）

（掌声起，主持人上）

赵保乐：好，太好了，真是好戏连台呀！

周　颖：这戏是好，可是咱们唱了这么半天，是不是该有武戏登场了？

赵保乐：别着急，马上就来。接下来呢，我们就有请在央视历届青年京剧演员电视大赛当中涌现出来的武戏新秀和武戏名家们，共同为大家联袂演出一段“大显身手”。这正是，文唱武打方丈舞台高歌见武，

周　颖：急锣缓弦梨园新秀大显身手。

【字　幕】**武戏集锦《大显身手》**

导　　演：孙桂元　赵德芝

表　　演：奚中路　张淑景　李　洋　刘大可

刘　佳　王大兴　魏学雷　詹　磊　白相龙

演出单位：国家京剧院　北京京剧院　中国戏曲学院

上海京剧院　天津京剧院　天津青年京剧团

北京市河北梆子剧团

（掌声）

【字　幕】**越剧联唱《越苑芳华》**

【字　幕】**越剧《红楼梦》选段**

表演：郑国凤　王志萍

编舞：宋　巍

伴舞：黑龙江省龙江剧院

【唱词字幕】

郑国凤：我是个多愁多病身啊，你就是那倾国倾城的貌。

王志萍：（白）你该死的。（唱）胡说八道，弄出这淫词艳曲来调笑，混账的话儿欺侮人，我可要到舅舅跟前将你告。

郑国凤：我无非偶见词儿顺口念，好妹妹你千万饶我这一遭。我若有心欺侮你，（白）好，明朝让我跌在这池子里，让癞头鼋（唱）把我吞吃掉。

王志萍：那张生一封书敢于退贼寇，那莺莺八行笺人约黄昏后。那红娘三寸舌降服老夫人，那惠明五千兵陷做肉馒头。我以为你也胆如斗，呸，原来是个银样蜡枪头。

【字　幕】**越剧《三难新郎》选段**

表演：黄　慧

编舞：张　薇

伴舞：黑龙江省龙江剧院

【唱词字幕】小妹，你出得妙啊。小妹不愧女文豪，出得上联称绝妙。旁人定然难应对，要难我少游却难不倒。你可知状元六岁诵经书，词学诗赋全通晓。出口成章皆珠玑，下笔有

神似涌潮。少年才子天下闻，锦绣文章世上少。今日里蟾宫折桂登及第，都只为啊，我满腹经纶才学高。七字成句何足论，且看我挥笔立就把卷交。

【字　幕】**越剧《盘妻》选段**

表演：萧　雅　王君安

编舞：张　薇

伴舞：黑龙江省龙江剧院

【唱词字幕】

萧　雅：洞房悄悄静幽幽，花烛高烧暖心头。喜气阵阵我难抑制，这姻缘百折千磨方成就。三月来屡托刘兄把亲求，每遭坚拒愿难酬。从此我四书五经无心看，三餐茶饭难下喉。

王君安：日卧书斋愁脉脉，夜对冷月恨悠悠。万种忧情无处诉，一病相思命几休。好容易盼得菩提杨枝水，洒作了人间鸳鸯俦。今日洞房成夫妻，花朝月夜永不愁。挑起红巾诉衷由，见娘子比初见之时更俊秀。

（掌声）

【字　幕】恭祝全国电视机前的观众朋友们阖家欢乐、幸福美满。

（掌声）

【字　幕】**京剧老生流派联唱《京韵悠长》**

【字　幕】**京剧《空城计》选段**

表演：谭正岩　韩胜存　杜　喆

【唱词字幕】我正在城楼观山景，耳听得城外乱纷纷。旌旗招展空翻影，却原来是司马发来的兵。我也曾差人去打听，打听得司马领着兵就往西行。一来是马谡无谋少才能，二来是将帅不和失街亭。你连得三城多侥幸，贪而无厌又夺我西城。诸葛亮在敌楼把驾等，等候了司马到此谈呐谈谈心。城外的街道打扫净，预备着司马好屯兵。诸葛亮无有别的敬，打来的羊羔美酒犒赏你的三军。既到此就该把城进，为什么犹豫不定进退两难为的是何情？我有琴童人两个，我是又无有埋伏又无有兵。你不要胡思乱想心不定，你来来来请上城来听我抚琴。

【字　幕】**京剧《珠帘寨》选段**

表演：李阳鸣　杨少彭　张建峰

【唱词字幕】贤弟抬头来观瞧，队队旌旗空中飘。大太保亚似过温侯貌，二太保生来的略韬高。三太保上山擒虎豹，四太保下海能斩蛟。五太保勇力开山斧，六太保手持青龙偃月刀。七太保花枪真奥妙，八太保手持丈八矛。九太保他霹雳双锏耍得好，亚赛过秦叔宝，十太保双手能打火龙镖。十一太保虽然他年纪小，一个倒比一个高。哪怕黄巢提兵到，孤与他枪对枪来刀对刀。

【字　幕】**京剧《追韩信》选段**

表演：陈少云

【唱词字幕】我主爷起义在芒砀，拔剑斩蛇天下扬。怀王也曾把旨降，两路分兵进咸阳。先进咸阳为皇上，后进咸阳扶保在朝纲。也是我主洪福广，一路上得遇陆贾、郦生与张良。一路上秋毫无犯军威壮，我也曾约法定过三章。项羽不遵怀王约，反将我主贬汉王。今日里萧何荐良将，但愿得言听计从，重整汉家邦，一同回故乡。撩袍端带我把金殿上，扬尘舞蹈见大王。

（掌声）

张泽群：亲爱的朋友们，我们国家幅员辽阔、民族众多，也有着众多的戏曲的剧种。很多的地方戏啊都和本地的音乐是息息相关的，正所谓戏曲，戏曲，戏从曲生啊。

管　彤：泽群说的没错，不过有时候啊，它也会反过来，我的意思是说有时候一段经典的戏曲名段，经过我们音乐家们的再创作，它也会成为流传很广的名曲。

张泽群：是的。

管　彤：哎，举个例子吧，比如说小提琴协奏曲《梁祝》我们大家非常熟悉的，就是来自于越剧选段呀，对吧？

张泽群：对。这方面的例子还是很多的。所以说，今天我们特别请来了非凡乐队，下面要为大家演奏几段大家非常熟悉，而且是非常动听的旋律，请我们现场的朋友来猜一猜，这几段旋律是从哪个剧种的哪出戏改编而来的？

管　彤：答对了有奖。

张泽群：怎么样？好，有请非凡乐队。

（非凡乐队演奏广西彩调《刘三姐》片段）

张泽群：停，这么多举手的。大家都说是《刘三姐》，没错。但是刚才听清题目没有，来，这位姑娘您说。

观众一：广西彩调《刘三姐》。

张泽群：刚才她说什么来着？来，您给重复一下。

观众二：广西彩调《刘三姐》。

张泽群：管彤，告诉大家这个答案。

管　彤：回答正确，金牛送上。

张泽群：来，小妹妹，这个金牛属你了。来！

管　彤：好，我们来——

张泽群：好，请非凡乐队进入第二段旋律。

管　彤：请！

（非凡乐队演奏沪剧《紫竹调》片段）

张泽群：听清了吗？停！好，我看这两个姑娘，三个姑娘一块儿举手了。来来来，小妹妹。

观众三：上海沪剧《紫竹调》。

张泽群：对不对？不对，怎么能对呢？啊？不对，到底对不对？自己说。你看看，你看看啊。

观众三：是的，是的。

张泽群：来来来，是没有自信。最后一排这个观众朋友。

观众四：扬州小调《紫竹调》吧？《茉莉花》？

张泽群：扬州小调《紫竹调》。我告诉您啊，前面这个妹妹恭喜你，这个属于你的。好，第三段。

（非凡乐队演奏京剧《苏三起解》片段）

张泽群：好，我们一起唱出来，还不好？大家都知道了是吧？是什么？

观　众：京剧《苏三起解》。

张泽群：那这个牛是谁的呢？

观　众：扔吧！

张泽群：来，我看——过年了！好，谢谢朋友们。

（掌声）

【字　幕】**地方戏曲名家联唱《梅花香韵》**

【字　幕】**评剧《独占花魁》选段**

表演：曾昭娟

【唱词字幕】众位姐妹呀莫要心酸，细听愚妹说的端。约请姐妹咱们全然都见面，表述我的衷情不忘患难。畅心乐意你们慢着点饮，待我歌舞定定丝弦。我唱一段满江红的大套，一十二个月，四大景春夏秋冬紧相连。八仙庆寿十二调，四时安乐的万年欢。银纽丝，乡里的妈妈把亲家探，那扫地风啊，小二姐逛庙爱花钱。纱窗外摘黄瓜还要拔蒜，绣荷包捎带着九连环。太祖爷私访莲花院，时兴贤孝叫的什么太平年。捉曹放曹华容道，那个三战吕布虎牢关。晋王起义兴唐传，伍子胥夜逃他才过得那个昭关。

【字　幕】**豫剧《五谷丰登》选段**

表演：李树建

伴舞：北京京剧院

【唱词字幕】李世民登龙位万民称颂，勤朝政安天下五谷丰登。实可恨摩利萨犯我边境，秦驸马守边关卫国干城。将士们御敌寇疆场效命，但愿得靖边关狼烟早平。金钟响打坐在，打坐在龙位以里，金殿上议国事孤会众卿。

【字　幕】**川剧《别洞观景》选段**

表演：崔光丽

编舞：吴玟烨

伴舞：黑龙江省龙江剧院

【唱词字幕】江山如画就，站在了船头观锦绣，千红万紫满神州。侍儿轻摇船儿慢慢走，好让流水送行舟。渔翁们头戴斗笠身穿蓑衣，手执钓竿江边走，采莲女踏波戏水把歌讴。人世繁华般般有，眼花缭乱美不胜收。更有那红男绿女成佳偶，看他们肩挨肩来，手携手儿，好不快活又风流。

【字　幕】**河北梆子《大都名伶》选段**

表演：许荷英

【唱词字幕】三生石前悟真谛，却原来正路在脚底。杂剧场真是个美梦天地，戏台上我可以随心演艺。能让那善良者最终得益，能和那有志者并肩齐躯。戏台上珠帘秀才是我自己，离开了杂剧场我无声无息。莫说风月场上戏，却似青史张贤愚。扮英雄，张正义，扮美女，情痴迷。歌忠烈，唱千秋，抒豪情，展美仪。风风雨雨由它去，俺决心与杂剧三辈子不分离。

【字　幕】**晋剧《打金枝》选段**

表演：谢　涛　栗桂莲

【唱词字幕】

谢　涛：孤坐江山实非容易，

栗桂莲：回想起安禄山起反意，要夺唐社稷，多亏了李太白，保举郭子仪。才把那安禄山叛乱平息，从此后国家升平黎民安居，老皇兄功劳第一。

谢　涛：封他为汾阳王人称千岁，

栗桂莲：才把咱金枝女许他儿为妻。

谢　涛：老皇兄今辰寿诞期，

栗桂莲：咱赠他寿杖和寿礼。

谢　涛：君与臣如手足和衷共济，

齐　唱：家和睦国兴旺社稷无虞。

【字　幕】牛年纳福，吉祥如意。

向全国戏迷朋友们拜年。

恭祝全国电视机前的观众朋友们阖家欢乐，幸福美满。

祝全国戏曲工作者们新春快乐，牛年大吉。

（掌声）

【字　幕】**龙江剧《艺苑桃李拜大年》**

表演：白淑贤　李雪飞　栾　兰

作词：张兴华

作曲：李寿华

编舞：张　薇

舞蹈：魏　莱　侯佩君　金莎莎　沙志磊等

伴舞：黑龙江省龙江剧院

黑龙江艺术职业学院白淑贤艺术基地

【唱词字幕】

女声唱：牛马年，好种田，金牛贺春到人间。和谐盛世春来早，艺苑桃李拜大年。

栾　兰：先拜咱爸爸妈妈不容易，为儿女操心受累一年年。

李雪飞：再拜拜咱老师胜父母，育桃李熬干了心血作春蚕。

白淑贤：艺苑桃李拜大年，拜拜咱和谐社会万民安。拜拜咱父老乡亲身康健，全国人民携手同心建家园。拜拜咱

合　唱：亲民政策人心暖，愿祖国科学发展富裕吉祥，国泰民安步步登高一步一层天。

女声唱：牛马年，好种田，金牛贺春到人间。和谐盛世春来早，艺苑桃李拜大年。

男生唱：拜大年，拜大年，拜大年。

（掌声起，主持人上）

张泽群：衣钵相续，薪火相传。

管　彤：德艺双馨，继往开来。

张泽群：观众朋友们，现在我们要迎来晚会的高潮，我们要有请几位京剧表演艺术家携他们的弟子登台演唱。现在让我们有请著名京剧表演艺术家孙毓敏、薛亚萍、叶少兰、李维康、梅葆玖。

管　彤：掌声有请！

（掌声）

【字　幕】**京剧名家名段《薪火相传》**

【字　幕】**京剧《荀灌娘》选段**

表演：孙毓敏携弟子　常秋月　唐禾香　许　翠

【唱词字幕】

孙毓敏：荀家世居颖川上，书香门第有荣光。

许　翠：曾祖荀彧声望广，官居侍中在朝廊。

唐禾香：汉室曹操生歹想，位晋九锡称魏王。

常秋月：曾祖三番谏章上，被曹加害一命亡。

齐　唱：爹爹荀菘忠良将，官拜太守镇襄阳。哥哥呀，从今需要改形样，莫负我荀家姓氏香。

【字　幕】**京剧《状元媒》选段**

表演：薛亚萍携弟子　万晓慧　王　晶　赵芳媛

【唱词字幕】傅丁奎休要发癫狂，谎言欺君罪难当。叔王听儿把前情讲，在潼台儿是寡不敌众，险些一命亡。马失前蹄遭捆绑，打上车辇押往番邦。忽然救星从空降，就是这，就是这小将延昭杨六郎。赶车辇，把贼挡，搭救你儿出祸殃。你儿才得身无恙，傅丁奎此时到疆场。你有功，应加赏，怎敢妄想招东床。叔王思来叔王想，天聪圣明做主张，还要细参详。

【字　幕】**京剧《壮别》选段**

表演：叶少兰携弟子　李宏图　江其虎

【唱词字幕】

李宏图：浩然正气冲霄汉，惊醒了星斗闪闪寒。

江其虎：骇浪奔涛增婉转，风叱云咤也缠绵！

叶少兰：老将军，珍重自身经百战，珍重了，东风初送第一船。

李宏图：大江待君添炽碳，赤壁待君染醉颜。

江其虎：松柏筋骨当岁寒，你谈笑而去，

叶少兰：谈笑还。

【字　幕】**京剧《谢瑶环》选段**

表演：李维康携弟子　王　艳　张慧芳　郭　宵　洪岩芳

【唱词字幕】

齐　唱：谢瑶环深宫九年整，只道是身锁红墙葬此身。

张慧芳：都只为太湖之事有争论，圣上命我到吴门。

王　艳：乔装男子访民隐，伍员庙内遇郎君。

齐　唱：我敬你气语轩昂貌英挺，敢为百姓打不平。

【字　幕】**京剧《大唐贵妃》选段**

表演：梅葆玖携弟子　董圆圆　姜亦珊　胡文阁
谭　娜　郑佳艳　田　慧

作词：翁思再

作曲：杨乃林

【唱词字幕】

梅葆玖：梨花开，春带雨，梨花落，春入泥。此生只为一人去，道他君王情也痴，情也痴。天生丽质难自弃，

齐　唱：天生丽质难自弃，长恨一曲千古谜，长恨一曲千古思。

（掌声起，主持人上）

白燕升：亲爱的朋友们，爆竹声声辞旧岁，我们伟大的祖国又迎来一个崭新的春天。

董　艺：回首2008年，那是我们祖国不平凡的一年，幸福与考验同时来临，光荣和梦想交相辉映。

赵保乐：北京奥运实现了中国人的百年梦想，冰雪冷了我们回家的路途，却使我们的心胸更加温暖。

周　颖：“神七”飞天，凸显了一个国家正在高翔的形象，汶川地震泪水之后印证了我们中国人团结的力量。

张泽群：无论挫折还是幸福，我们都坚忍不拔，奋勇向前。

管　彤：无论坦途还是坎坷，我们在改革开放的道路上渐行渐远。

白燕升：这一切都因为一个中华，

董　艺：五千年灿烂的文化，

周　颖：五千年不懈的梦想，

赵保乐：还有这十三亿人澎湃的力量。

张泽群：2009，新中国，一个甲子后的绚烂图景正姹紫嫣红。

管　彤：三十年改革开放的辉煌画卷正向世界展开。

白燕升：亲爱的观众朋友们，在我们的春节戏曲晚会即将结束的时候，我们要由衷的祝福祖国，祝福明天——

众　人：兴我中华！

（掌声）

【字　幕】**京剧歌舞《兴我中华》**

作词：高占祥

作曲：沈鹏飞

表演：尚长荣　李　军　袁慧琴　李佩红

编舞：吴玟烨

伴舞：黑龙江省龙江剧院

黑龙江艺术职业学院白淑贤艺术基地

【唱词字幕】

尚长荣：好传统，莫荒弃，百福临，千祥集。

袁慧琴：和平颂，入太空，和谐曲，咏无终。

李佩红：和为贵，四海宁，铭在心，贵在行。

李　军：建小康，求繁荣，兴中华，奔大同。

李佩红：好传统，莫荒弃，百福临，千祥集。

尚长荣、李军：和平颂，入太空，和谐曲，咏无终。

袁慧琴：和为贵，四海宁，铭在心，贵在行。

尚长荣、李军：建小康，求繁荣，

袁慧琴、李佩红：兴中华，奔大同。

尚长荣、李军：建小康，求繁荣，

齐唱：兴中华，奔大同。

（掌声）

【滚屏字幕】

总 策 划：朱　彤

艺术总监：郎　昆

艺术指导：阎德威

总 导 演：熊　易

总 撰 稿：颜全毅

策　　划：赵景勃　刘连群　于建刚　裴福林　周　琪

执行导演：孙桂元

导　　演：祝　莹　李　静　杜　健
音乐总监：李秀增
舞美设计：吕金明
灯光设计：王月来
摄　　像：陈　磊　张　旭　毛　明　王　赛
　　　　　潘前军　杨光宇　金　鑫
制片主任：国　浩
制 片 人：齐宪役　李守进　李纯博
总制片人：张晓海　王　进
技术总监：何宗就
监　　制：胡　恩　朱　彤
总 监 制：赵化勇

（编撰　杨海铃　崔磊）

2010年中央电视台春节戏曲晚会
——瑞虎迎春

开场（掌声起）
【字　幕】京剧歌舞《瑞虎迎春》
　　作词：程博峰
　　作曲：许　多
　　配器：孙立青
　　合唱：银河少儿艺术团
　　编舞：侯雅雯　李　进　池　鹏
　　　　　原　亮　范广和　桂旭媛
　　舞蹈：北京万兴歌舞团
　　　　　南京小百灵幼儿艺术团
　　　　　航天幼儿园飞宇幼儿艺术团
　　杂技：北京杂技团

【唱词字幕】虎年到，虎娃笑，穿上了新衣放呀放鞭炮；戴上虎头帽，变成虎宝宝，穿上了虎头鞋，一起过春节。虎头虎脑虎精神，虎年要有虎娃闹。虎娃给您把年拜，阖家团圆乐陶陶，一拜爷爷福寿高，二拜奶奶永不老，三拜爹娘身体好，全家老少都拜了，都拜了。欢欢喜喜过大年，欢欢喜喜吃年糕。

（掌声起）
【字　幕】**京歌《盛世良宵》**
作曲：许　多
配器：孙立青
演唱：袁慧琴　陈思思　刘　斌　杨　赤
【唱词字幕】
袁慧琴：中华大地春来早，
陈思思：虎浴春风杨柳千条，
刘　斌：国添虎威震寰宇，人增虎气志冲云霄，
杨　赤：华夏子孙多骄傲，盛世辉煌看今朝。
伴　唱：科学发展国运旺，和谐社会乐陶陶。
陈思思：大江南北呈祥瑞，
杨　赤：民族复兴青史名标。
袁慧琴：弦歌一曲抒壮志，
刘　斌：鼓乐三通喜气飘。
合　唱：喜气飘。
袁慧琴：谁言舞台天地小，
刘　斌：空中剧院架彩桥。
杨　赤：艺苑年年春光好，
刘　斌：蓓蕾朵朵分外娇。
陈思思：京韵皮黄
刘　斌：多美妙，
袁慧琴：国粹魅力醉心梢。
陈思思：南音北曲情不尽，
杨赤、刘斌：心潮澎湃逐浪高。
伴　唱：祖国明天更美好，惊天动地气概豪。
袁慧琴：虎气生生显身手，
陈思思：百花齐放更妖娆。
杨　赤：中华大地春来早，
陈思思：笑语欢歌庆良宵。
伴　唱：祝愿祖国强盛，祝愿神州富强，
袁慧琴、陈思思：荧屏相聚同携手，
刘　斌：人欢乐，花如海，
合　唱：歌如潮。

（掌声起，主持人上）
周　涛：普天同庆爆竹声声，
朱　军：大江南北万家团圆，

白燕升：祖国到处欢歌笑语，
董　艺：神州大地锣鼓喧天，
朱　军：道一声过年好把祝福传递，
张　喆：喜盈门看春来早共度良宵，
顾　斌：欢歌涌动送金牛，
周　涛：瑞虎迎春
众　人：献吉祥！
周　涛：亲爱的观众朋友，全国的戏迷朋友们，
朱　军：台湾同胞，港澳同胞，海外侨胞以及正在收看我们晚会的所有的观众朋友们，
白燕升：在这里我们要衷心祝您新春快乐，
众　人：万事如意！
董　艺：亲爱的朋友们，这里是中央电视台2010年春节戏曲晚会的演播现场，
朱　军：今晚是送旧迎新的除夕之夜，也是万家团圆的幸福时刻，
张　喆：此时此刻让我们与电视机前的您相约，共度美好时光，
顾　斌：在这里我们要向依然坚守在工作岗位上的朋友们，致以最崇高的敬意和最诚挚的问候，
周　涛：过大年看大戏是咱们中国人的传统，
朱　军：那好，那就让我们抓紧时间把欢庆的锣鼓敲起来，
白燕升：把年三十儿的大戏唱起来！

（掌声起）
【字　幕】**黄梅戏《观灯》选段**
表演者：张　辉　周源源
【唱词字幕】
周源源：环环子扭，
张　辉：开门咯；
周源源：扭扭子环，
张　辉：开门闩；
周源源：用手开开门来看，只见当家的转哪，转回还哪。上屋的人，
张　辉：下屋的人，
合　唱：我夫妻二人去看灯，有劳你们照应门，看灯回来再感情。
周源源：急忙走我急忙行，
张　辉：不觉来到汴梁城，
合　唱：夫妻二人城门进，抬起头来看哪，看花灯哪。
周源源：东也是灯，
张　辉：西也是灯，
合　唱：南也是灯来北也是灯，四面八方闹啊，闹哄哄啊。

（掌声起）

【字　幕】**歌仔戏《安童哥买菜》选段**

表演者：简志静　黄　舒

【唱词字幕】

简志静：安童哥喽哎，我匆匆走依得匆匆去，上街区菜市，备办年货要过年。

黄　舒：叫声安童哥，你要哪里去？菜篮摇来又晃去。

简志静：夫人叫我上菜市，买鸡买虾买鲍鱼。猪脚炖莲子，红虾来煮面。青斑龙虾买好物，欢欢喜喜来过年。

黄　舒：安童哥喽哎，你且慢行，我有一点私房钱，想要拜托你，帮我买花买粉买胭脂。

简志静：仁心姐，你买花抹粉点胭脂，是不是有人中意你？

黄　舒：羞羞羞，真好笑，过年是好日子，阮是想要梳装打扮来过年。

简志静：看你脸上红支支，不输桃花开春天。你心里早就有了他，假意说是要过年。

黄　舒：你越讲越走味，害阮脸上一阵红一阵青。

简志静：仁心姐，你别生气，安童我给你赔不是。

黄　舒：安童哥，你赶紧去，记得帮我买花买粉买胭脂。

简志静：好好好，是是是，想到过年我心欢喜。安童菜篮摇得叮当摇，

合　唱：今年又是好景气。大家欢欢喜喜过新年，祝贺大家大赚钱。

（掌声起）

【字　幕】**二人台《挂红灯》选段**

表演者：芦晨光　王宏利

【唱词字幕】

芦晨光：二月那个里来刮春风，

王宏利：三妹妹门前把三哥等。

芦晨光：有心上前去提亲，

王宏利：羞得小妹妹脸通红。

芦晨光：争叭依叭依叭争叭争，

王宏利：红花花依花依花红，

芦晨光：红花依花依花红花红，

王宏利：绿呀绿格莹莹，

合　唱：你是哥哥（妹妹）小情人。

（掌声起，主持人上）

张　喆：在天愿为比翼鸟，在地愿为连理枝。说的是唐明皇和杨贵妃的故事。

白燕升：是啊，早在三百多年前，当时的文人洪昇根据他们俩的爱情故事编写了传奇《长生殿》，这也成了中国文学史的经典之作。

张　喆：那么接下来我们要请大家来欣赏的，就是根据这部作品改编的京剧片段。

白燕升：在这样一个喜庆的时刻，我们要把最美好的祝福送给天下所有的有情人，并祝福有情人都成眷属。

（掌声起）

【字　幕】**京剧《长生殿》选段**

表演者：于魁智　李胜素

琴　师：赵建华

鼓　师：苏广忠

【唱词字幕】

于魁智：长生殿前七月七，夜半无人私语时。好一似那浪子羞愧归故里，往日的荒唐你莫再提。你我的情缘谁能比，两心之间有灵犀。

李胜素：三郎他道出了悔改之意，君王的率真令人迷。梨花几度迎风泣，却看枝迁根未移。从今后破镜成圆璧，叹我残春有凭依。

于魁智：玉环倾城又倾国，孤王难舍又难离。悔恨眼观流泪眼，断肠妻是我爱妻。双星在上复盟誓，神灵鉴我李隆基。在天愿为比翼鸟，在地愿为连理枝。

李胜素：在天愿为比翼鸟，在地愿为连理枝。在天愿为比翼鸟，

于魁智：在地愿为连理枝。

（掌声起，主持人上）

白燕升：亲爱的朋友们，在这举国欢腾的时刻，是荧屏把我们联系在了一起。

董　艺：在这洋溢着喜庆气氛的夜晚，是戏曲让我们的心贴得更近。

白燕升：就让悠扬的琴声为我们带来春天的气息。

董　艺：就让温婉优美的旋律伴随我们迎接春天的脚步。

（掌声起）

【字　幕】**京剧《洛神赋》选段**

表演者：李宏图　董圆圆

琴　师：赵　旭

鼓　师：封　千

【唱词字幕】

李宏图：日色晴和，神清气爽，菡萏吐蕊，蕙芷芬芳。铜雀台评文比赋似考场，甄宓嫂嫂当众直言将我褒扬。似这般情和意铭刻心上，欸乃声一扁舟到荷塘。

董圆圆：子建！

李宏图：宓姐！

董圆圆：一只玉枕光灿灿，精工雕镂巧夺天。个中深蕴意无限，脉脉情波润心田。但恐他恋柔情长沉湎，贻误了家国大事回首难。且忍心假意儿装冷面，子建！

李宏图：宓姐！

董圆圆：好男儿当立志把大人承担。

（掌声起，主持人上）

白燕升：亲爱的朋友们，说到高甲戏啊，是我国闽南地区一个古老的剧种，历史悠久，形式活泼，擅演丑行。这不虎年到了么，大伙正琢磨着给老虎找个媳妇，您瞧，他们来了。

（掌声起）

【字　幕】**高甲戏《金虎迎亲》选段**

表 演 者：陈炳聪

演出单位：福建金莲升高甲剧团

【唱词字幕】

伴　唱：虎年好日子，众虎来恭喜。人间喜庆真热闹，虎族迎亲趁吉时。

陈炳聪：福牛来辞岁，金虎将春闹，媒婆磨嘴舌，月老送喜到。众位虎兄、虎弟、虎姐、虎妹啊，迎接新郎新娘！

众　人：好！

陈炳聪：今逢虎年有福气，金虎银虎结连理。

众　人：众虎庆贺来演戏，

陈炳聪：夸我媒婆会排比。会排比，结连理，还要靠我有魅力。

新　娘：虎头虎脑呆又痴，虎背熊腰，

众　人：合你意！

陈炳聪：I Love（老虎）you！

众　人：拜堂了！

合　唱：喜盈盈，传春风，山河和谐好时光，盛世虎运福满园，新年精彩填辉煌。

（戏曲艺术家给大家拜年）

谭元寿：给大家拜个年。

梅葆玖：祝大家：

尚长荣：在新的一年里，

梅葆玖：虎年威风，

孙毓敏：虎虎生威，

王金璐：阖家欢乐，

尚长荣：事业发达，

谭元寿：身体健康，

刘雪涛：虎啸祥瑞，

冯志孝：长寿常乐，

杜近芳：万事如意，

康万生：万事如意！

李世济：希望大家春节愉快，阖家欢乐！

刘秀荣、张春孝：给大家拜年了，拜年！

（掌声起，主持人上）

董　艺：朋友们，我们依稀记得小的时候有一句童谣，拉大锯，扯大锯，姥姥门前唱大戏。

白燕升：是啊，我相信很多人都唱过也都听过，我敢这样说，上个世纪70年代以前出生的人，只要提到戏，一定会激起对童年的记忆。其实中国的老百姓啊，了解历史大多是从戏台上、戏文里了解的，尽管那并不是真正的历史。

董　艺：是啊，可见我们的戏曲艺术博大精深，拥有着深厚的群众基础，我们的戏迷也遍布在祖国的四面八方，社会的各个阶层。

白燕升：没错，其实戏曲在中国老百姓的心中扎得是很深的，无论是达官贵人还是贩夫走卒，都有戏迷。哎，董艺，刚才我在后台听说，太后今天也来看戏啦？

（掌声起）

【字　幕】**喜庆生平**

编　导：赵德芝

表演者：孙晓梅　雷恪生　朱世慧　金不换

琴　师：姚　利

鼓　师：封　千

【念白字幕】

雷恪生：四海腾腾庆生平，锦绣江山万事兴。

朱世慧：牛尾虎头好年景，满树的果子数您红。

雷恪生：有请母后。

朱世慧：好，老太后挺时尚啊。

孙晓梅：（唱）春季到来柳丝长，大姑娘旅游思才郎。（白）我说这大年下的，不唱两句儿，听两口儿的，就没年味儿。

朱世慧：对。

孙晓梅：让他们把这戏单呈上，哀家点戏。

朱世慧：嗻，您请。胖和尚你的事来了。

金不换：啊，给老佛爷拜年啦。

孙晓梅：哎哟，这是什么味儿呀？

朱世慧：回太后，他这是河南话。

孙晓梅：哦，河南嘞。

众　人：河南嘞。

朱世慧：用河南话报戏名。

金不换：中。

朱世慧：来来来。

金不换：哎呀，我给老佛爷预备的有四郎探母二进宫，火烧战船借东风，背靴背鞭背公公，关灯祭灯带顶灯，花木兰穆桂英，红娘西厢凤仪亭，卷席筒审诰命，孙悟空三打白骨精，打严嵩打城隍，夜打登州打面缸，打罢焦赞打孟良，然后再打小韩昌，还有个棒打无情郎，打金枝骂金殿，曹庄杀妻牧羊圈，闹罢山窝闹酒店，武松打虎白蛇传，抬花轿甩大辫，三不愿意赶花船，过五关斩六将，擂鼓三通斩蔡阳，黄鹤楼长坂坡，徐策走马见诸葛，侯七推磨双爬坡，真假李逵拾玉镯，全都会全都懂，最后再祝老佛爷：虎年吉祥，岁岁安康啊。

朱世慧：好，好。

孙晓梅：哎呦，我怎么听着是牛得草的味儿呀？

朱世慧：这牛要是得了草啊，给金子不换。

雷恪生：母后，这可是豫剧名丑金不换。

金不换：对。

孙晓梅：赏他把草一边吃去。

朱世慧：一边吃去。

金不换：好，谢太后，谢太后。

朱世慧：有请余派老生王珮瑜老板唱《四郎探母》。

【字　幕】**京剧《四郎探母》选段**

表演者：王珮瑜

【唱词字幕】弟兄们分别十五春，我和你沙滩会两离分。闻听得老娘来到北郡，因此上巧改扮，黑夜里探望娘亲呐。

众　人：好好好。

孙晓梅：真是一炮走红啊。

朱世慧：过瘾吧？

孙晓梅：嗯，这听着这舒服呀，照这样儿的给我上。

朱世慧：嗻。

【字　幕】**京剧《淮河营》选段**

表演者：朱　强

【唱词字幕】此时间不可闹笑话，胡言乱语怎瞒咱。在长安是你夸大话，为什么事到如今耍奸猾。左手拉住了李左车，右手再把栾布拉，三人同把那鬼门关上爬，生死二字且由它。

众　人：好好好。

孙晓梅：啊，好哇。这听的胃里呀，暖洋洋的。

朱世慧：老佛爷高兴。

孙晓梅：嗯，照这样的给我上。

朱世慧：有请高派老生倪茂才老板唱《桃花宫》。

（掌声起）

【字　幕】京剧《桃花宫》选段

表演者：倪茂才

【唱词字幕】丹凤眼来看端详，果然是一座好战场，人成对，马成双，刀枪剑戟列在两旁。桃花马坐定一女将，口口呼啸北平王。明明知我无话讲，是何方，女子你来汴梁。

众　人：好好好。

孙晓梅：桂儿啊，还有没有，再来点刺激的。

朱世慧：您要听刺激的？有倒是有，这个大年下的听那玩意儿，它，它不安全。

孙晓梅：怎么啦？

朱世慧：哎哟不是，就怕那位老板嗓子眼儿舒服了，您耳朵眼不舒服啊。

孙晓梅：这倒新鲜，哪位老板啊？

朱世慧：雷老板。

孙晓梅：雷老板？上。

朱世慧：嗻。有请雷老板雷一段《铡美案》。

雷恪生：（唱）包龙图打座在开封府。

（掌声起）

众　人：好好好。

孙晓梅：桂儿呀，他这个叫噪音污染。

朱世慧：不符合哥本哈根精神。

雷恪生：母后，儿臣是给您唱的呀。

孙晓梅：哎哟，谁也不行，这耳朵呀受不了。我说桂儿呀，

朱世慧：嗻。

孙晓梅：今儿个咱不能收在雷老板这儿，上点儿好的，往回找找。

朱世慧：嗻。太后有旨，虎年大吉，有请马力、杨少彭老板唱《珠帘寨》。

【字　幕】京剧《珠帘寨》选段

表演者：杨少彭　马　力

【唱词字幕】贤弟抬头来观瞧，队队旌旗风中飘。大太保好似温侯貌，二太保犹如浪里蛟，三太保上山能擒虎，四太保剑斩龙一条，五太保易用开山斧，六太保上凳抓白袍，七太保花枪更奥妙，八太保能使偃月刀，九太保双锏耍得好，亚赛个秦叔宝，十太保双手能打火龙镖，十一太保虽然他年纪小，一个倒比那一个高，哪怕那黄巢兵来到，孤与他枪对枪来刀对刀。

（掌声起，主持人上）

张　喆：说到粤剧呢，是广大的戏迷朋友们非常熟悉和喜爱的剧种，

顾　斌：是啊，近年来有中央台戏曲频道推出的《越女争锋》，不仅是让戏迷观众过足了戏瘾，也使一大批青年粤剧演员脱颖而出，被更多的戏迷观众所熟识。

【字　幕】**越剧《红楼梦》选段**

表演者：王志萍　刘志霞

【唱词字幕】

刘志霞：天上掉下个林妹妹，似一朵轻云刚出岫。

王志萍：只道他腹内草莽人轻浮，却原来骨骼清奇非俗流。

刘志霞：娴静犹如花照水，行动好比风拂柳。

王志萍：眉梢眼角藏秀气，声音笑貌露温柔。

刘志霞：眼前分明是外来客，心底却是旧时友。

【字　幕】**越剧《山河恋》片段**

表演者：肖　雅　盛舒扬

【唱词字幕】

肖　雅：妹妹呀，

盛舒扬：（白）啊呀，你在说些什么呀，

肖　雅：（白）我是在念信给你听呀。（唱）现在我与你口信念，就如同和你见了面。你的美貌像天仙，我无限爱恋入心田。啊，贤妹呀，我唤你，你不知；我想你，你不见。我与你说话，你不回答。我和你说的全是肺腑言。啊，贤妹呀，我是一见就钟情你，未知你可否将我恋。

盛舒雅：我是一见就钟情你，

肖　雅：（白）对呀，（唱）你我正好相爱恋。

（掌声起，主持人上）

董　艺：你在这琢磨什么呢？

白燕升：哎哎哎，董艺，我前两天变了个魔术，我正在琢磨怎么变法。

董　艺：白燕升变魔术，我可是头一回听说啊。这样吧，大家伙都在座呢，咱们就当着大家伙的面表演一个，怎么样？

白燕升：哎，等等，董艺我跟你说，我变得确实还不太好，但是，但是我的师傅特别棒。

董　艺：您都拜师了？那您师傅是？

白燕升：我的师傅马上就出来，但是我的师傅有个毛病，

董　艺：哟，什么毛病呀？

白燕升：掌声不热烈，他肯定不变；掌声一热烈，没准我的师傅能变出一个大美女来。

董　艺：那这样吧，咱们的观众来点热烈的掌声，欢迎白燕升的师傅。

白燕升：有请师傅。

（掌声起）

【字　幕】**昆曲《牡丹亭》选段**

表演者：魏春荣　傅炎东　陈　琳

【画　面】用魔术的手法变出杜丽娘

【唱词字幕】不到园林怎知春色如许，原来姹紫嫣红开遍，似这般都付与断井颓垣。良辰美景奈何天，赏心乐事谁家院。朝飞暮卷，云霞翠轩，雨丝风片，烟波画船，锦屏人忒看的这韶光贱。遍青山啼红了杜鹃，那荼蘼外烟丝醉软，那牡丹虽好，它春归怎占的先。闲凝眄，兀生生燕语明如剪，听呖呖莺声溜的圆。

（掌声起，主持人上）

张　喆：自从2001年中央电视台戏曲频道开播以来，就一直得到广大戏迷朋友们的关心和支持，在这里我们要借此机会向一直以来关心和支持戏曲频道的广大的观众朋友们道一声：新春快乐！

顾　斌：说到戏曲观众，今天我们的现场就来了许多戏迷朋友，让我们一起来认识一下。

张　喆：这边呢，是我们《空中剧院》方阵，欢迎你们！

顾　斌：这边是《过把瘾》方阵，欢迎你们！既然现场来了这么多的观众，哎，张喆我建议要不咱们在现场跟观众来互动玩个游戏好不好？

张　喆：好啊，那咱们怎么互动呢？

顾　斌：你看今天是大年三十除夕之夜，咱们中国人啊，在过年都讲究是贴春联对春联，咱们就在现场跟观众来对春联好不好？

张　喆：大家说好不好？

观　众：好！

顾　斌：那我就出上联了，上联是“空中剧院看大戏”。

张　喆：好，空中剧院看大戏，有哪位观众来对一下下联？

观众一：强强联合耀荧屏。

众　人：好！

顾　斌：不错不错，真是不错。

张　喆：强强联合呢正是《空中剧院》栏目的宗旨之一，也得到了广大戏迷朋友们的喜爱和支持。

顾　斌：好，感谢这位现场观众，还有谁要来对春联，哪一位？

张　喆：这位，这位。

观众二：梨园群芳沐春风。

观众三：我的下联是：天涯海角共知音。

观众四：我的下联是：神州舞台抒豪情。

众　人：好！

观众四：然后我再加一句横批，虎年大吉！

（掌声起）

【字　幕】**京剧《穆桂英挂帅》选段**

表演：于　兰　吴昊颐　窦晓璇

《CCTV 空中剧院》戏迷方阵

【唱词字幕】猛听得金鼓响画角声震，唤起我破天门壮志凌云。想当年桃花马上威风凛凛，敌血飞溅石榴裙。有生之日责当尽，寸土怎能属于他人！番王小丑何足论，我一剑能挡百万的兵。

【字　幕】**京剧《状元媒》选段**

表演：赵秀君　王　晶　赵芳媛　张笠媛

《过把瘾》戏迷方阵

【唱词字幕】珍珠衫赐将军好好收藏，到龙棚凭此物请功受赏，若要功成名就，你要去求那八主贤王。

（掌声起，主持人上）

张　喆：那么今天呢，听说来了这么多戏迷朋友，我们的一位主持人和两位特约的嘉宾呢，也提出来要现场为大家表演一个节目。

顾　斌：到底是哪位主持人要反串表演，到底会带给您哪些惊喜，让我们一起有请三位。

（掌声起）

【字　幕】**京剧《沙家浜》选段**

表演者：董艺　陶阳　李嘉存

【唱词字幕】

胡传魁：你问的是她？（唱）想当初老子的队伍才开张，拢共才有十几个人，七八条枪。遇皇军追得我晕头转向，多亏了阿庆嫂，她叫我水缸里面把身藏。她那里提壶续水，面不改色，无事一样，哄走了东洋兵，我才躲过了大难一场。似这样救命之恩终身不忘，俺胡某讲义气终当报偿。

阿庆嫂：参谋长，烟不好，请抽一支啊！胡司令，抽一支！

胡传魁：来一支。

刁德一：（唱）这个女人哪不寻常！

阿庆嫂：（唱）刁德一有什么鬼心肠？

胡传魁：（唱）这小刁一点面子也不讲！

阿庆嫂：（唱）这草包倒是一堵挡风的墙。

刁德一：抽烟！

胡传魁：人家不会，你这干什么呢这是！

刁德一：（唱）她态度不卑又不亢。

阿庆嫂：（唱）他神情不阴又不阳。

胡传魁：（唱）刁德一搞的什么鬼花样？

阿庆嫂：（唱）他们到底是姓蒋还是姓汪？

刁德一：（唱）我待要旁敲侧击将她访。

阿庆嫂：（唱）我必须察言观色把他防。

刁德一：阿庆嫂！（唱）适才听得司令讲，阿庆嫂真是不寻常。我佩服你沉着机灵有胆量，竟敢在鬼子面前耍花腔。若无有抗日救国的好思想，焉能够舍己救人不慌张！

阿庆嫂：（唱）参谋长休要谬夸奖，舍己救人不敢当。开茶馆，盼兴旺，江湖义气第一桩。司令常来又常往，我有心背靠大树好乘凉。也是司令的洪福广，方能遇难又呈祥。

刁德一：（唱）新四军久在沙家浜，这棵大树有阴凉，你与他们常来往，想必是安排照应更周详！

阿庆嫂：（唱）垒起七星灶，铜壶煮三江。摆开八仙桌，招待十六方。来的都是客，全凭嘴一张。相逢开口笑，过后不思量。人一走，茶就凉，有什么周详不周详！

（掌声起，主持人上）

白燕升：好，谢谢大家的热情。其实说到戏迷和演员的关系，用鱼水形容也不过分。我一直觉得呀，在戏曲演出当中，演员和观众共同完成了戏曲演出，所以戏迷也好，观众也好，你们对于台上演员的表演非常重要。于是呢，在舞台上也好，在生活当中也好，这演员和戏迷之间也结下了深厚的情谊，也时不时的在一起票戏，好，接下来呢，四位，两位老旦，两位老生，为大家献上现代京剧《沙家浜》，我们欢迎！

（掌声起）

【字　幕】**京剧《沙家浜》选段**

表演者：郭瑶瑶　余　声　周炯儿　谭正岩

【唱词字幕】（白）沙奶奶，我们要找部队去了。找部队去，那哪成啊。（唱）同志们杀敌挂了花，沙家浜就是你们的家。乡亲们若有怠慢处，说出来就去批评他。（白）沙奶奶叫我们提意见，这提意见，沙奶奶，我给您提个意见吧。给我提意见？好啊，提吧。沙奶奶，您听着。（唱）那一天同志们把话拉，在一起议论你沙妈妈。七嘴八舌不停口，一个个伸出拇指把你夸。你待同志亲如一家，精心调理真不差。缝补浆洗不停手，一日三餐有鱼虾。同志们说，似这样长期来住下，只怕是，心也宽，体也胖，路也走不动，山也不能爬，怎能上战场把敌杀？待等同志们伤痊愈，伤痊愈也不准离开我的家。叫你们一日三餐九碗饭，一觉睡到日西斜。只养得，腰圆膀又扎，一个个像座黑铁塔，到那时身强力壮跨战马，驰骋江南把敌杀。消灭汉奸清匪霸，打得那日本强盗回老家。等到那，云开日出，家家都把那红旗挂，再来看望你这革命的老妈妈。

（掌声起）

（戏曲艺术家给大家拜年）

杨春霞：给大家拜年了。

杨乃彭：祝大家：

赵葆秀：吉祥如意。

陈少云：阖家幸福。

张幼麟：万事如意。

杨春霞：身体健康，万事如意。

杨乃彭：虎年家家幸福。

李祖铭：虎年吉祥。

刘连群：再添几分虎气。

马小曼、燕守平：虎年行虎运，发虎财。

张艳玲：虎年吉祥。

石晓亮：虎年行大运。

邓沐玮：虎虎生威。

赵景勃：虎年吉祥。

张关正：虎虎有生气。

第五届中国京剧优秀青年演员研究生班：我们第五届研究生班给全国的观众朋友们拜年了！祝您虎年吉祥，万事如意，虎虎生威，身体健康！

（掌声起，主持人上）

白燕升：亲爱的朋友们，青年是国家的未来和希望，也是京剧艺术传承和发展的希望。中国京剧优秀青年演员研究生班已经成功地举办了五届了，先后培养了179名青年才俊，可以说现在都成了京剧舞台上的中坚力量。那么说到中央电视台举办的青年京剧演员电视大赛，也为青年京剧演员的培养做出了积极地推广。接下来我们要为大家安排的，就是来自中国优秀京剧演员研究生班的一些优秀的毕业生带给我们的精彩节目，他们当中绝大部分人都获得了青年京剧演员大赛的金奖，我们一块儿用热情的掌声请出这些青年演员，有请。

【字　幕】**京剧《钓金龟》选段**

表演者：翟墨　李宏

琴　师：姚　利

【唱词字幕】

翟墨：叫张仪我的儿啊，听娘教训，待为娘对娇儿细说分明。儿的父他遭不幸丧了性命，抛下了母子们苦度光阴。是为娘守贞洁我不听他论，皆因是我的儿年小，娘在中年我怕的是，这百年之后我身入九泉，难见儿那去世的先人。我的儿啊。

李宏：有几个贤孝的子，听娘来论，一桩桩一件件娘记在心。大舜耕田为的都是孝顺，那孟宗哭竹，杨香打虎，这都是那贤孝的儿孙哪。我那不孝的儿啊。

合：这几辈贤孝的子休得来论，还有那不孝人说与儿听。清风亭张继保他天雷报应，韩信将未央宫速报幽冥。为娘言语儿不相信，怕的是在那儿头上，有那司职公曹查看儿的身。我的儿行孝道将娘奉敬，自有那天爷在暗地里查巡。

【字　幕】**京剧《空城计》选段**

表演者：严阵　凌珂　张建峰　傅希如

【唱词字幕】我本是卧龙岗散淡的人，秉忠心我辅保汉室乾坤，先帝爷下南阳御驾三请，算就了汉家业鼎足三分，官封到武乡侯执掌帅印，东西战南北剿博古通今，周文王访姜尚周室大振，我诸葛怎比得前辈的先生，闲无事在镝楼，我亮一亮琴音，我面前缺少个知音的人。

【字　幕】**京剧《铡美案》选段**

表演者：王　越

【唱词字幕】包龙图打座在开封府，驸马爷近前看端详，上写着秦香莲三十二岁状告当朝驸马郎，欺君王，藐皇上，悔婚男儿招东床，杀妻灭子良心丧，逼死韩琪在庙堂，将状纸押至在了某的大堂上，咬定了牙关你为哪桩。

【字　幕】**京剧《打銮驾》选段**

表演者：方　旭

【唱词字幕】都只为陈州地被害百姓，来到了开封府要把冤伸。我也曾上殿去奏本，八贤爷保荐某视察分明。此一番到了那陈州境，管叫那贪官污吏一个一个命难存。王朝马汉开道往前进，撩袍跪在地埃尘。

【字　幕】**京剧《打龙袍》选段**

表演者：王嘉庆

【唱词字幕】叩罢头来谢罢恩，龙国太待我好恩情，宫中赐我金珰翎，又赐尚方剑一根，三宫六院我管定，压定了满朝文武大小官员，哪一个不遵，仗剑施行。

（掌声起，主持人上）

董　艺：我们的祖国幅员辽阔，在不同的山山水水当中，孕育着不同的地方剧种，同样，不同的风土人情，又赋予各个地方剧种独特的魅力。

白燕升：这就叫一方水土一方人，一方水土孕育了一方艺术。新中国成立六十年来，在党和政府关心支持下，我国的地方戏曲无论是新编戏还是传统戏的创作，都取得了长足的发展。

董　艺：在这样一个喜庆祥和的气氛当中，就让我们在南腔北调当中，去感受戏曲艺术的多姿多彩吧。

（掌声起）

【字　幕】**晋剧《傅山进京》选段**

表演者：谢　涛　李　洁

【唱词字幕】转眼过了红土沟，一直朝着松庄走。今日里姚大哥请去看戏，板凳上坐着几位村老头。听什么飞龙闹勾栏，消遣时光倒也忘了忧。他割了二斤肉，炖肉烧鸡加馒头；我喝了三盅汾清酒，吃了半碗大锅粥。

【字　幕】**评剧《寄印传奇》选段**

表演者：曾昭娟

【唱词字幕】提红灯巡库房肩负重担哪，为护印日夜提放心力殚。太爷呀，日升日落天将尽，印来印往心相连。我时时都为你提心吊胆，我频频求观音保你平安。听琴时你说一句贴心话，那一句却轻轻拨动心弦。你孤男我寡女天生地设，求凰曲你为何迟迟不弹。

【字　幕】**豫剧《金水桥》选段**

表演者：李树建　赵亚萍

【唱词字幕】贤梓童你若能宽容小将，王传旨与你父修盖庙堂。檀香木雕刻就你父影像，他秦门老和少顶礼烧香。且莫说他秦门都把香降，逢年节孤带领，三宫六院，龙子龙孙，皇亲国戚都去烧香。世上人哪个不敬仰，梓童为国你赦忠良，落一个贤孝美名万古传扬。（白）梓童，（唱）你是个贤良。

【字　幕】**粤剧《夜会》选段**

表演者：李淑勤　季华升　杨　雁

【唱词字幕】

李淑勤：倚纱窗，思绪乱，珠缨滴翠彩霞染宫妆。无奈强拥孤衾冷，心怅惘。春波荡漾，意态彷徨，梦里寻梦乘龙客飞降，抹去哀家未了相思账。自幼荣华长长宫禁，却效那英雄男子汉。巾帼弄棒枪，刀剑折凤凰，复赋新词独浅唱。忘得才郎步韵，共举梁鸿案，怎想到春风降。偏我愧煞布衣郎，羞我爱上布衣郎，爱他器宇轩昂，诗如杜、李激扬奔放。这边厢，巧设招亲计，不卑不亢，叫翠儿请小生入内，小心切莫太声张。

季华升：韩生晋见。

杨　雁：见过公主，谨聆嘱咐。

李淑勤：慕你经纶满腹金雕玉镶，诗词绽出色色生香。

杨　雁：公主过赞，汗颜，施礼。

李淑勤：免。请君赐锦章显你铿锵。短剑长歌，走遍东南西北，

杨　雁：金枝玉叶，虚度春夏秋冬。

李淑勤：被揭破闺中秘，爱煞韩郎，深情奉美酒，一杯献君，乐了哀家顿觉心花放。

【字　幕】**川剧《贺良宵》选段**

表演者：沈铁梅

【唱词字幕】今乃是圣母娘的千秋到，各路神仙拜寿桃，但则见祥云高照，福禄寿喜齐来朝。喜鹊展翅空中跃，鼓乐喧天震云霄。丹桂花开生瑞草，鸟语花香乐陶陶。五谷丰登人欢笑，六畜兴旺喜眉梢。我身穿一件吉吉祥祥、喜喜庆庆、新新崭崭、崭崭新新的红鸾袄。香罗带儿巴巴实实、婷婷袅袅、飘飘洒洒、洒洒飘飘轻系腰。头上戴的寄生草，脚下金莲步步娇。酒席宴上唱老调，天下老歌随风飘。众姐妹齐舞蹈，歌舞升平贺良宵。

【字　幕】**河北梆子《三击掌》选段**

表演者：王英会　王洪玲

【唱词字幕】

王英会：圣贤自当受敬仰，咱只论短来不说长。相府的千金伴花郎，当朝宰相脸无光。

王洪玲：曾记得韩信受过胯下辱，刘邦乞食吕公堂。咱不说长来先说短，老爹爹你使银两，追回彩球，不认旧账，赖婚弃约，辜负了三宫娘娘的好心肠，那才无颜进朝堂。

王英会：奴才你敢把父顶撞，句句话儿露锋芒。为父悔婚为谁想，只怕你到头无有好下场。

王洪玲：为儿想，儿体谅，难得爹爹你一片好心肠。遇事当为他人想，那讨饭的花儿，又当怎样忍受这凄凉。

王英会：受凄凉，他自凄凉，花儿也想登天堂，谁叫他一心存妄想，自作自受自遭殃。

王洪玲：自遭殃，谁遭殃，忠奸善恶分两旁。公理自在九天上，自有报应分莠良。

王英会：论报应，分莠良，一派恶语把人伤。报应早在父身上，断却了香烟梦一场。

王洪玲：老爹爹，话语偏往绝处讲，父女之情付汪洋，何惧与父三击掌，王宝钏执意嫁花郎。

（掌声起）

【字　幕】孝义碗碗腔《大拜年》选段

表演者：张建琴

编　舞：李　杰

舞　蹈：北京市万兴歌舞团

【唱词字幕】进了腊月迎大年，男女老少，哎嗨哟，哎嗨哟，哎嗨哎嗨哎嗨哟，忙的欢。包饺子那个庆团圆，放鞭炮那个闹喧天，好吃好喝准备全，远出的亲人往回赶。大家高兴我高兴，我给大家，拜个年。大年初一起得早，见面就问过年好。祝贺敬礼又握手，喜庆的话儿不离口。等了初二等初三，等着女婿来拜年。初四会友串亲戚，初五结伴看大戏。十五的元宵滴溜溜圆，团团圆圆是幸福年。幸福年，幸福年，我给大家拜个年。祝大家，大吉大利，大富大贵，大喜大顺，大团圆。

（掌声起）

（戏曲艺术家给大家拜年）

马金凤：全国的观众同志们，我给您拜年了。

刘玉玲：祝您全家幸福。

谷文月：身体健康。

王文娟：年年幸福。

金采凤：健康快乐。

蔡正仁：虎有生气。

记镇华：身体健康。

郭　宇：虎年大吉大利。

章瑞虹：阖家幸福。

钱惠丽：虎啸龙鸣。

赵志刚：虎虎生威。

单仰萍：万事如意。

方亚芬：健康快乐。
茅善玉：合家美满。
山东省柳子剧团：万事如意。
山东省吕剧院：虎年大吉。
上海越剧院：吉祥如意。

（掌声起，主持人上）
周　涛：朱军，《三字经》你肯定背过。
朱　军：当然背过，别说我，小孩现在都背。
周　涛：来两句。
朱　军：人之初，性本善。性相近，习相远。
周　涛：（笑）停。
朱　军：怎么了？
周　涛：我就知道你会的是这个，我问的是《新三字经》。
朱　军：等会儿，这《三字经》还有新的老的？
周　涛：当然了，时代进步了，《三字经》就不许进步啊？
朱　军：这倒也是。
周　涛：而且还用京剧的曲调唱出来呢。
朱　军：哟，这个新鲜，那咱们抓紧时间，赶紧听听。

【字　幕】**京剧《新三字经·精气神》**
表 演 者：李　特等
演出单位：中国戏曲学院附中

【唱词字幕】精气神，是三宝。克敌弓，不可少。精神力，紫气豪。民族魂，华光照。精有源，气无垠。心通道，道通神。重名节，防微尘。浩然气，贯古今。重名节，防微尘。浩然气，贯古今。

（掌声起）
【字　幕】**京剧《追韩信》选段**
表演者：裴咏杰　李阳鸣

【唱词字幕】（白）将军哪，千不念万不念，不念你我一见如故，（唱）是三生有幸，天降下擎天柱，保定乾坤。全凭着韬和略，将我点醒。我也曾连三本保荐与汉君。他说你出身微贱，不肯重用。那时节怒闹将军跨下了战马，身背宝剑出了东门。我萧何闻此言，雷轰头顶。顾不得山又高，这水又深，山高水深，路途遥远，我忍饥挨饿来寻将军。望将军你还念，我萧何的情分。望将军且息怒暂吞声，你莫发雷霆。随我萧何转回程，大丈夫要三思而行。

【字　幕】**京剧《文姬归汉》选段**
表演者：李海燕　张　兵

【唱词字幕】送儿女足继风尘身披霜，催妾心伤今痛昔好凄惶。深悔恨误把恩爱当恶辱，难宽留错认壮志为骄狂。我与你十载异梦同帏帐，王爷啊，今日里惜别方知君情长，君情长。深深拜！深深拜！深深拜！此恩此情没齿难忘，愿王爷福寿绵长，明年相逢在汉疆。

【字　幕】**京剧《将相和》选段**

表演者：陈俊杰　韩胜存

【唱词字幕】

韩胜存：（白）老将军，你，你这算何意啊?

陈俊杰：（白）哎呀，丞相啊！廉颇老迈昏庸，居功自傲，如今身背荆杖，过府请罪，望丞相念在同朝的份上，你是打也打得，骂也骂得，你要多多地教训哪！

韩胜存：（唱）老将军你何必身背荆杖，有什么衷肠话细说端详。我虽然在秦邦完璧无恙，我虽然瀛池会羞辱秦王，我虽然侥幸封首相，怎比得老将军，东挡西杀，南征北战，可算得是盖世的忠良。

陈俊杰：我这里谢过了贤明丞相，从今后保江山文武专长。

韩胜存：走向前还大礼退身揖让，

合　唱：今日里将相和国富民强。

【字　幕】**京剧《春闺梦》选段**

表演者：迟小秋　宋小川

【唱词字幕】

宋小川：提起了这件事，犹如梦境。我与你且宽怀，重唤前姻。

迟小秋：可怜负弩充前阵，历尽风霜万苦辛。饥寒饱暖无人问，独自眠餐独自行。可曾身体蒙伤损，是否烽烟屡受惊。细思往事心犹恨，生把鸳鸯两下分。终朝如醉还如病，苦依薰笼坐到明。去时陌上花似锦，今日楼头柳又青。可怜侬在深闺等，海棠开日我想到如今。门环偶响疑投信，市语微哗虑变生。因何一去无音信，不管我家中肠断的人。毕竟男儿多薄幸，误人两字是功名。甜言蜜语真好听，谁知都是那假恩情。

【字　幕】**京剧《百花赠剑》选段**

表演者：史依弘　金喜全

【唱词字幕】

史依弘：海生，我这里有宝剑二股，今赠一股与君，以为定情之证。

金喜全：多谢公主。

史依弘：我这里赠青锋，把此情来表，但愿你莫辜负盟誓今宵。好男儿必须要凌云志浩，功成日认佩剑把琴瑟来调。

（掌声起）

（戏曲艺术家给大家拜年）

宋官林：在虎年春节来临之际，请允许我代表中国国家京剧院，向全国的电视观众拜年，祝观众朋友们，新春快乐，阖家幸福。

刘长瑜：身体健康。

李维康：新春愉快。

张春华：虎年吉祥，万事如意。

国家京剧院：国家京剧院，向全国人民拜年，祝全国戏迷观众朋友们，新春快乐，身体健康，阖家幸福，虎年万事如意。

（掌声起）

【字　幕】**新编贺岁京剧《空城计》**

编　剧：程博峰

导　演：赵德芝

表演者：杰盖（喀麦隆）马增寿　谈元　冯铭轩

【唱词字幕】

杰　盖：兵扎祁山地，为了铲除司马懿。

马增寿、谈元：（合）啊哈。

马增寿：司马兵到。

谈　元：心惊肉跳。

马增寿：混吃等死。

谈　元：打卡报到。

马增寿、谈元：（合）参见，

马增寿：哇塞，我说伙计，这是谁啊这是。

谈　元：您哪仔细瞧瞧，这是咱们丞相。

马增寿：仔细瞧瞧。

谈　元：瞧瞧。

马增寿：我得仔细瞧瞧。

谈　元：您瞧。

马增寿：哎，这是八卦衣、八卦巾、朝珠、黪三，还有羽毛扇，这皮儿是这皮儿，这瓤儿不是这仁儿啊。

谈　元：嗯，包装与实物不符。

马增寿：伙计，咱们哥俩什么角儿没傍过。

谈　元：是啊。

马增寿：南麒北马关外唐。

谈　元：京派海派外江派。

马增寿：你再瞧这位，整个儿一个熏黑了的灶王爷。

谈　元：黑派。

杰　盖：嗯……

马增寿、谈元：（合）丞相。

杰　盖：司马兵临城下，还敢胡言乱语。

马增寿：丞相，常言说的好啊，兵来将挡，水来土屯呐。

谈　元：您赶紧的想辄啊。

杰　盖：山人自有妙计。

马增寿：妙计。

谈　元：山人哪。

马增寿：山人，那您的妙计在哪儿啊？

谈　元：在哪儿啊？

杰　盖：你看来，在这里（指自己的肚子）。

马增寿：腰围四尺六。

杰　盖：锦囊在这，你来看看。

谈　元：还有锦囊呢。

马增寿：锦囊。

谈　元、马增寿：（合）您给我瞧瞧。

谈　元：您给我。

马增寿：两份，一人一张。

谈　元：一人一张。

马增寿：哎呀，我说咱们丞相啊，真会过日子。

谈　元：两张卫生纸啊这是。嘿，这怎么都是外文啊。

马增寿：哎吆，它认识我，我不认识它呀。

谈　元：不认识啊。

杰　盖：我来念。

谈　元：您念念我们听听，您拿好了，您念念。

杰　盖：瞒天过海，围魏救赵，借刀杀人。

谈　元：好。

杰　盖：以逸待劳。

马增寿：好。

杰　盖：趁火打劫，声东击西，无中生有，暗度陈仓，隔岸观火，笑里藏刀，李代桃僵，顺手牵羊，打草惊蛇，借尸还魂，调虎离山，欲擒故纵，抛砖引玉，擒贼擒王，釜底抽薪，混水摸鱼，金蝉脱壳，关门捉贼，远交近攻，假途伐虢，偷梁换柱，指桑骂槐，上屋抽梯，假痴不癫，树上开花，反客为主，还有美人计，空城计，反间计，苦肉计，连环计，走为上计。

马增寿：哎呦呵，您瞧哎。这三十六计他背得还真顺溜。

谈　元：是啊。

马增寿：那我说丞相，您打算使哪条记啊？

谈　元：是啊！

杰　盖：就使空城之计。

马增寿：空城之计，就咱们仨。

杰　盖：全仗二位了。

马增寿：哎，别别别，不行。咱们这合同上写的清楚，我们是物业加保洁。

谈　元：对，就管看门带扫地。

马增寿：哎，眼时啊，它是经济社会，咱们哪，得说点什么，干什么活拿什么钱才行哪。

谈　元：哎，对了，这玩命的差事怎么也得，您瞧瞧，弄点红包。

杰　盖：待等司马退兵，山人外币送上。

马增寿：咱们还是大团结结算得了。

谈　元：哎，伙计伙计，咱们要不跟他订合同。

马增寿：订合同。

谈　元：订合同。

杰　盖：先干活后算账。

马增寿：那不行，那不行，绝对不行。

谈　元：不行不行。

杰　盖：打败了司马之后，你们想要多少我都满足你们，你的明白。

马增寿：怎么日本话也出来了。

谈　元：日本话都出来了，咱们哪，不懂外国话，就懂，这个（做数钱状），拿钱来，咪希咪希。

马增寿：你怎么也改成日本话了。

谈　元：我跟他学的。

马增寿：熏过来的。

杰　盖：你附耳来。

马增寿：您跟我说。嗯嗯嗯。

杰　盖：照计行事。

谈　元：这还差不多，我说伙计过来过来，他跟你说什么呀？

马增寿：他让我点头。

谈　元：嘿，真不愧是诸葛亮啊，混水摸鱼计，把咱们给蒙了嘛。

马增寿、谈　元：（合）哎哟，司马懿来了。

（锣鼓起，冯铭轩饰司马懿带兵上）

冯铭轩：（唱）大队人马往西城，为何大开两扇门。（白）适才探马报到，西城实乃空城，某兴兵到此，为何四门大开？咦，看那诸葛亮脸上抹黑，又在那弄鬼，不要中了他人之计。众将官，

众将官：有！

冯铭轩：听我一令，（唱）坐在马上传将令，大小三军听分明，哪一个大胆把西城进，我定斩人头不容情。

谈　元：伙计，我说你哆嗦什么呀。

马增寿：那司马懿来了，我能不哆嗦吗。

谈　元：司马懿来了，在哪儿呢？

马增寿：在那呢。

谈　元：我瞧瞧司马懿，司马懿来了，哎吆，司马懿来了，司马懿，司马懿在哪呢？

马增寿：伙计，老毛病不改。

谈　元：怎么啦。

马增寿：那眼睛老往上看，往下瞧瞧。

谈　元：往下，吆吆吆哈哈哈哈哈。

马增寿：嘿嘿嘿，我说你怎么狂笑起来了。

谈　元：哎吆，伙计，老哥哥，我还以为司马大军有多厉害呢，感情就是一帮小屁孩。

马增寿：可不就是他们嘛！

谈　元：您别哆唆，我跟他们说说去。

马增寿：对，你给他们训训话。

谈　元：哎呀，我说，谁让你们这帮孩子出来打仗，你们知道不知道，这是违反了未成年人保护法。哎呀，这帮孩子啊。

冯铭轩：前轱辘转，后轱辘转。

马增寿：哎吆，我说伙计，怎么韩国话也出来了。

谈　元：您不知道，司马懿老家在汉城呢。

马增寿：哦，我明白了，他让我前轱辘转，后轱辘转，那我就前轱辘转去吧。什么事呀您哪？

冯铭轩：我来问你，此处可是西城。

马增寿：我告诉您啊，西直门属西城，中央电视台属海淀区管，您哪别进城了，退兵回去吧。

谈　元：也不给警察打听道这孩子。

冯铭轩：看你二人装疯卖傻，其中定有蹊跷，众将官，随本督杀进西城。

马增寿、谈元：（合）哎吆，别介别介。

（锣鼓起）

马增寿：嘿嘿嘿（向乐队），打住，打住。敲什么锣鼓啊，你一敲锣，这帮人就都进城了，后半出戏还唱不唱啊，这些日子白来了。

冯铭轩：气煞我也。

谈　元、马增寿：（合）得了，没节骨眼了。

马增寿：嘿，丞相，该你了。

杰　盖：我是黑丞相。

马增寿：你本来长的也不白啊，该你唱，也倒是，这不起锣鼓怎么唱啊，哎，乐队，别搅啊，该打锣不打锣，不该打锣死乞白赖敲，什么事这叫。垛头，西皮二六，犯什么愣啊，不会是怎么着，教给教给你，咙咚打打打打仓儿咙采衣个呆仓打不台仓。

（乐队音乐起）

谈　元：哎，对了。

杰　盖：（唱）我正在城楼观山景，耳听得城外乱纷纷。旌旗招展空翻影，却原来是司马招来的兵。我也曾差人去打听，打听得司马领兵就往西行。一来是马谡无谋少才能，二来是＄％@^％^％@＄#！#&……

马增寿、谈　元：（合）嘿嘿，打住打住。

谈　元：您别唱了。

马增寿：戏瘾上来了，您瞧这黑派还真够味儿。

谈　元：是啊，能怪剧场不上座吗。

马增寿：他唱了半天谁听的懂啊。

谈　元：是啊，没人能听懂。

冯铭轩：呀，（唱）左思右想心不定，城内必有埋伏兵。

谈　元：伙计。

马增寿：这可是关键时刻，咱们给他提个条件。

谈　元：对。

马增寿：他要是答应咱们，咱们就跟他干，要是不答应咱们就给他捅了。

谈　元：对，不提白不提。

马增寿：好不好？

谈　元：成。

马增寿：就这么办。哎，我说丞相啊，听我跟您说啊，司马懿进城不进城，全在我们哥俩一句话。

谈　元：对。

杰　盖：请讲。

马增寿：跟您提个条件啊。

谈　元：这如今哪，是绩效工资。

马增寿：对。

谈　元：我们哥儿俩连个代理、副候补、副科长都没当过。

马增寿：就是啊，您得给我们个职称和级别呀。

谈　元：对呀。

马增寿：我们好按职称级别要钱啊。

谈　元：是啊。

杰　盖：不符合政策，休想升官。

马增寿：嘿，您瞧见没有，黑脸儿堵。

谈　元：捅。

马增寿：够黑的吧，给他捅喽。

谈　元：捅喽。

马增寿：小白脸儿，过来过来。

谈　元：过来过来。

马增寿：这黑脸儿的使的是空城计。

谈　元：对。

马增寿：还不杀进去，里面没有一个人。

谈　元：快杀进去啊。

马增寿：逮住他就完了。

谈　元：对了。
冯铭轩：哈哈。
马增寿：怎么啦？
冯铭轩：诸葛亮啊诸葛亮，你纵然机关算尽，不想也有今日，众将官。
众将官：有。
冯铭轩：随本督杀进西城。
马增寿：对对对。
谈　元、马增寿：（合）快杀进来，快杀进来。
杰　盖：哈哈哈。人言司马有两下子，今日一见不过如此。
冯铭轩：此话怎讲？
杰　盖：此二位乃是我安插的奸细，正要诱你进城，你来抓我吧，你来呀。
谈　元、马增寿：（合）你别听他的，快杀进去，他没人哪。
杰　盖：快来吧，来来来，Come on，come on！
冯铭轩：险些又中了诸葛亮的诡计。
谈　元、马增寿：（合）别犹豫，快杀进去。
杰　盖：Come on！
谈　元、马增寿：（合）快杀进去吧。
冯铭轩：且慢，你二人为何相助与我？
谈　元：他不让我们升官发财啊。
马增寿：他不给我们定级别职称啊。
谈　元：是啊。
冯铭轩：看你们鬼鬼祟祟，不动大刑量你们不招，众将官。
众将官：有。
冯铭轩：打。
马增寿、谈元：（合）别打，别打。哎呦……
马增寿：我们这是招谁惹谁了？
谈　元：找谁说理去呦。
冯铭轩：我来问你这西城可是空城？
马增寿、谈元：（合）不是空城。
冯铭轩：既然不是空城为何哄瞒与我？实实可恼，打。
马增寿、谈元：（合）哎呦，别打了。
冯铭轩：我再来问你，这西城可是空城？
马增寿、谈元：（合）这个是……
冯铭轩：老夫可不差钱。
马增寿：这是还是不是啊？
谈　元：这当叛徒也忒难了。
冯铭轩：诸葛亮啊诸葛亮，你是空城也罢，实城也罢，我不进去你岂奈我何？众将官。
众将官：有。

冯铭轩：咱们打道回营，吃饺子放炮去喽，拜拜了您哪。
马增寿、谈　元：（合）别走，别走，孩子，别走啊，你回……

（戏曲艺术家给大家拜年）
王玉珍：我代表北京京剧院全体同仁向你们致以新春的问候。
王蓉蓉：祝全国的观众朋友们
北京京剧院：合家欢乐，万事如意，虎年吉祥。
北京京剧院：合家欢乐，吉祥如意。
王　平：我谨代表天津京剧院给全国的戏迷朋友们拜年了。
天津京剧院：天津京剧院给全国戏迷朋友拜年了。
孙重亮：我代表上海京剧院全体员工向大家拜年了。
上海京剧院：我们代表上海京剧院全体员工祝大家身体健康，虎年吉祥。
朱世慧：我率湖北省京剧院全体演职人员祝全国人民
湖北省京剧院：合家欢乐，万事如意。

（掌声起）
【字　幕】**京剧旦角流派联唱**
琴　　师：钱　利
鼓　　师：李中华
演出单位：北京京剧院

【字　幕】**京剧《麻姑献寿》选段**
表演者：张馨月　田　慧
【唱词字幕】
张馨月：瑶池领了圣母训，回身取过酒一樽。
田　慧：近前忙把仙姑敬，金壶玉液仔细斟，愿祝仙师万年庆，愿祝仙子寿比那南极天星。
合：霎时琼浆都饮尽，愿年年如此日不老长生。

【字　幕】**京剧《双阳公主》选段**
表演者：李国静　周　利
【唱词字幕】风萧萧惯长征千里战马，高耸耸峻山岭又无人家，顾不得那路崎岖忙催战马，行来在歧路口路现双岔。

【字　幕】**京剧《梅妃》选段**
表演者：吕　洋　隋晓庆
【唱词字幕】
吕　洋：则学那辣身躯素袜扬尘，忽腾空好比那鹤翔天迴，忽俯地好比那鸥掠波平，忽斜行好比那燕迎风迅，

隋晓庆：忽侧转好比那鹘落云横，浑不是初眠柳临风乍醒，浑不是舞柘枝偃地成形，

合：蓦回身便好似圆球立定，只余那姑射仙花影缤纷。

【字　幕】**京剧《桃花村》选段**

表演者：唐禾香　张佳春

【唱词字幕】

合：非是我嘱咐叮咛把话讲，只怪你呆头呆脑慌慌张张。今夜晚非比那西厢待月，你紧提防莫轻狂，关系你患难鸳鸯，永宿在池塘。既然错请生波浪，怎能够粗心大意你再荒唐。鼓打二更准时往，桃花村口莫彷徨。你不要高声也不要嚷，你必须眼观四路耳听八方。不但要仔细听，还要仔细想，是不是有人拍巴掌，

唐禾香：响一声你还一掌，

张佳春：响两声你凑近身旁，

合：倘若是你响她也响，那就是来了我西厢带路的小红娘。你把我当作诸葛亮，听我的号令上战场。

【字　幕】**京剧《彩楼配》选段**

表演者：王 艳　马 佳

【唱词字幕】

马佳：二月二日千叮咛，怎能失却好光阴，

王艳：彩球不打转身行，回府难见二老双亲，左思右想心不定，

马佳：恰似绝路又重生，彩球巧把众人引。

合：窃喜打中意中人。

【字　幕】**京剧《状元媒》选段**

表演者：姜亦珊　王 盼

【唱词字幕】

合：傅丁奎休要发癫狂，谎言欺君罪难当，

王盼：叔王听儿把前情讲，在潼台儿是寡不敌众，险些一命亡，马失前蹄遭捆绑，

姜亦珊：打上车辇押往番邦，忽然救星从空降，

合：就是这小将延昭杨六郎，赶车辇把贼挡，搭救女儿出祸殃，女儿才得身无恙。傅丁奎此时到疆场，你有功应嘉赏，怎能妄想招东床。叔王思来叔王想，天子圣明做主张，还要细参详。

（掌声起，主持人上）

周　涛：经常看戏的人会熟悉这样一个词叫“反串”。

朱　军：哎，没错。我不常看戏，我也特别喜欢反串，因为它能体现一个人的多才多艺。

周　涛：但是我们今天不给朱军这样的机会，接下来我们请大家欣赏的是于文华的反串，豫剧《花木兰》。

朱　军：请欣赏。

（掌声起）

【字　幕】**豫剧《花木兰》**

表演者：于文华

编　舞：范广和

舞　蹈：南京小百花幼儿艺术团

【唱词字幕】刘大哥讲话理太偏，谁说女子享清闲。男子打仗到边关，女子纺织在家园。白天去种地，夜晚来纺棉，不分昼夜辛勤把活干，将士们才有这吃和穿。您要不相信哪您往那身上看，咱们的鞋和袜，还有衣和衫，千针万线都是她们连。有许多女英雄也把功劳建，为国杀敌是代代出英贤，这女子们哪一点不如儿男。

（掌声起，主持人上）

朱　军：在民间呀，戏曲和喜庆总是紧紧联系在一起。过不够的新年，唱不完的大戏，那是从初一到十五呀，一台接一台，红红火火。

周　涛：说得对，接下来我们请大家欣赏的这个节目，就是融合了舞蹈、戏曲等诸多元素的一个综合性节目，叫《斗台》。它呢，是表现了浙江的婺剧在年节时候几个戏班子斗台的这样一个很热闹的场面。

朱　军：你等会儿啊，斗台啊，我听说过，但真没见过。不过我听说斗台场面特别的宏大，好几台戏在一起，人山人海的，就咱们这演播室，斗台？

周　涛：嗐，别操这个心啊，咱中国戏曲讲究的是什么，讲究的是三五人千军万马，六七步四海九州。

朱　军：这没错啊。

周　涛：所以啊，斗台的场面再宏大，我们也有本事把它从浙江搬到我们的演播室里来。

朱　军：那好，那我们就斗起来。

【字　幕】**婺剧《斗台》**

演出单位：浙江婺剧团

江山婺剧团

编　　舞：侯雅雯　李　进

舞　　蹈：北京万兴歌舞团

（音乐起）

【字　幕】**婺剧《林冲起解》**

表演者 ：毛向阳

【唱词字幕】（楼胜）路障伺候。（马夫）是。

【字　幕】**婺剧《断桥》选段**

表演者：陈美兰　杨霞云　唐白星

【唱词字幕】

陈美兰：许仙，我为他受尽千般苦。

杨霞云：谁知他全无半点情。

陈美兰：冤家，青妹。

唐白星：青姐饶命，青姐饶命。

杨霞云：看剑。

陈美兰：想那日端阳后你命悬一线，我为你仙山盗草受尽颠连，你不该病好将心变，偷偷瞒我上金山。

唐白星：青姐饶命。

陈美兰：青妹。

（音乐起）

（戏曲艺术家给大家拜年）

天津市青年京剧团：天津市青年京剧团向全国人民拜年了。

山东省京剧院：山东省京剧院给大家拜年了，祝大家虎年大吉。

张新民：我携黑龙江省京剧院全体演职人员，向全国人民拜年。

黑龙江省京剧院：祖国昌盛，民族富强，龙江腾飞，新春快乐。

云南省京剧院：云南省京剧院祝全国人民虎年，虎虎生威。

沈阳京剧院：沈阳京剧院祝全国人民新春愉快。

江苏省演艺集团京剧院：江苏省演艺集团京剧院向全国的戏迷朋友拜年了。

（掌声起，主持人上）

周　涛：新春佳节是合家团聚的时刻。

朱　军：除夕之夜也是远方游子思念家乡的时候。

周　涛：举头望明月，低头思故乡。同样的血脉让我们心心相连。

朱　军：同样的文化让我们唱出同样的声音。

（掌声起）

【字　幕】**京剧《孟母三迁》选段**

表演者：吴汝俊

【唱词字幕】谢孔师谆谆教导如彩虹，照亮儿心露峥嵘，再谢孔师胸浩涌，不忌童言教顽童。愿今后，孟轲成才为百姓，愿今后，孟轲发迹不忘穷。和谐济世追圣贤，与娇儿弃旧共迎新，和谐济世追圣贤，与娇儿弃旧共迎新。

【字　幕】**京剧《游龙戏凤》选段**

表演者：魏海敏　李宝春

琴　师：姚　利

鼓　师：封　千

【唱词字幕】

魏海敏：军爷说话理太差，不该调戏我们好人家。

李宝春：好人家来歹人家，不该斜插着海棠花，扭扭捏，捏捏扭，十分茬雅，风流就在这朵海棠花。

魏海敏：海棠花来海棠花，倒被军爷取笑咱。忙将花儿丢地下，从今后不戴这朵海棠花。

李宝春：李凤姐做事差，不该丢下这海棠花。为军用手儿来拾起，我与你插，插，插上这朵海棠花。

魏海敏：呀，凤姐一见心害怕，跑到后堂就躲避他。

李宝春：哈哈哈哈，任你上天躲地下，为军赶你到天涯。

（掌声起，主持人上）

张　喆：戏曲艺术源远流长，从农耕社会到工业文明，再到如今的信息化时代，如何让这门古老的艺术反映不断发展的时代，是我们戏曲工作者所坚持的探索方向。

顾　斌：新中国建国六十年来，现代戏创作涌现出了许许多多的优秀作品。而近年来，“五个一工程奖”的设立更是推动了新剧目创作发展。

张　喆：贴近生活，贴近群众，反映时代的最强音。接下来就让我们欣赏一组优秀现代戏的精彩片段。

（掌声起）

【字　幕】**京剧《飘扬的红纱巾》选段**

表演者：李　洁

【唱词字幕】忆当年去南洋，求学发奋，校园内遇章迪一见倾心。飘扬的红纱巾，他深情相赠，说时事谈理想，共话人生。谁曾想，忽一日不见他踪影，撇下我海滨旁茕茕孤零。忆惜别三年整，未料今日重相逢，心绪纷繁难平静，苦涩的泪水湿衣襟。

【字　幕】**京剧《华子良》选段**

表演者：王　平

【唱词字幕】出魔窟跨山崖，秋风扑面。望山城，雾弥漫，嘉陵江，水连天，一路奔跑我下了山。啊，蓦回首丛林之中人影闪，想必是敌特跟踪把我看，我这里攀崖绕壁，穿山涧。吆吆，嘿，哈哈哈，今日里学一回刘海戏金蟾，吆呵。

【字　幕】**汉剧《蝶恋花》**

表演者：李仙花

编　舞：吴　奎　原　亮

舞　蹈：北京万兴歌舞团

【唱词字幕】我失骄杨君失柳，杨柳轻飏直上重霄九。问讯吴刚何所有，吴刚捧出桂花酒，寂寞嫦娥舒广袖，万里长空且为忠魂舞，且为忠魂舞。忽报人间曾伏虎，泪飞顿作倾盆雨。

【字　幕】**京剧《武家坡》选段**

表演者：李佩红　张　克

【唱词字幕】

张　克：那苏龙魏虎为媒证，王丞相是我的主婚人哪。

李佩红：提起了旁人我不晓，苏龙魏虎是内亲，你我同把相府进，三人对面说分明。

张　克：他三人与我有仇恨，咬定牙关他就不认承。

李佩红：我父在朝为官宦，府内金银堆如山，本利算来该多少，命人送到西凉川。

张　克：西凉国四十单八站，为军我要人我是不要钱。

李佩红：我进相府对父言，家人小厮有万千，将你带到官衙内，打板子，上夹棍，丢南牢，坐监禁，管叫你思前容易退后难。

张　克：大嫂休要巧言辩，为军哪怕到官前，衙里衙外我打点，管保大嫂断与咱。

李佩红：军爷说话理不端，欺奴犹如欺了天。西凉鞑子把你斩，妻儿老小奴一般。

张　克：好一个贞节王宝钏，百般调戏也枉然。腰中取出了银一锭，将银放在地平川。这锭银子三两三，送与大嫂作养年。买绫罗，做衣衫，打首饰，置簪环，我与你少年的夫妻就过几年。

李佩红：这锭银子奴不要，与你娘做一个安家钱。买绫罗，做衣衫，买白纸，糊白幡，打首饰，做妆奁，落得个孝子的名儿在那天下传。

张　克：是烈女不该出绣房，为何来在大路旁？为军起下不良意，一马双跨到西凉。

李佩红：一见军爷变了脸，吓得宝钏心胆寒，低下头来心暗转，（白）军爷，你看那旁有人来了，（唱）急忙回到那寒窑前。

【字　幕】**京剧《双投唐》选段**

表演者：孟广禄　杜镇杰

琴　师：艾　兵

鼓　师：刘　洋

【唱词字幕】

孟广禄：这时候孤才把这宽心放，问贤弟你因何脸带惆怅？

杜镇杰：你杀那公主你因为何故，忘恩负义为的是哪桩？

孟广禄：昨夜晚在宫中饮琼浆，夫妻们对坐我叙叙衷肠。孤把那好言对她讲，谁知贱人撒癫狂，大丈夫岂容那妇人犟，因此拔剑我斩河阳！

杜镇杰：闻言怒发三千丈，太阳头上冒火光。可叹三十六员将，东逃西奔各一方，单单剩下王伯党。大胆保你来降唐，唐王天子隆恩降，反将公主招东床。贪心不足生妄想，一心只想做帝王。河阳公主剑下丧，你是个人面兽心肠。

孟广禄：贤弟把话错来讲，细听愚兄说比方，昔日里韩信谋家邦，

杜镇杰：未央宫中一命亡。

孟广禄：毒死平帝是王莽，

杜镇杰：千刀万剐无下场。

孟广禄：李渊也是个臣谋主，

杜镇杰：他本是真龙下天堂。

孟广禄：说什么真龙下天堂，孤王看来也平常。此去借来兵和将，带领人马反大唐，唐室的江山为兄掌，封你个一字并肩王。

杜镇杰：讲什么一字并肩王，羞得王勇脸无光，你好比人心不足蛇吞象，你好比困龙痴想上天堂，任你纵有千员将，雪霜焉能见太阳！

孟广禄：贤弟把话错来讲，君臣一路好商量，李密打马朝前闯，

杜镇杰：王伯党错保这无义的王。

【字　幕】**京剧《四郎探母·坐宫》**

表演者：王蓉蓉　杜　鹏

琴　师：赵　旭

鼓　师：杨广侗

【唱词字幕】

杜　鹏：公主呀！我和你好夫妻恩德不浅，贤公主又何必礼仪太谦，杨延辉有一日愁眉得展，誓不忘贤公主恩重如山。

王蓉蓉：讲什么夫妻情恩德不浅，咱与你隔南北千里姻缘。因何故终日里愁眉不展，有什么心腹事你只管明言。

杜　鹏：非是我这几日愁眉不展，有一桩心腹事不敢明言。萧天佐摆天门两国交战，我的娘押粮草来到北番。我有心回宋营见母一面，怎奈我身在番不能过关。

王蓉蓉：你那里休得要巧言改辩，你要见高堂母我不阻拦。

杜　鹏：公主虽然不阻拦，无有令箭怎过关。

王蓉蓉：有心赠你金钍箭，怕你一去就不回还。

杜　鹏：公主赐我的金钍箭，见母一面即刻还。

王蓉蓉：宋营离此路途远，一夜之间你怎能够还？

杜　鹏：宋营虽然路途远，快马加鞭一夜还。

王蓉蓉：适才叫咱盟誓愿，你也对天就表一番。

杜　鹏：公主叫我盟誓愿，双膝跪在地平川，我若探母不回转，

王蓉蓉：怎么样啊？

杜　鹏：黄沙盖脸尸骨不全。

王蓉蓉：言重了。一见驸马盟誓愿，咱家才把心放宽，你到后宫把衣换，盗来令箭你好出关哪！

（掌声起）

（各大戏院工作人员给大家拜年）

长安大戏院：长安大戏院全体员工向全国人民拜年了，祝您身体健康，合家欢乐。

梅兰芳大戏院：亲爱的观众朋友们，我携梅兰芳大剧院的全体员工给大家拜年了，祝全

国人民新春愉快，虎年吉祥，何家欢乐，虎虎生威。

中国大戏院：中国大戏院给全国人民拜年了，祝全国人民虎年大吉。

中华剧院：中华剧院给全国人民拜年了。

天蟾逸夫舞台：上海天蟾逸夫舞台祝全国戏迷朋友们新年快乐。

李少春大剧院：祝全国人民新春快乐！

（掌声起，主持人上）

白燕升：亲爱的观众朋友们，说到小时候看戏啊，那是我的最爱。董艺你知道吗，小的时候我真的搬着个小马扎走街串巷看了好些戏，当然也包括很多的戏曲电影。我想到我少年时代读的鲁迅的那篇文章叫《社戏》，里边的情景就好像发生在我身上一样。

董　艺：提到这篇课文，我也看过，你知道我最喜欢其中哪一段吗？

白燕升：哪一段？

董　艺：就是那段“背插着四杆靠旗，手拿着长枪，能够连翻八十四个跟斗的铁头老生”那一段。

白燕升：我想问你为什么对这一段那么印象深刻？那么清楚？

董　艺：因为我小的时候最喜欢看的就是武戏了。你想想看啊，过年过节能够看上一段热闹火爆的武戏，有多过瘾哪！不过现在看的少了。

白燕升：今天想不想看？

董　艺：想啊，有吗？

白燕升：当然有了。接下来呢，我们就为大家安排这样的一段武戏，我相信大家看了以后不光觉得精彩，而且一定会让您觉得热血沸腾。

（掌声起）

【字　幕】**戏曲武戏集锦《鼓舞太平》**

表 演 者：李静文　侯丹梅　闫　巍　黄齐峰　孙　亮
刘魁魁　刘大可　闫虹羽　李　洋

演出单位：沈阳京剧院
北京京剧院等

（鼓声起）

（掌声起，主持人上）

周　涛：新春的钟声，为我们带来崭新的春天，

朱　军：回首2009年，新中国六十华诞大庆，将让我们永远铭记，

白燕升：当庄严的《义勇军进行曲》在天安门广场响起，

董　艺：当意气风发的中华儿女，在漫天焰火的陪衬下欢歌起舞，

顾　斌：当我们的祖国在世界东方崛起，走向繁荣富强，

张　喆：作为一个中国人，我感到由衷的自豪。

周　涛：当冰雪化作溪流润泽大地，当一抹新绿出现在田间枝头，

朱　军：新的春天带来新的希望，新的一年将有更多的喜悦。
白燕升：亲爱的朋友们，在这里，让我们再次祝福我们伟大的祖国，
合：繁荣昌盛，再创辉煌。

（掌声起）
【字　幕】**京歌《百戏迎春》**
作词：刘连群
作曲：徐　滔
演唱：刘桂娟　张慧芳　李军　杜喆喆　安平　魏积军
编舞：李进　池鹏　原亮
舞蹈：北京万兴歌舞团
【唱词字幕】
伴　唱：金鼓齐鸣啊，
李　军：金鼓齐鸣，催响爆竹声声。
刘桂娟：银弦合奏，迎来瑞雪纷纷。
魏积军：百戏迎春辞旧岁，
张慧芳：清歌妙舞上荧屏。
杜　喆：一折折古今传奇，一台台虎啸龙吟。
安　平：唱的是五千年灿烂文明，唱的是六十年辉煌历程。
刘桂娟：唱的是沧海横流，更显九州风韵。
李　军：唱的是中华崛起，
合　唱：伟大复兴。
伴　唱：一折折古今传奇，一台台虎啸龙吟。
张慧芳：梨园逢盛世，万卉齐争荣。
杜　喆：空中剧院传四海，五洲唱响中华情。
刘桂娟：堂会唱到百姓家，薪火相传老中青。
魏积军：推精品，扶新人，扬国粹，振精神。
张慧芳、刘桂娟：喜看这满园春色，春风杨柳，杨柳春风。
李　军：百戏迎春辞旧岁，清歌妙舞上荧屏。
魏积军：送金牛，爆竹增豪情；迎瑞虎，瑞雪兆年丰。
刘桂娟：又是一年好风景，
张慧芳：科学发展百业兴。
合　唱：祖国国运昌盛好光景，人民家家欢乐幸福康宁。

（掌声起，主持人上）
周　涛：2010年春节戏曲晚会到这里就结束了，
朱　军：再次感谢您的收看，感谢您的光临，亲爱的朋友们
众　人：再见。

【滚屏字幕】
总 策 划：朱 彤
艺术总监：郎 昆
艺术指导：阎德威
总 导 演：钱 皓
策 划：刘连群 张 慧
撰 稿：程博峰
导 演：刘 洋 舒 强 李 曼
音乐总监：李秀增
舞美指导：吕金明
舞美设计：张 杨
灯光设计：高 炜
摄像指导：王晓明
摄 像：任 波 安 伟 张 威 王 伟
王少博 蒋少谦 王 璐
制片主任：国 浩
制 片 人：曹 毅 齐宪役 李纯博
总制片人：张晓海 王 进 周 涛
监 制：胡 恩 朱 彤
总 监 制：焦 利

（编撰 蒋东升 董琳）

2003年北京电视台春节戏曲晚会——姥姥门前唱大戏

Sing operas in front of the grandmather's house

【片 头】
（掌声起，主持人东也萍、叮当上场）
东也萍、叮当：姥姥门前唱大戏，唱大戏喽！唱戏喽！
【字 幕】Sing operas in front of the grandmather's house. The show has started.
叮 当：电视机前的爷爷奶奶，

【字　幕】To all grandmothers and grandfathers in front of the television set.

东也萍：叔叔阿姨，

【字　幕】To all uncles and aunties.

叮　当：哥哥姐姐，

【字　幕】To all brothers and sisters.

东也萍：小朋友们，

【字　幕】To all little friends.

东也萍、叮当：小戏迷给大家拜年了！哎，姥姥！

【字　幕】Little opera fans say："Happy new year！" Grandmother！

（秦梦瑶饰演姥姥上场）

秦梦瑶：哎！

【字　幕】Ai！

东也萍、叮当：拜年了！

【字　幕】Happy New Year！

秦梦瑶：来了！老戏迷给大家拜年了！我说外孙、外孙女啊，今天啊，可让你们俩给来着了，姥姥我家门前正在唱大戏呢！你们可有的学了。

【字　幕】I am here！Old opera fans wishes a good new year to all of you. But let me tell you dear grandson and granddaughter. Since you both are here today. Operas are being sung in front of my house. You two must seize this opportunity to learn something...

叮　当：嗨，不就还是那个"栓保娘"。

【字　幕】Grandmother，you are not going to sing us this old song "Shuan Bao Niang" are you.

东也萍：银环她妈。

【字　幕】Yin Huan Ta Ma.

叮　当：老嫂子，都学过好几遍了。

【字　幕】Lao Sao Zi.

东也萍：不是。那都是几十年前的老黄历了。今天呀，姥姥全部让你学新的。

【字　幕】Of course not. These belong to history. Today，I am going to introduce completely new to you.

叮当、东也萍：真的？

【字　幕】Really？

秦梦瑶：不信，你们看！

【字　幕】If you don't believe me，take a look.

（掌声）

【字　幕】**小戏迷拜大年**

A great new year from little opera fans

舞蹈编导：于春仪

演出单位：北京市蓝天幼儿园

北京市东城区少年宫

【唱词字幕】新春的锣鼓敲得急，大红灯笼咧着嘴儿笑眯眯。小戏迷我们来拜年，恭贺新禧恭贺新禧，热热闹闹，唱念做打学京戏。我学青衣她哭啼啼，我学花脸他发脾气。小生他乐得多雅气，那小丑乐得多滑稽。把那京戏的锣鼓，使着劲地打来可着劲地敲，让上紧的琴弦龙里格龙拉京调。恭贺新禧，恭贺新禧。

【滚动字幕】“A Great new year from little opera fans” This is a Beijing song. On the eve of new year, a group of little opera fans give their best wishes to audiences through performing their beloved operas.

（掌声，叮当领着秦梦瑶、东也萍从台侧跑上）

叮　当：姥姥，姥姥。

【字　幕】Grandmother.

秦梦瑶：慢点，慢点。

【字　幕】Slower please...

叮　当：刚才那个真棒，我要学，我要学！

【字　幕】That song was awesome. I want to learn it…

秦梦瑶：你要学？那你给大家来一个。

【字　幕】You want to learn it? Then why don't you sing a little for everyone.

叮　当：好嘞！

【字　幕】Ok!

（叮当模仿戏曲的跌、翻）

秦梦瑶：感觉怎么样啊？

【字　幕】How do you feel now?

叮　当：疼。

【字　幕】It hurts...

秦梦瑶：疼？（对着东也萍）那你来。

【字　幕】What about you?

（东也萍模仿戏曲亮相）

叮　当：挺胸、抬头、收腹，压住了步子啊。

【字　幕】You must thrust out the chest raise your head. Hold your stomach and press down your steps.

秦梦瑶：哎呦，我说外孙呀，就你这两把刷子还教人家呢？

【字　幕】How can a small person like you pretend being able to teach opera.

叮　当：姥姥，您不知道，我教她啊，我难啊，我口渴。

【字　幕】Grandmother, you don't know, I teach her it's hard work, I am thirsty...

秦梦瑶：渴了？那好说，你要看了下一个节目呀，我保证你口就不渴了。

【字　幕】Thirsty? I bet you won't be thirsty anymore after you watched the next act...

叮　当：真的
【字　幕】Really?
秦梦瑶：真的。
【字　幕】Really.
叮　当：那快去看吧！
【字　幕】You should go take a look，
秦梦瑶：走吧！
【字　幕】Let's go！

【字　幕】**京剧《卖水》选段**
Beijing Opera：To sell water
表　　演：王　欢（8岁）
Wang Huan　8 years old
指导教师：余品芸　吕正芹
演出单位：湖北荆州市小梅花艺术学校
长江小梅花艺术团

【唱词字幕】清早起来什么镜子照？梳一个油头什么花香？脸上擦的是什么花粉？口点的胭脂是什么花红？清早起来菱花镜子照，梳一个油头桂花香。脸上擦的桃花粉，口点的胭脂是杏花红。什么花姐？什么花郎？什么花的帐子什么花儿的床？什么花的枕头床上放？什么花的褥子铺满床？红花姐，绿花郎。干枝梅的帐子象牙花的床，鸳鸯花的枕头床上放，木樨花的褥子铺满床。

【滚动字幕】"To Sell Water" This is a Beijing Opera excerpt. The excerpt shows that the servant girl lessens her hostess' grieves by reporting flowers' names.

（掌声）
秦梦瑶：你们俩看完这一段还渴吗？
【字　幕】Are you two still thirsty after looking at the last act?
叮当、东也萍：渴！
【字　幕】Still thirsty.
秦梦瑶：渴？那是为什么呀？
【字　幕】Still thirsty. Why?
叮　当：她说是卖水，可一滴水也没看着啊。
【字　幕】She said she was selling water，but I didn't see a single drop of water.
秦梦瑶：外孙啊，我告诉你，其实台上根本就没有水。
【字　幕】Grandson，I tell you，in fact there never was water on stage.
叮　当：那这台上都假的？
【字　幕】So it's just a big lie，isn't it?
东也萍：他们不骗人吗？

【字 幕】Do they lie?

秦梦瑶：不能这样说。只能说呀，人家演得好，能把假的演的跟真的似的。你们俩不是口渴吗？姥姥这儿有水，你们俩先喝两口，咱们还有正事呢。

【字 幕】You cannot say that. You should rather say that good actors, are able to make fake seem almost real. But aren't you two thirsty? Take, I've got some water here, drink some. We still have some serious business ahead.

（掌声）

【字 幕】**越剧《梁山伯与祝英台》选段**

Shaoxing Opera: Liang Shanbo and Zhu Yingtai

表 演：姚煜晨（6岁）

Yao Yuchen 6 years old

指导老师：钱鲜霞

演出单位：浙江省绍兴市群众艺术馆

绍兴市胜利小学

【唱词字幕】祝家庄上请英台，一边走一边喜，同窗竟会成连理。一边走一边想，我与她同桌共读情义长。一边走一边呆，我不辨男女三长载。一边走啊一边忖，想起了十八里相送她到长亭。眼前就是旧时景，回忆往事喜又惊。她曾经梅花透露春消息，我竟是泥塑木雕不知情。记得出了城过了关，她曾经比喻樵夫为妻把柴担。

【滚动字幕】"Hui Shi Ba" This is a Zhe Jiang opera excerpt. It is a part of the ancient love story "Liang Shanbo and Zhu Yingtai" in which Liang Shanbo, on his way to courting Zhu Yingtai, recalled of their nice affections at the moment of their previous parting.

（掌声）

秦梦瑶：哎，我说外孙啊，你们俩天天吵着要唱戏，可我不知道你们俩到底懂不懂。我就要考考你。你说，在戏曲中有多少个行当啊？

【字 幕】Let me ask you Grandson, you two always brag about wanting to sing opera, but I still don'【字 幕】t know whether you understand it or not. I will give you two an exam. What does it mean to " play a part"?

叮 当：这还不简单。

【字 幕】That is simple.

秦梦瑶：你说。

【字 幕】Answer me.

叮 当：唱念做打。

【字 幕】To sing, to read, to do, to make.

秦梦瑶：那是行当吗？哎，你说。

【字 幕】That's your definition of "to play a part"? You can do better than that!

东也萍：说学逗唱。

【字　幕】To talk，to learn，to tickle，to sing.

秦梦瑶：那是相声。你说说。

【字　幕】No. That's the definition for "cross - talk".

叮　当：声台形表。

【字　幕】Sounds，stage，shapes and movements.

秦梦瑶：那是话剧。

【字　幕】No. That is the definition for "drama".

叮　当：那你说是什么？

【字　幕】Then tell us.

秦梦瑶：煎炒烹炸。

【字　幕】To fry，to stir - fry，to boil and to deep - fry.

叮当、东也萍：啊？

【字　幕】Ah！

秦梦瑶：都让你们俩给搅糊涂了。

【字　幕】Hi！I'【字　幕】m confused by you two.

叮　当：那正确的？

【字　幕】You can say that.

秦梦瑶：应该是生旦净末丑。

【字　幕】Male role，female role，heavily painted face role，middle - age male role，third party role.

东也萍、叮当：姥姥我想看。

【字　幕】I want to see，grandmother.

秦梦瑶：接下来就有。

【字　幕】There will be some later on.

（掌声）

【字　幕】**昆曲《小和尚下山》**

Kun Opera：Little monks go down the mountain

表　　演：张　曦（7岁）等

Zhang Xi　7 years old etal

指导教师：张咸良

演出单位：湖北荆州市小梅花艺术学校

【唱词字幕】和尚出家受尽了波折，被师傅打骂我就逃往回家。一年二年养起了头发，三年四年做起了人家，五年六年讨一个浑家，七年八年养一个娃娃，九年十年，叫一声和尚我的爹爹，和尚，爹爹。

【滚动字幕】"Little Monks Go Down the Mountain"　This is a Kun opera excerpt. Little monks，ignoring the rules of the temple，ran away from it. On their way of escaping，they sang their wishes of living happy lives of average people.

(掌声，叮当拿上一个节目念珠道具跑上)

叮　当：姥姥，姥姥，姥姥。

【字　幕】Grandmother.

秦梦瑶：哎，等一等。

【字　幕】Wait，just wait a little.

叮　当：我要学这个。

【字　幕】I want to learn this one...

秦梦瑶：啊？学这个啊。这个可不好学。那你给大伙耍两下。

【字　幕】Learn this one，right? It is not easy to learn! Why don't you show everyone what you can do?

叮　当：好嘞。看好了吧。

【字　幕】Well... Look at me.

秦梦瑶：好啊。

【字　幕】Good!

叮　当：好啊？

秦梦瑶：很好啊。下去，接着练。那你呢？

【字　幕】You better keep practicing... And you?

东也萍：姥姥，我刚才在那偷偷练了。不好学。

【字　幕】Grandmother，I practiced a little without you noticing. I admit it is not easy!

秦梦瑶：不好学吧？那好看不好学的呀还在后头呢。不信，你跟着姥姥接着下去看。走吧。哎，你回来吧。

【字　幕】Not easy to learn，is it? Those easy to watch yet hard to learn songs are coming. Come with me，let's keep watching. Come with me.

叮　当：我不。

(叮当被秦梦瑶拽下台)

(掌声)

【字　幕】**黄梅戏《打猪草》**

An Hui Local Opera：Harvesting

表　　演：汪逸群（7岁）

Wang Yiqun　7 years old

蒋梅琳（7岁）

Jiang Meilin　7 years old

指导教师：汪禄如　孙　可

演出单位：安徽省安庆市四照园小学

【唱词字幕】郎对花，姐对花，一对对到田埂下。丢下一粒籽，发了一棵芽。么秆子么叶，开的什么花？结的什么籽？磨的什么粉？做的什么粑？此花叫做，呀的呀的喂呀得喂呀，得儿喂呀得儿喂得尚喂，叫做什么花？郎对花，姐对花，一对对到田埂下。丢下一粒籽，发了一棵芽。红秆子绿叶，开的是白花。结的是黑籽，磨的是白粉，做的是黑粑。此花叫做，呀的呀的喂呀得喂呀，得儿喂呀得儿喂得尚喂，叫做荞麦花。

【滚动字幕】“Harvesting” A pair of young boy and girl show their love to each other in the process of laboring by singing.

（掌声）

秦梦瑶：外孙、外孙女，怎么样啊？

【字　幕】How did you find the last song?

叮　当：精彩！

【字　幕】Wonderful!

东也萍：漂亮！

【字　幕】Beautiful!

秦梦瑶：哎哟，漂亮。看来你们俩呀是真的看懂了。

【字　幕】It seems to me like you two really start to understand!

叮　当：姥姥。你太小瞧我们了吧。

【字　幕】Don't underestimate us!

东也萍：看懂这个还不容易。

【字　幕】It was not difficult to understand the last song.

秦梦瑶：哎，别吹牛！有句话说，这“内行看门道，外行看热闹”。下个戏呀，我就能知道你们俩到底是在看门道呢，还是在看热闹。

【字　幕】Stop boasting! There is an old proverb that says: “The expert looks at the door while the greenhorn looks at the action.” After the next song, I will know for sure whether you two are “looking at the door” or “looking at the action”.

（掌声）

【字　幕】**闽剧《甘国宝》选段**

Fujian Opera: Gan Guo Bao

表　　演：林冰鑫（4岁）

Lin Bingxin 4 years old

指导教师：林　英

伴　　奏：福建省闽剧院

【唱词字幕】像这样做亲戚有够体面呀，刚刚好票未兑，碎钱还未备。论情理表弟你做官到此呀，也要花二十四钱，一碗清汤面。正好你表姐夫不在家里，你莫怪你表姐如此节俭。奴越想越好笑，齐齐都是命。论八字与表姐妹实在没法比，你两位有本事七溜八溜去。奴吃饱没事做，只好坐定。三餐都是鸡鱼肉，真是越吃越怨命呀。论别人不一定落你圈套，王莲莲的脾气，就是这样暴躁。你歹仔有本事高官显爵去，奴面前讲明了，拜香跪去。趁早与我走远远去，都不要在这里胡搅蛮缠。

【滚动字幕】“Gan Guobao” This is a Fu Jian opera excerpt. The snobbish cousin sister jeers at her cousin brother who is begging. In this excerpt, we appreciate the lovely performance of the 4 – years – old child.

（掌声）

秦梦瑶：外孙啊，好看吗？

【字　幕】Did it please your eyes?

叮　当：嗯，嗯。

【字　幕】Yes.

秦梦瑶：外孙女，好听吗？

【字　幕】Did it please your ears?

东也萍：嗯。

【字　幕】Yes.

秦梦瑶：那都弄懂了没？

【字　幕】Did you understand?

东也萍、叮当：啊……

【字　幕】We didn't understand...

秦梦瑶：看看，这中国戏曲啊，它就是博大精深，想要弄懂可不是那么容易的，更别说学了。

【字　幕】Chinese Opera, it is an extensive and profound form of art. It is not so easy to understand it and it is even harder to learn it!

东也萍：姥姥，那您懂了吗？

【字　幕】What about you, grandmother? Did you understand?

秦梦瑶：姥姥当然是……一句也没懂。

【字　幕】Of course, grandmother... didn't understand either.

叮当、东也萍：嗨！

【字　幕】What?

秦梦瑶：所以说呀，像这种戏我们大小戏迷都得学。

【字　幕】So, a play like this one is a good occasion to learn, for both little opera fans and older opera fans.

叮　当：姥姥，说到学，我就想学那个戏曲中的技巧。

【字　幕】I only want to learn the few techniques in Opera.

秦梦瑶：技巧？

叮　当：让我一耍，观众们就叫好的。

【字　幕】When I will demonstrate it, the public will scream my name!

东也萍：姥姥，我想学那种唱的。我一唱，观众就叫好鼓掌的。

【字　幕】I only want to learn the singing part. When I will sing, the public will applause!

秦梦瑶：鼓掌的？

叮　当：这种节目有吗？

【字　幕】Dose such a program exist？

秦梦瑶：洒洒水啦。

【字　幕】Pour some water on it，will you？Calm down…

叮　当：姥姥，什么意思？

【字　幕】What does that mean？

秦梦瑶：就是很容易啦。

【字　幕】It is very simple…

（掌声）

【字　幕】**花鼓戏《刘海砍樵》**

Flowered Drum Opera：Liu Hai Chops Wood

表　　演：陈德睿（7岁）

Chen Derui　7 years old

黄米依（7岁）

Huang Miyi　7 years old

指导教师：段杏桃

【唱词字幕】我这里将海哥好有一比，胡大姐，我的妻，你把我比做什么人？我把你比牛郎不差毫分。那我就比不上，你比他还要多。胡大姐，你是我的妻，刘海哥你是我的夫。胡大姐你随着我来走，刘海哥你带路往前行。走，行，走，行。我这里将大姐也有一比，刘海哥，我的夫，你把我比做什么人？我把你比织女不差毫分。那我就比不上，我看你越像她。刘海哥，你是我的夫，胡大姐，你是我的妻。海哥哥你带路往前走。胡大姐你随着我来行。走，行，走，行。

【滚动字幕】"Liu Hai Chops Wood"　This is a Hu Nan Flowered Drum Opera Excerpt. A young couple confide love to each other while they are chopping wood.

（掌声）

【字　幕】**蒲剧《跑城》选段**

Shan Xi Opera：Pao Cheng

表　　演：周　赢（12岁）

Zhou Ying　12 years old

指导老师：李炳淑

演出单位：山西省临汾市文化艺术学校

【念白字幕】家院哪，爷我今天只觉得身轻气爽，我要步行上朝，你速快打马与你老太夫人报个喜讯，说是你快去快去哟！

【唱词字幕】只觉得身轻步健快如风，此番上殿我胆气整。看一看昏君他怎样行，我捋须抖衣我把城进。

【滚动字幕】"Pao Cheng"　This is an excerpt from a Shan Xi Opera. It tells that Prime Minister, Xu Ce, regardless of his age and week body runs into the royal court to meet the king to right the misjuged case of the Xue's. In this part we appreciate actor's performing capabilities and the skills of controlling the hat wings.

（掌声）

秦梦瑶：哎，这人呢都？外孙，外孙女，你们都出来吧！

【字　幕】This person... Grandson, Granddaughter, come out!

叮当、东也萍：姥姥！

秦梦瑶：哎！你们说，姥姥门前这台大戏唱得热闹不热闹？

【字　幕】Do you think the operas played in front of my house are sung well or not? Enough action for you two?

叮　当：热闹是热闹的，就是有一种没有，就是我喜欢的那种的，纯武的，特英雄的。

【字　幕】It is sure merry! But what I like the most is missing. I like martial arts, heroes...

秦梦瑶：特英雄的？英雄人物？

【字　幕】Heroes?

叮　当：这种戏有吗？

【字　幕】Are there heroes in the show?

秦梦瑶：又是洒洒水啦。

【字　幕】Pour some water on it, will you? Calm down...

（掌声）

【字　幕】**河北梆子《界牌关》选段**

He Bei Opera: Jie Pai Frontier

表　　演：于　静（女 12 岁）

Yu Jing　12 years old

指导教师：陈宝珠　杨玉华

演出单位：河北梆子剧院少儿培训基地

【滚动字幕】"Jie Pai Frontier"　This is a He Bei Opera excerpt. The story is a story that the warrior, Luo Tong, whose belly is stabbed with the bowels flowing out, fought to death in the warfare.

（掌声）

【字　幕】**秦腔《教学》选段**

Shaan Xi Opera: To Teach

表　　演：程思源（4 岁）

Cheng Siyuan　4 years old

指导教师：谢福源

【念白字幕】一不吹牛，二不喧，我家三辈做大官。我爷见过皇上面，我婆跟娘娘吃过饭。我爸穿过黄马褂，我妈穿过绫罗缎。出门不走坐软轿，回来捶背有丫鬟。吃饭端的是玉石碗，尿盆子镶的是五彩蓝。逢年过节把礼送满，绅五绅六都来舔。自从我爸爸钻了土，地方的绅士趔得远。换了人，换了脸，翻过来给咱打算盘。俺妈劝我把书念，我不爱念书光捣蛋。打先生，翻桌面，把上学当成了个偏闲传。有几个财主谋家产，勾我耍钱又吸烟。人之初，性本善，性相近，习相远，下坡子碌碡真好掀。没几天我把这打麻将，耍洋片，掷色子，老碗转，投圈圈，看点点，出宝押宝当宝官。抽大烟，装水烟，喝酒胡浪背巷子钻，十八般武艺全套很快就学完。到今天房卖完，地卖完，想卖媳妇婚未谈。如今我，没人管，没啥吃，没啥穿，没铺盖，没麦苋，没丫鬟，没公馆，没老人，没祖先，没媳妇，没家眷，没吃、没喝、没穿、没戴、没铺、没盖、没妈、没爸、没婆娘、没娃，没有啥啥就剩一个光杆杆。受洋罪，受可怜，如今我还是童男，你看危险不危险。我一死何家这门今后全套永远就算把种断，完了蛋。

【滚动字幕】“To Teach” This is a Shaan Xi Opera excerpt. An aristocrat, using satiric language, accounted the process of his family's declination.

（掌声）

【字　幕】**豫剧《穆桂英挂帅》**

He Nan Opera: Mu Gui Ying appointed commander

表　　演：尚嘉宝（6岁）

Shang Jiabao　6 years old

指导教师：李卫红　范雅鸣　李平生

【唱词字幕】辕门外三声炮如同雷震，天波府里走出来我保国臣。头戴金冠压双鬓，当年的铁甲我又披上了身。帅字旗，飘如云，斗大的穆字震乾坤。上写着浑啊浑天侯穆氏桂英，谁料想我五十三岁又管三军。都只为安王贼战表进，打一通连环战表要争乾坤。宋王爷传下来一道圣旨，众啊众武将，跨啊跨战马各执兵刃，一个个到校场比武夺帅印。老太君传下来口号令箭，文广儿探事进了京门。王伦贼一马三箭射得稳，在旁边可气坏了他们兄妹二人。他两个商商量量才把那校场进，同朝的满朝文武夸他武艺超群。我的儿一马三箭射得好。我的小女儿她的箭法高，她箭射金钱落在了埃尘。王伦贼在一旁他心中气不愤，他要与我的儿论个假真。未杀三合并两阵，小奴才他起下一个杀人的心。回马三刀，使得也怪准。刀劈王伦一命归阴，王强贼恼怒要把我儿捆。多亏了天官寇准一本奏当今，万岁爷在校场把我儿问。小奴才他瞒哄不住，表他的祖根。住在河东有家门，杨令公是他先人。他本是宗保的儿子，杨延景的孙。曾祖母佘老太君，穆桂英我本是他的母亲。我的儿他表家乡珠泪滚，在校场可喜坏了那些忠良臣。宋王爷听此言欢喜不尽，他知道俺杨门辈辈是忠臣。刀劈王伦，他也不怪。又把招讨帅印赐予俺杨门。文广儿欢天喜地把府进，我一见帅印气在了心。我本想进京辞帅印，小女儿搬来了老太君。老太君为国把忠尽，她命我挂帅平反贼。一不为官，二不为宦，为的是这大宋江山和黎民。此一番到在两军阵，我不杀安王贼，我永不回家门。

【滚动字幕】This is a He Nan opera excerpt. Mu Guiying, 53, has resigned from the army. When enemy invaded her country, she put the country's interest in the first place and accepted the emperor's assignment of commanding the troop to fight the enemy.

（掌声）

秦梦瑶：你们觉得好看好玩吗？

【字　幕】Did it please your eyes? Are you having fun?

叮　当：好看，好玩！

【字　幕】It is beautiful. And yes, we are having fun!

秦梦瑶：那佩服不佩服呀？

【字　幕】Do you admire them or not?

东也萍、叮当：佩服！

【字　幕】Admire them, of course!

秦梦瑶：佩服吧！

【字　幕】You should admire them!

叮　当：姥姥，您服气吗？

【字　幕】Grandmother are you convinced or not?

秦梦瑶：姥姥我当然也是服气，又不服气。

【字　幕】I am convinced, yet... not perfectly convinced.

叮　当：哎，这怎么话说的？

【字　幕】What do you mean?

秦梦瑶：想当年啊，你姥姥我也是见过世面的，参加过大型比赛的人哪。

【字　幕】I am thinking of a long time ago, I san the world. I look part in great competitions...

叮　当：哟，您拿第几呀？

【字　幕】And you finished in what position?

秦梦瑶：当然是第一啦！

【字　幕】Of course the first position!

叮　当：您跟谁比拿第一？

【字　幕】Who did you beat to get first prize?

秦梦瑶：都是高手。

【字　幕】My opponents were all professionals!

叮　当：呵呵，您就吹吧。不怕把天吹下来。

【字　幕】Ah! You are boasting! Aren't you afraid your boasting will cause the sky to collapse on your head?

秦梦瑶：哪能啊，你不信是吧？今天呀，我当年的赛友全都来了。哎，赛友们，上！一二一，一二一。你看看多精神哪！来来来，都慢点。你看这拿着羊头的这是老大。一号叫什么名字？

【字　幕】How could that happen? Don't you believe me? Today, my former teammates all came to join us. Contestants, please proceed to the stage! One – two – one, one – two – one, look at how spiritual this is! Slower a bit, will you? Look at the old person holding the sheep head, No. 1

What's your name?

郑凯歌：我叫郑凯歌。

【字　幕】My name is Zheng Kaige.

秦梦瑶：哦，那你今年几岁了？告诉姥姥。

【字　幕】How old are you today? Tell me.

郑凯歌：我今年五岁了。

【字　幕】I am 5 years old.

秦梦瑶：五岁了，那你今天给大家表演什么呀？

【字　幕】What will you perform today?

郑凯歌：我今天本来想表演那个《奇袭白虎团》。可是，爸爸让我表演那个白口。

【字　幕】I previously wanted to perform "Surprise Attack on White Tiger Troop", but my father wanted me to practice "bai kou" (monologue in an opera).

秦梦瑶：白口是什么呀？

【字　幕】What is it?

郑凯歌：是窦尔墩的。

【字　幕】It is Dou Erdun's (an excerpt from Beijing Opera "Steal King's Horse").

秦梦瑶：哎哟，还是名戏呀。行，那你先给大家露一手。鼓励一下！

【字　幕】That is a famous Opera. Why don't you first show us what that is? Everyone please encourage him!

（郑凯歌念："铁面雄心胆包天，英雄四海美名传。只恨不随心头愿，数载的冤仇挂心尖。"）

秦梦瑶：好！

【字　幕】Good! He made it!

叮　当：打住，打住！

秦梦瑶：我们老大休息一会儿。来，这个小外孙女儿，是吧？你几岁了？

【字　幕】Go take a rest... This is a young granddaughter, how old are you?

林冰鑫：我五岁。

【字　幕】I am 5 years old.

秦梦瑶：那你叫什么呀？

【字　幕】What's is your name?

林冰鑫：林冰鑫。

【字　幕】Lin Bingxin.

秦梦瑶：林冰鑫哪，你是哪里人哪？从哪里来？

【字　幕】Where is your home? Where do you come from?

林冰鑫：福建省福州市。

【字　幕】Fuzhou City in Fujian Province.

秦梦瑶：哦，福建省福州市。那你来北京几天了？

【字　幕】How long are you in Beijing?

林冰鑫：三天。

【字　幕】Three days.

秦梦瑶：那你喜欢北京吗？

【字　幕】Do you like Beijing?

林冰鑫：喜欢。第一次见到北京，第一次见到雪。第二是又见到了北京天安门。

【字　幕】I like Beijing. It is the first time I see Beijing, the first time I see snow. It is the second time I see Tian An Men Square.

秦梦瑶：哦，我给大家翻译一下。她是说我来到北京非常的喜欢，我见到了天安门又见到了北京下雪，是不是呀？

【字　幕】I will translate a little for the audience... She says she really likes Beijing, she saw Tian An Men, and that she saw snow falling in Beijing. Isn't that right?

林冰鑫：是。

【字　幕】It is coeerct.

叮　当：你今天给我们表演什么呀？

【字　幕】What will you perform for us today?

林冰鑫：越剧《小九妹》。

【字　幕】Shaoxing Opera "Xiao Jiu Sister".

秦梦瑶：越剧《小九妹》，那你就开演吧。

【字　幕】Then, go on!

（林冰鑫唱："我家有个小九妹，聪明伶俐人敬佩。"）

秦梦瑶：哎呀，不错不错！你看，你看，我们这个五号小选手都有点迫不及待了，是吧？

【字　幕】Not bad, not bad! But I see this little contestant number 5, he seems afraid I will run out of time to introduce him...

刘道阳：嗯。

秦梦瑶：你叫什么名字？

【字　幕】What is your name?

刘道阳：我叫刘道阳。

【字　幕】My name is Liu Daoyang.

秦梦瑶：刘道阳。你是来自哪里呀？

【字　幕】Where do you come from?

刘道阳：来自河南平顶山。

【字　幕】I am from Ping Ding Mountain in He Nan Province.

秦梦瑶：河南，老乡呀！那既然来自河南，是不是今天就给大家唱一段河南豫剧呀，还是怎么着呀？先表演什么？

【字　幕】Ping Ding Mountain, it's my hometown! Since you come from He Nan Province, aren't you going to perform an excerpt from He Nan Opera?

刘道阳：先表演快板。

【字　幕】I will first perform an allegro.

秦梦瑶：哦，快板，今天呀，他先给大家来一个与众不同的。大家掌声鼓励！

【字　幕】He will perform something quite out of the ordinary, everyone, please encourage him!

（刘道阳表演快板：歪戴帽，斜楞眼儿，嘴里噙着个洋烟卷儿。人家问我上哪去，我说我上南茶馆儿。喝人家茶，打人家碗儿。人家叫我赔茶碗儿，我给人家挤吧挤吧眼。）

秦梦瑶：好！这个情有可原呀，今天我们这个五号小选手，你看正发着高烧呢，带病来演出，是不是值得鼓励一下。不错，不错。对了，最后还剩你。你叫什么名字？

【字　幕】Take it... Let me take it. Look at the young number 5 contestant, he is burning with fever and he still wants to perform for us. Doesn't that deserve a good round of applause? Not bad! Let's see, whose name is there left?

王茜茜：王茜茜。

【字　幕】My name is Wang Xi Xi.

秦梦瑶：今年几岁了？

【字　幕】How old are you?

王茜茜：我三岁。

【字　幕】Three years old.

秦梦瑶：那你表演吧。

【字　幕】You can start to perform.

（王茜茜唱：京剧《红灯记》“我家的表叔数不清”唱段）

秦梦瑶：好！行了行了！哎呀，你唱的真不错。我们小羊啦啦队，咱们接着去看节目，走吧！

【字　幕】Good, that is fine! You sing very well! Good! Our group will continue to look at the program, let's go!

（掌声）

叮　当：就跟他们比说拿第一哪。

【字　幕】These kids are the people you contested against when you got the first prize?

秦梦瑶：你这分明是瞧不起你姥姥我吗？

【字　幕】What? You still look down on me?

叮　当：您还不如我奶奶呢。

【字　幕】You are not as good as my other grandmother.

秦梦瑶：你奶奶？你奶奶是谁呀？

【字　幕】Who is your other grandmother?

叮当、东也萍：沙奶奶！

【字　幕】Grandmother's name is Sha.

秦梦瑶：哎哟！

【字　幕】**京剧《沙家浜》选段**

Beijing Opera：Sha Jia Bang

表　　演：刘小源（5 岁）

Liu Xiaoyuan　5 years old

冯　晟（7 岁）

Feng Sheng　7 years old

指导教师：薛宝臣　刘　毅　苏春环

伴　　奏：北京戏曲艺术职业学院

【唱词字幕】同志们杀敌挂了花，沙家浜就是你们的家。乡亲们若有怠慢处，说出来就去批评他。那一天同志们把话拉，在一起议论你沙妈妈。七嘴八舌不停口，一个个伸出拇指把你夸。你待同志亲如一家，精心调理真不差。缝补浆洗不停手，一日三餐有鱼虾。同志们说，似这样长期来住下，只怕是，心也宽，体也胖，路也走不动，山也不能爬，怎能上战场把敌杀？待等同志们伤痊愈，伤痊愈也不准离开我的家。叫你们一日三餐九碗饭，一觉睡到日西斜。只养得，腰圆膀又乍，一个个像座黑铁塔，到那时身强力壮跨战马，驰骋江南把敌杀。消灭汉奸清匪霸，打得那日本强盗回老家。等到那，云开日出，家家都把那红旗挂，再来看望你这革命的老妈妈。

【滚动字幕】"Sha Jia Bang"（excerpts）This is a Beijing opera excerpt. It shows that Grandma Sha didn't want the wounds to leave，that people and army loved each other.

（掌声）

【字　幕】**京剧《沙家浜》选段**

Beijing Opera：Sha Jia Bang

表 演 者：松天硕等（11 岁）

Sun Tianshuo　11 years old etal

指导教师：薛宝臣　陈秀华

伴　　奏：北京风雷艺术学校

（掌声）

（演员谢幕）

【字　幕】祝观众朋友们，春节快乐。

游刃有余的小姥姥——秦梦瑶

比姥姥还大的外孙子——叮当

最具魅力的小演员——王欢

刁钻傲慢的小表姐——林冰鑫

最让人感动的小演员——刘道阳

最有风情的小和尚——张曦

（掌声）

秦梦瑶：祝大家——

秦梦瑶、叮当、东也萍：吉祥如意！幸福安康！

【字　幕】Wish everyone a lot of luck and that your wishes come true! Happiness, security and health!

秦梦瑶、叮当、东也萍：姥姥门前唱大戏。咱们明年再欢聚！

【字　幕】Sing operas in front of the grandmather's house. Until next year, see you all!

【滚动字幕】

策　　划：臧树青　石宏图　周　舟　陈小健　王凤奎

导　　演：陈小健

导 演 组：奎　生　王卫斌　晓　钟　周　舟　孙桂元

执行导演：晓　钟

导　　播：李　兰　殷雪妮

撰　　稿：田志平

摄　　像：史明程　李　亮　殷鹤鸣　刘户良　胡　卫

舞美设计：边文彤

灯　　光：李　健

音响设计：陈嘉超

化　　妆：焦晶森　孙东燕

音　　编：沈鹏飞

制　　片：孟传妍　吴　军

监　　制：贾玉祥　丁百之　王凤奎

总 监 制：张晓爱

（编撰　崔磊）

《梨园春》卡通形象颁奖晚会

【时　　长】67分46秒

【制作单位】河南电视台

【演播室】

【主持人】倪宝铎　庞晓戈　孔　莹

【片　头】

【动　画】
鱼：梨园春卡通形象颁奖晚会马上开始啦。
鹰：那我们赶紧动身去吧。（起身飞翔）
龟：快啊，兄弟们，今天晚上节目很精彩，如果去得晚就没有座位啦。
牛：大家都很准时，Let's go。（各种动物欢叫声）

【字　幕】梨园春卡通形象颁奖晚会

【演播室】
孔　莹：今天可真热闹啊，这么多好朋友赶来参加梨园春卡通形象颁奖晚会，你瞧美丽的花仙子也来了，啊，还有可爱的阿凡提大叔呢。

【字　幕】**歌曲《花仙子》**
编曲：侯　建
演唱：庞晓戈
演出：河南电视台少儿艺术团

【字　幕】**歌曲《大阪城的姑娘》**
编曲：侯　建
演唱：倪宝铎
演出：河南电视台少儿艺术团

孔　莹：尊敬的爷爷奶奶、叔叔阿姨、哥哥姐姐。
庞晓戈：亲爱的小朋友们，
倪宝铎：电视机前的观众朋友们，
倪、庞、孔：大家晚上好。
倪宝铎：多么可爱的小宝宝啊。
庞晓戈：真是一个美丽的小天使啊。朋友们，您现在正在收看的，是为您直播的太子奶梨园春卡通形象颁奖晚会。
倪宝铎：孔莹啊，我得问问你，再过两天，你知道是什么节日吗？
孔　莹：我知道，是我们小朋友的节日，六一儿童节呀。
倪、庞：开心吗？
孔　莹：开心。
庞晓戈：咱们是不是应该向全国的小朋友们问声节日好啊？
倪宝铎：好，让我们一起祝愿所有的小朋友们节日快乐！
庞晓戈：健康成长！
倪、庞、孔：天天开心！
孔　莹：今天啊，我也为大家请来了一位好朋友啊。

庞晓戈：你也请了一位好朋友？是谁啊？快告诉大家！

孔　莹：他就是我们大家都喜欢的猴儿哥。

倪宝铎：猴儿哥，好，我们掌声欢迎猴儿哥出场。

（掌声起）

【字　幕】**《猴哥》——动画片《西游记》主题曲**

编舞：解福印

演唱：张伟进

演出：河南少林塔沟武术学校

（掌声起，主持人上）

倪宝铎：朋友们，一曲《猴哥》，把我们带到了天真浪漫的童年时代，徜徉在美丽迷人的动画世界。梨园春卡通形象设计评奖活动历时一年，得到广大爱好者的大力支持和积极参与，先后有200多位设计者参加了创作和评选。

庞晓戈：这200多幅作品，经过我们有关专家、编导和广大观众的认真评议，有43幅作品曾经在我们的梨园春的直播现场进行过展示。其中入围一、二、三等奖的共有10幅作品。今晚，我将要在这里现场开奖，并且对获奖者进行颁奖！

倪宝铎：现在我们要进行颁奖仪式。先来看一下入围作品。

（动画出）

【画外音】太子奶梨园春卡通形象获奖作品入围名单，一号作品“梨园妞妞”，二号作品“青衣”，三号作品“花木兰”，四号作品“闺门旦”，五号作品“芝麻官”，六号作品“梨园小花”，七号作品“武松”，八号作品“春娃”，九号作品“梨园宝宝”，十号作品“如意小旦”。

庞晓戈：这10幅入围作品都非常的可爱，各有特点。我们首先要颁发的是三等奖。

倪宝铎：我们这台颁奖晚会也是特别献给“六一”小朋友的一台礼物。今天我们的颁奖晚会也请来了三位特殊的颁奖嘉宾。

庞晓戈：第一位开奖嘉宾会是谁呢？我们一起来认识一下！

【字　幕】【画外音】三等奖开奖嘉宾，王铎，郑州市幸福小学六年级学生。人们说王铎的“铎”应该是夺取的“夺”，你看他小小年纪就取得了那么多荣誉：郑州市三好学生、河南省十佳少年、中日第29届世界儿童画展金奖、全国“中华魂”主题教育活动三等奖、“文心杯”全国小学生作文大赛三等奖，等等。小王铎还是一位我们电视人的同行呢，他不但担任学校电视台的主持人，还多次为省市电视台主持节目，在许多社会活动和大型集会上展示主持人风采。这正是：自古风流出少年。

庞晓戈：让我们有请颁奖嘉宾王铎同学。

王　铎：我宣布，梨园春卡通形象三等奖作品。四号作品：闺门旦，作者来自郑州的伦彭博；九号作品：梨园宝宝，作者来自郑州的刘静；一号作品：梨园妞妞，作者来自郑州漯河的陶琼琼。

倪宝铎：现在我们进行颁奖仪式。有请河南电视台文艺部主任李暄、《梨园春》栏目制片人、总导演蒋愈红女士，上台为获得三等奖的设计者颁发奖牌和奖金各3000元。

【动　画】

乌　龟：梨园春卡通形象颁奖晚会好好看啊。

鹰：现场还有大奖送啊。

乌　龟：节目开演好长时间了，我是趁广告时间特意来接你们的，快点游啊。

牛：大家休息好了，接着看吧。

【字　幕】梨园春卡通形象颁奖晚会

（掌声起，主持人上）

倪宝铎：欢迎回到太子奶梨园春卡通形象颁奖晚会的直播现场。

庞晓戈：今天，我们的卡通形象颁奖晚会可以说是我们《梨园春》在“六一”前夕奉献给所有小观众的一份“六一”礼物！

倪宝铎：现在我们要特别向大家介绍的是远道来的贵宾。他们是新疆维吾尔自治区阿克苏地区党政代表团一行四十人，欢迎你们！

庞晓戈：有朋自远方来不亦乐乎！阿克苏地区是我省对口支援的地区，十年援疆也让我们之间建立了非常深厚的情谊。

倪宝铎：其实新疆和我们都是老朋友了。

庞晓戈：对啊！早在1999年的时候，我们《梨园春》也曾经到新疆进行过三场的慰问演出，受到了我们新疆朋友的热烈欢迎！

倪宝铎：是啊。新疆给我留下印象最深的就是“新鲜的羊肉串哟，吃了一串想两串，吃到肚里暖洋洋”。

庞晓戈：你就记得吃了啊！你知道我印象最深的是什么吗？我印象最深的是啊，我发现新疆人和我们河南人一样有个特点。

倪宝铎：什么特点？

庞晓戈：热情好客。

倪宝铎：没错，对。

庞晓戈：还有一个特点，我们河南人爱唱戏，新疆人是能歌善舞。

倪宝铎：你说的一点都不错。阿克苏地区是闻名全国的歌舞之乡。今天，我们也请新疆朋友和我们大家一道来欣赏，来自天府之国四川娃娃表演的舞蹈《小茶馆》。

（掌声起）

【字　幕】**舞蹈《小茶馆》**

表演：余尔格

演出：四川省舞蹈学校

（掌声起，主持人上）

倪宝铎：这个舞蹈怎么样，不错吧。

庞晓戈：太棒了。

倪宝铎：我得给你出道题，现在！

庞晓戈：又要考我啊，什么题？

倪宝铎：我唱出一句歌词来，你立即说出他是谁来。

庞晓戈：没问题，你只要能唱出来，我就能对上去。

倪宝铎：你听着啊！踩着那风火轮儿，乾坤圈手中拿。

庞晓戈：他的名字叫什么？

倪宝铎：哪吒哪吒，小哪吒。地球人都知道啊！

庞晓戈：那是相当的有名啊！

倪宝铎：好，咱们说哪吒，咱们就演哪吒！

庞晓戈：好，我们就一起来欣赏豫剧的选段《哪吒》。

（掌声起）

【字　幕】**豫剧《哪吒》片段**

辅导老师：李小革

唱腔设计：张晓东

编　　排：张继生

表　　演：窦佰艺

演　　出：安阳文化艺术学校

（动画起，演员武场表演）

（掌声起，主持人上）

庞晓戈：寒号鸟的故事，我想小朋友们都知道啊。我小的时候在课本里就学过，“哆啰啰，哆啰啰，寒风冻死我，我明天就搭窝。”有一出童话音乐剧《寒号鸟》就取材于我们的教科书，可以说是寓教于乐，寓理于情。

倪宝铎：音乐剧《寒号鸟》2000年在全国儿童剧优秀剧目展演活动中，囊括了七个奖项。最近又喜获文化部颁发的“文华新剧目奖”。我们一起来欣赏剧中的精彩片段。

（掌声起）

【字　幕】**音乐剧《寒号鸟》片段**

表　演：翁国生等

（掌声起，主持人上）

倪宝铎：接下来我们要进行第二次颁奖。

庞晓戈：我们来认识一下这第二位颁奖嘉宾会是谁？

【字　幕】【画外音】二等奖开奖嘉宾张振，安阳市刘家庄小学学生，“穷人的孩子早当家”，张振就是这样一个早当家的穷人的孩子。他出生于安阳市的一个农民家庭。他刚刚来到这个世界上，父亲就因精神失常而走失。接着又是九岁丧母。失父和丧母，并没有使张振失掉意志和丧去理想。他从组织同学们捡废品，帮助贫困同学开始，一步步走进了安阳市“十佳小学生”和河南省“十佳少先队员”的行列，走进了第五次全国少先队员代表大会的会场，走上了第五届全国少工委委员的座席。张振，张开羽翼，振翅高飞吧！

庞晓戈：让我们掌声有请开奖嘉宾张振同学！

张　振：我宣布，获得二等奖作品十号作品《如意小旦》，作者来自武汉的李志强、陈冬梅；三号作品《花木兰》，作者来自洛阳的郭继伟、陈斌斌。

倪宝铎：有请河南电视台副台长王英海为获得二等奖的设计者颁发奖牌及奖金，每人5000元。

【动　画】

鱼：梨园春卡通形象颁奖晚会好好看啊。

鹰：现场还有大奖送啊。

乌　龟：节目开演好长时间了，我是趁广告时间特意来接你们的，快点游啊。

牛：大家休息好了，接着看吧。

【字　幕】梨园春卡通形象颁奖晚会

（掌声起，主持人上）

庞晓戈：欢迎回到太子奶梨园春的直播现场。

倪宝铎：朋友们，《西游记》的故事早已经是家喻户晓，妇孺皆知了。一身正气，降妖除魔的孙悟空也成了许多小朋友心中的偶像。

庞晓戈：其实，还有一个贪吃贪睡不干活儿的猪八戒，肥头大耳，憨态可掬，小朋友也特别喜欢啊。

倪宝铎：让人忍俊不禁，接下来，我们就来欣赏一个《快乐猪八戒》。

【字　幕】**京剧《快乐猪八戒》**
　　表　演：谈　元
　　演　出：湖北省京剧院

（掌声起，主持人上）

孔　莹：看了这么多节目，我想问问大家。

倪、庞：那你想问什么？

孔　莹：大家说，这节目好看不好看？

庞晓戈：好看吗？
倪宝铎：你听见了吗？大家说好看。
孔　莹：好看的还在后面呢。
庞晓戈：还有好看节目呢？快给我们说说吧！
孔　莹：当然是我们的少儿擂主联唱！
倪宝铎：真是童言无忌啊。
庞晓戈：今天小孔莹要为大家带来的这一组少儿戏曲联唱，和平常看的可不一样，因为今天我们三位小擂主的装扮完全是按照我们《梨园春》的卡通形象重新设计的。
倪宝铎：孔莹，我们就来欢迎小朋友们给我们做表演，好不好？
孔　莹：好。
庞晓戈：欢迎。

（掌声起）
【字　幕】**少儿擂主联唱**
编　　排：张明玮　李海龙　金　鑫
曲谱整理：张明玮

【字　幕】**豫剧《七品芝麻官》片断**
表　演：刘道阳

【字　幕】**京剧《新武松打虎》**
表　演：吕瑞涛

【字　幕】**豫剧《破洪州》选段**
指导老师：杨喜梅
表　　演：朱珍珍
演　　出：虎美玲艺术学校
大河庄园马术俱乐部
（朱珍珍饰穆桂英骑真马上）

（掌声起，主持人上）
倪宝铎：小孔莹啊，你说刚才那个小擂主唱得好不好？
孔　莹：好！
倪宝铎：我想问问你，你告诉大家，你最喜欢唱哪出戏？
孔　莹：我最喜欢唱常香玉奶奶的《花木兰》，“这女子们哪一点不如儿男！”
倪宝铎：真是人小志气大。
庞晓戈：不愧是我们金奖小擂主啊。那我也想问问你孔莹，你想不想听听我们《梨园春》的卡通形象里唱的《花木兰》？

孔　莹：啊？小戈阿姨，你没搞错吧。卡通形象怎么也能唱花木兰呢？

庞晓戈：小戈阿姨怎么能搞错呢？今天是卡通形象的颁奖晚会，卡通形象当然也出节目啦。

倪宝铎：我跟你说啊，卡通形象最听你小戈阿姨的话了。你不信，你来听！

庞晓戈：你听。

播放动画版《花木兰》

【字　幕】总 导 演：蒋愈红
　　　　　顾　　问：郭晓东
　　　　　词　　曲：侯　建
　　　　　动画制作：孙卫涛　赵少华
　　　　　　　　　　河南电视台梨园春栏目出品

（掌声起，主持人上）

倪宝铎：怎么样，小戈，这个卡通形象是不是很酷？

庞晓戈：真是酷毙了啊！赶快告诉我们谁整出来的大片儿啊。

倪宝铎：这不是什么大片，这是我们梨园春栏目组在“六一”前夕特别送给小朋友们的礼物。在这儿我也告诉大家一个好消息，《梨园春》的戏曲 FLASH 的评价活动将全面展开了！

庞晓戈：作品的类型不限，但是有一个最基本的条件，就是必须有戏曲的元素。你可以根据现有的戏曲唱段进行音配像的再创作，你也可以自己创作、编排戏曲的动画片故事。

倪宝铎：没错，优秀的入围作品都会在我们《梨园春》栏目的直播晚会当中展播。明年的6月份，我们将举办《梨园春》戏曲 FLASH 的颁奖晚会。希望您参与！

庞晓戈：赶快参与进来。倪老师，刚才你考我半天了，这会儿我也想考考你。

倪宝铎：你报复我？

庞晓戈：礼尚往来嘛。

倪宝铎：再说吧。

庞晓戈：其实问题很简单，我就想请你说出和鸡有关的成语。

倪宝铎：这还不好说嘛，鸡头、鸡翅、鸡大腿。

庞晓戈：像话嘛，这是成语吗？

倪宝铎：成语？鸡飞蛋打、鸡犬不宁、鸡鸣狗盗、鸡毛蒜皮。

庞晓戈：我怎么越听越不是味儿啊，你能不能说点好听的呀！

倪宝铎：说点好听的。金鸡报晓、闻鸡起舞。新疆大盘鸡好吃得很啊！

庞晓戈：又吃上了！

倪宝铎：你这半天老跟鸡较劲，你什么意思？

庞晓戈：不是我跟鸡较劲。下面这个节目跟鸡有关！

倪宝铎：跟鸡有关？这是什么节目？

庞晓戈：什么节目想知道啊，你听好了，我告诉你啊。下面这个节目啊，你看了就知道了！

倪宝铎：中。嗐，这跟没说一样啊。

【字　幕】**滑稽舞蹈《欢乐吉祥》**

演出：深圳市宝安区福永街道文体中心
河南电视台少儿艺术团

（掌声起，主持人上）
庞晓戈：是不是很好看啊？
倪宝铎：这会我看明白了。
庞晓戈：看明白什么了？
倪宝铎：这节目啊叫欢乐吉祥。
庞晓戈：哎，没错啊，我们都希望各位小朋友呢，都能够健康地成长，欢乐吉祥。
倪宝铎：现在我们要进行第三次颁奖。
庞晓戈：我们来看一下，这次的颁奖嘉宾会是谁？

【字　幕】【画外音】一等奖开奖嘉宾秦梦瑶，她应该说是观众的"老朋友"了，一看见她可掬的笑容，都会喊出她的名字：秦梦瑶！秦梦瑶16岁了，可是她的艺术生涯自获得梨园春的小擂主称号算起，已经七年了。七年来，她的歌声走南闯北，她的舞姿东飞西扬。她已经无数次参加过中央电视台和许多省市电视台的大型文艺晚会，无数次地站在全国和许多省市的领奖台上。她脖子上的红领巾还多次在郑州市三好学生、河南省"十佳少先队员"、全国"十佳少先队员"的颁奖晚会上飘扬起来。有人把她参加过的演出和获得过的奖项打印了一个单子，那单子足足有两米多长。这就是她走过的路，而她说这只是她的一个起点，前面的路还有两万五千里呢！

庞晓戈：让我们掌声有请秦梦瑶同学！

秦梦瑶：大家好，现在我宣布获得梨园春卡通形象一等奖作品，是来自北京的张倬设计的八号作品《春娃》，欢迎他！

倪宝铎：让我们掌声有请河南台台长、总编辑周绍成上台为一等奖的获得者颁发奖牌和奖金1万元！现在请周绍成台长为《梨园春》卡通形象《春娃》揭幕！

庞晓戈：有请，周台长！

倪宝铎：朋友们，在大家的关心下，在有关领导的支持下，在广大动画爱好者的积极参与下。历时一年的评选活动，今天终于揭晓了！《梨园春》卡通形象《春娃》就在今天，就在此时此刻诞生了！

庞晓戈：我们要向所有获奖的朋友们表示祝贺，同时也向所有参与我们本次《梨园春》卡通形象设计的朋友们，表示衷心的感谢！谢谢你们对我们的支持！

【字　幕】**歌舞《卡通精灵》**

编　曲：程　建

作　词：黄小沛
编　舞：曹尔瑞
演　唱：孔　莹
表　演：开封蓓蕾艺术学校

（掌声起，主持人上）
倪宝铎：朋友们，《梨园春》卡通形象颁奖晚会到这里就圆满结束了！
庞晓戈：让我们再次衷心地祝愿全国的小朋友们“六一”快乐！
倪宝铎：谢谢大家的光临，祝大家晚安！
庞晓戈：孔莹，给大家说再见吧！
孔　莹：再见！

【滚动字幕】
总 策 划：周绍成
总 导 演：蒋愈红
执行导演：黄小沛
导 演 组：蒿援成　庞晓戈　齐　柯　李媛媛
　　　　　王春雨　孙囡囡　郭晓东　王延琴
编 辑 组：王小宁　李雪萍　孙卫涛
　　　　　刘　鑫　李　蕾（见习）
外 景 组：艾　楠　师淑华　韩满苹
撰　　稿：倪宝铎
艺术顾问：周迪君
现场导演：郭晓东
导　　播：焦晓军
摄　　像：杜孟尤　孙卫兵　李大辉
　　　　　李军辉　黄晓方　殷福根
制作监制：粘喜成　王秀荣
制片主任：宋雪勇
制 片 人：蒋愈红
监　　制：李　暄
总 监 制：王仁海

（编撰　秦姜）

中国广播电视文艺

2001—2010

戏曲大奖赛

电视戏曲卷

越女争锋
——越剧青年演员电视挑战赛杭州赛区

梨园擂台

【片　头】

（男主持人　赵保乐　女主持人　臧锦宜）

赵保乐：现场的观众朋友们，

臧锦宜：电视机前的观众朋友们，

赵保乐：大家好，

臧锦宜：大家好。

赵保乐：越女争锋，

臧锦宜：精彩无穷。

赵保乐：好，朋友们，您现在看到的是“越女争锋——越剧青年演员电视挑战赛”杭州赛区第二轮比赛的现场。

臧锦宜：是的，接下来呢，我们将会有请蓝队第一组的五位选手上场。

赵保乐：有请21号到25号五位选手出场。

臧锦宜：为大家介绍一下蓝队第一组的五位选手，她们分别是21号金莉萍、22号贺丹丹、23号喻咪、24号蔡杰、25号毛春梅。

赵保乐：好，按照我们比赛的规则呢，依然是有两分钟的清唱，和前面比赛的剧目不能相同，风采展示现在开始，有请！

金莉萍：大家好，我是金莉萍，来自杭州三江小百花艺术团，为大家带来的曲目是《五女拜寿》选段，希望大家支持，谢谢！

【字　幕】21号

《五女拜寿》

表演者　金莉萍

选送单位　杭州三江小百花越剧艺术团

【唱　词】

爹爹母亲啊，数月来思念双亲珠泪抛，儿懊悔，儿懊悔，听从你女婿往家跑，爹爹为官多清正，圣明天子全知道，从未得罪严相国，吉人天相大祸消。喜接爹娘来养老，花园清静画楼高。参汤燕窝由你吃，绫罗衣衫由你挑。若在家中嫌气闷，儿伴你西园湖里画舫摇。

贺丹丹：大家好，我是来自杭州艺校的贺丹丹，为大家演唱一首《碧玉簪》选段。

【字　幕】22号

《碧玉簪》

表演者　贺丹丹

选送单位　杭州市艺术学校

【唱　词】

唉！爹娘呀爹娘！你叫女儿如何是好？娘呀！（唱）难进难退我李秀英，今夜叫我如何好？啊……娘呀娘呀！曾记得我爹爹做大寿，母亲你上楼把喜讯报，说道是已将女儿终身许，郎才女貌结鸾交。说玉林这也好他那也好，说玉林貌也好他才也高。我是口不应声心欢笑，但只望洞房花烛早日到。谁知道我进了王家事颠倒，我夫妻不和情义少。自出娘胎十八载啊，这样的苦处我是受不了。

喻　咪：大家好，我是来自杭州越剧二团的小丑演员，小丑没有很明确的派别之分，那我就给大家来一段《唐伯虎点秋香》选段，请大家多多支持我！

【字　幕】23号

《唐伯虎点秋香》

表演者　喻咪

选送单位　杭州越剧二团

【唱　词】

相爷堂内把话传，顷刻庭中闹声喧，钗光鬓影阶前动，燕瘦环肥不一般，合府姐妹都到齐，暗地喜煞我唐解元，世上姻缘要凭媒证，我却可随意选美眷。姐妹们谈笑争先后，却不见秋香美婵娟。时辰已到将开点，倩影渺茫我心思乱，哎呀，心思乱。

蔡　婕：大家好，我是24号选手蔡婕，我来自黄龙越剧团，今天在这个舞台上，我是黄龙越剧团的最后一位演员，所以我希望大家能够投票支持我。谢谢，我为大家带来的是《九斤姑娘》选段。

【字　幕】24号

《九斤姑娘》

表演者　蔡婕

选送单位　黄龙越剧团

【唱　词】

我格祖父会起早，挑挑担子乡下跑。从日出走到月上梢，同月亮婆婆结相好。送来一根娑婆貂，东藏西藏藏不牢。上勒锅铲柄上刚刚好，一把锅铲就成宝。锅铲拿来一记甩，一锅清水变锅饭。锅铲拿来一记戳，一锅萝卜会变肉。锅铲拿来一记丢，一碗清水变碗酒。锅铲拿来一记铲，铲出盘头廿四样。鱼虾蟹酱，腊鸡腊鸭腊白鲞，糟鸡糟鸭糟肚肠，黄鳝泥鳅不算帐，田螺螺丝凑两样，萝卜芋艿苋菜梗，外加一碗霉千张。锅铲拿来炒一炒，一生一世吃不了，吃不了！

毛春梅：大家好，我是25号选手毛春梅，今年15岁，我来自浙江艺术职业学院附中，今天我为大家带来的节目是《红楼梦》选段《金玉良缘》，希望大家支持我。

【字　幕】25号
《红楼梦·金玉良缘》
表演者　毛春梅
选送单位　浙江艺术职业学院附中

【唱　词】

林妹妹，今天是从古到今，天上人间是第一件称心满意的事啊，我合不拢笑口将喜讯接，数遍了指头把佳期待，总算是东园桃树西园柳，今日移向一处栽，此生得娶你林妹妹，心如灯花并蕊开，往日病愁一笔勾，今后乐事无限美，从今后呀，与你春日早起摘花戴，寒夜挑灯把谜猜，添香并立观书画，步月随影踏苍苔，从此后，俏语娇音满室闻，如刀断水分不开。

臧锦宜：谢谢我们蓝队第一组五位选手，已经演唱结束了，来听听评委老师对她们的点评。

吴凤花：21号选手金莉萍，应该说你这段唱，把吕派的腔调唱得比较细腻，我觉得发挥得不错。那么，22号贺丹丹，我觉得你太紧张了，唱腔基本完成。23号喻咪，“三笑”这段腔对你来说完成得比较不错。蔡婕，这位选手把吕派唱腔完成得非常不错，音色也比较甜美，把吕派唱腔处理得细腻到位。25号毛春梅，15岁的小选手，你拥有一副好嗓子，音质、润腔很到位，这段唱腔发挥得不错，是个好苗子。

赵保乐：好，谢谢吴凤花评委的点评，接下来的任务就交给现场的一百位观众朋友。好的，戏迷和观众朋友，您拿着表决器，这五位选手您觉得哪位您最支持，就可以投哪位的票，预备，开始！

臧锦宜：支持您心目当中您认为最好的选手，为她投一票，同样，票数最低的那位选手，将要非常遗憾地离开我们这个舞台了。好，我们的观众评审也是非常慎重啊。好，有结果了，来看一下。

赵保乐：好，我们看一看，哪位选手得票最低，将无缘继续下面的比赛。

臧锦宜：好，结果已经有了，我们五位选手可以回头看一下自己的结果，目前最低的是22号，贺丹丹。

赵保乐：好，贺丹丹，前面来。

臧锦宜：刚才评委老师点评的时候，你也有话要说。

贺丹丹：其实，今天我不是紧张，因为这两天一直身体不好，前两天走台、演出都还在挂盐水。

赵保乐：在打点滴，意思是感冒了，还是伤风？

贺丹丹：一直在社区也是跟着（演出）。

赵保乐：对，太疲劳。

臧锦宜：一直在社区演出吗？

贺丹丹：对，那天还中暑，晕在后台了（哭），今天还没好。

赵保乐：现在大家仔细看，她的脖子上还有血印，好像是刮痧。

臧锦宜：现在社区送戏是送到家门口，让大家在家门口就能看到最棒的越剧，那大家掌声送给这位选手好吗？谢谢你！

赵保乐：参加比赛任何情况都能碰得上，如果身体不适的话，就跟其他选手不是站在一个起跑线上了，是吗？

臧锦宜：我们坚强！

贺丹丹：我非常感谢谢群英老师这一个月来的指导，谢谢你，我对自己今天的表现很满意，因为我不是因为紧张离开这个舞台，因为我是身体不适，在这里我祝每一位选手身体健康！

赵保乐：我希望你好好的，把身体养好，早日恢复健康，投入紧张的排练，把更多的戏献给朋友们，舞台不仅仅是这一个，

臧锦宜：是。

赵保乐：你心有多大，

臧锦宜：舞台就有多大。

赵保乐：好不好？

臧锦宜：继续加油努力吧！

贺丹丹：我会一直热爱越剧艺术的。

赵保乐：对，要为之奋斗一生。以后路还很长，慢慢走。

臧锦宜：咱们听一听评委老师还有什么话要送给你，王老师。

王志萍：是的，我刚才还在纳闷呢，那天的临场发挥那么好，把李秀英这个人物刻画得那么得恰如其分，你在台上非常沉得住气，是一位非常有潜质的好演员，你不要气馁好吗？

赵保乐：任何人都会有坎坎坷坷，没关系，振作起来好吗？

贺丹丹：好。

赵保乐：掌声送给她！给她鼓鼓劲。

臧锦宜：谢谢你，谢谢，其实你真的唱得很好！

赵保乐：其他四位选手站的紧密一点，来。

臧锦宜：这样，我们四位选手还有一位选手要离开，那么同样这个选择，要留给我们的评委老师，刚才她们四位当中表现较弱的那位，将要离开我们“越女争锋”的舞台了。

赵保乐：是哪位呢？

臧锦宜：这是我们蓝队的第一组选手。

赵保乐：还剩下 21 号、23 号、24 号、25 号。

臧锦宜：好，来听一下结果。

王志萍：我们经过仔细的考虑啊，从综合的四位选手的能力来说，就是演吕派花旦的 21 号选手金莉萍相对来说稍微弱了一点，因为在选剧目的时候没有发挥到极致，时间上也是很欠缺。

赵保乐：实际上，我们评委的结果呢，是跟很多观众（的想法）是一样的，我看着王志萍老师在宣布结果的时候，很多观众都在点头，是吗？嗯。来，21号，站前面来。

臧锦宜：咱们有什么话要对大家说？

金莉萍：这次比赛对我来讲是一次很好的锻炼机会，所以结果怎样，对我来说不重要，重要的是得到老师的点评，我会继续努力。

臧锦宜：谢谢你，咱们重在享受这个过程。谢谢！

赵保乐：还剩下三位选手，请我们三位评委选出一位来，让她再选出一位竞争对手，来进行争锋。

臧锦宜：选出一位刚才表现较弱一点的。

王志萍：我们想请三位选手中最年轻的，唱《红楼梦·哭灵》的毛春梅选一个你的对手。

赵保乐：25号（毛春梅），你选跟谁进行争锋，选谁？23号和24号？

毛春梅：选23号。

赵保乐：23号，好，24号你休息一会儿。你们俩往前站，这轮比赛是形体方面的，接下来呢，由这两位选手进行反串，行当的反串，你为大家唱什么（对23号）？

喻　咪：那我就唱一段彩旦一类的吧，《赖婚记》选段。

赵保乐：《赖婚记》的选段。你呢？（对25号毛春梅），25号。

毛春梅：我唱《五女拜寿》，杨继康唱的《哭别》。

【字　幕】23号
　　　　《赖婚记》
　　　　表演者　喻咪
　　　　选送单位　杭州越剧二团

【唱　词】

阿因啊，侬若到马家去做人，做娘的主意早打定，十里红妆娘预备，四季衣衫用绸绫。娘嫁侬，三十六只红皮箱，只只撳得满沉沉。娘嫁侬，四十八条绣花被，蓝纱帐子廿四顶。梳妆台、子孙桶、大橱小橱与春凳。红木棉床绷白藤，铜钿老虎是亮晶晶。定床宝剑分左右，两边的帐钩来用真银啊。

赵保乐：有请25号选手毛春梅！

【字　幕】25号
　　　　《五女拜寿·哭别》
　　　　表演者　毛春梅
　　　　选送单位　浙江艺术职业学院附中

【唱　词】

儿啊，女儿啊……小夫妻双双对对跪地上，忍不住泪眼模糊话凄凉。在朝堂我不伤虎无大志，却难避恶虎伤人遭祸殃。可悲我骨气没有继盛硬，甘忍让保身保命保门墙。

臧锦宜：好，谢谢，来23号选手，刚才两位的表现，大家也都看到了，都挺不错的啊，（对喻咪）原来是唱丑角的，刚才唱了个彩旦。（对毛春梅）原来唱小生的，刚才唱了个老生。那么到底谁刚才的表现要更加好一些呢？我们要看看评委老师给出的选择了。她们当中有一位要离开，有一位要继续待定。好，我们看看评委老师最后给出的结果，她们当中到底谁去？谁留？

赵保乐：比赛呢，经常是……好，李建平评委终于要说话了。

李建平：我准备承受这巨大的压力啊，请你们所有的观众谅解我。为什么呢，我们三个评委反复考虑，因为绍兴赛区、上海赛区，包括杭州赛区，这些情况我们都了解，全程我们都看了。从行当的角度来讲，喻咪是占便宜的，从表演的方面来讲，喻咪的表演比较全面，但是喻咪也有弱项——喻咪的唱，因为小丑又要兼顾表演，所以唱是你的相对来讲比较弱的。我们知道绍兴有一个小丑。上海好像现在还没有，所以喻咪这个行当是有竞争力的。毛春梅呢，嗓子非常好，今天发挥得也非常好，我们三个都觉得很吃惊的，但是我们还是认为呢，希望全面一些，为我们杭州赛区更有点竞争力，我们还是得考虑得全面一些，其实这两个人都是50对50，我们真是很难取舍，去掉谁好像都是心头肉一样，手心手背都是肉，所以她们两个（另外两个评委）实在是不忍心说出这个话来。只好推给我，他们俩都要哭了，难受得。去掉谁都不忍心，都觉得挺好。但是我们还有一个相对倾向性的意见，还是喻咪——

赵保乐：走还是留下？

李建平：留下！

赵保乐：好，毛春梅，上前来，

臧锦宜：喻咪，下去准备一下。

赵保乐：毛春梅，很年轻啊，1991年出生是吧。

臧锦宜：15岁。

赵保乐：15岁，在学校上学吧？

毛春梅：是的。

赵保乐：在浙江艺术职业学院，上几年级？

毛春梅：二年级。

赵保乐：什么时候毕业？

毛春梅：再过两年吧。

赵保乐：（要上）四年（才能）毕业，是吧，不着急，还在上学。今后有许许多多让你施展才华的舞台在等着你，你这么好的条件，听到评委给你点评了吗？

毛春梅：听到了。

臧锦宜：咱评委老师还有话说。

李建平：刚才两位评委老师异口同声地说，毛春梅今后不可限量，她的嗓子太好了，一定会脱颖而出的。刚才王老师又补充一句，这是真的，今天请你理解我们的为难之处。

赵保乐：作为评委老师呢，必须高屋建瓴，需要整体的全盘考虑，那么杭州赛区，行当当中应齐全，应该选择方方面面的人才到上海参加复赛，你能理解吗？

毛春梅：能。

臧锦宜：咱们有什么话要说吗？今天我好像看到老师都陪着你一块儿来了，是吗？有什么话要跟老师说？

毛春梅：是的。今天我能站在这个舞台上，我很开心，我要感谢老师们对我的教育，还有观众们对我的支持，以后我要更加努力，更加下苦功，把我更好的成绩献给大家。

赵保乐：热烈的掌声送给毛春梅，你看看那么多朋友在向你欢呼！

臧锦宜：好，谢谢，可爱的毛春梅，继续努力！

【画外音】西子情商，青春荡漾，海阔天空，任由飞翔，谁将破茧而出勇夺桂冠，杭州赛区十二强又将花落谁家？越女争锋，杭州唱响！

（掌声响起）

臧锦宜：好，接下来我们将请出蓝队的第二组选手。

赵保乐：她们是26号至30号选手。

臧锦宜：有请。好，为大家介绍一下这五位选手，她们分别是26号郑晓，27号竺欢欢，28号许鑫，29号黄荣娟和30号李安娜。

赵保乐：和以往的比赛规程一样，她们五位选手每个人有两分钟的不带伴奏的演唱，选择的曲目和剧目不能和第一轮比赛相同。

臧锦宜：是的，也不可以换行当，好，一块儿来听她们的表现。

郑　晓：大家好，我是来自省艺校的学生，我今天为大家带来的是《黛玉焚稿》。

【字　幕】26号

《红楼梦·黛玉焚稿》

表演者　郑晓

选送单位　浙江艺术职业学院

【唱　词】

我一生与诗书作了闺中伴，与笔墨结成骨肉亲。曾记得菊花赋诗夺魁首，海棠起社斗清新。怡红院中行新令，潇湘馆内论旧文。一生心血结成字，如今是记忆未死墨迹犹新。

竺欢欢：大家好，我是来自杭州越剧院的竺欢欢，我演唱的曲目是《凄凉辽宫月》选段。

【字　幕】27号

《凄凉辽宫月·一弯冷月》

表演者　竺欢欢

选送单位　杭州越剧院

【唱　词】

一弯冷月照宫墙，胡笳声声断愁肠，昨日里珠绕翠围庆膏粱，今日里铁窗残烛泣夜长。

许　鑫：大家好，我是来自杭州越剧二团的选手许鑫，今天我为大家带来的是《碧玉簪》选段《手心手背都是肉》，希望大家能够多多支持我，谢谢！

【字　幕】28号

《碧玉簪·手心手背都是肉》

表演者　许鑫

选送单位　杭州越剧二团

【唱　词】

媳妇大娘，我格心肝宝贝！叫声媳妇我啊格肉，心肝肉啊呀宝贝肉。阿林是我格手心肉，媳妇大娘侬是我格手背肉，手心手背都是肉，老太婆舍勿得奈两块肉，媳妇啊侬心宽宽气和和，贤德媳妇来听婆婆。阿林从前待亏侬，难为伊今朝赔罪来认错，侬看伊跪到西啊呀跪到东，膝踝头跪得是红啊火火。媳妇侬三番勿理伊，伊状元勿做要去和尚做。格种就叫作现世报，侬贤良媳妇就有好结啦果。听从婆婆接凤冠，诰命夫人由侬做。

黄荣娟：大家好，我是来自杭州越剧院的黄荣娟，我是杭州赛区唯一的彩旦，希望大家支持我，我为大家演唱的是《珍珠塔·后见姑》选段。

【字　幕】29号

《珍珠塔·后见姑》

表演者　黄荣娟

选送单位　杭州越剧院

【唱　词】

阿卿啊，侬格只相啊，从头到脚有十大勿好，个侬听咚：一勿里各好，张天师画符发勿好，日后难戴乌纱帽；二勿好，雨淋的小麦面勿好，脸皮太厚少管教；三勿好，敲破茶壶嘴勿好，吹牛吹出白浮泡；四勿好，沙漠里格骆驼背勿好，日后难穿大红袍；五勿好，打死格毒蛇腰勿好，永世难系玉骨套。还有这赖皮黄狗肩勿好，猕狐爬树手勿好，踏破脚炉眼勿好，老鼠偷粪耳勿好，拉磨的驴子脚勿好，一生一世磨地绕。

李安娜：大家好，我是杭州三江小百花越剧院的李安娜，我演唱的是《金龙与蜉蝣》。

【字　幕】30号

《金龙与蜉蝣·擎长剑》

表演者　李安娜

选送单位　杭州三江小百花越剧艺术团

【唱　词】

擎长剑，问苍天，苍天冷眼，好漠然，转对皇陵声声喊，列祖列宗也无言。冷眼倒也算，无言便无言，为何雷电劈打我，分明难恕我罪愆。我一生负重担，苦苦征战。失江山、夺江山、二十余年。入宫来，杀牛牯，以防无患。除祸种，阉蜉蝣，势所必然。

赵保乐：好，谢谢我们蓝队第二组五位选手的演唱，来听听评委老师对刚才表现的点评。

王志萍：26 号选手，给我们留下了很深的印象，今天临场发挥的王派，总体感觉还是可以的，27 号今天的声腔很漂亮，演唱的也很完美。28 号这么年轻，声音很亮丽，老旦也完成得非常好。29 号口齿发音非常清晰，总体感觉也是很不错。30 号今天的表演也非常有感染力，应该说是声情并茂。

赵保乐：好，感谢王志萍评委的精彩点评。接下来，有请一百位戏迷朋友，拿起（你们手中的）表决器，支持您心目中演唱得好的选手。预备，开始打分！

臧锦宜：再次有劳现场的一百位观众评审，投出您神圣的一票，支持您（喜欢）的选手。同样，票数相对较低的一位选手，将要离开我们的舞台。

赵保乐：让我们看看这五位选手谁的票数最低，那么将无缘于我们的比赛。

臧锦宜：结果已经有了，目前票数最低的是 26 号，郑晓。

赵保乐：好，郑晓，前面来。我记得你在上一轮比赛我说过一句话，“郑晓，郑晓”是因为你年龄特别小是吗？15 岁是吗？

郑　晓：嗯！

赵保乐：还在上初中？

郑　晓：嗯，是的。

臧锦宜：这次来比赛觉得有压力吗？

郑　晓：有，因为别的选手都比我大。

臧锦宜：觉得自己在年龄上没占便宜？

郑　晓：（笑）便宜也占了吧！

臧锦宜：那么觉得自己有失误，有没有总结过会是哪些方面有不足呢？

郑　晓：唱腔，唱腔有时候音准不太好。

赵保乐：好好下苦功夫，好好练，相信你会特别棒的。

臧锦宜：找到了原因。

赵保乐：因为很多选手比你大那么多岁，才参加这个比赛，你这么小就来参加了，等于你比他们早好多年。

臧锦宜：咱们多了很多锻炼的机会，对不对？好，继续加油努力！

赵保乐：掌声鼓励鼓励，我们的小选手，15 岁的郑晓。

臧锦宜：谢谢郑晓！好多好朋友都在那等着她呢！

赵保乐：好，接下来的四位选手，由我们的评委老师选出一位离开我们的比赛现场的朋友。每到这种时候呢，大家都屏住呼吸，等待着评委老师最后的选择。评委老师呢也是举棋不定，正在开会，把意见统一。

臧锦宜：选手也很紧张，因为每个人都对这次大赛付出了很多。可能自己还考虑得还比较少，更加多的考虑，如果失败了，会对不起一直培养自己的老师，在陪伴自己的同学、同事。

赵保乐：其实每一位参赛选手来的时候，就应该有两手准备，成功了怎么样，暂时离开怎么样。要有良好的心理素质，来比赛可能会发挥的更好。好。

臧锦宜：好，有结果了。

赵保乐：李建平评委！

李建平：这次非常遗憾，我们的想法可能跟观众评委的想法不是太一样，综合考虑刚才的演唱，和昨天到今天的，整个这场比赛，三场比赛的结果。现在是我要说一个离开的，是吧？

赵保乐：对。

臧锦宜：对。

赵保乐：评委们每当说这些话的时候，好像多少（有点）不忍心。

李建平：对，对，对。

赵保乐：好像欠着选手好多，其实呢，如果换位思考，假如说你们（对剩下的选手）坐上去当评委，评这三位，你们也会这么想。

李建平：我情愿，我站台上（做参赛选手），他们把我评下来（让我离开这个舞台）。好，那我就说了，对不起啊！和观众的期望值相反，28 号选手许鑫离开。

臧锦宜：28 号。

赵保乐：28 号呢，第一轮比赛演的是《祥林嫂》，我说了一句话是，你 17 岁的一个姑娘，演的是 70 岁的老人，是吗？

许　鑫：对。

赵保乐：你认为为什么评委让你先离开这个舞台？

许　鑫：可能我与其他选手比起来唱腔上可能欠缺一点。

臧锦宜：还有差距。

赵保乐：来，我们听听评委是怎么说。

李建平：首先，我们大家（三位评委）一致肯定，谁都没认出你来。我们非常惊讶地说，竟然你就是演祥林嫂的，就觉得你对艺术（有）这种执著的精神。一般小姑娘，你很漂亮，个子也很好，小姑娘都喜欢把自己打扮得漂亮点，愿意用这种靓丽的角色去发挥，但是你恰恰选择了一个高难度的（剧目），所以这点上，我们非常惊讶，对你也非常肯定，但是我们确实觉得你在唱腔上有欠缺，

臧锦宜：还需要继续努力。

李建平：你还年轻，还有很多机会。

臧锦宜：你来自（杭州）越剧二团，是来自桐庐的吧？

许　鑫：对。

臧锦宜：咱俩是老乡，干着急使不上劲，我要是能唱，我就帮你唱两句了。我估计更拖后腿。好，继续加油努力吧，好吗？谢谢！

许　鑫：我觉得我今天是幸运的，因为这个舞台有很多演员都想来参加，都想走上这个舞台，可是他们都没有走上，我走上了，所以不管今天结果怎样，都没关系，因为我努力了。在这里我特别要感谢我们团的领导和我的老师，在这几个月来，他们比我更加辛苦，在这里我感谢他们！（哭）

臧锦宜：谢谢，也谢谢你，继续加油努力！老师在那迎接你。

赵保乐：每当看着我们选手离开的背影，我们心里都酸酸的。

臧锦宜：每个选手的离去都是很不忍心的，可是没有办法。

赵保乐：但这是人生的一笔财富，他们多了一次锻炼的机会。

臧锦宜：这个舞台上依旧还有三位选手，她们正在等待我们的评委老师，选出一位刚才表现较弱的，这位选手将从另外两名选手选出一位争锋的角逐。

赵保乐：好，看看评委选出的是哪位选手？

李建平：李安娜，你选择对手。

赵保乐：30 号选手李安娜，你选择与谁争锋？有人还给出主意呢！

臧锦宜：她的同学。来，咱们自己选择。

李安娜：因为欢欢是我好朋友，自私点吧，黄荣娟。

赵保乐：因为你和 27 号是好朋友。29 号和 30 号争锋。

臧锦宜：（对李安娜）你刚才唱是老生，要反串的话，现在唱什么？

李安娜：小生吧。

臧锦宜：29 号呢？

黄荣娟：反串老生。

赵保乐：（对黄荣娟）老生。好，30 号先来。

【字　幕】30 号
《梁祝·楼台会》
表演者　李安娜
选送单位　杭州三江小百花越剧艺术团

【唱　词】
那一日钱塘道上送你归，你说家有小九妹，长亭上面做的媒，愚兄是特地登门求亲来。

赵保乐：有请 29 号选手。

【字　幕】29 号
《九斤姑娘·石二佬》
表演者　黄荣娟
选送单位　杭州越剧院

【唱　词】
我格屋里啊侬听咚，出了一座午市门，三眼龙门过一程，前面有些闹盈盈，后面有些冷清清，不过一座擂鼓门，门前两个管门人，立要立在黄门墩，十七八把扫帚插头顶，篷篷胡须缠头颈，身体好像百节棍，日里勿要饭来吃，夜里勿要眠床困，就是石家管门人。

臧锦宜：谢谢 29 号。

赵保乐：29 号、30 号选手分别做了行当反串的演唱，接下来我们听一听评委的意见。

吴凤花：30 号选手嗓音非常好，你可以高一个调把它唱完。但就觉得你在演唱时，你的劲卯得太足了，导致你后面，气都没换好，你有足够的条件把它唱完。

李安娜：因为太紧张了。

吴凤花：这个我知道。29 号选手反串能给观众一种新鲜感，很夺观众的眼球。我觉得两个人（之间选择）好难。

臧锦宜：但是没办法，还是要做一个选择。

吴凤花：是，是我们要做刽子手。如果多一个名额的话，肯定都上。因为我觉得选手一路走来，兄弟院团的领导都投入了大量的精力，而且主办方提供了这样一个暂时的舞台，真的好难！（观众起哄，出主意）

赵保乐：几号留，还是请三位评委统一意见，决定谁去谁留？

臧锦宜：评委给出一个结果，一位淘汰，一位待定。待定的那位还要继续进行下一轮紧张的角逐。挺难的啊，我们的评委老师直挠头。

赵保乐：评委直挠头。真是棋逢对手，将遇良才，难为死评委了，是吧？

臧锦宜：我们选手自己有没有心理准备？如果淘汰的是你的话？（对李安娜）

李安娜：如果是我的话，也不会觉得遗憾，因为自己是最了解自己的，到底有多少分量，如果输了也没关系，可以重头再来。

臧锦宜：心态挺好的。那么29号呢？如果是你呢？

黄荣娟：跟她差不多吧，心态好一点。

赵保乐：你看，我说是棋逢对手，将遇良才，不仅业务（演唱）水平相当，而且心态都一样。评委下手吧！来，李建平评委。

李建平：我说一下让我们难为到什么程度，前一轮的时候，她们两位中间已经有人掉眼泪了，急得不知道该怎么办了。确实是“手心手背都是肉”，所以让我们三个人做难，真是难透了！

吴凤花：30号留下。

臧锦宜：好，咱们吴凤花一句干脆利落的“30号留下”，继续准备。

赵保乐：好，29号有什么心里话，想要对评委和所有的观众们说？

黄荣娟：我觉得参加这个“越女争锋”，我努力过了，也尽力了，就行了。

赵保乐：感觉委屈吗？是不是感觉有些偶然因素影响你了心情？（黄荣娟沉默）

臧锦宜：那你觉得自己失败在哪呢？

赵保乐：我认为她并没有失败。

黄荣娟：我觉得我发挥的还可以。

赵保乐：对，她发挥的非常好。

李建平：对，她没有失败。

臧锦宜：真的是棋逢对手啊！像你所说的。

赵保乐：其实有好多偶然因素，包括抽签，包括争锋的对手等，决定了好多演员自己不能决定、不能掌控自己的命运，是吗？没关系，希望有更多平台能够为我们越剧演员提供，也希望你能演更多的好戏。

臧锦宜：是，你的表现我们大家都看到了。我们评委有话说。

王志萍：你的临场发挥非常好，非常让大家感到意外，也同时看到你的表现的功力，很成熟，很不一般。我觉得你的长处在哪里呢，你能驾驭现场观众的心情，你能台上台下互动，把观众的心领着走。

臧锦宜：刚才她在唱的时候，台下观众都在跟着节奏鼓掌，跟着节拍。好，加油！

赵保乐：遗憾地跟您说一声，再见！

黄荣娟：再见！

臧锦宜：谢谢！

【画外音】西子情商，青春荡漾，海阔天空，任由飞翔，谁将破茧而出、勇夺桂冠，杭州赛区十二强又将花落谁家？越女争锋，杭州唱响！

臧锦宜：好，那么我们蓝组十位选手也都已经演唱结束了，有四位选手进入待定，有请四位选手上场。

赵保乐：她们分别是23号选手、24号选手、27号选手和30号选手。

臧锦宜：接下来呢，她们之间还要进行角逐，在角逐之前难题还得抛给我们的评审老师。

赵保乐：评委老师先决定这四位选手有一位将离开。

臧锦宜：这四位分别是23号选手喻咪可爱的小丑，24号花旦蔡婕。

赵保乐：27号竺欢欢是李派花旦，30号李安娜是张派老生。

臧锦宜：这组可以说行当还是挺多的，小丑、花旦、老生，她们四位当中……

赵保乐：她们四位一上场就会来个“下马威”，会离开我们的比赛现场。

臧锦宜：会有一位朋友离开我们的舞台，评委可以综合一下前几轮她们的表现，也可以结合刚才她们的展示，综合一下，看看谁刚才的表现相对较弱一些。同样，她们四位当中也会有两位选手直接晋级，参加到上海的复赛。

李建平：没有办法，很痛苦，四个人都挺好，就是必须决定一个人下，是吧？

臧锦宜：这规则谁定的？

赵保乐：你看看王志萍评委已经将头深深地埋在双手之间。

李建平：她们俩很难受，30号。

赵保乐：这个心刚刚放下又提到了嗓子眼，刚把髯口戴上，刚才走和现在走有区别，是吗？你怎么想？

李安娜：意料之内吧，没什么太多的话要说，要感谢我的老师，感谢我的同事、同学和所有关心我的人。

赵保乐：掌声送给她。

臧锦宜：这样吧，咱们30号选手如果能留在台上的话，下一个环节是身段与技巧的展示，我们把东西都带上来了，给大家展示一下你下面这个环节要表演的节目好不好？来，大家欢迎一下！

【字　幕】30号

表演者　李安娜

选送单位　杭州三江小百花越剧艺术团

（李安娜身段技巧展示）

臧锦宜：谢谢30号，李安娜，非常棒！四位评委老师对她刚才的表演有没有什么点评？

王志萍：我觉得她走得很潇洒，就是她刚才的表演。

赵保乐：我觉得这是一个很特殊的表演，我记得刚才你做每一个动作的时候，眼睛里都噙着泪水，是吗？

（李安娜笑）

赵保乐：现在笑了，展示了就是成功了，掌声祝贺她！

臧锦宜：好多同学都为你流眼泪了呢，谢谢同学的支持，来，还有三位。好，我们继续！这三位当中有一位将直接晋级，参加到上海的复赛。她会是谁？

王志萍：恭喜你，24 号蔡婕！

蔡　婕：我非常开心，谢谢评委老师，谢谢各位大众评审，谢谢我们单位的领导，我真的很幸运。

臧锦宜：希望你好好准备，把最光彩的一面、最精彩的表演带到上海，参加复赛！在大上海的舞台上，好好为我们杭州赛区争光！好吗？

赵保乐：掌声祝贺！

臧锦宜：谢谢，恭喜你，好好准备。

赵保乐：剩下的两位往前站，剩下的是身段比赛，进行争锋，你带的是马鞭来的，给大家表演什么身段。

喻　咪：来段《趟马》吧！

臧锦宜：你呢？

竺欢欢：长水袖。

赵保乐：好，谁先来？按照序号吧，23 号先来。

臧锦宜：来，我们在旁边等一下。

【字　幕】23 号

表演者　喻咪

选送单位　杭州越剧二团

（喻咪表演《趟马》）（下）

赵保乐：有请 27 号。

【字　幕】27 号

表演者　竺欢欢

选送单位　杭州越剧院

（竺欢欢表演水袖）

赵保乐：好，有请 23 号、27 号，两位选手往前站。接下来请大众评委拿起表决器……

臧锦宜：最后一回了。

赵保乐：对，预备，开始。

臧锦宜：来把号码牌亮出来，分别是 27 号和 23 号。

赵保乐：23 号喻咪，27 号竺欢欢。好，我们看一看屏幕上，观众朋友给出的支持率各是多少，支持率高的朋友就拿到了去上海的入场券。

臧锦宜：好，结果已经出来了，胜出的是：

赵保乐：23 号选手喻咪。27 号选手往前站。奋战到这会儿了，心情肯定不一般吧？

竺欢欢：还好啊，我觉得我努力过了，反而到现在我倒是觉得心情挺平静的。之前，我们团里也有好多人被淘汰了，在后台她们淘汰一个我哭一个，现在我自己下来了反而心里很释然了。我希望我们杭州的十二强能够在上海赛出成绩、赛出水平。

赵保乐：最美好的祝福送给了你的朋友们，她们也会祝福你在今后的人生路上越走越辉煌。

臧锦宜：谢谢，谢谢竺欢欢。那么我们杭州赛区最后一张晋级上海复赛的入场券就交给你啦，23 号喻咪，恭喜你！有什么和大家说的？

赵保乐：为你流眼泪的那几位是谁？

喻　咪：是我的老师。

臧锦宜：老师也很激动啊，好，谢谢，谢谢老师的栽培，相信喻咪在上海能取得更好的成绩。

赵保乐：我们的比赛牵动了许许多多人的心，各个院团、各个学校的老师们送自己的选手到这里来，而且我们一百名热心的观众，这些天来一直在支持着我们的越剧新秀，让我们用热烈的掌声感谢社会各界对本次大赛的支持和厚爱。

臧锦宜：谢谢大家，那么现在我们要有请杭州赛区的十二位选手上场，你们将代表我们杭州赛区到上海去参加复赛，有第一轮直接拿到入场券的选手，还有是经过第二轮的争锋角逐，千辛万苦好不容易取得这张入场券的选手，一共十二位。

赵保乐：现在我将宣布这十二名将要进入上海参加复赛的选手名单。

臧锦宜：她们是 10 号郭倩云，

赵保乐：13 号张艺清，

臧锦宜：23 号何倩娜，

赵保乐：27 号王晓玲，

臧锦宜：39 号缪海杰，

赵保乐：45 号李肖文，

臧锦宜：4 号谢莉莉，

赵保乐：5 号夏奕奕，

臧锦宜：11 号吴素飞，

赵保乐：18 号熊绮，

臧锦宜：24 号蔡婕，

赵保乐：23 号喻咪。

臧锦宜：恭喜你们！

赵保乐：祝贺你们！

臧锦宜：我们杭州赛区的十二强啊，接下来我们有请我们的评委老师对本次大赛做一个全面的总结。

王志萍：因为这次来杭州之前，看了上海赛区的比赛，我觉得上海的选手也是很有实力，很努力的。从行当上来看，我觉得杭州赛区的，整体在行当上的展现比较完整，还有就是你们今天站在台上的12位选手都各具特色，就是我非常希望你们珍惜这样一次机会，在接下来的比赛当中，在很短的时间内尽快调整好你们的心态，然后在最短的时间内，把自己的身体首先养好，然后去拼搏。在你们每一个参赛剧目选择当中，再进行一下仔细地加工。比如说像蔡婕，因为我在上海赛区看了类似你这个选段有好几个，你怎样在你今天这个基础上，把你这一段的优势发挥出来，不是靠你身上舞蹈性的动作，而是用你内心情感感动大家的这一面把它渲染得更加极致一些。还有就是那个《藏书》这位演员，我对你的期待很高，还有刚才（其他）评委对你的要求。因为你是一个很有气场感的演员，把这种在舞台上的表演，再进行一些更细腻更传神的表演，再进行加工。其他的另外一位选手就是演窦娥的，你是非常的出色，就是要把身体调养好，就是真正体现杭州赛区最佳水平的状态展现在全国观众面前。还有年轻的尹派小生，大家对你寄予很大的期待，还有小王派，《黛玉葬花》那种哀怨的感觉，能够你把林黛玉的性格发挥得更淋漓尽致一点。我希望大家……就是说都有非常出色的表现，不要辜负今天我们在座的各位观众朋友和我们评委，以及浙江省广大观众的期望，我相信你们一定会成功的。

赵保乐：感谢王老师的点评，千叮咛万嘱咐，像慈母一般，忠心地感谢。

吴凤花：我没有其他的话要说的，我觉得选手从赛场上下来灿烂的笑容也给了我笑容，但是我希望你们从灿烂的笑容中能马上投入到紧张的排练过程当中，把自己的剧目在短时间内做一个更精细的加工提高。把身体养好，为你们加油呐喊！

臧锦宜：用最好的状态去迎接上海的挑战。好，谢谢！

李建平：一句话：强中更有强中手。其他地区的、上海的，包括绍兴的强大对手很多很多。

赵保乐：在等待着你们，迎接挑战吧！好接下来有请我们的三位评委——

臧锦宜：为我们杭州赛区12位晋级的选手颁发越女争锋越剧青年演员电视挑战赛杭州赛区十二强的获奖证书，有请！来，再次把掌声送给我们杭州赛区的十二强，恭喜你们！好好加油努力！希望在上海的复赛能够取得更加好的成绩为杭州赛区争光。

（评委颁发证书）

臧锦宜：谢谢评委老师，一边发着证书一边还在告诉选手们应该在接下来的比赛中应该注意些什么。

赵保乐：现场和电视机前的观众朋友们，《越女争锋》越剧青年演员电视挑战赛杭州赛区的比赛已经全部结束了，希望朋友们继续关注绍兴和上海两个地区的初赛和上海赛区的复赛。

臧锦宜：是的，在这儿呢也预祝我们杭州赛区的十二位选手能够好好努力、好好发挥，在上海有更好的表现。

赵保乐：好，越女争锋！

臧锦宜：精彩无穷！

赵保乐：朋友们，再见！

臧锦宜：再见！

【滚动字幕】

总 策 划：张华山　腾俊杰

总体设计：朱　彤　王　进
策　　划：李纯博　李春晨　陆　康　郭　宇
总制片人：腾海涛　尹庆一
制 片 人：吕齐越
总 导 演：张佩莉　李　谱
导　　演：李　慕
撰　　稿：吕齐越
导　　播：赵　强
现场导演：徐志恒
摄　　像：吴瑞良　杨金刚　张伟利
　　　　　朱　凌　邹　魁　徐　哲
导 演 组：高　岚　祝　莹　徐柳芳
　　　　　方晓燕　叶　华　韩　意
运　　营：许霈琳
整体包装：孙宇铭
文　　案：张　薇
统　　筹：苏伟华　张　强　赵　宁　魏建波
宣　　传：罗晓群　孙　敏　孙　亮　徐　晶
导演助理：何　建
技术协调：唐建平
视频技术：陈豪俊　严　忠　吴海舟
录　　像：张　营
舞美设计：谭张兴
灯光设计：徐　坤
音效设计：李振波
音　　频：王之雄　余　俊
音　　响：张　绮
服化统筹：孙小平
摄像助理：王联军　张鲁阳
电子计分量：何建廷　张继东
片头设计：江　涛
片头制作：杨　颖
后期制作：徐柳芳　马旭珍　周廷锋
剪　　辑：赵　正　孙宇铭
多 媒 体：赵　正　孟　婧
电编合成：马　宁　蒋光华
剧　　务：何　建
制　　片：沈蓬国　李锡刚　朱　欣

制片主任：侯洪涛

监　　制：李纯博　郭　宇　李春晨　陆　康

总 监 制：张华山　腾俊杰

承　　办：杭州电视台西湖明珠频道

绍兴广电总局文化影视频道

协　　办：上海天蟾京剧中心演出有限公司

北京慈文世纪广告有限公司

杭州剧院艺术制作有限公司

“杨小青工作室”

协作媒体：福建电视台海峡卫视

央视国际网络

《中国广播电视报》

（编撰　高欢欢）

中国广播电视文艺大系

2001—2010

戏曲动漫

电视戏曲卷

黄梅戏动漫《夫妻观灯》

【制作人员】 导　　演：韩　晖　倪　镔　侨晶晶
动　　画：郑阳臻　彭　博
音　　乐：李　林
制作单位：中共浙江省委宣传部　中国美术学院
选　　自：浙江省文化精品工程《戏曲动画集萃》

镜号	景别	摄法	技巧	字幕	画面	歌词
1			定格	夫妻观灯		
2	近景	固定镜头	切		一盏花灯随风摇摆。	
3	近景 — 全景	拉	切		花灯悬挂的民宅门前，一位美丽的少妇站在门内。	
4	全景 — 近景	推	切		少妇站在门前左顾右盼，看着漂亮的花灯不禁喜笑颜开、手舞足蹈。	
5	近景	固定镜头	切		少妇边唱边舞。	正哪月啊十啊五闹啊元宵呀呀子哟
6	特写	移	切		一串串鞭炮爆开。	
7	全景	固定镜头			站在宅门内的少妇，边唱边舞。	火炮啊连天门哪前绕
8	近景	固定镜头	叠		年轻的丈夫出现在门前，与少妇合唱。	喂却喂却依喂却喂却冤哪家舍呀嗬嗨嗨
9	中景	移	切		丈夫一会儿敲锣，一会儿送花，想博得妻子的高兴。	
10	近景	固定镜头	切		少妇娇羞的表情。	郎啊锣鼓儿闹嘈嘈
11	全景	固定镜头	切		丈夫指着一盏花灯，叫妻子赶紧来观灯。	
12	全景	固定镜头			两人一问一答，对歌。 丈夫出画。	花开花谢什么花黄？ 兰花黄。 么花香？ 百花香。 兰花兰黄百花香。

续

镜号	景别	摄法	技巧	字幕	画面	歌词
13	全景 — 中景	推			少妇边唱边舞	相思调儿调思相 我自打自唱自帮腔 依呼郎当呀呼郎当
14	中景	固定镜头			丈夫入画，两人边唱边舞	瓜子梅花响叮当 喂却喂却依喂却喂却冤哪家舍呀嗬嗨嗨 郎啊九月里菊花黄啊
15	中景 — 近景	推			夫妻两人同行，丈夫指着右边的花灯	环环子扭 开门喽
16	近景 — 全景	急拉	叠		少妇指着左边的花灯	扭扭子环 开门栓
17	中景	固定镜头	叠		夫妻两人站在树下	用手打开门来看
18	中景 — 全景	拉	切		夫妻两人站在院门口	夫妻双双把灯看
19	全景	固定镜头	切		树梢上挂着一盏花灯	
20	特写	移	叠		两盏大红灯笼	
21	特写	固定镜头	切		四盏精巧的花灯	东也是灯，西也是灯
22	特写 — 全景	拉	切		长廊下挂满了各种花灯，人们纷纷来看灯	南也是灯来北也是灯
23	全景	移	切		男女老少都来看灯	四面八方闹啊闹哄哄啊
24	近景	固定镜头			高个儿的人在看灯	长子来看灯 他挤得颈一伸
25	近景	移	切		一个矮个儿的人在众人中看灯	矮子来看灯 他挤得人网里行
26	近景	固定镜头	叠		一个光头黑胖的男子也挤在人群中看灯	胖子来看灯 他挤得汗淋淋
27	近景	移			熙熙攘攘的人群中瘦子看灯挤得很辛苦	瘦子来看灯 他挤成一把筋
28	近景 — 中景	拉	切		大街上看灯的人来人往，小孩倒在地	小孩来看灯 他站也站不稳
29	近景	固定镜头	叠		一位老爷爷拄着拐棍走来走去，也来看灯凑热闹	老头来看灯 嗟，走起路来戳呀戳拐棍哪

续

镜号	景别	摄法	技巧	字幕	画面	歌词
30	特写	固定镜头	叠		大红灯笼摇过画面	
31	中景 — 近景	移，拉			年轻夫妇沿着长廊往前走，边走边看各种花灯	这班灯逛过了身 那厢又来一班灯
32	近景 — 中景	拉			丈夫手中拿着一盏莲花灯	手捧莲花灯一盏
33	中景 — 特写	拉			精美的莲花灯	
34	特写 — 全景	移，拉	叠		年轻夫妇与悬挂的三盏红灯笼	二家有喜三盏灯
35	全景	固定镜头	叠		屋舍与四盏花灯	三元及第灯哪四盏
36	中景	固定镜头	叠		屋舍与五盏花灯	四季如意五盏灯
37	全景	固定镜头	叠		门前挂着一溜儿六盏灯。少妇在门内歌唱	五子登科灯哪六盏
38	中景	固定镜头	叠		丈夫在树下对歌，身后掩映着七盏花灯	六六大顺七盏灯
39	中景	固定镜头	叠		夫妻对唱，交错走过，画面中留下八盏花灯	七子团圆灯哪八盏
40	中景	固定镜头	叠		夫妻对唱，背景中是九盏花灯	八仙过海九盏灯
41	中景	固定镜头	叠，转黑		夫妻对唱，背景中是九盏花灯，一盏大红灯笼在画面中间摇动	九龙盘柱灯十盏 十全十美满堂红。

（编撰　廖亮）

京剧动漫《贵妃醉酒》

【制作人员】导　　演：杨迈　于瑾

制作单位：中共浙江省委宣传部　中国美术学院

选　　自：浙江省文化精品工程《戏曲动画集萃》

镜号	景别	摄法	技巧	字幕	画面	歌词
1			定格，叠	贵妃醉酒	古色古香的画面中央是一面梳妆用的镜子，镜子的影子随锣鼓点慢慢移动	（念白）：摆驾
2	特写—大特写	推	叠		镜中女子在画眼	
3	全景	固定镜头	叠		杨贵妃手拿扇子	
4	全景	固定镜头	叠		杨贵妃执扇而舞	
5	近景	固定镜头	叠		贵妃脚下满地是飘落的花瓣	
6	全景	固定镜头	叠	海岛	在室内，杨贵妃手拿扇子	海岛冰轮初转腾
7	全景	固定镜头	叠	冰轮	在池边的贵妃	
8	近景	固定镜头	叠	初转腾	池中涟漪，片片花瓣飘落水中	
9	近景	固定镜头	切	见玉兔	枝头的花朵随风摇摆	见玉兔又早东升
10	特写	固定镜头	叠	玉兔	一朵花从枝头飘然坠落	
11	全景	固定镜头	叠	又早东升	贵妃站在荷塘边	
12	特写	固定镜头	叠	那冰轮离海岛	水中荷花的倒影摇曳	那冰轮离海岛
13	中景	固定镜头	叠	那冰轮离海岛	贵妃	
14	近景	固定镜头	叠	乾坤分外明	执扇的贵妃的手	乾坤分外明
15	全景	固定镜头	叠		隐约中是贵妃在舞	
16	特写	固定镜头	叠		一朵牡丹绽放	
17	全景—特写	推	叠	娘娘万岁爷驾转西宫了	贵妃背影，一滴浓墨在画面中央晕开	（念白）娘娘，万岁爷驾转西宫了
18	近景	固定镜头	叠		杨贵妃独自饮酒	
19	全景	固定镜头	切		贵妃独立池边	（念白）好酒啊，好酒啊
20	近景	固定镜头	叠		贵妃水中倒影	
21	中景	固定镜头	叠		贵妃独立池边	
22	近景	固定镜头	叠		贵妃水中倒影	
23	中景	固定镜头	叠		贵妃独立池边	
24	近景	固定镜头	叠		贵妃水中倒影	
25	全景	固定镜头	叠		贵妃背影	

续

镜号	景别	摄法	技巧	字幕	画面	歌词
26	特写	固定镜头	叠		一滴浓墨从画面上方慢慢晕开	
27	特写	固定镜头	叠		绽放的牡丹，花中是贵妃的身影	（念白）备酒
28	中景	固定镜头	叠		贵妃背影，空中花瓣飘落，画面中央浓墨化开	
29	全景	固定镜头	叠		花瓣纷纷飘落，贵妃舞水袖	
30	特写	固定镜头	叠，转黑		梳妆镜中女人泪水滑落	

（编撰　廖亮）

唐山皮影动漫《熊猫咪咪》

【制作人员】 策　　划：王连英　李久才　王俊杰
导　　演：曹旭良　吴志国
摄　　像：李庆立
音乐设计：韩　溪
剪　　辑：王　齐　郑立军
电脑特技：王　齐
监　　制：湛庆臣　王连英　王俊杰　沈晓丽
制作单位：唐山电视台

镜号	景别	技巧	字幕	画面
1	全景	切	皮影童话剧《熊猫咪咪》 中国唐山皮影	郁郁葱葱的树林里，两只蝴蝶在飞，三只小鸟也慢慢飞翔。 突然从石块后面露出一只狐狸的脑袋。
		叠画 淡入淡出	操纵者 笪建光 赵卫东 赵广生 申唐影	
2	近景	切		狐狸在石块后时隐时现。
3	全景	切，先左移再右移归位		狐狸从石块后走了出来，蹦蹦跳跳抓小鸟。 熊猫妈妈带着小熊猫咪咪在树林里悠闲地散步。

续

镜号	景别	技巧	字幕	画面
4	近景	切		熊猫妈妈和咪咪相互挠痒痒。
5	全景	切		熊猫妈妈领着咪咪走进竹林，咪咪被飞过的蝴蝶吸引，跑去扑蝴蝶玩。熊猫妈妈则采来新鲜的竹叶。
6	近景	切		咪咪坐着吃竹子。
7	特写	切		咪咪坐着吃竹子。
8	全景	切		咪咪吃竹子。
9	近景	切		咪咪躺在地上吃竹子。
10	全景	切		熊猫妈妈背着竹子回家，咪咪跟在后面，边走边和燕子玩，和熊猫妈妈越离越远，结果撞见躲在石块后的狐狸。狐狸扑向咪咪，咪咪则吓得爬上了树。
11	中景	切		老猎户走近了树林。
12	全景	切		狐狸躲在石块后，咪咪爬在树上不敢动。
13	中景	切		老猎户看见在树上的咪咪。
14	全景	切		老猎户走向咪咪，咪咪也爬下树来跟着老猎户。
15	近景	切		老猎户喂咪咪喝水
16	全景	切		咪咪抱起水罐自己喝，老猎户坐下休息。
17	中景	切		咪咪用水罐玩游戏。
18	全景	切		咪咪不慎将水罐踢到了石块后。
19	中景	切，推至特写		老猎户边和咪咪说话，边点旱烟抽。
20	全景	切		老猎户陪咪咪玩荡秋千。
21	中景	切		老猎户拿起猎枪准备回家。
22	全景	切		咪咪在树上荡秋千。 看见猎户离开，狐狸钻了出来。
22	近景	切		狐狸观察老猎户是否走远。
23	全景	切		狐狸又想抓树上的咪咪。
24	近景	切		老猎户回来，发现狐狸，鸣枪示警。
25	全景	切		狐狸迅速逃跑，咪咪还挂在树上。 老猎户跑过来，救下气喘吁吁的咪咪。咪咪边哭边感谢老猎户。老猎户背起咪咪走向竹林。休息时，咪咪给老猎户捶背按摩。
26	近景	切		老猎户疼爱地看着咪咪，咪咪也亲热地摸着老猎户。

续

镜号	景别	技巧	字幕	画面
27	全景	切		老猎户爱抚咪咪。熊猫妈妈也回来找孩子，咪咪开心地又蹦又跳。一阵寒暄后，熊猫妈妈感谢老猎户保护了咪咪。
28	特写	切		老猎户目送熊猫妈妈领着咪咪回家。
29	全景	切		老猎户目送熊猫妈妈领着咪咪回家，咪咪和老猎户挥手告别。
30		切	策划：王连英 李久才 王俊杰 导演：曹旭良 吴志国 摄像：李庆立 音乐设计：韩溪 制片人：曹旭良 监制：湛庆臣 王连英 王俊杰 沈晓丽 唐山电视台录制	职员名单向上滚动

（编撰　云海辉）

豫剧动漫《花打朝》

【制作人员】演　　唱：马金凤
　　　　　　制作单位：河南电视台

镜号	景别	技巧	字幕	画面
1	全景	切	七奶奶出门 选自《花打朝》选段 演唱：马金凤	七奶奶坐在拖拉机后面，拖拉机从画右驶向画左。
2	全景	切		城市的天空，太阳渐渐升起，
3	全景	切		汽车从远方驶来，
4	中景	切		汽车在公路上行驶，
5	全景	切		汽车急刹车，停在七奶奶公馆门前，
6	近景	切	七奶奶	司机喊七奶奶上车，
7	全景	切	哎	城市的高楼间传来七奶奶的画外音，

续

镜号	景别	技巧	字幕	画面
8	近景	切	车套好啦	司机喊七奶奶上车，
9	近景	切	我知道啦	七奶奶探出窗口，回应司机，
10	中景	切		司机在车前踱步，等着七奶奶。
11	近景	切	快上车吧	司机喊七奶奶上车，
12	近景	切	出去啦	七奶奶探出窗口，回应司机，
13	全景	切		七奶奶下楼。
14	全景	切		七奶奶下楼。
15	全景	切	小郎那个门外连声请，后堂里来了我王氏诰命，后堂里来了我……	七奶奶跑出公馆，在公馆门前载歌载舞。
16	中景	切	阿嚏……	七奶奶的喷嚏打翻了司机和汽车，司机和汽车直飞上天。
17	中景	切，拉开至全景，再推至面部特写	王氏诰命	七奶奶在公馆门前载歌载舞。
18	全景	切	我的老爷名叫那个程咬金	七奶奶骑摩托载着程咬金，
		叠		程咬金在办公室使用电脑办公，
19	全景	切，推至近景	外人送号叫个程愣怔	程咬金在办公室使用电脑办公，
20	全景	切	想当年大反山东劫皇纲	层峦叠嶂的大山，程咬金与敌大战，
21	近景	切，拉至全景	瓦岗寨上立过朝廷	七奶奶、程咬金和军士们列队而立，
22	全景	切，推至面部特写	皇后娘娘我不想当	七奶奶在公馆门前载歌载舞，
23	全景	切	金交椅坐得我腰酸痛	七奶奶在公馆门前载歌载舞，
24	特写	切	绣花针太小捏不住	七奶奶艰难地手捏绣花针，
25	中近景	切	我好抡棒槌拉铁弓	七奶奶在公馆门前抡棒槌，
	中景	切		七奶奶拉弓，一箭射在别人的屁股上，
26	全景	切	进啊进唐营，我的功劳重	程咬金和士兵坐着拖拉机上，
27	中景	切	南杀北战立奇功	七奶奶和程咬金骑着摩托领兵冲锋，
28	全景	切	老程前面打 七奶奶紧相行 马头并马头 缰绳连缰绳 就像那弓离不开箭来	程咬金骑着摩托领兵冲锋，七奶奶从后面突然冲出，并排冲锋，

续

镜号	景别	技巧	字幕	画面
29	全景	切	箭也不离弓	七奶奶和程咬金一起拉弓射箭，
30	全景	切，推至面部特写	哪一阵离了我王月英	七奶奶在公馆门前载歌载舞，
31	全景	切	杀敌寇就像那刀切葱	七奶奶抡棒槌冲锋，
		切		七奶奶一跃而起冲入敌阵，打败敌兵，
32	特写	切	五湖四海有威名	关于七奶奶的新闻报道铺天盖地，
33	近景	切，拉至全景	五湖四海有威名	七奶奶在公馆门前载歌载舞， 下方拥趸无数， 小汽车从天而降落在七奶奶身边，
			结束	

（编撰　云海辉）

豫剧动漫《花木兰》

【制作人员】总 导 演：蒋愈红
顾　　问：郭晓东
词　　曲：侯　健
动　　画：郑卫涛　赵少华
制作单位：河南电视台《梨园春》栏目出品

镜号	景别	技巧	字幕	画面
1		切		片头标题　篆刻“木兰”
2		镜头推		空中俯拍，蓝天白云，黄土高坡，一只老鹰急速飞过。山路上，三人骑马同行。
3	全景	切	刘将军 你说咱戍边杀敌	三人骑马同行，由远及近。
4	近景	切	多辛苦呀 女人们比起咱们来 可是享福多了呀	两位军士对话，一个面有苦色，另一个微笑相对。
5	中景	切	那是！咱老爷们在边关打仗	刘将军骄傲地说话。
6	叠画	仰拍	那是杠杠的	老鹰在空中盘旋。
7	中景	切	女人咋能跟咱们比呢	刘将军骄傲地说话。

续

镜号	景别	技巧	字幕	画面
8	近景	切	刘大哥，你这样说可就不对了	花木兰侧脸对刘将军说话。
9	全景	切	刘大哥讲话	花木兰翻身下马，立于舞台之上。
10	近景	镜头推		
11	近景	镜头块速推拉摇移	理太偏 谁说女子享清闲	花木兰载歌载舞，
12	全景	切	男子打仗到边关	边关战火连天的场面。
13	全景	推中景再拉至全景	女子纺织在家园	透过窗户见女子纺织，从夜里一直忙到日出。
14	中景	切，推至近景	有许多女英雄 也把功劳建 为国杀敌 是代代出英贤 这女子们	花木兰载歌载舞。
		快速推拉镜头	哪一点不如儿男	
15	全景	切，推至近景		老鹰飞向戍边的军士，落在刘将军的肩膀上。
16	特写	快速推拉		DJ 打碟。
17	特写			DJ 的监听耳机。
18	特写			DJ 打碟和 DJ 的监听耳机。
19	近景	切	花木兰姐姐唱了这么多年 这个理论早就该变上一变	螺旋转动的彩色背景， 歌手在前景唱歌。
20	全景	切	如今的女子大半边天 男人们活得越来越艰难	螺旋转动的彩色背景， 歌手在前景慢慢飘过。
21	全景	切，推至近景	那个房子 汽车 存款 学历 还要有工作 那个英俊 潇洒 风流 倜傥 还要有幽默	绿色背景的舞台，古装的小士兵唱歌。 一团烟雾炸开，小士兵变成时尚男青年。
		镜头快速摇移	那个度假必须去海边 旅游的出国 唧唧歪歪婆婆妈妈要求咋恁多	时尚男青年载歌载舞，一叠叠红色的钞票从天而降。
22	特写	切	美容 健身 购物 休闲 出门要打车	时尚女青年的傲慢的面部表情。
23		切	汽车 洋房 钻石 鲜花 不能缺一个	汽车、钻石、鲜花等物品的动漫形象快速划过。

续

镜号	景别	技巧	字幕	画面
24	中景	切	年年岁岁朝朝暮暮天天说爱我 这才是我想要的幸福生活	时尚女青年叉腰振振有词。
25	特写	切		DJ 打碟。
26	全景	切，推至近景	不许叫苦　不许喊冤　不许偷懒 不许怕难 加油啊	女青年叉手振振有词。
27	全景	切		将领站在山岗上。
28	中景	切，推至面部特写	我亲爱的姐姐花木兰 你告诉我做个男人怎么这么难	军士无可奈何地说话。
29	中景	切，拉开至全景	怎么这么难 怎么这么 怎么这么难	
30	全景	切	总导演：蒋愈红 顾问：郭晓东 词曲：侯健 动画：郑卫涛　赵少华 河南电视台《梨园春》栏目出品	军士目送花木兰策马远去， 天空中老鹰在盘旋。

（编撰　云海辉）

豫剧 FLASH《新月下相会》

【制作单位】 河南电视台《梨园春》栏目

镜号	景别	技巧	字幕	画面
1		特技	《约会》选自《倒霉大叔的婚事》片段	片头标题《约会》选自《倒霉大叔的婚事》片段。
2	全景	推		空中月亮，鸟（常有福）从月亮前飞过。
3	全景	推		雄鸟（常有福）在树枝上踱步。
4	中景	推		雄鸟（常有福）抽烟。
5	全景	切		雄鸟（常有福）抽了一地烟头。
6	中景	推		雄鸟（常有福）抽烟，忽然看见雌鸟（魏淑兰）从月亮前飞过。

续

镜号	景别	技巧	字幕	画面
7	全景	切		雌鸟（魏淑兰）从月亮前飞过。
8	全景	推		雄鸟（常有福）、雌鸟（魏淑兰）从树两端向中间走。
9	全景	切	你……你是？	雌鸟（魏淑兰）。
10	全景	切	我……姓常，常有福。	雄鸟（常有福）。
11	全景	切	你早来了？	雌鸟（魏淑兰）。
12	中景	推	啊！我都……来一个钟头了。	雄鸟（常有福），钟表针走动。
13	中景	拉		雌鸟（魏淑兰）。
14	全景	切至全景	来……坐。	雄鸟（常有福）、雌鸟（魏淑兰）在树枝上。
15	全景	切至全景		雄鸟（常有福）在树枝上做吹土状。
16	全景	切	来……坐。	雄鸟（常有福）说，雌鸟（魏淑兰）。
17	中景	切		雌鸟（魏淑兰）坐下。
18	特写	切		雄鸟（常有福）做思索状。
19	全景	切		雄鸟（常有福）靠近雌鸟（魏淑兰），雌鸟（魏淑兰）就移动离远一点。
20	特写	切		雄鸟（常有福）冒汗。
21	近景	切		飞机。
22	全景	切		飞机从月亮前飞过。
23	全景	切	飞机。	雄鸟（常有福）、雌鸟（魏淑兰）。
24	全景	推	现在的人真能，黑更半夜还在云彩眼里飞哩。	雄鸟（常有福）指飞机，雌鸟（魏淑兰）羞答答地看雄鸟（常有福）指飞机的方向。
25	特写	切	你……	雌鸟（魏淑兰）不答话，雄鸟（常有福）冒汗，然后做思索状，坏笑。
26	全景	切	你去过北京没有？	雄鸟（常有福）说，雌鸟（魏淑兰）羞答答地不说话。
27	中景	推	俺……连郑州也没有去过。	雌鸟（魏淑兰）羞答答地说。
28	全景	切	郑州的熊猫你尝尝。	雄鸟（常有福）说，雌鸟（魏淑兰）惊讶。
29	中景	切	吃熊猫？	雌鸟（魏淑兰）冒汗惊讶地说。
30	全景	切		熊猫。
31	全景	切	熊猫牌的糖，可甜了。	雌鸟（魏淑兰）惊讶，雄鸟（常有福）坏笑说。
32	特写	切		雌鸟（魏淑兰）伸手拿糖。
33	中景	切		雄鸟（常有福）拿放大镜看雌鸟（魏淑兰），雌鸟（魏淑兰）害羞没拿，雄鸟（常有福）坏笑。

续

镜号	景别	技巧	字幕	画面
34	全景	推		雌鸟（魏淑兰）、雄鸟（常有福）坐在树枝上，大背景月亮。
35	中景	拉	月光下我把她仔细相看，	雄鸟（常有福）坐在树枝上唱。
				雌鸟（魏淑兰）害羞不敢说话。
36	中景	拉至全景	只见她羞答答低头不言，	雌鸟（魏淑兰）害羞不敢说话。
37	近景	拉	看打扮她有一手好针线，	雌鸟（魏淑兰）害羞不敢说话。
38	全景	摇	早闻知编织上手艺不凡。	闪回，雌鸟（魏淑兰）编织篮子。
39	全景	摇	侯圈他可做了好事一件，	侯圈婚姻介绍所，侯圈抽烟打电话。
40	全景	切	我心里好像那个扇子扇哪。	雄鸟（常有福）穿着白裙子高兴的飞。
41	全景	中景拉至全景		雄鸟（常有福）做高兴状，雌鸟（魏淑兰）害羞不敢说话。
42	全景	推		月亮。
43	中景	拉	这个主他看人咋这样死眼，	雌鸟（魏淑兰）害羞地唱。
	全景	推		闪回，雌鸟（魏淑兰）伸手拿糖，雄鸟（常有福）拿放大镜看雌鸟（魏淑兰），雌鸟（魏淑兰）害羞没拿，雄鸟（常有福）坏笑。
44	全景	切		闪回，雄鸟（常有福）一步步靠近雌鸟（魏淑兰），雌鸟（魏淑兰）一步步移动离远点。
45	中景	拉	只觉得脸发烧，坐立不安，	雌鸟（魏淑兰）捧自己的红脸，雄鸟（常有福）拿着放大镜左右照雌鸟（魏淑兰），然后坏笑。
46	全景	推	他找话摸心思我该咋办，	闪回，雄鸟（常有福）指飞机，雌鸟（魏淑兰）羞答答地看雄鸟（常有福）指飞机的方向。
47	近景	摇至全景	下决心要娶她魏淑兰。	雄鸟（常有福）坏笑，眼睛出红心。
48	全景	切		雄鸟（常有福）移到雌鸟（魏淑兰）身旁，把手搭到雌鸟（魏淑兰）手上，雌鸟（魏淑兰）脸红，雄鸟（常有福）坏笑。
49			河南电视台《梨园春栏目》	

（编撰　蒋东升）

中国广播电视文艺

2001—2010

戏曲电视剧

电视戏曲卷

孔乙己

『越剧电视剧』

【制作人员】

出 品 人：李培森　祝　政
总 监 制：邹庆芳　王伟国
总 策 划：李　汀　阮顺泉
监　　制：张大勤　钱　勇
策　　划：李功达　吴天行
技术兼制：梁福臻
摄　　像：黄　乔
编　　剧：沈正钧
照明设计：杜　鹏
美术设计：赵国良
人物造型：蓝　玲
片头题字：梁平波
作　　曲：翁持更
唱腔设计：胡梦桥
录　　音：冯景山
制 片 人：翁道才
导　　演：郑洞天　郭小男
领衔主演：茅威涛

【演员表】

孔乙己——茅威涛
小寡妇——李　丽
夏　瑜——李　丽
女戏子——李　丽
掌　柜——华渭强
老　栓——李海明
小　栓——唐　天
华大妈——李培珍
丁举人——张伟忠

丁少爷——王松平
钱奚为——周　明
花白胡子——俞仁海
半疯子——任永鑫
男　旦——任永鑫
红眼睛阿义——宋顺发
康大叔——邵龙
孟老二——陈明水
蓝皮阿五——姚春晓
老　鸨——何娟娟
卖花姑娘——熊琦
便　衣——蒋鸿飞

【主题歌】

九州洪波禹溪收，
越王投醪酬貔貅。
醉后闲题桥头扇，
梦醒莫望沈园柳。
梅子黄时雨，
春草池上楼。
浣纱石枕流，
青藤墨迹幽。
百丈龙湫千年愁，
泻入鉴湖酿成酒。

上　集

剧情发生在浙江鲁镇，剧本取材于鲁迅《孔乙己》、《药》等小说。

（咸亨酒店门口，小二们搬运东西）

掌　柜：（画外音）春天来哉！

掌　柜：咸亨开张十年志庆，小店备下美酒喜迎新老宾客。乡里乡亲进店哪。诸位，诸位今天喝酒不收铜钿。

众　人：（唱）老酒开坛十里香，肚里酒虫直痒痒。一杯润润喉，两盏开开腔，三碗四碗话家常。酒酣耳热，忘了朝廷啥人当皇上。

半疯子：老栓倒酒。

（叔公等人上）

众　人：叔公。

掌　柜：（唱）咸亨开张庆十年，长衫短衣聚小店，春光欣逢乡试年，恭请学子惠我诗联，光彩照门面。今岁考生，留下墨宝。古镇名流，赐我荣耀。雅座备有文房四宝，老酒一坛，润笔之礼，不成敬意。诸位雅士，请请请。

小　二：雅座。

孟老二：红眼睛阿义，那是雅座，不是我们去的地方。

老　栓：一瓶花雕。

孟老二：烧饼油条。

卖花女：清香白兰花。

小寡妇：可怜可怜，可怜可怜吧。

阿　五：呵呵，咯子咯子洗洗清爽，倒还蛮漂亮的嘛。哈哈哈。

阿　义：赖皮阿五，你又在动坏脑筋了。

阿　五：红眼睛阿义，我坏还是你坏？你到处扣人，换钱吃酒，嘻嘻。小栓，倒酒！

小栓娘：哎呀，小栓，小栓，你怎么又咳了。

康大叔：老栓，小栓得的怕是痨病吧。

小栓娘：谁说是痨病呀？

康大叔：小栓娘，痨病有一个偏方能治。

小栓娘：有偏方？

老　栓：有偏方？

康大叔：吃一个蘸满人血的大馒头！

老　栓：到哪里去弄人血？

小栓娘：是啊？

康大叔：老栓，这用不着着急，等朝廷处决要犯，我呀带你去抢。

孟老二：康大叔啊，你呀，又在找门路了？谁不晓得你是个出了名“咔嚓”。

【众雅士及丁少爷提鸟笼从雅座出来】

掌　柜：哎呀，诸位，诸位，雅士们为小店题了两副诗联。来，老栓，挂起来。诸位诸位，来来，请请，请坐，坐。

掌　柜：（念）雅座虚席候高朋，美酒盈樽宴贵客。

雅士甲：献丑，献丑。

掌　柜：咸与维新世风变，亨通财源酒味浓。

雅士乙：见笑，见笑。好好。

掌　柜：丁少爷，丁少爷，这两厢有诗，正厅就留给丁少爷你了。

丁少爷：哎，要说做文章嘛。（唱）天下文章属浙江，浙江文章靠绍兴。绍兴文章在山阴，山阴文章要数俺老爹丁举人。哎，现在呀，俺老爹的文章要我来批下，批下。

半疯子：是谁放了一个满地打滚的狗臭屁。

鹦　鹉：狗臭屁，狗臭屁。

老　栓：掌柜，孔乙己欠酒钱十九文，还了没有？

掌　柜：等一会儿再说，听诗要紧。

老　栓：好好好。

康大叔：孟老二，来两根油条。

孟老二：噢，来哉。

丁少爷：有哉，诸位。诸位，请听上联：孔乙己欠酒钱十九文；

掌　柜：那，那下联呢？

丁少爷：孟老二，孟老二买油条两三根。

阿　五：好好好，实在好，好诗，好诗啊。

阿　义：丁少爷，这个东西可以挂在正厅的呀？

康大叔：挂是能挂，就怕被老鼠偷了去。

叔　公：哼，俗不成体，视同儿戏。世代书香，斯文扫地。

掌　柜：叔公。

叔　公：掌柜，我也带来对联一副。

掌　柜：哎呀，叔公怎么不早说呢？叔公的对联该挂正厅。老栓，挂起来，挂起来。（念）斟北斗，邀明月，醉意朦胧知酒醇。题南山，酬清风，诗情飘逸见神韵。好诗，好诗啊。

雅士甲：意生境中，

雅士乙：神游象外。

孟老二：好，南山北斗，器宇不凡哪。

众　人：叔公，大手笔。

叔　公：此联非我所作。

众　人：啊？

掌　柜：叔公您又说笑话了吧？这方圆百里谁不知道您是泰斗啊？

众　人：是啊。

雅士甲：非叔公之手，谁还写得出来呀？

叔　公：此生寒窗十载，潜心刻苦。依老朽眼力，唯此生今岁可望进学。

众　生：到底是谁啊？

叔　公：孔门之后，孔乙己。

众　人：啊，哈哈，孔乙己。

小　栓：我知道。叔公，（念）上大人，孔乙己。化三千，七十士。尔小生，八九子。佳作仁，可知礼。

众　人：（念）上大人，孔乙己。化三千，七十士。尔小生，八九子。佳作仁，可知礼也。

孔乙己：非也！（唱）尔小生，欠知礼，唤吾名，错两字；吾姓孔，非乙己，入家谱，孔逸举。

康大叔：耶，阿义呀，这描红帖上写的是孔乙己呀（“嘛”）！

孔乙己：非也！“逸”乃“逸兴遄飞”之逸，飘飘然；“举”乃“三考中举”之举，堂堂然。懂了吗？

小　栓：不懂！

孔乙己：好！知之为知之，不知为不知……

丁少爷：（打断地）有什么不懂，喝酒欠债的叫孔乙己，住在我们丁家祠堂的叫孔逸举！

孔乙己：非也！

雅士甲：赶考秀才是孔逸举。

雅士乙：走进咸亨酒店的是孔乙己！（进雅座）

孔乙己：（欲追进）此言差也，我乃是孔门之后……

阿　义：孔乙己，这是雅座！

众　人：哈哈哈。

老　栓：孔先生，孔先生啊，我想问问你，这人血能不能治病啊？

孔乙己：人血？噢，人之精血乃天地之精华。受之于父母，运之经脉。以精养精，以血补血，乃《黄帝内经》之要义，道家修炼之秘方。

康大叔：听听听听，老栓，相信了吧！

老　栓：相信。

康大叔：孔乙己，有学问！

叔　公：孔乙己，你回头看，你写的对联已经挂在正厅！

孔乙己：（得意地）啊呀呀，诸位，诸位！适才叔公来到祠堂，命我以诗酒为题作一诗联，孔某不过是信手涂来，想不到却挂在了这里，诚惶诚恐！

掌　柜：孔乙己，不过你还欠我一幅横批，你要给我补上啊！

孔乙己：补上不难，我欠你的十九文酒钱？

掌　柜：一笔勾销！另加赏钱。

孔乙己：好！补上就是！

叔　公：你已写尽南山北斗，诗情酒意，这横批就难喽。

孔乙己：难也不难，这横批要远近皆宜，古今相通，（思索）仰观宇宙之大，俯察品数之盛……叔公，有了！

叔　公：掌柜！拿纸笔！

掌　柜：好。今岁考生，留下墨宝。老栓，笔墨伺候！

（孔乙己写“品物咸亨”四字）

众　人：（念）品物咸亨！

叔　公：好一个“品物咸亨”哪，典自易经坤爻间，咸亨上溯三千年哪！孔乙己，老朽愿与你干下这碗酒！

众　人：孔乙己，干！

孔乙己：多谢叔公，多谢诸位乡亲！（唱）酒开一樽故里情，醉了十年读书声。蓬窗走出孔门人，抖擞青衫启鹏程。三考中举望帝京，得意春风留咸亨。

康大叔：孔乙己，祝你赴试赶考，马到成功！

掌　柜：润笔之礼，请笑纳！

小寡妇：可怜可怜，可怜可怜。

孔乙己：温一碗酒，来碟茴香豆！

【画外音】（丁老爷到！）

（丁举人、两家丁、钱奚为同上。钱穿西装，戴帽，持文明棍）

丁举人：（念）宦海京华莼鲈思，春风送我归故里。告别案牍劳形苦，愿傍竹林听社戏。

叔　公：世侄荣归故里，可贺！可贺！

丁举人：堂叔依然精神矍烁，可喜！可喜呀！哎，来来来。我向大家介绍一下，这位，就是湖塘钱家酒坊的钱大少爷。

钱奚为：钱奚为。

丁举人：是留学东瀛的新派人物。

（丁举人八面威风点头致意，丁少爷早已藏身联后。）

钱奚为：（很有兴味地读）“孔乙己欠酒钱十九文，孟老二买油条二三根。”

丁举人：此联出自何人手笔呀，啊？

（雅士们不语）

康大叔：要批改天下文章的丁少爷。

丁少爷：（闪出）父亲回家，儿子有失远迎……

丁举人：哼！有此恶俗对联迎我归来，足矣！

钱奚为：丁世伯，贤弟倒是率先从故纸堆里跳了出来，只是写了半截，我替他续完：“孔乙己欠酒钱十九文，少念些之乎者也；孟老二买油条二三根，要学点ABCD。”

众　人：ABCD，哈哈哈。

丁举人：（苦笑）士别三日，都长进了！（转看孔的对联）此联不错，是何人所作啊？

叔　公：正要赴考之孔生，孔……孔……

孔乙己：学生孔逸举。

叔　公：依老朽眼力，惟此生今岁可望进学！

丁举人：唉！可惜！可惜！朝纲剧变，你生不逢辰哪！

钱奚为：看来，家乡消息闭塞，大家还不知道，从今年起，朝廷废除了科举制度。

丁少爷：（雀跃）好哇！从此就免了读书，省了灯油！

康大叔：秀才绝种，举人罢休！

叔　公：千年道统，付诸东流了！

丁举人：朝纲废弛，壮志难酬！

孔乙己：丁大人，果真如此！

丁举人：康梁未毁祖宗制，朝廷自断左右手。《京都邸报》刊载圣上谕旨。

（丁举人转身入内厅，雅士们随下）

小　栓：（拾起邸报）孔先生！

孔乙己：（唱）梦断青云路，陨落紫微星，帝乡不可期，天子无门生。废科举，罢三考，恰似那晴天霹雳当头闷棍。这绝代之变末世之讯，落在我孔某将登龙门之程。

（孔乙己惊愕语阻，两眼呆滞，形体失态，蹒跚向店外走去……）

掌　柜：孔乙己，天无绝人之路。你可以到洋学堂里去教教书嘛！

孔乙己：离经叛道！

（孔乙己颓废的背影……）

（祠堂一角）

（夜，小寡妇惊慌奔上，逃下。蓝皮阿王、老鸨追上）

（蓝皮阿五招呼老鸨，要将小寡妇劫走。）

小寡妇：你们要干什么？

阿　五：走，走。

小寡妇：救命啊，救命啊！

（小寡妇逃跑）

老　鸨：小寡妇，你给我站住！小寡妇，站住，站住。

（阿五、老鸨追上）

老　鸨：转了个弯，就不见人影哉！

阿　五：娘的，你要当心啊！娘的个想死的。哼，追啊！

老　鸨：哦，这边。好。

（丁家祠堂一角，孔乙己栖身之处，木板床一张，旧书几堆。破桌上有笔墨、饭碗。深夜，明灯摇曳，余光中可辨悬匾、灵位以及不伦不类的神像）

（孔乙己疲惫地坐在神像下面。小寡妇入，躲在一角）

孔乙己：（麻木地）你是荒山狐魅？还是野地孤魂？

小寡妇：是谁？

孔乙己：因何来到孔圣子弟斗室之中？

小寡妇：莫非是孔圣人显灵了？孔圣人，孔圣人，你救救我这个苦命的女子吧！

孔乙己：圣人早已仙逝，留下一个有负祖宗、面壁思过的孔乙己。

小寡妇：莫非是孔先生？啊，是孔先生。孔先生，你救救我吧！

孔乙己：因何救你？谁又救我啊？（边说边下）

小寡妇：怎么，孔先生，你，你不认识我啦？

孔乙己：啊，是你啊。哎，在咸亨酒店我不是给过你钱了吗？出去，出去！

小寡妇：孔先生，我又落难，无处逃生了。

孔乙己：莫非你不知我也是个落难之人，快走，快走！

小寡妇：孔先生，天色已晚，你让我在这里躲上一躲吧？

孔乙己：这巴掌大的地方，断然不能留人，送客！送客！

（孔乙己一拱手，颓然倒床，不语不动。小寡妇悲从中来，床前跪下）

小寡妇：孔先生。先生，（唱）先生啊！（跪下）我乞讨街头泪汪汪，只有你怜悯赠银两。转眼我落到恶人手，将我卖身逼良为娼。我誓不从命遭鞭打，挣脱牢笼奔祠堂。同是苦命落难人，相怜定能来相帮。

阿　五：（幕后声）找，这里找一找。娘的。

老　鸨：（……）这小寡妇，抓回去，我让你尝尝老娘的厉害！

（阿五、老鸨直入祠堂后厅）

小寡妇：是来抓我的，我逃不出去了。

孔乙己：逃不出去了，那就躲藏一下吧。

小寡妇：啊，躲在哪里啊？

孔乙己：（四顾）哎呀，也无处躲藏啊！

小寡妇：哎呀，先生啊，你救救我，我就是死也要死在这里！

孔乙己：死？对，要死！也得我死。

小寡妇：先生你不能死！

孔乙己：哎，我不死你怎么逃生呢？喏诺诺，我躺在床上装死人！你就在床里蒙上被子再压一堆旧书，和我这个“死人”睡在一起。啊，嘘，等一等，等一等。

（写字）

老　鸨：进去看看。

阿　五：好，好。

孔乙己：有了这个你就可以逃生了。

（老鸨，阿五进祠堂）

老　鸨：哎，呀呀。

（孔乙己、小寡妇两人装死躺下）

（孔乙己将字纸贴在胸口）

阿　五：哎咳，这是孔乙己的老窝嘛。

老　鸨：搜！

阿　五：好。

老　鸨：这小寡妇，今朝倒要叫你尝尝我老娘的厉害。阿五，哎，床上躺着个人呢！

阿　五：哎，嘿嘿嘿，是孔乙己嘛，倒灶货。几天不见，怕是病喽！（走近床前）

老　鸨：哎，胸口贴张符咒?!（念）“斑疹伤寒，命归黄泉”。伤寒！啊呀！（丢掉纸张，后跳一步）

（两人退到扶梯口，孔乙己突然挺尸般坐起，大口喘气：“呵！呵！呵！”）

老　鸨：传染伤寒就没命啦！哎呀呀，不得了了。（打个喷嚏）快走！快走！

老　鸨：快走，逃命呀，哦吆。阿五，你等等我啊。（阿五、老鸨连滚带爬逃走）

（音乐起）

（女声独唱）云遮月，月深藏，星星闪烁天河凉。可怜的人哪！丧魂落魄，不知何处是梦乡！

小寡妇：先生，先生，他们都走了。

孔乙己：我们死了！

小寡妇：不，孔先生，有你在，我就、我就不想死！

（孔乙己坐起，妇跪，对视）

孔乙己：你，原来是这样的一个女子。（唱）蓬首垢面，难掩明眸皓齿。荆钗素裙，不减绰约风姿。猛然想起我书中颜如玉，梦境浣纱女，竟化作活脱脱，忸怩怩，水灵灵，俏兮兮，亭亭玉立一佳丽。

小寡妇：（唱）同床“死”片刻，生当永相依。想必是，前世有约来，先生莫弃小女子。先生，你若不嫌弃我，小女子愿永生相伴。

（小寡妇跪下拥抱孔乙己）

孔乙己：乘人之危非君子！（双手自抱）

小寡妇：不！患难时刻见真情！

孔乙己：君子慎独其身善，男儿克己是儒宗。小娘子，你、你还是走吧！噢，你等一等，等一等，啊，（拿长衫扇子）你穿上这领长衫，带上这把玉扇，乔装男儿，逃生他乡吧！

小寡妇：孔先生，告辞了。

孔乙己：哎……

小寡妇：（唱）我记住你名你姓住在祠堂，

孔乙己：（唱）我不问你名你姓来自何方。

小寡妇：（唱）留得你音你容永世不忘，

孔乙己：（唱）留得你音你容月照东墙。

（孔乙己远望小寡妇离去）

（女声伴唱）徒有相怜意，恨无玉成计。是悲情？是苦命？是奇遇？长夜未央听荒鸡。

中 集

（咸亨酒店）

老 栓：夏天哉，（唱）热死哉！

短衣帮酒客：（合唱）一壶老酒日日醉，常客常来老座位。人间百态入醉眼，都是下筷过酒坯。

老 栓：（唱）茴香豆，梅干菜，白玉豆腐真开胃，糟鸡糟鸭苋菜梗，独占江南风味美。

掌 柜：（唱）今朝来客昨日杯，一样味道家常菜。为何大家吃闷酒，不说不笑不开怀？

阿 义：（唱）你问我，我问谁？看看对联望柜台。一桌麻将少个"百搭"，只因为那个，那个……

众 人：（唱）那个孔乙己没有来。

（语音刚落，孔乙己到了柜台）

孔乙己：温一壶酒，来碟茴香豆。

众 人：来哉！

（众大笑）

酒客甲：孔乙己，你总算来哉。

酒客乙：吆，这件长衫蛮漂亮格。

孟老二：孔乙己，你是不来呀，这咸亨酒店它就不热闹哇！

康大叔：孔乙己，来来来，到这里来。有酒有菜，是免费招待啊。

孔乙己：恕不奉陪，我坐在这里。（孔谢绝，不与短衣帮为伍）

康大叔：人家孔乙己是有学问之人，当然要坐到雅座……门口！

老 栓：孔先生，现钱？还是记账？

孔乙己：不是现钱，也不用记账，你还要付我一些铜板。

红眼睛：孔乙己，掌柜将你的诗联挂在这雅座的门联上了。

康大叔：嘿！光彩呀，好让进雅座的客人都来看看我们孔先生的学问哪。

孔乙己：见笑！见笑！

掌 柜：孔乙己，你今日喝酒，不付钱，也不记账，还要我倒贴铜板？

（众人又笑，孔乙己出示一本书）

孔乙己：《千家诗》我替你抄好了！

掌　柜：（想起）没有错，替我抄书一册，扣除酒钱，再付孔乙己八十一文嘞。

阿　五：抄书还有铜板赚的啊？

阿　义：白吃酒还找钱，还是有学问的好。

掌　柜：那当然喽！“万般皆下品，唯有读书高哇。”（众笑）小栓还不快请孔先生教你写字！

酒客甲：来来来，阿义，来哉来哉。

小　栓：孔先生教我写字。

孔乙己：小栓，我考考你，这“茴香豆”的“茴”字怎么写？

小　栓：哎，（不屑地）这“茴香豆”的“茴”字么，不是草头底下一个“来回”的“回”字嘛？

孔乙己：那么，这“来回”的“回”字有几种写法呢？

小　栓：这个，我只晓得一种写法。（在纸上写个“回”字）

孔乙己：（高兴）知之为知之，不知为不知，孺子可教也！我来告诉你，这“回”字呀有四种写法。

（短衣帮颇有兴趣，过来几个人）

（孔用手指蘸酒在柜台上正要写）

红眼睛：慢，孔乙己，我也要考考你，为什么一个“回”字要有四种写法？

众　人：哎。

孔乙己：（意外地被问住了）这个？（顿转）听着。（唱）孔门至贤数颜回，清水淡饭苦苦菜。人家照样蛮乐惠，小弄堂里来来回回来又呀回。

阿　义：哎，对对对！颜回就在小弄堂里转圈子勿出来，所以这个“回”字四面不通，小栓记下来。

阿　五：哎，那，第二个“回”字呢？

孔乙己：（唱）天上火神叫回禄，火光熊熊人遭灾。回禄之灾求生路，房子缺口逃出来，逃出来！

孟老二：对，对，对！这个“回”字要留个缺口，人才能逃出来！

康大叔：哎，那第三个“回”字呢？

半疯子：那第三个“回”字呢？哈哈……

孔乙己：这第三个“回”字么，就是你天天要用的。（唱）你回到家里去困觉，阁楼不低也不高。爬上一只小扶梯，回来回去准备好，准备呀好。

半疯子：噢！就是俺阁楼的小扶梯嘛。

阿　义：第四个“回”字呢？

孔乙己：欲知后事如何，且听下回分解！

红眼睛：这个“回”字，你讲不出来了！

孔乙己：我已经讲得一清二楚，诸位目瞪口呆要听下“回”分解，这第四个“回”字中间么，就是你红眼睛阿义的一个目字。

（众恍然大悟，乐不可支）

康大叔：孔乙己，有学问！

孔乙己：（唱）一回二回三四回，回答出来解了围。泼点墨水消消闲，上智下愚无可改，无可改。

（不知何时，小栓已将孔乙己那盘茴香豆吃了一些，孔发现，立即用五指将碟子罩住）

孔乙己：哎！吾豆少酒多，难以下咽。

小　栓：你还有好多呢。

孔乙己：多乎哉，不多也！

阿　义："多乎哉，不多也！"俺听不懂。

掌　柜：（用绍兴话解释）多勿，多乎哉嘛，勿多哉！小栓，到桥头弄篓鱼来。

康大叔：孔乙己，那茴香豆多不多勿多乎哉？

众　人：多乎哉，不多也！哈哈哈。

（夏瑜提藤箱，戴墨镜，英气风发上）

（伴唱）风云际会有巾帼，泪眼神州叹陆沉。踏浪归来挟雷电，曾是春梦闺中人。

（店堂顿时喧哗，夏瑜成了众人注视的中心，夏瑜扫视内外，是来等候一个人）

（孔乙己抬头细看夏瑜，夏瑜摘下墨镜）

孔乙己：（惊骇）这不是那乞讨的小娘子吗？（对夏）你回来了？

夏　瑜：我，又回来了。

孔乙己：你走得很远、很远？

夏　瑜：东渡日本。

孔乙己：你不再害怕这里宵小邪恶之徒？

夏　瑜：我要是遇上他们，就给他们一个迎头痛击（抽出一把玉扇，做打击状）。

孔乙己：（更惊讶）扇子？我的扇子！

夏　瑜：这怎么是你的扇子呢？

孔乙己：呃！我有把扇子和你手中的一模一样。我把那扇子送给了一个落难出逃的小娘子了。夏瑜，啊！你看。（将玉扇掷去、孔乙己接扇、打开扇面、读题诗）

孔乙己：（念）"风云际会有巾帼，泪眼神州叹陆沉。"（唱）消失了乞讨声哀蒙难身，俨然是英姿勃发归来人。莫非我凡眼不识奇女子，回首处警幻人生、迷离风尘。这扇上的诗是你所作？

夏　瑜：正是！

孔乙己：（又辨认）此番豪情，断然不是那个小娘子了。

阿　义：掌柜！倒酒！

掌　柜：来，来，来。

夏　瑜：先生也是这咸亨的常客吗？

孔乙己：日饮三杯，逍遥自在。

夏　瑜：饮咸亨醇酿，作天下美诗，不知先生以为如何哇？

孔乙己：劣作一幅，挂在雅座门口，见笑，见笑！（夏看诗）

掌　柜：（指孔）孔先生，孔乙己。

夏　瑜：（指诗联）孔先生，请教孔先生，酒意和诗情如何关联哪？

孔乙己：（自信地）承蒙垂问，孔某故妄言之：三分酒意，诗情如花草含羞；五分酒意，

诗情如涓涓细流；七分酒意，诗情如弹丸脱手；九分酒意，那诗情恰似这挂角羚羊自由奔走。（甩扇坐）

夏　瑜：领教！掌柜，我也想为这酒店添上一副对联。

掌　柜：好哇，好哇。老栓，拿笔墨来！请，请！（对夏瑜）

（老栓取来文房四宝，夏书）

掌　柜：（念）酒醉了的中国，炮打国门也唤不醒；诗化成之历史，血洒长街都研成墨。好！好诗！老栓，挂起来。

孟老二：掌柜，炮打国门，血洒长街，是要杀头的！

掌　柜：老栓，收起来，收起来。（诗卷起）

夏　瑜：孔先生，你看我这诗意如何哇？

孔乙己：胸怀壮志，落笔铿锵，这诗情犹如钱江大潮决堤之势。不过孔某作诗，追求超凡脱俗，这感伤时势嘛，非我所能企及。

夏　瑜：久别故园，人地两疏，想不到这咸亨酒店竟成了世外桃源哪。

掌　柜：贵客为小店题诗，实在是感激之至，来，我敬你一碗！

夏　瑜：多谢掌柜！（豪爽地）这第一碗为风雨故园、破碎河山；这第二碗为久别重逢的乡亲们和与孔先生相识；这第三碗为我，这个踏浪归来的没有辫子的丫头——夏瑜。

夏　瑜：（唱）景物稠，人依旧，蔷薇几度东山瘦。暂平胸怀浙江潮，且饮鉴湖家乡酒。酒入愁肠化烈火，万里烟云一眼收。借问何处戎马驰骋地，挥鞭遥指越台丘。莫道英雄尽丈夫，更有豪侠女儿俦。

（钱奚为急上）

钱奚为：（热情地）How do you do 夏君！

夏　瑜：钱君，哎呀，钱君。

钱奚为：我去码头接你，你却到了这里。

夏　瑜：东京一别，想不到竟在咸亨重逢啦！

钱奚为：请入雅座小叙，改日盛宴接风。请。

夏　瑜：请。

（两人入内厅）

孔乙己：哦，扇子。

阿　义：孔乙己，这是雅座！

众　人：哈哈哈……

（丁少爷带几个“便衣”上）

老　栓：少爷，少爷。

掌　柜：丁少爷，请，请，请。

丁少爷：这班航船上刚刚下来一个从日本回国的革命党，进了你们的酒店。

便　衣：少爷，少爷。（“便衣”指后厅示意丁少爷）

丁少爷：就是这个革命党，看住她！

掌　柜：丁少爷，会不会弄错啊？

丁少爷：弄错，她戴副墨晶镜？

掌　柜：（唱）进店就摘掉。

丁少爷：（唱）腰挎短洋刀？

孔乙己：（唱）只把扇子摇。

丁少爷：（唱）光着后脑勺？

阿　义：（唱）倒是短发没辫梢。

丁少爷：（唱）留着八字胡？

掌　柜：（唱）弯弯细眉毛。

丁少爷：对，就是她。

半疯子：嗨！她是个女的。

丁少爷：女的？

孔乙己：胡闹！

众　人：哈哈……

丁少爷：笑什么？革命党啊女扮男装、男扮女装是他们的拿手好戏，台上的戏子呀，也比不过他们了。你呀，抓！

便　衣：哎呀，少爷，出来了。

钱奚为：让开！（文明棍一拦，“便衣”为之却步）哦！丁世兄！我给你介绍一下，这位是夏瑜女士，是丁世伯正要委任的本地师范学堂的监办！

众　人：监办。

丁少爷：哦，我就是特地来迎接学堂监办的！

钱奚为：好，改日再聚，请！

孔乙己：你的扇子，你的好诗！（奉还）

丁少爷：孔乙己，我老爹叫你去抄写佛经，烧给我那在阴间的奶奶！

掌　柜：小栓，结账！（对孔）孔乙己，让丁老爷多赏你几个酒钱。

小　栓：孔先生，给你钱！哎唷！

（小栓拿钱上，碰了丁少爷，被打，踉跄坐地，咳喘不止）

孔乙己：有话好好说，不要打孩子嘛！

丁少爷：他坏了我的大事，老子就要打。

孔乙己：小栓。

（夏瑜用扇子阻挡丁少爷打人的手）

（夏瑜扶起小栓，亲切察看）

夏　瑜：小栓，血？

钱奚为：Tubercular！

夏　瑜：肺结核？！他还是个孩子哪！

钱奚为：（无奈地摇头）就像我们这个偌大的帝国！无可救药。

（夏瑜深深叹息）

（夏瑜凝望注视、挥扇，与钱同下）

康大叔：（调侃）就让这男扮女装的革命党走啦？！

孔乙己：这女子，是学堂的监办！

跟　班：少爷，这个？

丁少爷：衙门的密探，不会弄错的呀！

便　衣：是呀。哎，少爷，抓个回去好交差呢！

丁少爷：阿义，将这个半疯子抓走！我给你酒钱！

阿　义：好。半疯子，起来！

半疯子：我要喝酒。

阿　义：醒醒！

（便衣们架走半疯子）

半疯子：今晚，还到哪儿去喝酒？

孟老二：掌柜，倒酒！

康大叔：这天气热死人了。这个天，热煞哉，热煞哉。

阿　五：半疯子，昏过去哉！

孔乙己：掌柜，倒酒。

（丁举人家书房孔乙己正在抄写佛经）

孔乙己：（念）“酒醉了的中国，炮打国门也唤不醒；诗化成之历史，血洒长街都研成墨。”这副对联，平仄可以再推敲！要是改几个字，哎，改几个字，就不是原意了！（自哂地）就像这女子的短发一样，要是留长了么……

（孔乙己沉思踱步，浏览书架，有所发现）

孔乙己：哦！《儒林外传》，此书早有所闻，不可不读。此书也值得一读。

（孔乙己接连拿了两本书，意犹未了，听到钱奚为声音）

钱奚为：丁世伯。

（钱奚为与丁举人同上，孔乙己猝不及防，只好藏身书柜后）

钱奚为：丁世伯。我说世伯，有什么紧要的事情？

丁举人：（唱）革命党，反朝廷，皖中枪声刺大臣。遥相呼应夺要津，浙东狂飚起阴云。那起义军总协领，就是你我熟识的一个人。

钱奚为：是谁？

丁举人：你自己去看吧！

钱奚为：（念）山阴县密令：捉拿夏瑜，立即监斩！

（“扑”的一声，孔乙己窃书落地）

丁举人：谁？

（孔乙己哆嗦地夹着书从柜后走出）

丁举人：是你。

孔乙己：丁大人。

丁举人：大胆！

丁少爷：爹！我抓了个革命党！

（阿义拖着半疯子上）

阿　义：走，走啊。

丁举人：他是革命党？

丁少爷：（支吾地）他是嫌疑犯。

丁举人：（对丁少爷）你，你这个白痴！（扇耳光）

半疯子：（微睁醉眼）"养不教，父之过！"

丁举人：呸！（转向孔乙己）孔乙己，你刚才躲在书柜后面做什么？说！

孔乙己：我拿了几本书，老爷正好进来，我就想把书放回去……我没有偷书啊。

丁少爷：好呀！孔乙己，你又偷书啦！老毛病改不了！今天我要好好的教训教训你。（顺手拿起钱奚为的文明棍打孔乙己）

钱奚为：（夺过文明棍）不许打人！

丁举人：（威严地）孔乙己你听着，我不在乎这几本书，刚才，我说的话、谈的事，你都听见了。可我要告诉你，听了，不许你说、说了，哈哈。你抄写佛经，字体工整美观，我赏你一吊钱。阿义，看好他们。

丁少爷：爹！

丁举人：你也去。去见识一下真正的革命党（三人急下）。

孔乙己：（唱）一本书，一通打，皮肉苦，心如麻。用心抄写三藏经，无意听了一席话。夏瑜竟是个革命党，官府立即要抓她。她……她命在旦夕屠刀下，谁去告诉她。

半疯子：原来如此！你快通风报信救夏瑜！

孔乙己：对，"救人一命胜造七级浮屠。"阿义，快拿纸笔来，（写下两行字）阿义，把这封信送给学堂监办夏瑜。

半疯子：拿来我看。（念）*"起义事败，大祸临头，官府虎口，夏瑜速走。"*好！

阿　义：我不送。

孔乙己：你把这吊钱，拿去。

红眼睛：给我金元宝，我也不送。

孔乙己：我自己去送！（挣扎起来，神情俨然）

半疯子：好！有种！

红眼睛：给革命党通风报信是要砍脑袋的呀！

孔乙己：（颓然倒地）啊哟！我的腿呀！

半疯子：哈哈，都是下酒的"软脚蟹"。我去送！来，把锁打开！

红眼睛：我不打。

半疯子：你打不打？

红眼睛：不打，不打。

半疯子：你这个"软脚蟹"。

半疯子：孔乙己，把信给我。

红眼睛：半疯子，你疯啦！

孔乙己：半疯子，（给钱）你要从勾魂无常手中夺回一条命哪！

半疯子：哈哈，明天老酒铜钿有哉！

（半疯子下）

红眼睛：半疯子，你真的疯了！

（风雨桥头）

孟老二：（唱）听说来了戏班子，生旦净末好扮相。赛神会上把戏唱，黄昏唱到大天亮。

（蓝皮阿五与乡民上）

阿　五：（唱）听说抓个革命党，古轩亭口摆法场。赛神会上砍人头，可怜还是个女娇娘。

孟老二：啊！革命党，还是女娇娘？

（两刽子手过场）

阿　五：哎，我们去看戏文，还是去看“咔嚓”？

众　人：（唱）哪里热闹哪里看，赶完戏场赶法场。

孟老二：对！我们是看完戏场，看法场，走！

众　人：好，走。

（孔乙己上）

（红眼睛阿义上）

红眼睛：孔乙己啊！你还走得动啊！

孔乙己：见到半疯子了吗？

红眼睛：他呀，躲在家里，唱着小曲正在喝老酒呢！

孔乙己：他，他坏了我的大事了！哦呵呵！（腿痛）

红眼睛：（关切地）孔乙己，你不要哇啦哇啦！这件事谁也不说，大家太平！走！看戏文去，看戏文去哉。

（康大叔、老栓、华大妈上）

康大叔：老栓，老栓，快点，快点。孔乙己，你怎么在这里？哎呀，起来，起来。

孔乙己：你们现在要到哪里去啊？

华大妈：孔乙己，今日朝廷处决要犯，小栓的病有指望了！

康大叔：老栓，来来来。我和衙门里的人可说好了，一手交钱，一手交货。你等等，我走哉。

老　栓：哎，快，快，快！

孔乙己：你们要到哪里去，哪里去呀？

（女吊上，幕后伴唱：“挥泪斩将，痛断肝肠。”）

（众人上，观看状）

孔乙己：怎么啦？怎么啦？杀人了？是谁死了？你们说话呀！怎么了？怎么了？

（华大妈、康大叔、老栓跑上，康大叔将“货”塞给老栓）

康大叔：老栓，快，快！让小栓把馒头趁热吃下！痨病包好啊！

华大妈：（激动）痨病，不怕了！

老　栓：（喊）不怕了！

华大妈：小栓，有救啦！

老　栓：有救了。

康大叔：快，快，快起来走吧。

孔乙己：老栓！（惊呼）你们真的要吃人，人血……

康大叔：孔乙己，人血馒头治大病，这可是你说的千年偏方呀！

孔乙己：你们怎么能够吃人血呢？

老　栓：小栓！（奔下）

【画外音】听见了……看完了……天黑了……回家啦……

（人影消失，只剩下孔乙己独立）

孔乙己：（唱）日已落，月未升，死如归，生似梦。嵇山一曲广陵散，千年回声送秋风，送秋风。夏瑜君啊，你横空出世耀我眼，转瞬消失在冥冥中。血祭坛下斑斑红，尽染东山蔷薇西山枫。叹我孔乙己，寻章摘句老雕虫，惭我踉跄步，不知何处归程觅遗踪。（白）在这血祭坛下，喝血宴上，我也是个看客随从啊。

钱奚为：（上）孔先生！

孔乙己：钱先生，你也在这里？（疑惑）

钱奚为：半疯子及时把你的信送到夏瑜君手里，我正在学堂。（出示信）

孔乙己：哦！（接信看）那夏瑜为何不去逃生呢？

钱奚为：是啊，我也苦苦求她快走。可她说："头作中流砥柱石，血为共和染旗红。一死抗争唤民众，莫教杜鹃泣鬼雄。"

孔乙己：这女子何来这般刚烈？

钱奚为：夏瑜君让我把这扇子送给孔先生！

孔乙己：（接扇）送给我？为何要把这扇子送给我啊？！

（女声独唱）三江怒潮涌来时，六朝暮鸦空悲喑。年年此日轩亭口，天风海雨送诗魂。

（孔乙己，捡起拐棍，在萧瑟秋风、淅沥秋雨中，一步一步，蹬蹬有声走下石桥……）

下　集

（祠堂一角）

（傍晚）

孔乙己：好凉的一个秋，好破的一座庙啊！（见孔夫子画像）啊！孔老夫子，你倒是逍遥自在，不知冷暖，没有饥饱……想当初，你孔老夫子周游列国，陈蔡绝粮，不也是饿得你拿不起竹简，读不动书么？（酸）你不要瞪着眼珠子，好像要训斥我丢掉了读书人的志气。（唱）大道不行桴于海，眼前难过独木桥。写乏了起承转合八股文，读倦了经史子集圣贤道。喝干了清茶醇酒杯和盏，奏完了玉树后庭琴与箫。百无一用是书生，废了科举折了腰。孑然一身无所有，一领长衫随风飘。谁问我，秋衣单薄晚来寒。谁怜我，饥肠百转等破晓。谁知我，人前傲笑人后泣。谁见我，一灯如豆抄书稿。衣破狗来咬，路绝逢断桥，人间白眼多，世上真情少。短衣短，惹人笑，长衫长，更潦倒。金蝉脱壳离旧枝，何不脱下长衫挂林梢。不！不，不，不！千年浩气在，百代书香飘，只有长衫在身留风骚。我乃孔门读书人，不着长衫（唱）何以见舜尧。（坐地）自从没了八股举子，来了假洋鬼子，我孔乙己左顾右盼断了路子，东倒西歪成了瘸子，阮囊空空没一个铜子，孤身瑟瑟像散了架子。挑不动担子，种不了谷子，教不成孺子，写不得状子，枉为你孔老夫子末代弟子。夫子啊夫子，如今世道你有所不知，千年宏论不过是卖卖关子，万世师表只剩下一块灵位牌子，在朝用来装装面子，在野就要耍耍嘴皮子。孔子、荀子、孟子、朱子、老子、墨子、庄子、列子、韩非子、淮南子，我供奉尔等一辈子，你们本是我的命根子呀！可如今……我孔乙己落到这步田地，实在有愧于这件长衫！有罪于列祖列宗、孔门家风！长衫、孤灯、四书、五经、陋室、咸亨！一切都离我而去吧！天生我材没有用！我，我要把这些书统统烧掉。（抱书欲烧，又停）（白）书?！我怎么能烧书？书是我的魂！书是我的梦！这血淋淋的红尘，冷冰冰的人生！我在哪里躲避，哪里藏身啊？我只有找开书本，钻进书本。那里是仁者胸怀之大海，智者精神之峰巅，那里金剑沉埋，钟磬齐鸣，那里芳草鲜美，落英缤纷！

（雷声轰鸣）

（孔乙己渐入痴迷，临入梦幻）

孔乙己：（白）我在哪里？我要到哪里去？那个地方是有的，是真的，我都看见了。那是桃花源！桃花源！（穿长衫）归去来兮桃花源，归去来兮桃花源，归去来兮桃花源……

孔乙己：这是梦吗？这不像是梦……

（伴唱）煮不熟的黄粱，睁不开的醉眼。不知天上酒星何时明何时灭，人间还有几吊酒钱，人间还有几吊酒钱。

（幻景消失，破旧祠堂半空吊着一件破长衫，像游魂似地飘飘荡荡）

（咸亨酒店前，落雪缤纷，小二们搬运酒坛）

（咸亨酒店前厅酒客寥寥，只有“短衣帮”几位老主顾）

（丁举人、叔公、丁少爷及雅士们迈着机械的方步，惊魂甫定，故作闲适）

【画外音】冬天哉，冷死哉！

（传来女戏子唱的昆曲《牡丹亭·游园》）

阿　五：怪哉，咸亨酒店春天来了个小寡妇，夏天来了个革命党，冬天又来了个唱戏文的。

孟老二：小寡妇逃走哉，

康大叔：革命党杀头哉，还是女戏子好，说说笑笑换酒吃。

（昆曲声中孔乙己上）

孔乙己：温一碗酒，来一碟茴香豆。

阿　义：掌柜，孔乙己又要抄诗文换酒吃。

孟老二：蛮可怜的，要不是废了科举呀，说不定还是个举人老爷嘞。

掌　柜：孔乙己，拿铜钿来！

孔乙己：（捧出一本书）这是我最后一本书，宋版孤本。

阿　义：孔乙己，你这个书是偷来的吧。

孔乙己：读书人之于书，或取之，或予之，“偷窃”二字，未之闻也。

掌　柜：诸位，诸位，这破书谁要哇？

孔乙己：（尴尬，难过）那就记账。（掌柜欲不与）我会替你抄写诗文的么。

掌　柜：好，好，好。下不为例。老栓，倒酒，倒酒。（老栓上，倒酒）

众　人：老栓，倒酒，倒酒。

老　栓：来哉，来了。

客人甲：老栓，倒酒，倒酒。

孔乙己：老栓，这是什么酒？

老　栓：这是刚才酒坛里面舀出来的酒啊。

客人乙：老栓。

老　栓：哎，来来来。

孔乙己：这酒不像以前喝的酒啊？

【画外音】（传来华大妈的哭喊声：“小栓，你怎么就死啦呢！人血馒头也治不好你的病呀！”）

（华大妈端一瓦盆，失常地上）

华大妈：小栓，走了，吃个馒头就走了，血！吐了这一盆血呀……

孔乙己：小栓妈?!

阿　义：血！这酒碗里不是酒吗？

康大叔：是血呀！

老　栓：哎呀，不好了，血！酒变血！喝的都是血呀！丁老爷他们喝得昏死过去啦！

孔乙己：（一惊，酒碗落地）啊?！血！

（众端碗看，人人惊愣，桌上的酒如鲜血）

众：血！

掌　柜：你们看！你们看这墙上好像也在流血呀！

孔乙己：莫非这咸亨真的在流血？

（那似血的酒，从楼梯、栏杆、对联漫延下来）

（众酒客也都昏迷伏案，只剩下孔乙己茫然四顾这血迹斑斑、红渗半室的店堂）

（女声独唱）啊！血非酒，酒变血，是幻觉，是洞彻。

（众唱）越山沉默，愁眉云黑，鉴湖无言，泪流声噎。

（女戏子内声：哎呀，丁老爷，多谢你了）

（女戏子与男旦出雅间）

男　旦：干嘛，真逗！

女戏子：哎，怎么都睡着了？

孔乙己：（白）你走了，却将这扇子，这题诗留赠我这样一个苟延残喘、形同走尸者之手，岂不是无谓的落寞，随意之糟蹋？

女戏子：嗯？那好呀！按先生的说法，不妨将这玉扇交给我吧！

男　旦：好。

孔乙己：（闻声、抬头、失惊）啊?！这不是夏瑜君吗？你，你又活过来了？

女戏子：哼，那当然啦，我死了呀能活过来，活着呢能死几回嘛。

孔乙己：莫非你有分身之术？

女戏子：哈，这是我们戏中常法。

孔乙己：你知晓这扇子的妙处？

女戏子：咳，这谁人不知，何人不晓哇。

女戏子：（唱）迎面飘来一幅画，背影而去几行字。展翅如蝶恋繁花。

孔乙己：（唱）缩身是尺敲残棋。

男　旦：真妙啊。

女戏子：好一个缩身是尺敲残棋。哎呀先生，先生，你对此扇定是情有独钟，小女子愿聆听先生的情怀。

男　旦：好哇。

孔乙己：（舒心一笑）你已说得丝丝入扣，出语不凡。可惜呀，可惜，可惜我手中之扇不是我的扇，这扇中之人也不是我这个人。

女戏子：先生，你的意思是？

孔乙己：你看这扇上题诗。

女戏子：风云际会有巾帼，泪眼神州叹陆沉。

孔乙己：而这扇中之人么，更乃人中奇才，女中豪侠，热血之精神，青春之光华，其人其事，自当颂之高台、披之管弦、歌于清喉、传于天下！这扇子应该留赠给你啊。

女戏子：不，不不不。先生啊，这扇子如此珍重，小女子岂能夺人所爱呀。

孔乙己：正因为这扇子过于珍重，孔某蜉蝣人生，不能藏其珍；羸弱之躯，不能担其重。而这扇子上的风云，上接千年青史，下启万钧雷霆，更不是孔某“缩身是尺敲残棋”的情致。拿去吧！（掷扇，接扇）

女戏子：先生这般教诲，小女子只好收下。

孔乙己：我该向你郑重道谢！我要敬你一杯，敬你一杯！

女戏子：（接酒碗，诧异）先生情深意重，为何这杯中空空啊？

孔乙己：这杯中装满了我一生潦倒一世穷，一点清醒无奈中。满杯醉意何须酒，愿君领情一饮空。

女戏子：我明白了。（立即一“饮”而空）先生你把这一切都留给了我，那您还有些什么呢？

孔乙己：（唱）一件长衫挂残生，乘风归去一身轻松。

女戏子：羡慕呀！羡慕！珍重呀！珍重！（飘然而下）

（伴唱）三个女人一脉牵，一张瑶琴三组弦。弦弦哀思声声问，此去蓬山几多远？

孔乙己：（如释重负）掌柜，拿酒来！掌柜，拿酒来！（昏迷的众人苏醒过来）

掌　柜：拿钱来！

孔乙己：记账。

掌　柜：哎呀，孔乙己啊，你已经欠下一壶酒钱了，这壶酒要付现钱。

孔乙己：掌柜，掌柜，适才我遇那女戏子，一番谈论，我就把那扇子交付于她。顿时我浑身上下好不轻松啊，此时此刻我的诗兴和酒瘾一起从心窝子里冲了出来。我要作诗，给我来碗酒，给我来碗酒！

掌　柜：（调侃）孔乙己啊，我不知道，你的“诗”到底能抵几文钱啊？

孔乙己：（勃然变色）好诗无价！

众　人：嘿，哈哈哈。

（掌柜离开）

孔乙己：就不能再商量商量？

掌　柜：再商量商量。（浑身打量一番）孔乙己呀，你脱下这件长衫，典押在店里，换一壶酒喝！

孔乙己：你你你。
阿　五：这是个好主意！
众　人：好主意！
孔乙己：哼！我乃孔门之后。
掌　柜：好哇，那就让叫孔老夫子来替你付账吧？
孟老二：孔乙己呀，像我一样，从此脱下长衫，卖卖苦力，还是能赚几吊钱换壶酒吃。
康大叔：孔乙己呀，你这件半新不旧的长衫倒还值几个钱呢！
众　人：哎。
（孔乙己转身走向门口）
阿　义：走！就喝不成这碗酒啦！
（孔乙己下意识停止脚步）
阿　五：孔乙己呀，你要是不想脱，我来帮你脱吧！
孟老二：剪掉半截也行！（众人推拉孔乙己）
孔乙己：哦，我给大家唱个小曲换壶酒，行吗？（卑微、可怜，众感意外）
康大叔：嘿！新鲜！
阿　义：难得！
孟老二：有意思！
阿　五：好哇！
众　人：唱什么？
孔乙己：我要唱的这一段是从酒坛子里拎出来的！
掌　柜：孔乙己，你坐在这里唱！（拿凳子过来）
孔乙己：（唱）九州洪波禹溪收，
康大叔：哦！说的是大禹治水，俺知道，没得喝！
孔乙己：（唱）越王投醪酬貔貅。
红眼睛：越王勾践的事，俺都知道。也没得喝！
孔乙己：醉后闲题桥头扇，
众　人：（不解）？
孔乙己：晋朝书圣王羲之，桥头题扇。（唱）梦醒莫望沈园柳，沈园柳。
掌　柜：这好像是说大诗人陆游的伤心事！
孔乙己：（赞许地）（唱）梅子黄时雨，春草池上楼。浣纱石枕流，青藤墨迹幽。
（众人喝彩）
众　人：哈哈，唱得好！
孔乙己：（唱）风流才经纶手，唐诗豪宋词秀。慷慨悲歌冲牛斗，文章巨眼偏浙右。壮矣哉！美乎哉！云蒸霞蔚错采镂金，刻在我心头！
（孔乙己也陶醉在自我想象驰骋之中，突然情绪如飞瀑跌落悬崖）
孔乙己：（唱）尽化为百丈龙湫千年愁，泻入鉴湖酿成酒。
孟老二：（感悟）这千年的美谈，百代的名流都泡在这碗酒里啦！
孔乙己：这咸亨的酒，越酿越醇，越醇越醉人……于是这醉了的，醒不过来；醒着的，一会儿又醉了！不喝的，也想喝！想喝的，更得喝！于是乎，我们没有别的了，剩下的只有酒了。

掌　柜：孔乙己，请！

孔乙己：你不怕我喝酒不付钱？

孟老二：好诗无价！

（孔乙己接过酒自饮）

丁老爷：（从雅座内呼）孔乙己，你唱得不错，进来唱吧！

（孔乙己顾自喝酒）

孔乙己：多乎哉？不多也！哈哈。（走向雅间，倒在雅间门口）

掌　柜：孔乙己，醉翻哉！

（众人各自走开，坐下吃酒）

（雪景，冷清的咸亨酒店。半疯子过场）

半疯子：落雪哉，落雪哉。白的血，红的雪，都是血。

掌柜：下雪了，关起店门来让大家喝个够！喝！

（一时间，东倒西歪，七横八斜，醉卧店堂。老栓关店门）

（伴唱）酒醉了的中国，炮打国门也唤不醒；诗化成之历史，血洒长街都研成墨。

【参加演出】

张益清　钱盛林　裘进葆　方未艾　钱少波　王　锋

任利达 陈瑞云 张　聿 徐叶娜 张淑娜 宋兰芳

【职员表】

执行导演：杜　昉

剪　　辑：周天虹

责任编辑：肖桂林　陈　兵

副 摄 像：张　宇

灯　　光：杜　鸣

副 美 术：计文静 金　维

置　　景：卢　哲 裘萃川

化　　妆：何　明 钱梦球

服　　装：戚娟丽

道　　具：练　成 凌照军

制作统筹：孙新苑

视频技术：张　平

音频技术：李　琪

制　　作：竺　聆 韩立梅 郑　军

录　　像：李　宁

片头片尾制作：钱　芳

剧　　务：胡文平 孔佐殷

制　　片：康若华 朱晓倩　方　晓　陈明水

【演　出】
浙江越剧团
杭州茅威涛戏剧工作室

（编撰　高欢欢）

哥哥你走西口

『京剧音乐电视剧』

【制作人员】
总 策 划：梁志祥　田惠爱　张华山
监　　制：汪国辉　段荣鑫
策　　划：邬二田
责任编导：钟　勇
责任制片：林　威
编　　剧：高晓江　张晓亚
摄　　像：杜希源
唱腔设计：孟庆华
唱腔配器：孟庆华
特邀演唱：朱　强　刘桂娟　关栋天　李艳艳　王淑芳　韩胜存
音乐作曲：刘和智
音乐配器：刘和跃
主 题 歌：胡秀英
演　　奏：亚洲首席乐团
指　　挥：孟庆华　黄立杰
操　　琴：王彩云
司　　鼓：耿奎军
唢呐独奏：周东朝
美　　术：韩琪杰
服装化妆：刘雅明
灯光设计：张琳璐
执行导演：李晓江
剪　　辑：张　芬

导　　演：孙亚舒
出 品 人：朱　彤　董育中
副 导 演：张　芬　叶甲贵
副 摄 像：陈　浩　李洪亮
化　　妆：李建荣　杜小曼　赵书贤
服　　装：连　莲　郭建波　邬丽霞　霍　梅
道　　具：杨　栋　赵卫锋　郭亭堂　巩克仁　王虎生
灯　　光：李　舰　刘　力　任红卫
烟　　火：张宝英
场　　记：张　芬
剧　　照：张晓笛
场　　务：张玉明
剧　　务：王春如　王丽琴　李秀梅　李世凡　田跃生　吴国志　支保胜
剧务主任：樊福生
制　　片：李志坚
制片主任：孙亚舒
录　　音：郭述栋　秦国臣　高　罡
拟　　音：魏俊华
录音合成：姚　成
技术指导：赵光明　曹晓勇　胡跃平
技　　术：张建明
中央电视台文艺中心影视部　山西电视台　联合摄制

【演员表】

苌雨桥——杨　华
钟雪儿——郑佳燕
苦　莲——袁慧琴
石墩子——陈俊杰
余夫子——孙　昌
甜　妹——庞　艳
十八姑——李巧英
苌　悦——张　冠
徐　明——王建龙
徐富贵——叶甲贵
刘满堂——常玉平
钟一笑——孙世昌
钟夫人——阎丫铮
喜　子——笑　红

福　子——段进忠
长　贵——张国荣
莫耶夫——艾孟德
兔　子——樊福生
金掌柜——杨安胜
大　汗——张晓笛
吴县令——王春如
说书人——孟有力

【主题歌】
哥哥你走西口，
小妹妹我实在难留，
手拉着哥哥的袖，
送你送到大门口。
紧紧拉住哥哥的手，
汪汪的泪珠肚里流，
虽有千言万语，
盼着你回头。
只盼着哥哥早回家门，
早回家门口。

第一集

【特写，骆驼的脚步；远景，晋德裕的驼队在沙漠中迂回前进】

苌雨桥：（唱）大漠狂沙，练就了豪情万丈。【固定镜头，苌雨桥向前走至中景】草原风雪，吹开了男人的胸膛。想当年走西口，东奔西闯南来北往，尝尽了多少人间苦，才有这晋德裕【特写，“晋德裕”大旗】，名扬四海威风八面，富贵牡丹千里香。

苌雨桥：（看天空）墩子！

石墩子：（跑过来）大哥！

苌雨桥：墩子，我看这天不对劲，肯定有沙暴，赶快找地方躲一躲！

石墩子：哎，兄弟们，有沙暴，到前面躲一躲，大家一个跟着一个，谁也不许掉队！

苌雨桥：喜子，你要去哪？

喜　子：不行，我要拉屎，我！

苌雨桥：先憋着！

喜　子：不行，我憋不住了！

苌雨桥：那就拉到裤子里面，快走！

喜　子：大掌柜……

苌雨桥：闭嘴，再啰唆下回不许你再出来了，快走，快跟着！

【空镜头，沙暴】

驼 队：【画外音】快走！快快快！

【镜头切到夜景，雨中忠义号的商队急行】

（徐明举着伞，两个伙计分别从左右跑过来）

伙计一：徐头儿，徐头儿，我们不能再走了！得想办法避雨，要不这货物全完了！

徐 明：这四不着边的地方，到哪避雨啊？

伙计二：你要是早听兄弟们的，我们的商队也不会栽在这风雨里面了。

徐 明：你少废话！大掌柜命令，我们的货物一定要抢在晋德裕的前面。【空镜，大雨】谁知道下这么大的雨啊！

伙计一：可我们的这批货是茶叶、白糖和布匹，最怕见水，水一泡可就全完了。

徐 明：我知道！那你说怎么办呢？

伙计一：想办法找地方避雨，能保多少就保多少。

徐 明：不行！耽误了时辰你负责，还是我负责？你先带人赶路，我快马回总部报信。

（徐明跑出画面，伙计一接过伞走回商队）

伙计一：（催促商队）快快快，快点啊！

（忠义商号里）【仰拍，钟一笑拍案而起】

钟一笑：（对徐明）你说什么？运往库仑的货全部泡在了水里？你这是，你这商队这是怎么带的啊？（气得咳嗽起来）

徐 明：（忙为钟一笑捶背）大掌柜，大掌柜，我早就说过行路防雨的话，可是他们看我年轻，都不肯听我的，所以……

钟一笑：这些不争气的东西，忠义商号全要毁在他们手里。唉，货物现在何处？

徐 明：大概，大概已经过了青杀口。我保证能提前运到库仑。

钟一笑：货物都泡了水，运到还有个屁用！

徐 明：大掌柜放心，（余夫子进门）我一定想办法设法弥补损失。

钟一笑：弥补？你怎么弥补？你拿什么弥补？

徐 明：我……

余夫子：（走过来）大掌柜。

钟一笑：余先生，你都听到了？

余夫子：急功近利者往往欲速而不达。这样的亏我们已经吃过很多次了。

钟一笑：你说该怎么办吧！

余夫子：大掌柜，我以为应该将被雨水泡坏的货物全部弃掉，将人马撤回。

钟一笑：弃掉？那可是七八万两银子。

余夫子：货物已经浸泡变质，不弃掉留之何用啊？

徐 明：要不还是运到库仑，设法低价出售。

余夫子：万万不可，大掌柜，己所不欲，勿施于人。这可是关系到我们商家的信誉啊。（唱）自古商家一本经，全靠信誉换人心。因一批货物失根本，不掂量也知重与轻。

钟一笑：唉，道理我也明白。关键这不是一批货物的问题，有许多客户与我们订的牛羊和皮革都指望着这批货往回换呢。如果这批货毁了，我们拿什么换回这牛羊和皮革呢？我们还怎么向这些客户交代呢？要是误了交货的日期，麻烦就更大了。这可是连锁反应啊！

余夫子：大掌柜，我们可以先凑集些银子，把牛羊和皮革买回来交货。

钟一笑：说得轻巧，我们一时到哪弄这么多银子？

徐　明：要不先向晋德裕张张口，先挪一点？

钟一笑：唉，这不行，我堂堂钟一笑怎能向晚辈开口？

徐　明：大掌柜，苌雨桥、石墩子二位掌柜不都是您的徒弟吗？

钟一笑：唉，早就另立了炉灶。师傅向徒弟伸手，我这脸还往哪儿搁啊？

（忠义商号门外，苌雨桥、石墩子下马，手里拿着礼物）

忠义号伙计：两位慢一点。

徐　明：（从忠义商号走出）哟，山西地方邪，说鳖就来蛇。二位掌柜，老掌柜还在念叨你们呢。

石墩子：是不是骂我们没来看他？

徐　明：没有，没有。

苌雨桥：走，进去再说。

（忠义商号里，苌雨桥、石墩子进屋）

钟一笑：（高兴地起身）雨桥、石墩子，你们这……

余夫子：二位掌柜。

石墩子　苌雨桥：给师傅请安了。（跪下）

钟一笑：哎哟，快快起来，快起来。都是大号的掌柜了，不要失了身份。

石墩子　苌雨桥：再大也是师傅的徒弟啊。（起身）

钟一笑：哎哟，快快起来，快起来，来来，二位请坐。

余夫子：大掌柜，那我就先告退了。（走出）

苌雨桥：师傅。

钟一笑：啊。

苌雨桥：这位就是中过举人的余夫子？

钟一笑：对，有出息，不想做官，就是想做生意。哎，你们今天怎么有工夫来看我啦？

苌雨桥：师傅，今天是初几啊？

钟一笑：三月初九啊。

苌雨桥：二十年前的今天，您带着我们走西口闯世界，十年前的今天，师傅您又鼓励我们另立门户，自己创业，才有了“晋德裕”这块招牌。

石墩子：当时啊，我还不理解师傅，在背后还偷偷骂师傅呢。没想到……

钟一笑：二十年了……

苌雨桥：师傅，（唱）二十年小苗长成了树，二十年小径成坦途。（给钟一笑倒茶）二十年同走西口路，师徒们相帮、相助、相搀扶。

石墩子：（唱）现如今外有买卖家里有院，雄鹰展翅天地宽。三月初九常思念，磕一个头来心才安。

钟一笑：哎，快坐，快坐吧，啊。有出息就好，别老是磕头磕头的。

石墩子：唉师傅，别抽这个小兰花了，我这里呢，给您带了包云南的叶子，用大名府的香油调的，喷鼻儿的香啊。（为钟一笑点烟）来，师傅。来。

钟一笑：哎，这哪儿来的？

石墩子：沙俄商人给的。师傅，这个您就留着用吧。

钟一笑：你们和沙俄做生意了？

苌雨桥：刚开始接触。

钟一笑：噢。照理我不该打听贵号的事情，既然说了，我还是劝你们小心行事，咱们山西的商人发家，靠的可不是吃洋饭啊。

苌雨桥：路是人走出来的，我觉得不妨试试。

钟一笑：雨桥、墩子，你们今天来不仅仅是为了来看看我这么简单吧？

苌雨桥：（望了一眼石墩子）师傅，听说忠义商号到库仑的货物遇到麻烦了，所以……

钟一笑：麻烦？没有，我怎么会遇到麻烦呢？啊，呵呵呵，你师傅我在生意场上干了这么多年还不知道“麻烦”这两个字怎么写呢。

石墩子：师傅，八万两银子的货物泡在水里，这麻烦还小啊？

钟一笑：啊……

苌雨桥：师傅，库仑那边急需我们内地的货物，内地也十分需要库仑的货物，这个市场千万不能丢啊。

石墩子：就是啊！

钟一笑：你的意思是？

石墩子：师傅，如果你的货物过不去，我们的货物就要过去了。

钟一笑：谁说我的货过不去？我钟一笑就算丢了命，也决不会丢了市场！

【钟一笑在口内的家。摇镜头，屋宇；跟镜头中景，钟雪儿疾走进家门】

女　佣：小姐回来了啊。

徐富贵：（从屋内走出）雪儿回来了。

钟雪儿：徐老伯，我娘怎么样？

徐富贵：刚刚喝了药。

（钟雪儿继续向屋里走）

徐富贵：哎，雪儿，你最好别去打搅。

钟夫人：（画外音）是雪儿吗？

钟雪儿：娘！（急忙走进屋里，坐到母亲床边）娘，你怎么样了？

钟夫人：（咳嗽着）雪儿，快扶娘起来。

钟雪儿：啊，娘。

钟夫人：雪儿。

钟雪儿：娘，慢点。

（钟雪儿扶着母亲从大门走出）

钟夫人：唉，你爹今年也不知道啥时候才能回来呀。（唱）一年一年走西口，生意场上不回头，空留下母女常相守，空留下千般无奈万般愁。我的儿啊，娘已是病入膏肓难医救，有句话儿给儿留，娘死后将我的白发剪一缕，带给你狠心的爹爹伴春秋。

钟雪儿：我去把他换回来，让他在家陪伴你。

钟夫人：你要是个男孩儿就好了。

钟雪儿：那我就做个男孩儿。

钟夫人：傻孩子。

钟雪儿：娘，你会好的，你一定会好的，女儿这就到口外去找爹爹，我一定让他回来！

钟夫人：不用了，在你爹的心里，什么也没有买卖重要。

（忠义商号的庭院中）【中景，钟一笑的背影】

钟一笑：（踱步）（唱）三十年走江湖南来北往，也曾是风波浪尖把帆扬，近年来却为何不辨风向，赔时多赚时少让人迷惘。才将是货泡水中掀风浪，今又是客户损失索赔偿，将钟某逼至在南墙上，进难进，退难退，左右彷徨。

钟一笑：唉。

余夫子：（走过来）大掌柜！

钟一笑：噢，夫子，哎呀，我正好有件事要跟你商量商量。

余夫子：大掌柜，听说您还是要把那批水泡的货物卖到库仑？

钟一笑：唉，卖了还可以补一补窟窿，不然我们的日子就更难过了。

余夫子：这可是商家的大忌啊，搞不好会坏了我们忠义号的名声。

钟一笑：哎，没那么严重，牧民们今年的收成不好，有便宜东西买，他们高兴还来不及呢，没心思挑三拣四。

余夫子：那可是我们的老地盘啊，搞坏了名声损失可就大了！

钟一笑：哎，好了好了，我们呢，先不说这事了。现在我有一个很重要的事情，想跟你商量商量。生意不景气，我比你急。我想筹上一笔资金，买下全忻州府的胡麻苗，你看如何？

余夫子：买青苗？

钟一笑：对，去年的油价比较低，今年的菜籽价钱肯定上不去，我们不如先低价买进来，到时候一转手，就是一本万利啊。

余夫子：买青苗历来是风险大的生意，关键是要看市场的波动，还要看天气啊。

钟一笑：哎，这方面我比你有经验，当年我钟一笑发家靠的就是青苗上的一笔买卖。

余夫子：我看不能太着急，还是先派几个人，了解一下市场的行情再说。

钟一笑：哎，了解是要了解的，不过也不能考虑太多。天下哪有十拿九稳的买卖，做大事就是要敢冒风险，不然，不光是我们忠义商号的牌子越来越没有光彩，就是正常的银两支出也会有困难。

余夫子：买青苗要占大笔的资金，势必会影响其他的生意。

钟一笑：不怕，一时调不过来，就借点高利贷，和青苗赚的钱相比，不算是什么负担。

余夫子：圣人曰“君子不履险地”，我看还是先缓一缓吧。

钟一笑：哎，别老是子曰子曰的，圣人也不会做买卖啊，哎。

徐　明：（走过来）大掌柜。

钟一笑：徐明。

徐　明：大掌柜。

钟一笑：到库仑的事让别人去办吧，你立刻准备一下，到忻州十八县看看，今年的胡麻种的多不多，长势好不好。

徐　明：哎。

钟一笑：另外再悄悄打听一下市面上的油价稳定不稳定。

徐　明：多谢大掌柜栽培，徐明就是肝脑涂地也无法报答大掌柜的大恩大德。

钟一笑：哎，行啦行啦，我不听你卖片儿汤。去吧。

徐　明：哎。

钟一笑：哎，看仔细了，我等着你的消息。

徐　明：（得意地）得嘞。（走出）

（钟一笑走着，余夫子忧心地跟在后面）

【空镜头，日落。全景，大汗的帐篷，可以看到里面喝酒跳舞的人影】（石墩子在外面拴马）

大　汗：（帐篷里）哈哈哈，来，喝酒……好，再喝一碗……干了干了！

石墩子：（走近帐篷口）大哥。

苌雨桥：（走出帐篷）销售情况如何？

石墩子：那些王公贵胄所需要的贵重物品大都销售一空，只是……

苌雨桥：说。

石墩子：那些普通的牧民虽然非常需要我们的物品，但由于近年荒灾不断，他们的手头拮据，所以他们只能望而却步。

苌雨桥：哦。

石墩子：大哥，这么看来我们带来的大部分货物都有可能要拉回去了。

苌雨桥：不行，货物拉来又拉走，路途的损耗过大，我们赚的钱还不够赔呢。

石墩子：那怎么办？

苌雨桥：赊销。

石墩子：赊销？

苌雨桥：对，牧民们喜欢的物品尽可以拿去，打下欠条，来年再来结算。

石墩子：大哥，这恐怕不行啊，第一，我们的资金积压过重；第二，他们要是还不了账，那我们不是里外双赔了吗？

苌雨桥：货物积压在我们的手里，资金照样周转不灵。至于还不了账嘛，我们可以和当地的官员协商合作，大家各负其责，互相监督，这样便有备无患了。

（大汗的帐篷里）【特写，大汗拿着玉玺盖章的手】

大　汗：（把文书交给苌雨桥）嗯。

苌雨桥：嗯，好，有大汗作保，敝商号就放心多了，哈哈哈。

大　汗：苌先生经商谋略高人一筹，佩服佩服，哈哈哈。

苌雨桥：墩子。

石墩子：大哥。

苌雨桥：凭大汗的印票，牧民们就可以随意赊货。还是那句话，买卖要公平，价格要公道，赊货者与现银购物者要一视同仁。

石墩子：放心吧，买卖公平，价格公道，一视同仁。

大　汗：好，痛快，干杯！

（忠义商号里，钟一笑眉头紧锁）

钟一笑：库仑是我的老地盘，大汗是我的至交，这么个小事你们都办不好！

伙　计：大掌柜，我们的货物都已霉变，根本就卖不出去，再说，晋德裕他们……

余夫子：苌雨桥在库仑赊销确实是个高招。咱们的那些货物呢？

伙　计：拉回来了，堆在后院。

钟一笑：笨蛋，来回一个多月，又花费了多少银两，啊？我就不相信有过不去的桥。夫子。

余夫子：啊。

钟一笑：以我的名义给大汗写封信，一定要让他帮忙收下这批货物。

余夫子：这样做恐怕不妥，出售次货有损声誉。

钟一笑：出去，都出去。

余夫子：这……唉。

（夫子和伙计走出，钟一笑烦闷地坐着）

伙　计：（碰到徐明）啊，徐头回来了。

徐　明：（走向钟一笑）回来了，见过大掌柜。

钟一笑：徐明回来了，快说说，情况怎么样？

徐　明：大掌柜，您真是太英明了，我走遍了忻州十八县，到处都是胡麻地，我说了今年的油价肯定上不去，老百姓急得没办法，恨不得把地里的苗啊都给拔了。县太爷听说咱要买青苗，高兴得请我吃了顿饭，把咱忠义商号当成活菩萨了。

钟一笑：（高兴地起身）地里的青苗长得怎么样？

徐　明：没问题，绿油油的，一看就是好收成。

钟一笑：（谨慎地）有没有听到别的商号的动静？

徐　明：有，老百姓说前几天也有人看过地里的胡麻苗。我怕被人占了先，就先给他们开了保单立了字据。

钟一笑：什么，你已经定下来了？

徐　明：我做的不对吗，大掌柜？

钟一笑：【仰拍】对，无毒不丈夫，西方不亮我东方亮。

【摇镜头，沙漠】（苌雨桥席地而坐，吹着唢呐）

石墩子：大哥。

苌雨桥：嗯。

石墩子：（背靠苌雨桥坐下）你该回家看看了，这次出来快三年了，你还没有回过家呢，大嫂又该骂咱们了。

苌雨桥：（擦着唢呐）墩子，是你自己想甜妹了吧？

石墩子：要说不想啊，那是假的，大哥，我们还是回去看看吧。（唱）我不怕东奔西走千般苦，就害怕小媳妇在梦里哭，白日里驼峰马背忙跑路，到夜晚孑影单身实在是不舒服。商事家事难两顾，常回去看看，也算是我有妻子，她有丈夫。

苌雨桥：嗨，好。我们从恰克图回来就回去看看。

石墩子：我们还要去恰克图啊？

苌雨桥：我和沙俄商人莫耶夫约定，商谈双方贸易的事，事关我们开拓新的市场，不能耽搁啊。

石墩子：开拓新市场也不是一天两天的事，再说回家看看也耽误不了几天啊。

苌雨桥：墩子，（唱）商场竞争最残酷，一招不慎就得输。（墩子捧起一把黄沙）我也想，早踏回乡路，唉，事有轻重，也只能靠唢呐送去祝福。

石墩子：（拿起酒壶叹气起身）（唱民歌）想亲亲想得俺手腕腕软，呀呼咳，拿起了……

【空镜，一阵鸽群飞过，渐隐；摇镜头，苌雨桥口内的家】

苦　莲：（站在楼上望向远方）【庭院的镜头与苦莲的镜头切换】（唱）堂堂皇皇一所院，孤孤单单数十年。雨桥他走西口山高路远，云中月雾里花，各守一边。寒灯碎影度长夜，春烦秋冷望关山。一天天一年年殷切的期盼，一次次一回回望眼欲穿。盼回了戴不完的珠宝穿不完的绸缎，难得见走西口的哥哥，睡梦中的夫男。

（沙漠里，时间紧接前一场）

石墩子：（唱民歌）拿起筷子哟端不动碗。（愣住，看到风卷狂沙）大哥，沙暴来了！

苌雨桥：都快躲起来！

众伙计：沙暴来了，快躲起来，快点躲起来，沙暴来了。

（沙暴中人仰马翻，纷纷躲藏）

苌雨桥：一个跟一个，都不要掉队。

（风静尘息，苌雨桥与石墩子从遮蔽的白布下走出）

石墩子：（边找边叫）福子，喜子，你们在哪儿啊？长贵，快出来吧！福子，喜子，长贵！

（苌雨桥站到高处吹响唢呐）【摇镜头，无际的沙漠】

长贵　福子　喜子：（听到唢呐声从各处走过来）大掌柜！大掌柜！我回来了。

苌雨桥：没事吧？

长贵　福子　喜子：没事。

苌雨桥：太好了。

众伙计：（牵着驼队）大掌柜！我们回来了，回来了。

石墩子：大哥，还差两头骆驼。

苌雨桥：哎，看看，回来了。怎么样？没见过吧？（拍拍唢呐）这就是咱们晋德裕的法宝。

【摇镜头，忠义商号，钟一笑、徐明、余夫子从门外走进】

钟一笑：（边走边说）你们都是些废物，笨蛋！

徐　明：（忐忑地跟着）大掌柜！大掌柜！你说我怎么会想到呢，这绿油油的青苗怎么就死了呢？哎呀，这老天爷它不开恩啊，大掌柜……

【摇镜头俯拍，树林里钟雪儿男装策马疾驰，渐行渐远】

【摇镜头，忠义商号里钟一笑与余夫子垂头坐着】

余夫子：唉，旱象已成，收成无望，几万两银子又打了水漂了。

钟一笑：看来真是在劫难逃了。

余夫子：唉，去年以来各号的生意都不景气，连赊带欠本来就已经捉襟见肘了，再加上这次青苗的损失，后果不堪设想啊。

钟一笑：不是说天无绝人之路吗，那现在咱们还有哪条路可走啊……

余夫子：借贷。

钟一笑：借贷？我们现在这个样子，谁敢借给我们呢，嗯？

余夫子：唉……

钟雪儿：（从门外走进来）爹！

钟一笑：（疑惑地望着）你是？

钟雪儿：（伸手走近钟一笑）我是雪儿啊。

钟一笑：（起身拉着雪儿的手）雪儿！

钟雪儿：爹！

钟一笑：哎呀雪儿，来来来，让爹来看看。哎呀，你怎么这身打扮？

余夫子：你们先叙着，我先下去了。（走出）

钟一笑：噢，去吧去吧。来来来，雪儿，坐。

钟雪儿：爹，我娘病了。她想让您早点回去。

钟一笑：你娘她得的什么病啊？

钟雪儿：我也说不清楚。（叹气）（唱）自从你前年离家后，我娘她染病卧床头，茶饭不香人消瘦，奉汤侍药让人愁。她思念爹爹黄昏后，孤苦无依增烦忧。无奈何假扮男儿把西口走，随商帮到沙城来把你求。

钟一笑：（叹息地坐下）唉，你娘她病的也真不是时候！

钟雪儿：爹，难道你就不想回去？

钟一笑：不是爹不想回去，眼下实在是腾不开身子。雪儿，你赶快回去，替爹好好照顾你娘，等我把商号里的事情理顺了，我马上就回去！

钟雪儿：（哭）爹，你心里就没有我娘！你不知道，我们在家里有多想你，白天盼，晚上想，每次听到门外的马蹄声，都要跑出去看看。我娘她在村口一站就是大半天，你，你怎么就不想回去呢？

钟一笑：（难过地）不是爹无情无义啊，嫁给了走口外的买卖人，就得认命哪。

钟雪儿：（怨愤地向外走）爹，你！（雪儿走出，余夫子进来）

钟一笑：雪儿，雪儿。

余夫子：这……

钟一笑：（向余夫子）快，派个伙计跟上，把小姐送回去。

余夫子：是。

【沙城城门外。镜头摇下，徐明追上钟雪儿，二人下马】

徐　明：小姐，小姐，小姐，你不要生老掌柜的气。他啊，他也是没办法。最近生意上的事老是不顺心，晋德裕的苌雨桥老是和咱们做对，抢了咱们的地盘，让咱们赔了不少钱哪。

钟雪儿：苌雨桥？

徐　明：是啊。

钟雪儿：他当年不是我爹的徒弟吗？

徐　明：谁说不是呢，这种忘恩负义的小人！

（晋德裕分号掌柜刘满堂的商号外）

石墩子：（从商号中走出）满堂这几年在青城干得不错，应该赏他三个月的假。

刘满堂：二掌柜，你看你……

苌雨桥：请。

刘满堂：请。

苌雨桥：这件事不是不能考虑，不过，今年的天气有些异常，放假的事给你记上。这些日子要了解一下，方圆各府县的收成，看看缺些什么，也好有个应对。

刘满堂：好，大掌柜说得对，我立刻亲自去一趟。

伙　计：（送来书信）刘掌柜，飞鸽传书。

刘满堂：（看完书信，向苌雨桥）大哥，山西商会召开紧急商务会议，请大掌柜务必去一趟。

苌雨桥：出什么事了？

刘满堂：马老板只是飞鸽传书，上面也没说清楚啊。

石墩子：大哥。

苌雨桥：立刻赶回沙城。

（苌雨桥和石墩子策马疾驰，回到沙城。）

（山西会馆外，二人下马，走进。）【摇镜头，特写，山西会馆招牌】

【全景，会馆里众掌柜正在讨论】

众掌柜：（见苌雨桥进来）哟，苌大掌柜！

苌雨桥：各位掌柜，雨桥在外巡视分号，所以来迟了一步，还望各位多多包涵。

众掌柜：苌掌柜请坐。

苌雨桥：请坐。不知商会近日突然群英聚首，所为何事啊？

余夫子：（站在一掌柜身后沉重地说）为了忠义商号。

苌雨桥：（惊讶）余先生！

余夫子：余夫子给各位掌柜请安了。

苌雨桥：怎么不见钟大掌柜？

掌柜甲：一笑恐怕是没脸再进这商会的大门了。

苌雨桥：（惊讶起身）出了什么事了？

余夫子：“忠义商号”已经正式宣布破产倒闭了……

苌雨桥：（惊讶地坐下）啊，破产倒闭？为什么？

掌柜乙：他拿着残次货物当好货出售，被人发现告到官府了。

掌柜丙：酒里掺水，米里掺沙，敢把旧茶当新茶出售。

掌柜丁：山西商会的脸都让他丢尽了。

众掌柜：就是，太不像话了，就是啊，怎么能这么做呢？道德都没有了！

掌柜甲：钟一笑是咱们商会的主事，现在他到了这个地步，再也不能担任这个职务了，我提议，选出新的主事，重新洗刷咱山西商号的名声。

（苌雨桥和石墩子骑马来到忠义商号外）【摇镜头，忠义商号被封】

（苌雨桥回到晋德裕）

伙　计：苌掌柜，钟掌柜在堂屋等你呢。

苌雨桥：师傅，师傅。

钟一笑：你全知道了？

苌雨桥：知道了。

钟一笑：（冷冷地问）是不是推举你做了商会的主事啊？

苌雨桥：是……

钟一笑：（苦笑）你打算怎么办？

苌雨桥：师傅……

钟一笑：说吧。

苌雨桥：师傅您这次的做法对山西商界的声誉影响实在是太大了，不仅毁了自己，也使大家的生意都受到了影响，大家一致要求出具声明，将您……将您逐出山西商会。

钟一笑：（激动起来）不，不能这样，我是生意人，我还要做买卖，我会东山再起的。雨桥，你，你要帮我这一次。

苌雨桥：（给钟一笑端茶）师傅，你先不要着急，容我再和大家商议商议。

钟一笑：（起身踱步）三十年的辛苦付东流。

苌雨桥：（跟在身后）师傅。

钟一笑：（一字一句地）你敢不敢借给我十万两白银，不出三年，我再建一个响当当的忠义号！

苌雨桥：师傅，凭忠义号现在的信誉，恐怕……

（钟一笑看了一眼苌雨桥，似笑非笑，似哭非哭，走了出去）

【仰拍，晋德裕的大招牌下，钟一笑黯然走出，回身向晋德裕望了一眼，有些站立不稳】

徐　明：（扶住钟一笑）大掌柜。

（钟一笑一把推开徐明，但没走两步，口吐鲜血）【特写，钟一笑握紧带血的手帕】

（树林里，钟雪儿再次从家中策马而来，一身孝服，钟夫人已经病故）

（晋德裕商号里，苌雨桥与石墩子忧心地坐着）

石墩子：大哥，要不要我先送去五千两银子，给他救救急？

苌雨桥：（叹息）唉，杯水车薪，无济于事啊。

石墩子：他把自己搞到这步田地，谁也救不了他。

【摇镜头，残月，渐隐。摇镜头，一个系在梁上的麻绳套，钟一笑苍老憔悴，踱向绳套……】

（忠义商号外挂着白幡，意味着钟一笑已经自尽身亡）

伙　计：你看，那不是小姐吗？

钟雪儿：驾……（钟雪儿骑马到达商号门口）【主观镜头，看到忠义商号外竟挂着白幡】

（晋德裕商号里）

苌雨桥：（瞪着石墩子）你说什么?!

石墩子：（哭着）师傅他上吊自尽了。

苌雨桥：（趔趄）啊……【渐隐】

第二集

（晋德裕商号里）

苌雨桥：（瞪着石墩子）你说什么?!

石墩子：（哭着）师傅他上吊自尽了。

苌雨桥：（趔趄）啊……

（忠义号外）

伙　计：你看，那不是小姐吗?

（钟雪儿骑马到达商号门口，看到白幡，连忙下马）

钟雪儿：（推开过来牵马的伙计）起来!（奔向商号，推门一路冲到灵堂前）

余夫子：（看雪儿身穿孝服）小姐，你!

钟雪儿：（扑到灵前）爹!我娘走了，你怎么不说话啊!

余夫子：小姐，夫人她难道也……

钟雪儿：爹，你怎么不说话啊!爹，这是为什么啊!我娘走了，她等不到你了，她走了，这是为什么!爹呀!

徐　明：（强忍泪水）兄弟们，找苌雨桥给大掌柜报仇!

（众伙计激动地要找苌雨桥报仇，余夫子极力拦住大家）

【屋顶，镜头拉远】

苌雨桥：（画外音）（唱）噩耗传……

（晋德裕商号里，时间紧接前一场）

苌雨桥：（唱）不由人泪落如雨，没想到竟然是如此结局。【镜头推近，苌雨桥眼含泪水】一块石头压在心底，让我悲，让我痛，更让我窒息，心神恍惚强站立，叫墩子，备丧酒办丧席，再为我备一身吊孝的素衣。

石墩子：大哥，你真的要去忠义商号吊孝啊?

苌雨桥：唉，多年的师徒情谊，焉有不悼之理啊?

石墩子：大哥，你不能去啊，市面上到处都有传言，说是你整垮了忠义商号，害死了钟一笑啊。我已经派了兄弟们四处去调查谣言的出处，我一定要把这个胡说八道的人找出来。

苌雨桥：唉，算了，谁想说什么，由他们去。你快去准备吧。

石墩子：大哥，你就甘心背这个黑锅啊?

苌雨桥：你还啰唆什么?

石墩子：大哥，人活脸，树活皮，商家活的是一杆旗，有人想在这杆旗上抹黑，你答应我还不答应呢，我一定要查清楚是谁在我们背后捅了这一枪!（向屋外走）

苌雨桥：站住，你要干什么!

石墩子：当然是要查出造谣之人啊。

徐　明：（从外面走进来）不用查了！男子汉大丈夫，敢作敢当，话是我说的。

石墩子：你？徐明？你为什么说是我大哥整垮了忠义商号啊？

徐　明：苌大掌柜应该比我更清楚！

苌雨桥：（走向徐明）兄弟，你听我说……

徐　明：我不想听你解释，苌大掌柜，忠义商号垮了，可是这天垮不下来，钟大掌柜死了，可是我们兄弟还活着！我会让你为自己所做的一切付出代价！你等着吧！（走出）

石墩子：站住！

苌雨桥：墩子！

石墩子：（向徐明）你给我回来！

苌雨桥：（沉痛地说）不要追了。他说得没错，师傅的死，我确实难辞其咎啊。

石墩子：大哥，你怎么胡说啊，你疯了？

【苌雨桥哀伤的面部特写，渐隐。摇镜头，枯树老鸦，忠义号送葬的队伍】

（苌雨桥和石墩子身穿孝服设案等在路边，迎上去）

石墩子：余先生。

余夫子：苌大掌柜。

苌雨桥：我给师傅拜祭来了。

（苌雨桥和石墩子在自己设的香案前跪拜）

徐　明：（打断他们）苌雨桥，你们少来这一套！你害死我们大掌柜，我和你没完！（墩子闻言起身，被苌雨桥拦住）

钟雪儿：（冲过来）苌雨桥，我杀了你！我跟你没完，苌雨桥，我杀了你，我！苌雨桥！（又踢又打，踹翻香案，余夫子拦着）

【送葬的队伍继续前进，特写，车轮从被打翻的祭品上碾过。摇镜头，苌雨桥和石墩子望着队伍走远。】

（夜晚，钟一笑自尽的房间）

（苌雨桥推开房门，见到师傅上吊的麻绳）

苌雨桥：（握着麻绳，流泪）师傅，我对不起你啊！我知道，你是个宁折不弯的汉子，你是个轻易不向别人张口的男人，可你向我张了嘴求了情，（激动）我当时要是答应，能给你十万两白银，你或许真的可以东山再起啊！你也不会走上绝路啊！师傅，你怎么可以这样呢！（哀痛）师傅，以前你总爱听我吹这小唢呐，是吗，那就让我再给你吹支曲子吧。

【凄凉的唢呐声，摇镜头，屋宇上一弯残月，镜头推近】

【中景，苌雨桥吹唢呐】

【闪回，苌雨桥回忆拜师、送礼、借钱的情景】

【中景，苌雨桥吹唢呐。切入苦莲挑灯缝衣的镜头】

（苌雨桥包起麻绳，向屋内鞠躬。余夫子走进来）

苌雨桥：先生。

余夫子：商道、儒道、人道，三道一体；雄心、诚心、爱心，天下归心。

苌雨桥：唉，师傅若是肯听先生之言，忠义号绝不会如此。

余夫子：商人以诚信为贵，天地可改，此心不能改。

苌雨桥： 先生有何打算？

余夫子： 闲云野鹤，随性而为。

苌雨桥： 鄙号虽小，如先生不弃，愿日夜聆听先生教诲。

余夫子： 多谢苌掌柜的美意，恐怕为时尚早吧。（走出）

【推镜头，弯月】

（苌雨桥家，院子里挂着红灯笼。苦莲在缝衣服）

甜　妹：（画外音）大嫂，大嫂。

苦　莲：（放下针线）哎呀，是甜妹啊，快坐。（倒茶）这么晚了，还没歇着？

甜　妹： 睡不着。

苦　莲： 又在想墩子了？

甜　妹： 我想墩子，你难道不想苌大哥？

苦　莲： 想归想，盼归盼，他们毕竟远在口外，生意又忙得很，回来一趟，也不是件容易的事。

甜　妹： 下辈子，我就算嫁猫嫁狗，做牛做马，也绝不嫁经商做买卖的臭男人！（唱）熬三年盼五载难见一面，来匆匆去匆匆如风如烟，男人们回家如同住旅店，床不暖被不热，贴己的话儿无处谈。

苦　莲：（唱）大丈夫志在四海莫要强勉，

甜　妹：（唱）说别人容易哄自己难。唉，我还好，墩子好歹还回来了几次，这五六年了，他苌大哥未登一次家门，大嫂，你还是不是他老婆，他到底还算不算你的男人哪？（唱）年年缝新衣，件件凝思绪，只见针线舞，不见人穿衣。

苦　莲： 唉。

苌　悦：（走进来）娘！婶子。

苦　莲： 悦儿。

苌　悦： 娘。

苦　莲： 你不在书房读书，出来干什么？

苌　悦： 娘，我不想读书了。

苦　莲： 啊？你不想读书，你想干什么？

苌　悦： 娘，我想和我爹一样做生意。

苦　莲： 做生意？走西口？

苌　悦： 对啊，像爹一样，走荒原，穿沙漠，那才是大丈夫的气魄。

苦　莲： 不行！

苌　悦： 娘！

苦　莲： 你可以读书考功名，也可以种田过日子，就是不能和你爹一样，走西口做生意。

苌　悦： 为什么嘛？

苦　莲： 悦儿，等你长大了就知道娘的苦心了。

苌　悦： 哎呀，娘！

苦　莲： 快回书房读书去。不然我就用家法处治你！

苌　悦：娘，我……

苦　莲：还不快走！

苌　悦：哼！（丧气地走出）

甜　妹：（劝慰地）大嫂。

苦　莲：走西口，走西口，啥时候才是个头啊？

【全景，沙漠驼队】

众伙计：（唱）哥哥你走西口，小妹妹我实在难留，手拉着哥哥的袖，送你送到大门口。

【远景，钟一笑与其夫人的墓前】

钟雪儿：爹，娘，我把房子卖了，还了别人的账，我们钟家没有欠别人的钱。我走了，等报了仇，再回来。

【特写，沙漠里艰难前行的脚步。中景，钟雪儿。远景，晋德裕驼队走过】

驼队里的伙计：（唱民歌）对坝坝那乖圪梁梁上哪是一乖啊谁，那就是我那要命的那二妹妹。那山上那乖长着呀十乖样样的草，十样样我那看见妹子你九样样好。一对对那乖喜鹊呀绕天飞，就好比那乖哥哥呀和妹妹，【特写，钟雪儿愤恨的眼神】哥哥我在那圪梁上呀，妹子你在那沟，看准了哪乖哥哥妹子你就摆摆手。

（钟雪儿装成穷小子走进青城）

（夜晚，苌雨桥从屋中走到庭院中。）【主观镜头，看着圆月】

苌雨桥：（唱）【远景俯拍，苌雨桥孤身在庭院中。与中景切换】月色融，风如水，拂我愁面。步迟迟，心沉沉，步履艰难。如饮下黄连酒杯杯盏盏，口也苦，心也苦，苦不堪言。忠义号分崩离析垮得惨，钟师傅悬梁自尽让人心寒。雨桥我扪心自问肝肠寸断，千般悔万般怨痛楚凄然，你算什么男子汉，有何脸面站立在天地间！

石墩子：（跑进来）大哥！

苌雨桥：墩子，回老家探访雪儿的人可有消息？

石墩子：回来的人说，房子已经卖掉，钟师妹也不见了。

苌雨桥：啊，不管怎么说，我们一定要找到她。

石墩子：大哥放心，这事就交给我来办吧，我一定帮你找到钟师妹。

（繁华的街道上，钟雪儿找到晋德裕青城商号）

刘满堂：小李子，把这儿扫干净点啊。

小李子：好，放心吧您就。

钟雪儿：请问，这里是晋德裕的分号吗？

刘满堂：是呀，这位小兄弟你找谁呀？

钟雪儿：我找刘掌柜。

刘满堂：我就是掌柜刘满堂啊。

钟雪儿：小的有眼不识泰山，见过刘掌柜。

刘满堂：嗨嗨，小兄弟，见面熟啊，哈哈哈，走，屋里坐。

（刘满堂攀住钟雪儿的肩膀，钟雪儿尴尬，二人一同走进商号）

钟雪儿：好。

刘满堂：你快说说，你是打哪儿来的，你找我有什么事啊？

钟雪儿：刘掌柜，（唱）家住山西在徐沟，我的名字叫小牛。爹爹口外贩牲口，一走十年不回头，我娘染病黄泉走，留下个孤儿无处投。千里出关戴星斗，打听到爹爹已死在杀虎口。闻听贵号仁义厚，冒昧前来把您求。刘掌柜，我自卖自身，您大恩大德收下我吧。

刘满堂：唉，你这么一说，我也怪心酸的，是不是啊。可是啊，我这号里有规矩，学徒必需有人介绍，有人担保啊。你这么一个孤儿……

伙计甲：（正在扫庭院）掌柜的，你说他是个孤儿，去哪儿找保人呢，怪可怜的，您就收下吧。

伙计乙：再说咱们这儿缺人手，就收下他吧。

刘满堂：唉，都是走西口留下来的遗孤啊，好吧。哎，咱可说清楚啊，这个学生意啊，可是要吃苦的，记住了。

钟雪儿：我不怕吃苦！

刘满堂：好。

伙计甲：还不快谢过掌柜的！

钟雪儿：谢过掌柜，谢过师傅。

刘满堂：（向伙计乙）好了，你带他到后面换件衣服。

伙计乙：好。

刘满堂：以后啊，他就跟着你学徒了。

伙计乙：好。

刘满堂：哈哈哈。

伙计乙：来吧，小伙子，跟我来。（伙计乙带着钟雪儿走出）

伙计甲：哎呀，这小伙子还真会来事啊！

刘满堂：好个小机灵鬼啊，没准还是个可造之材呢。

伙计甲：是啊是啊，哈哈哈。

【空镜头拉远，屋顶】【字幕：三年后】

【以下一组镜头概述三年后的情景】

（苌雨桥写字）

福　子：（念）商道、儒道、人道，三道一体；雄心、诚心、爱心，天下归心。

（青城商号里，钟雪儿理账，刘满堂满意地看）

（钟雪儿扫地，向刘掌柜问好）

【空镜头，日落黄昏。远景，一座岸边的画舫上】

苌雨桥：啊，余先生请。

余夫子：啊，苌掌柜请。苌掌柜约我来有什么事吗？

苌雨桥：余先生请坐，请，也没什么事，与先生喝喝茶，聊聊天，再与朋友叙叙旧。

余夫子：夫子与苌掌柜能算得上是朋友吗？您是晋德裕商号的大掌柜，而我只是忠义商号的账房先生，晋德裕如日中天，而忠义号已经倒闭三年，无论从哪个方面讲，你我都相别天壤，难以并提啊。

苌雨桥：哎，先生过谦了，如果说在商界中我雨桥还有朋友的话，那我这个朋友就应该是先生您啊。

余夫子：（谦虚）唉。

苌雨桥：三年前先生在忠义号说的两句话，“商道、儒道、人道，三道一体；雄心、诚心、爱心，天下归心。”此言看似直白，但细细品味起来，却有茶的清香、酒的浓烈，润人心肺，爽目清脑啊。这几年来雨桥无时无刻不将此金玉良言藏在心底，作为座右之铭。（余夫子赞赏地看着他）（唱）话是直白话，心是金玉心，冷眼观天下，热血铸商经。儒中商，商中儒，高屋建瓴；道中心，心中道，句句为铭。悔在无缘相识晚，幸在商海有此君。

余夫子：（唱）话是寻常话，心是平常心。穷儒舞文墨，终是纸上兵。茶香酒烈在人品，何言商经不商经。

苌雨桥：好一个心是平常心，先生教诲，雨桥铭记呀。

余夫子：苌掌柜今日约我至此，不仅仅是为了谈经论道吧？

苌雨桥：哦，是的，雨桥想请先生加入晋德裕，你我携手同心，共创大业。

余夫子：唉，我可是败军之将啊。

苌雨桥：哎，有人胜了却胜之不武，有人败了却虽败犹荣啊。

余夫子：苌掌柜……

苌雨桥：先生，雨桥在西口路上闯荡了二十多年，虽小有斩获却步步艰辛啊。（唱）滴水可见日月明，雨桥坦然表真情，麾下不乏英武将，身边缺少智多星。（余夫子沉思）余先生，先生？

余夫子：噢，喝茶，喝茶。

苌雨桥：啊，先生请。

（喧闹的街道上，钟雪儿赶着马车，车上插着晋德裕的号旗。另一边，徐明艰难的推着独轮车。两车相遇）

钟雪儿：闪开闪开，快闪开，别碰着你！

（两人惊讶地认出对方，欲言又止）

徐　明：小姐。

钟雪儿：（装作不认识）卖烧土的，拉到哪去啊？

徐　明：东二道巷。

钟雪儿：（继续赶车）走！

（东二道巷，钟雪儿防备地找到徐明的家。徐明开门）

徐　明：小姐，快，请！这边，来，请，这边。【跟镜头，二人走到屋前】爹！爹！（徐富贵从屋子里走出来）

钟雪儿：徐老伯，你怎么在这儿？

徐富贵：哎呀，一言难尽。

徐　明：我爹为了找你就从老家来到沙城，和我住了下来。

钟雪儿：谢谢老伯挂念。

徐富贵：老爷、夫人对我恩重如山，不找到你，我有何脸面到下面去见他们啊？这下可好了，你们先进屋说话我出去买点东西回来。

钟雪儿：好。

徐　明：请，里面坐。（徐富贵看着二人进屋，掩泪出门。屋子里，徐明为钟雪儿倒茶）

小姐，你可真行啊，我一看见你在苌家的号里啊，我就知道你的用意。

钟雪儿： 君子报仇，十年不晚。我要学越王勾践，卧薪尝胆。

徐　明： 我也是这样想，从现在起我的生命就是你的生命，我愿意随时听候你的调遣。

钟雪儿： 谢谢你，徐明哥。

徐　明： 唉，不用谢。

【烧纸的火焰，摇镜头，十八姑坐在旁面添着纸钱】

余夫子：（画外音）哎，二掌柜，十八姑这是在干什么呢？【镜头摇过来】

石墩子： 唉，中秋佳节就要到了，她一定是想起了当年走西口的丈夫暴死在荒原大漠尸骨难收啊。

余夫子： 唉，多少男人走西口，有的功成名就，成了气候，有的仰天叹日，壮志难酬。（二人走到十八姑身边）

石墩子： 十八姑。

余夫子： 十八姑。

石墩子： 在烧纸啊。

十八姑： 二掌柜，余先生，我在给我那老东西捎个信，告诉他我这把老骨头还活在世上，这也算是个念想吧。

余夫子： 十八姑，晋德裕商号既然把您老人家收留了，商号的兄弟就是您的儿女，这里就是颐养天年的圣楼啊。

石墩子： 余先生说得对，只要商号在，我就保您月月有戏看，年年有寿酒喝，啥时候想家乡了，跟我说一声，我石墩子给您盖一所青砖院，三间大阁楼，我保证您舒舒坦坦的，活他个百八十春秋！

十八姑： 多谢二掌柜了。（起身）噢，对了，大掌柜的寿诞也该到了吧？

石墩子： 大哥好生日，和中秋节是同一天啊。

十八姑： 那咱得早做准备，他一年四季总在外面跑，这次……

石墩子： 这次就更用不着准备了。

十八姑： 为啥？

石墩子： 大掌柜有五六年没有回家了，这次他总算答应回去，和家人一起过寿，欢度中秋了。

十八姑： 好，好啊，那我得给他准备些礼物去。

余夫子： 十八姑，您什么也不用准备了，该准备的东西我们都准备好了。

十八姑： 哎，你们准备是你们的，我老婆子也得准备一些。要不是大掌柜，我这条老命早到阎王殿落了户口了。

【转场，苌雨桥口内的家中，白天，苦莲在家中缝制衣服。】

苌　悦：（走进来）娘！娘，我爹捎话来了，我爹捎话说中秋他要回来和我们一起过。（苦莲没有反应）娘，你听见我说话了吗？我爹要回来了，这是真的！（兴奋地跑出）

（苦莲看苌悦走出，立刻放下针线走到镜前）

甜　妹：【画外音】大嫂！

（苦莲连忙走到一边）

甜　妹：（走进来）大嫂啊，大嫂啊，他们要回来了！他们要回来了！

苦　莲：这种话我已经听了多次了。

甜　妹：哎哟，大嫂，这回是真的，我们家墩子捎话来说，他们已经准备要上路了。

苦　莲：六年了，这次是真的？

甜　妹：真的，真的！

苦　莲：（喜极而泣）（唱）盼了一年又一年，等了一天又一天，六个中秋六个梦，今日才得月儿圆。

甜　妹：（拭泪）哎呀，大嫂，这是喜事，天大的喜事，咱该笑才对，咱不哭，咱笑。（二人抱在一起）咱好好地笑，咱痛痛快快地笑！

（沙城，晋德裕的马车载货到了商号门前，卸货）

石墩子：来来，搭把手，小心点，慢点。

伙　计：二掌柜，刘掌柜找你来啦！在那边。

石墩子：（走到刘满堂旁边）满堂。（刘满堂满面愁容）啊，怎么回事？

刘满堂：（拉过石墩子耳语）二哥，我……【镜头切】

（屋内，苌雨桥解开布包拿出麻绳，若有所思）

石墩子：（画外音）大哥，大哥！

（苌雨桥连忙收起麻绳。石墩子、余夫子走进来）

苌雨桥：墩子。

余夫子：大掌柜！

苌雨桥：余先生。

余夫子：沙俄商人莫耶夫先生到了，说是和你商量两家贸易的事宜。

苌雨桥：现在何处？

余夫子：在客厅等候。

苌雨桥：走。

石墩子：哎，大哥，回家的东西我都准备好了，咱们何时启程啊？

苌雨桥：等这件事谈好了我们就启程。余先生、墩子，如果能打开沙俄的市场，我们的步子就会迈得更大，我们的生意就会更火，这可是千载难逢的好机会啊。

【拉镜头，晋德裕油行的招牌】

伙　计：（扶着一位老年顾客走出来）您慢点，慢走啊！（见另一顾客走过来）哟，您来了，里边请。

【推镜头，老人的油壶特写】

（入夜，晋德裕商号，苌雨桥送莫耶夫走出）

莫耶夫：啊，哈哈哈。

苌雨桥：请。

莫耶夫：啊，苌先生你真是太聪明了，你真不愧是个生意人哪！我很愿意和你合作。

苌雨桥：朋友交往，贵在一个诚字，用我们中国的话说，就是真心换真心哪。

莫耶夫：很好，我很愿意交您这样的朋友，我交定了，我相信，我们的合作一定能够成功。

苌雨桥： 我也是。啊，回见。再见。

莫耶夫： 再见。（乘车离开）

（徐明的家里）

徐　明： 雪儿，情况就是这样。

钟雪儿： 是不是和我猜的一样？

徐　明： 一点都不差。雪儿，我们等了那么久，总算抓到了苌雨桥的把柄，就这一件事，就足以让他威信扫地，彻底垮台！

钟雪儿： 再去详查，不能有半点儿马虎。

徐　明： 嗯，好。（出门）

【特写，钟雪儿踌躇满志的表情。渐隐】

第三集

（晋德裕油行里）

伙　计：（对买油的顾客）好，慢走。

（徐明戴着墨镜走进来，左右打量）

伙　计： 客官，需要点什么？

徐　明： 油。

伙　计： 油？

徐　明： 十桶上等的胡麻油。

伙　计： 您来巧了，小店刚刚进了最好的胡麻油，包您满意啊！

徐　明： 这是定金。

伙　计： 好好好。

徐　明： 八月十五中秋佳节那天，我要亲自验货。这上等的胡麻油是送给我的一位朋友的节日礼物，我要给他一个惊喜，所以此事不能张扬，明白了吗？

伙　计： 明白明白，客官，只要您要求合理，我们一定会全力照办的。

徐　明： 好，那我们就后会有期了。

伙　计： 哎，客官慢走，欢迎再来。（把徐明送出门外，见另一顾客）哎哟，您来了，请请请。

（徐明走远，摘掉眼镜，回身冷笑）

（树林里，苌雨桥、石墩子回乡的队伍）

石墩子： 一路上也够辛苦的了。

苌雨桥： 是啊。

石墩子： 哎，你看，到了。

苌雨桥： 是啊，没多远了。回到家得好好歇几天。

石墩子： 是啊，对。

伙　计： 看，快到了。

（苌雨桥的家里，伙计们忙碌地收拾着。苦莲在房里对着镜子戴花）

苦　莲：（唱）温暖的太阳明亮亮的天，【切入，甜妹在家里试衣服的镜头】清爽的秋风笑门前，今天的大院风光无限，（苦莲走到院子里）久别的牛郎织女我们要团圆。

甜　妹：（走过来）哟，大嫂，你今天可真漂亮！

苦　莲：还说我呢，你不也一样花花绿绿的，像个刚过门的新娘。

甜　妹：那当然了，苌大哥难得回来一趟，我们家墩子也能跟着沾沾光。常言说得好，久别胜新婚。自然打扮得要像个新娘子了。（唱）难活不过人想人，见一次丈夫结一次婚，早也等来晚也等，就盼着春风吹进门。

苦　莲：哎，甜妹，时候不早了，我想他们也该到了吧？

甜　妹：哎，那咱们到门口去迎迎吧。

苦　莲：走。

（苦莲和甜妹及其他媳妇一起站在城门口等候）【远景】

甜　妹：哎哟，老天爷啊，他们总算是回来了。……是呀，太好了。走走，去迎迎。……哎呀，总算回来了。

苦　莲：雨桥。

石墩子：甜妹。

（苦莲与苌雨桥、甜妹与石墩子的深情对望）

【画外音】（民歌）哥哥你走西口，小妹妹我实在难留，手拉着哥哥的袖，送你送到大路门口。

甜　妹：（不好意思）哎哟，没见男人想男人，见了男人咋又没话了？

石墩子：甜妹！

甜　妹：住店的，你总算回来了！

（甜妹上前搂住石墩子，石墩子觉得不好意思）

石墩子：甜妹，你也不怕人笑话。

甜　妹：你总算回来了。

石墩子：甜妹，你这是干啥呢？

甜　妹：我不怕，我啥也不怕！

石墩子：甜妹，别这样……

甜　妹：我就不放！

石墩子：甜妹……放开，放开……

（苌雨桥走到苦莲身边）

苌雨桥：（笑）墩子，你跟甜妹先回家吧，我们这儿可没给你准备晚饭啊！

甜　妹：谁说的？为了迎接你们这些住店的，我跟大嫂已经忙了整整三天了，大嫂，对吧？你可不能见了男人就忘了姐妹啊！哈哈哈。

苦　莲：就你话多，快回家吧，回家吧。

甜　妹：对对对，回家。走，回家了。

（众人一同回家）

（苌雨桥家里）

苦　莲：（整理衣服）你看你呀，一走这么多年，真把人想死了！

苌雨桥：苦莲，这是……

苦　莲：年年盼夫归，年年做新衣。

苌雨桥：哎，苦莲，真对不起。

苦　莲：啥也别说了，只要你回来，就什么都有了。

苌雨桥：苦莲，悦儿呢？

苦　莲：这孩子整天吵吵着要跟爹爹去做生意，我打了他一顿，这会儿躲在房里不肯出来。

苌雨桥：哼，这孩子！就算要做买卖也要把书读好了。

苦　莲：不行，我跟你说，这些天不许你提做买卖的事，更不许你勾引儿子。

苌雨桥：好好，都听你的。

（甜妹与石墩子走进来）

甜　妹：大哥大嫂，哎哟，寿星老，把你的体己话留到晚上再说吧。大嫂，到了晚上你就把你攒了五六年的话都讲给他听！告诉他黄连是苦的，蜂蜜是甜的。

苌雨桥：你叫甜妹，那自然是蜂蜜了。

甜　妹：我就是蜜蜂，我啊，要狠狠地扎他！苌大哥，这次回来你可要多住些日子，好好陪陪大嫂。

苌雨桥：哎，你是想留我呀，还是想留墩子啊？

甜　妹：哎，一根藤上的两个大倭瓜，走不了你也跑不了他。

伙　计：（通报）大掌柜的、夫人，四方乡邻都来给您拜寿了。

苌雨桥：下去吧。过生日嘛，何必搅得四邻不安呢？

甜　妹：哎哟，大哥，这是好事啊。

石墩子：这是好事，咱们过去看看。

甜　妹：走吧。走啊，快走，大嫂。

（四人一同走出去）

【仰拍，鞭炮齐鸣】

【画外音】金盛魁李掌柜到！……里面请，请！

【仰拍，苌雨桥、石墩子在门口迎宾，宾客送的一块又一块牌匾抬过】

伙　计：县衙吴老爷到！

苌雨桥：请，请请请！

伙　计：乡绅马老太爷到。

石墩子：请请请，里面请！别客气，里面请。唉呀，你好你好！李老板！

伙　计：广胜元李掌柜到！

【全景，苌家庭院里宾客满堂】

宾客甲：商界清风，至诚至信。

苌雨桥：好好，哈哈哈，言重了，言重了，雨桥何德何能敢领此美誉啊？实在是不敢当啊，不敢当啊！

宾客乙：苌兄乃商界魁首，三晋英才，急公好义，当之无愧啊，哈哈哈。

苌雨桥：谢谢，大家快请坐，请坐啊。

【可以看到众人中伙计向石墩子通报了什么，切入金掌柜在门外张望的镜头】

宾客丙：【画外音】听说苌掌柜短短几年间就赚下如此家业真是了不起啊，啊！

（李老板前来拜寿，金掌柜连忙避过一边，石墩子从门中走出）

石墩子：哟，李老板，你好你好，请请请。

（李老板进门，伙计抬着牌匾跟进。石墩子走向金掌柜）

石墩子：哎呀，金掌柜，您这是……（金掌柜低头）哎，来了就进去么。快走。

金掌柜：（推辞）墩子兄弟，我……

石墩子：别客气，走走走。（大声）金掌柜到，里面请，请请请。快请，金掌柜，里面请，别客气了。

（石墩子把金掌柜拉进庭院，苌雨桥迎上来）

金掌柜：苌……唉……

苌雨桥：金掌柜为何这般模样？

金掌柜：唉，不瞒先生，我的买卖做赔了，全赔了。我听说苌先生还乡，本没脸见您，可是我还欠着您一万两银子呢，不能不有个交代啊。

苌雨桥：买卖有赔有赚，朋友有来有往，所欠的款项不必挂在心上，金掌柜，来，倒茶看座。

金掌柜：苌先生，我……（下跪）

苌雨桥：（连忙扶起）金掌柜，快请起吧。常言说："男儿膝下有黄金。"雨桥接受您这一拜，所欠的银两就算是还清了。

金掌柜：啊？你是说……

石墩子：哎，金掌柜，这还听不出来吗？我大哥说了，一万两银子不用还了！

金掌柜：谢谢，谢谢苌先生，谢谢。

吴知县：（走过来）磕一个头就一万两，果然是有大家风范大家气度啊。

苌雨桥：来，给大家敬酒！

石墩子：快，上酒上酒，快点。

伙　计：来了来了。

苌雨桥：（端起酒杯让酒）（唱）一副担子走西口，逐利天下意未休，同心同德同携手，万里商海竞风流。（伴唱）同心同德同携手，万里商海竞风流。【特写，牌匾"至诚至信"、"商界清风"】

苌雨桥：来，大家端起杯。

众　人：来，请请请。

伙　计：（通报）老爷，老爷！又来了个送礼的！

苌雨桥：又送的什么礼啊？

伙　计：是一块大匾，更加威风了。

石墩子：有请！

（伙计引着抬匾的人跨过一道又一道门，来到苌雨桥面前）

石墩子：接匾！

【特写，蒙着红布的匾。特写，苌雨桥解开红布，愣住】

苌雨桥：啊?!

【特写：牌匾“欺世盗名”】

伙　计：欺世盗名!

石墩子：（惊讶）啊!

众　人：（凑过来）这，这……怎么能这样呢，公然挑衅啊。“欺世盗名”，怎么这么写呢?

吴知县：大喜的日子，这是什么人在节外生枝?诋毁晋德裕的名声?

（苦莲和甜妹站在侧门边）

苌雨桥：墩子，接匾。

石墩子：接匾!

苌雨桥：来来，大家坐。（向伙计）送匾的朋友现在何处?

伙　计：就在外面。

石墩子：大哥，我去会会他。（向外走）

苌雨桥：回来!

石墩子：（不解地）大哥!

金掌柜：苌掌柜，恶意诋毁，伤害声誉，这可是商家之大忌啊。

众　人：送匾之人明明是公然挑衅呢!谁说不是呢!就是，这不是恶语中伤吗?

吴知县：中伤那就是犯罪，来呀!去把那个送匾之人给我抓起来!

衙　役：是!

苌雨桥：别急别急。吴兄，事情的真相还不清楚，贸然抓人，恐怕不妥吧!

吴知县：哎，苌掌柜是山西的骄傲，本县的光荣，这是人所共知的事情，这个还用查吗?

苌雨桥：依我之见，还是待之以礼，问清，问明，这样才好。墩子!

石墩子：大哥。

苌雨桥：传话，有请。

吴知县：请?

苌雨桥：请!

石墩子：有请送匾的朋友!

金掌柜：有请送匾的朋友!

【拉镜头，屋顶】

【画外音】有请送匾的朋友!

【镜头从脚步摇上，钟雪儿走过长廊，跟镜头】

钟雪儿：（唱）穿花庭，过甬道，众目之下更逍遥。【切入众人愤怒而期待的眼神】血海深仇今日报，送礼拜寿，再会仇人苌雨桥!

（钟雪儿走进庭院）

石墩子：（迎上）这位朋友，不知本号是怎么得罪了你，为何如此恶意伤人?

钟雪儿：本公子实话实说，难道有什么问题吗?

（苦莲、甜妹、苌悦都走过来）

石墩子：好，你说本号欺世盗名，有什么凭据吗？

钟雪儿：没点真凭实据，谁敢和红遍天下的苌雨桥过不去啊！

石墩子：嗯，好，说吧，你受了谁的指使？

钟雪儿：善有善报，恶有恶报，这是天道。

苌　悦：你！你这是什么意思！你凭什么糟蹋我爹，你凭什么侮辱晋德裕商号？

苌雨桥：悦儿，这儿没你的事！

苦　莲：（劝阻）悦儿！

苌　悦：（不忿）爹！

苌雨桥：退下！

苦　莲：走吧。（把苌悦拉到一边）

石墩子：大哥。

苌雨桥：（向钟雪儿拱手）我说这位朋友，我只是想知道，晋德裕以诚信为本，规规矩矩做生意，不知在何处失信失礼，还请朋友明示。

钟雪儿：当然可以。

吴知县：如果你说不出道理，那就是诽谤他人，论罪当罚！

钟雪儿：眼见为实，耳听为虚，还是让他自己看吧！（向门外）抬进来！

（伙计抬进一桶油）

石墩子：大哥，这油……

钟雪儿：苌掌柜，这桶胡麻油可是贵号的东西？

苌雨桥：这麻油正是本号销售，难道有什么问题吗？

钟雪儿：这桶油标明一等，实则掺假弄虚。

石墩子：你有什么凭据？

钟雪儿：哼，这哄得了百姓，恐怕哄不了你们自己吧？要不要当场验过？请各位前辈乡亲，做个见证，看看是谁在胡言乱语。

石墩子：你！

钟雪儿：苌掌柜，请吧。怎么，你不敢了，害怕了？

（苌雨桥沉着地上前验油）

苦　莲：雨桥，怎么样？（苌雨桥背手走到桌前）雨桥？

【以下苌雨桥与苦莲的对话中不时插入石墩子的面部特写】

苌雨桥：（沉重）油中的确有假。

苦　莲：真的有假？

苌雨桥：油价标明一等，却和三等油掺在了一起。

苦　莲：啊？那严重吗？

苌雨桥：这就如同酒中掺水，米中掺糠，虽然对人的身体不会有多大的伤害，却会极大地损坏商家的声誉啊！

石墩子：（激动）这不可能！这桶油是他们自己抬过来的，谁知道作假的是不是他们自己！

钟雪儿：哈哈哈，（向伙计）都抬进来吧，免得人家说我们故意诋毁苌大掌柜的声誉！

喜　子：（走进来）二掌柜！

石墩子：福子，喜子，你们怎么来了？

喜　子：二掌柜，早在半个月前，有位客官在店里订了十桶胡麻油，说是送朋友礼物，要我们亲自送来。

石墩子：半个月前？我和大掌柜刚刚离开。

喜　子：没错，他们交了油价的定金，特意嘱咐我们要保密，说是给朋友一个惊喜。

石墩子：大哥，这……

钟雪儿：苌掌柜，这油可是你们自己人送来的，要不要再验一次啊？

石墩子：你！

苌雨桥：抬油！

（伙计们抬油进来，一桶桶放下。一排油放在众人面前，苌雨桥叫伙计打开，一桶桶验过。众人期待地看着。苌雨桥验完，油勺脱手，神色凝重，忽然疾步走到“至诚至信”的牌匾前拉上红布，站立不稳。）

苦　莲：哎，雨桥！

苌　悦：爹，爹！

金掌柜：苌掌柜！

石墩子：大哥！

苦　莲：你没事吧？

【拉镜头，屋顶】

（庭院里只有苦莲一人，桌椅酒品如前）

苦　莲：（唱）冷雨吹打花果树，贺寿酒变成了毒药一壶，只说是亲人团圆月儿圆，转眼间大好的风光沾满了泥污。我知道夫君他心里有多苦，这一块黑匾，它是商家的催命符。

苌　悦：（走过来）娘，我爹还是不肯吃饭。

苦　莲：你去叫他了吗？

苌　悦：我的手敲门都敲肿了，可他一言不答，闭门不出。娘，我爹他不会是想不开吧？

苦　莲：你给我闭嘴！

（两人一起来到苌雨桥门前）

苌　悦：（敲门）爹，开门哪！爹！

苦　莲：雨桥，开门哪，快开门。

苌　悦：娘，怎么办？

苦　莲：悦儿，快去叫几个人来把门撞开。

苌　悦：不用，娘，我来。

（苌悦撞开门，苦莲看到苌雨桥闷坐）

苦　莲：悦儿，你先出去。

苌　悦：娘……

苦　莲：听话，去吧。

（苦莲走到苌雨桥身边，端过一杯茶）

苦　莲：你知道他是什么人，你也知道他为什么要这么做。他选了今天的日子目的就是要在众人面前丢你的脸，他和你到底有多大的仇恨，做得如此绝情？雨桥，你说，你说话啊！（唱）你是我的丈夫，我是你的妻，多少年人离心不离，是命运把我们绑在一起，妻愿意，与君分忧与君消愁，矢志不移。

苌雨桥：苦莲，你还记得钟一笑师傅吗？

苦　莲：你是说因为弄虚作假导致商号倒闭，最后上吊自杀的钟一笑师傅？

苌雨桥：她可能就是一笑师傅的女儿。

苦　莲：啊？

苌雨桥：在师傅家里见她的时候，她还是个小孩，三年前，她在沙城想杀我为父亲报仇，又是重孝遮面，我很难看清。可这次，我有种感觉，她终于还是找上门来了。

（钟一笑的墓前）

徐　明：唉，雪儿，我们下一步该怎么做？

钟雪儿：回去，回沙城。

徐　明：对，我们能好好欣赏欣赏苌雨桥如何收拾眼下的这个残局，看看他如何面对沙城的老百姓，雪儿，你这一招真好，他现在这样，活着比死了更难受！（雪儿冷笑着走开）哎，雪儿！雪儿！

（徐明和钟雪儿骑马离开墓地）

（苌雨桥的家里，时间接前一场）

苌雨桥：在沙城有许多人都认为是我害了钟一笑。

苦　莲：这不可能，我的丈夫不是个害人的人。

苌雨桥：唉，问题是，我确实办了一件我这辈子最后悔的事。

苦　莲：你？

苌雨桥：在一笑师傅最困难的时候，如果我……唉，如果我能多为他考虑一点，也许以后的事情就不会发生。可我……

苦　莲：雨桥。

苌雨桥：这已经不重要了，最重要的是，晋德裕的油为什么会掺假，到底是谁做了手脚？

苦　莲：（试探地）你是不是要走了？

苌雨桥：唉，苦莲，我对不起你，我本想在家多住几天的，可是……

苦　莲：唉。（起身欲走）

苌雨桥：苦莲！

（苦莲埋怨地回头看着苌雨桥，苌雨桥愧疚地低下头）

（石墩子的家里。他背着手来回踱步）

甜　妹：（生气）晃，晃，你晃什么晃呀！啊？不就是几桶破油吗，又不会吃死人，你至于吗？

石墩子：你懂个屁！

甜　妹：（激动）啊？哼，我不懂，我什么都不懂，我是个女人，女人能懂什么！每天守在这个坟墓一样的大院里，过着比死人多口气的日子，盼丈夫盼不回来，好不容易盼回来了，又是这样一个结果！（石墩子欲走）你去哪儿啊？

石墩子： 我回沙城。

甜　妹： 刚回来就走。

石墩子： 你以为我愿意这样？

甜　妹： 我不让你走！

（苌雨桥的家，苦莲在收拾衣物）

苌雨桥：（走进来）苦莲。

苦　莲： 你这就是要走了吗？

苌雨桥： 我，我想……

苦　莲： 想走就走吧，心都飞了，留个空壳还有什么用？

苌雨桥： 苦莲……

苦　莲： 我让他们给你备马。（向外走）

苌雨桥： 苦莲！

（苦莲停下来，缓缓地转回身）

苦　莲： 你为啥要回来？你为啥要回来呀？你为啥要回来！为啥！为啥！（捶打苌雨桥，又抱住他）（唱）中秋明月留不住你，团圆之夜道别离，紧抱着男人撒撒气，你还是不是丈夫，我还是不是妻？

苌雨桥： 苦莲，我对不起你。（唱）弄虚作假是商家大忌，一桶掺假油危及到整个大局，我不能闻而不问，视而不理，天下事都有个轻重缓急。

苦　莲：（唱）你说过多少对不起，听出了老茧磨厚了皮，难怪古人留词语，商人重利轻别离。

苌雨桥： 苦莲，你听我说，（唱）商人也有情和义，谁不愿乐享人伦伴儿妻，怕的是假油事件风波涌，摧折晋德裕锦绣大旗。

苦　莲：（唱）自己给自己找慰藉，自己给自己找阶梯，明知道留你也留不住你。

苌雨桥： 苦莲。

苦　莲： 你走吧。

苌雨桥：（唱）深施一礼把步移。

苦　莲： 雨桥！（唱）塞外秋风如刀利，多带几件御寒衣。山高路远念暖饱，商海苦旅莫挂妻。

苌雨桥： 苦莲。

苦　莲： 雨桥！（抱住苌雨桥）

【夜晚。空镜头，庭院；特写，圆月】

（苌悦身背包裹在门口徘徊，苌雨桥背着包袱与苦莲从里面走出来）

苦　莲： 唉，悦儿！

苌雨桥： 悦儿！

苌　悦： 娘，爹。

苌雨桥： 你，你这是？

苌　悦： 爹，我要和你一起走。

苌雨桥：胡闹，快回去！

苌　悦：娘，爹的商号出了这么大的事，他心里一定不好受，儿子跟在他身边早晚也有个照应，娘你就让我去吧。

苌雨桥：不行！

苌　悦：娘！

苦　莲：雨桥，悦儿也长大了，就让他跟你出去闯闯吧。

苌雨桥：唉。

苦　莲：雨桥，我还有件事要求你。

苌雨桥：你说。

苦　莲：你能不能让墩子晚走两天？甜妹还年轻，到现在还没个孩子。

苌雨桥：苦莲哪，我都想过了，我和喜子、福子他们悄悄走，不会惊动墩子，就让他在家多住几天吧。（三人一起向外走）

（石墩子的家里。甜妹用力关上门，反身倚在门上。）

甜　妹：不，我不让你走。

石墩子：（走过来）闪开。

甜　妹：不！

石墩子：（拽甜妹）你给我闪开！

甜　妹：（哭着）我偏不，有本事你就杀了我，（逼近石墩子）是你的破油重要还是我这个大活人重要啊？

石墩子：（语气缓和）甜妹，我求你了！我得回去，我必须得回去。

甜　妹：你！

石墩子：我回去的事，先不要告诉大哥，让他在家里多待两天。

（石墩子拉门要走，甜妹一把抱住他的腿）

甜　妹：不，我不让你走，我就是不让你走！

石墩子：你松手。

甜　妹：我不想让你走！

石墩子：你给我松手！

（石墩子推不开甜妹，举掌欲打，手悬在空中，甜妹抬头惊讶又执拗地看着他，他缓缓放下手，搂住甜妹。）

石墩子：甜妹！我必须得走，必须得走，我必须得走！

甜　妹：（一把推开墩子）你走，你现在就走。（拉开门）

石墩子：甜妹！

甜　妹：你现在就走，走了就永远别回来！（把墩子推出去，立刻关上门。）我现在就去找男人！

石墩子：（被推出门）甜妹！

甜　妹：养汉子！

石墩子：（敲门）甜妹！甜妹！

（甜妹吹灭油灯，趴在桌上痛哭。墩子对着门鞠了一躬，离开）

（城门外，苌雨桥和墩子各牵着马，相对无言）

（苌雨桥、墩子、苌悦、福子和喜子策马启程。苦莲从城门洞里走出，看着他们远去）

（甜妹一路跑过来，但墩子他们已经走远）

甜　妹：大嫂，你为什么不拦着他们？为什么呀！（向远方）墩子！

（甜妹奔向土丘，跌倒，哭得捶胸顿足。苦莲也默默地站到土丘上。苌雨桥等人越来越远）

【画外音】（民歌）哥哥你走西口，妹妹我实在难留，此一去，此一去要走多少个时候？盼你也要，盼你也要白了头！

【摇镜头，朝阳；画外音，鸡鸣】

（徐富贵、徐明的家里）

【摇镜头，从放下筷子的手到钟雪儿凝重的表情】

钟雪儿：（唱）惊天动地一局棋，过河的卒子吞了车，隔山炮打在心窝上，多年的老马失了蹄。掺假油做文章风波四起，伪君子事实面前剥去了画皮！偿夙愿本应该欢欢喜喜，为什么我心中反觉得乱糟糟破碎支离？平添了几分烦恼几分忧郁，平添了几分惆怅几分苦凄。说不清来道不明，怎样的感觉压在心底？找不到想象中胜利者的威仪。

【钟雪儿中景，一双手拿着镯子举到钟雪儿面前】

徐　明：给！

钟雪儿：啊，明哥！

徐　明：买给你的，真正的缅玉。

钟雪儿：你干吗送我这么贵重的东西？

徐　明：我……（不知如何开口）啊，对了，是为了庆祝我们的胜利！

钟雪儿：我不要。

徐　明：（失望）你，你不喜欢？

钟雪儿：我……

徐　明：雪儿，我们初战告捷，迈出了复仇的第一步，实在是可贺可喜，我已在沙城最好的云中饭店订了最好的席位，让我们欢庆举杯共庆胜利！

钟雪儿：苌雨桥有消息吗？

徐　明：（得意）他正在赶往沙城准备收拾残局。你放心吧，栽了这么大的跟头，他就再也没有还手之力了，你可以静心地等待，等待晋德裕的覆灭，（狠狠地握起拳头）等待苌雨桥如何上吊自杀！（见雪儿面露愠色）啊，对不起，我……

钟雪儿：（见徐富贵进来）徐伯。

徐　明：爹。

徐富贵：雪儿。

徐　明：爹，你怎么了？

徐富贵：（向钟雪儿质问）你们不是说去沙俄进毛皮吗？为什么回了山西？

徐　明：爹，我们……

徐富贵：你闭嘴！雪儿，你说。

钟雪儿：我，我们回山西是为了给爹娘上坟，顺便……

徐　明：顺便给苌雨桥一个迎头痛击！

徐富贵：你想没想过事情的后果？

徐　明：苌雨桥害死了大掌柜，应该得到这样一个结局。

徐富贵：明儿，你出去。

徐　明：爹！

徐富贵：（生气地）出去！（徐明不服气地走出）

（苌雨桥一行策马回到沙城）

（晋德裕门前，余夫子同众伙计出门迎接）

余夫子：大掌柜，你回来了！

苌雨桥：回来了。

余夫子：我们都等着你呢。

【镜头从晋德裕中门上的“仁者寿”摇下，苌雨桥与余夫子边走边说，其他人跟在后面】

苌雨桥：查了？

余夫子：查了。

苌雨桥：所有的？

余夫子：所有的，十万两白银的胡麻油被出售了一半。

苌雨桥：谁做了手脚？

余夫子：现在还……

苌雨桥：查，一定要查出来！【渐隐】

第四集

苌雨桥：墩子，墩子。

石墩子：大哥。

苌雨桥：立刻通知所有分号的掌柜，速到总号议事，不得延误。各分号的生意暂时由二掌柜负责，快去！

石墩子：哎。

苌　悦：（跑上前）爹，爹，我能帮你做些什么吗？

苌雨桥：福子。

福　子：哎，大掌柜。

苌雨桥：苌悦由你管理，从现在起，他就是你那个店铺的伙计。

福　子：啊？大掌柜，让公子做伙计？

苌　悦：爹，我好赖也算是个读书人，应该帮你打理打理生意啊。

苌雨桥：哎，商场不是官场，不能世袭，要想在这儿干，必须从伙计做起，要是后悔还来得及。（自顾自继续向前走）

苌　悦：爹！

福　子：大掌柜！

喜　子：少公子，我看你还是回去吧，伙计这个差事实在太不容易了。

苌　悦：我既然出来了，就绝不会回去。

喜　子：少公子。

苌　悦：从现在起，不许叫我公子，我有自己的名字。（扭头走出）

喜　子：（对福子）行，有骨气，有骨气。

福　子：你懂什么呀你！

（徐明、徐富贵的家里。时间紧接上一场。）

徐富贵：雪儿，你娘临终前，把你托付给了老汉，我就要像爱护亲闺女一样爱护你。从前的恩恩怨怨，是是非非，我都不想管，我只想让你平平安安地过日子。我再不希望你出任何事了。

钟雪儿：现在出事的不是我，是苌雨桥。

徐富贵：可你这样苦苦相逼，他能不出手还击吗？狗急了跳墙，人急了上房。如果他破罐子破摔，再害你一次，老钟家可要……

徐　明：谁敢动雪儿一指头我就和他拼了！

徐富贵：明儿，你要再敢带着雪儿出去惹事生非，我，我打断你的腿！

徐　明：爹，钟掌柜是咱们徐家的恩人啊！他被人害了，难道我们能看着不管吗？

徐富贵：你，你是不是想害死雪儿啊？

徐　明：爹！

钟雪儿：你们别争了，我知道我自己在做什么，也随时准备着苌雨桥来报复，是生是死是福是祸，我都奉陪到底！

（晋德裕商号里，各分号掌柜聚集一堂，议论纷纷）

石墩子：啊，大掌柜来了。

众　人：（起身抱拳）大掌柜！

石墩子：大哥！

苌雨桥：（手拿布包走进来）坐吧坐吧，都坐吧。（把布包放在桌子上，向石墩子）都到齐了吗？

石墩子：大哥，青城分号的掌柜刘满堂去了库仑，一时赶不回来。

苌雨桥：啊，好，大老远的把大家请回来，为了啥，你们的心里都清楚，今天，我不想谈假油的事，只想让大家看一样东西。（打开布包）【切入众人疑惑的眼神】

【特写，一团麻绳】

苌雨桥：（语气沉重）【以下不时切入听者的神情，众人点头称是，石墩子似有隐衷】你们知道这是什么东西吗？这不是一条普通的绳子，这是忠义商号大掌柜钟一笑师傅上吊用的绳子。我在一笑师傅的后堂里见到了它，我把它捡回来，保存到了今天。这几年，我常常把它请出来，认真地看，认真地想，它是忠义商号倒闭的见证啊！也是，也是一笑师傅给我们留下的最后的遗言。（唱）一条绳，结束了一条生命；一条绳，留下了一份叮咛；一条绳，讲述了一个故事；一条绳，念出了一本老经。西口是什么？是与那风雪草原戈壁大漠争夺命运；商人是什么？是与那东西南北男女老少交流感情。走的是一条路，处的是万人心。一盆脏水，可以使我们不再干净；一片乌云，可以遮掩日月的光明。一个小小的失误，可以铸成终生的悔恨；一个无意的差错，可以使我们失去百万两金银。黑匾高悬在头顶，是是非非已分明，此事若不为警训，到头来兄弟们有何脸面再做人？

掌柜甲： 大掌柜，我们该怎么办，您说吧。

众　人： 对，就是呀，您说吧。

苌雨桥： 兄弟们，兄弟们！（唱）千两金万两银，换不回百姓的一颗心。参天大树平地起，关键要守住咱的根。

众　人： 大掌柜，您说吧，我们都听您的。

苌雨桥： 好，余先生。

余夫子：（起身）大掌柜。

苌雨桥： 速将假油之事查问清楚，不得有误。

余夫子： 知道了。

苌雨桥： 诸位兄弟！

众　人： 大掌柜！

苌雨桥： 凡是买过掺假胡麻油的店铺，都要在最短的时间内把油收回来，就是出高价也要把它收回。已经用了的，也要双倍赔偿。

石墩子： 大哥，这油中虽然掺了假，但也不过是一等油和三等油之分，又不会伤了人命，咱们是不是有点小题大做了？

苌雨桥： 你的意思是？

石墩子： 依我看，补齐两等有的差价不就行了么？

苌雨桥： 余先生，您看呢？

余夫子： 千里大堤毁于蚁穴。依我之见，当务之急是要治本，不能单凭侥幸，避重就轻。

苌雨桥： 好，就按余先生说的办。

（徐富贵的家）

钟雪儿：（惊讶地问徐明）你说什么？收油？

徐　明： 是呀，苌雨桥正带着人千家万户收油赔款，听说各分号和店铺也都照章执行。

徐富贵： 好一个聪明的苌雨桥啊！唉，我说你们斗不过他吧。

徐　明： 爹，你怎么长仇人志气，灭自己威风？

徐富贵： 志气也好，威风也罢，是长是灭都要靠自己！

（街道上。苌雨桥扛着收油的招牌吆喝着走过，喜子跟在身后牵着拉油的马车）

苌雨桥： 收油，收油了！收油！收掺假油，赔双倍款。收油，收油啊！赔双倍款，收掺假油。

【镜头推近，钟雪儿女扮男装站在路边，望着苌雨桥走过】

（苌雨桥继续吆喝着。十八姑从路旁跑过来，夺过他肩上的牌子）

十八姑： 哎呀呀，来来来，来吧。

苌雨桥： 十八姑，您这是干什么？您老人家这么大年纪了，快回去吧。

十八姑： 哎哟，你是晋德裕的大掌柜，是跺脚动地的人物，怎么能干这种招人现眼的事，就算要做，也该由我老婆子做。

苌雨桥：哎，话不能这么说，谁捅的漏子，就该谁来补漏。

十八姑：哎哟，（向喜子）走！（扛着招牌大步向前）收油，收油了！【推镜头，苌雨桥感念的神情】

（夜晚，晋德裕的庭院里。余夫子在苌雨桥屋前踱步，欲进又止）

余夫子：（唱）两篇文章一本书，聪明人为何犯糊涂？真相查明更把心堵，如鲠在喉我难吐出。（决定进去）

十八姑：（走过来）哎，夫子！夫子，过来。

余夫子：十八姑，您老有什么事吗？

十八姑：（把余夫子拉过一边）夫子，你得好好劝劝大掌柜，他成天东奔西走，忙着收油，茶不喝半口，饭也不吃一口，这样下去身子骨哪能受得了啊！

余夫子：祸起萧墙，谁也难受。他这是才下眉头又上心头啊！

十八姑：哎哟，别和老婆子拽腔捏调，文文绉绉，快告诉我，那个送黑匾的家伙是什么东西？难道长着三头六臂？

余夫子：你要干什么？

十八姑：哼，我老婆子就算豁出这条老命，也要和他算这个账！

余夫子：哎呀，十八姑。

十八姑：哎，别叫我十八姑，从现在起，我就是十八大侠了！

余夫子：大侠，大侠！

十八姑：我告诉你，大掌柜是我的救命恩人。

余夫子：我知道。

十八姑：常言说，“养兵千日用兵一时”，在这个时候，我不替他出头，谁替他出头？

余夫子：十八姑，噢不，十八大侠，事情不像你想象的那么简单，您老就不要再插科打诨火上浇油了。

十八姑：别和我提油字，我心烦！（石墩子从门外走进院来，十八姑拉住他）哎，二掌柜，二掌柜！二掌柜，你说咱们啥时候开始报仇？

石墩子：报仇？报什么仇？

十八姑：哎，先找那个掺假的笨蛋，再去会会那个送匾捣乱的祸首，联手出击，杀鸡儆猴。

（石墩子不理会她，径自走到苌雨桥门前，要敲门又犹豫）

【画外音】

余夫子：十八姑，你说够了没有！快走快走！

十八姑：哎哟，十八大侠！

余夫子：好好好，大侠，大侠！

十八姑：（被余夫子推走）哎，二掌柜，二掌柜，养兵千日，用兵一时，有事可别忘了我老婆子！

（石墩子没有敲门，转身走了出去。余夫子看着他的背影。苌雨桥打开门从屋里走出来）

苌雨桥：余先生。

余夫子：哦，大掌柜。

苌雨桥：余先生，你看什么呢？
余夫子：（掩饰）哦，这天气不错。
苌雨桥：哎，余先生，掺假油的事是否查清楚？
余夫子：还没有。
苌雨桥：哦。
余夫子：哎，大掌柜，您是不是要出去啊？
苌雨桥：哦，我出去办点事。（走出）
【特写，手敲门环】
（徐富贵打开门，竟是苌雨桥站在门外）
徐富贵：苌……苌掌柜，您有事吗？
苌雨桥：徐大叔，您曾经在店铺中买过我们的胡麻油对吧？
徐富贵：（以为苌雨桥来追究）哎。一人做事一人当，油是我买的，也是我看出其中有假。苌掌柜，想找麻烦就找老汉我好了，不关雪儿小姐的事。
苌雨桥：徐大叔，您误会了，我是特意来退还你们的油款的。
徐富贵：退还油款？
（钟雪儿拿起请帖，桌上放着苌雨桥来退的油款）
钟雪儿：苌雨桥亲自下帖子，请我过去。
徐　明：不行，肯定是“鸿门宴”！
徐富贵：我看他并没有要做恶的意思，他还口口声声称雪儿是他师妹。
徐　明：他已经知道雪儿是钟家的人，我想他肯定不会放过我们。
徐富贵：也好，雪儿，我的意思是，我们宁可信其有，不可信其无。我看我们还是离开沙城暂避一时，免得横生什么枝节。
钟雪儿：我为什么要走？
徐富贵：你们不要再斗下去了。
钟雪儿：他既然敢于叫板，我钟雪儿绝不会善罢甘休！
徐富贵：哎呀，雪儿，老汉我求你了。（唱）钟家对我有大恩，知恩不报妄为人。你与明儿他乡走，留老汉在家守大门。有啥灾祸我来顶，钟家就剩你一条根。
钟雪儿：不，我哪儿也不去，看他苌雨桥能把我怎么样！
【俯拍，石墩子在院子里徘徊】
【摇镜头，从“欺世盗名”的牌匾摇下，苌雨桥抬头看着牌匾】
（石墩子终于下定决心推门进来）
石墩子：大哥！
苌雨桥：墩子，来了？
石墩子：来了。
苌雨桥：坐吧。
石墩子：大哥，我……
苌雨桥：墩子，咱兄弟俩有些日子没有单独在一起喝酒了吧？这是你嫂子从家乡捎来的老白酒。哎，今天咱们哥儿俩好好地喝上几盅。来，坐吧。（石墩子坐到苌雨桥旁边）墩子，你跟着哥哥快二十年了吧？走草原过沙漠，出生入死，洒血流汗，不容易啊。来，让哥哥敬你一杯。

石墩子：大哥！

苌雨桥：（唱）浓浓的老酒，浓浓的香，浓浓的情意杯中装，大哥我将杯盏双手捧上。

石墩子：（心事重重）（接过酒）（唱）杯中酒，酒中言怕品怕尝。看起来大哥他已知真相，我的心就如同冬雪秋霜。

苌雨桥：（唱）慢慢品，慢慢尝。

苌雨桥：（合）慢慢思量。千滋百味，百味千滋，涌在心房。

石墩子：（合）慢慢思量。千滋百味，百味千滋，涌在心房。

石墩子：（唱）黑牌匾压的人头晕脑胀。

苌雨桥：（唱）细麻绳缠的人断了肝肠。

石墩子：大哥！

苌雨桥：兄弟，喝酒！

石墩子：大哥，你听我解释，你听我解释，大哥……

【闪回，沙漠里，刘满堂的商队在行进】

刘满堂：（边喝酒边唱，已然醉了）哥哥走西口，小妹妹实在难留……

伙　计：我看这天气不大对劲，掌柜的，你看，这天气不对劲啊。

刘满堂：（醉态）啊，不对劲？哪儿不对劲啊，啊？有啥不对劲的，啊？有啥不对劲的，啊？

伙　计：（拉着刘满堂）掌柜的，我们不能再往前走了。不能再往前走了，得找个地方躲躲。你看，这沙暴要来了。

刘满堂：（自负地笑着）你，你喝醉了！这种天气有什么沙暴啊？我跟你说啊，我刘满堂，我在这条路上走的脚印比他们小白脸多一辈子还多、多！什么沙暴啊？去他的！没有，没有！

伙　计：哎呀，掌柜的，刘掌柜你……

刘满堂：（口齿不清）我跟你说，我媳妇，我媳妇她跟人跑了，我跟你说，她还跟人家一起生了个孩子呢，知不知道啊？我不在乎！

伙　计：哎呀，掌柜的。

刘满堂：（放声大吼，醉态百出）哥哥你走西口，（众伙计也跟着唱）小妹妹我实在难留，手拉着哥哥的手，送你送到大门口……

伙　计：别唱了，别唱了，大风沙来了！

【画面回到苌雨桥的屋里】

石墩子：就这样，他们运送的货物全部被沙暴卷走，损失的白银不下五万两，分号掌柜刘满堂知道自己贪杯误事，难辞其咎，他拿了把快刀要砍自己的头。

【闪回】

（风暴已经过去。货物不知所终。刘满堂绝望地看着荒凉的沙漠，一声大吼，拔刀就要自尽）

伙　计：（连忙夺刀）掌柜的，掌柜的！

（众人都跑过来阻拦刘满堂）

刘满堂：（痛苦地大吼）货丢了，我怎么见大掌柜！放开我，谁不放开我杀了谁！

伙　计：你不能这样啊，掌柜的！

刘满堂：（挣扎着）放开我，放开我！我怎么去见大掌柜呀！

伙　计：掌柜的，你不能这样啊！

刘满堂：我怎么见大哥呀！（痛哭）

【画面回到苌雨桥的屋里】

石墩子：唉，大哥，满堂是我们的兄弟，他跟着咱们干了十几年了，他媳妇跑了，家里还有七十岁的老母，还有个五岁的孩子，我不忍心看着他用自己的生命来赎罪，为了他，也为了减少商号的损失，大哥，我只好瞒着您把三等油掺在一等油里出售。【特写，苌雨桥端着酒碗的手不停颤抖，一言不发】大哥，这就是事情的全部来由。大哥！（唱）一家一本难念的经，满堂他已经伤透了心，倘若是抽刀断性命，西口路上又多了一堆白骨，一曲悲情。大哥啊，我也知道弄虚作假商家大忌，（苌雨桥叹气）我也知瞒天过海罪过不轻，我也曾对天地扪心自问，我也曾懊恼万分，把肝肠悔青。大哥，我知道错了。可我也是……唉。

（晋德裕商号外，喜子和伙计打扮的苌悦走出来，碰到女扮男装的钟雪儿上门）

喜　子：啊，是你！

苌　悦：你来干什么？

钟雪儿：（不卑不亢）我是来见你们大掌柜的。

苌　悦：你走，我们晋德裕不欢迎你！

钟雪儿：我要见你们大掌柜！

喜　子：你走不走！你再不走我们对你不客气了，走啊！

余夫子：（走过来，指责喜子和苌悦）喜子，对待客人要礼貌，这点起码的常识你们都不懂吗？（对钟雪儿）请吧。

钟雪儿：（不屑地向苌悦看了一眼）哼！（跟着余夫子走进晋德裕）

（苌悦欲上前理论，喜子拉住他）

喜　子：哎，走吧，走。

（余夫子来向苌雨桥通报）

余夫子：大掌柜，雪儿来了。

苌雨桥：噢，有请。

钟雪儿：（昂首阔步跨过一道道门）（唱）曾几何时名扬四海的大字号，转眼间苟延残喘风雨飘摇，善恶自古终有报，苌雨桥头悬一把刀。坦坦荡荡踏进这深深的甬道，且看他怎把救命的稻草捞！

（钟雪儿走进来）【特写，“欺世盗名”牌匾】

石墩子：哎，你来干什么！

余夫子：二掌柜，她是客人。

石墩子：来了也好，怨有头债有主，天塌下来有我石墩子一个人顶着，说吧，你想怎么样？

钟雪儿：哼，这话应该问他才是。（把苌雨桥送去的银两扔在桌上，对苌雨桥）我想知道你这是什么意思。是挑衅宣战，还是求和讨好，把大事化小，小事化了。

石墩子：你小看了晋德裕，也小看了苌雨桥。

钟雪儿：我很想大看贵号，可惜你们再也大不了了。

苌雨桥：（和气地）师妹请坐吧。

钟雪儿：住嘴，谁是你的师妹？

石墩子：师妹？大哥，她是师傅的……

苌雨桥：她就是钟雪儿，几年来我们苦苦寻找的师傅的遗孤。

石墩子：雪儿？

苌雨桥：正是。

钟雪儿：知道了又怎么样？我就是钟一笑的女儿，（眼中含泪）就是要为父亲讨回一个公道，我爹是被晋德裕害死的，罪魁祸首就是你苌雨桥！

余夫子：雪儿，这不是事实。

钟雪儿：你怎么知道？

余夫子：姑娘那时候不在商号，有些事情可能不太清楚，忠义商号倒闭的时候，我还是那里的账房先生，与你爹有八拜之交。

钟雪儿：你不配做我爹的兄弟！

余夫子：这……

钟雪儿：我当年怎么就没看出你这吃里爬外的人！

余夫子：雪儿姑娘，你！

钟雪儿：我早就听说你整天高喊以儒治商，商儒同道。

余夫子：天有天道，商有商道。

钟雪儿：（质问）可你背信弃义，伙同苌雨桥害死我爹，吞并了忠义商号，你还有什么脸面大谈儒道！（唱）蛇蝎心肠笑面虎，枉读千本圣贤书，人前谈笑似鸿儒，人后凶狠如屠夫。我爹将你当朋友，我爹视你如手足，你却抽刀断他人生路，助纣为虐心狠毒！

苌雨桥：师妹，师妹，你不要怪余先生，忠义商号倒闭，你爹自杀身亡的事与他无关，要怪就怪我吧。

石墩子：大哥！

钟雪儿：这我当然很清楚，他只是一条吃里爬外的恶狗，哼！

余夫子：唉……

钟雪儿：你才是真正的幕后黑手！

石墩子：师妹，师傅他自己做塌了生意，他寻死上吊，这与晋德裕没有关系啊！

余夫子：是啊，江湖中以讹传讹，姑娘最好还是查清问明才是。

苌雨桥：夫子，圣人不是说过，四海之内皆兄弟吗？可是在他最困难的时候，我苌雨桥没有帮他一把，我不杀伯仁，伯仁因我而死啊！（唱）师傅他待我们情同手足，十多年西口路亦帮亦扶，曾发誓师徒们同船共渡，商场中拼出个大道通途！【闪回，钟一笑和苌雨桥举杯共饮】五年前一场商战天翻地覆，师徒们竞争得如火如荼，【闪回，钟一笑错买青苗，商号倒闭后向苌雨桥借银】师傅他买青苗一招失误，走险棋销次品满盘皆输，无奈何他向我请求赞助，（白）我当时如果拉他一把，（唱）我借口搪塞将他推出，逼得他上下无门走了绝路。【闪回，钟一笑走出晋德裕，口吐鲜血】一条绳，断了人生旅途。【闪回，钟一笑自杀】

余夫子：（继续向钟雪儿解释）（唱）他拿着商家信誉作赌注，不择手段争赢输，砖墙倒了用泥补，蒙行欺世挽败途。我苦口婆心将他劝，他左耳进去右耳出，心高只嫌良药苦，千古恨在一失足。

苌雨桥：（十分内疚）如果我当时帮他一把，他、他就不会做出这种傻事！（唱）三年来一块巨石压在心底，不尽的内疚我不敢说出，仰天长叹泪如注，一片真情悔当初。

钟雪儿：（不相信）哼！

石墩子：唉，大哥当时让我去筹集资金……

【闪回，晋德裕里，钟一笑离开之后】

苌雨桥：墩子！

石墩子：大哥。

苌雨桥：你赶快去设法筹集十万两银子，两天之内一定要送到师傅手里。

【画面回到当前】

石墩子：可钱还没筹齐，师傅他就……

钟雪儿：反正人已经不在了，你们想怎么说就怎么说吧。

余夫子：我们说的都是真话，不信你可以去问问徐明。

钟雪儿：徐明？

余夫子：事情的前因后果他都一清二楚。

钟雪儿：这不可能，这不可能！

余夫子：雪儿姑娘……

钟雪儿：（激动）你闭嘴！（唱）休将那泪水当成遮羞布，揣着聪明装糊涂。晋德裕走到今天这一步，全靠着美丽的画皮当作护身符！

石墩子：（唱）你不要恶言恶语将人辱！

钟雪儿：（唱）铁证如山你想不服？

余夫子：（唱）人非圣贤难免走错路，知错能改亦坦途。

钟雪儿：（唱）你口口声声论商儒，原来是两篇文章两本书。

石墩子：（唱）晋德裕仁至义尽退万步，你还想得寸进尺把根除！

钟雪儿：（唱）钟雪儿蝼蚁偏要撼大树，一决高下定赢输！

石墩子：你！

苌雨桥：墩子！师妹。

钟雪儿：哼！

苌雨桥：（唱）水可载舟亦可覆舟，商家靠诚信写春秋，不指望世人来宽宥，洗心革面待重头。师妹。

钟雪儿：哼！以后不许你叫我师妹！（走出门去）

（钟雪儿走出商号，徐明和徐富贵迎上来。）

徐　明：雪儿，出什么事了？他们是不是绑架了你？我们要不要去报官啊？雪儿。

钟雪儿：你给我句真话，忠义商号到底是怎么倒闭的？（追问）买青苗、卖假货你知不知道？

徐　明：我不是说过吗，是苌雨桥为了竞争他不择手段，他是故意……

钟雪儿：（生气地走到一边）我要听你跟我说真话！

徐　明：（跟过来）雪儿，你到底怎么了？他们是不是跟你说了什么？你不能相信他们的话，他们是在骗你！他们是挑拨咱俩的关系。

钟雪儿：（怀疑）他们从头到尾都没有提过你的名字，你怎么知道他们是在挑拨咱们俩的关系呢？（扭头就走）

徐　明：我……

【俯拍，晋德裕商号的庭院】

（商号里）

石墩子：大哥，你准备怎么办？

苌雨桥：你说呢？

石墩子：刚才您给我倒酒的时候我就已经知道了，你是不是要把我赶出商号？

苌雨桥：兄弟，你听我解释。

石墩子：当然，你是东家有权决断，可你想过没有，我刚成亲的第三天就把甜妹撇下，跟着你走西口，到现在已经整整二十年了。

苌雨桥：商号的财产有你一份，东西随便拿，伙计随便挑。

石墩子：我什么都不要，我要重新挽回晋德裕的声誉。

苌雨桥：（叹息）晚了……

石墩子：（动情地走近苌雨桥）不，大哥！你不能赶我走啊！祸是我惹的，不能让你一个人承担啊！

苌雨桥：（向门外）十八姑。

十八姑：（走进来）大掌柜。

苌雨桥：再去拿一坛酒来，要最好的。

十八姑：知道了，好酒一坛。

苌雨桥：大哥，你真的要让我走？

十八姑：（抱着酒走进来）大掌柜，酒来了。

苌雨桥：（开坛倒酒）兄弟，让哥哥再敬你一杯，咱们……（含泪）咱们谁也不能不喝。

石墩子：大哥，你不能赶我走啊！

苌雨桥：你要是男人，就把酒端起来！

石墩子：（在苌雨桥面前跪下）大哥！

（苌雨桥看着石墩子，摇了摇头，含泪端起酒碗）

【仰拍，苌雨桥看着酒碗，泪水滚落，终于还是仰头喝下】

【特写，酒从石墩子面前洒落，他绝望地闭上眼睛，泪水涌出】

第五集

【推镜头，一弯残月】

（徐富贵的家里，徐明推门进屋，徐富贵跟在后面追问）

徐富贵：哎呀，你快说这到底怎么回事，（徐明不说话）你说话呀，哑巴啦？
徐　明：您别管我，好不好啊！
徐富贵：我是你爹！
徐　明：我……（不愿说实话）哎呀。（起身喝水）
徐富贵：兔崽子，你不是说苌雨桥和大掌柜竞争，他怕忠义压倒自己，故意做了手脚，毁了十万两白银的货物吗？你说啊！
徐　明：爹，你到底要我怎么样啊！
徐富贵：我让你去找雪儿把事情说清楚，买青苗赔钱究竟是咋回事！
徐　明：（不耐烦）爹，你为什么要相信他们的话，不相信自己的儿子呢！
徐富贵：你如果还是我徐富贵的儿子，就必须把事情的真相说清楚！
徐　明：（听到“真相”两个字，愣住了）真相……真相……
【闪回，忠义商号里】
（钟一笑生气地踱来踱去，徐明垂头站在一旁）
钟一笑：你这浑小子！在商道上也不算是生手了，怎么就……唉！我真是信错了你！
徐　明：大掌柜，是您说的，商场如战场，谁先抢得商机谁就可以争取主动嘛。
钟一笑：唉！……
徐　明：我是想通过买青苗赚回咱们的本钱，可谁知老天爷他……
钟一笑：这大几万两的白银就这么一声不响的完了，你让我怎么向大家伙儿交代呀！
【画面回到徐富贵的家里】
徐　明：就这样，大掌柜为了挽回损失，只好拿出残存的次品来，想暂时……唉，可谁知，事情败露，名声遭损，股东撤股，民怨沸腾，弄得商行倒闭身败名裂悬梁自尽的下场……
徐富贵：（痛心疾首）你为什么要骗我？为什么要骗雪儿？
徐　明：爹，这事不能全怪我！更不能怪大掌柜的，他苌雨桥不仅抢了咱们在库仑的市场，而且还抢了掌柜的山西商会主事的位子！处理忠义商号的事他一点也不留情面。【切入钟雪儿在院子里的画面】钟掌柜是他给气死的，他才是真正的罪魁祸首！
（徐富贵愤怒地扇了徐明一巴掌）
（钟雪儿一直在院子里走来走去，徐富贵拿了一件衣服来给她披上）
徐富贵：雪儿。
钟雪儿：徐伯，刚才你不该打明哥。
徐富贵：唉，这种败家子啊，打是轻的！唉，我老汉不争气养了这么个不孝之子，我对不起钟家，我对不起大掌柜呀！
钟雪儿：（阻拦）徐伯！（敲门声）
徐富贵：我去看看。
（徐富贵打开大门，看到石墩子站在门外）
徐富贵：石掌柜，有事吗？
石墩子：（指着钟雪儿）我找她。
徐富贵：有什么事，进屋说吧。

石墩子：（走到院子里）我就几句话，说完就走！

钟雪儿：不知二掌柜有何指教？

石墩子：在胡麻油中掺假的事是我石墩子一人所为，与晋德裕商号没有关系，我希望你以后不要再找他们的麻烦。

钟雪儿：阁下是晋德裕的二掌柜，你做的事不就是晋德裕做的事吗？

石墩子：我以前是，现在不是了！

钟雪儿：不是了？

石墩子：师妹，我和晋德裕已经没有一点儿关系，你想报仇也好，雪耻也罢，有什么事你尽管找我石墩子一个人好啦！（唱）大丈夫一人做事一人当，与商号两个门楣两道桩，你若是没完没了翻老账，石墩子奉陪到底不把孬种装！（白）告辞！（走出）

（早晨，徐富贵跑回家）

徐富贵：雪儿，雪儿！

钟雪儿：徐伯。

徐富贵：雪儿，老汉已经打听清楚了，苌雨桥确实把石掌柜赶出了商号！石掌柜是苌雨桥烧过香磕过头的兄弟，两个人一起走西口一起开商号，有二十多年的交情，这说撵走就撵走了，这个苌雨桥果然不是等闲之辈呀！（钟雪儿疾步向外走）哎，雪儿，你去哪儿啊？

钟雪儿：（头也不回）出去走走。

（树林里，钟雪儿手扶着树，树叶纷纷落下）

钟雪儿：（唱）无边落木无边卷，阵阵秋风阵阵寒，浩茫心事随风转，几分萧瑟几分残。思绪中浮动这两个男子汉，心坎中同时立着两座山。同样是风风雨雨坷坷坎坎，同样是喜喜悲悲苦苦甜甜，一个是绝望之中叹命短【切入钟一笑步履踉跄，口吐鲜血】，一个是绝处求生不畏难【切入苌雨桥扛着收油的木牌吆喝】，为什么同一片云彩不同的雨【切入钟一笑和苌雨桥把酒同欢】，为什么同一座山崖不同的泉。欲剪剪不断，欲理理更乱，我欲哭无泪欲言难言。

（一队人策马飞奔进入沙城，钟雪儿远远地看着）

（晋德裕商号外，伙计们出来迎接，是刘满堂的人马到来）

伙　计：刘掌柜，我们进去吧。

刘满堂：好，走！

（刘满堂带着众人走进晋德裕，跪在苌雨桥屋前）

刘满堂：青城分号掌柜刘满堂求见大掌柜！

余夫子：（从旁边走过来）这不是刘满堂刘掌柜吗，你们这是？

刘满堂：刘满堂带青城分号的兄弟来向大掌柜请罪。

余夫子：大掌柜带着人出去收油还没回来，你们有什么事能和我说吗？

刘满堂：余先生，你能做得了主吗？

余夫子：那要看什么事了。

伙计杂声：我们要求大掌柜收回成命！……对！……不要开除二掌柜！

刘满堂：如果不是我刘满堂喝酒误事，丢了货物，二哥也不会落到这一步啊！我愿意自己领罪！

伙计杂声：我们愿意自己领罪！

十八姑：（提着茶壶茶碗走过来）好，都是好兄弟！哎呀，来来来，先喝水！

余夫子：十八姑你凑什么热闹啊！

十八姑：是十八大侠！

刘满堂：余先生，请您说句公道话，把二哥请回来吧。

伙　计：对，把二掌柜请回来吧！

余夫子：各位的情谊夫子我非常钦佩，既然都是兄弟，咱们不妨敞开心扉。我觉得大掌柜他做的没有错。

十八姑：哎呀夫子，你别瞎说！二掌柜对咱不薄！

余夫子：你别说。

刘满堂：余先生，您可是读书之人，难道不知道是非吗！

余夫子：非非而是，是是而非，就是论是，就非论非。

刘满堂：可是我……

余夫子：你刘满堂借酒浇愁贪杯误事固然不对，但丢失了商货，损失的只是金银财宝，日后还能赚回来。可二掌柜在油中掺假弄脏的是"诚信"二字，是我们商号的脸面和名誉呀！（唱）己所不欲，勿施于人。商道儒道同一门，春风谱出百年韵，流水刻得千古痕。是成非时非即是，真作假处假成真。蚁穴虽小长堤溃，秋雨一点可断魂。我虽为二掌柜惋惜至甚，但更对大掌柜竖指赞成！

伙　计：掌柜的，他从前是忠义号的人，和咱们兄弟是两个萝卜两个坑，我们不能听他的！

【画外音通报】大掌柜回来了！

（众人扭过头去，苌雨桥从外面回来，走到刘满堂前面）

伙　计：大掌柜，大掌柜，见过大掌柜！

苌雨桥：满堂，你们这是干什么？

刘满堂：大哥，油中掺假是因为我刘满堂贪杯误事。黑匾的事怪我刘满堂瞎了眼，引狼入室，我愿意自己领罪，请大哥不要开除二掌柜呀！

伙　计：我们愿意自己领罪！

苌雨桥：【仰拍】胡闹！谁是谁非我苌雨桥还不清楚?!（转身）十八姑。

十八姑：大掌柜。

苌雨桥：带他们到厨房去吃饭，赶了那么远的路，一定都饿了。（十八姑不动）哎，您老还愣着干什么，快去呀！

十八姑：哼！（放下茶碗，也跪到人群中）大掌柜，老婆子也愿意代二掌柜领罪！

苌雨桥：你！

伙　计：我们愿意领罪，大掌柜！

（苌悦也在后面跪了下来）

苌雨桥：（生气地）你们这是要唱一出法不责众的戏，对不对！

（忠义商号外聚集了很多人，钟雪儿也来了）

刘满堂：大哥，前前后后、左左右右都是我刘满堂一个人的过！我，（拔刀）我愿意自刎谢罪！

伙 计：（阻拦）刘大掌柜，使不得！

苌雨桥：好，有骨气，有骨气！

（人们在商号外议论纷纷）

余夫子：大掌柜，兄弟们的这份情谊难能可贵，您应该好好劝劝才是。

苌雨桥：想当年，你们跟着我一起走西口，都想挣一个好日子，干一番光宗耀祖的大事情！十几年了，好不容易才创下了这份家业，今天，你们大家要是舍得，我苌雨桥留着也没味道。想死的我不拦，想走的我也不拦，大不了让世人看个笑话，说山西又出了一个忠义号！余先生，请您把一笑师傅的临终遗物拿出来。

余夫子：这……大掌柜。

苌雨桥：快去。

（余夫子从屋里拿出麻绳【特写】，交给苌雨桥）

（钟雪儿在商号外向里看）

苌雨桥：这是一笑师傅上吊用的绳子，满堂兄弟，是走是留，你看着办吧！

（苌雨桥把麻绳交给刘满堂，转身走进屋里，反手关上了门）

刘满堂：大哥！

（众人都哭了起来。商号外，钟雪儿走了）

十八姑：（站起身）你们谁也不能死！你们谁家没有父母姐妹，啊？谁家没有妻子儿女？你们死了，他们怎么办！你们只顾自己讲义气，有没有想过他们！满堂兄弟，你站起来，兄弟们，都给我站起来！（没有人站起来，十八姑着急地对着门叫了一声）大掌柜，这……兄弟们，都给我站起来！难道你们还不如我一个老婆子吗？站起来！

（众人还是没有起来。忽然响起唢呐声）

【屋子里，摇镜头，苌雨桥背面，吹着唢呐】

（刘满堂缓缓地站了起来，众人也跟着站了起来）

（街道上，钟雪儿疾步走着，徐明和徐富贵远远地跟着）

（晋德裕商号里）

苌雨桥：（对刘满堂）请，坐。大哥这几天也是气糊涂了，晋德裕的大旗不能倒，我们谁也不能倒，要活着，而且要活得有滋有味！

刘满堂：（难过地）大掌柜……可是，可是我这心里边……

苌雨桥：咱们常年在外，把女人们丢在家里，她们也过得很累呀，她们比我们更需要安慰。

刘满堂：我知道，大哥。其实我一点儿也没怪她，我只是怪我自己呀！

苌雨桥：记住，以后不管遇到多大的事情千万不能过分贪杯！

刘满堂：哎。

十八姑：（端饭进来）满堂兄弟，哎呀，快吃饭吧！哎呦，你这个毛头浑小子，想把老婆子吓死对不对！你呀！快吃吧。

刘满堂：十八姑，谢谢您。

十八姑：谢啥！我这也不是为了你们这些傻老爷们儿，是为了等在家里的那些女人们！

（走到苌雨桥旁边）大掌柜，就给老婆子一个面子，让二掌柜回来吧，啊？

苌雨桥：（态度坚决）桥归桥，路归路，情谊再深也不能搅乱了是非！

（苌雨桥走出门去，十八姑叫他也不应）

十八姑：（生气地）无情无义算什么男人！

（钟雪儿一路哭着跑进屋关上门，徐明跟着要进去，被徐富贵拦住）

钟雪儿：（唱）这样的商号这样的人，让我茫然更让我失魂。卧薪尝胆报仇恨，一刀刺出却乱了神！

（夜晚，晋德裕商号。苌雨桥对着一桌酒菜在等什么人，不时向门外张望）

【夜空，推镜头】

（余先生走进屋来）

苌雨桥：（连忙起身）余先生。

余夫子：大掌柜。

苌雨桥：他不愿意来？

余夫子：二掌柜说，他不想再和晋德裕的人搅在一起，尤其是……

（苌雨桥怅然坐到桌边）

苌雨桥：余先生，我对墩子是不是太过分了……

余夫子：如果换成是我，也会这么做的！（唱）商海中唯数诚信大，修身奉律不掺沙。慈不领兵是古语，刮骨疗毒你是为了他。

苌雨桥：话虽这么说。（唱）二十年他随我走遍天下，同饮过天山雪草原风大漠黄沙。腿上有过摔断的骨，手上留下磕破的疤。半生只为商号苦，晋德裕才是他的家！（还是走到门边向外张望）

（枯枝上站着两只鸟，一只鸟飞走了）

【远景，坡顶上，石墩子喝着闷酒，刘满堂走了过来】

石墩子：满堂。

刘满堂：二哥。

石墩子：你这是干什么！

刘满堂：二哥，我……

石墩子：你不在分号张罗买卖，你跑回沙城干啥！

刘满堂：你何必明知故问呢，二哥……

（山坡下，众伙计跪在地上）

伙　计：二掌柜，我们跟着你干吧！

石墩子：你们跟着我干啥呀？

伙　计：我们听你的，我们跟着你干吧！

石墩子：满堂，你也要离开晋德裕？

刘满堂：二哥，我……

石墩子：（厉声）说话呀！

刘满堂：是大掌柜让我来找您的！大哥，大掌柜说，二哥另立门户，没有几个老伙计帮你可不成呀。

石墩子：你丢了那么多货，大掌柜埋怨过你吗！

刘满堂：没有，大哥他说他不会怪我，连提都没提过。

石墩子：（质问）那你为什么还要离开他！

刘满堂：二哥，我不想离开晋德裕，可是我更对不起你呀，二哥！

伙计杂声：二掌柜，您就留下我们吧！留下我们吧，求您了！

石墩子：你们都想跟着我石墩子？

伙　计：上刀山，下火海，在所不辞。我们愿意！

石墩子：都肯听我的话？

伙　计：一言九鼎，绝不反悔！

石墩子：好，我现在命令你们，马上回自己的分号去。在这个时候，谁要敢拆晋德裕的台，我石墩子我第一个跟他过不去！

伙　计：二掌柜，收下我们吧！

石墩子：走！都给我走！

伙　计：二掌柜，收下我们吧！

刘满堂：二哥……

石墩子：走！

【拉镜头，屋顶。苌雨桥口内的家里】

苦　莲：（唱）千里口外传音信，雨桥他错伤自己人。开除了同甘共苦的好兄弟，得罪了上上下下的至爱亲。为夫君，为商号，顾不得抛头露面，急匆匆踏上这北去的路程！（开始收拾东西）

（甜妹走进院子）

甜　妹：（问打扫的丫环）夫人在吗？

丫　环：夫人在屋里做衣服呢。

甜　妹：都啥时候了，她还有这份闲心！

（甜妹向屋里走）

丫　环：哎，请您留步！

甜　妹：（回过头来）为什么？

丫　环：夫人吩咐，谁也不想见。

甜　妹：（生气地）什么！她男人忘恩负义，她也想夫唱妇随，跟我断情绝义呀！（继续向里走）

丫　环：（想拦着）哎，夫人！夫人！

甜　妹：滚开！

（甜妹推开门发现里面没人）

甜　妹：人呢？哼，躲了初一躲不了十五，姑奶奶今天呀就坐在这儿等她了！（跷腿在炕上坐下）

丫　环：（跟过来）夫人您别等了，我们夫人已经走了。

甜　妹：走了？哼，她就是走到天边我也要把她找回来！告诉我，她去哪儿了？

丫　环：夫人她……

甜　妹： 快说呀！

丫　环： 夫人她去了口外。

甜　妹：（讽刺地）哼，大夫人也学会走西口了？（感到奇怪，起身）她去口外干什么？

丫　环： 我们夫人也知道了二掌柜被开除的事，她要亲自到口外找我们家老爷理论。我们夫人知道您脾气不好，特意吩咐不要告诉您。

甜　妹： 她什么时候走的？

丫　环： 今天一早。

（甜妹推开丫环走出门去）

（晋德裕商号里，苌雨桥翻着账本）

余夫子： 已经几天了，沙城的店铺冷冷清清，各分号的生意也在直线下降。

苌雨桥： 看来老百姓对我们还是不放心呢。

十八姑：（走进来通报）大掌柜，有一个黄头发蓝眼睛大鼻子的人找你！

苌雨桥：（向余夫子）莫耶夫？（连忙问十八姑）他在哪儿？

十八姑： 我把他请到了客厅了。

（三个人走了出去）

（郊外，甜妹拉住马头）

苦　莲：（在马车里问）为何停车？

伙　计： 啊，夫人。

苦　莲：（掀帘）谁呀？

甜　妹： 大嫂，你跟我也有了二心了！

苦　莲： 甜妹，你听我说……

甜　妹： 我不听，我偏要跟你一起走。（上车赶马）驾！

（苌雨桥送莫耶夫走出门来）

苌雨桥： 莫耶夫先生，你看这件事我们能再商量商量吗？我们从长计议，我们应该互相信任才是。

莫耶夫： 没有用，没有用！（坐上马车，对车夫）啊，我们走！（马车向前奔去）

（苌雨桥还站在门外）

余夫子：（走出来）大掌柜，他怎么说？

苌雨桥： 果然不出所料，他们决定取消与晋德裕的合作意向。

余夫子：（叹气）好事不出门，坏事天下扬。这块黑匾的影响，实在是超出了我们的想象。

苌雨桥： 哎，他们也是在商言商。

余夫子： 我们想办法挽回影响。

苌雨桥： 啊，余先生，有件事我想和你商量商量。

余夫子： 你是说那批掺假的胡麻油？

苌雨桥： 对，油大部分已经追回，问题是如何处理才比较妥当。

余夫子： 全部按三等油出售，每桶少赚它几两，赔钱买个教训。

苌雨桥： 不，我不这么想。

余夫子： 大掌柜的意思是？

（两人走到商号里来）

苌雨桥： 余先生，我算了一笔账，我们高价收回的假油别说盈利，就是保本儿也已经没指望了。既然已经赔了，索性就赔个坦坦荡荡！

余夫子： 先生是说？

苌雨桥： 烧！

余夫子： 烧？烧！

苌雨桥： 对，把所有掺假的油一把火烧光！

余夫子： 那可是大亏本啊！那是白银十万两啊！

苌雨桥： 舍不得这块肉，救不了这锅汤。

余夫子： 话是不错，可号里的资金就会更加紧张，那这些生意说不定都要泡汤了！

苌雨桥： 唉，先生，你说的我何尝不想呢。问题是眼下的客户越来越少，生意日趋下降。究其原因都是这些油惹的祸殃！人以诚为本，商靠信字扬，如果我们贪图眼前的小利，下一步就更加艰难了。余先生，传话准备吧。

余夫子： 嗯。

（晋德裕的仓库。苌悦同众伙计忙着搬油）

伙计杂声： 我来，我来。

喜　子： （递给苌悦一块毛巾）兄弟，来，擦擦汗。

苌　悦： （接过来擦了一下，看了看毛巾）啊，谢谢，不用了。来，帮把手。（搬了一桶油下车）

喜　子： 依我看，你根本不是干这行的人。咱们大掌柜也真是的，你应该去坐柜台记记账啊，至少当个襄理协理什么的。要不，你继续读你的书考你的功名？

福　子： （走过来）哎，都别搬了别搬了啊。

喜　子： 啊？

福　子： 喜子，你告诉大家把这些油都搬到城外的野地去。

喜　子： 什么！我们好不容易搬下来，这都又搬走啊？这是谁的主意呀？

福　子： 大掌柜的吩咐，他说把所有收回来的油和卖剩下的麻油都搬到城外野地里集中去。

喜　子： 这为什么？

福　子： 这些油啊恐怕都要烧掉。

喜　子： 啊？烧掉？福子哥你没听错吧！这油可是花钱买来的，不是刮风送来的，就算是两等油掺在一起了，他也不至于烧了吧？

福　子： 这话你和大掌柜说去。

喜　子： 唉我说苌悦兄弟，你爹是不是疯了？这么多的油，你看他就烧了！

苌　悦： （高声）不是疯，是傻！我爹呀简直就是一个大傻瓜！（生气地走进仓库）

喜　子： 哎……我……这……（转向众人）哎，搬吧搬吧。

福　子： 快点儿，快点儿。

（苌悦走进屋里）

苌　悦：爹。

苌雨桥：悦儿，你不去干活，来这儿干什么？

苌　悦：爹，是不是你下令烧油啊？

苌雨桥：这不关你的事。

苌　悦：怎么不关我的事啊？我也是晋德裕的人。

苌雨桥：商号有规矩，一般的伙计没权参与决策。

（余夫子走过，听到他们的谈话）

苌　悦：可是，可是我是你的儿子啊！

苌雨桥：当儿子回家去当！在这里你只是个伙计。

苌　悦：哎，爹！

苌雨桥：出去。（苌悦向外走）回来！

（苌雨桥拿毛巾给苌悦擦汗，苌悦躲开）

苌雨桥：悦儿，你要是不想干就回去吧，也好替我陪陪你娘。

苌　悦：我偏不！（走出）

余夫子：（走进来）大掌柜，股东们听说要烧油都不太同意。

苌雨桥：哦？

余夫子：他们要求召开股东会议。

苌雨桥：转告股东，烧油是我的主意，一切由我负责！绝不会伤害地。

（一群股东同伙计走进院来，议论纷纷）

众　人：不能烧油啊……是啊……不能烧油啊。

（苌雨桥听到声音走了出来）

众　人：大掌柜，不能烧油啊！为什么要烧油啊？大掌柜！不能烧啊，大掌柜！

苌雨桥：福子！

福　子：（跑过来）大掌柜。

苌雨桥：所有的胡麻油是不是都按照吩咐都搬到了郊外？

福　子：是啊。

苌雨桥：余先生，我们走。

众　人：哎，大掌柜，我们求您了，不能烧啊。为什么要烧啊？

（苌雨桥不顾众人，径直向外走）

（徐富贵的家里）

钟雪儿：（吃惊地问徐富贵）您说什么？苌雨桥要烧油？

徐富贵：是啊，他把收回的胡麻油都搬到了城外，说要烧光了。

（城外，很多人来围观，议论纷纷，指指点点，徐明、徐富贵、钟雪儿也来了）

苌　悦：爹，爹！这油不能烧啊！绝不能烧啊，爹，不能……（苌雨桥不理睬他）哎，十八姑，你们快去劝劝他呀！

十八姑：你爹他，他……

（刘掌柜和石墩子赶了过来）

刘满堂：快走！

石墩子：哎！

十八姑：（看到他们跑过来）你看二掌柜来了！

石墩子：（跑到苌雨桥面前）大哥！

苌雨桥：（惊讶）墩子！你……你来干什么？

石墩子：我来买油！

苌雨桥：买油？

石墩子：这些油我全要了！

苌雨桥：墩子！

石墩子：大哥，你曾经说过晋德裕有我的产业，现在我要收回了！

苌雨桥：你……

石墩子：我什么都不要，我就要这些油！

苌雨桥：（态度坚决）兄弟，你什么都可以要，唯独这油，不行！

石墩子：大哥，你不能烧油啊！

苌雨桥：这是挽回声誉的唯一办法！

（钟雪儿在人群里看着）

石墩子：大哥，我求你，再考虑考虑。

苌雨桥：兄弟，没什么可商量的！（转头要走）

石墩子：（连忙拦住）大哥，大哥，苌老板，苌大掌柜！我石墩子虽然离开了商号，与晋德裕是两个炉灶两炷香，可我不能让我一人之错连累了大家呀！

刘满堂：是啊，大家……

石墩子：我求你，不要烧油了，大哥，你要烧就把我给烧了吧！

苌雨桥：墩子，我请你不要再阻拦我！

石墩子：大哥，你不能意气用事啊！

苌雨桥：我的主意已定！（向余夫子）余先生！

余夫子：哎！

苌雨桥：吩咐，点火！

石墩子：（张开双臂站在油堆前）谁敢！我看你们谁敢烧！

苌雨桥：（指着石墩子）石墩子！

石墩子：（一字一句地）苌雨桥！（唱）兄弟们跟着你南征北战，晋德裕红遍了半壁河山。就因为石墩子我把错犯，才使得威名毁在一旦间。要烧油不如烧死我，天大的罪过一人担！

刘满堂：我愿意和二哥一起死！

【俯拍，十八姑同众伙计都围到油堆前】

伙　计：大掌柜不能烧啊！

十八姑：大掌柜，您就听大伙一句话吧，老婆子也求你了！

伙　计：大掌柜呀，求你了！大掌柜！

石墩子：大哥，我求求你！不能烧油啊，我求你了！

（众人呼喊着不要烧油，苌雨桥进退两难，眼中含泪）

苌雨桥：（唱）【以下唱段不时插入众伙计、围观者、钟雪儿的画面】呼喊声如雷霆将我阻挡，眼中泪，泪如雨（泪下），心滴血，血成江，搅得我心生迷惘，霎时间无了主张！面对着一双双恳切的泪眼，面对着一个个热血的儿郎。【闪回，石墩子和苌雨桥离开家乡，走西口，带领商队走过沙漠，晋德裕大旗飘扬】同踏过黄河的滔天巨浪，同经过大草原的雨雪风霜，几多情几多义侠气浩荡，（苌雨桥走到高处）晋德裕才有了骄人的风光。黑牌匾山压顶心情同样，失意恨苦涩果一起品尝。谁不愿让商号东山再起，谁不愿再现咱们昨日的花香！兄弟们，大漠黄沙，卷不倒热血男儿豪情万丈！一桶假油，就能让大旗骤倒英雄无光！人说道商场如战场，争胜负首先要自强！面对着眼前的无情现状，不容咱小打小闹小修小补，羞羞答答可可怜怜哭凄惶。遮羞布难掩万人口，倒不如破釜沉舟重头做起，坦坦荡荡轰轰烈烈做文章！损失白银十万两，重现咱晋德裕——诚信的辉煌！（白）余先生，点火！烧油！【渐隐】

第六集

十八姑：大掌柜，求你了。

众　人：大掌柜，不能烧油啊！

徐　明：哼，我说过，这是做戏给人看，没错吧。

徐富贵：我说，你小子少说两句行不行？

众　人：不能烧啊，大掌柜。

苌雨桥：（看着大家，毅然决定）夫子，烧油！点火！

（余夫子把火把交给苌雨桥，十八姑等人心疼地看着他走向油堆，火把一扔进去，火立刻烧了起来）

【透过火焰，人们的面部特写，晋德裕伙计们痛心，钟雪儿冷静，百姓称许】

画外音：（唱）哥哥你走西口，小妹妹我实在难留，手拉着哥哥的袖，送你送到大门口。啊……

【火焰冲天，渐隐】

（徐富贵的家里）

徐富贵：这个苌雨桥果然厉害啊，一般的商人绝没有他这样的胆量和气魄！

徐　明：我看他是故意做戏，想收买人心！

徐富贵：你懂啥！那可是十万两白银。

钟雪儿：如果真能收买人心，就算做戏又有何妨？（唱）黑匾驱鬼却逼出个神，苌雨桥招招式式都惊人。高价收油，不惜亏血本，开除至交，铁腕狠且真。如今却又把油烧尽，真叫人匪夷所思，难以测水深。他到底是人还是鬼，他到底是鬼还是神。

【夜晚，推镜头，残月】

（徐富贵的家里。徐明走到钟雪儿屋前，钟雪儿在镜前边打扮边唱歌）

钟雪儿：（哼唱）桃花花你就红来，杏花花你就白，翻山越岭我寻你来呀，啊个呀呀呆，翻山越岭我寻你来呀，啊个呀呀呆。桃花花你就红来……

（徐明犹豫了一会，上前敲门，钟雪儿打开门，两人一个门里一个门外）

钟雪儿：明哥，你有事吗？

徐　明：没，没事。

钟雪儿：那你就回去休息吧。天不早了。

徐　明：啊。（退了一步，又转回来）哎，雪儿，你……你是不是还在恨我？

钟雪儿：我为什么要恨你啊？

徐　明：我，我骗了你。

钟雪儿：事情都已经过去了，我们都忘了吧。

徐　明：忘了？忘了什么？是我的过错，还是苌雨桥的过错？

钟雪儿：每个人都会有过错，但不能忌恨一辈子，不是吗？

徐　明：你好像已经原谅了苌雨桥。

钟雪儿：这不是原谅不原谅的问题，其实，我好像并没有理由恨他。

徐　明：可他毕竟是杀害你爹的间接凶手。

钟雪儿：就因为他不肯借给我爹十万两银子，就因为他占领了我们原来的市场？如果这样也算是凶手的话，那么你做的事又算是什么呢？

徐　明：我……

钟雪儿：你走吧。这些日子发生的事情太多了，我想一个人好好地想一想。

徐　明：好。

（徐明心事重重地离开，钟雪儿关上门）

（朝阳升起，树影摇曳）

（晋德裕的后花园里。苌雨桥和余夫子边走边聊）

余夫子：大掌柜，烧油之后我们的生意果然有了转机，各分号的经营额上升了许多。

苌雨桥：啊，余先生，你抽时间看看钟姑娘，看看她有什么需要帮助的。一个父母双亡的女孩子，她的生活一定很困难。

余夫子：恐怕她不会接受我们的帮助，毕竟她和我们之间还有很多误会。

苌雨桥：如果设法解开那不是更好吗，这些年来我们都在找她，我有义务照顾师傅的女儿。

余夫子：你准备怎么办呢？

苌雨桥：一个女孩子家总这么浪迹江湖也不是个办法，我想把她接来。哎，你看怎么样？

余夫子：你是说让雪儿到晋德裕？

苌雨桥：有什么不可以吗？

余夫子：这当然是好事，不过她不肯来呢？就算她肯来，商号的兄弟们会怎么看呢？她可把商号害苦了。

苌雨桥：不，我不这么看。从另一个角度来看，她也是帮了我们的忙。苏东坡诗曰："横看成岭侧成峰，远近高低各不同。不识庐山真面目，只缘身在此山中。"如果不是师妹揭穿这件事，我们也许就不会知道油中掺假的真相。就算侥幸过得此关，以后又会如何呢？滴水可以穿石，小事可以酿成大祸，长此下去，人人得而效仿，那将是一个多么可怕的局面啊！

余夫子：大掌柜，胸怀宽阔，夫子钦佩之极。

苌雨桥：这不是先生你教我的吗？（唱）飘然一叶可知秋，莫等雨急再绸缪。青松挺拔风雪后，治病良药苦中求。若待身名均毁灭，空叹江河万古流。

余夫子：塞翁失马，焉知非福。先生果然是融会贯通啊。

苌雨桥：余先生过奖了。我只是觉得我们的身边，应该常常有人提醒，以免得身临渊井而不知啊。

余夫子：看来我们倒是应该感谢钟姑娘这个恩人了。

（徐富贵的家里，雪儿在写字）

徐富贵：（走进来）雪儿，晋德裕的余先生求见。

钟雪儿：（放下笔）有请。

徐富贵：啊。余先生请。

（余夫子走进来，徐富贵去倒茶）

余夫子：钟姑娘。

钟雪儿：先生请坐。先生光临寒舍，不知有何见教啊？

余夫子：不敢，大掌柜委托我给姑娘送来纹银一千两，聊补不时之需。

钟雪儿：你们大掌柜这是什么意思啊？

余夫子：这是他个人的积蓄，与商号无关。大掌柜是你爹的徒弟，却未能在关键时候帮师傅一把，他常常为当年的事懊悔不已。

钟雪儿：（笑道）所以他想借此来弥补心中的缺憾。请你转告苌掌柜，没有这个必要。

余夫子：钟姑娘。

钟雪儿：（态度变得冷淡）徐伯，送客。

徐富贵：（走过来）余先生，请吧。（拿起余夫子带来的银两）请。

（余夫子叹气离开，徐富贵跟着走出）【中景推至特写，钟雪儿若有所思】

（早晨，晋德裕的后花园里，苌雨桥与余夫子对坐饮茶）

苌雨桥：好一个倔强的姑娘！我们都小看她了。

余夫子：唉，她的脾气跟她爹一样，只是比她爹更加任性。

苌雨桥：不管怎么说，我们都有责任帮助她，给她一个幸福的家，来弥合她心上那道深深的伤痕。

余夫子：我还是那句话，你一定要三思而后行。许多兄弟都把她视为天大的仇人，如果处理不好，恐怕会适得其反，引起不必要的麻烦。

苌雨桥：我也还是那句话，她不仅是我们的亲人，还是晋德裕的恩人。（唱）用真诚构筑一个窝，让孤雁重唱欢乐歌。这件事我们不做谁来做，绝不能眼看着她青春岁月再蹉跎。

余夫子：事是好事，情是真情，不过……

苌雨桥：哎，就这么定了。好吧。

【摇镜头，朝霞。画外音，唢呐】

【跟镜头，脚步。镜头拉至远景，男装的钟雪儿向山顶走，苌雨桥在上面吹着唢呐】

苌雨桥：（看钟雪儿来了）我第一次来到这儿，就是你父亲带我来的。那个时候，我还不到二十岁，正是血气方刚的年龄。令尊是个很爱动感情的人，心烦了就想听我吹唢呐。

钟雪儿：苌掌柜，你叫我来就是为了让我听你讲你和我父亲的故事吗？

苌雨桥：我跟了他二十年了，后来是他鼓励我们开自己的店铺，【镜头切为中景】买自己的骆驼，我和墩子就这样合伙出来，才有了今天。

钟雪儿：可是他还是败在了你的手里。

苌雨桥：那本不该是最后的结果。唉，也不是我们愿意看到的结果。师妹，就算你不恨我，我自己也会后悔一辈子的。

钟雪儿：（笑道）看不出笑傲商海的苌大掌柜还是一个很坦诚的人。

苌雨桥：你这不是夸我而是在骂我呀。（唱）贪婪虚伪商家忌，诚实公道天不欺，【大远景】此理常在嘴边挂，偏到用时我就昏了心。

钟雪儿：【中景】（唱）浮云遮月月自圆，尘埃落定亦清泉，人非圣贤谁能无私念，更何况忠义倒闭，错在我爹把路走偏。倘若他能够有你的胸怀和远见，也不会带着遗憾赴九泉。

苌雨桥：（唱）一席话让雨桥羞红了脸，姑娘的胸怀使我汗颜。

钟雪儿：（唱）今日里与先生坦诚相见，化干戈为玉帛尽弃前嫌。

苌雨桥：（欣喜）师妹。

钟雪儿：你是雪儿见过的最聪明的商人，如果让我在你和我爹之间选择一个老板的话，我宁愿选你。我从小就梦想着做一个和爹一样棒的商人，可我娘说我不行，因为我是一个女孩子，一个女孩子的生命就只能消耗在深宅大院里，消耗在琴棋书画和洗衣做饭上。

苌雨桥：所以你总喜欢把自己打扮成男孩子？

钟雪儿：从我爹死的那年起，我就发誓要做个男孩子，整整五年，我去过库仑、恰克图，还有许多城镇和乡村。

苌雨桥：我也是才知道，你还在我们的青城分号做了几年的小伙计。

钟雪儿：不瞒你说，那是为了报仇。

苌雨桥：你受苦了。

钟雪儿：这事就算过去了。

苌雨桥：（试探）师妹，你愿意到晋德裕来吗？

钟雪儿：（惊讶）你还敢要我？

苌雨桥：（深情）当然要，只要你愿意，晋德裕就是你的家了。（看钟雪儿不说话）师妹，怎么了？当然，如果你不愿意，我还可以……

钟雪儿：我答应你了。（半羞半喜，跑下山去）

苌雨桥：（十分欣慰）一笑师傅，你就放心吧。我会像待自己的亲妹妹一样待师妹。我会让她过得很愉快很幸福，就像在你们身边一样。

（徐富贵家里。徐明走到钟雪儿屋前）

徐　明：雪儿。

（徐明看无人应声，转身向外走，碰到从外面回来的钟雪儿）

钟雪儿：明哥。

徐　明：雪儿。

钟雪儿：明哥。

徐　明：（担心地）你去哪儿了。

钟雪儿：我去见一个人。

徐　明：（紧张）谁！

钟雪儿：苌雨桥。

徐　明：你又去见苌雨桥了？

钟雪儿：不可以吗？

徐　明：雪儿，如果你认我这个哥哥，就听我一句话，不要去见他了。

钟雪儿：为什么？

徐　明：晋德裕的人为了烧油的事都恨透了你，你不知道吗？

钟雪儿：这和苌雨桥有什么关系？

徐　明：一把火烧了十万两银子，你以为苌雨桥会甘心吗？

钟雪儿：你小看苌雨桥了。（高兴地向前走，徐明跟着）

徐　明：雪儿。

钟雪儿：明哥，你什么时候才会像苌雨桥一样做一个真正的男人？

徐　明：（不解）真正的男人？

（钟雪儿笑着进屋，关上门。徐明站在屋外）

徐　明：（自问）难道我不是真正的男人吗？

钟雪儿：（哼唱）桃花花你就红来，杏花花你就白，翻山越岭我寻你来呀，啊个呀呀呆。（徐富贵拎着菜篮子走进院来）锅儿啦你就开花，下不上你就米，不想旁人啦光想你呀！

徐富贵：（走到徐明身边）雪儿姑娘今天怎么这么高兴啊。啊，姑娘大了，该到了谈婚论嫁的年龄了。明儿，（徐明依然呆呆地望着雪儿的门）明儿？

徐　明：（回过神来）啊，爹，你说什么？

徐富贵：（笑道）傻小子，爹知道你喜欢雪儿姑娘，有啥话你就说出来，别憋在心里头，啊。

徐　明：爹，你说雪儿会不会喜欢我？

徐富贵：你没问过，你怎么知道啊？不过听这歌声，她好像是喜欢上谁了。

徐　明：会不会是我呀？

（钟雪儿换了女装走出来）

徐富贵：回来啦？

钟雪儿：徐伯，我回来了。

徐富贵：好，我给你们做饭去。我走了。

钟雪儿：哎。

（晋德裕的庭院里。十八姑拿着鸡毛掸子从屋里走出来，看到余夫子走过，忙把他一把拉住）

十八姑：（轻声）啊，夫子，夫子，来来来，过来过来啊。（把余夫子拉过一边）

余夫子：哎呀，我……

十八姑：来呀。

余夫子：十八姑，你让我到这儿来干什么？该不是又为了谁伸张正义吧？

十八姑：哎呀，不要跟我嬉皮笑脸。夫子，我问你件事，你要老实交代，若有半句假话，小心我把你的算盘摔了。

余夫子：（无奈）好好好，你说吧。

十八姑：哎，我听说大掌柜要找那个小妖精进商号。

余夫子：（不解）什么小妖精，谁是小妖精？我怎么听不懂啊。

十八姑：呀，别和我装糊涂，就是那个送黑匾的钟雪儿。

余夫子：啊，钟雪儿就是钟雪儿，不是什么小妖精！

十八姑：我叫她小妖精还是轻的，我老婆子没教训她已经很留面子了。哎，你快说是不是有这回事？

余夫子：有啊。（转身走开）

十八姑：（向着余夫子的背影追问）啊？哎这事真的？（担忧）哎哟！

（徐富贵的家里。钟雪儿兴奋地在前面走，徐明追在后面问）

徐　明：什么，你要到晋德裕？

钟雪儿：是啊，不可以吗？

徐　明：雪儿，你是不是发烧说胡话呀？

钟雪儿：（停下来，转过身）我很清楚，我知道我自己在做什么。

徐　明：你为什么要和自己的仇人在一起啊！

钟雪儿：（不悦）我已经说过了，不想再提过去的事。

徐　明：雪儿！（唱）就算往事不再提，也不能混杂龙和鱼。你不为别人为自己，想想你的爹你的娘，他们的在天之灵怎安息。

钟雪儿：（唱）我正是为了我自己，也为了我的爹娘能安息。（憧憬地）我敬慕雨桥超人的魅力，愿随他共扬起商海的大旗。（不再理睬徐明，自顾自走进屋去）

徐　明：（忧心忡忡）（唱）她提起苌雨桥面荡红晕，眉宇之间亦有神，秋眸盼兮明月醉，粉面桃花笑迎春。五年来甘做男儿不做女，为什么突然之间就像变了一个人？

钟雪儿：（端盆走出来，看徐明还呆立在外面）明哥，明哥？

徐　明：啊，雪儿。

钟雪儿：明哥，你怎么了？

徐　明：（着急地）雪儿，我们……我们成亲吧。

钟雪儿：（意外）成亲？你胡说什么呀！

徐　明：我没有胡说，我是认真的。

钟雪儿：对不起，明哥，我不能答应你。（转身就走）

徐　明：（跟过来）雪儿，你该不是另有所爱吧？

钟雪儿：（想岔开话题）这几年来，你和徐伯待我像亲人一样，我非常感激。

徐　明：你不要打岔，我问你是不是另有所爱？

钟雪儿：暂时没有。

徐　明：暂时？什么意思？

钟雪儿：谈婚论嫁的事我还没想过，不过我也不会终身不嫁。要嫁，就要找一个我服气的人，总之，他的智慧和胆略要能征服得了我。

徐　明：你说的这个人该不是苌雨桥吧？

钟雪儿：（笑道）为什么不能是他？（走开）

徐　明：这……

（晋德裕的庭院里，伙计们来来往往，忙着收拾钟雪儿的房间）

苌雨桥：大家都小心点，快点搬，小心点啊。哎，福子。

福　子：噢，大掌柜。

苌雨桥：钟姑娘的房间一定要打扫得干干净净。

福　子：哎，放心吧。

苌雨桥：里边的家具也要全部更新。

福　子：哎。

苌雨桥：要铺上沙俄朋友送来的皮褥，摆上高丽商人给咱的画屏，还有英伦的闹钟，还有景德镇的掸瓶。

福　子：哎。

苌雨桥：快去。（福子走开，苌雨桥看见喜子走过来）哎，喜子。

喜　子：噢。（继续向前走）

苌雨桥：等等，你到店里扯些新进来的绸缎，把最好的茶叶和白糖称回几斤。快去。（又看见十八姑）哎，十八姑。

十八姑：大掌柜，你找我？

苌雨桥：那些大老爷们儿收拾不了女孩子的房间，你呀，去帮着收拾收拾。

十八姑：（不高兴）我也收拾不了。

苌雨桥：十八姑，您怎么了？是不是病了？

十八姑：你才病了呢！

苌雨桥：我？

十八姑：而且病得不轻！大掌柜，你真的要认敌为友，咱晋德裕真的要收留那个小妖精？

苌雨桥：谁是妖精？

十八姑：不是妖精也是瘟神，反正不是什么好人。

苌雨桥：你，你是说雪儿姑娘？

十八姑：（不屑）叫得多甜，还雪儿姑娘！您不嫌难听，我可嫌难听。

苌雨桥：老人家，有些事您根本不了解。

十八姑：大掌柜，这可不是我一个人的看法，大家伙都这么说。（十八姑说话的时候，苌雨桥仍不忘指挥着伙计们搬东搬西）钟雪儿一块黑匾坑得咱不轻，现在突然愿意化敌为友，谁知道她安的什么心。苌先生，大掌柜！常言说“英雄难过美人关，大丈夫挡不住石榴裙”。哼，我看你啊，不是被她的谄媚妖艳迷惑，就是受了什么刺激。

苌雨桥：什么乱七八糟的！哎，十八姑，雪儿姑娘是一笑师傅的女儿，是钟家唯一的一条根，她是我的师妹，也是我的朋友，更是咱晋德裕的恩人！这种话以后可不能乱说呀。

十八姑：她能做，我就能说！自古善恶不两立，车船不同行。她可是咱晋德裕的敌人，混进商号，一定别有用心。

苌雨桥：什么乱七八糟的！（听到外面吵闹）出什么事了？

（晋德裕的外面，徐明喝醉了酒来闹事，伙计们把他往外推）

徐　明：你们闪开！我要见你们大掌柜的。

福　子：（推着他）走走走！

（众伙计一起撵徐明出去）

余夫子：（从里面走出来）住手！

徐　明：（仍然嚷嚷）苌雨桥！

福　子：哎呀。

余夫子：发生了什么事？

福　子：余先生，他想找大掌柜闹事，弟兄们不让他进去。

余夫子：（和气地）徐明兄弟，你有什么话能和我说吗？

徐　明：你？你算什么东西！吃里扒外，忘恩负义！

福　子：把他轰出去。

余夫子：慢着，让他把话说完。

徐　明：我没话跟你说，我要找苌雨桥。

余夫子：你找大掌柜的有什么事吗？

徐　明：他害死了钟大掌柜，现在又想勾引人家的女儿！这种狼心狗肺的东西，我要杀了他，我要杀了他！

（徐明激动起来，要往商号里冲，众伙计连忙阻拦。徐富贵赶了过来）

徐富贵：（拉扯徐明）你这个混小子！跑到这儿来干什么！回去！

徐　明：你别管我，我一定要找苌雨桥问问清楚。

徐富贵：你给我滚回去！（气得打了徐明一巴掌）

余夫子：（向徐富贵）徐兄。

徐　明：（不忿地）你打我！

徐富贵：（走到余夫子面前，拱手）余先生啊，我的儿子不成器，还请各位原谅啊。不过……

余夫子：啊，您说。

徐富贵：不管我这混账儿子和雪儿姑娘做错了什么事，他们还都年轻，老汉我希望你们能网开一面，不要揪着不放啊。

余夫子：徐兄，我想你大概是误会了。苌掌柜请雪儿进商号完全是一片好心。如果不嫌弃，你和徐明也可以一起进来。

苌雨桥：（走出来）余先生说得对。

徐富贵：大掌柜。

苌雨桥：晋德裕商号的大门同样也向二位开着，欢迎你们随时加入。

徐　明：（突然冲过来）苌雨桥，你这个畜牲，我和你拼了！

（苌雨桥被推倒在地，众人乱作一团）

【摇镜头，沙漠里，苌悦带着驼队前进】

苌　悦：（唱）哥哥你走西口，小妹妹我实在难留，手拉着哥哥的手，送哥送到大门口。【特写，苌悦神气的表情】哥哥你走西口，小妹妹我实在难留，手拉着哥哥的手，送哥送到大门口。（白）哎，后面的跟上，【远景】（唱）走路要走大路，千万不要小路上走。大路上人儿多，能给哥哥解忧愁。

（晋德裕的后院里，伙计们凑在一起议论着）

喜　子： 哎，说什么呢？

伙　计： 嘘，我告诉你呀……

苌　悦：（走进来）兄弟们，我们回来了。

伙　计： 啊，回来了。回来了您，歇着歇着。

苌　悦：（走过来）你们说什么呢，这么热闹。

伙　计： 没什么，没什么。（散开）

喜　子： 快去干活。

（喜子也走过一边，苌悦追过来，两人围着一棵树打转）

苌　悦： 哎，喜子哥，出啥事了？你们怎么都不理我了？

喜　子： 啊，没事。真没事。

苌　悦： 你说不说？

喜　子： 没事我说什么呀！

苌　悦： 你说不说，你再不说，我再也不理你了！

喜　子： 生气了啊？兄弟啊，你出去了不知道，你走这几天啊，咱们商号都乱了套了。

苌　悦： 又怎么了？是不是那个钟雪儿又来捣乱了？

喜　子： 和她有关系。

苌　悦： 又送黑匾上门了？

喜　子： 不是送匾上门，是送货上门。

苌　悦： 送货？

喜　子： 啊。

苌　悦： 什么货啊？

喜　子： 一个大活人，你知道吗？

苌　悦： 一个大活人？（困惑地挠头）

（苌雨桥和余夫子站在门前说事）

苌雨桥： 这件事就这么定了，去办吧。

余夫子： 好。

苌　悦：（走过来）爹。

苌雨桥： 悦儿，回来了？累了吧？

苌　悦：（愤愤地）不累。

苌雨桥： 你怎么了？

苌　悦： 爹，我有话跟你说。

苌雨桥： 说吧。

余夫子：（回避）噢，你们说，我先去了。

苌　悦： 咱们到屋里说吧。（进屋，看苌雨桥还站在门口）进来呀。

苌雨桥：（走进来）有啥事，你说吧。

苌　悦： 爹，让钟雪儿进商号是不是您的主意？

苌雨桥：是我的主意。怎么了？

苌　悦：这是为什么？

苌雨桥：什么为什么？

苌　悦：你为什么要和一个害过你的人，而且是一个害得你很惨的人交朋友呢？

苌雨桥：钟雪儿害过我吗？

苌　悦：（不满）爹，装啥糊涂！

苌雨桥：悦儿，怎么说话的呢？

苌　悦：我的话已经好听多了，您去听听别人怎么说的吧。

苌雨桥：别人说什么那是别人的事，你是我的儿子。

苌　悦：正因为我是您的儿子，才更要过问这件事啊。

苌雨桥：（不耐烦）我说过多少次了，商号的事你少插嘴！

苌　悦：堂堂的大掌柜在家门口被人追着打，还不许做儿子的过问吗？爹，您把一个年轻漂亮的女人请到商号来，到底什么意思啊？

苌雨桥：悦儿！

苌　悦：爹，我一向尊重您，爱戴您，可是我……也想提醒您一句，不要做对不起我娘的事！哼！（扭头走了出去）

苌雨桥：悦儿，你回来！悦儿！（看苌悦头也不回地走了，叹了口气）

（苌悦闷头走着，和喜子撞了个满怀，仍然向前走）

喜　子：悦少爷，去哪儿？

苌　悦：（已经走远了）我出去一下。

（喜子转过头又和福子撞个正着）

喜　子：哎，他刚才怎么了他？

福　子：唉，刚才呀跟大掌柜吵了一架？

喜　子：为什么啊？（福子正打算解释）哎呀别说了。我知道了，一准是为了那个小妖精的事。哎呀，怪我这张烂嘴，你看，哎呀！

（两个人坐到一旁讨论起来）

福　子：哎，喜子，你说咱们大掌柜的是不是看上那小妖精了？

喜　子：胡说，是小妖精勾引咱们大掌柜。

福　子：这不一样嘛。

喜　子：不一样，那怎么能一样呢。

福　子：就是一样。

喜　子：不一样！（二人继续争执着）

（钟雪儿换了一件鲜亮的粉色旗袍走进晋德裕的后花园来，高兴得手舞足蹈）

钟雪儿：（唱）踏进了晋德裕心情欢畅，（福子喜子看见她进来，相互使了使眼色，走开）脱旧衫换红装，理云鬓贴花黄，钟雪儿重现我女儿模样。只觉得生命美丽岁月芬芳，从没有像今日心情敞亮，【切入一阵鸽子在天空飞翔】看眼前不是春光胜似春光。送黑匾我把商场做战场，报父仇要让他们把苦果尝，苌雨桥忍辱负重不卑不亢，像一篇难读难懂的奇怪文章。一把火燃起了商号的希望，一把火烧出个男人的胸膛。他向我展开了真诚的臂膀，他

为我弥合了心灵的创伤，认仇家做朋友坦坦荡荡，邀雪儿入商号共把帆扬。【钟雪儿走到高处，远景仰拍】

（树林里）

【远景仰拍，苌悦和徐明站在土坡上，一副势不两立的架势】

【画外音，乌鸦叫】

徐　明：你就是苌悦？

苌　悦：是我。

徐　明：苌大掌柜的公子？

苌　悦：不错。

徐　明：一个刚出道的小书生找我来干什么？

苌　悦：书生和商人念的不是一本经，讲的却是一个理，所谓天地君亲师各有其位，少不欺长卑不欺尊，要想经好商，你应该先学学什么是道德礼义。

徐　明：（走近苌悦，两人背立）你来找我就是为了谈经论道？【大特写，徐明的脸部有些变形】

苌　悦：你大闹商号诋毁我爹的声誉，我今天就是要讨回个说法。

徐　明：小兄弟，你既知道这世上还有道德礼义，就应该先去向苌掌柜请教，问问他为什么欺男霸女！

苌　悦：你，你不许侮辱我爹！

徐　明：这是他为长不尊，自取其辱！

苌　悦：（愤怒）你，哼！（压住火气，不屑地）钟雪儿是你什么人？

徐　明：是我未来的媳妇。

苌　悦：哼，那你应该先关好自己的门，管好自己的人！

徐　明：（一时词窘）你！

（晋德裕庭院里，时间紧接前一场）

（钟雪儿继续高兴地走着，忽然遇到一群戴着面具的人舞刀弄枪向她冲过来，围着她跳大神）

钟雪儿：（由困惑转为笑脸）跳得真不错。（众人惊讶地停了下来）真不愧是大商号，做什么都与众不同。这样的欢迎场面我还是头一次见到！

（钟雪儿似乎没有受到任何影响，很神气地走了。苌雨桥和余夫子走过来）

苌雨桥：（喝斥众人）你们这是在干什么！装神弄鬼成何体统！

十八姑：（急忙摘下面具，忐忑地）大掌柜，你别怪他们，这是我的主意。

余夫子：（也很生气）十八姑，你老人家怎么还搞这种名堂！

十八姑：（嘴硬地）老婆子就是要为商号驱除魔障。

苌雨桥：（质问）她是魔障吗？

十八姑：坑人害人，比魔障还可怕！

苌雨桥：如果不是雪儿姑娘及时道破了掺油弄假的真相，带来的后果将会更糟！这不是坑人，是在帮忙！

十八姑：大掌柜，这个狐狸精蒙蔽了您的眼睛，迷住了您的心。

余夫子：（阻拦她继续说下去）哎呀，十八姑！

十八姑：咋了，我说错了吗？

（树林里）

【大特写，徐明有些变形的脸】

徐　明：你想怎么样？打架么？小兄弟我徐明至少比你多吃几年大漠的风沙，什么样的阵势我也不怕！

苌　悦：（冷静地）西口路上并不在乎谁吃的风沙多，而要看谁的买卖好，你们自己做塌了生意，就应该卧薪尝胆重头再来，何必用美人计这种下三滥的手段！

徐　明：你说谁用美人计！谁是下三滥！

苌　悦：哼，你自己知道！

徐　明：你！你们抢走了别人的媳妇还想反咬一口！（绕到苌悦面前）

苌　悦：（针锋相对）是你的媳妇不守妇道、不知廉耻！

徐　明：你！

苌　悦：（把头发绕过脖子甩到后面）哼！一个连女人都管不好的男人还逞什么英雄！

【仰拍，徐明气急败坏地把苌悦推下土坡】

徐　明：（挑衅地）来呀！上来呀！来呀！

（苌悦不服气地爬上去，又被徐明推了下来）

徐　明：你也是走西口的汉子，和我打！来呀，上来呀！

（苌悦再次爬了上来，徐明又将他踢了下去）

徐　明：上来呀！

（苌悦站立不稳，但还是全力向上爬，徐明惊讶地退后了几步，苌悦终于又站了上来，逼视着徐明）

徐　明：（有些心虚）好，好啊，你行！哎，你是条汉子，我惹不起你，我走！

苌　悦：等等，如果你是男人，就把你的女人领走！（徐明走出）我不想再见到她！

第七集

【钟雪儿惊讶地走进一间布置华丽的房间，近景，苌雨桥跟随其后】

苌雨桥：啊，钟姑娘，这就是给你收拾的房间。

钟雪儿：（环顾四周）不错啊。华丽，排场，像巡抚大人的官厅，像千金小姐的闺房。晚上可以站在窗前看看月亮，清晨醒来可以享受第一缕阳光。柜子里面有穿不完的衣裳，还有琴棋书画打发时光。果然是天上人间处，温柔富贵乡。

苌雨桥：哎，姑娘满意，我们就放心了。如果还有什么需要，你可以找余先生。他和你爹也是很好的朋友。我们会像待亲人一样待你的。

钟雪儿（挑眉竖眼，侧起身子）【镜头推近，特写】：是亲人还是废人？

十八姑：（悄悄走过来）（站立在门口，脸上写满怨意，不满地）【镜头切换】哼，保不准还是坏人恶人呢。

苌雨桥：哎，十八姑啊，您老辛苦了，先去歇息着吧。

十八姑：（忿忿地）我不辛苦，我没给人送过黑匾，没搅得四邻不安，辛苦啥。

【镜头切换，钟雪儿的脸部表情特写】

苌雨桥：（轻声地）十八姑，说啥话呢？

十八姑：（气愤地）自然是好话。我这老婆子是在夸她呢，大功臣、大英雄。

苌雨桥：十八姑啊，您老去倒一杯茶好吗？

十八姑：（侧过身子，背对雨桥）我不管。

苌雨桥：你……

十八姑：大掌柜，从现在起，我不干啦。

苌雨桥：你，不干了？

十八姑：（转身愤愤地离开）我老婆子宁愿回山西老家伺候夫人去。

苌雨桥：十八姑，十八姑……

【镜头切换，近景，钟雪儿坐立床前，若有所思】

苌雨桥：（尴尬地）钟姑娘，真不好意思，十八姑就是这么一个人，想说啥就说啥，你不要放在心上。

钟雪儿：（微笑地，起身走到门口）她说的不错呀，如果换成是我，我也会这么想。

苌雨桥：哎，钟姑娘，钟姑娘，你要去哪儿。

钟雪儿：和她一样，我也不干了。

苌雨桥：钟姑娘，十八姑年纪大了，说错了什么还请你原谅。

钟雪儿：我不是生她的气，我是为我自己着想。

苌雨桥：（温和地）钟姑娘，还有什么不满意的地方，你直说。

【钟雪儿来回移动脚步，环顾房间周围的陈设，镜头推移，近景】

钟雪儿：大掌柜，恕我直言。你把这房间装饰得富丽堂皇，是不是把想我当作无依无靠的十八姑来抚养。（激动地）这就是你邀请我参加商号的目的？这就是你对我钟雪儿的报答？

苌雨桥：钟姑娘，我会像对待自己的亲人一样照顾你，再不会让你无依无靠四处飘零哪。

钟雪儿：（尖锐地）当成鸟笼里的画眉、花盆里的丁香？住在这种玩物丧志的地方，我和废人有什么两样？

苌雨桥：钟姑娘……

钟雪儿：大掌柜……（唱）你真的让我太失望，火热的心浇了个冰冰凉。本想着入商号把事业开创，本想着在你的麾下把大旗高扬；本想着将生命驰骋商场，本想着能与你同样潇洒，同样坦荡，同样筑辉煌。你却把我放在这花团锦簇的坟场，你把我放在这摆设花瓶的闺房。

苌雨桥：钟姑娘，东奔西闯是男人的事，你是一个姑娘。

钟雪儿：（激动地看苌雨桥）我宁可做一个男人，就像你和我爹一样。

【苌雨桥的脸部表情特写，近景，认真地审视着钟雪儿】

苌雨桥：（唱）一双眼火辣辣好明好亮，女儿身男儿志语坚意强。本是为钟师傅将她抚养，不忍她再无亲无故，流离失所，飘零四方。她却将华丽的闺房比坟场，盼望着商海驰骋大旗扬。好一朵天山雪莲吐芬芳，好一朵傲骨红梅绽清香。霎时间肃然起敬胸臆荡，难得老钟家有这样出息的姑娘。

钟雪儿：大掌柜，如果你觉得我不配在晋德裕做事，我现在就走。

苌雨桥：钟姑娘……好吧，你想做些什么。

钟雪儿：（自信地）我要做，就做一篇大文章。

苌雨桥：哦，大文章。

【长镜头，画面切换。陕北的一个小村落，周围满是黄土和高坡。一辆马车缓缓而过】

【镜头切换，一老艺人拉着二胡在简陋的小茶肆卖艺】

老艺人：（唱）【近景】峨眉山有个妖竹岭，有一个狐狸它修成了精。

【镜头切换，马车在茶肆门前停下】

家丁甲：夫人，下来喝口水吧。

（苦莲下马车）【镜头仰拍，近景，画面出现苌夫人的双脚。镜头跟移，露出苌夫人的半个身子，直至脸部】

苦　莲：离沙城还有多远？

家丁甲：还有两个时辰就到了。

苦　莲：（脱下披风，看着一旁的甜妹）好。甜妹，我们先歇歇再走吧。

甜　妹：大嫂，这路上走了一个月，我这心里呀，整天就像揣了个火盆似的。

苦　莲：现在急有什么用啊，我就是想让你喝杯清茶败败火。

甜　妹：（焦急）你是不是改主意了？

苦　莲：小二，上茶。

【镜头切换，近景，钟雪儿的脸部特写】

钟雪儿：我知道由于掺油弄假的事，各个分号的生意都受到了影响。就连沙俄商人莫耶夫也和你们断绝了交往。

苌雨桥：（叹气）唉，是啊。商号的生意虽然有所回升，但是沙俄那边实在难以沟通。这个损失将是长期的。

钟雪儿：（微笑）祸是我惹的，能否让我去补偿。

苌雨桥：（惊讶）你？

钟雪儿：嗯。

苌雨桥：你和沙俄也有来往？

钟雪儿：莫耶夫先生是我的朋友。他与你们断绝交往，还是我的主意呢。

苌雨桥：（松了口气）啊，哎呀，难怪呢。你这个小丫头还真是叫人防不胜防呀。

钟雪儿：（微笑）大掌柜，我作了个计划，或许能为晋德裕打开沙俄的市场。（钟雪儿从袖中拿出一张卷好的纸）

苌雨桥：（打开）哦。

钟雪儿：请过目。

【镜头切换，近景，苌夫人苦莲与甜妹坐在茶肆谈话】

苦　莲：甜妹，按照商号里的规矩，夫人是不能过问商号事务的。这些天我一直在想，怎么向你苌大哥开口。

甜　妹：（有些沉不住气）你不敢说呀，我说。我们家墩子哪点对不住商号啊。

【音乐响起，镜头切换。老艺人有节奏地踏动着双脚打着节拍。俯拍，老艺人的双脚特写】

众　人： 好，再来一段！

老艺人：（唱）林子大了啥鸟都有，你要知道就听我说。【老艺人的脸部特写】话说晋德裕的大掌柜苌雨桥一把火烧了掺了假的胡麻油，不仅轰动了沙城，轰动了商界，就连他的敌人，那位年轻漂亮的钟大小姐也为之一震。【近景，老艺人的脸部特写】要说这钟大小姐，那可是方圆百里的第一美人，竟然爱上了他。

【镜头切换，苌夫人和甜妹不悦，苌夫人把茶碗重重地放在桌上】

甜　妹：（气愤地）你听他们在胡说什么，你等着，我去教训教训他！

苦　莲：（拖住甜妹）哎，甜妹，咱们走吧。

甜　妹：（不情愿地）大嫂。

苦　莲：（回头）掌柜的，结账。

【镜头切换，老艺人在继续演唱】

老艺人： 便成了轰动沙城的一段佳话。话说……

苌　悦：（气匆匆地走到老艺人跟前）住嘴！谁让你这么唱的？胡说八道！（伸手抢二胡）把这个东西给我，给我！

老艺人： 哎，哎……

甜　妹：（指向前方）哎，大嫂你看，那不是悦儿吗？

老艺人： 我怎么了，我怎么了？

苦　莲：（高兴地）悦儿，悦儿！

悦　儿：（悦儿松开拽着老艺人的手，飞快地跑了过去）娘，娘！

苦　莲：（激动地）悦儿……

【镜头切换】（苌雨桥正和钟雪儿在房内谈论与沙俄的生意）

钟雪儿：（来回走动）沙俄地域虽广，但商路却远不及我们顺畅。我们想打开他们的大门，他们更想打进我们的市场。他们虽然是暂时取消了与你们合作的意向，但我知道他们同样很难找到像晋德裕这样实力的雄厚商帮，也只能做些小生意。只要我们放下大商帮的架子，主动出击，投其所想。

苌雨桥：（点头）主动出击，投其所想？

钟雪儿： 对！沙俄商人大多是各自为阵，谁都怕己弱彼强。只要我们能打开一条路，就不愁赢得四面八方。这是其一。其二，生烟、瓷器、日用杂货、绸缎、香油、白糖都是我们的强项。他们缺少白银，我们可以以物易物，换回皮毛和牛羊。这样我们就可以用最低的成本获取最大的利益。（钟雪儿露出自信的神情，继续）这样两国间商商联手，彼此间便可以相得益彰。

苌雨桥：（微笑）好！我们不再守株待兔，而是冲进他们的市场。（起身倒茶）他们减少了路途的劳损，价格就必然会下降。我们投入一根蜡烛，或许就会赢得一片阳光。（激动地一拍桌子）好！果然是一篇大文章！

【镜头跟移，苌雨桥把茶递到钟雪儿手上】

苌雨桥： 钟姑娘，没想到你还是个了不起的内行啊。

钟雪儿：酒与知己者饮，话同聪明人讲。

苌雨桥：好，这篇文章做定了！（唱）拓商路达北疆多年愿望，雪儿她年虽小颇有眼光。

钟雪儿：（唱）我愿做晋德裕先锋虎将，借东风展双翅商海翱翔。

苌雨桥：你……（摇头叹气）唉，你不行。

钟雪儿：（焦急地）我为什么不行？我在青城分号跑了好几年的伙计，私下里和沙俄商人来往不少，轻车熟路的，自然可以省去许多不必要的过场。第二，黑匾是我送的，解铃还需系铃人，必须得由我来挽回影响。第三，要想取得商号其他人对我的信任，我必须得做好这件大事。

【镜头切换，十八姑背着包袱在门外悄悄地听着二人的谈话，气愤地往大门外走，迎面碰见家丁乙】

余夫子：哎，十八姑，你这是去哪儿？

十八姑：（头也不回）回老家！

余夫子：谁惹你啦？

十八姑：（回头）他，还有你！

余夫子：十八姑，气话说说也就得了，千万不可胡来。

十八姑：（气愤地）谁胡来，是你们胡来！（十八姑转身走到余夫子跟前）告诉你，念书的。我这个人哪，恩怨分明。好处我忘不了，但他做了对不起夫人的事，我就是不干！

余夫子：十八姑，我求求您再不要添乱了。

十八姑：哼！（转身就走）

余夫子：啊。

【镜头推移，中景。十八姑迎面碰见家丁乙】

家丁乙：十八姑……

十八姑：（一甩包袱）去！

【镜头切换。苌雨桥继续与钟雪儿在房内攀谈】

苌雨桥（用怜惜的目光）：这是一桩苦差事，你还是个小姑娘。

钟雪儿：（凝重地）自从爹娘去世后，我一直就在外面闯荡，什么样的苦没吃过。

苌雨桥：那是以前，现在有我苌雨桥在，就不能让你再受恓惶。

（钟雪儿不满，盯着苌雨桥，转身从桌上拿走纸卷，迈步就往门外走）

苌雨桥：哎，你要去哪里？

钟雪儿：海阔凭鱼跃，天高任鸟飞。此处不开张，自有开张处。

苌雨桥：（用手遮拦）姑娘留步。（叹气）唉，好吧。这是件大事，容我和股东们再商量商量，再说。

钟雪儿：（微笑着打断）好吧，那我等着。

苌雨桥：坐吧。

【镜头切换，画面苌夫人的马车走到晋德裕大宅门口，十八姑正忿忿不平、唠唠叨叨走出大门】（十八姑与刚下马车的苌夫人、甜妹撞个正着，十八姑跌在地上）

甜　妹：大嫂，走，咱们进去。

十八姑：哎呀……

苦　莲：（弯腰搀扶）老人家，小心点。

十八姑：（生气地）你们什么人，为什么乱闯？

甜　妹：喂，你怎么说话呢?！分明是你走路不看路嘛。

十八姑：（起身打量二人）嗨……

苌夫人：甜妹，算了啊。老人家对不起了啊。

十八姑：（没好气地）你们找谁？

苦　莲：我们是来找苌雨桥的。

十八姑：（警惕地）你们是什么人？

甜　妹：我们是什么人关你什么事呀。（拉着苌夫人）大嫂，咱们走！

苦　莲：甜妹……

十八姑：（吆喝）站住！出去，都给我出去！晋德裕不欢迎女人！

甜　妹：（手指向十八姑）那你算什么人呀！

苦　莲：（拉着甜妹）甜妹。

悦　儿：（走过来）十八姑。

悦　儿：娘，这位就是爹和您提起的十八姑。十八姑，这位是我娘。

十八姑：（惊讶）你说她是谁？

悦　儿：她是我娘啊。

十八姑：夫人？

悦　儿：对呀。

十八姑：您，您是夫人？

苦　莲：（微笑）十八姑，您老人家好啊。

十八姑：（喜悦激动地）哎呀，好，好！（急忙走下台阶）我十八姑有眼无珠，冒犯了夫人，还望夫人……（下跪）

苦　莲：（连忙扶起）哎哎，老人家起来，千万别这样。

十八姑：（激动地跑回大门口）伙计们，夫人来啦！快请夫人哪！

悦　儿：（扶苦莲）娘，慢一点。

众伙计：（站在大门口）哎哟，夫人来了，快里边请，请。

【镜头切换，屋内】

苌雨桥：我就这么几点意见。（坐下，把纸卷递给钟雪儿）这个计划还要更加完善。

钟雪儿：（接过纸卷）大掌柜不愧是久经沙场的老将。对计划书中所存在的问题一语言中。我一定会按照大掌柜所提出的意见加以修改和补充。

苌雨桥：好，钟姑娘。（唱）商场中不仅仅比拼实力，关键是要抓住当务之急。晋德裕急需要恢复人气，让客户对我们深信不疑。诚为天，信为地，方能够驱兵到处所向披靡。

钟雪儿：（敬佩地）听君一席话，胜读十年书。雪儿一定会牢牢记住的。

余夫子：大掌柜，夫人到了。

苌雨桥：噢。（十八姑急匆匆奔向房间）

十八姑：（站在门外）夫人到。（苌雨桥与余夫子走出门外，钟雪儿在屋内停留了一会儿，脸上掠过一丝不安的表情）

苌雨桥：（激动）苦莲。

苦　莲：雨桥。

苌雨桥：甜妹。你们怎么来了？

苦　莲：噢，我们是来看看……

甜　妹：商号出了这么大的事，我们能不来看看吗？

苦　莲：哎，甜妹……

苌雨桥：好在问题已经解决了，劳你们挂心了。

甜　妹：我们都听说了，前门赶走了蛟龙，后门迎进了虎狼。

苦　莲：甜妹，不要胡说。

甜　妹：大嫂，不能说吗？男子汉大丈夫要敢作敢当呀。

苌雨桥：（尴尬地）啊，我来介绍一下。这位是钟师傅的女儿雪儿姑娘。

甜　妹：不用介绍，我们见过面。不就是那位送黑匾的公子吗。

钟雪儿：（行礼）夫人好。

苦　莲：你好。

甜　妹：（阴阳怪气）哟，这位姑娘果然长得漂亮。难怪苌大哥他会……

苦　莲：甜妹，少说两句。

苌雨桥：甜妹呀，有什么话我们进屋再说吧。

甜　妹：（大声地）怎么了，我们见不得人吗？

苌雨桥：噢，余先生。

余夫子：啊。

苌雨桥：你先带钟姑娘去找股东们谈谈她的拓北意向的事。请大家集思广益，再商谈一下。

余夫子：（招呼雪儿）好，雪儿，我们走吧。

钟雪儿：（行礼）夫人，雪儿告退。

余夫子：夫人，告辞了。

甜　妹：（瞪了钟雪儿一眼）不送！

苌雨桥：苦莲，先到后堂歇息吧。

十八姑：（走上前）哎，这儿有刚刚收拾好的厢房，干吗要到后堂？

福　子：（看着十八姑）哎呀，你。

苌雨桥：苦莲啊，这“思乡阁”是为钟姑娘准备的。

十八姑：（不满地）大掌柜……

苦　莲：十八姑。我们住哪儿都一样。（甜妹不满地拉着苦莲）

福　子：夫人，你们跟我走吧。

【远景。钟雪儿与余夫子穿过长廊，经过凉亭。二人渐渐远去的背影】

【镜头切换，近景。后堂屋内。十八姑手托茶盘进屋】

苦　莲：晋商女人不住商号、不过问商号之事，这规矩我懂。

十八姑：大掌柜，请用茶。（转向苌夫人和甜妹）两位夫人请用茶。

苦　莲：（接过茶）谢谢。

十八姑：（弯腰）请，慢用（随即离去）。

苦　莲：雨桥，我这次来是有件事要和你商量。以前我从来也没有求过你什么，可这一回我想求你给我个面子。

苌雨桥：（放下茶杯）苦莲哪，你们是为墩子的事来的吧？

苦　莲：事情我们都知道了。雨桥，我知道你挥泪斩马谡，你心里也不好受，可是墩子……

甜　妹：（拍桌子）我家墩子不是马谡，他是忠心耿耿的关云长！

苌雨桥：苦莲，商号眷属不得过问号事，你……

甜　妹：可是我们家墩子是你的结拜弟兄啊。无论功劳苦劳，都在一人之下，众人之上的啊。

苌雨桥：（严肃地）正因为他是我的兄弟，才更不应该违反商号的规矩啊。

苦　莲：雨桥。（唱）三尺屋檐四面墙，冬盼温暖夏盼凉。与墩子朝夕相处二十载，难道你忍心把他伤？

苌雨桥：（唱）赶墩子出商号我也不想，怪只怪他不该掺油弄假违反规章。

苦　莲：（起身）（唱）百年修得同船渡，你不该为一件小事就断情肠。

苌雨桥：（激动地）苦莲，这也算是小事吗？

甜　妹：（激动地起身）跟你们的兄弟情义相比，再大的事也是小事！（唱）二十年他跟你出生入死东飘西闯，二十年他为你鞍前马后南北奔忙！二十年，含辛茹苦勤勤恳恳功劳苦劳缺哪样，为什么反倒不如坑你害你伤你毁你的钟家姑娘！

苦　莲：（哭着恳求）雨桥，难道你就不能原谅墩子吗？

苌雨桥：（为难）我……

甜　妹：（跪下）你是不是要我给你跪下……

苦　莲：（拉甜妹）甜妹，甜妹！

苌雨桥：（连忙扶起甜妹）我……【镜头切换，近景，墩子进屋】

墩　子：甜妹！

苌雨桥：墩子！

甜　妹：（抱住墩子痛哭）墩子！墩子！你瘦了，头发也白了。

墩　子：甜妹，你来干什么。（拽甜妹）跟我回去！

甜　妹：我不回去！我今天我就是要给你讨个公道！

墩　子：（拽住甜妹）甜妹，这是男人的事，你管不了。

甜　妹：我就是要管！（把墩子拽到苌雨桥跟前，哭）苌大哥，苌雨桥，你要不要数数他头上有几根白发？你要不要验验他身上有几处冻伤？你还记不记得他断过几根骨头？你还记不记得你们烧过几炷高香！你还有没有良心啊！

墩　子：（冲动地）甜妹！住嘴！（打了甜妹一记耳光。甜妹大叫，哭）

苌雨桥：墩子！

苦　莲：甜妹！

墩　子：大哥，对不起，她，她不懂事。（鞠躬）我石墩子给你赔礼了。（拉起甜妹）甜妹，跟我回去，走。

甜　妹：（痛哭）不，我不走！

墩　子：（拖甜妹）快走！（苌雨桥痛苦地呆坐在椅子上）

【近景。苌雨桥的脸部表情特写】

【镜头切换，甜妹坐在床前抹泪】

墩　子：（端着饭菜）夫人呀，吃饭吧。（把饭菜放到桌上，诙谐地）请夫人用膳了。你看，自从我离开了商号，不忙也不累了，还学会了洗衣做饭，烧菜熬汤。请夫人品尝一下我的手艺吧。（甜妹被逗笑，墩子把手放在甜妹肩上，用手摸甜妹的脸颊）

墩　子：（温柔地）甜妹，还疼吗？你不是一直盼着我有多的时间陪着你吗？这回好了，我什么事都没有了。难道这不算是如愿以偿？（搂住甜妹）这多好啊，以后我们可以一起去郊外赏月，一起到戏园子去看戏。只要你高兴，我们再拜它几次花堂，再入几次洞房，把我欠你的都补上！

甜　妹：（哭）你不要说了，我明白。我只是你的妻子，商号就像你的亲娘。

墩　子：甜妹！

甜　妹：在你心里，商号比我重要。墩子你有啥话你就跟我说。别搁在肚子里憋出毛病来，啊。

墩　子：甜妹！

甜　妹：墩子！（甜妹倒在墩子怀中）

【镜头切换，苌家厅内，苦莲端上饭菜】

苌　悦：娘，你一定饿了，还是先吃吧。

苦　莲：娘不饿，还是等你爹回来一起吃吧。

苌　悦：哎。

十八姑：夫人，你们先吃吧。

苦　莲：大掌柜呢？

十八姑：大掌柜正在和股东们开会议事，让人带话说不回来吃饭了。

苌　悦：什么会那么重要，连饭都不吃。

十八姑：（气愤地）还不都为了那个小妖精。

苦　莲：悦儿，既然你爹有事，那我们就先吃吧。

苌　悦：（生气地离去）我也不吃了！

苦　莲：悦儿！

苌　悦：娘，我现在要回店铺。

十八姑：哎哎，少爷啊，少爷，你娘来了，就该陪着说说话。我跟他们说今天晚上你不去了。

苌　悦：哎，算了吧。我爹知道了，又该生气了。他只知道关心别人，什么时候关心过我的事儿。

十八姑：哎，也是呀。（嘀咕）放着夫人不管，去为那个小妖精左右奔忙。这算唱的是哪一出呀。（苌夫人怅然地坐下）

【镜头切换，苌雨桥激动地和股东商议商号的事情，苌夫人看着饭菜在等待苌雨桥的归来】

【空镜头，一轮圆月挂上梢头】

家　丁：兄弟，你要请的人我给你请来啦。

苌　悦：让他到这边来。

家　丁：好，来来来。快快快，见过我们少老板。

老艺人：见过少老板。

苌　悦：我们见过了。

老艺人：哦，是是，您还砸过我的场子。

苌　悦：（拿银两）这些聊做补偿。够了吧？

老艺人：够了。你让我做什么，你尽管吩咐。

苌　悦：你都会说一些什么段子？

老艺人：只要少老板喜欢听的，什么“徐老仆义愤成家”，什么“白娘子梦断雷峰塔”，还有……

苌　悦：好了，好了。这些我都不听，你会说“褒姒烽火戏诸侯”吗？

老艺人：会说。

苌　悦：会说“西施红颜灭吴国”吗？

老艺人：会说。

苌　悦：会说“武则天谄媚惑主”吗？

老艺人：会说。

苌　悦：会说“妲己乱朝”吗？

老艺人：会。

苌　悦：好好好，太好了，随便来一段。就在这门前，连说带唱。你可一定要热闹一些，我有赏。

老艺人：你听好了。

【镜头切换，钟雪儿在屋内写信，快板和二胡声响起】

老艺人：（唱）春夏秋冬年年过，东西南北闲事多。林子大了啥鸟都有，你要知道就听我说。

众　人：好好好！

老艺人：（唱）咱不说褒姒烽火把诸侯戏，咱不说西施红颜灭吴国。咱不说武昭仪谄媚惑主，咱不说苏妲己乱世的女妖魔。

众　人：好，好好好！

老艺人：（唱）峨眉山有个妖竹岭，有一个狐狸它修成了精……

【镜头切换，钟雪儿在屋内坐立不安，近景，苌悦望着屋子冷笑】

众　人：好，好！

老艺人：（唱）长得是闭月羞花貌，安的是蛇蝎虎狼心。

【老艺人的脸部，特写】

老艺人：（唱）自古道红颜祸水有些歪本领，专干些坑人害人的坏事情。妖妖艳艳就把天下乱……

家　丁：兄弟，大掌柜就要回来了，我们见好就收吧。

苌　悦：好，时候也不早了。给他一些赏银，快拿去吧。

家　丁：哎，好。

家　丁：（遣散老艺人）走，快走，别唱了，走啊。

【空镜头，夜空中一轮弯月挂于树梢】

钟雪儿：（唱）疲惫的小树盼春光，晋德裕寻找商中王。只说是商海同行把业创，只说是高山流水情谊长。谁料想于无声处惊雷响，恩怨情仇处处藏。十八姑装神弄鬼驱魔除障，股东会绵里藏针对我设防。窗外又是风浪卷，老瓶新酒暗箭明枪。你方唱罢我登场，让人心痛把人伤。纵然我个人荣辱不思量，怕的是他，怎承受无情的刀枪。多余的话儿不多讲，暂留下万语千言，空白一行。（钟雪儿把书信放在桌上，离开）

【空镜头，清晨的朝阳慢慢爬上屋顶】

苌雨桥：（叹气）（唱）股东会陷僵局不欢而散，计划书反成了桃色的笑谈。钟姑娘遭讥讽雄心黯淡，雨桥我更落得左右为难。股东们有成见可以理解，最担心拓北计划毁在一旦间。

余夫子：大掌柜，雪儿姑娘走了。“思乡阁”内留下了一封书信。

苌雨桥：信中写的是什么？

余夫子：只是一张白纸。

苌雨桥：唉。我本想为一笑师傅做些力所能及的事，谁料到却给钟姑娘带来了如此之多的伤害。

余夫子：据我了解，雪儿不是一个容易屈服的人。

苌雨桥：先生的意思是……

余夫子：自从先生觉得邀请雪儿入晋德裕商号以来，谣言如风，脏水如雨，大有山雨欲来风满楼之势。我想，先生所承受的压力绝不比雪儿小。

苌雨桥：你是说雪儿也认识到了这一点。

余夫子：不错。她不辞而别为的就是想看看你苌大掌柜用人的胆量。（唱）白纸一张看似无言，其中的话留给你填。你若是避嫌抽身免烦乱，她也就急流勇退顺其自然。留下些雄心壮志成遗憾，留下这拓北计划成空谈。

苌雨桥：（唱）我若是未曾开战先免战，谣言反而成真言。证明了雨桥我被人吓破了胆。

余夫子：这正是雪儿的无言之言。

苌雨桥：白纸一张将我考验，看看我敢不敢跃马横刀过五关。

余夫子：大掌柜，意欲何往？

苌雨桥：唉，自然是把她请回来了。

余夫子：夫人刚到沙城，你不能让她独守空房吧。

苌雨桥：这……

余夫子：回去陪陪她吧。我相信那些谣言也早已传到她的耳朵里了。

苌雨桥：嗯。

【镜头切换，苌夫人屋内】

苌雨桥：苦莲，苦莲。

十八姑：大掌柜。

苌雨桥：十八姑，夫人呢？

十八姑：你心里还有夫人吗？

苌雨桥：哎呀，十八姑，我的心已经够乱了。你老人家能不能别再添乱了。

十八姑：是我添乱，还是先生自己添乱。夫人千里迢迢来看你，你却把她丢在家里不管，去为那个小妖精左右奔忙。

苌雨桥：你……

十八姑：大掌柜，你那么聪明，人又那么好，大风大浪就像走平路一样，为啥就过不了那个小妖精的美人关呢？

苌雨桥：快告诉我，夫人去哪儿了？

十八姑：走啦！

苌雨桥：啊，走了？什么时候走的？你，你为什么不拦着她？

十八姑：她又不是我的媳妇，我干吗拦她。

苌雨桥：（盯着十八姑）十八姑，你也学会骗人了。

十八姑：我干嘛骗你，我十八姑从来都是（苌雨桥匆忙离开）……哎哎，大掌柜，大掌柜！

【镜头切换，小溪边，苌夫人在溪边浣洗衣服】

十八姑：（追上前）大掌柜，大掌柜，这可不能怪我，我让她歇着，可她一定要帮我洗衣服。你说，怎么说她也是夫人，咋能干这些粗活呢，我……

苌雨桥：哎，十八姑，您老先歇着吧。

十八姑：大掌柜，你也劝夫人早点儿歇着吧。她呀，走了一个多月的路呢。

苌雨桥：我知道了，你去吧。

十八姑：哎，大掌柜，好好安慰安慰夫人。不要让她生气，哪个女人没有小性子。她打你，你就忍着；她骂你，你也得听着。唉，这么好的媳妇，你到哪儿去找啊。

第八集

【远景，苌雨桥从高处亭台走下来】

十八姑：（十八姑从假山一头迎面走来）大掌柜！大掌柜，这可不能怪我，我让夫人歇着，可她一定要帮我洗衣服。你说，怎么说她也是夫人，咋能干这些粗活呢？这么好的媳妇你到哪里找去？

苌雨桥：（点头）哎，我知道啦。

十八姑：哦，还有……

苌雨桥：（无奈）十八姑，还有什么事明天再说好吗？

十八姑：好好好，我走了，哎。

【镜头切换，苌雨桥走下石阶，走向湖边，来到苦莲跟前，坐在石墩上。空镜头，湖面上的倒影】

苌雨桥：苦莲。

苦　莲：（起身）回来了，饿了吧，我给你热饭去。

苌雨桥：不用了，我不饿。

苦　莲：（继续洗衣）那早点回去歇着吧，我洗完这几件衣服就进去。

苌雨桥：放着吧，让别人去洗。

苦　莲：谁洗还不一样。

苌雨桥：你别忘了，你是夫人。

苦　莲：（拎起衣服）夫人？我是谁的夫人？

苌雨桥：（拉苦莲）苦莲。

苦　莲：拉拉扯扯的干什么？当心人家看见。你可是大掌柜。

苌雨桥：大掌柜怎么了。大掌柜也是人。

苦　莲：（拽起湿衣服）来，帮帮忙。（二人一起拧干湿衣服）

苌雨桥：洗了这件就休息吧。

苦　莲：我不累。

苌雨桥：赶了这么远的路，怎么会不累呢？（拿着衣服）苦莲，你是不是生我的气了？

苦　莲：（端起洗衣盆，递给苌雨桥）生气，我生什么气呀。还愣着干什么呀，快接过去啊。

苌雨桥：（接过衣盆）好的，好的。

【苌夫人继续浣洗衣物。夜晚的晋德裕大院，远景，长镜头】

（苌雨桥和苌夫人在屋内，苌雨桥看书，苌夫人心不在焉地拿着衣服，直到衣服掉落在地）

苌雨桥：苦莲，在想什么呢？

苦　莲：我在想墩子的事。雨桥，你真的不能把墩子给请回来吗？

苌雨桥：苦莲，墩子和我是好兄弟，但商号有商号的规矩。谁违反了这个规矩，谁就得付出代价呀。如果我对墩子网开一面，这以后，这以后还怎么管理商号啊？

苦　莲：你把自己的兄弟给赶出去，却把害你的人给请了进来。那别人又会怎么说你呢？

苌雨桥：苦莲，你也怀疑我和钟姑娘？

苦　莲：不，我不是这个意思，我不相信别人，难道我还不相信自己的丈夫吗？

苌雨桥：苦莲，谢谢你。

苦　莲：夫妻之间说什么谢呢？（唱）这一个“谢”字好见外，就像把一颗心两瓣分开。云中雨，雨中云，见怪不怪。炉中火，火中情，温暖在心怀。我相信我的丈夫，我的最爱，我相信我的感觉，绝对不会相互疑猜。

【苌雨桥与苌夫人的脸部特写】

苌雨桥：（激动）苦莲。

苦　莲：夫君。

苌雨桥：（唱）虽然不是七月七，鹊桥多情度今夕。不为甜言和蜜语，不为鬓香把人迷。人生难得一知己，有千金不如有贤妻。（二人深情地对视）

【空镜头。一轮弯月悬挂在迷蒙的夜空。镜头与镜头的叠影，树枝上停留着一对喜鹊叽叽喳喳地嬉闹。打更声，鸡鸣。天已拂晓】

（钟雪儿走过围墙小路，来到徐伯住所，徐伯出门迎接）

徐　伯：雪儿，起这么早啊。孩子，没事儿吧。

钟雪儿：徐伯，我没事。

（徐明从屋内走出来）

徐　伯：啊，好。

（雪儿走开，徐明追出来）

徐　明：雪儿，你是不是又是一夜没睡啊？雪儿。

钟雪儿：哎呀，我不想再见到你。

徐　明：雪儿，我也是为你好啊。

钟雪儿：（生气）为我好？你大闹晋德裕，还出手打伤了苌大掌柜，你这也是为我好？

徐　明：我知道你敬佩苌雨桥。可那有怎么样？你诚心实意地为他好，得到的又是什么？

钟雪儿：这是我自己的事。

徐　明：雪儿，你不要再犯糊涂了。你根本就是一个不受欢迎的人。苌雨桥的大公子苌悦还来找过我。

钟雪儿：他找你干什么？

徐　明：他说你使用美人计，想整垮晋德裕。

钟雪儿：我已经领教过了。

徐　明：他也找过你了。

钟雪儿：哼，岂止是找过，简直就是……

徐　明：就是什么？

钟雪儿：我不想再提了。

徐　明：他是不是欺负你了？等着，我去找他。

钟雪儿：哎，站住。我说过了，这不关你的事。

徐　明：雪儿。

钟雪儿：你走吧，我想歇会儿。

（雪儿想走，徐明拉着雪儿）

徐　明：雪儿，我知道你是冤枉的。你用真心对待他们，得到的又是什么呢？雪儿，我求求你了，不要再去晋德裕了，你想办成什么大事，我都可以帮你。只要你愿意，我可以把生命都给你。

钟雪儿：哎呀，让开。

徐　明：（焦急）雪儿……

钟雪儿：我请你让开，我求你让开。好不好？

徐　明：雪儿。你是不是爱上了那个苌雨桥啊。

钟雪儿：这是我自己的事。

徐　明：雪儿，你不能爱上他。他有一个幸福的家庭，他有自己的妻子、儿子，而且他还是一个忘恩负义的小人。雪儿，求求你，不要再执迷不悟了，离开晋德裕。我们成亲吧。我可以给你幸福，给你快乐，给你需要的一切呀！

钟雪儿：我要商界里的大旗，我要一个真正的男人。你有吗？

（钟雪儿不理徐明，一个人回到自己的小屋）

徐　明：事实证明你已经失败了。你的计划、你的梦想都失败了。

（钟雪儿关上门，不理徐明。徐明在门外继续纠缠）

徐　明：你永远是不受晋德裕欢迎的人，苌雨桥他是个聪明的人，他绝不会为了你，而失去他已经拥有的一切呀。

（喜子抱着一坛子酒正要进屋）

苌雨桥：喜子。

喜　子：哎。

苌雨桥：苌悦呢？

喜　子：在屋里呢？（对屋内喊道）苌悦兄弟，大掌柜找你。

（苌悦快步跑出）

苌　悦：爹，你找我。

苌雨桥：你跟我来。

喜　子：哎，兄弟，是不是昨晚上的事大掌柜知道了？啊？

苌　悦：我不怕。

兄弟甲：哎，怎么了？

喜　子：（不耐烦）干活儿去。

（苌雨桥在里屋抽了苌悦一个耳光）

苌　悦：（捂着脸）爹，你凭什么打我？

苌雨桥：我这是教你，如何懂得尊重别人，如何懂得做人的原则。

苌　悦：我只是请个说书先生消遣的嘛，有什么错？

（苦莲正好路过，听到苌雨桥父子的对话）

苌雨桥：消遣，你怎么不请个刽子手来？干脆一刀把人杀了呢？

苌　悦：那种害人的狐狸精，人人得而诛之。

苌雨桥：你，你把她比成妲己，又把我比成什么了？纣王吗？

苌　悦：我……

苌雨桥：小小年纪，为什么不办点正经事？好，你想消遣是不是？那我就让你消遣个够。我决定交给钟姑娘一个分号去管理。从现在起，你就到她的分号去当伙计。

苌　悦：爹，爹。

徐　明：雪儿，你听我解释。

钟雪儿：你不要再说了？我相信他一定会来找我的，他不是一个轻言放弃的人。

徐　明：不会的，也许他正在陪着自己的妻子和儿子享受天伦之乐呢。

钟雪儿：就算他会放弃我，他也绝对不会放弃自己的事业。

徐　明：雪儿……

钟雪儿：你不走，我走。

徐　明：哎，雪儿。

（雪儿生气走出，碰到了前来道歉的苌雨桥）

苌雨桥：师妹。

钟雪儿：苌掌柜。

（徐明跟着出来，看到了苌雨桥。苦莲偷偷跟随苌雨桥，发现苌雨桥去找钟雪儿）

苌雨桥：对不起，师妹。我为商号发生的事向你道歉。

（钟雪儿控制不住激动，抱住苌雨桥，苌雨桥不知所措）

（徐明和苦莲两人都痛苦不堪。苌悦来找他娘，结果也看到了苌雨桥和雪儿抱在一起）

【空镜头。沙城晋德裕大院的上空】

（苦莲痛苦万分，借洗衣服来摆脱痛苦）

十八姑：夫人，你歇会儿吧。我来洗。

苦　莲：十八姑，我行。在家里我也常洗衣服。

十八姑：您是夫人，也干这些粗活？

苦　莲：有时候做夫人还不如做个使唤丫头呢。

十八姑：夫人，你是不是累了？病了？要不就是大掌柜又惹你生气了？

苦　莲：没有，他对我好着呢。

十八姑：啊，哈哈哈。我也是说嘛，大掌柜怎么会对夫人不好呢。夫人，大掌柜可是个大好人。要不是他，我老婆子早就没命了。

苌　悦：娘！

苦　莲：（起身）悦儿，你怎么来了？今天不用干活吗？

苌　悦：娘，我有话跟你说。

苦　莲：有啥话就说吧。

苌　悦：我……（苌悦看了看十八姑，欲言又止）

十八姑：啊，你们谈，你们谈。（十八姑转身离开）

苦　莲：悦儿，有啥话你就说吧。

苌　悦：娘，你还用我说吗？您刚才不也真真切切地看到了吗？

苦　莲：娘啥也没看见。

苌　悦：娘，我清楚，您也清楚。

苦　莲：我清楚什么？我什么也不清楚。

苌　悦：钟雪儿和我爹……

苦　莲：悦儿！悦儿，我不许你这么说你爹。你爹是什么样的人，娘比你清楚。（唱）人有头，商有帮，无栋无梁难成房。你爹他处处为商号想，你怎能不帮正忙帮倒忙。

苌　悦：（急）娘，钟雪儿和我爹他们都抱在一起了！

苦　莲：（生气）悦儿，娘不想听你说这些。（继续洗衣服）干活去吧。

苌　悦：娘！

苦　莲：还不快走！

苌　悦：（无奈）那我先走了。

【苌夫人的脸部特写】

苦　莲：（愁闷，无力地揉搓着衣服）（唱）我虽然劝儿子，自己的心里也惆怅，难道说苦莲我命中注定要把苦果尝。难平心中风与浪，一怀愁绪泪两行。

【镜头切换。镜头特写。苌悦在一声不吭地练字】

喜 子：祖训？不纳妾？写的不错呀。（苌悦不搭理，继续写）哎，写的好啊。哎，兄弟，这行不行啊？

苌 悦：有什么不行。这是我们家的规矩。明明白白地挂在祠堂里。

喜 子：我是说啊，大掌柜并没有说纳钟雪儿为妾啊。你这样做他会不会生气呀？

苌 悦：我也没有说他一定要纳妾啊，我只是把家规抄录出来，提醒他注意而已嘛。哎，喜子啊。走，咱们把它贴出去。

喜 子：贴，贴哪儿啊。

苌 悦：自然是贴到大厅里啊。这样的规矩人人都应该效仿。

喜 子：哎呀，这不好吧。贴大厅里，要让人看见了。大掌柜的脸怎么放啊。

苌 悦：那就贴到后堂。

喜 子：那也不好，要是让夫人看见了，她心里面一定会，哎呀，你看……

苌 悦：那我该贴到哪儿，总不能贴到大街上吧？

喜 子：哎，我倒知道一个地方。要是能贴到那儿的话，那是最合适了。

苌 悦：快说，快说！

喜 子：呃，大掌柜在郊外有一个书房。他闲来无事的时候，常常一个人到那儿读书写字打发时光。那个地方最安静，一般人没人会去。

苌 悦：郊外的书房？

喜 子：（挠头）大掌柜给它起了个名字，很好听的名字。叫什么，叫那个……

苌 悦：叫什么，你快说啊。

喜 子：叫梦苑。

苌 悦：（若有所思）梦苑？

喜 子：没错，是梦苑。

【长镜头，远景，喜子带着苌悦来到郊外的一间简陋破旧的草屋】

喜 子：兄弟，你看，那就是梦苑。

苌 悦：梦苑。

喜 子：没错，是梦苑。

（苌悦快步走到草屋跟前，喜子跟随其后）【镜头跟移】

喜 子：哎，快。哎，兄弟，你看，就那儿，那儿就是，梦苑。

【镜头特写，草屋正上方是一块匾，写着“梦苑”二字】

苌 悦：（好奇）这就是梦苑书房？

喜 子：是呀，大掌柜经常一个人到这儿来呢。他就管这个地方叫梦苑书房。

（苌悦和喜子走到草屋门口，推开木门）

【镜头跟移，苌雨桥手拿计划书兴冲冲地走进晋德裕大院】

家 丁：大掌柜。

苌雨桥：好。

苌雨桥：（高兴地）余先生，余先生！

余夫子：大掌柜回来了。

苌雨桥：（兴奋地）成了，成了！

余夫子：股东们都支持了您的计划？

苌雨桥：嗨，这不是我的计划，是钟姑娘的计划！（唱）晋德裕要彻底走出低迷，北疆战略是当务之急。胸怀坦荡排众议，为雪儿撑起这面旗。

余夫子：（唱）对雪儿对我们都是机遇，但愿能走好这步棋。

苌雨桥：你放心吧。把握没有十成也有八成啊。啊，哈哈哈。（余夫子沉思）余先生，你怎么了。

余夫子：没什么，没什么，我这就让他们准备去。

苌雨桥：（叫住余夫子）哎，余先生，你好像有什么话要说？

余夫子：不说也罢。

苌雨桥：哎，说说何妨啊。

余夫子：大掌柜，今天早上有人看到你在雪儿家院外的事。

苌雨桥：哦，你是说……唉，姑娘受了点委屈，自然会冲动一些。唉，余先生，你该不会觉得我苌雨桥真的会假公济私，故意要讨好师妹吧？

余夫子：我相信与否并不重要，重要的是夫人……

苌雨桥：哦，你是说，看到这个场面的是苦莲。

【镜头切换。空镜头，草屋内的陈设：铺着草席的床，简陋的桌子和家具等】

（苌悦快步走进屋内，发现了挂着幕布的一张供桌。苌悦伸手要扯掉幕布）

喜　子：哎，兄弟，这不太合适吧。（苌悦固执地拉开幕布）

苌　悦：啊，祖训。不赌博，不嫖娼，不纳妾。（回头看看喜子）这……

【镜头切换，苌雨桥走进十八姑住所】

苌雨桥：十八姑，十八姑，十八姑。

十八姑：（从侧屋迎来）大掌柜，你找我？

苌雨桥：十八姑，夫人呢？

十八姑：夫人不在后院洗衣服吗？

苌雨桥：没有哇。

十八姑：那我就不知道了。

苌雨桥：十八姑，您老人家又想骗我啊。

十八姑：哎呀，我没骗你。这次呀，我是真的不知道。

苌雨桥：真的？

十八姑：哎，你看着我干啥。咱们还不赶快去找。

（苌雨桥焦急地离开）

【镜头切换，佣人家丁房间，苌夫人把家丁们的衣服收在盆里，准备浣洗】

福　子：哎，夫人，您放下，我们自己来吧。你看这算怎么回事。

众家丁：（跟随苌夫人）夫人，我们自己来吧。哎，夫人……

福　子：夫人，您是稀客，怎么能干这种活计呢。

众家丁：夫人……

苦　莲：福子，叫兄弟们都回屋歇着去。

福　子：哎呀，夫人，您来看我们，我们就很知足了。这种粗活您不能干哪。

众家丁：让我们来干吧。

福　子：求求您了，求求您了，你看这天儿又冷了，这些活还是让我们来干吧。

苦　莲：还不听话。

福　子：（双手作揖）夫人，我求求您了。让我们干吧。

苦　莲：还不让开。

众家丁：哎，夫人，夫人。

（苌夫人蹲在湖边的大石块上，端起衣盆）

众家丁：（站在石阶上不知所措）这怎么向大掌柜的交代啊。就是么，怎么能让夫人干这事啊？

（苌雨桥来到众家丁跟前）

福　子：大掌柜的，你看这……

众家丁：大掌柜的，我们也没办法。

福　子：走走走。

（苌雨桥朝家丁们摆摆手，众家丁离开）

苌雨桥：（蹲在苌夫人身旁）老婆。我说老婆你不是为了洗衣服才来到沙城的吧。（苌夫人没有搭理，埋头洗着衣服）

苌雨桥：（唱）是不是洗衣衫能治百病，洗净了衣衫也就洗净了心。如果此招能顶用，天下的郎中，都要成了洗衣人。

苦　莲：（唱）各人做各人该做的事，各人尽各人该尽的心。你做你的大掌柜，我做我的洗衣人。

【苌雨桥的脸部特写】

苌雨桥：（唱）好郎中难治闭口的病，好和尚难念佛外的经。知道你呀心里不高兴，夫人哪，说不定病体还不轻。

苌夫人：（不理）说完了吗，说完了该干啥干啥去，没见我正忙着吗。

【镜头切换】

（甜妹急匆匆地走进屋内）

甜　妹：墩子，你听说了吗？苌雨桥啊一下子拿出十万两白银，准备让那个小妖女带一支驼队到北疆了！（墩子躺在床上，不理会甜妹的话）

甜　妹：我呀，这回算是看出来了。苌雨桥为了那个漂亮的小师妹，他什么事都做得出来呀。他呀，已经无药可救了。

（甜妹回头看墩子，墩子对她的话仍然无动于衷）

甜　妹：嘿，我跟你说话你听见没有？

（甜妹坐到炕上，掸掸双脚）

甜　妹：嗨，他这第一步啊，是把你赶出商号。接下来就是苦莲嫂子啦。

墩　子：（起身）我说你少说两句行吗？能把你当哑巴啊。

甜　妹：嘿，你冲我发什么火啊，我这还不是为你好么。你想想，一个是二十多年的妻子，一个是二十多年的弟兄。你们俩呀，都快成了那个小妖女的牺牲品了。哼，不行，我得

找苦莲嫂子说说去。（起身就要走）

墩　子：站住！大哥这事儿啊做的没错。钟雪儿或许真的能帮晋德裕打开北疆的大门呢。

甜　妹：（生气地坐下）你，你还护着她呢。

墩　子：这不是护不护的问题。在商言商，讲的是经营策略。

甜　妹：我呀不管什么经营什么策略。他苌雨桥无情啊，我就是不答应。这事啊，不用你出面，看我怎么给他折腾！（墩子出门）

甜　妹：哎，你去哪儿？

墩　子：备车。

甜　妹：备车干什么？就这两步远，我走着去就行了。

墩　子：（拦住甜妹）哎，甜妹，你该回家了。

甜　妹：回家？

墩　子：对，回家。

甜　妹：你要赶我走？

墩　子：你留着这儿啊会给我添乱的。

甜　妹：（委屈地）我？我给你添乱？你，你什么意思啊。（墩子烦恼地坐回床边）好，就算我添乱了，你能把我怎么样啊？哎，许她小妖女放火不许我甜妹点灯啊。再说了，你是晋德裕什么人啊，你凭什么替他们操心哪？（唱）苌雨桥把你当瘟神，你还想为他守庙门。嘴里常挂着晋德裕，心中忘不了负心人。他玩聪明你耍愣，他吹邪风你扬尘。

墩　子：我石墩子生是死晋德裕的人，死是晋德裕的鬼。他可以赶走我这个人，却赶不走我的心！

甜　妹：你，你真是傻啊。

墩　子：（拉过甜妹）哎呀，甜妹。甜妹，你听我的话，赶紧回家吧。啊，明天就走，我送你。

【镜头切换】（砰地一声响，苌夫人不慎打碎了茶杯）【茶杯碎片的镜头特写】

苦　莲：（唱）明知道雨桥不是轻浮人，为什么丢了魂魄闪了神。（苌夫人坐下）夫妻间相互信任是根本，为什么越思越想心越沉。无爱夫妻真也假，有情天地假也真。难道他真被女色搅乱了心境，难道他不再是我当年的夫君？（苌夫人叹气）

（十八姑端着汤进了门）

十八姑：夫人，喝点汤吧。

苦　莲：噢，谢谢。（继续缝补衣服）

十八姑：夫人，累了一天了，歇歇吧。

苦　莲：我不累。

十八姑：（收拾房间）夫人，我知道你心情不好，这全都怪那个小妖精。

苦　莲：（微笑）你听到什么了。（十八姑欲言又止）有话就说嘛。

十八姑：唉，夫人，您是该劝劝苌先生了。他……

苦　莲：他怎么了？

十八姑：唉，按理说，商号的事情我老婆子不该多问，可是我实在是咽不下这口气呀！先生他就像鬼迷了心，处处宠着那个小妖精。小妖精说东他就往东，小妖精说西他就向西。

小妖精想去沙俄做生意，他一句话就给了十万两白银。

苦　莲：（吃惊）十万两白银？

十八姑：可不是嘛。（唱）多少人好言相劝他听不进，就好像吃了秤砣铁了心。他本是菩萨一尊让人敬，转眼间跟着小鬼乱显灵。

苦　莲：大掌柜、喜子在何处？

十八姑：听说去了梦苑。

苦　莲：梦苑？梦苑是什么地方？

十八姑：哎，夫人，你可千万别去找他啊。其实啊这也不能全怪先生，他也是上了那个小妖精的当。（苌夫人起身快步地走出屋门，十八姑毫无觉察，继续感叹）常言说，画龙画虎难画骨，知人知面不知心。一个漂亮女人要想使坏，十个男人也挡不住！（回头发现苌夫人离开，追到门口）哎，夫人，夫人！

【镜头切换。空镜头。长镜头，草屋外，立着一尊石佛，周围一片萧瑟。草屋内简陋的陈设】

【墙上横幅祖训："不赌博，不嫖娼，不纳妾"的特写】

（苌雨桥蹲坐在草席上吹着唢呐，音乐悲怆。苌夫人猛地推开木门，唢呐声戛然而止）

苌雨桥：苦莲，还记得这间草屋吗？

苦　莲：（陷入了回忆）记得。当初我们成亲的时候，就住着这样一间草屋。一模一样的草屋。那时候你很穷，穷得连一床被子也置不起。

【镜头闪回，出现当初二人成亲的场景】【画外音】

苌雨桥：（深情）可你还是心甘情愿地嫁给了我。

苦　莲：你说会爱我一辈子，就算天塌了地陷了，也不会分开。

苌雨桥：你也说会跟我一辈子，就算再苦再穷，也不会分开。

【镜头闪回，婚后不久的苦莲在城门口送别丈夫苌雨桥，二人深情惜别】

苦　莲：还不到一个月你就走了，你说你要到口外去闯世界，要挣多多的钱为我盖一所大大的院子。

苌雨桥：我是男人，男人是不该让自己的媳妇受穷的。

苦　莲：唉。现在，我现在什么都有了。大大的院子，新新的被褥，穿不完的绸缎，花不完的金银……（哭，用手扶住柱子）可是，可是我却怎么也找不回当年草屋的感觉了。

苌雨桥：（走到她身边）你看，我们当年的草屋，不是还在吗？

苦　莲：（轻轻摇头）只是物是人非了。

苌雨桥：苦莲，你……

苦　莲：你喜欢她吗？

苌雨桥：谁呀？

苦　莲：你何必明知故问。

苌雨桥：（微笑）她是个很好的女孩子，是我见过的最聪明，最睿智，最富有朝气和想象力的女孩子。

苦　莲：她还很年轻，很漂亮，很会征服男人。（哭）你为什么要带我到这儿来？你为什么要勾起我们当年那些事情？（痛哭）为什么？

苌雨桥：唉。树高千丈，落叶归根。无论走多远，我的根终究会留在这间破草屋里。（和苌夫人并肩而坐）（音乐响起）

苦　莲：（痛苦）根还留在草屋里，可是树叶已经进入别人家的院墙了。

苌雨桥：苦莲，我觉得你一向都有宽容的肚量，你怎么也变得小肚鸡肠。

苦　莲：我也是个女人。女人的心里可以容纳许多东西，唯一容纳不下的就是……

苌雨桥：（无奈）可你不是一个普通的女人，你是苌雨桥的妻子。我们有二十多年的深情厚意的考验，应该经得起任何风霜雪雨。那些闲言碎语，旁人说说也就罢了。可你，你竟然也这么说，也这么想。你知不知道，你自己在搞什么名堂吗？（不住地叹气）

苦　莲：谢谢你，谢谢你还记得我是你二十多年的妻子。（唱）哥哥你走西口，一走二十年，等弯了几回月，等亮了几回天。虽然有花不完的金银，穿不完的绸缎，可知我穿绸不暖，喝蜜蜜不甜。盼望着常为丈夫端茶送饭，盼望着常为丈夫洗衣浆衫，盼望着锅碗瓢盆能有个磕磕绊绊，盼望着山不白青、水不白绿、明月不白圆。　墙上书画年年换，更漏滴水夜夜残。浮生若梦催人老，花团锦簇裹心寒。抚琴空唱声声怨，挥毫泼墨，白纸黑字写满了孤单。

（苦莲用手绢擦眼泪，苌雨桥走上来安慰）

苌雨桥：对不起，苦莲。（唱）缕缕青丝霜雪染，含辛茹苦眉宇间。我不能常在妻子身边伴，让人羞愧让人惭。

苦　莲：（唱）迢迢千里把亲人探，薄衾未暖心先寒。

苌雨桥：（唱）商海中从来风浪险，驾舟人怎敢安枕眠。

苦　莲：（唱）商号的事情我不管，我要那平常的夫妻过几天。

苌雨桥：（唱）拓北计划是关键，等办完此事，咱夫妻携手还乡过它个大半年。

苦　莲：（唱）这种话我早已听出了老茧。

苌雨桥：这一回我发誓指地指天，（唱）这一回我发誓指地指天。

苦　莲：夫君，你肯听我一句话吗？

苌雨桥：你说吧。

苦　莲：让钟姑娘离开晋德裕行吗？

苌雨桥：你说什么？让她离开晋德裕。哎，她是我师妹，你……

苦　莲：我知道你想帮她，她也应该得到帮助。不过，帮她的办法有许多种，为什么一定要把她请到商号中来，引起不必要的麻烦呢？

（苌雨桥想打断苦莲）

苦　莲：雨桥，你可以资助她一些银两，让她过自己的日子不好吗？

苌雨桥：我以前也是这么想的，想替师傅收养她，可没想到她不是一个简单普通的女孩子。准确地说她是一个很出色的商人。

苦　莲：所以，你就不顾众人的反对，拨给她十万两白银，让她到沙俄去做生意。

苌雨桥：你，你知道的还真不少啊。

苦　莲：雨桥，你不觉得这样做，有些过分吗？

苌雨桥：怎么过分？

苦　莲：你开除了墩子，却如此重用一个仇人。

苌雨桥：哎呀，我不是说过了吗？她不是仇人，是我们的恩人。

苦　莲：是恩人，（停顿）还是爱人。

苌雨桥：苦莲，你越说越过分了啊！

苦　莲：雨桥，对不起啊！

苌雨桥：（生气）算了算了，这件事到此为止了。以后不要再提起了。

苦　莲：雨桥！

苌雨桥：（生气）还有什么事吗？

（苦莲向他丈夫苌雨桥下跪，苌雨桥起来去搀扶）

苌雨桥：哎呀，你这是干什么呀？

苦　莲：雨桥，我求求你，不要做傻事，你把十万两白银子给一个女孩子，一旦有什么差错，你如何向商号的兄弟们交代，你又如何向你自己交代呀？

苌雨桥：商号之事请你不要多管，好吗？

苦　莲：我也是为你好啊！你想过这样做的结果吗？就算苦莲相信你，可咱们的悦儿呢？他会怎么想，股东们会怎么想，上上下下的兄弟们又会怎么想？

苌雨桥：他们怎么想，那是他们的事。

苦　莲：大家会说你不惜千金，去讨一个女孩子的欢心。

苌雨桥：你……（生气）

苦　莲：你二十年的心血、商界的名声，就会因此而丧失殆尽了。

苌雨桥：不要再说了。

苦　莲：雨桥！

苌雨桥：事情已经决定了，任何人都不可能让我收回成命。

苦　莲：（痛心疾首）即使是我，你二十年的结发妻子，你最亲近的人，雨桥！

第九集

钟雪儿：大掌柜。

苌雨桥：师妹，真巧啊。

钟雪儿：不是巧，我是来专门找您的。

苌雨桥：有什么事吗？

钟雪儿：（犹豫地）我想，我还是不去沙俄了？

苌雨桥：为什么？

【镜头切换，钟雪儿的脸部特写】

苌雨桥：哎，你不是一直都对自己，很有信心吗？

钟雪儿：我不怕草原的风雪，我不怕大漠的黄沙，我不怕任何艰难险阻，可是我怕……

【镜头切换到苌雨桥】

苌雨桥：怕什么？

钟雪儿：我，我怕人。

苌雨桥： 你是怕人说闲话？

钟雪儿： 难道您不怕吗？

苌雨桥： 唉，不瞒你说，我也怕。（两人在夕阳下边走边说）

钟雪儿： 那你还敢派我去？

苌雨桥： 我相信，这件事只有你，才能办得最好。

钟雪儿： 或许会办得很糟糕呢。

苌雨桥： 什么意思？

钟雪儿： 晋德裕的伙计对我恨之入骨，多有戒心。我怕我很难做到令行禁止，百人一心啦。

苌雨桥： 我的兄弟我了解，他们也许会说些气话，甚至在背地里骂娘，但只要到了商道上，他们一定是兢兢业业，绝无二心。

钟雪儿： 可是，可是我不希望你为了我而承受如此大的压力。

苌雨桥： 我不是为了你一个人，而是为了商号。

钟雪儿： 大掌柜。

苌雨桥： 嗯。

钟雪儿： 我想向您借一样东西。

苌雨桥： 噢，什么东西？我这儿可没有尚方宝剑啊。

钟雪儿： 我想借您唢呐一用。

苌雨桥： 唢呐？

钟雪儿： 嗯，我带着它，就像有你在身边，任何困难我都不会害怕。

【镜头切换】

苌雨桥： 苦莲。

（瞧见十八姑和苦莲在洗衣服）

苌雨桥： 苦莲，吃饭了。（苦莲不理会）

十八姑： 哎，夫人。大掌柜叫你了。

苌雨桥： 哎，十八姑，来来来。

十八姑： 干啥？

苌雨桥： 哎，十八姑，快请夫人吃饭哪。

十八姑： 夫人，生气了。

苌雨桥： 我知道她生气了，有您这个耳边风整天地吹着，她不生气才怪呢。

十八姑： 哎，是你自己惹出的事，干吗怨我老婆子。

苌雨桥：（无奈地）我真拿你们没办法呀。

十八姑：（生气地）是我们拿你没办法才对！你没听人说吗，男人都是馋嘴猫，吃着碗里的还要看着锅里的。

苌雨桥：（叹气）哎，十八姑，你们怎么都不相信我呢？

十八姑： 不是不相信您，是不相信那个小妖精。

（十八姑怒气冲冲地离去）

苌雨桥：（一脸无辜）哎，唉。

【镜头切换，钟雪儿正在深情的看着那只唢呐】

徐　伯：雪儿啊，雪儿啊，吃饭吧。

钟雪儿：啊，徐伯。徐伯，明哥呢？

徐　伯：他走了。

钟雪儿：走了？

徐　伯：这孩子倔强的很。

钟雪儿：徐伯，对不起，我……

徐　伯：唉，你没什么对不起我，倒是他对不起忠义商号，对不起你爹呀。

钟雪儿：徐伯，你不要这样说。天有不测风云，在商道上行走，任何出人意料的事情都是难免的。

徐　伯：（担忧地）雪儿啊，老汉我是看出来了，你是真心喜欢苌大掌柜，我也知道，他这个人不错，是个值得信任的男人。可是你跟着他在商道上闯荡，我并不担心，我担心的是你的终身大事。你和他在一起，恐怕不会有什么好结果呀。

钟雪儿：喜欢一个人，不一定非得嫁给他。

徐　伯：雪儿啊，这正是我最担心的啊。你娘临终时候把你托付给了我，老汉我不能眼看着你走一条永远也走不到尽头的路啊。雪儿啊，你迟早是要嫁人的。

钟雪儿：徐伯，您怎么忘了，我是个男孩儿啊。您见过有男孩子嫁人的吗？

徐　伯：雪儿，你说你。

钟雪儿：大丈夫四海为家，这才是我的志向。（唱）是鹰不怕天空阔，是龙不怕过江河。只要能跟他在一起，这一生就算不白活。

钟雪儿：徐伯，走，我们吃饭去。

【镜头切换到苌雨桥】

苌雨桥：福子兄弟。

福　子：啊？

苌雨桥：这里数你的年龄最大，一路上一定要照顾好钟姑娘。她要有什么闪失，我第一个拿你是问。

福　子：哎呀，大掌柜，商队远行带一个女娃子，这不是难为我么？

苌雨桥：我也不想让她去，问题是你懂沙俄人的话吗？你认识沙俄的商人吗？兄弟，她可不是一个普通的女娃。也许只有她才能彻底消除沙俄人对我们的怀疑，才能重新搭起一座彼此间的商贸桥梁。

福　子：可是……

苌雨桥：时候不早了，起程吧。

苌　悦：（生气地对福子）你别说这么多了，帮我拿着。（看着苌雨桥，气愤离去）

福　子：大掌柜。

苌雨桥：嗯？

福　子：孩子心里不痛快，我看就别让他去了。

苌雨桥：不，他既然有决心参加商号，就必须经得起各种磨炼。

众兄弟：大掌柜来了，大掌柜好。

钟雪儿：大掌柜，您现在后悔还来得及。

苌雨桥：钟姑娘，你大概是第一个走西口的女子，我为你高兴，也为师傅高兴。

苌雨桥：兄弟们，晋德裕会摆庆功酒，等着你们回来。（唱）商道从来多艰险，全靠智勇巧周旋。草原多疾防病患，大漠无常细观天。北国冰雪最凶险，首要之事是安全。为商最忌贪无厌，诚信才是敲门砖。因时制宜做判断，莫强求急功近利一口吞天。

苌雨桥：兄弟们，北疆之行，事关晋德裕的前途。雨桥在此拜托诸位了。

众兄弟：请大掌柜放心。

苌雨桥：一路保重。

徐　明：（骑马紧跟在后）雪儿是我的，我一定要让她回到我的身边。

【镜头切换，一望无际的大沙漠，音乐响起】

众兄弟：（唱）哥哥你走西口，小妹妹我实在难留。

兄弟甲：来来来，放这儿。

兄弟乙：啊，放这儿。

兄弟丙：快点卸货啊。（钟雪儿抱柴过来）

福　子：来来，给我吧。

钟雪儿：不用，我来吧。

福　子：去歇着吧。

钟雪儿：啊，没事。

福　子：（抱怨）走在这种人不来，鬼不住的地方。

（兄弟甲用棍子戳一位兄弟）

兄弟甲：干吗呢，这是。

福　子：听不到大掌柜的唢呐声，这心里总觉得空落落的。

兄弟甲：哎，福子。是不是想媳妇了？

福　子：废话，我想你不想啊。

兄弟甲：哎，福子。要我说呀，你该找钟姑娘，让她给你使一个美人计。

福　子：你闭嘴，再胡说我废了你。

兄弟甲：那不开玩笑嘛，你看你。

福　子：哎，啥玩笑都能开，这个玩笑不能开。哎，我警告你们，临走的时候，大掌柜一再吩咐一定要我们照顾好她。且不说她是咱们的掌柜的，就算她啥也不是，单凭一个女人能和咱这些大老爷们一起吃这个苦，受这个罪，咱们就得尊重她。懂吗？

众兄弟：懂懂懂。

钟雪儿：（哼唱）桃花花你就红来，杏花花你就白。翻山越岭我寻你来呀，啊个呀呀呆。

众兄弟：（动容）（唱）桃花花你就红来，杏花花你就白，翻山越岭我寻你来呀。啊个呀呀呆，桃花花你就红来。

苌　悦：（愤怒地）别唱了！

兄弟甲：哟，怎么回事。

喜　子：（招呼众兄弟）快去睡觉去。

喜　子：（不满地对苌悦）兄弟，你怎么了，啊。哎呀，落架的凤凰不如鸡，虎落平阳被犬欺。想不到，我们这些男子汉大丈夫却要听一个小妖精指东划西的。

苌　悦：谁让她是掌柜，我们是伙计呢。

喜　子：哎，兄弟。咱们去害害她。

苌　悦：害，怎么害。

喜　子：女人胆子小，一吓准得跑。商队没有她，我们照样到北疆啊。我会学狼叫，或者咱们去捉一条蛇来，保管让她心惊肉跳的。怎么样？

苌　悦：不行，这种下三烂的行径岂是晋德裕的人所为。

福　子：悦兄弟说的对啊，是骡子是马，咱们得在正道上遛。喜子，别老出馊主意，丢咱商号的脸。

喜　子：（赔笑脸）算我没说，算我没说。

苌　悦：（不屑地）我倒要看看她有多大的能耐。

福　子：哎，天不早了。明天呀，还得赶路呢，喜子。

喜　子：哎。

福　子：把火灭了。

喜　子：好好好，灭火。

福　子：快灭了。

喜　子：好好好。

福　子：（对苌悦）早点歇着。

苌　悦：哎，知道了。

喜　子：再见了，福子叔。

福　子：快歇着吧。啊。

喜　子：（小声嘀咕）老东西。

（苌悦和喜子把火灭了）

喜　子：三儿，你借我用用吧，啊。

三　儿：你弄走，我使什么呀？

喜　子：小气，我就用一晚上，明天就还给你，行不行？

三　儿：拿走吧，拿走吧。

喜　子：我收了啊。

三　儿：赶紧还我啊。

喜　子：那么小气，明天就还给你。

三　儿：啊，行了，好了。

喜　子：哎，掌柜的。这巡夜值更是男人干的事，不是女人干的。早点回去歇着吧。

钟雪儿：那你说什么事才是女人干的呀？

喜　子：做饭、洗衣服、生孩子。

钟雪儿：喜子，你也太小看女人了吧。

喜　子：哦，对了。还有一样呢。

钟雪儿：什么？

喜　子：（挖苦地）送黑匾，害人，哼。（帐篷突然着火）

【镜头切换，苌雨桥推门走出屋外，抬头望月】

【镜头切换，沙漠帐篷着火，钟雪儿熟睡中】

钟雪儿：兄弟们，着火了！大家来救火啊！（众兄弟合力救火，喊声一片）

【镜头切换，天亮】

众兄弟：哎，掌柜的。

钟雪儿：还好，损失不太大。好好看看。

众兄弟：掌柜的。

钟雪儿：好好检查。

众兄弟：哎，好嘞。

喜　子：（安慰苌悦）哎呀兄弟。真是看不出来啊。这小妖精还真是不含糊啊。这换成其他的娘们儿说不定早就尿裤子里了。难怪咱们大掌柜呀，会喜欢她呀，这小妖精。

苌　悦：（不耐烦）说够了没有？

喜　子：（赔笑）我不是这个意思。我是说，这个女人不简单。日后啊，不知道给咱们晋德裕招多大的麻烦呢。

苌　悦：越是这样的女人，就越是可怕。

喜　子：兄弟，你说什么？

苌　悦：唉。

喜　子：兄弟，你再说一遍。我没大听懂。

钟雪儿：喜子。

喜　子：（不耐烦）喊什么喊啊。

钟雪儿：喜子，我都查过了。昨天晚上失火的原因，是因为这堆火没有彻底熄灭。而当时熄火睡觉的时候，最后离开的是你。

喜　子：哎，你啥意思么？

钟雪儿：你听不懂吗？由于你的不检点，险些给商队造成了重大的损失。

喜　子：我，我，（对苌悦）你看。

苌　悦：（打断喜子）喜子。

【苌悦推开喜子，面对钟雪儿】

苌　悦：掌柜的，昨天最后离开这堆火的不是他，是我。你一定是搞错了吧。

钟雪儿：你倒是挺仗义。好吧，既然你承认是你自己的过失。你说，该怎么办呢？不会就这样没事了吧？

苌　悦：（不屑）你是掌柜的，自然由你决定了。

钟雪儿：（微笑）国有国法，帮有帮规。我今天放过你一次，以后我还怎么管别人呢？

钟雪儿：（对后面喊）福子。

福　子：哎，掌柜的，来了。

钟雪儿：以前出现了这种事，应该如何处治呢？

福　子：掌柜的……

钟雪儿：他被开除了，给他二两银子，让他回去吧。

福　子：开除了？

喜　子：开除，我看你不知道他是谁吧。

钟雪儿：我不管他是谁，违反规矩的就得照规矩办。(雪儿准备离开)

苌　悦：站住。你想斩草除根？

钟雪儿：什么意思？

苌　悦：你害了墩子叔、晋德裕的二掌柜。现在又轮到我了。

钟雪儿：锅是锅，碗是碗。各说各的事。

苌　悦：(语塞)你？钟雪儿，你究竟要害晋德裕到什么时候？

钟雪儿：我受大掌柜之托，重新开辟北疆市场。既然受人之托，就当忠人之事。常言说，家有家法，号有号规，远行的商队如军队。如果没有半点儿规矩，如何成得了方圆呢？

钟雪儿：福子，请他走。

苌　悦：你敢！

钟雪儿：你……

苌　悦：(恼怒地)钟雪儿，你要搞清楚你自己的身份。想赶本少爷走，你还没这个权力。

喜　子：(附和)对，悦兄弟他不能走。

众兄弟：掌柜的，你不能赶他走。

喜　子：不能赶他走，不能。

众兄弟：不能让悦兄弟走，我求求你。

钟雪儿：(发怒)你们想干什么？晋德裕还有没有规矩？今天是我带队，如果是大掌柜的带队，你们也能这样？哼！(生气离去)

喜　子：就是因为你的到来，才会出这么大的麻烦。我看该走的应该是你。

喜　子：(煽动)是不是，是不是？

兄弟乙：悦兄弟，咱们不能听她的啊。

喜　子：咱们就在这儿待下去，让她走。咱们都是一块儿的，不听她的。

某兄弟：不听她的，对，不听她的。(钟雪儿站在远处吹唢呐)

某兄弟：哎，那不是大掌柜的唢呐吗？(苌悦要冲上去)

福　子：(扯住苌悦)哎，悦兄弟，悦兄弟。不能啊，不能啊。

苌　悦：福子叔。这不是我爹的唢呐么？

福　子：我知道，这是你爹的唢呐。兄弟们也知道。这是大掌柜的唢呐。有唢呐在，就如同大掌柜在。她的话就是大掌柜的话，她的命令就是大掌柜的命令。

苌　悦：就是说，她要赶我走，就等于是我爹要赶我走。

福　子：哎。在商道上，这支唢呐就是大掌柜的命令。

苌　悦：(生气离去)哼。

福　子：哎，悦兄弟。

喜　子：悦兄弟，你不能走啊。她是拉大旗做虎皮。你不能走啊。

福　子：喜子，你胡说。

福　子：(对钟雪儿)掌柜的，掌柜的，喜子嘴上没毛，说话不牢，你不要介意。我求求你，还是把悦兄弟留下吧，啊！这一次，只不过是一次失误啊。

众兄弟：（附和）是啊！

钟雪儿：忠义商号一次买青苗的失误，损失了白银十万两。你们青城分号的一次失误，损失了五万两白银，骆驼二十头。二掌柜石墩子的一次失误，几乎断送了商号的一世清名。我爹钟一笑的一次失误，就不用再说了。干咱这行，任何一次小小的失误，都有可能导致塌天之祸。

福　子：（哽咽）掌柜的，你就再给他一次机会。我给你跪下了，啊！（福子下跪）

众兄弟：（下跪）求你了，掌柜的。求你了。

钟雪儿：（唱）前人的教训一件件，因果皆在转眼间。滴水穿石石也烂，火星虽小能漫天。莫道是一次失误不起眼，它正是摧梁断柱悲剧的根源。立规矩就该按照规矩办，无规矩不能成方圆。（苌悦转身要走）

喜　子：哎，悦兄弟，悦兄弟。

喜　子：福子叔，不能让悦兄弟走。不能让他走啊。

福　子：掌柜的，你就再给他一次机会吧，啊。我求你了。

众兄弟：我们求你了，掌柜的。

钟雪儿：那好。罚他一年的工钱，暂留使用。以后，再有犯者，绝不姑息。

福　子：哎，行，行啊。

钟雪儿：兄弟们，准备上路。

喜　子：悦兄弟，留下你了。

福　子：准备上路了，走吧走吧。

徐　明：（唱）苌雨桥厚颜无耻横刀夺爱，雪儿她竟然甘愿送抱投怀。徐明我绝不能任割任宰，抽刀断水让他俩分开。

兔　子：大哥！

徐　明：兔子。

兔　子：徐大哥。

徐　明：怎么样了？他们走到哪儿了？

兔　子：已经出了青杀口了，最迟明天下午就能出沙漠了。

徐　明：兔子，告诉弟兄们，做好准备。

兔　子：徐大哥，我们真要劫晋德裕的这批货吗？

徐　明：劫，为什么不劫。

兔　子：徐大哥，你只是喜欢雪儿姑娘。我们把她抢回来不就行了吗？为什么一定要劫货呢？闹不好会惹出大乱子来的。

徐　明：雪儿已经被苌雨桥迷昏了头，就算抢回她的人，也抢不回她的心哪。

兔　子：（迟疑地）可咱劫了他们的货，岂不是更要与我们为敌了吗？

徐　明：你又不是傻子，为什么让她知道事情是我们干的。

兔　子：哎，世上从来没有不透风的墙啊。我们瞒得了一时，也瞒不了一世啊。再说，晋德裕在江湖上的耳线众多，他们一定会察觉到是我们做的啊。

徐　明：我就是要让他们产生怀疑，这样一来雪儿就会重新回到我的身边了。

兔　子：我不明白，这不是害了雪儿姑娘吗？

徐　明：暂时的害她，正是要让她回心转意。在晋德裕，除了苌雨桥和余夫子，没有人真正的相信她。只要我们把货一劫，他们很快就会怀疑到是雪儿监守自盗。当晋德裕所有人不再相信她的时候，她就会心甘情愿地回到我的身边了。

兔　子：大哥，这么做的话，我觉得……

徐　明：别再说了。

兔　子：大哥，大家都是走西口的兄弟，都不容易啊。

徐　明：你以为我愿意这样做吗？也许这是我最后的一线希望了。

（一望无际的大漠。晋德裕商队在沙漠中顽强地前行，商号的旗帜随风飘荡，钟雪儿骑着骆驼行走在商队的前列）

钟雪儿：（唱）古道险，山峰恶。迎黄沙，走大漠。穿透如血的残阳，踏平泥泞和蹉跎。驼铃声声摇日月，动了天地暖了心窝。（此起彼伏的吆喝声从商队的后面传来）

劫　匪：他们的商队在前面，快点。

钟雪儿：（牵着骆驼）大家跟上。快，跟上。

福　子：大家快点，就快出沙漠了。

众兄弟：快快快，马上就到了啊。快快快！

福　子：哎，兄弟们。你们快看，小树林。

众兄弟：哎呀，太好了，我们走出沙漠了。走出沙漠了。

（众人欢唱走出沙漠，劫匪出现在小树林）

兄弟乙：快都别唱了，有土匪呀。

劫　匪：快上。

钟雪儿：兄弟们，保护好货物，抄家伙，上！

福　子：二哥，看好货。

二　哥：哎。

福　子：各位英雄，是哪条道上的？可认得我们晋德裕商号的旗号？

劫匪头子：爷爷是哪条道上的关你屁事，我们求财不要命。识相的就给我把货物留下。赶快滚蛋，不然的话，就别怪我们不客气了。

钟雪儿：（愤怒）光天化日之下，竟敢强抢民财，该当何罪？

劫匪头子：少说废话，给我抢！

（两队人马开始拼杀，钟雪儿救了苌悦）

钟雪儿：悦儿，没事吧。

二　哥：（对劫匪）你们这是干什么呀？

劫　匪：快快快，快把骆驼拉走。快走快走。

二　哥：哎呀，不能啊。我的货物，我的货物，我的骆驼。

劫　匪：已经得手了，快走。

劫匪头子：弟兄们，撤。

劫　匪：走，快。

苌　悦：站住，别跑。

福　子：啊，弟兄们，快回来。保护好我们的货。

（福子带人赶到货物的地方，发现货物不见了）

二　哥：怎么办哪？

福　子：（摇晃着二哥）货呢，货呢？你倒是说话呀，货呢？

喜　子：福子叔，福子叔。悦兄弟不见了。

福　子：那，那钟掌柜呢？

喜　子：钟掌柜也不见了。

福　子：那还愣着干什么？快，快去找啊。快快去找。

众　人：（四处寻找）悦兄弟，钟掌柜。

【空镜头。长镜头。浩瀚无垠的沙漠】

喜　子：（焦急）福子叔找到悦兄弟没有？我们没有找到啊。

福　子：没找到，没找到。

（众人无功而返）

二　哥：（向众人）你们找到没有？

喜　子：找到没有？

众　人：没有，都没有。

（福子叔捶胸顿足跌坐在地，懊悔不已）

喜　子：福子叔，会不会钟雪儿和那些强盗他们是一伙儿的？

二　哥：嗯，我看你说的有道理，一定是那个小妖精干的。

喜　子：一定是她监守自盗和强盗们里应外合。他们抢走了货物，还掳走了苌悦兄弟。

众　人：没错，就是，就是。

福　子：喜子，你带几个人马上回沙城，向大掌柜报告。

喜　子：那您呢？

福　子：我再去找找，找不到苌悦兄弟，我还有什么脸回去。

【空镜头。连绵起伏的沙丘】

钟雪儿：（在大漠中爬行）（唱）冷风冷，寒月寒，步履蹒跚。货物失，兄弟散，大祸降临风云突变，不由人心如霜雪寒。赴北疆为打开被动局面，晋德裕急需要重塑尊严。大掌柜全不计得失恩怨，钟雪儿才能够重任在肩。本想着知恩图报了心愿，本想着主动出击凯歌还。谁料想黄沙大漠风烟起，霎时间坠入了鬼门关。顾不得生与死我拼命赶，寻马蹄查踪迹整整三天。人马骆驼都不见，只有着凄凄凉凉冷冷清清，呼天不应、叫地不灵的茫茫荒原。两手空空怕见雨桥的面，雪上加霜让我怎开言。一路上小唢呐将我陪伴，靠它饱靠它暖，靠它不孤单。生命中只留下这情温意暖，生命中只留下这断肠的呜咽。（钟雪儿吹起唢呐）

【镜头切换，苌雨桥在家遥望远方】

第十集

【空镜头，仰拍，一轮弯月悬挂空中。镜头切换，苌悦满身是伤，艰难爬行】

苌　悦：（喘着粗气大喊）福子叔！喜子！我在这儿呢！我在这儿呢！

【镜头切换，钟雪儿孤寂地吹着唢呐，忽然听到背后的响声】

钟雪儿：（警觉地转身）谁？

徐　明：啊，是我，雪儿。

钟雪儿：（惊奇地）明哥，你怎么会在这儿？

徐　明：（不自然地）我，准备到库仑去做一些小生意。路上听说晋德裕的货物被劫。你也失踪了，我心里非常着急，所以我四处寻找。苍天不负有心人，总算让我找到了。雪儿，咱们走吧。

钟雪儿：走？去哪儿？

徐　明：去哪儿都行啊，只要你愿意，我可以陪你到任何一个地方。

钟雪儿：我不能跟你走。

徐　明：为什么？

钟雪儿：我一定要找到那批货的下落。

徐　明：雪儿。

钟雪儿：晋德裕信任我，苌大掌柜信任我，如果找不到那批货，我还有什么脸面回去见他们。

徐　明：雪儿，你不觉得自己很傻吗？

钟雪儿：傻？

徐　明：傻得可怜，傻得可惜。

钟雪儿：我不明白你的意思，你知道那批货的下落，你知道劫货的是什么人？

徐　明：不错，我知道。

钟雪儿：快告诉我，他们是谁，货物在哪里？

徐　明：劫货的正是晋德裕的人。

钟雪儿：你说什么？晋德裕的人自己劫自己的货。不，我不相信，我不相信。他们为什么要这么做。

徐　明：因为他们恨你，想把你赶出商号，想置你于死地。

钟雪儿：不，不会的。他们不会的。

徐　明：雪儿，你醒醒吧。（唱）你一片诚心对待晋德裕，他们却上上下下视你为仇敌。水是水来火是火，容不得你这本是一招险恶棋。

钟雪儿：我不相信。（唱）苌雨桥胸怀坦荡诚意可鉴，绝不会明修栈道暗使奸。他若要视我为敌将我赶，又何必请我入号多此一举，布下这险恶的棋一盘。定是你仇心未泯将他怨，捕风捉影胡乱言。

徐　明：雪儿，就算他苌雨桥对你是真心的，那他手下的兄弟们呢？你能保证他们都能像苌雨桥一样对你信任吗？雪儿，我们和晋德裕毕竟是仇家呀。（唱）苦海无边回头是岸，激流抽身少纠缠，莫等到醒悟时悔之已晚。雪儿啊，我不忍心看着你把命运毁在糊涂间。（苌悦爬到大树背后，听到有人说话）

钟雪儿：不，不管是谁，想打败我钟雪儿没那么容易。

徐　明：雪儿，你想怎么样？

钟雪儿：徐明，（唱）是非真伪总有辨，驱散乌云是蓝天。坦坦荡荡奔彼岸，不信春风不回还。

徐　明：雪儿。

钟雪儿：哼。（生气离去）

徐　明：（追赶）哎，雪儿，雪儿。

（苌悦疼痛难忍，晕倒在树下）

【镜头切换，近景，苦莲一人在家心神不宁】

（喜子一行急匆匆地赶回晋德裕）

家　丁：小李子，喜子他们回来了。喜子，你们怎么回来了？

喜　子：（用手挡）让开，快快快。

【镜头切换，钟雪儿一个人在树林行走】

喜　子：大掌柜，事情很明显，一定是那个小妖女和强盗联合，劫走了我们的货物。还把，还把悦兄弟也……

余夫子：（打断喜子）你说钟姑娘监守自盗，何以见得？

喜　子：哎，秃子头上的虱子，这不是明摆着么？她把晋德裕当作仇人，根本就是贼心未泯。

余夫子：那你说是她绑架了苌悦？又有什么证据呢？

喜　子：哎，她对大掌柜恨之入骨，自然对苌悦兄弟也就……在途中，她还想找借口把苌悦兄弟逐出商队呢？幸亏大家阻拦，她的阴谋才没有得逞啊？

苌雨桥：她为什么要把悦儿逐出商队呢？

喜　子：哎，就是一些鸡毛蒜皮的小事。大掌柜，这个女人实在太狠心了。啊，大掌柜，大掌柜。咱们一定要尽早报官，把她缉拿归案啊。

苌雨桥：你们辛苦了，先去洗澡吃饭。歇着吧。

喜　子：哎，不累，不累。

苌雨桥：（叫十八姑）十八姑。

十八姑：（走过来）大掌柜。

苌雨桥：先带兄弟们去吃饭，告诉厨房，多加几个菜，多烫几壶酒。

十八姑：哎。（转身欲走）

苌雨桥：（叫住十八姑）啊，回来。这件事暂时不要告诉夫人，免得她着急。

十八姑：我知道了。

（喜子等随十八姑去吃饭）

余夫子：大掌柜。

苌雨桥：啊，余先生，你立即派人通知距离出事地点近的几家分号，让他们多派人手寻找，一定要想办法找到钟姑娘和悦儿。

余大子：好，我这就去办。

（苌雨桥转身沉思，然后愤怒地拍桌子，坐下）

苌雨桥：（唱）噩耗传，一石激起千层浪，我心中就如同，翻江倒海，倒海翻江，在人前故作镇静不卑不亢，谁知我冰壶灌顶彻骨凉。钟姑娘一份计划让人激荡，本想着挥毫泼墨妙手绘华章，股东们怀疑她是阴谋伎俩，雨桥我顶着压力促成此事挥师到北疆。谁料想宏图未展，反落得损兵折将，大漠中忽然闪现剑影刀光，货物损失还能赚，人若出事难补偿。钟姑娘战乱之中不知去向，悦儿他，他他他他难道也成了，代我受过苦命的羔羊。伙计们都说雪儿装模做样，认定她监守自盗早把祸心藏，倘若不幸被言中，我如何交代众股东、全商号、孩子的亲娘。

（钟雪儿赶回沙城，面见大掌柜）

伙计们：她怎么回来啦？

钟雪儿：大掌柜！

苌雨桥：啊，师妹。

钟雪儿：雪儿有罪，丢失了货物。请大掌柜处罚。

苌雨桥：什么罪不罪的，回来就好，回来就好。快坐。悦儿呢，他没和你在一起？

钟雪儿：怎么，他们还没有回来？

苌雨桥：喜子刚刚回来。苌悦他们还没有消息。

钟雪儿：（嘀咕）难道真是晋德裕的人暗做手脚？

苌雨桥：你说什么？

钟雪儿：明人不说暗话，有人告诉我劫货的是本商号。

苌雨桥：噢，这话怎么说？

钟雪儿：一路上就有人不服管教，又劫了货物嫁祸于人。目的就是为了赶雪儿离开商号。

苌雨桥：你有什么证据吗？

钟雪儿：没有，可是为什么喜子回来了？苌悦和福子却没有回来。

苌雨桥：你怀疑是福子和苌悦他们监守自盗，嫁祸于你？余夫子。

余夫子：哎。（走过来）大掌柜。

苌雨桥：再派几个人加紧去找，找到后让他们马上来见我。

余夫子：好，小六子。再派几个兄弟赶快去找。

小六子：哎。

苌雨桥：师妹，纸里包不住火，雪里埋不住人。你先回去休息吧，不要为这事儿烦恼了。

钟雪儿：这事说大也大说小也小，不管是谁劫的货总会有个结果。我想的是，如果不赶在封冻之前打开对沙俄的市场，我们可能会错失良机。

苌雨桥：你的意思是？

钟雪儿：大掌柜应该尽快组织二次出击。

余夫子：这话说的不无道理。

苌雨桥：嗯，让我再想想。

十八姑：（闻讯而来）你，你，你还我们少公子，你还我们的货物。

苌雨桥：（生气地）十八姑。我再说一遍，谁也不许再提此事，尤其是不能够让夫人知道。

【空镜头，仰拍，沙城，晋德裕府的上空】

（苦莲正在家缝做衣服）

苦　莲：（唱）独坐窗前弄针线，衣衫易补心难安。思念着雨桥他，从早到晚未见面，思念着我儿，走沙漠，行荒原，步履艰难。越思越想心烦乱，窗外秋风让人寒。

【镜头切换，十八姑、喜子在苦莲门外嘀咕，被苦莲看到】

苦　莲： 十八姑。

十八姑： 哎，来了。（对其他家丁）快干活去。哎，夫人。

苦　莲： 十八姑，你们嘀嘀咕咕的，在说些什么呀？

十八姑： 没说啥，没说啥。他们呀，是在夸夫人您呢。

苦　莲：（不解地）夸我？夸我什么？

十八姑：（掩饰）嗯……

苦　莲： 夸我什么？

十八姑： 夸夫人您贤惠善良，给下人们洗衣服。洗的干净，穿得舒坦。夫人，您先歇着，我给您准备饭去。（准备离去）

苦　莲：（叫住十八姑）十八姑，今天一天都没见到大掌柜，他去哪儿了？

十八姑： 没，没去哪儿。

苦　莲： 哦。

十八姑：（结结巴巴）不不不。大掌柜呀，他，他是有事出去了，出去了，出去了。

苦　莲： 十八姑，您老怎么慌慌张张的。是不是商号又出什么事了？

十八姑：（故作镇定）没有。哎呀，啥事也没出。大掌柜他，他就是有些小事要处理。小事小事。夫人，您喝茶。我给你端饭去。

苦　莲： 您等等。

十八姑： 夫人。

苦　莲： 我看您脸色不太好，是不是病了？

十八姑： 噢，是是是，我是病了，是病了，我浑身上下脑袋疼，我这腿肚子呀，直犯恶心。噢，我这就去找大夫看看。不不，夫人我还是先给您端饭去。端饭去。哦，不不，我还是先找大夫去，找大夫去，找大夫去。

苦　莲：（唱）十八姑神色慌张言语乱，分明有啥心事将我瞒。莫非是商号又出乱，莫非是雨桥身欠安。急忙回屋把衣衫换，寻找夫君问根源。

十八姑：（端着饭菜）夫人，吃饭了。（在屋内四处寻找）夫人，夫人！这去哪儿了。

十八姑：（走出来看见长贵）长贵，你看见夫人了吗？

长　贵： 夫人刚才出去了。

十八姑： 上哪去了？

长　贵： 不知道。

十八姑：（问家丁）你看见夫人了吗？

家　丁： 夫人？没看见，不知道去哪儿了。

十八姑： 哎呀，坏了，要出事了。（对二人）快，快去找呀！

长　贵： 好好好。（催家丁）放下东西，快去，快去！

【镜头切换】

苦　莲： 哎，福子，你看见大掌柜了吗？

福　子：（躲闪）夫人，我还有点事，我先走了。

苦　莲： 哎，哎，你！

（喜子躺在屋外草地上瞌睡。）

苦　莲：（苦莲摇晃喜子）喜子，喜子。醒醒。

喜　子：（睡眼朦胧）哎呀，别闹，我正烦着呢。

苦　莲： 喜子，醒醒。

喜　子： 干什么，睡觉呢。

苦　莲： 喜子，你醒醒呀。

喜　子：（闭着眼）哎呀，烦不烦啊，你这是干吗呀你。（迷糊的说着并站起来，拿起鞋要打）

苦　莲： 喜子。

喜　子：（睁开眼）啊，夫人。对不起，我不知道是您，您看……（穿好鞋，逃避地）那我先走了啊。

苦　莲：（追上前）喜子，你不是和商队去了北疆吗？怎么又回来了呢？

喜　子：（吞吞吐吐）啊，我没去。大掌柜让我留下来看店铺来着。我先干活去了啊。

苦　莲：（追问）哎，不对啊。你分明是和悦儿一起走的呀。

喜　子：（结结巴巴）啊……对了，我得干活儿去了，我……

苦　莲：（严肃地）站住！

（喜子转身，不敢用眼睛看苌夫人）

苦　莲： 喜子，你一定有什么事瞒着我。是不是商队出事了？

喜　子：（掩饰）没有啊，没有啊，真的没有出事儿啊。

苦　莲： 那悦儿呢？悦儿回来了吗？他在哪儿？

喜　子： 呃，悦兄弟跟着商队大概已经快到沙俄了吧。呃，他挺好的，没啥事。（差点站不稳）夫人，我，我去店里干活了。

苦　莲： 哎，喜子……

【镜头切换到长廊，拉镜头，苌夫人满腹心事地徘徊】

苦　莲：（唱）心惶惶意惶惶，寒风扑面不觉凉。商号出现怪现象，看似平静却异常。喜子他分明北疆往，为什么去而复返神色慌张。雨桥他一天不见面，【跟镜头，苌夫人走进院内】十八姑东拉西扯不搭腔。虽然未曾明真相，看得出谜底都在心里藏。

（石墩子骑着马急匆匆地赶到晋德裕）

福　子： 二掌柜，您来啦。

石墩子：（下马）嗯。

石墩子：（快步跑到门口）大嫂！

苦　莲： 哎，墩子兄弟。你不是送甜妹回家了吗，怎么又回来了？

石墩子： 我在路上听说赴北疆的商队被强盗给劫持了，就赶回来了。东西找到了吗？钟雪儿、悦儿都找到了吗？

苦　莲： 你说什么？商队被、被强盗劫了？

石墩子： 你还不知道啊？

苦　莲：（焦急地）墩子，你快告诉我，到底怎么回事？钟姑娘怎么了？悦儿，悦儿他又怎么了？

石墩子：啊，大嫂，你先不要着急，我也是听说的，所以就赶回来看看。许是人们传错了消息。

苦　莲：（摇头）不对。你一定知道发生了什么事。你快告诉我，快告诉我呀。

石墩子：（扶住苦莲）大嫂，你先不要着急，先不要着急。

苦　莲：哎呀。

【跟镜头】（屋内，苦莲坐如针毡）

石墩子：（倒茶）大搜，我听到的就这些，你先不要着急。也许传言有误。江湖中以讹传讹的事并不少见。大嫂，我一定去查个清楚。

苦　莲：出了这么大的事，你大哥为什么不告诉我。为什么？

石墩子：啊，大哥他，大概是怕你着急，所以就没有直说。大嫂，眼下这事情并不像我们听到的那么严重。大嫂你放心，我这就去查，我去查。

苦　莲：（精神恍惚跑出门）悦儿，悦儿！

石墩子：（难过地）大嫂！

苦　莲：（泪流满面）（唱）心如火，泪如河，无情的消息打碎了我心窝。云里走雾里奔失魂落魄。问一声天，问一声地，这究竟是为什么？

石墩子：大嫂，大嫂。

苦　莲：（痛哭）墩子兄弟。一定是钟雪儿在捣鬼，一定是她！

苦　莲：（唱）钟雪儿心怀复仇火，几番要陷害你大哥。一计不成生一计，红脸白脸变化多。天下的男人怕美色，雨桥他就像着了魔。这一次赔了儿子折了货，为人妻，为人母，我纵然有苦怎样说。

【镜头切换】（十八姑紧跟着苌雨桥走进大院）

苌雨桥：夫人是什么时候走的？

十八姑：走了有两三个时辰了。

苌雨桥：她是不是听到什么风声？

十八姑：大掌柜，我们可是什么也没有说。也许是夫人聪明，她自己看出什么来了吧。

（苌雨桥、十八姑遇见余夫子）

余夫子：夫人的确今天到过很多地方，一直在到处找你，我想，她猜到什么了。

苌雨桥：如果她知道悦儿失踪的消息，这，这可就麻烦了。

十八姑：（气愤地）都是那个小妖精惹的祸。

苌雨桥：唉。

十八姑：还不让说。

余夫子：您就别再添乱了。

十八姑：怎么，我说的不对吗？哼。

（石墩子在房中安慰苦莲）

石墩子：大嫂你别着急。

苦　莲：我怎么能不急。我就悦儿这么一个儿子，（哭）悦儿，悦儿！你在哪儿呀？

【镜头切换】（屋内）

（苌雨桥来回踱着脚步，苌夫人坐着不停地抹泪）

苌雨桥：苦莲，我告诉你，全都告诉你。去沙俄的商队在途中遭遇强盗，货物全被劫走了！

十八姑：啊，那人呢，人怎么样？

苌雨桥：大部分伙计都有了下落，只有福子、悦儿……

苦　莲：啊，悦儿，悦儿怎么样了啊？

苌雨桥：一场混战之后，他……

苦　莲：悦儿他到底怎么样了，你快说呀你。

苌雨桥：他下落不明。

苦　莲：（晕倒）悦儿……

（苌夫人晕倒，苌雨桥慌忙扶住）

苌雨桥：苦莲，你怎么了？苦莲，来人哪，快请大夫。

【跟镜头】（苌雨桥焦急的在屋内走来走去）

苌雨桥：大夫，夫人怎么样？

大　夫：大掌柜放心，夫人只是急火攻心，没什么大碍，吃上几服药，静养几日就可以痊愈了。

苌雨桥：多谢大夫。

大　夫：告辞了。

苌雨桥：啊，请。

（十八姑走进屋内。）

十八姑：大掌柜，夫人醒了，夫人醒了。

（苌雨桥快步走向苦莲床前看看病情）

苌雨桥：苦莲，你醒了。

（苌雨桥给苦莲端茶水）

苌雨桥：苦莲，你喝点水吧。

（苦莲没有反应）

苌雨桥：苦莲你饿了吧。我去找人给你做，不，我亲自给你做。

（苦莲没有反应，手开始挪动）

苌雨桥：苦莲，我……真对不起你。我，我不该瞒你。苦莲，原谅我。

（苦莲抓住苌雨桥的手）

苦　莲：（哭）还我的儿子，还我的儿子……

苌雨桥：我已经派人去找了，一定会把悦儿找回来的。

十八姑：是啊，夫人，少爷福大命大，一定会没事的。

苌雨桥：苦莲，不要着急。不要着急啊。

苦　莲：（悲痛万分）悦儿……

十八姑：夫人……

【空镜头】（一轮明月）

（苌悦被徐明救起，躺在床上，醒来）

徐　明：啊，兄弟，你醒了。

苌　悦：是你？

徐　明：你想要什么？喝水吗？我去给你倒。

苌　悦：哎，等等。这是什么地方。

徐　明：这是我的家呀。

苌　悦：你的家？

徐　明：（温和地）对呀。

（苌悦挪动身体）

徐　明：哎，别动别动。你的腿啊，受了伤。我刚才给你上了药。

苌　悦：她呢？

徐　明：谁呀。

苌　悦：钟雪儿。

徐　明：雪儿。哎呀，我不知道啊。雪儿不是和你在一起呀？

苌　悦：别装糊涂了。把钟雪儿请出来吧。

徐　明：（故意地）苌公子，我真的不知道她在哪儿呀？那天夜里我从外面回来，看见你晕倒在沙坡上，我就把你背回来了。

苌　悦：哼。到现在你们还在骗人，哼，那天夜里，我分明看见你们在一起嘛。

徐　明：哎呀，苌公子一定是你看错了。

苌　悦：你不要再演戏了。把她给我请出来吧。我苌悦既然落在你们手里。我认命了。想怎么样，你们请便吧。

徐　明：哎，苌公子。我徐明敬重你是条汉子，我才把你背回来疗伤的，绝对没有其他的意思啊。

苌　悦：如此说来，我可以走了。

徐　明：悉听尊便。

苌　悦：那我就告辞了。（起身想走，疼痛难忍）

徐　明：哎哎，苌公子……

苌　悦：怎么，你后悔了？

徐　明：苌公子，我知道你对我和雪儿有点儿误会。我希望……

苌　悦：（不解）你想说什么？

（徐明向苌悦下跪）

苌　悦：你这是什么意思？

徐　明：我希望你们不要再为难雪儿了，那天夜里我确实见过雪儿。她告诉我那天晚上确实是她劫了货。我……我很害怕。我劝她把货还回去，她说什么也不肯。她发过誓，一定要为她父母报仇。苌公子，雪儿这样做也是一时糊涂，我求您千万不要把这件事张扬出去啊。

苌　悦：（气愤地）果然如此。

徐　明：苌公子，你也知道。雪儿她是我的命，我不能没有她。哎，苌公子，我希望你给我一些时间，我一定说服她把原物奉还。你千万不要把这件事说出去。我求你了，我求你了。

苌 悦：你说的都是真话？

徐 明：我徐明虽然不满意晋德裕和苌大掌柜的所作所为，我也想报仇，我也想出这口气。可我毕竟是顶天立地的血性男儿。我知道一个男人应该做什么，不应该做什么。雪儿如此轻率确是不义之举，可她毕竟是报仇心切，才会如此冲动。苌公子，苌兄弟，看在我们一起走西口的分上。你就成全了我这一次吧，啊！（唱）同一条水源同一条根，一样的兄弟一样的人。雪儿她为报丧父恨，徐明我为报一怀恩爱情。

苌 悦：只是她这样三番五次地折腾晋德裕，不给她些厉害，我实在是咽不下这口气。

徐 明：哎，苌兄弟。人非圣贤，谁都会犯错误。我保证，我保证会想办法劝说她。你相信我，你相信我是真诚的。兄弟啊，你想想看，如果我想瞒下这件事，完全可以把你杀了灭口，可我不能这么做，雪儿她已经犯了一个错误，我不能再犯错误了，苌兄弟。

长 悦：徐大哥，襟怀坦白，令人敬佩。以前我是误会你了。

徐 明：哎，兄弟说哪里话呀？你还记得吗，我们在沙城打过一架。你虽然不会武功，但男人的豪气却远远胜过我呀，我徐明佩服你。走，我请你吃饭。

苌 悦：哎，不用了徐大哥。我想先回去，兄弟们找不到我，一定很担心啊。

徐 明：那你的腿伤。

苌 悦：我能走。

徐 明：也好，我就不留你了。免得让雪儿知道又要横生什么枝节。兄弟，你就骑我的马走。

苌 悦：徐大哥，我们后会有期。

徐 明：兄弟，一路顺风啊。

【全景】（夕阳西下，苌悦策马远去。空镜头，夕阳的余晖映红了沙漠）

（女扮男装的钟雪儿走近门口，欲敲门）

【镜头切换】（屋内，苌雨桥心事重重，坐立难安）

苌雨桥：（唱）秋风摧叶碎残阳，漫漫枯草漫漫霜。都说是残阳如血秋霜冷，怎知我心中滴血，无奈胜寒霜。

钟雪儿：（手持唢呐）（唱）秋风摧叶碎残阳，漫漫枯草漫漫霜。【苌雨桥的脸部特写】都说是残阳如血秋霜冷，怎知我心中滴血，无奈胜寒霜。

苌雨桥：（唱）半月来，【镜头切换，远景】

钟雪儿：（唱）半月来，

苌雨桥 钟雪儿：（唱）雨急风紧更添惆怅。

苌雨桥：（唱）度一日如一年，多一份凄凉。

钟雪儿：（唱）多一份凄凉。

苌雨桥：（唱）兄弟们找遍了荒山僻壤，悦儿他却还是音信渺茫。

钟雪儿：（唱）音信渺茫更让人费思量，难道说他们是故意来躲藏。

苌雨桥：（唱）苦莲她责怪我，亲手造成这悲剧一场。连累的娘不见儿，儿不见娘。

钟雪儿：（唱）徐明他责怪我，亲手造成这悲剧一场。到头来只落得，悲悲惨惨，凄凄凉凉。

苌雨桥：（唱）商号内兄弟们暗议明嚷，都责怪雨桥我，英雄难过美人关，不爱商帮爱红装。

钟雪儿：（唱）雨桥他曾使我心情激荡，他怎能阳奉阴违另做文章。

苌雨桥：（唱）难道说真是我信错了对象？

钟雪儿：（唱）难道说真是我情迷了心房？

钟雪儿：（唱）钟雪儿，

苌雨桥：（唱）雨桥我，

苌雨桥　钟雪儿：（合唱）你何时变得，没有了主张。

【空镜头】（鸽子飞在屋顶上面）

（喜子快步向大掌柜报告）

喜　子：大掌柜，大掌柜。他们回来了。悦兄弟也找到了。

苌雨桥：你说什么？

喜　子：悦兄弟回来了。

苌雨桥：他怎么样？

（苌雨桥快步向外走去）

喜　子：他只是在追的时候，他……，哎，大掌柜。

徐　伯：雪儿，雪儿。

钟雪儿：徐伯。

徐　伯：刚才我在街上买东西。听说晋德裕跟你到北疆的人都回来了。

钟雪儿：啊。

徐　伯：你去哪儿啊。

钟雪儿：我去找他们把事情问个清楚。

徐　伯：哎，你不能去。

钟雪儿：为什么？

徐　伯：因为他们认定你就是劫持货物的罪魁祸首。听说苌家公子苌悦已经找到了真凭实据。

钟雪儿：那我更要找他们，问个明白。

第十一集

苌　悦：娘！

苦　莲：（心疼地）让娘好好看看。

苌　悦：娘，你看，我这不是好好的吗？

苦　莲：你还说，差点把娘给吓死。悦儿，你想吃点什么？娘给你做去。

苌　悦：只要是娘做的菜，我什么都喜欢吃。

苦　莲：好孩子，比你爹懂事多了。

（苌雨桥走进屋里）

苌雨桥：悦儿。

苌　悦：爹。
【镜头切换，苌雨桥的面部特写】
苌雨桥：回来了，终于回来了，终于回来了。
苌　悦：爹。
苌雨桥：孩子……
【镜头切换】
苌　悦：爹，孩儿无能，没有追回货物。
苌雨桥：（关心地）孩子，货物不要紧，只要你能够回来。回来就好啊，回来就好啊。
【中景】（苌雨桥转身对苌夫人说话）
苌雨桥：苦莲，我不是跟你说过，咱们的孩子一定会回来的。这下你放心了吧，啊。
苦　莲：你们父子俩先聊着，我去做饭。
【全景】（集市上）
看门人：你慢走，慢走。（拦住钟雪儿）哎哎哎……
钟雪儿：烦劳通报一下，我要见你们的大掌柜的。
看门人：哎，大掌柜吩咐，今天哪，谁也不见。您哪，回吧。
（钟雪儿气得转身坐到石墩上）
看门人：哎呀，你回去吧。你起来吧，你给我们带来的晦气还不够吗？
【中景】（镜头切换到悦儿和苌雨桥）
苌雨桥：悦儿，你的腿怎么样？
苌　悦：爹，我没事，我没事。
苌雨桥：让爹看看。
苌　悦：爹，我有话跟你讲。
苌雨桥：说，孩子，说。
苌　悦：爹，你这个老实人真的上那个丫头的当了。
苌雨桥：你，你是说……
苌　悦：不错，钟雪儿正是劫持货物的真正罪魁。
苌雨桥：孩子，你听谁说的？
苌　悦：是徐大哥亲口对我说的。
苌雨桥：徐大哥？
苌　悦：就是徐明。他在沙坡上救了我，是他亲口对我说，劫货是钟雪儿一手操作的。
【镜头切换】（钟雪儿和看门人正在争执）
看门人：哟，二位客官来了，请请请。
钟雪儿：（站起身）我……
看门人：哎哟，我说你赶紧走吧，走吧。
钟雪儿：你……
看门人：等着也没用，走吧。
（钟雪儿愤愤离开）
【镜头切换，苌雨桥的面部特写】

苌雨桥：不可能，怎么会这样？绝对不可能。怎么会这样呢？

苌　悦：爹！徐明深爱着钟雪儿，他绝不会拿钟雪儿的声誉开玩笑，来欺骗我们。

苌雨桥：钟雪儿，钟雪儿，不可能，怎么会这样呢？为什么？为什么？

十八姑：大掌柜，你这是怎么了？啊？

【镜头切换到钟雪儿，近景】

（徐伯走进来）

徐　伯：雪儿啊！

钟雪儿：徐伯，他们为什么要怀疑我？

徐　伯：有许多事不是靠嘴能说清楚的。你不是也怀疑是他们自己劫了货吗？

徐　伯：雪儿啊，这有些事我老汉也说不清，可我总觉着……

钟雪儿：什么？

徐　伯：这事啊，不像是晋德裕他们自己做的。

钟雪儿：徐伯，您……

徐　伯：唉。【闪回，钟雪儿与苌雨桥在屋内的谈话】

钟雪儿：这就是计划书。

苌雨桥：噢？

钟雪儿：大掌柜，现在后悔还来得及。

苌雨桥：钟姑娘，你大概是第一个走西口的女子。我为你高兴，也为师傅高兴。晋德裕会摆好庆功酒，等着你们回来。

【镜头切换到十八姑和夫子，中景】

十八姑：夫子，夫子，你快劝劝大掌柜吧。他把自己关在大厅里，觉也不睡，饭也不吃，这样下去如何得了啊！

余夫子：夫人呢？

十八姑：夫人来过了，也吃了闭门羹。大掌柜这次是真的生气了！哎哟，醒悟醒悟，醒了就全都误了呀！

余夫子：十八姑，您老先回去休息吧。

十八姑：哎，商号出了这么大的事，我老婆子怎么睡得着？路不平，有人铲，事不平，有人管，我又得当十八大侠了。

余夫子：十八姑……

十八姑：夫子，你说，咱们该怎么办？

余夫子：十八姑，您老人家只要不添乱，就算是对商号最大的贡献了。

十八姑：你这是什么话？

十八姑：大掌柜，大掌柜，你这要上哪儿去？你还没吃饭咧！（拽住余夫子）哎呀，你还愣着干啥？还不赶快去追，去呀！

余夫子：随他去吧。现在最重要的是要心静。

十八姑：心静？哼，他要是能静下心来，那才见鬼了。

余夫子：如果他不能做到心如止水，那晋德裕可真要浊浪滔天了。

【镜头切换到大掌柜和夫子，近景】

余夫子：先生一夜没睡，想必已经有了自己的看法了。

苌雨桥：你呢？

余夫子：我？我一个书呆子，也想不出什么东西。满脑子翻来覆去就一个字。

苌雨桥：噢？

余夫子：如果我猜得不错，先生也在为这个字困扰着。

苌雨桥：你怎么知道你想的字就和我想的字一样呢？

余夫子：哦，有时候，心里想的事，往往都会写在脸上。

苌雨桥：也许吧。

（夫子用手指蘸茶水在桌上写下“信”字）

苌雨桥：但愿，这不是我们的一厢情愿哪。

余夫子：先生不会看错人，夫子我也不会。

苌雨桥：那货物又是被谁劫走的呢？

余夫子：那就要看是谁最希望先生和钟姑娘重新成为敌人。

苌雨桥：是他？

余夫子：唉，可惜我们没有证据。

苌雨桥：现在几乎所有的人都认定是雪儿在捣鬼。我现在担心的还不止这些，沙俄的市场是许多商家必争之地，我们晚走一步就会失去先机。如果我们的货物一时找不回来，那我们就会把一个大好的棋盘拱手让出。我所做的一切也就失去意义了。

余夫子：先生是不是有了新的考虑？

苌雨桥：我们只能是棋分两步，一方面要设法查清货物被劫的底细，另一方面，我们必须采取措施，紧紧把握住开拓北疆的机遇。

余夫子：您是说，在没有找到货物之前，再去筹集银两，二赴北疆？

苌雨桥：雪儿说得对，如果我们不早做打算，那失去的，就不仅仅是十万两白银了。（唱）一汪清泉成苦酒，一盘好棋刚开头。擒龙妙招才出手，山雨欲来风满楼。咱不能一筹莫展等天救，破釜沉舟也要击中流。

（十八姑走进来。）

十八姑：大掌柜，大掌柜，二掌柜和满堂兄弟来了。

苌雨桥：啊，墩子，看看去。

石墩子：大哥。

满　堂：大哥。

苌雨桥：墩子、满堂兄！

石墩子：大哥，我找了许多朋友四处察访，发现了一条让人吃惊的线索。

苌雨桥：噢？（焦急地）什么线索？

石墩子：那些打劫货物的强盗，过去都是钟一笑的人。

苌雨桥：钟一笑？

石墩子：对，忠义商号倒闭之后，这些人就干起了打家劫舍的勾当。

苌雨桥：此事当真？

石墩子：十拿九稳。

满　堂：大掌柜，你看，我早就说过，是雪儿监守自盗，可您，您就是不信么？

苌　悦：徐明大义灭亲，算得上真正的男人。咱这是烧香惹鬼，自己把自己送到陷阱里去了。

十八姑：大掌柜，画龙画虎难画骨，知人知面不知心。您不听我老婆子忠言逆耳，现在果然有了报应了吧？大掌柜，咱们还是去报官，把这个狐狸精抓来。

众　人：对，报官，抓起来。

余夫子：弟兄们，弟兄们，我看这件事不简单，我们还须三思而行。

十八姑：夫子，你是不是读书读得没了脑筋，啊？事情明白得很，就是小妖精害人！

余夫子：在事情没有查清楚之前，谁也不能妄下结论。

十八姑：哎，夫子，你是不是和大掌柜一样也害了女人病？

（苌雨桥转身走开）

十八姑：哎呀，大掌柜，我老婆子话语虽重，却是一片忠心，你千万别往心里去呀。

苌雨桥：说钟姑娘监守自盗，我还是不太相信。

十八姑：大掌柜，你凭什么不相信？

余夫子：她要是心里有鬼，为什么还要回来呢？

苌　悦：她这是欲盖弥彰，贼喊捉贼。

众　人：对，贼喊捉贼，就是

苌　悦：爹，您就听听大伙的话吧，报官吧。爹，事情已经到了这一步，你如何给诸位股东和商号的弟兄们交代呢？

余夫子：如果她真是无辜的呢？

苌　悦：既然无辜，就应该拿出无辜的证据来。

苌雨桥：说她有罪，也要拿出有罪的证据！

苌　悦：爹，你……你怎么还不清醒啊？

苌雨桥：哼。

苌　悦：我不管你对钟雪儿究竟是感情还是义气，但你在完全没有把握的情况下，就拿出十万两白银，让她搞什么北疆计划，这本身就是轻信，根本没有考虑到商号的利益。

余夫子：悦儿……

满　堂：余先生，您主管账房，应该知道咱们的家底，咱们哪，实在是赔不起了。

余夫子：正因为损失太重，苌先生才主张抓住这次必争的商机。他做得对，考虑的也正是商号的全局。

苌　悦：谁能保证这次的货物被劫跟年前的黑匾风波不是同一步棋？我们现在连口袋都丢了，还谈什么量米？

苌雨桥：悦儿，说话要有凭据。杜猜杜测，只能是害己害人。

苌　悦：您还要什么凭据？我们现在的凭据还少吗？爹，您身为晋德裕的大东家、大掌柜，可为什么还不如年轻您十多岁的徐明？徐大哥身为忠义商号的一个伙计，与咱们只有怨恨而没有情义，他尚能胸怀坦荡，不徇私情，而您呢？您却为了一个钟雪儿，要把咱们晋德裕商号置于何地呢？

苌雨桥：你……

众　人： 大掌柜，大掌柜……

苌雨桥： 滚，滚出去！

苌　悦：（愤然离去）哼！

众　人： 哎，少爷，少爷！

十八姑： 哎呀，真是鬼迷心窍啊。

石墩子： 各位兄弟，让我说两句。

十八姑： 墩子兄弟，你说。

石墩子： 我觉得大掌柜和余先生的话有道理。

十八姑： 兄弟，你是不是也犯糊涂了啊？

石墩子： 货物虽然是忠义商号的人所劫持的，但还不能证明一定和雪儿有关系。大哥，你要还相信我石墩子，就让我把这件事情查清楚。

苌雨桥： 墩子。

石墩子： 大哥，你可以开除我石墩子这个人，但是你一定要留下我对晋德裕的这份情义。

苌雨桥： 墩子，我和你一起去。

石墩子： 大哥……

苌雨桥： 墩子，十万两白银不能像一块投入大海的石头，输要输得明白，赔要赔出个道理。看来，我应该亲自出马，收拾这盘残局。

石墩子： 不，大哥，你应该在家里多陪陪嫂子，不能再让她受一点儿委屈。

苌雨桥： 婆婆妈妈的，哪有这个道理。

石墩子： 大哥，我求求你，就算给我一次机会，让我石墩子证明一下我自己。告辞了，告辞！（转身离去）

众　人： 哎，墩子，墩子兄弟！

满　堂： 大哥，怎么办？

众　人： 哎，墩子，墩子兄弟！

苌雨桥：（追出门口）墩子，墩子！

满　堂： 二哥！

（墩子骑马远去，徐伯走来）

徐　伯： 大掌柜！

苌雨桥： 徐大叔！

徐　伯： 大掌柜，雪儿让我给您捎句话，她说她要用行动来证明她绝对没有负你。

苌雨桥： 雪儿，她在哪儿？

徐　伯： 她走了。她还说，请你不要去找她，她会回来找你的。大掌柜，雪儿是我看着长大的，她可是个好闺女啊！

苌雨桥： 满堂。

满　堂： 噢，大哥。

苌雨桥： 你马上去找雪儿。

苌雨桥： 记住，一定要和她一块儿回来。

【钟雪儿骑马来到徐明住的客栈里，中景】

钟雪儿：货物在你手里，对不对？

徐　明：（慌张）不，我……

钟雪儿：是你劫了商队运往北疆的货，这一切都是你布下的迷局，对不对？

徐　明：是，是我干的，都是我干的。

钟雪儿：你为什么要这么做？

徐　明：我这都是为了你，雪儿，我爱你，我不能失去你呀！

钟雪儿：为了爱，你竟然做出这样的事情，亏你还是山西商人，亏你还是走西口的弟兄！（唱）一个爱字说出口，真让人为你惭愧为你羞！爱是一杯真诚的酒，爱是一盏燃烧的油。爱是山中明月照，爱是清泉石上流。你使圣洁的情感蒙污垢，你将一生的美好变阴谋！

徐　明：雪儿，你原谅我这一次好吗？我，我浑哪！（唱）这都怪我昏了头，一失足成了万古愁。

钟雪儿：（唱）人生的路要靠自己走，希望你悬崖勒马早回头。

徐　明：好吧，我答应你，我这就把货物交还给他们。（把茶杯递给钟雪儿）雪儿，喝水吧。

钟雪儿：（把水放桌上）还是先找货物要紧。

徐　明：这货物都存放在后山，一点儿都没有动。我本来想着，只要你答应嫁给我，我就会把货物完璧归赵。可现在，雪儿，我对不起你，对不起钟师傅对我多年的栽培，这杯茶就算是我徐明向你、向钟师傅赔罪吧！

（钟雪儿喝了掺药的茶，昏迷不醒）

【镜头切换】（夜晚，徐明布置的婚房内，徐明斟酒，向昏迷不醒的钟雪儿）

徐　明：雪儿，我等这一天等了很久了，今天总算等到了，我们终于可以成为夫妻了。来，喝酒，祝我们相敬如宾，白头到老。（仰头喝了一杯酒）雪儿，我知道对不起你，不过你放心，我会好好地待你，我会让你幸福，让你舒舒坦坦地过一辈子。你相信我，一定要相信我。等我们到了南方，我会把忠义商号的招牌重新挂起来。我做掌柜，你来做掌柜夫人，让我们从头开始。干杯，咱们干杯。（唱）徐明我十六岁闯荡西口，风作鞍马苦作舟。再大的苦难能忍受，就为了娶一个知心的媳妇度春秋。你本是鸟中凤凰花中魁首，这一生有你伴我还有何求？夫人哪，咱喝下这杯同心酒，从此后相亲相爱到白头。

（敲门声响起）

手下人：大哥！

徐　明：谁？

手下人：大哥，是我呀。

（徐明走出门去）

徐　明：马车都准备好了吗？

手下人：准备好了，咱们什么时候走？

徐　明：夜长梦多，天一亮就走。

手下人：那小姐呢？小姐怎么办？

徐　明：她是我的妻子，当然跟我一起走。

手下人：这合适吗？

徐　明：有什么不合适的？

手下人：她只是喝下迷魂药，最多三天就能醒过来。要是她发现你欺骗了她，那可麻烦了。

徐　明：生米做成了熟饭，就算她不情愿也没有办法了。

手下人：她要是告官呢，那我们岂不是全都暴露了吗？

徐　明：世上没有不透风的墙，这件事迟早都要暴露，只能是走一步说一步了。

手下人：那，那批货怎么办？

徐　明：你安排一个弟兄，等我们离开十天之后，设法给苌雨桥送信，让他们自己把货拿走。

徐　明：你是说把那批货还给晋德裕？

徐　明：不错，不义之财不可取，这是商号的规矩。我徐明这样做也是被逼无奈，为了让雪儿能回到我的身边。既然她已经是我的妻子了，我还要那些货物干什么？再说了，只要我们把货物还给晋德裕，他们也就不会再追究，这场风波就算过去了，这是最好的结局。

手下人：我明白了。

（集市上，石墩子焦急查访货物的去向）

石墩子：（唱）为商号查真情东走西奔，剪头绪理枝蔓寻源追根。不怕他狡兔三窟耍阴损，大海内也要捞出针。

满　堂：二哥！

石墩子：满堂？

满　堂：二哥，有线索了。

石墩子：雪儿？

满　堂：不，是徐明。

石墩子：徐明，他在哪儿？

满　堂：就在前面沙头的一家客栈里，有人见过他。

石墩子：你看清楚了吗？

满　堂：二哥，徐明也算是在商道上跑过多年之人，许多人对他都不陌生。

石墩子：好！咱们就去会会这个徐明。

满　堂：嗯。

【镜头切换】（徐明准备上马车）

手下人：大哥！

徐　明：兄弟。

手下人：大哥……

徐　明：我说兄弟，你把事情安排好以后到青杀口来找我们。记住，货物一定要还，但不能把我们扯进去。就说，是雪儿为父报仇心切，找人抢走了货物。然后良心发现，又原物送还。

手下人：那个苌雨桥，他不会报官吧？

徐　明：放心吧，他欠着咱们钟师傅一笔债，绝不会追究雪儿的事。

手下人：嗯。

【镜头切换】（山西会馆内，苌雨桥正召开股东大会）

苌雨桥：诸位，雨桥以为货物被劫与钟雪儿无关，当然，更不能就此认定她的拓北计划是什么阴谋。计划书大家都看过了，而且也都认同。既然计划没有什么问题，我们就不能再耽搁了，一定要尽早地去。

股　东：大掌柜，丢失的货物尚未找到，再去谈北疆的事，是否操之过急呀？

苌雨桥：如果就因为丢了一批货物，我们就不敢再做买卖了，那我们晋德裕就不会发展到今天。天有不测风云，我们在商道上行走，哪个商队没有损失过货物，又有哪个商队没有遇到过风险？难道我们就要因此而停下自己的脚步吗？

股　东：这是两码事。意料之外的事情当然无法避免，但此事分明就在意料之中啊！或者说，根本就是钟雪儿复仇的阴谋！雨桥兄，你是商界的领袖，是我们十分敬佩的人，我不希望你为了一个女子就忘记了自己的身份！

苌雨桥：我苌雨桥坦坦荡荡，从来就没有忘记过自己是个什么样的人。

股　东：我看此事并不尽然。钟雪儿是钟一笑之女，是晋德裕的仇人，你将她招入商号，还委以重任，这不能说没有原因吧？

苌雨桥：啊，原因当然有。钟雪儿常在沙俄一带行走，熟悉那里的情况，认识那里的商人，而且她的计划周详缜密，完全可以实行，这是其一。其二，沙俄商人中断了和我们的商务往来，根本原因就是假油事件的发生。钟雪儿作为我们当时的对手，肯为我们去做这件事情，这本身就有很大的说服力，至少可以证明晋德裕是值得信任的。

股　东：靠一个女人去挽救商号声誉？

苌雨桥：哼，解铃还须系铃人，何况北疆计划只是一个点，老兄该不会不懂点面之分吧？

股　东：不管怎么说，你跟钟雪儿的关系搞得是满城风雨，直到现在都不肯承认是她从中捣鬼，断送了商号的大好前程，这恐怕难以服众吧？

苌雨桥：用人不疑，疑人不用。我相信钟雪儿，就像相信在座的每一个人。

【镜头切换到石墩子和满堂、店小二】

石墩子：小二，他们是什么时候离开的？

小　二：已经走了三天了。

满　堂：三天了？二哥，他们是不是闻到什么味儿了？

石墩子：他就一个人吗？

小　二：是两个。

石墩子：一男一女？

小　二：对。

满　堂：他们住在一起吗？

小　二：一开始一人一间，临走的那一天，他们就在这个房间里成亲的。

满　堂：成亲？

小　二：嗯。哦，客官这边请。

满　堂：二哥，不用说了，这个女人哪，肯定是钟雪儿无疑了。

石墩子：徐明喜欢钟雪儿，与她成亲不奇怪。这奇怪的是，钟雪儿为什么会草草率率的就与徐明订了终身呢？她可不是个轻率的女人呀。

满　堂：哎，这还用说么？一定是钟雪儿盗了货物，让徐明抓住了把柄，不嫁给他恐怕也不行了。你忘了，徐明不是亲口对悦儿说过这件事吗？

石墩子：对，这正是问题所在。徐明以盗货相威胁，逼雪儿成亲，这倒也在情理之中。可他为什么又把事情告诉了悦儿，这不等于把钟雪儿拱手卖给了咱们吗？

满　堂：也许是小妖精做事太狠，连她自己的人都为之不平。

石墩子：不，这不是真正的原因。

满　堂：那真正的原因是什么？

石墩子：哼，如果我猜的没错，劫货的真凶就是徐明。

满　堂：徐明？

石墩子：这是一出连环套。徐明喜欢钟雪儿，钟雪儿并不喜欢徐明，钟雪儿反而入了晋德裕商号，成了咱们的人，所以徐明对此是耿耿于怀，因此才做出了这等荒唐之事，利用我们逼钟雪儿回头。

满　堂：钟雪儿既然是无辜的，为何还要嫁给徐明呢？二哥，谁都知道钟雪儿对咱们大哥是……二哥，二哥！

（石墩子从屋里拿出唢呐）

满　堂：唢呐，这不是大哥的唢呐吗？

石墩子：不好，满堂，快，咱们走！

满　堂：去哪儿？

石墩子：救雪儿！

满　堂：救雪儿？

石墩子：你说对了，雪儿不是心甘情愿与徐明成亲，而是被徐明劫持了，快走！

【镜头切换】（苌雨桥家中）

余夫子：结果不尽如人意，比想象的还要糟糕。

苌雨桥：这都是意料之中的事。墩子有消息吗？

余夫子：还没有。事情越来越麻烦了。

苌雨桥：何以见得？

余夫子：徐明避而不见也就罢了，可为何雪儿也没有一点儿音信呢？至少她应该回来一趟，把问题说清楚啊。

苌雨桥：她是个倔强到有些任性的姑娘，不会轻易向任何事情屈服。找不到货物，她是不会回来的。

余夫子：她会不会有危险？

苌雨桥：这也是我最担心的。如果真要有个三长两短，我……我还怎么有脸面对九泉之下的一笑师父呢。唉！

（苌夫人在河边洗衣服，苌雨桥走过去）

苌雨桥：苦莲，苦莲，哎呀，不是让你少干活多休息吗？你怎么又……哎，苦莲，这种活你就别干了，你应该多休息。

苦　莲：你找我有什么事？

苌雨桥：给我准备几件换洗的衣服。

苦　莲：你要出门？

苌雨桥：啊，好几天了，雪儿没有一点儿音信。你怎么了？脸色这么差？是不是病了？哎，要不要请大夫看看？

苦　莲：我没病，你才有病呢。

苌雨桥：而且还病得不轻，对吧？

苦　莲：你自己知道。

苌雨桥：唉，苦莲。（走上前去）哎，儿子不相信我，老婆不相信我，股东们不相信我，商号的弟兄们也不相信我，我苌雨桥真的成了孤家寡人喽。

（苌夫人晾着衣服，欲言又止）

苌雨桥：哎，有话就说，何必欲言又止呢？

苦　莲：说了也没用，何必多此一举呢？谁不知道你苌雨桥一根手指头就能拉动九头牛，九头牛却拉不动一个苌雨桥。

苌雨桥：你这是表扬我呀，还是在骂我呀？

苦　莲：十万两白银的货物被抢，却比不上一个人让你这么动心。

苌雨桥：哼，小家子气。

苦　莲：你说谁？

苌雨桥：说……说我行不行？苦莲哪，我真觉得雪儿姑娘会出什么事。

【镜头切换、摇下】（荒郊野外）

徐　明：雪儿，等急了吧，来来来，趁热吃，啊。吃吧，啊。

钟雪儿：（把碗打翻）徐明，我没想到你竟然如此卑鄙！

徐　明：雪儿，我也是为了你好啊！

钟雪儿：你把江湖中下三烂的手段全都用绝了，还说是为我好？你闪开，你让我走！

徐　明：雪儿！我不能让你走啊！

钟雪儿：那你就杀了我吧。

徐　明：雪儿，看在我徐明为你们钟家鞍前马后出生入死十多年的份上，你就原谅了我这一次吧！是，我是抢了晋德裕的货物，可是我已经答应还给他们了。你还想让我怎么样？

钟雪儿：你还得了货物，你还得了耽误的时间吗？你还得了一个人的人格吗？你不要再和我提起钟家，钟家为有你这样一个人而感到耻辱！我钟雪儿为有你这样的人而感到脸红！

徐　明：你骂吧，只要你能出气，怎么骂我都行。

钟雪儿：闪开！

徐　明：我不能让你走！我们已经离开了那块是非之地，就不能再回去了！我答应过要给你带来幸福，就一定能做到。我们去南方吧。

钟雪儿：（气愤地）我钟雪儿这辈子就算是嫁猪嫁狗，也绝不会嫁给你这种无耻的小人！你走开！（推开徐明，跑开）

徐　明：雪儿！雪儿！雪儿！

（石墩子和满堂骑马赶来）

满　堂：二哥，那边！

（徐明骑马追钟雪儿）【镜头切换】（被石墩子和满堂看到）

（徐明不慎从马背翻下掉入河中，石墩子和满堂赶到钟雪儿身边）

石墩子：（关切地）雪儿！你没事吧？

满　堂：没事吧？

第十二集

【空镜头】（太阳出现在晋德裕商号的屋顶上）

（苌雨桥正和苦莲在一起晾衣服）

苌雨桥：苦莲啊，我真觉得，我真觉得雪儿姑娘会出什么事？我，我已经对不起一笑师傅一次了，绝不能再有第二次了。（唱）雪儿她身负重任北疆行，谁想天有不测云，眼看着一月已过无音信，怎能让人不担心，货物损失还能赚，人若出事，苦莲哪，我一生一世不安宁。

苦　莲：难道你真的没有想过，这批货物是钟雪儿给盗走的。

苌雨桥：（语塞）我……

苦　莲：（叹气）或许你根本就不愿意这么想，因为你比任何人都清楚她在你心中的分量。

（苦莲丢下苌雨桥要走，苌雨桥叫住了她）

苌雨桥：（急切地）苦莲，苦莲。是，我对她确实有好感。可这，这完全不是、不是你们想象的那样，那种事。不错，她聪明漂亮，有胆有识，确实能让许多男人为之动心。

苦　莲：当然也包括你了。

苌雨桥：我也是男人啊。不过话又说回来了，只有感情没有理智的男人不是真正的男人，也不可能成为成功的男人。

苦　莲：你们男人的事我不懂。（转身欲走）

苌雨桥：苦莲，你想不想看看雪儿姑娘的计划书。

苦　莲：我不看，看了也不懂。

苌雨桥：哎。

【空镜头，俯拍】（晋德裕四合院）

（苦莲一个人在屋内看计划书）

苦　莲：（唱）人都说大院的女人最荣幸，二十年吸引了多少羡慕的眼神。谁知道荣幸恰恰是不幸，谁知道荣华富贵裹清贫。深宅耗去多少梦，金银压碎孤独的心。为什么同样的女人不同命，钟雪儿反成了我羡慕的人。羡慕她沧海横流知风劲，羡慕她潇潇洒洒天下行。

（苦莲独自叹气）【脸部特写】

苌　悦：娘，车马都已经备好了。咱们什么时候走啊。（苦莲发呆）

苌　悦：娘。

苦　莲：（回过神）啊，悦儿，你来了。

苌　悦：娘，你怎么了？

苦　莲：噢，没什么。你刚才说什么？

苌　悦：车马都已经备好了，咱们什么时候走啊？

苦　莲：唉，悦儿。说真的，娘真不想再回到大院里去了。

苌　悦：娘，你今天是怎么了，恍恍惚惚的。

苦　莲：（坐下）啊，没什么。你爹走了吗？

苌　悦：（坐下）没有。他还想说服股东们同意他二赴北疆的计划。哼，简直就是不见棺材不掉泪。

苦　莲：悦儿，不许这样说你爹。

苌　悦：（生气地）娘，他分明就是……

苦　莲：你爹是什么样的人，娘比你清楚，还轮不着你说。也许，也许他是对的。

（苌悦叹气，翻了翻桌上的计划书）

苌　悦：娘，你看这个干什么？（欲撕，苦莲阻止）

苦　莲：哎，悦儿。

苌　悦：（气愤地）要不是她，我爹也不会犯糊涂，商号也不会出那么多乱子。（欲撕）

苦　莲：你放下！（苌悦气愤地放下）以后也不许你这样说钟姑娘。

苌　悦：娘，你到底是怎么了？

（苦莲沉默）【脸部特写】

【空镜头，仰拍】（一轮弯月挂在漆黑的夜空）

石墩子：师妹，按照你的清单所列，货物一箱也不少。

钟雪儿：石掌柜，谢谢你。

石墩子：谢啥，我答应晋德裕的事应该办的。

钟雪儿：唉，都怪我害了你。

石墩子：油中掺假的事是我咎由自取，与你何干。

钟雪儿：石掌柜。（唱）风疾才知芳草劲，患难之时见真情。此恩此德无以报，羞在脸上愧在心。

石墩子：哎，师妹。咱们都是走西口的兄弟，何言此话呢。不过，师妹，你要是真的想报答我的话，我石墩子倒有个请求。

钟雪儿：啊，请讲。

石墩子：能不能再让我做一次晋德裕的伙计和你去北疆呢？

钟雪儿：啊，我求之不得。不过，眼下可就咱们两个人哪？

石墩子：你放心，我给你准备好了一支队伍。

钟雪儿：在哪儿？

石墩子：来。

（石掌柜和钟雪儿走出门外，看到了一支商队）

石墩子：来，师妹，你看。

（商队）

石墩子：他们不再是打家劫舍的土匪，而是我石墩子的伙计了。

钟雪儿：他……

石墩子：兔子特别讲义气，他现在跟我干。

（兔子走向石掌柜和钟雪儿）

钟雪儿：石掌柜，他们可都是抢劫货物的罪犯。

兔　子：小姐，我们知道触犯了王法。我们这么做不图赎罪，只希望帮小姐把耽误的时间抢回来。不过小姐放心，从北疆回来之后，我们自然会去自首的。

石墩子：掌柜的，上路吧。

满　堂：哎，等一等。钟姑娘，大掌柜让我一定把你请回去呀。

钟雪儿：一来一去又要耽搁多少时间啊，要不你先回去报个信。

满　堂：不行，不行。大掌柜的命令，让我一定带你回去。

石墩子：将在外君令有所不受。师妹，咱们一起去北疆吧。

钟雪儿：说得对，咱们一起走。

石墩子：走，走吧。

满　堂：唉……

兔　子：走吧走吧，走吧。

满　堂：走。

【空镜头】（大漠映在一片夕阳之下）

（钟雪儿重新带领商队向北疆进军）

石墩子：兄弟们别闷声闷气的，抬起头来，吼它一嗓子。

众兄弟：（唱）家住儿太古住沙儿就河，北王村搭起台台唱秧歌。咱姐妹走一回，又怕那老天爷爷不顶对，耳听得南山圪梁梁上，响了一声呼呼呼雷，耳听得那南山头响了一声呼呼呼雷。

【空镜头，仰拍】（晋德裕四合院的上空）

（苌雨桥在书房，余夫子敲门）

苌雨桥：进来。

（余夫子进苌雨桥书房）

苌雨桥：（看看余夫子）怎么，股东们还是不同意我们二赴北疆的计划。

余夫子：比这更糟。

苌雨桥：出什么事了。

（余夫子叹气，欲言又止）

苌雨桥：哎，你快说呀。

余夫子：哎，苌先生。（唱）股东们一个个心存余悸，说先生与商号貌合神离。全不顾大家的切身利益，掷万金哄一个……

苌雨桥：什么？

余夫子：（唱）哄一个黄花闺女。

苌雨桥：哼，老生常谈，没什么新意。

余夫子：麻烦事，还在后头了。

苌雨桥：接着说。

余夫子：已经有几家提出要退股，其他股东也响应积极。

苌雨桥：（震惊）什么，撤股。他们怎么说？

余夫子：他们说。（唱）大树倒猢狲散好来好去，龙升天蛇钻地各自东西。

（苌雨桥闻讯，头晕欲倒地）

余夫子：（扶住大掌柜）大掌柜。

苌雨桥：撤股，撤股，釜底抽薪，他们这是要断情绝义呀！

余夫子：一旦撤股，别说是北拓计划，我们整个买卖都成问题呀。

苌雨桥：拓北计划不能实施，其他生意也面临危机。我们失去的就不仅是一次难得的商机，而是作为商家的信义呀。

余夫子：大掌柜，现在就看您如何拍板定案，权衡利弊了。

苌雨桥：让他们撤股好了。离开几块碎石头，我照样筑起大堤。想当年，我一条扁担走西口，闯天下，才有了今天的晋德裕。大不了我重新挑起扁担，让他们看看，苌雨桥还是苌雨桥，晋德裕还是晋德裕。（唱）一副担子挑日月，走过小巷和大街，饱饮过天山南北风风雪雪，跋涉过群山峻岭重重叠叠。【闪回】（年轻的苌雨桥牵着骆驼走在前面，石墩子肩挑胆子，二人冒着风沙顽强地前行）经历过大漠狂沙烈，经历过不毛之地鸟飞绝。大丈夫有志重做起，好汉子不怕往倒跌。哪怕其心是顽铁，雨桥我偏偏不信邪。

余夫子：（点头）大掌柜壮志可嘉，令人钦佩。不过在这关键时候，你千万不能义气用事无所顾忌。这不是我们希望看到的结局呀。

苌雨桥：（沉思）可我又能怎么样呢？树欲静而风动，船欲稳而浪逼。我……

余夫子：唉。事到如今，也许只有两条路可以考虑。这第一，暂时将开拓北疆的计划搁置。缓缓图之，从长计议。

苌雨桥：逢激流而怯步，丧失重要的商机。这一条路不能考虑，你再说第二条吧。

余夫子：这第二条么，只有公开宣布将雪儿姑娘逐出商号，以缓解各位股东对您的信任危机。

苌雨桥：你说什么？将雪儿姑娘逐出商号？这不等于落井下石吗？

余夫子：这虽然是无奈之举，但也是权宜之计呀。

苌雨桥：雪儿姑娘生死未卜，就做出这无情之事。（黯然坐下）这一条更不能考虑。

余夫子：大掌柜。

苌雨桥：余先生，这话如果是出自旁人之口，我雨桥也许不会生气。可我万万没有想到这话竟然会出自您的口中。

余夫子：这，我……

苌雨桥：难道是您也认为雪儿姑娘在搞美人计。难道您也认为她的北疆计划有什么问题？难道您也认为我苌雨桥会和钟一笑钟师傅的女儿有什么乱七八糟的关系。

余夫子：大掌柜……

苌雨桥：您熟读孔孟，贯通礼义，一直高举儒商的大旗。难道这就是商家的儒道？难道这就是您做人的礼义？

余夫子：您刚说过，树欲静而风动，船欲稳而浪逼，这……这都是被逼出来的主意呀。商号内眼下已是银两短缺、捉襟见肘，如果不能尽快拿出一个方案，让股东们满意，一旦撤股，那就是釜底抽薪，雪上加霜，就会造成更大的危机呀，大掌柜！（苌雨桥呆呆地坐下）要论感情，我和钟一笑是烧过高香的兄弟，他的闺女就是我余夫子的闺女，我比你更不想给雪儿带来任何委屈，可是，唉。（唱）无奈之时无奈举，忍辱负重度危机。你现在必须为自己考虑，晋德裕不能毁在一步棋。

（苌雨桥激动不已，一拍椅子起身就走）

余夫子：哎，大掌柜，你要去哪儿？

苌雨桥：我再去找他们谈谈。绝不能因为暂时的失利，就否定了整个大局。

余夫子：唉，这……

【镜头切换】（苌雨桥敲开一股东家的大门）

家　丁：（开门）哎呀，苌大掌柜，实在对不起，我家先生身体有恙，刚刚服了药睡着了，您是不是改天再来呀。

苌雨桥：你家先生没有告诉你他的病什么时候才能痊愈呀。

家　丁：哎呀，病来如山倒，病去如抽丝，这很难说呀。（家丁关门）

苌雨桥：唉。

【镜头切换】（另一股东家）

（苌雨桥敲门）

家　丁：来了，来了。（家丁开门）哟，苌大掌柜，我家老爷去和复兴号的马掌柜商量入股的问题，今天不回来了。（关门 ）

苌雨桥：唉……

【镜头切换】（第三个股东家）

苌雨桥：哎哟，苌大掌柜您来晚了。我们家老爷刚刚探亲回山西了。您看这是不是……不好意思啊。

苌雨桥：他什么时候回来？

家　丁：哎呀，这说不准啊。再说吧。（关门）

【镜头切换】（天未亮，苌家屋内静悄悄）

（苌雨桥满腹心事，面露忧色，来回踱着步子）

苌雨桥：（唱）一副担子二十年，挑风挑雨挑苦甜。家持勤俭不敢忘，业守诚信未曾偏。西口路历坎坷千千万万，从未有像今日这般艰难。才将是油中掺假起祸端，又遇到北疆重创片物不还。商号内众说纷纭多埋怨，雨桥我义利面前费周旋。能理解股东们忐忑不安，风急浪高怎行船。雪儿她绘蓝图赤诚一片，全不把旧仇新怨放心间。怕的是抽刀断水水难断，伤及无辜我愧对天。

（苌雨桥叹气。苦莲端着饭菜进屋内）

苦　莲：雨桥，吃点东西吧。

苌雨桥：唉，没胃口。

苦　莲：这可不像你苌雨桥的样子。

苌雨桥：（微笑）苌雨桥是什么样子？

苦　莲：一拍桌子，就能把相处了二十年的兄弟给赶走。一个决定就能石破天惊，烧掉十万两白银的胡麻油。我听说当时有很多人为你拍手。钟雪儿也是从那刻起，化解了所有的仇和恨。人们都说你呀，风光无限，都说你不愧是商界名流。

苌雨桥：哎，可惜呀。（冷笑）唉，商界名流，一夜之间便成了情场风流。唉，烧油割肉，虽然挽回了声誉，可北疆路上，唉，又把货丢了。

苦　莲：你怕了吗？

苌雨桥：哎，是啊。我很怕。我，我从来没有像现在这样恐怖，这样难受啊。

苦　莲：你走自己的路，别人想说什么就让他们说个够吧。

苌雨桥：苦莲。（感激地看着苌夫人）

苦　莲：看什么，又不是没见过。

苌雨桥：就是没见过今天的苦莲嘛。

苦　莲：其实也没什么，女人生来呀，大概就是为你们男人们分忧解愁的。

苌雨桥：苦莲，有你这句话。我真的好多了。（苌雨桥往外走）

苦　莲：哎，你要出去吗？

苌雨桥：不，我今晚哪儿也不去，我要和夫人好好地团聚团聚。十八姑，十八姑。

十八姑：大掌柜。

苌雨桥：十八姑，吩咐厨房加几个菜，再烫一壶酒，我要和夫人好好地喝一杯。苦莲，今天只属于你、属于我，属于我们两个人。

【拉镜头】（十八姑呆呆地站着）

苌雨桥：哎，十八姑。你怎么还不去呀。

（十八姑走向苌夫人，和苌夫人小声嘀咕着）

十八姑：夫人，车马已经来了，在大门外等候。

苦　莲：请他们稍后片刻，我收拾收拾就走。

十八姑：哎。

苌雨桥：苦莲，这么晚了，你要去哪儿？

苦　莲：我要回去了。

苌雨桥：回去？

苦　莲：对不起，我忘了告诉你。

苌雨桥：哎，苦莲。难道你还在和我赌气？你，这可不像我苌雨桥的老婆。

苦　莲：那苌雨桥的老婆应该是个什么样子？

苌雨桥：至少应该和苌雨桥一样永远的昂头挺胸啊。

苦　莲：雨桥，我没有你想的那么小气。我知道你这些天在为开拓北疆的事情而发愁，为缺少资金而着急。这几年我省吃俭用也积攒了一些金银珠宝绸缎布匹，我想尽快赶回去把它们变卖了，以应你北上之需。

苌雨桥：（激动地）苦莲……

苦　莲：雨桥，我真羡慕雪儿姑娘能像一个男人一样，走南闯北经历沙漠的风雨。雨桥，一个女孩子能像男人一样活着真不容易呀。

苌雨桥：苦莲……我……

苦　莲：我相信我的丈夫不会看错人的。

苌雨桥：苦莲哪，时间再紧，也不急在这几个时辰，明天再走好吗？

【镜头切换】

股东甲：诸位，我考虑再三，雨桥兄的做法确实是不错呀，倒是我们做得有些太过分了。当初，如果我们中间有人愿意出面帮助钟一笑一把的话，他也不至于悬梁自尽啊。大家都是走西口的兄弟，都经历过风雨，吞过风沙，在这个时候我们应该雪中送炭，没有理由釜底抽薪哪。

股东乙：我们也没有说一定要撤股，只是手里的这些银子经不起折腾啊。

股东甲：这些天，我算了一笔账。雨桥说的对呀，要是真的打开了北疆市场，晋德裕的买卖能大大地向前一步啊。我们赚钱的日子还在后头呢。

（众股东议论纷纷）

股东丙：哎呀，要是再出什么差错呢？那不是赔了夫人又折兵嘛？

股东甲：怕得病就不吃五谷，那我们不是要等着饿死吗？啊！

众股东：是啊，你说的有道理呀。

股东甲：我决定不撤股了。

众股东：好，我也决定不撤股了。不撤股了，不撤了。

【镜头切换】（大漠中，钟雪儿和石掌柜在大漠中艰难行进）

石墩子：大家都累了，要不要休息一下啊。

兄弟甲：不用了，我们还是赶路要紧吧。

石墩子：有钟姑娘先回去报信，我们就不用太着急了。再往前走就有我们的分号了。我们把货物交给他们，就算完成任务了。哎，兄弟，你怎么了？

兄弟乙：可惜了，我不能跟你们在一起了。

石墩子：兄弟，我石墩子说话算话。我等着你。

兄弟甲：不说这些了，老大。我们唱支歌吧。

众兄弟：（唱）哥哥你走西口，小妹妹我实在难留，手拉着哥哥的手，送你送到大门口。走路要走大路，千万不要小路上走，大路上人儿多……

【镜头切换】（钟雪儿在大漠上骑马飞驰）

钟雪儿：（唱）马蹄飞，急扬鞭，风驰电闪，顾不得野茫茫，路漫漫，终能够投桃报李偿心愿，终能够一展宏图凯歌还。

【空镜头】（晋德裕四合院上空）

（苌雨桥送苦莲回老家）

苌雨桥：苦莲，以往都是你送我，今天我也送你一程。

余夫子：大掌柜，金掌柜求见。

苌雨桥：快请。

金掌柜：哎呀，苌大掌柜。

（两人相互见礼）

苌雨桥：金掌柜。

金掌柜：苌大掌柜。

苌雨桥：你这是？

金掌柜：托您的福啊，我又柳暗花明，东山再起。我听说贵号资金吃紧，我赶紧备些银两聊解不时之需呀。

苌雨桥：哎呀。金掌柜。金掌柜真是雪中送炭，有情有义，雨桥十分感激呀。

金掌柜：惭愧惭愧。苌掌柜才是商界的“及时雨”呀。

余夫子：大掌柜，还有一个好消息。

苌雨桥：哦。

余夫子：各分号都响应先生的北疆计划，正在积极筹措资金，最迟明天就全部到齐。还有，所有股东都突然取消了撤股计划，愿意继续和晋德裕生死与共啊。

苌雨桥：（兴奋地）好啊，到底都是走过西口的弟兄们，他们还是信得过我苌雨桥啊。

（大家都高兴地笑起来，这时听得十八姑叫小妖精）

十八姑：小妖精，你还有脸回来，哎，你还有脸回来。兄弟们，她害苦了咱晋德裕，更害苦了大掌柜。咱们应该绑她见官。

众兄弟：对，绑她见官。

（钟雪儿暗自流泪）

十八姑：你不是挺能说的吗，啊？你说呀，你还能把走麦城说成是过五关，咱晋德裕不欢迎你这号东西。

众兄弟：对，不欢迎。走走走。

（某兄弟走出来）

某兄弟：大掌柜来了。

（苌雨桥出门看见了钟雪儿）

苌雨桥：师妹。

钟雪儿：苌掌柜。

苌雨桥：师妹。

钟雪儿：我，我。

（钟雪儿晕倒，苌雨桥赶紧扶住）

苌雨桥：师妹，师妹。

（苌雨桥抱起钟雪儿，苦莲看到这一幕）

苌雨桥：（大叫）快去找大夫，快去找大夫。

（苦莲看了，心中很不是滋味）

【跟镜头】（苌雨桥把钟雪儿放在床上，看见苦莲进来，要她倒茶来）

苌雨桥：快，倒杯茶来。拿毛巾。快去，找大夫来。你还愣着干什么呀，快去呀。

苌雨桥：（望着夫人）夫人。

苦　莲：你一个大男人家，怎么会照顾她呢？还是我来吧。

【空镜头，晋德裕】（钟姑娘所睡的居所外面。屋内，苦莲正在照顾钟雪儿，苌雨桥推门进来）

苌雨桥：怎么样？

苦　莲：唉，都两天了，她就像没睡过觉似的。

【空镜头，晋德裕的天空】

余夫子：大掌柜。

苌雨桥：余先生。

余夫子：满堂兄弟来了。还带了几十头骆驼的货物。

苌雨桥：货物？

余夫子：啊。

苌雨桥：什么货物？咱们走，去看看。

满　堂：大掌柜。

苌雨桥：满堂兄弟，你回来了，快坐。

余夫子：请。

满　堂：钟姑娘和二掌柜找到了被劫的货物，他们怕耽误时间，就直接去了北疆。买卖做成了，重新赢得了沙俄商人对晋德裕的信任。

苌雨桥：好。

满　堂：钟姑娘怕家里面人着急，就提前快马赶回来了。没想到，大哥，这次北疆之行二哥他也是功不可没呀。

苌雨桥：他人呢？

满　堂：他走了。

苌雨桥：走了？

满　堂：二哥说，他能帮晋德裕出点力，也算是功过相抵了。他也可以放心地自立门户了，再扬起一面山西商人的大旗了。

苌雨桥：这才像个走西口的哥哥，这才是我的好兄弟。

【镜头切换】（钟雪儿等在大漠中带领商队行走）（唱）商号诚为道，做人信为真。春栽一棵树，秋蔽万亩林。商道人道皆一体，要用真心换真心。

【跟镜头，晋德裕门口热闹非凡】

伙计甲：山西巡抚送匾一块！

伙计乙：城乡百姓送匾一块！

伙计甲：欢迎！欢迎！

伙计乙：沙俄商界送匾一块！

伙计甲：欢迎！欢迎！

伙计乙：先生，夫人从山西送来匾一块。

（苌雨桥出来看，揭开一看，竟是无字的匾）

伙　计：无字的匾。

（所有的人都愕然，面面相觑）

【背景音乐响起】哥哥我走西口，小妹妹我实在难留。手拉着哥哥的袖，送你送到大门口。

【闪回，年轻的苌雨桥走西口和苦莲分别的情景】

【画外音】公元1727年，清政府与俄国政府正式签订了允许两国边境贸易通商的《恰克图条约》。在历经雍正、乾隆、嘉庆、同治、道光一直到清末180年的漫长岁月里，山西商人始终垄断着恰克图对俄贸易活动。与此同时，山西商人的足迹从东到西、从南到北，遍布全国并延伸到俄国、日本、中亚等地区，形成了一张规模宏大的商业网络，形成了一种只要有麻雀的地方，就有山西商人的壮观局面。

（编撰　张懿媛　杨建珍）

后　记

《中国广播电视文艺大系·电视戏曲卷（2001—2010）》，从2007年10月开始启动，到2011年12月完成，历时四年多。参加的人员以06、07、08级电视戏曲研究的硕士研究生为主，也有自告奋勇加盟的08博士和04硕士。完稿之后反复商榷体例格式，又一而再、再而三校对，直到2013年。这部书稿在主创人员手里像一块璞玉，一直被细心琢磨。现在，虽然瑕疵仍然像秋风中的落叶，边扫边有，但要出版了，只好结稿。所有的不足，虽然满怀不安，也只好留待行家们指正。唯一可以心安的，是我们很努力，我们有诚意。

完成项目的过程其实也是我们学习的过程，所以虽然工作过程漫长琐碎，还是很享受！课堂上，导师列出了许多例证，介绍、描绘给我们，也播放了精彩片段。但课堂上不可能有大量时间来拉片，不可能完整欣赏那些很有吸引力的电视戏曲作品。做这个《中国广播电视文艺大系·电视戏曲卷（2001—2010）》项目，给了我们完整欣赏、品读这些美妙作品的机会。完成项目的过程，印证了戏曲的电视传播是非常好的传播传承传统戏曲艺术与文化的方式；印证了电视戏曲是各类观众都能找到适合自己观赏的戏曲节目样式；印证了电视戏曲是可以发挥艺术想象、不断创新的节目样式。逐渐坚定了为戏曲的传播、为电视戏曲的发展贡献力量的专业信念。完成项目的过程，也是体悟电视戏曲节目制作流程、方法、技术的过程，为我们从课堂书本、抽象理论到实践搭起一座桥梁，形象生动，简捷而有效。等我们有机会自己尝试去拍摄、制作电视戏曲节目的时候，那些成功的案例就浮现出来，成为形象的教材。

当然，影像转换为文字的工作，毕竟费时费力、非常繁琐。特别是戏曲晚会和戏曲电视剧，体量大，剧集多，工作量很大。我们需要一个画面、一个句式、一个段落地抠词，甚至场面转换的技巧、剧中角色的表情等影像都要尽可能确切的翻译成文字，这也使我们体会到这项工作的艰苦。人们常说："十年磨一剑。"这"一剑"磨得着实有点辛苦。参加本书编撰工作的主要是中国传媒大学教授杨燕老师门下的博士研究生和硕士研究生。作为研究生都有学习任务，甚至还有实习任务，所以只能牺牲个人课余时间、晚上时间和节假日休息时间来整理资料，推敲稿件。每个人克服的困难，牺牲的内容，谁也不会宣扬，不会叫苦。所谓个中滋味自己知。今天看到辛苦换来的累累硕果，都觉得再苦也是值得的。正所谓"甘瓜抱苦蒂，美枣生荆棘"，所有的花朵都是绽放在苦根上。最甜美的果实，往往在历经风霜雨打、沐浴大自然的洗礼后才傲然挺立枝头。大自然规律如此，前辈们奋斗经历如此，我们80后的后学们也在成长中体会到了这个简单的道理。承受使我们懂了什么是职责，坚持使我们享受到成功的快乐。这种学习阅历肯定会影响我们今后的人生，塑造我们的观念。

我们工作的基础资料，所有的电视戏曲节目素材，都是我们的导师杨燕教授殚精竭虑，想尽一切办法搜集储备的。为本书编撰工作先期准备了必要的条件，为我们开展工作省了不少气力。除了带领我们在内容上精编细选，杨燕教授对内容的表述常常跟学生商议，探讨寻找更准确的文字表达。同时要求我们附上了“制作单位”和“制作人员”资料，表达了对从事电视戏曲节目创作人员的褒扬和尊重之意。

后期文稿的校对是由蒋东升、董琳和宋玉媛负责的。大部分影像资料并无字幕，节目中所涉及到的人名、剧名、典故、文化习俗，都是根据字音记录下来的。为确保准确无误，文稿中所涉及到的信息都要通过网络、书籍等各种途径一一查询、核对。这部分的工作量相当大。杨燕教授对后期书稿的校对工作更是要求近于苛刻。她自嘲有强迫症，一旦发现书稿中涉及的人员姓名、专业词汇有误，必定涂红返回，附上修改意见，强调再三！令我们为戏曲知识欠缺而抱愧，只好越发谨慎、勤勉。就这样，这几十万书稿，我们校对了四遍。

《中国广播电视文艺大系·电视戏曲卷（2001—2010）》终于付梓，这是集体努力的成果，相信参与本书编撰的每一个人都会感到欣慰。在此对他们郑重表示感谢，正是他们的努力和坚持才为本书的最终完成画上了圆满的句号。他们是戏剧戏曲学专业04级硕士研究生章新强，06级硕士研究生白晓清、迟刚、崔磊、黄艳，07级硕士研究生李洪梅，08级博士研究生廖亮、云海辉，08级硕士研究生高欢欢、秦姜、王燕、占弦、张懿媛、杨建珍，09级硕士研究生董琳、宋玉媛和蒋东升，广播电视艺术学专业04级硕士研究生杨海铃。

特别要感谢中国广播电视协会电视文艺委员会的历任领导，感谢洪民生台长、曾文济主任、王录主任、孙燕华主任，潘宝瑞老师。感谢他们发起组织了电视戏曲“兰花奖”的评选，给业界搭建了一个展示才华的平台，给传媒大学师生提供了观察与参与的机会。感谢他们多年来在电视戏曲节目资料方面提供的无私帮助。

由于我们编撰组人员学养不够、能力有限，错谬不足之处还要敬请读者朋友们批评指正。

蒋东升

2013年10月

图书在版编目（CIP）数据

中国广播电视文艺大系：2001～2010．电视戏曲卷／杨燕主编．—北京：中国广播影视出版社，2015.11
ISBN 978-7-5043-7459-2

Ⅰ.①中… Ⅱ.①杨… Ⅲ.①戏曲—电视节目—作品集—中国—当代 Ⅳ.①I235

中国版本图书馆CIP数据核字（2015）第155933号

中国广播电视文艺大系（2001－2010）电视戏曲卷
杨　燕　主编
云海辉　蒋东升　副主编

责任编辑　王丽丹
封面设计　亚里斯
责任校对　张莲芳

出版发行　中国广播影视出版社
电　　话　010－86093580　010－86093583
社　　址　北京市西城区真武庙二条9号
邮　　编　100045
网　　址　www.crtp.com.cn
电子信箱　crtp8@sina.com

经　　销　全国各地新华书店
印　　刷　涿州市京南印刷厂

开　　本　787毫米×1092毫米　1/16
字　　数　1117（千）字
印　　张　47.5
版　　次　2015年11月第1版　2015年11月第1次印刷

书　　号　ISBN 978-7-5043-7459-2
定　　价　125.00元
